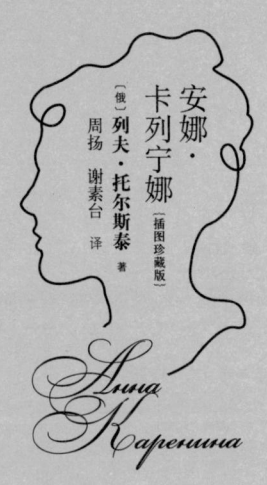

安娜·卡列宁娜 【插图珍藏版】

〔俄〕列夫·托尔斯泰 著

周扬 谢素台 译

人民文学出版社

Л. Н. ТОЛСТОЙ
АННА КАРЕНИНА
根据Constance Garnett和Louise & Aylmer Maude两种英译本译出，并根据莫斯科国家文学出版社《列·托尔斯泰二十卷集》第八、九卷校订

图书在版编目(CIP)数据

安娜·卡列宁娜：插图珍藏版/(俄罗斯)列夫·托尔斯泰著；周扬，谢素台译. —3版.—北京：人民文学出版社，2020
ISBN 978-7-02-013928-6

Ⅰ.①安… Ⅱ.①列…②周…③谢… Ⅲ.①长篇小说—俄罗斯—近代 Ⅳ.①I512.44

中国版本图书馆CIP数据核字(2018)第042319号

责任编辑	黄凌霞　李丹丹
装帧设计	陶　雷
责任印制	王重艺

出版发行　人民文学出版社
社　　址　北京市朝内大街166号
邮政编码　100705
网　　址　http://www.rw-cn.com

印　　刷　三河市中晟雅豪印务有限公司
经　　销　全国新华书店等

字　数	742千字
开　本	850毫米×1168毫米　1/32
印　张	32　插页13
印　数	1—10000
版　次	1956年12月北京第1版 1989年8月北京第3版
印　次	2020年12月第1次印刷
书　号	978-7-02-013928-6
定　价	88.00元

如有印装质量问题，请与本社图书销售中心调换。电话：010-65233595

Анна Каренина

目　次

前　言　1

第一部　1

第二部　147

第三部　297

第四部　439

第五部　543

第六部　681

第七部　829

第八部　951

前　言

《安娜·卡列宁娜》是俄国文学中稀世的瑰宝，也是世界艺术宝库中璀璨夺目的明珠。

小说中有两条平行的线索，当时有人说它没有"建筑术"，有人说它是"两部小说"。作者委婉地拒绝了这些批评。他说，该书结构之妙正在于圆拱衔接得天衣无缝——两条线索有"内在的联系"。对此众说纷纭。依我看，指的是有一个统一的主题，即当时俄国资本主义迅猛发展带来的、作者所认为的灾难性的后果：一方面是贵族受资产阶级思想侵蚀，在家庭、婚姻等道德伦理观念方面发生激烈变化，卷首"奥布隆斯基家里一切都混乱了"一语有象征意义；另一方面是农业受资本主义破坏，国家面临经济发展的道路问题，也就是列文说的："一切都翻了一个身，一切都刚刚开始安排。"以安娜为中心的线索（包括奥布隆斯基、卡列宁、弗龙斯基以至谢尔巴茨基等家族）和列文的线索，分别表现了这两方面的问题。

限于篇幅，下面只简单地谈谈男女两位主人公以及有关创作艺术的点滴看法。

小说以安娜·卡列宁娜命名，她的形象在小说中确实居于中心的位置。安娜不仅天生丽质，光艳夺人，而且纯真、诚实、端庄、聪慧，还有一个"复杂而有诗意的内心世界"。可是她遇人不淑，年轻时由姑母做主，嫁给一个头脑僵化、思想保守、虚伪成性并且没有活人感情的官僚卡列宁。在婚后八年间，她曾努力去爱丈夫和儿子。而现在由于"世风日变",婚姻自由的思想激起了这个古井之水的波澜。与弗龙斯基的邂逅,重新唤醒了她对生活的追求。她要"生活",也就是要爱情。她终于跨越了礼教的樊篱。作为已婚的端庄的妇女,要跨出这一步,需要有很大的决心和勇气,虽则在当时上流社会私通已司空见惯了。但她的勇气主要在于,不愿与淫荡无耻的贵族妇女同流合污,不愿像她们那样长期欺骗丈夫,毅然把暧昧的关系公开。这不啻向上流社会挑战,从而不见容于上流社会,同时也受到卡列宁的残酷报复:既不答应她离婚,又不让她亲近爱子。她徒然挣扎,曾为爱情而牺牲母爱,可这爱情又成了镜花水月。她终于越来越深地陷入悲剧的命运。

不过,虽说造成她的悲剧的是包括卡列宁、弗龙斯基在内的上流社会,安娜作为悲剧人物,本身也不是没有"过错";再说她的性格后来还发生了令人惋惜的变化。这位留里克王室的后裔,受时代的洗礼而敢于为"生活"而同社会抗争,但她自己却未能完全挣脱旧思想意识的桎梏,她不仅一再对卡列宁怀有负罪感,而且也不能割断同上流社会的血缘关系,因此以见逐于它而感到无地自容。实际上她也没有真正学会爱。同弗龙斯基的一见钟情,似乎因他慷慨好施,主要却是倾心于他的仪表、风度,出于自己旺盛的生命力的自发要求,并不基于共同的思想感情。这种爱情是盲目的,实际上几乎全是情欲,而情欲是难以持久的。弗龙斯基初时为了虚荣心而猎逐她,一度因安娜的真挚的爱而变得严肃专一,但不久就因功名之心的蠕动而厌弃她。而安娜把爱情当做整个生活,沉溺其中,要弗龙斯基与她朝夕厮守在一起,甚至甘为他的"无条件的奴隶"。于是她的精神品质渐渐失去了光彩。为了重新唤起弗龙斯基的爱,竟不惜以姿色的魅力编织"爱情的网",并且逐渐习惯于"虚伪和欺骗的精神"。最后,她的爱越来越自私,以致在"不满足"时变成了恨。

不过，我们不能因此而责备安娜，须知她生活在历史的转折时期。如果说她同社会的外在矛盾，是由于新事物受旧事物压制，那么，她自身的矛盾，则是新萌发的意识未能战胜根深蒂固的旧意识。何况当时能代替旧的道德观念的新观念尚未形成。因此可以说，她身上集中了时代的各种矛盾。她的自杀，从主观上说是寻求解脱，也是对弗龙斯基的报复及对上流社会的抗议；客观上则是由于集中了各种时代的矛盾而无法克服，从而无可避免地成为这个转折时期祭坛的牺牲。这种必然性表明了安娜悲剧的深度。

列文也是深刻矛盾的人物。他鄙视彼得堡的官廷贵族，却以出身世袭贵族而自豪；他不满于上流社会的荒淫和虚伪，却认为奢侈是贵族的本分；他反对以农奴制的"棍子"压制农民，却又向往于贵族的古风旧习；他厌恶资本主义并否定资本主义在俄国发展的必然性，但他自己的农业经营显然是资本主义方式；他断言资产阶级所得的是"不义之财"，而自己却和劳动者进行"残酷的"斗争。这些正是这位"有心灵"、有道德感情的贵族在历史转折时期面对历史发展所必然产生的思想矛盾。

与安娜不同，列文可以说是获得了真正的爱情和家庭的幸福。然而，良心的痛苦在折磨着他，在自己富裕同人民贫困对比下，他深深抱有负罪感。只是他不同于一般的忏悔贵族，他积极探索同人民接近的道路，并探索通过"不流血的革命"以达到与农民合作、共同富裕的道路。这种历史唯心主义的幻想在残酷的现实面前破灭了。他转而怀疑自己生存的意义，从社会经济的探索转向思想和道德的探索，要在各种哲学和宗教中寻求答案，却毫无所获。失望之余，他甚至要以自杀来解脱，最后从宗法制农民那里得到启示：要"为灵魂而活着"。他的不安的心灵似乎得到了归宿，但这归宿纯然是空想，无助于实际矛盾的解决，只不过是心灵悲剧的麻醉剂罢了。清醒的现实主义使作者在这里把小说煞住。如果情节再朝前进展，人物会从麻醉中苏醒过来，心灵的悲剧必定照旧在他面前展开。

与这两位主人公相联系的，亦即在他们这两条线索上的一些次要的人物，是伴随着他们出场并围绕他们而活动的。与安娜——卡列宁和安娜——弗龙斯基相联系的，主要是彼得堡上流社会的三个圈子和军界的某些贵族，与列文相联系的，主要是外省贵族、地主、农民以及个别商人。一般说来，安娜这条线索上的人物大多涉及道德伦理问题，列文这条线索上的人物大多涉及社会经济问题。当然，两者间有时也相互交叉。这些人物绝不仅是两位主人公的陪衬或对照物，而且常常居于前景，在情节中占有相当重要的位置。正是赖有他们，作品才得以超出家庭关系的范围，突破家庭小说的框架，成为作者所说的"内容广泛的、自由的小说"，从而成为广泛反映俄国十九世纪六七十年代社会生活的史诗性杰作。

就艺术来说，《安娜·卡列宁娜》确实令人叹为观止。它的融合无间、互相呼应的两条线索的结构，继《战争与和平》之后，又一次成为"背离欧洲形式"、找到"新的框架"的不世之作。再则这部小说的每一场面、每一插曲、每一画面，一般不只是"背景"或偶然的"布景"，而是整体的有机部分，这也显示出结构的严密性和完整性。

书中的人物性格，大都于典型性中见个性。但这么说未免简单了些。不仅奥布隆斯基、弗龙斯基、卡列宁等形象丰满、鲜明、生动，呼之欲出，就连寥寥几笔画成的插曲式人物，如一系列贵族、地主，彼得堡社交界的妇女，无不各具特色，历历在目；更不用说复杂、矛盾而又完整的安娜了。安娜这个形象在世界文学中，即使不说无与伦比，恐怕也罕有畴匹。这些人物虽是精雕细琢，但不像工笔画那样带有匠气。作者使用"积累的方法"，并非机械地凭借一次又一次的叙述，而是通过直接观察者的眼光或感受来描写。例如安娜，她先后在达里娅、弗龙斯基、基蒂、卡列宁、列文以及米哈伊罗夫等人心目中，分别呈现自己的一个侧面，正是这些不同的侧面"积累"成一个立体的，以至多角度的形象。同时，这些直接观察者由主观的不同的角度看到的不同侧面，何者符合真实，由于作者不置一词，给读者留下广阔想象的余地，又给这个形象蒙上了一层迷雾，客观上增添了它的复杂性。托尔斯泰还从进展中刻画性格。不过，奥布隆斯基和列文等是固有品质的逐渐展示，安娜和弗龙斯基的性格则是发展和变化的。

《安娜·卡列宁娜》是完全意义上的心理小说。不仅人物的内心生活描写充分，就是人物间的冲突也大都是心理上的，或是通过心理来表现的，因此全书心理描写的密度很大。虽则一般使用传统手法，即作者间接叙述或由人物的语言、动作或表情等直接表现，但笔墨十分细腻。例如总是在动态中写心理过程，一般是展示过程中的每一环节或每一横断面，把人物内心的每一颤动现出来。这些过程一般不是直线式的，而其曲折反复也不是循环，而是螺旋形的进展，因此令人感到的不是繁复累赘，而是步步深入。而在不少场合，人物心理还是前后截然相反的，借用俄国批评家巴赫金的术语来说，是"对话"式的。这种"对话"有时表现于较长的心理过程的始与终，是逐渐变化的结果；有时则是突然转折。前者如达里娅去探望安娜的那一插曲，后者如科兹内雪夫向瓦莲卡的求爱。但无论是渐进或是突变，都符合人物的性格或心理的规律。有时也进入半下意识的领域，如安娜从莫斯科回彼得堡的车上的那种迷离恍惚的心态。而在一些属于传统手法的内心独白中也有所创新。奥布隆斯基在利季娅·伊万诺夫娜伯爵夫人晚会上那段断断续续的内心独白，表现了人物头脑处于半睡眠的消极状态的凌乱的意识之流。特别是安娜在自杀前驱车经过街上时的心理活动：街上瞬息变换的各种外在印象不断引起她的自由联想，她不断由一种感触或回忆蓦地跳到另一种感触和回忆，她强烈激动、心烦意乱、百感交集的心境跃然纸上。作者是如此巧妙地运用了意识流手法的跳跃性，省略了许多不必要的环节和焊接点，使得人物的思路迅速转换而又十分自然，各种思绪断断续续，此起彼伏，互不连贯而又不凌乱无序。这可以说是文学中的意识流的神来之笔。

小说中还有许多脍炙人口的场面，许多描写生动的插曲，以及文笔的自然、质朴和真实……总之，可谈者尚多。

《安娜·卡列宁娜》问世一百多年了。这部出自巨匠之手的艺术杰作，不但没有减色，反而显得更为瑰丽。

陈 燊

一九九四年四月

伸冤在我,我必报应。*

---

*　此句出自《圣经·新约·罗马书》第十二章第十九节,全节为:"亲爱的兄弟,不要自己伸冤,宁可让步,听凭主怒,因为经上记着:主说,伸冤在我,我必报应。"

第一部

1

幸福的家庭都是相似的，不幸的家庭各有各的不幸。

奥布隆斯基家里一切都混乱了。妻子发觉丈夫和他们家从前的法国女家庭教师有暧昧关系，她向丈夫声明她不能和他再在一个屋子里住下去了。这样的状态已经继续了三天，不仅他们夫妻两个，连全家和仆人都为此感到痛苦。家里的每个人都觉得他们住在一起没有意思，而且觉得就是在任何客店里萍水相逢的人也都比他们——奥布隆斯基全家和仆人更情投意合。妻子没有离开自己的房间一步，丈夫三天不在家了，小孩们像失了管教一样在家里到处乱跑。英国女家庭教师和女管家吵架，给朋友写了信，请替她找一个新的位置。厨师昨天恰好在晚餐时走掉了，厨娘和车夫辞了工。

在吵架后的第三天，斯捷潘·阿尔卡季奇·奥布隆斯基公爵——他在社交场合叫斯季瓦——在照例的时间，早晨八点钟醒来，不在他妻子的寝室，却在他书房里的鞣皮沙发上。他在富于弹性的沙发上把自己肥胖的、保养得很好的身体翻转，好像要再睡一大觉似的，他使劲抱住一个枕头，把脸紧紧地偎着它；但是他突然跳起来，坐在沙发上，睁开眼睛。

"哦，哦，怎么回事？"他想，重温着他的梦境。"怎么回事，对啦！

阿拉宾在达姆施塔特①请客；不，不是达姆施塔特，而是在美国什么地方。不错，达姆施塔特是在美国。不错，阿拉宾在玻璃桌上请客，在座的人都唱我的宝贝②，但也不是我的宝贝，而是比那更好的；桌上还有些小酒瓶，那都是女人。"他回想着。

斯捷潘·阿尔卡季奇的眼睛快乐地闪耀着，他含着微笑沉思。"哦，真是有趣极了。有味的事情还多得很，可惜醒了说不出来，连意思都表达不出来。"他看到从一幅罗纱窗帷边上射入的一线日光，愉快地把脚沿着沙发边伸下去，用脚去搜索他的拖鞋，那双拖鞋是金色鞣皮的，上面有他妻子绣的花，是他去年生日时她送给他的礼物；照他九年来的习惯，每天他没有起来，就向寝室里常挂晨衣的地方伸出手去。他这才突然记起了他没有和为什么没有睡在妻子的房间而睡在自己的书房里。微笑从他的脸上消失，他皱起眉来。

"唉，唉，唉！"他叹息，回想着发生的一切事情。他和妻子吵架的每个细节，他那无法摆脱的处境以及最糟糕的，他自己的过错，又一齐涌上他的心头。

"是的，她不会饶恕我，她也不能饶恕我！而最糟的是这都是我的过错——都是我的过错；但也不能怪我。悲剧就在这里！"他沉思着。"唉，唉，唉！"他记起这场吵闹所给予他的极端痛苦的感觉，尽在绝望地自悲自叹。

最不愉快的是最初一瞬间，当他从剧场回来的时候，兴高采烈的，手里拿着一只预备给他妻子的大梨，在客厅里却没有找到他妻子，使他大为吃惊的是，在书房里也没有找到，最后终于发现她在寝室里，手里拿着那封泄漏了一切的倒霉的信。

她——那个老是忙忙碌碌和忧虑不安，而且依他看来，头脑简

---

① 达姆施塔特，现今德国的一个城市。
② 原文为意大利语。

单的多莉①,动也不动地坐在那里,手里拿着那封信,带着恐怖、绝望和愤怒的表情望着他。

"这是什么?这?"她问,指着那封信。

回想起来,斯捷潘·阿尔卡季奇,像常有的情形一样,觉得事情本身还没有他回答妻子的话的态度那么使他苦恼。

那一瞬间,在他身上发生了一般人在自己极不名誉的行为被突然揭发时所常发生的现象。他没有能够使自己的脸色适应自己的过失被揭穿时在妻子面前所应有的表情。他没有感到受了冤枉,矢口否认,替自己辩护,请求饶恕,甚至也没有索性不在乎——随便什么都比他所做的好——他的面孔完全不由自主地(斯捷潘·阿尔卡季奇是喜欢生理学的,他认为这是脑神经的反射作用②)——完全不由自主地突然浮现出他平常惯有的、善良的、因而愚痴的微笑。

为了这种愚痴的微笑,他不能饶恕自己。看见那微笑,多莉好像感到肉体上的痛苦一样战栗起来,以她特有的火气脱口说出了一连串残酷的话,就冲出了房间。从此以后,她就不愿见她丈夫了。

"这都要怪那愚痴的微笑。"斯捷潘·阿尔卡季奇想。

"但是怎么办呢?怎么办呢?"他绝望地自言自语,找不出答案来。

2

斯捷潘·阿尔卡季奇是一个忠实于自己的人。他不能自欺欺人,不能使自己相信他后悔他的行为。他是一个三十四岁、漂亮多情的

---

① 多莉,斯捷潘的妻子达里娅的英文名字。

② 在《安娜·卡列宁娜》写成之前不久,在俄国的一份杂志上,《脑神经的反射作用》的作者谢切诺夫教授正和其他的科学家进行着激烈的论战。对于这种事情一知半解的奥布隆斯基都轻而易举地想起这个术语,可见这场论战曾引起了当时公众的充分注意。

男子，他的妻子仅仅比他小一岁，而且做了五个活着、两个死了的孩子的母亲，他不爱她，这他现在并不觉得后悔。他后悔的只是没有能够很好地瞒过妻子。但是他感到自己处境的一切困难，很替妻子、小孩和自己难过。他也许能想办法把他的罪过隐瞒住他的妻子，要是他早料到，这个消息会这样影响她。他从来没有清晰地考虑过这个问题，但他模模糊糊地感到他的妻子早已怀疑他对她不忠实，她只是装作视而不见。他甚至以为，她只是一个贤妻良母，一个疲惫的、渐渐衰老的、不再年轻、也不再美丽、毫不惹人注目的女人，应当出于公平心对他宽大一些。结果却完全相反。

"唉，可怕呀！可怕呀！"斯捷潘·阿尔卡季奇尽在自言自语，想不出办法来，"以前一切是多么顺遂呵！我们过得多快活；她因为孩子们而感到满足和幸福；我从来什么事情也不干涉她；随着她的意思去照管小孩和家务。自然，糟糕的是，她是我们家里的家庭女教师。真糟！和家里的家庭女教师胡来，未免有点庸俗，下流。但是一个多漂亮的家庭女教师呀！(他历历在目地回想着罗兰姑娘促狭的黑眼睛和微笑。)但是毕竟，她在我们家里的时候，我从来未敢放肆过。最糟的就是她已经……好像命该如此！唉，唉！但是我到底该怎么办呀？"

要解决这个问题，除了用生活中解决最复杂难解问题的那个常用的办法外，没有其他解决办法——即是：人必须在日常生活的需要中生活——那就是，忘掉自己。要在睡眠中忘掉自己现在已不可能，至少也得到夜间才行；他现在又不能够回到酒瓶女人的音乐中去；因此他只好在白日梦中寻求遗忘。

"我们等着瞧吧。"斯捷潘·阿尔卡季奇自言自语，他站起来，穿上一件衬着蓝色绸里的灰色晨衣，把腰带打了一个结，接着，深深地往他的宽阔胸膛里吸了一口气，他摆开那双轻快载着他肥胖身躯的八字脚,迈着素常的稳重步伐走到窗前,拉开百叶窗,用力按铃。他的亲信仆人马特维立刻应声出现,把他的衣服、长靴和电报拿来。理发匠挟着理发用具跟在马特维后面走进来。

"衙门里有什么公文送来没有?"斯捷潘·阿尔卡季奇问,接过电报,在镜子面前坐下。

"在桌上。"马特维回答,怀着同情询问地瞥了他的主人一眼;停了一会儿,他脸上浮着狡狯的微笑补充说:"马车老板那儿有人来过。"

斯捷潘·阿尔卡季奇没有回答,只在镜里瞥了马特维一眼。从他们在镜子里交换的眼神中,可以看出来他们彼此很了解。斯捷潘·阿尔卡季奇的眼神似乎在问:"你为什么对我说这个?你难道不知道?"

马特维把手放进外套口袋里,伸出一只脚,默默地、善良地、带着一丝微笑凝视着他的主人。

"我叫他们礼拜日再来,不到那时候不要白费气力来麻烦你或他们自己。"他说,他显然是事先准备好这句话的。

斯捷潘·阿尔卡季奇看出来马特维想要开开玩笑,引得人家注意自己。他拆开电报看了一遍,揣测着电报里时常拼错的字眼,他的脸色开朗了。

"马特维,我妹妹安娜·阿尔卡季耶夫娜明天要来了。"他说,做手势要理发匠光滑丰满的手停一会,他正在从他长而鬈曲的络腮胡中剃出一条淡红色的纹路来。

"谢谢上帝!"马特维说,由这回答就显示出他像他的主人一样了解这次来访的重大意义,那就是,安娜·阿尔卡季耶夫娜,他所喜欢的妹妹,也许会促使夫妻和好起来。

"一个人,还是和她丈夫一道?"马特维问。

斯捷潘·阿尔卡季奇不能够回答,因为理发匠正在剃他的上唇,于是举起一个手指来。马特维朝镜子里点点头。

"一个人。要在楼上收拾好一间房间吗?"

"去告诉达里娅·亚历山德罗夫娜:她会吩咐的。"

"达里娅·亚历山德罗夫娜?"马特维好像怀疑似的重复着。

"是的,去告诉她。把电报拿去;交给她,照她吩咐的去办。"

"你要去试一试吗?"马特维心中明白,但他却只说:

"是的,老爷。"

当马特维踏着那双咯吱作响的长靴,手里拿着电报,慢吞吞地走回房间时,斯捷潘·阿尔卡季奇已经洗好脸,梳过头发,正在预备穿衣服。理发匠已经走了。

"达里娅·亚历山德罗夫娜叫我对您说她要走了。让他——就是说您——高兴怎样办就怎样办吧。"他说,只有他的眼睛含着笑意,然后把手放进口袋里,歪着脑袋斜视着主人。

斯捷潘·阿尔卡季奇沉默了一会儿。随即一种温和而又带有几分凄恻的微笑流露在他英俊的面孔上。

"呃,马特维?"他说,摇摇头。

"不要紧,老爷;事情自会好起来的。"马特维说。

"自会好起来的?"

"是的,老爷。"

"你这样想吗?谁来了?"斯捷潘·阿尔卡季奇问,听见门外有女人衣服的窣窸声。

"我。"一个坚定而愉快的女人声音说,乳母马特廖娜·菲利蒙诺夫娜严峻的麻脸从门后伸进来。

"哦,什么事,马特廖娜?"斯捷潘·阿尔卡季奇问,走到她面前。

虽然斯捷潘·阿尔卡季奇在妻子面前一无是处，而且他自己也感觉到这点，但是家里几乎每个人（就连达里娅·亚历山德罗夫娜的心腹，那个乳母也在内）都站在他这边。

"哦，什么事？"他忧愁地问。

"到她那里去，老爷，再认一次错吧。上帝会帮助您的。她是这样痛苦，看见她都叫人伤心；而且家里一切都弄得乱七八糟了。老爷，您该怜悯怜悯孩子们。认个错吧，老爷。这是没有办法的！要图快活，就只好……"

"但是她不愿见我。"

"尽您的本分。上帝是慈悲的，向上帝祷告，老爷，向上帝祷告吧。"

"好的，你走吧。"斯捷潘·阿尔卡季奇说，突然涨红了脸。"喂，给我穿上衣服。"他转向马特维说，毅然决然地脱下晨衣。

马特维已经举起衬衣，像马颈轭一样，吹去了上面的一点什么看不见的黑点，他带着显然的愉快神情把它套在他主人的保养得很好的身体上。

3

斯捷潘·阿尔卡季奇穿好衣服，在身上洒了些香水，拉直衬衣袖口，照常把香烟、袖珍簿、火柴和那只镶有双重链子和表坠的表分置在各个口袋里，然后抖开手帕，虽然他很不幸，但是他感到清爽，芬芳，健康和肉体上的舒适，他两腿微微摇摆着走进了餐室，他的咖啡已摆在那里等他，咖啡旁边放着信件和衙门里送来的公文。

他阅读信件。有一封令人极不愉快，是一个想要买他妻子地产上一座树林的商人写来的，出售这座树林是绝对必要的；但是现在，在他没有和妻子和解以前，这个问题是无法谈的。最不愉快的是金钱上的利害关系竟牵涉到他急切想要跟妻子和解的问题上去。想到他会被这种利害关系所左右，他会为了卖树林的缘故和妻子讲和——想到这里，就使他不愉快了。

看完了信，斯捷潘·阿尔卡季奇把衙门里送来的公文拉到面前，迅速地阅过了两件公事，用粗铅笔做了些记号，就把公文推在一旁，端起咖啡；他一面喝咖啡，一面打开油墨未干的晨报，开始读起来。

斯捷潘·阿尔卡季奇订阅一份自由主义派的报纸，不是极端自由主义派，而是代表大多数人意见的报纸。虽然他对于科学、艺术和政治并没有特别兴趣，但他对这一切问题却坚持抱着与大多数人和这份报纸一致的意见。只有在大多数人改变意见时，他这才随着改变，或者，更严格地说，他并没有改变，而是意见本身不知不觉地在他心中改变了。

斯捷潘·阿尔卡季奇并没有选择自己的政治主张和见解；这些政治主张和见解是自动溜进他心里的，正如他并没有选择帽子和上衣的样式，而只是穿戴着大家所穿戴的款式。生活在上流社会里，由于随着成年发展的需要，他自然需要某种精神活动，他需要有见解对他正如要有帽子一样的重要。如果说他喜欢自由主义的想法胜过周围众人所抱持之保守见解，其理由倒不是因为他认为自由主义更合理，而是由于它更适合他的生活方式。自由党说俄国一切都是坏的，的确，斯捷潘·阿尔卡季奇负债累累，正缺钱用。自由党说结婚是完全过时的制度，必须改革；而家庭生活的确没有给斯捷潘·阿尔卡季奇多少乐趣，而且逼得他说谎做假，那是完全违反他的本性的。自由党说，或者毋宁说是暗示，宗教的作用只在于箝制人民中那些野蛮阶层；而斯捷潘·阿尔卡季奇连做一次短短的礼拜，都站得腰酸腿痛，而且想不透既然现世生活过得这么愉快，那么用所有这些可怕而夸张的言词来谈论来世还有什么意思。而且，爱说笑话的斯捷潘·阿尔卡季奇常喜欢说：如果人要夸耀自己的祖先，他就不应当到留里克[①]为止，而不承认他的始祖——猴子，他喜欢用这一类的话去难倒老实的人。就这样，自由主义的倾向成了斯捷潘·阿尔卡季奇的一种习癖，他喜欢他的报纸，正如他喜欢饭后抽一支雪茄一样，因为它在他的脑子里散布了一层轻雾。他读社论，社论认为，在现在这个时代，叫嚣激进主义有吞没一切保守分子的危险，叫嚣政府应当采取适当措施扑灭革命的祸害，这类叫嚣是毫无意思的；正相反，"照我们的意见，危险并不在于假想的革命的祸害，而在于阻碍进步的墨守成规"云云。他又读了另外一篇关于财政的论文，其中提到了边沁和密勒[②]，并对政府某部有所讽刺。凭着他特有的机敏，他领会了每句暗讽的意义，猜透了它从何而来，针对什么人，出于什么动机而发；这，像平常一样，给予他一定的满足。但是今天这种满足被马特廖娜·菲利蒙诺夫娜的劝告和家中的不如意状态破坏了。还在报上看到贝斯特伯爵[③]已赴威斯巴登[④]的传说，看到医治白发、出售轻便马车和某青年征求职业的广告；但是这些新闻报导并没有像平常那样给予他一种宁静的讥讽的满足。

看过了报，喝完了第二杯咖啡，吃完了抹上黄油的面包，他立起身来，拂去落在背心上的面包屑，然后，挺起宽阔的胸膛，他快乐地微笑着，并不是因为他心里有什么特别愉快的事——快乐的微笑是由良好的消化引起的。

[①] 留里克(死于879)，俄国的建国者，留里克王朝(869—1598)的始祖。
[②] 边沁(1748—1832)，英国资产阶级法律学家和伦理学家，功利主义的代表人物。密勒(1806—1872)，英国哲学家，政治活动家，经济学家。在伦理学上他接近边沁的功利主义。
[③] 贝斯特伯爵(1809—1886)，奥匈帝国首相，俾斯麦的政敌。
[④] 威斯巴登，德国西部的城市，在莱茵河畔，是矿泉疗养地。

但是这快乐的微笑立刻使他想起了一切,他又变得沉思了。

可以听到门外有两个小孩的声音(斯捷潘·阿尔卡季奇听出来是他的小男孩格里沙和他的大女儿塔尼娅的声音),他们正在搬弄什么东西,打翻了。

"我对你说了不要叫乘客坐在车顶上。"小女孩用英语嚷着,"拾起来!"

"一切都是乱糟糟的,"斯捷潘·阿尔卡季奇想,"孩子们没有人管,到处乱跑。"他走到门边去叫他们。他们抛下那当火车用的匣子,向父亲走来。

那小女孩,她父亲的宝贝,莽撞地跑进来,抱住他,笑嘻嘻地吊在他的脖颈上,她老喜欢闻他络腮胡散发出的闻惯的香气。最后小女孩吻了吻他那因为弯屈的姿势而涨红的、闪烁着慈爱光辉的面孔,松开了她的两手,待要跑开去,但是她父亲拉住了她。

"妈妈怎样了?"他问,抚摸着他女儿的滑润柔软小脖颈。"你好。"他说,向走上来问候他的儿子微笑着说。

他意识到他并不怎么爱这个儿子,但他总是尽量同样对待;可是儿子感觉到这一点,对于父亲冷淡的微笑并没有报以微笑。

"妈妈?她起来了。"女孩回答。

斯捷潘·阿尔卡季奇叹了口气。"这么说她又整整一夜没有睡。"他想。

"哦,她快活吗?"

小女孩知道,父亲和母亲吵了架,母亲不会快活,父亲也一定明白的,他这么随随便便地问她只是在作假。因此她为父亲涨红了脸。他立刻觉察出来,也脸红了。

"我不知道,"她说,"她没有说要我们上课,她只是说要我们跟古里小姐到外祖母家去走走。"

"哦,去吧,塔尼娅,我的宝宝。哦,等一等!"他说,还拉牢她,抚摸着她的柔软小手。

他从壁炉上取下他昨天放在那里的一小盒糖果,拣她最爱吃的,给了她两块,一块巧克力和一块软糖。

"给格里沙?"小女孩指着巧克力说。

"是,是。"又抚摸了一下她的小肩膀,他吻了吻她的发根和脖颈,就放她走了。

"马车套好了,"马特维说,"但是有个人为了请愿的事要见您。"

"来了很久吗?"斯捷潘·阿尔卡季奇问。

"半个钟头的光景。"

"我对你说了多少次,有人来马上告诉我!"

"至少总得让您喝完咖啡。"马特维说,他的声调粗鲁而又诚恳,使得人不能够生气。

"那么,马上请那个人进来吧。"奥布隆斯基说,烦恼地皱着眉。

那请愿者,参谋大尉加里宁的遗孀,来请求一件办不到而且不合理的事情;但是斯捷潘·阿尔卡季奇照例请她坐下,留心地听她说完,没有打断她一句,并且给了她详细的指示,告诉她怎样以及向谁请求,甚至还用他粗大、散漫、优美而清楚的笔迹,敏捷而流利地替她写了一封信给一位可以帮忙的人。打发走了参谋大尉的寡妇以后,斯捷潘·阿尔卡季奇拿起帽子,站住想了想他忘记什么没有。看来除了他要忘记的——他的妻子以外,他什么也没有忘记。

"噢,是的!"他垂下头,他漂亮的面孔带着苦恼的表情。"去呢,还是不去?"他自言自语;而他内心的声音告诉他,他不应当去,那除了弄虚作假不会有旁的结果;要改善、弥补他们的关系是不可能的,因为要使她再具有魅力而且能够引人爱怜,或者使他变成一个不能恋爱的老人,都不可能。现在除了欺骗说谎之外不会有旁的结果；而欺骗说谎又是违反他的天性的。

"可是迟早总得做的；这样下去不行。"他说，极力鼓起勇气。他挺着胸，拿出一支纸烟，吸了两口，就投进珠母贝壳烟灰缸里去，然后迈着迅速的步伐走过客厅，打开了通到妻子寝室的另一扇房门。

4

达里娅·亚历山德罗夫娜穿着短晨衣站在那里，她那曾经丰满美丽、现在却变稀疏了的头发，用发针盘在她的脑后，她的面容消瘦憔悴，一双吃惊的大眼睛，因为她面容的消瘦而显得更加触目。各式各样的物件散乱地摆满一房间，她站在这些物件当中一个开着的衣柜前面，她正从里面挑拣什么东西。听到她丈夫的脚步声，她停住了，朝门口望着，徒然想要装出一种严厉而轻蔑的表情。她感觉自己害怕他，害怕快要到来的会见。她正在企图做三天以来已经试图做了十来回的事情——把自己和孩子们的衣服清理出来，带到她母亲那里去——但她还是没有这样做的决心；但是现在又像前几次一样，她尽在自言自语地说，事情不能像这样下去，她一定要想个办法惩罚他，羞辱他，哪怕报复一下，使他尝尝他给予她的痛苦的一小部分也好。她还是继续对自己说她要离开他，但她自己也意识到这是不可能的；这是不可能的，因为她不能摆脱那种把他当自己丈夫看待，而且爱他的习惯。况且，她感到假如在这里，在她自己家里，她尚且不能很好地照看她的五个小孩，那么，在她要把他们通通带去的地方，他们就会更糟。事实上，在这三天内，顶小的一个孩子因为喝了变质的汤而生病，其余的昨天差不多没有吃上午饭。她意识到要走开是不可能的；但是，还在自欺欺人，她继续清理东西，装出要走的样子。

看见丈夫，她就把手放进衣柜抽屉里，像是在寻找什么东西似的，直到他走得离她十分近的时候，她这才回头朝他望了一眼。但是她的脸，她原来想要装出严厉而坚决的表情的，却只流露出困惑和痛苦的神情。

"多莉！"他用柔和的、畏怯的声调说。他把头低下，极力装出可怜和顺从的样子，但他却依然容光焕发。迅速地瞥了一眼，她从头到脚打量了一下他那容光焕发的姿态。"是的，他倒快乐和满足！"她想，"而我呢……他那讨厌的好脾气，大家都因此很喜欢他，称赞他哩——我真恨他的好脾气。"她想。她的嘴唇抿紧了，她那苍白的、神经质的脸孔右半边面颊的筋肉抽搐起来。

"你要什么？"她用迅速的、深沉的、不自然的声调说。

"多莉！"他颤巍巍地重复说，"安娜今天要来了。"

"那关我什么事？我不能接待她！"她喊叫了一声。

"但是你一定要，多莉……"

"走开，走开，走开！"她大叫了一声，并没有望着他，好像这叫声是由肉体的痛苦引起来的一样。

斯捷潘·阿尔卡季奇在想到他妻子的时候还能够镇定，他还能够希望一切自会好起来，如马特维所说的，而且还能够安闲地看报，喝咖啡；但是当他看见她的憔悴的、痛苦的面孔，听见她那种听天由命、悲观绝望的声调的时候，他的呼吸就困难了，他的咽喉哽住了，他的眼睛里开始闪耀着泪光。

"我的天！我做了什么呀？多莉！看在上帝面上！……你知道……"他说不下去了，他的咽喉被呜咽哽住。

她砰的一声把柜门关上，望了他一眼。

"多莉，我能够说什么呢？……只有一件事：请你饶恕……想想，难道九年的生活不能够抵偿一刹那的……"

她垂下眼睛，倾听着，等着听他要说什么，她好像在请求他千万使她相信事情不是那样。

"一刹那的情欲……"他说；一听到这句话，她就好像感到肉体上的痛苦一样，嘴唇又抿紧了，她右颊的筋肉又抽搐起来，如果不是这样的话，他还会说下去的。

"走开，走出去！"她更尖声地叫，"不要对我说起您的情欲和您的肮脏行为。"

她想要走出去，但是两腿摇晃，只得抓住一个椅背来支撑住自己的身体。他的面孔膨胀了，他的嘴唇噘起，他满眶热泪。

"多莉！"他说，呜咽起来了，"看在上帝面上，想想孩子们，他们没有过错！都是我的过错，责罚我，叫我来补偿我的罪过吧。任何事，只要我能够，我都愿意做！我是有罪的，我的罪孽深重，没有言语可以形容！但是，多莉，饶恕我吧！"

她坐下。他听见她大声的、沉重的呼吸。他替她说不出地难过。她好几次想要开口，但是不能够。他等待着。

"你想起小孩们，只是为了要逗他们玩；但是我却总想着他们，而且知道现在这样子会害了他们。"她说，显然这是一句她这三天来暗自重复了不止一次的话。

她用"你"来称呼他，他感激地望着她，走上去拉她的手，但是她厌恶地避开他。

"我常想着小孩们，所以只要能够救他们，我什么事都愿意做；但是我自己不知道怎样去救他们：把他们从他们的父亲那里带走呢，还是就这样让他们和一个不正经的父亲——是的，不正经的父亲在一起……你说，在那……发生以后，我们还能在一起生活吗？还有可能吗？你说，还有可能吗？"她重复着说，提高嗓音，"在我的丈夫，我的小孩的父亲，和他自己孩子的家庭女教师发生了恋爱关系以后……"

"但是叫我怎么办呢？叫我怎么办呢？"他用可怜的声音说，也不知道自己在说什么，同时他的头垂得越来越低了。

"我对您感到厌恶，嫌弃！"她大声喊叫，越来越激烈了，"您的眼泪等于水！您从来没有爱过我；您无情，也没有道德！我觉得您可恶，讨厌，是一个陌生人——是的，完完全全是一个陌生人！"带着痛苦和激怒，她说出了这个在她听来是那么可怕的字眼——陌生人。

他望着她，流露在她脸上的怨恨神情使他着慌和惊骇了。他不懂得他的怜悯是怎样激怒了她。她看出来他心里怜悯她，却并不爱她。"不，她恨我。她不会饶恕我了。"他想。

"这真是可怕呀！可怕呀！"他说。

这时隔壁房里一个小孩哭起来了，大概是跌了跤；达里娅·亚历山德罗夫娜静听着，她的脸色突然变得柔和了。

她稍微定了定神，好像她不知道她在什么地方，她要做什么似的，随后她迅速地立起身来，向门口走去。

"哦，她爱我的小孩，"他想，注意到小孩哭的时候她脸色的变化，"我的小孩，那么她怎么可能恨我呢？"

"多莉，再说一句话。"他一边说，一边跟在她后面。

"假使您跟着我，我就要叫仆人和孩子们！让大家都知道您是一个无赖！我今天就要走了，您可以跟您的情妇住在这里呀！"

她走出去，砰的一声把门关上。

斯捷潘·阿尔卡季奇叹了口气，揩揩脸，迈着轻轻的脚步走出房间。"马特维说事情自会好起来的；但是怎样？我看毫无办法。唉，唉，多可怕呀！而且她多么粗野地叫喊着。"他自言自语，想起来她的喊叫和"无赖""情妇"这两个字眼。"说不定女仆们都听到了！粗野得可怕呀！可怕呀！"斯捷潘·阿尔卡季奇一个人站了一会，揩了揩眼睛，叹了口气，挺起胸膛，走出房间。

这天是礼拜五，德国钟表匠正在餐室里给钟上弦。斯捷潘·阿尔卡季奇想起他曾跟这个严守时刻的、秃头的钟表匠开过一次玩笑，说"这德国人给自己上足了一辈子的发条来给钟上发条"。他微笑了。斯捷潘·阿尔卡季奇是爱说笑话的。"也许事情自会好起来的！'自会好起来的'，倒是一个有趣的说法，"他想，"我要再说说它。"

"马特维！"他叫，"你和玛丽亚在休息室里替安娜·阿尔卡季耶夫娜把一切收拾好。"他在马特维进来时对他说。

"是，老爷。"

斯捷潘·阿尔卡季奇穿上皮大衣，走上台阶。

"您不回来吃饭吗？"马特维一面说，一面送他出去。

"说不定。这是给家用的，"他说，从皮夹里掏出一张十卢布的钞票来，"够了吧。"

"够不够，我们总得应付过去。"马特维说，砰的一声把车门关上，退回台阶上了。

同时，达里娅·亚历山德罗夫娜哄好了小孩，而且由马车声知道他已经走了，就又回到寝室。这是她逃避烦累家务事的唯一避难所，她一出寝室，烦累的家务事就包围住她。就是现在，她在育儿室的短短时间里，英国家庭女教师和马特廖娜·菲利蒙诺夫娜就问了她几个不能延搁，而又只有她才能够回答的问题："小孩们出去散步穿什么衣裳？他们要不要喝牛奶？要不要找一个新厨师来？"

"哦，不要问我，不要问我吧！"她说；然后回到寝室，她在她刚才坐着和丈夫谈话的原来地方坐下，紧握着她那瘦得戒指都要滑下来的两手，开始在她的记忆里重温着全部的谈话。"他走了！但是他到底怎样和她断绝关系的？"她想，"他难道还去看她吗？我怎不问他！不，不，和解是没有可能了。即使我们仍旧住在一所屋子里，我们也是陌生人——永远是陌生人！"她含着特别的意义重复着那个在她听来是那么可怕的字眼。"我多么爱他呀！我的天啊，我多么爱他呀！……我多么爱他呀！而且我现在不是还爱他吗？我不是比以前更爱他了吗？最可怕的是……"她开始想，但是没有想完，因为马特廖娜·菲利蒙诺夫娜从门口伸进头来了。

"让我去叫我的兄弟来吧，"她说，"他总可以做做饭；要不然，又会像昨天一样，到六点钟孩子们还没有饭吃。"

"好的，我马上就来料理。你派人去取新鲜牛奶了吗？"

于是达里娅·亚历山德罗夫娜就投身在日常的事务里，把她的忧愁暂时淹没在这些事务中了。

5

斯捷潘·阿尔卡季奇，靠着天资高，在学校里学得很好，但是他懒惰又顽皮，所以结果他在那一班里成绩是最差的。但是尽管他一向过着放荡的生活，衔级低微，而年龄又较轻，他却在莫斯科一个政府机关里占着一个体面而又薪水丰厚的长官位置。这个位置，他是通过他妹妹安娜的丈夫，阿列克谢·亚历山德罗维奇·卡列宁的引荐得来的。卡列宁在政府的部里占着一个最主要的职位，这个莫斯科的机关就是直属其部门的。但是即使卡列宁没有给他的妻舅谋到这个职务，斯季瓦·奥布隆斯基通过另外一百个人——兄弟、妹妹、亲戚、表兄弟、叔父或姑母——的引荐，也可以得到这个或另外类似的位置，每年拿到六千卢布的薪水，他是绝对需要这么多钱的，因为，虽然有他妻子的大宗财产，他的手头还是拮据的。

半个莫斯科和彼得堡都是斯捷潘·阿尔卡季奇的亲戚朋友。他是在那些曾经是，现在仍然是这个世界上的大人物们中间长大的。官场中三分之一的人，比较年老的，是他父亲的朋友，从他幼年时就认识他；另外的三分之一是他的密友，剩下的三分之一是他的知交。因此，职位、地租和承租权等等形式的尘世上的幸福的分配者都是他的朋友，他们不会忽视他们自己的同类；因此奥布隆斯基要得到一个薪水丰厚的位置，是并不怎样费力的；他只要不拒绝、不嫉妒、不争论、不发脾气就行了，这些毛病，由于他特有的温和性情，他是从来没有犯过的。假使有人对他说他得不到他所需要的那么多薪水的位置的话，他一定会觉得好笑；何况他的要求并不过分，他只要求年龄和他相同的人们所得到的，而且他担任这种职务，是和任何人一样胜任愉快的。

斯捷潘·阿尔卡季奇博得所有认识他的人的欢心，不只是由于他善良开朗的性格和无可怀疑的诚实，而且在他的身上，在他那漂亮开朗的容貌，他那闪耀的眼睛，乌黑的头发和眉毛，以及他那又红又白的面孔上，具有一种使遇见他的人们觉得亲切和愉快的生理效果。"嗳哈！斯季瓦！奥布隆斯基！他来了！"谁遇见他差不多总是带着快乐的微笑这样说。即使有时和他谈话之后似乎并没有什么特别愉快的地方，但是过一天，或者再过一天，大家再看见他，还是一样地高兴。

充任莫斯科的政府机关的长官已经三年了，斯捷潘·阿尔卡季奇不但赢得了他的同僚、下属、上司和所有同他打过交道的人们的喜欢，而且也博得了他们的尊敬。斯捷潘·阿尔卡季奇博得他同事的一致尊敬的主要特质是：第一，由于意识到自己的缺点而对别人极度宽容；第二，他彻底的自由主义——不是他在报上所读到的自由主义，而是他天生的自由主义，由于这个，他对一切人都平等看待，不问他们衔级或职位的高低；第三，也是最重要的，是他对他所从事的职务漠不关心，因此他从来没有热心过，也从来没有犯过错误。

到了他办公的地点，斯捷潘·阿尔卡季奇就被一个挟着公事包恭顺的门房跟随着，走进了他的小办公室，穿上制服，走到办公室来。书记和职员都起立，快乐而恭顺地向他鞠躬。斯捷潘·阿尔卡季奇照常迅速地走到自己的位子前，和同僚们握了握手，就坐下来。他说了一两句笑话。说得很得体，就开始办公了。为了愉快地处理公务所必需的自由、简便和仪式的分寸，再没有谁比斯捷潘·阿尔卡季奇更清楚的了。一个秘书，带着斯捷潘·阿尔卡季奇的办公室每个人所共有的快乐而恭顺的神情，拿着公文走进来，用斯捷潘·阿尔卡季奇所倡导的那种亲昵的、无拘无束的语调说：

"我们设法得到了平扎省府的报告。在这里，你要不要……"

"终于得到了吗？"斯捷潘·阿尔卡季奇把手指按在公文上，"哦，先生们……"于是开始办公了。

"要是他们知道，"他想，带着庄重的神气低下头，一边听着报告，"半个钟点以前，他们的长官多么像一个做错事的小孩啊！……"在宣读报告的时候他的眼里含着笑意。办公要一直不停地继续到两点钟，到两点钟才休息和用午饭。

还不到两点时，办公室的大玻璃门突然开了，一个人走了进来。所有坐在沙皇肖像和正义镜下面的官员们，都高兴可以散散心，向门口望着；但是门房立刻把闯进来的人赶了出去，随手把玻璃门关上了。

报告读完了，斯捷潘·阿尔卡季奇站起来，伸了伸懒腰，于是，发挥时代的自由主义，在办公室拿出一支纸烟来，然后走进他的小办公室去。他的两个同僚——老官吏尼基京和侍从官格里涅维奇跟随着他进去。

"我们吃了午饭还来得及办完。"斯捷潘·阿尔卡季奇说。

"当然来得及！"尼基京说。

"那福明一定是个很狡猾的家伙。"格里涅维奇说的是一个和他们正在审查的案件有关的人。

斯捷潘·阿尔卡季奇听了格里涅维奇的话皱皱眉，这样使他明白过早下判断是不对的，他没有回答一句话。

"刚才进来的是谁？"他问门房。

"大人，一个人趁我刚一转身，没有得到许可就钻进来了。他要见您。我告诉他，等办公的官员们走了的时候，再……"

"他在什么地方？"

"也许他到走廊里去了；他刚才还在那里踱来踱去。那就是他。"门房说，指着一个蓄着鬈曲胡须、体格强壮、宽肩的男子，他没有摘下羊皮帽子，正轻快而迅速地跑上石级磨损了的台阶。一个挟着公事包的瘦削官吏站住了，不以为然地望了望这位正跑上台阶的人的脚，又探问似的瞥了奥布隆斯基一眼。

斯捷潘·阿尔卡季奇正站在台阶顶上。当他认出走上来的人的时候，他那托在制服的绣金领子上面容光焕发的和蔼面孔显得更光彩了。

"哦，原来是你！列文！你终于来了。"他带着亲切的嘲弄微笑说，一面打量着走上前来的列文。"你怎么肯驾临这个巢穴来看我？"斯捷潘·阿尔卡季奇说，握手他还不满足，他吻了吻他的朋友，"来了好久了吗？"

"我刚刚到，急于要见你。"列文说，羞涩地、同时又生气和不安地四下望了望。

"哦，到我房间去吧。"斯捷潘·阿尔卡季奇说，他知道他的朋友自尊心很强和易怒的羞赧，于是，挽着他的胳膊，他拉着他走，好像引导他穿过什么危险物一样。

斯捷潘·阿尔卡季奇几乎对所有相识的人都称"你",通通叫他们的教名:六十岁的老人和二十岁的青年人、演员、大臣、商人和侍从武官都一律对待,因此他大部分的密友可以在社会阶层的两个极端找到,他们要是知道通过奥布隆斯基的媒介而有了共同的关系,一定会很惊讶的。凡是和他一道喝过香槟的人都是他的亲密朋友,而他跟什么人都一道喝香槟,所以万一当着他部下的面,他遇见了他的什么"不体面的亲友"(如他所戏谑似的称呼他的许多朋友),他凭着他特有的机智,懂得怎样冲淡在他们心中留下的不愉快印象。列文并不是一个"不体面的亲友",但是奥布隆斯基立刻敏感到列文一定以为他不愿当着他部下的面露出他和他的亲密,故而赶紧把他带到他的小办公室里去。

列文和奥布隆斯基差不多同样年纪;他们的亲密并不只由于香槟。列文是他从小的同伴和朋友。他们虽然性格和趣味各不相同,却像两个从小在一块儿的朋友一样相亲相爱。虽然如此,他们两人——像选择了不同的活动的人们之间所常发生的情形一样——虽然议论时也说对方的活动是正确的,但却从心底鄙视。彼此都感觉好像自己过的生活是唯一真正的生活,而朋友所过的生活却完全是幻想。奥布隆斯基一看见列文就抑制不住微微讽刺的嘲笑。他多少次看见列文从乡下到莫斯科来,他在乡下做的什么事情,斯捷潘·阿尔卡季奇从来也不十分理解,而且也实在不感兴趣。列文每次到莫斯科来总是非常激动,非常匆忙,有点不安,又因为自己的不安而激怒,而且大部分时候对于事物总是抱着完全新的、出人意料的见解。斯捷潘·阿尔卡季奇嘲笑这个,却又喜欢这个。同样,列文从心底鄙视他朋友的都市生活方式和他认为没有意思而加以嘲笑的公务。但是所不同的只是奥布隆斯基因为做着大家都做的事,所以他能够得意地、温和地笑,而列文却是不得意地、有时甚至生气地笑。

"我们盼了你好久了。"斯捷潘·阿尔卡季奇说,走进他的小办公室,放开列文的胳膊,好像表示这里一切危险都过去了一样。"我看见你真是非常,非常的高兴呢!"他继续说,"哦,你好吗?呃!你什么时候到的?"

列文沉默着,望着奥布隆斯基的两个同僚的不熟识的面孔,特别是望着那位风雅的格里涅维奇的手,那手有那么长的雪白指头,那么长的、黄黄的、尖端弯曲的指甲,袖口上系着那么大的发光的纽扣,那手显然占去了他全部的注意力,不让他有思想的自由了。奥布隆斯基立刻注意到这个,微笑了。

"哦,真的,让我来给你们介绍吧,"他说,"我的同事:菲立浦·伊万尼奇·尼基京,米哈伊尔·斯丹尼斯拉维奇·格里涅维奇,"然后转向列文,"县议员,县议会的新人物,一只手可以举重五十普特①的运动家,畜牧家,狩猎家,我的朋友,康斯坦丁·德米特里奇·列文,谢尔盖·伊万内奇·科兹内舍夫的令弟。"

"高兴得很。"老官吏说。

"我很荣幸认识令兄谢尔盖·伊万内奇。"格里涅维奇说,伸出他那留着长指甲的、纤细的手来。

列文皱着眉,冷淡地握了握手,立刻就转向奥布隆斯基。虽然他对他的异父兄弟,那位全俄闻名的作家抱着很大的敬意,但是当人家不把他看作康斯坦丁·列文,而只把他看作有名的科兹内舍夫的兄弟的时候,他就不能忍受了。

"不,我已经不在县议会了。我和他们所有的人吵了架,不再去

---

① 1普特合16.3公斤。

参加议会了。"他转向奥布隆斯基说。

"这么快！"奥布隆斯基微笑着说，"但是怎么的？为什么？"

"说来话长。我以后再告诉你吧，"列文说，但是他立刻对他讲起来了，"哦，简单一句话，我确信县议会实际上什么也没有干，而且什么也干不成。"他开口了，好像有什么人刚刚侮辱了他一样，"一方面，这简直是玩具；他们在玩弄议会，我既不够年轻，也不够年老，对这玩意儿不感兴趣；另一方面，（他吃吃地说）这是县里结党营私[①]的工具。从前有监督，有裁判所，而现在有县议会——形式上不是受贿赂，而是拿干薪。"他说得很激昂，好像在座有人反对他的意见似的。

"嗳哈，你又有了新变化，我看——这一回是保守党，"斯捷潘·阿尔卡季奇说，"不过这个我们以后再谈吧。"

"是的，以后吧。但是我要见你。"列文说，憎恶地望着格里涅维奇的手。

斯捷潘·阿尔卡季奇浮现出几乎看不出的微笑。

"你不是常说你再也不穿西欧服装了吗？"他问，打量着列文那身显然是法国裁缝做的新衣服，"哦！我看：又是新变化。"

列文突然红了脸，并不像成年人红脸，轻微地，自己都不觉得，而像小孩红脸，觉得自己的羞赧是可笑的，因而感到惭愧，就更加脸红了，差不多快要流出眼泪来。看着这聪明的、男性的面孔陷入那样一种孩子似的状态中，十分令人奇怪，奥布隆斯基就不再看他了。

"哦，我们在什么地方会面呢？你知道我急于要和你谈谈。"列文说。

[①] 原文为法语。

奥布隆斯基像在考虑的样子。

"我看这样吧：我们到顾林去吃午饭，我们可以在那里谈谈。我到三点钟就没有事了。"

"不，"列文考虑了一会儿之后回答，"我还得到旁的地方去一下。"

"那么，好吧，我们一道吃晚饭。"

"一道吃晚饭？但是我并没有什么特别的事，仅仅说一两句话，问你一件事！我们可以改天再长谈。"

"那么，现在就把这一两句话说了，我们吃了晚饭再闲聊聊。"

"哦，就是这样一两句话，"列文说，"不过也没有什么特别要紧的事。"

他为了竭力克制他的羞赧，脸上现出凶狠的神情。

"谢尔巴茨基家的人怎样？一切都照旧吗？"他说。

斯捷潘·阿尔卡季奇早就知道列文钟情于他的表妹基蒂①，他浮上一丝几乎看不见的微笑，他的眼睛愉快地闪耀着。

"你说一两句话，我可不能用一两句话来回答，因为……对不起，请等一等……"

秘书走进来，亲密而又恭敬，并且像所有的秘书一样谦逊地意识到在公务的知识上自己比上司高明；他拿着公文走到奥布隆斯基面前，借口请示，说明了一些困难。斯捷潘·阿尔卡季奇没有听他说完，就把手温和地放在秘书的袖口上。

"不，请照我说的办吧，"他说，微微一笑把话放缓和了，然后简单地说明了他对这件事的看法，就推开了公文，说，"就请你照那样办，扎哈尔·尼基季奇。"

---

① 基蒂是卡捷琳娜的英文名字。

秘书惶惑地退了出去。列文在奥布隆斯基和秘书谈话的时候，完全从他的困惑中恢复过来了。他胳膊肘靠在椅背上站着，带着讥讽的注意神色倾听着。

"我不懂，我不懂。"他说。

"你不懂什么？"奥布隆斯基说，像往常一样快乐地微笑着，拿出一支纸烟来。他期待列文说出什么突发奇想的话来。

"我不懂你们在做些什么，"列文说，耸了耸肩，"你怎么能郑重其事地做呢？"

"为什么不？"

"为什么，因为一点意思都没有呀！"

"这只是你的想法，我们可忙坏了。"

"都是纸上谈兵！可是，你对于这种事情倒是很有才干的。"列文补充说。

"你意思是说我有什么欠缺的地方吗？"

"也许是这样，"列文说，"但是我还是佩服你的气派，并且因为有这么一个伟大人物做我的朋友，我觉得很荣幸！但是你还没有回答我的问题。"他继续说，竭力正视着奥布隆斯基的面孔。

"哦，好了，好了。你等着吧，你自己也会落到这种境地的。你在卡拉金斯克县有三千俄亩①土地，你那么筋肉饱满，就像十二岁小姑娘一样鲜嫩，自然惬意得很！但是你终于有一天会加入我们的行列。是的，至于你所问的问题，没有变化，只是你离开这么久，很可惜了。"

"哦，为什么？"列文吃惊地问。

"哦，没有什么，"奥布隆斯基回答，"我们以后再谈吧。但是你

---

① 1俄亩合1.09公顷。

到城里来有什么特别的事吗?"

"这个我们也以后再谈吧。"列文说,脸又红到耳根了。

"好的,当然啰!"斯捷潘·阿尔卡季奇说,"你知道,我应当请你上我们家里去,但是我妻子身体不大好。我看这样吧:假使你要见他们,他们从四点到五点准在动物园。基蒂在那里溜冰。你坐车去吧,我回头来找你,我们再一道到什么地方去用晚饭。"

"好极了!那么再见!"

"当心不要忘了!我知道你,说不定你一下又跑回乡下去!"斯捷潘·阿尔卡季奇笑着叫道。

"不会的!"

列文走出房间,到了门口时,这才记起来他没有向奥布隆斯基的同僚们告别。

"这位先生看来一定是位精力充沛的人。"格里涅维奇在列文走了之后说。

"是的,朋友,"斯捷潘·阿尔卡季奇说,摇摇头,"他才是个幸运儿呢!在卡拉金斯克县有三千俄亩土地,前途无量;而又朝气勃勃的!不像我们这班人。"

"你有什么可抱怨的呢,斯捷潘·阿尔卡季奇?"

"哦,我倒霉得很啊!"斯捷潘·阿尔卡季奇说,沉重地叹着气。

6

当奥布隆斯基问列文为什么到城里来时,列文脸红了,而且为了脸红直生自己的气,因为他不能够回答:"我是来向你的姨妹求婚的。"虽然他正是为了那个目的而来。

列文家和谢尔巴茨基家都是莫斯科的名门望族,彼此一向交情很深。这种交情在列文上大学时代更加深了。他同多莉和基蒂的哥哥,年轻的谢尔巴茨基公爵一道准备进大学而且是和他同时进去的。那时候他常出入谢尔巴茨基家,他对谢尔巴茨基一家有了感情。看来似乎很奇怪,康斯坦丁·列文爱他们一家,特别是他们家的女性。他记不起自己的母亲了,而他仅有的姐姐又比他大得多,所以,他第一次看到有教养而正直的名门望族家庭内部的生活,那种因为他父母双亡而失去了的生活,是在谢尔巴茨基家里。那个家庭的每个成员,特别是女性,在他看来好像都笼罩在一层神秘的诗意的帷幕里,他不仅在她们身上看不出缺点,而且在包藏她们诗意的帷幕之下,他想象着最崇高的感情和应有尽有的完美。为什么这三位年轻的小姐一定要今天说法语,明天说英语;为什么她们要在一定的时间轮流地弹钢琴,琴声直传到她们哥哥的楼上的房间,两位大学生总是在那间房里用功的;为什么她们要那些法国文学、音乐、绘画、跳舞的教师来教她们;为什么在一定的时间,这三位年轻的小姐要穿起绸外衣——多莉是穿着一件长的,纳塔利娅是半长的,而基蒂的是短得连她那双穿着紧紧的红色长袜的俏丽小腿都完全露在外面——同琳诺小姐①一道,乘坐马车到特维尔林荫路去;为什么她们要由一个帽子上有金色帽徽的仆人侍卫着,在特维尔林荫路上来回散步——这一切和她们的神秘世界所发生的其他更多的事,他都不懂,但是他确信在那里所做的每件事都是美好的,而他爱的就是这些事情的神秘。

在学生时代,他差一点爱上了最大的女儿多莉;但是不久她和奥布隆斯基结了婚。于是他就开始爱上了第二个女儿。他好像觉得他一定要爱她们姊妹中的一个,只是他确不定哪一个。但是纳塔利

---

① 原文为法语。

娅也是刚一进入社交界就嫁给了外交家利沃夫。列文大学毕业的时候，基蒂还是个小孩子。年轻的谢尔巴茨基进了海军，在波罗的海淹死了；因此，虽然他和奥布隆斯基交情深厚，但是列文和谢尔巴茨基家的关系就不大密切。但是今年初冬，当列文在乡下住了一年又来到莫斯科，看见谢尔巴茨基一家人的时候，他明白了这三姊妹中哪一个是他真正命定要去爱的。

他，一个出身望族，拥有资产的三十二岁的男子，去向谢尔巴茨基公爵小姐求婚，似乎是再简单不过的事了；他很可以立刻被看做良好的配偶。但是列文是在恋爱，因此，在他看来基蒂在各方面是那样完美，她简直是一个超凡入圣的人，而他自己却是一个这样卑微、这样俗气的人，别人和她自己会认为他配得上她，那是连想都不能想象的。

他曾经为了要会见基蒂而出入交际场所，差不多每天在那里看见她，他在这样一种销魂荡魄的状态中在莫斯科度过两个月后，突然断定事情没有可能，就回到乡下去了。

列文确信事情没有可能，是根据在她亲族的眼里看来，他不是迷人的基蒂的合适的、有价值的配偶，而基蒂自己也不会爱他。从她家族眼里来看，他三十二岁了，在社会上还没有通常的、确定的职业和地位，而他的同辈现在有的已经做了团长，侍从武官，有的做了大学教授，有的做了银行和铁路经理，或者像奥布隆斯基一样做了政府机关的长官；他（他很明白人家会怎样看他）仅仅是一个从事畜牧、打猎、修造仓库的乡下绅士，换句话说，就是一个没有才能、没有出息、干着在社交界看来只有无用的人们才干的那种事的人。

神秘的、迷人的基蒂决不会爱这么一个如他自己认为的那样丑陋的人，尤其是那么一个平凡的、庸庸碌碌的人。而且他过去对基蒂的态度——由于他和她哥哥的友谊关系而来的成人对待小孩子的态度——他觉得这又是恋爱上的新障碍。一个如他自己认为的那样丑陋、温厚的男子，他想，可以得到别人的友谊，但是要获得他爱基蒂那样的爱情，就须得是一个漂亮的，尤其是卓越的男子才行。

他听说女人常常爱丑陋而平凡的人，但是他不相信，因为他是根据自己判断来的，而他自己是只能爱那美丽的、神秘的、卓越的女人的。

但是孤单单一个人在乡下过了两个月以后，他确信这不是他在最初的青春期所体验到的那种热情；这种感情不给他片刻安宁；她会不会做他妻子这个问题不解决，他就活不下去了；他的失望只是由于他凭空想象而来的，并没有他一定会遭到拒绝的任何证据。他这次到莫斯科来就是抱着向她求婚的坚定决心，如果人家允了婚，他就立刻结婚。或者……如果他遭到拒绝，他会变成怎样，他简直不能想象。

7

乘早车到了莫斯科，列文住在他的异父哥哥科兹内舍夫家里，换了衣服以后，他走进他哥哥的书房，打算立刻跟他说明他这次来的目的，而且征求他的意见；但是他哥哥不是独自一人在那里。一位有名的哲学教授同他在一起，这位教授是特地从哈尔科夫赶来解释他们之间由于争论一个很重要的哲学问题而产生的误会，教授正在与唯物论者展开猛烈的论战。谢尔盖·科兹内舍夫很有兴味地注视着这场论战，读了教授最近的论文之后，他就写信给他，表示反对，他责备教授对唯物论者太让步了；因此教授马上来解释这件事情。争论的是一个时髦的问题：人类的生理现象和心理现象之间有没有界线可分；假如有，那么在什么地方？

谢尔盖·伊万诺维奇带着他对任何人都是那样亲热而冷淡的微笑迎接弟弟，把他介绍给教授之后，仍旧继续讨论。

一位前额狭窄、矮小、戴眼镜的人把讨论撇开了一会儿，来和列文招呼，接着就继续谈论下去，不再注意他了。列文坐下等教授走，但是他不久就对他们讨论的题目发生了兴趣。

列文在杂志上看到过他们正在讨论的论文，而且读过这些文章，把它们当做科学原理的发展而感到兴味，他从前在大学里原是学自然科学的，所以对于科学是很熟悉的；但是他从来不曾把这些科学推论——如人类动物的起源[1]、反射作用、生物学和社会学——和那些最近愈益频繁地萦绕在他心里的生与死的意义的问题联系起来。

当他听他哥哥和教授辩论的时候，他注意到他们把这些科学问题和那些精神问题联系起来，好几次他们延伸触及后面这个问题；但是每当他们接近这个他认为最主要的问题，他们就立刻退回去，又陷入琐碎的区别、保留条件、引文、暗示和引证权威著作的范围里，他要理解他们的话，都很困难了。

"我不能承认，"谢尔盖·伊万诺维奇用其惯常具有的明了正确的语句和文雅的措辞说，"我无论如何不能同意凯斯，认为对于外在世界的全部概念都是从知觉而来。最根本的观念——生存的观念，就不是通过感觉而得到的；因为传达这种观念的特别的感觉器官是没有的。"

"是的，但是他们——武斯特、克瑙斯特和普里帕索夫[2]——会回答说你的生存意识是由你的一切感觉的综合而来的，而生存的

---

[1] 达尔文著的《人类起源和性的选择》于一八七一年问世。十九世纪七十年代在《祖国纪事》、《欧洲导报》和《俄罗斯导报》上登载了许多论达尔文学说的长篇文章。

[2] 凯斯、武斯特、克瑙斯特和普里帕索夫都是虚构的名字。

意识就是感觉的结果。武斯特就明白地说，假使没有感觉，那就不会有生存的观念。"

"我的主张相反。"谢尔盖·伊万诺维奇开口说。

但是在这里，列文又觉得，他们刚接近了最重要的一点，就又避开了，于是他下决心问教授一个问题。

"照这样说，假使我的感觉毁灭，我的肉体死亡，那就没有任何生存可言了吗？"他问。

教授苦恼地，而且好像由于话头被人打断弄得精神上很痛苦似的打量了一下这个与其说像哲学家毋宁说像拉纤夫的奇怪质问者，然后将视线转向谢尔盖·伊万诺维奇，好像在问："对他说什么呢？"但是谢尔盖·伊万诺维奇说话不像教授那样偏激，他心有余裕来回答教授，同时也心有余裕来领会产生那问题的简单而自然的观点，他微笑着说：

"那个问题我们还没有权利解决……"

"我们没有材料……"教授附和着，又去阐述他的论据了。"不，"他说，"我要指出这个事实，就是假如像普里帕索夫所明白主张的那样，知觉是基于感觉的话，那么我们就必须严格地区别这两个概念。"

列文不再听下去，只是等待着教授走掉。

8

教授走后，谢尔盖·伊万诺维奇转向他弟弟。

"你来了我很高兴。要住些时候吧？你的农务怎样？"

列文知道他哥哥对于农务并不感兴趣，他这么问只是出于客气罢了，因此他只告诉他出卖小麦和钱财的事情。

列文本来想把结婚的决心告诉哥哥，而且征求他的意见；他的确是下了决心这样做的，但是见了哥哥，倾听他和教授的谈话，后来又听到他问他们的农务（他们母亲遗下的财产没有分开，列文管理他们两人的两份财产）的那种勉强垂顾的语调以后，列文感到他不知为什么不能够跟他说他打算结婚的心思。他觉得他哥哥不会像他希望的那样看这事情。

"唔，你们的县议会怎样了？"谢尔盖·伊万诺维奇问，他对于这些地方机关很感兴趣，而且十分重视。

"我实在不知道。"

"什么？可是你不是议员吗？"

"不，我已经不是了。我辞职了。"康斯坦丁·列文回答，"我不再出席会议了。"

"多可惜！"谢尔盖·伊万内奇皱着眉喃喃地说。

列文为了替自己辩护，开始叙述在县议会里所发生的事情。

"总是那样的呀！"谢尔盖·伊万诺维奇打断他的话头，"我们俄国人总是那样。这也许是我们的长处，这种能看到我们自己缺点的才能；但是我们做得太过火了，我们用常挂在嘴上的讽刺来聊以自慰。我能说的只是把像我们乡间机构的这种权利给予欧洲任何其他民族——德国人或是英国人——都会使他们从中取得自由，而我们却只把这变成笑柄。"

"但是怎么办呢？"列文抱愧地说，"这是我的最后尝试。我全心全意地试过。但是我不能够。我做不来。"

"不是你做不来，"谢尔盖·伊万诺维奇说，"你没有用正确的眼光去看事情。"

"也许是的。"列文忧郁地说。

"哦！尼古拉弟弟又到这儿来了，你知道吗？"

尼古拉弟弟是康斯坦丁·列文的亲哥哥,谢尔盖·伊万诺维奇的异父弟弟,他是一个完全堕落了的人,荡尽了大部分家产,跟三教九流的人混在一起,又和兄弟们吵了架。

"你说什么?"列文恐怖地叫,"你怎么知道的?"

"普罗科菲在街上看见他。"

"在莫斯科这里?他住在什么地方?你知道吗?"列文从椅子上站起来,好像立刻要去一样。

"我告诉了你,我很后悔,"谢尔盖·伊万内奇说,看见弟弟的兴奋神情,他摇了摇头,"我派人找到了他住的地方,把我代他付清的、他给特鲁宾出的借据送给了他。这是我收到的回答。"

说着,谢尔盖·伊万诺维奇从吸墨器下面抽出一张字条,递给他弟弟。

列文读着这张用奇怪的、熟悉的笔迹写的字条:

> 我谦卑地请求你们不要来打扰我。这就是我要求我仁爱的兄弟们的唯一恩典 —— 尼古拉·列文。

列文读完了,没有抬起头来,把字条拿在手里,在谢尔盖·伊万诺维奇的面前站着。

他要暂时忘记他的不幸的哥哥,但又意识到这样做是卑鄙的,这两者在他的心中斗争着。

"他显然是要侮辱我,"谢尔盖·伊万诺维奇继续说,"但是他侮辱不了我的,我本来一心想帮助他,但我知道那是办不到的。"

"是的,是的,"列文重复着,"我明白而且尊重你对他的态度;但是我要去看看他。"

"你要去就去;但是我劝你不要这样,"谢尔盖·伊万诺维奇说,

"对于我说,我并不怕你这样做,他不会挑拨我们之间的关系;但是为了你自己,我劝你最好还是不去。你对他不会有什么帮助,不过随你的便吧。"

"也许我对他不会有什么帮助,但是我觉得——特别是在这个时候……但那是另外一回事——我觉得于心不安……"

"哦,那我可不明白,"谢尔盖·伊万诺维奇说,"但是有一件事我明白,"他补充说,"这就是谦逊的教训。自从尼古拉弟弟变成现在这个样子以后,我对于所谓不名誉的事就采取了不同的更宽大的看法了……你知道他做了什么……"

"噢,可怕,可怕呀!"列文重复着说。

从谢尔盖·伊万诺维奇的仆人那里得到他哥哥的住址以后,列文想立刻去看他,但是,想了一想以后,决定把拜访推迟到晚上。要使心情安定下来,首先必须解决一下使他到莫斯科来的那件事。列文从他哥哥那里出来,就到奥布隆斯基的衙门去,打听到谢尔巴茨基家的消息以后,他就坐着马车到他听说可以找到基蒂的地方去了。

9

下午四点钟,列文感到自己的心脏如小鹿乱撞,在动物园门口下了出租马车,沿着通到冰山和溜冰场的小径走去,知道在那里一定可以找到她,因为他看到谢尔巴茨基家的马车停在门口。

这是一个晴朗而寒冷的日子。马车、雪橇、出租马车和警察排列在入口处。一群群穿着漂亮衣服、帽子在太阳光里闪耀着的人,在入口处,在一幢幢俄国式雕花小屋之间打扫得很干净的小路上挤来挤去。园里弯曲的、枝叶纷披的老桦树,所有的树枝都被雪压得往下垂着，看上去好像是穿上崭新的祭祀法衣。

他沿着通到溜冰场的小路走去，尽在对自己说："一定不要激动，要镇静些。你怎么搞的啊？你要怎样呢？安静些，傻瓜！"他对自己的心脏说。但是他越要竭力镇静，却越是呼吸困难。一个熟人碰见他，叫他的名字，列文却连他是谁也没有认出来。他向冰山走去，从那里传来了雪橇溜下去或被拖上来铁链铿锵的声音，滑动的雪橇的辚辚声和快乐的人声。他向前走了几步，溜冰场就展现在他眼前，立刻，在许多溜冰者里，他认出了她。

他凭着袭上心头的狂喜和恐惧知道她在那里。她站在溜冰场那一头在和一个妇人谈话。她的衣服和姿态看上去都没有什么特别引人注目的地方，但是列文在人群中找出她来，就好像在荨麻里找到蔷薇一样地容易。由于她，万物生辉。她是照耀周遭一切的微笑。"我真的能够走过冰面到她那里去吗？"他想，她站的地方对于他说好像是不可接近的圣地，有一刹那，他害怕得那么厉害，几乎要走掉了。他只得努力抑制自己，考虑到各式各样的人们都在她身旁经过，而他自己也可以到这里来溜冰的。他走下去，他像避免望太阳一样避免望着她，但是不望着也还是看见她，正如人看见太阳一样。

在每星期那一天，那一个时刻，属于同一类的熟人们就都聚在冰上了。他们当中有大显身手的溜冰名手，也有带着胆怯的、笨拙的动作扶住椅背的初学者；有小孩，也有为了健康缘故去溜冰的老人；他们在列文看来都是一群选拔出来的幸运儿，因为他们都在这里，挨近着她。可是所有的溜冰者似乎都满不在乎地超过她去，追上她，甚至和她交谈，而且自得其乐，与她无关地享受着绝妙的冰和晴和的天气。

尼古拉·谢尔巴茨基，基蒂的堂兄，穿着短衣和紧裤，脚上穿着冰鞋，正坐在园里的椅子上，看见列文，他向他叫起来：

"哦，俄罗斯第一流的溜冰家！来了好久了吗？头等的冰——穿上你的溜冰鞋。"

"我没有溜冰鞋。"列文回答，惊异在她面前会这样勇敢和自在，他没有一秒钟不看她，虽然他没有望她。他感到好像太阳走近他了。她在转角，带着明显的胆怯迈动她那双穿着长靴的纤细的脚，她向他溜来。一个穿着俄罗斯式衣服的少年拼命地挥动着手臂，腰向地面弯着，超过了她。她溜得不十分稳；把她的两手从那系在绳子上的小暖手筒里拿出，她伸开两手，以防万一，而且望着列文，她已经认出他了，由于他和她自己的胆怯而微笑起来。当她转过弯的时候，她用一只脚蹬一下冰把自己往前一推，一直溜到谢尔巴茨基面前；于是抓住他的手，她向列文微笑着点点头。她比他所想象的还要美丽。

他想到她的时候，他心里可以生动地描画出她的全幅姿影，特别是她那个那么轻巧地安放在她那端正的少女肩上，脸上充满了孩子样的明朗和善良神情的、小小的一头金发的头的魅力。她的孩子气的表情，加上她身材的纤美，构成了她的特别魅力，那魅力他完全领会到了；但是一向使他意外惊倒的，是她那双眼睛温柔、静穆和诚实的眼神，特别是她的微笑，总是把列文带进仙境中，使他流连其中眷恋难舍，情深意切，就像他记得在童年一些日子里所感觉的一样。

"您来了很久了吗？"她说，把自己的手交给他，"谢谢您。"当他拾起从她暖手筒里落下的手帕的时候，她补充说。

"我？没有，没有多久……昨天……我是说今天……我刚到的。"列文回答，因为情绪激动，一下子没有听懂她的问题。"我要来看您。"他说，想起了他来看她的目的，他立即不好意思起来，满脸涨红了，"我不知道您会溜冰，而且溜得这样好。"

她注意地看着他,好像要探明他困惑的原因似的。

"您的称赞是值得重视的。这里有一种传说,说您是最好的溜冰家。"她说,用戴着黑手套的小手拂去落在她暖手筒上的碎冰。

"是的,我从前有段时期对于溜冰很热心。我想要达到完美的境界。"

"您做什么事都热心,我想,"她微笑着说,"我那样想看您溜冰。穿上冰鞋,我们一道溜吧。"

"一道溜!莫非真有这种事吗?"列文想,凝视着她。

"我马上去穿。"他说。

于是他去租冰鞋。

"您很久没有来了,先生,"一个侍者说,扶起他的脚,把溜冰鞋后跟拧紧,"除了您,再也没有会溜冰的先生了!行吗?"他说,拉紧皮带。

"哦,行,行;请快一点!"列文回答,好容易忍住了流露在他脸上的快乐的微笑。"是的,"他想,"这就是人生——这就是幸福!一道,她说,让我们一道溜!现在就对她说吗?但是那正是我怕讲的原因哩。因为现在我是幸福的,至少在希望上是幸福的……而以后呢?……但是我一定要,我一定要,懦弱滚开吧!"

列文站起来,脱下大衣,在小屋旁边的崎岖的冰场上迅速地滑过去,到了平滑的冰面上,于是毫不费力地溜着,调节着速度,转换着方向,像随心所欲似的。他羞怯地走近她,但是她的微笑又使他镇定下来。

她把手伸给他,他们并肩前进,越溜越快了,他们溜得越快,她把他的手也握得越紧。

"和您一道,我很快就学会了;不知为什么,我总相信您。"她说。

"您靠着我的时候,我也就有自信了。"他立刻因为自己所说的话吃了一惊,脸都涨红了。事实上,他一说出这句话来,她的面孔就立刻失掉了所有的亲密表情,好像太阳躲进了乌云一样,而且列文看出了他所熟悉的她那表示心情紧张的面部表情的变化:在她的光滑的前额上浮现出皱纹。

"您有什么不愉快吗?……不过我没有权利问的。"他急忙地说。

"为什么?……不,我没有什么不愉快。"她冷淡地回答;立刻她又补充说:"您没有看见琳诺小姐吧?"

"还没有。"

"那么到她那里去吧,她是那样喜欢您。"

"怎么回事?我惹恼了她。主啊,帮助我!"列文想,他飞跑到坐在长凳上的满头白色鬈发的法国老妇人那里去。她微笑着,露出一口假牙,像老朋友一样迎接他。

"是的,你看我们都长大了,"她对他说,向基蒂那边瞥了一眼,"而且老了。小熊①也长大了!"法国妇人继续说,笑了起来,她提醒他曾把这三个年轻的姑娘比做英国童话里的三只熊的笑话,"您记得您常常那样叫她们吗?"

他简直一点也记不起来了,但是为了这句笑话她笑了十年,而且很爱这句笑话。

"哦,去溜冰,去溜冰吧!我们的基蒂也学得很会溜了,可不是吗?"

当列文跑回到基蒂那里的时候,她的脸色不那么严厉了,她的眼睛带着和她以前一样的真诚亲切的神情望着他,但是列文觉得在她的亲切里有一种故作镇静的味道。他感到忧郁。谈了一会她年老的家庭女教师和她的癖性以后,她问起他的生活。

---

① 原文为英语。

"您冬天在乡下难道真的不寂寞吗？"她说。

"不，我不觉得寂寞，我非常忙。"他说，感觉到她在用平静的调子影响他，他没有力量冲破，正像初冬时候的情形一样。

"您要住很久吗？"基蒂问。

"我不知道。"他回答，没有想他在说什么。他的脑海里闪过这样的念头：假如他接受了她的这种平静的友好调子，他又会弄得毫无结果地跑回去，因此他决定打破这局面。

"您怎么不知道？"

"我不知道，这完全在您。"他说了这话立刻觉得恐怖起来。

是她没有听到他的话呢，还是她不愿意听，总之，她好像绊了一下，把脚踏了两下，就急忙从他身边溜开。她溜到琳诺小姐那里，对她说了几句什么话，就向妇女换冰鞋的小屋走去了。

"我的上帝！我做了什么？慈悲的上帝！帮助我，指引我吧！"列文说，在内心祈祷着，同时感到需要剧烈运动一下，他四处溜着，兜着里外的圈子。

正在那个时候，一个年轻人，滑冰者中最优秀的新人，穿着溜冰鞋从咖啡室走出来，口里衔着一支香烟，他从台阶上一级一级地跳跃着跑下来，他的溜冰鞋发出嚓嚓的响声。他飞跑下来，连两手的姿势都没有改变就溜到冰上去了。

"哦，这倒是新玩意！"列文说，立刻跑上去试这新玩意。

"不要跌断您的脖颈！这是要练习的呀！"尼古拉·谢尔巴茨基对他喊叫。

列文走上台阶，从上面老远跑过来，直冲下去，在这不熟练的动作中，他用两手保持着平衡。在最后一级上他绊了一下，但是手刚触到冰，就猛一使劲，恢复了平衡，笑着溜开去了。

"他是多么优美，多么温和呀！"基蒂想，那时她正同琳诺小姐一道从小屋里走出来，带着平静多情的微笑望着他，好像望着亲爱的哥哥一样。"这难道是我的过错，难道我做错了什么吗？人家说是卖弄风情……我知道我爱的不是他，可是我和他在一起觉得快乐，他是那样有趣！不过他为什么要说那种话呢？……"她默想着。

看见基蒂要走，和她母亲在台阶上接她，列文，由于剧烈的运动弄得脸都红了，站着沉思了一会儿。随后他脱下了溜冰鞋，在花园门口追上了她们母女。

"看到您我很高兴，"谢尔巴茨基公爵夫人说，"我们和平常一样，礼拜四招待客人。"

"今天就是礼拜四！"

"我们会很高兴看见您。"公爵夫人冷淡地说。

这种冷淡使基蒂难过，她忍不住要弥补母亲的冷淡。她回转头来，微笑地说：

"晚上见！"

正在这个时候，斯捷潘·阿尔卡季奇歪戴着帽子，脸和眼睛放着光，像一个胜利的英雄一样跨进了花园。但是当他走近他岳母的时候，他用忧愁和沮丧的语调回答她关于多莉的健康的询问。在和他岳母低声而忧郁地谈了一两句话以后，他就又挺起胸膛，挽住列文的胳膊。

"哦，我们就走吗？"他问。"我老想念着你，你来了，我非常，非常高兴。"他说，意味深长地望着他的眼睛。

"好的，我们就走吧。"快活的列文回答，还听见那声音在说："晚上见！"而且还看见说这话时的微笑。

"英国饭店①呢，还是爱尔米达日饭店？"

"随便。"

---

① 英国饭店，莫斯科的一家饭店，内有布置豪华的雅座。

"那么就去英国饭店吧。"斯捷潘·阿尔卡季奇说，他选了这个饭店，因为他在这里欠的账比在爱尔米达日欠的多，因此他认为避开它是不对的。"你雇马车了吗？……那顶好，因为我已经打发我的马车回去了。"

两个朋友一路上差不多没有说话。列文正在寻思基蒂脸上表情的变化是什么意思；一会儿自信有希望，一会儿又陷于绝望。分明看到他的希望是疯狂的，但他还是感到，现在比她没有微笑和说"晚上见"这句话以前，他跟那时候完全判若两人了。

斯捷潘·阿尔卡季奇一路上净在琢磨晚餐的菜单。

"你喜不喜欢比目鱼？"他对列文说，当他们到达的时候。

"什么，"列文反问，"比目鱼？是的。我非常喜欢比目鱼。"

10

当列文和奥布隆斯基一道走进饭店的时候，他不由得注意到在斯捷潘·阿尔卡季奇的脸孔和整个的姿态上有一种特殊的表情，也可以说是一种被压抑住的光辉。奥布隆斯基脱下外套，帽子歪戴着，踱进餐室，对那些穿着燕尾服拿着餐巾、聚拢在他周围的鞑靼服务员吩咐了一声。他向遇见的熟人左右点头，这些人在这里也像在任何旁的地方一样很喜悦地迎接他，然后他走到立食餐台前，喝了一杯伏特加，吃了一片鱼，先开开胃，跟坐在柜台后面，用丝带、花边和鬈发装饰着的，涂脂抹粉的法国女人说了句什么话，引得那个法国女人都开怀地大笑了。列文连一点伏特加都没有尝，只因为那个好像全身都是用假发、香粉和化妆醋[1]装扮起来的法国女人使他感

---

[1] 原文为法语。

到那样厌恶。他连忙从她身旁走开,好像从什么龌龊地方走开一样。他的整个心灵里充满了对基蒂的怀念,他的眼睛里闪耀着胜利和幸福的微笑。

"请这边来,大人!这边没有人打扰大人。"一个特别噜苏的白发苍苍的老鞑靼人说,他的臀部非常大,燕尾服的尾端在后面很宽地分开来。"请进,大人。"他对列文说;为了表示他对斯捷潘·阿尔卡季奇的尊敬,对于他的客人也同样殷勤。

转眼之间,他把一块新桌布铺在已经铺上桌布的、青铜吊灯架下面的圆桌上,把天鹅绒面椅子推上来,手里拿着餐巾和菜单站在斯捷潘·阿尔卡季奇面前,等待着他的吩咐。

"要是您喜欢,大人,马上就有雅座空出来;戈利岑公爵同一位太太在里面。新鲜牡蛎上市了。"

"哦!牡蛎。"

斯捷潘·阿尔卡季奇迟疑起来了。

"我们改变原定计划,如何,列文?"他说,把手指放在菜单上。他的面孔表现出严肃的踌躇神情。"牡蛎是上等的吗?可得留意。"

"是佛伦斯堡①的,大人。我们没有奥斯坦特②的。"

"佛伦斯堡的就行了,但是不是新鲜的呢?"

"昨天刚到的。"

"那么,我们就先来牡蛎,然后把我们的原定计划全部改变,如何?呃?"

"在我都一样。我顶喜欢的是蔬菜汤和麦粥;但是这里自然没有那样的东西。"

"大人喜欢俄国麦粥吗?"鞑靼人说,弯腰向着列文,像保姆对

---

① 佛伦斯堡,德国城市,渔业中心。
② 奥斯坦特,比利时城市,最重要的渔港。

小孩说话一样。

"不，说正经话，凡是你所选的自然都是好的。我刚溜过冰，肚子饿了。不要以为，"他觉察出奥布隆斯基脸上的不满神色，补充说，"我不尊重你的选择。我是欢喜佳肴美味的。"

"我希望那样！不管怎样，食是人生的一桩乐事，"斯捷潘·阿尔卡季奇说，"那么，伙计，给我们来两打 —— 或许太少了 —— 来三打牡蛎也好，再加上蔬菜汤……"

"新鲜蔬菜①。"鞑靼人随声附和说。但是斯捷潘·阿尔卡季奇显然不愿意给予他用法文点各种菜名的快乐。

"加蔬菜，你知道。再来比目鱼加浓酱油，再来……烤牛肉；留心要好的。哦，或者再来只阉鸡，再就是罐头水果。"

鞑靼人记起了斯捷潘·阿尔卡季奇不照法文菜单点菜的习惯，却没有跟着他重复，还是不免给予了自己照菜单把全部菜名念一遍的乐趣："新鲜蔬菜汤，酱汁比目鱼，香菜烤嫩鸡，蜜汁水果②……"于是立刻，像由弹簧发动的一样，他一下子把菜单放下，又拿出一张酒单来，呈递给斯捷潘·阿尔卡季奇。

"我们喝什么酒呢？"

"随你的便，只要不太多……香槟吧。"列文说。

"什么！开始就喝香槟？不过也许你说的不错。你喜欢白标的吗？"

"白标③。"鞑靼人随声附和说。

"很好，那么就给我们把那种牌子的酒和牡蛎一道拿来，我们再看吧。"

---

① 是用法语的音念的菜单。
② 是用法语的音念的菜单。
③ 原文为法语。白商标的香槟是高级的。

"是，先生。那么要什么下菜的酒呢？"

"你给我们拿纽意酒来好了。哦，不，最好是老牌沙白立白葡萄酒。"

"是，先生。你的干乳酪呢，大人？"

"哦，是的，帕尔马①干乳酪吧。或许你喜欢别的什么吧？"

"不，这在我都一样。"列文说，不禁微笑了。

鞑靼人燕尾服的尾端飘动着跑开去，五分钟内就飞奔进来，端着一碟剥开了珠母贝壳的牡蛎，手指间夹着一瓶酒。

斯捷潘·阿尔卡季奇揉了揉浆硬的餐巾，把它的一角塞进背心里，然后把两臂安放好，开始吃起牡蛎来。

"不坏。"他说，用银叉把牡蛎从珠母贝壳里剥出来，一个又一个地吞食下去。"不坏。"他重复说，他的水汪汪的、明亮的眼睛时而望着列文，时而望着鞑靼人。

列文也吃着牡蛎，虽然白面包和干乳酪会更中他的意。但是他在叹赏奥布隆斯基。就连那鞑靼人，也一面扳开瓶塞，把起泡的葡萄酒倒进精致的酒杯里，看着斯捷潘·阿尔卡季奇，露出一种显然可见的满意的微笑，整了整他的白领带。

"你不大欢喜牡蛎，是吗？"斯捷潘·阿尔卡季奇说，干了他那杯酒，"或者你是在想什么心事吧？"

他希望让列文高兴。但是列文也并不是不高兴；他是很局促不安。他满怀心事，在这饭店里，在男人和妇人们用餐的雅座中间，在这一切扰攘和喧嚣里，他实在感到难受和不舒服；周围净是青铜器具、镜子、煤气灯和侍者——这一切在他看来都是讨厌的。他生怕玷污了充溢在他心中的情感。

---

① 帕尔马，意大利的城市。

"我吗？是的，我是有心事，况且，这一切使我感到局促不安，"他说，"你想象不到这一切对于我这样一个乡下人是多么奇怪，就像我在你那里看到那位绅士的指甲一样奇怪……"

"是的，我看到了可怜的格里涅维奇的指甲使你发生了多么大的兴趣。"斯捷潘·阿尔卡季奇笑着说。

"我真受不了，"列文回答，"你替我设身处地想一想，用乡下人的观点来看看吧。我们在乡下尽量把手弄得便于干活，所以我们剪了指甲，有的时候我们卷起袖子。而这里的人们却故意把指甲尽量蓄长，而且缀着小碟那么大的纽扣，这样，他们就不能用手做什么事了。"

斯捷潘·阿尔卡季奇快乐地笑了。

"啊，是的，那正是他用不着做粗活的一种标记。他是用脑力劳动的……"

"也许；但是我还是觉得奇怪，正如这时我就觉得奇怪，我们乡下人总是尽快地吃了饭，好准备干活去，而这里，我们却尽量延长用餐的时间，因此，我们吃牡蛎……"

"噢，自然，"斯捷潘·阿尔卡季奇说，"但是那正是文明的目的——使我们能从一切事物中得到享乐。"

"哦，如果那是它的目的，我宁可做野蛮人。"

"你本来就是一个野蛮人。你们列文一家都是野蛮人呢。"

列文叹息着。他想起了他哥哥尼古拉，感到羞愧和痛苦，他皱起眉头；但是奥布隆斯基开始说到一个立刻引起他注意的题目。

"啊，我问你今晚要到我们的人那里去，我是说到谢尔巴茨基家去吗？"他说，他的眼睛含意深长地闪耀着，他一面推开空了的粗糙的贝壳，把干乳酪拉到面前来。

"是的，我一定要去，"列文回答，"虽然我觉得公爵夫人的邀请并不热情。"

"瞎说！那是她的态度……喂，伙计，汤！……那是她的派头——贵妇人①嘛！"斯捷潘·阿尔卡季奇说，"我也要来的，但是我先得赴巴宁伯爵夫人的音乐排练会。哦，你怎么不是野蛮人呢？你怎样解释你突然离开莫斯科？谢尔巴茨基家的人屡次向我问起你，好像我应当知道似的。其实我知道的只是你老做旁人不做的事。"

"是的。"列文缓慢而激动地说，"你说得对，我是一个野蛮人，只是，我的野蛮不在于我离开了，而在于我现在又来了。我现在来……"

"啊，你是一个多么幸运的人啊！"斯捷潘·阿尔卡季奇插嘴说，凝视着列文的眼睛。

"为什么？"

"'我由烙印识得出骏马，看眼色我知道谁个少年在钟情。'②"斯捷潘·阿尔卡季奇高声朗诵，"你前程无限。"

"那么，你一生已经完了吗？"

"不，还不能说完了，不过将来是你的，现在是我的。而且就是现在——也不是美满的。"

"怎么回事？"

"啊，事情相当糟。但是我不愿谈到我自己，而且我也无法解释这一切，"斯捷潘·阿尔卡季奇说，"哦，你到莫斯科来有什么事？……喂！收走！"他叫鞑靼人。

"你猜得到吗？"列文回答，他炯炯有神的两眼紧盯在斯捷潘·阿尔卡季奇身上。

"我猜得到，但是我不好先开口。由此你就可以看出来我猜得对

---

① 原文为法语。
② 出自普希金的《歌颂享乐生活》，但奥布隆斯基两次引用得都不准确。

不对。"斯捷潘·阿尔卡季奇说,带着微妙的笑容望着列文。

"那么,你有什么意见?"列文用颤动的声调说,感到自己脸上所有的筋肉都颤动了,"你怎样看这问题?"

斯捷潘·阿尔卡季奇从容地干了他那杯沙白立酒,目不转睛地望着列文。

"我?"斯捷潘·阿尔卡季奇说,"再也没有比这件事是我更盼望的了,—— 没有!这真是再好也没有了。"

"但是你没有弄错?你知道我们在说什么?"列文说,他的眼睛紧盯着对方,"你想这可能吗?"

"我想可能。为什么不可能呢?"

"不!你真以为可能吗?不,告诉我你的一切想法!啊,但是假使 …… 假使我遭到拒绝 …… 真的,我想一定 ……"

"为什么你要这样想?"斯捷潘·阿尔卡季奇说,看见他的兴奋模样笑了起来。

"我有时觉得会这样。你要知道,那对于我是可怕的,对于她也是一样。"

"哦,无论如何,这对于一位少女是没有什么可怕的。所有的少女都以人家向她求婚为荣。"

"是的,所有少女,但不是她。"

斯捷潘·阿尔卡季奇微微一笑。他深知列文的那种感情,在他看来,世界上的少女应当分成两类:有一类 —— 她以外的全世界的少女,那些有着所有人类缺点的少女,最普通的少女;另外一类 —— 她一个人,丝毫缺点都没有,而且超出全人类。

"停一停,加上点酱油。"他说,拦住了列文正在推开酱油瓶的手。

列文服从地加了点酱油,但是他不让斯捷潘·阿尔卡季奇继续吃晚餐了。

"不，停一会儿，停一会儿，"他说，"你要知道这是我的生死攸关的问题。我没有对任何人说过。除了你，我不能够对旁人说起这话。你知道我们两个人完全不一样，趣味和见解，一切一切都不相同；但是我知道你喜欢我而且了解我，所以我也非常喜欢你。但是看在上帝的面上，你坦坦白白地对我说吧。"

"我就是在告诉你我所想的，"斯捷潘·阿尔卡季奇微笑着说，"但是我再说一点：我的妻子是一个了不起的女人……"斯捷潘·阿尔卡季奇叹了口气，想起了他和他妻子的关系，沉默了一会，又说，"她有先见之明。她看得透人；不仅这样，她会未卜先知，特别是在婚事方面。比方，她预言沙霍夫斯科伊公爵小姐会嫁给布伦登。谁也不相信这个，但是后来果然这样。她是站在你这边的。"

"你这是什么意思？"

"是这样，她不仅喜欢你——她并且说基蒂一定会做你的妻子。"

听了这些话，列文的脸突然放光了，浮上了微笑，一种近乎感动得流泪的微笑。

"她那样说！"列文叫起来，"我总是说她真是个好人，你的夫人。但是这事已经说得够了，够了。"他说，从座位上站起来。

"好的，但是请坐下吧。"

但是列文坐不住了。他迈着平稳的步伐在这鸟笼般的房间里来回踱了两趟，眨着眼睛，使眼泪不致落下来，然后才又在桌旁坐下。

"你要知道，"他说，"这不是恋爱。我恋爱过，但这不是那么回事。这不是我的感情，而是一种外界的力量占据了我。我跑开了，你知道，因为我断定那是不可能的事，你懂吧，像那样的幸福大地上是没有的；但是我心里在挣扎，我明白我没有这个就活不下去了。

而且这事一定要解决……"

"那么你为什么跑开呢？"

"噢，停一会儿！噢，真是千头万绪！我有多少问题要问呀！听我说。你简直想象不到你刚才说的话对我起了什么作用。我是这样快活，我简直变得可憎了；我忘记了一切。我今天听到我哥哥尼古拉……你知道，他来了……我甚至连他都忘了。在我看来，好像他也是快乐的。这是一种疯狂。但是有一件事很可怕……你是结过婚的，你懂得这种感情……可怕的是，我们——老了——过去……没有恋爱，只有罪恶……突然要和一个纯洁无瑕的人那么接近；这是可厌恶的，所以人不能不感到自卑不配。"

"啊，哦，你过去并没有许多罪恶。"

"啊哟！依然一样。"列文说，"'当我怀着厌恶回顾我的生活时，我战栗，诅咒，痛悔……'①是的。"

"有什么办法呢？尘世就是这样。"斯捷潘·阿尔卡季奇说。

"我唯一的安慰就是我始终喜欢的一个祷告：'不要按照我应得的赏罚，要按照你的慈爱饶恕我。'只有这样她才能饶恕我。"

11

列文喝干了他的那杯酒，他们沉默了一会儿。

"还有件事我得告诉你。你认识弗龙斯基吗？"斯捷潘·阿尔卡季奇问列文。

"不，我不认识。你为什么问这个？"

"再来一瓶酒！"斯捷潘·阿尔卡季奇吩咐鞑靼人，他恰恰在不

---

① 引自普希金的诗《回忆》。

需要他在场的时候替他们斟满了酒,在他们周围转悠。

"我为什么要认识弗龙斯基呢?"

"你必须认识弗龙斯基的原因,就是,他是你的情敌之一。"

"弗龙斯基是谁?"列文说,他的脸突然由奥布隆斯基刚才还在叹赏的孩子般的狂喜神色变成愤怒和不愉快了。

"弗龙斯基是基里尔·伊万诺维奇·弗龙斯基伯爵的儿子,是彼得堡贵族子弟中最出色的典范。我是在特维尔认识他的,那时我在那里任职,而他到那里去招募新兵。他非常有钱、漂亮、有显贵的亲戚,自己是皇帝的侍从武官,而且是一个十分可爱、可亲的男子。但他还不只是一个可亲的人,如我回到这里以后察觉出来的——他同时也是一个有学问的人,而且聪明得很;他是一个一定会飞黄腾达的人。"

列文皱起眉头,哑口无言了。

"哦,你走了以后不久他就来到这里,照我看,他狂热地爱着基蒂,而且你明白她母亲……"

"对不起,我一点也不明白。"列文忧郁地皱着眉说。他立刻想起了他哥哥尼古拉,他真恨自己会忘记他。

"你等一等,等一等,"斯捷潘·阿尔卡季奇说,微笑着,触了触他的手,"我把我所知道的都告诉了你,我再说一遍,在这种微妙而难以捉摸的事情中,照人们所能推测的看来,我相信你准有希望。"

列文仰靠到椅子上;他的脸色苍白了。

"但是我劝你尽快把事情解决了。"奥布隆斯基继续说,斟满自己的酒杯。

"不,谢谢,我再也不能喝了,"列文说,推开酒杯,"我要醉了……哦,告诉我你近况怎样?"他继续说下去,显然想要改变话题。

"再说一句：无论如何我劝你赶快解决这个问题。今晚我劝你不开口的好，"斯捷潘·阿尔卡季奇说，"明早去走一遭，正式提出婚事，上帝赐福你……"

"啊，你不是总想到我那里去打猎吗？明年春天一定来吧。"列文说。

现在他心里万分懊悔不该和斯捷潘·阿尔卡季奇谈这场话。他那种特殊的感情被彼得堡的一位什么军官成为他的情敌和斯捷潘·阿尔卡季奇所做的一番推测和劝告所侵犯了。

斯捷潘·阿尔卡季奇微微一笑。他知道列文心里在想什么。

"我隔些时一定来的，"他说，"但是女人，朋友，她们是旋转一切的枢轴。我的状况不好，不好得很呢。而这都是由于女人的缘故。坦白地告诉我，"他继续说，取出一支雪茄，把一只手放在酒杯上，"给我出个主意吧。"

"哦，怎么回事？"

"是这么回事。假定你结了婚，你爱你的妻子，但是又被另外一个女人迷住……"

"对不起，我完全不能了解怎么可以这样……正像我不能了解我怎么会用过餐后马上又到面包店里去偷面包卷。"

斯捷潘·阿尔卡季奇的眼睛比平常更发亮了。

"为什么不？面包卷有时候那么香，人简直抵抗不了它的诱惑！

当我克制了尘世的情欲，

固然是圣洁无比；

但当我无法做到时，

我也曾纵情欢乐！[①]"

[①] 原文为德语。奥布隆斯基引的这几行诗，出自奥地利音乐家施特劳斯的歌剧《蝙蝠》(1874)。

斯捷潘·阿尔卡季奇一边这样说,一边微妙地微笑着。列文也不由得微笑了。

"是的,说正经的,"斯捷潘·阿尔卡季奇继续说,"你要明白,那女子是一个可爱、温柔而多情的人,孤苦伶仃,把一切都牺牲了。现在既然木已成舟,你想,难道可以抛弃她吗?就假定为了不要扰乱自己的家庭生活而离开她,难道就不可以怜悯她,使她生活安定,减轻她的痛苦吗?"

"哦,对不起。你知道在我看来女人可以分成两类……至少,不……更恰当地说:有一种女人,有一种……我从来没有看见过'良好的堕落女子'①,而且我永远不会看见,像坐在柜台旁边的那个满头鬈发涂脂抹粉的法国女人那样的人,我觉得简直是害虫,而一切堕落的女人都是一样。"

"但是玛达林②呢?"

"噢,别这么说吧!基督是不会说这种话的,要是他知道这些话会怎样地被人滥用。在整个《福音书》中,人们只记得这些话。但是我还没有说我所想的,而只是说我所感到的。我对于堕落的女子抱着一种厌恶感。你怕蜘蛛,而我怕这些害虫。你大概没有研究过蜘蛛,不知道它们的性情;而我也正是这样。"

"你这么说可真不错,活像狄更斯小说中那位把所有难题都用左手由右肩上抛过去的绅士。但是否认事实是不解决问题的。怎么办——你告诉我,怎么办?你的妻子老了,而你却生命力非常旺盛。在你还来不及向周围观望以前,你就感觉你不能用爱情去爱你的妻子,不论你如何尊敬她。于是突然发现了恋爱的对象,你就糟了,糟了!"斯捷潘·阿尔卡季奇带着绝望的神情说。

① 出自普希金的《在瘟疫盛行时的宴会》。
② 玛达林是耶稣所赦的归正的妓女,事见《圣经·新约·路加福音》。

列文微笑着。

"是的,你就糟了,"奥布隆斯基继续说,"但是怎么办呢?"

"不要偷面包卷。"

斯捷潘·阿尔卡季奇大笑起来。

"啊,道学先生!但是你要明白,这里有两个女人:一个只是坚持她的权利,而那些权利就是你的爱情,那是你不能够给予她的;而另一个为你牺牲一切,毫无所求。你怎么办呢?你怎么做才好呢?可怕的悲剧就在这里。"

"假使你愿意听我对于这件事情的意见,我就对你说,我不相信这里有什么悲剧。理由是这样的:照我想,恋爱……两种恋爱,你记得柏拉图在他的《酒宴》里所规定的作为人类试金石的两种恋爱。① 有些人只了解这一种,有些人只了解另一种。而那些只懂得非柏拉图式恋爱的人是不需要谈悲剧的。在那样的恋爱中不会有什么悲剧。'我很感谢这种快乐,再见!'——这就是全部悲剧了。柏拉图式恋爱中也不会有什么悲剧,因为在那种恋爱中一切都是清白纯洁的,因为……"

这一瞬间,列文想起了他自己的罪恶和他所经历过的内心冲突。于是他突如其来地补充说:

"但是也许你说得对。说不定……我不知道,我真不知道。"

"是这样的,你知道,"斯捷潘·阿尔卡季奇说,"你是始终如一的。这是你的优点,也是你的缺陷。你有始终如一的性格,你要整个生活也是始终如一——但事实绝不是这样。你轻视公务,因为你希望工作永远和目的完全相符——而事实绝不是这样。你还要每个

---

① 柏拉图(公元前427—公元前347),古希腊哲学家,按照他的学说,有"两种恋爱"——世俗的、肉体的恋爱和纯洁的精神恋爱。《酒宴》是他的著作,以对话的形式阐述他的恋爱学说。

人的活动都有明确的目的,恋爱和家庭生活始终统一——而事实绝不是这样。人生的一切变化,一切魅力,一切美都是由光和影构成的。"

列文叹了口气,没有回答。他在想心事,没有听奥布隆斯基的话。

于是突然他们两人都感到虽然他们是朋友,虽然他们在一起用餐和喝酒,那本来是应当使他们更加接近的,但各人只想自己的心事,他们互不相关。奥布隆斯基不止一次体验过饭后发生的这种极端的疏远而不是亲密的感觉,他很懂得在这种情形下应当怎样办。

"开账!"他叫着,随即走进隔壁房间里去,在那里他立刻遇到了一个熟识的侍从武官,就跟他谈起某个女演员和她的保护者。在和这侍从武官的谈话中,奥布隆斯基立刻感到了在他和列文的谈话之后的一种轻松舒畅的感觉,列文的谈话总使得他的思想和精神过于紧张。

当鞑靼人拿着总计二十六卢布零几戈比,外加小账的账单走出来时,列文对于他份下的十四卢布,在其他时候一定会像乡下人一样吃惊不小的,现在却没有注意,付了账,就回家去换衣服,到即将在那里决定他命运的谢尔巴茨基家去。

12

基蒂·谢尔巴茨基公爵小姐十八岁。她走进社交界这还是头一个冬天。她在社交界的成功超过了她的两个姐姐,而且甚至超过了她母亲的期望。且不说涉足莫斯科舞会的青年差不多都恋慕基蒂,而且两位认真的求婚者已经在这头一个冬天出现了:列文和在他走后不久出现的弗龙斯基伯爵。

列文在冬初的出现,他的频繁拜访和对于基蒂明显的恋情,引起了基蒂双亲第一次认真地商谈她的将来,而且引起了他们两人之间的争吵。公爵站在列文一边,他说基蒂配上他是再好也没有了。公爵夫人却用妇人特有的癖性不接触问题的核心,只是说基蒂还太年轻,列文并未表明他有诚意,基蒂也并不十分爱他,以及许多其他的枝节问题;但是她并没有讲出主要的一点,就是,她要替女儿选择更佳的配偶,列文并不中她的意,她不了解他。当列文突然不辞而别的时候,公爵夫人非常高兴,扬扬得意地对丈夫说:"你看我说对了吧!"当弗龙斯基出现时,她更高兴了,确信基蒂一定会得到一个不只良好,而且非常出色的配偶。

在母亲的眼里,弗龙斯基和列文是不能相比的。她不喜欢列文那种奇怪的偏激见解,和他在社交界的笨拙表现,这点她认为他一方面是出于骄傲,一方面是因他专心致力于家畜和农民事务所过的古怪乡村生活使然。她顶不高兴的是,他爱上她女儿时,在她家里出入了有六个礼拜之久,好像他在期待着,观察着什么一样,好像他唯恐提起婚事会使他们受宠若惊,他全不懂得一个男子常去拜访未婚少女的家人是应当表明来意的。而且突然间,他并没有这样做,就不辞而别了。"幸好他没有迷人的力量使基蒂爱上他。"母亲想。

弗龙斯基满足了母亲的一切希望。他非常富有、聪敏、出身望族,正踏上宫廷武官的灿烂前程,而且是一个迷人的男子。再好也没有了。

弗龙斯基在舞会上公开向基蒂献殷勤,和她跳舞,不时到她家里来,所以他有诚意求婚是无可置疑的。但是,虽然这样,母亲却整整一个冬天都处在可怕的不安和激动的心境中。

公爵夫人本人是在三十年前结的婚,由她姑母做的媒,她丈夫——关于他的一切大家早已知道了——来看他的未婚妻,而且让新娘家的人相看一下自己;做媒的姑母探听确实了并传达了双方的印象。印象很好。后来,在约定的日子里,婚事按照预料向她的父母提出,而且被接受了。一切经过都很容易、很简单。至少公爵夫人是这样觉得。但是为她自己的女儿,她感觉到,看来似乎是那么平常的嫁女儿的事并不简单,也不容易。在两个大女儿,达里娅和纳塔利娅出嫁的时候,她担了多少惊,操了多少心,花了多少金钱,而且和丈夫争执了多少回呀!现在,小女儿又进入社交界了,她又经历着同样的恐惧,同样的忧虑,而且和她丈夫吵得比两个大女儿出嫁时更凶了。老公爵,像所有的父亲一样,对于自己女儿的贞操和名誉是极端严格的;他过分小心翼翼地保护着他的女儿,特别是他的爱女基蒂,他处处和公爵夫人吵嘴,说她影响了女儿的声誉。公爵夫人为两个大女儿已习惯于这一套了,但是现在她感觉公爵更有理由严格要求。她看到近来世风日下,母亲的责任更难了。她看到基蒂那么年轻的女孩组织什么团体,去听什么演讲,自由地和男子交际;独自驱车上街,她们中间大部分人都不行屈膝礼,而且,最重要的,她们都坚信选择丈夫是她们自己的事,与她们的父母无关。"现在结婚和从前不同了。"所有这些少女,甚至她们的长辈都这么想而且这么说。但是现在结婚到底是什么样子,公爵夫人却没有听任何人讲过。法国的习俗——父母替儿女决定命运——是人们不接受的,遭到非难。女儿完全自主的英国习俗人们也不接受,而且在俄国的社会是行不通的。由人做媒的俄国习俗不知什么缘故被认为不合宜,受到人们嘲笑,连公爵夫人本人也在内。但是女儿怎样出嫁,父母怎样嫁女儿,却没有人知道。公爵夫人偶然跟人家谈起这个问题,他们都异口同声地说:"啊哟,现在是抛弃一切陈规旧习的时候了。结婚的是青年人,不是他们的父母;所以应当让青年人照他们自己的意愿去安排吧。"没有女儿的人说这种话倒还容易,但是公爵夫人却觉得,在和男子接触时,她的女儿也许会产生爱情，爱上一个无意和她结婚的人，或是完全不适合做她丈夫的人。尽管公爵夫人常听人说现在青年人应当自己安排自己的生活，但是她不能相信，正如不能相信五岁小孩最适宜的玩具是实弹的手枪一样。因此公爵夫人对于基蒂比对于她的两个姐姐更不放心了。

现在她怕的是弗龙斯基只限于向她女儿献献殷勤就完了，她看出来她的女儿爱他，但是她想他是一个诚实的人，不会那么做的，这样来聊以自慰。但同时她也知道现在流行的自由风气，要使得一个女子着迷是多么容易，一般的男子对于这类的犯罪又是多么不当一回事。上个星期，基蒂告诉母亲她和弗龙斯基跳玛佐卡舞①时的谈话。这场谈话使公爵夫人稍稍安了一点心；但是她还是不能够十分放心。弗龙斯基告诉基蒂，他和他哥哥都习惯于听从母亲的话，凡是重要的事情，他们不和她商量是从来不决定的。"现在我等候我母亲从彼得堡来，好像等待特别的幸福似的。"他告诉她。

基蒂转述这番话并没有附加什么特别的意思。但是她母亲却有不同的理解。她知道儿子天天在等待老夫人到来，老夫人一定会高兴她儿子的选择，但是她觉得奇怪的是，他竟会因为怕触怒母亲而不来求婚。可是她是这样渴望结成这门婚事，特别是渴望消除疑惧，竟然把这话信以为真了。不论公爵夫人看到将要离开丈夫的大女儿多莉的不幸有多么伤心，但她为小女儿命运的焦虑却占据了她全副的心神。今天，随着列文的出现，更给她增添了新的焦虑。她恐怕她的女儿——她觉得她有一个时候对列文产生过感情——会出于极端的节操拒绝弗龙斯基，总之她恐怕列文的到来会使快成定局的事情发生波折，以致延搁下来。

"哦，他来了很久了吗？"当她们回到家里，公爵夫人这么提到

---

① 玛佐卡舞，一种波兰民间舞。

列文。

"他今天才来的，妈妈①。"

"我有件事情要说……"公爵夫人开口说，从她严肃而激动的脸色，基蒂猜得出她所要说的话。

"妈妈，"她说，脸涨得通红，急速地转向她，"请，请您什么都不要说吧。我知道，我都知道。"

她的希望和她母亲的是一致的，但是母亲的希望的动机却伤害了她。

"我要说的只是给予了一个人希望以后……"

"妈妈，亲爱的，看在上帝面上，不要谈那种事吧。谈那种事多么可怕呀。"

"我不谈，我不谈，"她母亲说，看见了女儿眼睛里的泪水，"但是有一件事，亲爱的，你答应过什么事都不隐瞒我的。你不会吧？"

"不会，妈妈，永远不会的，"基蒂回答，红了脸，直视着母亲的面孔，"但是现在我没有什么事情要告诉你……而且我……我……假使我要，我也不知道说什么或是怎样说……我不知道……"

"不，她长着这样的眼睛是不会说谎的。"母亲想，看见她的兴奋和幸福的模样而微笑着。公爵夫人想到在这可怜的孩子看来，她心里想的事情有多么重大和多么重要，她微笑了。

13

在饭后，一直到晚会开始，基蒂感觉着一种近乎一个少年将上

---

① 原文为法语。

战场的感觉。她的心脏猛烈地跳动，她的思路飘忽不定了。

她感觉到这两位男士初次会见的这个晚上将会是决定她一生的关键时刻。她心里一再地想象他们二人，有时将他们分开，有时两人一起。当她回忆往事的时候，她怀着快乐，怀着柔情回忆起她和列文的关系。幼年时代和列文同她亡兄的友情的回忆，给予她和列文的关系一种特殊的诗的魅力。她确信他爱她，这种爱情使她觉得荣幸和欢喜。她想起列文就感到愉快。在她关于弗龙斯基的回忆里，却始终掺杂着一些局促不安的成分，虽然他温文尔雅到了极点；好像总有点什么虚伪的地方——不是在弗龙斯基，他是非常单纯可爱的，而是在她自己；然而她和列文在一起却觉得自己十分单纯坦率。但是在另一方面，她一想到将来她和弗龙斯基在一起，灿烂的幸福远景就立刻展现在她眼前；和列文在一起，未来却似乎蒙上一层迷雾。

当她走上楼去穿晚礼服，照着镜子的时候，她快乐地注意到这是她最得意的日子，而且她具有足够的力量来应付迫在眉睫的事情。她意识到她外表的平静和她动作的从容优雅。

七点半钟，她刚走下客厅，仆人就报道，"康斯坦丁·德米特里奇·列文。"公爵夫人还在她自己的房间里，公爵也还没有进来。"果然这样。"基蒂想，全身的血液似乎都涌到她心上来了。当她照镜子的时候，看到自己脸色苍白而惊骇了。

那一瞬间，她深信不疑他是故意早来的，趁她独自一人的时候向她求婚。到这时整个事情才第一次向她显现出来完全不同的新意。到这时她才觉察到问题不只是影响她——和谁她才会幸福，她爱谁——而且那一瞬间她还得伤害一个她所喜欢的男子，而且是残酷地伤害他……为什么呢？因为他，这可爱的人爱她，恋着她。但是没有法子，事情不得不那样，事情一定要那样。

"我的天！我真要亲口对他说吗？"她想，"我对他说什么呢？难道我能告诉他我不爱他吗？那是谎话。我对他说什么好呢？说我爱上别人吗？不，那是不行的！我要跑开，我要跑开。"

当她听见他的脚步声的时候，她已经到了门口。"不！这是不诚实的。我有什么好怕的？我并没有做错事。该怎样就怎样吧，我要说真话。而且和他，不会感到不安的。他来了！"她自言自语，看见了他强壮却羞怯的身姿和他那双紧盯着她的闪耀的眼睛。她直视着他的脸，像是在求他饶恕，她把手伸给他。

"时间还没有到，我想我来得太早了。"他说，向空荡荡的客厅望了一望。当他看到他的期望已经实现，没有什么东西妨碍他向她开口的时候，他的脸色变得阴郁了。

"啊，不。"基蒂说，在桌旁坐下。

"但是我希望的就是您一个人的时候看到您。"他开口说，没有坐下来，也没有望着她，为的是不致失掉勇气。

"妈妈马上就下来了。她昨天很疲倦……昨天……"

她讲下去，不知道自己嘴里在说些什么，她恳求和怜爱的眼睛目不转睛地望着他。

他瞥了瞥她；她羞红了脸，不再说下去了。

"我告诉您我不知道我要在这里住多久……那完全要看您……"

她把头越垂越低了，自己也不知道她怎样回答他将要说的话。

"完全要看您，"他重复着，"我的意思是说……我的意思是说……我特为这事来的……做我的妻子！"他说出来了，不知道他在说什么！只觉得最可怕的话已经说了，他突然中止，望着她。

她艰难地呼吸着，没有看他。她欢喜欲狂。她的心里洋溢着幸福。她怎么也没有料到他的倾诉爱情会对她发生这么强烈的影响。

但是这只延续了一刹那。她想起了弗龙斯基。她抬起清澈的、诚实的眼睛,望着他绝望的面孔,她迅速地回答:

"那不可能……原谅我。"

一瞬间以前,她对于他是多么亲近,对于他的生活是多么重要呀!而现在她变得和他多么隔阂疏远呀!

"结果一定会这样的。"他说,没有看她。

他鞠了一躬,想要退出去。

14

但是在那一瞬间,公爵夫人进来了。当她看见只有他们两人在一起,而且注意到二人困惑的面色时,她的脸上现出了恐怖的神色。列文向她鞠躬,没有说话。基蒂不说话也不抬起眼来。"谢谢上帝,她拒绝了他。"母亲想,于是她的脸上闪现了每逢礼拜四迎接客人时那种惯常的微笑。她坐下来,开始问起列文的乡间生活。他又坐下,等待着别的客人到来,好悄悄地溜走。

五分钟以后,基蒂的一个朋友,去年冬天结婚的诺得斯顿伯爵夫人进来了。

她是一个消瘦、憔悴、病态和神经质的女人,有一双发亮的黑眼睛。她爱基蒂,她对她怀着的爱,正如已婚的女人对于少女经常怀着的爱一样,总想按照自己那套幸福的婚姻理想来替基蒂选择配偶;她愿意她嫁给弗龙斯基。初冬的时候,她在谢尔巴茨基家里常常遇见列文,她总不喜欢他。当他们遇见的时候她经常得意的事就是拿他开玩笑。

"要是他妄自尊大看不起我,或者因为我是傻子而不再对我发表他的高明言论,或者屈尊迁就我的时候,我是很欢喜的。我真欢喜那样;看他屈尊迁就我!我真高兴他看我不顺眼。"她常常这样谈论到他。

她说的对,因为列文实在看她不顺眼,并且为了她引以为骄傲的、她认为很优美的东西——她的神经质,她对于一切粗野的日常生活所抱着的那种优雅的轻蔑而冷淡的态度而鄙视她。

诺得斯顿伯爵夫人和列文中间建立起在社交界中并不少见的那种关系,就是,他们两人虽然在表面上仍旧保持友好关系,但是却互相轻视到这样的程度,他们甚至彼此都不认真,彼此连气都不生了。

诺得斯顿伯爵夫人立刻攻击列文。

"噢,康斯坦丁·德米特里奇!您又回到我们腐败的巴比伦①来了!"她说,把她那纤细、发黄的手伸给他,想起来他在初冬曾经说过莫斯科是巴比伦那么一句话。"那么,是巴比伦改善了呢,还是您堕落了?"她补充说,含着冷笑瞧着基蒂。

"我的话您记得这样清楚,伯爵夫人,我真感到非常荣幸,"列文回答,他已经恢复了平静,而且由于习惯,立刻对诺得斯顿伯爵夫人采取了戏谑的敌视口吻,"那话一定给了您很深刻的印象吧。"

"啊,可不是吗!我总是把您的话通通记下来。哦,基蒂,你又溜过冰吗?……"

于是她开始和基蒂谈话。虽然这时退席在列文是很困难的,但是解决这个困难,比起整个晚上留在这里,看着不时瞥他一眼,又避开他视线的基蒂来,却容易办得多。他正要站起来的时候,公爵夫人看他默不作声,就向他说话。

"您在莫斯科要住很久吗?但是,我想,您忙于县议会的事,不

---

① 巴比伦,幼发拉底河流域的繁华古城,常借指任何奢侈堕落的都市。

能在外久留吧？"

"不，公爵夫人，我已经不是议员了，"他说，"我在这里要住几天。"

"他出了什么事情，"诺得斯顿伯爵夫人想，瞥着他的严肃、庄重的面孔，"他没有平常那种好辩论的神气。但是我要挑动他。我真喜欢在基蒂面前愚弄他一下，我要这样做。"

"康斯坦丁·德米特里奇，"她向他说，"请说明给我听，这是什么道理，这些事情您通通知道的。在我们的领地卡卢嘉村里，农民和女人喝光了他们所有的东西，弄到现在交不上我们的租子。这是什么道理？您是一向那样称赞农民的。"

这时候另外一位太太走进房里来了，列文站了起来。

"原谅我，伯爵夫人，但是这种事情我实在一点都不知道，不能告诉您什么。"他说，回头看见了跟在那位太太后面走进来的一个军官。

"那一定是弗龙斯基。"列文想，为了证实这点，他望了望基蒂。她早看到了弗龙斯基，又回头望着列文。单从她那双在无意间变得更加明亮的眼神看来，列文就知道她爱那人，知道得就像她亲口告诉了他一样确切。但是他是怎样一种人呢？

现在，无论结果好坏，列文只得留在这里。他一定要弄清楚她恋爱的男子是个怎么样的人物。

有些人，无论在什么事情上面，遇到成功的对手时，马上就不睬他的一切优点，只看到缺点。反之，也有些人，他们顶希望在幸运的对手身上找出胜过自己的特点，带着剧烈的创痛专门寻找长处。列文属于第二种人。但是他要找弗龙斯基的长处和吸引人的地方，并不费力。这是一目了然的。弗龙斯基是一个身体强壮的黑发男子，不十分高，生着一副和蔼、漂亮而又异常沉静和果决的面孔。他的整个容貌和风姿,从他剪短的黑发和新剃的下颚一直到他宽舒的、崭新的军服,都是又朴素又雅致的。给进来的那位太太让了路,弗龙斯基走到公爵夫人面前,然后走到基蒂面前。

当他走近她的时候,他的明媚眼睛放射出特别温柔的光辉,脸上微微露出幸福的、谦逊而又得意的微笑(列文这样觉得),小心而恭顺地向她鞠躬,把他不大而宽的手伸给她。

向每个人都寒暄了几句,他坐下来,唯独没有看列文一眼,而列文的眼光却没有离开过他。

"让我来介绍,"公爵夫人指着列文说,"康斯坦丁·德米特里奇·列文,阿列克谢·基里罗维奇·弗龙斯基。"

弗龙斯基站起来,亲切地望着列文,和他握了握手。

"今年冬天我本来要和您一道吃饭的,"他说,露出他那单纯坦率的微笑,"但是您突然回到乡下去了。"

"康斯坦丁·德米特里奇是鄙视并且憎恶城市和我们这些城里人的。"诺得斯顿伯爵夫人说。

"我的话一定给了您很深刻的印象,使您记得这样清楚。"列文说,突然意识到这话他刚才已经说过,他脸红了。

弗龙斯基望着列文和诺得斯顿伯爵夫人,微笑着。

"您常住在乡下吗?"他问,"我想冬天一定很寂寞吧?"

"只要有工作做,是不会寂寞的;况且,一个人也并不寂寞。"列文唐突地回答。

"我喜欢乡间。"弗龙斯基说,注意到,但装做没有注意列文的语调。

"但是我想,伯爵,您总不会赞成老住在乡下吧。"诺得斯顿伯爵夫人说。

"我不知道,我从来没有住过很久。我曾经感到过一种奇怪的心情，"他继续说，"我从来没有那么怀念过乡村，那有树皮靴和农民的俄国乡村，像我和我母亲一道在尼斯①过冬的时候那样。尼斯本身就够沉闷了，您知道。而那不勒斯和索伦托②也只有住一个短时期才有趣。在那里的时候，我总是怀念俄国，特别是怀念俄国的乡村。好像……"

他向着基蒂和列文两个人说话，把他的沉静的、亲切的眼光从一个移到另一个身上，显然他是在畅所欲言。

看到诺得斯顿伯爵夫人要说什么话，他突然停住，没有说完话，就留心地听她讲。

谈话没有片刻停顿，以致公爵夫人藏着防备话题缺乏时用的两门重炮——古典教育与现代教育以及普遍兵役制——根本用不着搬出来，同时诺得斯顿伯爵夫人也没有得到机会来打趣列文。

列文想要参与但又不能够参与众人的谈话，时刻都在暗自念着："现在走吧。"但是他却仍旧没有走，好像在等待什么一样。

谈话转移到扶乩③和灵魂上面来；相信降神术的诺得斯顿伯爵夫人开始讲述起她目击的奇迹。

"噢，伯爵夫人，您一定要带我去，发发慈悲，带我去看吧！我从来没有见过什么神奇古怪的事，虽然我老在到处寻找。"弗龙斯基微笑着说。

"很好，下礼拜六。"诺得斯顿伯爵夫人回答。"但是您，康斯坦丁·德米特里奇，您相信这个吗？"她问列文。

"您为什么问我？您知道我会怎样说的。"

"但是我要听听您的意见。"

① 尼斯，法国城市。
② 那不勒斯与索伦托均为意大利城市。
③ 扶乩，一种不借物力而致几桌动摇之法，和我国的扶乩颇相似的一种降神术。

"我的意见就是,"列文回答,"这种扶乩仅只证明了所谓有教养的上流社会并不比农民高明。他们相信毒眼①,相信巫术和预兆,而我们……"

"哦,那么您不相信吗?"

"我不能相信,伯爵夫人!"

"但是假如我亲眼看见过呢?"

"农妇也说她们看见过妖怪。"

"那么您以为我在说谎?"

于是她发出不快的笑声。

"哦,不,玛莎,康斯坦丁·德米特里奇只不过说他不能相信罢了。"基蒂说,为列文脸红了,而且列文也觉察到了这点,这就使他更加恼怒了,想要回答,但是弗龙斯基以他那明快坦率的微笑为这场将要弄得不欢而散的谈话解了围。

"您完全不承认有这种可能吗?"他问,"但是为什么不呢?我们承认我们还未掌握电的存在;为什么就不会有另外我们还未认识的旁的新的动力,那……"

"当电被发现的时候,"列文连忙插嘴说,"只是这个现象被发现了,它从何而起,有何作用,还是不知道的,过了许多年代,人们才想到应用它。但是降神术者一开头就是桌子写字,灵魂降临,直到后来才开始说这是一种未知的力。"

弗龙斯基像平素一样注意地听列文说,显然对他的话发生了兴趣。

"是的,但是降神术者说:我们现在还不知道这种力是什么,但是有这么一种力,而且这些就是它发生作用的条件。让科学家去探

---

① 毒眼,指一种看人即使人受害的眼睛,是古代的迷信。

究这种力是怎样发生的吧。不，我不明白为什么不会有新的力，如果……"

"因为电气，"列文又插嘴说，"您每次在羊毛上摩擦松香，都会呈现出一定的现象，但是这个却并不是每次都发生，所以这不是自然现象。"

大概感到这种谈话对在座的宾客太严肃了，弗龙斯基没有答辩，只是为了竭力改变话题起见，他愉快地微笑着，转向女士们。

"让我们立刻试一试吧，伯爵夫人。"他说。但是列文要说完他的想法。

"我想，"他继续说，"降神术者企图把他们的奇迹解释成某种新的自然力，那是徒劳无功的。他们大胆地谈论灵魂力，而又竭力使它受物质的测验。"

大家都在等他说完，而他也感觉到了。

"我想您可以做第一流的通灵家，"诺得斯顿伯爵夫人说，"您总是很热心的。"

列文张开嘴，想要说什么，但是脸红了，就什么也没有说。

"我们马上来试一试扶乩，"弗龙斯基说，"公爵夫人，您允许吗？"

于是弗龙斯基站起来，用目光寻找着小桌。

基蒂起身去搬桌子，当她走过去的时候，她的眼光和列文相遇了。她从心底怜悯他，特别是因为他的痛苦都是她造成的。"要是您能原谅我，就请原谅我吧，"她的眼神说，"我是这样地快乐。"

"我憎恶所有的人，包括您和我自己。"他的眼神回答，然后他拿起帽子来。但是他还是走不开。恰巧在他们围拢到桌子旁边，而列文正要退去的时候，老公爵进来了，和女士们招呼了一下之后，就转向列文。

"噢!"他快乐地开口了,"来了好久吗?你到城里来了我一点都不知道呢。看见你真高兴。"

老公爵对列文讲话,有时用"您",有时用"你",他拥抱列文,在和他说话时没有注意到弗龙斯基已经站起来了,正在静静地等候公爵转向他。

基蒂感到在那事情发生之后她父亲的亲热会使得列文多么痛苦。她同时又看到她父亲最后是怎样冷淡地向弗龙斯基回了一礼,以及弗龙斯基是怎样温良而又困窘地望着她父亲,好像竭力要了解但又不能了解怎样和为什么有人会对他怀着敌意,于是她脸红了。

"公爵,让康斯坦丁·德米特里奇到我们这里来吧,"诺得斯顿伯爵夫人说,"我们要做试验。"

"什么试验?扶乩吗?哦,你们得原谅我,女士们和先生们,但是我看投铁环还要有趣得多,"老公爵说,望着弗龙斯基,而且猜出了这是他的主意,"投铁环至少还有一点意思。"

弗龙斯基用坚定的眼光惊异地望着老公爵,于是,微微一笑,立刻和诺得斯顿伯爵夫人谈起将在下星期举行的盛大舞会。

"我希望您去。"他对基蒂说。

老公爵刚一离开,列文就悄悄地走出去,他那天晚上带走的最后印象是在回答弗龙斯基关于舞会的询问时基蒂那微笑的、幸福的脸色。

15

晚会散后,基蒂告诉母亲她和列文的谈话,虽然她怜悯列文,但是她想到有人向她求过婚,还是觉得很快乐。她深信她做得对。但是她上床以后好久都睡不着。一个印象一直萦绕在她心头。这就是当列文一面站着听她父亲说话，一面瞥着她和弗龙斯基的时候，他那满面愁容，皱着眉，一双善良的眼睛忧郁地朝前望着。她是这样为他难过，不由得眼泪盈眶了。但是立刻她想起了牺牲他换来的那个男子。她历历在目地回想着他那堂堂的、刚毅的面孔，他的高贵而沉着的举止，和他待人接物的温厚。她想起了她所爱的人对于她的爱，于是她的心中又充满了喜悦，她躺在枕头上，幸福地微笑着。"我难过，我真难过，但是我有什么办法呢？这并不是我的过错。"她对自己说；但是内心的声音却告诉了她不同的事。她懊悔的是她引起了列文的爱情呢，还是懊悔拒绝了他，她不知道。但是她的幸福却被疑惑所损坏了。"主，怜悯我们；主，怜悯我们；主，怜悯我们吧！"她暗自重复着说，直到她睡着了的时候。

同时，在下面公爵的小书房里，又发生了一场双亲时常为爱女而引起的口角。

"什么？我告诉你什么吧！"公爵叫嚷着，挥着手臂，立刻又把身子紧紧裹在松鼠皮睡衣里，"就是你没有自尊心，没有尊严；你就用这种卑俗愚蠢的择配手段来玷污和毁掉你的女儿！"

"但是，真的，我的天啊，公爵，我做了什么呀？"公爵夫人说，差不多哭出来了。

她和她女儿谈话之后兴高采烈地照常来向公爵道晚安，虽然她没有打算告诉他列文的求婚和基蒂的拒绝，但是她向她丈夫暗示了一下，在她看来和弗龙斯基的事已经定妥了，只等他母亲一到，他就会宣布的。一听到这话，公爵马上发火了，开始说出难听的话来。

"你做了什么？我告诉你吧：第一，你竭力在勾引求婚的人，全莫斯科都会议论纷纷，而且并非没有理由的。假使你要举行晚会，就把所有的人都请来，不要单请选定了的求婚者。把所有的花花公子（公爵这样称呼莫斯科的年轻人）都请来吧。雇一个钢琴师，让大家跳舞；可不要像你今天晚上所做的那样，去找配偶。我看了就头痛，头痛，你这样做下去非得把这个可怜的女孩带坏了。列文比他们强一千倍。至于这位彼得堡的公子，他们都是机器造出来的，都是一个模型的，都是些坏蛋。不过即使他是皇族的血统，我的女儿也用不着他。"

"但是我做了什么呀？"

"你……"公爵怒吼着。

"我知道如果听你的话，"公爵夫人打断他，"我们的女儿永远嫁不出去了。要是那样，我们就该住到乡下去。"

"哦，我们最好那样。"

"但是且慢。难道我勾引了他们吗？我完全没有勾引他们。一个青年人，而且是一个非常优美的人，爱上了她，而她，我想……"

"啊，是的，你想！假如她当真爱上了他，而他却像我一样并不想要结婚，可怎么办呢？……啊，但愿我没看到就好了！……噢！降神术！噢！尼斯！噢！舞会！"公爵想象自己是在模拟她，每说一句话，就行一下屈膝礼，"这样，我们就真在造成基蒂的不幸；要是她真的起了念头……"

"但是为什么要这样猜想呢？"

"我不是猜想；我知道！我们对于这种事是有眼光的，可是女人家却没有。我看出一个人有诚意，那就是列文；我也看到一只孔雀，就像那个喜欢寻欢作乐的轻薄男子。"

"啊，你一有了成见的时候……"

"哦，你会想起我的话来的，但到那时就迟了，正像多莉的情形一样。"

"好了，好了，我们不要再谈了。"公爵夫人打断他，想起了不幸的多莉。

"那么好，晚安！"

于是互相画了十字，夫妻就吻别了，都感觉着各人还是坚持自己的意见。

公爵夫人开头确信那个晚上已经决定了基蒂的前途，弗龙斯基的意思也已毫无怀疑的余地；但是她丈夫的话却把她搅乱了。回到她自己的房间里，对不可测知的未来感到恐怖，她也像基蒂一样，心里好几次重复着说："主，怜悯我；主，怜悯我；主，怜悯我吧！"

16

弗龙斯基从来没有过过真正的家庭生活。他母亲年轻时是出色的交际花，在她的婚姻生活中，特别是在以后的孀居中有过不少轰动社交界的风流韵事。他的父亲，他差不多记不得了，他是在贵胄军官学校里受教育的。

以一个年轻出色的士官离开学校，他立刻加入了有钱的彼得堡的军人一伙。虽然他有时涉足彼得堡的社交界，但是他的所有恋爱事件却总是发生在社交界以外。

过了奢华而又放荡的彼得堡的生活之后，他在莫斯科第一次体会到和社交界一个可爱、纯洁而倾心于他的少女接近的美妙滋味。他连想都没有想过他和基蒂的关系会有什么害处。在舞会上，他多半总是和她跳舞；他是他们家里的常客。他和她谈话，好像人们普遍在社交场中谈话一样——各种无意思的话，但对于她，他不由得在那些无意思的话上面加了特别的意义。虽然他没有对她说过任何在别人面前不能说的话，但是他感觉得她越来越依恋他了，他越这样感觉，他就越欢喜，而对她也就越是情意缠绵了。他不晓得他对基蒂的这种行为有一个特定的名称,那就是向少女调情而又无意和她结婚,这种调情是像他那样风度翩翩的公子所共有的恶行之一。他以为他是第一个发现这种快乐的,他正在尽情享受着他的发现。

要是他能听到那晚上她父母所说的话,要是他替她的家庭设身处地想一想,而且知道了如果他不和基蒂结婚,她就会不幸,他是一定会非常吃惊,不会相信的。他不能相信,那件给了他,特别是给了她这么大的乐趣的事情竟会是不正当的。他尤其不能相信他应当结婚。

结婚这件事,对他说来好像从来当作没有可能的。他不但不喜欢家庭生活,而且家庭,特别是丈夫,照他所处的独身社会的一般见解看来,好像是一种什么无缘的、可厌的,尤其是可笑的东西。可是虽然弗龙斯基丝毫没有猜疑到她父母所说的话,但在那天晚上离开谢尔巴茨基家的时候,他感觉到他和基蒂两人之间的秘密的精神联系在那晚上变得更加巩固,非采取什么步骤不可了。但是能够而且应当采取什么步骤呢,他却想不出来。

"绝妙的是,"他想,当他从谢尔巴茨基家回来的时候,这种时候他通常获得了一种一半是由于他整晚没有抽烟而产生的纯洁而清新的快感,和她对他的爱情所引起的新的情意,"绝妙的是我和她都没有说一句话,但是从眼色和声调的无形的言语里我们是这样互相了解,今晚她比什么时候都更明白地告诉了我她爱我。多么可爱,单纯,尤其是多么信赖啊!我感觉到自己变好了,变纯洁了。我感到我有了热情,我具有了许多优点。那双可爱的、脉脉含情的眼睛呀!当她说:'我真的······'"

"那么怎样呢?哦,没有什么。这对我好,对她也好。"于是他开始思量到什么地方去消磨这个晚上。

他寻思着他可去的地方。"俱乐部？玩培齐克①；跟伊格纳托夫去喝香槟？不，我不去。到花之城②去？在那里我可以找到奥布隆斯基，有唱歌，有坎坎舞③。不，我厌烦了。这就是我所以喜欢谢尔巴茨基家的缘故，我在那里渐渐变好了。我要回家去。"他一直走回兑索旅馆他自己的房间，用了晚餐，然后脱掉衣服，他的头刚一触到枕头，就睡熟了。

17

第二天早上十一点钟，弗龙斯基驱车到彼得堡火车站去接他的母亲，他在大台阶上碰见的第一个人就是奥布隆斯基，他在等候坐同一班车来的他的妹妹。

"噢！阁下！"奥布隆斯基叫，"你接什么人？"

"我母亲。"弗龙斯基回答，微笑着，像凡是遇见奥布隆斯基的人一样。他和他握手，他们一同走上台阶。"她今天从彼得堡来。"

"我昨晚等你一直等到两点钟。你从谢尔巴茨基家出来以后到哪里去了？"

"回家去了，"弗龙斯基回答，"老实说，昨晚我从谢尔巴茨基家出来感到这样愉快，我不想再到旁的地方去了。"

"'我由烙印识得出骏马，看眼色我知道谁个少年在钟情。'"斯捷潘·阿尔卡季奇高声朗诵，正像他对列文说过的一样。

弗龙斯基带着好像并不否认的神气微笑着，但是他立刻改变了

---

① 培齐克，一种牌戏。

② 原文为法语。这是按照巴黎夜总会建成的游艺场。莫斯科的"花之城"设在彼得罗夫公园。

③ 坎坎舞，法国的一种淫荡舞蹈。

话题。

"你接什么人呢？"他问。

"我？我来接一位美丽的女人。"奥布隆斯基说。

"当真！"

"以卑鄙的眼光看别人，是可耻的。①我的妹妹安娜。"

"噢！卡列宁夫人吗？"弗龙斯基说。

"你一定认识她吧？"

"我好像认识。也许不认识……我真记不得了。"弗龙斯基心不在焉地回答，卡列宁这个名字使他模模糊糊地想起了某个执拗而讨厌的人。

"但是阿列克谢·亚历山德罗维奇，我那位有名的妹夫，你一定知道的吧。全世界都知道他呢。"

"我所知道的仅只是他的名声和外貌。我听说他聪明，博学，并且还信宗教……但是你知道这都不是……不是我所擅长的。②"弗龙斯基用英语说。

"是的，他是一个非常出色的人；多少有点保守，但是一个了不起的人，"斯捷潘·阿尔卡季奇评论着，"一个了不起的人。"

"哦，那于他更好了。"弗龙斯基微笑着说。"哦，你来了！"他对站在门边的他母亲的一个身材高大的老仆人说，"到这里来。"

除了奥布隆斯基普遍对于每个人所发生的魅力之外，弗龙斯基最近所以特别和他亲近，还因为在他的想象里他是和基蒂联系着的。

"哦，你看怎样？我们礼拜天请那位女歌星吃晚饭吗？"他带着微笑对他说，挽着他的手臂。

"当然。我正在邀伴。啊，你昨天认识我的朋友列文了吗？"斯

---

① 原文为法语。
② 原文为英语。

捷潘·阿尔卡季奇问。

"是的，但是他走得早一点。"

"他是一个很不错的人，"奥布隆斯基继续说，"不是吗？"

"我不知道为什么，"弗龙斯基回答，"所有莫斯科的人——自然我眼前这位朋友除外，"他戏谑地插入一句，"都有些别扭。他们都摆出架势，发脾气，仿佛他们都要叫旁人晓得厉害似的……"

"是的，那是真的，的确是那样。"斯捷潘·阿尔卡季奇说，愉快地大笑起来。

"火车快到了吗？"弗龙斯基问一个铁路上的职员。

"火车到的信号发出了。"那人回答。

火车的驶近由于车站上忙碌的准备、搬运夫们的奔跑、巡警与站员的出动和接客的人们的到来而越发明显了。透过寒冷的蒸汽可以看见穿着羊皮短袄和柔软长毡靴的工人们跨过弯曲线路的铁轨。从铁轨远处可以听到汽笛的呲呲声和某些沉重物体的响声。

"不，"斯捷潘·阿尔卡季奇说，急于要把列文想向基蒂求婚的心思告诉弗龙斯基，"不，你对于我的列文的评论是不正确的。他是个非常神经质的人，有时固然闷闷不乐，但是他有时却是很可爱的。他有诚实忠厚的性格和黄金一般的心。但昨晚有特别的原因，"斯捷潘·阿尔卡季奇浮着意味深长的微笑继续说，把他昨天对他朋友所表示的真挚的同情完全忘记了，又对弗龙斯基产生了同样的同情，"是的，他所以要弄得不是特别快乐，就是特别不快乐，是有原因的。"

弗龙斯基站住了，开门见山地问道：

"怎么回事？难道他昨天向你的姨妹①求婚了吗？"

"也许，"斯捷潘·阿尔卡季奇说，"我猜想昨天有那种事。是的，假使他走得早，而且不高兴，那一定是……他恋爱了好久，我替他

---

① 原文为法语。

很难过。"

"原来这样!……但是我想她可能期望得到一个更好的配偶，"弗龙斯基说，挺起胸膛，又来回地走着，"固然我还不认识他，"他补充说，"是的，这种情况真是叫人痛苦！所以许多人宁愿去逛花街柳巷。在那种地方，假使你没有弄到手，那只证明你的钱还不够，但是在这儿，就要看你的人品了。哦，火车到了。"

火车头果真已在远处鸣汽笛。一会儿以后，月台开始震动起来，喷出的蒸汽在严寒的空气里低低地散布着，火车头向前转动，中轮的杠杆缓慢而有节奏地一上一下地动着，司机的穿得暖暖的弯着腰的身体布满了白霜；在煤水车后面，一节里面有一条狗在吠着的行李车进了站，车走得慢了，但月台却震动得更厉害起来；最后客车进站了，摆动了一下才停下来。

一个灵活的乘务员在火车还开动时就吹着口哨跳下来，性急的乘客也一个一个地跟着他跳下来：一个挺直身子、严厉地四处张望的近卫士官；一个提着小包，笑容满面的匆匆忙忙的小商人；一个肩上背着包袱的农民。

弗龙斯基站在奥布隆斯基旁边注视着客车和走下车的乘客，完全忘掉了他母亲。他刚才听到的关于基蒂的事使他兴奋和欢喜。他的胸膛不觉挺起来，他的眼睛闪烁着。他感到自己是一个胜利者。

"弗龙斯基伯爵夫人在那节车厢里。"那灵活的乘务员走到弗龙斯基面前说。

乘务员的话惊醒了他，使他不能不想到他母亲和他同她即将到来的会面。他心里并不尊敬他母亲，而且也不爱她，只是他自己不承认罢了，但是照他所处的社会的见解，照他自己所受的教育，他除了极其尊敬和顺从他母亲，不可能有别的态度，而表面上越是顺从和尊敬，他心里就越是不尊敬越不爱她。

18

弗龙斯基跟着乘务员向客车走去,在车厢门口他突然停住脚步,给一位正走下车来的夫人让路。凭着社交界中人的眼力,瞥了一瞥这位夫人的风姿,弗龙斯基就辨别出她是属于上流社会的。他道了声歉,就走进车厢去,但是感到他非得再看她一眼不可;这并不是因为她非常美丽,也不是因为她的整个姿态上所显露出来的优美文雅的风度,而是因为在她走过他身边时她那迷人的脸上的表情带着几分特别的柔情蜜意。当他回过头来看的时候,她也掉过头来了。她那双在浓密的睫毛下面显得阴暗了的、闪耀着的灰色眼睛亲切而注意地盯着他的脸,好像在辨认他一样,随后又立刻转向走过的人群,好像是在寻找什么人似的。在那短促的一瞥中,弗龙斯基已经注意到有一股压抑着的生气流露在她的脸上,在她那亮晶晶的眼睛和把她的朱唇弯曲了的隐隐约约的微笑之间掠过。仿佛有一种过剩的生命力洋溢在她整个的身心,违反她的意志,时而在她的眼睛的闪光里,时而在她的微笑中显现出来。她故意地竭力隐藏住她眼睛里的光辉,但它却违反她的意志在隐约可辨的微笑里闪烁着。

弗龙斯基走进车厢。他母亲,一位长着黑眼睛和鬈发的干瘦的老太太,眯缝着眼睛,打量着她的儿子,她那薄薄的嘴唇泛着微笑。她从座位上站起,把手提皮包递给她的使女,伸出她的干瘦的小手让她儿子吻,随后扶起他的头来,在他面颊上吻了吻。

"你接到我的电报了吗?你好吧?谢谢上帝。"

"您一路平安吧?"她儿子说,在她旁边坐下,不由自主地倾听着门外一个女人的声音。他知道这是他在门边遇见的那位夫人的声音。

"我还是不同意您。"那位夫人说。

"这是彼得堡式的见解,夫人。"

"不是彼得堡式的,只是妇人之见罢了。"她回答。

"哦,哦,让我吻吻您的手。"

"再见,伊万·彼得罗维奇。您能不能去看看我哥哥在不在,叫他到我这里来?"那妇人在门边说,又走进车厢里。

"哦,您找到您的哥哥了吗?"弗龙斯基伯爵夫人向那位夫人说。

弗龙斯基这时才明白这就是卡列宁夫人。

"令兄来了。"他立起身来说,"失礼得很,我刚才不知道是您,而且,我们相交是这样浅,"弗龙斯基鞠着躬,"您一定记不起我来了吧。"

"啊,不,"她说,"我应当认识您的,因为令堂和我一路上只谈论您。"当她说话的时候,她终于让那股压抑不住的生气流露在她的微笑里,"还没有看到我哥哥。"

"去叫他,阿列克谢。"老伯爵夫人说。

弗龙斯基出去走到月台上,叫着:

"奥布隆斯基!到这里来!"

卡列宁夫人并不等她哥哥走过来,一看到他,她就迈着她那轻盈的、坚定的步伐走下车去。她哥哥一走近她,她就用左臂搂住他的脖颈,那动作的坚定和娴雅使弗龙斯基为之惊异,她迅速地把她哥哥拉到面前,热烈地和他接吻。弗龙斯基凝视着,目不转睛地望着她,一直微笑着,他也说不出为什么来。但是记起他母亲等待着他,他又走回车厢去。

"可爱极了,不是吗?"伯爵夫人说到卡列宁夫人,"她丈夫让她和我坐在一个车厢里,我也高兴和她一道。我们一路上净谈天。而你,我听说……你们情投意合。好极了,我亲爱的,好极了。①"

"我不明白您的意思,妈妈,"儿子冷淡地回答,"哦,妈妈,我们走吧。"

卡列宁夫人又走进车厢来向伯爵夫人道别。

"哦,伯爵夫人,您见着了令郎,我也见到了我哥哥,"她说,"我的闲谈通通扯完了;我再也没有什么好对您说的了。"

"啊,不,"伯爵夫人拉着她的手说,"我可以和您走遍天涯,永无倦意。您是那样一个逗人喜欢的女人,和您一道,谈话愉快,沉默也愉快。可是不要为您的儿子焦心;您不能期望永远不分别。"

卡列宁夫人立定了,挺直身子,她的眼睛微笑着。

"安娜·阿尔卡季耶夫娜,"伯爵夫人向她儿子说明,"有一个八岁的孩子,她以前从来没有离开过他,她这回把他丢在家里老不放心。"

"是的,伯爵夫人和我一直在谈着,我谈我儿子,她谈她的。"卡列宁夫人说,她的脸上又闪耀着微笑,一丝向他发出的温存的微笑。

"我想您一定感到厌烦了吧。"他说,敏捷地接住了她投来的卖弄风情的球。但是她显然不愿用那种调子继续谈话,她转向老伯爵夫人。

"多谢您。时间过得那么快。再见,伯爵夫人。"

"再见,亲爱的!"伯爵夫人回答,"让我吻一吻您的美丽的脸蛋。我索性说句倚老卖老的话,我实在爱上您了呢。"

这句话虽是老套,但卡列宁夫人却显然打心眼里相信这话,而且觉得非常高兴。她羞红了脸,微微弯着腰,把她的面颊凑近伯爵

---

① 原文为法语。

夫人的嘴唇,然后又挺直身子,她的嘴唇和眼睛之间飘浮着微笑,她把手伸给弗龙斯基。他紧紧握着她伸给他的纤手,她也用富于精力的紧握,大胆有力地握着他的手,那种紧握好像特别使他快乐似的。她走了出去,她那迅速的步子以那么奇特的轻盈姿态支撑着她的相当丰满的身体。

"迷人得很呢。"老夫人说。

这也正是她儿子所想的。他的眼睛紧盯着她,直到她的优美的身姿看不见了,微笑还逗留在他的脸上。他从窗口看到她怎样走上她哥哥面前,挽住他的胳膊,开始热切地告诉他一些什么事情,一些显然和他弗龙斯基不相干的事情,这可使他苦恼了。

"哦,妈妈,您好吗?"他转向他母亲重复说。

"一切都如意。亚历山大[①]长得很好,玛利亚[②]也长得漂亮极了。她顶有趣呢。"

于是她开始告诉他她最感兴味的事情——她孙儿的洗礼,她是专为这事到彼得堡去的,以及沙皇对她大儿子的特殊恩宠。

"拉夫连季来了,"弗龙斯基望着窗外说,"要是您高兴,我们现在就走吧。"

跟伯爵夫人来的老管家走进车厢来禀告一切都准备好了,于是伯爵夫人站起身来预备走。

"来;现在没有什么人了。"弗龙斯基说。

使女携着手提包和小狗,管家和搬运夫携着旁的行李。弗龙斯基让母亲挽住他的手臂;但是恰好在他们走出车厢的时候,突然有好几个人惊慌失措地跑过去。站长也戴着他那顶色彩特异的帽子跑过去。

[①][②] 原文为法语。

显然有什么意外事故发生了。离开车站的人群又跑了回来。

"什么？……什么？……什么地方？……卧轨死的！……轧碎了！……"这类的惊呼从走过去的人群中传来。

斯捷潘·阿尔卡季奇挽着他妹妹，走了回来，他们也露出惊慌的样子，在车门口站住，避开人群。

太太们走进车厢里，而弗龙斯基和斯捷潘·阿尔卡季奇跟随人群去探听这场灾祸的详情。

一个护路工，不知道是喝醉了酒呢，还是因为严寒的缘故连耳朵都包住了呢，没有听见火车倒退过来的声音，被车轧碎了。

在弗龙斯基和奥布隆斯基转来之前，太太们已经从管家那里打听到了一切事实。

奥布隆斯基和弗龙斯基都看到了那被轧碎了的尸体。奥布隆斯基显然很激动。他皱着眉，好像要哭的样子。

"噢，多怕人呀！噢，安娜，要是你看到了啊！噢，多怕人呀！"他不住地说。

弗龙斯基没有说话；他的漂亮的面孔是严肃的，但却十分镇静。

"啊，要是您看到了啊，伯爵夫人，"斯捷潘·阿尔卡季奇说，"他的妻子在那里……看了她真怕人呀！……她扑到尸体上。他们说他一个人养活一大家人。多怕人啊！"

"不能替她想点办法吗？"卡列宁夫人用激动的低声说。

弗龙斯基望了她一眼，就立刻走出车厢。

"我马上就回来，妈妈。"他在门口回过头来说。

几分钟以后他转来的时候，斯捷潘·阿尔卡季奇已在和伯爵夫人谈那新来的女歌星，同时伯爵夫人在焦急地朝门口望着，等待着她儿子。

"现在我们走吧。"弗龙斯基走进来，说道。

他们一道走出去。弗龙斯基和他母亲走在前面。卡列宁夫人和她哥哥走在后面。他们走到车站门口的时候，站长追上了弗龙斯基。

"您给了副站长两百卢布。请问是赏给什么人的？"

"给那寡妇，"弗龙斯基说，耸耸肩，"我以为用不着问哩。"

"你赏的吗？"奥布隆斯基在后面叫，紧握着他妹妹的手，他补充说，"做了好事，做了好事！他不是一个顶好的人吗？再见，伯爵夫人。"

于是他和他妹妹站定了，寻找她的使女。

当他们出车站的时候，弗龙斯基家的马车已经走了。走出来的人们还在谈论着刚才发生的事。

"死得多可怕呀！"一个走过的绅士说，"据说他被碾成两段了。"

"相反地，我以为这是最简易的死法——一瞬间的事。"另一个评论着。

"他们为什么不采取适当的预防措施呢？"第三个说。

卡列宁夫人坐进马车，斯捷潘·阿尔卡季奇惊讶地看到她的嘴唇在颤抖，她竭力忍住眼泪。

"怎么回事，安娜？"他问，当他们已经走了几百俄丈①的时候。

"这是不祥之兆。"她说。

"胡说！"斯捷潘·阿尔卡季奇说，"你来了，这是最要紧的事。你想象不到我是怎样把我的希望寄托在你身上。"

"你认识弗龙斯基很久了吗？"她问。

"是的，你知道，我们都希望他和基蒂结婚哩。"

"啊？"安娜低声说，"现在我们来谈谈你的事吧。"她补充说，摇摇头，好像她要摇落肉体上什么多余的、压迫着她的东西似的，"我们来谈谈你的事情吧。我接到你的信，就来了。"

---

① 1俄丈合2.134米。

"是的,我一切的希望都寄托在你身上。"斯捷潘·阿尔卡季奇说。

"那么,把一切都告诉我吧。"

于是斯捷潘·阿尔卡季奇开始讲述起来。

到家的时候,奥布隆斯基扶他妹妹下了马车,叹了口气,握了握她的手,就驱车上衙门去了。

19

当安娜走进房间时,多莉正和一个已经长得很像他父亲一样的金发的胖小孩一道坐在小客厅里,教他法语课。那小孩一边读着,一边不住地扭弄着一粒快要从短衣上脱落的纽扣,竭力想把它扯下来。他母亲好几次把他的手拿开,但是那胖胖的小手又去摸那粒纽扣。他母亲扯下纽扣,放进她的口袋里。

"手不要动,格里沙。"她说,又拿起她的针线 —— 她做了好久的被单来,她总是在心里抑郁的时候做这种手工,现在她焦躁地编织着,移动着手指,计算着针数。虽然她昨天对她丈夫声言过,他妹妹来不来不关她的事,但是她为她的来临准备了一切,而且在兴奋地期待着她的小姑。

多莉被忧愁压倒,完全被忧愁吞没了。但是她还记得安娜,她的小姑,是彼得堡一位最重要的人物的夫人,是彼得堡的贵妇人。因为这种情形,所以她没有实行她威吓她丈夫的话 —— 那就是说,她并没有忘记她的小姑快要来了。"毕竟,这事一点也不能怪安娜,"多莉想,"我只觉得她的为人再好也没有了,而且我看她对待我也只有亲切和友爱。"实在说,就她所记得的她在彼得堡卡列宁家的印象,他们的家庭生活本身她是并不喜欢的;在他们的家庭生活的整个气氛上有着虚伪的味道。"但是我为什么不应当招待她呢？只要她不来安慰我就好啦！"多莉想，"一切安慰、劝告、基督式的饶恕，这一切我想了一千遍，全没有用处。"

这些日子，多莉孤单单地和小孩们在一起。她不愿谈起她的忧愁，但是那忧愁填满了她的心，她又不能够谈旁的事。她知道她一定会设法把一切都告诉安娜，有时她想到能够痛快地诉说一场，觉得高兴，但是有时想到她不能不向她，他的妹妹诉说自己的屈辱，而且要听她那老套的忠告和安慰的言辞，就又觉得生气了。

她时时刻刻在等候她，不住地看表，但是，像常有的情形一样，恰恰错过了客人到来的那一刻，因此她没有听见铃声。

听到门口有裙子的声和轻轻的脚步声，她回头一望，在她那憔悴的脸上自然流露出来的不是欢喜，而是惊愕。她站起身来，拥抱她的小姑。

"哦，已经来了？"她说，吻着她。

"多莉，我看见你多高兴呀！"

"我也高兴呢。"多莉说，无力地微笑着，竭力想由安娜脸上的表情探测出她知道了情况没有。"她多半知道了。"她想，注意到安娜脸上所表现的同情。"哦，来，我带你到你的房间里去。"她继续说，竭力想把密谈的时间尽量地拖延下去。

"这是格里沙吗？啊哟，他长得多大了！"安娜说，于是吻吻他，眼光没有离开多莉，她站定，脸涨红了，"不，我们就在这里吧。"

她取下头巾和帽子，帽子缠住了她的鬈曲的乌黑头发，她摆了摆头，摇落了头发。

"你又健康，又幸福，红光满面！"多莉差不多嫉妒似的说。

"我？……是的。"安娜说。"啊哟，塔尼娅！你跟我的谢廖沙是同岁呢，"她对跑进来的小女孩说，她抱住她，吻着，"逗人爱的小姑娘，逗人爱啊！都让我看看吧。"

她提起所有的小孩，不但记得他们的名字，而且记得他们出生的年月，他们的性情，他们害过的疾病；这就使多莉不能不感激了。

"很好，我们去看他们吧，"她说，"可惜瓦夏睡了。"

看过小孩以后，她们在客厅里坐下来喝咖啡，现在只剩下她们两人了。安娜拿起托盘，随后又把它推开。

"多莉，"她说，"他告诉我了。"

多莉冷淡地望着安娜。她在等待着老一套的同情言辞；但是安娜却没有说那种话。

"多莉，亲爱的！"她说，"我不愿在你面前替他说情，也不想安慰你，那是不可能的。但是，亲爱的，我只是从心里替你难过，难过！"

从她那浓密的睫毛下发亮的眼睛里突然涌出了眼泪。她挪得离她的嫂嫂更近些，把她的手握在她有力的小手里。多莉没有缩回手去，但是她的面孔依然没有失去那冷冰冰的表情。她说：

"安慰我是不可能的。那事情发生以后，一切都失去了，一切都完了！"

她一说完，她的脸就突然变柔和了。安娜拿起多莉干瘦的手，吻了吻，说：

"但是，多莉，怎么办，怎么办呢？处在这种可怕的境地中怎样办才好呢——这就是你应当考虑的。"

"一切都完了，再也没有什么办法了，"多莉说，"而最糟的，你知道，就是我不能甩掉他。有小孩子们，我给束缚住了。可是我又不能和他一起生活，我见了他就痛苦极了。"

"多莉，亲爱的，他虽然对我说了，但是我要从你口里听听，把一切都告诉我吧。"

多莉探问一般地望着她。

纯真的同情和友爱表现在安娜的脸上。

"好吧,"她突然说,"但是我要从头告诉你。你知道我是怎样结婚的。受了妈妈给我的教育,我不只是天真,我简直是愚蠢。我什么都不懂。我听人家说男人把自己从前的生活通告诉妻子,但是斯季瓦……"她改口说,"斯捷潘·阿尔卡季奇却没有告诉过我什么。你也许不相信,我从前一直以为我是他接近过的唯一的女人。我就这样生活了八年。你想想,我不仅不怀疑他有什么不忠实,而且认为那是不可能的,可是——你且想一想,抱着这种念头突然发觉这种可怕丑恶的事……你替我想想吧。完全相信自己的幸福,而突然之间……"多莉忍住呜咽,继续说,"看到一封信……他给他的情妇,也就是我小孩们家庭女教师的信。不,太可怕了呀!"她迅速地掏出手帕捂住脸,"我可以了解一时的感情冲动,"她停了停继续说,"但是用心地、狡猾地欺瞒我……而且是和什么人呀?一边做我的丈夫,一边和她在一道……多可怕呀!你不明白……"

"不,我明白!我明白!多莉,亲爱的,我完全明白。"安娜说,紧握着她的手。

"你以为他晓得我处境的可怕吗?"多莉继续说,"一点都不!他很快乐和满足哩。"

"啊,不!"安娜赶紧打断她,"他也很可怜,他悔恨得什么似的……"

"他还能够悔恨吗?"多莉插嘴说,留神地凝视着她小姑的面孔。

"是的,我了解他,我看了他真替他难过。我们两人都了解他。他心肠好,但是他也骄傲,而现在他是这样地感到无地自容。使我最感动的就是……(在这里安娜猜着了最使多莉感动的事)有两件事使他苦恼:一件是为了孩子们的缘故他感到羞愧,一件是他爱你——是的，是的，他爱你胜于世界上的一切，"她赶紧打断要来反驳的多莉，"他伤害了你，刺伤了你的心。'不，不，她是不会饶恕我的了。'他老在说。"

多莉若有所思地向她小姑身旁望去，一面听着她的话。

"是的，我知道他的处境是可怕的；有罪的比无罪的更难受，"她说，"假使他感到一切不幸都是他的罪过造成的。但是我怎么能够饶恕他呢，我怎么能够继她之后再做他的妻子呢？现在和他在一起生活对于我简直是痛苦，正因为我珍惜我过去对他的爱情……"

呜咽打断了她的话。

但是好像故意似的，每一次她软下来的时候，她就又开始说些使自己愤怒的事情。

"你知道她又年轻又漂亮，"她继续说，"你想，安娜，我的青春和美丽都失去了，是谁夺去的？就是他和他的孩子啊。我为他操劳，我所有的一切都为他牺牲了，而现在自然随便什么新的、下贱的女人都更能迷住他。他们一定在一起议论我，或者，更坏，他们竟不议论，你明白吗？"怒火又在她的眼睛里燃烧，"往后他会对我说……嗨，我还能相信他吗？再也不了。不，一切都完了，那曾经成为我的安慰，成为我的劳苦的报酬的一切……你相信吗，我刚才在教格里沙念书：这曾经是我的快乐，现在却成了痛苦。我辛辛苦苦为的什么呢？为什么要有小孩呢？可怕的是我一下子横了心，我没有了爱和温情，对他只有憎恶，是的，憎恶。我恨不得杀死他。"

"亲爱的多莉，我都明白，但是不要苦恼你自己。你是这样悲伤，这样愤慨，以致你许多事情都看不清楚了呢。"

多莉沉静下来，有两分钟两人都沉默着。

"怎么办呢？替我想想吧，安娜，帮助我吧！我什么都想过了，我一点办法也想不出来。"

安娜也想不出办法，但是她的心立刻对她嫂嫂的每句话、每个表情的变化起了共鸣。

"我只有一点要说，"安娜开口了，"我是他妹妹，我知道他的性格，那种健忘的性情（她在额前做了个手势），那种易于入迷但是也易于后悔的性情。他现在简直不能相信，也不能理解他怎么会做出那种事来的。"

"不，他懂得的，他懂得的！"多莉插嘴说，"但是我……你忘了我……这能宽我的心吗？"

"且慢。当他告诉我的时候，我得承认我并没有觉察到你处境的可怕。我只看到他那方面，只看到家庭破裂了；我为他难过，但是和你谈话以后，我作为一个女人，看法就完全不同了。我看到了你的痛苦，我真说不出我是多么为你难过！但是，多莉，亲爱的，我完全理解你的痛苦，只是有一件事我还不知道。我不知道……我不知道你心里对他还有多少爱情。这只有你知道——是不是还够你饶恕他的。要是那样，就饶恕了他吧！"

"不。"多莉开口说，但是安娜打断了她，又吻了吻她的手。

"我比你更懂人情世故，"她说，"我懂得像斯季瓦那样的男子对于这类事情是怎样看法的。你说他曾和她一道议论你。那是决不会的。这类男子也许是不忠实的，但是他们把自己的家庭和妻子却看得很神圣。他们对这些女人总还是轻视的，她们破坏不了他们家庭的感情。他们在她们和自己家庭之间画了一条不可逾越的鸿沟。我不明白这是什么道理，但事实是这样的。"

"是的，但是他和她亲了嘴……"

"多莉，别这么说，亲爱的。斯季瓦和你恋爱的时候我也看到的。我记得那时候他跑到我面前来，哭着，谈着你，在他的心目中你是那样富有诗意和崇高，我知道他和你在一起生活得越久，你在他眼中就变得越崇高了。你记得我们常笑他每说一句话一定要夹进一句：'多莉真是一个难得的女子呢。'你在他看来一直像神一样，现在也还是这样，他这回对你不忠实也并非出于本心……"

"但是假如再那样呢？"

"那是不会的，我想……"

"是的，可是假使是你的话，你能够饶恕吗？"

"我不知道，我不能判断……是的，我能够。"安娜想了一会儿说。她在心里想象了一下这情形，在内心的天平上衡量了一下，补充说："是的，我能够，我能够，我能够。是的，我会饶恕的。我不能再跟从前一样了，不；但是我会饶恕的，而且好像从来不曾发生过这事一样地饶恕的……"

"啊，自然，"多莉赶紧插嘴，好像在说她想了不止一次的话一样，"否则就说不上饶恕。如果饶恕就应当完完全全饶恕。哦，我们走吧，我带你到你的房间里去，"她站起身来说，在路上她拥抱着安娜，"我的亲爱的，你来了我多么高兴呀。我觉得好过一些，好过多了。"

20

那一整天，安娜都在家里，就是说，在奥布隆斯基家里，没有接见任何人，虽然已经有几个认识她的人听说她到了，当天就来拜访她。安娜整个早晨都跟多莉和小孩们在一起。她仅仅送了个字条给她哥哥，叫他一定回来吃午饭。"来吧，上帝是慈悲的。"她写着。

奥布隆斯基在家里吃午饭，谈的话是一般的，他的妻子和他说话的时候叫他"斯季瓦"了，她好些日子没有这样称呼过了。夫妻之间还有隔阂，但是现在已不再讲什么分离的话了，斯捷潘·阿尔卡季奇看出来有解释同和解的可能。

刚用过饭,基蒂就来了。她认得安娜·阿尔卡季耶夫娜,但不很熟,她现在到她姐姐这里来,不免有几分恐惧,不知道这位人人称道的彼得堡社交界的贵妇人会怎样接待她。但是她却博得了安娜·阿尔卡季耶夫娜的欢喜——这一点她立刻看出来了。安娜显然很叹赏她的美丽和年轻;基蒂还没有定下神来,就感到自己不但受到安娜的影响,而且爱慕她,就像一般年轻姑娘往往爱慕年长的已婚妇人一样。安娜不像社交界的贵妇人,也不像有了八岁孩子的母亲。如果不是她眼神里有一种使基蒂惊异而又倾倒的、非常严肃、有时甚至忧愁的神情,凭着她的举动的灵活,精神的饱满,以及她脸上那种时而在她的微笑里,时而在她的眼眸里流露出来的蓬勃的生气,她看上去很像一个二十来岁的女郎。基蒂感觉到安娜十分单纯而毫无隐瞒,但她心中却存在着另一个复杂的、富有诗意的更崇高的境界,那境界是基蒂所望尘莫及的。

饭后,当多莉走到自己房里时,安娜迅速地站起身来,走到她哥哥面前,他正在点燃一支雪茄烟。

"斯季瓦,"她对他说,快活地使着眼色,一边替他画十字,一边目示着门边,"去吧,上帝保佑你。"

他扔下雪茄,明白了她的意思,就走到门外去了。

斯捷潘·阿尔卡季奇走后,她又回到沙发那里,她原来坐在沙发上,被孩子们团团围住。不知道是因为孩子们看出来他们的母亲喜欢这位姑母呢,还是因为他们自己在她身上感到了特殊的魅力,两个大点的孩子,而且像孩子们常有的情形一样,小的孩子们跟在大的后面,从用餐前就一直缠住他们新来的姑母,不肯离开她身边。坐得挨近姑母,抚摸她,握住她的纤细的手,吻她,玩弄她的指环,或者至少摸一摸她的裙襞,这在他们中间成了一种游戏了。

"来，来，像我们刚才那样坐。"安娜·阿尔卡季耶夫娜说，在她原来的地方坐下。

于是格里沙又把他的小脸伸进她的腋下，偎在她的衣服上，显出骄傲和幸福的神色。

"你们的舞会什么时候举行呢？"她问基蒂。

"下星期，而且是一个盛大的舞会呢。那是一种什么时候都使人愉快的舞会。"

"哦，有什么时候都使人愉快的舞会吗？"安娜含着柔和的讥刺说。

"这是奇怪的，但是的确有。在博布里谢夫家里，无论什么时候都是愉快的，在尼基京家里也是一样，而在梅日科夫家里就总是沉闷得很。您没有注意到吗？"

"不，亲爱的，对我说已经没有什么使人愉快的舞会了，"安娜说，基蒂在她的眼睛里探出了没有向她开放的那神秘的世界，"我所觉得的，就是有些舞会比较不大沉闷，不大叫人厌倦而已。"

"您怎么会在舞会上感到沉闷呢？"

"我怎么不会在舞会上感到沉闷呢？"安娜问。

基蒂觉察出来安娜知道会得到什么回答。

"因为您什么时候都比旁的人美丽呀。"

安娜是善于红脸的。她微微泛上红晕说：

"第一，从来也没有这种事；第二，即使这样，那对于我又有什么用呢？"

"您来参加这次舞会吗？"基蒂问。

"我想免不了要去的。拿去吧。"她对塔尼娅说，她正在想把那宽松的戒指从她姑母雪白的、纤细的手指上拉下。

"我真高兴您去呀。我真想在舞会上看见您呢。"

"那么，要是我一定得去的话，我想到这会使您快乐，也就可以聊以自慰了……格里沙，别揪我的头发，它已经够乱了呢。"她说，理了理格里沙正在玩弄的一绺散乱了的头发。

"我想象您赴舞会是穿淡紫色的衣裳吧？"

"为什么一定穿淡紫色？"安娜微笑着问。"哦，孩子们，快去，快去。你们听见了没有？古里小姐在叫你们去喝茶哩。"她说，把小孩们从她身边拉开，打发他们到餐室去了。

"不过我知道您为什么想拉我去参加舞会。您对于这次舞会抱着很大的期望，您要所有人都在场，所有人都去参与呢。"

"您怎么知道的？是呀。"

"啊！您正在一个多么幸福的年龄，"安娜继续说，"我记得而且知道那像瑞士群山上的雾一般的蔚蓝色烟霭，那烟霭遮蔽了童年刚要终结的那幸福时代的一切，那幸福和欢乐的广阔世界渐渐变成了一条越来越窄的道路，而走进这条窄路是又快乐又惊惶的，虽然它好像辉煌灿烂……谁没有经过这个呢？"

基蒂微笑着，默不作声。"但是她是怎样经过这个的呢？我真愿意知道她的全部恋爱史啊！"基蒂想着，记起了她丈夫阿列克谢·亚历山德罗维奇的那副俗气的容貌。

"我知道一件事。斯季瓦告诉我了，我祝贺您。我非常喜欢他呢，"安娜继续说，"我在火车站遇见了弗龙斯基。"

"啊，他到了那里吗？"基蒂问，脸涨红了，"斯季瓦对您说了些什么？"

"斯季瓦全说给我听了。我真高兴……我昨天是和弗龙斯基的母亲同车来的，"她继续说，"他母亲不停地讲着他。他是她的娇子哩。我知道母亲们有多么偏心，但是……"

"她母亲对您说了些什么？"

"啊，多得很呢！我知道他是她的娇子，但还是可以看出他是多么侠义呀……比方说，她告诉我他要把他的全部财产都让给他哥哥，他还是一个小孩的时候，就做出了惊人的事，他从水里救起了一个女人。总而言之，他简直是一位英雄呢。"安娜说，微笑着，想起他在火车站上给人的两百卢布。

但是她没有提起那两百卢布。不知怎的，她想起此事就不愉快。她总觉得那好像和她有点什么关系，那是不应当发生的。

"她再三要我去看她，"安娜继续说，"我也很高兴明天去看看这位老夫人呢。斯季瓦在多莉房里待了这么久，谢谢上帝。"安娜补充说，改变了话题，就立起身来，在基蒂看来，她心中好像有什么不快似的。

"不，我第一！不，我！"孩子们叫嚷着，他们刚喝完了茶，又跑回他们的安娜姑母这里来了。

"大家一起！"安娜说，于是她笑着跑上去迎接他们，抱起这一群欢天喜地叫着、闹着的小孩，把他们一起摔倒在地上。

21

多莉在大人们用茶的时候才走出房间。斯捷潘·阿尔卡季奇没有出来。他一定是从另外一扇门走出了妻子的房间。"我怕你住在楼上冷，"多莉向安娜说，"我要把你搬到楼下来，这样我们就更靠近了。"

"啊，请不要为了我麻烦吧。"安娜回答，凝视着多莉的面孔，竭力想要弄清有没有和解。

"你住在这儿，光线太亮了一点哩。"她的嫂嫂回答。

"我敢对你说，我无论在什么地方总是睡得像土拨鼠一样呢。"

"在谈什么问题?"斯捷潘·阿尔卡季奇从他书房里走出来这样问他妻子。

由他的声调,基蒂和安娜两人都听出来已经和解了。

"我要把安娜搬到楼下来,但是必须挂上窗帘。谁也不会做,我还得亲自动手。"多莉向他回答。

"天晓得,他们完全和好了没有呢?"安娜听了那种冷淡平静的声调,这样想。

"啊,得了,多莉,总是自找麻烦,"她丈夫回答,"哦,要是你愿意的话,一切都由我去做好了⋯⋯"

"是的,他们一定和好了。"安娜想。

"我知道你是怎样做法的,"多莉回答,"你吩咐马特维去办那办不到的事,自己倒跑开去了,而他会弄得一团糟。"多莉这么说的时候,她的嘴唇翘上去,露出她素常那种讥讽的微笑。

"完完全全和解了,完完全全,"安娜想,"谢谢上帝!"于是庆幸着和解是由她一手促成的,她走到多莉面前,吻了吻她。

"没有那么回事。你为什么老瞧不起我和马特维呢?"斯捷潘·阿尔卡季奇含着轻微的笑意向他妻子说。

那一整晚,多莉,像平常一样,对她丈夫说话时声调里总带点讥讽,而斯捷潘·阿尔卡季奇是满足和快活的,但也不至于看上去好像他得到饶恕以后就忘掉了他的罪过。

在九点半钟,奥布隆斯基家里围着茶桌进行的特别欢乐和愉快的家庭谈话,被一桩表面看来很简单、但不知怎的却使大家都觉得奇怪的事情所扰乱了。谈到彼得堡共同的熟人时,安娜急忙立起身来。

"我的照片簿里有她的照片,"她说,"我也顺便让你们看看我的谢廖沙。"她补充说,露出母性的夸耀的微笑。

近十点钟,她在平时正和她儿子道晚安,并且常在赴舞会之前先去亲自招呼他睡了,现在她竟离开他这么远,她感觉得难过;不论他们在谈什么,她的心总飞回到她的一头鬈发的谢廖沙那里。她渴望着看看他的照片,谈谈他。抓住第一个口实,她站起身来,迈着轻快的、稳定的步伐去拿照片簿。通到她房间的楼梯正对着大门的温暖的大楼梯口。

恰巧在她离开客厅的时候,铃声从门廊传来。

"这会是什么人呢?"多莉说。

"来接我还嫌早,来看旁的人又太迟了。"基蒂说。

"一定是什么人送公文来了。"斯捷潘·阿尔卡季奇插嘴说。当安娜走过楼梯顶的时候,一个仆人跑来通报有客人来,而客人本人就站在灯光下。安娜朝下面一望,立刻认出来弗龙斯基,一种惊喜交集的奇异感情使她的心微微一动。他站定了,没有脱下外衣,从口袋里掏出一件什么东西来。恰好在她走到楼梯当中的一刹那,他抬起眼睛,看见了她,他面部的表情罩上了一层困惑和惊惶的神色。她微微点了点头,就走过去,听到斯捷潘·阿尔卡季奇在她背后大声叫他进来,以及弗龙斯基用平静的、柔和的、沉着的声调谢绝。

安娜拿着照片簿转来的时候,他已经走了,斯捷潘·阿尔卡季奇告诉他们,他是来问他们明天请一位刚到的名人吃饭的事的。

"他怎样也不肯进来。他真是一个怪人呢!"斯捷潘·阿尔卡季奇补充说。

基蒂涨红了脸。她以为只有她才知道他为什么来这里,又为什么不肯进来。"他到了我家里,"她想,"没有遇到我,猜想我一定在这里,但是他又不肯进来,因为他觉得太晚了,而且安娜又在。"

大家交换了眼色,没有说什么话,开始观看安娜的照片簿。

一个男子在九点半钟去拜访朋友,询问关于计划中的宴会的细目，没有进来，这本来没有什么特别和奇怪的；但是他们却都觉得奇怪。尤其安娜觉得奇怪和蹊跷。

22

当基蒂和她母亲走上那灯火辉煌的，两旁布满鲜花，站立着穿红上衣、搽了发粉的仆人的大楼梯的时候，舞会刚开始。从舞厅里传来了好像是蜂房传来的、不绝的、不疾不徐的淬擦声；当她们站在两旁摆着花木的梯顶上，在镜子面前最后整理自己的头发和服装的时候，听到舞厅里乐队开始奏第一场华尔兹舞小提琴准确而清晰的音调。一个穿便服的矮小老人，在另一面镜子前理了理他两鬓的白发，身上散发着香水的气味，在楼梯上碰见她们，让开了路，显然是在叹赏他所不认识的基蒂。一个没有胡髭的青年，一个谢尔巴茨基老公爵称为"花花公子"的社交青年，穿着敞开的背心，边走边整理他雪白的领带，向她们鞠躬，走过去了之后又回转来请求和基蒂跳一场卡德里尔舞①。因为第一场卡德里尔舞她已经答应了弗龙斯基，所以她答应和这位青年跳第二场。一个军官，扣上他的手套，在门边让开路，一面抚摸着胡髭，一面在叹赏玫瑰色的基蒂。

虽然基蒂的服装、发式和一切赴舞会的准备花了她许多劳力和苦心，但是现在她穿了一身套在淡红衬裙上面罩上网纱的讲究衣裳，这么轻飘这么随便地走进舞厅，仿佛一切玫瑰花结和花边，所有装饰的一切细节，都不值得她或者她家庭片刻的注意，仿佛她生来就带着网纱和花边，头梳得高高的，头上有一朵带着两片叶子的玫瑰花。

---

① 卡德里尔舞，一种四人组成两对，包含六个舞式的舞蹈。

在走进舞厅之前，老公爵夫人，想要替她理好丝带的皱褶的时候，基蒂稍稍闪开去。她觉得她身上的一切都该是生来完美的、优雅的、无须乎整理。

这是基蒂最幸福的日子。她的衣裳没有一处不合身，她的花边披肩没有一点下垂，她的玫瑰花结也没有被揉皱或是扯掉；她的淡红色高跟鞋并不夹脚，而只使她愉快。金色的假髻密密层层地覆在她的小小的头上，宛如是她自己的头发一样。她的长手套上的三颗纽扣通通扣上了，一个都没有松开，那长手套裹住了她的手，却没有改变它的轮廓。她的圆形领饰的黑天鹅绒带特别柔软地缠绕着她的颈项。那天鹅绒带是美丽的；在家里，对镜照着她的脖颈的时候，基蒂感觉得那天鹅绒简直是栩栩如生的。别的东西可能有些美中不足，但那天鹅绒却的确是美丽的。在这舞厅里，当基蒂又在镜子里看到它的时候，她微笑起来了。她的赤裸的肩膀和手臂给予了基蒂一种冷澈的大理石的感觉，一种她特别喜欢的感觉。她的眼睛闪耀着，她的玫瑰色的嘴唇因为意识到她自己的妩媚而不禁微笑了。当她还没有跨进舞厅，走近那群满身是网纱、丝带、花边和花朵，等待别人来请求伴舞的妇人——基蒂从来不属于那群妇人——的时候，就有人来请求和她跳华尔兹舞，而且是一个最好的舞伴，跳舞界的泰斗，有名的舞蹈指导，标致魁梧的已婚男子，叶戈鲁什卡·科尔孙斯基。他刚离开巴宁伯爵夫人，他是和她跳了第一场华尔兹舞的，于是，观察着他的王国——就是说，已开始跳舞的几对男女——他看见了刚走进来的基蒂，就迈着舞蹈指导所独有的那种特殊的、轻飘的步子飞奔到她面前，连问都没有问她愿不愿意跳，他就伸出手臂抱住她的纤细腰肢。她朝周围望望，想把扇子交给什么人，于是他们的女主人向她微笑着，接了扇子。

"您准时来到了，多么好啊，"他对她说，抱住了她的腰，"迟到真是一种坏习气。"

弯起她的左手,她把它搭在他的肩头上,她那双穿着淡红皮鞋的小脚开始敏捷地、轻飘地、有节奏地合着音乐的拍子在光滑的镶花地板上移动。

"和您跳华尔兹舞简直是一种休息呢,"他对她说,当他们跳华尔兹舞开头的慢步的时候,"妙极了——多么轻快,多么准确①。"他向她说了他差不多对所有他熟识的舞伴都说过的话。

听了他的称赞她笑了笑,越过他的肩头继续环顾着舞厅。她不像一个仿佛觉得舞厅里一切面孔都溶成了仙境幻影般初次跳舞的少女;她也不是一个舞得太多以致把舞厅里一切面孔都看熟了而且腻烦了的少女。她是介于两者之间,她很兴奋,但她也能够沉着冷静地去观察周围的一切。在舞厅的左角她看见社交界的精华聚在一起。那里有胸颈赤裸到不能再赤裸的美人丽姬,科尔孙斯基的妻子;有女主人;有克里温的秃头闪耀着,凡是有上流人的地方总可以找到他;青年人向那个方向眺望着,却不敢走近前去;在那里,她的眼睛也看见了斯季瓦,看见了穿着黑天鹅绒衣裳的安娜的优美身姿和头部。他也在那里。基蒂自从拒绝列文以后,就再也没有看见过他。用她的远视眼光,她立刻认出了他,甚至还觉察到他在看她。

"再跳一回吗?您不疲倦吧?"科尔孙斯基说,微微有些气喘了。

"不,谢谢您!"

"我送您到哪里去呢?"

"卡列宁夫人来了,我想……送我到她那里去吧。"

"遵命。"

---

① 原文为法语。

于是科尔孙斯基放慢脚步跳着华尔兹舞一直向左角的人群舞去，一面不断地在说："对不起，夫人们，对不起，对不起，夫人们。"①于是穿过花边、网纱和丝带的海洋航行着，没有触动一根羽毛，他急剧地旋转着他的舞伴，以致她那穿着薄薄的、透明长袜的纤柔脚踝露了出来，而把她的裙裾展成扇形，遮盖了克里温的两膝。科尔孙斯基鞠着躬，整了他的敞开的衬衣胸襟，就挽着她到安娜·阿尔卡季耶夫娜那里去。基蒂满脸涨红，把她的裙裾从克里温的膝上拉开，于是，微微有点晕眩地向周围望着，寻找安娜。安娜并不是穿的淡紫色衣服，如基蒂希望的，而是穿着黑色的、敞胸的天鹅绒衣裳，她那看去好像老象牙雕成的胸部和肩膀，和那长着细嫩小手的圆圆的臂膀全露在外面。衣裳上镶满威尼斯的花边。在她头上，在她那乌黑的头发——全是她自己的，没有掺一点儿假——中间，有一个小小的三色紫罗兰花环，在白色花边之间的黑缎带上也有着同样的花。她的发式并不惹人注目。引人注目的，只是常常披散在颈上和鬓边的她那小小的执拗的发鬈，那增添了她的妩媚。在她那美好的、结实的脖颈上围着一串珍珠。

基蒂每天看见安娜；她爱慕她，而且常想象她穿淡紫色衣服的模样，但是现在看见她穿着黑色衣裳，她才感觉到她从前并没有看出她的全部魅力。她现在用一种完全新的、使她感到意外的眼光看她。现在她才了解安娜可以不穿淡紫色衣服，她的魅力就在于她的人总是盖过服装，她的衣服在她身上决不会惹人注目。她那镶着华丽花边的黑色衣服在她身上就并不醒目；这不过是一个框架罢了，令人注目的是她本人——单纯、自然、优美，同时又快活又有生气。

---

① 原文为法语。

她站着,像平常一样把身子挺得笔直,而当基蒂走进这一群的时候,她正在跟主人说话,她的头微微转向他。

"不,我不苛责,"她答复某个问题说,"虽然我还不大清楚那件事。"她继续说,耸了耸肩膀,就立刻浮上温柔的庇护的微笑转向基蒂。用急速的、女性的瞥视,她打量着基蒂的服装,把头点了一点——轻微到差不多看不见,但是基蒂却理会到了——对她的装饰和容貌表示赞许之意。"你跳到这房间里来了。"她补充说。

"这是我最忠实的助手,"科尔孙斯基说,向他以前还未见过面的安娜·阿尔卡季耶夫娜鞠躬,"公爵小姐使舞会生色不少呢。安娜·阿尔卡季耶夫娜,跳一场华尔兹舞吧。"他说,弯了弯腰。

"哦,你们认识吗?"他们的主人问。

"有什么人我们不认识呢?我妻子和我像白狼一样,人人都认识我们呢,"科尔孙斯基回答,"跳一场华尔兹舞吧,安娜·阿尔卡季耶夫娜?"

"如果可能不跳的话,我还是不跳吧。"她说。

"但是今晚是不可能的。"科尔孙斯基回答。

正在那一瞬间,弗龙斯基走上前来。

"哦,今晚既然不能不跳,那么我们就开始吧。"她说。不理睬弗龙斯基在向她鞠躬,她急速地把她的手搭在科尔孙斯基的肩上。

"她为什么不满意他呢?"基蒂想,看出了安娜是存心不向弗龙斯基回礼。弗龙斯基走到基蒂面前去,向她提起第一场卡德里尔舞的事,而且表示他这么久没有去看她,觉得很抱歉。基蒂一边赞赏地注视着安娜跳华尔兹,一边在听他的话。她期望他要求和她跳华尔兹,但是他竟没有这样做,她惊异地望着他。他微微红了脸,连忙请求和她跳华尔兹,但是他刚把手挽住她的腰,迈出第一步的时候，音乐就突然停止了。基蒂凝视着他那和她挨得那么近的脸，这没有得到他情意绵绵的凝视回应，在以后好久——好几年以后——还使她为了这场痛苦的羞辱而伤心。

"对不起，对不起！"①华尔兹，华尔兹！"科尔孙斯基从这房间的另一端叫着，抓住了他最先碰到的一位年轻小姐，就开始跳起舞来。

23

弗龙斯基和基蒂绕着房间跳了好几次华尔兹。跳完华尔兹以后，基蒂走到她母亲面前去，她还没有来得及和诺得斯顿伯爵夫人说上几句话，弗龙斯基就又走来请她跳第一场卡德里尔舞。在跳卡德里尔舞时，没有说什么意味深长的话，他们只断断续续地谈着科尔孙斯基夫妇——他诙谐地把他们描绘成可爱的四十岁的小孩，谈着未来的公共剧场，只有一次，当他和她谈起列文，问他还在不在，而且补充说他很喜欢他的时候，谈话才触动了她的心。但是基蒂对于卡德里尔舞并没有抱着很大期望。她揪着心期待着玛佐卡舞。她想一切都得在跳玛佐卡舞时决定。他在跳卡德里尔舞时没有要求和她跳玛佐卡舞，这事实并没有扰乱了她。她相信她准会和他跳玛佐卡舞，像在以前的舞会上一样，因此她谢绝了五个青年，说她已经和别人约好了跳玛佐卡舞。整个舞会，直到最后一场卡德里尔舞，在基蒂看来都好像一种欢乐的色彩、音响和动作的幻境。她只在感觉得太疲倦了，要求休息的时候，这才停下来。但是当她正在和一个她无法拒绝的讨厌的青年跳最后一场卡德里尔舞的时候，她无意中

---

① 原文为法语。

发现自己正面对①弗龙斯基和安娜。她从晚会开始以后就没有和安娜在一起，而现在她突然又用一种完全新的、使她感到意外的眼光看她了。她在她身上看出了她自己所熟悉的那种由于成功而产生的兴奋神情；她看出安娜因为自己引起别人的倾倒而陶醉。她懂得那种感情，懂得它的迹象，而且在安娜身上看出来了；看出了她眼睛里战栗的、闪耀的光辉，不由自主地浮露在她嘴唇上的那种幸福和兴奋的微笑，和她的动作的雍容优雅、准确轻盈。

"谁使得她这样呢？"她问自己，"大家呢，还是一个人？"和她跳舞的那位困窘的青年讲话乱了头绪，她也不给他提词，她表面上服从着科尔孙斯基的号令，他先叫大家绕个大圈②，然后拖成一条链条③，同时她却尽量观察着，她的心越来越痛了。"不，使她陶醉的不是众人的赞赏，而是一个人的崇拜。而那一个人是……难道是他吗？"每次他和安娜说话的时候，喜悦的光辉就在她眼睛里闪耀，幸福的微笑就扭曲了她的朱唇。她好像在抑制自己，不露出快乐的痕迹，但是这些痕迹却自然而然地流露在她的脸上。"但是他怎样呢？"基蒂望了望他，心中充满了恐怖。在基蒂看来那么明显地反映在安娜脸上的一切，她在他的脸上也看到了。他那一向沉着坚定的态度和他脸上泰然自若的表情到哪里去了呢？现在每当他朝着她的时候，他就微微低下头，好像要跪在她面前似的，而在他的眼睛里只有顺服和恐惧的神情。"我不愿得罪你，"他的眼光好像不时地说，"但是我又要拯救自己，我不知道怎么办才好呢。"他脸上流露着一种基蒂以前从来不曾见过的神色。

他们在谈着共同的熟人，谈论着最无关紧要的话，但是在基蒂看来，好像他们说的每句话都在决定着他们和她的命运。而奇怪的

---

①②③　原文为法语。

就是实际上他们虽然在谈论着伊万·伊万诺维奇的法语讲得多么可笑,以及叶列茨基小姐怎样可以选择到更佳的配偶,但是这些话对于他们却有着重要的意义,而且他们也正如基蒂一样地感觉到了。整个舞会,整个世界,在基蒂心中一切都消失在烟雾里了。只是她所受的严格的教养支持着她,强迫她做别人所要求她的一切,就是跳舞、应酬、谈话、甚至微笑。但是在跳玛佐卡舞之前,当他们开始排好椅子,而几对舞伴正从小房间走进大厅来的时候,一种失望和恐怖的时刻临到了基蒂身上。她拒绝了五个请她伴舞的人,而现在她却没有跳玛佐卡舞的舞伴了。她连被人请求伴舞的希望都没有了,因为她在社交界是这样成功,谁都不会想到她直到现在还没有人约好和她跳舞。她想对她母亲说她身体不舒服,要回家去,但是她又没有力量这样做。她的心碎了。

她走到小客厅尽头,颓然坐在安乐椅里。她的薄薄的、透明的裙子像一团云一样环绕着她的窈窕身躯;一只露出的、纤细柔嫩的少女的手臂无力地垂着,沉没在她淡红色裙腰的皱襞里;在另一只手里她拿着扇子,用迅速、急促的动作扇着她的燥热的脸。虽然她好像一只蝴蝶刚停在叶片上,正待展开彩虹般的翅膀向前再飞,但她的心却被可怕的绝望刺痛了。

"也许我误会了,也许不是那样吧?"于是她又回想着她所目击的一切。

"基蒂,怎么回事?"诺得斯顿伯爵夫人悄悄地踏着地毯走到她面前,"我不明白呢。"

基蒂的下唇战栗起来了,她急速地立起身来。

"基蒂,你不去跳玛佐卡舞吗?"

"不,不。"基蒂用含泪的战栗声音说。

"他当着我的面请她跳玛佐卡舞,"诺得斯顿伯爵夫人说,知道基蒂会懂得"他"和"她"指的是"谁","她说,'哦,您不和谢尔巴茨基公爵小姐跳吗?'"

"啊,与我无关呢!"基蒂回答。

除了她自己,谁也不了解她的处境,谁也不知道她昨天刚拒绝了一位她也许热爱的男子,而且她拒绝他完全是因为她轻信了另一位。

诺得斯顿伯爵夫人找到和她一道跳玛佐卡舞的科尔孙斯基,叫他去请基蒂伴舞。

基蒂加入第一组跳舞,她庆幸她可以不要讲话,因为科尔孙斯基不停地奔走着指挥着他的王国。弗龙斯基和安娜差不多就坐在她对面。她用远视的目光望着他们,当大家跳到一处的时候,她就逼近地观察他们,而她越观察他们,她就越是确信她的不幸是确定的了。她看到他们感觉在这挤满了人的房间里只有他们两个人。在弗龙斯基一向那么坚定沉着的脸上,她看到了一种使她震惊的、惶惑和顺服的神色,好像一条伶俐的狗做错了事时的表情一样。

安娜微笑起来,而她的微笑也传到了他的脸上。她渐渐变得沉思了,而他也变得严肃了。某种超自然的力量把基蒂的眼光引到安娜的脸上。她那穿着朴素的黑衣裳的姿态是迷人的,她那戴着手镯的圆圆的手臂是迷人的,她那挂着一串珍珠的结实的脖颈是迷人的,她的松乱的鬈发是迷人的,她的小脚小手的优雅轻快的动作是迷人的,她那生气勃勃的、美丽的脸蛋是迷人的,但是在她的迷人之中有些可怕和残酷的东西。

基蒂比以前越来越叹赏她,而她也越来越痛苦。基蒂感觉得自己垮了,而且她的脸上也显露出这一点来。当弗龙斯基跳玛佐卡舞时碰见她的时候,他没有立刻认出她来,她的模样大变了。

"多愉快的舞会啊!"他对她说,只是为了应酬一下。

"是的。"她回答。

玛佐卡舞跳到一半的时候,重复跳着科尔孙斯基新发明的复杂花样,安娜走进圆圈中央,挑选了两个男子,请了一位夫人和基蒂来。基蒂走上前时恐惧地盯着她。安娜眯着眼望着她,微笑着,紧紧握住她的手,但是注意到基蒂只用绝望和惊异的神情回答她的微笑,她就扭过脸去不看她,开始和另一位夫人快活地谈起来。

"是的,她身上是有些异样的、恶魔般的、迷人的地方。"基蒂自言自语。

安娜不打算留在这里晚餐,但是主人开始挽留她。

"得了,安娜·阿尔卡季耶夫娜,"科尔孙斯基说,把她露出的手臂挽到他的燕尾服的袖子底下,"我打算大大地来一次科奇里翁舞①呢!迷人呀!②"

他慢慢地向前移动,竭力想拉她一道走。他们的主人赞许地微笑着。

"不,我不能在这里久留了。"安娜微笑着回答,虽然她脸上带着微笑,但是科尔孙斯基和主人从她坚定的声调里都听出来她是留不住的了。

"不,实在说,我在莫斯科你们的舞会上跳的舞比我在彼得堡整整一冬天跳的还要多呢,"安娜说,回头望着站在她旁边的弗龙斯基,"我动身之前得稍稍休息一下。"

"那么您明天一定要走吗?"弗龙斯基问。

"是的,我打算这样。"安娜回答,好像在惊异他的询问的大胆;但是当她说这话的时候,她眼中压抑不住的、战栗的光辉和她的微笑使他的心燃烧起来了。

① 科奇里翁舞,卡德里尔舞的一种变种。
② 原文为法语。

安娜·阿尔卡季耶夫娜没有留下来用晚餐，就回家去了。

24

"是的，我是有些令人讨厌可憎的地方，"当列文从谢尔巴茨基家出来，向他哥哥的寓所走去的时候，他想，"我落落寡合。这是骄傲，人家说。不，我并不骄傲。假使我有点骄傲，我就不会使自己落到那种地步了，"他想象着弗龙斯基，他幸福、善良、聪明而又沉着，决不会陷于像他今晚所处的那种可怕的境地，"是的，她一定会挑选他。这是一定的，我不能埋怨谁，也没有什么好埋怨的。都是我自己不好。我有什么权利以为她愿意和我结成终身伴侣呢？我是什么人，我算个什么？是一个谁都不需要、对于谁都没有用处的一无可取的人呀。"于是他回想起他哥哥尼古拉，愉快地沉浸在这种回忆里。"他说世上的一切都是污秽丑恶的，这话不是很对吗？我们对于尼古拉哥哥的判断未必很公平吧？自然，照普罗科菲——他只看见他穿着破大衣，带着醉意——的观点看来，他是一个让人看不起的人；但是我对他有不同的了解。我了解他的心灵，而且知道我和他很相像。而我竟没有去探望他，倒来赴宴，到这里来了。"列文走到路灯下，看了看写在袖珍簿上的哥哥的住址，于是雇了辆马车。在赴他哥哥寓所的长途中，列文历历在目地回忆着他所熟知的哥哥尼古拉一生中的一切事件。他想起他哥哥在大学时代和在毕业后的一年中，怎样不顾同学们的讥笑，过着修道士一般的生活，严格地遵守一切宗教仪式、祭务和斋戒，避免各种各样的欢乐，尤其是女色；后来，他又怎样突然变得放荡起来，他结交上一些最坏的人，沉溺于荒淫无度中。随着他想起了他虐待小孩那桩不名誉的事件：他从乡下带了一个小孩来抚养，在盛怒之下，凶狠地殴打了他，以致由于非法殴伤儿童而受到控告。他又忆起他和一个骗子的纠葛,他输给那骗子一笔钱,付了一张支票,过后他又把他告了,告发他欺骗了他(谢尔盖·伊万诺维奇替他付的就是这笔钱)。接着他又想他怎样为了在街上扰乱公共秩序而在拘留所里关过一夜。他想起他为了没有分给他应得的一份母亲的遗产而企图控告他的长兄谢尔盖·伊万诺维奇那件可耻的诉讼,和以后他到西部地方任职的时候,为了殴打当地长老而受了审判最后那桩不名誉的事件……这一切都是叫人十分厌恶的,但是列文并不觉得那么厌恶,像那些不了解尼古拉,不了解他的经历,不了解他心肠的人所必然会感觉到的那样。

列文想起了尼古拉虔敬的时期,斋戒,修道和礼拜的时期,当他求助于宗教来抑制他的情欲的时候,大家不但不鼓励他,反而讥笑他,连列文自己也在内。他们打趣他,叫他"诺亚"①,"和尚";等到他变得放荡时,谁也不帮助他,大家都抱着恐怖和厌恶的心情避开他。

列文觉得,不管他哥哥尼古拉的生活怎样丑恶,在他的灵魂中,在他的灵魂深处却并不比轻视他的人们坏多少。他生来具有放荡不羁的气质,而且才智有限,这并不是他的过错。而他始终是想做好人的。"我要把一切都告诉他,毫不隐瞒,我要使得他也毫不隐讳地说话,我要向他表示我爱他,因此也了解他。"当列文在将近十一点钟抵达他写下地址的那个旅馆的时候,他暗自下了决心。

"在楼上十二号和十三号。"门房回答列文的询问。

"在家吗?"

"准在家。"

① 见《圣经·旧约·创世记》。上帝因人类犯罪而发洪水毁灭了全人类,只有诺亚和他一家人在方舟中得救。

十二号的门半开着,从里面一线灯光中飘浮出来廉价的劣等烟草的浓雾,传来列文所不熟悉的声音;但是他立刻听出来他哥哥在那里;他听见他的咳嗽声。

当他走进门口时,那不熟悉的声音在说:

"那全靠办事有多么精明和熟练来决定。"

康斯坦丁·列文朝门里面望了一眼,看见说话的是一个穿着短外衣、头发浓密的青年,还有一个穿着没有翻领也没有套袖①的毛布连衣裙的麻脸女人坐在沙发上,却看不见他哥哥。康斯坦丁想到他哥哥和那些奇怪的人一起生活,心里感到剧烈的创痛。没有谁听到他的脚步声,康斯坦丁脱下套鞋,听见那位穿着短外衣的先生在说些什么。他在谈某种企业。

"哦,该死的特权阶级,"他哥哥的声音回答,咳嗽了一声,"玛莎!给我们拿晚饭来,并且拿点酒来,如果还有剩的话;要不然就出去买。"

那女人起身,走到隔断外面,看见了康斯坦丁。

"有一位先生,尼古拉·德米特里奇。"她说。

"您找什么人?"尼古拉·列文的声音生气地说。

"是我。"康斯坦丁·列文回答,向亮处走来。

"我是谁?"尼古拉的声音更加生气地说。可以听到他急忙地起身,绊了什么东西的声音;列文在门对面看到他哥哥那双吃惊的大眼睛和那高大瘦削的佝偻身材,那样子,他是那么熟悉,但那怪相和病态却又使他惊讶。

他比三年前康斯坦丁·列文最后一次看见他时更消瘦了。他穿着一件短外衣,他的手和宽大的骨骼似乎越发大了。他的头发变得

---

① 当时上流社会的妇女在领子和衣袖上总是围着一些白色的东西。

稀疏，那和以往一样挺直的胡髭遮到嘴唇上，那和以往一样的眼睛奇异和天真地凝视着来客。

"噢，科斯佳①！"他突然叫道，认出了他弟弟，他的眼睛喜悦得闪着光辉。但就在那一瞬间他回头望着那青年，把他的脖颈和头痉挛地动了一下，好像领带勒痛了他似的，这种动作康斯坦丁是那么熟悉；于是一种异样的表情，狂暴、痛苦、残酷的表情浮露在他憔悴的脸上。

"我给你和谢尔盖·伊万内奇写了信，说我不认识你们，也不想认识你们。你有什么事？你们有什么事？"

他完全不像康斯坦丁想象的那样。康斯坦丁·列文想到他的时候，把他性格中最坏而又最讨厌的部分，就是使人难以和他相处的地方忘记了，而现在，当他见了他的面，特别是看见了他的头的痉挛动作的时候，他就想起这一切来。

"我来看你并没有什么事，"他畏怯地回答，"我只是来看看你。"

他弟弟的畏怯显然使尼古拉软化了。他的嘴唇颤抖着。

"哦，这样吗？"他说，"那么，进来，请坐。要吃晚饭吗？玛莎，拿三份晚饭来。不，停一停。你知道这位是谁吗？"他指着那位穿短外衣的先生，向他弟弟说，"这是克里茨基先生，从我在基辅的时候起就是我的朋友，一位非常了不起的人物。他，自然，受到警察的迫害，因为他不是坏人。"

于是他依照惯常的习癖向房间里每个人环顾了一下。看见站在门边的女人要走的样子，他向她叫道："等一等，我说。"带着康斯坦丁熟悉的他那种不善辞令、语无伦次的样子，他向大家又环顾了一下，就开始对他弟弟说起克里茨基的经历来：他怎样为创办贫寒大

---

① 科斯佳，康斯坦丁的小名。

学生互助会和星期日学校而被大学开除;[①]他后来怎样在国民学校当教员,以及他怎样又被那里赶走,后来还吃了一场官司。

"你是基辅大学的吗?"康斯坦丁·列文对克里茨基说,为的是要打破随之而来的难堪的沉默。

"是,我是基辅大学的。"克里茨基生气地回答,他的脸色变得阴沉了。

"这个女人,"尼古拉·列文打断他,指着她说,"是我生活的伴侣,玛丽亚·尼古拉耶夫娜。我把她从妓院领出来的,"他这么说时又扭动了一下脖子,"但是我爱她而且尊敬她,谁想要同我来往,"他补充说,提高声调,皱起眉头,"我就请求他爱她而且尊敬她。她就和我的妻子一样,反正是一样。这样你现在就明白你在同什么人交往了。要是你以为降低了自己的身份,那么好,你就给我出去。"

他的眼光又搜索般地在所有的人身上扫过。

"我为什么会降低了自己的身份呢,我不明白。"

"那么,玛莎,叫他们开晚饭来:三份,伏特加和葡萄酒……不,等一等……不,没有关系……去吧。"

25

"你看。"尼古拉·列文继续说,皱紧眉头,抽搐着。要考虑怎样说怎样做,在他显然是困难的。"这里,你看……"他指着用绳子捆起来放在房间角落里的一束铁条,"你看到那个吗?那就是我们正

[①] 星期日学校是为工厂的工人举办的学校。十九世纪七十年代的革命者把星期日学校看做"到民间去"的一种形式。一八七四年警务部长巴林伯爵向沙皇亚历山大二世递呈了报告《革命宣传在俄国的胜利》,星期日学校就受到严厉的监视。许多大学生因为参加星期日学校的工作而被大学开除。

在着手进行的新事业的开端。这是一个生产协会……"

康斯坦丁差不多没有听他说话。他凝视着他的病态的、患肺病的脸孔，越来越替他难过了，他不能强迫自己听他哥哥说的关于协会那一套话。他看出来这个协会不过是个救生圈，使他不至于自暴自弃罢了。尼古拉·列文继续说下去：

"你知道资本家压榨工人。我们的工人和农民担负着全部劳动的重担，而且他们的境地是，不管他们做多少工，他们还是不能摆脱牛马一般的状况。劳动的全部利润——他们本来可以靠这个来改善他们的境遇，获得空余的时间，并且从而获得受教育的机会的——全部剩余价值都被资本家剥夺去了。而社会就是这样构成的：他们的活儿干得越多，商人和地主的利润就越大，而他们到头来还是做牛马。这种制度应当改变。"他说完了话，就询问般地望着他弟弟。

"是的，当然。"康斯坦丁说，望着浮泛在他哥哥突出的颧骨上的红晕。

"所以我们创设了一个钳工劳动组织，在那里一切生产和利润和主要的生产工具都是公有的。"

"那个劳动组织将设在什么地方呢？"康斯坦丁·列文问。

"在喀山省沃兹德列姆村。"

"可是为什么设在村里呢？在村里，我想，要做的工作本来就够多的了。为什么钳工劳动组织设在村里？"

"为的是农民还跟以前一样是奴隶，这就是你和谢尔盖·伊万诺维奇不愿意人家努力把他们从奴隶状态中解放出来的缘故。"尼古拉·列文说，被他的反问激怒了。

康斯坦丁·列文叹了口气，同时朝这阴暗龌龊的房间环顾着。这声叹息似乎更把尼古拉激怒了。

"我知道你和谢尔盖·伊万内奇的贵族观点，我知道他把全部智力都用在为现存的罪恶辩护上。"

"不，你为什么要谈起谢尔盖·伊万内奇？"列文微笑着说。

"谢尔盖·伊万内奇？我告诉你为什么吧？"尼古拉·列文提起谢尔盖·伊万诺维奇的名字就突然尖叫起来，"我来告诉你吧……但是讲有什么用呢？只有一件事……你为什么到我这里来，你轻视这种事，那也听你的便，——走吧，看上帝分上走吧！"他尖叫着，从椅子上站起来，"走吧，走吧！"

"我一点也不轻视，"康斯坦丁·列文畏怯地说，"我甚至也不想争辩。"

正在这时，玛丽亚·尼古拉耶夫娜回来了。尼古拉·列文愤怒地朝她望着。她连忙走上他面前去，耳语了一句什么。

"我身体不好，我变得容易冒火，"尼古拉·列文说，稍稍镇静了一点，痛苦地呼吸着，"你和我谈论谢尔盖·伊万诺维奇和他的论文。那是一派胡言，谎话连篇，自欺欺人。一个丝毫不懂正义的人怎样可以写关于正义的文章呢？您读过他的论文吗？"他问克里茨基，又在桌旁坐下，推开撒满半桌的纸烟，以便腾出空处来。

"我没有读过。"克里茨基阴郁地回答，显然不愿参加这场谈话。

"为什么没有？"尼古拉·列文现在又迁怒于克里茨基了。

"因为我觉得用不着把时间浪费在那上面。"

"啊，对不起，你怎么知道是浪费时间呢？那篇论文对许多人来说是太深奥了——就是说，他们领会不了。但是在我，却又是另外一回事；我看透了他的思想，而且我知道它的毛病在哪里。"

大家都默不作声，克里茨基从容不迫地站起来，拿起帽子。

"您不吃晚饭吗？好的，再见！明天和钳工一同来。"

克里茨基刚走出去，尼古拉·列文就微笑着，使着眼色。

"他也不怎么好呢，"他说，"我自然知道……"

但是正在这时克里茨基在门口叫他……

"您还有什么事？"他说，走到走廊他那里去。剩下列文和玛丽亚·尼古拉耶夫娜一道，他就向她说话。

"您和我哥哥在一起很久了吗？"他对她说。

"是的，一年多了。他的身体坏得很，他喝酒喝得很多。"她说。

"可是……他喝什么呢？"

"喝伏特加，这对于他很不好呢。"

"难道很多吗？"列文低语着。

"是的。"她说，畏怯地朝门边望着，尼古拉·列文在那里出现了。

"你们在谈什么？"他说，皱着眉，他惊惶的眼光从一个人身上移到另一个人身上，"什么事呢？"

"啊，没有什么。"康斯坦丁惶惑地回答。

"啊，要是你不愿意说，就不说吧。不过你跟她没有什么可谈的。她是一个娼妓，而你是一位绅士。"他说，扭动了一下脖子。

"你全明白；我知道，你全估量过了，而且用怜悯的眼光来看我的缺点。"他又提高声音说。

"尼古拉·德米特里奇，尼古拉·德米特里奇。"玛丽亚·尼古拉耶夫娜又走到他面前去耳语。

"哦，好的，好的！……可是晚饭怎样了呢？噢，来了？"他说，看见端着盘子的茶房。"这里，摆在这里。"他气愤地说，立刻拿了伏特加酒，斟了一满杯，贪馋地喝了下去。"要喝一杯吗？"他向他弟弟说，马上变得快活起来了。"哦，不要再讲谢尔盖·伊万内奇了吧。无论如何，我看见你很高兴。不管怎样说，我们不是外人。来，喝一杯吧。告诉我你在做些什么，"他继续说，贪馋地咀嚼着一片面包，又斟满了一杯，"你过得怎样呢？"

"我还跟从前一样一个人住在乡下。我忙着经营农业。"康斯坦丁回答,吃惊地注视着他哥哥又吃又喝的馋相,却又竭力装做没有看见的样子。

"你为什么不结婚呢?"

"没有机会。"康斯坦丁回答,微微涨红了脸。

"为什么没有?对于我……一切都完了!我把我的生活弄得一塌糊涂。但是这我已经说过,而我还是要说,假使我的那份财产在我需要的时候给了我的话,我的整个生活就会变得完全不同了。"

康斯坦丁赶紧改变话题。

"你知道你的万纽什卡在波克罗夫斯科耶我的账房做办事员吗?"

尼古拉扭动了一下脖子,沉没在深思里了。

"是的,把波克罗夫斯科耶现在的情形告诉我吧。房子还是老样子吗,还有桦树和教室呢?园丁菲利普,他还活着吗?我简直终生忘不了那亭子和沙发啊!留心房子里不要有一点变动,赶紧结婚,使一切都恢复原来的模样。这样我一定来看你,要是你的妻子人也很好的话。"

"现在就来吧,"列文说,"我们将安排得多么惬意啊!"

"要是我知道一定不会遇见谢尔盖·伊万内奇,我就来看你。"

"你不会在那里遇到他,我完全不依赖他生活。"

"是的,但是不管你怎么说,你总得在我和他两人中间选择一个。"他说,胆怯地盯着他弟弟的面孔。这胆怯的样子打动了康斯坦丁。

"假使你愿意听听我在这方面的真心话,我告诉你,在你和谢尔盖·伊万内奇的争论中我对任何一方都不偏袒。你们两方都不对。你的不对是在表面上,而他是在内心里。"

"噢,噢!你明白了,你明白了吗?"尼古拉快活地叫道。

"但是我个人更重视和你的友谊。因为……"

"为什么,为什么?"

康斯坦丁不能够说他重视他是因为尼古拉是不幸的,需要友情。但是尼古拉知道这正是他要说的话,于是愁眉紧锁,又拿起伏特加酒瓶来。

"够了,尼古拉·德米特里奇!"玛丽亚·尼古拉耶夫娜说,伸出她那肥胖赤裸的胳臂去拿酒瓶。

"别管!别纠缠不休!我要打你啦!"他叫着。

玛丽亚·尼古拉耶夫娜流露出柔和温厚的微笑,感动得尼古拉也露出笑容,她拿到了酒瓶。

"你以为她什么都不懂吗?"尼古拉说,"她比我们任何人都懂得多。她不是真的有些善良可爱的地方吗?"

"您以前从来没有到过莫斯科吗?"康斯坦丁对她说,只是为了找点话说而已。

"你可不要和她客气。这会吓慌她。除了那位因为她要脱离妓院而审问过她的保安官以外,再也没有人对她这样客气地说过话。天啊,这世界上多么没有意思啊!"他突然叫道,"这些新机关,这些保安官、县议会,这一切是多么可恶啊!"

于是他开始详细叙述他和新机关的冲突。

康斯坦丁·列文倾听着他的话,在否定一切公共机关这点上,他和他哥哥是抱着同感的,而且他自己也常常说的,但是现在从他哥哥嘴里说出来,他就感觉得不愉快了。

"到阴间我们就会明白这一切的。"他开玩笑地说。

"到阴间?噢,我不喜欢什么阴间!我不喜欢,"他说,他那吃惊的怪异的眼光紧盯着他弟弟的脸,"人总以为逃脱一切卑鄙龌龃——不论是自己或别人的——是一件快事,但我却怕死,非常怕死。"他颤抖着,"喝点什么吧。你喜欢香槟吗?或者我们到什么地方去走走?我们到茨冈那里去吧!你知道我变得非常爱好茨冈和俄国歌曲呢。"

他说话语无伦次了,东一句西一句的。康斯坦丁靠着玛莎的帮助,总算劝住他没有到外面去,而把他安顿到床上,他已经烂醉如泥了。

玛莎答应有事的时候就写信给康斯坦丁,并且劝尼古拉·列文到他弟弟那里去住。

26

康斯坦丁·列文早晨离开莫斯科,傍晚就到了家。一路上他在火车里和邻座的旅客谈论着政治和新筑的铁路,而且,像在莫斯科时的情形一样,他因为自己思路混乱,对自己不满,和某种羞耻心情而感到苦恼。但是当他在自己家乡的车站下了车,看见了他那翻起外衣领子的独眼车夫伊格纳特;当他在车站的朦胧灯光下看见他的垫着毛毯的雪橇,他那匹系住尾巴、套上带有铃铛和穗子的马具的马;当车夫伊格纳特一面把他的行李搬上车来,一面告诉他村里的消息,告诉他包工头来了,帕瓦养了小牛的时候,——他才感觉到他混乱的心情渐次澄清,而羞耻和自我不满的心情也正在消失。他一看见伊格纳特和马时就有这种感觉了;但是当他穿上为他带来的羊皮大衣,裹紧身子坐在雪橇里,驱车前进,一路上想着摆在面前的村里的工作,凝视着拉边套的马(那曾经做过乘骑的,现在虽然衰老了,但始终是一匹顿河产的剽悍的骏马),他开始用完全不同的眼光来看他周遭所遇到的事了。他感到自在起来,不再作分外

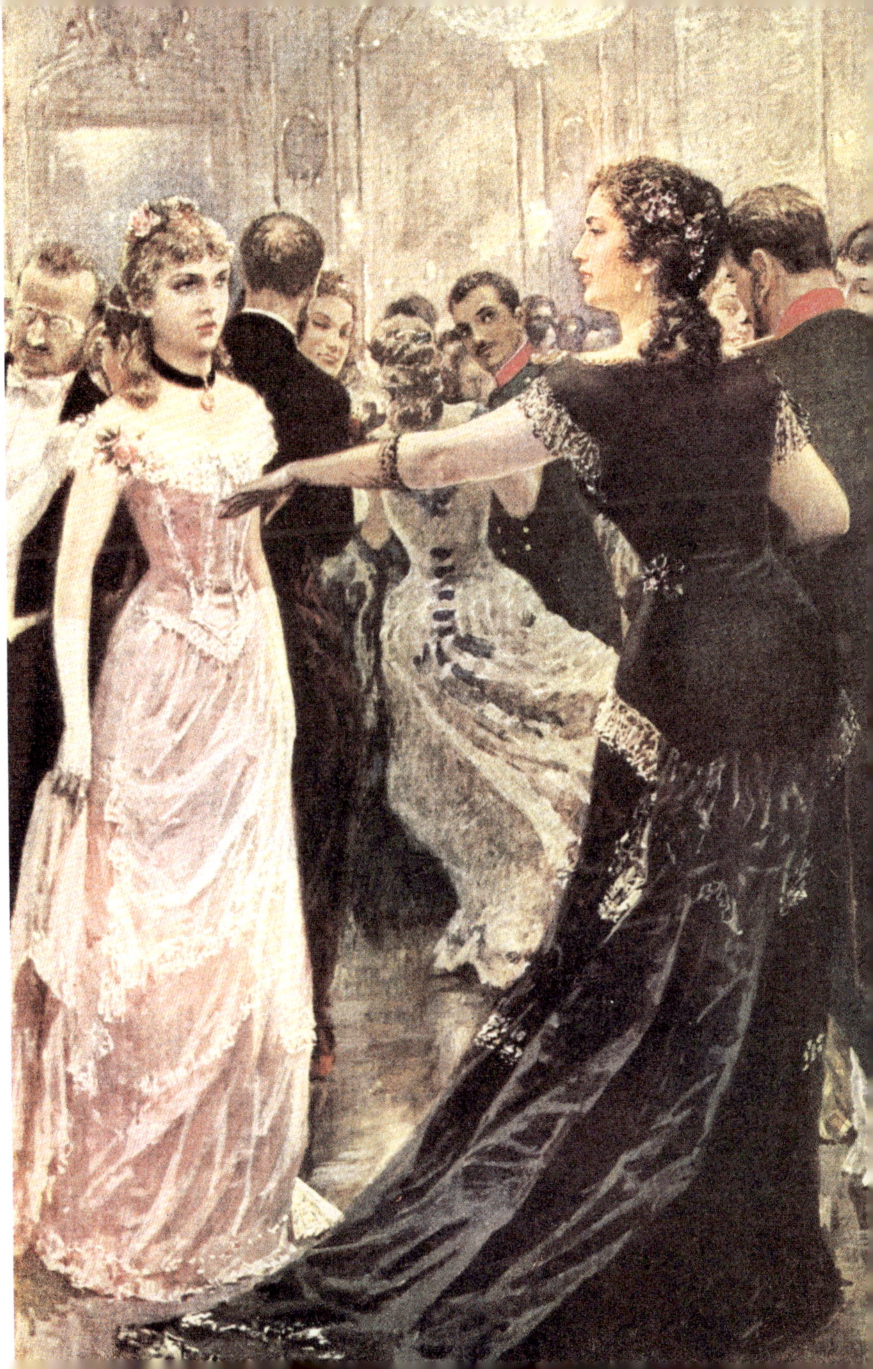

之想。他现在唯一希望的就是要变得比从前更好一些。第一，他下决心从此不再希望结婚能给予他珍奇的幸福，因此也不再那么轻视他现有的东西。第二，他再也不让自己沉溺于卑劣的情欲中，在他决心求婚的时候，回想起过去的情欲曾经使他那么苦恼。接着又想起他哥哥尼古拉，他暗自下了决心再不让自己忘记他，他将跟踪他，不要不知他的去向，这样，在他遭到不幸的时候就可以随时帮助他。他有一种感觉，那种事可能不久就会发生。接着，他哥哥讲到关于共产主义那一番话，他听的时候根本没有把它当作一回事，现在却使他思考起来了。他认为经济改革是无稽之谈；但是他始终觉得他自己的富裕和农民的贫困相比之下是不公平的，现在他下决心为了使自己心安起见，虽然他过去很勤劳而且生活过得并不奢侈，但是他以后要更勤劳，而且要自奉更俭朴。这一切在他看来是那么容易实行，以致他一路上都沉浸在最愉快的幻想中。怀着对更美好的新生活的愉快希望，他在晚上八点多钟到了家。

房子前面小广场上的积雪被他的老乳母，现在在他家做女管家的阿加菲娅·米哈伊洛夫娜的寝室窗子里的灯光照耀着，她还没有睡。库兹马被她叫醒了，赤着脚半睡不醒地跑出来，跑到台阶上。一只塞特尔种母猎犬拉斯卡，也跳了出来，差一点把库兹马绊倒，它吠叫着，挨着列文的膝头跳跃着，想把它的前爪放到他的胸脯上，却又不敢那样。

"您这么快就回来了，老爷！"阿加菲娅·米哈伊洛夫娜说。

"我想家呢，阿加菲娅·米哈伊洛夫娜。做客固然不错，但是在家里更好。"他回答，走进书房。

书房被拿进去的蜡烛慢慢地照亮了。各种熟悉的物件显露在眼前：鹿角、书架、镜子、早就该修理的装着通风口的火炉、他父亲的沙发、大桌子、摆在桌上的一本摊开的书、破烟灰碟、一本有他的笔迹的抄本。当他看到这一切的时候，一刹那间怀疑袭上他的心头，他对梦想了一路的建立新生活的可能性怀疑起来了。他的生活的一切痕迹好像抓住了他，对他说："不，你不会离开我们，你不会变成另外的样子，你还会和从前一样的：老是怀疑，永远不满意自己，徒劳无益地妄想改革，结果总是失败，永远憧憬着你不会得到，而且不可能得到的幸福。"

这些东西就是对他这样说的，但是他心里的另一种声音却对他说不应当墨守成规，要尽力而为。听从了这声音，他走到放着一对两普特重的哑铃的角落里去，像运动员似的举起它们，竭力使自己振作起来。门外有脚步声，他急忙放下哑铃。

管家走进来，说谢谢上帝，一切都很好；但是报告说荞麦在新烘干机里稍稍烘焦了一点。这个消息激怒了列文。新烘干机是列文设计的，而且一部分还是他发明的。管家一向反对烘干机，而现在宣告荞麦被烘焦了，就带着被压抑的幸灾乐祸心情。列文坚信如果荞麦被烘焦了，那也只是因为没有采取他的办法，这他曾经叮嘱了几百次。他恼了，责备起管家来。但是有件重大喜事：帕瓦，他在展览会用高价买来的一头良种的、顶贵重的母牛，养了小牛了。

"库兹马，把羊皮大衣给我。你吩咐人拿一盏灯笼来。我要去看看它。"他对管家说。

饲养贵重母牛的牛棚就在房子后面。穿过院落，经过紫丁香树下的雪堆，他走到牛棚。当冻住的门打开的时候，一股热烘烘的牛粪气味扑鼻而来，那群母牛，看到未见惯的灯笼的光都惊骇起来，在新鲜稻草上骚动起来。他瞧见那头荷兰牛的宽阔、光滑、有黑白花的背脊。牡牛别尔库特套着鼻环卧在那里，好像要站起来的模样，但是又改变了主意，仅仅在他们经过它身边时喷了两下鼻息。红美人儿帕瓦，大得像河马一样，背向他们，护着小牛不让他们看到，一面在它身上到处嗅着。

列文走进牛棚，审视着帕瓦，把红白花小牛扶起来，使它用细长的、蹒跚的腿站稳。焦急不安的帕瓦正要吼叫起来，但是当列文把小牛推到它身边的时候，它这才安下心来，沉重地舒了一口气，开始用粗糙的舌头舔它。小牛摸索着，把鼻子伸到母亲的乳房下，摇着尾巴。

"拿灯来，费奥多尔，这边，"列文说，打量着小牛，"像母亲！虽然毛色像父亲；但是那没有什么。好极了。腰又长又宽。瓦西里·费奥多洛维奇，它不是很出色吗？"他对管家说，由于他喜欢这头小牛的缘故，关于荞麦的事，他已经完全饶恕他了。

"它怎么会不好呢？啊，包工头谢苗在您走后第二天就来了。我们得雇下他来，康斯坦丁·德米特里奇，"管家说，"机器的事我已经告诉您了。"

单是这个问题就使列文陷入烦琐的农务中，那农务是规模宏大，而又极其复杂的。他从牛棚一直走到账房，跟管家和包工头谢苗谈了一会之后，他就回到房里，径自走到楼上的客厅。

27

这是一所宽敞的旧式房子，虽然只有列文一个人居住，但是整个房子他都使用着，而且都生上火。他知道这未免有些傻，而且也知道这太过分了，违反他现在的新计划，但是这所房子对于列文来说是整个的世界，这是他父母生死在这里的世界。他们过着在列文看来是完美无缺的理想生活，他曾梦想和他的妻子，他的家庭一同重新建立那样的生活。

列文差不多记不得他母亲了。她给他的印象在他来说是一种神圣的记忆，而他想象中的未来妻子必然是像他母亲那样优美圣洁的理想女人的副本。

他不但不能撇开结婚来设想对于女性的爱情，他首先想象家庭，其次才想象能给予他家庭的女性。所以他的结婚观和他大多数的熟人完全两样，在那些人看来，结婚只是日常生活中无数事情之一；在列文，这是人生大事，终生的幸福全以它为转移。而现在他却不能不抛弃这个了。

他走进他平素喝茶的小客厅，在扶手椅上坐下，拿着一本书，阿加菲娅·米哈伊洛夫娜给他端来了茶，照例说了声："哦，我要坐一会呢，老爷。"就坐在窗旁一把椅子上，这时候，说来也奇怪，他感觉到他还是没有抛弃他的梦想，而且没有这些梦想他就不能生活。不管是和她或是和旁的女性，总归是要成为事实的。他读着书，思索着他所读到的东西，时而停下来听喋喋不休的阿加菲娅·米哈伊洛夫娜说话；但同时未来的家庭生活和事业的各种景象毫不连贯地浮现在他的想象中。他觉得在内心深处有某种东西已经稳定下来，抑制住了，平静下来了。

他听阿加菲娅·米哈伊洛夫娜谈起普罗霍尔怎样忘记了上帝，拿列文给他买马的钱一味去喝酒，把他的老婆打得半死；他一面听，一面读书，回想着由于读书而引起的一系列思想。这是丁铎尔[①]的《热学》。他想起他曾批评过丁铎尔对于他的实验本领过分自负和缺乏哲学眼光。突然一个愉快的思想涌上他的心头："两年之后我可以有两头荷兰牛，帕瓦自己也许还活着，别尔库特的十二个小女儿，再加上这三头牛——妙极了！"他又拿起书本。

"不错，电和热是同样的东西；但是能够在方程式中用某种量代

---

① 丁铎尔（1820—1893），英国物理学家。

替另一种量来解决任何问题吗？不能。那么怎么办呢？一切自然力之间的关系是可以用直觉感知的……要是帕瓦的女儿长成一头红白花母牛，这一群牛，其中再加上这三头牛，那就特别好啦！妙极了！同我的妻子和客人一道出去参观那群牛……我的妻子说：'科斯佳和我照顾那小牛像照顾自己的孩子一样哩。''你对这个怎么会那样感兴趣呢？'客人说。'凡是他感兴趣的事情我都感兴趣呢。'但是她是谁呢？"于是他想起在莫斯科发生的事情……"哦，怎么办呢？……这不是我的过错。但是现在一切都要按照新的路线进行。说生活不允许这样，过去不允许这样，全是无稽之谈。应该努力生活得更好，好得多……"他抬起头，沉溺在梦想里。老拉斯卡，还没有完全领略到主人归来的欢喜，跑到院子里吠了几声，就带着新鲜空气的芳香摇着尾巴跑回来，走到他面前，把头伸在他手下，哀叫着，要求他抚摸。

"它只是不会说话，"阿加菲娅·米哈伊洛夫娜说，"它不过是一条狗，可是它也知道主人回来了，而且知道他闷闷不乐哩。"

"为什么闷闷不乐呢？"

"难道我还看不出吗，老爷？我这个年纪应该懂得老爷们了。哦，我从小就和他们一起长大的。不要紧，老爷，只要身体健康，问心无愧就好。"

列文凝神望着她，她这样了解他的心思，倒使他不胜诧异了。

"要我再给您倒一杯茶吗？"她说，端着他的茶杯走出去。

拉斯卡依然把头伸在他手下。他抚摸它，它立刻蜷伏在他脚旁，把头搁在伸出去的后脚上。好像表示现在一切都美满了似的，它稍稍张开嘴巴，吮着嘴唇，把黏糊糊的狗嘴安放得更舒适地包住它衰老的牙齿，它在幸福的安宁里静下来了。列文留神注视着它最后的一个动作。

"我就是这样,"他暗自说,"我就是这样!没有什么关系……一切都很圆满。"

28

舞会后第二天清早,安娜·阿尔卡季耶夫娜打了个电报给她丈夫,说她当天就离开莫斯科。

"不,我一定要走,我一定要走,"她用那一种声调向她嫂嫂说明她为什么改变了计划,好似她忽然记起了她有数不清的事情要做一样,"不,实在还是今天走的好!"

斯捷潘·阿尔卡季奇没有在家吃饭,但是他约定了在七点钟回来送他妹妹。

基蒂也没有来,只送来了一个字条说她头痛。只有多莉和安娜跟孩子们和英国女教师一道吃饭。不知道是孩子们易变呢,还是他们很敏感,感觉出来安娜变得跟那天他们那么爱她的时候有点异样,而且感觉出来她不再关心他们了,——总之他们忽然不再和姑母游戏,不再爱她了,而对于她走也就十分淡漠了。安娜一早上都在忙着作动身的准备。她写信给莫斯科的熟人们,记下账目,收拾行李。多莉总觉得她心绪不宁,而且带着烦恼的心情,那种心情多莉自己也体验过,那并不是没有来由的,而且多半包含着对自己的不满。饭后,安娜走到自己房里去换衣服,多莉跟在她后面。

"今天你很奇怪啊!"

"我?你这样觉得吗?我没有什么奇怪,只是有点别扭。我常常这样。我真想哭出来。这真傻极了,但是一会儿就会好的。"安娜迅速地说,她把变红了的面孔俯向一个小提包,她正在把一顶睡帽和几条细纱手帕装进提包里。她的眼睛格外发亮,频频盈溢着眼泪:

"就像我当时不愿意离开彼得堡一样,现在我又不愿意离开这里了。"

"你到这里来,做了一件好事。"多莉说,凝神望着她。

安娜眼泪汪汪地向她望着。

"别这样说,多莉。我没有做什么,也做不出什么。我常常奇怪人们为什么要联合一致地来宠坏我。我做了什么,我能够做什么呢?你心里有足够的爱来饶恕……"

"假使没有你,天知道会出什么事呢!你多幸福呵,安娜!"多莉说,"你的心地是光明磊落的。"

"每个人心里都有自己的隐私①,像英语所说的。"

"你没有什么隐私,你有吗?你的一切都是那么坦荡。"

"我有!"安娜突然说,于是意外地流过眼泪之后,一种狡狯的、讥讽的微笑使她的嘴唇撅起来了。

"哦,你的隐私至少很有趣,不忧郁。"多莉笑着说。

"不,很忧郁哩。你知道我为什么要今天走,不在明天?这事坦白说出来是叫我很难受的;我要向你说。"安娜说,果断地往扶手椅里一靠,正视着多莉的脸。

多莉看到安娜的脸一直红到耳根,直到她脖颈上波纹般的乌黑鬈发那里,这可使她惊骇了。

"是的,"安娜继续说,"你知道基蒂为什么不来吃饭?她嫉妒我。我破坏了……这次舞会对于她不是快乐反而是痛苦,完全是因为我的缘故。但是实在说起来,并不是我的过错,或者是我的一点儿小过错。"她说,细声地拖长"一点儿"三个字。

"啊,你说这话多像斯季瓦啊!"多莉笑着说。

安娜感到受了委屈。

① 原文为法语。

"啊不，啊不！我可不是斯季瓦。"她说，愁眉紧锁。"我所以对你说，就因为我不容许我自己对自己有片刻的怀疑。"安娜说。

但是就在她说这话那一瞬间，她已经感到这并不是真话；她不但怀疑自己，而且她一想到弗龙斯基就情绪激动，她所以要比预定时间提早一点走，完全是为了避免再和他会面。

"是的，斯季瓦告诉我你和他跳了玛佐卡舞，而他……"

"你想象不出这一切弄得多么可笑。我原来只想撮合这门婚事的，结果完全出人意料。也许违反我的本意……"

她涨红了脸，停住了。

"啊，他们立刻觉察出来了！"多莉说。

"但是假如在他那方面有什么认真的地方，我就会失望了，"安娜打断她，"我相信都会忘记这件事的，基蒂也就不会再恨我。"

"总之，安娜，老实说，我并不怎么希望基蒂结成这门婚事。假使他，弗龙斯基能够一天之内就对你钟情，那么这门婚事还是断了的好。"

"啊，天啊，那样就太傻了，"安娜说，当她听见了萦绕在她心中的思想用言语表达出来的时候，愉悦的红晕又泛露在她的脸上了，"我现在离开这里，和我那么喜欢的基蒂成了敌人，噢！她是多么可爱啊！但是你有办法补救的吧，多莉？呢？"

多莉几乎禁不住笑了起来。她爱安娜，但是她看到她也有弱点，觉得很高兴。

"敌人？那是绝不会的。"

"我那样盼望你们大家都爱我，就像我爱你们一样，而现在我更加爱你们了，"安娜眼泪盈眶地说，"噢，我今天多傻啊！"

她用手帕抹了一下脸，开始穿起衣服来。

正在动身那一刻，斯捷潘·阿尔卡季奇姗姗来迟地回来了，他红光满面，散发出酒和雪茄的气味。

安娜的情绪感染了多莉，当她最后一次拥抱她小姑的时候，她低低地说：

"记住，安娜，你给我的帮助——我永远不会忘记。记住我爱你，而且永远爱你，把你当作我最亲爱的朋友！"

"我不懂得你为什么这样说呢。"安娜说，吻她，遮掩着眼泪。

"你过去了解我，你现在也了解我。再见，亲爱的！"

29

"哦，一切都完结了，谢谢上帝！"这就是安娜·阿尔卡季耶夫娜向她那堵住车厢过道，直站到第三次铃响的哥哥最后道别的时候，浮上她脑海里的第一个念头。她坐在软席上安努什卡旁边，在卧车的昏暗光线中向周围环顾着。"谢谢上帝！明天我就看见谢廖沙和阿列克谢·亚历山德罗维奇了，我的生活又要恢复老样子，一切照常了。"

虽然还怀着她那一整天的烦恼心情，安娜却高兴而细心地安排好她的旅行。她用灵巧的小手打开又关上红提包，拿出一只靠枕，放在膝上，小心地裹住她的脚，舒舒服服地坐下来。一个有病的妇人已经躺下睡了。另外两个妇人和安娜攀谈起来。一个胖胖的老妇人一边裹住脚，一边对火车里的暖气发表一点意见。安娜回答了几句，但是看见谈不出什么味道来，就叫安努什卡去拿一盏灯来，钩在座位的扶手上，又从提包里拿出一把裁纸刀和一本英国小说。最初她读不下去。骚乱和嘈杂搅扰着她；而在火车开动的时候，她又不能不听到那些响声；接着，飘打在左边的窗上、粘住玻璃的雪花，走过去的乘务员裹得紧紧的、半边身体盖满雪的姿态，以及议论外面刮着的可怕大风雪的谈话，分散了她的注意力。这一切接连不断地重复下去：老是震动和响声，老是飘打在窗上的雪花，老是暖气忽热忽冷的急遽变化，老是在昏暗中闪现的人影，老是那些声音，但是安娜终于开始阅读，而且理解她所读的了。安努什卡已经在打瞌睡，红色小提包放在她膝上，她那一只手上戴着破手套的宽阔的双手握牢它。安娜·阿尔卡季耶夫娜读着而且理解了，但是读书可以说是追踪别人的生活的反映，因此她觉得索然乏味。她自己想要生活的欲望太强烈了。她读到小说中的女主角看护病人的时候，她就渴望自己迈着轻轻的步子在病房里走动；她读到国会议员演说时，她就渴望自己也发表那样的演说；她读到玛丽小姐骑着马带着猎犬去打猎，逗恼她的嫂嫂，以她的勇敢使众人惊异时，她愿意自己也那样做。但是她却无事可做，于是她的小手玩弄着那把光滑的裁纸刀，勉强自己读下去。

小说的男主角已经开始得到英国式的幸福、男爵的爵位和领地，而安娜希望和他一同到领地去，她突然觉得他应当羞愧，她自己也为此羞愧起来。但是他有什么可羞愧的呢？"我有什么可羞愧的呢？"她怀着愤怒的惊异自问。她放下书来，往后一仰靠到椅背上，把裁纸刀紧握在两手里。没有什么可羞愧的。她一一重温着她在莫斯科的经过。一切都是良好的、愉快的。她回想起舞会，回想起弗龙斯基和他那含情脉脉的顺从的面孔，回想起她和他的一切关系：没有什么可羞耻的。虽然这样，但是就在她回忆的那一瞬间，羞耻的心情加剧了，仿佛有什么内心的声音在她回想弗龙斯基的时候对她说："温暖，温暖极了，简直好热啊。""哦，那又有什么呢？"她坚决地自言自语说，在软席上挪动了一下。"那有什么关系？难道我害怕正视现实吗？哦，那有什么呢？难道在我和这个青年军官之间存在着或者能够存在什么超友谊的关系吗？"她轻蔑地冷笑了一声，又拿起书本来；但是现在她完全不能领会她所读的了。她拿裁纸刀在窗户玻璃上刮了一下，而后把光滑的、冰冷的刀面贴在脸颊上，一种欣喜之感突然没来由地攫住了她，使她几乎笑出来了。她感到自己的神经好像绕在旋转着的弦轴上的弦，越拉越紧。她感到她的眼睛越张越大了，她的手指和脚趾神经质地抽搐着，身体内有个东西在压迫着她的呼吸，而一切形象和声音在摇曳不定、半明半暗的灯光里以其稀有的鲜明使她不胜惊异。瞬息即逝的疑惑不断地涌上她的心头，她弄不清火车是在向前开，还是往后倒退，或者完全停住了。坐在她旁边的是安努什卡呢，还是一个陌生人？"在椅子扶手上的是什么东西呢？是皮大衣还是什么野兽？我自己又是什么呢？是我自己呢，还是别的什么女人？"她害怕自己陷入这种迷离恍惚的状态。但是有个东西却想把她拉过去，而她是要听从它呢，还是要拒绝它，原来是可以随自己的意思的。她站起身来定一定神，掀开方格毛毯和暖和大衣上的披肩。一瞬间她恢复了镇定，明白了进来的那个瘦瘦的、穿着掉了纽扣的长外套的农民是一个生火炉的，他正在看寒暑表，风雪随着他从门口吹进来；但是随后一切又模糊起来了……那个穿长背心的农民仿佛在啃墙上什么东西，老妇人把腿伸得有车厢那么长，使车厢里布满了黑影；接着是一阵可怕的尖叫和轰隆声，好像有谁被碾碎了；接着耀眼的通红火光在她眼前闪烁，又仿佛有一堵墙耸立起来把一切都遮住了。安娜觉得好像自己在沉下去。但是这并不可怕，却是愉快的。一个裹得紧紧的、满身是雪的人的声音在她耳边叫了一声。她立起身来定了定神；她这才明白原来是到了一站，而这就是乘务员。她叫安努什卡把她脱下的披肩和围巾拿给她，她披上，向门口走去。

"您要出去吗？"安努什卡问。

"是，我想透一透气。这里热得很呢。"

于是她开开门。猛烈的风雪向她迎面扑来，堵住门口和她争夺车门。但是她觉得这很有趣。她开了门，走出去。风好像埋伏着等待着她，欢乐地呼啸着，竭力想擒住她，把她带走，但是她抓牢了冰冷的门柱，按住衣服，走下来，到月台上，离开了车厢。风在踏板上是很猛烈的，但是在月台上，被火车挡住，却处于静息的状态。她快乐地深深吸了一口冰冷的、含雪的空气，站立在火车旁边，环顾着月台和灯火辉煌的车站。

30

暴风雪在火车车轮之间、在柱子周围、在车站转角呼啸着，冲击着。火车、柱子、人们和一切看得出来的东西半边都盖满了雪，而且越盖越厚。风暴平静了片刻，接着又猛烈地刮起来，简直好像是不可抵挡的。但是人们跑来跑去，快乐地交谈着，咯吱咯吱地在月台的垫板上跑过去，不断地开关着大门。一个弯腰驼背的人影在她脚旁悄然滑过，她听到了锤子敲打铁的声音。"把那电报递过来！"从那边暴风雪的黑暗里传来一个生气的声音。"请到这边！二十八号！"各种不同的声音又叫喊起来，人们裹住脖颈，身上落满白雪跑过去。两个绅士叼着燃着的纸烟从她身边走过。她又深深地吸了一口新鲜空气，正待从暖手筒里抽出手来握住门柱走回车厢的时候，另一个穿军服的男子走近她身边，遮住了路灯摇曳的灯光。她回头一看，立刻认出了弗龙斯基的面孔。他把手举在帽檐上，向她行礼，问她有什么事，他能否为她略效微劳。她凝视了他好一会，没有回答，而且，虽然他站在阴影中，她看出了，或者自以为她看出了他的面孔和眼睛的表情。这又是昨天那么打动了她的那种崇敬狂喜的表情。她在最近几天中不止一次地暗自念叨说，就是刚才她还在说，弗龙斯基对于她不过是无数的、到处可遇的、永远是同一类型的青年之一，她决不会让自己去想他的；但是现在和他重逢的最初一刹那，她心上就洋溢着一种喜悦的骄矜心情。她无须问他为什么来到这里。她知道得那么确切，就像他告诉了她他来这里是为了要到她待的地方一样。

"我不知道您也去。您为什么去呢？"她说，放下她那只本来要抓牢门柱的手。压抑不住的欢喜和生气闪耀在她脸上。

"我为什么去吗？"他重复着说，直视着她的眼睛。"您知道，您在哪儿，我就到哪儿去，"他说，"我没有别的办法呢。"

在这一瞬间，风好像征服了一切障碍，把积雪从车顶上吹下来，使吹落的铁片发出铿锵声，火车头深沉的汽笛在前面凄婉忧郁地鸣叫着。暴风雪的一切恐怖景象在她现在看来似乎更显得壮丽了。他说了她心里希望的话，但是她在理智上却很怕听这种话。她没有回答，他在她的脸上看出了内心的冲突。

"要是您不高兴我所说的话，就请您原谅我吧。"他谦卑地说。

他说得很文雅谦恭，但又那么坚定，那么执拗，使得她好久答不出话来。

"您说的话是错了，我请求您，如果您真是一个好人，忘记您所说的，就像我忘记它一样。"她终于说了。

"您的每一句话，每一个举动，我永远不会忘记，也永远不能忘记……"

"够了，够了！"她大声说，徒然想在脸上装出一副严厉的表情，她的脸正被他贪婪地凝视着。她抓住冰冷的门柱，跨上踏板急速地走进火车的走廊。但是在狭小的过道里她停住脚步，在她的想象里重温着刚才发生的事情。虽然她记不起她自己或他的话，但是她本能地领悟到，那片刻的谈话使他们可怕地接近了；她为此感到惊惶，也感到幸福。静立了几秒钟之后,她走进车厢,在她的座位坐下。以前使她苦恼过的那种紧张状态不但恢复,而且更强烈了,竟至达到了这样的程度,以致她时时惧怕由于过度紧张,什么东西会在她的胸中爆裂。她彻夜未眠。但是在这种神经质的紧张中,在充溢在她想象里的幻影中,并没有什么不愉快或阴郁的地方;相反地,却有些幸福的、炽热的、令人激动的快感。将近天明,安娜坐在软席上打了一会儿瞌睡,当她醒来的时候,天已经大亮了,火车驶近彼得堡。家、丈夫和儿子,快要来临的日子和今后的一切琐事立刻袭上她的心头。

到彼得堡,火车一停,她就下来,第一个引起她注意的面孔就是她丈夫的面孔。"啊哟!他的耳朵怎么那种样子呢?"她想,望着他冷淡而威风凛凛的神采,特别是现在使她那么惊异的那对撑住他圆帽边缘的耳朵。一看见她,他就走上来迎接她。他的嘴唇挂着他素常那种讥讽的微笑,他那双疲倦的大眼睛瞪着她。当她遇到他那执拗而疲惫的眼光时,一种不愉快的感觉使她心情沉重起来,好像她期望看到的并不是这样一个人。特别使她惊异的就是她见到他的时候所体验到的那种对自己不满的情绪。那种情绪,在她和她丈夫的关系中是她经常体验到的,而且习惯了的,那就是一种好像觉得自己在作假的感觉;但是她从前一直没有注意过这点,现在她才清楚而痛苦地意识到了。

"哦,你看,你的温存的丈夫,还和新婚后第一年那样温存,望你眼睛都望穿了。"他用缓慢的尖细声音说,而且是用他经常用的那种声调对她说的,那是一种讥笑任何认真地说他这种话的人的声调。

"谢廖沙很好吗?"她问。

"这就是我的热情所得到的全部报酬吗?"他说,"他很好,很好……"

31

弗龙斯基整整那一夜连想都没有想要睡觉。他坐在躺椅上，有时直视着前方，有时打量着进进出出的人们；假使说他先前以他异常沉着的态度使不认识他的人们惊异不安，那么他现在似乎更加傲慢自满了。他看人们仿佛是看物件一样。坐在他对面的一个在法院当职员的神经质青年，憎恨他的这副神气。这位青年向他借火抽烟，和他攀谈，甚至推了他一下，为的是使他感到他并不是物件，而是一个人；但是弗龙斯基凝视着他，正如他凝视路灯一样，那青年做了个鬼脸，感觉得他在这种不把他当人看待的压迫下失去镇定了。

弗龙斯基没有看见什么东西，也没有看见什么人。他感到自己是一个皇帝，倒不是因为他相信他已经使安娜产生了印象——他还没有信心，——而是因为她给他的印象使他充满了幸福和自豪。

这一切会有什么结果，他不知道，他甚至也没有想。他感觉得他以前消耗浪费的全部力量，现在已集中在一件东西上面，而且以惊人的精力趋向一个幸福的目标。他为此感到幸福。他只知道他把真话告诉了她：她在哪儿，他就到哪儿去，现在他的生活的全部幸福，他唯一的人生目的就在于看见她和听她说话。当他在博洛戈沃车站走下车去喝矿泉水，一看见安娜就不由自主地第一句话就把他所想的告诉她了。他把这个告诉了她，她现在知道了，而且在想这个了，他觉得很高兴。他整夜没有入睡。当他回到车厢时，他尽在回忆着他看见她时的一切情景，她说的每一句话，而且在他的想象里浮现出可能出现的未来图画，他的心激动得要停止跳动了。

当他在彼得堡下了火车的时候，他在彻夜不眠之后感觉好像洗了冷水澡一般地痛快和清爽。他在他的车厢近旁站住，等待她出来。"再看看她，"他自言自语说，情不自禁地微笑着，"我要再看看她的步态、她的面貌，她也许他许会说句什么话，掉过头来，瞟一眼，说不定还会对我微笑呢。"但是他还没有看到她，就看见了她的丈夫，站长正毕恭毕敬地陪着他穿过人群。"噢，是的！丈夫！"这时弗龙斯基才第一次清楚地理解到她丈夫是和她结合在一起的人。他原来也知道她有丈夫，但是却差不多不相信他的存在，直到现在当他看见了他本人，看见了他的头部和肩膀，以及穿着黑裤子的两腿，尤其是看见了这个丈夫露出所有主的神情平静地挽着她的手臂的时候，他这才完全相信了。

看见阿列克谢·亚历山德罗维奇，看见他那彼得堡式的新刮过的脸和严峻的自信姿容，头戴圆帽，微微驼背，他才相信了他的存在，而且感到一种不快之感，就好像一个渴得要死的人走到泉水边，却发现一条狗、一只羊或是一头猪在饮水，把水搅浑了的心情一样。阿列克谢·亚历山德罗维奇那种摆动屁股、步履蹒跚的步态格外使弗龙斯基难受。他认为只有他自己才有爱她的无可置疑的权利。但是她还是那样，她的姿态还是打动他的心，使他在生理上感到舒爽和兴奋，心中充满了狂喜。他吩咐他那从二等车厢跑来的德国听差拿着行李先走，他自己走到她跟前。他看到夫妻刚一见面的情景，而且凭着恋人的洞察力注意到她对他讲话时那种略为拘束的模样。"不，她不爱他，也不会爱他的。"他心里断定了。

在他从后面走近安娜·阿尔卡季耶夫娜的那一瞬间，他高兴地注意到她感到他接近了，回头看了一下，但是认出他来，就又转向她丈夫。

"您昨晚睡得很好吗？"他说，向她和她丈夫一并鞠躬，让阿列克谢·亚历山德罗维奇以为这个躬是向他鞠的,他认不认得他,就随他的便了。

"谢谢您,很好呢。"她回答。

她的脸色露出倦容,脸上那股时而在她的微笑时而在她的眼神里流露的生气,现在已经不见了;但是一刹那间,当她瞥见他的时候,她的眼睛里有什么东西在闪烁,虽然那闪光转眼就消逝了,但是在那一瞬间他却感到了幸福。她瞟了丈夫一眼,想弄清楚他认不认识弗龙斯基。阿列克谢·亚历山德罗维奇不满意地望了弗龙斯基一眼,茫然地回忆着这个人是谁。在这里,弗龙斯基的平静和自信,好像镰刀砍在石头上一样,碰在阿列克谢·亚历山德罗维奇的冷冰冰的过分自信上。

"弗龙斯基伯爵。"安娜说。

"噢!我想我们认得的,"阿列克谢·亚历山德罗维奇冷淡地说,伸出手来,"你和母亲同车而去,和儿子同车而归。"他说,每个字都咬得清清楚楚,好像每个字都是他赏赐的恩典。"您想必是来休假的吧?"他说,不等他回答,他就用戏谑的语调对他的妻子说:"哦,在莫斯科离别的时候恐怕流了不少眼泪吧?"

他这样对他妻子说,为的是使弗龙斯基明白他要和她单独在一起,于是,略略转向他,他触了触帽檐;但是弗龙斯基却对安娜·阿尔卡季耶夫娜说:

"希望获得登门拜访的荣幸。"

阿列克谢·亚历山德罗维奇用疲倦的眼睛瞥了弗龙斯基一眼。

"欢迎,"他冷淡地说,"我们每星期一招待客人。"随后,完全撇开弗龙斯基,他对他妻子说:"巧极了,我恰好有半个钟头的空余时间来接你,这样我就可以表一表我的柔情。"他用同样戏谑的口吻继续说。

"你把你的柔情看得太了不起了,我简直不能领受啰。"她用同样的戏谑口吻说,不由自主地倾听着走在他们后面的弗龙斯基的脚步声。"但是那和我有什么相干呢?"她暗自说,于是开口问她丈夫她不在时谢廖沙可好。

"啊,好得很呢!玛利埃特①说他很可爱,而且……很抱歉,我一定会使你伤心……他可并没有因为你不在而感到寂寞,像你丈夫那样。但是再说声感谢②,亲爱的,因为你赐给我一天的时间。我们的亲爱的'茶炊'会高兴得很哩。(他常把那位驰名于社交界的利季娅·伊万诺夫伯爵夫人叫作'茶炊',因为她老是兴奋地聒噪不休。)她屡次问起你。你知道,如果我可以冒昧奉劝你的话,你今天该去看看她。你知道她多么关怀人啊。就是现在,她除了操心自己的事情以外,她老是关心着奥布隆斯基夫妇和解的事。"

利季娅·伊万诺夫伯爵夫人是她丈夫的朋友,是彼得堡社交界某个团体的中心人物,安娜通过她丈夫而和那团体保持着极其密切的关系。

"但是你知道我给她写了信。"

"可是她要听一听详情。如果不太疲倦的话,就去看看她吧,亲爱的。哦,孔德拉季会给你驾马车,我要到委员会去。我再不会一个人吃饭了,"阿列克谢·亚历山德罗维奇继续说,已经不再是讥讽的口吻了,"你不会相信你不在我有多么寂寞啊……"

于是他紧紧地握了她的手好久,含着一种意味深长的微笑,扶她上了马车。

①② 原文为法语。

32

家中第一个出来迎接安娜的是她的儿子。他不顾家庭女教师的呼喊,下了楼梯就朝她跑去,欣喜欲狂地叫起来:"妈妈!妈妈!"跑到她跟前,他就搂住她的脖子。

"我告诉你是妈妈吧!"他对家庭女教师叫道,"我知道的!"

她儿子,也像她丈夫一样,在安娜心中唤起了一种近似失望的感觉。她把他想象得比实际上的他好得多。她不能不使自己降到现实中来欣赏他本来的面目。但就是他本来的面目,他也是可爱的,他长着金色的鬈发、碧蓝的眼睛和穿着紧裹着双腿的长袜的优美小腿。安娜在他的亲近和他的爱抚中体验到一种近乎肉体的快感,而当她遇到他的单纯、信赖和亲切的眼光,听见他天真的询问,就又感到了精神上的慰藉。安娜把多莉的小孩们送给他的礼物拿出来,告诉他莫斯科的塔尼娅是怎样的一个小女孩,以及塔尼娅多么会读书,而且还会教旁的小孩。

"哦,我没有她那么好吗?"谢廖沙问。

"在我眼里,你比世界上任何人都好哩。"

"我知道。"谢廖沙微笑着说。

安娜还没有来得及喝完咖啡,仆人就通报利季娅·伊万诺夫伯爵夫人来拜访了。利季娅·伊万诺夫伯爵夫人是一个高个子的胖女人,脸色是不健康的黄色,长着两只美丽的沉思似的黑眼睛。安娜很喜欢她,但是今天她好像第一次看出了她的一切缺点。

"哦,亲爱的,您采到了橄榄枝①吧?"利季娅·伊万诺夫伯爵夫人一进房门就问。

---

① 橄榄枝,一种和平的标志,此句的意思是问安娜调解成功没有。

"是的,一切都了结了,但是事情也并不像我们想的那么严重,"安娜回答,"大概我的嫂嫂①也太急躁了一点。"

利季娅·伊万诺夫伯爵夫人,虽然对于一切和她无关的事情都感到兴味,但是却有一种从来不耐心听取她所感到兴味的事情的习惯;她打断安娜说:

"是的,世界上充满了忧愁和邪恶呢。我今天苦恼死了。"

"啊,怎么回事呢?"安娜说,竭力忍住不笑。

"我开始感到毫无结果地为真理而战斗有点厌烦了,有时候我简直觉得精力耗尽了。小姊妹协会的事业(这是一个博爱的、爱国的宗教组织)进行得很好。但是和这些绅士一道,就什么事都做不成,"利季娅·伊万诺夫伯爵夫人带着讥讽、听天由命的语调补充说,"他们抓住一个思想,把它歪曲,然后又卑俗无聊地谈论它。仅仅两三个人,你丈夫就是其中的一个,懂得这事业的全部意义,而其余的人只会把这事弄糟。昨天普拉夫金写了封信给我……"

普拉夫金是侨居国外的一位有名的泛斯拉夫主义②者,利季娅·伊万诺夫伯爵夫人述说了这封信的大意。

接着伯爵夫人又告诉她一些反对教会合并运动的不愉快事件和阴谋,就匆匆走了,因为她那天还要出席某团体的集会和斯拉夫委员会的会议。

"这自然和以前毫无两样;但是我以前怎样没有注意到呢?"她自言自语,"莫非她今天特别气愤?不过真好笑;她的目的是行善,她是基督徒,但是她却总是怒气冲天;她总有敌人,而且那些敌人也都是假基督和行善之名哩。"

① 原文为法语。
② 泛斯拉夫主义,十九世纪三十年代形成的反动政治流派。其基本思想是企图在俄国沙皇制度统治下将所有斯拉夫民族统一为一个国家。

利季娅·伊万诺夫伯爵夫人走后，又来了另一个朋友，某长官的太太，告诉了她城里的一切新闻。到三点钟，她也走了，答应来吃晚饭。阿列克谢·亚历山德罗维奇还在部里。安娜，剩下一个人，照顾她儿子吃了饭（他是和父母分开吃的），整理好东西，看过了堆积在她桌上的书信和便条，写了回信，就这样把饭前的时间度过去了。

她在旅途中所感到的无端的羞耻之情和她的兴奋都完全消逝了。在她习惯的生活环境中，她又感觉得自己很坚定，无可指责了。

她惊异地回想起她昨天的心情。"发生了什么呢？没有什么！弗龙斯基说了些傻话，那本来是容易制止的，而我回答得也很得体。对我丈夫说出来是不必要的，而且不可能的。说出来反而是小题大做了。"她想起她怎样告诉过丈夫，彼得堡有一个青年，是她丈夫的部下，差一点向她求爱，以及阿列克谢·亚历山德罗维奇怎样回答她说凡是在社交界生活的女人总难免要遇到这种事，他完全信赖她的老练，决不会让嫉妒来损害她和他自己的尊严。"这样何必说出这件事来呢？真的，谢谢上帝，没有什么好说的！"她自言自语。

33

阿列克谢·亚历山德罗维奇四点钟从部里回来，但是像常有的情形一样，他没有来得及进来看她。他先到书房里去接见等候着他的请愿的人们，在他的秘书拿来的一些公文上签了字。用餐时（总有几个客人在卡列宁家用餐）来了一位老太太，阿列克谢·亚历山德罗维奇的表姐、一位局长和他的夫人、一位被引荐到阿列克谢·亚历山德罗维奇部里工作的青年,安娜走进客厅来招待这些客人。五点整,彼得一世的青铜大钟还没有敲完第五下,阿列克谢·亚历山德罗维奇就进来了,穿着佩戴着两枚勋章的礼服,打着白领带,因为他吃了饭马上就要出去。阿列克谢·亚历山德罗维奇生活中的每分钟都给分配和占满了。为了要按时办完摆在面前的事,他严格地遵守时间。"不匆忙,也不休息"是他的格言。他走进餐厅,和大家打了一个招呼,就急忙坐下来,对他的妻子微笑。

"是的,我的孤独生活结束了。你不会相信一个人吃饭有多么不舒服呀。"(他特别着重不舒服这个字眼。)

吃饭时他和妻子稍稍谈了一下莫斯科的事,露出讥讽的微笑,向她询问了一下斯捷潘·阿尔卡季奇的情况;但是谈话大体上是一般性的,涉及彼得堡官场上和社会上的各种新闻。饭后,他陪了客人们半个钟头,又含着微笑和妻子紧紧地握了握手,就退了出去,坐车出席会议去了。安娜那晚上既没有到那位听见她回来就邀请她去赴晚会的贝特西·特维尔斯基公爵夫人那里去,也没有去那晚上她原已经定好了包厢的剧场。她不出去主要是因为她打算穿的衣服还没有做好。总之,安娜在客人走后忙着收拾服装时,感到非常懊恼。她本来是一位很懂得怎样在穿着上不花许多钱的能手,在去莫斯科之前她拿了三件衣服交给女裁缝去改。这衣服要改得让人认不出来,并且三天以前就应该做好的。结果两件衣服还没有动手,而其余一件又没有照着安娜的意思改。女裁缝走来解释,硬说还是照她那样做的好,安娜发了那么大的脾气,她过后一想起来还自觉惭愧哩。为了要完全平静下来,她走进育儿室,和她儿子在一起消磨了一整晚,亲自安置他睡下,给他画了十字,盖上被子。她没有外出,把晚上的时间愉快地在家里度过，觉得高兴极了。她觉得如此轻松平静，清楚地看出自己在火车上觉得那么重要的一些事情，不过是社交界中一件平平常常的小事罢了，她没有理由在任何人或是自己面前感到羞愧。安娜拿了一本英国小说在火炉旁坐下，等待着丈夫。正九点半，她听到了他的铃声，他走进房间来了。

"你终于回来了。"她说，把手伸给他。

他吻了吻她的手，在她身旁坐下。

"大体上说来，我看你的访问很成功吧。"他对她说。

"是的，很成功哩。"她说，于是她开始把一切事情从头到尾告诉他：她和弗龙斯基伯爵夫人同车旅行，她的到达，车站上发生的意外。接着她就述说她开头怎样可怜她哥哥，后来又怎样同情多莉。

"我想这样的人是不能饶恕的，虽然他是你哥哥。"阿列克谢·亚历山德罗维奇严峻地说。

安娜微微一笑。她知道他说这话只是为了表示对亲属的体恤并不能阻止他发表他的真实意见。她知道她丈夫这个特性，而且很喜欢这一点。

"一切都圆满解决，你又回来了，我真高兴哩，"他继续说，"哦，关于我那项议会通过的新法案，人们有什么议论呢？"

安娜关于这个法案毫无所闻，她想起自己竟会这么轻易地忘记他那么重视的事，良心上觉得很不安。

"相反地，这里却引起了很大反响。"他露出得意的微笑说。

她看出来阿列克谢·亚历山德罗维奇想要把这件事最令他得意的地方告诉她，因此她用问题去引他讲出来。带着同样得意的微笑，他告诉她因为通过这项法案而使他博得的喝彩。

"我非常，非常高兴哩。这证明对于这个事情的合理而又坚定的观点终于在我们中间开始形成了。"

喝完了第二杯奶茶,吃完面包,阿列克谢·亚历山德罗维奇就站起来,向书房走去。

"你今晚上什么地方都没有去吗?你一定很闷吧,我想?"他说。

"啊,不!"她回答,跟着他站起来,陪伴着他通过这房间走到他书房去。"你现在读什么呢?"她问。

"现在我在读李尔公爵的《地狱之诗》①,"他回答,"一本了不起的书哩。"

安娜微微一笑,好像人们看见他们所爱的人的弱点微笑一样,于是,挽住他的胳臂,送他到书房门口。她知道他晚上读书成了必不可少的习惯。她也知道虽然他的公务几乎吞没了他全部的时间,但他却认为注意知识界所发生的一切值得注意的事是他的义务。她也知道他实际上只对政治、哲学和神学方面的书籍发生兴趣,艺术是完全和他的性情不合的;但是,虽然这样,或者毋宁说正因为这样,阿列克谢·亚历山德罗维奇从来没有忽略过任何在艺术界引起反响的事情,而是以博览群书为自己的职责。她知道在政治、哲学、神学上面,阿列克谢·亚历山德罗维奇常产生怀疑,加以研究;但是在艺术和诗歌方面,特别是在他一窍不通的音乐问题上,他却抱着最明确的坚定见解。他喜欢谈论莎士比亚、拉斐尔②、贝多芬,谈新派诗歌和音乐的意义,这一切都被他十分清晰精确加以分类。

"哦,上帝保佑你!"她在书房门口说,书房里一支有罩的蜡烛和一只水瓶已经在他的扶手椅旁摆好,"我要写信到莫斯科去。"

他紧紧握着她的手,又吻了吻它。

---

① 原文为法语。李尔公爵似乎是托尔斯泰虚构的名字,有些像著名法国诗人卢孔德·得·李尔(1818—1894)的名字。
② 拉斐尔(1483—1520),文艺复兴时期伟大的意大利画家。

"他毕竟是一个好人：忠实，善良，而且在自己的事业方面非常卓越，"安娜在返回她的房间时这样对自己说，仿佛是在一个攻击他、说绝不可能有人爱上他的人面前为他辩护一样，"可是他的耳朵怎么那么奇怪地突出来呢？也许是他把头发剪得太短了吧？"

正十二点钟，当安娜还坐在桌边给多莉写信时，她听到了平稳穿着拖鞋的脚步声，阿列克谢·亚历山德罗维奇，梳洗好了，腋下挟着一本书，走到她面前来。

"是时候了，是时候了！"他说，浮上一种会心的微笑，就走进寝室去了。

"他有什么权利那样子看他呢？"安娜想，回忆起弗龙斯基看阿列克谢·亚历山德罗维奇的那种眼光。

她脱了衣服，走进寝室；但是她的脸上不仅毫无她在莫斯科时从她的眼睛和微笑里闪烁出来的那股生气，相反地，现在激情的火花好似已在她心中熄灭，远远地隐藏到什么地方去了。

34

弗龙斯基离开彼得堡去莫斯科的时候，把他在莫尔斯基大街上的那幢大房子留给他的朋友和要好的同事彼得里茨基照管。

彼得里茨基是一个青年中尉，门阀并不十分显贵，不仅没有钱，而且老是负债累累，到晚上总是喝得烂醉，且常常为了各种荒唐可笑、不名誉的丑事被监禁起来，但是僚友和长官都很宠爱他。十二点钟从火车站到达他的住宅的时候，弗龙斯基看见大门外停着一辆他很熟悉的出租马车。当他还站在门外按铃时，就听到了男性的哄笑声，一个女性的含糊不清的声音和彼得里茨基的叫声："如果是个什么流氓，可不要让他进来！"弗龙斯基叫仆人不要通报，悄悄地溜进了前厅。彼得里茨基的一个女友，西尔顿男爵夫人，长着玫瑰色小脸和淡黄色头发，穿着一件淡紫色的绸缎连衣裙，光彩夺目，正用巴黎法语聊着闲天，像一只金丝雀一样，她的声音充满了整个屋子，这时她正坐在圆桌旁煮咖啡。彼得里茨基穿着大衣，骑兵队长卡梅罗夫斯基，大概是刚下了班跑来的，还是全身军装，他们坐在她的两边。

"好！弗龙斯基！"彼得里茨基叫着，跳了起来，啪的一声推开椅子。"我们的主人来了！男爵夫人，拿新咖啡壶给他煮点咖啡吧。啊呀，我们没有想到你来！我希望你会满意你的书房里这个装饰品，"他指着男爵夫人说，"你们彼此一定认识的吧？"

"我想是认识的，"弗龙斯基浮上一种愉快的微笑说，紧紧握着男爵夫人的小手，"可不是吗！我们是老朋友哩。"

"您是旅行回来吧？"男爵夫人说，"那么我就要走了。哦，要是我碍事的话，我立刻就走。"

"您随便在哪里都当在家里一样，男爵夫人。"弗龙斯基说。"你好，卡梅罗夫斯基？"他补充说，冷淡地和卡梅罗夫斯基握了握手。

"听听，您再也讲不出这样漂亮的话。"男爵夫人转向彼得里茨基说。

"不，那为什么？吃了饭以后我也能讲得那样好。"

"吃了饭以后就不稀奇了！哦，那么我给你煮一点咖啡，你先去洗个脸，收拾一下吧。"男爵夫人说，又坐下来，当心地旋转着新咖啡壶的小螺旋。"皮埃尔，拿咖啡给我，"她向彼得里茨基说，她叫他皮埃尔，那是他的姓的昵称，她并不隐讳她和他的关系，"我再加点进去。"

"您会弄坏的！"

"不，我不会弄坏的！哦，您的夫人呢？"男爵夫人突然说，打断了弗龙斯基和他的同僚的谈话,"我们这里已经把您招赘出去了哩。您把您的夫人带来了吗?"

"没有,男爵夫人。我天生是一个茨冈,而且一直到死也还是一个茨冈。"

"这样倒更好了,倒更好了!来握握手吧。"

男爵夫人不放松弗龙斯基,开始边笑边讲地告诉他她最近的生活计划,征求他的意见。

"他怎么也不让我离婚!哦,我怎么办呢?(他,就是她的丈夫。)现在我想去告他。您有什么高见?卡梅罗夫斯基,留心咖啡啊,它已经在滚了;您看,我实在忙不过来呀!我要告状,因为我得保全我的财产。您明白这有多么荒唐呀,他借口说我对他不贞,"她轻蔑地说,"公然想霸占我的财产。"

弗龙斯基愉快地听着这位娇艳少妇的有趣的闲谈,随声附和着,半开玩笑半认真地给她出些主意,总之他立刻采取了他和这一类妇人谈话时惯用的调子。在他彼得堡的世界里,所有的人分成了截然相反的两类。一类是下层阶级:他们是粗俗、愚蠢、特别可笑的人们,他们认为一个丈夫只应当和合法妻子同居;认为少女要贞洁,妇人要端庄,而男子要富于男子气概、有自制力、坚强不屈;认为人要养育孩子,挣钱谋生,偿付债款,以及各种同样荒唐的事。这是那一类旧式的可笑人物。但是另外有一类人:真正的人,他们都属于这一类,在这一类人里,最要紧的是优雅,英俊,慷慨,勇敢,乐观,毫不忸怩地沉溺于一切情欲中,而尽情嘲笑其他的一切。

仅仅在最初一瞬间,弗龙斯基因为刚从莫斯科带来了完全不同的世界的印象而感到不知所措;但是不一会,好像把脚套进一双旧拖鞋里一样,他又回到了他以前的那个轻松愉快的世界里。

咖啡实际上没有煮好，只是泼溅在每个人身上，烧干了，恰好尽了它应尽的义务——就是，成了他们吵闹大笑的理由，溅污了贵重的地毯和男爵夫人的连衣裙。

"哦，现在，再见吧，要不然，您再也不会去洗脸，而在我的良心上就会留下一位体面的绅士所能犯的最大罪行——不爱清洁。哦，您劝我拿一把刀刺进他的喉咙吗？"

"当然啰。可是要设法使您的手贴近他的嘴唇。那么他就会吻吻您的手，一切就会圆满地收场。"弗龙斯基回答。

"那么在法兰西戏院再见吧！"她的衣裙发出一阵窸窣声，她走了。

卡梅罗夫斯基也站了起来，弗龙斯基没有等到他走掉，就和他握了握手，走进盥洗室去了。在他洗脸的时候，彼得里茨基把从弗龙斯基离开彼得堡以后他境况的变迁简单扼要地对他说了一下。他身无分文。他父亲说再也不给他，而且不肯替他还债。裁缝想使他坐牢，另外一个人也威吓着要把他关进监狱。联队队长声言如果他继续干出这些丑事的话，他就得离开联队。男爵夫人像个辣萝卜一样，使他讨厌得要死，特别是她总想给他钱用。但是有另外一个女子——他可以带来给弗龙斯基看看——艳丽惊人，完全是东方型的，"奴隶利百加①型的，你要知道。"他和别尔科舍夫又吵了架，差一点要和他决斗，但是自然这是没有结果的。总之，一切都非常有趣和畅快。为了不让他的同僚更深地了解他的境遇的底细，彼得里茨基开始告诉他一切有趣的新闻。当他在这幢消磨了他三年岁月的熟悉住宅的环境之中，听着彼得里

---

① 利百加，《圣经·旧约·创世记》中亚伯拉罕的儿子以撒的妻子，是一位容貌极其俊美的女子。彼得里茨基在这里是指司各特的小说《艾凡赫》里的犹太女子蕊贝卡型的。

茨基讲那些熟悉的故事时，弗龙斯基体会到又回到他过惯了的无忧无虑的彼得堡生活中的快感。

"决不会吧！"他叫起来，放下脸盆踏板，他正在脸盆里洗自己健康红润的脖子。"决不会吧！"听到洛拉抛弃了费尔京戈夫和米列耶夫同居的消息时，这样叫了起来，"他还是那样蠢笨和洋洋自得吗？哦，布祖卢科夫怎样了？"

"哦，布祖卢科夫闹了一个笑话——真好玩！"彼得里茨基叫嚷着，"你知道他是个舞迷，没有一次宫廷舞会他不在场的。他戴了一顶新式头盔去参加盛大舞会。你看见过新式头盔吗？非常好，很轻。哦，他就这样站在那里……不，我说，你听呀。"

"我是在听呀。"弗龙斯基回答，一面用粗毛巾擦身体。

"大公夫人同着某位公使来了，也是活该倒霉，他们谈起新式头盔来。大公夫人一定要拿新式头盔给公使看。他们看见我们的朋友站在那里。（彼得里茨基模拟他戴着头盔站在那里的样子。）大公夫人向他要头盔，他不给她。这是怎么回事呢？哦，大家都对他使眼色，点头，皱眉——把帽子给她，给她！他不给她。他呆呆地站着不动。你就想象那副神气吧！……哦，那……他姓什么，随便他姓什么吧……向他要帽子……他不肯！……他就把它抢过来，递给了大公夫人。'这里，夫人，'他说，'是新式头盔。'她把帽子翻过来，而——你想想吧——扑通一声从里面掉下一只梨，许多糖果，糖果恐怕有两磅！……他把它们藏在里面，好乖乖！"

弗龙斯基捧腹大笑了。好久以后，在他谈别的事时，他一想到头盔，就又爆发出他那种健康的笑声来，露出两排健全的密密的牙齿。

听了这一切消息，弗龙斯基由听差服侍，穿好制服，就去报到。

他打算报到以后,驾车到他哥哥家里和贝特西家里去,然后再拜访几个地方,以便开始去那可以会见卡列宁夫人的交际场所。他出了门总要到深夜才回来,正如他在彼得堡一向的习惯一样。

第二部

1

冬末,谢尔巴茨基家举行了一次医生会诊,为的是诊断基蒂的健康状态和决定采取什么治疗方法来挽回她日益衰弱的体力。她病了,随着春天的到来,她的身体越来越坏。家庭医生给她开了鱼肝油,之后是铁剂,再后是硝酸银剂,但是第一第二第三都没有效验,后来因为他劝告她于春天到国外易地疗养,因此他们请了一位名医。这位名医,是一位年纪不大而又十分漂亮的男子,要求检查病人的身体。他似乎带着特殊的乐趣坚持说处女的羞怯只是蛮性的残余,再没有比还不年老的男子来检查少女的裸体更自然的事了。他认为这很自然,因为他每天都这样做,而且他这样做似乎并没有感到和想到有什么不妥的地方,因此他认为处女的羞怯不但是蛮性的残余,简直是对他的侮辱。

除了服从没有别的办法了,因为虽然所有的医生上的都是同样的学校,读同样的书,学同样的学科,虽然有人说这位名医只是个庸医,但是在公爵夫人这种门第不知为何却相信只有这位名医有特殊高明的学问,只有他才能挽救基蒂。仔细地检查和听诊了羞得惊慌失措的病人之后,这位名医仔细地洗了手,站在客厅里和公爵讲话。公爵一边听医生说话,一边皱着眉头咳嗽着。他本来是一个阅历很深的人,既不是傻瓜,也不是病人,对于医术本来没有信仰,况且他也许是唯一完全了解基蒂病因的人,所以他看到这幕滑稽剧实在生气极了。"吹牛大王!"他听着这位名医喋喋不休地谈论她女儿的病情时这样想。同时医生好容易才抑制住自己轻视这位老绅士的心情,费力地迁就着他的理解水平。他觉察出和这老头子谈是没有用的,家中的主要人物是母亲。他决定在她面前炫耀一下他的本领。恰好这时,公爵夫人和家庭医生一道走进了客厅。公爵退了出去,为的是不要表露出他觉得这一场戏有多么可笑。公爵夫人的心乱了,不知道怎么办好。她感觉到是她害了基蒂。

"哦,医生,决定我们的命运吧,"公爵夫人说,"把一切都告诉我吧。"她本来想说,"有希望吗?"但是她的嘴唇发抖,她不能提出这问题。"哦,医生?"

"稍微等一等,公爵夫人。我要先和我的同事商量一下,然后我再来奉告。"

"那么我们要走开吧?"

"请便。"

公爵夫人叹了口气走出去。

只剩下两位医生时,家庭医生开始畏怯地陈述自己的意见,说恐怕是肺结核初期,但是……等等,等等。名医听着他讲,在他说到一半时看了看他的大金表。

"是的,"他说,"但是……"

家庭医生恭敬地说了一半就停住了。

"肺结核初期,您知道,我们是还不能断定的;不到发现空洞的时候,无法断定。但是我们可以作这样的猜测。症状已经有了,营养不良,神经容易激动等等。问题在这里:在具有肺结核症状的情况下,用什么方法去保持营养呢?"

"但是您知道,在这种病状之下总是潜伏着道德和精神的因素。"家庭医生含着机警的微笑大胆地插嘴。

"是的，那是不用说的，"名医回答，又看了看表，"对不起，亚乌查桥修好了吗，还是仍旧要坐车绕路？"他问。"噢！修好了。啊，那么我不消二十分钟就到那里了。我们刚才在说，问题可以这样提出：保持营养，调养神经。两者是互相关联的，必须双管齐下。"

"到国外易地疗养怎样？"家庭医生问。

"我不赞成到外国易地疗养。要注意：假使真是肺结核初期，这我们现在还不能够断定，那样到外国易地疗养就一点益处都没有。要紧的是用什么方法增加营养，而且不损害身体。"

于是名医发表了他用苏登温泉①治疗的方法。显然他开这个药方主要是因为它不会有害处。

家庭医生注意地而且恭敬地听他说完了。

"但是到国外易地疗养的好处，就是可以变换一下习惯，换换环境，免得触景伤情。而且母亲也希望这样。"他补充说。

"噢！要是那样，让她们去也好。只是那些德国庸医是害人的……您得说服她们……哦，那么让她们去也好。"

他又看了看表。

"啊！时候到了。"他走到门口。

名医向公爵夫人表示（他说这话完全是出于礼节），他要再看看病人。

"什么！再检查一次！"母亲恐怖地叫道。

"啊，不，只是再问问详细，公爵夫人。"

"请这边来。"

于是母亲陪着医生走进基蒂待着的客厅。基蒂站在房间中央，面容消瘦，脸色泛红，眼睛里闪烁着一种特别的光辉，那光辉是

---

① 苏登是德国威斯巴登附近的小村和疗养地，有温泉。

她所受的羞耻的痛苦留下的。医生进来时,她脸上泛出红晕,眼睛里盈溢着泪水。她的全部疾病和治疗在她看来是多么无聊,甚至多么可笑!医治她在她看来好像想把打破了的花瓶碎片拼拢起来一样可笑。她的心碎了,他们为什么要用丸剂和药粉来医治她呢?但是她不能使她母亲伤心,特别是因为她母亲把过错都归在自己身上。

"我可以请您坐下吗,公爵小姐。"名医对她说。

他微笑着面对着她坐下,摸着她的脉搏,又开始问她一些讨厌的问题。她回答了,突然冒火了,站了起来。

"对不起,医生,可是这实在毫无好处。同样的话您问过我三次了。"

名医没有生气。

"神经易受刺激,"他在基蒂走出房间的时候对公爵夫人说,"可是,我已经看完了……"

于是医生对公爵夫人像对一个格外聪明的妇人一样,很科学地说明了公爵小姐的病状,结论是坚决主张水疗法,那本来是不需要的。对于她们要不要到外国去这个问题,医生沉思着,好像在解决一个重大的问题似的。最后他的决定宣布了:她们可以到国外去,但是千万不要误信外国的庸医,有事尽管来找他。

医生走了之后,像是什么好事降临了似的。母亲回到女儿身旁时快活多了,而基蒂也装出快活的样子。她现在常常、差不多老是得装假。

"真的,我很健康哩,妈妈。但是假使您要到国外去,我们就去吧!"她说,极力装出对这次旅行感到兴味,开始谈论旅行的准备。

2

医生走后，多莉就来了。她知道那天举行会诊，尽管她产后刚刚起床（她在冬末又生了一个女婴），尽管自己的苦恼和忧虑已经够多了，她却把婴儿和一个生病的女儿丢在家里，特地赶来探听在那天决定的基蒂的命运。

"哦，怎么样？"她走进客厅，没有摘下帽子，就说，"你们都很快活的样子。那么一定有好消息吧？"

她们打算告诉她医生说的话，但是虽然医生说得非常有条理而且十分详细，但要传达他所说的话却似乎是完全不可能的。唯一有趣的事是他们已经决定出国旅行。

多莉不禁叹了口气。她最亲爱的朋友，她妹妹，要走了。而她的生活并不是愉快的。她和斯捷潘·阿尔卡季奇和好以后的关系是很委屈的。安娜促成的结合原来并不稳固，家庭的和睦又在老地方破裂了。并没有什么明确的事实，只是斯捷潘·阿尔卡季奇几乎总是不在家，家里也几乎总是没有钱，多莉又因为猜疑他不忠而不断地苦恼着，她惧怕她曾经尝过的那种嫉妒的痛苦，竭力想祛除这些猜疑。一度遭受过的那种嫉妒的最初袭击是不会再来的了，现在就是发觉他不忠实也决不会像第一次那样影响她。发觉这样的问题现在也只不过是破坏习惯的家庭生活，她听任自己受骗，为了这个弱点而轻视他，特别是轻视她自己。此外，她要照管一个大家庭使得她不断地操心受苦：时而，婴儿哺乳不当，时而，乳母又走了，时而，另一个小孩又害了病。

"哦，你们都好吧？"她母亲问。

"噢，妈妈，你们的苦难也够多的了。莉莉病了，恐怕是猩红热。我趁现在来探问一下消息，过后我恐怕要完全关在家里，如果——

但愿不会——真是猩红热的话。"

老公爵在医生离开后也从书房里走进来,于是,让多莉吻了吻他的面颊,和她说了一两句话之后,他就转向他的妻子:

"你们是怎么决定的?要走吗?哦,你们打算把我怎么办?"

"我想你们还是留在这里好,亚历山大。"他的妻子说。

"随你们的便。"

"妈妈,为什么爸爸不和我们一道去?"基蒂说,"那样对他,对我们都要愉快得多哩。"

老公爵站起身来,抚摸了基蒂的头发。她抬起头,强颜欢笑地望着他。她总觉得他比家中任何人都了解她,虽然他很少提到她。她是最小的一个,是父亲的爱女,她觉得他对她的爱使他洞察一切。现在当她的视线遇到他那双凝视着她的碧蓝的仁慈的眼睛时,她感到好像他看透了她,觉察出她心中产生的一切不良念头。她红着脸,向他探过身子去,期待他吻吻她,但是他只轻轻拍了拍她的头,说:

"这些愚蠢的假发!人触摸不到真正的女儿,而只是抚摸着死妇人的硬毛。哦,多林卡①,"他转向他大女儿,"你家那位浪荡公子在干什么?"

"没干什么,爸爸,"多莉回答,明白那是指她丈夫,"他总不在家,我难得见着他的面。"她不禁露出一丝讥讽的微笑补充说。

"什么,他还没有到乡下去办理卖树林的事吗?"

"没有,他老准备着要去。"

"啊,原来这样!"公爵说。"难道我也要准备旅行吗?听你吩咐好了。"他坐下来对他妻子说。"我告诉你怎样办吧,卡佳②,"他继续对小女儿说,"有朝一日,在一个晴朗的日子里,你早上起来会对

---

① 多林卡,多莉的小名。
② 卡佳,卡捷琳娜的小名。

自己说：我很健康而且很快乐，又要和父亲一道在清早冒着风霜出去散步了。是吧？"

父亲的话似乎很简单，但是听了这些话，基蒂就好似一个罪犯被人揭发了一样狼狈惊惶。"是的，他都知道，他都明白，他说这些话是在告诉我，虽然我感到羞愧，但是我必须克服羞愧心情。"她鼓不起勇气来回答。她正想要开口，却蓦地哭起来，从房间里冲出去。

"你看你开的好玩笑！"公爵夫人攻击她的丈夫，"你总是……"她就开始责备起他来。

公爵听着夫人责备好一会儿没有说话，但是他的面色越发愁眉不展了。

"她多可怜呵，这可怜的孩子，多可怜，你没有感觉到她一听见别人略略提起这事的起因就多么伤心呵。唉！看错人到这种地步！"公爵夫人说，由她声调的变化，多莉和公爵两人都明白她说的是弗龙斯基，"我不明白为什么竟没有法律来制裁这类卑劣可耻的人。"

"噢，我真不要听了！"公爵阴郁地说，从安乐椅上站起来，好像要走开的样子，但是在门口停住了。"法律是有的，亲爱的，你既然引我说，我就告诉你这一切是谁的过错吧：你，你，都是你呀！制裁这类纨绔子弟的法律一向就有的，现在也有。是的，如果不是做了什么不妥当的事，我尽管老了，也会和他，那位花花公子决斗的。是的，你现在给她治病吧，把那些庸医都请来吧。"

公爵显然还有许多话要说，但是公爵夫人一听到他那种语调，她立刻平静下来，感到后悔了，像她在严重场合常有的情形一样。

"亚历山大。"她低声说，走近他，开始哭泣起来了。

她一哭，公爵也就平静下来了。他走到她面前。

"哦，得了，得了吧！你也怪可怜的，我知道。这是没有办法的事。没有什么大不了的。上帝是慈悲的……谢谢。"他说，也不知道他在说些什么,同时他手上感触到公爵夫人淌着泪水的接吻,于是回了一吻,公爵就走出了房间。

在这以前,当基蒂哭着走出房间时,多莉凭着母性的、家庭中的本能,立刻看出在她面前摆着女人应尽的职责,她准备来完成。她脱下帽子,而且在精神上好像卷起了袖子,预备行动。当她母亲攻击父亲时,她竭力在孝敬所允许的范围内制止母亲。在公爵大发雷霆的时候,她却默不作声;她为她母亲羞愧,而且,她父亲这么快又变温和了,这使她对他产生了好感;但是当她父亲离开她们身边时,她就准备来做一件重要急需的事——到基蒂那里去,安慰她一番。

"我早想告诉你一件事,妈妈。你知道列文上次来这里时想要向基蒂求婚吗?他亲口对斯季瓦说的。"

"哦,怎样?我不知道……"

"说不定基蒂拒绝了他?她没有对你说过吗?"

"没有,不论是这个人或那个人,她都没有对我说起过;她太自负了。但是我知道一切都是为了那个人的缘故。"

"是的,你想想,假定她拒绝了列文,我知道,如果不是为了那个人,她是不会拒绝他的……后来,那个人又那么卑鄙无耻地欺骗了她。"

公爵夫人想起自己在女儿面前问心有愧,觉得太可怕了,她恼怒起来。

"啊,我真不明白!如今女孩子们都自作主张,什么话也不告诉母亲,结果……"

"妈妈,我去看看她。"

"哦,去吧。难道我不许你去吗?"她母亲说。

3

当她走进基蒂的小房间——一间精致的、粉红色的小房间，摆满了古老的萨克森瓷器[①]的玩具，正像两个月前基蒂自己一样鲜嫩、绯红和快乐，——多莉想起去年她们是怎样满怀深情和欢乐一道装饰这房间。当她看见基蒂坐在靠近门口的矮凳上，眼睛一动不动地盯在地毯角上，她的心都发冷了。基蒂望了她姐姐一眼，她脸上那种冷冷的、有几分严厉的表情并没有改变。

"我就要走了，我得关在家里，而你又不能来看我，"多莉说，在她身旁坐下，"我要和你谈谈。"

"谈什么？"基蒂连忙问，惊讶地抬起头。

"有什么呢，还不是你的痛苦？"

"我没有痛苦。"

"得了，基蒂。莫非你以为我会不知道吗？我通通知道。相信我，这真是无关紧要的……我们大家都经历过的哩。"

基蒂没有开口，她的脸上带着严肃的表情。

"他不值得你为他痛苦。"达里娅·亚历山德罗夫娜继续说，直入本题。

"不，他使我成为一个傻瓜，"基蒂带着战栗的声调说，"不要谈这个吧！请不要谈这个吧！"

"可是谁对你这样说过呢？谁也没有这样说过。我相信他爱你，而且依然爱你，如果不是……"

"啊，我觉得最可怕的就是这种同情！"基蒂叫道，突然冒火了。她在椅子上掉转身去，脸上泛着红晕，手指急速地乱动着，时而用

[①] 原文为法语。

这手时而用那手捏住衣带上的纽扣。多莉知道妹妹在激动时有捏紧两手的习惯；她也知道在激动时基蒂会不顾一切，说出许多不愉快、不应当说的话来，多莉原想安慰她的，但是已经太迟了。

"你要我感觉到什么，什么呢？呃，"基蒂迅速地说，"是我爱上了一个丝毫不关心我的男子，而且我会为爱他而死吗？这就是我姐姐对我说的话，她以为……以为，以为……她在同情我哩！我不需要这样的怜悯和虚情假意！"

"基蒂，你不公平。"

"你为什么折磨我？"

"可是我……完全相反……我知道你难受……"

但是基蒂在激怒中根本没有听她的话。

"我没有什么好难受的，也不需要安慰。我还有自尊心，永远不会让自己去爱一个不爱我的男子。"

"是的，我也并没有这样说……只有一件事，你把真话告诉我，"达里娅·亚历山德罗夫娜说，拉着她的手，"告诉我，列文对你说了吗？……"

提起列文似乎使基蒂失去了最后的自制力；她从椅子上跳起来，把纽扣扔在地板上，迅速地用两手做着手势，说：

"为什么又把列文扯进来？我真不懂你为什么要折磨我。我对你说过，我再说一遍，我还有自尊心，我决，决不能像你那样做……回到变了心、爱上另一个女人的男子那里去。我真不明白！你可以，我可不能！"

说了这些话，她望了她姐姐一眼，看见多莉默不作声地坐在那里，她的头忧愁地垂着，基蒂没有像原来打算的那样跑出房间，却在门边坐下，用手帕掩住脸，低下头来。

沉默持续了两分钟。多莉在想自己的心事。她时时意识到的那种屈辱，经她妹妹一提，格外痛切地刺伤了她的心。她没有料到她妹妹会这样残酷，因此她生她的气了。但是突然她听到衣服的窣窣声，和随之而来凄恻、遏制的呜咽声，而且感到一双手臂搂住她的脖颈。基蒂跪在她面前了。

"多林卡，我多么，多么不快乐呀！"她愧悔地低声说。

她那满面泪痕的可爱的脸埋在达里娅·亚历山德罗夫娜的裙子里了。

仿佛眼泪是不可缺少的润滑油，没有它，姐妹间互相信赖的机器就不能畅快地转动，两姐妹流了一阵眼泪之后并没有互谈心事；但是，虽然她们谈的是不相干的事，她们却已互相了解。基蒂知道她在气头上说出来的关于姐夫不忠实和关于姐姐屈辱处境的话，刺伤了她可怜姐姐的心，但她却饶恕了她。多莉在她那一方面也明白了她要了解的一切；她确信不疑她的推测是正确的，就是，基蒂的悲痛，无可慰藉的悲痛正是由于列文向她求过婚，她拒绝了他，而弗龙斯基却欺骗了她，她现在情愿爱列文，憎恶弗龙斯基了。基蒂并没有说出一句这样的话；她只诉说着她的精神状态。

"我没有什么痛苦，"她说，渐渐镇静下来了，"但是一切在我看来都是可怕、讨厌而粗野的，尤其是我自己，你能了解吗？你想象不出我对于一切抱着多么卑劣的想法呀？"

"哦，你会有什么卑劣的想法？"多莉微笑着说。

"最肮脏、最粗野的，我不能告诉你。这不是忧愁，也不是烦闷，而是更坏的。仿佛我心中的一切美好的东西都消失了，剩下的只是丑恶的东西。哦，我怎样对你说呢？"她继续说，看出她姐姐眼睛里那种迷惑的眼神，"爸爸刚才对我说的话……在我看来好像他以为我所需要的就是结婚。妈妈带我去赴舞会：在我看来好像她只是想把我尽快地嫁掉了事。我知道这不是真的，但是我却驱散不了这些念头。所谓的求婚者——我简直看不顺眼。我总觉得他们在打量我。从前穿着舞衣到处走动对于我简直是一种乐趣,我欣赏我自己;现在我觉得非常羞愧和尴尬。你想怎么办呢!还有,那医生……还有……"

基蒂踌躇了一下;她本来想往下说,自从她心中发生这种变化以后,斯捷潘·阿尔卡季奇在她眼里变得讨厌不堪了,她一看见他,她的想象中就不能不浮现出最粗鄙丑恶的概念。

"啊,哦,一切都在我眼前呈现出最粗鄙、最可憎的形象,"她继续说,"这是我的病。也许就会好的……"

"可是你不要想这些……"

"我毫无办法。我除了在你家里和小孩们在一起是不会快活的。"

"你不能到我家来有多可惜呀!"

"啊,我要来的。我得过猩红热,我一定要说服妈妈让我去。"

基蒂固执己见,到她姐姐家去了,小孩们果然都是患的猩红热,她一直看护他们。两姊妹把六个小孩安然地护理好了,但是基蒂却没有恢复健康,在大斋期内谢尔巴茨基一家就出国旅行去了。

4

彼得堡的上流社会实际上是浑然一体:在那里大家彼此相识,甚至互相来往。但是这个庞大的集团又分成一个个小团体。安娜·阿尔卡季耶夫娜·卡列宁娜在这上流社会三个不同的集团里都有朋友和密切的关系。一个是她丈夫的政府官员的集团,包括他的同僚和部下,是以多种多样的微妙的方式结合在一起,而又属于各种不同的社会阶层。安娜现在已经很难记起她起初对这些人所抱着的那种近似畏惧的虔敬之感了。现在她熟识他们所有的人,就像村镇上的人们互相熟识一样;她知道他们的习惯和弱点,以及他们每个人的苦衷；她知道他们相互的关系和从属的情形；知道谁袒护谁，每个人怎样维持自己的地位，他们在哪些方面意见相合，哪些方面发生分歧；但是这个男性的官僚集团，虽然利季娅·伊万诺夫伯爵夫人屡次劝诱，却从来不曾引起她的兴味，她避开它。

安娜接近的另一个集团是阿列克谢·亚历山德罗维奇所借以发迹的集团。这个集团的中心是利季娅·伊万诺夫伯爵夫人。这是一个由年老色衰、慈善虔敬的妇人和聪明博学、抱负不凡的男子所组成的集团。属于这个集团的聪明人之一称它作"彼得堡社会的良心"。阿列克谢·亚历山德罗维奇十分重视这个集团，安娜凭着她那善于和人相处的禀性，在彼得堡生活初期就和这个集团有了交谊。现在，自从她从莫斯科回来以后，这个集团变得使她不能忍受了。在她看来好像她和他们所有的人都是虚伪的，她在这个集团里觉得厌倦和不舒服，她尽量地少去拜访利季娅·伊万诺夫伯爵夫人了。

与安娜有关系的第三个集团是地道的社交界——跳舞、宴会和华丽服装的集团，这个集团一只手抓牢宫廷，以免堕落到娼妓的地位，这集团中的人自以为鄙视娼妓，虽然她们的趣味不仅相似，而且实际上是一样的。她和这个集团的联系是通过她的表嫂贝特西·特维尔斯基公爵夫人而保持着的，这位公爵夫人每年有十二万卢布收入，在安娜最初出现于社交界时她就格外喜欢她，给了她许多的照顾，把她拉进她的集团来，嘲笑着利季娅·伊万诺夫伯爵夫人那一群。

"当我又老又丑的时候，我也会那样的，"贝特西常说，"但是像你这样一位美貌的年轻女子，进那种养老院还未免太早。"

安娜起初尽可能地避开特维尔斯基公爵夫人的集团，因为这里需要的花费超过她的进项，而且她心里也的确比较爱第一个集团；但是自从她去莫斯科回来以后，情形就变得完全不同了。她避开她的正义朋友而涉足于大交际场所。她在那些地方遇见了弗龙斯基,每次相逢都体验到一种激动的喜悦。她在贝特西家里遇见他的次数特别多,原来贝特西是弗龙斯基一族,是他的堂姐。凡是可以遇见安娜的地方,弗龙斯基都去,而且在可能的时候就向她倾诉爱情。她并没有给他鼓励,但是每次遇见他的时候,她心里就涌起她在火车中第一次与他相逢时候所产生的那种生气勃勃的感觉。她自己意识到了,只要一看到他,她的欢喜就在她的眼睛里闪烁,她的嘴唇挂上了微笑,她抑制不住这种欢喜的表情。

开头安娜老老实实地以为她是不满意他那么大胆追求她的;可是从莫斯科回来以后不久,她赴一个她原以为会遇见他的晚会,而他却没有出现时,她由于失望的袭击才清楚地理解到她一直在欺骗自己,这种追求她不但不讨厌,而且成为她生活中的全部乐趣了。

名歌星①在举行第二场演出,所有社交界的人都到剧场来。弗龙斯基从正厅前排的座位上看见了他堂姐,没有等到幕间休息时间,就走到她的包厢里。

"您为什么没有来吃饭?"她对他说。"我真诧异情人们的千里眼,"她微笑着补充说,只让他听到,"她没有在。等歌剧演完了的时候来吧。"

弗龙斯基询问般地望了她一眼。她点了点头。他以微笑向她表示感谢,就在她身旁坐下。

"可是我还清清楚楚记得您的嘲笑啊!"贝特西公爵夫人继续说,她特别感兴趣地注视着这种热情的发展,"这一切都哪里去了呢?您

---

① 名歌星指克里斯丁·尼尔松(1842—1921),是有名的瑞典首席歌星。一八七二至一八七五年在彼得堡和莫斯科演唱,获得极大成功。

被抓住了吧,我亲爱的。"

"我但愿被抓住,"弗龙斯基浮着沉静的善良微笑回答,"老实说,如果我有什么怨言的话,那就是我给人抓得还不够牢哩。我开始失去希望了。"

"哦,您能抱什么样的希望呢。"贝特西说,为她的朋友生气了,"大家开诚布公吧①……"但是她的眼睛里却闪烁着光辉,表示她跟他一样清楚他抱着什么样的希望。

"没有什么样的希望哩。"弗龙斯基说,笑了,露出两排整齐的牙齿。"对不起,"他补充说,从她手里拿过望远镜,开始越过她赤裸的肩膊望着他们对面的一排包厢,"恐怕我变得很可笑了吧。"

他十分明白他在贝特西或任何其他社交界人们的眼里并没有成为笑柄的危险。他十分明白在他们心目中做一个少女或任何未婚女性的单恋者的角色也许是可笑的;但是一个男子追求一位已婚的妇人,而且,不顾一切,冒着生命危险要把她勾引到手,这个男子的角色就颇有几分优美和伟大的气概,而绝不会是可笑的;因此他的胡髭下面隐隐藏着一种夸耀的快乐的微笑,他放下望远镜,望着他的堂姐。

"可是您为什么没有来吃饭呢?"她说,一面赞赏着他。

"我得告诉您呢。我忙不过来,您猜我在做什么?我让你猜一百次,一千次……您也猜不中。我在替一个丈夫和一个侮辱了他妻子的男人调解哩。是的,当真!"

"哦,您调解成功了吗?"

"差不多。"

"您一定要讲给我听听,"她站起身来说,"下一次休息时间来我

---

① 原文为法语。

这里吧。"

"我不能够；我要到法兰西剧场去了。"

"不听尼尔松唱吗？"贝特西惊愕地问，虽然她自己也辨别不出尼尔松的嗓子和任何别的歌星有什么两样。

"没有办法。我和人约好在那里会面，都是为我那调解的使命。"

"'和事佬是有福的，他们可以进天国。'"贝特西说，隐约地记起了她听见什么人说过类似的话，"那么好，请坐下，把一切都讲给我听吧。"

于是她又坐下来。

5

"这事有点荒唐，但是有趣极了，我忍不住要把这故事讲给您听，"弗龙斯基说，用他含笑的眼睛望着她，"我不讲名字。"

"但是我来猜，更好。"

"哦，听吧：两个快乐的青年坐着车——"

"自然是你们联队的士官啰。"

"我并没有说他们是士官，——只不过是两个在一道吃过早饭的青年。"

"换句话说，就是一道喝过酒吧。"

"也许。他们兴致勃勃地坐车到一个朋友家里去吃饭。他们遇见一个坐在出租马车里的美丽女人超过了他们，回过头来瞟了他们一眼，向他们点了点头，而且笑了，至少他们自己是这样觉得的。他们自然跟踪着她。他们纵马全速奔跑。使他们吃惊的，就是这美人儿也在他们去的那家人家门口下了车。美人飞跑到顶上一层楼去了。他们瞥见了短面纱下的红唇和一双秀丽小巧的脚。"

"您描写得那么有声有色,我想您一定是这两个人中的一个吧。"

"您刚才对我说了什么呀!哦,两个青年走进他们同僚的房间,他是在请钱行酒。在那里他们自然多喝了一杯,这在钱行宴席上也是常有的事。在席上他们问起住在这房子楼上的是什么人。谁也不知道;只有主人的仆人听见有没有姑娘们①住在楼上这个问题,就回答说那里的确住着不少。吃过饭,两个青年就走进主人的书房,写了封信给那位不相识的美人。他们写了一封热情的信,简直是一封表示爱情的信,而且他们亲自把这信送上楼去,以便当面说明信中容或还有不甚明了的地方。"

"您为什么告诉我这些丑事呢?哦?"

"他们按了铃。一个使女开开门,他们就把信递给了她,并且对那使女一再保证,说他们两人是这样狂恋着,他们马上就会死在门口。那使女怔住了,把他们的话传进去。突然一位生着腊肠般的络腮胡子、红得像龙虾一般的绅士走出来,声明在那一层楼上除了他的妻子没有别人,于是把他们两个赶了出去。"

"您怎么知道他长着腊肠般的络腮胡子,像您所说的?"

"噢,您听吧。我刚给他们调解过。"

"哦,以后呢?"

"这就是最有趣的部分。原来是一对幸福的夫妻,一个九品官和他的太太。那位九品官提出控诉,我做了调人,而且是多么高明的一位调人啊!……我敢对你说,就是塔力蓝②也不能和我媲美哩。"

"有什么困难呢?"

"噢,您听吧……我们依照正当的方式赔了罪:'我们非常抱歉,发生了这次不幸的误会我们请求您原谅。'那位腊肠络腮胡子的

---

① 指浪荡女人。
② 塔力蓝(1754—1838),法国一个不重国际间道德而善于玩弄手段的外交家。

九品官开始软化下来,但是他也想要表白他的感受,他一开始表白,就冒火了,说了好些粗野的话,弄得我不能不施展我所有的外交手腕。'我承认他们的行为不当,但是我劝您姑念他们年少轻浮;而且他们刚在一道吃过早餐。您知道他们深为后悔,请求您宽恕他们的过失。'那九品官又软化下来。'我答应,伯爵,而且愿意宽恕这点;但是您要明白我的妻子 —— 我的妻子是一个可敬的女人 —— 居然遭受恶少的迫害,侮辱和无理……'您要知道那恶少一直在场,我于是不得不从中调解。我又施展出外交手腕,事情刚有点结果,那位九品官又冒了火,脸涨得通红,他的腊肠络腮胡子因为愤怒而竖了起来,我就又使用了外交的机谋。"

"哦,您一定要他告诉您这故事!"贝特西笑着对一个走进她包厢的妇人说,"他叫我笑死了呢。"

"哦,祝您成功①。"她补充说,把没有握住扇子的一个手指给了弗龙斯基,耸了耸肩膀,使她那渐渐缩上来的连衣裙的紧身围腰滑下去,为的是在她临近脚灯,给煤气灯光照着,在众目所视的时候,会适当地裸露出来。

弗龙斯基坐车到法兰西剧场去,他当真是去见他的联队长,那位联队长从来不错过这里的一次表演的。他要见他,报告调停结果,三天来他一直饶有兴趣地忙着进行调停工作。他所喜欢的彼得里茨基和这件事有关,另一个嫌疑犯是新近加入联队的一位出色人物兼出色的同僚,年轻的克德罗夫公爵。而最重要的,是这事涉及联队的荣誉。

这两位青年都是同属弗龙斯基那一骑兵联队的。那位九品官文坚来找联队长,控告他属下的士官侮辱了他的妻子。据文坚说,他

---

① 原文为法语。

年轻的妻子（他结婚还不过半年）和她母亲在教堂里，突然感到身体不适，那是怀孕的反应，她再也站不住了，就雇了最先碰到的一辆漂亮马车回家来。士官们立刻出发追赶她；她吓慌了，而且感到身体更不舒服，跑上楼梯回到了家。文坚自己从办公处回来时听到门铃声和人声，走出来，看见喝醉的士官们手里拿着一封信，他将他们赶了出去。他请求处罚示儆。

"是的，无论怎么说，"联队长对他邀请来的弗龙斯基说，"彼得里茨基可真太不像话了。没有一个礼拜不闹出一点丑事来。这位九品官决不会善罢甘休的，他要追究到底。"

弗龙斯基看到这件事情吃力不讨好，决斗不可能，只有设法缓和那位九品官，把事件暗中了结。联队长请弗龙斯基来商量，就因为他知道他是一个高尚聪明的人，尤其是一个关心联队名誉的人。他们商谈的结果，决定彼得里茨基和克德罗夫跟着弗龙斯基一道到文坚那里去赔罪。联队长和弗龙斯基两人都十分明白弗龙斯基的姓氏和侍从武官的身份在打动那九品官的感情这一点上是一定大有助益的。这两样东西实际上也并非没有发生效力；虽然结果如弗龙斯基叙述的，还在未定之天。

一到法兰西剧场，弗龙斯基就和联队长一道退入休息室，向他报告他的成败。联队长思索了一番，决心不再继续进行调解；可是为了自己的兴趣，他询问了弗龙斯基会见的情形；当弗龙斯基述说那位九品官怎样平静了一会之后，回想起一些小事又冒起火来，以及弗龙斯基怎样说了调解的话最后半个字时，自己就见机而退，而把彼得里茨基推到面前去时，联队长忍不住大笑起来。

"这是很不名誉的事，但是笑煞人了。克德罗夫可真打不过那位绅士哩！他气得那么厉害吗？"他笑着评论道。"可是您看今天克莱列怎样？她真叫人惊异哩，"他接着说到新来的法国女演员，"不论你怎样常常看见她,她每天都不同。只有法国人才能够这样呵。"

6

贝特西公爵夫人没有等到最后一幕完结就离开剧场坐车回家。她刚走进梳妆室,在她长长、苍白的脸上扑了一些粉,擦匀了,整理好衣裳,吩咐在大客厅里安排下茶,一辆一辆的马车就陆续地来到莫尔斯基大街上她的宏大的府邸了。客人们在宽阔的大门口下了车,那肥胖的看门人,早上时常在大玻璃门外面读报以启迪过路的行人,轻轻地开了大门,让宾客们经过他身边走进屋子去。

差不多在同一时刻,女主人,新梳了头,擦了脸,从一扇门走进客厅来,而客人们却又从另一扇门走进来,这是一间大客厅,有暗色的墙壁、柔软的地毯、和一张照耀得通亮的桌子,桌上铺的白桌布、银茶炊和透明的瓷茶具在烛光下闪烁着。

女主人在茶炊旁坐下,脱下手套。由不声不响地在房间里走动的仆人们摆好椅子;大家就了座,分成两组:一组挨近女主人围着茶炊,另一组在客厅尽头,围着那位穿黑天鹅绒衣裳、生着两道乌黑眉毛的美丽公使夫人。在两组里谈话开头都照常游移了一会,被迎接、寒暄、献茶所打断,而且好像还在摸索着话题。

"她作为一个女演员真是举世无双,可以看出她研究过考尔巴哈[①],"大使夫人那一组中一个外交官说,"您注意到她怎样倒下去的吗?……"

"啊,请不要谈论尼尔松了吧!她实在没有什么新的地方好谈。"

[①] 考尔巴哈(1804—1874),德国画家。考尔巴哈除了大壁画以外,还画了莎士比亚和歌德等的著作中的插画;在尼尔松创造奥菲丽雅、苔丝德蒙娜和甘泪卿的歌剧角色时,这些画像似乎给了她很有用的提示。

一个身着旧绸衣、没有眉毛和假发、红面孔、淡黄头发的肥胖女人说。这是米亚赫基公爵夫人,她以她的单纯和态度粗暴著名,绰号叫淘气的孩子①。米亚赫基夫人坐在两组当中,听着两方面的谈话,一会参与这一组,一会又参与那一组。"今天我已经听见三个人说到考尔巴哈,都是一样的话,好像他们预先约好了似的。我真不明白为什么他们那样喜欢那句话。"

谈话被这个评语打断了,又不得不另想新的话题。

"请对我们说一点有趣味而不刻毒的话吧。"公使夫人说,她是深谙英语所谓闲话②那种文雅的谈话艺术的。她这话是向那个外交官说的,他也不知道现在从何说起了。

"据说这是一桩难事,话不刻毒是不会有趣的,"他带着微笑开口了,"但是我来试试看。给我一个题目吧。关键全在题目。要是给了我题目,就容易做文章了。我常常想前代有名的健谈家生在今世也难于说出聪明的话来的。一切聪明的话都变成陈词滥调了……"

"这也是早有人说过的。"公使夫人笑着打断他。

谈话很温和地开始了,但是正因为太温和了,所以又停了下来。只好求助于万全的、永恒的话题——说长道短了。

"你不觉得图什克维奇很有几分路易十五③的风度吗?"他说,向站在桌旁的一位漂亮的金发青年男子瞟了一眼。

"啊,对啦!他和这客厅很相配,所以他常到这里来哩。"

这谈话得到了支持,原来它是影射着在这客厅里不能说的事情——那就是,图什克维奇和女主人的关系。

这时,在茶炊和女主人周围的谈话也同样地在三个不可避免的话题:最近的社会新闻、剧场和诽谤三者之间游移;结果还是落到最

---

①③ 原文为法语。
② 原文为英语。

后的话题，就是恶意的诽谤上。

"你们听到马利季谢娃那女人——是母亲，不是女儿——定制了一件血红色的①衣裳吗？"

"瞎说！不，那可太妙了！"

"我奇怪以她的聪明——因为她并不是傻瓜，您知道——她竟看不出她自己多可笑。"

大家在责难或嘲笑不幸的马利季谢娃夫人这点上都有话说，于是谈话愉快地唧唧喳喳讲起来，像燃烧着的篝火一般。

贝特西公爵夫人的丈夫，一个温厚的肥胖男子，酷爱搜集版画，听见他妻子有客，在去俱乐部之前走进了客厅。他轻轻地踏过厚地毯，走到米亚赫基公爵夫人面前。

"您觉得尼尔松怎样？"他问。

"啊，您怎么可以这样偷偷地走到人家面前来哩！您把我吓坏了！"她回答，"请不要和我谈歌剧；您是不懂音乐的。我宁可迁就您，谈您的陶器和版画。哦，您最近在您老去光顾的那些古玩店，买了什么珍宝吗？"

"您要我给您看吗？可是您不懂这一套。"

"啊，给我看看吧！我向那些……他们叫做什么呢？……那些银行家领教过哩……他们有精美的版画。他们拿给我们看了。"

"啊呀！您到许茨堡那里去过吗？"女主人从茶炊边问。

"是的，亲爱的②。他们请我丈夫和我去吃饭，并且对我们说席上的酱油花了一千卢布哩，"米亚赫基公爵夫人大声说，感到大家都在听她，"其实是顶劣等的酱油，带点绿色。我们不能不回请他们，我给他们吃的酱油却只用了八十五戈比，大家都很满意。我可买不

---

①② 原文为法语。

起一千卢布的酱油呢。"

"她真了不起呢!"女主人说。

"真了不得哩!"又有谁说。

米亚赫基公爵夫人的话引起的效果总是如此,这种效果的秘诀就在于她虽然说话常不得体,就像现在一样,但她说的话却很简单,多少有点意思。在她所处的社会里,她的这种话就产生了最机智的警句效果。米亚赫基公爵夫人从来不明白它为什么有那种效果,她只知道它有,而且利用它。

米亚赫基公爵夫人说话时,大家都在听,而公使夫人周围的谈话就停止了,因此女主人竭力想把两方拉拢来,她转向公使夫人说:

"您当真不喝茶吗?您到我们这边来吧。"

"不,我们这边惬意得很呢。"公使夫人微笑着回答,然后她继续谈那已谈开了的话题。

这是非常愉快的谈话。他们在评论卡列宁夫妇。

"安娜去莫斯科回来以后大变特变了。她有些奇怪的地方。"她的朋友说。

"主要的变化是她随身带回来阿列克谢·弗龙斯基的影子。"公使夫人说。

"哦,那有什么?格林[①]有篇童话就是讲的一个没有影子的男子,一个失去了影子的男子。这是他犯了什么罪所受的处罚。我可从来不明白这怎么会是处罚。但是女人倒真是不高兴没有影子哩。"

"是的,但是有影子的女人多半没有好下场的。"安娜的朋友说。

"您这烂舌根的!"听见这些话,米亚赫基公爵夫人突然说,"卡列宁夫人是一个难得的女人。我不喜欢她丈夫,可是我非常喜欢她。"

---

① 格林兄弟为德国有名的童话家,兄名雅各(1785—1863),弟名威廉(1786—1859)。

"您为什么不喜欢她丈夫？他是一位那样出色的人物，"公使夫人说，"我丈夫说就是在欧洲也少有像他那样的政治家呢。"

"我丈夫也对我这样说，但是我不相信，"米亚赫基公爵夫人说，"假使我们的丈夫没有和我们说过什么，我们就会看到事情的真相；阿列克谢·亚历山德罗维奇，在我看起来，简直是一个傻瓜。我说这句话只能低声的……但是这实际上不是使一切都明白了吗？以前，当我听了人家的话把他看得很聪明，我尽在寻找探索着他的才能，而且以为自己是傻瓜，所以看不出来；但是我一说，他是一个傻瓜哩，虽然只是低声地，而这么一说，一切就都清清楚楚了，可不是吗？"

"您今天多么恶毒呀！"

"一点都不。我想不出别的办法。两人之中总有一个是傻瓜。哦，您知道谁也不会说自己是傻瓜的。"

"谁也不满足于自己的财产，谁都满足于自己的聪明。"外交官重述着法国的名言。

"正是，正是啦，"米亚赫基公爵夫人连忙对他说，"但是问题在于我不能让您任意诽谤安娜。她是那么可爱，那么有魅力。假使大家都爱上了她，像影子一样地跟着她，那她有什么办法呢？"

"我并没有想责备她！"安娜的朋友替自己辩护似的说。

"假使没有人像影子一般跟着我们，那也不能证明我们就有责备她的权利。"

这样很得体地奚落了安娜的朋友，米亚赫基公爵夫人就站起身来，和公使夫人一道加入了桌旁的一群，那里正在谈论普鲁士国王。

"你们在那边说什么人的坏话呢？"贝特西问。

"卡列宁夫妇。公爵夫人把阿列克谢·亚历山德罗维奇描绘了一番。"公使夫人带着微笑在桌旁坐下说。

"可惜我们没有听到。"贝特西公爵夫人说,望着门口。"噢,您终于来了!"她在弗龙斯基走进来的时候微笑着转向他说。

弗龙斯基不只和房间里所有的人都认识,而且每天都看见他们;因此他带着悠闲自得的态度走进来,就像一个人回到他刚刚离开不久的人群中来一样。

"我从什么地方来吗?"他回答着公使夫人的询问,说,"哦,没有法子,我只好自白了。看滑稽歌剧来哩。我相信我看了总有一百次了,始终得到新的乐趣。妙极了呀!我知道这是有失体统的,但是我看歌剧就打瞌睡,我看滑稽歌剧却可以看到最后一分钟,而且津津有味。今晚……"

他说起一个法国女演员,正待开口讲点有关她的什么;但是公使夫人,带着戏谑的恐怖神情,打断了他。

"请不要对我们讲那些可怕的事吧。"

"好的,我不讲,况且这些可怕的事大家都知道呢。"

"假使把它当作歌剧一样看待的话,我们就都会去看哩。"米亚赫基公爵夫人随声附和着。

7

可以听到门外的脚步声,贝特西公爵夫人知道这一定是卡列宁夫人,就向弗龙斯基瞟了一眼。他朝门口望着,他的面孔带着奇异的新的表情。他快乐地、凝神地、同时又畏怯地注视着走进来的人,慢慢地站起身来。安娜走进了客厅。照常把身子挺得笔直,眼睛直视着前方,迈着迅速、坚定而轻快的步伐,那步伐是使她和所有社交界的妇人卓然不同的,她几步跨到女主人面前,和她握了握手,微微一笑,而且含着同样的微笑望了弗龙斯基一眼。弗龙斯基深深地鞠躬,推把椅子给她坐。

她只微微点头作为回答,脸泛红了,皱起眉头。但是立刻,她一面连忙招呼熟人,握了握伸给她的手,一面转向贝特西公爵夫人说:

"我到了利季娅伯爵夫人那里,原来想早一点来的,但是给留住了。约翰爵士在那里。他蛮有趣的。"

"啊,是那位传教士吗?"

"是,他告诉我们印度的生活,有趣极了。"

由于她进来而打断了的谈话像风吹的灯光一样又摇曳起来。

"约翰爵士!是的,约翰爵士。我见过他。他非常健谈。弗拉西耶娃姑娘完全迷上他了。"

"小弗拉西耶娃姑娘就要嫁给托波夫,是真的吗?"

"是的,据说这是完全决定了的事。"

"我真佩服他们的父母!据说这是恋爱的婚姻。"

"恋爱的?您抱着多么陈腐的观念!如今还有谁谈恋爱吗?"公使夫人说。

"有什么办法呢?这种愚笨的陈规陋习至今还没有销声匿迹哩。"弗龙斯基说。

"保持这种风气的人可更要糟了。我知道只有建立在理性上的才是幸福的婚姻。"

"是的,可是这种建立在理性上的婚姻的幸福,一到他们以前不承认的热情爆发时,会怎样常常像尘埃似的消散呢。"弗龙斯基说。

"可是所谓建立在理性上的婚姻是指那种双方已不再放荡的婚姻。那像猩红热一样——每个人都得害一次才获得免疫力。"

"那么他们就应当学会像种痘一样用人工种恋爱。"

"我年轻时爱上一个教会的执事,"米亚赫基公爵夫人说,"我可不觉得对我有什么益处哩。"

"不，我想，不是开玩笑，要懂得爱情，人就不能不犯错误，然后再改正。"贝特西公爵夫人说。

"甚至在结了婚以后吗？"公使夫人开玩笑似的说。

"改过迁善从不嫌迟。"外交官引用着英国的谚语。

"正是，"贝特西同意，"人不能不犯错误，然后再改正。您以为怎样？"她对安娜说，安娜嘴唇上挂着一丝几乎辨察不出的坚定的微笑，正默默地听着这场谈话。

"我想，"安娜说，一面摩弄着她脱下的手套，"我想……假使有千万个人，就有千万条心，自然有千万副心肠，就有千万种恋爱。"

弗龙斯基盯着安娜，揪着心等待着听她要说什么。当她说出了这些话，他就像脱了险似的叹了口气。

安娜突然对他说：

"啊，我接到莫斯科来的一封信。他们说基蒂·谢尔巴茨卡娅病得很重呢。"

"当真？"弗龙斯基说，皱起眉头。

安娜严厉地望着他。

"您不关心吗？"

"正相反，我关心得很。信上究竟说了些什么呢，假使我可以打听一下的话？"他问。

安娜站起来，走到贝特西面前去。

"请给我一杯茶。"她说，停在她的椅子后面。

当贝特西倒茶的时候，弗龙斯基走到安娜面前。

"他们给您的信上说了些什么呢？"他重复说。

"我常想男子们并不懂得什么是不名誉的事，虽然他们嘴里老是讲这个。"安娜说，并没有回答他。"我早就想跟您说说。"她补充说，于是走开了几步，在堆满了照片簿的桌旁坐下。

"我完全不明白您这话的意思。"他说，把茶杯递给她。

她瞥了一眼她身旁的沙发，他立刻坐下来。

"是的，我早就想跟您说，"她说，不望着他，"您做得不对，太不对了。"

"难道我不知道我做得不对吗？可是谁使我这样做的呢？"

"您为什么对我说这种话？"她说，严厉地望着他。

"您知道为什么。"他大胆而高兴地回答，迎着她的视线，紧盯着她望着。

发窘的不是他，倒是她。

"这只证明您冷酷无情。"她说。但是她的眼神却表明了她知道他是有情的，而且这正是她之所以害怕他的缘故。

"您刚才说的那件事只是一个错误，并不是爱情。"

"记着我禁止您说那个字眼，那可恶的字眼。"安娜说，发抖了。但是立刻她感觉到就是"禁止"这个字眼也已表示出她承认了自己对他有某种权利，而且这样就更鼓励他倾诉爱情。"我早就想对您说这话，"她继续说，坚决地望着他的眼睛，她满脸烧得通红，"我今晚是特意来的，知道我在这里可以遇到您。我来告诉您这事一定得了结。我从来不曾在任何人面前羞愧过，可是您使得我感到自己有什么过错一样。"

他望着她，被她脸上的一种新的精神的美打动了。

"您要我怎样？"他简单而严肃地说。

"我要您到莫斯科去，求基蒂宽恕。"她说。

"您不会要我这样吧！"他说。

他看出来她这话是勉强说出来的，并非由衷之言。

"假使您真爱我，像您所说的，"她低语着，"那么就这样做，让我安宁吧。"

他喜笑颜开了。

"难道您不知道您就是我整个的生命吗?可是我不知道安宁,我也不能给您。我整个的人,我的爱情……是的。我不能把您和我自己分开来想。您和我在我看来是一体。我看出将来无论是我或您都不可能安宁。我倒看到很可能会绝望和不幸……要不然就可能很幸福,怎样的幸福呀!……难道就没有可能吗?"他小声说,但是她听见了。

她竭尽心力想说应当说的话;但是她却只让她的充满了爱的眼睛盯住他,并没有回答。

"终于到来了!"他狂喜地想着,"当我开始感到失望,而且好像不会有结果的时候——终于到来了!她爱我!她自己承认了!"

"那么为了我的缘故这样做吧:别再对我说那种话,让我们做好朋友吧。"她口头上这样说,但是她的眼睛却说出了全然不同的话。

"我们永远不会做朋友,这您自己也知道的。我们或者是世界上最幸福的,或者是最不幸的——这完全在您。"

她本来想说句什么话的,但是他打断了她。

"我只要求一件事:我要求有权利希望,痛苦,就像我现在这样。可是假如连那也不能够,那么命令我走开。我就走开。要是您讨厌我在您面前,您就不会再看到我。"

"我并不要赶走您。"

"只要不改变什么。让一切都照旧吧,"他带着战栗的声调说,"您丈夫来了。"

在那一瞬间,阿列克谢·亚历山德罗维奇果真迈着稳重而笨拙的步伐走进房间里。

瞥了他的妻子和弗龙斯基一眼,他就走到女主人面前,坐下喝了一杯茶，用他那从容、一向嘹亮的声调开始说话，用他素常那种嘲弄口吻讥刺着某人。

"你们兰布利埃①的人们到齐了，"他说，向在座的人环视了一下，"格雷斯和缪斯②。"

但是贝特西公爵夫人忍受不了他这种腔调——如她用英语所谓讥诮的③的腔调，于是，像一个精明的女主人一样，她立即把他的话头引到普遍征兵问题④这个严肃的话题上去。阿列克谢·亚历山德罗维奇立刻对这问题发生了兴味，开始热诚为新敕令辩护以防御贝特西公爵夫人的攻击。

弗龙斯基和安娜还坐在小桌旁。

"这可有点不成体统了！"一位妇人低声说，向卡列宁夫人、弗龙斯基和她丈夫意味深长地瞟了一眼。

"我刚才不是对您说过吗？"安娜的朋友说。

但是不单这两位妇人，几乎全房间的人，甚至米亚赫基公爵夫人和贝特西本人，都朝那两个离群的人望了好几眼，仿佛这是一桩恼人的事情一样。只有阿列克谢·亚历山德罗维奇一次都没有朝那方向望过，他正谈得很起劲哩。

注意到在每个人心上所引起的不愉快的印象，贝特西公爵夫人把另外一个人悄悄地塞在她的位置上来听阿列克谢·亚历山德罗维奇讲话，自己走到安娜面前。

---

① 兰布利埃，原为巴黎兰布利埃公爵夫人（1588—1665）所组织的文艺沙龙，为政治家、作家、诗人集会之处，他们自命为"审美的示范人"，在此泛指充满机智与礼法的社交界。

② 格雷斯，希腊神话中司美、优雅、喜之女神；缪斯，希腊神话中司文艺美术之女神。

③ 原文为英语。

④ 一八七四年一月一日颁布了一道谕旨，采用短期（六年）普遍兵役法代替二十五年的兵役法。兵役普及所有阶层。贵族丧失了最后的特权——免服兵役。

"我始终很佩服您丈夫谈话非常明了精确。"她说,"他一说,好像连最玄妙的思想我都能领会呢。"

"啊,是的!"安娜闪耀着幸福的微笑说,贝特西对她说的话,她一个字也没有听明白。她走到大桌面前,参与了大家的谈话。

阿列克谢·亚历山德罗维奇坐了半个钟头之后,走到他妻子跟前,提议一同回家;但是她不望着他回答说,她要留在这里晚餐。阿列克谢·亚历山德罗维奇鞠了躬就退出去了。

卡列宁家的车夫,穿着光亮皮外衣的胖胖老鞑靼人,好容易才制服了在门口冻得后腿直立起来的一匹灰色副马。一个仆人打开车门站在那里。门房站在那里把房子的大门开开。安娜·阿尔卡季耶夫娜,用敏捷的小手,正在解开被皮大衣的钩子缠住了的袖口花边,垂着头,欢喜地听着弗龙斯基送她下来时向她说的话。

"您自然什么都没有说,我也并不要求什么,"他说,"但是您知道友情不是我所要求的;我生活中只有一桩幸福,就是您那么厌恶的那个字眼……是的,就是爱……"

"爱。"她用内心的声音慢慢重复说,突然,就在她把花边从钩子上解下来的那一瞬间,她补充说:"我所以不喜欢那个字眼就因为它对于我有太多的意义,远非你所能了解的,"说着,她凝视着他的面孔,"再见!"

她把手伸给他握了一握,就迈着迅速、富于弹性的步子,从门房身边走过去,消失在马车里。

她的目光,和她的手的接触,使他燃烧起来。他吻着他手掌上她接触过的部位,意识到他今晚比过去两个月中距离达到目的更加近了,觉得非常幸福,就这样回家了。

8

阿列克谢·亚历山德罗维奇看见他妻子和弗龙斯基坐在另外一张桌旁,热烈地在谈着什么,并不觉得有什么稀罕和有失体统的地方;但是他注意到客厅里旁人都觉得这有点离奇和有失体统,因此他也感觉得有失体统了。他决心要和妻子谈一谈这件事。

回到家,阿列克谢·亚历山德罗维奇照常走进书房,坐在安乐椅上,拿起一本关于罗马教的书,在他夹了一把裁纸刀的地方打开,一直读到一点钟,正如他平常一样;但是他不时地揉擦着他高高的前额,摇着头,好像在驱除什么似的。在惯常的时间,他站起身来,梳洗了一下预备就寝。安娜还没有回来。他腋下挟着一本书,走上楼去;但是今晚,他的思想不像平素那样对公务加以深思熟虑,却被他妻子和与她有关的某种不愉快的事情占据了。违反他平常的习惯,他没有去睡,却倒背着两手开始在房里踱来踱去。他不能够睡觉,感觉到他无论如何得先把这新发生的情况仔细考虑一番。

当阿列克谢·亚历山德罗维奇决心要和他妻子谈这件事时,那似乎是一件极其容易和简单的事;但是现在,他一开始考虑这新发生的情况,他就觉得非常复杂和困难的了。

阿列克谢·亚历山德罗维奇并不嫉妒。嫉妒,照他的看法,是对于自己妻子的侮辱,人应当信赖自己的妻子。至于为什么应当信赖——就是说,完全相信他的年轻妻子会永远爱他——他可没有问过自己;但是他从来没有体验过不信赖的心情,因为他一向信赖她,而且对自己说过他应当那样。虽然他一向以为嫉妒是一种可耻的感情,应当信赖人,他的这种信念到现在还没有打破,但是他感觉到他正面对着什么不合理的荒谬的现实,不知道如何是好。阿列克谢·亚历山德罗维奇正面对现实,面对着妻子有爱上另一个男子的可能，这在他看来是非常荒谬和不可思议的，因为这就是生活本身。阿列克谢·亚历山德罗维奇一生都在和生活的反映发生关系的官场中做工作。而每一次他与现实发生冲突的时候，他就逃避现实。现在他体验到一种心情，仿佛一个人泰然自若地走过深渊上的桥梁，突然发觉桥断了，下面是无底深渊。那深渊就是现实本身，而桥梁就是阿列克谢·亚历山德罗维奇所过的那种脱离现实的生活。他的妻子有爱上别人的可能，这问题第一次浮上了他的心头，他不禁毛骨悚然了。

他没有脱衣服，只是迈着平稳的步伐在点着一盏灯的餐厅的咯吱作响的镶花地板上，在幽暗的客厅——那里灯光仅仅反射在挂在沙发上面他自己的那幅大的新画像上面——的地毯上来回走着，于是又走过她的房间，那里点着两支蜡烛，照耀着她的亲戚和女友们的画像，和她的写字台上他早就熟悉的精美小玩意。他穿过她的房间到了寝室门口，又往回走。

他每次走来走去，特别是走在灯光辉煌的餐厅的镶花地板上时，他就站住对自己说："是的，这事一定要解决和加以制止；我一定要表示我对这事的意见和我的决心。"于是他又往回走。"可是表示什么——什么决心呢？"他在客厅里自言自语说，得不出答案。"但是到底，"他在转回她的房间之前问自己，"发生了什么呢？没有什么。她和他谈了好久，但是那有什么呢？社交界的妇人高兴和谁谈就可以和谁谈话。而且，嫉妒会贬低我自己和她。"他在走进她的房间时对自己说；但是这个格言，以前他曾那么看重的，现在已经没有一点分量，没有一点意义了。他到了寝室门口又转回来，但是他一走进幽暗的客厅，某种内心的声音就对他说事情并不这样简单，如果旁人都已注意到了，那就可见有些蹊跷。于是他又在餐室里暗自说："是的，这事一定要解决和加以制止，表示我对这事的意见……"而在客厅转角处他又问自己:"怎样解决呢?"于是他又问自己:"发生了什么事呢?"于是回答:"没有什么。"并且想起了嫉妒是一种侮辱他妻子的感情;但是在客厅里他又相信有什么事情发生了。他的思想,像他的身体一样,兜着大圈子,碰不见一点新的东西。他意识到这一点,揉了揉前额,在她的房间里坐下来。

在那里,望着她的桌子,上面摆着带着吸墨纸的孔雀石文件夹和一封没有写完的信,他的思想突然变了。他开始想她的事,想她有些什么思想和感觉。他第一次在自己心中生动地描绘着她的个人生活、她的思想、她的愿望,他也想到她可能并且一定会有她自己特殊的生活,这念头在他看来是这样可怕,他连忙驱除掉这个念头。这是他惧怕窥视的深渊。在思想和感情上替别人设身处地着想是同阿列克谢·亚历山德罗维奇格格不入的一种精神活动。他认为这种精神活动是有害的和危险的想入非非。

"最糟糕的是,"他想,"恰好在现在,正当我的事业快要完成的时候(他在想他当时提出的计划),当我正需要平静的心境和精力的时候,正当这个时候这种无聊的烦恼落到我的身上。可是有什么办法呢?我不是那种遇到麻烦和烦恼,却没有勇气正视它们的人。"

"我得考虑一下,作出决定,然后就不再把它放在心上。"他大声说。

"她的感情问题,她心里产生了,或许正在产生什么念头的问题,不关我的事;这是她的良心问题,属于宗教范畴。"他自言自语说,意识到他找到了新发生的情况可以划入的正式范畴,而聊以自慰了。

"所以,"阿列克谢·亚历山德罗维奇又自言自语,"她的感情问题是她的良心问题,那和我不相干。我的义务是明确规定好的。作为一家之主,我是有义务指导她的人,因而我要对她负一部分责任;我应当指出我所觉察到的危险,警告她,甚至行使我的权力。我得

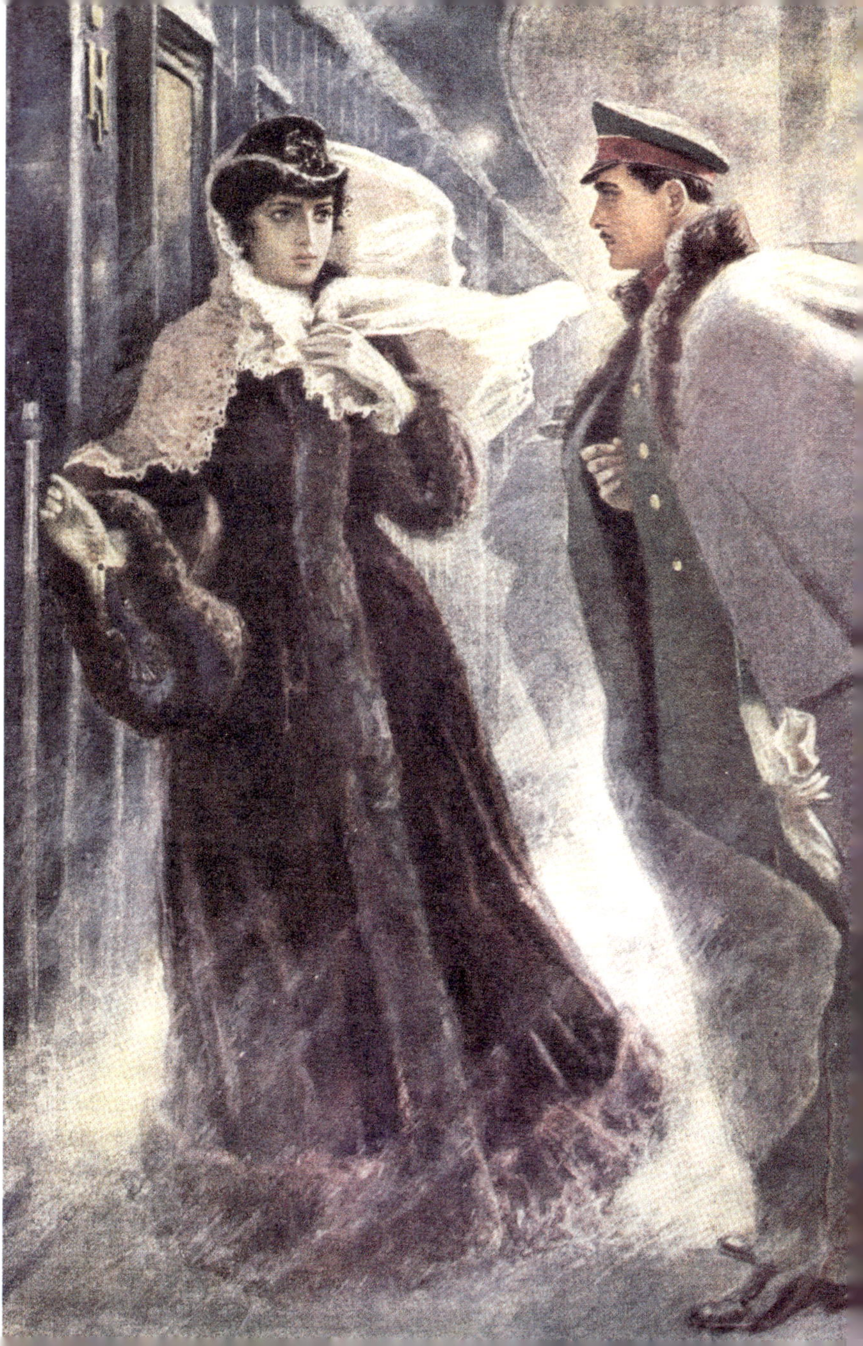

明白地跟她说。"

于是今晚将要对他妻子说的话在阿列克谢·亚历山德罗维奇的脑海里很明确地形成了。他一面考虑他将要说的话，一面又有几分惋惜自己不能不为家务事而无形中耗费自己的智力和时间；但是，虽然这样，摆在他眼前的措辞形式和顺序已像政府报告一样明了清晰地在他的脑海里形成了。"我要充分说明下面几点：第一，说明舆论和体面的重要；第二，说明结婚的宗教意义；第三，如果必要，暗示我们的儿子可能遭到的不幸；第四，暗示她自己可能遭到的不幸。"于是，十指交叉着，手心朝下，阿列克谢·亚历山德罗维奇扳直手指，指关节哗剥地响了。

这种把手指交叉弄得哗剥作响的动作，这种坏习惯常常使他镇定下来，使他恢复了现在那么需要的清醒的理智。听到马车驶到前门的声音，阿列克谢·亚历山德罗维奇在房间的中央站住。

可以听到一个女人走上楼梯的脚步声。阿列克谢·亚历山德罗维奇，准备发表意见，站在那里紧压着交叉的手指，等待着会不会再发出哗剥声。一个关节哗剥地响了。

由楼梯上轻微的脚步声，他就感觉到她已走近，虽然他对他的言辞很满意，但是他对于迫在眉睫的说明感到恐惧……

9

安娜垂着头，一面摩弄着头巾的缨络走进来。她容光焕发；但这不是欢乐的光辉，它使人想起黑夜中大火的可怕的红光。看见她丈夫，安娜抬起头，微笑着，好像从梦中醒来一样。

"你还没有睡？奇怪！"她说，脱下头巾，没有停住脚步，一直向化妆室走去。"该睡觉了，阿列克谢·亚历山德罗维奇。"她走过门口的时候说。

"安娜,我有话要和你谈谈。"

"和我?"她吃惊地说,从梳妆室门里走出来,朝他望着。"哦,什么事?谈什么?"她问,坐了下来。"哦,要是那么必要,我们就谈谈吧。不过还是去睡的好。"

安娜说这话是随口而出的,她自己听了,都非常惊异自己说谎的本领。她的话多么简单而又自然,她多么像只是要睡啊!她感到自己披上了虚伪的难以打穿的铠甲。她感到像有某种无形的力量正在帮助她和支持她。

"安娜,我必须警告你。"他开口了。

"警告我?"她说,"什么事?"

她这么单纯,这么快活地望着他,要是换了一个不像她丈夫那样了解她的人,无论在声调和她这句话的意思上,谁都看不出有什么不自然的地方。但是他了解她,知道每当他比平常迟上床五分钟她就会立刻注意到,而且问他理由;知道她每逢有欢喜、快乐和愁苦就立刻向他诉说;而现在看到她不顾他的心情,也不愿说一句关于她自己的话,这在他看来非同小可了。他看到,她的灵魂深处,一直是向他开放的,现在却对他关闭起来。不仅这样,他从她的声调听出来她并没有为这事情感到羞愧不安,而只是好像直截了当地在对他说:"是的,它关闭起来了,这不能不这样,而将来也还要这样。"现在他体验到某种心情,就像一个人回家,发觉自家的门上了锁的时候所体验的一样。"但是也许还可以找到钥匙。"阿列克谢·亚历山德罗维奇想。

"我要警告你,"他低声说,"由于不小心谨慎,你会使自己遭受到社会上的非议。今晚你和弗龙斯基伯爵(他坚决地、从容不迫地说出这个名字)过分热烈的谈话引起了大家的注意。"

他一边说着,一边望着她那双正以神秘莫测的神色使他惊骇的含笑的眼睛,而且他一面说话,一面感到他的话是白费口舌。

"你老像那样,"她回答,好像完全不了解他,故意装出只听懂了他最后一句话的模样,"有的时候你不喜欢我沉闷,有的时候你又不喜欢我活泼。我不沉闷。这使你生气了吗?"

阿列克谢·亚历山德罗维奇颤抖着,弯曲他的两手使关节哔剥地响着。

"哦,请别弄出响声来,我不喜欢这样。"

"安娜,你这样吗?"阿列克谢·亚历山德罗维奇说,镇静地抑制住自己,止住手指的动作。

"但是到底是怎么一回事?"她带着那样纯真和戏谑的惊异神情问,"你要我怎样呢?"

阿列克谢·亚历山德罗维奇沉吟了一会儿,揉了揉前额和眼睛。他看到他并没有照他所想的那样做,就是说,警告他的妻子不要在众目睽睽之下犯了过失,却因为牵涉到她的良心问题而不觉激动起来,正在和他虚构出来的某种障碍斗争。

"这就是我打算对你说的,"他冷淡而又镇静地说,"我求你听一听。你也知道我认为嫉妒是一种屈辱而卑劣的感情,我决不会让自己受它支配;但是有些礼法,谁要是违犯了就一定要受到惩罚。今晚注意到这事的倒不是我,但是从众人心目中引起的印象来判断,每个人都注意到你的举止行动很不得体。"

"我简直不明白。"安娜说,耸耸肩膀。"他并不在乎,"她想,"但是别人注意到,这才使他不安了。""你身体不舒服吧,阿列克谢·亚历山德罗维奇。"她补充说,她站起身来,要向门口走去,但是他向前走了两步,好像要拦住她似的。

他的面孔是丑陋阴沉的,安娜从来没有见过他这种模样。她停住脚步，把头仰起来，歪在一边，用敏捷的手开始取下发针。

"哦，我在听，还有些什么，"她平静而讥讽地说，"我甚至在热心地听，我倒想知道是怎么回事呢。"

她说着，她说话的那种确信、平静而又自然的语气和她的措辞用语的得体口吻，使她自己都很惊异。

"我没有权利来追究你的感情，而且我认为那是无益而且甚至有害的，"阿列克谢·亚历山德罗维奇又开口了，"挖掘自己的心，我们常常挖掘出最好是应该加以忽视的东西。你的感情是你的良心问题，但是向你指出你的职责所在，却是我对你，对我自己，对上帝的责任。我们的生活，不是凭人，而是凭上帝结合起来的。这种结合只有犯罪才能破坏，而那种性质的犯罪是会受到惩罚的。"

"我一句都不明白。啊呀！我的天，我多么想睡呀！"她说，迅速地用手摸摸头发，摸索着剩下的发针。

"安娜，看在上帝面上，不要那样说话吧！"他温和地说，"也许我错了，但是相信我，我说这话，不光是为了自己，也是为了你。我是你的丈夫，我爱你。"

她的脸马上沉了下来，眼睛里的嘲弄光芒也消失了；但是"爱"这个字眼却又激起了她的反感。她想："爱？他能够爱吗？假使他没有听到过有爱这么一回事，他是永远不会用这个字眼吧。爱是什么，他连知都不知道呢。"

"阿列克谢·亚历山德罗维奇，我真不明白，"她说，"请把你感到的明白说出来吧……"

"对不起，让我通通说完吧。我爱你。但是我不是在说我自己；关于这件事，最重要的人是我们的儿子和你自己。我再说一遍，我的话在你看来也许是完全不必要的而且不适宜的；也许这只是出于我的误会。如果是那样，那就请你饶恕我。不过假使你自己意识到还有丝毫的根据，那么我就请你想一想，而且假如你的良心驱使你的话，就把一切都告诉我……"

阿列克谢·亚历山德罗维奇不自觉地说了和他原来准备好的完全两样的话。

"我没有什么可说的。而且，"她匆忙地说，好容易忍住没有笑出来，"实在该睡了。"

阿列克谢·亚历山德罗维奇叹了口气，没有再说什么，就走进寝室去了。

当她走进寝室的时候，他已经上床了。他的嘴唇严厉地紧闭着，他的眼睛避开她。安娜躺在自己的床上，时刻等待着他再开口和她说话。她害怕他说话，同时却又希望他说话。但是他却沉默着。她一动也不动地等待了好久，而终于忘掉他了。她想到了另一个；她看见他，而且感觉到她一想到他，她的心就洋溢着感情和有罪的喜悦。突然她听到了安谧、平稳的鼾声。最初一瞬间，阿列克谢·亚历山德罗维奇好像被自己的鼾声吓醒了，停止了；但是在两次呼吸之后，鼾声又响起来了，带着一种新的平静的节奏。

"迟了，已经迟了。"她微笑着低声说。她睁着眼睛，一动不动地躺了好久，她几乎感觉到她可以在黑暗中看见她自己眼睛的光芒。

10

从此阿列克谢·亚历山德罗维奇和他的妻子开始了新的生活。没有发生什么特别的事情。安娜照常出入社交界，到贝特西公爵夫人那里去的次数格外频繁了，而且到处都遇得见弗龙斯基。阿列克谢·亚历山德罗维奇看到这种情况，但是没有办法。他想要和她开诚相见的一切努力，都被她用一道他不能穿透的、愉悦的迷惑的壁垒挡住了。表面上一切都照旧,但是他们内在的关系完全变了。阿列克谢·亚历山德罗维奇,一位在政界那么有力的人物,在这方面却感到自己束手无策了。像一条公牛一样垂着头,他服服帖帖地等待着他已感到举在他头上的利斧。每次他一想到此事,他就感到他应当再试一次,还有希望用亲切、温情和劝说来挽救她,使她醒悟,因此他天天准备和她谈话。但是每次他开始和她谈话,他就感觉到支配着她的那种恶意和虚伪也支配了他,他和她所说的话完全不是他所想要说的,语调也不是他所想要用的。他和她说话时不由自主地用了他素常的那种语调,那是用来嘲笑任何想说他这种话的人。用那种语调,要说出他必须对她说的话是不可能的了。

....
....

11

有一个欲望几乎整整一年是弗龙斯基生活中独一无二的欲望,代替了他以前的一切欲望;那个欲望在安娜是一个不可能的、可怕的、因而也更加迷人的幸福的梦想;那欲望终于如愿以偿了。他脸色苍白,下颚发抖地站在她面前,恳求她镇静,自己也不知道为什么或是怎样才能使她镇静。

"安娜!安娜!"他用战栗的声音说,"安娜,发发慈悲吧……"

但是他越大声说,她就越低下她那曾经是非常自负的、快乐的、现在却羞愧得无地自容的头,她弯下腰,从她坐着的沙发上缩下去,缩到了地板上他的脚边;要不是他拉住的话,她一定扑跌在地毯上了。

"天呀！饶恕我吧！"她抽抽噎噎地说，拉住他的手紧按在她的胸口。

她感觉到这样罪孽深重，这样难辞其咎，除了俯首求饶以外，再没有别的办法了；而现在她在生活中除了他以外再没有别的人，所以她恳求饶恕也只好向他恳求。望着他，她肉体上感到她的屈辱，她再没有什么话好说了。他呢，却觉得如同一个谋杀犯看见被他夺去生命的尸体时的感觉一样。那被他夺去生命的尸体就是他们的恋爱，他们的恋爱的初期。一想起为此而付出的羞耻这种可怕的代价，就有些可怖和可憎的地方。由于自己精神上的赤裸裸状态而痛切感到的羞耻之情，也感染了他。但是不管谋杀者对于遭他毒手的尸体感到如何恐怖，他还是不能不把那尸体砍成碎块，藏匿起来，还是不能不享受通过谋杀得来之物。

于是好像谋杀犯狂暴地、又似热情地扑到尸体上去，拖着它，把它砍断一样，他在她的脸上和肩膊上印满了亲吻。她握住他的手，没有动一动。是的，这些接吻——这就是用那羞耻换来的东西。是的，还有一只手，那将永远属于我了……我的同谋者的手。她举起那只手，吻着它。他跪下去，竭力想看她的脸；但是她把脸遮掩起来，没有说一句话。终于，好像拼命在控制住自己，她站起来，推开他。她的脸还是那样美丽，只是显得更加惹人爱怜了。

"一切都完了，"她说，"除了你我什么都没有了。请记住这个吧。"

"我不会不记住那像我的生命一样宝贵的东西。为了一刹那这样的幸福……"

"什么样的幸福啊！"她带着恐怖和厌恶说，她的恐怖不知不觉地感染了他，"发发慈悲，不要再说，不要再说了吧。"

她迅速地立起身来，避开了他。

"不要再说了吧。"她重复说,带着他所不能理解的冷冰冰的绝望表情,她离开了他。她感觉此时此刻她不能把她踏进新生活时所感到的羞耻、欢喜和恐怖用言语表达出来,而且她也不愿意说,不愿意用不适当的言语把这种感情庸俗化。但是往后,到第二天和第三天,她不仅找不出言语来表达她那千头万绪的心情,而且她甚至也找不出可以明确地反映出她心中所想的一切的思路。

她对自己说:"不,现在我不能够考虑,等到以后,我平静一点的时候再说吧。"可是这种平静的心情永远没有到来;每当她想到她做了什么,她会遭遇到什么,以及她应当做什么的时候,一种恐怖感就袭上心头,于是她就把这些思想驱除掉。

"以后,以后,"她说,"当我平静一点的时候再说吧。"

但是在梦里,当她控制不住自己的思想的时候,她的处境就十分丑恶地、赤裸裸地呈现在她眼前。一个同样的梦几乎每夜都缠着她。她梦见两人同时都是她的丈夫,两人都对她滥施爱抚。阿列克谢·亚历山德罗维奇哭泣着,吻着她的手说:"现在多么好呀!"而阿列克谢·弗龙斯基也在那里,他也是她的丈夫。她非常诧异她以前怎么会觉得这是不可能的,而且笑着向他们说明这样真是简单得多了,现在他们两人都快乐和满足。但是这个梦像噩梦似的使她难受,她吓醒了。

12

从莫斯科回来的头几天,每当列文想起他遭到拒绝的耻辱而浑身战栗,满脸通红的时候,他就对自己说:"我从前因为物理考试不及格而留级的时候,我以为自己的一生完了,也是这样发抖和红脸的;我办错了姐姐托我办的事情,我照样也以为自己完全不中用了。

可是怎样了呢?现在过了几年,我回想起这些来,就奇怪当时怎么会使我那样痛苦。这场苦恼结果也会如此的。过些时候,我对于这个也就会释然于心了。"

但是三个月已经过去,他对于这事还是不能释然于心,他想起这事还是和前些日子一样痛苦。他不能平静,因为他梦想了那么久的家庭生活,而且感觉到自己早就到了可以成家的年龄,他却依旧没有娶妻,而且离结婚更加遥远了。他自己痛苦地感觉到,就像他周围所有的人感觉一样,他这样年龄的男子是不宜于独身的。他记起了去莫斯科之前有一次怎样对他的牧人尼古拉,一个他乐意攀谈的心地单纯的农民说:"哦,尼古拉!我打算结婚哩。"而尼古拉又怎样像谈一件毫无疑问的事一样迅速地回答:"也是时候了呢,康斯坦丁·德米特里奇。"但是现在结婚越发遥遥无期了。位子本来已经有人占据了,现在当他在想象中试着把他所认识的任何一个女子摆在那个位子上时,他总觉得那是完全不可能的。而且一回想起他遭到的拒绝和他在这事件中所扮演的角色,他就羞愧得痛苦不堪。尽管他常常对自己说这并不能怪罪自己,但是这个回忆,就像其它类似的屈辱往事一样,使他心痛和脸红。他的过去,就像每个人的过去一样,有他自认很不好的行为,他应当受良心的谴责;但是回想起那些恶劣行为并没有像回忆起这些虽然琐细但是屈辱的往事使他这么痛苦。这些创伤从没有平复。除了这些往事,现在还有他遭到拒绝和那晚他在众人眼中呈现的可怜相。但是时间和工作起了作用。悲痛的记忆渐渐地被田园生活中的小事——那在他看来是微不足道、但实际上是重要的事务——掩盖住了。他想念基蒂的时候一星期少似一星期。他在急不可耐地期待着她已经结婚或行将结婚的消息,希望这样的消息会像拔掉一颗病牙一样完全治好他的隐痛。

这期间,春天到了,明媚而又温和,不像春天素常那样拖延时日和变幻莫测，是一个草木、动物和人类皆大欢喜的少有的春天。这明媚的春天更鼓舞了列文，加强了他抛弃过去的一切，坚定而独立地安顿他独身生活的决心。虽然他回到乡下时所抱的许多计划都没有实行，但是他最重要的决心——力求纯洁的决心——他已遵守了。他没有感到每次失败之后照例使他苦恼的那种羞耻之念，他能够正视所有的人。二月间，他接到玛丽亚·尼古拉耶夫娜一封信，说他哥哥尼古拉的健康越来越坏，但是他不愿医治，由于这封信的缘故，列文到莫斯科去看望他哥哥，总算说服了他去看医生，并且到国外海水浴场转地疗养。他这样成功地说服了哥哥，还借了路费给他，而没有惹他生气，他自己对这件事感觉到非常得意。除了春天需要特别注意的农事以外，除了读书以外，列文在那个冬天还着手写了一部论述农业的著作，企图阐明在农业中劳动者的性质与气候和土壤一样，同为绝对的因素，因而农业学的一切原理不单应当根据土壤和气候这两项因素，而且要根据土壤、气候和劳动者这三个因素的某种一成不变的性质推定出来。所以，虽然孤独，或者正因为孤独，他的生活是格外充实的；只是间或，他感到一种不满足的欲望，就是想把萦绕在他脑际的思想告知阿加菲娅·米哈伊罗夫娜以外的什么人，虽说他和她也时常谈论物理学、农业原理，尤其是哲学；哲学是阿加菲娅·米哈伊罗夫娜爱好的话题。

　　春天姗姗来迟。大斋期最后两三个星期天气一直是晴朗而严寒的。白天，在阳光下温暖得可以融解冰雪，但到了晚间，却冷到零下七度。雪面上冻结了一层厚冰，以致他们可以坐着车在没有路的地方走过。复活节的时候还是遍地白雪。但是突然之间，在复活节第二天刮了一阵暖和的风，乌云笼罩大地，温暖、猛烈的雨倾泻了三天三夜。到礼拜四，风平息下来了，灰色的浓雾弥漫了大地，好像在掩蔽着自然界变化的奥秘一样。在浓雾里面，水流淌着，冰块坼裂和漂浮着，溷浊的、泡沫翻飞的急流奔驰着；在复活节一周后的第一天，傍晚时候，云开雾散，乌云分裂成朵朵轻云，天空晴朗了，真正的春天已经来临。早晨，太阳灿烂地升起来，迅速地融解了覆盖在水面上的薄薄冰层，温暖的空气随着从苏生的地面上升起来的蒸汽而颤动着。隔年的草又返青了。鲜嫩的青草伸出细微的叶片；雪球花和红醋栗的枝芽，和桦树的黏性嫩枝都生机勃勃地萌芽了；一只飞来飞去的蜜蜂正围绕着布满柳树枝头的金色花朵嗡嗡叫着。看不见的云雀在天鹅绒般绿油油的田野和盖满了冰雪的、刈割后的田地上颤巍巍地歌唱着；田凫在积满了黄褐色污水的洼地和沼泽上面哀鸣；仙鹤和鸿雁高高地飞过天空，发出春的叫喊。脱落了的毛还没有全长出来的家畜在牧场上吼叫起来；弯腿的小羊在它们那掉了毛的、咩咩叫着的母羊身边欢蹦乱跳；敏捷的小孩在印满了赤脚痕迹的干巴巴的路上奔跑，可以听见在池旁浣衣的农妇们快活的闲谈声，和农民们在院子里修理犁耙的斧声。真正的春天已经来临了。

13

列文穿上大长靴，第一次换下皮大衣，穿起呢外套，去视察农场，涉过在太阳光里令人目眩的溪流，一会儿踩在冰上，一会儿又陷进胶泥里。

春天是计划和设计的时节。当列文走到农场的时候，他好比春天的一棵树，不知道向何处及如何伸展它那含苞的嫩枝和幼芽，他也不十分知道现在要在他所喜爱的农事上做些什么，但是他感觉得他有满腹绝妙的计划和设计。首先他就去看家畜。母牛已经放进围场，它们身上闪耀着春天新换的、光滑的毛，晒着太阳，哞叫着要到草地上去。列文叹赏地凝视着这群母牛，它们的情况他一点一滴都知道得清清楚楚的，于是吩咐把它们放到草地上去，小牛放进围场里。牧人们高高兴兴地跑去准备到草地上去。牧牛的妇女们提着裙子，迈动那还没有被太阳晒黑的白嫩的赤脚溅起泥浆跑过去，手里拿着树枝，追逐那群因为春天来临而欢喜若狂的小牛。

叹赏了一番今年生下的格外优良的小牛之后——早先生的小牛有农民的母牛那么大，而帕瓦的女儿才三个月就已经有一岁牛犊那么大了，——列文吩咐把槽搬到外面去，在围场里喂它们干草吃。但是结果发现因为围场在冬天没有使用过，秋天修筑的木栏已经坏了。他差人去叫木匠，本来照他的吩咐，木匠该制造打谷机的。但是结果木匠还在修理耙，而耙原来应该在大斋期之前就修理好的。这可使列文非常恼怒。农事上这种永远懒懒散散的现象，他曾竭尽全力和它斗争了那么多年，现在还要遇到，真是恼人。他查明了木栏因为冬季不用，搬进了耕马的马厩里，丢在那里弄坏了，因为它们只是围小牛用的，做得并不牢固。此外，看来同样分明是：耙和一切农具。他原来吩咐了在冬季检查和修理，而且为了这个目的才特地雇了三个木匠来的，却也没有修好，现在到了该耙田的时候，却还在修理耙。列文差人叫管家来，但是立刻又亲自去找他。管家，像那天所有的人一样容光焕发，穿着羊皮镶边的皮袄，从打谷场走出来，把手里拿着的一小根干草折断。

"为什么木匠没有做打谷机？"

"啊，我昨天就要告诉您的，耙需要修理。您要知道，是耙田的时候了哩。"

"那么冬天做什么去了呢？"

"可是您要木匠来做什么？"

"小牛围场的木栏放到什么地方去了？"

"我吩咐他们搬到原来的地方。这些农民你拿他们真没有办法呢!"管家说,挥了挥手。

"没有办法的倒不是那些农民,而是这位管家!"列文说,冒起火来了。"请问我雇了您来做什么的?"他叫嚷着;但是一想这话说也无益,他说了一半就住口了,只是叹气。"哦,怎么样?可以开始播种了吗?"他停了停之后又问。

"在土耳钦那边,明后天就可以开始了。"

"苜蓿呢?"

"我派瓦西里和米什卡去了;他们此刻正在播种。只是我不知道他们做不做得完;地面是那么泥泞。"

"有多少亩?"

"六俄亩光景。"

"为什么不全部播了种?"列文嚷着。

仅仅播种了六俄亩苜蓿,没有把二十俄亩全部播上,这件事更使他恼怒了。苜蓿,按照理论和他自身的经验,除非是尽早地几乎趁着冰雪未化的时候就播了种,否则绝不会有好收成。可是这事列文却从没有办到过。

"再也没有人好差遣了。这班人您拿他们有什么办法呢?三个没有来。还有谢苗……"

"那么,你该把稻草的事先搁一搁呀。"

"我事实上已经这样做了。"

"那么人到哪里去了呢?"

"五个人在调制康波特①(他是说康波斯特),四个人在翻燕麦,怕它发霉,康斯坦丁·德米特里奇。"

---

① 康波特是蜜饯水果,康波斯特是混合肥料,他把康波斯特误说成康波特,混合肥料就变成蜜饯水果了。

列文十分明白"怕它发霉"这话的意思就等于说他的英国燕麦种已经糟蹋了。他们又没有照他所吩咐的那样去做。

"啊唷,我在大斋期前就对你说了要安通风筒。"他叫嚷起来了。

"您不要担心吧,我们终会把一切办理妥当的。"

列文愤怒地挥了挥手,走进谷仓,先去察看燕麦,然后又回到马厩那里。燕麦还没有损坏。但是雇工们用铲子翻动燕麦,他们原本可以直接把燕麦倒进底下的谷仓去的;吩咐了这样做,并且从这里拨了两个工人去帮助播种苜蓿,列文对管家也就息怒了。真的,这样天清气朗的日子,人是不能够生气的。

"伊格纳特!"他向那卷起袖子在井边刷洗马车的车夫叫着,"给我备马……"

"哪一匹,老爷?"

"哦,就科尔皮克吧。"

"好的,老爷。"

当他们备马的时候,列文又把在他面前转来转去的管家叫过来,为了跟他言归于好,和他谈起迫在眉睫的春天的工作和农事上的计划。

"运送肥料得趁早动手,好在第一趟刈草之前把一切做完。远处的田地要不断地犁耕,好把它留作休耕地。刈草全部不按对分制①,而是雇人给现钱。"

管家注意地听着,而且显然竭力想要赞成主人的计划;但是他仍然露出列文非常熟悉的那种常使他激怒的神情,一种绝望和沮丧的神情。那神情好像是在说:"这一切都不错,只是要看天意如何。"

再没有比这种态度更使列文痛心的了。但这正是他雇用过的所

---

① 雇主和农民按对分制种地和分配收获物。

有管家的共同的态度。他们对于他的计划都采取这样的态度，所以现在他已不再因此生气，而只是痛心，感觉得更加振奋起来，要和这种老是和他作对的自然力斗争，这种自然力就是所谓"要看天意如何"。

"要是我们来得及的话，康斯坦丁·德米特里奇。"管家说。

"你们怎么会来不及呢？"

"我们至少还得有十五个工人。而他们都不来。今天来了几个，都要七十卢布一个夏天。"

列文沉默了。他又遇到了阻力。他知道不管他们怎样努力，他们用公道的工钱无论如何雇不到四十个——或者三十七，三十八个——工人。已经雇了四十来个人，再多就没有了。但他还是不能不力争。

"打发人到苏里，到契菲罗夫卡去呀，要是他们不来。我们得去找人呀。"

"啊，我就打发人去。"瓦西里·费奥多罗维奇垂头丧气地说，"但是还有马，也变得没有劲了。"

"我们再去买几匹来呀。自然我知道，"列文笑着补充说，"你总喜欢做得寒酸一些；但是今年我可不让你按着你自己的意思做了。我要亲自照料一切。"

"啊唷，事实上我觉得您也并没有怎样休息。在主人的监视下工作，那我们是很高兴的……"

"他们这时正在白桦谷那边播种苜蓿吗？我要去看一看。"他说，跨上了车夫牵来的那匹栗色的小马科尔皮克。

"小溪过不去呢，康斯坦丁·德米特里奇。"车夫叫着。

"好的，我从树林里走。"

于是列文走过围场的泥地，出了大门，到了广漠的田野，他那匹好久不曾活动的小骏马在水池边打着响鼻,昂摆着缰绳,轻快地迈着小跑步子朝前走。

假使说列文刚才在畜栏和粮仓里觉得很愉快,那么现在他到了田野就更加愉快了。随着他那匹驯顺肥壮的小马的小跑步有节奏地摇摆着身体,吸着冰雪和空气的温暖而又新鲜的气息,他踏着那残留在各处、印满了正在溶解的足迹的破碎零落残雪,驰过树林的时候,看见每棵树皮上新生出青苔、枝芽怒放的树木就感到喜悦。当他出了树林,无边无际的原野就展现在他的面前,他的草地绵延不绝,宛如绿毯一般,没有不毛地,也没有沼泽,只是在洼地里有些地方还点缀着融化的残雪。不论他看见农民们的马和小马践踏了他的草地(他叫他遇见的一个农民把它们赶开),或者听了农民伊帕特的讥刺而愚笨的答话——他在路上遇见他,问:"哦,伊帕特,我们马上要播种了吧?""我们先得耕地哩,康斯坦丁·德米特里奇。"伊帕特回答。——他都没有生气。他越策马向前,他就越觉得愉悦,而农事上的计划也就越来越美妙地浮上他的心头:在他所有的田亩南面都栽种一排柳树,这样雪就不会积得太久;划分田亩,六成作耕地,三成作牧场,在田地尽头开辟一个畜牧场,掘凿一个池子,建造可移动的畜栏来积肥。于是三百亩小麦,一百亩马铃薯,一百五十亩苜蓿,没有一亩地荒废了。

沉浸在这样的梦想里,小心地使马靠地边走,免得践踏了麦田,他策马走向被派遣来播种苜蓿的工人面前。一辆装着种子的大车没有停在田边,却停在田当中,冬季的小麦已被车轮轧断,被马践踏了。两个工人坐在田边,大概是在一块儿抽烟斗。车里用来拌种子的泥土并没有磨碎,倒压成了或是冻成了硬块。看见主人来了,工人瓦西里就向大车走去,而米什卡就动手播种起来。这是不应当的,但是列文不轻易对工人动气。当瓦西里走上来的时候,列文叫他把马牵到田边上去。

"不碍事，老爷，麦子会长起来的。"瓦西里回答。

"请不要争论，"列文说，"照我的吩咐做吧。"

"是，老爷。"瓦西里回答，然后他拉住了马头。"播种得多好呀，康斯坦丁·德米特里奇，"他讨好地说，"头等的哩。只是好难走呵！靴子上好像拖了一普特泥土一样。"

"你们为什么不把泥土筛过呢？"列文问。

"哦，我们把它捏碎就行了。"瓦西里回答，拿起一把种子来，把泥土在手心里揉了几揉。

他们把未筛过的泥土装上车，是不能责怪瓦西里的，但这事还是叫人烦恼。

列文曾经不止一次地试过平息自己的恼怒、使一切似乎不如意的事变得称心如意起来的老办法，那办法他现在又在试用。他瞧着米什卡几步跨上前来，晃动着粘在两只脚上的大泥块；于是下了马，他从瓦西里手里接过筛子来，亲自动手播种。

"你在什么地方停止的呢？"

瓦西里用脚指指一个地点，于是列文尽量走向前去，把种子散播在地里。地里像在沼地里一样地难走，列文播完一行的时候，已经满头大汗，于是他停住脚步，把筛子还给瓦西里。

"哦，老爷，到了夏天，可不要为了这一行的缘故骂我呀。"瓦西里说。

"呃。"列文快活地说，已经感到了他运用的方法的效力。

"哦！到夏天您再看看吧。它会显得两样的。您看我去年春天播种的地方。播种得多么好！我尽了力，康斯坦丁·德米特里奇，您知道，我替我亲生父亲做事也不过如此。我自己不喜欢做事马虎，我也不能让别人这样。对东家有好处也就是对我们有好处。请看那边,"瓦西里指着那边的田地说,"真叫人开心啦。"

"这真是一个明媚的春天啊,瓦西里。"

"是呀,像这样的春天,老年人都记不起来了呢。我在家的时候,我家的老头子也播种了小麦,有一亩的光景。他说你简直辨别不出这小麦和稞麦有什么不同呢。"

"你们播种小麦有好久了吗?"

"啊,老爷,是您前年教给我们的啦。您给了我一蒲式耳①种子。我们卖了四分之一,剩下的就都种上了。"

"哦,留心捏碎泥块,"列文说,向马跟前走去,"看看米什卡。要是收成好的话,每亩给你半个卢布。"

"谢谢,老爷。我们本来就很感谢您呢。"

列文跨上马,向去年种的苜蓿地,向已经耕过准备播种春麦的田地驰去。

在残梗中发出芽来的苜蓿长势良好。它又复苏了,不断地从去年小麦的残茎中绿油油地长起来。马在泥里一直陷到了踝骨,从冰雪半融解了的泥泞里一拔起蹄子来,就发出扑哧扑哧的声音。在耕地上面,骑马是完全不可能的;马仅仅在结上一层薄冰的地方可以立足,在冰雪融解了的畦沟里,它就深陷进去。耕地情况良好;两天之内它就可以耙地和播种了。一切都很美满,一切都很愉快。列文顺着涉过溪流的路回去,希望水已经退去。他果然涉过了溪流,惊起了两只野鸭。"一定还有水鹬呢。"他想,正当他走到回家的转弯路上的时候,他遇见了管林人,证实了他猜想有水鹬是猜对了。

列文纵马向家驰去,为的是赶上吃饭,准备好猎枪在傍晚去打猎。

① 1蒲式耳合36公斤。

14

当列文兴致勃勃地驰近家门时,他听到大门外有铃响。

"哦,一定是从车站来的人吧,"他想,"莫斯科的火车正是这时候到达的……会是谁呢?万一是尼古拉哥哥呢?他不是说了:'我也许到温泉去,或者我也许到你那里来。'"最初一瞬间他感到惊慌和困惑,恐怕尼古拉哥哥的到来会扰乱他春天的快乐心境。但是他由于怀着这样的心情而羞愧,于是立刻他无异敞开了心灵的怀抱,怀着柔和的喜悦和期待,现在他从心底希望这是他哥哥。他策马向前,从洋槐树后面飞驰出来,他看见了一辆从车站驶来的三匹马拉的租用雪橇,和坐在里面的一位穿皮大衣的绅士。这不是他的哥哥。"哦,但愿是个谈得来的有趣的人就好啦!"他想。

"噢,"列文快活地叫起来,把两只手高高地举了起来,"来了一位贵客!噢,我看见你多么高兴呀!"他叫,认出了斯捷潘·阿尔卡季奇。

"我可以探听确实她结婚了没有,或者她将在什么时候结婚。"他想。

在这美好的春日里,他觉得想到她一点也不伤心。

"哦,你想不到我来吧,呃?"斯捷潘·阿尔卡季奇说,下了雪橇,他的鼻梁上、面颊上、眉毛上都溅上泥,但是却健康和快活得红光满面。"第一我是来看你,"他说,拥抱他,和他亲吻,"第二是来打猎,第三是来卖叶尔古绍沃的树林。"

"好极了!一个多么美好的春天呀!你怎么坐雪橇来呢?"

"坐马车恐怕还要糟呢,康斯坦丁·德米特里奇。"和他相识的马车夫回答。

"哦,我看见你真是非常,非常高兴。"列文说,浮上纯真的孩子般的欢喜的微笑。

列文领他的朋友到一间客房里去,斯捷潘·阿尔卡季奇的行李也搬进了那房间——一只手提皮包,一支套上枪套的猎枪,一只盛着雪茄烟的小口袋。趁他一个人在那里洗脸换衣的时候,列文走到账房去吩咐关于耕地和苜蓿的事。一向非常顾到家庭体面的阿加菲娅·米哈伊罗夫娜,在前厅遇到他,向他请示如何设宴招待。

"随你的意思去做吧,只是要快一点。"他说了,就走到管家那里去了。

当他回来的时候,斯捷潘·阿尔卡季奇,洗了脸,梳好头发,喜笑颜开的,正从他房里走出来,他们就一道上楼去。

"哦,我终于到你这里来了,真是高兴得很!现在我才明白你在这里埋头干的那种神秘事业是什么。说起来我真羡慕你呢。多好的房子,一切都多么好啊!这么明朗,这么愉快。"斯捷潘·阿尔卡季奇说,忘记了并非一年四季都是春天,都像今天这样天清气朗。"你的乳母简直可爱极了!系着围裙的美丽使女也许会更合意些;但是以你的严肃的修道院式的生活,这样最好了。"

斯捷潘·阿尔卡季奇讲了许多有趣的消息,列文特别感到兴味的是他哥哥谢尔盖·伊万诺维奇打算在夏天到乡间来看他。

斯捷潘·阿尔卡季奇一句也没有提到基蒂和谢尔巴茨基家;他只转达了他妻子的问候。列文感谢他的体贴周到,十分高兴他的来访。在他独居的时间内,他总是有许多不能对他周围的人表达的思想感情累积在心里,现在他把春天那种富有诗意的欢喜、他农事上的失败和计划、他对他读过的书的意见和批评,以及他自己的著作的大意——那著作,虽然他自己没有觉察到,实际上是以批评一切有关农业的旧著作为基础的——一一向斯捷潘·阿尔卡季奇倾吐。斯捷潘·阿尔卡季奇原是十分风趣的人,什么事情只要稍一暗示就能领悟，在这次拜访中格外妙趣横生了，列文在他身上觉察出仿佛他对自己有一种特别和蔼可亲、新的尊敬和体贴自己的态度，这使得他非常高兴。

阿加菲娅·米哈伊罗夫娜和厨师尽力想把晚餐弄得分外丰盛，结果两位饿慌了的朋友不等正菜上桌就大吃起来，吃了不少黄油面包、咸鹅和腌菌，列文末了还吩咐盛汤来，不要等馅饼，厨师原来特别想以馅饼来使客人惊叹的。虽然斯捷潘·阿尔卡季奇吃惯了完全不同的饭菜，他依然觉得一切都很鲜美；草浸酒、面包、黄油，特别是咸鹅、菌、荨麻汤、白酱油子鸡、克里米亚葡萄酒——一切都精美可口。

"妙极了，妙极了！"他说，在吃过烧肉之后点燃了一支粗雪茄烟。"我到你这里来，觉得好像是由一艘喧闹颠簸的汽船上登上了平静的海岸一样。那么你认为工人本身就是一个应当研究的因素，农事方法的选择都是由这个因素来决定的吗？自然我完全是个门外汉；但是我想理论和应用对于工人也会有影响的。"

"是的，可是等一等；我并不是在谈政治经济学，我是在谈农业科学。它应当像自然科学一样来观察现存的现象，对于工人应当从经济学、人种学的观点来观察……"

正在这个时候，阿加菲娅·米哈伊罗夫娜端着果酱走进来。

"啊，阿加菲娅·米哈伊罗夫娜，"斯捷潘·阿尔卡季奇说，吻了吻自己的肥胖的指尖，"多么鲜美的咸鹅，多么鲜美的草浸酒啊！……是出发的时候了吧，你看怎样，科斯佳？"他补充说。

列文望着窗外正从树林光秃秃的梢头后面落下去的太阳。

"是的，是时候了哩，"他说，"库兹马，套马车吧。"于是他跑下楼去。

斯捷潘·阿尔卡季奇走下去，小心地亲手取下他那猎枪漆匣的帆布套,打开匣子,动手把那贵重的新式猎枪装配起来。库兹马已经猜测到会得到一大笔酒钱,寸步也不离开斯捷潘·阿尔卡季奇,替他穿上了长统袜和靴子,而斯捷潘·阿尔卡季奇也乐于把这些事交给他办。

"科斯佳,请吩咐一声,要是商人里亚比宁来了……我约了他今天来的,就领他进来,叫他等我……"

"哦,你原来打算把树林卖给里亚比宁吗?"

"是的。你认得他吗?"

"我当然认得。我和他有过交易,是'一言为定'的。"

斯捷潘·阿尔卡季奇大笑起来。"一言为定"是商人最爱说的话。

"是的,他说话的那副神气好笑极了。它知道它的主人要到什么地方去啊!"他补充说,轻轻拍了拍拉斯卡,它正在列文身边跳来跳去,低吠着,一会儿舐舐他的手,一会儿又舐舐他的靴子和他的枪。

当他们出来的时候,马车已停在门口了。

"虽然不远,但我叫他们套了马车;不过你若愿意我们就走着去!"

"不,我们还是乘车去的好。"斯捷潘·阿尔卡季奇说,跨进了马车。他坐下来,把虎皮毯盖在膝上,点燃了一支雪茄烟。"你怎么不抽烟?雪茄是这么一种东西,并不完全是享乐,而是享乐的顶峰和标志。哦,这才算得是生活啊!多么好呀!我真想过这样的生活呢!"

"可是谁阻挠你呢?"列文微笑着说。

"不,你才是个幸运儿哩!你随心所欲。你喜欢马——就有马;狗——就有狗;打猎——就打猎;耕作——就耕作。"

"也许是因为我喜爱我所有的东西,却不为我所没有的东西苦恼的缘故。"列文说,想起了基蒂。

斯捷潘·阿尔卡季奇理会了他的意思，望着他却没有说一句话。

奥布隆斯基凭着惯常的机敏，注意到列文怕提起谢尔巴茨基家，因此一句话也没有说到他们，为此列文非常感激他；但是现在列文很想探听一下那桩使他那么痛苦的事情而又没有勇气开口。

"哦，你的事情怎样？"列文说，觉得只想自己的事情是不应当的。

斯捷潘·阿尔卡季奇的眼睛快活地闪耀着。

"我知道你不承认一个人有了一份口粮的时候还会爱好新的面包卷——照你看来，这是一种罪恶；但是我认为没有爱情就无法生活，"他说，照自己的意思理解了列文的问话，"我有什么办法呢？我生性如此。实在说，那对别人并没有什么害处，却能给予自己那么大的乐趣……"

"呀！那么又有什么新鲜事吗？"列文问。

"是的，老弟，有呀！你知道奥西安型①的女人……就像在梦里见过的那样的女人……哦，在现实中也有这种女人……这种女人是可怕的。你知道女人这个东西不论你怎样研究她，她始终还是一个崭新的题目。"

"那就不如不研究的好。"

"不。有位数学家说过快乐是在寻求真理，而不在发现真理。"

列文默不作声地听着，不管他怎样费尽心力，他还是一点也体会不了他朋友的感情，理解不了他的情绪和他研究那种女人的乐趣何在。

---

① 奥西安是三世纪传说中克尔特人的英雄和弹唱诗人马克芬森（1736—1796）于一七六五年发表的浪漫主义的《奥西安之歌》中的女主人公。奥西安歌颂坚贞不屈和自我牺牲的女性。

15

打猎的地点并不远,就在小白杨树林中小溪旁边。到了小树林的时候,列文就下了马车,把奥布隆斯基领到一块冰雪完全融化、长满了青苔的潮湿空旷草地的角落上去。他自己回到对角一棵双枒的白桦树那里,把枪斜靠在枯萎了的低垂枒枝上,他脱下大衣,再把腰带束紧,活动了一下手臂,试试胳臂是否灵活。

紧跟在他们后面的灰色老狗拉斯卡在他的对面小心翼翼地蹲下,竖起耳朵。太阳正在繁密的森林后面落下去,在落日的余晖里,点缀在白杨树林里的白桦树披挂着一枝枝缀满饱实丰满、即将怒放的嫩芽的低垂细枝,轮廓分明地映现出来。

从还积着残雪的密林里,传出来蜿蜒细流的低微的潺潺声。小鸟啭鸣着,而且不时地在树间飞来飞去。

在万籁俱寂中可以听到由于泥土融解和青草生长而触动了去年落叶的沙沙声。

"想想看吧!人简直可以听见而且看见草在生长哩!"列文自言自语,看到了一片潮湿的、石板色的白杨树叶在嫩草的叶片旁边闪动。他站着倾听,时而俯视着潮湿而布满青苔的地面,时而凝视着竖耳静听的拉斯卡,时而眺望着伸展在他下面的斜坡上的茫茫无际的光秃树梢,时而仰望着布满了片片白云正昏暗下来的天空。一只老鹰悠然地搏动着双翼在远处的树林上面高高飞过;还有一只也用同样的动作向同一个方向飞去,接着就消失了。小鸟越来越大声而忙碌地在丛林里啁啾啭鸣着。一只猫头鹰在不远的地方号叫,拉斯卡惊起,小心地往前跨了几步,就把头歪在一边,开始凝神静听着。溪流那边可以听见杜鹃在叫。它发出了两声平常的啼声,接着就粗厉地、急速地乱叫了一阵。

"想想看！已经有杜鹃了呢！"斯捷潘·阿尔卡季奇说，从灌木后面走出来。

"是的，我听到了，"列文回答，不愿意用他自己听来都不愉快的声音打破树林中的寂静，"快来了呢！"

斯捷潘·阿尔卡季奇又隐身在灌木后面了，列文只看见火柴的闪光，接着是纸烟的红焰和青烟。

咔！咔！——传来了斯捷潘·阿尔卡季奇扳上枪机的声音。

"那是什么叫？"奥布隆斯基问，使列文注意听那好像一匹小马在嬉戏中尖声嘶叫那样拖长的叫声。

"啊，你不知道吗？是公兔叫哩。但是不要再讲话了！听，飞来了！"列文几乎尖叫起来，扳上了枪机。

他们听到远处尖锐的鸟鸣，正好在猎人非常熟悉的时间，两秒钟以后——第二声，第三声，紧接着第三声可以听到粗嘎的叫声。

列文环顾左右，他看见在那里，正在他对面，衬托着暗蓝色的天空，在纵横交错的白杨树的柔嫩枝芽上面有一只飞鸟。它一直向他飞来；越来越近，像撕裂绷紧的布片一样的嘎声在他耳边响着；可以看见鸟的长喙和脖颈，正在列文瞄准的那一瞬间，从奥布隆斯基站着的灌木后面，有红光一闪；鸟好像箭一般落下，随后又飞上去。又发出红色闪光和一发枪声，于是拍击着翅膀好像竭力想要留在空中一样，鸟停留了一刹那，就泼剌一声落在泥地上。

"难道我没有射中吗？"斯捷潘·阿尔卡季奇叫着，他给烟遮住了，看不见前面。

"在这里呢！"列文说，指着拉斯卡，它正竖起一只耳朵，摇着它那翘得老高的毛茸茸的尾巴尖，慢吞吞地走回来，好像故意要延长这种快乐一样，而且仿佛在笑的样子，把死鸟衔给主人。"哦，你射中了，我真高兴哩。"列文说，同时因为自己没有把鹬射中，不免怀着妒羡的心情。

"右枪筒发出的那一枪打坏了。"斯捷潘·阿尔卡季奇回答,装上枪弹,"嘘……又飞来了!"

真的,尖锐的鸟叫声接二连三地又听到了。两只鹬嬉戏着互相追逐,只是鸣啸着,并没有啼叫,一直向猎人们头上飞来。四发枪声鸣响着,鹬像燕子一样迅速地在空中翻了个筋斗,就无影无踪了。

....

打猎的成绩甚佳。斯捷潘·阿尔卡季奇又打下了两只鸟,列文也打下了两只,其中一只没有找到。天色渐渐暗下来。灿烂的银色金星发出柔和的光辉透过白桦树枝缝隙在西边天空低处闪耀着,而高悬在东方天空中的昏暗的猎户星已经闪烁着红色光芒。列文看见了头上大熊座的星星,旋又不见了。鹬已不再飞来了;但是列文决定再等一会,直等到他看见的白桦树枝下面那颗金星升到树枝头上面,大熊座的星星完全显露出来。金星已经升到了树枝上面,大熊座的星座和斗柄在暗蓝色的天空中已经看得十分清楚了,但是他却还在等待。

"该回家了吧?"斯捷潘·阿尔卡季奇说。

现在树林里寂静无声,没有一只鸟在动。

"我们再待一会儿吧。"列文回答。

"随你。"

他们现在站着,相隔有十五步的光景。

"斯季瓦!"列文突如其来地说,"你为什么不告诉我你的小姨子结了婚没有,或者要在什么时候结婚?"

列文感觉得自己是这样沉着坚定,他以为什么回答都不可能使他情绪波动。可是他做梦也没有想到斯捷潘·阿尔卡季奇的回答。

"她从来没有想到过结婚,现在也不想;只是她病得很重,医生叫她到国外易地疗养去了。大家简直怕她活不长了哩。"

"什么!"列文大叫了一声,"病得很重?她怎么啦?她怎么?……"

当他们这么说话的时候,拉斯卡竖起耳朵,仰望着天空,又责备般地回头望了望他们。

"他们倒拣了个好时间谈话哩。"它在想。"飞来了呀……的确飞来了呀。他们会错过时机呢。"拉斯卡想。

但是就在那一瞬间,两人突然听到了尖锐的鸟叫声,那声音简直震耳欲聋,于是两人连忙抓起枪,两道火光一闪,两发枪声在同一瞬间发出。高高飞翔着的水鹬猝然合拢翅膀,落在丛林里,压弯了柔弱的嫩枝。

"妙极了!两人一齐!"列文喊叫了一声,他跟拉斯卡一道跑到丛林里去搜索水鹬。"啊,有什么不愉快的呢?"他回忆着。"是的,基蒂病了……哦,那是没有办法的事,我难过得很!"他想。

"它找着了!它多伶俐!"他说,把温暖的鸟从拉斯卡的口里取下,装进差不多装满了的猎袋里。"我找到了哩,斯季瓦!"他大叫了一声。

16

在归途中,列文详细询问了基蒂的病情和谢尔巴茨基家的计划,虽然他不好意思承认,但是他听到的消息实在使他很快意。他快意的是他还有希望,尤其快意的是她曾使他那么痛苦,现在自己也很痛苦了。但是当斯捷潘·阿尔卡季奇开始说到基蒂的病因,而且提起弗龙斯基的名字时,列文就打断了他。

"我没有任何权利来预闻人家的私事,而且老实说,我也并不感兴趣。"

斯捷潘·阿尔卡季奇隐隐地微微一笑,在列文的脸色上觉察出他非常熟悉的那种迅速的变化,脸色刚才那样开朗,现在一下子变得这样阴沉了。

"你和里亚比宁的树林买卖完全讲妥了吗?"列文问。

"是的,已经讲妥了。价钱真了不起哩,三万八千。八千现款,其余的六年内付清。我为这事奔走够了。谁也不肯出更大的价钱。"

"这样你简直等于把你的树林白白送掉了。"列文忧郁地说。

"你怎么说是白白送掉了呢?"斯捷潘·阿尔卡季奇含着温厚的微笑说,知道这时在列文眼中看来什么都是不称心的。

"因为那座树林每俄亩至少要值五百卢布。"列文回答。

"啊,你们这些土财主!"斯捷潘·阿尔卡季奇戏谑地说。"你们那种蔑视我们这些可怜的城里人的轻蔑口吻!……但是做起生意来的时候,我们比任何人都高明。我敢对你说我通盘计算过的,"他说,"这树林实在卖到了很高的价钱——老实说,我还怕那家伙变卦哩。你知道这不是'材木',"斯捷潘·阿尔卡季奇说,希望用这种区别来使列文完全信服他的怀疑是没有道理的,"而且薪木每俄亩地也到不了十三俄丈以上,他平均每亩地给了我二百卢布。"

列文轻蔑地微笑着。"我知道这种态度,"他想,"不但他如此,所有城里人都一样,他们十年中间到乡间来过两三次之后,学来两三句方言土语,就信口乱说起来,而且自以为完全懂了。'材木每俄亩地达多少多少俄丈'。他说这些话其实自己一窍不通。"

"我并不想教你在办公室里书写公文,"他说,"如果必要的话,我还要向你请教哩。不过你未免过分自信了,竟然认为你懂得树林的一切门径。这是很困难的呀。你数过树了吗?"

"树怎么数法?"斯捷潘·阿尔卡季奇大笑着说,还在想为他的朋友解闷,"'数海滨的沙,星星的光芒,那得有天大的本领……'①"

"啊,里亚比宁就有这种天大的本领。没有一个商人买树林不数树的,除非是人家白送给他们,像你现在这样。我知道你的树林。我每年都到那里去打猎,你的树林每俄亩值五百卢布现金,而他却只给你二百卢布,并且还是分期付款。所以实际上你奉送给他三万卢布。"

"哦,不要想入非非了吧,"斯捷潘·阿尔卡季奇诉苦似的说,"那么为什么没有人肯出更高的价钱呢?"

"因为他和旁的商人串通好了呀;他收买了他们。我和他们全打过交道,我了解他们。你要知道,他们不是商人,他们是投机家。赚百分之十到十五赢利的生意,他们是看不上眼的。他们要等待机会用二十个戈比买值一个卢布的东西。"

"哦,算了吧!你今天心情不好哩。"

"一点都不。"列文忧郁地说,正在这时他们到家了。

在台阶跟前停着一辆紧紧包着铁条和柔皮的马车,车上套着一匹用宽皮带紧紧系着的肥壮的马。马车里坐着替里亚比宁当车夫的那位面色通红、束紧腰带的账房。里亚比宁本人已走进了屋子,在前厅里迎接这两位朋友。里亚比宁是一个高个子、瘦削的中年男子,长着胡髭、突出的剃光的下巴和鼓出来的无神的眼睛。他穿着一件背部腰里钉着一排纽扣的蓝色长礼服,和一双踝上起皱、腿肚上很平板的长靴,外面罩上一双大套鞋。他用手帕揩了揩脸,然后整了整本来就十分妥帖的外套,他带着微笑迎接他们,向斯捷潘·阿尔卡季奇伸出手来,好像他要抓住什么东西似的。

---

① 奥布隆斯基引用的是杰尔查文的颂歌《上帝》开头的两句。

"您已经来了,"斯捷潘·阿尔卡季奇说,把手伸给他,"好极了。"

"我不敢违背阁下的命令,虽然路实在太坏了。我简直是一路徒步走来的,但我还是准时到了。康斯坦丁·德米特里奇,我向您请安!"他对列文说,想去握他的手。但是列文皱起眉头,装做没有看见他的手,把鹬拿了出来。"诸位打猎消遣来吗?这是一种什么鸟呵,请问?"里亚比宁补充说,轻蔑地朝鹬瞧了一眼,"想必是一宗美味吧。"他很不以为然地摇了摇头,好像他对于这玩意是否合算抱着很大怀疑似的。

"你要到书房里去吗?"列文用法语对斯捷潘·阿尔卡季奇说,阴郁地皱着眉头,"到书房里去吧,你们可以在那里谈。"

"好的,随便哪里都行。"里亚比宁神气十足地说,好像要使大家感觉到,在这种场合别人可能感到难以应付,但是他是什么事都能应付自如的。

走进书房,里亚比宁依照习惯四处打量了一番,好像在寻找圣像一般,但是当他找着了的时候,他并没有画十字。他打量着书柜和书架,然后怀着像他对待鹬那样的怀疑姿态,轻蔑地微微一笑,不以为然地摇了摇头,好像决不认为这是很合算的一样。

"哦,您把钱带来了吗?"奥布隆斯基问。"请坐。"

"啊,不用担心钱。我特地来和您商量哩。"

"有什么事要商量呢?请坐吧。"

"好的。"里亚比宁说,坐了下来,以一种最不舒服的姿势把臂肘支在椅背上,"您一定得稍微让点价,公爵。这样子未免太叫人为难了。钱通通预备好了,一文钱也不少。至于钱决不会拖欠的。"

列文这时刚把枪放进柜子里,正要走到门外去,但是听到商人的话,他就停下脚步。

"实际上您没有花什么代价白得了这片树林,"他说,"他来我这里太迟了,要不然,我一定替他标出价钱来。"

里亚比宁立起身来,默默无言地浮上一丝微笑,他从头到脚打量了列文一番。

"康斯坦丁·德米特里奇是很吝啬的,"他带着微笑转向斯捷潘·阿尔卡季奇说,"简直买不成他的任何东西。我买过他的小麦,出了很大价钱哩。"

"我为什么要把我的东西白送给您?我不是在地上拾来的,也不是偷来的。"

"啊唷!现在哪能偷呢?一切都得依法办理,一切都得光明正大,现在要偷是办不到的啊。我们老老实实地在商量。这树林价钱太高,实在不上算。我要求稍稍让点价,哪怕是一点点。"

"但是这笔生意你们已经讲定了没有?如果讲定了,那就用不着再讨价还价;可是如果没有的话,"列文说,"我买这片树林。"

微笑立刻从里亚比宁的脸上消失了,剩下的是兀鹰一般的、贪婪残酷的表情。他用敏捷的、骨瘦如柴的手指解开常礼服,露出衣襟没有塞进裤腰里的衬衫、背心上的青铜纽扣和表链,连忙掏出一个装得鼓鼓的破旧皮夹来。

"请收下这个,树林是我的了,"他说,迅速地画着十字,伸出手来。"收下这笔钱,树林是我的了。里亚比宁做生意就是这样,他不喜欢锱铢计较。"他补充说,皱着眉,挥着皮夹。

"如果我是你的话,我就不会这样急的。"列文说。

"唉呀!"奥布隆斯基惊愕地说,"你知道我答应了呀。"

列文走出房门,砰的一声把门关上。里亚比宁望着门口,微笑着摇了摇头。

"这完全是年轻气盛——简直是孩子脾气哩。哦,我买这个,凭良心说，请您相信吧，完全是为了名誉的缘故，就是要人家说买了奥布隆斯基家的树林的不是别人，而是里亚比宁。至于赢利，那可就听天由命了。我对上帝发誓。现在请在地契上签字吧……"

一点钟之后，这商人仔细地掩上衣襟，扣上常礼服，契约放在口袋里，坐上他那遮盖得严严实实的马车，驰回家去。

"喔，这些绅士！"他对管账说，"他们都是一模一样哩！"

"对啦，"管账回答，把缰绳交给他，扣上皮车篷，"可是我要为这宗买卖向您道贺呢，米哈伊尔·伊格纳季奇。"

"哦，哦……"

17

斯捷潘·阿尔卡季奇走上楼去，口袋被那商人预付给他的三个月的期票塞得鼓鼓的。树林的买卖已经成交了，钱已到了他的口袋里，打猎成绩又很好，斯捷潘·阿尔卡季奇高兴之至，因此他特别要想排遣列文心上的不快情绪。他希望在吃晚饭的时候让这一天像开始一样愉快地完结。

列文确实是闷闷不乐的，虽然他极力想要对他这位可爱的客人表示亲切和殷勤，但是他仍然控制不了他的情绪。基蒂没有结婚这个喜讯开始渐渐地使他情绪波动起来。

基蒂没有结婚，却生病了，并且是因为爱上了一个冷落了她的男子而病重的。这种侮辱仿佛落在他身上了。弗龙斯基冷落了她，而她又冷落了自己。因此弗龙斯基有权利轻视列文，所以他是他的敌人。但是列文并没有想到这一切。他只模糊地感觉这件事有什么东西侮辱了他，而现在他倒不是因为伤害了他的事情而恼怒，而是对于眼前的一切都吹毛求疵。出卖树林这桩愚蠢的买卖，那桩使奥布隆斯基受骗上当并且是在他家里成交的骗局,激怒了他。

"哦,完了吗?"他在楼上遇见斯捷潘·阿尔卡季奇时说,"你要吃晚饭吗?"

"好的,我不会拒绝的。我到了乡下胃口不知有多好呢,真奇怪呀!你为什么不请里亚比宁吃东西?"

"啊,那个该死的家伙!"

"可是你是怎样对待他的呀!"奥布隆斯基说,"你连手都不跟他握。为什么不跟他握手呢?"

"因为我不和仆人握手,而仆人比他还好一百倍呢。"

"你真是一位顽固分子呀!打破阶级界限是怎样讲的呢?"奥布隆斯基说。

"谁喜欢打破就请便吧,但这却使我作呕。"

"我看你是个十足的顽固派呢。"

"真的,我从来没有考虑过我是什么人。我就是康斯坦丁·列文,再不是别的什么了。"

"而且康斯坦丁·列文情绪很不好。"斯捷潘·阿尔卡季奇微笑着说。

"是的,我情绪不好,你可知道为什么?就为了,对不起——你那桩愚蠢的买卖……"

斯捷潘·阿尔卡季奇温和地皱起眉头,就像一个人无辜地受到嘲弄责骂一样。

"啊,算了吧!"他说,"什么时候不是一个人卖了一件什么东西马上就有人说'这值更多的钱'呢?但是当他要卖的时候,却没有谁肯出钱……不,我知道你恨那个不幸的里亚比宁。"

"也许是那样。可是你知道为什么吗?你又会叫我是顽固派,或旁的什么可怕的名字!但是看着我所属的贵族阶级在各方面败落下去，实在使我懊恼，使我痛心，不管怎样打破阶级界限，我还是情愿属于贵族阶级哩。而且他们家道败落下去并不是由于奢侈——那样倒算不了什么；过阔绰生活——这原是贵族阶级分内的事；只有贵族才懂得这些门径。现在我们周围的农民买了田地，这我倒也不难过。老爷们无所事事，而农民却劳动，把懒人排挤开了。这是理所当然的。而且我为农民欢喜。但是我看到贵族们之所以败落下去，完全是由于——我不知道怎样说才好——由于他们自己太幼稚无知的缘故，我实在有点难受。这里一个波兰投机家用半价买到了住在尼斯的一位贵夫人的一宗上好的田产。那里值十个卢布一亩的地，却以一个卢布租赁给一个商人。这里你又毫无道理地奉送三万卢布给那流氓。"

"哦，那么怎么办呢？一棵树一棵树地去数吗？"

"自然要数呀！你没有数，但是里亚比宁却数过了。里亚比宁的儿女会有生活费和教育费，而你的也许会没有！"

"哦，原谅我吧，可是那样去数未免太小气了呢。我们有我们的事业，他们有他们的，而且他们不能不赚钱。总之，事情做了，也就算了。端来了煎蛋，我最喜爱的食品哩。阿加菲娅·米哈伊罗夫娜还会给我们那美味的草浸酒……"

斯捷潘·阿尔卡季奇在桌旁坐下，开始和阿加菲娅·米哈伊罗夫娜说笑起来，对她说他好久没有吃过这样鲜美可口的午饭和晚饭了。

"哦，您至少还夸奖一句哩，"阿加菲娅·米哈伊罗夫娜说，"但是康斯坦丁·德米特里奇，无论你给他什么东西吃——即使是一块面包皮——他吃过就走开了。"

虽然列文极力想控制自己，但他仍然是阴郁而沉默的。他想要问斯捷潘·阿尔卡季奇一个问题，但是又下不了决心，而且找不出适当的话语或机会来问。斯捷潘·阿尔卡季奇已经下去到他自己房间里了，脱了衣服，又洗了洗脸，而且穿上皱边的睡衣，上了床，但是列文还在他的房间里徘徊着，谈着各种琐碎的事情，就是不敢问他要知道的事。

"这肥皂制造得多么精美呀！"他说，看着一块香皂并将它打开，那是阿加菲娅·米哈伊罗夫娜放在那里预备客人用的，但是奥布隆斯基并没有用。"你看；这简直是一件艺术品呢。"

"是的，现在一切东西都达到了这样完美的境界。"斯捷潘·阿尔卡季奇说，眼泪汪汪地，悠然自得地打了一个哈欠。"比方剧场和各种游艺……哎—哎—哎！"他打着哈欠，"到处是电灯……哎—哎—哎！"

"是的，电灯。"列文说。"是的，哦，弗龙斯基现在在什么地方呢？"他突如其来地问，放下了肥皂。

"弗龙斯基？"斯捷潘·阿尔卡季奇说，停止打哈欠。"他在彼得堡。你走后不久他就走了，从此以后他一次都没有到过莫斯科。你知道，科斯佳，我老实告诉你吧，"他继续说，把胳膊肘支在桌上，用手托着他那漂亮红润的脸，他那善良的、湿润的、昏昏欲睡的眼睛像星星一般在他脸上闪烁着，"这都是你自己的过错。你见了情敌就慌了。但是，像当时我对你说过的，我断不定谁占优势。你为什么不猛打猛冲一下呢？我当时就对你说过……"他仅仅动了动下巴颏，打了个哈欠，并没有张开口。

"他知不知道我求过婚呢？"列文想，望着他，"是的，他脸上有些狡猾的、耍外交手腕的神气。"他感到自己脸红了，默默地直视着斯捷潘·阿尔卡季奇的眼睛。

"假使当时她那一方面有过什么的话，那也不过是一种外表的吸引力而已，"奥布隆斯基说，"他是一个十足的贵族，你知道，再加上他将来在社会上的地位,这些倒不是对她,而是对她的母亲起了作用。"

列文皱着眉头。他遭到拒绝的屈辱刺痛了他的心,好像是他刚受的新创伤一样。但他是在家里,而家中的四壁给了他支持。

"等一等,等一等,"他开始说,打断了奥布隆斯基,"你说他是一个贵族。但是请问弗龙斯基或者其他有贵族身份的人,到底是怎样一种人,竟然会瞧不起我?你把弗龙斯基看作贵族,但是我却不这样认为。一个人,他的父亲凭着阴谋诡计白手起家,而他的母亲呢——天晓得她和谁没有发生过关系……不,对不起,我把我自己以及和我同样的人,倒看做是贵族呢,这些人的门第可以回溯到过去三四代祖先,都是有荣誉的,都有很高的教养(才能和智力,那当然是另外一个问题),他们像我父亲和祖父一样,从来没有谄媚过谁,从来也没有依赖过谁。而且我知道许多这样的人。你以为我数树林里的树是小气,而你却白白奉送了里亚比宁三万卢布;但是你征收地租以及我所不知道的等等事务,而我却不,所以我珍惜我祖先传下来的或是劳动得来的东西……我们才是贵族哩,而那些专靠世界上权贵的恩典而生活的,以及二十个戈比就可以收买的人是不能算的。"

"哦,你在影射谁呢?我倒很同意你的意见。"斯捷潘·阿尔卡季奇诚恳而又温和地说,虽然他感觉到列文也把他归入了二十个戈比就可以收买的那一类人中。列文的激动使他真的觉得很有趣。"你在影射谁呢?虽然你说的关于弗龙斯基的话有许多是不正确的,但是我不说那个。我老实告诉你,假使我处在你的地位,就一同回莫斯科去,然后……"

"不,我不知道你知不知道,这在我说来都无所谓,我告诉你吧——我求了婚,被拒绝了,而卡捷琳娜·亚历山德罗夫娜现在对于我来说不过是一个痛苦而屈辱的回忆罢了。"

"为什么？瞎说！"

"但是我们不谈这个了吧。请你原谅我，如果我有什么唐突的地方。"列文说。现在他说出了心事，他又变得像早晨那样了。"你不生我的气吧，斯季瓦？请你不要生气。"他说，微笑着，拉住他的手。

"当然没有，一点也没有！而且没有理由要生气呢。我很高兴我们把话都说明白了。你知道，早上打猎照例是很有趣的。去不去呢？我今晚情愿不睡，我可以从猎场直接到车站去。"

"好极了！"

18

虽然弗龙斯基的内在生活完全沉浸在热情里，但是他表面的生活仍然毫无变化地，而且不可避免地沿着那由社交界与联队生活和种种利害关系所构成的惯常轨道进行。联队的利益在弗龙斯基的生活中占了重要的地位，这一方面是因为他爱联队，另一方面也是因为联队爱他。联队里的人不但爱弗龙斯基，而且也敬重他，以他为荣；引以为荣的是，这个人，既有钱，又有才学，还有导致功成名就、飞黄腾达的前程，而他竟把这一切完全置之度外，却在全部生活的利益中把联队和同僚们的利益看得高于一切。弗龙斯基理解同僚们对他抱着的这种看法，因此除了爱好这种生活之外，他还感觉得不能不保持这个名誉。

这是不消说的，他并没有对任何一个同僚谈过他的恋爱事件，就是在最放荡不羁的酒宴中（实际上他从来没有醉到完全失掉自制力的程度）也从不曾泄漏他的秘密。他还堵住了任何想要暗示他这种关系的轻率的同僚的口。但是，虽然这样，他的恋爱还是传遍了全城；大家多多少少都准确地猜到他和卡列宁夫人的关系。大多数青年人都很羡慕他，也无非是为了他的恋爱中那种最讨厌的因素——卡列宁的崇高地位，以及因此他们的关系在社交界特别耸人听闻等等。

嫉妒安娜，而且早已听厌了人家称她贞洁的大多数年轻妇人看见她们猜对了，都幸灾乐祸起来，只等待着舆论明确转变了，就把所有轻蔑的压力都投到她身上。她们已准备好一把把泥土，只等时机一到，就向她掷来。大多数中年人和某些大人物对于这种快要发生的社交界的丑闻感到不快。

弗龙斯基的母亲，听到他的恋爱关系，起初很高兴，因为在她看来，没有什么比上流社会的风流韵事，更能为一个翩翩少年生色的了；还有，那就是卡列宁夫人，那么使她中意而且讲过不少她自己儿子的情况的，竟然也和所有旁的美丽端庄妇人的行径一样——至少照弗龙斯基伯爵夫人看来是那样。但是她最近听到她儿子拒绝了人家给他的一个对于他的前途关系重大的位置，只是为了要留在联队里，可以常会见卡列宁夫人，而且她听到许多大人物因此都对他不满，她这才改变看法。还有叫她心焦的是，从她听来的与这有关的一切情形看来，这并不是她所赞许的那种社交界美丽的风流韵事，而是像她听说的那种可能使他做出愚蠢维特①式、不顾一切的热情。自从他突然离开莫斯科以后，她就没有看见过他，因此她派她的长子去叫他来看她。

这位长兄也不满意他的弟弟。他没有分析弟弟是怎样一种恋爱，伟大或是渺小，热情或是非热情，轻佻或是严肃的（他自己也姘上了一个舞女，虽然他已有子女，所以他在这些事情上倒是很宽大的）；

---

① 维特是歌德的名著《少年维特的烦恼》中的主人公，为了他所爱的女友绿蒂同别人结婚而自杀。

但是他知道这恋爱事件是那些大家都要去奉承的人所不喜欢的，因此他不赞成弟弟的行为。

除了军职和社交以外，弗龙斯基还有一个嗜好——骑马。他是爱马如命的。

今年规定要举行士官障碍赛马。弗龙斯基报了名，买了一匹英国的纯种牝马，虽然他沉醉在恋爱中，但是他依然热烈地、虽说是有节制地向往着即将举行的赛马⋯⋯

这两种热情并不互相抵触。相反地，他需要超出他的恋爱以外的事务和消遣，这样他可以摆脱那使他过分激荡的情绪而得到镇静和休息。

19

在克拉斯诺村赛马那一天，弗龙斯基比平常更早来到联队的公共食堂吃牛排。他用不着严格节制饮食，因为他的体重是四个半普特，正合规定的重量；但是他还得不发胖才好，因此他避免吃淀粉类和甜食。他坐下来，解开上衣纽扣，露出白背心，把两肘支在桌子上，一面等着他点的牛排，一面望着一本摊开在自己碟子上的法国小说。他望着书，只是为了避免和进进出出的士官们谈话；他在沉思。

他想着安娜答应在今天赛马后来看他。但是他有三天没有看见她了，因为她丈夫刚从国外回来，他不知道今天能不能和她会面，他也不知道怎样去探听。他和她最近一次会见是在他的堂姐贝特西的别墅[①]。他不轻易到卡列宁家的别墅去。现在他想到那里去，他开始考虑怎样去法。

[①] 当时在俄国城市里供职的人夏天通常总在郊外租一所别墅，家眷住在别墅里，而在城内有职务的人就可以来回往返。

"我当然说是贝特西派我来问她去不去看赛马的。我当然要去。"他暗自决定了,抬起头来不看书。当他在心里栩栩如生地描绘着看到她时的那种快乐情景,他眉开眼笑起来。

"派人到我家里去,叫他们赶快把三马篷车套好。"他对那个把一银碟热气腾腾的牛排端给他的仆人说,然后把碟子拉到面前,开始吃起来。

从隔壁台球房里传来了击球和谈笑的声音。两位士官在门口出现:一个是年轻人,长着一副消瘦而柔弱的面孔,新近才从贵胄军官学校加入联队的;另一个是位胖胖的老士官,腕上戴着手镯,长着一双眼皮浮肿的小眼睛。

弗龙斯基瞟了他们一眼,皱起眉头,就斜着眼看书,好像没有注意到他们,边读边吃起来。

"怎样?加了油好去工作吗?"胖士官说,在他旁边坐下。

"对啦。"弗龙斯基回答,皱着眉头,揩揩嘴,不望着那士官。

"那么你不怕发胖吗?"对方说,替那年轻士官拖过一把椅子来。

"什么?"弗龙斯基生气地说,显出厌恶的脸色,露出整齐的牙齿来。

"你不怕发胖吗?"

"来人,雪利酒!"弗龙斯基说,没有回答,把书移到另一边,他继续读着。

那胖士官拿起一张酒单,转向年轻士官。

"我们喝什么酒,你挑吧。"他说,把酒单递给他,向他望着。

"我看就莱茵葡萄酒吧。"年轻士官说,胆怯地斜眼看了弗龙斯基一眼,极力去扯他那几乎看不见的胡髭。看见弗龙斯基没有回转身来,青年士官就站了起来。

"我们到台球房去吧。"他说。

胖士官顺从地立起身来，他们向门口走去。

这时，魁梧奇伟的亚什温大尉走进房里，带着一种傲慢轻蔑的态度，头一昂对两位士官点了点头，就走到弗龙斯基身旁去。

"噢！他在这里！"他叫起来，用大手重重地拍拍他的肩章。弗龙斯基生气地回头一望，但是他的脸上立刻闪烁出他特有的平静而坚定的亲切神情。

"你真聪明，阿廖沙，"大尉用洪亮的男中音说，"你现在得吃一点，喝一小杯。"

"啊，我并不想吃。"

"真是形影不离的两搭档。"亚什温补充说，讥讽地瞥视着这时正在离开房间的两位士官。他弯着紧紧地裹在马裤里的长腿，在椅子上坐下来，那椅子对他说是太矮了，以致他的两膝弯成了锐角形。"你昨天为什么没有去克拉斯宁剧场？努梅罗娃可真不错呢。你到哪里去了？"

"我在特维尔斯基家耽搁得太久了。"弗龙斯基说。

"噢！"亚什温回答。

亚什温，一个赌徒和浪子，一个不单不讲道德，而且品行不端的人，这个亚什温是弗龙斯基在联队里最好的朋友。弗龙斯基喜欢他，一方面是因为他体力过人，而他体力主要是以纵情狂饮，彻夜不睡而毫无倦意来显示的；另一方面也是因为他坚强的意志力，那种意志力表现在他对同僚和长官的关系上，他博得了他们的畏惧和尊敬，同时也表现在赌博上，他赌上万的输赢，不管他喝得多醉，他总是那样熟练和果断，以至他被认为是英国俱乐部第一流的赌客。弗龙斯基尊敬而又喜欢亚什温，特别是因为他觉得亚什温喜欢他，并不是为了他的姓氏和财富，而是为了他本人。在所有人当中，弗龙斯基只愿意同他一个人谈自己的恋爱问题。他感觉到虽然亚什温看起来轻视一切感情，却是唯一能够理解那充溢他整个生命的强烈热情的人。此外，他相信亚什温的确不喜欢流言蜚语，而且真正理解他的感情，那就是说，知道而且相信这场恋爱不是玩笑，不是消遣，而是更为严肃更为重要的事情。

弗龙斯基从来没有对他说过自己的恋爱，但是知道他全知道，而且对这恋爱有正确的理解，他很高兴在他的眼神里看出了这一点。

"哦，是的！"他听到弗龙斯基在特维尔斯基家时如此回答；他的黑眼睛闪耀着，他捋着左边的胡髭，依照他的坏习惯，开始把它塞进嘴里。

"哦，你昨天干了什么？赢了吗？"弗龙斯基问。

"八千。但是三千不能算数；他不见得会给呢。"

"啊，那么你在我身上输掉也不要紧了。"弗龙斯基笑着说。（亚什温在这次赛马中在弗龙斯基身上下了一大笔赌注。）

"我绝对不会输。只有马霍京有点危险性。"

于是谈话转到今天赛马的预测上，弗龙斯基此刻只能想到这件事情。

"走吧，我已经吃完了。"弗龙斯基说着，站起身来，向门口走去。亚什温也站了起来，伸直了他的长腿和长背。

"我吃饭还嫌太早，但是我得喝点酒。我马上就来。喂，酒！"他大声叫，那声音在喊口令时叫得顶响，现在使玻璃窗都震动了。"不要了，"他立刻又叫了一声，"你要回家，我和你一道去。"

于是他和弗龙斯基一同走了出去。

20

弗龙斯基寄宿在一所宽敞清洁、用板壁隔成两间的芬兰式小屋。

彼得里茨基在野营里也和他一道住。当弗龙斯基和亚什温走进小屋时，彼得里茨基已经睡着了。

"起来，你睡够了。"亚什温说，走到板壁那边去，在那头发蓬乱、鼻子埋在枕头里睡着的彼得里茨基的肩膊上推了一下。

彼得里茨基突然爬起来跪着，四下张望。

"你哥哥来过这里，"他对弗龙斯基说，"他叫醒了我，那该死的家伙，并且说他还要来。"于是拉上毛毯，又扑到枕头上。"啊，别闹了，亚什温！"他说，对正在拉开他毛毯的亚什温生气了。"别闹了！"他翻转身来张开眼睛，"你倒告诉我喝点什么好呢，我嘴里的味道真难受！……"

"伏特加最好了。"亚什温低声说。"捷列先科，给你主人拿伏特加和黄瓜来。"他叫了一声，显然很欣赏自己的嗓子。

"你觉得伏特加顶好吗？呃？"彼得里茨基问，做着怪脸，揉了揉眼睛。"你要喝点吗？那么好，我们一道喝吧！弗龙斯基，喝一杯吧？"彼得里茨基说，起了床，用虎皮毯子裹着身体。

他走到板壁门口去，举起双手，用法语哼着："'昔有屠勒国之王①。'弗龙斯基，你要喝一杯吗？"

"走开吧！"弗龙斯基说，把仆人拿给他的常礼服穿上。

"你到哪里去呢？"亚什温说。"啊，你的三马篷车来了？"他看见马车驶近了时补充说。

"到马厩去，而且为了马的事情我还得去看看布良斯基。"弗龙斯基说。

弗龙斯基的确约了去看望住在离彼得戈夫约莫十里光景的布良斯基，要把买马的钱还给他；因此他也希望赶得及去那里一趟。但

---

① 这是歌德的《浮士德》中甘泪卿的歌词的首句。

是他的同僚们立刻明白他并不只是到那里去。

彼得里茨基口里还在哼着，使了个眼色，努着嘴，好像在说："啊，是的，我们知道这个布良斯基是什么样的人。"

"当心不要迟到！"亚什温仅仅说了这么一句，就改变了话题："我的栗毛马怎样？还行吗？"他问，望着窗外三匹马当中的一匹，那是他卖给弗龙斯基的。

"等一等！"彼得里茨基向已经走出去的弗龙斯基叫着，"你哥哥留了一封信和一个字条给你。等一等，它们放在哪里去了呢？"

弗龙斯基停下脚步。

"哦，它们放在哪里呢？"

"它们放在哪里去了呢？这倒是个问题！"彼得里茨基郑重其事地说，把食指从鼻端往上移。

"快告诉我，这简直是胡闹呢！"弗龙斯基微笑着说。

"我没有生上壁炉。一定是在这里什么地方。"

"花样玩得够了！信到底在哪里呢？"

"不，我真的忘了。难道是做梦吗？等一等，等一等！但是何必生气呢？假使你昨天像我那样每人喝了四大瓶酒，你也会忘了你睡在什么地方呢。等一等，我来想一想！"

彼得里茨基走到板壁那边去，在床上躺下来。

"等一等！我是这样躺着的，而他是这样站着的。对啦——对啦——对啦……在这里呢！"彼得里茨基从卧褥下掏出一封信，他把信藏在那下面。

弗龙斯基拿了那信和他哥哥的字条。这正是他意料到的信——他母亲写来的，责备他没有去看她，而他哥哥留下的字条说一定要和他谈一谈。弗龙斯基知道这都是关于那件事情。"关他们什么事呢！"弗龙斯基想，于是折起信笺，把信从常礼服纽扣之间塞进去，这样他可以在路上仔细看一遍。在小屋门口,他碰见了两个士官,一个是他联队里的,一个是属于另一联队的。

弗龙斯基的住所经常是所有士官聚会的场所。

"你到哪里去?"

"我得到彼得戈夫。"

"你的马已经从皇村来了吗?"

"来了,但我还没有看到。"

"据说马霍京的'斗士'①瘸了。"

"瞎说!可是在这样的泥地里你怎么赛马呢?"另一个问。

"我的救星来了!"彼得里茨基看见进来了人这样地叫着。勤务兵端了一个盛着伏特加和盐渍黄瓜的盘子站在他面前。"亚什温叫我喝点酒,好提提精神呢。"

"哦,你昨天真把我们害惨了,"进来的两人中的一个说,"你害得我们整整一夜没睡。"

"啊,我们不是收场很妙吗!"彼得里茨基说,"沃尔科夫爬上屋顶,告诉我们他是多么伤心!我说:'我们听听音乐,听听葬礼进行曲吧!'他听着葬礼进行曲就在屋顶上睡着了。"

"喝吧,你一定得喝伏特加,然后来点矿泉水,多来些柠檬,"亚什温说,在彼得里茨基旁边监视着,就像一位哄小孩吃药的母亲一样,"然后再来少许香槟酒——那么一小瓶。"

"哦,这倒有道理。等一等,弗龙斯基,我们大家一道喝吧。"

"不;各位,再会。我今天不喝。"

"哦,你怕增加体重吗?好的,那么我们就自己来喝。给我们矿泉水和柠檬。"

---

① 斗士,马名。

"弗龙斯基!"他已经走出门时有人喊道。

"什么?"

"你最好把头发剪了,要不然太重了,特别是秃顶上。"

弗龙斯基的确过早地开始有了秃顶的痕迹。他快活地笑着,露出一口整齐的牙齿,然后把帽子拉得遮住秃顶,走出去,上了马车。

"到马房去!"他说,正要掏出信来读一遍,但是他又改变主意,决定不读了,为的是在看牝马之前不要分散了注意力。"以后再说吧!"

21

临时的马厩,一个木板搭的棚子,建在跑马场附近,他的牝马昨天就应该牵到那里去了。他还没有去看过它。在最近几天内,他自己没有骑着它练习,却把它委托给驯马师了,因此现在他简直不知道他的牝马过去和现在的情况如何。他还没有下马车,他的马夫,所谓"马僮",老远就认出他的马车,把驯马师叫出来。一个干瘦的英国人,穿着长统靴和短衣,刮净了脸,仅在下巴下面留了一撮胡须,迈着骑手那种不灵活的步伐,张着臂肘,摇摇摆摆地走出来迎接他。

"哦,佛洛佛洛①怎样了?"弗龙斯基用英语问。

"很好,先生。"②英国人的声音从咽喉深处发出来回答说。"还是不进去的好,"他补充说,举起帽子,"我给它套上了笼头,那马不安静得很哩。还是不进去的好,那会使它激动起来。"

"不,我要进去。我要看一看它。"

① 佛洛佛洛,马名。
② 原文为英语。

"那么，来吧。"英国人皱着眉，还是没有张开嘴说，于是摆动着胳臂肘，他迈着拖沓的步伐走在前头。

他们走进马厩前面的一个小院子。一个穿着干净短上衣，又年轻又漂亮的值班马僮，手里拿着一把扫帚迎接他们，跟着他们走去。马厩里有五匹马站在各自的厩室里，弗龙斯基知道他的劲敌马霍京的马"斗士"，一匹高大的栗色马，也牵到了那里，一定在那群马中。弗龙斯基想看看他没有见过的"斗士"的心情比要看他自己的牝马还要急切；但是他知道依照赛马的规矩，对手的马非但不允许看，就是探问一下都有失体统。正在他走过走廊的时候，马僮把通左边第二厩室的门打开，于是弗龙斯基瞥见了一匹长着雪白蹄子的高大的栗色马。他知道这就是"斗士"，但是抱着避而不见别人拆开的信那样的心情，他扭过头去，走近了佛洛佛洛的马厩。

"这儿这匹马是属于马克……马克……我总念不出那名字。"英国人回过头来说，用他那指甲很脏的大拇指指着"斗士"的马厩。

"马霍京的？是的，那是我最厉害的对手呢。"弗龙斯基说。

"要是你骑那匹马的话，"英国人说，"我一定在你身上下赌注。"

"佛洛佛洛神经质一点，那匹马要强壮一些。"弗龙斯基说，因为自己的骑术受了赞美而微笑着。

"在障碍赛马中，一切全靠骑术和**勇气**。"英国人说。

说到**勇气**——那就是，精力和胆量的意思——弗龙斯基不但觉得他已经够多了，而更重要的是，他坚信世界上没有人会比他更有勇气。

"您的确觉得我不需要再训练了吗？"

"啊，不需要。"英国人回答。"请别大声说话。那匹马很激动哩。"他补充说，向对面那间关上门的马厩点了点头，从那马房里传出马蹄践踏稻草的声音。

他打开门，弗龙斯基走进由一扇小小的窗里透进微弱的光线的马厩。在马厩里站着一匹黑褐色的牝马，它套上了笼头，用蹄子翻腾着新鲜稻草。在厩室的昏暗光线中环顾着周围，弗龙斯基不由自主地又仔细端详了一遍爱马的全部体格。佛洛佛洛是一匹中等身材的马，从养马者的观点看来，并非没有可以挑剔的地方。它全身骨骼细小；虽然它的胸膛向前突出，但却是狭窄的。它的臀部稍稍下垂，前腿明显地往里弯，后腿弯曲得更厉害。前后腿的筋肉都不怎样丰满；但是这匹牝马的肋骨却特别宽，这个特点因为它被调练得消瘦了的缘故显得格外触目。它的膝部以下的脚骨，从正面看去，不过手指那么粗细，但从侧面看却是非常粗大的。它整个身体，除了肋骨，看上去好像是被两边挟紧，挟成了一长条似的。但是它却具有使人忘却它一切缺点的最大优点。那优点就是血统，如英语所说的那种奏效的血统。在覆盖着一层细嫩、敏感、像缎子一般光滑的皮肤下，筋肉从血管的网脉下面突出地隆起来，像骨头一般坚硬。它那长着一双突出的、闪耀明亮、喜气洋洋的眼睛的瘦削的头，在那露出内部软骨的张开的通红鼻孔那里扩大起来。在它的整个身躯，特别是它的头部，有一种富有精力同时很柔和的神情。它是那样一种动物，仿佛它所以不能说话，只是因为它口腔的构造不允许它说话。

至少，在弗龙斯基看来，好像他望着它那一瞬间所体会到的心情，它全都懂得。

弗龙斯基刚走到它面前，它就深深地吸了一口气，而且，斜着它那凸起的眼睛，以致眼白都露出血丝来，它从对面惊视着走近的人，摇摆着笼头，富于弹性地轮流用四只蹄子蹴踢着地面。

"您看，它多么激动呀。"英国人说。

"啊，亲爱的！啊！"弗龙斯基说，走到牝马面前抚慰它。

但是他越走近,它就变得越兴奋了。仅仅在他站到它头旁的时候,它这才突然静下来,而筋肉在它那柔软、优美的毛皮下面颤动。弗龙斯基轻轻地拍了拍它结实的脖颈,理好它那隆起的颈背上垂到一边的鬣毛,把他的脸凑近它那好像蝙蝠的羽翼一样的张大的鼻孔。它从紧张的鼻孔里大声吸进一口气,又喷出来,战栗了一下,竖起尖尖的耳朵,向弗龙斯基伸出它那又厚又黑的嘴唇,好像要咬他的袖子似的,但是记起套着笼头,它又抖动起来,又开始不安定地轮流用它那纤细的腿践踏着。

"安静些,亲爱的,安静些!"他说,又轻轻抚摸了一下马的臀部,愉快地觉察到他的牝马是处在最良好的状态中,他走出了马厩。

牝马的兴奋感染了弗龙斯基。他觉得热血往心头直涌,感到自己也像牝马一样,渴望活动、咬人;这是又可怕又愉快的。

"哦,那么我托付您了,"他对英国人说,"六点半到赛马场。"

"好的。"英国人说。"您到什么地方去,阁下?"他问,突然用了他差不多从来不曾用过的阁下[①]这样的称呼。

弗龙斯基惊讶地抬起头来,很知趣地不望英国人的眼睛,只望着他的前额,惊异他问得这么大胆。但是觉察到英国人这样问时并没有把他看成主人而只当他骑手,于是他回答道:

"我得到布良斯基那里去一下,一个钟头以后就回家。"

"今天人家这样问了我多少回呀!"他暗自说,涨红了脸,他是不轻易红脸的。英国人注意地望着他,好像他也知道弗龙斯基要到什么地方去似的,补充说:

"最要紧的是在赛马之前保持镇静,"他说,"不要动怒,不要为什么烦恼。"

---

① 原文为英语。

"很好。"弗龙斯基笑着回答,于是跨进马车,他吩咐马车夫驱车到彼得戈夫去。

他还没有走多远,从早上起大有风雨欲来之势的乌云密布了,一阵倾盆大雨降下来。

"多糟糕呀!"弗龙斯基想,张起车篷,"路本来就很泥滑,现在简直变成沼泽了。"独自坐在遮上车篷的篷车里,他取出他母亲的信和他哥哥的字条来,看了一遍。

是的,说来说去还是那件事。每个人,他母亲也好,他哥哥也好,都觉得应当来干涉他的私事。这种干涉在他心中唤起了一种愤恨的心情——一种他以前很少体验到的心情。"关他们什么事呢?为什么大家都觉得有关心我的义务呢?为什么他们要对我找麻烦?就是因为他们看出这是一件他们所不能理解的事情。假使这是普通的、庸俗的、社交场里的风流韵事,他们就不会干涉了。他们感到这有点不同,这不是儿戏,这个女人对于我比生命还要宝贵。而且这是不可理解的,所以使他们恼怒了。不管我们的命运如何或是将要如何演变,我们自作自受,毫无怨尤。"他说,以我们这个字眼把他自己和安娜联系起来。"不,他们非要教导我们怎样生活。他们丝毫不懂得幸福是什么,他们不知道没有这种恋爱,我们就没有幸福也没有不幸——简直就活不下去了。"他沉思。

就因为他们横加干涉,他对他们每一个人生气,正因为他内心感到他们所有这些人都是对的。他感到把他和安娜联系在一起的这场恋爱并不是那种一时的冲动,就像社交场里的风流韵事那样,在双方的生活上除了愉快或不愉快的记忆以外,不留下一点痕迹。他感到自己和她的处境是痛苦的,感到以他们在社交界人们心目中的显著地位,要隐瞒他们的恋爱,要说谎和欺骗是困难的;在把他们结合在一起的那种热情,强烈到使他们两人除了恋爱忘怀了一切的时候，还要说谎、欺骗、装假和不断地顾及别人，那实在是困难的。"

他十分真切地回想起他不得不违反本性而几次三番地说谎和欺骗的种种情形。他特别清晰地回想起他不止一次在她脸上看出她由于不能不说谎和欺骗而感到羞耻的神情。而且他体验到自从他和安娜秘密结合以来，有时会浮上他心头的那种奇怪的心情。这是对什么东西抱着的厌恶感——是对阿列克谢·亚历山德罗维奇呢，还是对自己呢，或者是对整个社交界呢，他不知道，但他总是把这种奇怪的心情排遣开。现在，他抖擞起精神，继续沿着他的思路想下去。

"是的，她以前是不幸的，但却很自负和平静；而现在她却不能够平静和保持尊严了，虽然她不露声色。是的，这事一定得了结。"他下了决心。

于是他的脑际第一次明确地起了这样的念头：这种虚伪的处境必须了结，而且越快越好。

"抛弃一切，她和我，带着我们的爱情隐藏到什么地方去吧。"他自言自语说。

22

大雨没有下多久，当弗龙斯基驶近目的地，驱赶着辕马全速飞跑，松开缰绳让两侧拉边套的马在泥泞的地面上奔驰过去时，太阳又露出来，别墅的屋顶和大街两旁庭院里的古老菩提树水淋淋的闪耀着光辉，水珠轻快地从树枝上滴下，水从屋顶上滔滔地流下来。他不再想这场骤雨会怎样毁坏了赛马场，现在只觉得高兴——多亏这场雨——他准会赶上她一个人在家，因为他知道，阿列克谢·亚历山德罗维奇最近才从温泉回来，还没有从彼得堡来到这里。

弗龙斯基希望看到她一个人在家，为了避免引人注意，像往常一样还没有过桥就下了车，徒步向那幢房子走去。他没有走上大门的台阶，却走进院子里。

"你们主人回来了吗？"他问园丁。

"没有。太太在家呢。请您走前门；那里有仆人，他们会开门的。"园丁回答。

"不，我由花园里穿过去。"

证实了只有她一个人，想出其不意地使她吃一惊，因为他并没有约定今天来，而她也决不会料想到他在赛马之前还会来，他握住佩刀，小心地踏着两旁栽着花草的沙石小径朝面向花园的凉台走去。弗龙斯基完全忘了他在路上所想起的自己处境的艰难。他一心想着他马上就要看见她，不是在想象里，而是整个活生生的，如她实际上那样。当他已经走进去，为了不要发出声响，蹑手蹑脚地踏上凉台的不陡的台阶时，他突然想起了他常常忘记的东西，形成了他和她关系中最苦恼的一面的东西，那就是，她那露出一双询问般的——在他看来好像是含有敌意的——眼神的儿子。

这小孩比什么人都频繁地成为他们关系上的障碍。当他在旁边的时候，弗龙斯基和安娜两人不但都避免谈他们不能在别人面前说的话，甚至也不讲一句小孩听不懂的暗示性的话。他们并没有商量好这样，这是自然而然的。要是他们欺骗了小孩，自己一定会觉得可耻的。他在面前的时候，他们像朋友一样交谈着。但是虽然这样小心，弗龙斯基还是常常看到这小孩凝视着他的注意而迷惑的目光，在这小孩对他的态度上有一种奇怪的羞怯和游移不定的神态，时而很亲密，时而却冷淡而隔阂。似乎这小孩感觉到在这个人和他母亲之间存在着某种重要的关系，那关系的意义却是他所不能理解的。

实际上这小孩自己也感觉到他不能理解这种关系，他极力想要弄明白他对于这个人应当抱着怎样的感情，但他却弄不明白。由于小孩对于感情的流露非常敏感,他清楚地看出来他的父亲、他的家庭教师和他的保姆,——不但都不欢喜弗龙斯基,而且用恐怖和厌恶的眼光看他,虽然他们从来没有说过他什么;而他的母亲却把他看做最好的朋友。

"这是怎么回事呢?他是什么人呀?我该怎样去爱他呢?要是我不知道,那是我自己的错;我不是笨,就是一个坏孩子。"这小孩这样想着。因此他露出试探的、询问的、有时多少含着一些敌意的表情和使得弗龙斯基那么着恼的羞怯而游移不定的神态。但凡小孩在场的时候,总在弗龙斯基心里引起一种异样的无缘无故的厌恶心情,那是他最近常常体验到的。这小孩在场的时候,在弗龙斯基和安娜两人心里都唤起这样一种心情,好比一个航海家根据罗盘看出他急速航行的方向偏离了正确的航向,但要停止航行却又非他力所能及,而且随时随刻都在载着他偏离得越来越远了,而要自己承认误入歧途就等于承认自己要灭亡了。

这小孩,抱着他对人生的天真见解,就好比是一个罗盘,向他们指示出,他们偏离他们所明明知道但却不愿意知道的正确方向有多么远了。

这回谢廖沙不在家,只有她一个人在,她正坐在凉台上,等待她出去散步遇雨的儿子回来。她差了一个男仆和一个使女去寻找他。穿着镶着宽幅绣花的白色连衣裙,她坐在凉台角落上的花丛后面,没有听见弗龙斯基的脚步声。低下黑色鬈发的头,她把前额紧贴着摆在栏杆上的冰冷的喷水壶,用她那双戴着他那么熟悉的戒指的纤手捧住那把壶。她的整个身姿、她的头、她的脖颈、她的手的美丽每次都像什么新奇的东西一样使弗龙斯基倾倒。他站住了,狂喜地望着她。但是,他刚要向她再走近一步,她就感到他到来了,于是推开水壶,把她那泛着红晕的脸转向他。

"怎么回事？你病了吗？"他走向她，用法语对她说。他本想跑到她面前去，但是想到也许附近有人，他就回头向凉台的门望了一望，微微涨红了脸，就像他在感觉到他不能不有所顾忌和小心提防的时候，常常红脸那样。

"不，我很好哩，"她说，立起身来，紧紧地握着他伸出的手，"我没有想到……你来。"

"啊唷！多么冰凉的手呀！"他说。

"你吓了我一跳，"她说，"我一个人在等谢廖沙。他出去散步了，他们会从这边进来。"

但是，虽然她努力镇静，她的嘴唇却在颤抖着。

"请你原谅我来你这里，但是我一天不看见你都过不下去。"他继续说，照例是用法语，为的是要避免俄语的"您"和"你"这两个字眼，前者听起来未免太冷淡难堪，后者却又亲密到危险的地步。

"为什么原谅？我多么高兴呀！"

"可是你身体不好，要么就是心中烦恼。"他继续说，没有放下她的手，弯腰向着她，"你在想什么呢？"

"老是想那件事情呢。"她微笑着说。

她说的是真话。无论什么时刻有人问她在想什么，她准都会这样回答的：老是想那件事情，想她的幸福和不幸。正当他到来的时候她就在这样想着：她奇怪为什么在别人，比方在贝特西（她知道她和图什克维奇的秘密关系），这完全不算一回事，而在她却这样痛苦。今天这个念头不知什么原因使她特别痛苦。她问他赛马的事。他回答了她的问题，看见她很激动，就极力给她解闷，开始用最平常的语调把赛马的准备详细地告诉她。

"告诉他呢，还是不告诉他？"她想，望着他那镇静的、亲切的眼睛，"他是这样快乐，这样全神贯注在赛马的事情上面，他不会很好地了解这件事,他不会了解这件事对于我们的全部意义。"

"但是你还没有告诉我当我进来的时候你在想什么,"他打断了自己的话说,"请告诉我吧!"

她没有回答,微微低着头,她皱着眉头询问般地望着他,她的眼睛在长长的睫毛下闪耀着。她的手一面摩弄着她摘下的一片树叶,一面在发抖。他看到了这个,他的脸表露出曾经博得过她那样的欢心的那种完全的顺从,那种奴隶般的忠心的神色。

"我看一定发生了什么事。你想我知道你有什么忧愁,而我却没有为你分担的时候,我还能够安心吗?告诉我吧,看在上帝面上!"他恳求地重复说。

"是的,假使他不了解这件事情的全部意义,我是不能够原谅他的。还是不告诉他的好;为什么要考验他呢?"她想,还是那样盯视着他,而且感觉得那只拿着树叶的手颤抖得更厉害了。

"看在上帝面上吧!"他拉着她的手重复说。

"我要不要告诉你呢?"

"要,要,要呀……"

"我怀孕了。"她低声慢慢地说。

她手里的树叶抖动得更加厉害了,但是她的眼睛紧紧盯着他,注视着他将怎样接受这个消息。他脸色变白了,想说句什么话,却又停住了,他放下她的手,他的头垂下去。"是的,他了解了这件事情的全部意义。"她想,于是感激地紧紧握了握他的手。

但是她以为他了解这件事情的全部意义,像她,一个女人,所了解的那样,这就错了。听了这个,他感觉得他对于不知什么人所怀的那种异样的厌恶心情以十倍的强度袭上他的心头;但是同时他感觉得他所渴望的转变关头现在来到了,感觉得再要瞒住她的丈夫已经不可能,无论如何非得把这不自然的状态了结不可了。但是,除此以外,她肉体上的激动也感染了他。他用顺从的温柔的眼光望着她,吻了吻她的手,立起身来,于是,默默无言地在凉台上来回走着。

"是的,"他说,毅然决然地走到她面前,"你和我都没有把我们的关系看做儿戏,现在我们的命运已经决定了。我们一定要了结,"他向四周张望了一下说,"了结我们所过的这种弄虚作假的生活。"

"了结?怎样了结法,阿列克谢?"她低低地说。

她现在镇静些了,她的脸上闪烁着温柔的微笑。

"离开你的丈夫,把我们的生命结合在一起。"

"事实上已经结合在一起了。"她回答,声音低得几乎听不见。

"是的,但是要完完全全地,完完全全地。"

"但是怎样做法,阿列克谢,告诉我怎样做法?"她用嘲笑自己的走投无路的处境的忧愁的口吻说,"有什么办法摆脱这种处境呢?难道我不是我丈夫的妻子吗?"

"什么处境都有办法摆脱的。我们得打定主意,"他说,"随便什么情况都比你现在这种处境好。自然,我看出你为了一切多么苦恼——为了社会和你的儿子和你的丈夫。"

"啊,就是没有为我的丈夫,"她露出平静的微笑说,"我不了解他,我不想他。他在我看并不存在。"

"你说的不是真话。我了解你。你为了他也苦恼着。"

"啊,他连知都不知道呢。"她说,突然她的脸涨得通红;她的两颊、她的前额、她的脖颈都红了,羞愧的眼泪盈溢在她的眼里。"可是我们不要谈他了吧。"

23

弗龙斯基曾经好几次,虽然没有像这次这样坚决,极力想使她考虑她自己的处境,而每次他都遭到了她现在用来答复他的请求的那种同样肤浅而轻率的判断。好像这里面有什么她不能或者不愿意正视的东西,好像她一开始说到这里,她,真正的安娜,就隐退到内心深处,而另一个奇怪的不可思议的女人,一个他所不爱、他所惧怕、处处和他作对的女人就露出来了。但是他今天下了决心要把一切都说出来。

"他知不知道,"弗龙斯基用平素那种镇静而坚决的语调说,"那不关我们的事。我们不能够……你不能够这样过下去,特别是现在。"

"照你说,怎么办好呢?"她还是带着轻松的讥讽口吻问。她原来那么惧怕他把她的怀孕看得太随便,现在却唯恐他由此断定非采取某种步骤不可了。

"把一切都告诉他,离开他就是。"

"很好,假定我这样做,"她说,"你知道那结果会怎样?我可以预先告诉你,"于是一道邪恶的光芒在她那一分钟前还是那么柔和的眼睛里闪烁,"'呃,你爱上了另一个男子,和他发生了有罪的关系吗?(模拟着她的丈夫,她像阿列克谢·亚历山德罗维奇那样特别强调有罪的这个字眼。)我曾警告过你,这在宗教、公民和家庭的关系上将会有怎样的后果。你不听我的话。现在我不能让你玷污我的名声和……和我的儿子,'"她原来想这样说的,但是她却不能拿她儿子开玩笑,"'玷污我的名声'和诸如此类一套话,"她补充说,"总而言之,他会打官腔,用清楚明确的话说他不能让我走,他要采取一切所能及的手段来防止丑闻四播。他会冷静认真地照他的话去做。事情准会弄到这种地步。他不是人,而是一架机器,当他生气的时候简直是一架凶狠的机器。"她补充说,一面说一面细想着阿列克谢·亚历山德罗维奇的姿态和说话的样子,她历数着可能在他身上找得出来的一切缺点,并不因为她自己对他犯了可怕的罪而稍微原谅他一点。

"可是,安娜,"弗龙斯基极力想要安慰她,用柔和劝导的声调说,"我们无论如何非得把一切都告诉他不可,然后再针对他采取的措施采取对策。"

"那么,逃走吗?"

"为什么不能逃走呢?我真不明白我们怎么可以这样继续下去。并不是为了我的缘故——我知道你很痛苦啊。"

"是的,逃走,做你的情妇吗?"她愤怒地说。

"安娜。"他说,温柔中含着谴责。

"是的。"她继续说,"做你的情妇,把一切都毁了……"

她原来又想说"把我的儿子"的,但是这句话她说不出口来。

弗龙斯基不能了解以她那坚强而又诚实的性格,她怎么能忍受这种虚假的状态而不想摆脱。但是他没有猜到主要的原因就是"儿子"这个字眼,这个她不便说出口的字眼。她一想到她的儿子,以及他将来会对这位抛弃了他父亲的母亲抱着什么态度的时候,为了自己做出的事她感到万分恐怖,她简直不知所措了,只好像一个妇道人家一样,极力以虚伪的判断和言辞来安慰自己,好使一切维持原状,使她也能忘记她儿子会落到怎样的结局这个可怕的问题。

"我求你,我恳求你,"她突然抓住他的手,用一种和以前完全不同的恳切而又柔和的声调说,"永远也不要再对我说这话了吧!"

"可是,安娜……"

"永远不要说了吧。由我去吧。我处境的全部卑劣,全部恐怖情况,我都知道;可是事情不像你想的那么容易解决。由我去吧,照我所说的做吧。再也不要对我说这个了。你答应我吧?……答应,答应呀……"

"我什么都答应,可是我安不下心,特别是听了你刚才说的话以后。你不安心的时候,我是怎样也安不下心呀……"

"我?"她重复说,"是的,我有时候苦恼;但是只要你不再提起这个,那就会过去的。当你提这个时,只有这时才使我苦恼……"

"我真不明白。"他说。

"我知道,"她打断他,"以你的诚实性格说谎有多么困难,我替你难过。我常常想你是为了我毁了一生。"

"我也在这样想哩,"他说,"你怎么可以为了我把一切都牺牲了呢?你若是不幸,我就不能饶恕我自己。"

"我不幸?"她说,更挨近他了,露出热情洋溢、含情脉脉的微笑望着他,"我好像一个得到了食物的饿汉一样。他也许很冷,穿得很破烂,而且害臊,但他却不是不幸的。我不幸吗?不,这才是我的幸福哩……"

她听见她儿子走近的声音,于是迅速地向凉台周围瞥了一瞥,她突然立起身来。她的眼睛里燃烧着他所熟悉的火焰,她用迅速的动作举起她那双戴着戒指的纤手,捧着他的头,看了他的面孔许久,然后把脸凑上去,嘴微微张开,含着微笑,迅速地吻了吻他的嘴和两眼,就把他推开。她正待走开,但是他把她拉住了。

"什么时候?"他低低地说,神魂颠倒地望着她。

"今晚一点钟。"她低声说,沉重地叹了口气,就迈着她那轻快的、敏捷的步伐走出去迎接她的儿子。

谢廖沙在大花园里遇了雨,他和保姆一道在凉亭里避雨。

"那么,再见,"她对弗龙斯基说,"我马上就该去看赛马了。贝特西约好了来邀我一道去的。"

弗龙斯基看了看表,就匆匆地走了。

24

当弗龙斯基在卡列宁家的凉台上看表的时候,他是这样激动,这样心神不定,以致他看了表面上的指针,却没有能够看清时间。他走上大道,小心地踏着泥泞,一直向他的马车走去。他是这样完全沉浸在对安娜的热情里,他连想都没想到这时候几点以及他还有没有时间到布良斯基那里去。他像惯常那样只保持住了表面上的记忆力,指示他第一步做了以后第二步该怎样做而已。他走到他的马车夫面前,马车夫正在一株葱郁的菩提树的倾斜阴影下面坐在车台上打瞌睡;他叹赏那在冒汗的马身上盘旋着的成群的蚊蚋,唤醒马车夫,他跨进马车,命他驱车到布良斯基家去。直到走了将近七里路,他才定下神来,看了看表,知道已经五点半钟,他要迟到了。

那天规定有几场比赛:骑兵比赛,其次是士官两里比赛,其次是四里比赛,再其次就是他参加的比赛。他还来得及赶上他的那场比赛,但是假如他到布良斯基那里去的话,他就刚赶得上,而他到的时候全宫廷的人一定都已经就座了。那是不大好的。但是他答应了布良斯基去的,因此他还是决定去,叫马车夫不要顾惜马。

他到了布良斯基家里,在那里停留了五分钟,就急急地乘车返回来。这急速行驶倒使他安静了。他和安娜的关系中一切使人痛苦的东西,他们谈话所遗留下的渺茫的感觉,都从他的脑海里消失了。他现在带着欢喜和兴奋的心情想着赛马,想着他总算来得及赶上,而今宵欢会的期望不时地像一道火光一样在他的想象里闪过。

当他超过从别墅或彼得堡驶来的马车,越来越接近赛马场的环境时,近在眼前的赛马的兴奋就越加支配着他了。

他的宿舍里没有一个人:他们都到赛马场去了,他的仆人在门口等候着他。当他换衣服的时候,他的仆人告诉他第二场比赛已经开始,好几位先生来找过他,马僮从马厩跑来过两次。

不慌不忙地穿上衣服(他从来没有慌张过,从来不曾失去过自制力),弗龙斯基吩咐驱车上马厩去。从马厩那里,他可以看见赛马场周围像海洋似的马车,行人和士兵们,和挤满人群的亭子。看来正在进行第二场比赛,因为当他走进马厩的时候他听到了钟声。走向马厩,他碰见了马霍京那匹白脚的栗色马"斗士",正披着蓝边橙黄色马被,竖起镶着蓝色边饰的大耳朵,被牵到赛马场去。

"科尔德在哪里?"他问马僮。

"在马厩里备马鞍。"

在打开了门的单间马棚里站着已备好马鞍的佛洛佛洛。他们正预备牵出它来。

"我不太迟吗?"

"很好!"英国人说,"不要心慌!"

弗龙斯基又瞥了一眼那浑身颤动的牝马的优美可爱的形态,恋恋不舍地离开了它,走出了马厩。他为了避免引人注意,趁最有利的时机向亭子走去。两里比赛刚要结束,所有的眼睛都注视着跑在前面的一个禁卫骑兵士官和在后面追赶的一个轻骑兵士官,两人都使出最后的气力向终点冲去。所有的人都一齐从赛马场的中央和外面涌向终点,禁卫骑兵队的一群兵士和士官对于他们的长官和同僚即将取得的胜利,大声高呼表示喜悦。弗龙斯基悄悄地钻进人群的中心,差不多正是在鸣钟宣告赛跑终结的时候,这时捷足先登的溅得满身是泥的高个子禁卫骑兵士官正俯伏在马鞍上,放松了他那匹因为出汗显得黳黑的气喘喘的灰色马的缰绳。

牝马用力站定脚,减缓它那庞大躯体的迅速前进的运动,骑兵士官恍如从酣睡中醒来一样向周围打量了一番,勉强笑了一笑。一群朋友和旁观者簇拥着他。

弗龙斯基有意避开那沉着冷静、自由自在地在亭子前面走动和谈话的上流社会那一群人。他知道卡列宁夫人、贝特西和他的嫂子都在那里，他故意不走近她们，怕的是乱了心。但是他不断地遇到熟人，他们拦住他，告诉他刚才几场比赛的详情，而且问他为什么这样迟才到。

当骑士们被召到亭子里去领奖，所有的注意力都集中到那一方向的时候，弗龙斯基的哥哥亚历山大，一个佩着金边肩章的上校走到他面前，他身材不高，虽然生得和阿列克谢一样强壮，但却比他更漂亮，更红润，他有着一个红鼻子，和一副坦率的醉醺醺的面孔。

"你接到我的字条没有？"他说，"怎样也找不着你哩。"

亚历山大·弗龙斯基，虽然过着放荡的生活，尤其以酗酒著名，却完全是宫廷圈子里的人。

现在，当他和弟弟谈论一件一定会使他弟弟不愉快的事情的时候，他知道许多人的视线都会集中在他们身上，所以装出笑脸，好像他是为一件无关轻重的事在和他弟弟说笑话一样。

"我接到了，我真不明白你担忧什么。"阿列克谢说。

"我担忧的是因为我刚才听到别人说你不在这里，并且说星期一有人看见你在彼得戈夫。"

"有的事情是和外人不相干的，而你那么担心的那件事……"

"是的，假如那样的话，你就可以脱离军职……"

"我请求你不要管别人的事，这就是我所要说的。"

阿列克谢·弗龙斯基的皱眉蹙额的脸变得苍白了，他的突出的下颚发抖，他是从来不轻易这样的。他是一个富于温情的人，不轻易生气；但是他一旦生了气，而且他的下颚发抖的时候，那么，亚历山大·弗龙斯基知道，他就变成危险的人了。亚历山大·弗龙斯基愉快地微笑着。

"我只想把母亲的信带给你。回她封信吧,赛马之前不要心烦吧。祝你好运!"他微笑着补充说,就从他身旁走开。

但是接着又一声亲切的招呼使弗龙斯基停步了。

"你连朋友都不认得了吗?你好呀,*亲爱的*?"斯捷潘·阿尔卡季奇说,他在彼得堡所有的显要人物中显得像在莫斯科一样地出众,他的脸泛着玫瑰色,他的颊髭润泽而又光滑,"我是昨天到的,我很高兴看到你胜利。我们什么时候再见呢?"

"明天请到食堂来。"弗龙斯基说,抓住他外衣的袖子,道了声歉,就拔腿向赛马场中央跑去,参加障碍比赛的马正给牵到那里来。

参加过比赛的马,汗淋淋的,精疲力尽,被马僮牵回马厩去,而预备参加下一场赛跑的新马就一个一个地出现,大部分都是英国种的,精神抖擞,戴着头罩,肚带勒得紧紧的,像奇异的巨鸟一样。牵到右边的是佛洛佛洛,纤弱而俊俏,举起它那富于弹性的、长长的脚胫,好像上了弹簧一样地蹬踏着。离它不远,他们正在把马被从两耳下垂的"斗士"身上取下来。这雄马的健壮美丽而又十分匀称的身材,它那出色的臀部和蹄子上面的异常短的脚胫,不由地引起了弗龙斯基的注意。他正待向他的牝马那里走去,但是又被一个熟人拦住。

"啊,卡列宁在那里!"和他交谈的熟人说,"他在寻找他的妻子,她在亭子当中哩。你没有看见她吗?"

"没有。"弗龙斯基回答,连望都没有望一眼他的朋友指出的卡列宁夫人所在的那亭子,他就走到他的牝马那里去。

弗龙斯基还未来得及检查马鞍,关于这个他原应有所指示的,骑士们就被召到亭子里抽签决定他们的番号和出发点。十七个士官,显得庄重而严肃,大多数脸色都变了,齐集在亭子里,抽签来决定番号。弗龙斯基抽了第七号。只听得一声叫喊:"上马!"

感觉到和其他骑士们一道成了众目所视的焦点,弗龙斯基带着紧张的心情走到他的马跟前去,在那种心情中他总是举动从容而又沉着的。科尔德为了赛马穿上最讲究的衣服,扣上纽扣的黑礼服,撑住两颊的浆硬领子,黑圆帽和长统靴。他像平常一样镇静而又庄严,站在马前面,亲手牵住佛洛佛洛的两根缰绳。佛洛佛洛还是像害着热病一样颤抖着。它的眼睛,充满了怒火,斜睨着走近前来的弗龙斯基。弗龙斯基把手指伸进它的腹带下面去。牝马更加斜视着他,露出牙齿,竖起耳朵来。英国人噘起嘴唇,无论什么人检查他备的马鞍他都要露出一丝微笑。

"您骑上去,它就不会这么兴奋了。"

弗龙斯基向他的对手们最后瞥了一眼。他知道到了赛跑的时候他就看不见他们了。其中两个已经骑上马向出发点驰去。加利钦,弗龙斯基的友人而又是他可畏的对手之一,在一匹不让他骑上去的栗毛牝马周围绕圈子。一位穿着紧身马裤的小个子轻骑兵士官纵马驰去,模拟英国的骑士,像猫一样弯腰伏在马鞍上。库佐夫列夫公爵脸色苍白地骑在他那匹由格拉波夫斯基养马场运来的纯种牝马上,一个英国马夫拉着马缰绳。弗龙斯基和他所有的僚友都了解库佐夫列夫以及他的"脆弱的"神经和可怕的虚荣心的特性。他们知道他惧怕一切,惧怕骑上战马;但是现在,正因为这是可怕的,因为人们会折断脖颈,而每个障碍物旁边都站着一个医生,一部缀着红十字的救护车和护士,所以他打定了主意来参加赛马。他们的视线相遇了,弗龙斯基亲切而带鼓励地向他点了点头。只有一个人他却没有看见,那就是他的劲敌,骑在"斗士"上的马霍京。

"不要性急,"科尔德对弗龙斯基说,"记住一件事:在临近障碍物的时候不要控制它,也不要鞭打它;让它高兴怎么样就怎么样。"

"好的，好的。"弗龙斯基说，接过缰绳。

"要是你能够的话，就跑在前头；但是即使你落在后面也不要失望，一直到最后一分钟。"

牝马还没有来得及动一动，弗龙斯基就已灵活矫健地踏上装着铁齿的马镫，轻快而又牢稳地坐在那咯吱作响的皮马鞍上。把他的右脚也伸进马镫，很熟练地在手指间把两根缰绳弄齐，而科尔德就松开手了。好像不知道哪一只脚先迈步的好，佛洛佛洛突然用长脖颈拉直缰绳，好像装着弹簧一样动起来，使骑在它的柔韧的背上的骑士摇晃着。科尔德加快脚步，跟在后面。兴奋的牝马使劲地把缰绳一会儿拉向这边，一会儿又拉向那边，想把骑手摔下来，弗龙斯基竭力想以声音和手来使它镇静，但是没有用。

他们向出发点走去，已走近了筑着堤坝的小河。有的骑士在前面，有的在后面，而这时弗龙斯基突然听到背后有马驰过泥地的声音，他被骑在那匹白蹄的、两耳下垂的"斗士"背上的马霍京追过去，马霍京微微一笑，露出一口大牙齿，但是弗龙斯基却生气地望着他。他本来就不喜欢他，现在更把他看作最可怕的对手，他生气的是他在他身边疾驰过去，惊了他的马。佛洛佛洛突然抬起左脚奔驰起来，跳了两下，由于拉紧缰绳很恼怒，换成颠簸的快步，使骑士颠簸得更厉害。科尔德也皱起眉头，差不多跑步似的跟在弗龙斯基后面。

25

参加这次赛马的一共有十七个士官。赛马将在亭子前面周围四俄里[①]的大椭圆形广场举行。在赛马场上设置了九道障碍物：小河；

[①] 1俄里合1.06公里。

亭子正前面的一堵两俄尺①高的又大又坚固的栅栏；一道干沟；一道水沟；一个斜坡；一座爱尔兰防寨（最难跨越的障碍物之一），这是由一座围着枯枝的土堤构成的，在土堤那边有一道马看不见的沟渠，这样，马就得跨越两重障碍物，否则就有性命之虞；其次还有两道水沟和一道干沟，赛马场的终点正对着亭子。但是比赛并不在场子里开始，而在离场子一百俄丈的地方，而横在这一段距离当中的是第一个障碍物，一道七俄尺宽的筑着土堤的小河，骑手们可以随心所欲地跳越或是渡过。

骑手们三次排成行列出发，但每一次都是有人的马冲出了行列，他们只得又从头再来。起点评判员，谢斯特林上校都已经弄得有点发火了，到最后他第四次叫"出发"！骑士们才一齐出动。

所有的眼睛，所有的望远镜从骑士们整列待发的时候起就都已转向这五光十色的一群。

"他们出发了！他们出动了！"在期待的沉默之后从四面八方都可以听到这样的呼声。

观众中成群的人和单独的个人为了想要观看得更清楚一点而四处奔跑着。在最初的一瞬间，密集的一群骑手们拉开来，而且可以看到他们三三两两，一个跟一个地驰近小河。在观众看来，好像他们都是同时出发的，但是骑手们却感到了对于他们非常重要的一两秒钟的差异。

兴奋而又过于神经质的佛洛佛洛错过了最初的瞬间，好几匹马都在它之前出发，但是还没有达到小河的时候，弗龙斯基就用全力驾驭住他那使劲地拉着缰辔的牝马，一下子就追过了三匹马，在他前头的就只剩下了马霍京的栗色的"斗士"，它的屁股正在弗龙斯基前面轻

---

① 1俄尺合0.71米。

快而又平稳地晃来晃去,而在最前面的是载着半死不活的库佐夫列夫的那美丽的牝马狄亚娜。

在最初一瞬间,弗龙斯基既控制不住自己,也控制不住他的马。在到第一道障碍物——小河之前,他一直没有能够指挥他的牝马的动作。

"斗士"和狄亚娜一道而且几乎在同一瞬间临近了小河;它们纵身一跃,飞越到了对岸;佛洛佛洛也飞一般地跟着猛跃过去;但是就在弗龙斯基感到自己腾身空中的那一瞬间,他突然看到差不多就在他的马蹄之下,库佐夫列夫和狄亚娜一道在小河对岸地面上辗转挣扎着(库佐夫列夫在跳跃之后松了缰绳,牝马就栽倒在地上,把他从它的头上摔了下去)。这些详情,弗龙斯基到后来才知道;在那一瞬间他只注意到,正在他脚下,在佛洛佛洛要落脚的地方,可能踩住狄亚娜的脚或头。但是佛洛佛洛却像一只跳下的猫一样,在跳跃中伸长了它的脚和背,就越过了那马,向前跑去。

"啊,亲爱的!"弗龙斯基想。

跨过小河以后,弗龙斯基完全驾驭住了他的马,开始控制着它,想要跟在马霍京之后越过大栅栏,然后在约莫二百俄丈光景的平地上超过他去。

大栅栏正矗立在御亭前面。当他和在他前面相隔有一马之遥的马霍京逼近"恶魔"(这是那坚固的栅栏的名称)的时候,沙皇、全体朝臣和群众都凝视着他们。弗龙斯基感到了那些从四面八方注视着他的眼睛,但是他除了他自己的马的耳朵和脖颈,迎面驰来的地面,和那在他前面迅速地合着节拍而且始终保持着同样距离的"斗士"的背和白蹄以外,什么也没有看见。"斗士"飞腾起来,没有发出一点撞击什么的声音,摇了摇它的短尾,就从弗龙斯基的视野中消失了。

"好!"什么人的声音叫。

正在这一瞬间，在弗龙斯基的眼下，在他前面闪现出栅栏的木板。他的牝马飞越过去，动作没有发生丝毫变化；木板消逝了，他只听到背后什么东西发出砰的一声。被走在前面的"斗士"弄得兴奋了的牝马在栅栏前飞腾得太早，用它的后蹄碰上了它。但是它的步子并没有变化，而弗龙斯基感到脸上溅了污泥，觉察出来他又和"斗士"保持了原来的距离。他又在他前面看见了那马的背和短尾，和那隔得不远的迅速闪动的雪白的蹄子。

弗龙斯基想现在是超过马霍京的时候了，正在他这么想的那一瞬间，佛洛佛洛也懂得了他的心思，没有受到他的任何鞭策，就大大地加速了步子，开始在最有利的地方，靠围绳那边，追近马霍京身旁了。马霍京不会让它在那边通过的。弗龙斯基刚想到他可以从外边追过去，佛洛佛洛就已转换了步子，开始在外边追上去。佛洛佛洛的肩，因为流汗变得黧黑，和"斗士"的背平行着。他们并肩跑了几步。但是在他们逼近的障碍物前面，弗龙斯基开始握牢缰绳，切望避免绕外圈，迅速地恰在斜坡上追过了马霍京。当他飞驰而过的时候，他瞥见了他的溅满污泥的面孔，他甚至感到好像看到他微微一笑。弗龙斯基追过了马霍京，但是他立刻觉出了他紧跟在后面，而且他不断地听到了"斗士"的一丝不乱的蹄声和它鼻孔里发出的急促但还是精神饱满的呼吸。

下两道障碍物，沟渠和栅栏，是容易越过的，但是弗龙斯基听到"斗士"的鼻息和蹄声越来越近了。他鞭策他的牝马前进，愉快地感觉到它很轻松地加快了步子，听到"斗士"的蹄声又离得像以前那么远了。

弗龙斯基跑在前面了，正如他所希望，如科尔德劝告他的，现在他确信他会获胜了。他的兴奋、他的欢喜和他对佛洛佛洛的怜爱，越来越强烈了。他渴望回头望一望，但又不敢那样做，极力想平静下来，不再鞭策马，这样使它保留着如他感觉"斗士"还保留着的那样的余力。现在只剩下一个最困难的障碍物了；假使他能抢先越过它的话，他就一定第一个到了。他正向爱尔兰防寨驰去。他和佛洛佛洛从遥远的地方就望见了防寨，人和马都起了一刹那的疑惑。他在牝马的耳朵上看出了踌躇之色，举起鞭子来，但是同时又感觉到他的疑惑是毫无根据的：牝马知道应当怎样做。正如他期望的那样，它加快了步子，平稳地腾跃着，它一股劲地纵身一跃远远地飞越到沟渠那边；于是一点不费力地，用同样的节奏，用同样的步态，佛洛佛洛继续奔跑。

"好，弗龙斯基！"他听到站在障碍物旁边的一群人——他知道他们是他联队里的朋友——的叫声。他辨别出了亚什温的声音，虽然他没有看见他。

"啊，我的宝贝！"他一边听着背后的动静，一边想到佛洛佛洛。"他越过了哩！"他听到背后"斗士"的蹄声，这样想。现在只剩下最后一道贮满了水的二俄尺宽的沟渠了。弗龙斯基连望都没有望它，只是急切地想要远远地跑在前面，开始前后拉动着缰绳，使马头合着它的疾速的步子一起一落。他感觉到牝马在使用它最后的力量了；不单是它的头和肩湿透，而且汗珠一滴滴地浮在它的鬣毛上、头上、尖尖的耳朵上，而它的呼吸是变成急促的剧烈的喘气了。但是他知道它还有足够的余力跑完剩下的二百丈。弗龙斯基由于感觉到自己的身体愈益贴近地面，由于运动的特殊的柔软，这才知道了他的牝马是怎样大大地加快了步伐。它飞越过沟渠，好像全不看在眼下似的。它像鸟一样飞越过去；但是就在这一瞬间，弗龙斯基吃惊地觉察到他没有能够跟上马的动作，他不知道怎么一来，跌坐在马鞍上的时候犯了一个可怕的、不能饶恕的错误。突然他的位置改变了，他知道有什么可怕的事发生了。他还没有弄明白发生了什么事，一匹栗色马的白蹄就在他旁边闪过，马霍京飞驰过去了。弗龙斯基一只脚触着了地面,他的牝马向那只脚上倒下去。他刚来得及抽出了那只脚,它就横倒下来了,痛苦地喘着气,它那细长的、浸满了汗的脖颈极力扭动着想要站起来,但是站不起来,它好像一只被击落了的鸟一样在他脚旁的地面上挣扎。弗龙斯基做的笨拙动作把它的脊骨折断了。但是这一点他是很久以后才知道。那时他只知道马霍京跑过去很远了,而他却一个人蹒跚地站立在泥泞的、不动的地面上,佛洛佛洛躺在他面前喘着气,弯过头来,用它美丽的眼睛瞪着他。还没有明白发生了什么事,弗龙斯基用力拉着马缰绳。它又像鱼似的全身扭动着,它的肩擦得鞍翼发响;它前脚站起,但举不起后脚,它浑身颤抖,又横倒下去。弗龙斯基的脸因为激怒而变了模样,两颊苍白,下颚发抖,他用脚跟踢踢马肚子,又使劲地拉着缰绳。它没有动,只是把它的鼻子钻进地里去,它只用它那好像要说话一般的眼睛凝视着它的主人。

"唉——唉——唉!"弗龙斯基呻吟着,抓着他的头,"唉!我做了什么呀!"他叫,"赛马失败了!是我自己的过错!可耻的、不可饶恕的!这可怜的,多可爱的马给毁了啊!唉!我做了什么呀!"

一群人,医生和助手,他联队里的士官们,一齐跑上他面前来。他觉得难受的是自己倒好好的,没有受一点伤。马折断了脊骨,大家决定打死它。弗龙斯基回答不出问话,对谁也说不出一句话来。他掉转身去,没有拾起落下去的帽子,就离了赛马场,自己也不知道要去哪里。他感到十分不幸。他生平第一次领会到了最悲惨的不幸,由于他自己的过错而造成的、不可挽救的不幸。

亚什温拿了帽子追上他去,送他到了家,半个钟头以后,弗龙斯基恢复了镇静。但是这次赛马的记忆却作为他一生中最悲惨、最痛苦的记忆而长久地留在他心里。

26

阿列克谢·亚历山德罗维奇和他妻子表面上的关系仍旧和以前一样。唯一的不同就是他比以前更忙了。像往年一样,一到春天,他就为了恢复他那被一年繁重一年的冬天工作所损坏的健康而到外国的温泉去休养。也正像往年一样,他到七月就回来了,立刻用增加了的精力从事素常的工作。他的妻子也像往年一样,搬到郊外的别墅去避暑,而他却仍旧留在彼得堡。

自从他们在特维尔斯基公爵夫人的晚会后那次谈话以来,他就再没有对安娜说起过他的猜疑和嫉妒,而他惯常的那种挖苦取笑的口吻正适合他现在对他妻子的关系。他对他妻子稍微冷淡了一点。他好像只为了她第一次夜深拒绝不和他谈话而对她稍有不满。在他对她的态度上有几分烦恼,除此以外就再没有什么了。"你是不愿意和我开诚布公的了,"他好像在心里对她说,"这样你就更倒霉。现在无论你怎样请求,我也不会和你开诚布公了。这样你就更倒霉!"他在心里说,好像企图扑灭火灾没有成功的人,会为了自己的徒劳而恼怒地说:"啊,那么好!让你去烧吧!"

这个人,在公务上是那么聪明而又机敏,竟没有察觉出这样对待妻子是毫无意思的。他没有觉出这一点,因为觉察出他的实际处境对他而言是太可怕了,所以他把自己心里藏着他对他的家庭,即是对他的妻子和儿子的感情的那深处关闭起来,上了锁,加了封印。他本来是一位那么细心的父亲,从今年冬末以来竟变得对他儿子格外冷淡,而且也用对待他妻子同样的嘲弄口吻对待他。"啊哈,年轻人!"他看见他的时候总是这样地称呼。

阿列克谢·亚历山德罗维奇认为,而且逢人便说,他以前任何一年都不曾有过像今年这样繁重的公务;但是他没有注意到今年他是自找工作，这是他的一种手段，为了要让那藏着他对他妻子和儿子的感情和想念的深处关闭着，那些感情和想念藏在那里面越久就变得越可怕了。假如谁有权利问阿列克谢·亚历山德罗维奇对他妻子的行为怎样想的时候，温和敦厚的阿列克谢·亚历山德罗维奇是不会回答的，而对于这样问的人他是会大为生气的。因为这个缘故，所以每逢有人问起他妻子的健康，阿列克谢·亚历山德罗维奇就现出一种傲慢而严厉的脸色。阿列克谢·亚历山德罗维奇极不愿意想到他妻子的行为和感情，而他真的做到了不想的地步。

阿列克谢·亚历山德罗维奇固定的别墅是在彼得戈夫，利季娅·伊万诺夫伯爵夫人每年照例到那里避暑，和安娜比邻而居，不断地和她来往。今年利季娅·伊万诺夫伯爵夫人拒绝到彼得戈夫来住，一次也没到安娜·阿尔卡季耶夫娜家里来，而且在和阿列克谢·亚历山德罗维奇的谈话中暗示了安娜同贝特西和弗龙斯基的接近有些不妥。阿列克谢·亚历山德罗维奇严厉地制止住她的话，极力表示他的妻子没有什么可疑的地方，从此以后就回避起利季娅·伊万诺夫伯爵夫人来。他不愿意看见，也没有看见，社交界许多人都已经斜着眼看他的妻子了；他不愿了解，也没有了解他的妻子为什么那样坚决主张住到贝特西住的而又离弗龙斯基联队的野营地不远的皇村去。他不让自己往这方面想，他也没有想到这方面；但是在他的心坎里，虽然他自己从来没有承认过这个，而且关于这个也并没有任何证据甚至猜疑，他却很清楚地知道他是受了欺骗的丈夫，因此他变得非常不幸了。

在和他妻子一道度过的八年幸福生活中，阿列克谢·亚历山德罗维奇多少次望着别人不贞的妻子和别的受了欺骗的丈夫暗自说："人怎么会堕落到这种地步？他们为什么不结束这种可怕的处境呢？"但是现在，当不幸落到自己头上时，他不但没有想到要结束这种处境，并且根本不愿意承认，而他的不承认又只是因为那是太可怕、太不自然了。

自从他从国外回来以后，阿列克谢·亚历山德罗维奇到别墅来过两次。有一次他在这里吃饭，另外一次他和几位朋友在这里消磨了一晚上，但是他一次也没有在这里留宿，如他往年所习惯的那样。

赛马那天是阿列克谢·亚历山德罗维奇非常忙碌的一天；但是当早上他在心里计划那天的行程时，他决定一吃完中饭就到别墅去看他的妻子，然后从那里到赛马场去，满朝大臣都会参观赛马，而他也非到场不行。他要去看他的妻子，无非是因为他决定了每星期去看她一次，以装装门面。此外，那天，正逢十五日，照他们一向的规定，他得给他的妻子一笔钱作为生活费。

凭他素常控制自己思想的能力，他虽然想到了关于他妻子的一切，但却没有让他的思想再想下去。

那天早上，阿列克谢·亚历山德罗维奇十分忙碌。昨晚利季娅·伊万诺夫伯爵夫人送来一本小册子，是彼得堡一位游历过中国的有名的旅行家写的，她还附了一封短信，要求他亲自接见这位旅行家，因为从种种方面看来他都是一个极端有趣的，而且有用的人。阿列克谢·亚历山德罗维奇没有来得及在昨晚读完它，到今天早上才把它读完了。接着来了请愿者，又是报告、接见、任命、免职、赏赐、年金和俸给的分配、通信，阿列克谢·亚历山德罗维奇称作日常事务的这一切，占去了他那么多的时间。然后是他的私事。医生和账房来访。账房没有占去许多时间，他只给了阿列克谢·亚历山德罗维奇需要的钱，简单地报告了一下并不十分好的状况，今年因为旅行多次，用度增加，所以开支比平常年间大，以致入不敷出了。但是医生，彼得堡的名医，和阿列克谢·亚历山德罗维奇又有友情，却占去了不少的时间。阿列克谢·亚历山德罗维奇没有料到他今天来，看到他来访非常惊讶，而当医生仔细询问他的健康状况，听诊他的胸部，轻叩触摸他的肝脏的时候，他就越加惊讶了。阿列克谢·亚历山德罗维奇不知道，他的朋友利季娅·伊万诺夫娜看到他今年不及往常健康，就请求医生来给他检查。"请为了我这样做吧。"利季娅·伊万诺夫伯爵夫人对他说。

"我为了俄国这样做，伯爵夫人。"医生回答。

"一个非常宝贵的人！"利季娅·伊万诺夫伯爵夫人说。

医生对于阿列克谢·亚历山德罗维奇的健康感到极不满意。他发觉他的肝脏肿大，营养不良，而温泉并没有发生丝毫效果。他劝他尽量多运动，尽量减少精神上的紧张，而最要紧的是不要有任何忧虑——实在说起来，这在阿列克谢·亚历山德罗维奇就像叫他不呼吸一样办不到。医生走了，给阿列克谢·亚历山德罗维奇留下这样不愉快的感觉，似乎他有了什么病，而且没有治好的希望了。

走的时候，医生恰巧在台阶上碰见了他的朋友，阿列克谢·亚历山德罗维奇的秘书斯柳金。他们上大学时同学，虽然他们很少会面，但他们却互相尊敬，交情很深，因此医生在谁面前都不会像在斯柳金面前那样坦白地说出他对于病人的意见。

"您来看了他，我多么高兴呀！"斯柳金说，"他身体不舒服，我觉得……哦，您看他怎样呢？"

"我告诉您，"医生说，一面越过斯柳金的头招手示意他的马车夫把车赶过来，"是这样的，"医生说，用他的一双白皙的手拿起羔皮手套的一个指头，把它拉直，"假使您不把弦拉紧，要拉断它，是不容易的；但是把弦拉紧到极点，在拉紧的弦上只要加上一个指头的重量就会将它弄断。以他对职务的勤勉和忠实而言，他被拉紧到了极点；又有外来的负担压在他身上，而且不是很轻的负担。"医生结论说，意味深长地扬起眉毛。"您去看赛马吗？"他走下台阶，向马车走去的时候补充说。"是，是，当然这要费很多时间哩。"医生含混其词地回答他没有听清的斯柳金的一句什么话。

占去了那么多时间的医生走后不久，有名的旅行家就来了，阿列克谢·亚历山德罗维奇凭着他刚读完的这本小册子和他以前在这个问题上的知识，以他在这个问题上学识的渊博和见识的广博而使旅行家惊叹不置。

和旅行家同时，通报有一位到彼得堡来的地方长官来访，阿列克谢·亚历山德罗维奇有事要和他商谈。他走了以后，他就得和他的秘书一道办完日常事务，而且为了一件重要的事，他还得坐车去访问一位要人。阿列克谢·亚历山德罗维奇到五点钟，他吃中饭的时候，才赶回家来，他和秘书一道吃了饭，就邀他一道坐车到别墅去，然后去看赛马。

阿列克谢·亚历山德罗维奇现在每逢和他妻子会面时，总是极力寻找有第三者在场的机会，虽然他自己没有承认这点。

27

安娜在楼上，站在镜子面前，由安努什卡帮着，在钉连衣裙上的最后一个蝴蝶结，正在这时，她听到门外有车轮轧碎砂石的声音。

"贝特西来还太早哩。"她想，从窗口一望，她看见一辆马车和车里露出的阿列克谢·亚历山德罗维奇的黑帽，以及她十分熟悉的耳朵。"多倒霉！他会在这里过夜吗？"她惊异着，想到这件偶然的事可能引起的后果是那样恐怖和可怕，以致她一刻也不敢再想，她和颜悦色地跑下去迎接他；虽然她意识到她近来已经习惯的那种虚伪和欺骗的精神又在她身上出现，但她还是立刻沉溺在那种精神里，开始谈着话，几乎连自己也不知道在说什么。

"噢，多好呀！"她说，把手伸给她丈夫，同时微笑着对好像是自家人一样的斯柳金招呼。"你今晚住在这里，好吗？"这就是那虚伪的精神鼓励她说出来的第一句话，"现在我们一道去吧。可惜我约了贝特西。她会来接我。"

阿列克谢·亚历山德罗维奇一听见贝特西的名字就皱起眉头。

"啊，我不来拆散你们两搭档，"他用向来那种嘲弄的口吻说，"我和米哈伊尔·瓦西里维奇一道去。医生也劝我多多运动。我要走路去，想象自己又在温泉了。"

"别忙，"安娜说，"你们要喝茶吗？"她按铃。

"拿茶来，对谢廖沙说阿列克谢·亚历山德罗维奇来了。哦，你好吗？米哈伊尔·瓦西里维奇，您一直没有来看我。你们看外面阳台上多么好啊。"她说，时而望望丈夫，时而望望斯柳金。

她说话简单而又自然，只是说得太多太快了。她自己感到这一点，而当她在米哈伊尔·瓦西里维奇望着她的那种好奇的眼光中觉察到好像他在观察她，她就更这样感觉了。

米哈伊尔·瓦西里维奇立刻走到阳台上去。

她在她丈夫身旁坐下。

"你脸色不大好呢。"她说。

"是的，"他说，"今天医生来看过，花去了我一个钟头的时间。我想一定是我们哪位朋友叫他来的，好像我的健康是这样宝贵。"

"啊，他怎样说呢？"

她询问他的健康和他的事务，竭力劝他休养，住到她这里来。

她快活地、迅速地、眼睛里闪着奇异的光辉说着这一切；但是阿列克谢·亚历山德罗维奇现在已毫不看重她的语调了。他只听了听她话，只听取了她的话字面上的意义。他简单地，但有点开玩笑似的回答她。在整个谈话中并没有什么特别的地方，但后来每逢安娜回想起这些短短的场面时,就羞愧得痛苦难言。

谢廖沙由家庭教师领着走了进来。假使阿列克谢·亚历山德罗维奇让自己观察的话,他一定会注意到谢廖沙用畏怯的迷惑眼光望望父亲又望望母亲的那副神情。但是他什么也不愿看,所以他也没有看到。

"噢,年轻人!他长大了哩。真的,他完全变成大人了。你好吗,年轻人?"

说着他把手伸给吓慌了的谢廖沙。

谢廖沙本来就畏惧父亲,而现在,自从阿列克谢·亚历山德罗维奇叫他做年轻人以后,自从他心中产生了弗龙斯基是朋友呢还是敌人这个无法解决的问题以后,他就躲避起父亲来了。他回过头来望着母亲,好像在寻求保护一样,只有和母亲一道他才安心。这时,阿列克谢·亚历山德罗维奇正一面扶住他儿子的肩膀,一面和家庭教师说话,而谢廖沙是这样难受地局促不安,安娜看出他已经眼泪盈盈了。

在儿子进来时微微泛红了脸的安娜,看到谢廖沙不安的样子,连忙站起来,把阿列克谢·亚历山德罗维奇的手从她儿子的肩上拉开,吻了吻这孩子,把他领到阳台上去,自己很迅速地转来了。

"是动身的时候了,"她看了看表说,"贝特西为什么还没有来?……"

"是。"阿列克谢·亚历山德罗维奇说,他站起身来,双手交叉,把指头扳得哔剥作响。"我一方面也是给你送钱来的,因为,你知道,夜莺们不能靠童话充饥呢,"他说,"你需要吧,我想?"

"不,我不……好,我需要。"她说,没有望着他,脸红到发根了,"但是你看过赛马以后会来这里吧。"

"啊,好的!"阿列克谢·亚历山德罗维奇回答。"彼得戈夫的红人,特维尔斯基公爵夫人到了,"他补充说,眺望窗外一辆驶近的、座位高起的配着全套皮辔头的雅致的英国马车,"多豪华呀!多魅人呀!哦,那么我们也出发吧。"

特维尔斯基公爵夫人没有下马车,只是她的穿着长筒靴、披着肩衣、戴着黑帽的仆人,跑到门口。

"我走了,再见!"安娜说,吻了吻她的儿子,她走到阿列克谢·亚历山德罗维奇面前,把手伸给他,"你来了真是太好了。"

阿列克谢·亚历山德罗维奇吻了吻她的手。

"哦,那么,再见!你回来喝茶,那多么愉快呵!"她说着,就走了出去,快活而开朗。但是当她再也看不见他的时候,她就意识到她手上他的嘴唇接触过的地方,带着厌恶的心情颤抖着。

28

阿列克谢·亚历山德罗维奇到赛马场的时候,安娜已经坐在亭子里贝特西旁边,所有上流社会的人们齐集在这个亭子里。她老远就看见了她丈夫。两个男子,丈夫和情人,是她生活的两个中心,而且不借助外部感官,她就感觉到他们近在眼前。她远远地就感觉到她丈夫走近了,不由得注视着他在人群中走动的姿影。她看见他向亭子走来,看见他时而屈尊地回答着谄媚的鞠躬,时而和他的同辈们交换着亲切而漫不经心的问候,时而殷勤地等待着权贵的青睐,并脱下他那压到耳边的大圆帽。她知道他的这一套。而且在她看来是很讨厌的。"只贪图功名,只想升官,这就是他灵魂里所有的东西,"她想,"至于高尚理想,文化爱好,宗教热忱,这些不过是飞黄腾达的敲门砖罢了。"

从他朝妇女坐的亭子眺望的眼光(他一直望着她的方向,但是在海洋一样的绢纱、丝带、羽毛、阳伞和鲜花中认不出他的妻子来），她知道他在寻找她，但是她故意不去注意他。

"阿列克谢·亚历山德罗维奇！"贝特西公爵夫人叫他，"我相信您一定没有看见您的夫人，她在这里呢。"

他露出冷冷的微笑。

"这里真是五光十色，不免叫人目迷五色了。"他说着，向亭子走去。他对妻子微微一笑，就像丈夫和妻子刚分离一会又见面应有的微笑那样，然后上前招呼公爵夫人和旁的熟人，给每人以应得之份——那就是说，和妇人们说笑，同男子们亲切寒暄。下面，靠近亭子，站着一位阿列克谢·亚历山德罗维奇所尊敬的、以其才智和教养而闻名的侍从武官。阿列克谢·亚历山德罗维奇和他攀谈起来。

在两场赛马之间有一段休息时间，因此没有什么东西妨碍谈话。侍从武官反对赛马。阿列克谢·亚历山德罗维奇反驳他，替赛马辩护。安娜听着他那尖细而抑扬顿挫的声调，没有遗漏掉一个字，而每个字在她听来都是虚伪的，很刺耳。

当四俄里障碍比赛开始的时候，她向前探着身子，目不转睛地盯着弗龙斯基，看他正走到马旁，跨上马去，同时她听着她丈夫讨厌的、喋喋不休的声音。她为弗龙斯基提心吊胆，已经很痛苦，但是更使她痛苦的却是她丈夫那带着熟悉语气的尖细声音，那声音在她听来好像永不休止。

"我是一个坏女人，一个堕落的女人，"她想，"但是我不喜欢说谎，我忍受不了虚伪，而他（她的丈夫）的食粮——就是虚伪。他明明知道这一切，看到这一切，假使他能够这么平静地谈话，他还会感觉到什么呢？假使他杀死我，假使他杀死弗龙斯基，我倒还会尊敬他哩。不，他需要的只是虚伪和体面罢了。"安娜暗自说，并没有考虑她到底要求她丈夫怎样，她到底要他做怎样一个人。她也不了解阿列克谢·亚历山德罗维奇今天使她那么生气,话特别多,只是他内心烦恼和不安的表现。就像一个受了伤的小孩跳蹦着,活动全身筋肉来减轻痛苦一样,阿列克谢·亚历山德罗维奇也同样需要精神上的活动来不想他妻子的事情,一看到她,看到弗龙斯基和经常听到人提起他的名字就不能不想起这些事情。正如跳蹦对一个小孩是自然的一样,聪明畅快地谈话在他也是自然的。他说:

"士官骑兵赛马的危险是赛马必不可少的因素。假如说英国能够炫耀军事历史上骑兵最光辉的业绩,那就完全是因为它在历史上发展了人和马的这种能力。运动在我看来,是有很大价值的,而我们往往只看到表面上最肤浅的东西。"

"这不是表面的,"特维尔斯基公爵夫人说,"他们说有一个士官折断了两根肋骨哩。"

阿列克谢·亚历山德罗维奇浮上素常的微笑,露出了牙齿,但是再也没有表示什么。

"我们承认,公爵夫人,那不是表面的,"他说,"而是内在的。但是问题不在这里。"于是他又转向那位一直在和他认真谈话的将军说:"不要忘了那些参加赛马的人都是以此为业的军人,而且我们得承认每个行业都有它不愉快的一面。这原属军人的职责。像斗拳,西班牙斗牛之类的畸形运动是野蛮的表征。但是专门的运动却是文明的表征。"

"不,我下次再也不来了;这太令人激动了!"贝特西公爵夫人说,"不是吗,安娜?"

"这是刺激的,但是人又舍不得走,"另一个妇人说,"假使我是一个罗马妇人的话,我是不会放过一次格斗表演的。"

安娜一句话没有说,尽拿着她的望远镜,老盯住一个地方。

这时,一位高大的将军穿过亭子。阿列克谢·亚历山德罗维奇中止谈话，急忙地、但是庄严地立起身来，向将军谦卑地鞠躬。

"您不参加赛马吗？"将军跟他开玩笑说。

"我参加的竞赛可更难呢。"阿列克谢·亚历山德罗维奇恭敬地回答。

虽然这回答毫无意思，将军却显出好像从富于机智的人口里听到机智的回答那样一副神情，细细地品尝着话中的风趣①。

"有两方面，"阿列克谢·亚历山德罗维奇继续说，"演员和观众两方面；我承认，爱看这种东西正是观众文化程度很低下的铁证，但是……"

"公爵夫人，打赌吧！"从下面传来了斯捷潘·阿尔卡季奇朝贝特西说话的声音，"您赌谁赢呢？"

"安娜和我都赌库佐夫列夫。"贝特西回答。

"我赌弗龙斯基。一副手套吧？"

"好的！"

"多么好看呀，可不是吗？"

当周围有人谈话的时候，阿列克谢·亚历山德罗维奇沉默了一会儿，但是随即又开口了。

"我同意，但是需要勇气的运动不是……"他继续着。

但是正在这时骑士们出发了，于是一切的谈话都停止了。阿列克谢·亚历山德罗维奇也静默下来，每个人都站起来，把视线转向小河。阿列克谢·亚历山德罗维奇对于赛马并不感兴趣，所以他没有看骑士们，只是用他那疲倦的眼睛心不在焉地打量着观众。他的眼光停在安娜身上了。

她的脸色苍白而严峻。显然除了一个人以外，什么人，什么东

---

① 原文为法语。

西也没有看见。她的手痉挛地紧握着扇子,她屏住呼吸。他望了望她,连忙回过头去,打量着别人的面孔。

"但是这里这位妇人和旁的妇人都很兴奋呢;这是非常自然的啊。"阿列克谢·亚历山德罗维奇自言自语。他极力想要不看她,但是不知不觉地他的目光被吸引到她身上去了。他又观察了她的脸,竭力想不看出那明显地流露在那上面的神情,可是终于违反了他自己的意志,怀着恐怖,他在上面看出了他不愿意知道的神色。

库佐夫列夫在小河旁第一个堕下马来使所有的人都激动起来,但是阿列克谢·亚历山德罗维奇在安娜苍白的、得意的脸上却清楚地看出了,她所注视的人并不是跌下马的那一个。当马霍京和弗龙斯基越过了大栅栏之后,在他们后面的一个士官跌下马来,受了重伤,而一阵恐怖的叹息声在全体观众中间掠过去时,阿列克谢·亚历山德罗维奇看出安娜甚至都没有注意到这个,她好容易才明白她周围的人们在谈什么。但是他更频频地、执拗地注视着她。安娜虽然全神贯注在飞驰的弗龙斯基身上,却感觉到她丈夫冷冷的眼光在旁边盯着她。

她回过头来,询问般地望了他一眼,微微皱着眉,又回过头去。

"噢,我才不管哩!"她像在对他这样说,就再也没有望过他一眼了。

这场赛马是不幸的,在参加比赛的十七个士官中有半数以上堕马,受了伤。到比赛将要终结的时候,每个人都很激动,因为沙皇不高兴,大家就更激动了。

29

大家都大声地表示不满,大家都在重复不知谁说出来的一句话:

"只差和狮子角斗哩。"而且大家都感到恐怖,因此当弗龙斯基翻下马来,安娜大声惊叫了一声时,并没有什么稀奇之处。但是后来安娜的脸上起了一种实在有失体面的变化。她完全失去控制。她像一只笼中的鸟儿一样乱动起来,一会起身走开,一会又转向贝特西。

"我们走吧,我们走吧!"她说。

但是贝特西没有听见。她弯着身子,正跟走到她面前的一位将军说话。

阿列克谢·亚历山德罗维奇走到安娜面前,殷勤地把胳臂伸给她。

"我们走吧,假使你高兴的话。"他用法语说;但是安娜正在听将军说话,没有注意到她丈夫。

"听说他也摔断了腿,"将军说,"真是太糟糕了。"

安娜没有回答她丈夫,她举起望远镜,朝弗龙斯基堕马的地方眺望;但是离那地方那么远,而且那么多人拥挤在那里,她什么都看不见。她放下望远镜,正待起身走开,但是正在这时一个士官骑马跑来,向沙皇报告了消息。安娜向前探着身子倾听。

"斯季瓦!斯季瓦!"她叫她的哥哥。

但是她的哥哥没有听见。她又起身预备走。

"我再一次把胳臂伸给你,假使你要走的话。"阿列克谢·亚历山德罗维奇说,触了触她的手。

她厌恶地避开他,没有望着他的脸,回答说:

"不,不,不要管我,我要留在这里。"

她这时看到从弗龙斯基出事的地点一个士官正穿过赛马场朝亭子跑来。贝特西向他挥着手帕。

士官带来了骑者没有受伤,只是马折断了脊背的消息。

一听到这消息,安娜就连忙坐下,用扇子掩住脸。阿列克谢·亚历山德罗维奇看到她在哭泣,她不仅控制不住眼泪,连使她胸膛起伏的呜咽也抑制不住了。阿列克谢·亚历山德罗维奇用身子遮住她,给她时间来恢复镇静。

"我第三次把胳臂伸给你。"他过了一会儿之后向她说。安娜望着他,不知道说什么好。贝特西公爵夫人来解围了。

"不,阿列克谢·亚历山德罗维奇,我邀安娜来的,我答应了送她回去。"贝特西插嘴说。

"对不起,公爵夫人,"他说,客气地微笑着,但是坚定地望着她的眼睛,"我看安娜身体不大舒服,我要她跟我一道回去。"

安娜吃惊地环顾了一下四周,顺从地站起身来,挽住她丈夫的胳臂。

"我派人到他那里去探问明白,就来通知你。"贝特西低声对她说。

当他们离开亭子的时候,阿列克谢·亚历山德罗维奇照常和他遇见的人们应酬,而安娜也要照常寒暄应酬;但是她完全身不由己了,像在梦中一样挽住她丈夫的胳臂走着。

"他跌死了没有呢?是真的吗?他会不会来呢?我今天要不要去看他?"她想着。

她默默地坐上她丈夫的马车,他们默默地从马车群里驶出去。阿列克谢·亚历山德罗维奇虽然看见了这一切,却还是不让自己考虑他妻子的实际处境。他只看见了外表的征候。他看见了她的举动有失检点,认为提醒她是自己的职责。不过单提这件事,不说别的,在他是非常困难的。他张开嘴,想要对她说她举动不检,但是不由自主地说了一句完全另外的话。

"说起来,我们大家多么爱好这些残酷的景象啊!"他说,"我看……"

"什么？我不明白。"安娜轻蔑地说。

他被激怒了，立刻说出他想要说的话。

"我不能不对你说。"他开口了。

"现在我们一切都要说穿了！"她想，感到恐惧。

"我不能不对你说你今天的举动有失检点。"他用法语对她说。

"我的举动什么地方有失检点？"她大声说，迅速地掉转头来，正视着他的眼睛，但已经不带着以前那种有所隐瞒的快活神色，而是带着一种坚定的神色，她很费力地想借此把她感到的恐怖隐藏起来。

"注意。"他指着马车夫背后开着的窗子说。

他起身把窗子关上。

"你觉得我什么地方有失检点？"她重复说。

"一个骑士出了事的时候，你没有能够掩盖住你的失望的神色。"

他等待她回答；但是她却沉默着，直视着前方。

"我曾要求你在社交场中一举一动都要做到连恶嘴毒舌的人也不能够诽谤你。有个时候我曾说过你内心的态度，但是现在我却不是说那个。现在我说的只是你外表的态度。你的举动有失检点，我希望这种事以后不再发生。"

他说的话她连一半都没有听进去，她在他面前感到恐惧，而心里却在想着弗龙斯基没有跌死是不是真的。他们说骑士没有受伤，只是马折断了脊骨，他们说的是他吗？当他说完的时候，她只带着假装的嘲弄神情微微一笑，并没有回答，因为她没有听见他说了什么。阿列克谢·亚历山德罗维奇开始大胆地说了，但是当他明白地意识到他所说的话时，她感到的恐怖也感染了他。他看见她的微笑，他心里产生了一种奇怪的错觉。

"她在嘲笑我疑心太重哩。是的，她马上就会对我说她以前对我说过的话：说我的猜疑是无根据的，是可笑的。"

在全部真相即将揭露的时刻，他最希望的是她还会像以前一样嘲笑地回答说他的猜疑是可笑的、毫无根据的。他所知道的事是这样可怕，以致他现在什么都愿意相信了。但是她脸上的惊惶而又忧郁的表情，现在看样子连欺骗也不会了。

"也许我错了，"他说，"假如是那样的话，就请你原谅我吧。"

"不，你没有错，"她从容地说，绝望地望着他冷冷的面孔，"你没有错。我绝望了，我不能不绝望。我听着你说话，但是我心里却在想着他。我爱他，我是他的情妇，我忍受不了你，我害怕你，我憎恶你……随便你怎样处置我吧。"

她仰靠在马车角落里，突然呜咽起来，用两手掩着脸。阿列克谢·亚历山德罗维奇没有动，直视着前方。但是他整个面孔突然显出死人一般庄严呆板的神色，而这神色直到他们到了别墅都没有变化。快到家的时候，他回过头转向她，还是带着同样的神色。

"很好！但是我要求你严格地遵守外表的体面直到这种时候，"他的声音发抖了，"直到我采取适当的措施来保我的名誉，而且把那办法通知你为止。"

他先下车，然后扶她下了车。在仆人面前，他紧紧握了握她的手，又坐上马车，驶回彼得堡去。

他走后不一会儿，贝特西公爵夫人的仆人来了，给安娜送来一封短信。

"我差人到阿列克谢那里去探问他的健康情况，他回信说他很好，没有受伤，只是感到失望。"

"这样，他会来了，"她想，"我把一切都对他讲明了，这是多么好的一件事情啊。"

她看了看表。她还得等三个钟头，回忆起他们最后一次会面的详细情节使她的血沸腾起来。

"唉呀,多么光明啊!这是可怕的,但是我爱看他的脸,我爱这奇幻的光明……我的丈夫!啊!是的……哦,谢谢上帝!和他一切都完了。"

30

在谢尔巴茨基一家前往的德国的小温泉,像在所有人们聚集的地方一样,照例发生了一种可以说是社会结晶那样的过程,把社会中每个人都指派在固定不变的地位上。正如水滴在严寒中一成不变地会变成冰晶的特定形状一样,到温泉来的每个新人同样也立刻被安置在特定的地位上。

谢尔巴茨基公爵及夫人与女公子,①由于他们所住的房间,由于他们的名望和结交的朋友,立刻被结晶化在为他们指定的一定地位上了。

今年有一位真正的德国公爵夫人②到温泉来,因此,结晶化的过程就进展得比以前更加剧烈了。谢尔巴茨基公爵夫人一心一意地想要她的女儿谒见这位德国公爵夫人,在他们到达的第二天,就举行了这个仪式。基蒂穿着一件从巴黎定做的极其朴素的,也就是说,极其雅致的夏季连衣裙,深深地而又娴雅地行了屈膝礼。德国公爵夫人说:"我盼望玫瑰色很快回到这美丽的小脸上来。"这样就立刻给谢尔巴茨基一家确定了一定的生活轨道,要脱离这轨道是不可能的。谢尔巴茨基家还结识了英国某贵夫人的一家,一位德国伯爵夫人和她那在最近一次战争中受了伤的儿子,一位瑞典的学者,和康

---

①② 原文为德语。

纳特兄妹。但是谢尔巴茨基一家来往最密切的是一位莫斯科的贵夫人玛丽亚·叶夫根尼耶夫娜·尔季谢娃和她女儿（基蒂不喜欢她，因为她和她一样，也是为恋爱而病的）以及一位莫斯科的上校，这位上校，基蒂从小就认识，而且老看见他穿着制服，佩着肩章，现在，由于他的小眼睛、他的袒露脖颈和花花哨哨的领带而显得格外可笑，同时又因为无法摆脱他而使人厌烦。当这一切状态这样固定下来的时候，基蒂开始感到非常厌倦了，特别是因为公爵到卡尔斯巴德[①]去了，只剩下她们母女二人。她对于她认识的人们不感兴趣，觉得从他们身上不会得到什么新的东西。她在温泉最大的兴趣就是观察和猜测她不认识的人。这是基蒂的特性，她顶希望在人们身上，特别是在她不认识的人们身上找出最优秀的品质。而现在当她猜测那些人是谁，他们彼此间是什么关系，以及他们是什么样人的时候，基蒂把最令人惊叹的高贵性格赋予他们，通过观察来证实自己的想法。在这些人中，最吸引她注意的是一位俄国姑娘，她是和一个俄国夫人，大家叫她做施塔尔夫人的一同来到温泉。施塔尔夫人是上流社会中的人，但是她病得不能走路，只在罕见的晴朗日子里坐着轮椅在浴场出现。但是施塔尔夫人和一个俄国人也没有来往，这与其说是由于疾病，毋宁说是由于骄傲——谢尔巴茨基公爵夫人是这样解释的。这个俄国姑娘照顾着施塔尔夫人，而且，如基蒂所观察的，她还和所有害重病的病人都很要好，那样的病人在温泉是很多的，而且大大方方地照顾他们。这个俄国姑娘，如基蒂推断的，和施塔尔夫人并没有亲属关系，她也不是一个雇用的陪伴者。施塔尔夫人叫她做瓦莲卡，而旁的人都叫她做瓦莲卡小姐。除了这个姑娘和施塔尔夫人以及和旁的素不相识的人的关系使基蒂发生兴趣之外，

[①] 卡尔斯巴德，即卡罗维发利，捷克城市，为著名的矿泉疗养地。

基蒂像常有的情形那样对于瓦莲卡小姐感到说不出来的好感，而且在她们的视线相遇时觉出来她也喜欢她。

这位瓦莲卡小姐，倒未必是度过了青春，但是她好像没有青春的人一样：她可以看成十九岁，也可以看成三十岁。假使对她的容貌细加品评的话，她与其说是不美，毋宁说是美丽的，虽然她脸上带着病容。如果她不是太瘦，她的头配着她的中等身材显得太大的话，她一定是很好看的；但是她对于男子大概是没有吸引力的。她好比一朵美丽的花，虽然花瓣还没有凋谢，却已过了盛开期，不再发出芳香了。而且，她不能吸引男人的另一个原因就是因为她缺乏洋溢在基蒂身上的东西——压抑住的生命火焰，和意识到自己富有魅力的感觉。

她好像总是忙于工作，这是毫无疑问的，因此好像她对别的事情都不感兴趣。她以自己和基蒂形成的对照，特别吸引住基蒂。基蒂感觉到在她身上，在她的生活方式上，她可以找到她苦苦追求的榜样：那就是超脱世俗男女关系的生活情趣、生活价值，那种男女关系现在那么使基蒂厌恶，而且在她看来就像是等待买主的可耻的陈列品一样。基蒂越仔细观察她那素不相识的朋友，她就越确信这位姑娘是如她所想象的十全十美的人物，因此也就越加急切地想要和她结识了。

两个姑娘每天要遇见好几次，而每当她们相遇的时候，基蒂的眼神就说："你是谁？你是怎样一个人？你真是如我想象的那样优美的人吗？可是千万不要以为，"她的眼色补充说，"我一定要和你结识，我不过是羡慕你，喜欢你罢了。""我也喜欢你呢，你是非常、非常可爱啊。要是我有时间的话，我会更喜欢你的。"不认识的姑娘的眼色回答。基蒂确实看见她老是忙碌着：她一会把一家俄国人的小孩从浴场带回去，一会儿去给一个病妇拿毛毯围在身上，一会去竭力安慰易怒的病人，一会儿又给什么人挑选和购买喝咖啡吃的点心。

谢尔巴茨基一家到来以后没有多久，一天早晨在温泉出现了两个人，引起了大家不友好的注意。一个是高大、驼背的男子，他两手粗大，有一双纯真而又可怕的黑眼睛，身穿一件短得不合身的破大衣，一个是麻脸的、面目可爱的、穿得很坏而俗气的女人。认出他们两个都是俄国人，基蒂就已经开始在想象里构想着关于他们美好动人的恋爱关系。但是公爵夫人从旅客簿①上查出他们就是尼古拉·列文和玛丽亚·尼古拉耶夫娜，就向基蒂说明这个列文是怎样个坏蛋，这样，关于这两个人的一切幻想就全破灭了。与其说是由于她母亲告诉她的那些话，还不如说是由于这是康斯坦丁的哥哥，基蒂突然觉得这两个人讨厌极了。现在，这个列文，以他扭动脑袋的习惯，在她心里唤起了抑制不住的厌恶心情。

她感到他那双紧盯着她的可怕的大眼睛好像表露出憎恶和嘲笑的神色，于是她极力避免遇见他。

31

是一个阴雨的日子，雨下了整整一早上，病人们拿着伞，蜂拥到回廊里。

基蒂和她母亲，还有那位穿着在法兰克福买的现成西服昂首阔步的莫斯科的上校一道走着。他们在回廊的一边走着，竭力避开在那一边走动的列文。瓦莲卡穿着黑色衣服，戴着垂边的黑帽，

---

① 原文为德语。

陪着一个瞎眼的法国妇人从回廊那头走到这头，每当她碰见基蒂的时候，她们就交换着亲切的眼光。

"妈妈，我可以和她讲话吗？"基蒂说，注视着她那不相识的朋友，而且注意到她正向矿泉走去，她们可以在那里相见。

"啊，要是你很想这样的话，我先去探听她的情况，亲自去认识她。"她母亲回答。"你看出她身上有什么地方特别呢？她一定是一个陪伴人的。要是你想的话，我就去和施塔尔夫人结识一下。我本来认识她的弟媳①的。"公爵夫人补充说，傲慢地抬起头来。

基蒂知道，公爵夫人因为施塔尔夫人好像避免和她结识而生气。基蒂没有坚持。

"她多可爱啊！"她说，望着瓦莲卡正把杯子递给那法国妇人，"您看，一切都是多么自然和可爱啊。"

"看了你的迷恋②真好笑呢。"公爵夫人说，"不，我们还是转回去吧。"她补充说，注意到列文同他的女人和一个德国医生正迎面走来，他高声地、愤怒地和那医生谈论着。

她们转身走回去的时候，忽然听见已经不是高声谈话而是叫嚷的声音。列文突然停住脚步，对医生叫嚷着，而医生也发火了。一群人围住他们看。公爵夫人和基蒂连忙退避，可是上校加入人群中去探听是怎么回事。

一会儿以后上校追上了她们。

"怎么回事呢？"公爵夫人问。

"可耻呀，丢人呀！"上校回答，"最怕的是在国外遇到俄国人呢。那位高大的绅士在和医生争吵，用各种话辱骂他，为了不满意他治疗的方法，他还当着他的面挥动起手杖来。简直丢人呢！"

①② 原文为法语。

"啊，多不愉快呀！"公爵夫人说，"哦，结果怎样呢？"

"幸亏……一位戴菌形帽子的姑娘……出来调解。我想她是一位俄国姑娘。"上校说。

"小姐瓦莲卡吧？"基蒂高兴地问。

"是，是。她第一个挺身出来解围，她挽住那个男子的胳臂，把他领走了。"

"您看，妈妈，"基蒂对她母亲说，"您还奇怪我为什么那么赞美她哩。"

第二天，当基蒂注视着她那不相识的朋友时，她注意到瓦莲卡小姐对待列文和他的女人已像对待旁的被保护者们[①]一样了。她走到他们面前，和他们交谈，给那位任何外语都不会说的女人当翻译。

基蒂开始更急切地恳求她母亲允许她和瓦莲卡认识。虽然好像首先要和妄自尊大的施塔尔夫人去攀交，在公爵夫人是不愉快的，但她还是探听了瓦莲卡的情况，而且知道了她的底细，使她断定这种结识益处虽少却也无害，她就亲自走近瓦莲卡，去和她结识。

挑选了这样一个时刻，她女儿到矿泉去了，瓦莲卡正站在面包店外面，公爵夫人走到她面前。

"请允许我和您认识，"她带着庄严的微笑说，"我女儿迷恋上您了，"她说，"您也许还不认得我。我是……"

"那是超出相互的感情了，公爵夫人。"瓦莲卡连忙回答。

"昨天您对我们可怜的本国人真是做了好事！"公爵夫人说。

瓦莲卡微微红了脸。

"我记不得了；我觉得我并没有做什么。"她说。

"可不是，您使那个列文避免了不愉快的后果。"

---

① 原文为法语。

"是这样，他的女伴①叫我，我就竭力使他安静下来；他病得很重，对医生不满。我常照顾这种病人哩。"

"是的，我听说您和您姑母——我想是您姑母吧——施塔尔夫人一道住在孟通②。我认得她的弟媳呢。"

"不，她不是我的姑母。我叫她妈妈，但是我和她没有亲属关系；我是她抚养的。"瓦莲卡回答，又微微涨红了脸。

这话说得那么朴实，她脸上的正直坦白的表情又是那么可爱，公爵夫人这才明白了基蒂为什么那样喜欢瓦莲卡。

"哦，这个列文打算怎样呢？"公爵夫人问。

"他快要走了。"瓦莲卡回答。

正在这时，基蒂从矿泉走回来，看见母亲和她不相识的朋友认识了而显出喜悦的神色。

"哦，基蒂，你那么想认识这位小姐……"

"瓦莲卡，"瓦莲卡微笑着插嘴说，"大家都这样叫我。"

基蒂快乐得涨红了脸，久久地、默默地紧握着她的新朋友的手，那手没有报以紧握，只是动也不动地放在她的手里。虽然那手没有报以紧握，但是瓦莲卡小姐的脸上却闪烁着柔和的、喜悦的、虽然有几分忧愁的微笑，露出了大而美丽的牙齿。

"我也早就这样希望呢。"她说。

"但您是这样忙……"

"啊，恰好相反，我一点也不忙。"瓦莲卡回答，但是就在这时，她不能不离开她的新朋友，因为两个俄国小女孩，一位病人的女儿，向她跑来。

"瓦莲卡，妈妈在叫呢！"她们嚷着。

---

① 原文为法语。
② 孟通，法国有名的疗养地。

于是瓦莲卡跟着她们走了。

32

公爵夫人所探知的关于瓦莲卡的身世和她同施塔尔夫人的关系以及施塔尔夫人本人的详情是这样的：

施塔尔夫人是一个多病而热忱的妇人，有人说是她把她丈夫折磨死的，也有人说是她丈夫行为放荡，而使她陷于不幸。当她和丈夫离婚以后生下她仅有的一个小孩，那小孩差不多一生下来就死掉了，施塔尔夫人的亲戚知道她多愁善感，恐怕这消息会使她送命，就用同天晚上在彼得堡同一所房子里生下的一个御厨的女儿替换了她死去的孩子。这就是瓦莲卡。施塔尔夫人后来才知道瓦莲卡不是她亲生的女儿，但是她继续抚养她，特别是因为不久以后瓦莲卡就举目无亲了。

施塔尔夫人在国外南方一直住了十多年，从来不曾离开过卧榻。有人说施塔尔夫人是以一个慈善而富于宗教心的妇人而获得她的社会地位的，又有人说她心地上一如她表现的一样，是一个极有道德、完全为他人谋福利的人。谁也不知道她的信仰是什么——天主教呢，新教呢，还是正教；但是有一个事实是无可置疑的——她和一切教会和教派的最高权威都保持着亲密关系。

瓦莲卡和她经常住在国外，凡是认识施塔尔夫人的人就都认识而且喜欢瓦莲卡小姐，大家都这样称呼她。

探听到这一切底细，公爵夫人觉得没有理由反对她女儿和瓦莲卡接近，况且瓦莲卡的品行和教养都是极其优良的：她的英语和法语都说得挺好，而最重要的是——她传达了施塔尔夫人的话，说她因病不能和公爵夫人会晤很抱歉。

认识了瓦莲卡以后,基蒂就越来越被她的朋友迷住了,她每天都在她身上发现新的美德。

公爵夫人听说瓦莲卡唱得好,就邀请她晚上来给她们唱歌。

"基蒂弹琴,我们有一架钢琴——虽说琴不好,但是您一定会使我们得到很大的快乐。"公爵夫人说,露出她那做作的微笑,基蒂这时特别不喜欢这微笑,因为她注意到瓦莲卡并没有意思要唱歌。但是晚上瓦莲卡来了,而且带来了乐谱。公爵夫人把玛丽亚·叶夫根尼耶夫娜母女和上校也邀请了来。

瓦莲卡看见有她不认识的人在座,完全没有显出局促不安的神态,她立刻向钢琴走去。她自己不能伴奏,但她却能照歌谱唱得很好。擅长弹琴的基蒂给她伴奏。

"您有非凡的才能。"公爵夫人在瓦莲卡美妙地唱完了第一支歌曲之后对她说。

玛丽亚·叶夫根尼耶夫娜母女表示了她们的感激和赞赏。

"看,"上校说,向窗外眺望,"多少听众聚拢来听您唱呀。"在窗下确实聚集了一大群人。

"我很高兴能使你们快乐。"瓦莲卡简单地回答。

基蒂得意地望着她的朋友。她为她的才能、她的歌喉和她的容貌而倾倒,而尤其令她倾倒的是她的这种态度——瓦莲卡显然不觉得她的歌唱有什么了不起,对于大家对她的赞美毫不在意;她好像只是在问:"我还要唱呢,还是够了?"

"假使我是她的话,"基蒂想,"我会多么引以为豪啊!我看到窗下的人群会多么高兴呀!但是她却毫不动情。她唯一的愿望是不拒绝我的妈妈,要使她快乐。她心中有什么呢?是什么给了她这种超然物外的力量呢?我多么想要知道这个,而且跟她学习呀!"基蒂望着她安静的面孔,这样想。公爵夫人要求瓦莲卡再唱一支歌,瓦莲卡就又唱了一支,又是那样柔婉、清晰而美妙,她直立在钢琴旁,用瘦削的、浅黑皮肤的手打着拍子。

乐谱中下一支歌曲是一首意大利歌曲,基蒂弹了序曲,回头望了瓦莲卡一眼。

"我们跳过这个吧。"瓦莲卡说,稍稍涨红了脸。

基蒂吃惊地、询问似的盯着瓦莲卡的脸。

"哦,那就下一个吧。"她连忙说,翻着歌谱,立刻明白了那首歌一定有什么隐情。

"不,"瓦莲卡微笑着回答,把手放在乐谱上,"不,我们就唱这支吧。"于是她唱得和前几支歌一样平静,一样美好。

当她唱完了的时候,大家又感谢了她,就走去喝茶了。基蒂和瓦莲卡出去走到和房子相连的小花园里。

"您联想起和那个歌有关系的往事,我说的对吗?"基蒂说。"不要告诉我,"她连忙补充说,"只说对不对。"

"不,为什么不?我会告诉您呢,"瓦莲卡直率地说,不等她回答,就继续说,"是的,它引起了我的回忆,那曾经是痛苦的回忆。我曾经爱过一个人,我常常唱那支歌给他听。"

基蒂睁大眼睛,默默地、感动地凝视着瓦莲卡。

"我爱他,他也爱我;但是他母亲不赞成,因此他就娶了另外一个女子。他现在住得离我们不远,我有时看到他。您没有想到我也有恋爱史吧?"她说,在她美丽的面孔上闪现了一刹那的热情火花,那火花,基蒂觉得也曾经燃烧过她自己的整个身心。

"我没有这样想吗?啊,假使我是一个男子的话,我认识您以后就再也不会爱旁人了。只是我不明白,他怎么可以为了要顺着他母亲的心意就忘记您,使您不幸呢;他是无情的。"

"啊,不,他是一个很好的人,而我也没有什么不幸;相反,我

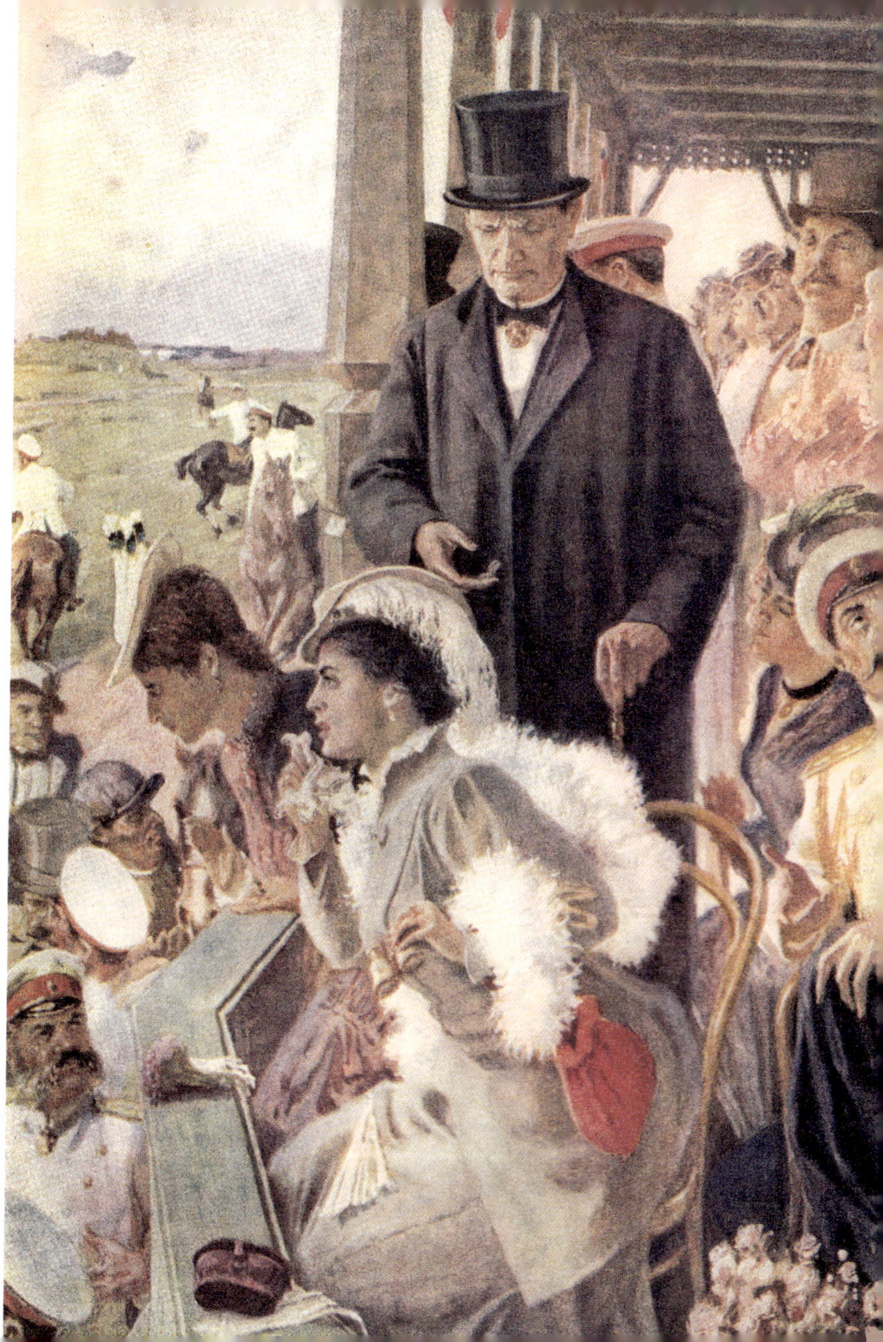

幸福得很哩。哦，今晚我们不再唱了吧？"她补充说，向屋子走去。

"您多好呀！您多好呀！"基蒂叫道，于是拦住她，和她亲吻，"我要是能够有一点点像您就好了啊！"

"您为什么要像谁呢？您本来就很好啊。"瓦莲卡说，流露出温和的疲倦的微笑。

"不，我一点都不好呢。来，告诉我……等一等，我们坐下来，"基蒂说，让她又在她旁边的长凳上坐下，"告诉我，想到一个男子轻视你的爱情，而且他一点也不想要……难道不觉得侮辱吗？……"

"但是他并没有轻视我的爱情；我相信他爱我，但是他是一个孝顺的儿子……"

"是的，可是假如不是为了他母亲，而是他自己这样做的呢？……"基蒂说，感到她泄漏了自己的秘密，而她那羞得通红的脸已经暴露了她的心事。

"假如是那样，那是他做得不对，我也就不惋惜他了。"瓦莲卡回答，显然觉察出她们谈着的已不是她，而是基蒂。

"但是那种侮辱呢？"基蒂说，"那侮辱永远不能忘记，永远不能忘记的。"她说，想起在最后一次舞会上音乐停止的时候她望着弗龙斯基的那种眼光。

"有什么侮辱的地方呢？哦，您并没有做出什么不对的事呀？"

"比不对还要坏呢——是羞耻呀。"

瓦莲卡摇摇头，把手放在基蒂的手上。

"哦，有什么可羞耻的地方呢？"她说，"您总不会对那冷落了您的男子说您爱他，您说了吗？"

"自然没有；我从来没有说过一句话，但是他明白的。不，不，神情举止，看得出来呀。我活到一百岁也不会忘记的。"

"那有什么关系呢？我不明白。问题在于您现在还爱不爱他。"

瓦莲卡说，她是什么话都照直说的。

"我恨他；我不能饶恕自己。"

"哦，那有什么关系呢？"

"羞耻，侮辱！"

"啊！假使大家都像您这样敏感可不得了！"瓦莲卡说，"没有一个女子没有经历过这样的事情。这到底不是那么重要的。"

"那么，什么是重要的呢？"基蒂问，带着好奇的惊异神情凝视着她的脸。

"啊，重要的事多着呢。"瓦莲卡微笑着说。

"那么，是什么样的事呢？"

"啊，更重要的事还多着呢。"瓦莲卡回答，不知道怎样说才好。但是正在这时候，她们听到从窗口传来公爵夫人的声音说：

"基蒂，冷起来了！披条披肩吧，要么就进屋里来。"

"真的，我该走了！"瓦莲卡说，站起来，"我还得顺便到伯尔特夫人那里去一下；她要我去看她呢。"

基蒂拉着她的手，带着热烈的好奇心和恳求的神情，她的眼神问她："是什么，是什么最重要呢，是什么给了您这样的镇静呢？您知道，告诉我吧！"但是瓦莲卡甚至都不明白基蒂的眼神在问她什么。她只知道她今晚还得去看伯尔特夫人，而且要在十二点钟赶回家去给妈妈预备茶。她走进屋子，收拾起乐谱，向大家道了别，就准备走。

"让我送您回家吧。"上校说。

"对啦，这样夜深您怎么可以一个人走呢？"公爵夫人附和着，"无论如何，我叫帕拉沙送您。"

基蒂看出瓦莲卡听说她需要人护送几乎忍不住笑起来。

"不，我常常一个人走，绝不会发生什么的。"她说，拿起帽子。

于是又吻了基蒂一次,没有说出什么是重要的,她把乐谱挟在腋下,迈着精神饱满的步子走出去,消失在夏夜的薄暮里,把什么是重要的,以及是什么给了她那样使人羡慕的平静和庄严的那些秘密一同带走了。

33

基蒂跟施塔尔夫人也认识了,这种结识,连同她对瓦莲卡的友情,不但对她发生了强大影响,而且安慰了她精神上的苦痛。她在由于这种结识而展现在她面前的一个完全新的世界中,和她的过去毫无共同之处的、崇高的、美好的世界中,——从那世界的高处她可以冷静地回顾往事——找到了这种安慰。它向她显示出除了基蒂一直沉湎的本能生活之外,还有一种精神生活。这种生活是由宗教显示出来的,但却是这样一种宗教,它和基蒂从小所知道的宗教,在祈祷仪式上,在可以会见朋友的寡妇院①里的通宵礼拜上,以及在同牧师背诵斯拉夫语的教义上所表现出来的宗教是毫无共同之处的。这是一种崇高的、神秘的和高尚的思想感情相联系的宗教,人不仅能够按照吩咐相信它,而且也能够热爱它。

基蒂并不是从言语中探索出这一切的。施塔尔夫人同基蒂谈话,就像同一个可爱的小孩谈话一样,那使她愉快地回忆起自己的青年时代来;仅仅有一次她说起在人类的一切悲哀中,只有爱和信仰能够给予安慰,并且说照基督对于我们的怜悯看来,没有一种悲哀是微不足道的;于是她立刻转移话题,谈别的事情了。但是在施塔尔夫人的每一个举止行动、每一言谈话语、每一天国般的——像基蒂

---

① 寡妇院,一八三年在莫斯科和彼得堡成立的慈善机关,收容在国家机关供职至少十年的官员或阵亡军官的贫病及年迈的寡妇。

所称呼的——眼光中,特别是在她从瓦莲卡口中听来的她的全部生活经历中,基蒂发现了她以前不知道的"重要的"东西。

但是,虽然施塔尔夫人品德崇高,身世动人,她的话语高尚而优美,基蒂却不禁在她身上发觉了某些使她困惑的特征。她注意到每逢人家问起她的亲属时,施塔尔夫人总是轻蔑地微微一笑,那是和基督的慈善精神不符合的。她还注意到当她看见她和天主教神父们在一起的时候,施塔尔夫人就特意使她的脸处在灯罩的阴影下,神色异常地微笑起来。这虽是两件小事,却使她迷惑了,她对施塔尔夫人产生了怀疑。但是,瓦莲卡,孤零零的,没有朋友,也没有亲戚,怀着悲哀的失望,无所需求,也不懊悔,正是基蒂只敢梦寐以求的完美无缺的人物。在瓦莲卡身上,她看出来人只应当忘却自己而爱别人,这样才能够安静、幸福和高尚。而这就是基蒂所渴望的。现在清楚地看出来什么是最重要的,基蒂不以心驰神往为满足,她立刻全心全意地投身到展现在她面前的新生活中。根据瓦莲卡讲述的关于施塔尔夫人以及旁的人们的所做所为,基蒂已经构思出她自己未来的生活计划。她要像瓦莲卡屡屡谈及的施塔尔夫人的侄女阿琳一样,无论住在什么地方都要去寻找在苦难中的人们,尽力帮助他们,给他们《福音书》,读《福音书》给病人、罪犯和临死的人听。像阿琳那样读《福音书》给罪犯们听,这个念头格外使基蒂着迷了。但是这一切都是基蒂既没有对她母亲,也没有对瓦莲卡说起过的秘密的梦想。

但是,虽然等待着可以大规模地执行她的计划的时机,基蒂,就在现在,在有这么多害病和不幸的人们的温泉,很容易就找到仿效瓦莲卡来实行她的新主义的机会。

起初公爵夫人只注意到基蒂受到施塔尔夫人,尤其是瓦莲卡的那种她所谓迷恋的强烈影响。她看到基蒂不但在活动上仿效瓦莲卡,就连走路、说话、眨眼睛的样子也都不自觉地仿效她。但是后来公爵夫人注意到在她女儿心中除了这种狂热之外，还发生了某种严重的精神变化。

公爵夫人看到了晚间基蒂在读施塔尔夫人给她的一本法文《圣经》，这种事她以前是从来不曾做过的；而且看到她躲避社交界的朋友，却和在瓦莲卡保护之下的病人，特别是有病的画家彼得罗夫的贫寒家庭来往。基蒂很明显以在那个家庭担负看护的职责而自豪。这一切都很好，公爵夫人没有理由反对，况且彼得罗夫的妻子是一个很有教养的女人，而且德国公爵夫人，注意到基蒂的行为，又极口称赞她，叫她做安慰的天使。假如不是太过分了的话，这一切本来会是很好的。但是公爵夫人看到她女儿在走极端，因此她就把这意思跟她谈了。

"凡事总不要过分。"①她对她说。

但是她女儿没有回答她；只是她心里想，牵涉到基督教是不能说过分这种话的。有人打你的右脸，你把左脸也扭过来让他打，有人拿去你的外衣，你就连上衣都给他，在信奉这样一种教义中还能有什么过分呢？但是公爵夫人不高兴这种过分行为，尤其不高兴的是她觉得基蒂不愿把她的心事向她尽情吐露。基蒂也的确对她母亲隐瞒了她的新见解和感情。她隐瞒并不是因为她不尊敬，或是不爱母亲，只是因为她是她的母亲。她与其说愿意对她母亲，倒不如说宁愿对任何旁人表露。

"安娜·帕夫洛夫娜好像好久没有来看我们了，"公爵夫人有一天谈起彼得罗夫夫人，"我请她来，可是她好像有点不痛快呢。"

"不，我没有这样觉得，妈妈。"基蒂说，脸红了。

---

① 原文为法语。

"你好久没有去看他们了吗?"

"我们打算明天登山去。"基蒂回答。

"哦,你去吧。"公爵夫人回答,端详着她女儿困惑的脸,竭力想要猜出她困惑的原因。

那天瓦莲卡来吃饭,通知说,安娜·帕夫洛夫娜改变了主意,明天不去登山了。公爵夫人又看出基蒂的脸红了。

"基蒂,你没有和彼得罗夫家发生什么不愉快吧?"公爵夫人在只剩下她们两个人的时候说,"她为什么不再打发小孩来,自己也不来看望我们了呢?"

基蒂回答说她们中间没有发生什么,并且说她也不明白为什么安娜·帕夫洛夫娜对她好像很不满意。基蒂回答的完全是真话。她不知道安娜·帕夫洛夫娜对她改变态度的原因,但是她却猜到了几分。她猜到了一件她不能够对她母亲说,也不能够向自己说的事情。这是那样一种事情,即使自己知道了,但是连对自己也决不能够说,万一弄错了会是那样可怕和可耻的。

她反复回忆着她和那个家庭的全部关系。她记起了她们初次会见时表露在安娜·帕夫洛夫娜的圆圆的、善良的脸上的纯真喜悦;她记起她们怎样秘密商量,怎样计划诱导病人丢开禁止他从事的工作,拉他一同到户外去散步;她记起了叫她做"我的基蒂",她不在就不肯躺下睡觉的那个顶小的男孩对她多么依恋。这一切是多么美好啊!接着她记起了彼得罗夫那穿着褐色上衣的消瘦憔悴的姿容,长长的脖颈,稀疏的鬈发,一双询问般的碧蓝眼睛,那眼睛基蒂初看见时感到那么可怕,还有他竭力在她面前装得健壮和活泼的病态挣扎。她记起了开头她是怎样努力克制自己对他,像对一切肺病患者一样感到的厌恶,以及怎样煞费苦心找话跟他谈。她记起了他凝视她时那种胆怯的、感动的眼色,她感到的怜悯、不安和随之而来的意识到自己的善行的奇异心情。这一切是多么美好啊！但是那一切都是起初的事情。现在，几天以前，一切都突然破坏了。安娜·帕夫洛夫娜用虚情假意的亲热迎接基蒂，不断地观察她和她丈夫。

她走近时他表露出的那种感动的喜悦，难道竟是安娜·帕夫洛夫娜冷淡的原因吗？

"是，"她回想着，"安娜·帕夫洛夫娜有些不自然，而且完全不像她的善良的性情，她前天生气地说：'看吧，他总算把您等来了，您不在他不肯喝咖啡，虽说他已衰弱到这种地步了。'"

"是的，也许，当我把毛毯递给他的时候她也很不高兴。那本来不算一回事，但是他那么过意不去地接过去，而且感谢了我那么久，弄得我也不好意思了。还有他给我画得那么出色的肖像。尤其是那惶惑而温柔的眼光！是，是，一定是的！"基蒂恐怖地暗自重复说。"不，这是不会的，这是不应该有的！他是多么可怜啊！"她随即对自己说。

这种疑惑把她新生活的魅力毁坏了。

34

在温泉疗养季节快结束的时候，谢尔巴茨基公爵从卡尔斯巴德到巴敦和启星根①去看望了俄国朋友——像他所谓的去呼吸俄国的空气——以后，就回到家人身边了。

公爵和公爵夫人对于国外生活的见解是完全相反的。公爵夫人觉得一切都很美满，尽管她在俄国社会有她的确定不移的地位，但她在国外却竭力想装得像一位西欧的夫人，其实她并不是——因为

---

① 巴敦和启星根均德国地名，为有名的温泉。

她是一位典型的俄国夫人，——因此她矫揉造作，很不自在。相反地，公爵觉得国外的一切都是可憎的，讨厌欧洲的生活，保持着自己的俄国习惯，并且在国外故意要显得比他实际上的样子更不像西欧人。

公爵回来时显得瘦了，两颊的皮肤松软了，但是他的心情却顶愉快。当他看见基蒂完全复原时，他的心情就更愉快了。基蒂同施塔尔夫人和瓦莲卡友好的消息，和公爵夫人述说的她观察到基蒂心中起了某种变化的消息扰乱了公爵，引起了他对于一切引诱他女儿离开他的东西一向怀着的嫉妒心情，引起了他的恐惧，唯恐他女儿摆脱他的影响，而进入他所不能达到的境地。但是这些不愉快的消息通通淹没在像海洋一样的善良和愉快的心情里了，公爵向来是善良和愉快的，他游历了卡尔斯巴德温泉回来就更是如此了。

在回来后的第二天，公爵穿着长大衣，脸上带着俄国人的皱纹，浆硬的领子撑住微微鼓胀的两颊，怀着最愉快的心情和女儿一同到浴场去。

是一个明媚的清晨：整洁的、愉快的、有小花园的房子，红脸、赤胳臂、喝足了啤酒、快活地工作着的德国女仆的姿影，灿烂的阳光，一切都令人心旷神怡；但是他们越走近浴场，就越加频繁地遇见病人，这些病人的样子在有秩序的德国生活的日常状态中显得更加可怜。基蒂对这种鲜明对照已不感到惊异了。明朗的阳光，葱茏的绿树，音乐的声音对于她来说是这些熟识的人的天然背景，在这些人身上，像她所看到的，总是起着不是变好就是变坏的变化。但是在公爵看来，六月早晨的明朗和愉悦，奏着流行的欢快华尔兹舞曲的乐队的声音，尤其是健壮的女仆的姿影，和这些从欧洲各处聚拢来的半死不活的人联系在一起，好像有些不协调而又很可怕。

公爵和他的爱女挽臂而行，虽然觉得自豪，而且好像恢复了青春一样，但是他却为他的有力步伐和粗壮四肢而感到不安，他几乎有点害羞了。他差不多感到好像是一个在众人前面赤身裸体的人一样。

"把我介绍给你的新朋友们吧，"他对女儿说，用胳臂肘挟紧她的胳臂，"因为治好了你的病，我连那讨厌的苏登温泉也喜欢了呢。只是这里阴郁，阴郁得很啊。那是谁？"

基蒂一一说出他们所遇见的、她熟识的和不熟识的人们的名字。在花园入口，他们遇见盲妇伯尔特夫人和她的带路人，公爵看见这位年老的法国妇人一听到基蒂的声音就喜笑颜开，很是高兴。她立刻用法国人所特有的那种过分的殷勤和他攀谈起来，称赞他有这么一个好女儿，当面把基蒂捧上了天，管她叫宝贝、珍珠、安慰的天使。

"哦，那么她是第二号天使了，"公爵微笑着说，"她管瓦莲卡小姐叫做第一号天使哩。"

"啊，小姐瓦莲卡，她可真是一位天使呢，真是的①。"伯尔特夫人接上说。

在回廊里他们遇见了瓦莲卡本人。她拿了一只雅致的红色小提包匆忙地向他们走来。

"您看，爸爸回来了。"基蒂对她说。

瓦莲卡做了一个介乎鞠躬和屈膝礼之间的动作，——就像她做别的任何事情一样单纯而自然——就立刻和公爵攀谈起来，又大方，又自然，就像她和旁的任何人谈话一样。

"当然我知道您，我对您知道得很清楚呢，"公爵对她说，流露出一丝微笑，基蒂根据那微笑看出来她父亲喜欢她的朋友，觉得非

① 原文为法语。

常高兴,"您这么匆匆忙忙地到什么地方去呢?"

"妈妈在这儿,"她转向基蒂说,"她整整一晚上没有睡觉,医生劝她出来走走。我把她的针线活给她拿去。"

"这就是第一号天使吗?"公爵在瓦莲卡走开去的时候说。

基蒂看出她父亲本来想嘲笑一下瓦莲卡的,但是因为他喜欢她而不能那样做。

"哦,这样我们可以看见你所有的朋友了,"他继续说,"甚至施塔尔夫人,假使她还会屈尊认我的话。"

"怎么,难道你原来认识她吗,爸爸?"基蒂看见提起施塔尔夫人的名字时,公爵的眼睛就燃烧着嘲弄的火焰,于是惴惴不安地问。

"我原来认识她丈夫,和她也有点儿认识,在她加入虔诚派①以前。"

"什么叫虔诚派呢,爸爸?"基蒂问,发觉在施塔尔夫人心中她那么重视的东西居然有个名称,不禁吃惊了。

"我自己也不很知道哩。我只知道她遇到什么事情,遇到什么不幸都要感谢上帝,连她丈夫死了也要感谢上帝。说来也有点好笑,他们俩总是合不来。"

"那是谁?一副多可怜的面孔!"他问,看到一个中等身材的病人,穿着褐色外套和一条在他那瘦长的腿上揉成了奇异折痕的白裤子,坐在长凳上。

这人把草帽举到他稀疏的鬓发上面,露出了被帽子压得病态地发红的高高的前额。

"那是画家彼得罗夫,"基蒂回答,脸红了,"那是他的妻子。"

---

① 虔诚主义是一种宗教学说,认为起最重要作用的是内心笃信宗教,而不是外表的宗教仪式。早在亚历山大一世时代虔诚主义就在俄国宫廷范围内传播,与极端狂热、残酷及"坏脾气"的表现并存。因此"虔诚主义"一词成为伪善的同义语。

她补充说，指着安娜·帕夫洛夫娜，她就在他们走近的时候，显然是故意地跟着一个沿小路跑去的小孩走开了。

"可怜的人！他的面孔多么可爱啊！"公爵说，"你为什么不走到他面前去？他要和你说话的样子呢。"

"哦，那么我们就去吧，"基蒂说，断然地掉转身来，"您今天觉得怎样？"她问彼得罗夫。

彼得罗夫站起身来，拄着手杖，羞怯地望着公爵。

"这是我的女儿，"公爵说，"让我自己来介绍吧。"

画家鞠了一躬，微微一笑，露出炫目的雪白的牙齿。

"我们昨天等您来哩，公爵小姐。"他对基蒂说。

他说话的时候身子摇晃了一下，随后又重复了一遍这个动作，竭力想要装得好像是故意这样做的。

"我本想来的，但是瓦莲卡说安娜·帕夫洛夫娜捎话说你们不去了。"

"不去了？"彼得罗夫说，涨红了脸，于是立刻咳嗽起来，用眼光四处寻找他的妻子。"安尼达！安尼达！①"他叫，他细瘦的雪白脖颈上的青筋涨得像绳索一样。

安娜·帕夫洛夫娜走过来。

"你怎么通知公爵小姐说我们不去了呢！"他生气地低声说，发不出声音来。

"您好，公爵小姐。"安娜·帕夫洛夫娜说，浮上完全不像她以前的态度，露出假笑。"很高兴认识您，"她向公爵说，"大家老早就等着您呢，公爵。"

"你怎么通知公爵小姐说我们不去了？"画家又一次沙哑地、更

---

① 安尼达，安娜的小名。

生气地低声说，显然因为他的声音少气无力，使他未能充分表达出他的意思而冒火了。

"啊哟！我以为我们不去了哩。"他妻子不高兴地回答。

"什么，什么时候……"他咳嗽着，挥着手。

公爵举了举帽子，和他女儿一道走开了。

"唉！唉！"他深深叹息着，"啊，可怜的人！"

"是呀，爸爸，"基蒂回答，"你知道他们有三个小孩，没有仆人，差不多一点财产也没有。他从学院领一点钱。"她兴奋地继续说，竭力想消除由于安娜·帕夫洛夫娜对她态度的奇异变化在她心中所引起的苦恼。

"啊，施塔尔夫人来了。"基蒂说，指着一辆轮椅，在轮椅里，靠在枕头上，一个包在灰色和青色东西里的物体躺在阳伞下。

这就是施塔尔夫人。在她背后站着一个给她推车的阴郁而强壮的德国工人。在她旁边站着一位淡黄色头发的瑞典伯爵，基蒂知道他的名字。几个病人在轮椅周围徘徊着，凝视着这位夫人，好像她是什么稀罕东西一样。

公爵走近她。基蒂立刻又在他的眼睛里觉察出那使她慌乱的嘲弄火焰。他走到施塔尔夫人面前，极其斯文、极其殷勤地，用现在很少人能够讲的那样优美的法语向她招呼。

"不知道您还记不记得我，但是我为了感谢您对我女儿的厚意，不能不使您回想起来呢。"他说，脱下帽子，再没有戴上。

"亚历山大·谢尔巴茨基公爵，"施塔尔夫人说，向他抬起她那天使般的眼睛，基蒂在那眼神里觉察出烦恼的神色，"看到您，高兴得很！您的女儿，我真是喜欢极了呢。"

"您身体还是不大好吗？"

"是的，我也惯了。"施塔尔夫人说，她把公爵介绍给瑞典伯爵。

"您差不多完全没有变啊，"公爵对她说，"我没有荣幸看见您已经有十年、十一年了呢。"

"是的，上帝赐给人苦难，也赐给人忍受苦难的力量，人常常奇怪苟延残喘地活着有什么目的呢？……那边！"她恼怒地对瓦莲卡说，因为瓦莲卡没有如她的意把毛毯盖住她的脚。

"大概是行善吧。"公爵眼睛里含着笑意说。

"那不是我们所能判断的。"施塔尔夫人说，觉出了公爵脸上的微妙表情。"那么，您把那本书送给我吗，亲爱的伯爵？我谢谢您呢。"她转向年轻的瑞典人说。

"啊！"公爵看见站在旁边的那位莫斯科的上校，叫了一声，于是向施塔尔夫人鞠了躬，就同他的女儿和加入他们当中的莫斯科上校一道走开了。

"这就是我们的贵族，公爵！"那位莫斯科的上校带着讥讽的意味说。他因为施塔尔夫人不和他结交而对她不满。

"她还跟从前一样哩。"公爵回答。

"在她生病之前您认识她吗——就是说在她躺倒以前？"

"是的。我看到她躺倒的。"公爵说。

"据说她有十年没有起床了。"

"她不起床，因为她的腿太短了。她的样子长得丑极了。"

"爸爸，决不会的！"基蒂叫着。

"恶嘴毒舌的人都这么说，我的亲爱的。而你的瓦莲卡可够受罪的，"他补充说，"啊，这些生病的夫人们！"

"啊，不，爸爸！"基蒂热忱地反对着，"瓦莲卡很崇拜她。而且她做了那么多好事！随便问哪个人吧！没有人不知道她和阿琳的。"

"也许是这样，"他说，用胳膊肘挟紧她的胳膊，"但是做了好事，问什么人，什么人都不知道，那就更好呢。"

基蒂没有回答，倒不是因为她没有话可说，而是因为她连在她父亲面前也不愿泄露她的秘密思想。但是，说也奇怪，虽然她下决心不受她父亲的见解的影响，不让他踏入她内心的圣地，但是她却感到她整整一个月来怀抱在心里的施塔尔夫人的神圣形象消逝了，一去不复返了，就像由被人任意抛掷的衣服所构成的奇幻人形，当人看出来躺在那里的只是一件衣服的时候，就会消逝一样。剩下的只是一个短腿的妇人，她因为生得难看而终年躺在床上，而且为了没有如她的意给她盖上毛毯就折磨那个可怜的任劳任怨的瓦莲卡。无论怎么拼命想象，基蒂也不能把以前的施塔尔夫人唤回来了。

35

公爵把他的愉快心情感染了自己家人和朋友们，甚至谢尔巴茨基一家下榻的德国旅馆的店主。

和基蒂一道从浴场回来以后，公爵邀请上校、玛丽亚·叶夫根尼耶夫娜和瓦莲卡一同来喝咖啡，吩咐把桌椅搬到花园里栗树下面，在那里摆早餐。旅馆主人和仆人也都受到他愉快心情的影响而变得活跃起来。他们知道他慷慨大方；半个钟头以后，住在楼上那位从汉堡来的生病的医生羡慕地从窗口眺望着聚在栗树下面的那一群兴高采烈的健康的俄国人。在树叶投下的摇曳的阴影的圆圈里，在铺着雪白的桌布，摆着咖啡壶、面包、奶油、干酪和冷野味的桌旁，坐着公爵夫人，她戴着缀着淡紫色丝带的帽子，在分一杯杯咖啡和奶油面包。那一头坐着公爵，他大吃特吃，高声而又愉快地谈着话。公爵把他买的东西陈列在身旁，有雕花木匣、玩具、各式各样的裁纸刀，他每到一处温泉就要买许多这样的东西；他把它们分赠给大家，连女仆丽珊和旅馆主人都有一份，他用可笑的蹩脚德语和旅馆主人说笑话，向他肯定说医治好基蒂的不是温泉而是他的出色烹调,特别是他的梅汤。公爵夫人嘲笑她丈夫的俄国习气,但是自从她来到温泉以后她从来没有这么活泼和愉快过。上校听到公爵说笑话照例微笑,但是关于欧洲,他自信是素有研究的,他总是站在公爵夫人一边。好心肠的玛丽亚·叶夫根尼耶夫娜每次听到公爵说一句有趣的话,就捧腹大笑,就连瓦莲卡也被公爵的笑话引起的轻微而富于感染性的笑声弄得无可奈何,这是基蒂以前所从来没有见过的。

这一切都使得基蒂快乐,但是她总不能宽下心来。她父亲对她的朋友,和对她那么向往的生活所表示的诙谐看法无意中向她提出了问题,使她无法解决。这个疑团之上又加上她和彼得罗夫家的关系的变化,那变化今天是那么明显和不愉快地显示出来。大家都很愉快,但是基蒂却愉快不起来,而这就更使她苦恼。她怀着好像幼年时她挨罚关在自己房间里听着外面她姐姐们的快乐笑声时体验到的那样的感觉。

"哦,你买这么多东西干吗?"公爵夫人说,微笑着,把一杯咖啡递给她丈夫。

"出去散散步,走到商店面前,他们就向你兜揽起生意来。大人,阁下,殿下[1]地叫。他们一叫'殿下',我再也忍不住了,于是十个塔勒[2]就花掉了。"

"原来只是因为无聊的缘故。"公爵夫人说。

"自然是因为无聊了。这么无聊,亲爱的,可真不知道怎样消遣呢。"

"您怎么也会感到无聊呢,公爵?现在德国有趣的东西多得很啦。"玛丽亚·叶夫根尼耶夫娜说。

---

[1] 原文为德语。
[2] 塔勒,德国的一种银币。

"但是有趣的东西我通通知道:梅汤我知道,豌豆腊肠我也知道。我通通知道呢。"

"不,无论您怎样说,公爵,他们的各种设施是有趣的。"上校说。

"可是有什么趣呢?他们都好像臭铜钱那样得意;他们征服了一切人。我有什么好得意的呢?我什么人也没有征服;我不能不亲自脱靴子,是的,而且亲自把它们放到门外,不能不一早就起来,马上穿上衣服,走到餐室去喝很难喝的茶!在家里可就不同啦!你从从容容起来,为什么不如意的事生一会儿气,埋怨一两句,就又平静下来。你有时间思索一切,不慌不忙的。"

"但是一寸光阴一寸金,您忘记了这句话吧。"上校说。

"那也要看情形!有的时候为了五十个戈比就可以牺牲一个月,有的时候无论出多少钱也不能牺牲半个钟头。不是吗,卡坚卡?怎么的?你为什么郁郁不乐呢?"

"我没有什么。"

"您要到哪里去?再坐一会儿吧。"他对瓦莲卡说。

"我要回家了。"瓦莲卡站起来说,她又咯咯地笑起来了。

当她收敛了笑容的时候,她告辞了,就走进屋里去取帽子。

基蒂跟随着她。在她看来好像连瓦莲卡都有些异样了。她并没有变坏,只是和她以前所想象的两样了。

"啊哟!我好久没有这样大笑过了呢!"瓦莲卡说,收拾起她的伞和提包,"他多慈爱,您父亲!"

基蒂沉默着。

"我什么时候再见您呢?"瓦莲卡问。

"妈妈打算到彼得罗夫家去看看。您不到那里去吗?"基蒂说,试探着瓦莲卡。

"去的,"瓦莲卡回答,"他们准备走了,所以我答应去帮他们收拾行李。"

"那么我也来吧。"

"不,您为什么要来?"

"为什么不?为什么不?为什么不?"基蒂说,睁大了眼睛,抓住瓦莲卡的伞,不让她走,"不,等一等,为什么不呢?"

"啊,没有什么;您父亲回来了,而且您去帮忙,他们反而会感到不安哩。"

"不,告诉我您为什么不愿意我常去彼得罗夫家?难道您不愿意我去吗?为什么不呢?"

"我并没有那样说。"瓦莲卡镇静地说。

"不,请您告诉我吧!"

"通通告诉您?"瓦莲卡问。

"通通!通通!"基蒂应声说。

"哦,实在说也没有什么了不得的事,只是米哈伊尔·阿列克谢耶维奇(画家的名字)本来早就打算走的,可是现在他又不愿意走了。"瓦莲卡微笑着说。

"哦,哦!"基蒂性急地催促着,忧郁地望着瓦莲卡。

"哦,不知为什么,安娜·帕夫洛夫娜说他不愿意走是因为您在这里的缘故。自然,这是无稽之谈,但是为了这个,为了您,夫妻两个吵了一架。您知道这些病人是多么爱发脾气呀。"

基蒂把眉头皱得更紧,依然沉默着,瓦莲卡一个人说下去,竭力想使她消气或安慰她,而且预料到一阵风暴要来了——是眼泪呢还是言语,她不知道。

"所以您还是不要去的好……您明白吧,您不会生气吧?……"

"我自己活该!我自己活该!"基蒂连忙叫道,从瓦莲卡手里夺过伞来，避而不望她朋友的眼睛。

瓦莲卡看到她那小孩子般的怒气真要笑了，但是她怕伤害她的感情。

"怎么是您活该呢？我真不明白。"她说。

"是我自己活该，因为这一切都是虚伪的，因为这一切都是故意做出来的，并非出于本心。别人的事和我有什么相干呢？结果我成了吵架的原因，我做了没有人要我做的事。因为这一切都是虚伪！虚伪！虚伪呀！"

"虚伪？为的什么目的呢？"瓦莲卡静静地说。

"啊，多么愚蠢！多么可恶呀！我毫无必要……只是虚伪！"她一面说，一面把伞撑开又收拢。

"但是为了什么目的呢？"

"为了要在别人，在自己，在上帝面前显得好一点；为的是要欺骗大家。不！现在我再不干这种事了。我宁可坏，但至少不是撒谎的人，不是骗子。"

"谁是骗子呢？"瓦莲卡用责备的口吻说，"您说话好像……"

但是基蒂是在勃然大怒中。她不让她说完。

"我不是说您，绝不是说您。您是一个十全十美的人。是的，是的，我知道您是一个十全十美的人；但是假如我天生坏，叫我怎么办呢？假使我不是天生坏的话，就不会这样啦。还是让我像我原来那种样子吧，但是可不要虚伪。我跟安娜·帕夫洛夫娜有什么关系呢？让他们爱怎么过就怎么过，我爱怎么过就怎么过吧。我不能变成另外的人……这完全错了，错了。"

"什么事情错了呢？"瓦莲卡迷惑地问。

"全都错了。我只能按照我的感情生活，而您却能按照原则。我只是喜欢您，而您大概是完全为了要挽救我，教导我。"

"您这话是不公平的。"瓦莲卡说。

"但是我并不是说别人,我是说我自己。"

"基蒂!"她们听见她母亲的声音,"来呀,把你的项链拿给你爸爸看。"

基蒂没有和她朋友和解,就带着傲慢的样子从桌上拿了放在小盒里的项链,径自到她母亲那里去了。

"你怎么啦?怎么脸涨得这样红。"她母亲和父亲异口同声地对她说。

"没有什么,"她回答,"我马上就转来。"说着她就又跑回来了。

"她还在这里,"她想,"我对她说什么好呢?啊呀!我做了什么事,我说了什么话呢!我为什么让她受委屈呢?我怎么办呀?我对她说什么好呢?"基蒂想着,在门口站住了。

瓦莲卡戴着帽子,伞拿在手里,正在桌旁检查被基蒂弄断的弹簧。她抬起头来。

"瓦莲卡,饶恕我,饶恕我吧!"基蒂走上她跟前去,低低地说,"我记不得我说了些什么。我……"

"我实在不是有心伤害您。"瓦莲卡说,微笑了。

和好了。但是自从父亲回来以后,在基蒂看来,她生活的这个世界完全变了。她没有放弃她学得的一切,但是她明白了她以为能够做到如她愿望的那样,那不过是欺骗自己罢了。好像她的眼睛睁开了;她感到要置身在她希望登上的高峰而不流于虚伪和自负是多么困难。此外,她还感觉到她所处的这个充满了痛苦、疾病和垂死的人的世界是使人多么难受。她为了要使自己爱这个世界而付出的努力,她现在感觉到难以忍受了,她渴望赶快回到清新的空气中,回到俄国,回到叶尔古绍沃,她接到信知道多莉姐姐已经带着孩子们到叶尔古绍沃去了。

但是她对瓦莲卡的情意并没有衰减。当她道别的时候,基蒂要求她到俄国时去看望他们。

"您结婚的时候我来。"瓦莲卡说。

"我永远不结婚。"

"那么好,我永远不来。"

"那么好,我就为了这个缘故结婚吧。留心,记住您的诺言呀。"基蒂说。

医生的预言实现了。基蒂恢复了健康回到俄国。她不像从前那么快活和无忧无虑,但是平静了。她的莫斯科的忧愁已经成为过去的回忆了。

第三部

1

谢尔盖·伊万诺维奇·科兹内舍夫想要休息一下精神的疲劳，没有像往常一样到国外去，他在五月末住到乡下他弟弟这里来。照他的意见，最好的生活是田园生活。他现在就是到他弟弟这里来享受这种生活的。康斯坦丁·列文看见他来了，非常高兴，特别是因为今年夏天，他已经不期望尼古拉哥哥来了。但是尽管他对于谢尔盖·伊万诺维奇怀着敬爱的心情，列文在乡下和他哥哥一起还是觉得不自在。看着他哥哥对乡村的态度就使他不舒服，简直令他恼怒。对康斯坦丁·列文说来，乡间是生活的地方，欢喜、悲哀、劳动的地方；对谢尔盖·伊万诺维奇说来，乡间一方面是劳动后的休息场所，另一方面是消除城市腐败影响的有效解毒剂，他相信那解毒剂的功效而乐于服用它。对康斯坦丁·列文说来，乡间的好处就在于它是劳动的场所，劳动的好处是无可置疑的；对谢尔盖·伊万诺维奇说来，乡间特别好却是因为在那里可以而且又宜于无所事事。此外，谢尔盖·伊万诺维奇对于农民的态度也有几分使康斯坦丁·列文恼怒。谢尔盖·伊万诺维奇总说他了解而且爱护农民，他时常和农民攀谈，他懂得怎样谈法，不摆架子，也不装模作样，从每次这样的谈话中，他都引申出有利于农民的一般结论，证实他是了解他们的。康斯坦丁·列文不喜欢对农民抱这样的态度。对康斯坦丁说来，农民只是共同劳动的主要参与者，而且虽然他对农民抱着尊敬和近乎血缘一般的感情，——如他自己所说的，那种感情多半是他吸那农家出身的乳母的乳汁吸进去的——虽然他作为一个共同工作者，常常赞叹这些人的气力、温顺和公正，但是当共同劳动要求别的品质的时候，他对农民的粗心、懒散、酗酒和说谎，就往往激怒了。要是有人问他喜不喜欢农民，康斯坦丁·列文一定会茫然不知所答。他对农民恰如他对一般的人一样，又喜欢又不喜欢。自然，以他这样一个好心的人，他对一般人是喜欢比不喜欢的成分居多，对农民也是一样。但是他不能把农民当作什么特殊的人物来爱憎，因为他不只是和农民在一起生活，和他们有密切的利害关系，同时也因为他把自己看成农民中的一分子，没有看出自己有什么与众不同的优缺点，因此不能把自己和他们对照起来看。而且，虽然他以主人和仲裁者的资格，特别是以顾问的资格（农民们信赖他，他们从四十里远的地方来求教于他），和农民们保持着极密切的关系生活了这么多年，他对于农民还是没有固定的看法，要是有人问他了不了解农民，他还会像有人问他喜不喜欢他们一样茫然不知所答。说他理解农民，在他看来就等于说他理解一般人一样。他不断地观察和理解各种各样的人，其中有他认为善良而有趣的农民，他不断地发现他们新的特点，改变自己以前对他们的看法，形成新的观念。谢尔盖·伊万诺维奇恰好相反。恰如他以田园生活和他所不爱好的生活相对照而爱好和赞赏田园生活一样，他以农民和他所不喜欢的那个阶级的人们相对照而喜欢农民，把农民理解成和一般人截然相反的了。在他那很有条理的头脑里对农民生活清楚地形成了一定的看法，那一部分是由于生活本身，而主要地却是由于和别的生活方式相对照而推论出来的。他从来没有改变过他对农民的看法，和他对他们抱持的同情态度。

在议论农民时兄弟发生的争论中，谢尔盖·伊万诺维奇总是战胜他的弟弟，正是因为谢尔盖·伊万诺维奇对于农民——对于他们的性格、特长和趣味有固定的看法，而康斯坦丁·列文关于这个问题却没有坚定不移的意见，因此在他们的辩论中康斯坦丁就经常陷于自相矛盾中了。

在谢尔盖·伊万诺维奇的眼中，他弟弟是一个出色的人，他的心放得正（像他用法语所表达的），但是他的头脑，虽然相当敏捷，却太容易受一时的印象所影响，因而充满矛盾。以长兄的恳切，他有时向他解释事物的真谛，但是他和他争辩得不到乐趣，因为征服他是太容易了。

康斯坦丁·列文把他哥哥看成是一个才智过人且修养很高的人，十分高尚，而且赋有一种献身公益事业的特殊能力。但是在他内心深处，他年纪越大以及了解他哥哥越深，他就越常这样想：他觉得自己完全缺少这种从事公益事业的能力，也许并不是什么美德，反倒是缺乏什么东西——不是缺乏善良的、正直的、高尚的愿望和趣味，而是缺乏生命力，缺乏所谓激情这种东西，缺乏可以使人从展现在自己面前的无数人生道路中选择一条，并且只憧憬这一条的那股热劲。他对哥哥了解得越深，他就越注意到谢尔盖·伊万诺维奇和旁的许多献身公益事业的人并不是衷心关怀公益，而是从理性上推论出致力于公益事业是正当的事情，因而就致力于这些事业了。使列文更加强这个信念的，是他观察出来他哥哥对于公益的问题或是灵魂不灭的问题并不比对象棋或新机械的精巧构造更为关心。

除此以外，康斯坦丁·列文和他哥哥在一起感到不舒服的另一个原因，就是夏天在乡下列文正忙于农事，要做完一切该做的事，漫长的夏日还不够用，而谢尔盖·伊万诺维奇却在休养。但是虽然他正在休养，那就是说，他没有写作，他却这样习惯于脑力活动，他喜欢把涌上脑海的思想用优美简明的形式表达出来，而且喜欢有人倾听。他最经常、最自然的听众就是他弟弟。因此,不论他们的关系多么亲近,康斯坦丁丢下他一个人还是感到不安。谢尔盖·伊万诺维奇喜欢仰卧在草地上,沐浴着阳光,懒懒地闲谈着。

"你不会相信,"他对他弟弟说,"这种田园式的懒散对于我是怎样的一种快乐。脑子里没有一个念头,空虚得一无所有!"

但是康斯坦丁·列文坐着听他闲聊感觉到很沉闷,特别因为他知道要是他不在,他们就会把肥料运到没有犁过的田里,要是不在那里监督着,天知道他们会把肥料撒在什么地方;而且犁铧也不会拧紧,却会让它脱落掉,过后他们还会说新式犁是愚蠢的发明,没有老式安德列夫纳犁好,以及诸如此类的话。

"哦,这样热的天,你走动得够了吧。"谢尔盖·伊万诺维奇对他说。

"不,我还得到账房去一下。"列文回答,就跑到农场去了。

2

六月初发生了一件意外,老乳母兼女管家阿加菲娅·米哈伊洛夫娜拿了一瓶刚腌好的菌子送到地窖去,滑了一下,跌倒了,跌伤了腕关节。当地医生,一位健谈的年轻的刚毕业的医学生,来给她诊治。他检查了腕关节,说她并没有脱臼,就给她绑上了绷带,留下吃了午饭,很高兴有和鼎鼎大名的谢尔盖·伊万诺维奇·科兹内舍夫谈话的机缘,为了表示他对于事物的进步的见解,告诉了他地方上的一切流言蜚语,抱怨县议会所陷入的不能令人满意的状态。谢尔盖·伊万诺维奇留心地倾听着,问他问题,因为有新的听众在场兴奋起来,他滔滔不绝地谈着,发表了几点切中要害和很有分量的意见,博得了年轻医生的敬佩,立刻陷入了他弟弟所熟悉的那种总是随着出色的热烈谈话之后而来的兴奋心情。医生走后，谢尔盖·伊万诺维奇想带了钓竿到河边去。他爱好钓鱼，而且好像以能够喜欢这种无聊的玩意而自豪。

康斯坦丁·列文需要去巡视耕地和草场，就提议套上马车顺路把他哥哥送去。

这是一年中正值夏季转折点的时节，那时节，本年的收获已成定局，要开始考虑来年的播种，而且马上要着手割草了；那时节，黑麦通通结了穗，虽然麦穗还没有饱满，还是轻飘飘的，一片浅绿色麦浪随风波动；绿色的燕麦和四处散布着的一簇簇黄色的草一道，参差不齐地竖立在播种迟了的田野上；早种的荞麦铺展开，盖没了地面；被家畜践踏得像石头一样坚硬的休耕地已经翻耕了一半，仅仅残留下没有翻耕过的小路；堆积在田里的干粪堆在日落时发散出和绣线菊混合在一起的气味；在低地上河畔的草原像一片大海似的伸展着，等待着开镰收割，在草原上黑魆魆地四处混杂着除去杂草的一堆堆酸模草的茎秆。

在农作中，这是一年一度的、需要农民倾注全力的收获前的短短的休息时节。丰收在望，明朗炎热的夏日和短促多露的夜晚到来了。

两兄弟到草场去必须穿过树林。谢尔盖·伊万诺维奇一路赞赏着枝叶繁茂的树林之美，向他弟弟时而指着一棵背阴那边显得非常黑暗、缀满黄色托叶、含苞欲放的老菩提树，时而指着像绿宝石一般闪烁着的、今年新生的幼树嫩芽。康斯坦丁·列文不喜欢说、也不喜欢听人讲自然的美。言语在他看来好像损坏了他所见的事物之美。他附和着他哥哥说的话，但是他情不自禁想别的事情上去了。当他们驶出树林的时候，他的全部注意力都被高地上休耕地的景象吸住了，休耕地里有的地方被草渲染成了黄色，有的地方被践踏和被犁沟割裂，有的地方点缀着成堆的肥料，有的地方翻耕过了。一串大车从田间驶过。列文数着车辆，看到需要的一切东西都运出来了，觉得很高兴。看见草场的时候，他的思想就转移到割草的问题上。一想到割草他总是感到特别激动。到了草场，列文勒住了马。

朝露还残留在繁密草丛的根株上，为了不把脚弄湿，谢尔盖·伊万诺维奇要求他弟弟驱车驶过草场，一直驶到可以钓到鲈鱼的柳树那里。康斯坦丁·列文虽然觉得把草压坏很可惜，但是他仍然驶进了草场。长长的草柔软地缠绕住车轮和马蹄，把种子粘在潮湿的车辐和车毂上面。

哥哥坐在灌木丛下整理钓鱼用具，列文把马牵开去，拴起来，就走进风都吹不动、辽阔的像海洋一般的灰绿色的草场里去。结着成熟种子、像丝样柔软的草在春季被水淹过的地方差不多长得齐腰深。

穿过草场，康斯坦丁·列文走到路上，遇见一个肩上掮着一只蜂箱，两眼浮肿的老头子。

"怎样，捉到一窝离巢的蜜蜂吗，福米奇？"他问。

"哪里捉得到，康斯坦丁·德米特里奇！我们只要能保得住自己的就好啦！这是第二次离巢了……亏得孩子们捉回来了。他们正在犁您的地，卸下马，就骑上马去追……"

"哦，你看怎样，福米奇——就动手割草呢，还是再稍微等一等？"

"哦，哦。按照我们的习惯要等到圣彼得节哩。但是您总是割得早一点。哦，为什么不呢，上帝保佑，干草好极了。够给牲口吃的了。"

"你看天气怎样？"

"那可要听天由命。也许会晴下去的。"

列文向他哥哥走去。

谢尔盖·伊万诺维奇什么都没有钓到,但是他并不觉得厌倦,而且似乎兴致很好。列文看出他因为同医生的谈话而兴奋起来,很想要谈谈话。相反地,列文却只想尽可能地快回家去,以便吩咐召集明天的割草人和解决他时时挂在心上的割草问题。

"哦,我们走吧。"他说。

"为什么这样急?我们再待一会吧。但是你怎么湿得这样啊!虽然什么都没有钓到,还是愉快得很。渔猎的好处就在于可以和大自然接触。这种钢灰色的水多么美丽呀!"他说,"长满青草的河岸常使我想起一个谜来——你知道吗?草对水说:'我们颤动,我们颤动。'"

"我不知道这个谜。"列文懒懒地回答。

3

"你知道我在想你的事,"谢尔盖·伊万诺维奇说,"照那位医生对我说的,县里的事简直糟到极点了;那医生是个聪明人呢。我以前也对你说过,我现在还要对你说,不出席会议,完全不管县议会的事,是不对的。假如公正的人都退到一边,当然一切都会弄得很糟糕。我们出的钱通通用做薪金,但是没有学校,没有医生,没有接生婆,也没有药房——什么都没有。"

"哦,我试过,你知道,"列文慢吞吞地不愿意地说,"但是我不能够!这是没有办法的事!"

"但是你怎么会不能够呢?我承认我不明白。我不承认你不关心或是没有能力;难道完全是因为懒惰吗?"

"通通不是。我试过,但是我看出来我什么也不能够做。"列文说。

他不大注意哥哥说的话。望着河对岸的耕地,他看出有一团黑的东西,但是他分辨不清是马呢还是骑在马上的管家。

"你为什么什么都不能做呢?你尝试过,但是按照你自己的见解你觉得失败了,于是你就灰心了。你怎么这样缺少雄心呢?"

"雄心!"列文说,被他哥哥的话刺伤了,"我不明白。要是在大学里他们对我说别人懂得微积分,而我不懂,那才会产生雄心的问题。但是在这种情况下,人首先要相信他做这种事确有相当的才干,尤其要相信这种事确实很重要。"

"什么!难道这种事不重要吗?"谢尔盖·伊万诺维奇说,他感兴味的事情,他弟弟竟毫不重视,这可刺伤了他的心,尤其使他伤心的是他弟弟显然几乎没有注意听他的话。

"我不觉得重要,这件事引不起我的兴趣,这有什么办法呢?"列文回答,认清了他看见的是管家,而且好像管家让农民们离开了耕地。他们正在翻转犁头。"难道他们犁完了吗?"他想。

"哦,不过你且听一听,"长兄说,他那漂亮聪明的脸上露出不悦的神色,"凡事总有个限度。要做个独特的、真诚的人,憎恶虚伪,这都是很好的 —— 这我全知道;但是实在,你说的话不是没有意思,就是意思很坏。你是声称爱农民的,那么你怎么可以不看重他们的死活⋯⋯"

"我从来没有这样声称过。"康斯坦丁·列文想。

"⋯⋯看着他们无依无靠地死去呢?无知的农妇饿死小孩,农民停滞在愚昧里,听凭每个乡村文书的摆布,而你有力量帮助他们,却不去帮助,因为你觉得这不重要。"

这样谢尔盖·伊万诺维奇叫他两者之中必择其一:或者你是这样智力不发达,弄不明白你能够做的事;或者是你不愿为此牺牲你的安逸、你的虚荣,或别的什么。

康斯坦丁·列文感觉到他除了屈服,或者是承认自己对于公益事业缺乏热心之外,再没有别的路可走了。而这就羞辱了他,伤害了他的感情。

"两者都有,"他决然地说,"我不觉得这是可能的……"

"什么?合理地分配一下金钱作为医疗之用,也是不可能的吗?"

"不可能,我觉得……这地方周围四千平方里,有融雪的积水,有暴风雪,有田里的工作,要供给全区的医疗,我看是不可能的。而且我根本不相信医药。"

"喂,对不起;这是不公平的……我可以向你举出成千上万个例子……但是学校总得有吧。"

"为什么要有学校?"

"你是什么意思?难道对于教育的效用也怀疑吗?假使对你有用,对大家也有用。"

康斯坦丁感到自己精神上是被逼到绝境了,因此他激动起来,不觉说出了他不关心公共事业的主要原因。

"也许这都是很好的;但是我为什么要为设立医疗所和学校这些事操心呢?医疗所对于我永远不会有用处,至于学校,我也决不会送我的儿女上学校去读书,农民也不见得愿意送他们的儿女上学校去,而且我还不十分相信应该送他们去读书。"他说。

谢尔盖·伊万诺维奇听到这种出人意料的观点一时愣住了;但是他立刻想出了新的进攻计划。

他沉默了一会儿,拉起一根钓竿,又抛进水里,而后带着微笑转向他弟弟。

"哦,你看……第一,医疗所是需要的。我们自己就为了阿加菲娅·米哈伊洛夫娜请了当地的医生来。"

"啊，但是我想她的手腕一辈子都不会直了。"

"那还难说……其次，会读书写字的农民像工人一样对于你更有用，更有价值。"

"不，你随便问谁吧，"康斯坦丁·列文断然地说，"会读书写字的人做工人更坏得多。修路不会；修桥的时候就偷桥梁。"

"但问题不在这儿。"谢尔盖·伊万诺维奇皱着眉头说。他不喜欢说话自相矛盾，尤其不喜欢辩论不断地变换论据，引出新的不连贯的论点，使人不知怎样回答才好。"不过，你承不承认教育是人民的福利？"

"是的，我承认。"列文毫不思索地回答，于是他立刻意识到他说的不是由衷之言。他感觉到假使他承认这点，那就会证明他刚才说的那些话都是信口开河。他还不知道会怎样证明，但是他知道这准会在逻辑上向他证明的，他就等待着那个证明。

结果论证竟比康斯坦丁·列文预期的要简单得多。

"假如你承认教育是福利，"谢尔盖·伊万诺维奇说，"那么，作为一个正直的人，你就不能不关怀这种事业，对这种事业寄予同情，而且渴望为这种事业努力。"

"但是我还是不承认这种事业是好的。"康斯坦丁说，微微地涨红了脸。

"什么！但是你刚才还说……"

"那就是说，我不承认这种事业是好的，也不承认能办得到。"

"你没有试验过，又怎么知道呢。"

"哦，假定是那样，"列文说，虽然他完全没有那样假定，"假定是那样，我还是不明白我为什么要为这种事情操心。"

"怎么这样说？"

"不，我们既然在讨论，就请你从哲学的观点向我解释一下吧。"

列文说。

"我真不明白为什么要扯到哲学上去。"谢尔盖·伊万诺维奇说,那口吻在列文听来好像是简直不承认他弟弟有谈论哲学的资格。这可把列文激怒了。

"那么我告诉你吧,"他激昂地说,"我以为我们一切行动的动力终究是个人的利益。我作为一个贵族,在现在的地方制度里面看不出有什么东西可以增加我的福利。道路没有改善,而且也不会改善;在坎坷不平的路上我的马也可以载着我奔跑。我不需要医生和医疗所;我也不需要治安官,我决不求助于他,也决不会求助于他。学校对于我不仅没有好处,反而有害,就像我刚才对你说的。在我看来,地方制度只增加了我一些义务:每亩地缴纳十八个戈比,坐车进城,和臭虫同床而眠,听各种胡言乱语、不堪入耳的话,而个人利益决不会诱使我去做这些事情。"

"对不起,"谢尔盖·伊万诺维奇含着微笑插嘴说,"个人利益并没有诱使我们为农奴解放而努力,但是我们却为这个努力过。"

"不!"康斯坦丁·列文更激昂地说,"农奴解放是另外一回事。那也掺杂着个人利益。我们都渴望摆脱压迫所有我们这些善良人的那种束缚。但是做市议员,讨论需要多少清道夫,以及在我不居住的城市里应当如何敷设下水道;做陪审官,审讯一个偷了一块腌猪肉的农民,一连六个钟头听辩护人和原告的各种胡言乱语,裁判长审问那老傻瓜阿廖什卡:'被告,你承认偷腌猪肉的事实吗?''呃?'"

康斯坦丁·列文说得忘乎所以了,开始模拟着裁判长和傻瓜阿廖什卡的模样;在他看来这些话都说得很中肯。

但是谢尔盖·伊万诺维奇耸了耸肩膀。

"哦,那么你是什么意思呢?"

"我的意思只是说和我……和我个人利益有关的权利,我无论何时都会用全力保卫的;当他们搜查我们学生,警察检查我们的信件的时候,我甘愿竭尽全力来保卫这些权利,保卫我受教育和自由行动的权利。兵役的义务,那是关系我的儿女、兄弟和我自己命运的,我是了解的;凡和我有关系的事情我都愿意加以考虑;但是要我考虑怎样分配县议会的四万卢布,或者要我审判傻瓜阿廖什卡——我可就不明白,而且也做不来了。"

康斯坦丁·列文好像言语的水闸决了口一样滔滔不绝地谈着。谢尔盖·伊万诺维奇微笑了。

"但是也许明天就要轮到你受审讯;难道在旧刑事裁判所受审讯更合你的口味吗?"

"我不会受到审讯。我不谋杀人,所以没有那样做的必要。哦,我告诉你吧,"他继续说,又离题了,"我们的地方自治制度和所有这类设施——正如三一节①我们插在地上的桦树枝,看上去好像是天然生长在欧洲的真正桦树林一样,但我可不能热心给这些桦树枝浇水,也不能相信这些树枝。"

谢尔盖·伊万诺维奇只耸耸肩,以此表示他很诧异,怎么一下子又把桦树枝扯进他们的辩论里来,虽然实际上他立刻听懂了他弟弟的意思。

"对不起,你也知道这样辩论是不成的啊。"他批评道。

但是康斯坦丁·列文想为他对公益事业缺少热心的缺点辩护,这个缺点,他自己也知道的,他继续说下去:

"我想,"他说,"任何一种活动,如果不建立在个人利益上,恐怕都是不能持久的,这是普遍的真理,哲学的真理。"他说,用断然的语调重复着哲学的这个字眼,好像表示他和任何人一样有谈论哲

---

① 三一节,耶稣复活节后的第八个星期日。

学的资格。

谢尔盖·伊万诺维奇又微笑了。"他也有一套合乎他自己口味的哲学呢。"他想。

"哦，你还是不要谈哲学吧，"他说，"自古以来哲学的主要问题就在于发现存在于个人和社会利益之间的不可缺少的联系。但是问题还不在这里。问题在于我不能不对你的比喻加以纠正。桦树不是插上的，有的是播种的，有的是栽植的，而且必须细心保护。只有认识到在他们的制度里什么东西是重要的，有意义的，并懂得如何重视这些东西的民族才有前途——只有那样的民族才真正配称为有历史意义的民族。"

这样，谢尔盖·伊万诺维奇把话题引入了康斯坦丁·列文不懂得的哲学史的范畴，一一指出他的见解的错误。

"至于你不喜欢公益事业，我说句不客气的话，那全是我们俄国人的懒惰和旧农奴主的习气，我相信这在你不过是一时的错误，很快就会改正的。"

康斯坦丁沉默了。他感觉到自己在各方面都被打败了，但同时他感觉得他想说的话他哥哥并没有了解，只是他不知道没有了解的原因是他没有表达清楚他的意思呢，还是他哥哥不愿或是不能够了解他。但是他没有追根究底，于是，不再反驳，他开始想到另外一件完全无关的私事上去了。

谢尔盖·伊万诺维奇收拾起最后的钓丝，解下了马，他们就乘车走了。

4

在和他哥哥谈话的时候萦绕于列文心中的那件私事是这样的，

去年有一次他去看割草,对管家发了脾气,他使用了他平息怒气的惯用方法,——他从一个农民手里拿过一把镰刀,亲自动手割起来。

他是这样喜欢割草工作,从那次以后他亲手割了好几回;他割了房前的整个草场,今年春初以来,他就计划着整天和农民们一道去割草。从他哥哥到来以后,他就踌躇起来,不知道去割好呢还是不去好。整天丢下哥哥一个人,他于心不安,他又怕哥哥会为这事取笑他。但是当他走过草场,回想起割草的印象,他几乎就决定要去割草了。在和哥哥激烈辩论之后,他又想到这个主意。

"我需要体力活动,要不然,我的性情一定会变坏了。"他想,于是他下定决心去割草,不管在他哥哥或是农民面前他会感到多么局促不安。

傍晚,康斯坦丁走到账房,安排好工作,差人到各村去召集明天的割草人手,来割卡立诺夫草场,他最大、最好的草场的草。

"请把我的镰刀拿给季特去,叫他磨好了明天给我,我也许要亲自去割草哩。"他说,竭力装得很安详的样子。

管家微微一笑,说:

"好的,老爷。"

晚上喝茶的时候列文对他哥哥说:

"我看天气好起来了,"他说,"明天我要开始割草了。"

"我很喜欢这种田间劳动。"谢尔盖·伊万诺维奇说。

"我非常喜欢。有时我亲自和农民们一起割草,明天我想要割一整天。"

谢尔盖·伊万诺维奇抬起头来,好奇地望着他弟弟。

"你是什么意思?像农民一样,从早到晚吗?"

"是的,这是很愉快的。"列文说。

"这当作运动好极了,只怕你受不了吧。"谢尔盖·伊万诺维奇一点不带讥刺地说。

"我试过的。开头有点困难,但是过后就惯了。我相信我不会落后的……"

"原来这样!可是告诉我,农民们对这个怎样看法呢?我猜想他们一定会笑他们的主人是个怪物吧。"

"不,我不这样想;但那是那么令人愉快、同时又是那样艰苦的劳动,人们无暇想到这些。"

"但是你和他们一道,吃午饭怎么办呢?把你的红葡萄酒和烤火鸡送到那里未免有点儿尴尬吧。"

"不,他们中午休息的时间我回来一趟就是了。"

第二天早晨康斯坦丁·列文起得比平常早,但是他为了安排农场上的事耽搁了一会儿,当他到草场的时候,割草人已经在割第二排了。

从高坡上他可以看到下面草场有阴影的、割了草的那部分草场,那儿有一堆堆灰色的草,还有割草人在开始刈割的地方脱下的黑魆魆的一堆上衣。

渐渐地,当他驰近草场的时候,可以望见农民们,有的穿着上衣,有的只穿着衬衫,连成一串地在割草,用各自不同的姿势挥动着镰刀。他数了数,一共是四十二人。

他们在草场上高低不平的低处慢慢地刈割,那里曾经是一个堤坝。列文认出了几个他自己的人。这里,穿着白色长衬衫的叶尔米尔老头弯着腰在挥着镰刀;那里,曾经做过列文马车夫的年轻小伙子瓦西卡把一排排的草一扫而光。这里,还有季特,列文割草的师傅,一个瘦小的农民。他在顶前面,大刀阔斧地割着,连腰也不弯,好像是在舞弄着镰刀一样。

列文下了马,把马系在路旁,走到季特面前,季特从灌木丛里取出第二把镰刀,递给他。

"弄好了,老爷;它像剃刀一样,自己会割哩。"季特说,带着微笑脱下帽子,把镰刀交给他。

列文接了镰刀,试了试。当他们割完一排的时候,割草的人们,流着汗,愉快地、一个跟一个地走到路上来,微笑着和主人招呼。他们都盯着他,但是没有一个人开口,直到一个高个子、满脸皱纹、没有胡须、身穿羊毛短衫的老头儿走到路上,向他说话的时候,大家这才说起话来。

"当心,老爷,一不做,二不休,可不要掉队啊!"他说,列文听到割草的人们中间压抑住的笑声。

"我竭力不掉队就是了。"他说,站在季特背后,等待着开始割的时间。

"当心。"老头子重复说。

季特让出地位,列文就在他背后开始了。路边的草是短而坚韧的,列文很久没有割草,又被那么多眼睛注视着,弄得很狼狈,开头割得很坏,虽然他使劲挥动着镰刀。他听到背后议论的声音:

"没有装好呢,镰刀把太高了;你看他的腰弯成那样。"有人说。

"拿近刀口一点就好了。"另一个说。

"不要紧,他会顺手的,"老头子继续说,"他开了头了⋯⋯你割得太宽了,会弄得精疲力竭呢⋯⋯主人的确为自己尽了力了!但是你看草还是没有割干净哩。这种样子,要是我们的话,是一定要挨骂的呀!"

草渐渐柔软了,听着他们的话,列文没有回答,跟着季特,尽力割得好一点。他们前进了一百步。季特继续前进,没有停步,也没有露出丝毫疲惫的样子;但是列文已经开始担心他要支持不下去了,他是这样地疲倦。

他一面挥动着镰刀,一面感觉得他的气力已经使尽了,下了决心要季特停下来。但是正在这时,季特自动停下了,弯下腰拾起一把草,擦净他的镰刀,开始磨刀。列文伸直了腰,深深地舒了一口气,向四周望了一眼。他背后走来一个农民,他显然也疲倦了,因为他等不及赶上列文就立刻停下了,开始磨他的镰刀。季特磨快了自己的和列文的镰刀,他们又继续前进。

第二次还是一样。季特连续挥着镰刀没有停过,也没有显出丝毫疲惫的样子。列文跟着他,竭力想不落在后面,他感觉到越来越吃力了;终于到了这样一个时候,他感觉到所有力气都用尽了,但是正在这个时候,季特又停下来磨镰刀。

就这样他们割完了第一排。这长长的一排,列文觉得特别吃力;但是当刈割完了,季特把镰刀搭在肩上,慢慢地沿着他在刈割了的草地上留下的足迹走回来,而列文也同样在他刈割的那块地面上走回来,这时候,尽管汗流满面,从鼻子上滴下,把他的脊背湿透得好像浸在水里一样,他还是感到非常愉快。特别使他高兴的是现在他知道他支持得了。

只有一件事使他扫兴,就是他那一排割得不好。"我要少动胳膊,多用整个身子。"他想,拿季特那看去像切齐了一样的一排,和自己那满地是草,参差不齐的一排比较着。

如列文觉察出的,第一排,季特割得特别快,大概是想考验考验他的主人,而这一排恰巧又是很长的。往后几排就容易些了,但是列文还得使出全部力量才不至于落在农民后面。

他除了想不落在农民们后面,尽可能把工作做好以外,什么也不想,什么也不希望。他耳朵里只听见镰刀的飕飕声,眼前只看见季特渐渐远去的挺直的姿态,刈割了草的一片半圆形草地,在镰刀前面慢慢地像波浪一样倒下的青草和花穗,以及前面可以休息的刈幅的终点。

突然,正在工作当中,也不知是什么或是从什么地方来的,他感到他的热汗淋漓的肩膊上有一种愉快的凉爽感觉。他在磨刀的时候仰望了一下天空。阴沉的、低垂的乌云密布了,大颗的雨点落下来。有的农民走去拿上衣穿上;有的农民,正如列文自己一样,只耸耸肩,享受着愉快的凉意。

割完一排,又割一排。有长排和短排,草也有好有坏。列文完全失去了时间观念,此刻天色是早是晚完全不知道了。他的工作开始发生了一种使他非常高兴的变化。在劳动中竟有这样的时刻,他有时忘记了他在做什么,一切他都觉得轻松自如了,在这样的时候,他那一排就割得差不多和季特的一样整齐出色了。但是他一想到他在做什么,而且开始竭力要做得好一些,他就立刻感觉到劳动很吃力,而那一排也就割得不好了。

又割了一排的时候,他本来要再开始第二排的,但是季特停下了,走到那老头跟前,低声对他说了句什么。他们两人都望了望太阳。"他们在谈什么呢,为什么他们不接着割下去?"列文想,没有想到农民们已经刈割了四个多钟头没有休息,现在是他们吃早饭的时候了。

"吃早饭的时候了,老爷。"那老头子说。

"已经是时候了吗?好的,那么吃早饭吧。"

列文把镰刀交给季特,就和正要到放上衣的地方去拿面包的农民们一道,穿过一片被雨微微淋湿的刈割了的草地,向他的马走去。这时他才想到他看错了天气,雨淋湿了他的干草。

"干草会给糟蹋掉呢。"他说。

"不会的,老爷;雨天割草晴天收嘛!"那老头子说。

列文解下马缰,骑马回家去喝咖啡。

谢尔盖·伊万诺维奇刚刚起来。列文喝完咖啡又回草场去了，而谢尔盖·伊万诺维奇还没有来得及穿好衣服走进餐室。

5

早饭以后，列文已经不在行列中他原来的地方了，却夹在那位爱说说笑笑、请求跟他并排的老头子和一个去年秋天刚结了婚、今年夏天还是第一次割草的青年农民中间。

那老头儿挺直身子，两脚朝外撇着，跨着长长的、有规则的步伐，用一种在他似乎并不比走路时挥动两臂更费力的准确而匀称的动作走在前头，他好像在游戏一样把草铺成高高的、平整的一排排。好像并不是他在割草，而是锐利的镰刀自动地在多汁的草丛中飕飕地响着。

在列文背后的是年轻小伙子米什卡。他那可爱的、稚气的面孔，头发用新鲜的草缠住，因为使劲而抽搐着；但是每逢有人望着他的时候他总是微笑着。显然他宁死也不肯承认他觉得劳动很吃力。

列文夹在他们两人中间。在最炎热的时候，割草在他倒不觉得怎样辛苦。浸透全身的汗水使他感到凉爽，而那炙灼着他的背、他的头和袒露到肘节的手臂的太阳给予他的劳动以精力和韧性；那种简直忘怀自己在做什么的无意识状态的瞬间，现在是越来越频繁了。镰刀自动地刈割着。这是幸福的瞬间。而更愉快的瞬间是在这个时候：他们到了地头的小溪，老头子用一大把湿润的、茂盛的草揩拭着镰刀，把刀口在清澈的溪水里洗濯着，用盛磨刀石的盒子舀了一点水，请列文喝。

"我的克瓦斯①怎么样，呃？好喝吗，呃？"他眨着眼说。

---

① 克瓦斯，一种用面包或水果发酵制成的清凉饮料。

真的，列文从来没有喝过像这种浮着绿叶、带点白铁盒子的铁锈味的温水这么可口的饮料。接着是心旷神怡的、从容的散步，一只手放在镰刀上，这时他有闲暇揩去流着的汗水，深深吸了一口空气，观望着长列的割草人以及四周的森林和田野发生的变化。

列文割得越久，他就越是频繁地感觉到那种忘我状态的瞬间，好像不是他的手在挥动镰刀，而是镰刀自动在刈割，变成充满生命和自我意识的肉体，而且，好像施了魔法一样，不用想工作，工作竟自会有条不紊地圆满完成。这是最幸福的瞬间。

只有在他不能不中止这种已变成无意识的动作而思索的时候，在他不能不绕着小丘或是难割的酸模刈割的时候，劳动才是艰苦的。老头子却很轻松地做着这事。遇到小丘，他就改变姿势，时而用靠近刀把的刀刃，时而用刀尖，以急促的突击动作从两侧刈割小丘周围的草，当他这样做时，他不断地观看和注意呈现在他眼前的事物：有时他拾起一枚野果吃下去或是给列文吃；有时用镰刀尖挑开小树枝；有时去看鹌鹑的巢，鸟就从镰刀下面飞走；有时去捉路上的一条蛇，用镰刀挑起来，像用叉子叉起一样，给列文看了，就把它扔掉。

对于列文和在他背后的年轻农民，这样变换动作是困难的。他们两人都陷入一种紧张的动作中，完全沉浸在劳动的狂热里，没有一面变换动作一面贪看眼前事物的余裕。

列文没有注意到时间是怎样流逝的。要是有人问他做了多少时间，他一定会说半个钟头——而实际上已到吃午饭的时候了。当他们踏着刈割了的草走回来，老头子促使列文注意那在高高的草丛中几乎看不见的、沿着道路从四面八方向割草人走来的男孩和女孩们，用伸开的小胳膊抱来一袋袋面包，拿来一罐罐口上用破布塞着的克瓦斯。

"看，这些小虫子爬来了哩！"他指着他们说，用手遮住眼睛看太阳。他们又割了两排，老头子停下了。

"哦，老爷，吃午饭了！"他断然地说。割草的人们到了小河边，就跨过割了一行行草的草地，向他们放着上衣的地方走去，给他们送饭的孩子们正坐在那里等候着。农民们集合了——从远处来的聚在大车下面，近的聚在铺着草的柳树下面。

列文在他们旁边坐下，他不想走开了。

在主人面前感到拘束的心情早已消失了。农民们预备午餐。有的洗脸，年轻的在小溪里沐浴，有的在安排休息的地方，解开放面包的口袋，揭开克瓦斯罐的塞子。老头子把一片面包捏碎，放进碗里，用匙柄捣烂，从罐子里倒些水在上面，再捏一些面包进去，撒上一点盐，于是他转向东方祷告。

"哦，老爷，尝尝我的面包渣汤吧。"他说，跪在碗前。

这面包渣汤是这么甘美，竟使列文放弃了回家吃饭的念头。他和老头子一道吃着，同他谈起家常来，发生了浓厚的兴趣，并且把自己的家事和能够引起老头子兴趣的一切情况都告诉他。他觉得自己对这老人比对自己哥哥还亲，并由于自己对这个人产生的温情不禁微笑起来。当老头又站起来，做了祷告，就用草垫在头下，在小树丛下面躺下，列文也照样做了，尽管阳光下有一群群纠缠不休的苍蝇，还有小虫子叮得他那流汗的面孔和身体发痒，他依然立刻睡熟了，直到太阳偏到矮树丛那边，照到他身上的时候才醒来。老头子早已醒了，坐在那里给小伙子们磨镰刀。

列文向周围眺望，几乎不认得这地方了，一切都变得迥然不同。大片草场被刈割了，排列着一行行的散发着芳香的草。在夕阳斜照里闪耀着一种特异的清新光辉。河畔割了草的矮树丛，以前看不见、现在却像钢铁一般闪烁着蜿蜒的河流，站起来走动的农民们，剩下的一部分还没有刈割的草的峭壁，和在割光了草的草地上飞翔的鹞鹰——一切都是全然新奇的。列文完全醒了,他开始估量今天已经割了多少,还可以割多少。

四十二个人做了这么些工作是非常不少了。他们割了整个大草场,那在农奴时代是需要三十把镰刀割两天的。只剩下角落里很小的几片没有割完。但是列文渴望今天尽可能多割些,看见太阳那么快就西沉下去,感到十分懊恼。他一点也不觉得疲倦,他只想干得更快些,而且尽量多些。

"我们能不能把马什金高地也割了呢?——你看怎么样?"他问老头子。

"看上帝的意思吧,太阳不高了啊。给小伙子们喝点伏特加吧?"

在午后休息时间内,当他们又坐下来,而那些抽烟的人点燃了烟袋的时候,老头子对小伙子们说了:"割完马什金——大家会有伏特加喝。"

"干吗不割呢?去吧,季特!我们加劲干吧!我们可以在夜里吃饭。去吧!"大家异口同声叫着,割草的人们一边吃面包,一边走了。

"哦,小伙子们,打起精神来吧!"季特说,几乎跑步似的走在前头。

"去吧,去吧!"老头子说,在他后面赶去,一下子就追上了,"我要打败你呢,当心呀!"

年轻的和年老的都在使劲割,好像他们在竞赛一般。但是不管他们工作得多么快,他们都没有把草损坏,一排排的草还是同样整齐而准确地摆着。角落里剩下的没有割的那部分草五分钟之内就割掉了。后面的割草人刚割完他们那几排的时候,前面的就已经把上衣搭在肩头上,穿过道路向马什金高地走去了。

当他们带着玎玎作响的磨刀石盒子走进马什金高地树木繁茂的洼地时,太阳已落到树梢上了。在洼地中央,草长得齐腰深,柔软的、纤细的、羽毛般的，在树林中间到处点缀着三色紫罗兰。

在简短的商议——直割呢还是横割——之后，普罗霍尔·叶尔米林走在前头；他也是一个有名的割草人，是个大个子黑头发的农民。他走上前去，又回转来，再动手刈割，于是大家排成一行跟在他后面，沿着洼地走下山坡，又走上山坡树林的边缘。太阳在树林后面落下去。露水已经降下来；割草人只有在山坡顶上才照得到太阳，但是在雾正升腾起来的山坡下边，在正对面，他们就处在凉爽的、多露的阴凉里。工作进行得很快。

散发芳香的草给割下来的时候发出汁液饱满的声音，高高地、一排一排地堆放着。从四面齐集在刈幅很短的草地上来的割草人，合着磨刀石盒子的玎声和镰刀的铿锵声，磨刀石的嗞嗞声和欢乐的叫喊声，互相催促着。

列文还是夹在年轻农民和老头子中间。老头子穿上了羊皮袄，还是那样愉快、诙谐、动作灵活。在树林中他们不断地用镰刀割掉那在多液的草丛里长得肥肥大大的所谓"白桦菌"。老头子每遇见一个菌就弯下腰，把它拾起来揣在怀里。"又是一件送给我老婆子的礼物呢。"他总是这样说。

刈割濡湿柔软的草虽然很容易，但沿着洼地的陡峭斜坡走上走下却是件困难的事。但是这并没有把那个老头子难倒。还是照样地挥动着镰刀，他那穿着大树皮鞋的脚迈着稳重的小步子，慢慢地爬上陡峭的斜坡，虽然他衬衣下面的松垂短裤和全身，因为吃力的缘故抖动着，但他却没有放过路上一株草或一个菌，而且还不断地跟农民们和列文说着笑话。列文走在他后面，每当他手里拿着镰刀爬上就是空着手也很难爬上去的险峻斜坡的时候，常常感觉得他一定会跌倒。但是他竟爬上去了，而且做了他必须做的事。他感到好像有一种外力在推动他。

6

马什金高地的草割完了,农民们割掉了最后一排草就穿上上衣,快活地走回家去。列文跨上马,恋恋不舍地离开了农民们,向自己家里驰去。从山坡上,他回头望了一眼;他望不见他们,因为从山谷里升起的浓雾把他们遮住了;他只听见粗犷愉快的谈话声,笑声和镰刀的叮当声。

当列文满身是汗,乱发粘在前额,背部和胸膛弄得又脏又湿,快乐地谈笑着,闯进他哥哥房间,谢尔盖·伊万诺维奇早已吃过晚饭,正在自己房间里喝冰柠檬水,看刚从邮局收到的报纸杂志。

"我们把整个草场都割完了!真是好极了,妙极了啊!你今天过得怎么样呢?"列文说,完全忘记了昨天不愉快的谈话。

"啊哟!你弄成了什么样子啊!"谢尔盖·伊万诺维奇说,最初一瞬间多少带点不满地望着他弟弟。"那扇门,把那扇门关起来呀!"他叫,"你至少带进来十只哩。"

谢尔盖·伊万诺维奇顶讨厌苍蝇,他的房间里除了夜间从来不开窗,门总是小心地掩上。

"我敢担保一只都没有。但是假如我带进来了的话,我会捕捉的。你不会相信我今天多么快乐啊!你今天过得怎么样?"

"很好,但是你真割了一整天吗?我想你一定饿得像狼一样了吧。库兹马给你把一切都预备好了。"

"不,我倒不想吃东西。我在那里吃了点东西。但是我要去洗洗脸。"

"好的,去吧,去吧,我马上就到你那里去。"谢尔盖·伊万诺维奇说，一面望着他弟弟，一面摇头。"去吧，快一点。"他微笑着补充说，于是收拾起书本，他也准备走。他也突然感到很愉快，不愿离开他弟弟了。"但是下雨的时候你在做什么呢？"

"下雨？啊哟！几乎就下了几滴雨。我马上就来。那么你今天也过得很惬意吗？那真好极了。"说着，列文就走去换衣服了。

五分钟以后，兄弟两个在餐室里相遇了。虽然列文觉得好像并不饿，好像坐下来吃只是为了不让库兹马扫兴，但是当他开始吃的时候，他觉得这顿饭特别鲜美可口。谢尔盖·伊万诺维奇含着微笑望着他。

"啊，是的，还有你一封信呢，"他说，"库兹马，请你到下面把那封信拿来。当心要关上门呀。"

信是奥布隆斯基写来的。列文高声朗读着。奥布隆斯基从彼得堡写信说："我接到多莉的信，她在叶尔古绍沃，一切事情都不如意。骑马去看看她吧，出出主意，帮助她一下，你是什么事都知道的。她看见你一定非常高兴。她孤零零一个人，怪可怜的。我的岳母和他们一家人现在还在国外。"

"好极了！我一定要骑马去看看她，"列文说，"要不然我们一道去吧。她是那么好的一个女人，不是吗？"

"离这里远不远呢？"

"三十里。也许四十里吧。但是路很好走。我们可以很愉快地坐车去。"

"我很高兴。"谢尔盖·伊万诺维奇说，还在微笑着。

看见他弟弟的样子，他显然也立刻愉快起来。

"啊，你胃口真不坏！"他说，望着他那俯在盘子上的晒得又红又黑的面孔和脖颈。

"好极了！你真想象不到这对各种各样的愚行是多么有效的灵丹

妙药。我要用一个新辞劳动疗法①来增加医学的词汇。"

"但是我想你并不需要这个吧。"

"不,但是各种神经性的病人却很需要呢。"

"是的,这应该试验一下。我本来打算到割草场来看你的,但是天气热得这样厉害,我走到树林就不想再往前走一步了。我在那里坐了一会,就穿过树林向村子走去,遇见了你的老乳母,向她探听了农民们对你的看法。照我看来,他们并不赞成这个。她说:'这不是老爷们干的事。'总之,我觉得在他们的观念里对于他们所说的'老爷们做的事'是有一定的确切看法的,他们不允许老爷们越出他们心目中所定下的界限。"

"也许是这样;但无论如何这是我生平从来没有尝到过的乐趣。而且你知道,这也没有什么害处。不是吗?"列文回答,"假使他们不高兴,那我也没有法子。不过我认为这并没有什么不好。呃?"

"总之,"谢尔盖·伊万诺维奇接下去说,"我看你今天过得很满意吧?"

"真是满意得很。我们割了整个草场。我还在那里结识了一个老头子哩!你想象不出他是多么有趣啊!"

"哦,那么你今天过得很满意了。我也是呢。第一,我解决了两个象棋问题,有一个妙极了——用卒子开头的。我让你看看吧。其次,我仔细想了想我们昨天的谈话。"

"呃?我们昨天的谈话?"列文说,餐后幸福地眯缝着眼睛,大声喘着气,完全想不起他们昨天谈话的内容了。

"我想你也有几分道理。我们意见的分歧是:你把个人利益看成动力,而我却认为关心公益应当是每个有教养的人的责任。或许你说

① 原文为德语。

的也对,以物质利益为基础的活动也许更合心愿。你的性情,就正像法国人说的那样,未免太容易冲动①了,你要么需要强烈的、精力旺盛的活动,要么就什么都不需要。"

列文听着他哥哥说,却一句也没有听懂,而且也不想听懂。他只怕他哥哥问他问题,会看出他什么也没有听进去。

"这就是我所想的,好弟弟。"谢尔盖·伊万诺维奇说,用手触触他的肩膀。

"是的,当然啦。但是那又有什么呢!我并不固执己见哩。"列文回答,露出惭愧的、稚气的微笑。"我争论的是什么事呢?"他想,"当然,我是对的,他也是对的,都不错呢。只是我得到账房去料理一下。"他立起来,伸了伸懒腰,微笑着。

谢尔盖·伊万诺维奇也微微一笑。

"你要出去的话,我们一道走吧。"他说,不想离开他那容光焕发、生气蓬勃的弟弟了,"哦,我们一同到账房去吧,假如你一定要去的话。"

"啊哟!"列文叫喊了一声,这么大声,使谢尔盖·伊万诺维奇吃了一惊。

"什么,什么事呀?"

"阿加菲娅·米哈伊洛夫娜的胳臂怎样了?"列文说,在自己头上拍了一下,"我把她都忘了呢。"

"好多了。"

"哦,我还是要跑去看看她。你还没有来得及戴上帽子,我就回来了。"

他跑下楼去,靴跟噼啪地响着,就像木屐一样。

---

① 原文为法语。

7

斯捷潘·阿尔卡季奇为了完成一件最自然的重要公务到彼得堡去了，那种公务局外人虽然不了解，但是每个官场中人都很熟悉，那就是使部里注意自己，因为非此不能在官场供职。他为了举行这种仪式，携带了家里所有的钱，逍遥自在地在赛马场和别墅过日子。同时为了尽量节省开支，多莉和孩子们一道搬到乡下去。她到了叶尔古绍沃，这块地产原是她的嫁奁，今年春天卖出的树林就在这个地产上。这里离列文住的波克罗夫斯科耶有五十里光景。

叶尔古绍沃宏伟古老的宅邸早已拆毁了，老公爵曾把一所厢房修理好，加以扩建。二十年前，当多莉还是小孩的时候，那厢房还算是宽敞舒适的，虽然同普通厢房一样位于马车道侧，而且不朝南。但是现在这个厢房已经破旧颓败了。当斯捷潘·阿尔卡季奇春天为了卖树林的事到那里去的时候，多莉曾请他去察看那幢房子，吩咐把必须修理的地方修理一下。斯捷潘·阿尔卡季奇，正像所有问心有愧的丈夫一样，非常关心他妻子的舒适，亲自去察看了那房子，并且吩咐了把他认为必要的一切事情安排妥当。他认为必要的事是把印花棉布重新铺在一切家具上，挂起窗帷，扫除庭园，在小池上搭一座桥，种植一些花草；但是他忘掉了许多其他必要的事情，这种疏忽后来使达里娅·亚历山德罗夫娜大大地吃了苦头。

虽然斯捷潘·阿尔卡季奇努力想要做个关怀备至的父亲和丈夫，但他怎么也记不住他是有妻室儿女的。他有独身者的嗜好，只想按照这种方式过活。回到莫斯科的时候，他得意洋洋地告诉妻子说一切都准备好了，那房子简直是一座小乐园，劝她一定去。妻子住到乡下，在斯捷潘·阿尔卡季奇来说，无论从哪方面说都是非常惬意的：于小孩健康有益，可以节省费用，他可以更自由。达里娅·亚历山德罗夫娜也认为到乡下去避暑,对于小孩,尤其是对于害过猩红热后还没有完全复原的小女孩是必要的,而当作逃避卑微的屈辱,逃避那使她痛苦不堪的欠木柴商、鱼贩、鞋匠的小笔债务的一种手段也是必要的。除此以外,她所以高兴到乡下去,是因为她梦想要她妹妹基蒂住到她那里来,基蒂将在仲夏回国,医生曾嘱咐她用水浴治疗。基蒂从温泉写信来说,再没有比和多莉一道在叶尔古绍沃过夏天那么令她高兴的了,叶尔古绍沃在她们姊妹两人心里充满了童年的回忆。

乡间生活的头几天在多莉是极其困难的。她小时候曾在乡间住过,她保留下的印象就是乡间是逃避城市一切烦恼的避难所,乡下生活虽不豪华——多莉对此倒是容易迁就的——却是便宜而舒适的:一切都充裕,一切都便宜,一切都弄得到,对孩子们也是好的。但是现在以一家的主妇来到乡下,她觉察出一切和她所想象的完全两样。

她们到达的第二天,下了一场大雨,夜里雨漏进了走廊和儿童室,以致不能不把床搬到客厅里。找不到厨娘;九头母牛,照养牛的女人说,有的快要生小牛了,有的刚刚生过头胎,其余的不是太老,就是乳汁很少;乳酪和牛乳给小孩们吃都不够。蛋也没有。他们找不到母鸡;他们煎和煮的尽是些褐紫色咬不动的老公鸡。找不到擦洗地板的妇人——大家都去刨马铃薯了。坐车出游也不可能,因为有一匹马很难驾驭,在车辕间暴跳着。没有洗浴的地方;整个河岸都被家畜践踏坏了,而且从大路上可以一览无遗!连散步也不可能,因为家畜从栅栏裂缝里侵入了庭园,并且有一头可怕的公牛,它吼叫着,有牴伤人的架势。没有合适的衣柜;原有的衣柜不是完全关不拢,就是人一走过就自动打开。没有壶罐和铁锅;洗衣房没有蒸汽锅,使女房间里连熨板都没有一块。

没有得到安静和休息，倒遭遇到这一切在她看来非常可怕的困难，达里娅·亚历山德罗夫娜开头很失望。她尽力忙碌，仍然感到境况毫无希望，时时强忍着不让涌进眼里的泪水落下。管家是一个退伍的骑兵司务长，斯捷潘·阿尔卡季奇很喜欢他，因为他仪容俊秀而又恭顺服从，特地把他从看门人的地位提拔上来的，他对于达里娅·亚历山德罗夫娜的愁苦没有表示一点同情。他恭敬地说："没有法子呢，农民都是那么可恶。"却没有帮她一点忙。

这种境况看来似乎毫无希望了。但是在奥布隆斯基家，也像在一般家庭里一样，有一位不惹人注目、但是最重要最有用的人物，马特廖娜·菲利蒙诺夫娜。她安慰女主人，向她担保说一切自会好起来的（这是她的用语，马特维就是从她那儿学来的），于是一个人不慌不忙地动手操作。

她立刻和管家的妻子有了交情，就在头一天，她和她同管家三人一道在洋槐树下喝茶，讨论着一切的事务。不久，马特廖娜·菲利蒙诺夫娜就在洋槐树下成立了俱乐部，这个俱乐部是由管家的妻子、村里的长老和管账组成的，这么一来，生活上的困难就逐渐消除了，一个礼拜内一切就真的好起来了。屋顶修葺好了，厨娘找到了——是村里长老的亲戚，母鸡也买来了，母牛开始有奶了，庭园用栅栏围好了，木匠做了个轧光机，衣柜装上了钩子，不再自动地敞开了，蒙着粗布的熨板搭在椅背和有抽屉的衣柜上，在使女房间里发出了熨斗的气味。

"现在你看！您先前还那么失望呢。"马特廖娜·菲利蒙诺夫娜指着熨板说。

他们甚至造了一个围着干草编成的篱笆浴场。莉莉开始洗浴，达里娅·亚历山德罗夫娜开始实现了她那纵然不算安宁、但至少很舒适的田园生活的愿望，虽则这种愿望还只实现了一部分。达里娅·亚历山德罗夫娜带着六个孩子是不能够安宁的。不是一个病了，就是另一个快要生病的模样，要么就是第三个缺少什么营养，第四个露出坏癖性的征候，等等问题。短暂的安宁时刻真是少而又少。但是这些操劳和牵挂对于达里娅·亚历山德罗夫娜来说，却是她可能得到的唯一幸福。要没有这些，她会剩下一个人，孤单单地想念着她那不爱她的丈夫。而且，担心孩子生病，疾病本身，看着小孩出现恶癖征候时的愁苦，对母亲虽然是难受的——但是现在孩子们自身已经在用微小的欢乐补偿她的痛苦。这些欢乐是这样微小，就像砂里的金子一样不惹人注目，在心绪不佳的时候，她只看见痛苦，只看见砂石；但是也有兴致好的时候，那时她眼睛里看见的就尽是欢乐，尽是金子。

现在，在乡间的寂静生活里，她开始愈益频繁地感到这些欢乐了。常常，望着他们，她竭力使自己相信她错了，她作为母亲，对于孩子们是有偏爱的；虽然这样，她还是不能不对自己说，她的孩子通通是逗人喜爱的，六个小孩各不相同，但都是不可多得的孩子，她为他们感到幸福，以他们而自豪了。

8

在五月末，当一切事情都布置得差强人意的时候，她接到了丈夫给她的回信，她曾写信给他，向他抱怨乡间的紊乱状况。他回信说，他事先考虑不周，请她原谅，并且答应一有机会，就到她这里来。这种机会没有来到，直到六月初，达里娅·亚历山德罗夫娜还是一个人住在乡下。

在圣彼得节前的星期日，达里娅·亚历山德罗夫娜带着所有的小孩坐车去领圣餐。达里娅·亚历山德罗夫娜在和她妹妹、母亲和友人亲密地谈论哲学性问题中,屡屡以她论述宗教的自由见解使她们惊异,她有她独特奇异的轮回说,她笃信这种宗教,对于教会的教义很少关怀。但是在她家庭里,她却严格地执行教会的一切要求——不单是为了做榜样,而且也是出于诚意,孩子们将近一年没有领圣餐,这件事使她非常担忧,于是在马特廖娜·菲利蒙诺夫娜完全赞许下,她决心在夏天此刻举行这个仪式。

好几天以前,达里娅·亚历山德罗夫娜就在忙着考虑孩子们出去穿什么衣服。连衣裙做好了,或是改好了,洗了,衣缝和皱边都放开了,纽扣钉上了,丝带也预备好了。为了英国家庭女教师负责缝改塔尼娅的一件衣服,达里娅·亚历山德罗夫娜还生了很大的气。英国家庭女教师改这件衣服时,把衣缝弄错了地方,袖子剪去太多,以致完全糟蹋了这件衣服。这衣服穿在塔尼娅的肩膀上显得那么窄,看上去难受极了。亏得马特廖娜·菲利蒙诺夫娜想出一个妙法:嵌进一块尖角布,再加上一条小披肩。衣服总算弄好了,可是差一点和英国家庭女教师吵了一场。虽然这样,但是早晨一切事情都布置妥帖,到将近九点钟时——她们要求牧师等到她们九点钟才做礼拜——孩子们就穿了新衣服,喜笑颜开地站在台阶旁马车面前,等候他们的母亲。

没有用烈性的乌黑马套车,靠着马特廖娜·菲利蒙诺夫娜的情面,套上了管家的棕色马,达里娅·亚历山德罗夫娜因为焦虑自己的服装而耽搁了一会儿,她穿着纯白的棉纱连衣裙走出来,上了马车。

达里娅·亚历山德罗夫娜细心而又兴奋地梳好头发,打扮起来。过去,她把自己装扮得妩媚动人;后来,当她年纪渐渐大起来,她就对服装渐渐不感兴趣了;她知道她姿色日衰。但是现在她又开始对于服装感到愉快和有兴趣了。现在她打扮可并不是为了自己,或为了自己显得俏丽,而是作为这些漂亮小孩的母亲,她不愿损坏整个的印象。最后又照了一次镜子,她对自己感到满意了。她很美丽。不是她从前赴舞会时想望的那种,而是合乎她眼前所抱持的目的的一种美丽。

在教堂里除了农民、佣人和他们的家眷以外再没有别人了。但是达里娅·亚历山德罗夫娜看出来,或者自以为看出来,她的孩子们和她自己在他们身上引起的惊叹神情。孩子们穿了华丽的小衣裳,看上去不仅非常美丽,而且他们的举止行动也是迷人的。不错,阿廖沙还站不大好,他尽在回过头来,竭力想望望他那件小短衫的背部;但他仍是非常可爱的。塔尼娅像大人一样照顾着小的孩子们。最小的莉莉看到一切事物都露出天真的惊异,那样子怪迷人的,当她领过圣餐之后,用英语说"请再给一点点"①的时候,令人不禁微笑。

在回家的路上,孩子们感到好像完成了一件庄严的事情,大家都非常沉静。

在家里,一切事情也都进行得很顺利;但是在用早餐时格里沙吹起口哨来,而更加恶劣的,是公然不听英国家庭女教师的话,因此被罚不准吃甜馅饼。达里娅·亚历山德罗夫娜要是在场的话,在这样的节日是不会让事情弄到这种地步的;但是她不得不支持英国家庭女教师的权威,因此她赞成不准格里沙吃甜馅饼的决定。这事多少有点使大家扫兴。

格里沙哭着,诉说尼古连卡也吹了口哨,他却没有受罚,他哭并不是为了馅饼,——他不在乎那个——而是为了受到不公平的待遇。这也的确是太可怜了,达里娅·亚历山德罗夫娜下了决心去

---

① 原文为英语。

说服英国家庭女教师,要她饶了格里沙,于是她就走去找她。但是在她走过客厅的时候,她看到了一个动人的场面,使她的心充满了快乐,泪水涌进她的眼睛里,她自己已经饶恕犯罪者了。

受罚的人坐在客厅窗台的角上;塔尼娅手里端着一只碟子站在他旁边。她借口拿点心给洋娃娃吃,请求家庭女教师允许她把她的那份馅饼拿到育儿室去,而实际上她却拿到她弟弟这里来了。他一面还在哭诉着他受的处罚不公平,一面吃馅饼,而且尽在抽抽噎噎地说:"你自己吃吧,我们一道吃吧……一道。"

塔尼娅开始因为怜悯格里沙,随后又因为意识到自己行为高尚而感动,泪水也盈溢在她的眼睛里了;但是她没有拒绝,吃了她的一份。

看见母亲,他们都吓慌了,但是看到她的脸色,他们看出来他们没有做错事,他们嘴里塞满了馅饼,突然笑起来,他们开始用手揞着带笑的嘴唇,在他们快活的脸上涂满了眼泪和果酱。

"啊哟!你的雪白的新连衣裙!塔尼娅!格里沙!"母亲说,竭力想保全那件连衣裙,但是她眼睛里含着泪水,脸上露出幸福的、欢喜的微笑。

新衣服脱下来了,她吩咐给女孩们穿上短衫,男孩们穿上短上衣,并且驾好小马车去采鲜蘑和游泳,使管家懊恼的是又套上他的棕色马。欢乐的叫声在育儿室里喧腾起来,一直到他们出发到浴场时才停止。

他们采了满满一篮鲜蘑;连莉莉都拾到了一只白桦菌。以前一向是古里小姐找到一个就指给她看;但是这一回她亲手拾到一个大的,因此大家都欢呼起来:"莉莉采到一个鲜蘑呢!"

随后他们坐车到了河边,把马留在白桦树下,走向小浴场去。马车夫捷连季把那尽在摇拂着尾巴驱逐苍蝇的马系在树上,就在白桦树荫下躺下来，把青草压倒了，抽着劣等烟草，同时，小孩们不停的欢乐的叫声从浴场传到他的耳边来。

虽然要照管所有这些小孩，不让他们淘气，是一件麻烦事，虽然要记住这么多不同脚的长袜、短裤和靴子而不弄乱，要解开又系上所有的带子和纽扣，也是很困难的，但是达里娅·亚历山德罗夫娜觉得再没有比和所有这些小孩一道游泳更快乐的了，她自己原是喜欢游泳，而且相信这对于小孩是极其有益的。检视所有这些胖胖的小腿，给他们穿上长袜，抱住这些赤裸的小身体在水里浸一浸，以及听着他们又惊又喜的叫嚷，看着她的这些溅着水的小天使睁圆了惊奇而又快乐的眼睛，喘着气的那副神情，在她是极大的快乐。

当一半小孩穿起了衣服的时候，几个打扮得很漂亮出来采药草的农妇走近泳池小屋，怯生生地停下脚步。马特廖娜·菲利蒙诺夫娜唤她们中间的一个来，请她把掉到水里的一块浴巾和一件衬衣拿去晒干，而后达里娅·亚历山德罗夫娜就和那些农妇攀谈起来。开头，她们用手捂着嘴笑，没有听懂她问什么，但是不一会儿她们就胆大了，开始谈话来，立刻以她们对于小孩们所表示出来的纯真的叹赏而博得了达里娅·亚历山德罗夫娜的欢心。

"哎呀，看看这个小美人，白得像糖一样哩！"一个说，一边叹赏着塔涅奇卡，一边摇着头，"只是瘦……"

"是的，她生过病呢。"

"他们也给你洗了澡吗？"另一个望着婴儿说。

"不，他才三个月呢。"达里娅·亚历山德罗夫娜夸耀般地回答。

"当真吗！"

"你有小孩吗？"

"我生过四个；只剩下两个了——一个男孩和一个女孩，我就在上个狂欢节给她断的奶。"

"她多大了?"

"哦,有两岁了。"

"你为什么喂她那么久的奶呢?"

"这是我们的习惯,要过三个斋期……"

于是谈话就转移到达里娅·亚历山德罗夫娜最感兴趣的话题:她生孩子的时候怎样?男孩有什么病?丈夫在哪里?他是否常回家?

达里娅·亚历山德罗夫娜简直不愿离开农妇们了,和她们谈话使她觉得这么有趣,她们的趣味又如此相投。使她顶高兴的是,她明显地看出来这些妇人最羡慕的是她有这么多小孩,而且都是那么可爱。农妇们甚至逗得达里娅·亚历山德罗夫娜笑了,却触怒了英国家庭女教师,因为她就是使她莫名其妙的哄笑的原因。一个年轻妇人尽盯着看那个最后穿衣服的英国妇人,而当她穿上第三条裙子的时候,她就忍不住下了这样的评语:"哎哟,她穿了一条又一条,永远穿不完呢!"于是大家一齐笑开了。

9

当达里娅·亚历山德罗夫娜被自己那群刚洗过澡、头发还是湿的小孩们环绕着,自己头上系着头巾,坐车快回到家门口的时候,马车夫说:

"哪家的老爷来了,我想一定是波克罗夫斯科耶的老爷吧。"

达里娅·亚历山德罗夫娜望着前方,当她认出迎面而来的、戴着灰色帽子、穿着灰色外套的列文的熟悉姿态的时候,她快活极了。她什么时候都乐于看见他,而这时他正逢她最得意的时候看到她,就更加使她高兴了。谁也比不上列文能赏识她的伟大了。

看见她,他就感到好像面对着他想象中的家庭生活的一幅图景。

"您好像一只母鸡后面跟着一群小鸡哩,达里娅·亚历山德罗夫娜。"

"噢,我真高兴看见您!"她说,把手伸给他。

"高兴看见我,可是您却不让我知道。我哥哥住在我那里。我接到斯季瓦的信,才知道您到这里来了。"

"斯季瓦的信?"达里娅·亚历山德罗夫娜惊讶地问。

"是的,他来信说您搬到这里来了,他想也许有什么事我可以为您效劳。"列文说,这样说了之后,他突然感到狼狈起来,于是中止了话,他默默地和小马车并排地走着,摘下菩提树的嫩芽,细细咀嚼着。他感到狼狈,是因为他感到达里娅·亚历山德罗夫娜在本来应该由自己丈夫照料的事情上接受别人的帮助,是会不愉快的。达里娅·亚历山德罗夫娜确实不高兴斯捷潘·阿尔卡季奇把自己的家务事推给别人的那种做法。她立刻觉出列文觉察到这一点。正因为这种敏锐的感觉和这种细致的感情,达里娅·亚历山德罗夫娜才这么喜欢列文。

"自然,我知道,"列文说,"那意思只是说您想要看看我,而我也非常高兴呢。不用说我也想得到,像你们在城市里住惯了的,在这里会感觉得很简陋,假如您需要什么的话,一切我都愿为您效劳。"

"啊,不!"多莉说,"起初是有点不大舒适的,但是现在一切都安顿得好好的了——这都是我的老乳母的功劳哩。"她指着马特廖娜·菲利蒙诺夫娜说,老乳母看见他们说到她,快活地、亲切地向列文微笑着。她认识他,并且知道他是她最小的小姐的佳偶,极其盼望这门婚事成功。

"您不坐上车来吗,老爷?我们可以往这边挤一挤!"她对他说。

"不,我要走路。孩子们,有谁要跟我一道和马赛跑吗?"

孩子们不大认识列文，也记不起什么时候见过他，但是对于他，他们却丝毫没有感到孩子们对于做假的大人常常感到的那种畏怯和敌视混织在一起的奇怪情绪。那是常常使孩子们受罪不浅的。伪善不论在什么事情上也许可以欺骗最聪明最机灵的大人，但是最不灵敏的小孩也能识破伪善，对它抱着恶感，不管它掩饰得多么巧妙。列文尽管也有缺点，但是在他身上是没有丝毫伪善的地方，因此孩子们对他表示了像他们在母亲脸上看出的同样的亲切。接受他的邀请，两个大孩子立刻向他跳下来，和他一道跑着，好像和他们的乳母或是古里小姐或是他们的母亲一道跑着一样地自然。莉莉也嚷着要到他那里去，于是她母亲就把她交给他；他把她搁在肩头上，扛着她跑。

"不要怕，不要怕，达里娅·亚历山德罗夫娜！"他说，向母亲愉快地微笑着，"我绝不会让她受伤，也绝不会把她摔下来的。"

看着他那敏捷的、有力的、小心翼翼的、过度谨慎的动作，母亲也就放心了，于是她一面注视着他，一面愉快地、赞许地微笑着。

在乡间这儿，和孩子们，和他所同情的达里娅·亚历山德罗夫娜在一道，列文体验到他常有的那种孩子般的快活心情，达里娅·亚历山德罗夫娜特别喜欢他这种心情。当他和孩子们一道跑的时候，他教他们体操，用他那种怪腔怪调的英语逗得古里小姐发笑，和达里娅·亚历山德罗夫娜谈着自己在乡下的事务。

午饭后，达里娅·亚历山德罗夫娜和他两人坐在凉台上，开始谈到基蒂了。

"您知道吗？基蒂要来这里，和我一道过夏天。"

"真的吗？"他说，涨红了脸，为了改变话题，他立刻改口说道："那么我给您送两头母牛来吧？假使您一定要算钱的话，就一个月付我五个卢布吧；但是您这样可就太对不起人了。"

"不,谢谢。我们现在还过得去呢。"

"啊,那么好,我去看看您的母牛,要是您允许的话,我指点您怎样喂牛吧。一切全靠饲料呢。"

列文为了改变话题,就向达里娅·亚历山德罗夫娜讲了一套喂牛的道理,说母牛只是把饲料变成牛乳的机器以及诸如此类的话。

他谈着这个,但却热烈地渴望听到关于基蒂的详情,同时又怕听到。他害怕他那得来不易的内心平静又要被破坏了。

"是的,但是这一切都得要有人照料,这里可有谁来照料呢。"达里娅·亚历山德罗夫娜没精打采地说。

她靠着马特廖娜·菲利蒙诺夫娜的帮助,已经把家务料理得这么井井有条,她不想再有所改变;加以,她对于列文的农业知识并不信任。说母牛是产乳的机器这一类道理,她是怀疑的。她觉得这种道理只会妨碍农事。一切照她想来要简单得多:像马特廖娜·菲利蒙诺夫娜说的那样,只要多给花斑牛和白胸牛一点饲料和饮料,不让厨师把厨房的泔水给洗衣妇去喂母牛就行了。这是简单明了的。但是关于用谷类和草做饲料的一般道理是靠不住的,模糊的。而且,最重要的,她要谈基蒂的事。

10

"基蒂来信说,再也没有什么比孤独和平静是她更渴望的了。"多莉在沉默了一会儿之后说。

"她怎样呢,好些了吗?"列文激动地问。

"谢谢上帝,她完全复原了。我从来不相信她的肺有毛病呢。"

"啊,我真高兴!"列文说,当他这么说而且默默地凝视着她的时候,多莉感到好像在他的脸上看出了有些叫人怜悯的、无助的表情。

"让我问您，康斯坦丁·德米特里奇，"达里娅·亚历山德罗夫娜说，流露出她那温和而又略带嘲弄的微笑，"您为什么生基蒂的气呢？"

"我，我没有生她的气。"列文说。

"是的。您生气了。要不然，您为什么到了莫斯科不来看我们，也不去看他们呢？"

"达里娅·亚历山德罗夫娜，"他说，脸红到发根了，"我真奇怪以您这样个好心肠的人竟会感觉不到这个。您怎么一点也不怜悯我，您既然知道……"

"我知道什么？"

"您知道我求过婚，被拒绝了。"列文说，于是一分钟以前他对基蒂所抱的满腔柔情，立刻转化为由于受到侮辱而产生的愤恨之情了。

"您怎么会以为我知道呢？"

"因为大家都知道……"

"这就是您误解了；我确实不知道，虽然我这样猜测过。"

"那么现在您总知道了。"

"我先前只知道发生了一件使她非常痛苦的事，她请求我再不要提起那事。假使她连我都没有告诉的话，她是决不会对别人说的。但是你们中间到底发生了什么呢？告诉我吧。"

"我已经告诉过您了。"

"什么时候的事呢？"

"我最后一次到你们家里去的时候。"

"您知道，"达里娅·亚历山德罗夫娜说，"我非常、非常替她难过呢。您痛苦的只是自尊心受了伤害……"

"也许是这样，"列文说，"但是……"

她打断他的话头。

"但是她，可怜的孩子……我非常、非常替她难过呢，现在我一切都明白了。"

"哦，达里娅·亚历山德罗夫娜，请您原谅我！"他说，站起身来，"我要走了，达里娅·亚历山德罗夫娜，再见吧！"

"不，再待一会儿，"她说，抓住他的袖子，"再待一会儿，坐下吧。"

"请，请不要再谈这个了吧！"他说，坐下来，同时感觉得他原以为埋葬了的那种希望又在他心中觉醒和骚动了。

"假使我不是喜欢您的话，"她说，泪水涌上她的眼睛，"假使我过去不像现在这样了解您的话……"

那种原来以为死了的感情逐渐复活了，抬起头来，把列文的心占据了。

"是的，现在我一切都明白了，"达里娅·亚历山德罗夫娜说，"您不会明白的；因为你们男子是自由自在的，样样都随自己选择。你们爱什么人自己总是知道得很清楚的；但是一个女子处在悬而不决之中，带着女性的、少女的羞涩，她从远远的地方观看你们男子，什么话都只好听信——她可能有，而且常常有这样一种感觉，好像不知道说什么才好。"

"是的。假使不吐露感情的话……"

"不，会吐露感情的；但是只想想：你们男子看上一个女子，就到她家里去，和她做朋友，留心观察她，等着看她是不是您的意中人；后来，当您确信您爱她的时候，您就求婚……"

"哦，也不完全是这样。"

"无论怎样说，当您的爱成熟了，或是在您所要选择的两个人中看中了一个,您就求婚。但是人们并不问少女的。我们希望她自己选择,但她却选择不了;她只能回答'是'或是'不'。"

"是的,在我和弗龙斯基两人中间选择一个。"列文想,而在他心中复活了的死去的希望又死去了,只是使他感到痛苦的压抑。

"达里娅·亚历山德罗夫娜,"他说,"人会这样选择新衣裳或是别的物品,但却不是爱情。选定了最好……翻来覆去可不成。"

"噢,自尊心,完全是自尊心!"达里娅·亚历山德罗夫娜说,好像很轻视他的这种感情,因为这种感情比起只有女人才理解的别种感情来就显得很低下了,"当您向基蒂求婚的时候,她正处在一种不能回答的境地。她犹疑不定。在您和弗龙斯基两人之间犹疑。他,她天天看见,而您,她却好久没有看到了。假若她年纪再大一点的话……比方我处在她的地位就决不会犹疑的。我一向就不喜欢他,而结果果然这样。"

列文想起了基蒂的回答。她说了:"不,那是不可能的……"

"达里娅·亚历山德罗夫娜,"他冷淡地说,"我看重您对我的信赖,但是我相信您是误解了。但是不管我做的对不对,您那么鄙视的自尊心使我根本不可能想念卡捷琳娜·亚历山德罗夫娜了,——您知道,完全不可能了。"

"我只再说一句:您知道我是在说我的妹妹,我疼爱她如同疼爱自己的小孩一样。我也并没有说她爱您,我的意思只是说她当时的拒绝并不说明什么。"

"我不明白!"列文说,跳起来了,"要是您知道您是在怎样地伤害我呀。这正像您的一个孩子死了,而他们却对您说:如果他在的话会是怎样,他本来可以活着的,您看见他会多么快乐。但是他却死了!死了,死了!……"

"说得多好笑!"达里娅·亚历山德罗夫娜说,尽管列文非常激动,她仍然带着怅惘而又嘲讽的微笑说,"是的,我越来越明白了,"她若有所思地继续说,"那么基蒂在这里的时候您不来看我们吗?"

"不,我不来。自然我不会躲避卡捷琳娜·亚历山德罗夫娜,但是我要尽可能使她不看到我,免得她讨厌。"

"您真是说得好笑得很!"达里娅·亚历山德罗夫娜重复说,含着深情凝视着他的面孔,"那么好,就当作我们没有谈过吧。你来做什么,塔尼娅?"她用法语对走进来的小女孩说。

"我的铲子在哪里,妈妈?"

"我说法语,你也要说法语。"

小女孩试着用法语说,但是记不起法语铲子这个字来了;母亲指点她,用法语对她说铲子要到什么地方去找。这给了列文一种很不愉快的印象。

达里娅·亚历山德罗夫娜的家里和她小孩们的一切,现在对他说来,再也不像一会儿以前那样富于魅力了。

"她为什么要和孩子们说法语呢?"他想,"这多么不自然,多么矫揉造作啊!孩子们也感到这点。学习了法语,忘掉了真诚。"他暗自思索,却不知道达里娅·亚历山德罗夫娜对于这事已经再三想过,结果还是相信:即使要牺牲真诚也不能不用那种方法去教孩子们法语。

"可是您为什么这样急着走呢?再待一会儿吧。"

列文留下喝了茶,但是他的愉快心情已经完全消失了,他感到不安起来。

喝过了茶,他走到门厅去吩咐套上马车,而当他转来的时候,他看见达里娅·亚历山德罗夫娜很激动,面带愁容,泪水盈溢在她的眼睛里。正在列文走到外面去的时候,发生了一件事,把她今天一天所感到的幸福和她对孩子们所抱着的夸耀完全粉碎了。格里沙和塔尼娅为了争一个球打起来。达里娅·亚历山德罗夫娜听到育儿室的叫声，跑去看见他们处在可怕的情景。塔尼娅揪着格里沙的头发，而他呢，愤怒得脸都变了模样，正用拳头往她身上乱打。达里娅·亚历山德罗夫娜一看见这种景象，好像心碎了。好像黑暗遮住了她的生活；她感到她引以为豪的这些孩子不但极其平凡，而且简直是不良、没有教养，具有粗暴野蛮癖性的孩子，坏孩子。

她不能说，也不能想别的事情，她不能向列文诉说她的不幸。

列文看出来她很不快乐，竭力安慰她，说这并不能证明有什么不好，小孩们没有不打架的；但是就在他这么说的时候，他心里却想："不，我对我的小孩们可不会矫揉造作，不会和他们说法语；但是我的小孩们不会像那种样子。只要不宠坏小孩，不伤害他们的天性就行了，这样他们就会是很可爱的。不，我的小孩们不会像那种样子。"

他告别了，坐车走了，她没有挽留他。

11

七月中旬，离波克罗夫斯科耶约有二十里、列文姐姐的地产所在的村子里的村长，到列文这里来报告到那里的情况和割草的事情。他姐姐地产的主要收入来自河边每年春天被水淹的草场。往年，草是二十个卢布一亩卖给农民。当列文接手管理这地产的时候，他估量这草场值更多的钱，他就定了二十五卢布一亩。农民们不肯出这个价钱，并且，如列文所猜疑的，他们拦阻了别的买主。列文便亲自到那里去，安排了一部分用雇工，一部分按收成分摊的办法割草。他自己的农民想尽办法来阻挠这个新的办法，但是事情终于办成了，第一年草场就获得将近两倍的赢利。去年——正是第三年——农

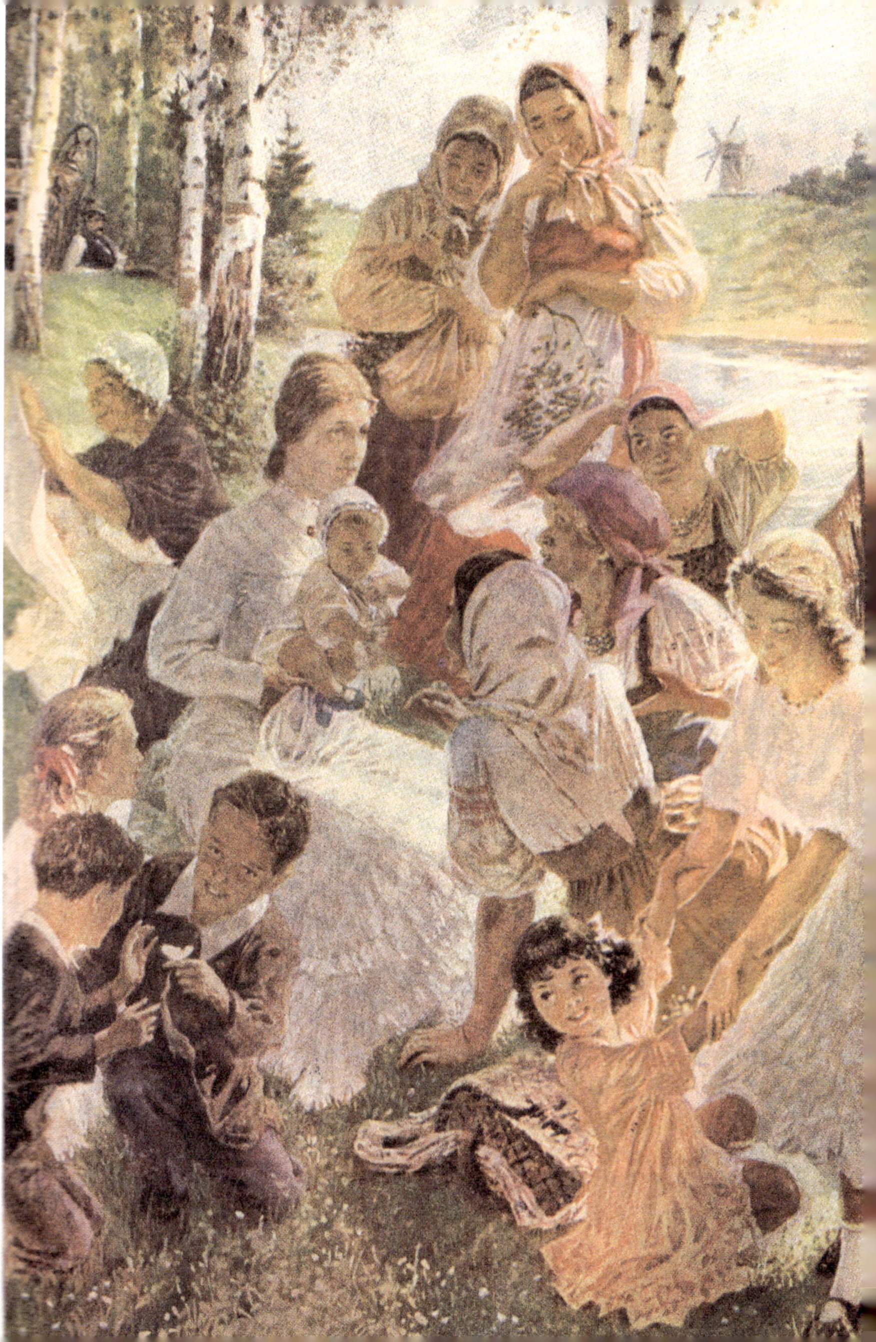

民们还在继续反对，但是草却仍然用同样的方法收割了。今年农民按分摊收成的三分之一的办法担任刈割全部的草，现在村长就是来报告草已经割完了，并且说恐怕下雨，他们已经请来管账，当着他的面分配了收获物，一共收集了十一堆作为地主的一份。当他问最大的草场收割了多少干草时，村长回答得吞吞吐吐；他未经允许就急急忙忙地把收获物擅自分配了；从农民说话的整个语调听去又有些异样；从所有这些方面看来，列文觉出这回草的分配一定有蹊跷，于是下定决心亲自到那里去查个明白。

列文在午饭时到达那村庄，把马留在他哥哥的乳母的丈夫，他的一个年老的朋友的小屋里，就走到养蜂场去看这老头，想从他口里探听出割草的真情。帕尔梅内奇，一个饶舌的、漂亮的老头，热烈地欢迎列文，把他所有的工作指给他看，把关于他的蜜蜂和今年离巢的蜂群的一切详情都告诉他；但是列文向他问起割草的事情时，他却含糊其辞，不愿回答。这就更证实了列文的猜疑。他走到割草场去，检查干草堆。每堆恐怕还装不满五十车，为了要揭发农民们的罪迹，列文吩咐立刻把运草的车拉来，抄起一堆运到仓库去。这堆竟只装了三十二车。不管村长怎样竭力辩白说干草有压缩性，它们堆积过久变得干硬了，以及他怎样赌咒说一切事情都是做得对得起上帝的，列文还是坚持己见，说干草的分配是没有经他吩咐的，因此他不能把那干草当作一堆五十车来接受。经过长久的辩论之后，问题方才得到解决，就是：这十一堆按一堆五十车计算归农民接受，而主人的一份重新分配。争辩和干草堆的分配继续进行了整整一下午的时间，当干草分配到最后的时候，列文把监督分配干草的任务委托给管账，自己在以柳树枝作标记的干草堆上坐下，叹赏地眺望着农民的草场。

在他面前，在沼地那边的河湾上有一列穿得花花绿绿、高声谈笑的农妇们在移动,而散开的干草在淡绿色草场上很迅速地形成了灰色蜿蜒的草垛。拿着叉子的男人们跟在妇人们后面走来,灰色的草垛堆成了宽阔高高的柔软草堆。在左边,大车在割光了的草地上辚辚驶过,干草一大叉一大叉地被抛起,草堆一个一个地消失,代替的是载满大堆芬芳干草,干草直垂到马臀上的一辆辆大车。

"多么好的割草天气啊!一定会是很出色的干草呢!"一个老头子说,在列文身旁蹲下来。"简直是茶叶,哪里是干草!你看他们把干草拾起来,就像鸭子拾起撒给它们吃的谷子一样!"他指着逐渐变大的草堆,补充说,"午饭过后他们运了一半多了。"

"最后一车吗,呃?"他向一个青年农民说,那青年赶着车在他身边驶过,停在一辆空车前面,摇晃着大麻制的缰绳绳头。

"最后一车了,爹!"年轻人叫着,勒住了马,微笑着掉转头来,望了望一个坐在大车里也在微笑的、活泼的、玫瑰色面颊的年轻农妇,然后就驱车前进。

"那是谁?你的儿子吗?"列文问。

"我的小儿子。"老头子露出亲切的微笑说。

"一个多好的小伙子呀!"

"这孩子还算不坏哩。"

"已经娶妻了吗?"

"是的,到今年圣菲力浦节①恰好两年了。"

"有小孩了吗?"

"哪会有小孩!整整一年多他什么都不懂,而且还害臊呢。"老头子回答。"哦,多好的干草!真正像茶叶一样哩!"他重复说,为的是改变话题。

---

① 圣菲力浦节,圣诞节前的第四个星期日。

列文更注意地凝视着伊万·帕尔梅诺夫和他的妻子。他们正在离他不远的地方把干草装上车去。伊万·帕尔梅诺夫站在车上，接收，放好，并且踏平大束的干草，那是他年轻美丽的妻子灵巧地递给他的，她先是一抱一抱地递上来，后来才用叉子叉上。年轻的农妇从容愉快而敏捷地劳动着。压紧的干草不容易叉上她的叉子，她先把干草耙松，用叉子刺进去，然后用敏捷有弹性的动作将整个身子的重量压在叉上，然后立刻把她系着红带的背一弯，挺起身子，昂起她那白衬衣下面丰满的胸部，灵活地转动叉子，一束束干草高高地抛上车去。伊万显然想尽力使她不要多费力气，连忙大大地张开两臂接了她投来的一束束干草，把它们平平地摊放在车上。当年轻的农妇把最后剩下的干草耙拢来的时候，她拂去落在她脖颈上的草屑，理了理垂到她那还没有被太阳晒黑的白皙前额的红头巾，爬到车底下去捆扎。伊万指点她怎样把绳子系在横木上，听她说了句什么话，他大声笑出来。在两人的表情上可以看出强烈富于青春活力、刚刚觉醒的爱情。

12

干草车捆好了。伊万跳下来，拉着缰绳牵走了那匹温顺毛色光滑的马。他年轻的妻子把耙子投掷在大车上，就迈着有力的步子，摆动着两臂，走到围成一圈在跳舞的妇人们那里去。伊万驶到大路上，加入其他载重大车的行列中去。农妇们花花绿绿的衣衫闪烁着异彩，把耙扛在肩上，高声喧笑着跟在大车后面走着。一个粗声粗气、未经训练的女人声音蓦地唱起歌来，唱到叠句的时候，随即有五十个不同的、健康有力的声音，有的粗犷，有的尖细，又从头合唱起这支歌来。

妇人们唱着歌渐渐走近列文，他感到好像一片乌云欢声雷动地临近了。乌云逼近了，笼罩住他，而他躺着的草堆，以及旁的草堆、大车、整个草场和辽远的田野，一切都好像合着那狂野而快乐的，掺杂着呼喊、口哨和拍掌的歌声的节拍颤动起伏着。列文羡慕她们这种健康的快乐；他渴望参与到这种生活的欢乐表现中去。但是他什么都不能做，只好躺着观看倾听。当农民们和歌声一道从视线和听觉中消失的时候，一种由于孤独，由于身体不活动，由于他的愤世嫉俗而引起的沉重的忧郁之情就袭上列文的心头。

几个为干草的事和他争吵得最凶的农民，他责骂过的、想要欺骗他的农民，正是这几个农民愉快地向他点头致意，显然没有而且也不能怀恨他，对于曾经想要欺骗他这件事，不但毫不懊悔，而且连记都不记得了。一切都淹没在愉快的共同劳动的大海中。上帝赐予了岁月，上帝赐予了力量。岁月和力量都贡献给了劳动，而报酬就在劳动本身。劳动是为了谁？劳动的结果又怎样？这些都是无谓的考虑——无关宏旨的。

列文常常叹赏这种生活，他常常对于过着这种生活的人抱着羡慕之意；但是今天第一次，特别是由于看了伊万·帕尔梅诺夫对他年轻妻子的态度而深受影响，他的脑海里明确地浮现出这样的念头，他能否把他现在所过的乏味不自然的无所事事的独身生活换取这种勤劳纯洁、共同的美好生活，这全在他自己。

坐在他旁边的老头子早已回家去了；人们都已星散。住在近处的回家了，远处来的聚在一起晚餐，在草场上过夜。列文没有被人们看到，依旧躺在草堆上，还在凝望、静听和沉思。留在草场上过夜的农民们在短短的夏夜里几乎整夜不睡。起初可以听见大家一道晚餐欢乐的谈笑声，随后又是歌声和哄笑。

漫长的整整一天的劳动在他们身上除了欢乐以外没有留下任何

痕迹。在黎明之前，一切都寂静了。除了沼地里不停的蛙鸣，和笼罩草场的破晓前晨雾里发出的马的喷鼻声以外，再也听不到夜晚别的声音了。清醒了，列文从草堆上爬起，仰望着繁星，他知道夜已经过去了。

"哦，我做什么好呢？我怎样着手呢？"他自言自语，极力想替自己把他在这短短的一夜里体会到的一切思想感情表达出来。他所体会到的一切思想感情，分成了三个不同的思路。一个是抛弃自己过去的生活，抛弃自己完全无用的学识和教育。这种抛弃会带给他快乐，而且对他说来是简单容易的。另一类的思想和想象是有关他现在所渴望过的生活。他明晰地感觉到这种生活的单纯、纯洁和正当，而且深信他会在这种生活中寻到他所痛感缺乏的满足、平静和高尚品德。但是第三类的思想却围绕着怎样使旧生活转变成新生活的问题。而这里面他没有一个念头是明确的。"要娶妻吗？要劳动和有劳动的必要吗？离开波克罗夫斯科耶吗？买地吗？加入农民一起吗？娶一个农家女吗？我怎样办才好呢。"他又问自己，仍旧找不出答案。"不过，我整整一夜没有睡，我想不清楚了，"他对自己说，"我以后会想通的吧。有一件事是确实无疑的，这一夜把我的命运决定了。我过去所做的家庭生活的美梦都是荒谬的，简直不是那么回事，"他对自己说，"一切都简单得多，好得多……"

"多么美呀！"他仰望着正在他头上天空中央那片洁白的羊毛般的云朵所变幻出的奇异珍珠母贝壳状云彩，这样想，"在这美妙的夜里，一切都多么美妙啊！那贝壳一下子是怎样形成的呢？刚才我还望着天空，什么都没有，只有白白的两条。是的，我的人生观也是这样不知不觉地改变了！"

他走出草场，沿着大路向村子走去。微风吹拂，天空显得灰暗阴沉。在光明完全战胜黑暗的黎明将要来临之前，通常总有一个幽暗的顷刻。

冻得瑟缩着，列文迅速地走着，眼睛望着地面。"什么？谁来了？"他想，听到了铃铛的叮声，抬起头来，在离他四十步远的地方，一辆驾着四匹马、车顶上放着皮箱的马车沿着他正走着的长满了草的大路迎面驶来。辕马在辕木间挤着避免踏在辙迹上，但是斜坐在车夫台上熟练的马车夫却掌握着，使辕木对准辙迹，这样，车轮又在平坦的道路上转动了。

列文只看见了这些，并不想知道来的会是什么人，他漠然地向马车里望了一眼。

马车里，一个老太婆在角落里打盹，而在窗旁，坐着一位年轻姑娘，两手拉住白帽子的丝带，显然是刚醒过来。脸上喜气洋溢，若有所思，充满了列文不了解的微妙复杂的内心生活，她越过他的头上眺望着东方的曙光。

就在这景象消失的一瞬间，那双诚实的眼睛望了望他。她认出他来，她的面孔惊喜得开朗起来。

他决不会看错的。世界上再也没有那样的眼睛了。世界上只有一个人能够给他把生活的一切光明和意义集中起来。这就是她。这就是基蒂。他明白了她正从火车站坐车到叶尔古绍沃去。在那不眠的一夜里使列文激动不安的一切事情，他所下的一切决心，全都一下子烟消云散了。他怀着憎恶回想起他要娶一个农家女的梦想。只有在那里，在那向道路那边疾驰而去的、转眼就要消逝了的马车里面，只有在那里，他才能够解决最近使他那么苦恼的生活之谜。

她没有再朝外面眺望。车轮声已听不到了，铃声也只隐隐约约听得见了。犬吠声证明马车已经穿过村子，剩下的只有周围空旷的原野、前面的村落和他孤单单一个人在荒凉的大路上踽踽独行。

他仰望了一下天空，期望看到他所叹赏的、他看成那夜的思想感情的象征的那贝壳形的云朵。天上可一点也没有像贝壳形的东西。在那里，在深不可测的高空，起了神秘的变化。没有丝毫贝壳的踪影，在大半边天上铺展着一层越来越小的羊毛般的云朵。天空渐渐变得蔚蓝和明亮了；带着同样的柔和，但也带着同样的疏远，它回答了他的询问眼光。

"不，"他对自己说，"不管这单纯和劳动生活有多么好，我也不能回到这里来了。我爱她。"

13

除了和阿列克谢·亚历山德罗维奇最亲近的人以外，谁也不知道这个表面上虽然最冷静、最有理智的人，却有一种和他的性格倾向正相反的弱点。阿列克谢·亚历山德罗维奇一听到或看见小孩或是女人哭就不能无动于衷。看到眼泪，他就会激动起来，完全丧失了思考力。他部里的秘书长和他的私人秘书都懂得这一点，总是预先关照来请愿的女人们千万不要流泪，如果她们不想错过良机的话。"他会冒起火来，不听你的话了。"他们这样说。而实际上，在这种场合，眼泪在阿列克谢·亚历山德罗维奇心中所激起的混乱情绪，的确是表现在急躁的愤怒上面。"我无能为力。请你走吧！"他在这种场合总是这样喊叫。

在从赛马场回家的路上，安娜把她和弗龙斯基的关系告诉了他，随着就蓦地哭起来，两手掩面，阿列克谢·亚历山德罗维奇虽然心中对她产生了愤恨之情，但同时也感到了眼泪所照常引起的那种情绪的激动。意识到这一点，意识到在当时流露任何感情都是不适宜的，他竭力把生命的一切表现压抑在自己心中，因此没有动一动，也没有望她一眼。这就是他脸上呈现出那种死人般的僵冷奇怪表情的原因，那表情给了安娜那么深刻的印象。

当他们到家的时候，他扶她下了马车，极力控制住自己，带着他惯常有礼貌的态度向她道了别，说了句含含糊糊的话；他说他明天会把他的决定告知她。

他妻子的话，证实了他最坏的猜疑，给予了阿列克谢·亚历山德罗维奇的心以剧烈的创痛。由于她的眼泪所引起的那种对她生理上的怜悯使创痛加剧了。但是当他只有一个人在马车里的时候，阿列克谢·亚历山德罗维奇感到完全摆脱了那种怜悯，并且也摆脱了最近苦恼着他的那种猜疑和嫉妒的痛苦，这就使得他又惊异又欢喜了。

他体验到就像一个人拔了一颗痛了好久的龋齿那样的感觉。经过了可怕的痛楚和好像把什么巨大的、比头还大的东西从牙床拔下来那种感觉后，患者，几乎还不相信他自己的幸运，忽然感到败坏了他生活那么久，占据了他全部注意力的东西已不复存在，而他又能够生活和思想，以及对牙齿以外的事情发生兴味了。阿列克谢·亚历山德罗维奇体验到的正是这种感觉。那痛楚是奇怪而又可怕的，但是现在已经过去；他感到他又能够生活，又能够思索他妻子以外的事情了。

"没有廉耻，没有感情，没有宗教心，一个堕落的女人罢了！我一向就知道这一点，一向就看到这一点，虽然我为了顾全她，极力欺骗自己。"他暗自说。而他真的觉得好像他一向就看到了似的；他回想起他们过去生活的详细情景，他以前从来不曾觉得有什么不好，——现在这些情景却明白地表现了她原来就是一个堕落的女人。"我把自己的生活和她的结合在一起，这是一个错误；但是这个错误不能怪我，所以我不应当不幸。过错不在我，"他对自己说，"而在她。但是我和她没有关系了。在我心目中她已不存在了……"

她和她儿子将遭遇到的一切——他对儿子的感情也像对她的感情一样变了——已不再使他关心。现在他唯一关心的就是这个问题：如何才能抖落由于她的堕落而溅在他身上的污泥，继续沿着他活跃、光明正大的、有益的生活道路前进，要达到这个目的，如何做才是最好、最得体、于自己有利、因而也是最正当的。

"我不能因为一个下贱女人犯了罪而使自己不幸；我只需要找到一个最好的方法摆脱她使我陷入的这种困境。我一定要找到这样的方法，"他对自己说，愈益愁眉紧锁了，"我不是头一个，也不是最后一个。"历史上的例证且撇开不讲，从最近大家从新回忆起来的《美丽的爱莲娜》中密尼拉依①起，现代上流社会中妻子对丈夫不贞的实例一一浮上了阿列克谢·亚历山德罗维奇的想象中。"达里亚洛夫、波尔塔夫斯基、卡里巴诺夫公爵、帕斯库丁伯爵、德拉姆……是的，就连德拉姆，这么个正直有为的人物……谢苗诺夫、恰金、西戈宁，"阿列克谢·亚历山德罗维奇回想着，"纵然有一种不合理的嘲笑②落在这些人头上，但是我从来只把它看做一种不幸，而且总是对这种事抱着同情的。"阿列克谢·亚历山德罗维奇对自己说，虽然这并非事实，他对这种不幸从来不曾同情过，而他听到背弃丈夫的不贞妻子的事例越多，他就越重视自己。"这是可能降临到任何人头上的不幸。而这种不幸已经降临到我头上了。现在的问题就在于如何用最好的方法摆脱这种处境。"于是他开始一一思考和他处境同样的人们所采用过的方法。

"达里亚洛夫决斗了……"

决斗这件事，阿列克谢·亚历山德罗维奇年轻时是特别醉心的，

---

① 《美丽的爱莲娜》，德国作曲家奥芬巴哈（1819—1880）所作的滑稽歌剧，当时在莫斯科和彼得堡极为流行。密尼拉依是该剧中被欺骗的丈夫的可笑的角色。
② 原文为法语。

正因为他生来就是一个胆怯的人，而他自己也十分明白这一点。阿列克谢·亚历山德罗维奇一想起手枪对准自己的情景就毛骨悚然，所以他生平从来不曾使用过任何武器。这种恐怖心理在他年轻时候常常使他想起决斗，设想他将不能不把生命置于危险境地的那种情景。功成名就，获得了巩固的社会地位以后，他早已忘却这种心情了；但是这种心情的惯性又抬头了，害怕自己胆怯的心情现在变得这样强烈，以致阿列克谢·亚历山德罗维奇从各方面把决斗的问题考虑了好久，用决斗的念头来聊以自慰，虽然事先他十分清楚无论在什么情形下他都不会和人决斗的。

"无疑地，我们的社会还是这样野蛮（英国又当别论），有许许多多的人（在这些人里面，有的人的意见是阿列克谢·亚历山德罗维奇特别尊重的），把决斗看做很对的事；但是这会得出什么样的结果呢？假定我找他决斗，"阿列克谢·亚历山德罗维奇继续对自己说，于是由此历历在目地想象着在挑战之后将要度过的一夜和那瞄准他的手枪，他战栗了，了解他是绝不会这样做的，"假定我找他决斗，假定他们教我怎样射击，"他尽自想下去，"并且把我安排在适当的位置上；我扳了枪机，"他自言自语说，闭上眼睛，"结果我打死了他，"阿列克谢·亚历山德罗维奇自言自语说，一面摇着头，好像要驱除这些无谓的念头似的，"为了要确定自己与有罪的妻子和儿子的关系而谋杀一个人，有什么意思呢？这样我还得决定怎样处置她。但是更可能的，而且一定要发生的事是——我将会被打死或是打伤。我，一个无辜的人，会成为牺牲者——被打死或打伤。这就更没有意思了。但是撇开这个不说，挑战出于我这一方面也不算是正直的行为。我的朋友们不会让我决斗——不会让一个俄国所不可缺少的政治家的生命遭到危险，这一点我事先不是就知道的吗？结果会怎样呢？事先明明知道绝不会有真正的危险，结果就成了好像我只是以这样的挑战来沽名钓誉似的。这是不正直,这是虚伪,这是自欺欺人。决斗是毫无道理的,谁都不会期望我这样。我的目的只是保护我的名誉,为了毫无阻碍地继续进行公务上的活动,名誉是不可缺少的。"一向在阿列克谢·亚历山德罗维奇眼中看来关系非常重大的公务活动,这时在他看来就格外重要了。

经过考虑,抛弃了决斗的念头,阿列克谢·亚历山德罗维奇就转到离婚的念头上——他所记得的好些被侮辱的丈夫所选取的另一个解决方法。他一一思量了他所知道的所有离婚的例子(这种例子在他非常熟悉的上流社会里是很多的),阿列克谢·亚历山德罗维奇竟找不出一个离婚的实例目的和他现在所持的一样。在所有这些例子里,丈夫实际上是把不贞的妻子出让或是出卖了,而因为犯了罪、没有权利再结婚的一方,就和一个自命为丈夫的人产生不正当、非法的婚姻关系。在他现在的情形,阿列克谢·亚历山德罗维奇看出了,要获得合法的离婚,就是说,把犯罪的妻子休弃的那种离婚是不可能的。他看出来,以他所处的复杂生活环境不可能找到法律所要求的揭发妻子罪行的丑恶证据;他看出来即使有可能,他们生活的一定体面也不容许把那样的证据提出来,那样徒然使他在舆论中受到比她更大的贬责而已。①

离婚的企图只会弄到涉讼公庭,丑声四播,给他的敌人们绝好的机会来诽谤和攻击他,贬低他在社会上的崇高地位。他的主要目的是在息事宁人,这也不是离婚所能达到的。而且,假若离婚,或甚至企图离婚,那么,妻子会和丈夫断绝关系,而和情人结合,这是很显然的。虽然他现在觉得他对妻子完全抱着轻蔑和冷淡的态度,然而在他的心底,阿列克谢·亚历山德罗维奇对于她还剩下一种感

---

① 按照当时俄国的法律,离婚中犯罪的一方不能再结婚,同时必须有通奸的见证方准离婚。

情——就是，不愿意看见她毫无阻碍地和弗龙斯基结合，使得她犯了罪反而有利。单只这个念头就使得阿列克谢·亚历山德罗维奇异常激怒，他一想起这点，就痛苦得呻吟起来，他抬起身子，在马车里变换了一下位置，然后很长时间内皱着眉坐在那里，把他容易受寒、瘦骨嶙峋的两腿包在毛茸茸的绒毯里。

"除了正式离婚之外，还可以照卡里巴诺夫、帕斯库丁和那位好人德拉姆那样做法——就是，和妻子分居。"他镇静下来的时候继续想。但是这个办法也和离婚一样会损害名誉，而尤其要紧的是，分居也恰如正式离婚一样，会使他的妻子投到弗龙斯基的怀抱去。"不，这是不成的，不成的！"他大声说，又把绒毯拉了一拉，"我不应当不幸，但是她和他却不应当是幸福的。"

在真相不明期间曾苦恼过他的那种嫉妒心情，一到那病牙被他妻子的话猛力拔去时就消失了。但是那种心情却被另一种心情，一种愿望所代替：那就是，不单希望她不能称心如意，而且唯愿她为她犯的罪受到应有的惩罚。他自己没有承认这种感情，但是在他的内心深处，他却渴望她因为破坏了他的内心平静和名誉而受苦。又细想了一遍决斗、离婚、分居所不可缺少的条件，又一次抛弃了这些念头，阿列克谢·亚历山德罗维奇确信只有一个解决的途径：就是继续和她在一起，把发生的事隐瞒住世人，用一切手段去断绝他们的私情，而更重要的，——虽然他自己没有承认这点——去惩罚她。"我得把我的决定告诉她，就是说，仔细考虑了她使一家人所陷入的那种痛苦处境之后，我认为一切别的解决办法对于双方都比表面上的维持现状①更坏！在她遵守我的意愿，即是断绝和她情人的一切关系的严格的条件之下，我答应维持现状。"当阿列克谢·亚

---

① 原文为拉丁语。

历山德罗维奇终于采取了这个决定的时候,在他的脑海里就浮上了另一个重要理由来支持他的这个决定,"只有这么办,我才是依照宗教行事,"他对自己说,"这么办,我就没有抛弃我犯罪的妻子,却给予她悔悟的机会;而且,纵然这使我很难受,我还是要为使她悔悟和拯救她而尽我的一份力量。"虽然阿列克谢·亚历山德罗维奇明白他对他的妻子决不会有什么道德感化力,而使她悔悟的企图除了虚伪以外也不会有别的结果,虽然在度过这些痛苦时刻的时候,他一次也没有想到过寻求宗教的指引,但是现在当他的决定在他看来正和宗教的要求相吻合的时候,宗教认可他的决定使得他完全心满意足,并且多少恢复了内心的平静。他一想到在他一生中这样的紧急关头,谁也不能够说他没有依照宗教教义行事——他总是在普遍的冷淡和漠不关心之中高举起宗教的旗帜——他就觉得非常高兴。当他进一步考虑到今后的问题时,阿列克谢·亚历山德罗维奇真的不明白为什么他和他妻子的关系不能像以前一样。不消说,他再也不能够恢复对她的尊敬了,但是没有而且也不可能有任何理由,为了她是一个堕落不贞的妻子而扰乱他的生活,使他苦恼。"是的,时间会过去的;时间,它会把一切都弄停当的,旧的关系又会恢复,"阿列克谢·亚历山德罗维奇对自己说,"那就是说,恢复到这种地步,我不会感到我的生活中有裂痕了。她应该不幸,但是过错不在我,所以我不应当不幸。"

14

阿列克谢·亚历山德罗维奇快到彼得堡的时候,他不但完全坚持他的决定,甚至已经打好写给他妻子的书信的腹稿。走进门房,阿列克谢·亚历山德罗维奇瞥了一眼部里送来的公文信件,吩咐把它们拿到书房去。

"把马卸下来,我什么人都不见。"他回答门房的问话,带着一种表示他心情愉快的相当得意的声调,特别加重地说了"什么人都不见"这句话。

在书房里,阿列克谢·亚历山德罗维奇来回踱了两次,就在一张大书桌旁站定,仆人点了六支蜡烛放在桌上。他把指关节扳得哔剥作响,坐下来,理出了文具。两肘搁在桌上,他把头歪在一边,想了一会,就动笔写起来,一刻都不停。他没有对她用什么称呼,而是用法语写的,使用了代词"您",这个字眼并不含着像在俄语中那样冷淡的意味。

> 在我们最后一次谈话中,我曾向您表示,关于我们所谈的问题,我要把我的决定告知您。把一切事情仔细考虑一番之后,我现在就是抱着实践那个诺言的目的来写信给您。我的决定是这样的:不管您的行为如何,我总觉得自己没有权利割断由神力把我们联系在一起的纽带。家庭不能被反复无常、任性妄为,甚至夫妇一方的罪恶所破坏,我们的生活应该照过去一样继续下去。这对于我,对于您,以及对于我们的儿子都是必要的。我深信您对于引起现在这封信的那件事,已经而且正在悔悟,而且我深信您会同我和衷共济地来根除我们不和的原因,而忘却过去的事。倘若不然,您可以推测到您和您儿子的前途将会如何。这一切我希望见面时再详谈。鉴于避暑季节即将终了,我请求您尽速回到彼得堡来,至迟不要超过礼拜二。我为您归来做好了一切必要的准备。我请您注意,我特别重视我的这个请求。
>
> 阿·卡列宁
>
> 附上您可能需要的钱——又及。

他把信读了一遍，觉得很满意，尤其满意的是他没有忘记在信里附钱；信里没有一句苛酷的话，没有谴责，也没有过分的宽容。最重要的，这是为她的归来而架起的一座黄金的桥梁。折好了信，用沉重的象牙小刀按平了，就把它和钱一道放进信封里，他带着每当他使用他那精致的文具时感到的满足，按了按铃。

"把信交给信差，叫他明天送到别墅交给安娜·阿尔卡季耶夫娜。"他说，立起身来。

"好的，大人！茶要送到书房里来吗？"

阿列克谢·亚历山德罗维奇吩咐把茶送到书房里来，于是，他一面玩弄着沉重的裁纸刀，一面向扶手椅走去，在椅子近旁给他预备好了一盏灯和一本他已开始阅读的论埃及象形文字的法文书。在扶手椅上方悬挂着嵌在金框里、椭圆形的、由一位有名的画家美妙地描绘出来的安娜的画像。阿列克谢·亚历山德罗维奇瞥了它一眼。深不可测的双眸正像他们最后一次谈话的那个晚上一样嘲弄而又傲慢地凝视着他。被画家绝妙地描摹出来的头上的黑色饰带，乌黑的头发和无名指上戴满戒指的纤美白皙的手，这一切在阿列克谢·亚历山德罗维奇眼中看来似乎都暗示出一副令人难堪的傲慢和挑衅神气。对那画像望了一会之后，阿列克谢·亚历山德罗维奇战栗起来，嘴唇发抖，发出"布布"的响声，他扭过脸去。他连忙在扶手椅上坐下，打开那本书。他试着去读，但是他不能够唤回他以前对埃及象形文字所感到的强烈兴味了。他眼睛望着书，心里却想着别的事。他不是在想他的妻子，而是想着最近在他官场生活中所发生的、现在成了他的公务上主要兴味的一场纠纷。他感到他现在比以前更透彻地了解了这场纠纷，而且感觉到他想出了一个好主意——他可以毫不自夸地这样说——可以弄清楚全部的事件，提高他在官场中的地位，打败他的对手，因而对国家作出莫大的贡献。仆人刚摆上茶,走出房间,阿列克谢·亚历山德罗维奇就站起身来,向写字台走去。他把公文夹移到中央,带着一丝几乎察觉不出的自满的微笑,从笔架上取下一支铅笔,专心阅读关于当前纠纷的复杂的报告。那纠纷是这样一回事:阿列克谢·亚历山德罗维奇作为政客的特色,那是每个步步高升的官吏所特有的,那是和他热中功名、克己、正直和自信一道造成了他的地位的,就在于他蔑视官样文章,减少公文往返,尽量接触活生生的事实,以及力图节约。恰巧六月二日有名的委员会提出调查扎莱斯克省农田的灌溉问题,①那事务是属阿列克谢·亚历山德罗维奇的部里管辖的,成了铺张浪费和文牍主义的显著实例。阿列克谢·亚历山德罗维奇知道这是实情。扎莱斯克省农田灌溉事务是阿列克谢·亚历山德罗维奇的前任的前任所创办的。这个事务确已花费而且还在花费大量的金钱,而毫无收益,全部事务显然不会有什么结果。阿列克谢·亚历山德罗维奇一接任立刻就察出这点,原来就想调查这件事务的。但是当初他觉得他的地位还不够巩固,他知道这样做会触犯太多人的利益,会是不明智的办法。后来,他就着手干别的事情,简直忘了这件事。这个事务像其他一切事务一样,完全借着惯性自动进行。(许多人靠着灌溉事务为生,特别是一家非常正直的爱好音乐的人家:这一家所有的女儿都会弹奏弦乐器。阿列克谢·亚历山德罗维奇和那家人家相识,做过他们大女儿的男主婚人。)这个问题由敌对的部提出,照阿列克谢·亚历山德罗维奇的意见看来,是不正当的,因为每个部都有与此类似的或比这更坏的事情,却都因为众所周知的官场礼节的缘故,没有人来揭发。但是,现在既已向他挑战,他就只好勇敢地应战,要求任命一个特别委员会来审查扎莱斯克省农田灌溉事务委

---

① 一八七三年的饥荒之后,出现了许多灌溉撒马拉草原的方案。不管这些方案的实际意义如何,但它们可以领取津贴,而且是可以不费力气发财的途径。

员会的工作；但是反过来他也没有向对手示弱。他要求另外任命一个特别委员会来调查安置该省少数民族的状况①。这个案子是在六月二日的委员会上偶然被人提出，由阿列克谢·亚历山德罗维奇予以积极支持的，他认为这个提案，从少数民族的悲惨状态看来，是刻不容缓的。在委员会上这个问题引起了好几个部之间的互相争论。和阿列克谢·亚历山德罗维奇敌对的一个部证明了少数民族的状况极为兴旺，而提出的改革适足以破坏他们的繁荣，并且证明如果有什么不好，那也不外是起因于阿列克谢·亚历山德罗维奇那方面没有能够实行法律所规定的措施。阿列克谢·亚历山德罗维奇打算要求：第一，组织一个新的委员会，赋予现场调查少数民族状况的权力；第二，假如少数民族的状况果真像委员会手里的公文所记载的那样，那么就另外任命一个新的研究委员会，从（一）政治、（二）行政、（三）经济、（四）人种学、（五）物质、（六）宗教各方面来研究少数民族的悲惨状态；第三，要求敌对的部报告十年来该部为防止少数民族现在所处的这种不幸状态所曾采取的措施；第四也是最后，要求该部说明为什么它的行动，照在委员会提出的一八六三年十一月五日和一八六四年六月七日的一七〇一五号和一八三〇八号的报告看来，好像和Т……法第十八条及第三十六条附记的根本精神正相抵触。当阿列克谢·亚历山德罗维奇迅速地把这些思想的大意写下来时，他的面孔泛溢着兴奋的红晕。他写满了一张纸，然后站起身来，按了铃，写了个字条给他部里的秘书长，要他替他去搜集一些必要的参考材料。

---

① "关于安排少数民族事件"早在十九世纪六十年代就开始了。在乌发省和奥连堡省的巴什基尔人占有十一万亩土地。为了达到"边区俄罗斯化"的目的，政府鼓励从俄罗斯中央各省去的移民向巴什基尔人租赁土地。一般租赁的地段是无条件的，这就给滥用土地开了方便之门。一八七一年通过了以优惠办法出售荒地的特殊条例。从此就开始了私自盗卖国家的和巴什基尔人的土地。奥连堡省总督办公厅的官员们参加了这一舞弊事件。当这一事件被宣扬出去之后，国家财产部部长瓦路耶夫不得不辞职。

他站起来,在房里来回踱着,他又瞥了那画像一眼,皱着眉头轻蔑地微微一笑。又翻阅了一下那本论埃及象形文字的书,他对那书的兴趣恢复了,阿列克谢·亚历山德罗维奇到十一点钟才上床,而当他躺在床上想起他妻子发生的事情,他已不再用那样忧郁的眼光去看它了。

15

虽然安娜在弗龙斯基对她说她的处境无法忍受时,她顽强而激怒地反驳了他,但是在她心底,她也觉得自己的处境是虚伪而可耻的,她从心底渴望有所改变。在从赛马场回家的路上,她在激动中把全部真相告诉了丈夫,不管她这样做有多么痛苦,她仍然觉得很高兴。她丈夫离开她之后,她对自己说她很高兴,现在一切都弄清楚了,至少不会再撒谎欺骗了。在她看来,好像毫无疑问,现在她的处境永远明确了。这新的处境也许很坏,但却是非常明确的,不会有暧昧或虚伪的地方。她想,她说出那句话以后使她自己和她丈夫遭受的苦痛,现在也将因为一切都明确了而得到补偿。那晚,她看到弗龙斯基,但是她却没有把她和她丈夫之间所发生的事告诉他,虽然为了要把她的处境确定下来,她必须告诉他。

第二天早晨醒来,她首先想到的就是她对她丈夫所说的话,那些话在她看来是这样可怕,她现在简直不能设想她怎么会说出那种荒唐粗俗的话来,简直不能想象会有什么样的结果。但是话已经说出口了,而阿列克谢·亚历山德罗维奇一句话也没有讲就走了。"我见了弗龙斯基,却没有告诉他。他临走的时候我本来想叫回他来,告诉他的,但是我改变了主意,因为我一开头没有告诉他,显得有点奇怪。我为什么想对他说而终于没有对他说呢?"回答这个问题的,是她羞得满面通红。她明白是什么制止她说出口,她明白她是感到羞耻。她的处境,昨天晚上看来是明朗化了的,现在她忽然觉得不但不明朗,而且毫无希望。她对于以前从未加以考虑的耻辱感到恐惧。她一想到她丈夫会怎样做的时候,最可怕的念头就浮上她的心头。她幻想着管家立刻把她赶出家门,幻想着她可耻的事情会传遍全世界。她问自己要是被赶出去,她到什么地方去好呢,她找不出答案。

当她想到弗龙斯基时,她仿佛觉得,他已不再爱她,他已开始厌倦她了,她不能把自己交托给他,因此她怀恨起他来。她仿佛觉得,她对丈夫说的话,那些不断地在她想象里重复的话,她对所有人都说了,所有人都听到了。她不敢正视自己家里的人。她不敢叫她的使女,更不敢走下楼去看她的儿子和家庭女教师。

使女在门边倾听了好久,自动地走进房间来。安娜询问般地望了望她的眼睛,带着吃惊的神色涨红了脸。使女请求她原谅她进来,说她仿佛听到铃声。她拿来了衣服和一封信。信是贝特西写来的。贝特西通知她,今早丽莎·梅尔卡洛娃和施托尔茨男爵夫人会同他们的崇拜者卡卢日斯基和斯特列莫夫老人到她家来玩槌球。"来吧,就当是来研究风俗。我等候着你。"收尾时她这样说。

安娜读完信,沉重地叹了一口气。

"我什么,什么都不需要,"她对正在整理梳妆台上的香水瓶和刷子的安努什卡说,"你走好了,我马上就穿好衣服下来。我什么都不需要。"

安努什卡走出去了,但是安娜并没有穿衣服,还是像原来那样坐在那里,她的头和两手垂着,她时时浑身发抖,好像她要做个什么姿势,说句什么话似的,但随又陷入毫无生气的状态。她尽在重复着:"我的上帝,我的上帝!"但是"上帝"也好,"我的"也好,对于她都没有什么意义。在困难之中求救于宗教,正如求救于阿列克谢·亚历山德罗维奇本人一样,她是连想都不去想的,虽然她对于那曾把她教养大的宗教从来没有怀疑过。她知道,宗教的拯救,只有在她抛弃那构成她生活全部意义的东西之下才有可能。她不只是愁苦,而且她对于她所处的这种从来不曾体验过的新的精神状态开始感到恐怖。她觉得好像一切都在她心里变成双重的状态,正如有时物体映在疲倦的眼睛里成了双重的映象一样。她有时差不多都不知道自己恐惧什么,希望什么。她恐惧的或希望的是已经发生了的事呢,还是将要发生的事,以及她渴望的到底是什么,她自己也说不上来。

"噢,我怎么办呢!"她自言自语,忽然觉得头的两边疼痛。当她清醒时,她发觉她正用两手揪住两鬓的头发,而且紧按住鬓角。她跳起来,开始来回地踱着。

"咖啡预备好了,女教师和谢廖沙正等候着。"安努什卡又走回来说,看到安娜还是原来的样子。

"谢廖沙?谢廖沙怎样?"安娜突然变得兴奋地问,今天早上第一次想起了她儿子的存在。

"他大概又淘气了。"安努什卡含着微笑回答。

"怎么回事?"

"您的桃子放在屋角的桌子上。他大概悄悄地吃了一个。"

一想起她的儿子,安娜就突然从她所处的绝望境地摆脱出来。她想起她这几年来所承担的为儿子活着的母亲职责,那职责虽然未免被夸大,却多少是真实的;她高兴地感觉到在她现在所处的困境中,除了和丈夫或是和弗龙斯基的关系外,还有另外一个支柱。这个支柱就是她的儿子。不管她陷入怎样的境地,她都不能舍弃她的儿子。尽管她丈夫羞辱她,把她驱逐出去,尽管弗龙斯基对她冷淡,继续过着他独自的生活(她又带着怨恨和责难想起他来),她都不能够舍弃她的儿子。她有了生活的目的。因此她应该行动起来,用行动来保障她和她儿子的这种地位,使他不致从她手里被人夺去。她得尽快地趁他还没有被人夺去之前开始行动。她得把她的儿子带走。这就是她现在所要做的唯一的事。她需要镇静,她得从这种难堪的境遇中逃出。想到和儿子直接有关的问题,想到立刻要带他到什么地方去,就使她稍稍镇静下来。

她连忙穿起衣服,走下楼去,迈着坚定的步伐走进客厅,咖啡、谢廖沙和家庭女教师照例在客厅里等着她。谢廖沙全身白服,弯着背和头,正站在镜子下面的桌子旁边,带着她所熟悉的、酷似他父亲的那种聚精会神的表情,正在理他手里拿着的花。

家庭女教师露出格外严峻的脸色。谢廖沙像往常一样尖叫了一声:"噢,妈妈!"就停下脚步来,踌躇着不知道放下花来,走去迎他的母亲好呢,还是做完花环,拿着花去的好。

家庭女教师道过早安之后,就开口冗长而详尽地说了一通谢廖沙干下的顽皮事,但是安娜没有听她;她正在考虑要不要带她走。"不,我不带她,"她决定道,"我一个人带儿子走。"

"是的,真是坏得很。"安娜说,一把抓住儿子的肩膀,她毫不严厉地,却用一种使孩子又惶惑又欢喜的羞怯眼光望着他,她吻了吻他。"把他交给我吧。"她对惊呆了的家庭女教师说,没有放下儿子的手,在摆好咖啡的桌旁坐下。

"妈妈!我……我……没有……"他说,极力想从她的表情上探索出由于桃子的事他会遭到什么结果。

"谢廖沙,"她等家庭女教师一走出房间就说,"你做了坏事,不过你以后不会再做这事了吧?……你爱我吗?"

她感到眼泪盈眶了。"难道我能不爱他吗?"她自言自语,凝视着他那又惊又喜的眼睛。"难道他会站在他父亲一边来斥责我吗?难道他会毫不同情我吗？"眼泪已经淌下面颊，为了掩饰，她蓦地站起来，几乎跑一般地走到外面凉台上。

下了几天雷雨以后，寒冷晴朗的天气降临了。在透过刚被雨冲洗过的树叶的灿烂阳光里，空气是寒冷的。

她因为寒冷和内心的恐怖而颤抖了一下，那种恐怖在露天的清新空气里以新的力量袭击她。

"去，到玛利埃特那里去。"她对跟着她走出来的谢廖沙说，然后她就开始在凉台的草席上来回踱着。"难道他们不饶恕我，不了解这一切是怎样出于不得已吗？"她自言自语。

她站住了，望了望白杨的梢头在随风摇曳，它那刚被雨冲洗过的叶子在寒冷的日光里灿烂地闪烁，她知道他们不会饶恕她，所有的人和所有的东西都会像那天空，那青枝绿叶一样对她毫无怜恤。她又感到一切都在她心里变成双重的了。"我不要，不要想了，"她自言自语，"我得准备。到什么地方去呢？什么时候走呢？带谁呢？是的，搭夜车上莫斯科去。安努什卡和谢廖沙，和几件必需的东西。但是我首先得写信给他们两个。"她迅速地走进户内她自己的房间，在桌旁坐下，写信给她的丈夫：

> 事已至此，我再也不能留在您家里了。我要走了，带了我的儿子一道。我不懂得法律，所以不知道儿子应留在双亲的哪一方；但是我带了他走，因为我没有他不能够生活。请宽大一点，让他跟我去吧。

她迅速而自然地写到这里，但是请求他宽大，她不相信他会宽大的，以及必须用什么打动人的话来结束这封信，这就使她写不下去了。

> 我不能说我的过错和悔悟，因为……

她又停下了笔，她的思想连贯不起来了。"不，"她自言自语，"没有必要这样写。"于是撕了信,她重新写过,没有提到宽大,然后封了起来。

另外还得写封信给弗龙斯基。"我告诉了我丈夫。"她写着,坐了好久,再也写不出什么来了。这是那样粗俗,那样不像女人。"我还能再对他写些什么呢?"她问自己。她又羞得满面通红;她想起了他的镇静,一种对他的怨恨之情使她把她已经写下一句话的信纸撕成碎片。"没有写什么的必要。"她自言自语,于是关上带吸墨纸的文件夹,她走上楼去,对家庭女教师和仆人们说她今天要到莫斯科去,就立刻动手收拾起行李来。

16

别墅里所有的房间都挤满了走来走去搬运行李的挑夫、园丁和仆人。壁柜和大柜都打开了;两次派人到店里去买绳子;报纸撒了满地。两口箱子、几只手提皮包和用皮带束住的毛毯被搬到了大厅。一辆马车和两辆出租马车停在台阶下。安娜因忙于收拾行装而忘了内心的激动,正站在她自己房间里的桌子旁边检点她的旅行皮包,正在这时,安努什卡使她注意到一辆马车驶近的声音。安娜从窗口望出去,看见阿列克谢·亚历山德罗维奇的信差在台阶上按大门的门铃。

"去看看什么事。"她说,抱着一种准备承受一切的镇静态度在扶手椅上坐下,两手搭在膝头上。仆人拿了一个上面有阿列克谢·亚历山德罗维奇笔迹的厚厚的小包进来。

"信差奉命要候回音。"他说。

"好的。"她说,他一走出房间,她就用战栗的手指拆开了信。一卷还没有折过的钞票从信封里掉了出来。她打开信,开始从末尾读起。"我为您的归来做好了一切必要的准备……我特别重视我的这个请求……"她读着。她看下去,随后又倒回来,读了一遍,又从头到尾读了一遍。当她读完时,她感到浑身发冷,感到一种出乎她意料的可怕的不幸降临到她头上。

早晨她还后悔不该对她丈夫说,她唯一希望的就是没有说这话。而这里,这封信就当她的话没有说一样,而且给予她所愿望的东西。但是现在这封信在她看来,却比她所能设想的任何事情都可怕。

"他是对的,他是对的!"她说,"自然,他总是对的;他是基督徒,他宽大得很!是的,卑鄙龌龊的东西!除了我谁也不了解这点,而且谁也不会了解,而我又不能明说出来。他们说他是一个宗教信仰非常虔诚、道德高尚、正直、聪明的人;但是他们没有看见我所看到的东西。他们不知道八年来他怎样摧残了我的生命,摧残了我身体内的一切生命力——他甚至一次都没有想过我是一个需要爱情的、活的女人。他们不知道他怎样动不动就伤害我,而自己却洋洋得意。我不是尽力,竭尽全力去寻找生活的意义吗?我不是努力爱他,当我实在不能爱我丈夫的时候就努力去爱我的儿子吗?但是时候到了,我知道我不能再自欺欺人了,我是活人,罪不在我,上帝生就我这么个人,我要爱情,我要生活。而他现在怎样呢?要是他杀死了我,要是他杀死了他的话,一切我都会忍受,一切我都会饶恕的:但是不,他……"

"我怎么没有料到他会这样做呢?他做的正好符合他的卑鄙性格。他要始终是对的,而我,已经堕落了,他还要逼得我更堕落下去……""您可以推测到您和您儿子的前途将会怎样,"她想起了信上的话,"这是要夺去我儿子的威胁,而且大概照他们那愚蠢的法律他是可以这样做的。但是我知道得很清楚他为什么要这样说。他甚至连我对我儿子的爱都不相信,要么他就是轻视这种爱(正如他老是嘲笑它一样)。他轻视我的这种感情,但是他知道我不会舍弃我的孩子，我也不能舍弃我的孩子，即使和我所爱的人一道，没有我的孩子，我还是活不下去；但是他知道如果我舍弃了孩子，从他那里跑掉，那我的行径就会和最无耻、最卑劣的女人一样。他知道那点，知道我不能够那样做。"

"我们的生活应该照过去一样继续下去……"她又想起信上另一句话，"那生活过去已经够苦的了，近来更可怕。今后又会怎样呢？一切他都知道；他知道我不会因为我要呼吸，我要爱而悔悟；他知道这样下去，除了说谎和欺骗以外，不会有别的结果；但是他要继续折磨我。我了解他；我了解他乐于在虚伪中游泳，正像鱼在水里游一样。不，我不会给他那种快乐，不论怎样，我都要冲破他想用来擒住我的虚伪的蛛网。随便什么都比虚伪和欺骗好。"

"但是怎么办呢？我的上帝！我的上帝！天下有过像我这么不幸的女人吗？……"

"不，我一定要冲破，我一定要冲破！"她叫了一声，跳了起来，忍住眼泪。然后她走到写字台前，打算再写封信给他。但是，她从心灵深处感到她没有力量去冲破一切，她没有力量跳出她过去的处境，不管那处境是多么虚伪和可耻。

她在写字台旁坐下，但是没有写信，她把两臂搭在桌上，头伏在胳臂上，哭起来，胸脯起伏，呜咽着，像小孩一样哭。她哭，因为她曾梦想她的处境快要弄清楚，明确，而那梦想如今是永远破灭了。她预料到一切仍会像过去一样，甚至比过去更糟。她感觉到她所享有的社会地位，那在她今天早晨看来那么无足轻重的，那地位对于她还是非常宝贵的，她没有力量拿它去换取抛夫弃子去投奔情人的那种女人的可耻处境；不管她怎样竭尽心力，她总不能变得比本来的她更坚强。她永远不会尝到恋爱的自由，却会永远是一个有罪的妻子，时时感到罪迹被揭发的威胁，为了和一个她所不能共同生活、同她很疏远的、无拘无束的男子结上可耻的关系而欺骗自己的丈夫。她知道事情会弄到这种地步,同时这事又是这样可怕,她连想都不敢去想事情会如何了结。她尽情地哭着,像小孩受了处罚时哭泣一样。

仆人的脚步声迫使她振作起精神,她扭过脸不望着他,装出在写信的模样。

"信差问有没有回信。"仆人报告。

"回信?好的,"安娜说,"叫他等一等吧。我会按铃的。"

"我能够写什么呢?"她想,"我一个人能够决定什么呢?我知道什么?我需要什么?我爱什么呢?"她又感到她的心开始分裂成双重了。这种感觉又使她感到惊骇,于是她就抓住了她想到的可以排遣愁闷的第一个行动借口。"我得去看阿列克谢(她心里是这样叫弗龙斯基的);只有他能够告诉我应该怎样做。我要到贝特西家去,我也许可以在那里见到他。"她自言自语,完全忘记昨天她告诉他她不去特维尔斯基公爵夫人那里,他说过既是那样他也不去了。她走到桌前,写了个字条给她丈夫:"来信收到了。—— 安。"于是,按了按铃,把它交给了仆人。

"我们不走了。"她对走进来的安努什卡说。

"都不走了吗?"

"不,行李放到明天,不要解开,叫马车等着。我要到公爵夫人家去。"

"我拿什么衣服来呢?"

17

特维尔斯基公爵夫人请安娜来参观的槌球会,是由两位贵妇人和她们的崇拜者组成的。这两位妇人是彼得堡一个新的上流社交团体的主要代表人物,这个团体以模仿某个也是模仿某物的团体而自称为世界七奇①。这两位妇人所属的社交团体,虽是最上流的,却和安娜所出入的社交团体是完全敌对的。而且斯特列莫夫老人,彼得堡最有权势的人之一,丽莎·梅尔卡洛娃的崇拜者,是阿列克谢·亚历山德罗维奇的政敌。由于这一切顾虑,安娜原来不打算去的,特维尔斯基公爵夫人信上的暗示就是针对她可能拒绝而发的。但是安娜现在却急于想去,希望在那里见到弗龙斯基。

安娜到特维尔斯基公爵夫人家比其他的客人都早。

正当她进门的时候,弗龙斯基的仆人,颊髭梳理得像侍从武官一样,也走了进来。他在门边站住,脱下帽子,给她让路。安娜认出他来,这时才想起弗龙斯基昨天对她说过他今天不来,他大概是送信来通知这事的。

当她在门厅脱下外衣的时候,她听到那仆人连发卷舌音也像侍从武官一样,说了句:"伯爵给公爵夫人的。"就把信交了。

她真想问问他的主人在什么地方。她真想转回去,写封信叫他来看她,或是她亲自去看他。但是这几个办法都行不通了。她已经听到铃响通报她的到来,而特维尔斯基公爵夫人的仆人已经侧着身子站在敞开的门边,等候她走进里面的房间去。

"公爵夫人在花园里;马上会有人去通报的。您愿意到花园去吗?"另一个房间里的仆人报告说。

犹豫不定的心情还是和在家里一样,实际上是更加厉害了,因为不能够有所行动,不能够见到弗龙斯基,反倒要留在这里,留在这些不相干的、和她现在的心情那么不相投合的人们里。但是她穿

---

① 原文为法语。

着她知道很合身的衣服；她不是孤单单一个人，周围都是她所熟悉的那种奢华懒散的气氛，她感觉到比在家里轻松一些了；她不用去想她该做什么。一切都听其自然。看见贝特西穿着一件雅致得使她惊讶的雪白服装向她走来，安娜像往常一样对她微微一笑。特维尔斯基公爵夫人同图什克维奇和一位年轻小姐一道走着，那位小姐是她的一个亲戚，她在有名的公爵夫人家里过夏天，这使她在外省的父母大为高兴。

安娜的神色一定有些异样，因为贝特西立刻觉察出来。

"我没有睡好。"安娜回答，注视着朝着她们走来的仆人，据她猜想，他一定拿来了弗龙斯基的信。

"您来了我多高兴呀！"贝特西说。"我累极了，正想在他们来之前喝一杯茶呢。您去吧，"她对图什克维奇说，"和玛莎一道去试试槌球场，就是割了草的那地方。我们喝着茶还有时间谈谈心呢，*我们来促膝谈心吧*①。好吗？"她用英语对安娜说，带着微笑，握着她拿伞的那只手。

"好的，特别是因为我不能在您这里逗留很久，我还得去看弗列达老夫人呢。我答应去看她总有一百年了。"安娜说，说谎原来是违反她的本性的，但在社交场中，说谎对于她不但变得简单自然，并且给予她一种乐趣。

她为什么说了她在一秒钟以前都没有想到的事，她怎么也解释不清。她说这话只是因为想到弗龙斯基既不会来这里，她就不如保留自己行动的自由，好想个别的方法和他会面。但是她为什么单单说了老女官弗列达，她去看她同去看许多旁的人并没有什么不同，这她可解释不出来；但是结果证明，要想出一条去看弗龙斯基的妙

① 原文为英语。

计再没有比这更好的了。

"不，我怎样也不放您走，"贝特西回答说，紧盯着安娜的脸，"真的，我如果不是爱您的话，我简直要生气了。真要使人认为您是害怕我的朋友会妨碍您的名誉哩。在小客厅里预备好茶。"她照平常一样眯缝着眼睛对仆人说。从他手里接过信来，她看了一遍。"阿列克谢骗起我们来了，"她用法语说，"他信上说他不能来。"她补充说，用一种那么单纯而又自然的口吻，好像她脑子里从来没有想过，对于安娜，弗龙斯基竟会比槌球球员更有意义。

安娜明白贝特西什么都知道，但是，听见她在自己面前这样说弗龙斯基，她一时间几乎要相信她什么都不知道了。

"哦！"安娜漠不关心地说，好像对于这件事情并不感到兴味似的，微笑着继续说，"您的朋友怎么会妨碍人家的名誉呢？"这种语言游戏，这种隐瞒秘密，对于安娜像对所有的妇人一样，有一种莫大的魅力。并不是非隐瞒不可，也不是隐瞒有什么目的，而是隐瞒的过程本身吸引了她。"我不能比教皇更信天主教，"她说，"斯特列莫夫和丽莎·梅尔卡洛娃，说起来，他们都是社交界精华中的精华呢。而且他们到处受人欢迎，而我，"她特别着重我这个字眼，"从不苛刻和褊狭。我只是没有时间。"

"不，您也许不愿意看见斯特列莫夫吧？让他和阿列克谢·亚历山德罗维奇在委员会上去互相攻击吧，那不干我们的事。但是在社交界，我知道他是一个最和蔼可亲的人，而且是一个热心的槌球家。您等等就会看到的。以他那么大的年纪，做丽莎的痴心情郎，处境虽然好笑，但是您该看看他处在这种境地是怎样应付自如的。他真是有趣极了。萨福·施托尔茨，你不认识吧。啊，那是一个新的、完全新的典型。"

贝特西一口气说下去，同时从她愉快、机灵的眼光，安娜感觉到她有几分猜到了她的处境,正在替她有所筹划。她们是坐在小房间里。

"可是我得回阿列克谢一封信,"说着贝特西就在桌前坐下,写了两三行,把它放进信封里,"我写信叫他来吃饭。我说有一位太太在这里吃饭,没有男子作陪。您看我这样措辞会说动他吗?对不起,我要走开一会。请您把信封起来,叫人送去,好吗?"她从门口说:"我还有些事情要去吩咐呢。"

片刻也不思索,安娜在放着贝特西的信的桌子前坐下,连看也没有看,就在下面写着:"我急着要见你。请到弗列达花园来。我六点钟在那里等。"她封好信,待贝特西转来的时候就当着她的面把信交给人送走了。

茶已摆好在凉爽的小客厅里的小茶桌上,两个妇人真的在客人到来之前作了特维尔斯基公爵夫人所应许的促膝谈心。她们评论着她们在等候的人,谈话落到丽莎·梅尔卡洛娃身上。

"她可爱极了,我一向很喜欢她。"安娜说。

"您应该喜欢她。她为您着迷了。昨天她看过赛马后跑到我这里,没有看到您,大为失望。她说您才是一个真正的传奇中的女主角哩,并且说她倘若是一个男子,她是一定会为您颠倒的。斯特列莫夫说她事实上已经颠倒了。"

"可是请您告诉我。我始终不明白,"安娜沉默了一会说,她的声调显露出她并不是在问一个无所谓的问题,她所问的对于她比实际上更重要,"请您告诉我,她和卡卢日斯基公爵,那个人们称做米什卡的,他们的关系是怎样的呢?我难得看见他们一次。到底是怎么一种关系呢?"

贝特西眼睛里含着笑意,紧盯着安娜。

"这是一种新的方式,"她说,"他们都采取了这种方式。他们把什么舆论都抛到九霄云外。只是抛法有各种各样的。"

"是的，可是她和卡卢日斯基的关系到底是怎样呢？"

贝特西突然发出快乐的抑制不住的大笑，那种笑在她是少有的。

"您侵入米亚赫基公爵夫人的领域了。那是可怕的孩子才会提出的问题哩。"说着，贝特西显然努力想控制自己，但是控制不住，终于迸发出不常笑的人们笑起来的那种富于感染性的笑声。"您还是去问他们自己吧。"她含着笑出来的眼泪说。

"不，您尽管笑，"安娜也不由自主地笑了，"可是我始终不明白。我不明白丈夫做什么的。"

"丈夫？丽莎·梅尔卡洛娃的丈夫给她拿披肩，随时供她使唤。但是其中的内情，是没有人要打听的。您知道在上流社会里，甚至像化妆的某些细节是没有人去谈论或是去想的。这也是一样。"

"罗兰达克夫人的庆祝宴会，您去不去呢？"安娜说，为的是改变话题。

"我不想去。"贝特西回答，没有望着她的朋友，她动手把芬芳的茶斟在小小的透明的茶杯里。把茶杯移到安娜面前，她取出一支烟卷，装进纯银烟嘴里，把它点着。

"是这样的，您知道：我处在一种幸运的地位，"她这回非常严肃，一面端起茶杯，一面开始说，"我了解您，我也了解丽莎。丽莎是那种性情单纯的人，像小孩一样不懂得什么是好，什么是坏。至少她年轻的时候不懂得这些。而现在她感到不懂事对她正合适。现在，也许是故意装出天真无知呢，"贝特西带着一种俏皮的微笑说，"但是，无论怎样，这对她正合适。您知道，同一件事可以从悲剧的方面去看，变成一种痛苦，也可以单纯地甚至快活地去看。也许您太偏于从悲剧的方面去看事情了。"

"我是多么想要理解别人就像理解自己一样啊！"安娜说，严肃而又沉思地,"我比旁人坏些呢,还是好些?我想是坏些。"

"可怕的孩子!可怕的孩子!"贝特西重复说,"可是他们来了。"

18

她们听到脚步声和一个男人的声音,跟着是一个女人的声音和笑声。不一会,她们期待的宾客走进来了:萨福·施托尔茨和一个叫做瓦西卡的健壮得容光焕发的青年。显然可以看出,他从不缺少嫩牛排、块菌和布尔冈红酒的丰盛营养。瓦西卡向两位太太鞠了躬,瞥了她们一眼,但只有一秒钟。他跟在萨福后面走进客厅,好像系在她身上似的跟着她走来走去,他目不转睛地盯住她,就像要吃掉她一样。萨福·施托尔茨是一位黑眼睛的金发妇人。她穿着高跟鞋迈着灵活的碎步走进来,好像男子一样有力地和两位太太握了握手。

安娜从来没有见过这位社交界的新星,看到她的美丽、她的过分时髦的装束和她的大胆举止,不胜惊讶。她头上柔软的金发(她自己的和假的混在一起)梳得那么高,以致她的头就和她那大部袒露、丰满端丽的胸膛一样大小了。她的动作是这般迅速,每走一步,她的膝头和大腿的轮廓就在她的衣裳下面鲜明地显露出来,使人不禁生出这样的疑问:这位妇人真正的肉体,那么细小苗条,上面那么袒露,背后和下部又那么隐蔽,在后面那像晃动的山峰似的裙子里面,实际上到什么地方为止呢。

贝特西连忙把她介绍给安娜。

"只想想,我们差一点轧死两个士兵呢,"她立刻开口对她们说,瞟着眼睛,微笑着,扯好被她甩到一边的裙裾,"我和瓦西卡一道坐车到这里来……噢,你们彼此一定还不认识吧。"于是她介绍了一下年轻人的姓,随即微微涨红着脸,因为她的错误——就是,向不认识的人叫他瓦西卡——而高声大笑起来。

瓦西卡又向安娜鞠了躬,但是没有对她说一句话。他向萨福说:"您输了。我们先到。交钱来吧!"他微笑着说。

萨福笑得更加开心了。

"现在不必。"她说。

"啊,好的。我以后来讨。"

"好极了!好极了!啊,真的!"她突然转向贝特西说,"我真是好人……我完全忘记了……我给您带来了一位客人哩。他来了。"

萨福给邀来而又被她忘却的这位不速之客倒是一个重要人物,虽然年纪很轻,两位夫人却都站起来迎接他。

他是萨福的一个新的崇拜者。他现在跟踪她,正如瓦西卡一样。

不一会卡卢日斯基公爵到来了,还有丽莎·梅尔卡洛娃同斯特列莫夫。丽莎·梅尔卡洛娃是一个瘦瘦的黑发妇人,有着一副东方式的、慵懒的面孔和一双美丽的、如一般人所说的那样深不可测的眼睛。她的深色服装的风格(安娜立刻注意到而且赏识了这一点)和她的那种美十分调和。丽莎之柔弱和娇慵正如萨福之结实和洒脱一样。

但是照安娜的趣味,丽莎是更迷人得多。贝特西对安娜说丽莎学天真未凿的小孩的模样,但是当安娜看到她的时候,她感觉得这不是真的。她实际上是既天真而又堕落,但却是一个可爱而柔顺的女人。固然,她的风度和萨福相同;而且像萨福一样,她也有两个男子,一个年轻一个年老,牢牢地盯着她,用他们的眼睛吞噬着她;但是在她身上却有超出她周围一切的地方,在她身上有那种混在玻璃制品中的真金刚钻的光辉。这种光辉在她那美丽、真正深不可测的眼睛里闪烁出来。那双带着黑眼圈的眼睛的疲倦而又热情的目光以其完全的真诚打动了人。谁凝视一下那双眼睛,都会觉得自己完全了解了她,而了解了她的时候就不能不爱她了。一见安娜,她的脸上立刻喜笑颜开。

"噢,我看见您多高兴啊!"她一面说,一面向她走去。"昨天在赛马场我正想到您跟前来,可是您走了。我是那样想要见您,特别是昨天。那不是可怕得很吗?"她说,用那种好像把她整个的心剖露出来的眼色望着安娜。

"是的,我也没有想到会那样令人激动呢。"安娜说,涨红了脸。

大家这时起身要到花园去。

"我不去,"丽莎说,微笑着,挨着安娜坐下,"您也不去吧?谁愿意玩槌球呢?"

"啊,我倒很喜欢。"安娜说。

"哦,您怎么会对什么事都不感到厌倦呢?望着您,真叫人愉快。您是生气勃勃的,我可什么都厌倦了。"

"您怎么会厌倦呢?啊,您是生活在彼得堡最快活的圈子里哩。"安娜说。

"也许不属于我们圈子里的人们还要厌倦得多,但是我们——至少是我——并不快乐,倒是厌倦得可怕,可怕哩。"

萨福抽着烟,和两个青年一道到花园里去了。贝特西和斯特列莫夫仍旧坐在桌旁。

"什么,厌倦!"贝特西说,"萨福说昨晚他们还在您家里痛快地玩了一夜哩。"

"噢,一切都是多么乏味!"丽莎·梅尔卡洛娃说,"看过赛马之后我们大家一齐到我家里来。老是一样,老是一样!老是那种事情。我们整晚躺在沙发上。那有什么可快乐的?不,您是用什么方法才不厌倦的呢?"她又转向安娜说,"人只消望一望您,就看得出这是一个可以幸福,也可以不幸,但绝不是一个会感到厌倦的女人。告诉我，您怎么做的呢？"

"我什么也不做。"安娜回答，由于这寻根究底的盘问羞红了脸。

"那是最好的方法。"斯特列莫夫插嘴说。

斯特列莫夫是一个发鬓半白，却还显得年轻，生得丑陋、但有一副极有特色的聪明脸相的五十岁上下的人。丽莎·梅尔卡洛娃是他妻子的侄女，他和她在一道消磨了他全部的剩余时间。一见安娜·卡列宁娜，他——在公务上是阿列克谢·亚历山德罗维奇的政敌——就像社交界的聪明人那样，竭力对她，他的政敌的妻子，表示殷勤。

"什么也不做，"他带着含蓄的微笑说，"那是最好的方法。我老早就对您说过，"他转向丽莎·梅尔卡洛娃说，"假如您要不厌倦，您就千万不要想您会厌倦。正好比您如果怕睡不着，您就千万不要想您会睡不着。这就是刚才安娜·阿尔卡季耶夫娜所说的。"

"我要是这样说了，我一定高兴得很的，因为这话不但说得很聪明，而且也很正确呢。"安娜带着微笑说。

"不，您倒告诉我为什么人不能够入睡，不能不感到厌倦呢？"

"要能够入睡，必须劳动；要心情愉快，也必须劳动。"

"当我的劳动对于谁都没有用处的时候，我为什么去劳动呢？而故意装假是我不能而且也不愿意的。"

"您真是不可救药。"斯特列莫夫说，没有望着她，他又和安娜说话去了。

因为他和安娜见面的次数不多，他对她除了寻常的客套也说不出什么，但是他说这些寻常的话，如说她什么时候回彼得堡啦，利季娅·伊万诺夫伯爵夫人多么喜欢她啦，等等，却都带着这样的一种表情，暗示出他是全心全意渴望讨好她，而且对她表示尊敬和甚至不止是尊敬。

图什克维奇走进来，报告说大家在等候他们去打槌球。

"不，不要走，请不要走吧！"丽莎·梅尔卡洛娃听到安娜要走，这样地恳求着。斯特列莫夫帮着她请求。

"这真会有天渊之别，"他说，"离开这里在座的人到年老的弗列达夫人那里去。况且，您只会给予她诽谤的机会，而在这里，您却会唤起完全不同、极其高尚的、和诽谤正相反的感情。"他对她说。

安娜犹豫不决地沉思了一会儿。这个聪明人的谄媚话语，丽莎·梅尔卡洛娃对她所表示的天真、小孩般的好感，以及她所熟悉的这一切社交的气氛，——这一切使她感到这么轻松，而在等待着她的事又是那么困难，以致她一时间踌躇不决了，不知道要不要留在这里，要不要把那痛苦的解释时刻再推延一下。但是一想起假如她没有作出决定的话，她一个人回到家里等待着她的将会是什么，一想起她两手揪着头发时的那种姿势（连那回忆都是可怕的），她就告辞了，走了。

19

虽然弗龙斯基过着表面看来是轻浮的社交生活，但是他却是一个憎恶没有秩序的人。当他年纪很小，还在贵胄军官学校的时候，他有一次手头拮据，向人借钱，尝到了遭人拒绝的屈辱，从此以后他就再也没有让自己陷入那样的境地了。

为了使他的事务保持有条不紊的状态，他每年总有五次左右（或多或少，看情形而定）一个人关起门来，整理他的全部事务。这在他通常叫做清理或是洗涤[①]。

[①] 原文为法语。

赛马的第二天弗龙斯基很晚才醒来，他穿着制服，没有刮脸，也没有洗澡，把钱、账单和信件摊在桌上，就动手工作起来。知道他在这种时候脾气大得很的彼得里茨基醒来看见他的朋友在写字桌旁，就悄悄地穿起衣服，没有打扰他就走出去了。

凡是对于自己情况一切繁杂事情了解得最为详尽的人，总不免以为这些繁杂事情以及解决这些事情的困难，是自己所特有的、例外的个人遭遇，决不会想到别人也像他一样，被他们自己个人的繁杂事务所包围着。弗龙斯基就是这样想的。他内心不免带着几分自豪，而且也并非毫无理由，想随便旁的什么人处在他这样困难的境地，恐怕早已弄得十分狼狈，被迫做出不好的事来了。但是弗龙斯基觉得如果他要避免陷于狼狈境地，那么，把他的状况整顿一番，弄个清楚，现在对于他是极其必要的。

弗龙斯基先从钱财问题着手，认为它是最容易的问题。用纤细的笔迹把他欠的债务通通写在一页信纸上，加起来一看，他的欠债竟达一万七千卢布，另外还有几百卢布，他为了便于计算起见把零头略掉了。计算了一下他的现金和银行存款，他发现他只剩下一千八百卢布了，在新年之前再也不会有什么进项。又计算了一遍他的欠债，弗龙斯基把它分成三类写下来。第一类，他列入那些必须立刻偿还，或者至少必须准备好钱以便债主来讨时可以毫不拖延地偿付的欠债。这种欠债大概有四千卢布：一千五百是欠买马的钱，二千五百是给他的年轻同僚韦涅夫斯基作的保，韦涅夫斯基在弗龙斯基面前输给一个赌棍这笔钱。弗龙斯基本来要当场偿付那笔钱的（他那时手头有钱），但是韦涅夫斯基和亚什温坚持说那应该由他们自己来付，不应该由没有赌博的弗龙斯基来付。这样倒也好，但是弗龙斯基知道，在这个肮脏的事件中，虽然他所参与的只是在口头上给韦涅夫斯基作保，但是却一定要预备好二千五百卢布，这样他就可以随时把钱掷给那骗子，不和他多费口舌。所以为了这第一类，也是最重要的一类，他就得有四千卢布。第二类，有八千卢布，是比较不那么重要的欠债。这主要是欠赛马房的债务，欠燕麦和干草的承办人、英国人和马具商等等的。对于这些欠债，他为了使自己安心，也得偿付二千卢布左右。最后一类欠债，是欠商店、旅馆和裁缝的，倒不用担心。这样，他至少需要六千卢布作为目前开销，而他手头只有一千八百卢布。对于一个像一般人所断定弗龙斯基那样的每年有十万卢布收入的人，这一点儿欠债似乎是毫无困难的；但是实际上他的收入和十万卢布差得很远。他父亲的大宗遗产，单这一项每年就有二十万收入，还没有在兄弟之间分开来。当他哥哥负了一身债，和一个毫无财产的十二月党人的女儿瓦里娅·奇尔科夫公爵小姐结婚的时候，阿列克谢几乎把得自他父亲领地的全部收入都让给了他哥哥，每年只给自己留下二万五千卢布。阿列克谢当时对他哥哥说，在他结婚之前这尽够他用了，而他大概永远也不会结婚的。他哥哥，正统率着一支最奢华的联队，又是新婚，不得不接受这笔赠予。他母亲，有她自己一份财产，每年除了他应有的二万五千卢布再补助阿列克谢二万卢布，阿列克谢把这些钱通通花光了。最近他母亲因为他的恋爱事件和他离开莫斯科而生他的气，已经停止给他钱了。结果，过惯了每年开销四万五千卢布的生活的弗龙斯基，今年只收入了二万五千卢布，他就感到困难了。为了摆脱这种困境，他不能向他母亲要钱。他昨天接到她最近的一封信特别激怒了他，原因是那封信里暗示着她极愿帮助他在社交界和军务上获得成功，却不愿帮助他过那种使整个上流社会丢脸的生活。他母亲想要收买他的这种企图，刺伤了他的心，使他对她更加冷淡了。但是他又不能够收回他已经说出口的慷慨承诺，虽然他现在模糊地预见到他和卡列宁夫人的关系中可能发生的事情，感觉那种慷慨的许诺未免太轻率了，而且觉得就是不结婚他或许也需要那十万卢布的全部收入。但是收回是不可能的。他只消回忆起他嫂子，想起那可爱而优美的瓦里娅怎样一有机会就要提到她对于他的慷慨永不忘怀，就知道要收回那笔赠予已是不可能的了。这和殴打妇女、偷窃或说谎是一样不可能的。只有一件事能够而且也不能不做了，弗龙斯基毫不踌躇就决定那样做：向放债人借一万卢布，这是毫无困难的，此外就只好一般地节省费用，卖掉他的跑马。这样决定了之后，他立刻写信给那位再三要求买他马的罗兰达克。接着，他写信请英国人和放债人来，照他要付的账目分配好他的现钱。办完了这些事务之后，他就写了一封冷漠而尖刻的回信给他母亲。接着，他从笔记簿里取出三封安娜的信，又读了一遍，然后烧毁了，他回想起他们昨天的谈话，又沉入深思了。

20

弗龙斯基的生活是特别幸福的，因为他有一套明确规定了什么事该做、什么事不该做的准则。这套准则包括的范围很有限，但是定下的准则却是无可置疑的，而弗龙斯基从来没有越出范围一步，在做他所该做的事上从来不曾有过片刻的踌躇。这些准则明确地规定：该付清赌棍的赌债，却不必偿付裁缝的账款；决不可以对男子说谎，对女子却可以；决不可欺骗任何人，欺骗丈夫却可以；决不能饶恕人家的侮辱，却可以侮辱人，诸如此类。这些准则也许是不合理，不对的，但却是无可怀疑的，因此弗龙斯基在遵守这些准则的时候，就感觉心安理得，可以昂起头来。直到最近，涉及他和安娜的关系，弗龙斯基这才开始感觉他的准则并没有包罗万象，而且预见到将来他会有找不着指导原则的困难和迷惑。

他现在对安娜和对她丈夫的态度在他看来是简单明了的。这清楚正确地规定在指导他行动的那套准则里。

她是一个把自己的爱情献给他的品行端正的女人,而他也爱她,所以在他眼中看来,她是一个应受到与合法妻子同样、甚至更多尊敬的女人。他如果让自己用言语、用暗示侮辱了她,或甚至没有对她表示出一个女人所能企望的那样多的尊敬,他是宁愿先把自己的手砍断的。

他对于社会的态度也是很明确的。大家可能知道,也可能猜疑到这件事,但是却没有人敢说出来。要是有人敢说的话,他就准备使那多嘴的人闭口,而且使他尊重他所爱的女人的不复存在的名誉。

他对她丈夫的态度是最明确不过的。从安娜爱上弗龙斯基那一瞬间起,他就把他对于她的权利看成了不可剥夺的。她丈夫不过是一个多余的讨厌的人罢了。无疑地,他是处在可怜的境地,但是那有什么办法呢?丈夫拥有的唯一权利就是手里拿了枪要求决斗,而弗龙斯基从最初一瞬间就准备好这一着的。

但是最近,新的内在的关系在他和她之间发生了,那种关系的捉摸不定使弗龙斯基惊讶了。到昨天她才告诉他她有孕了。他感觉这个消息以及她对他的期望要求某种东西,那在他一直用来指导自己生活的那套准则里是没有定下的。他真正遭到了意外的袭击,在她把她的情况告诉他的最初一瞬间,激情指点他要求她离开丈夫。他那样说了,但是现在仔细一想,他清楚地看到还是设法避免那样做的好;同时,当他暗自这么说的时候,他害怕那样做也许不对。

"我要是叫她离开丈夫,那就等于叫她和我结合在一起。我做好那样的准备了吗?现在我一个钱都没有,我怎么能带她走呢?即令我能够设法 …… 但是目前我正在服军役,我怎么能带她走呢?如果我说了那种话——我就应当有所准备,就是说,我应当筹一笔钱,离开军队。"

他沉思起来。要不要退伍的问题把他引到另外一个隐蔽的、只有他自己才知道的、几乎是主要的、纵然深深地埋藏在他心里的生活兴味上去了。

功名心是他青少年时代旧的梦想,这梦想他连对自己都没有承认过,但却是那么强烈,现在这种热情竟和他的恋爱对垒交锋了。他在社交界和军界的第一步是很成功的,但在两年前他犯了一个不该犯的错误。急于要表示他的独立性和上进心,他拒绝了提供给他的一个位置,希望这样能抬高身价;但是结果证明他太鲁莽了,这么一来,人家就把他升迁的要求置之脑后了。他既已无可奈何地采取了一个独立人的立场,他就用极大的聪明机敏应付过去,表现得好像对谁也不抱怨,丝毫不觉得受了委屈,只愿一个人安安静静,这样就已经很快乐了的样子。实际上早在去年他到莫斯科的时候,他的心情就不快乐了。他感到一个本来有所作为,却一事无成的男子的独立立场已经开始变得乏味了,许多人开始觉得他除了是一个正直善良的人以外实在是无所作为的了。他和卡列宁夫人的关系,引起了社会上的轰动,给了他一种新的魔力,暂时镇住了咬啮着他的功名心的蠕虫,但是一星期前那蠕虫又以新的力量觉醒了。他幼年时代的朋友,一个属于同一社会圈子的人,他的贵胄军官学校的同学,和他一同毕业,在学科上、体育上、恶作剧和功名的梦想上都是他的竞争者的谢尔普霍夫斯科伊,几天前从中亚细亚回来了,他在那里连升了两级,获得了一枚不轻易授予像他这样年轻的将军的勋章。

他一到彼得堡,人们就把他当作第一等的新星谈论着。他和弗龙斯基同学又同年,现在已做了将军,正等待着一个可以影响政局的任命;而弗龙斯基呢,虽然倜傥不羁,又被一个绝色女人爱着,到底不过是一个自由自在的骑兵大尉罢了。"自然我不羡慕谢尔普霍夫斯科伊,而且也决不会羡慕他;但是他的升迁却提醒了我,人只要等待时机,像我这样的男子,飞黄腾达起来是很快的。三年前他也和我处在一样的地位。假如我退伍,那就是破釜沉舟。假如我仍旧留在军队,那我就什么都没有损失。她自己也说过她不愿意改变她的处境。有了她的爱情,我是不能羡慕谢尔普霍夫斯科伊的。"于是慢慢地捻着胡髭,他从桌旁站起来,在房里来回踱着。他的眼睛特别闪闪有光,他感到一种坚决、镇静和愉快的心情,那是每当他弄清楚自己的处境之后常常感到的心情。一切都清楚明白,就像以前每次清理之后一样。他刮了胡髭,洗了个冷水浴,就穿起衣服,走出去了。

21

"我来接你的。今天你的'洗涤'花去了不少时间哩!"彼得里茨基说,"哦,完了吗?"

"完了。"弗龙斯基回答,只有眼睛里含着微笑,并且那么细心地捻着胡髭,好像把他的事务弄得井井有条之后,任何太鲁莽或者急遽的动作都会搅乱它似的。

"你每次这样以后总是像洗了个澡似的,"彼得里茨基说,"我从格里茨基(他们这样叫那联队长)那里来,他们都在等你。"

弗龙斯基望着他的同僚,没有回答,心里却在想着别的事情。

"哦,音乐就是他那里发出来的吗?"他一面说,一面听着传到他耳边的那奏着波尔卡舞和华尔兹舞曲的管弦乐的熟悉的音调,"又是什么庆祝宴会呢?"

"谢尔普霍夫斯科伊来了。"

"啊哈!"弗龙斯基说,"我一点也不知道呢。"

他眼睛里的笑意闪耀得更加灿烂了。

既已下了决心以自己的恋爱为幸福,愿意为恋爱牺牲功名心——无论怎样,既已采取了这样的立场,弗龙斯基就不能对谢尔普霍夫斯科伊怀有羡意,也不能因为他到了联队没有先来看他而感到不快了。谢尔普霍夫斯科伊是他的好友,他来了他自然很高兴。

"噢,我高兴极了!"

联队长杰明住着一座地主的大房子。宾主全体齐集在下面宽敞的凉台上。在院子里,最先映入弗龙斯基眼帘的是站在一只盛伏特加的大桶旁边的一队穿着白亚麻布制服的歌手,和被士官们围绕的联队长的壮健的、快乐的姿容。他走到凉台第一级台阶上,挥着手臂,对站在一旁的几个兵士大声地叫嚷着吩咐什么,那声音盖过了奏着奥芬巴哈的卡德里尔舞曲的乐队。一队兵士,一个军需官,和几个下士同弗龙斯基一道走到凉台上。联队长回到桌旁,又走到台阶上,手里端着一只酒杯,提议举杯祝酒:"祝我们以前的同僚,英武的将军谢尔普霍夫斯科伊公爵健康。乌拉!"

跟在联队长后面,谢尔普霍夫斯科伊含着微笑,手里拿着酒杯走到台阶上来。

"你越来越年轻了,邦达连科。"他对正站在他面前的两颊红润、风度潇洒的军需官说,那位军需官虽然在服第二期兵役,却还是显得那么年轻。

弗龙斯基有三年没有见到谢尔普霍夫斯科伊了。他看上去好像更健壮了,蓄起了颊髯,但风采却依旧不减当年,他的面貌和身姿的动人之处,与其说在于它们的漂亮仪表,毋宁说在于它们的文雅高贵风度。弗龙斯基在他身上看出的唯一变化就是那种功成名就、并且确信自己的成功为世人所公认的人的脸上所表露出的沉静的、不变的光辉。弗龙斯基知道那种光辉，因此立刻在谢尔普霍夫斯科伊身上觉察出来。

谢尔普霍夫斯科伊走下台阶时，看到了弗龙斯基。欢喜的微笑使他容光焕发。他猛然仰起头，举起手里的酒杯，和弗龙斯基招呼，而且用这姿势表示他得先去和军需官周旋一下，那军需官已挺直了身子，噘着嘴唇在等待着接吻。

"他来了！"联队长叫着，"亚什温告诉我说你又在忧郁呢。"

谢尔普霍夫斯科伊吻了吻那风度潇洒的军需官的濡润、鲜嫩的嘴唇，用手帕揩拭了一下自己的嘴，就走上弗龙斯基面前去。

"我真高兴！"他说，紧握着他的手，把他拉到一边。

"您照顾他吧。"联队长指着弗龙斯基对亚什温叫了一声，就走到下面兵士们那里去了。

"你昨天为什么没有去看赛马？我原来希望在那里看到你的。"弗龙斯基说，打量着谢尔普霍夫斯科伊。

"我去了，但是迟到了，对不起！"他补充说，转向副官说："请尽这点钱平分给大家吧。"

说着，他急忙从皮夹里取出三张一百卢布的纸币，微微涨红了脸。

"弗龙斯基！要吃点或是喝点什么吗？"亚什温问，"喂，拿点什么来给伯爵吃！噢，来了，喝一杯吧！"

联队长家的宴会持续了很长的时间。

酒喝了不少。他们好几次把谢尔普霍夫斯科伊抬起来抛到空中又接住。接着，他们又抬起联队长往上抛。随后，在歌手们面前，联队长本人和彼得里茨基跳起舞来。后来，联队长已显出疲乏不支的模样，在院子里的长凳坐下来，开始向亚什温说明俄国比普鲁士优越，特别是在骑兵冲锋方面，于是欢闹就暂时停息了。谢尔普霍夫斯科伊走进屋里盥洗室去洗手，看见弗龙斯基在那里；弗龙斯基正在用冷水冲洗。他脱了上衣，把他那晒红的、多毛的脖颈伸在龙头下面，用双手搓擦着脖颈和头。等他洗完了，弗龙斯基就在谢尔普霍夫斯科伊的身旁坐下。他们一同坐在盥洗室的小沙发上，开始谈起他们两人都非常感兴趣的话题。

"我总是从我妻子那里听到你的消息，"谢尔普霍夫斯科伊说，"我很高兴你时常看到她。"

"她和瓦里娅很要好，她们是彼得堡我乐于会见的唯一女性。"弗龙斯基微笑着回答。他微笑是因为他预见谈话趋向的题目，而他是喜欢那话题的。

"唯一的？"谢尔普霍夫斯科伊带着微笑反问。

"是的，我听到你的消息，可不单是从你夫人那里，"弗龙斯基说，用脸上的严峻表情阻止对方的暗示，"我听到你的成功非常高兴，但一点也不惊奇。我期望的还要大呢。"

谢尔普霍夫斯科伊微微一笑。显然，弗龙斯基对他这种看法使他很高兴，他不觉得有掩饰这种心情的必要。

"相反，我原来期望的还要小呢——我坦白地承认。但是我高兴，非常高兴。我是有野心的，这是我的缺点，我承认这一点。"

"要是你没有成功的话，你大概不会承认这一点。"弗龙斯基说。

"我不这样想，"谢尔普霍夫斯科伊说，又微笑了，"我倒不是说没有成功就不值得活下去，只觉得那会很沉闷罢了。自然我也许错了，但是我觉得我在我所选定的活动圈内有些才能，而且任何权力只要落到我手里，总比落到我认识的许多人的手里要好一些，"谢尔普霍夫斯科伊意识到自己辉煌的成功，这样说，"因此我越接近权力，我就越觉得高兴。"

"这在你也许是实情，但是不见得每个人都这样。我也曾那样想过,但是现在我生活着,而且觉得人不值得仅仅为此活着。"

"正是这话!正是这话!"谢尔普霍夫斯科伊大笑着说,"我开始就说我听到你的事情,听到你拒绝接受……自然,我赞成你做的事。但是做任何事情都要讲求方法。我以为你的行为本身是很对的,但是你的做法却不太妥当。"

"事情做过就算了,你知道我做事从不翻悔。而且,我现在也还过得去。"

"还过得去——暂时的。但是你不会这样就满足的。我对你哥哥不会说这种话。他是一个可爱的小伙子,就像我们这里的主人一样。这就是他!"他补充说,听着"乌拉!"的叫声,"他是快乐的,你可不会这样就满足的。"

"我并没有说我这样就满足了。"

"是的;但是不仅如此,需要像你这样的人啊。"

"谁需要?"

"谁需要?社会需要,俄国需要。俄国需要人才,需要一个政党,要不然一切都成泡影。"

"你是什么意思?说的是反对俄国共产党人的别尔捷涅夫党吗?"

"不,"谢尔普霍夫斯科伊说,因为猜疑他有那种荒谬的意见而恼怒了,皱起了眉头,"*那全是胡诌*①。那一向是如此,将来也会如此。本来没有什么共产党。但是玩弄阴谋的人们总是要捏造出一个有害的、危险的政党。这是他们的惯技。不,需要的是有力的政党,像你我这样独立的人所组成的。"

"但是为什么呢?"弗龙斯基举出了几个当权者的名字,"他们为什么不算是独立的人呢?"

---

① 原文为法语。

"只因为他们没有，或是生来就没有独立的财产，他们没有门第，他们不像我们一样出生在和太阳接近的世界。他们是可以用金钱或恩惠收买的。他们为了维持自己的地位就只好想出一种政策。于是他们想出某种花样，一种连他们自己都不相信、有害无益的政策，而那整个政策实际上不过是一种谋得高官厚禄的手段罢了。你且窥看一下他们的内幕，*不过如此而已*[①]。也许我不如他们，或是比他们更蠢，虽说我看不出我为什么不如他们。不管怎样说，你我有一种比他们强得多的地方，那就是我们可不那么容易被人收买。而这样的人现在比什么时候都更需要哩。"

弗龙斯基用心地听着，但是引起他兴味的与其说是那番话的内容，毋宁说是谢尔普霍夫斯科伊的态度，谢尔普霍夫斯科伊已在考虑和当权的人们斗争，在那权力的领域里已有了他的好恶，而弗龙斯基自己对于权力的兴味却没有超出他的联队以外。弗龙斯基还感觉到，谢尔普霍夫斯科伊以他那思考和理解事物的显著能力，以他在他所处的社会里实不多见的聪明和口才，将会成为一位有力的人物。他有点嫉妒起来了，虽然他觉得有那种情感是可耻的。

"但是我在这方面缺少一种最重要的东西，"他回答说，"我没有权力的欲望。我曾经有过，但是过去了。"

"对不起，这不是真的。"谢尔普霍夫斯科伊微笑着说。

"是的，这是真的，这是真的……说句老实话，至少现在是这样！"弗龙斯基补充说。

"是的，*现在*这是真的，那就是另外一个问题了；但是这个*现在*是不会持久的啊。"

"也许。"弗龙斯基回答说。

[①] 原文为法语。

"你说也许,"谢尔普霍夫斯科伊继续说,好像猜着了他的心思一样,"但是我却要说一定。我之所以想要见你也就是为了这缘故。你的行为是正当的。这我是理解的,但是你却不能总是这样。我只请求你给我全权委托书①。我并不是要来保护你……但是,说起来,我为什么不能保护你呢?你曾经庇护过我那么多次!我希望我们的友谊超过这个。是的,"他说,像女人一样温柔地对他微笑着,"给我全权委托书,退出联队,我会让人觉察不出地把你提升。"

"但是你要明白我什么都不需要,"弗龙斯基说,"只愿一切都照原样。"

谢尔普霍夫斯科伊立起身来,面对着他站着。

"你说只愿一切都照原样。我懂得这意思。但是你听我说:我们是同样年纪,你认识的女人恐怕要比我多得多。"谢尔普霍夫斯科伊的微笑和姿势告诉弗龙斯基不用惧怕,他会很斯文地、细心地去触那痛处的,"但是我是结过婚的人,相信我吧,正像某人所说的那样,只要了解你所爱的妻子,你就会比认识一千个女人的人更了解所有的女人。"

"我们马上就来了!"弗龙斯基对一个向房间里张望的士官叫道,那士官是来唤他们到联队长那里去的。

弗龙斯基现在想听到底,听听谢尔普霍夫斯科伊究竟会对他说些什么话。

"这就是我对你说出的意见。女人是男子前程上的一大障碍。爱上一个女人,再要有所作为就很难了。要轻松自在地爱一个女人,不受一点阻碍,那只有一个办法——就是结婚。我怎样对你表达我的意思呢?"欢喜打比喻的谢尔普霍夫斯科伊说,"等一等,等一等!

---

① 原文为法语。

对啦，正好像你要拿着包袱①，同时又要用两只手做事，那就只有把包袱系在背上才有可能，而那就是结婚。这就是我结了婚以后感觉到的。我的两只手突然腾出来了。但拖着包袱而不结婚，你的手就会老给占着，你再也做不了什么事了。看看马赞科夫吧，看看克鲁波夫吧！他们都是为了女人的缘故把自己的前途毁了。"

"什么样的女人啊！"弗龙斯基说，想起他提到的这两个人所勾搭上的法国妇人和女演员。

"女人在社交界的地位越稳固，那就越糟。那就好像不单是用你的手拿着包袱，而且要从什么人手里把它夺过来。"

"你没有恋爱过。"弗龙斯基低声说，望着前方，想着安娜。

"也许是的。但是你记住我对你说的话。而且还有一点，女人是比男人更实际的。我们由于恋爱创造出伟大的事业，但她们却总是讲求实际②。"

"马上来了，马上来了！"他对走进来的仆人说。但是仆人并不像他所猜想的那样又来叫他们。仆人把一封信递给了弗龙斯基。

"是你的仆人从特维尔斯基公爵夫人家里带来的。"

弗龙斯基拆开信，涨红了脸。

"我的头痛起来了，我要回去。"他对谢尔普霍夫斯科伊说。

"呀，那么再见！你给我全权委托书吗？"

"我们以后再谈吧，我到彼得堡再来看你。"

22

已经快六点钟了，为了及时赶到那里，同时又为了不用大家都

---

①② 原文为法语。

认得的他自己那辆马车，弗龙斯基坐上亚什温的出租马车，吩咐马车夫尽量快跑。这是一辆宽敞、有四个座位的旧式的马车。他坐在角落里，两腿伸到前排的座位上，凝思起来。

模糊地意识到他的事务已弄得有条不紊，模糊地回想起认为他是有用之才的谢尔普霍夫斯科伊的友情和夸奖，特别是期待眼前的幽会——这一切融成了一股生命的欢乐感觉。这感觉是这样强烈，使他不由得微笑了。他放下两腿，把一只腿架在另一只的膝头上，用手按住，抚摸了一下他昨天堕马时微微擦伤了的富于弹性的小腿筋肉，于是向后一仰，深深地舒了好几口气。

"好，很好！"他自言自语。他以前对自己的身体也常常体验到喜悦之感，但是他从来也没有像现在这样爱过他自己和他的身体。他愉快地感觉着强壮的腿里的轻微的疼痛，他愉快地感觉着在他呼吸的时候他胸脯筋肉的运动。晴朗的、带着凉意的八月天，那使安娜感到那么绝望的，却使他感到心旷神怡，使他那由于用冷水冲洗过还在发热的脸和脖颈都感到凉爽了。他胡髭上润发油的香气在新鲜空气中使他觉得特别好闻。他从马车窗口眺望到的一切，在清澈冷空气里的一切，映在落日淡淡的余晖里，就像他自己一样清新、快乐和健壮。在夕阳的斜照里闪烁着家家户户的屋顶，围墙和屋角鲜明的轮廓，偶尔遇见的行人和马车的形影，一片静止的青草和绿树，种着马铃薯的畦沟匀整的田亩，以及房子、树木、丛林、甚至马铃薯田埂投下的斜斜的阴影——这一切都是明朗的，像一幅刚刚画好、涂上油彩的美丽风景画一样。

"快点，快点！"他对马车夫说，把头伸到窗外，从口袋里取出一张三卢布钞票，在车夫回过头时放在他的手里。马车夫的手在灯旁摸索什么东西，鞭子突然响起来，马车迅速地沿着平坦的大路行驶起来。

"除了这种幸福以外,我什么,什么都不需要。"他想,凝视着车窗之间的铃钮,一心回想着他最近一次看见的安娜的模样。"我越来越爱她了。这就是弗列达别墅的花园。她在哪里呢?在哪里呢?怎么回事?她为什么指定这个地方和我会面,她为什么在贝特西的信里附上一笔呢?"他想,现在才第一次觉得诧异;但是现在已经没有思索的余暇了。还没有到林荫路之前,他就叫马车夫停下,打开车门,在马车还在滚动的时候就跳下来,走进直通房子的林荫路。林荫路上没有一个人;但是向右手一望,他看到了她。她的脸给面纱掩蔽着,但是他用欢喜的眼光拥抱了她所独有的那种特殊步态、肩膊的斜度和头的姿势,立刻像有一股电流通过他的全身。他又以新的力量从他两腿的富于弹力的动作到呼吸时的肺部运动意识到他自己的存在,好像有什么东西使他的嘴唇抽搐起来。

走上他面前,她紧紧地握住他的手。

"我请你来,你不生气吗?我非得见你不可呢。"她说;他在她的面纱下看到她的嘴唇的严肃庄重的线条,立刻使他的心情改变了。

"我,生气!可是你怎么到这里来的?要到哪里去呢?"

"没有关系,"她说,挽住他的胳膊,"一道走走吧,我要和你谈谈哩。"

他明白发生了什么事情,这次幽会不会是欢乐的。在她面前,他没有了自己的意志;还不知道她忧愁的原因,他就已经感到那忧愁不知不觉地感染上他了。

"什么事?什么?"他问她,用胳膊紧挽着她的手,极力想从她的脸上看出她的心事来。

她默默地走了几步,鼓起勇气,随后突然停住脚步。

"我昨天没有告诉你,"她开口说,迅速而又痛苦地呼吸着,"在我和阿列克谢·亚历山德罗维奇回家的路上,我把一切都告诉他了……告诉他我不能做他的妻子了……把一切都告诉他了。"

他听她说着,不觉把整个身子弯向她,好像希望以此来减轻她处境的困苦。但是她一说出这话,他就蓦地挺直身子,一种高傲而严厉的表情显露在他的脸上。

"是的,是的,这样倒更好,一千倍的好!我知道那对于你是多么痛苦。"他说。

但是她没有听他讲的话,她从他脸上的表情看出他的心思。她猜想不到那种表情与弗龙斯基心中所起的第一个念头——现在决斗是不可避免的了——有关。她心中从没有想到过决斗的念头,因此她对于这瞬息间的严厉表情作了别的解释。

当她接到丈夫的信时,她就从心底知道一切都会照以前的样子继续下去,她没有毅力放弃她的地位,抛弃她的儿子,投奔到情人那里去。在特维尔斯基公爵夫人家度过的早晨更坚定了她这个念头。但是这次幽会对于她还是有极其重大的意义。她希望这次幽会能改变她的处境,能拯救她。要是一听到这消息,他就坚决地、热情地、没有片刻踌躇地对她说:"抛弃一切,跟我一道走吧!"她是会丢弃她的儿子,和他一道走掉的。但是这个消息并没有在他身上激起她所期待的变化:他只是好像感到受了什么侮辱的样子。

"这在我一点也不痛苦。这是自然而然的。"她激怒地说,"你看……"她从手套里掏出她丈夫的信来。

"我明白,我明白,"他打断她,接过那封信,却没有看,竭力想要安慰她,"我只渴望一件事,我只祈求一件事,就是了结这个处境,好让我把我的一生奉献给你的幸福。"

"你为什么说这种话?"她说,"难道我会怀疑吗?假使我怀疑……"

"谁来了?"弗龙斯基指着迎面走来的两个妇人突然说,"也许她们认识我们呢！"说着，他迅速地拉着她一道转进一条小路。

"啊，我才不在乎哩！"她说。她的嘴唇颤抖着。他感到好像她的眼睛从面纱下面含着异样的愤慨望着他。"我告诉你，问题不在那儿，我不会怀疑这个的；但是你看他给我写些什么话吧。看看吧。"她又站住了。

正像在听到她和她丈夫决裂的最初那一瞬间一样，弗龙斯基读信的时候，又不知不觉地沉入一种自然而然的感触中，那种感触是由于他自己和那个受到侮辱的丈夫的关系在他心中引起的。现在，他把信拿在手里，不禁想象着大概他今天或者明天就会在家里看到的挑战书，和决斗时他自己向空中放了一枪之后，脸上带着像现在一样的冷冷的傲慢表情，等待着被侮辱的丈夫的枪弹时那决斗的情景。这时候，谢尔普霍夫斯科伊刚刚对他所说的话，以及他自己早晨所起的念头——还是不要束缚住自己的好——在他的脑海里闪过，他知道这个念头是不能够对她说的。

看了信，他抬起眼睛望着她，在他的目光里没有坚定的神色。她立刻明白他自己早就想过这事。她知道不论他对她怎样说，他都不会把他心里的话通通说出来。她知道她最后的一线希望落了空。这不是她所期待的结果。

"你看他是怎样一种人！"她带着战栗的声调说，"他……"

"原谅我，但是这样我倒觉得很快活。"弗龙斯基插嘴说。"看在上帝面上，请让我说完吧！"他补充说，他的眼睛恳求她给他解释这句话的时间，"我觉得很快活，是因为事情绝不会，绝不会像他所想的那样照旧继续下去。"

"为什么不会？"安娜说，她忍住眼泪，而且显然已不重视他所说的话了。她感到她的命运已经决定了。

弗龙斯基本来想要说在决斗——他以为那是不可避免的

了——之后,事情就不能够像以前一样继续下去了,但是他却说了别的话。

"这不能够继续下去。我希望你现在离开他。我希望……"他感到惶惑,涨红了脸,"希望你让我安排和考虑我们的生活。明天……"他开口说。

她没有让他说下去。

"但是我的儿子呢?"她叫了一声,"你看见他信上写的话吗?一定要我离开我的儿子,但是我不能够而且也不愿意那样做。"

"但是,为上帝的缘故,哪一样好些呢?——离开你的儿子呢,还是继续在这种屈辱的处境中过下去?"

"对谁说来是屈辱的?"

"对于大家,尤其是对于你。"

"你说这是屈辱的!……请不要这样说吧。这样的话对于我已经没有什么意义了。"她颤声地说。现在她不愿意他说假话。她剩下的只有他的爱,而她也要爱他。"你要明白自从我爱上你以后,在我一切都变了。在我只有一件东西,一件东西——那就是你的爱!有了它,我就感到自己这样高尚,这样坚强,什么事对于我都不会是屈辱的。我为我的处境而感到自豪,就因为……我自豪……自豪……"她说不出引以为豪的东西来。羞耻和绝望的眼泪哽住了她。她停住脚步,蓦地呜咽起来。

他也感到好像有什么东西哽在喉咙,使鼻子发酸,他生平第一次想哭出来。他说不出是什么那么感动了他;他为她难过,而且感到爱莫能助,同时他也知道自己就是她不幸的原因,是他做错了事。

"离婚不行吗?"他无力地问。她默默地摇摇头,没有回答。"带了你的儿子一道离开他也不行吗?"

"是的,但是一切都要看他怎样。现在我就得回到他那里去。"

她冷冷地说。她预感到一切都会照旧，这种预感并没有欺骗她。

"星期二我就回彼得堡去，一切都会解决的。"

"是的，"她说，"但是我们不要再谈这个了吧。"

安娜打发走了马车，吩咐再到弗列达花园门前来接她，现在马车已经来了，安娜告别了弗龙斯基，就回家去了。

23

星期一，是六月二日委员会的例会。阿列克谢·亚历山德罗维奇走进会议室，照例向议员和议长打了招呼，就在自己的座位上坐下，把手放在摆在他面前的文件上。在这些文件里有必要的证据和他预备发表的演讲提纲。但是实际上他并不需要这些文件。一切他都记得，他觉得不必要在他记忆里再三再四地重温他要说的话。他知道，到了时候，当他看见他的政敌面对着他，而且徒然想装出一副冷淡的表情时，他的演说就会比他现在能够准备的还要好地自然而然地流出来。他觉得他演说的内容是这样重要，每一句话都是有意义的。同时，在他听照例的报告时，他流露出一种最天真、最平和的态度。看见他那青筋累累、指头很长的白净双手，那么安闲地抚摸着放在面前的白纸的两端，看见他的头垂到一边那种疲倦的神情，谁都不会猜到几分钟之内从他的嘴里就会吐出滔滔的言辞，那将卷起可怕的风暴，使得议员们叫嚷和对骂，使得议长不得不起来维持秩序。报告完了的时候，阿列克谢·亚历山德罗维奇用他那平静而尖细的声音宣告，关于处理少数民族的问题他有几点意见向大家申述，于是大家的注意力都转移到他身上。阿列克谢·亚历山德罗维奇清了清喉咙，不望着他的政敌，只像他平常演说的时候一样，选中了坐在他对面的一个人，一个在委员会从来不发表任何意见的安静而身材矮小的老人,作为他视线的对象,就开始陈述他的意见。当他说到基本组织法时,他的反对者跳了起来。开始抗议。同样也是委员会的一员,同样被触怒了的斯特列莫夫开始辩解,会议简直变得狂风暴雨一般;但是阿列克谢·亚历山德罗维奇胜利了,他的提议被接受了;任命了三个新的委员会,第二天,在彼得堡某些社交团体中,就会专门谈论这一次的会议。阿列克谢·亚历山德罗维奇的成功甚至比他预期的还要大。

第二天,星期二早晨,阿列克谢·亚历山德罗维奇醒来的时候,怀着愉快的心情想起了昨天的胜利,当他部里的秘书长为了要奉承他,把他听到的有关委员会上发生的事情的传闻告诉他的时候,他虽然竭力装出漠不关心的样子,却还是忍不住微微一笑。

和秘书长一道忙着处理公事,阿列克谢·亚历山德罗维奇完全忘记了今天是星期二,是他指定安娜·阿尔卡季耶夫娜回来的日子,因此当一个仆人走来报告她来到的时候,他感到吃惊,而且产生了一种不快之感。

安娜一大早就到了彼得堡;依照她的电报,派了马车去接她,因此,阿列克谢·亚历山德罗维奇应该知道她的到来。但是当她到了的时候,他却没有出来迎接她。她听说他还没有出去,正和他的秘书长一道忙着处理公事。她差人告诉她丈夫她已经到了,随即走进了她自己的房间,一面着手检点行李,一面期待着他来。但是一点钟过去了,他还没有来。她借口吩咐什么事走进餐室,故意大声说话,期望他走到那里来;但是,他没有出来,虽然她听到他送他的秘书长的时候走到了书房门口。她知道他照例很快就要去办公,她想要在他出去之前看到他,以便确定他们相互之间的关系。

她走过大厅,坚决地向他那里走去。当她走进他的书房,他显然是快要出门的样子,穿着制服,坐在一张小桌旁,把胳臂肘搁在桌上,忧郁地凝视着前方。他还没有看到她,她就先看到了他,而且她看出来他是在考虑她的事。

一看到她,他本来想站起来,但是又改变了主意,随即他的脸突然红了……这是安娜以前从来没有看到过的事,而后他迅速地站了起来,走去迎接她。他没有看她的眼睛,却看着她眼睛上面的前额和头发。他走到她面前,握住她的手,请她坐下。

"您回来了,我非常高兴。"他说,坐到她的旁边,显然想说什么话,但是口吃起来。他好几次想说,但都停止了。尽管她准备和他会面时曾告诫自己要轻蔑他,责备他,她还是不知道对他说什么才好,而且她可怜起他来了,这样,沉默继续了一会儿。"谢廖沙好吗?"他说,没有等待回答,又补充说:"我今天不在家里吃饭,我立刻就要出去。"

"我本来想到莫斯科去的。"她说。

"不,您回来做得非常、非常对。"他说着,又沉默了。

看着他没有力量开口,她自己开口了。

"阿列克谢·亚历山德罗维奇,"她凝视着他说,并没有在他望着她头发那种凝神注视下垂下眼睛,"我是一个有罪的女人,我是一个坏女人,但是我还和以前一样,和我告诉您的时候一样,我现在来就是要告诉您,我不能够有什么改变。"

"我并没有问您这件事,"他说,突然坚决而又怀着憎恨地望着她的眼睛,"我料到会这样。"在愤怒的影响之下,他显然又完全恢复了镇静。"但是像我当时对您说过,并且在给您的信上写过的一样,"他用尖细刺耳的声调说,"现在再重复一遍,我并不一定要知道这事。我可以不闻不问。并不是所有妻子都像您这么善良,要这样急急地把这种愉快的消息告诉她们的丈夫。"他特别着重说"愉快的"这个字眼。"社会上不知道这事的时候,我的名字没有遭到污辱的时候，我可以不闻不问。因此，我只是警告您，我们的关系还要和以前一样，但要是您损害自己的名誉时，我就不得不采取措施来保全我的名誉。"

"但是我们的关系不能够和以前一样了。"安娜带着胆怯的声调说，开始惊惶地望着他。

当她又看到他那种镇静的态度，听到那种刺耳的、孩子一样的讥讽声调时，她对他的嫌恶就消除了她刚才对他的怜悯，她只觉得恐惧，但是无论如何，她要弄清楚她的处境。

"我不能够做您的妻子了，我既已……"她开口说。

他发出冷酷的恶意的笑声。

"想必您所选择的那种生活影响了您的思想。我那么尊敬您或者说轻蔑您，或是两样都有……我尊敬您的过去，轻蔑您的现在……您对于我的话所作的解释和我的原意相差很远。"

安娜叹息了一声，低下了头。

"但是我的确不能理解，以您所具有的独立精神，"他继续说，激昂起来了，"竟然对您的丈夫直言不讳地宣告您的不贞，而且不觉得这有什么该受谴责的地方。好像您觉得对您丈夫履行妻子的义务倒是该受谴责的。"

"阿列克谢·亚历山德罗维奇！您要我怎样？"

"我要求的是，我不要在这里见到那个人，您的一举一动都要做到不让社会上和仆人们责难您……不要去看他。这个要求，我想并不过分。而且这么一来，您没有尽为妻的义务却可以享受忠实妻子的一切权利。这是我要对您说的所有的话。现在我该走了。我不在家里吃饭。"

他站了起来，向门边走去。安娜也站了起来，他默默地点着头，让她先走。

24

列文在草堆上度过的一夜,对他并不是虚度的。他在农业经营使他厌烦,使他丝毫不感兴趣了。虽然今年丰收,但是像今年这样,遇到这么多的挫折,在他和农民之间发生了这么多的争吵,却是从来没有过的,或者,至少在他看来是从来没有过的;而造成这些失败和敌意的原因,他现在完全明白了。他在劳动本身上体验到的快乐,由于劳动而和农民的接近,他对于他们以及他们的生活所感到的羡慕,他想要过那种生活的愿望——那愿望在那天晚上对于他已经不是梦想,而是真正的目的,他已仔细考虑了达到那目的的办法——这一切大大改变了他对于他所经营的农事的看法,使他再也不能够对它像以前那样感兴趣了,而且不能不感受到他对劳动者的态度是令人不快的,而那却是一切的基础。一群像帕瓦那样的良种母牛,全部用很好的犁耕过的土地,九块用篱笆围着的平坦的耕地,九十亩施足了肥的田地,各式条播机,以及其他等等——假如这劳动只是由他自己,或者是由他自己和他的同伴们——同情他的人们所共同完成的,这一切就都是很好的。但是他现在看得很清楚(他正在写一本关于农业的著作,说明农业的主要因素是劳动者,这对于他大有帮助),他所经营的这种农业不过是他和劳动者之间的一场残酷、顽强的斗争,在这斗争中,一方面,在他这方面,是不断的竭尽全力,要把一切都做到十全十美的理想境地,在另外一方面,则是一切听其自然。而且在这场斗争中,他看出尽管他这方面如何紧张,另一方面却是毫不努力或者甚至毫无目的,而得到的唯一结果是,工作进行得使任何一方都不满意,而很好的农具、很好的家畜和土地,对谁都没有益处地白白糟蹋了。主要是,花在这种事业上的精力还不只是徒劳无益，现在，这种事业的意义既已摊开在他眼前，他就不能不感到他努力的目的也都是毫无价值的。实际上，斗争是为了什么呢？他努力争取自己的每一个小钱（他不得不这样，因为他只要稍许放松一点，他就会没有钱去偿付劳动者的工资），而他们却只坚持要轻松愉快地干活，那就是说，照他们平常一样地劳动。为了他的利益，每个劳动者都应该尽量辛勤地劳动，而且劳动的时候，应该步步留神，竭力不要把簸谷机、马耙、打谷机弄坏，应该留神自己干的活。劳动者需要的则是尽可能快乐、常常休息、特别是漫不经心、无忧无虑地劳动。这个夏天，列文随时都看到这一点。他派人去割苜蓿做干草，他选定了长满杂草和莠草、不能留种的最坏的田地让给他们刈割，一次又一次地，他们尽割最好的苜蓿地，他们辩解说是管家要他们这样做的，而且说这会制成很出色的干草，这样来安慰他；但是他知道这只是由于那些地比较容易刈割之故。他派去了一架翻草机，翻了不到几行就坏了，因为坐在驾驶座位上，听着巨大的机翼在头上舞动，农民觉得很沉闷。而他们告诉他："不要担心，老爷，女人们马上就会把草翻好的。"几张犁实际上不能用了，因为农民在掉转犁头的时候，从来没有想到要把犁头提起，他使劲地把犁头扭转过去，折磨着马匹，毁坏了地面，而他们却要求列文不用担心。马自由自在地闯进了小麦田，原因是没有一个农民愿意做守夜人，虽然命令不要这样做，农民们还是坚决主张轮流守夜，而万卡，在劳动了整整一晚之后，睡着了，为了他的过失，他很后悔，说道："随您怎样处置我吧，老爷。"由于把牛放牧到再生的苜蓿地里，又不给牛水喝，他们糟蹋死了三头最好的小牛，而且怎样也不相信，牛是吃多了苜蓿死的。为了安慰他，他们告诉他，他的一位邻人三天里损失了一百一十二头家畜。这一切事情的发生，并不是谁对列文或者对他的农场怀着恶意；相反地，他知道他们都欢喜他，把他当做一位朴实的老爷（他们最高的赞辞）；但是这一切事情的发生，只是因为他们老想快乐地、无忧无虑地干活，而他的利益不仅与他们无关，难于为他们理解，而且是注定和他们的正当要求相抵触的。老早以前，列文就已不满意自己对农事的态度。他看到他的小舟有了漏洞，但是也许是要故意欺骗自己吧，他并没有找到而且也不去寻找那漏洞，但是现在他再也不能欺骗自己了。他所经营的农业，对于他不仅没有了吸引力，而且使他觉得讨厌，他对它已不再感兴趣。

现在又加上基蒂·谢尔巴茨卡娅在离他仅仅三十里的地方，他想要和她见面，却又不能。达里娅·亚历山德罗夫娜·奥布隆斯卡娅，在他拜访她时，曾经劝他再来，向她妹妹重新求婚，而且她意思之间好像现在她妹妹一定会接受他的要求。列文自己看到基蒂·谢尔巴茨卡娅的时候，也感到他爱着她；但是知道她在奥布隆斯基家里的时候他却不能到那里去。他向她求过婚，而她拒绝了他，这件事，就在她和他之间设下了一道难于逾越的障碍。"我不能够仅仅因为她不能够做她所爱慕的男人的妻子，就要求她做我的妻子。"他自言自语，想到这个就使他对她感到冷淡和敌意。"我和她说话不可能不带责备的意思；我看到她不由得会怨恨；她也只会更加憎恶我，这是一定的。而且，现在在达里娅·亚历山德罗夫娜对我说了那些话以后，我怎么能够去看她们呢？难道我能不表示我明白了她告诉我的话吗？而我要宽宏大量地饶恕她，可怜她！我要在她面前扮演一个饶恕她、把我的爱情赏赐给她的角色！达里娅·亚历山德罗夫娜为什么告诉我那些话呢？也许我可以偶然会见她，这样一来，一切都会自然而然的；但是，现在不可能了，不可能了！"

达里娅·亚历山德罗夫娜给他写了一封信，向他借一副马鞍给基蒂用。"人家告诉我，您有一副女用的马鞍，"她信上写着，"我希望您亲自给我们送来。"

这是他所不能忍受的。一个聪明体贴的女人怎么可以使她妹妹处于这样一种屈辱的境地呢！他写了十次字条，都撕了，就把马鞍送了去，没有附回信。说他会去是不可能的，因为他不能去；说他因事不能抽身，或是他要离开这里了，所以不能来，那就更糟。他没有回信，而且带着一种好像做了什么丢人的事一样的心情，把马鞍送去了；他把他感到厌烦的一切农事交给了管家，第二天，他就出发到一个遥远的县去看望他的友人斯维亚日斯基，这位友人的邻近有许多极好的松鸡出没的沼泽，他最近还来过信，要求他履行到他家里去小住的诺言。在苏罗夫斯克县有松鸡出没的沼泽，早就吸引了列文，但是由于田庄上的事务缠身，他一直拖延着没去拜访。现在他很高兴离开谢尔巴茨基家的邻近，主要是摆脱农事，尤其高兴的是去打猎，那在他烦恼的时候常常成为他最好的安慰。

25

去苏罗夫斯克县，没有铁路，也没有驿马，于是列文就乘他自己的旧式四轮马车去了。

在半路上，他为了喂马，停在一个富裕的农民家。一位长着浓密的、在两颊上变花白了的红颊须，秃头，满面红光的老人打开大门，把身子紧贴在门柱上，让三驾马车通过去。老人指点马车夫到院子里一间披屋里去，——那院子是新修的，宽大、干净而又整齐，院里摆着一些烤过了的木犁，——然后请列文走进客房。一个赤脚穿着套鞋、服装清洁的少妇正在擦洗新门廊的地板。她被跟在列文后面跑进来的狗吓了一跳，发出一声尖叫，但是当她听说狗不会咬人的时候，她立刻就因为自己的惊慌失措而发笑起来。用她裸露的手臂把通到正房的门指给列文,她又弯下腰去,掩藏起她美丽的脸,继续擦洗着。

"您要茶炊吗?"她问。

"好的,麻烦你了。"

正房很宽敞,有一个荷兰式火炉,一个隔扇。在圣像下面摆着一张绘着花样的桌子、一条长凳和两把椅子。靠近门口,有一个摆满了杯盘的食器橱。百叶窗关上了,苍蝇很少,房间是这样清洁,使得列文很担心那一路跑来,而且在泥水里洗过澡的拉斯卡会弄脏地板,他吩咐它在门边角落里卧下。在正房里环视了一遍之后,列文走到后院。穿套鞋的漂亮少妇挑着两只摇晃的空桶,在他前面跑到井边去打水。

"快一些,我的姑娘!"老人愉快地向她叫着,而后走到列文面前。"哦,老爷,你是到尼古拉·伊万诺维奇·斯维亚日斯基那里去的吗?那位老爷也常常到我们这里来的。"他把胳膊肘支在台阶的栏杆上,开始闲谈起来。

在老人谈到他和斯维亚日斯基的交情时,大门又轧轧地响了,干活的人们拉着木犁和耙从田间走进院子。套在犁和耙上的马匹又光泽又肥壮。干活的人们显然是这一家的人;两个穿印花布衬衫、戴便帽的年轻人,其他两个是雇工,都穿着麻布衬衫,一个是老头,一个是年轻人。老人从台阶走下,走到马匹前面,开始卸马。

"他们犁什么田?"列文问。

"在犁马铃薯田。我们也租了一小块地哩。费多特,不要牵出那匹阉马,把它牵到马槽那里去吧,我们把另外一匹套上。"

"啊,爹,我要的犁头拿来了吗?"那高大健壮的汉子问,他显然是老人的儿子。

"在那里……在门廊里,"老人一面回答,一面把他解下的缰绳缠绕起来,投在地上,"趁他们吃饭的时候,你可以把犁弄好。"

漂亮的少妇肩上挑着满满两桶水走进门廊。更多的女人从什么地方走了出来,年轻美貌的、中年的、又老又丑的、带小孩的和没有带小孩的。

茶炊开始发出咝咝的响声;雇工们和家里的人安顿好马匹,进来吃饭了。列文从马车里取出食物,请老人和他一道喝茶。

"哦,我今天已经喝过了。"老人说,显然很愉快地接受了邀请,"但是再陪您喝一杯吧。"

喝茶的时候,列文探听到老人农庄的全部历史。十年前,老人从一位女地主手里租了一百二十亩地,去年干脆就买了下来,另外还从邻近一位地主手里租了三百亩地。他把一小部分土地——最坏的部分——租了出去,自己全家和两个雇工种了四十亩地。老人诉说他境况不佳。但是列文明白,他这样抱怨,不过是出于礼貌的关系,而他的农场状况是繁荣的。要是他的境况真不好,他就不会以一百零五卢布一亩的价钱买进土地,他就不会给他的三个儿子和一个侄儿都娶了妻,也不会遭了两次火灾以后重新修建房屋,而且建筑得越来越好了。不管老人怎样诉苦,但是显然他是在夸耀,合乎情理地夸耀他的富裕,夸耀他的儿子们、他的侄儿、他的媳妇们、他的马匹和母牛,特别是夸耀他把这一切农事经营得很好。从他和老人的谈话中,列文看出来他也并不反对新式方法。他种了许多马铃薯,而他的马铃薯,像列文坐车走过的时候所看到的,已经开过了花,正在结果,而列文的却刚刚开花。他用一架从邻近一位地主那里借来的新式步犁来耕马铃薯地。他种了小麦。在筛黑麦的时候,老人把筛下的麦屑留着喂马,这件细小的事特别打动了列文。多少次列文眼看着这种很好的饲料被糟蹋了,竭力收集起来,但总是不可能。这位农民却办到了,他对于用这个来做家畜饲料,真是不胜赞赏。

"娘儿们做什么呢?她们把它包好送到路边,大车就把它运走了。"

"哦,我们地主拿雇工真是没有办法哩。"列文说,一边递给他一杯茶。

"谢谢你。"老人说,接了茶杯,但是指着他咬剩的一块糖,[①]他谢绝了再在茶里加糖。"你怎么可以靠雇工干活呢?"他说,"那简直是糟透了!比方,看斯维亚日斯基家吧,我们知道他的土地是怎样的土地——黑得像罂粟籽,但却没有什么值得夸耀的收获。照顾不够——就是这样!"

"但是你不也是用雇工耕种土地吗?"

"我们干的是农活儿。一切事情我们都亲自动手。要是雇工不中用,他可以走;而我们可以亲自来做。"

"爹,费诺根要一点柏油。"穿套鞋的少妇走进来说。

"就是这么回事,老爷!"老人一边说,一边站起身来,一连在自己身上画了好几次十字,他向列文道了谢,就走出去了。

当列文走进厨房去叫他的马车夫时,他看见全家都在吃饭。女人们站在那里侍候他们。年轻力壮的儿子口里含满麦粥正在说什么笑话,他们都在笑,正在把菜汤倒在碗里的、穿套鞋的少妇笑得最快活。

这个农家给列文一种幸福的印象,这同那位穿套鞋的少妇的美丽面孔大概很有关系;这个印象是这样强烈,使列文永远不能忘记。从老农民的家到斯维亚日斯基家的路上,他尽在回想着这个农家,好像在那印象里面有什么东西特别引起他注意似的。

[①] 俄国农民为了节约,轻易不在茶里放糖,而只拿着一块糖,一边喝茶,一边嚼着。

26

斯维亚日斯基是他那一县的贵族长。他比列文大五岁,而且早结了婚。她的姨妹,列文非常喜欢的一个少女,住在他家里。列文知道斯维亚日斯基夫妇非常希望这个姑娘和他结婚。他确切地知道这点,正像所谓合格的年轻人一样地知道,虽然他决不会向任何人说起这事;并且他也知道,虽然他很想结婚,虽然无论从哪方面看来,这位极有魅力的少女一定可以成为一个很好的妻子,但是他要和她结婚,纵令他没有爱上基蒂·谢尔巴茨卡娅,也还是和飞上天一样不可能。意识到这点,他希望由访问斯维亚日斯基而得到的快乐就减色了。

在接到斯维亚日斯基邀请他去打猎的信的时候,列文立刻想到了这点;虽然如此,他还是断定,以为斯维亚日斯基对他有这种意思,不过是他自己毫无根据的猜想,因此他还是要去。况且,在内心里,他想考验一下自己,再估量一下自己对这个少女的感情。斯维亚日斯基的家庭生活是极为愉快的,而斯维亚日斯基本人,是列文所认识的地方活动家的模范人物,而且他总觉得他是一个非常有趣的人。

斯维亚日斯基是那种经常使列文惊奇的人物之一,那些人的见解虽然不是独创的,却是合乎逻辑的,独自发展的,而他们生活的方向是坚定不移的,与他们的见解大相径庭,而且差不多总是背道而驰。斯维亚日斯基是一个极端的自由主义者。他蔑视贵族,而且相信大多数贵族暗地里都拥护农奴制,仅仅由于胆怯才没有把他们的意见公开表示出来。他把俄国看成像土耳其一样衰亡的国家,而且把俄国政府看得那样坏,以致他觉得不值得认真地去批评它的作为;但他却仍然是那个政府的官吏,而且是一位模范的贵族长,当他乘车出门的时候,他总是戴着缀着帽章和红帽箍的制帽。他认为人类的生活只有在国外才勉强过得去，而且只要一有机会他就出国；同时，他也在俄国实行一种复杂的、改良的农业经营方法，而且带着极大的兴趣注视着和了解俄国所发生的一切事情。他认为俄国农民是处在从猿到人的进化阶段，同时，在县议会上，没有人比他更愿意和农民握手，倾听他们的意见。他不信仰上帝，也不相信魔鬼，但又非常关心改善牧师的生活和维持他们的收入的问题，而且特别尽力保存他村里的教堂。

在妇女问题上，他站在极端派一方面，主张妇女绝对自由，特别主张她们拥有劳动权利；但是他和他的妻子过着这样一种生活，他们那恩爱的、没有小孩的家庭生活使得谁都羡慕，而且他这样安顿他妻子的生活，使得她除了和她丈夫共同努力尽可能地过得快乐和舒适以外，她什么也不做，而且什么也不能做。

要是列文没有往好处想人的特性的话，那么斯维亚日斯基的性格是不会使他感到大惑不解或疑问的。他会对他自己说："不是傻子就是坏蛋。"而一切就都明明白白的了。但是他不能说他是傻子，因为斯维亚日斯基无疑不仅是个聪明人，而且是教养很高，又十分朴实的人，没有一个问题他不知道；但是除非万不得已，他决不炫耀他的学识。列文更不能说他是坏蛋，因为斯维亚日斯基无疑是一个正直、善良、聪明的人，他愉快地、热心地、不屈不挠地从事他的工作；他受到周围所有人的尊敬，而且的确从来没有蓄意做过，而且也决不会做什么坏事。

列文竭力想理解他，却又理解不了，他看待他和他的生活，始终像看待一个真正的谜一般。

列文和他非常要好，因此列文常常大胆地去试探斯维亚日斯基，竭力想要寻究出他人生观的根底；但却总是徒劳。每当列文竭力想从斯维亚日斯基那向所有人都敞开着的心房的接待室再深入一步的时候，他总看到斯维亚日斯基显得有点狼狈。他脸上显出隐约可辨的惊慌神色，好像他害怕列文会看破他，于是他就愉快地婉言拒绝。

现在，在列文对于农事感到失望以后，他特别高兴到斯维亚日斯基那里去。且不说看见这一对待在舒适的安乐窝里、对己对人都心满意足的幸福夫妇，总给予列文一种愉快的感觉，现在正当他对自己的生活感到这样不满的时候，他就更渴望找到使斯维亚日斯基这样开朗、干脆和愉快的秘诀。此外，列文还知道在斯维亚日斯基家里，他会遇到许多邻近的地主，现在听听和谈谈关于收成、雇农的工资等等农事上的话题，对于他是特别饶有兴趣的，他知道这种谈话照例被认为是非常庸俗的，但是现在在他看来却是一个重要的话题。"也许这在农奴制时代并不重要，在英国也不重要。在那两种情况下，农业的条件已经确定了；但是现在，在我们这里，当一切都已颠倒过来，而且刚刚开始形成的时候，这些条件会采取怎样一种形式的问题，倒是俄国的一个重要的问题。"列文想着。

结果打猎并不像列文预期的那样好。沼泽干了，而且差不多完全没有松鸡。他到处走了一整天，仅仅打到三只，但是另一方面，正像他平常打猎回来一样，他带回来旺盛的胃口、愉快的心情和那种总是伴随着剧烈的体力运动而来的兴奋的精神状态。在打猎当中，当他好像什么都不想的时候，忽然回想起那位老人和他的家庭，他们留下的印象好像不仅要求他注意，而且要求他解决似乎和他有关的问题。

傍晚喝茶的时候，座上有两个为了监护权的事情而来的地主，于是列文所期望的有趣谈话开始了。

列文坐在茶桌旁的主妇旁边，他不得不同她和正坐在他对面的她的妹妹谈话。斯维亚日斯基夫人是一位圆脸、金发、娇小、面带笑容和酒靥的女人。列文竭力想通过她找到解决她丈夫在他心中引起的重大疑团；但是他没有充分思索的自由了，因为他感到非常局促不安。这种局促不安是因为那位姨妹正坐在他对面，身穿一件领口开成四方形的衣服，露出雪白的胸脯，列文简直觉得她是特意为他穿的。虽然她的胸脯是这样白，或者正因为这样白的缘故，这个四方形使列文失掉了思想的自由。他想象，也许是想错了，这个领口是特意为他开的，他感到他没有权利看它，于是竭力不去看它；但是他又感到领口开成这样，仿佛是他的过错似的。列文感到好像他欺骗了谁，好像他必须有所说明，但又不能说明，因此他不断地涨红了脸，局促不安。他的不安也传染给美丽的姨妹了。但是主妇却装做没有注意的模样，尽在故意地引她参加谈话。

"您说，"她接着已经开始的话题说下去，"我丈夫对于俄国的事情都不感兴趣。事实上恰恰相反，他在国外固然很快活，但是并不像他在这里一样。在这里，他感到他适得其所，他有许多事要做，他具有对一切都感兴趣的才能。啊，您还没有看见我们的学校吧？"

"我看见了……是那所长满常春藤的小房子，是不是？"

"是的，那是娜斯佳的工作。"她指着她的妹妹说。

"您自己在那里教书吗？"列文问，竭力想忽视她的裸露的脖颈，但是感觉到他无论望着哪个方向，他都看得见它。

"是的，我自己在那里教过书，而且还在教，但是现在我们有了一个第一流的女教师。我们已经开始做体操了。"

"不，谢谢您，茶不要了。"列文说，虽然意识到这样做是无礼的，但却不能继续谈下去，他红着脸，站了起来。"我听他们那边正在谈有趣的事哩。"他补充说，就走到斯维亚日斯基和邻近的两位绅士坐的那张桌子的另一端。斯维亚日斯基侧身坐在桌旁，一只胳膊搁在桌上，一只手转动着杯子，用另一只手捻拢胡须，把它送到鼻边，然后又让它垂下，好像他在嗅它一样。他明亮的黑眼睛直盯着那位留着灰色胡髭的兴奋的地主,显然他觉得他的话很有趣。那地主正在抱怨农民,列文看得很明白:斯维亚日斯基本来知道怎样驳斥这位地主的抱怨,他可以立刻粉碎对方的整个论点,不过处在他的地位上,他不能够把这样的回答说出来,于是不无乐趣地倾听着地主的可笑谈话。

这位留灰色胡髭的地主显然是一个顽固的农奴制拥护者,一个终生住在乡下的热心农业家。列文在他的服装上,在他那显然是不常穿的旧式的穿旧的外衣上,在他那精明愁闷的眼神里,在他那条理分明、流利的俄语上,在他那久而久之形成习惯的专横的语调上,以及在他那无名指上戴着一枚旧的订婚戒指、被太阳晒黑了的粗大通红的手的坚决的动作上,看到了这种种特征。

27

"只要我舍得把已经开办的事情……已经花了那么多气力的事情……全部抛弃的话,我真愿意把一切抛弃,卖掉,然后像尼古拉·伊万内奇那样一走了之……去听《爱莲娜》去。"地主说,一丝愉快的微笑使他精明的老脸容光焕发了。

"但是您看,您还没有把它抛弃,"尼古拉·伊万诺维奇·斯维亚日斯基说,"可见其中一定有好处。"

"唯一的好处是我住着自己的房子,不是买的,也不是租的。此外,人总希望农民会变得聪明一点。可是,相反,说起来您真不会相信——只有酗酒、淫乱!他们尽在把他们小块的土地重新分来分去,没有一匹小马或一只小牛的影子。农民在饿死,但是去请他做雇工吧,他会竭力跟您捣乱,结果还到调解法官面前去告您。"

"但是您也可以到调解法官那里去控告呀。"斯维亚日斯基说。

"我去控告？我才不干呢！那只会惹出许多是非，叫人后悔莫及。譬如，在工厂里，他们预支了工钱，就逃走了。调解法官拿他们怎么办？还不是宣告他们无罪。只有地方裁判所和村长维持着一切。他们按旧式方法鞭打他们！要不是那样，那就只有抛弃一切！逃到天涯海角去了！"

很明显的，地主是在嘲弄斯维亚日斯基，但是斯维亚日斯基不仅没有生气，反而觉得很有趣。

"但是您看，我们管理我们的土地并没有用这种办法，"他微笑着说，"列文，我，还有他。"

他指着另外那个地主。

"是的，米哈伊尔·彼得罗维奇的事业在进展，但是问问他是怎样个情形吧？您说那是合理的方式吗？"地主说，显然是在炫耀"合理的"这个字眼。

"我的经营方式很简单，"米哈伊尔·彼得罗维奇说，"谢谢上帝。我的经营方式就是准备好秋天纳税的款子。农民们跑到我面前来说：'亲爷爷，好主人，帮助帮助我们吧！'哦，农民都是我们的邻人，我们可怜他们。所以，我替他们垫付了三分之一的税款，却说道：'记着，孩子们，我帮助了你们，当我需要的时候，你们得帮助我——不管是种燕麦，或是割草，或是收获的时候。'就这样，我们讲好每一家纳税人干多少活——可是他们中间也有不可靠的人，这是真的。"

早已熟悉了这种家长式方法的列文，和斯维亚日斯基交换了一下眼色，打断了米哈伊尔·彼得罗维奇的话，又转向留着灰色胡髭的地主。

"那么您以为怎样？"他问，"现在我们应该用什么方法经营呢？"

"哦，像米哈伊尔·彼得罗维奇一样经营，把土地租给农民，或者平分收获物或者收租金；可以这样做——不过就是这种方法使国家的总财富受到损失。用农奴的劳动和良好的管理可以产生九分收成的土地,用收获平分制就只会有三分。俄国已经给农奴解放毁了!"

斯维亚日斯基用含着笑意的眼睛望着列文,而且甚至对他使了一个轻微的讥讽的手势;但是列文并不觉得这位地主的话是可笑的,他对于他的话,比对于斯维亚日斯基的话了解得更清楚。灰色胡髭的地主继续说了许多话,为的是要指出俄国是怎样被农奴解放毁了,这些话他甚至觉得非常正确,在他听来是很新颖的,而且是不可争辩的。这位地主无疑地说出了他个人的思想,——这是难得的事情,这种思想,并不是由于他想要替什么也不想的脑筋找点事干而产生出来的,而是从他的生活环境中产生出来的,在他村居的孤寂生活中冥思苦想过,而且从各方面考虑过的。

"问题在于,您知道,一切的进步都是由于运用权力而造成的,"他说,显然想要表示他并不是没有教养的,"试看彼得大帝、叶卡捷琳娜、亚历山大的改革吧。试看欧洲的历史吧。农业方面的进步更是这样——比方马铃薯,就是强制地移植到我国来的。木犁也不是从来就使用的。这也许是在封建时代输入的,但是这大概也是强制输入的。现在,在我们自己这个时代,我们地主,在农奴时代,在我们的农业上曾使用过各种各样的改良设备:烘干机、打谷机、运肥机和一切农具——一切都是运用我们的权力输入的,农民们最初反对,后来就模仿我们。现在因为废除了农奴制,我们被剥夺了权力;因此我们的已经提到高水平的农业,不得不倒退到一种最野蛮最原始的状态。这就是我的看法。"

"但是为什么会这样呢?如果这是合理的,那么,就雇人劳动,您还是可以这样经营的呀。"斯维亚日斯基说。

"我们没有权力了。请问我靠谁去这么经营呢?"

"正是这样——劳动力是农业中的主要因素。"列文心里想。

"靠雇工们。"

"雇工不肯好好地干活,而且不肯用好农具干活。我们的雇工只会像猪一样地喝酒,而且当他喝醉,他会把你给他的工具通通毁坏掉。他把马饮伤了,弄坏很好的马具,用车轮胎去换酒喝,让铁片落到打谷机里面,把它破坏。凡是他不能理解的东西,他看了就厌恶。这就是整个农业水平低落的缘故。土地荒废了,长满了莠草,或者是给农民瓜分了,本来可以收获上百万的土地,你只收到几十万;国家的财富减少了。同样一件事只要稍加考虑……"

于是他开始阐述他设想的农奴解放的方案,根据他的方案这些缺陷都可以避免。

这个引不起列文的兴趣,但是当他说完了,列文又回到他最初的话题上,转向斯维亚日斯基说,竭力想引他发表他的真实意见:

"农业的水平在低落下去,而且以现在我们和农民的这种关系,要用一种可以产生利益的合理方式去经营农业是不可能的,这是实实在在的。"他说。

"我不这样认为,"斯维亚日斯基非常认真地回答,"我看到的只是我们不知道怎样耕种土地,而在农奴制时代我们的农业水平并不是太高,而是太低。我们没有机器,没有好牲口,管理不当,我们甚至连怎样记账也不知道。随便问问哪一个地主吧;什么是有利的,什么是没有利的,他都说不上来。"

"意大利式簿记法!"灰色胡髭的地主讥刺地说,"你可以随便记账,但是如果他们把你的东西都毁坏了的话,那你什么利益也得不到的。"

"为什么他们会毁坏东西呢?一架蹩脚的打谷机,或是您的俄国式压榨机,他们会毁坏,但是我的蒸汽机他们就不会损坏了。可怜的俄国马,您怎么叫的呢?……那种牲口您得揪着它的尾巴走,那种马他们会糟蹋，但要是荷兰马或是别的好马，他们就不会糟蹋了。所以问题就在这里。我们应该把我们的农业提到更高的水平。"

"啊，只要花费得起就好了，尼古拉·伊万内奇！这对于您倒是很合适的，但是我，要供一个儿子上大学，小的儿子们在中学读书——因此我可买不起贝尔舍伦马载重。"

"在这种情况下我们有银行啊。"

"结果您要我把剩下的东西通通拍卖掉吗？不，谢谢您！"

"我不同意说农业水平有再提高一步的必要或可能，"列文说，"我正从事这件事，而且我也有本钱，但是我却什么也做不出来。至于银行，我真不知道它对谁有好处。至少我个人在农业上花去的钱结果都是损失：家畜——是损失，机器——是损失。"

"这是千真万确的。"灰色胡髭的地主附和着说，满意得笑出来了。

"而且不只我是这样，"列文继续说，"我和那些用合理方式经营土地的所有邻近的地主来往；除了少数例外，他们这样做，都遭受了损失。哦，告诉我们，您的土地怎么样——得到利益吗？"列文说，他立刻在斯维亚日斯基的眼神里觉察出，每逢他想要从斯维亚日斯基的心房外室再深入一步时，所看到的那种转瞬即逝的惊愕表情。

而这个质问，在列文方面，并不是十分诚意的。斯维亚日斯基夫人刚才在喝茶的时候告诉过他，他们今年夏天从莫斯科请了一个德国簿记专家来，他得到五百卢布的报酬，核算了他们的全部财产，发现他们损失了三千多卢布。确数她不记得了，但是那个德国人似乎连一分一毫都计算了的。

听到提起斯维亚日斯基农业的收益，灰色胡髭的地主微微一笑，显然他知道他的邻人兼贵族长大概得到了多少利益。

"也许不合算，"斯维亚日斯基回答，"那也不过是证明我要么是一个拙劣的农业经营家，要么证明我把资金浪费在增加地租上了。"

"啊，地租！"列文惊异地叫着，"地租在欧洲也许会有，在那里，土地由于花在它上面的劳动已经改良了；但是在我们这里，土地却因为花在它上面的劳动而一天天贫瘠下去——换句话说，耗尽地力；所以，谈不到地租。"

"怎么谈不到地租呢？这是规律。"

"那么我们与规律无关；对于我们地租可说明不了什么问题，反而扰乱了我们。不，告诉我，怎么会有地租这套理论……"

"你们要吃点凝乳吗？玛莎，给我们拿些凝乳或者马林果来。"他转向他的妻子说，"今年的马林果结得特别晚。"

然后，斯维亚日斯基怀着最愉快的心情站了起来，走开了，显然，正在列文觉得这场谈话刚刚开始的时候，他却以为这场谈话已经终结了。

失掉了对手，列文继续和灰色胡髭的地主谈话，竭力想对他证明，一切困难都是由于我们不了解我们的劳动者的特性和习惯而来的；但是这位地主，正和所有与世隔绝、独立思索的人一样，理解人家的意见很迟钝，而且特别固执己见。他坚持说，俄国农民是猪，贪恋猪一样的生活，要把他从猪一般的处境中拯救出来，一定要有权力，而现在却没有；一个人一定要有一条鞭子，而我们变得这样自由了，使得我们突然用律师和模范监狱代替了使用过一千年的鞭子，而在监狱里，还给不中用的、身上散发恶臭的农民吃很好的汤，而且还计算出来给他几立方尺的空气。

"您为什么认为，"列文说，竭力想回到原来的话题上去，"要找到这样一种对劳动者的关系，使劳动产生很高的生产率，是不可能的呢？"

"就俄国农民来说，永远不能这样！我们没有权力。"地主回答。

"怎样才能找得到新的条件呢？"斯维亚日斯基说，吃了一些凝乳，点上一支香烟，他又来参加争论了。"对于劳动力的一切可能的关系，都已经确定了，而且是经过研究的，"他说，"野蛮时代的残余，连环保的原始公社自然而然地消灭了，农奴制被废除了，剩下来的只有自由劳动；而它的形式是固定了的、现成的、非采用不可的。长工，日工，佃农——不外乎这些形式。"

"但是欧洲对于这些形式已经感到不满了。"

"不满了，正在探求新的。而且多半会探求出来的。"

"那正是我所要说的，"列文说，"为什么我们自己不探求呢？"

"因为这正和重新发明铁路建筑法一样。它们本来是现成的、早已发明了的。"

"但要是它们不适合我们使用，要是它们并不高明呢？"列文说。

他又在斯维亚日斯基的眼神里觉察出惊愕的神情。

"啊，这样我们真要目空一切了，我们居然探索出欧洲正在探索的东西！这套话我听够了，但是，对不起，您知道关于劳动组织问题在欧洲取得的一切成就吗？"

"不，不大知道。"

"这个问题现在引起欧洲最优秀的思想家们的注意。舒尔兹·杰里奇①派……还有极端自由主义的拉萨尔②派论劳动问题的浩瀚著作……米尔豪森制度③——这一切都已成为事实，您大概也知道吧。"

---

① 舒尔兹·杰里奇(1808—1883)，德国经济学家和政治家。储蓄信贷银行和独立合作社组织的创办人，他认为这可以调和工人和雇主的阶级利益。

② 拉萨尔(1825—1864)，德国小资产阶级社会主义者，"全德工人联盟"的创办人。他以得到政府支持的生产会社来对抗舒尔兹·杰里奇的独立的合作社组织。在这个基础上他和俾斯麦发生联系。"拉萨尔派"在工人问题上和普鲁士君主制度公开结盟。

③ 米尔豪森制度，工厂主多尔富斯在米尔豪森(法国亚尔萨斯的城市)创办的"关心改善工人生活协会"建造房屋，由工人用分期付款的方法购用。多尔富斯的"协会"是带有慈善目的的商业企业。它没有解决，也不可能解决工人问题。

"我稍微知道一点,不过很模糊。"

"不,您只是这么说罢了;无疑的,关于这一切您知道得和我一样清楚。自然,我不是一个社会学教授,但是这使我感兴趣,而且实在的,要是您也感兴趣的话,您应该研究研究。"

"但是他们得出什么结论呢?"

"对不起……"

两位地主立起身来了,斯维亚日斯基又一次制止住列文想要窥看他内心深处那种令人不快的习惯,就去送客去了。

28

列文那天晚上和女士们在一起,感到十分厌烦;他想到,他对于他的农业经营所感到的不满并不是特殊情形,而是俄国的普遍情况;他想到,要调整劳动者对于土地的关系,使他们劳动起来,能够像在他到斯维亚日斯基家的路上所遇见的那个农家干活一样,这并不是梦想,而是一个需要解决的问题,他想到这些,就比以前任何时候都激动。在他看来,这问题是可以解决的,而他应该试着去解决。

向女士们道过晚安并且答应了明天再留一天,好和她们一道骑马到皇家树林去游览一处有趣的古迹,列文在就寝以前走到主人的书房,去拿斯维亚日斯基介绍给他的、关于劳动问题的书籍。斯维亚日斯基的书房是一个大房间,四围摆着书架,中间有两张桌子,一张是摆在房间中央的大写字台,另外一张是圆桌,上面摆满了各种文字的新出版报纸和刊物,在一盏灯的周围,像一颗星的光线一样排列着。在写字台旁有一个抽屉架,上面标着金字,里面装满各种各样的文件。

斯维亚日斯基取出书来，就在一把摇椅上坐下。

"您在那里看什么？"他对站在圆桌旁边翻看杂志的列文说。

"哦，是的，那里面有一篇很有趣味的论文。"斯维亚日斯基说的是列文手里拿着的那本杂志。"看来好像，"他兴致勃勃地补充说，"瓜分波兰的罪魁祸首根本不是腓特烈。原来……"

于是，以他所特有的明快语言，他概括地述说了那些新颖的、非常重要的有趣发现。虽然这时列文一心想着农业经营问题，但当他听到斯维亚日斯基的话，他暗暗问自己："他心里藏了些什么呢？而且为什么，为什么他对于瓜分波兰的问题会感兴趣呢？"当斯维亚日斯基说完了的时候，列文忍不住问："哦，那么怎样？"可是并没有下文。他有兴趣的只是"原来"是怎样怎样。但是斯维亚日斯基并没有说明，而且认为不必要说明，这为什么引起他的兴趣。

"是的，但是我对那位容易动气的邻人倒非常感兴趣。"列文说，叹了口气，"他是一个聪明的家伙，而且说了不少真话哩。"

"啊，算了吧！一个隐蔽的顽固不化的农奴制拥护者，像他们所有的人一样！"斯维亚日斯基说。

"您是他们的头领呀！"

"是的，不过我是把他们领向另外的方向罢了。"斯维亚日斯基说着，大笑起来。

"使我非常感兴趣的是，"列文说，"他说的对，他说我们的方法，就是说我们的合理的农业经营行不通，唯一行得通的是像那位温和的地主所推行的那种放债方法，或是索性最简单的方法……这是谁的过错呢？"

"当然，是我们自己的。可是，说这行不通，这话是不对的。瓦西里奇科夫就行通了。"

"一个工厂……"

"但是我实在不明白什么使您那么惊异。农民无论是在物质或是精神方面都处在这样低的发展阶段上,他们对于一切他们觉得新奇的设施都要反对,这是很明显的。在欧洲,合理的经营方法行得通,就因为农民受了教育;因此,我们必须教育农民——就是这样。"

"但是我们怎样去教育人民呢?"

"要教育人民,有三件东西是必要的:第一是学校,第二是学校,第三还是学校。"

"但是您自己刚才说过,农民是处在这样低的物质发展阶段上,学校有什么效用呢?"

"你知道吧,你使我想起了一个忠告病人的笑话:'你该试一试泻药。''试了,更坏。''试一试水蛭吧。''试了,更坏。''哦,那么,除了祷告上帝再没有别的办法了。''试了,更坏。'我们现在也是一样。我说政治经济学,您说——更坏。我说社会主义,您说——更坏。教育,——更坏。"

"但是学校有什么好处呢?"

"学校供给农民另外的需要。"

"哦,这正是我始终不理解的,"列文激昂地回答,"学校怎么会帮助农民改善物质状况呢?你说学校和教育会供给他们新的需要。那更糟,因为他们没有能力满足这些需要。加减法和教义问答的知识怎么样改善他们的物质状况,这我始终不明白!前天傍晚时候,我碰到一个抱着婴孩的农妇,我问她到什么地方去。她说她要到女巫那里去;她的孩子有好啼哭的病,因此,她带他去诊治。我就问:'女巫怎么医治好啼哭的病呢?''她把孩子放在鸡笼上面,口里念句什么咒语……'"

"哦,您正好回答了自己的问题!要阻止她把孩子放在鸡笼上去医治他好啼哭的病,这就需要……"斯维亚日斯基说,愉快地微笑着。

"啊，不！"列文烦恼地说，"我只不过觉得这种医治方法与用学校医治农民很相似罢了。农民是贫困而且无知的，这一点我们了解得和那个农妇看到孩子啼哭就知道他有病一样确切。但是，学校怎样治疗这种贫困和无知的病，恰恰和鸡笼怎么可以医治好啼哭的病一样不可理解。需要医治的是农民贫困的原因。"

"哦，至少在这一点上，您和您那么不喜欢的斯宾塞①是意见一致的；他也说，教育可能是更大的生活福利和安适的结果，是像他说的更勤的洗涤的结果，然而并非是由于能够读书和计算……"

"哦，我居然和斯宾塞意见一致，这倒使我十分高兴，或者相反地，十分遗憾；不过这一点我早就知道了。学校没有用，有用的是一种可以使农民更富裕、更悠闲的经济组织。这样一来，学校就自然而然会有的。"

"可是，现在在全欧洲学校都是义务的。"

"在这点上您自己怎么会同意斯宾塞的意见呢？"列文问。

但是在斯维亚日斯基的眼睛里闪烁了一下惊异的神情，他微笑着说：

"不，那个治好啼哭病的故事好极了！真是您亲耳听到的吗？"

列文看出他简直发现不了这个人的生活和思想之间的联系。显然，他的论断会得出什么结论，他是毫不在乎的；他需要的只是推论的过程。而当议论的过程把他引进了一条死胡同的时候，他就不喜欢它了，那是他唯一不欢喜的东西，他总是把话题转到什么愉快有趣的事情上去，这样避而不谈它。

从在路上遇见的老农民所给予他的印象起，那个印象成为这一天的全部印象和思想的基础，这一天所有的印象都使列文非常兴奋。

---

① 斯宾塞(1820—1903)，英国资产阶级哲学家和社会学家。这里斯维亚日斯基是指斯宾塞的文章《我们的教育是正确理解社会现象的障碍》。

这位善良可爱的斯维亚日斯基，他有许多思想只是为了应付社会用的，而且显然还有列文窥探不到的某些生活原则，同时当他和群众在一道的时候，他就用一些与他毫无关系的思想来指导社会舆论；还有，那位怨天尤人的地主，他说他被生活折磨的苦恼不堪，这话是十分对的，但是他对于俄国整个的阶级，而且是最好的阶级的愤慨，却是不对的；还有，不满意自己所做的工作，茫然地希望找到一种补救的办法——这一切都混合在内心的烦恼和期望迅速解决的心情中。

列文一个人住在给他准备的房间里，躺在他的手脚每动一下就意想不到地弹跳起来的弹簧垫褥上，他很久没有睡着。和斯维亚日斯基的谈话，虽然他说了许多聪明的话，却没有一次使列文感兴趣；但是那位地主的话倒是值得考虑的，列文不禁回想起他所说的每一句话，而且在想象中修正他自己的回答。

"是的，我应该对他说：您说我们的农业不行是因为农民憎恨一切改良，所以应该用权力强制他们接受；假使不改良农业就办不成的话，那么您说的话是对的。但是实际上只要农民按照自己的习惯劳动就准会成功的，就像我到这里来的路上所看到的那个老农民家那样。你们和我们都对农事感到不满，这证明过错不是在我们，就是在农民。我们采用我们的方式——欧洲的方式——已经很久了，而从没有考虑过我们的劳动力的性质。我们且不要把劳动力看做一种理想的劳动力，而把它看做具有自己本能的俄国农民，然后我们就按照这种情况来经营我们的农业。假定，我该对他这样说的，您像那位老农民那样经营农业，您找到了可以使得您的农民对于他们劳动的成果感兴趣的办法，而且找到了他们承认的改良方法，这样您就不会使土壤贫瘠下来，而得到您以前收获的两倍或三倍。把收成对半分，一半给劳动者；您剩下来的会多些，而劳动者所得到的也多些。为了要做到这一点，我们就要降低农业水平，使劳动者对农业的成果发生兴趣。至于怎样办？——这是一个涉及细节的问题，但是无疑这是能够办到的。"

这个念头使列文非常兴奋。他半夜没有睡着，仔细思量着如何实行他的这个想法。他本来不想第二天回去，但是现在他决心明天一早就动身回家。加上，穿着裸露脖颈衣服的姨妹在他心中引起了一种近似做了什么不体面的事而感到羞愧和悔恨的感觉。最重要的是他应该毫不延迟地回去；他得赶在冬麦播种以前，向农民们提出他的新计划，这样，播种就可以在一种新的基础上进行。他下决心改革他的整个农业经营方法。

29

列文的计划执行遇到了许多困难；但是他尽力而为，总算达到了一种结果，虽然不称心如意，却也足以使他毫不欺骗自己地相信这事是值得尽力的。主要的困难之一是农事正在进行，要使一切停顿下来，再从头开始，是不可能的，而只得在运转中调整机器。

在他到家的当天晚上，当他把他的主意告诉管家的时候，管家带着明显的高兴神情同意他那一部分话，就是承认以前所做的一切都是愚笨而不中用的。管家说他早就这样说过，但却不听他的话。可是对于列文的提议——就是主张他和农民同样以股东资格参加农业经营——对于这个，管家只显出一种大为失望的神色，没有表示任何肯定的意见，却立刻开始谈起明天急需运走剩下的黑麦捆和派人去锄第二遍地那些事情来；因此列文感到现在还不是讨论他的计划的时候。

在开始和农民谈起这事，提议按新的条件把土地租让给他们，他遭遇了同样的巨大困难;他们是这样忙碌地做每天的工作,他们没有余暇去考虑他提出的计划的利害得失。

那心地单纯的牧牛人伊万对于列文的提议——就是让他和他一家分享牧场的利益——似乎十分理解,而且完全同情这个计划。但是当列文向他提到将来的利益的时候,伊万的脸上就表露出惊异和歉疚,好像表示不能听完他要说的一切,就急急地替自己找出一件什么刻不容缓的工作:他或是拿起叉子去把干草从牲口棚里抛出来,或是跑去打水,或是去扫除牛粪。

另一个困难是农民绝对不相信地主除了想要尽量榨取他们以外还会有别的目的。他们坚信,他真正的目的(不管他对他们说些什么)总是秘而不宣的。而他们自己,在发表意见的时候,说了许多话,但也从来没有说出他们真正的心思。此外(列文觉得那位爱动怒的地主说得很对),农民们在订立任何契约的时候,总是把不要强迫他们采用任何新式耕种法,或是使用任何新式农具当作首要的坚定不移的条件。他们承认新式步犁耕得比较好,快速犁也耕得比较快,但是他们可以举出无数的理由,说明他们不能使用其中任何一种;虽然他已经确信不疑这样做他就得降低农业水平,可是抛弃那分明有利的改良方法,他又觉得可惜。但是尽管困难重重,他还是一意孤行,到秋天这个计划就开始实行,或者至少在他看来是这样。

最初列文想把整个农场依照新的合作条件,按照现状租给农民、雇工和管家;但是他立刻看出这是行不通的,于是就决定分散经营。畜牧场、菜园、果园、草场和分成几块的耕地,分别加以处理。心地单纯的牧牛人伊万,在列文看来,比谁都更理解这个计划,他成立了一个主要由他一家人组成的劳动组①,承担了畜牧场的管理工

---

① 劳动组,当时俄国流行的工人们的一种合伙分红的组织。

作。休耕了八年的一块遥远的荒地,靠着聪明的木匠费奥多尔·列祖诺夫的帮助,在新的合作条件之下,由六家农民承受下来;农民舒拉耶夫以同样的条件租下了所有的菜园。其余的土地还照旧法耕种,但是这三个组是新组织的基础,占据了列文全部的精力。

这是事实:畜牧场的情形并没有比以前略有起色,伊万激烈反对把母牛安顿到温暖的牛棚里,反对用新鲜乳酪做奶油,断言要是母牛放在冷处,饲料可以吃得少一点,而用酸乳酪做奶油更有利,而且他要求像过去一样付给他工资,对于他领到的钱不是工资,而是预付的一份赢利这一点,丝毫不感兴趣。

这是事实:费奥多尔·列祖诺夫那一组借口时间过于仓促,没有依照契约在播种以前把土地翻耕两次。这是事实:这一组的农民,虽然同意在新的条件之下耕种土地,并没有把土地看做大家的共有物,却当做是为了平分收获而租借来的,而且农民们和列祖诺夫本人就不止一次对列文说:"要是您收地租的话,您可以省掉麻烦,而我们也比较自由一点。"而且这些农民还借着种种的口实,把契约上规定了的在农场上建筑家畜场和仓库的事尽拖延下去,一直拖到冬天。

这是事实:舒拉耶夫只想把他租下的菜园分成小块租给农民。他显然完全误解了,而且很明显是故意误解了把土地租借给他的条件。

这也是事实:在他和农民们谈话,对他们说明计划的一切利益的时候,列文常常感到农民们只听了他说话的声音,而且下定决心,无论他说什么,他们决不上当。当他和农民中最聪明的列祖诺夫谈话的时候,他格外痛切地感到了这点;他在列祖诺夫的眼睛里觉察出一种光辉,那光辉那么明显地表示嘲笑列文的神情,表示出这样一种坚定的信心,好像是说,尽管有人上当受骗,但绝不是他列祖诺夫。

尽管如此,列文仍然觉得这个办法行得通,而且由于严格核算和坚持己见,他将来总会向他们证明这种办法的好处,那时,这办法就会自然而然地推行起来。

这些事情,加上农场上未了的事务,还有他在书斋内的著述工作,在整个夏天占据了列文的心,使他很少出去打猎。在八月末,他从那个送回女用马鞍的仆人口里听到奥布隆斯基一家人都到莫斯科去了。他感到由于没有回达里娅·亚历山德罗夫娜的信,由于这种他现在一想起来就要羞得脸红的无礼举动,他已经破釜沉舟,再也不会去看望她们了。他对于斯维亚日斯基家也是同样无礼:不辞而别。但是他再也不会去看望他们了。现在这些他都不在乎了。他的农业改造问题完全占据了他的心,他一生中再也没有比这更令他感兴趣的事情了。他又读了一遍斯维亚日斯基借给他的书,抄下他手头没有的材料,他又读了一遍有关这个题目的政治经济学和社会主义的书籍,但是,像他预料到的那样,找不到和他所着手的计划有关的资料。在政治经济学著作里,譬如在米勒①的著作里,他最早曾经以极大的热情研究过的,时时希望从中得到盘踞在他心头的许多问题的解答,他找到了从欧洲的农业状况得来的规律;但是他不明白这些不适用于俄国的规律为什么一定会具有普遍性。他在社会主义的书里也看到同样的情形:不论是在学生时代曾迷惑过他的那种美妙但不切实际的空想,或者是改良和补救欧洲经济状况的措施,都和俄国农业毫无共同点。政治经济学告诉他欧洲的财富过去和现在发展的规律,是普遍的、不变的。社会主义却告诉他,沿着这种路线发展只会引向灭亡。他,列文和所有的俄国农民和地主,怎样处理他们的千百万人手和千百万亩土地,使他

---

① 米勒(1806—1873),英国哲学家和社会学家。是当时著名的《政治经济学原理》一书的作者。

们提高生产来增进公共福利，对于这个问题，两种书籍都没有答案，甚至连一点暗示都没有。

既已开始研究这个问题，他就细心阅读了所有与此有关的书籍，而且打算秋天出国实地考察一番，为的是避免在这问题上遇到像他在研究其他问题时常遇到的困难。常常，当他开始理解对方心里的思想，而且开始说明他自己的思想时，对方会突然对他说："但是考夫曼和琼斯、久布阿、米歇尔①是怎么说的？您没有读过他们的著作吗？读读吧；他们已把那个问题研究透了。"

他现在看得很清楚，考夫曼和米歇尔没有什么可以告诉他的。他知道他需要的东西。他知道俄国有出色的土地，出色的劳动者，在某些场合，就像去斯维亚日斯基家半路上那个农家，劳动者和土地能生产出丰富的产品；但在大多数场合，当资本是以欧洲的方式使用的时候，产量就很少，而这完全是因为：只有用他们自己特有的方法，劳动者才愿意劳动，而且才劳动得好，这种敌对并不是偶然的，而是永久的，是人民本性中根深蒂固的现象。他想，俄国人民负有占据和开垦广漠、荒无人烟的土地的使命，他们有意识地坚持袭用合乎需要的方法，直到所有的土地开垦完了为止，而他们的这个方法也并不像一般人所想象的那么坏。他要以他的著作从理论上，以他的农事从实际上来证明这点。

30

在九月末尾，为了在租给农民集体使用的土地上建筑家畜场，运来了大批木材，黄油卖掉了，利润也分了。实际上，农场上的一

---

① 考夫曼、琼斯、久布阿、米歇尔都是虚构的名字。

切事情都进行得非常顺利,或者至少在列文看来是这样。要从理论上说明问题,完成他的著作——照他的梦想,那著作不但要在政治经济学上卷起一场革命,而且要根本消灭那门科学,奠定农民与土地关系的新的科学基础——那就只有出国走一遭,实地考察在这方面所做的一切,搜集确凿的证据,证明那里所做的一切都是不必要的。列文只等小麦出售,可以拿到一笔钱,就到外国去。但是开始下雨了,影响了残留在田里的谷物和马铃薯的收割,使一切工作,连出售小麦的事在内,都陷于停顿了。路上泥泞难行;两架风车被大水冲走了,天气越来越恶劣。

九月三十日,太阳在早晨露了面,列文希望天气会放晴,开始坚决忙着做动身的准备。他吩咐动手装运小麦,并且派管家到商人那里去收出售小麦的款项,自己骑了马到各处去,在动身之前对农场上的事务作最后一次安排。

列文办完了一切事务,全身被沿着皮外套流进他脖颈和长统靴里的雨水浸透,但却怀着最紧张兴奋的心情,在傍晚回家去。傍晚,天气更坏了;雹子无情地打着那湿透的母马,使得它侧着身子走着,抖动着头和两耳。但是列文戴着风帽,所以觉得很舒适,他只顾愉快地向周围眺望,时而望着沿着车辙流过的浊水,时而望着从树叶落尽的细枝上垂下的水滴,时而望着桥板上没有融化的雹子的斑斑白点,时而望着在赤裸裸的榆树周围厚厚地堆积起的还是汁液饱满的、肥厚的落叶。尽管四周的景物很阴暗,他仍然感到异常兴奋。他和较远村落里的农民们的谈话显示出他们已开始习惯于新的状况了。他曾走到一个看管房屋的老头家里去烤干衣服,那个老头显然就很赞成列文的计划,并且自动请求入伙购买家畜。

"我只要坚定不移地向我的目标前进,我就一定会达到目的,"列文想,"而且这是值得努力的。这并不是我个人的事。而是关系公共福利的事。整个农业,尤其是农民的生活状况非根本改变不可。以人人富裕和满足来代替贫穷;以和谐和利害一致来代替互相敌视。一句话,是不流血的革命,但也是最伟大的革命,先从我们小小的一县开始,然后及于一省,然后及于俄国,以至遍及全世界。因为正确的思想是一定会取得成果的。是的,这是一个值得努力的目标。我,科斯佳·列文,曾系着黑领带去赴舞会,曾遭到谢尔巴茨基家小姐的拒绝,而且自己觉得是那么可怜,那么无用的一个人,居然会是这种事业的创始人——那也没有什么。我相信佛兰克林①想起自己的过去时,也一定觉得自己无用,他也一定不相信自己的。而且他一定也有一个他可以推心置腹的阿加菲娅·米哈伊洛夫娜。"

这样想着,列文在薄暮时分回到家里。

到商人那里去的管家回来了,拿到一部分出售小麦的钱。和那个看管房屋的老头订了合同,在路上管家看见到处麦子还摊在田里,所以他那没有运走的一百六十堆麦子比起别人的损失,简直算不了一回事。

晚饭后,列文照常拿着一本书坐在扶手椅里,一面读,一面想着眼前与他著作有关的旅行。今天他著作的全部意义格外鲜明地浮现在他的心头,说明他理论整段整段的文句也在他心中自然而然地形成。"我要写下来,"他想,"那一定可以成为一篇简短的序言,我从前以为那是不必要的。"他起身向写字台走去,卧在他脚旁的拉斯卡也站起来,伸了伸懒腰,望着他,好像在问他到什么地方去一样。但是他没来得及把它写下来,因为农民的头头们来到了,列文走到前厅去接见

---

① 佛兰克林(1706—1790),美国杰出的政治家。在七年战争时期他参加了美国反抗法国斗争的组织,战后奋起反抗英国,捍卫移民的政治权利。他是《独立宣言》起草委员之一,并参加了保证美国独立的英美媾和条约的谈判。在内政上,他主张广泛的地方分权和解放黑奴。

他们。

在他接见了那些有事与他相商的农民,安排了明天的工作之后,列文就回到书房,坐下来工作。拉斯卡卧在桌子底下;阿加菲娅·米哈伊洛夫娜拿着袜子坐在她平日常坐的位子上。

刚写了不一会儿,列文突然历历在目地想起了基蒂,想起了她的拒绝和他们最后一次的会面。他站起身来,开始在房间里踱来踱去。

"烦闷有什么用呢?"阿加菲娅·米哈伊洛夫娜说,"为什么要老坐在家里啊?您该到什么温泉去住一住,反正您现在准备要出门了。"

"哦,我后天就走了,阿加菲娅·米哈伊洛夫娜。我得先做完我的工作。"

"啊,啊,又是您的工作!好像您赐给农民们的还不够哩!实在,他们都这样说:'你们老爷这样做,会得到皇帝的嘉奖咧。'真的,这是怪事:您为什么要为农民们操心呀?"

"我不是为他们操心;我这样做是为了我自己。"

阿加菲娅·米哈伊洛夫娜对于列文农事上的计划,是一点一滴都知道的。列文时常把他的思想不厌其烦地向她说明,而且也常常和她辩论,不同意她的解释。但是这一回她却完全误解了他所说的话。

"对于自己的灵魂自然应该看得顶要紧喽。"她叹着气说。

"那个帕尔芬·杰尼瑟奇,他虽说不识字,他死得可真清白,但愿大家都像他一样,"她提到最近死去的一个仆人这样说,"他领了圣餐,也受了涂油礼呢。"

"我说的不是这个,"他说,"我只是说我是为了自己的利益才做的。要是农民们干活勤快一些,我的利益也就多一些。"

"哦，不管您怎样做，如果他是一个懒汉，一切都会弄得乱七八糟。要是他有良心，他就会干活，要是没有，您才拿他没有办法哩。"

"您自己也说伊万把家畜看管得比以前好了。"

"我要说的只是，"阿加菲娅·米哈伊洛夫娜回答，显然不是信口说出，而是严密思考的结果，"您该娶妻了，我要说的就是这句话。"

阿加菲娅·米哈伊洛夫娜提及他刚才想的事刺伤了他的心，使他难过。列文皱着眉头，没有回答她，他又坐下工作，在心里重温着他所想到的工作的全部意义。只是偶尔在寂静中他听到阿加菲娅·米哈伊洛夫娜的织针的声音，他想起了他不愿想起的事，又皱起眉头。

九点钟的时候他听到了铃声和马车在泥地上驶过的沉重响声。

"哦，有客人来了，您不会闷了。"阿加菲娅·米哈伊洛夫娜说，立起身来，向门口走去。但是列文超过了她。他的工作正不顺利，他高兴有客人来，不管是谁都好。

31

跑下楼梯一半的时候，列文听到门口传来他非常熟悉的咳嗽声；但是由于他自己的脚步声，他没有听清楚，而且他希望他弄错了。随即他看到了一个瘦骨嶙峋、高大熟悉的身材，现在看来好像是没有弄错的余地了；但是他还在希望他看错了，希望这位一面咳嗽，一面脱下毛皮外套的高大男子不是他的哥哥尼古拉。

列文爱他的哥哥，但是和他在一起却始终是一桩苦事。尤其现在，当列文由于受了袭上心头的思想和阿加菲娅·米哈伊洛夫娜的暗示的影响，正心绪不宁的时候，他觉得和他哥哥眼前的会面是特别难受的。他得会见的,不是一个健康快活的陌生客人,可以指望他来排遣他彷徨不定的心绪,却是他的哥哥,那个最了解他,会唤起他内心深处思想,会使他吐露一切真情的人,而这正是他不愿意的。

因为这种卑劣的感情而生自己的气,列文跑到前厅去;他一近看他的哥哥,这种自私的失望情绪就立刻消失,而被怜悯心所代替了。尼古拉哥哥的消瘦和病容,以前就够可怕的,现在显得更憔悴和疲惫了。这是一个皮包骨的骷髅。

他站在前厅里,扭了扭他瘦长的脖颈,摘下围巾,浮着一丝异样的凄恻的微笑。当他看见那温顺而谦卑的微笑时,列文感到有什么东西扼住了他的喉咙。

"你看,我到你这里来了,"尼古拉用喑哑的声音说,目不转睛地望着他弟弟的面孔,"我老早就想来的,但是我一直身体不大好。现在我算是好多了。"他说,用他瘦削的大手抚摸着他的胡须。

"是,是!"列文回答。当他吻着他,自己的嘴唇感觉到他哥哥干枯的皮肤,逼近地看到他那双洋溢着奇异光辉的大眼睛时,他就更加恐惧了。

两三个星期以前,康斯坦丁·列文写了封信给他哥哥,告诉他还没有分开的那一小部分财产已经变卖了,他可以分到约莫二千卢布。

尼古拉说他现在就是来取这笔钱的,而更重要的,是到老巢来小住一下,接触故乡的土地,为的是要像古时的勇士一样,养精蓄锐来应付当前的工作。尽管他腰弯背驼得很厉害,尽管因为他身材高大,他的憔悴身躯显得格外触目,但他的动作还和从前一样敏捷和急遽。列文领他走进书房。

哥哥特别细心地换了衣服,他是轻易不这样的,梳了梳他又稀又直的头发，就微笑着走上楼去。

他怀着最亲切的愉快心情，正像列文常常想起他幼年的时候一样，他甚至提到谢尔盖·伊万诺维奇也不带一点愤恨的意思。当他看见阿加菲娅·米哈伊洛夫娜的时候，他和她说笑，探问老仆人们的状况。帕尔芬·杰尼瑟奇死去的消息给了他很痛苦的影响。恐惧的神色流露在他的脸上，但是他立刻恢复了平静。

"自然他很老了。"他说，随即改变话题，"哦，我要在你这里住一两个月，然后去莫斯科。你知道，米亚赫科夫答应了替我在那里谋个位置，我快要有差使了。现在我要把我的生活完全改变，"他继续说，"你知道我甩掉了那个女人。"

"玛丽亚·尼古拉耶夫娜吗？怎么，为了什么事？"

"啊，她是一个可恶的女人！她给我添了不少麻烦哩。"至于是什么麻烦他却没有说。他不能说他抛弃玛丽亚·尼古拉耶夫娜是因为茶泡得太淡，尤其是因为她照顾他，像照顾病人一样。"而且，现在我要完全改变我的生活。自然我像大家一样做过许多蠢事。财产倒是小事，我并不吝惜钱。只要健康在，而我的健康，谢谢上帝，完全恢复了。"

列文倾听着，绞尽脑汁也想不出说什么才好。尼古拉大概也有同感吧；他开始询问他弟弟农事的情况；而列文也高兴谈他自己的事，因为那样他可以毫不虚伪地说话。他把他的计划和活动告诉他哥哥。

他哥哥听着，但是对此显然不感兴趣。

两人是这样相亲相近，连最细微的动作和声调，在他们之间也都能表达出比言语所能表达的更多的东西。

现在他们两人只有一个念头——尼古拉的疾病和死期的逼近——那念头压倒所有其余的念头。但是两人都不敢说出来，所以不论他们说什么都是虚伪的，除非说出盘踞在他们心头的那个念头。列文从来没有这么高兴过夜晚终于过去，就寝的时刻到来。随便和什么外人一起，随便什么正式访问，他都没有像今晚这样不自然和虚伪。意识到这种不自然，而且为此感到遗憾，就使得他越发不自然了。他真要为他的快要死去的、亲爱的哥哥大哭，但他却不能不倾听而且尽在谈论他打算如何生活。

因为屋子潮湿，而只有一间寝室生火，所以列文就让他哥哥睡在他自己的寝室里，和他只隔着一道屏风。

哥哥上了床——不知道他是睡着了，还是没有睡着，像病人一样辗转反侧，不住地咳嗽，当他咳不出来的时候，就抱怨一句什么。有时他的呼吸非常困难，他就说："啊，我的上帝！"有时他给痰堵住了，他就愤怒地埋怨说："噢，真见鬼！"列文很久睡不着，听着他的动静。列文的思绪万千，但是一切思想只归结到一点——死。

死，万物不可逃避的终结，第一次势不可挡地出现在他面前。而死——就在这位亲爱的哥哥的身体里，他半睡半醒地呻吟着，而且由于习惯混淆不清地时而呼唤上帝，时而诅咒魔鬼——对于他已不像从前那么遥远了。他感到死也存在于他自己的身体里。不是今天，就是明天，不是明天，就是三十年以后，难道还不是一样？这不可逃避的死到底是什么——他不但不知道，不但从来没有想过，而且也没有力量，没有勇气去想。

"我工作，我要做点什么事，但是我却忘记了一切都要终结，我忘记了——死。"

他在黑暗中坐在床上，蜷缩着身体，抱着两膝，由于思想紧张而屏息静气，他在沉思。但他越是紧张地思想，他就越看得明白：无疑是这么回事，实际上他在人生中遗忘了和忽视了一个小小的情况——就是，死会到来，一切都会完结，没有什么事值得开头，反正是毫无办法。是的，这是可怕的，但事实就是这么回事。

"可是我还活着。现在怎么办才好呢?怎么办才好呢?"他绝望地说。他点上蜡烛,小心地起了床,走到镜子面前照照他的面孔和头发。是的,他的两鬓已有了白发。他张开嘴。他的白齿已开始坏了。他露出筋肉丰满的臂膀。是的,很强壮。可是躺在那里用残肺呼吸的尼古拉也曾有过强壮健康的身体呀。于是他突然回想起他们小的时候怎样一道上床,又怎样只等费奥多尔·巴格达内奇一走出房间就互相投掷枕头,哈哈大笑,抑制不住地哈哈大笑,就连他们畏惧费奥多尔·巴格达内奇的心理也抑止不住那沸腾盈溢的人生的幸福之感。"现在,那塌陷的、空洞的胸膛……而我,也不知道将来怎样……"

"咳,咳!该死!你为什么老折腾,你为什么还不睡呢?"哥哥的声音向他叫喊。

"唉,我不知道,我失眠了呢。"

"我倒睡得很好,现在我不出汗了。你来看看,摸摸我的衬衫。没有湿吧?"

列文摸了摸,就退到屏风后面,吹熄了蜡烛,但是他却很久没有睡着。如何生活的问题对于他刚变得明朗一点,就平地出现一个新的、不能解决的问题——死。

"哦,他快要死了——是的,他恐怕活不到春天了,怎么帮助他呢!我能对他说什么呢?关于这事,我知道什么呢?我甚至忘了有这么回事。"

32

列文早已观察到,当人们过分随和温顺而使人感到不安的时候,他们往往会一下子变得过分苛刻和吹毛求疵到令人难堪的地步。他觉得他哥哥就会这样。而他的哥哥尼古拉的温和态度的确没有维持多久。第二天早晨，他就变得暴躁起来，好像拼命和弟弟为难似的，专触他最痛的地方。

列文感到过错在自己，又不能改正。他感觉得如果他们两人都不装模作样，而说了所谓的真心话——就是照实说出他们所想的，所感到的——的时候，他们只是会面面相觑，而康斯坦丁就只能说："你快要死了，你快要死了！"而尼古拉就只能回答："我知道我快要死了，但是我怕，我怕，我怕呀！"假如他们只说真心话的时候，他们就再也不能说别的什么了。但是那样就不能生活了，所以康斯坦丁极力想做他这一生一直想要做、可是不会做的事情，那种事情，照他观察，许多人都会做，而且非如此就不能生活：他极力想说些不是他心里所想的话，但是他又总感觉得那听起来很虚伪，感觉得哥哥会看穿他的心思，而且会生气。

第三天，尼古拉又引他弟弟向他说出他的计划，开始不但对它吹毛求疵，而且故意把它和共产主义混为一谈。

"你只是采用了别人的思想，但是你却歪曲了它，极力想把它应用在不能应用的地方。"

"可是我对你说这两者毫无共同之处。他们否认财产、资本、遗产的正当性，而我，却不否认这种重要的刺激因素，（列文本来讨厌用这种字眼，但是自从他潜心著作以来，他就不自觉地更加频繁地使用这种外国词汇。）我需要的只是调节劳动。"

"那就是说，你采用了别人的思想，去掉了构成它核心实质的全部要素，而且想使人相信这是什么新的东西。"尼古拉说，愤怒地扭动着打着领带的脖颈。

"但是我的思想与此毫无共同之处……"

"那一方，至少，"尼古拉说，浮着一丝讥刺的微笑，他的眼睛恶意地闪烁着，"有一种所谓几何学的明确和清晰的魅力。那也许是乌托邦。但是一旦承认可能把过去的一切变成光板[①]：没有私有财产，没有家族，那么劳动就自然地会调整好。可是你呢，你什么都没有……"

"你为什么要混淆黑白呢？我从来不是共产主义者。"

"可是我从前倒是，而且我认为它虽然为时尚早，但却是合理的，它正像初期的基督教一样，是有前途的。"

"我只是主张应该从自然科学的观点去分析劳动力；那就是说，应该研究它，承认它的特性……"

"但那完全是白费劲。劳动力会按照它的发展阶段而自动地找到一定的活动形式。最初到处是奴隶，后来是佃农[②]；而我们却有收获平分制、地租和雇农，——你到底要探求什么呢？"

列文一听到这话就突然冒起火来，因为在他的心底里，他唯恐这是真的——唯恐真的是他极力想在共产主义和现存的生活方式之间保持平衡，而且简直是不可能的。

"我想探求一种对于我自己和对于劳动者都有利的劳动方法。我想要组织……"他激烈地回答说。

"你并不想要组织什么；这不过是你一贯地想要标新立异，想要表示你并不只是在剥削农民，而且还抱着什么理想哩。"

"啊，好的，你既然这样想，——就不要管我吧！"列文回答说，感觉他左颊筋肉抑制不住地抽搐着。

"你从来没有过，而且也没有信念；你只不过是想要满足你的自尊心罢了。"

"啊，好极了，那么就不要管我吧！"

"我是不管你！而且早就是时候了，你滚吧！我真懊悔不该来！"

[①] 原文为拉丁语。
[②] 原文为英语。

不管列文后来如何费尽苦心去劝慰哥哥，尼古拉一句也不听，声言还是大家分手的好，康斯坦丁明白这只是因为生活对于他是太难以忍受的缘故。

当康斯坦丁又走到他面前，有点不自然地说如果什么地方得罪了他，就请他原谅的时候，尼古拉已经准备动身了。

"噢，好宽宏大量！"尼古拉说着，微微一笑，"假如你希望自己是对的，我可以满足你这种愿望。你是对的，可是我还是要走。"

仅仅在临走的时候，尼古拉才吻了吻他，突然带着异样的严肃神情望了望弟弟，这样说道：

"无论怎样，不要怀恨我吧，科斯佳！"说着，他的声音颤抖了。

这是他们之间所说的唯一的真心话。列文明白这话的意思是说："你看到而且知道我身体很坏，也许我们再也见不到了。"列文明白这意思，他的眼睛里流出眼泪。他又吻了吻他哥哥，但是他说不出话来，而且也不知道说什么好。

哥哥走后第三天，列文也动身出国去了。恰巧在火车站遇见基蒂的堂兄谢尔巴茨基，列文的忧郁神情使他大为惊异。

"你怎么了？"谢尔巴茨基问他。

"啊，没有什么，人生中快乐的事本来不多。"

"不多？你最好不要去牟罗兹①，和我一道到巴黎去吧。你来看看有多么快乐呀。"

"不，我已经完了。是我该死的时候了。"

"哦，原来是这么一回事！"谢尔巴茨基说，大笑起来，"我还刚刚准备开始哩。"

"是的，我不久以前也这样想过，但是现在我知道我是离死不

---

① 牟罗兹，法国东部的城市。

远了。"

列文说出了他最近真的在想的事。他在一切事情上只看到死或死的逼近。但是他想的计划却越来越占据了他的心。在死到来之前，总得生活下去。在他看来，一切都被黑暗笼罩住了；但也正因为黑暗，所以他感觉得黑暗中唯一的引路线索就是他的工作，于是他就竭尽全力抓住它，牢牢地不放。

第四部

1

卡列宁夫妇仍旧住在一幢房子里,每天见面,但是彼此完全成为陌生人了。阿列克谢·亚历山德罗维奇为了使仆人们没有妄加揣测的余地,定下规矩每天和他妻子见面,但却避免在家里吃饭。弗龙斯基从来不到阿列克谢·亚历山德罗维奇家里来,但是安娜在别的地方和他会面,她丈夫也知道这事。

这种处境对于三个人都是痛苦的,要不是期望这种境况迟早会改变,期望这只是终于会消逝的一时的痛苦磨难,要不是如此,没有一个人能忍受得了一天这样的处境。阿列克谢·亚历山德罗维奇希望这种热情会像一切事情都会消失一样地消失,大家都会忘记这事,而他的名声仍旧不会遭到损害。安娜忍受了这种处境——这种处境是她造成的,所以她比任何人都痛苦,——也是因为她不仅希望,而且确信这一切马上就会解决和明朗化。她一点也不知道如何解决这种处境,但是她确信现在马上就有什么事要发生了。弗龙斯基呢,不由自主地完全听从她的意旨,也希望有什么不由他做主的事会解决一切困难。

仲冬弗龙斯基过了极其无聊的一个星期。一个来彼得堡游历的外国亲王由他负责招待,他得带他参观全市的名胜。弗龙斯基风度翩翩,兼以举止恭敬而又庄严,而且惯于与这样的大人物交际,——这就是所以要他负责招待亲王的原因。但是他对于这职务感到厌烦透了。亲王希望不放过任何一件他回到家时有人会问他在俄国可曾看到的东西；而且，为他自己，他也要尽情享受一切俄国的乐趣。弗龙斯基不得不在这两方面都做他的向导。早晨他们驱车游览名胜古迹，晚间他们参加俄国的民族娱乐活动。这位亲王享有甚至在亲王中也算罕有的健康；由于运动和十分注意保养，他把自己调养得如此强壮，不管他如何寻欢作乐，他还是显得像一只巨大而光泽的绿色荷兰胡瓜一样新鲜。亲王周游了许多地方，认为现代交通方便的最主要利益就是可以享受所有国家的快乐。他去过西班牙，在那里沉醉在良宵小夜曲中，结交了一个弹奏曼陀林的西班牙女子。在瑞士他杀过羚羊。在英国他曾穿着红色上衣骑马越过栅栏，打赌射死了两百只野鸡。在土耳其，他进入过后宫。在印度，他曾骑在象上巡猎，现在，到了俄国，他又要尝尽俄国所特有的一切欢乐。

可以说是他的总招待的弗龙斯基，为安排各方面的人向亲王建议的各种俄国式娱乐花费了不少气力。跑马、俄国薄饼、猎熊、三驾马车、茨冈、打坏食器的俄国式狂饮酒宴。亲王容易得惊人地感受到俄罗斯精神，打碎放满食器的托盘，让茨冈女子坐在他的膝上，而且似乎还在问：还有吗，俄罗斯精神就尽于此了吗？

实际上，在一切的俄国娱乐中，亲王最中意的是法国女演员、芭蕾舞女演员和白标香槟酒。弗龙斯基和亲王处得很熟了，但是不知道是因为他自己最近变了呢，还是因为他和亲王太接近的缘故，总之他觉得这一星期令人厌倦得可怕。整整一星期，他体验到一种感觉，好像一个人照管着一个危险的疯子，害怕那疯子，同时又因为和他在一起而担忧自己会丧失理智。弗龙斯基不断地意识到，为了使自己不受侮辱，必须一刻也不松懈地保持着那种严格遵照礼节的敬而远之的态度。使弗龙斯基吃惊的是，有些人竟甘愿奋不顾身地来向他提供俄国的娱乐，亲王对于这些人的态度是很轻蔑的。他对于他想要研究的俄国女人的评论不止一次使弗龙斯基愤怒得涨红了脸。弗龙斯基对于这位亲王所以特别感到不快的主要原因是，他情不自禁地在他身上看出了他自己。而他在这面镜子里所看到的东西，并没有满足他的自尊心。他只不过是一个极愚蠢、极自满、极健康、极清洁的人罢了。他是一个绅士——这是真的，弗龙斯基也不能否认这点。他对上级平等相待，并不谄媚奉迎，对同级随便而直率，而对于下级就抱着轻视的宽容。弗龙斯基也是一样，而且还把这看成很大的美德；但是对于这位亲王，他是下级，而亲王对他的那种轻视而宽容的态度却使他愤慨了。

"笨牛！难道我也是那种样子吗？"他想。

虽是这样，但是当第七天他和启程到莫斯科去的亲王告了别，并且接受了他的感谢的时候，他因为摆脱他的难堪处境和自己那面不愉快的镜子，而感到非常快活。他们猎了一整夜的熊，显示了他们俄国式的勇猛，猎熊回来，他在火车站就和他告别了。

2

回到家里，弗龙斯基看到安娜写来的一封信。她信上写着："我身体不好，心情烦闷。我不能够出门，但是再看不见你一刻都不成了。请今天晚上来吧。阿列克谢·亚历山德罗维奇七点钟出席会议，要过了十点钟才回来。"一刹那间他觉得有点奇怪：她为什么不顾丈夫的禁令，请他直接到她家里去呢，但是结果他还是决定去。

弗龙斯基今年冬天升了上校，离开联队，一个人住着。吃过早饭，他立刻躺在沙发上，五分钟后，他最近几天目击的丑恶场景的回忆，和安娜的形象，同那个在猎熊时扮演了重要角色的农民形象，混成了一团，弗龙斯基就这样睡着了。他在薄暮时分醒来，恐怖得全身发抖，连忙点燃了一支蜡烛。"什么事？什么？我梦见了什么可怕的事呢？是的，是的；好像是一个胡须蓬乱、身材矮小、肮脏的农民弯下腰去做什么，突然间他用法语说出一句什么奇怪的话来。是的，除此以外再也没有梦见别的什么了，"他自言自语，"可是为什么那样怕人呢？"他历历在目地回想起那个农民和他说出的不可解的法语，一阵恐怖的寒战掠过他的脊背。

"多么荒谬啊！"弗龙斯基想着，瞧了瞧表。

已经八点半了。他按铃叫仆人来，急忙穿上衣服，走到台阶上，全然忘记了那场梦，只担心去迟了。当他到卡列宁家门口的时候，他又看了看表，知道只差十分钟就九点了。一辆套上一对灰色马的高大狭窄的马车正停在门口。他认出来这是安娜的马车。"她预备到我那里去呢，"弗龙斯基想，"她这样做倒好。我真不愿意走进这幢房子哩。但是没有关系，我总不能躲藏起来。"他想着，于是，带着他从小所特有的、好像一个问心无愧的人那样的态度跳下雪橇，向门口走去。门开着，看门人胳臂上搭着毛毯呼唤着马车。弗龙斯基虽然从来不注意琐细的事情，这时候却注意到看门人望了他一眼时那种惊讶的表情。就在门口，弗龙斯基差一点和阿列克谢·亚历山德罗维奇撞了个满怀。煤气灯光照着卡列宁那顶黑帽下面没有血色、塌陷下去的面孔，和那在外套的海狸皮领下显得触目的白领带。卡列宁凝滞的、迟钝的眼睛紧盯着弗龙斯基的脸。弗龙斯基鞠了鞠躬，而阿列克谢·亚历山德罗维奇咬着嘴唇，把手在帽边举了举，就走过去了。弗龙斯基看见他头也不回地坐上马车，从车窗口接了毛毯和望远镜，就消逝了。弗龙斯基走进前厅。他的眉头皱起，他的眼睛闪烁着骄傲的愤怒的光芒。

"这算什么处境啊！"他想，"假如他要决斗，要维护他的名誉，我倒可以有所作为，可以表现出我的感情；但是这种懦弱或是卑怯……他使我处在欺骗者的地位上，我从来不想，而且也决不想这样的。"

自从在弗列达花园和安娜谈话之后,弗龙斯基的思想发生了很大变化。不自觉地屈服于安娜的懦弱——她完全委身于他,一心一意期待他来决定她的命运,随便什么事都甘愿承当——他早就不再想象他们的关系会像他所想的那样结束了。他追求功名的计划已经退到后面,而且,感觉到他已越过了一切都规定得很明确的活动范围,他完全沉溺在热情里,那热情越来越把他和她紧紧地系在一起了。

他还在前厅,就听到她渐渐远去的脚步声。他知道她曾经等候过他,倾听过他来的动静,现在又回客厅去了。

"不!"她一见他就叫喊了一声,她刚叫出声来,泪水就涌进她的眼睛里,"不,假使事情像这样继续下去的话,结局会来得还要快,还要快的。"

"什么事,亲爱的?"

"什么事?我好苦地等了一个钟头,两个钟头……不,我不!……我不能和你争吵。你当然是不能来。不,我不要!"

她把两手搭在他肩膊上,用深澈热情同时又像探询般的眼光望了他好久。她细细地审视着他的脸来弥补她没有看见他的那段时间。她每次看见他的时候,总是使实际上的他吻合她想象中他的姿影。(那是无比的优美,在现实中不会有的。)

3

"你碰见他了吗?"她问,当他们在桌旁灯光下坐下的时候,"这是对你迟到的处罚哩。"

"是的,但是怎么回事呢?他不是要去出席会议吗?"

"他去过回来,又到什么地方去了。但是没有关系。不谈这个吧。你到什么地方去了呢?还和那位亲王一道吗?"

她知道他生活的一点一滴。他本来想要说他因为昨晚一夜没有睡,所以不知不觉睡着了,但是望着她那激动的幸福的面孔,他感到羞愧。因此他只好说亲王走了,他不得不去报告。

"但是现在事情结束了吗?他已经走了吗?"

"谢谢上帝,已经结束了!你真不会相信我觉得这事多么难以忍受啊。"

"为什么?那不是你们青年男子常过的生活吗?"她说,皱起眉头;于是拿起摆在桌上的编织物,她开始把钩针抽出来,没有望弗龙斯基一眼。

"我早就抛弃那种生活了。"他说,奇怪她脸上的变化,竭力想揣测其中的意义。"而且我要坦白说一句,"他说,含着微笑,露出他那密密的、洁白的牙齿,"这一星期,看着那种生活,我好比在镜子面前照了照自己,我实在讨厌它。"

她把编织物拿在手里,却不编织,只是用异样的、闪烁的、含着敌意的眼光望着他。

"今早丽莎来看我 —— 她们是不怕利季娅·伊万诺夫伯爵夫人而敢于来看我的,"她插上一句说,"她把你们的狂欢放荡的夜宴告诉了我。多叫人厌恶啊!"

"我正要说哩……"

她打断他。

"就是你以前熟识的那个泰雷兹①吗?"

"我正要说哩……"

---

① 原文为法语。

"你们，你们男人多讨厌呀！你怎么一点也不了解一个女人永远不会忘记那种事呢？"她说，越来越愤慨了，而且这样一来就泄露了她愤怒的原因。"尤其是一个无法知道你生活的女人。我知道什么呢？我过去知道什么呢？"她说，"无非是你对我所说的那些话罢了。我怎么知道你对我说的是不是真话呢？……"

"安娜！你侮辱了我。莫非你不相信我吗？我不是对你说过，我没有任何念头瞒着你吗？"

"是的，是的，"她说，显然在极力驱散她的嫉妒的念头，"可是要是你知道我是多么不幸就好了！我相信你，我相信你……你刚才要说什么呢？"

但是他一时记不起他刚才要说的话了。她最近越来越频繁的嫉妒心理的发作引起他的恐惧，而且不论他怎样掩饰，都使他对她冷淡了，虽然他知道那种嫉妒是由于她爱他的缘故。他多少次曾经暗自说得到她的爱情真是幸福；而现在呢，她爱他，像一个把恋爱看得重于人生的一切幸福的女人所能爱的那样——而他比起从莫斯科一路跟踪她来的那时候，却距离幸福更远了。那时他虽然觉得自己不幸，但是幸福还在将来；现在他却感到最美好的幸福已成了过去。她完全不像他初次看见她的时候那种样子了。在精神上，在肉体上，她都不如以前了。她身子长宽了，而当她说那女演员的时候，她的脸上有一种损坏容颜的怨恨的表情。他望着她，好像一个人望着一朵他采下来、凋谢了的花，很难看出其中的美，他原来是为它的美而摘下它，因而把它摧毁了的。可是，虽然这样，他感觉得当初在他的爱强烈得多的时候，假如他强烈希望的话，他还是可以把他的爱从胸膛里拔出来的；但是现在，在他仿佛觉得他已不怎么爱她的时候，他知道他和她的关系反而不能断绝了。

"哦，哦，你刚才要对我讲亲王什么事呢？我已经驱走了那恶魔。"她补充说。恶魔是他们之间给嫉妒取的名字。"你刚才要对我讲亲王什么事呢？你为什么感到那样厌烦呢？"

"啊，真忍受不了！"他说，极力想拾起他那被打断了的思路，"他可不是那种你越和他交往就越显得很好的人。假使你要给他下定义的话，他就是这样：一只在家畜展览会上会得头奖的那种喂养得很好的牲口，如此而已。"他带着使她感兴趣的恼怒声调说。

"不，怎么这样？"她回答说，"无论如何，他是见闻广博，而且很有教养的吧？"

"那是一种完全不同的教养——他们的教养。他之受到教养，看来也不过是为了要能够蔑视教养，就像他们除了肉体的享乐以外对什么都蔑视一样。"

"但是你们不是都喜欢那种肉体的享乐吗？"她说，于是他又在她那躲闪着他的眼睛里看出了忧郁的神色。

"你怎么替他辩护呢？"他微笑着说。

"我并不是替他辩护，那与我无关；但是我想，要是你自己不喜欢那种乐趣，你本来可以推辞掉的。不过要是看见那打扮得像夏娃一样的[①]泰雷兹使你感到乐趣……"

"又，又是那恶魔！"弗龙斯基说，拿起她放在桌上的手吻着。

"是的，但是我不由得要这样想呢，你真不知道我等得有多苦啊。我相信我不是嫉妒。我不嫉妒；你和我在一起的时候我总相信你；可是当你一个人在什么地方，过着那种我无法理解的生活时……"

她离开他身旁，终于她把钩针从编织物里抽出来，然后迅速地，借着食指的助力，开始一针又一针地编织那在灯光下闪烁着的雪白毛线，纤细的手腕在绣花的袖口里灵活地、神经质地动着。

① 指裸体。

"怎样？你在什么地方碰见了阿列克谢·亚历山德罗维奇呢？"她的声音带着不自然的调子，突然问。

"我们在门口碰上了。"

"而他像这种样子向你鞠躬吗？"

她板起面孔，半闭着眼睛，迅速地变换了她脸上的表情，抄着手，于是弗龙斯基突然在她美丽的脸上看见了阿列克谢·亚历山德罗维奇向他鞠躬时同样的表情。他微笑了，而她也快活地笑了，那是一种使人愉快、从胸膛发出的笑声，那笑是她主要的魅力之一。

"我完全不了解他，"弗龙斯基说，"假如你在别墅向他说明了以后，他就和你断绝关系，假如他要求和我决斗……但是这个我可真不明白了：他怎么忍受得了这种处境呢？他分明也很痛苦。"

"他？"她冷笑了一声说，"他满意极了。"

"既然一切都这么称心如意，我们大家为什么又要苦恼呢？"

"只有他不。我难道还不了解他，他是彻头彻尾地浸透了虚伪！……只要有一点感情的人，难道能够过他和我在一起所过的生活？他什么都不了解，什么都不感觉。有一点感情的人难道能和自己不贞的妻子住在一起吗？他能够和她说话，叫她你吗？"

她忍不住又模拟着他的口气："你，亲爱的；你，安娜！"

"他不是男子，不是人，他是木偶。谁也不了解他；只有我了解。啊，假使我处在他的地位，像我这样的妻子，我早就把她杀死，撕成碎块了，我决不会说：'安娜，亲爱的！'他不是人，他是一架官僚机器。他不明白我是你的妻子，他是外人，他是多余的……不要谈他了吧！……"

"你说得不对，说得不对呢，亲爱的，"弗龙斯基说，竭力想安慰她，"但是没有关系，我们不要谈他了吧。告诉我你这一阵做些什么？有什么事？你的病怎样，医生说了什么？"

她带着嘲弄的喜悦神情望着他。显然她又想起她丈夫性格中另外可笑的丑恶方面，正在等待机会说出来。

但是他继续说：

"我想这不是病，而是你的身体状况。要什么时候呢？"

讥笑的光辉在她的眼中消逝了，但是另外一种不同的微笑——一种知道他所不知道的事物的表情和沉静的忧郁——代替了她脸上刚才的表情。

"快了，快了。你说我们的处境是痛苦的，应当把它了结。要是你知道这使我多么难受就好了，为了要能够自由地、大胆地爱你，我什么东西不可以牺牲啊！我不要拿我的嫉妒来折磨我自己，折磨你……那快要发生了，但却不会像我们想的那样。"

一想到会发生什么事，她就觉得自己是这般可怜，泪水立刻涌上她的眼里，她说不下去了。她把手放在他的袖口上，指环和雪白的皮肤在灯光下闪烁着。

"那不会像我们想的那样。我本来不想对你说这话的，但是你迫使我说。快了，快了，一切都快解脱了，我们大家，大家都会安静下来，再也不会痛苦了。"

"我不明白。"他说，虽然他十分明白她的意思。

"你问什么时候？快了。我过不了那一关。不要打断我！"她连忙说，"我知道，我知道得清清楚楚。我就要死了；我很高兴我要死了，使我自己和你们都得到解脱。"

泪水从她眼里流下来；他弯腰俯在她的手上，吻着它，极力掩饰住他的激动，他知道那种激动是没来由的，不过他抑制不住它。

"是的，那样倒好，"她说，紧紧地握着他的手，"这是唯一的办法，我们剩下的唯一的办法了。"

他冷静下来，抬起头来。

"多荒谬啊！你说的话多么荒谬！"

"不，这是真的。"

"什么，什么是真的？"

"我就要死了。我做了一个梦哩。"

"一个梦？"弗龙斯基说，立刻想起他梦见的农民。

"是的，一个梦，"她说，"很早以前我就做过这个梦。我梦见我跑进寝室，去拿什么东西，去寻找什么东西；你知道梦里往往发生的情况，"她说，她的眼睛恐怖地睁大了，"在寝室的角落上站着一个东西。"

"啊，多么荒谬呵！你怎么会相信……"

但是她不让他打断她。她说的话对于她是太重要了。

"那个东西转过身来，我一看，原来是一个胡须蓬乱、身材矮小、样子可怕的农民。我要逃跑了，但是他弯着腰俯在袋子上，用手在那里面搜索着……"

她做出他在袋里搜索的样子。她的脸上显出恐怖的神色。而弗龙斯基回忆起自己的梦境，感到心里充满了同样的恐怖。

"他一边搜索着，一边用法语很快很快地说：应当打铁，捣碎它，搓捏它①……我在恐怖中极力想要醒来，果然醒来了……但是醒来还是在梦中。于是我开始问自己这是什么意思。科尔涅伊就对我说：'你会因为生产死去，夫人，你会因为生产死去呢……'于是我就醒来了。"

"多么荒谬，多么荒谬啊！"弗龙斯基说，但是他自己也感觉在他的声音里没有说服力。

"可是我们不要谈这个了吧。请按按铃，我吩咐他们端茶来。再

---

① 原文为法语。

待一会吧,我不久就会……"

但是她骤然停止了。她脸上的表情立刻变了。恐怖和激动的神色突然被宁静、严肃、喜悦的关怀神情代替了。他不能理解这个变化的意义。她感到在她身体内新的生命在蠕动。

4

阿列克谢·亚历山德罗维奇,在自家门口的台阶上遇到弗龙斯基以后,仍旧照原来预定的坐车去看意大利歌剧。他在那里直待到演完了两幕,他要见的人通通见到了。一到家,他就向衣架仔细打量了一下,看见那里没有挂着军人外套,他才像平常一样走到自己的房间去。但是,和他平常的习惯相反,他没有去睡,却在书房里走来走去,一直到早晨三点钟。看到他的妻子不顾体面,不遵守他要求她的唯一的条件——那就是要她不在自己家里接待情人,他对她怀着的愤怒心情就使得他不能安静了。她既然不履行他的要求,他就不能不处罚她,实行威胁——提出离婚,把她的儿子夺走。他知道采取这个步骤所将引起的一切困难,但是他说了要这样做,现在就不能不实行他的威胁了。利季娅·伊万诺夫伯爵夫人也曾暗示过这是他摆脱这种处境的最好出路,而且最近办理离婚的事情达到了十分完美的地步,阿列克谢·亚历山德罗维奇看到有可能克服形式上的困难。加上,祸不单行,少数民族问题和扎莱斯克省的土地灌溉问题给阿列克谢·亚历山德罗维奇添了许多公务上的麻烦,使得他近来老是烦躁不安。

他整夜没有睡着,他的愤怒以巨大的等差级数递增,到早晨达到了顶点。他连忙穿起衣服,好像端着一只注满愤怒的茶杯,生怕溢出一点来一样,他唯恐随着愤怒的消失而失去同妻子谈判所必需的精力，所以一听到她起来了，就立刻走进她的房间。

安娜总以为自己是顶了解她的丈夫，但当他走进她的房间，看到他的脸色她也惊骇了。他皱着眉头，眼睛阴郁地盯着前方，避开她的视线；他的嘴唇紧紧地、轻蔑地闭着。在他的步伐、他的举动、他的声音里，都有一种他的妻子从来不曾在他身上见过的坚定果决的神情。他走进她的房间，没有向她招呼，就一直向她的写字台走去，拿了她的钥匙，打开了抽屉。

"您要什么？"她叫了一声。

"您情人的信。"他说。

"不在这里。"她说，关上抽屉；但是从这个举动，他看出他猜中了。于是他粗暴地推开她的手，迅速地抓住了文件夹，他知道她把最重要的文件都放在那里面。她极力想夺回文件夹，但是他推开了她。

"坐下！我有话要跟您谈。"他说，把文件夹挟在腋下，用他的胳膊这么紧紧地挟住它，使他的肩膀都耸起来。

她带着惊异和畏葸的神情，默默地望着他。

"我对您说了我不准您在自己家里接待您的情人。"

"我要见他，是为了……"

她停住了，说不出原因来。

"我并不要详细打听一个女人要见情人的原因。"

"我想要，我只是……"她说，涨红了脸。他的这种粗暴激怒了她，给了她勇气。"您难道不觉得要侮辱我在您是多么容易吗？"她说。

"对正直的男子和正直的女人才谈得上侮辱，但是对一个贼说他是贼，那就不过是陈述事实[①]罢了。"

[①] 原文为法语。

"您的这种新的残酷特性,我以前还不知道哩。"

"一个丈夫给予他妻子自由,给她庇护,仅仅有一个条件,就是要她顾全体面,您说这算残酷吗?"

"这比残酷还坏,这是卑鄙,假使您要知道的话!"安娜怒气冲天地叫喊了一声,站起身来,想要走开。

"不!"他用他那比平常提得更高的尖厉的声音叫着,用巨大的手指凶猛地抓住她的手腕,以致被他紧压的手镯留下了紫痕,他强迫她在原来的地方坐下。"卑鄙!要是您喜欢用这个字眼的话,为了情人抛弃丈夫和儿子,同时却还在吃丈夫的面包,这才真叫做卑鄙!"

她低下头。她不但没有说她昨晚对情人所说的话,没有说他才是她的丈夫,她眼前的丈夫是多余的;而且她连想都没有这样想。她感到他的话十分正确,于是只低声说:

"我的处境,您再怎么形容也不会比我自己所感到的更坏;可是您为什么说这些话呢?"

"我为什么说这些话?为什么?"他继续说,还是愤怒地,"就是要叫您知道,您既然不遵守我的愿望,不顾体面,我就要采取适当手段来了结这种局面。"

"快了,很快就会了结了。"她说,一想到她现在渴求的而且已经迫近的死,泪水就又盈溢在她的眼睛里了。

"那会比您和您的情人所想象的了结得还要快!假使您一定要满足肉欲的话……"

"阿列克谢·亚历山德罗维奇!落井下石不但有失宽大,而且不是大丈夫的行为。"

"是的,您只顾想您自己!但是对于做您丈夫的人的痛苦,您是不关心的。您不管他的一生都毁了,也不管他痛……痛……

痛苦……"

阿列克谢·亚历山德罗维奇说得这么快,以致结结巴巴,简直发不清"痛苦"这个字眼的音,结果他说成了"疼苦"。她想笑,但是想到在这样的时候,还有什么事能够使她发笑,她立刻感到羞愧了。第一次,一刹那间,她同情起他来,替他设身处地想了一想,为他难过了。但是她能够说什么或是做什么呢?她垂下头,沉默了。他也沉默了一会,然后就开始用冷冰冰、不再那么严厉的声调说起来,强调着一些没有什么特别意义的随便的字眼。

"我是来告诉您……"他说。

她望了他一眼。"不,这是我的幻想,"她想起他发不清"痛苦"这个字音时他脸上的表情,这样想着,"不,难道一个有着那种呆滞无神的眼神,有着那种悠然自得的神情的人,能感觉到什么吗?"

"我什么都不能改变。"她低声说。

"我是来告诉您我明天要到莫斯科去,再不回到这幢房子里,您会从我委托办理离婚手续的律师那里听到我的决定。我要把我的儿子迁到我姐姐家去。"阿列克谢·亚历山德罗维奇说,好容易才记起了关于儿子他要说的话。

"您带走谢廖沙不过是要使我痛苦罢了,"她说,皱着眉头望着他,"您并不爱他……把谢廖沙留给我吧!"

"是的,我甚至失去了对我儿子的爱,因为我对您感到的厌恶连累了他。但是我还是要把他带走。再见!"

他要走了,但是这一回她拦住了他。

"阿列克谢·亚历山德罗维奇,把谢廖沙留给我吧!"她又一次低声说,"我再也不说别的话了。把谢廖沙留给我,等到我……我快要生产了,把他留给我吧!"

阿列克谢·亚历山德罗维奇脸红筋胀了,甩开她的手,一句话也没有说就走出了房间。

5

在阿列克谢·亚历山德罗维奇进来时,彼得堡的名律师的接待室已经坐满了人。三位太太:一个老妇人,一个少妇和一个商人的妻子;还有三个绅士:一个是手指上戴着戒指的德国银行家,第二个是长着胡须的商人,第三个是身穿制服、颈上挂着一枚十字架的满面怒容的官吏,显然已经等候好久了。两个助手在桌上写什么,可以听见笔的响声。桌上的文具(阿列克谢·亚历山德罗维奇是最讲究这个的)非常精美。他不禁注意到了这个。一个助手,没有起身,眯缝着眼睛,忿忿地对着阿列克谢·亚历山德罗维奇说:

"您有什么事?"

"我有事要见律师。"

"律师这时有事。"助手严厉地回答,他用笔指了指等候着的人们,就继续书写去了。

"他能不能抽出一点时间来?"阿列克谢·亚历山德罗维奇说。

"他没有空;他老是很忙。请等一等吧。"

"那么劳驾把我的名片交给他。"阿列克谢·亚历山德罗维奇看到再要隐姓埋名是不可能的了,就庄严地这样说。

助手接了名片,显然并不满意他在名片上看到的字,就走进门了。

阿列克谢·亚历山德罗维奇原则上赞成公开审判,不过为了他所知道的某些高级的职务关系,他不完全同意把这个原则的某些细则也应用于俄国,他还以对任何钦定的东西所能够反对的程度来批评它。他一生都在官场活动中度过,因此当他对什么感到不满的时候,他的不满往往因为他认清了错误在所难免和一切都可以纠正而缓和下来。在新的审判制度中他不赞成律师所处的地位。但是以前他和律师一直没有发生过关系,所以他不满意他们,也不过是在理论上罢了;现在他的不满却由于他在律师的接待室所得到的不愉快印象而加深了。

"马上就来了。"助手说,果然两分钟以后在门口出现了那位刚和律师商谈过的老法学家的长长的身影,律师本人跟在后面。

律师是一个矮小、肥胖、秃头的人,留着暗褐色胡髭、长着浅色的长眉和突出的前额。他穿戴得像新郎一样漂亮,从他的领带到他的双表链和漆皮长靴。他的面孔精明而又粗鲁,但是他的服装却讲究而又俗气。

"请进。"律师对阿列克谢·亚历山德罗维奇说,沉着地让卡列宁从他身边走过去,随手把门关上。

"不坐吗?"他指着摆满各种文件的写字台旁的一把扶手椅,自己在主位上坐下来,搓着那短粗的指头上长满白毛的小手,把头歪到一边。但是他刚这样坐定下来,就有一只飞蛾在桌子上面飞过。律师,以谁也料想不到的敏捷动作,张开双手,捉住那只飞蛾,随即又恢复了原来的姿势。

"在开始谈我的事情之前,"阿列克谢·亚历山德罗维奇说,用惊异的眼光注视着律师的一举一动,"我应当预先声明我要同你说的那件事情必须严守秘密。"

一种隐约可辨的微笑使律师下垂的棕色胡髭往两边分开了。

"要是我不能保守人家托付给我的秘密的话,我就不配做律师了。不过假如您要证明……"

阿列克谢·亚历山德罗维奇瞥了一下他的脸,看到那灵活灰色的眼睛在笑,仿佛一切都知道了似的。

"您知道我的姓名吗?"阿列克谢·亚历山德罗维奇继续说。

"我知道您,"他又捉到一只飞蛾,"而且像每个俄国人一样,知道您所做的有益的事业。"律师躬着身说。

阿列克谢·亚历山德罗维奇叹了口气,鼓起勇气来。但是一经下了决心,他就毫无畏怯,也毫不踌躇地用他那严厉的声调继续说下去,特别加重某些字眼。

"我不幸,"阿列克谢·亚历山德罗维奇开口说,"做了受欺骗的丈夫,我想依据法律和妻子脱离关系,就是说离婚,但是要使我的儿子不归他母亲。"

律师的灰色眼睛极力想不笑,但是它们却由于抑制不住的喜悦跳跃着,阿列克谢·亚历山德罗维奇看出来这不只是一个刚揽到一笔赚钱生意的人的喜悦;这里含着胜利和欢喜,含着像他在他妻子眼中所看到的那种恶意的光芒。

"您要我帮助办理离婚的事吗?"

"是的,正是这样;不过我得预先对您讲明,我也许要浪费您的时间和注意。我今天只是来和您进行初步磋商。我要离婚,但是离婚的形式对于我非常重要。假使形式不合乎我的要求,我很可能抛弃依照法律离婚的念头。"

"啊,那是常事,"律师说,"那总归由您决定。"

律师让他的视线落在阿列克谢·亚历山德罗维奇的脚上,感觉到他压抑不住的喜形于色的神情也许会触怒他的委托人。他望着在他鼻子面前飞过的飞蛾,动了动手,但是由于尊敬阿列克谢·亚历山德罗维奇的地位,没有去捉那只飞蛾。

"虽然关于这个问题的法律,我也略知一二,"阿列克谢·亚历山德罗维奇继续说,"但是我却很想知道实际上办理这种事的形式。"

"您是要我,"律师回答说,没有抬起眼睛来,带着某种的满足仿效着他的委托人说话的语气,"把各种可以实现您愿望的方法都陈述给您听吗?"

看到阿列克谢·亚历山德罗维奇点头同意,他就说下去,仅仅不时地偷看阿列克谢·亚历山德罗维奇的涨红的面孔一眼。

"离婚,照我国的法律,"他说,对于本国的法律微微露出不满的意思,"像您知道的,只有在下面的情形之下方才可能……等一等!"他向在门口伸进头来的助手叫着,但他还是站起来,和他说了两三句话,然后又坐下。"在以下的情形之下:夫妇双方生理上有缺陷,离别五年不通音讯,"他说,弯曲起他的一个长满汗毛的短手指,"通奸(他带着显然很满足的神情说出这个字眼)。细分起来就是这样:(他继续弯曲着他的肥大的手指,虽然这三种情形及其细别很明显不能归在一类)丈夫或是妻子生理上有缺陷,丈夫或是妻子与人通奸。"因为这时他的五个手指都弯曲起来,所以他把手指伸直,继续说下去:"这是理论上的看法;但是我想,承您下问的,是实际上的应用。所以根据先例,我不能不奉告您在实际上离婚的事件都可以归入下面的情形:据我猜想,总不会是生理上的缺陷,也不会是别后不通音讯吧?……"

阿列克谢·亚历山德罗维奇肯定地点了点头。

"归入下面的情形:夫妻的一方与人通奸,罪证的发觉经双方承认,或是未经承认而系偶然发觉。我们得承认后面的情形实际上是很少见的。"律师说,然后偷看了阿列克谢·亚历山德罗维奇一眼,他沉默下来,就像一个手枪商人在细述了每件武器的功效之后,静候顾客选择一样。但是阿列克谢·亚历山德罗维奇没有说一句话,于是律师继续说:"我想,最普通简单而又合理的方法,是双方承认通奸的事实。如果是对一个没有教养的人谈话,我是不会让自己这样说的,"律师说,"但是我想这一点您是了解的。"

但是阿列克谢·亚历山德罗维奇给搞得这样心烦意乱,他没有立刻明白双方承认通奸的道理,他的眼睛露出疑惑不定的神色来;但是律师立即帮助了他。

"两个人再也不能在一起生活下去——这是事实。假如双方都同意这点,那么,细节和形式就无关宏旨了。同时这是最简单最可靠的方法。"

阿列克谢·亚历山德罗维奇现在完全了解了。但是他有宗教上的顾虑,使他无法采纳这个方案。

"在我目前的情形中这是不可能的,"他说,"只有一个办法行得通:就是,由我获得的几封信证实的偶然的罪证。"

一提起信,律师就抿紧嘴唇,发出一声尖细的、怜悯而又轻蔑的声音。

"请考虑考虑吧,"他开始说,"这种事情,像您知道的,是由教会来解决的;神父们对于这种事情顶喜欢盘根究底,"他含着对神父的趣味深表同情的微笑说,"信自然可以作为部分证明;但是法律上的罪证却必须是直接的,就是必须有人证才行。实在说,如果蒙您信托,就请您听任我去选择应当采用的手段吧。要得到结果,就要不择手段。"

"假如是这样……"阿列克谢·亚历山德罗维奇开口说,突然脸色变白了;但是正在这时,律师站了起来,又走到门口去和闯进来打断他话头的助手说话。

"告诉她我们这里是不还价的!"他说着,就又回到阿列克谢·亚历山德罗维奇这里来。

在他转来的时候,又悄悄地捉到一只飞蛾。"到夏天我就可以有好窗帷了!"他想着,皱着眉头。

"那么您刚才说……"他说。

"我写信把我的决定通知您。"阿列克谢·亚历山德罗维奇说,立起身来,他扶住桌子。默默地站了一会儿之后,他说:"从您的话里,我可以得出这样的结论,就是:离婚是办得到的。我要求您也让我知道您的条件。"

"那是可以办到的,假如您让我完全行动自由的话,"律师说,没有回答他的问题,"我什么时候可以得到您的通知呢?"他问,向门口走去,他的眼睛和漆长皮靴闪闪发光。

"一个星期之内。您是否愿意承办这件事,以及您的条件怎样,也请您把您的意思通知我。"

"好极了。"

律师恭敬地鞠了一躬,把他的委托人送出了房间,于是,一个人留下,完全沉溺在快乐的心情中了。他感到这样快活,使得他违反了常规,给那斤斤计较的老妇人打了个折扣,而且不再去捉飞蛾了,最后他下了决心,到冬天他一定要把全部家具都蒙上天鹅绒,像西戈宁家里一样。

6

阿列克谢·亚历山德罗维奇在八月十七日的委员会上获得了辉煌的胜利,但是胜利的结果反而损害了他的权力。从各方面去调查少数民族状况的新的委员会,受到阿列克谢·亚历山德罗维奇的鼓动,异常迅速和干劲十足地组织起来,而且被派到目的地去了。三个月以后,报告呈上来。少数民族的状况已从政治、行政、经济、人种、物质和宗教各方面研究过了。对于一切问题都冠冕堂皇地作了回答,而且这些回答不容有丝毫怀疑,因为它们并不是常常容易犯错误的人类思想的产物,而是官方活动的产物。这些回答都是根据省长和僧正提供的官方材料，那些材料是根据县长和监督司祭的报告，这些报告又是根据村正和牧师的报告；所以这些回答都是不容置疑的。所有这类的问题，例如，歉收的原因，少数民族墨守陈旧信仰等等，——如果没有官方机关给予便利是千百年都解决不了也不能解决的那些问题——都获得了明白而无可置疑的解答。而这个解决对于阿列克谢·亚历山德罗维奇的意见非常有利。但是在前次会议上感到受了屈辱的斯特列莫夫，在接到委员会的报告之后，就运用起阿列克谢·亚历山德罗维奇所预料不到的策略。斯特列莫夫带了另外几个同僚，转到阿列克谢·亚历山德罗维奇一边来，不但热烈拥护卡列宁提出的法案，而且还提出同一性质然而更趋于极端的法案。这些和阿列克谢·亚历山德罗维奇的原意相反的法案被接受了，到这时斯特列莫夫的诡计就昭然若揭了。这些法案太趋于极端，立刻显出它的荒谬，以致政府当局、舆论、聪明的妇女和报纸，异口同声都攻击起这些法案来，对于这些法案公认的创始者阿列克谢·亚历山德罗维奇表示愤慨。斯特列莫夫退在一旁，装得好像自己只是盲从了卡列宁，现在对于已经做出的事不胜惊讶和痛心的样子。这给了阿列克谢·亚历山德罗维奇很大的打击。但是不顾衰损的健康和家庭的痛苦，阿列克谢·亚历山德罗维奇没有屈服。委员会里面发生了分裂。以斯特列莫夫为首的一部分委员说他们自己不该相信由阿列克谢·亚历山德罗维奇所主持的调查委员会的报告，以此来替他们的过失辩解，并且说委员会的报告是胡说，形同废纸。阿列克谢·亚历山德罗维奇和那些看出对于公文采取这种彻底否定态度的危险性的人一道，继续支持调查委员会所提供的材料。这样一来，在上流社会，甚至在一般社会里，一切都混乱了，虽然大家都感兴趣，但却没有人了解少数民族是否真的陷于贫穷和灭亡，还是处于繁荣的状态。因为这件事的缘故，一部分也因为由于妻子的不贞而使他遭到轻蔑的缘故，阿列克谢·亚历山德罗维奇的地位变得岌岌可危了。处于这样的境地中，他采取了一项重要的决定。他宣称他要请求允许他亲自到当地去调查这事件，这使委员会大为震惊。得到许可之后，阿列克谢·亚历山德罗维奇就动身到辽远的省份去。

阿列克谢·亚历山德罗维奇的出发引起了满城风雨，特别是因为在启程之前，他正式退还了支付给他的到达目的地的十二匹驿马费。

"我觉得这倒很高尚，"贝特西和米亚赫基公爵夫人谈起这事的时候说，"在大家都知道现在到处有铁路的时候，为什么要付驿马费呢？"

但是米亚赫基公爵夫人不同意，特维尔斯基公爵夫人的意见甚至使她恼怒了。

"您说得倒很好听，"她说，"您有数不清的家财；但是我真高兴我丈夫夏天去视察。旅行对于他的健康很有益处，他心神也愉快，而且我准备用这笔车马费买一部马车，雇一个马车夫哩。"

在到遥远的省份去的路上，阿列克谢·亚历山德罗维奇在莫斯科停留了三天。

到莫斯科的第二天，他坐车去拜访总督。在总是密集着马车和橇车的迦杰特内街十字路口上，阿列克谢·亚历山德罗维奇突然听到一个响亮愉快的声音叫唤他的名字，使他不由得回头一望。在人行道的角落上，站着快活、年轻和红光满面的斯捷潘·阿尔卡季奇，他穿着时髦的短外套，歪戴着流行的低顶帽子，雪白的牙齿在微笑的红唇之间闪烁着；他坚决执拗地呼唤着他，要他停下。他一手扶住一部正停在街角的马车的窗子（从窗口里面伸出一个戴着天鹅绒帽子的太太和两个小孩的头来），一边微笑着向他妹夫招手。那太太浮着温和的微笑，也向阿列克谢·亚历山德罗维奇挥手。那就是带着小孩们的多莉。

阿列克谢·亚历山德罗维奇在莫斯科不愿看见任何人，尤其不愿看见他的内兄。他脱了脱帽，就想坐车驶过去的，但是斯捷潘·阿尔卡季奇叫他的马车夫停住，横过雪地向他跑来。

"哦，你不捎个信来，多难为情呀！来了好久了吗？我昨天到久索旅馆去，在旅客登记牌上看到'卡列宁'这个名字，但我绝没有想到是你！"斯捷潘·阿尔卡季奇一边说，一边把头伸进车窗里，"否则我一定来看你了。我看到你真高兴！"他说，两只脚互相敲打着，把雪抖落下来，"你不捎个信来，多难为情呀！"他重复着说。

"我没有时间哩，我真忙得很。"阿列克谢·亚历山德罗维奇冷淡地回答。

"到我妻子那里去吧，她是那样想要见你呢。"

阿列克谢·亚历山德罗维奇掀开包住他的易受风寒的两腿的毛毯，走出马车，跨过雪地，走到达里娅·亚历山德罗夫娜那里。

"怎么回事，阿列克谢·亚历山德罗维奇，您为什么这样躲避着我们呢？"多莉微笑着说。

"我实在忙得很。见到您很高兴！"他带着分明表示他很懊恼的声调说，"您好吗？"

"哦，我亲爱的安娜可好？"

阿列克谢·亚历山德罗维奇喃喃地说了句什么，就要走开。但是斯捷潘·阿尔卡季奇拦住了他。

"我告诉你我们明天要做什么吧。多莉，请他来吃饭。我们还要邀请科兹内舍夫和佩斯措夫来，好让他领略一下莫斯科知识分子的风趣哩。"

"是的，请一定来吧！"多莉说，"我们五点钟的时候等您，如果您高兴，六点钟也行。我亲爱的安娜好吗？好久……"

"她很好哩。"阿列克谢·亚历山德罗维奇喃喃地说，皱着眉头，"我高兴得很！"说着他就向他的马车走去了。

"您来吗？"多莉叫喊说。

阿列克谢·亚历山德罗维奇说了一句什么话，在来往马车的喧闹声中，多莉没有听出来。

"我明天来看你！"斯捷潘·阿尔卡季奇对他喊叫说。

阿列克谢·亚历山德罗维奇上了马车，坐在尽里头，使自己既看不见人，也不被人看见。

"怪物！"斯捷潘·阿尔卡季奇对他妻子说，然后看了看表，他在他的面前做了个对他的妻儿表示爱抚的手势，就扬扬得意地沿着人行路走开了。

"斯季瓦！斯季瓦！"多莉叫道，红了脸。

他转回来。

"你知道我得给格里沙和塔尼娅做外套了。给我点钱吧。"

"不要紧的，你对他们说记我的账就是了！"他殷勤地向乘车驶过的一个熟人点了点头，就不见了。

7

第二天是星期日。斯捷潘·阿尔卡季奇到大剧院去看芭蕾舞排演，把他昨晚应允的珊瑚项圈给了他新近捧的一个漂亮舞女玛莎·奇比索娃，而且在昏暗的后台，设法吻了吻她那因为接受他的赠礼而喜笑颜开的美丽的小脸蛋。除了赠送项圈之外，他还要和她约定在排演芭蕾舞完毕后会面。他说明在歌舞开始的时候他不能够来，答应在最后一幕一定赶到，带她去吃晚饭。出了剧院，斯捷潘·阿尔卡季奇就坐车到市场去,亲自挑选了鱼和芦笋,以备筵席之用;十二点钟的时候,他已经到了久索旅馆,他要去看望碰巧住在这同一个旅馆里的三个人:刚从国外回来、住在那里的列文;他的新近升迁、来莫斯科视察的新部长;还有他的妹夫卡列宁,他得去看看他,约他一定来吃饭。

斯捷潘·阿尔卡季奇喜欢宴会,但更喜欢随意小宴,在菜肴和饮料上,在宾客的选择上都是经过精心安排的。他特别满意今天筵席的菜单:有活鲈鱼、芦笋和主菜[①]——精美而又简朴的烤牛肉,和相称的美酒:这就是吃的和喝的。客人有基蒂和列文,而且为了不使他们太惹人注目,还有一个堂妹和年轻的谢尔巴茨基,而宾客中的主菜是——谢尔盖·科兹内舍夫和阿列克谢·亚历山德罗维奇。谢尔盖·科兹内舍夫是莫斯科人,是哲学家;阿列克谢·亚历山德罗维奇是彼得堡人,是实际的政治家。他还邀请了有名的怪诞的热情家佩斯措夫,一个自由主义者,健谈家,音乐家,又是历史家,一个可爱极了的五十岁的老青年,他可以充当科兹内舍夫和卡列宁的调味汁或配菜。他会挑动他们,使他们争论起来。

卖树林的第二期付款已从商人手里领到,还没有花光。多莉近来很温柔体贴,宴客的主意无论在哪方面都使斯捷潘·阿尔卡季奇高兴。他处在最快活的心境中。有两件事令人稍稍不快,但是这两件事都淹没在斯捷潘·阿尔卡季奇心中汹涌的善良而愉快的海洋里了。这两件事就是:第一,昨天在街上遇见阿列克谢·亚历山德罗维奇时,他注意到他对他冷淡而隔膜,阿列克谢·亚历山德罗维奇脸上是那样一副表情,而且他没有去看望他们,也没有让他们知道他的到来,把这些事实和他所听到的关于安娜和弗龙斯基的风言风

[①] 原文为法语。

语联系在一起，斯捷潘·阿尔卡季奇推测出他们夫妇之间一定发生了什么问题。

这是一件不快的事。另一件令人稍微不快的事是他的新部长，像所有新任的长官一样，是一个出名的可怕的人，早上六点钟起来，像马一样地工作，并且要求部下也像他那样。这位新部长还是出名的举止像熊一样粗暴的人，而且，根据一切传闻，他是属于在各方面都和他的前任正相反的那一种人，而斯捷潘·阿尔卡季奇本人就是一直属于前任部长那一派的。昨天斯捷潘·阿尔卡季奇穿着制服去办公，新部长非常和蔼，和他谈话好像和熟人谈话一样；因此斯捷潘·阿尔卡季奇认为穿着礼服去拜访他是他的义务。想到新长官也许会对他并不怎样热烈欢迎，这也是另一件令人不愉快的事。但是斯捷潘·阿尔卡季奇本能地感觉到一切都自会好起来的。"他们都是人，都是和我们一样可怜的罪人；为什么要生气和争吵呢？"他走进旅馆的时候这样想。

"你好，瓦西里。"他说，歪戴着帽子走进走廊，向他熟识的一个茶房说，"哦，你留起了络腮胡子啦！列文，是七号房间吗，呃？请领我上去吧。并且请你去问问阿尼奇金伯爵（这就是他的新长官）见不见客。"

"好的，老爷，"瓦西里带着微笑回答，"您好久没有来这里了。"

"我昨天来过，但是从另外的门进来的。这就是七号吗？"

斯捷潘·阿尔卡季奇走进去的时候，列文正和一个从特维尔省来的农民站在房间当中，用尺子测量着新剥下的熊皮。

"啊哟！你们打的吗？"斯捷潘·阿尔卡季奇叫着，"不错！母熊吗？你好，阿尔希普！"

他和那农民握了握手，就在一把椅子上坐下来，没有脱下外套和帽子。

"脱下外套坐一会儿吧。"列文说,一面接了他的帽子。

"不,我没有时间哩;我只待片刻。"斯捷潘·阿尔卡季奇回答。他敞开外套,但是后来终于脱下,坐了整整一个钟头,和列文谈着猎事和最知心的话。

"告诉我,你到国外做什么?你去了些什么地方?"斯捷潘·阿尔卡季奇在农民走了之后说。

"哦,我在德国,在普鲁士,在法国,在英国都待过,不过不是在首都,而是在工业区,我看到了不少新奇的东西。我真高兴我走了这一趟呢。"

"是的,我知道你对解决劳工问题的意见。"

"一点也不是:在俄国不会有劳工问题。在俄国,问题在于农民与土地的关系;虽然这问题在那边也存在——但是在那里只是一个修补损坏了的东西的问题,而在我们这里……"

斯捷潘·阿尔卡季奇用心地听着列文的话。

"是的,是的!"他说,"也许你是对的。但是看见你精神愉快,又打熊,又工作,而且津津有味的,我真高兴呢。谢尔巴茨基告诉我——他遇见了你——说你是这样忧郁,老是说到死……"

"哦,那有什么?我还没有抛弃死的念头呢,"列文说,"真的,真是我死的时候了。而那一切全是胡诌。我对你说老实话:我非常看重我的思想和我的工作,但是实际上,只想一想吧:我们的这个世界不过是生存在一个小小的行星上的一个小小的霉菌罢了。而我们还以为我们能够有什么伟大的东西——思想呀,事业呀!这些全是尘埃!"

"但是这是陈词滥调哩,朋友!"

"是陈词滥调,但是你知道,当你完全领悟它的时候,什么事都会变得无足轻重了。当你明白你不是今天就是明天就会死,什么也不会留下的时候,那么,什么事情都会变得无足轻重哩!我把我的理想看得非常重要,但是即使这些理想实现了,也还不是像打了那只熊一样无足轻重吗!所以人以打猎和工作为消遣,度过一生——无非是为了不要想到死罢了!"

斯捷潘·阿尔卡季奇听着列文说,露出微妙的亲切的微笑。

"哦,当然啰!现在你也接近我的意见了。你记得你曾因为我主张在人生中寻欢作乐而攻击过我吗?

不要这么严厉吧,啊,道学先生!……①"

"不!不论怎样说,人生中的美是……"列文踌躇了一下,"啊,我不知道哩。我就知道我们都快要死了。"

"为什么那么快?"

"你知道,人想到死的时候,人生的魅力就少了些,但是心就更平静了。"

"相反,终结甚至是更快乐的。但是我要走了。"斯捷潘·阿尔卡季奇说,第十次站起身来。

"啊,不,再坐一会儿吧!"列文挽留他说,"我们什么时候再见呢?我明天就要走了。"

"我这个人真妙!哦,我是特地为这事来的……请你今天一定到我家里来吃饭。你哥哥也会来的,还有我妹夫卡列宁呢。"

"他在这里吗?"列文说,他很想探问基蒂的消息。他听说她初冬到彼得堡她的那位嫁给外交官的姐姐那里去了,他不知道她回来了没有;但是他改变了主意,想道:"她来不来,和我没有关系。"

"那么你来吗?"

"当然。"

---

① 套用费特的诗《自迦非兹》。

"那么五点钟,要穿礼服。"

说着,斯捷潘·阿尔卡季奇立起身来,走到楼下他的新部长那里去了。他的直觉没有欺骗他,可怕的新部长原来是一个非常和蔼的人。斯捷潘·阿尔卡季奇和他一道吃了午餐,坐着谈了好一会,当他到阿列克谢·亚历山德罗维奇那里去的时候,已经三点多钟了。

8

阿列克谢·亚历山德罗维奇在教堂做过礼拜回来以后,整个早晨都在室内度过。他早上有两件事情要办:第一,接见要去彼得堡、现在正在莫斯科的少数民族代表团,给他们指示;第二,照着约定,写信给律师。这代表团,虽然是按照阿列克谢·亚历山德罗维奇的建议召来的,却不免有许多麻烦甚至危险的地方,他很高兴他在莫斯科看到了他们。代表团的人丝毫也不理解他们自己的职责和任务。他们老老实实相信他们的职务是向委员会陈述他们的要求和实际状况,请求政府援助,完全没有认识到他们的某些陈述和要求反而支持了反对党,因而损害了整个事业。阿列克谢·亚历山德罗维奇和他们商谈了好久,替他们拟了一个他们不得违背的提纲,在打发他们走的时候还向彼得堡写了信,托人指导他们。在这件事情上他的最有力的赞助者是利季娅·伊万诺夫伯爵夫人。她在代表团的事情上是一个专家,再也没有谁比她更能指导他们,更能给他们指示正当的途径了。办完这件事以后,阿列克谢·亚历山德罗维奇就写信给律师。他毫不踌躇地允许他酌情处理。他把他抢到的放在文件夹内的弗龙斯基给安娜的三封信附在他的信里。

自从阿列克谢·亚历山德罗维奇抱定不再回家的主意离开家以后,自从他去找过律师,说出了——虽然只对一个人——他的心

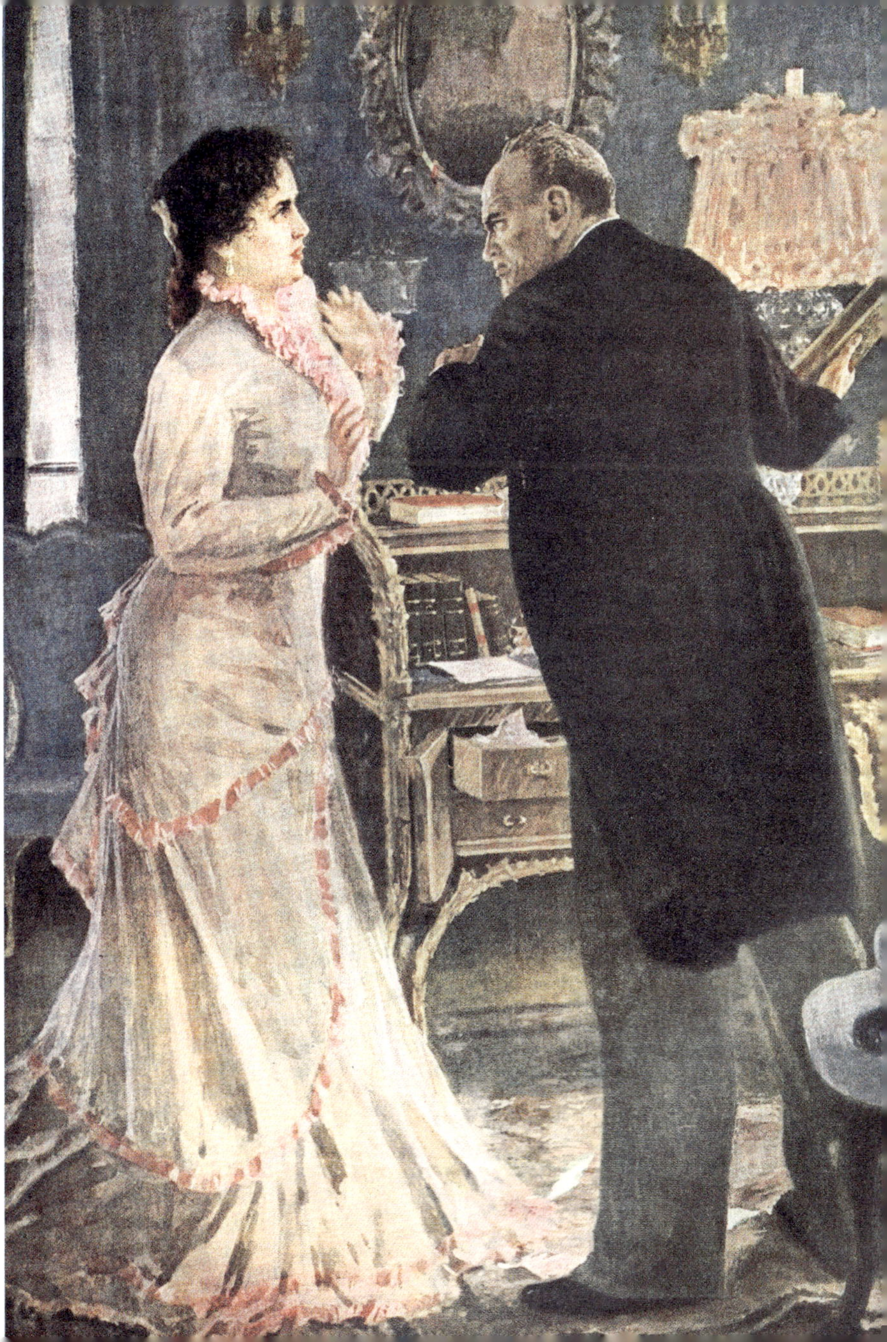

意以后，尤其是自从他把这个实际生活中的事情转化成一纸公文以后，他就越来越习惯于他自己的意图了，而且现在已经清楚地看出实现这个意图的可能性了。

当他听到斯捷潘·阿尔卡季奇响亮的声音时，他正在封着给律师的信。斯捷潘·阿尔卡季奇和阿列克谢·亚历山德罗维奇的仆人争吵着，坚持要他去通报。

"没有关系。"阿列克谢·亚历山德罗维奇想，"这样倒更好。我立刻就告诉他我对他妹妹所采取的立场，并且说明为什么我不能到他家里去吃饭。"

"请进！"他大声说，收拾起文件，把它们放在带吸墨纸的文件夹里。

"呀，你看，你瞎说，他不是在家吗！"斯捷潘·阿尔卡季奇的声音回答着不肯让他进来的仆人，于是一边走一边脱下外套，奥布隆斯基走进了房间。"哦，我找到你，真高兴极了。我希望……"斯捷潘·阿尔卡季奇快活地开口说。

"我不能来。"阿列克谢·亚历山德罗维奇冷淡地说，立起身来，也没有请客人坐下。

阿列克谢·亚历山德罗维奇原想对他正在开始进行离婚诉讼的妻子的哥哥，立刻采取一种他应该采取的冷酷态度；但是他没有料到斯捷潘·阿尔卡季奇心中竟洋溢着深情厚谊。

斯捷潘·阿尔卡季奇睁大了他明亮闪耀的眼睛。

"为什么不能？你是什么意思？"他困惑地用法语问，"不，你答应了呀。我们都盼望你来呢。"

"我要告诉您我不能到您家里来吃饭，因为我们之间所存在的亲戚关系现在要断绝了。"

"怎么？你是什么意思？为什么？"斯捷潘·阿尔卡季奇微笑

着说。

"因为我正开始对您的妹妹,我的妻子提起离婚诉讼。我不得不……"

但是阿列克谢·亚历山德罗维奇还没有来得及说完这句话,斯捷潘·阿尔卡季奇就做出了他意料不到的举动。他叹息了一声,颓然地坐在扶手椅里。

"不,阿列克谢·亚历山德罗维奇!你在说什么呀?"奥布隆斯基叫着,他的脸上显露出痛苦的神色。

"事实就是这样。"

"原谅我,我不能够,我不能够相信这话……"

阿列克谢·亚历山德罗维奇坐下来,他感觉到他的话没有发生他所预期的效果,他还得加以说明,但无论他怎样说明,他和他内兄的关系仍旧不会改变。

"是的,我要求离婚是出于万不得已。"他说。

"我要说一句话,阿列克谢·亚历山德罗维奇。我知道你是一个挺好的、正直的人;我知道安娜——原谅我,我不能改变我对她的看法——也是一个善良的、挺好的女人;所以,请你原谅我,我实在不能相信这个。其中一定有什么误会。"他说。

"啊,假如单只是误会就好了!……"

"对不起,我明白,"斯捷潘·阿尔卡季奇插嘴说,"但是自然……我只说一句话:你千万不要操之过急。你千万不要。你千万不要操之过急!"

"我并没有操之过急,"阿列克谢·亚历山德罗维奇冷淡地说,"但是这种事情是不能够征求任何人意见的。我是下了坚定的决心了。"

"这真可怕啊!"斯捷潘·阿尔卡季奇说,深深地叹了口气。"我只要求你做一件事，阿列克谢·亚历山德罗维奇，我请求你，一定做吧！"他说，"照我想，诉讼总还没有开始进行。在你那样做之前，去看看我的妻子，和她谈一谈吧。她爱安娜，就像爱自己的亲妹妹一样，她也爱你，她真是一个了不起的女人哩。看在上帝面上，去和她谈谈吧！赏我这个情面吧，我求你！"

阿列克谢·亚历山德罗维奇沉思着，斯捷潘·阿尔卡季奇满怀同情望着他，没有打断他的沉默。

"你去看她吗？"

"我不知道。我所以没有来看你也就是为了这缘故。我觉得我们的关系应当改变了。"

"为什么这样？我不明白这个。恕我冒昧，我相信除了我们的亲戚关系之外，你对我，至少部分地，也抱着我一向对你抱着的那种同样的友情……和衷心的敬意，"斯捷潘·阿尔卡季奇说，紧握着他的手，"就算你最坏的推测是正确的，我也不会——而且永远不会——擅自来评判你们任何一方，而且也不明白为什么我们的关系一定要受影响。但是现在，无论如何请你来看看我的妻子吧。"

"哦，我们对于这问题的看法不一样，"阿列克谢·亚历山德罗维奇冷冷地说，"但是，我们不要谈这个了吧。"

"不，你今天为什么不来呢？我的妻子在等候着你。请一定来吧。而且，要紧的，你和她谈一谈。她真是一个了不起的女人哩。看在上帝的面上，我跪着求你！"

"如果您一定要我这样，我就来吧。"阿列克谢·亚历山德罗维奇说，叹了口气。

于是，想要改变话题，他问起一件他们两人都感兴味的事——就是问起斯捷潘·阿尔卡季奇的新部长，一个突然擢升到这么高的地位、年纪也还不十分老的人。

阿列克谢·亚历山德罗维奇原先就不喜欢安尼奇金伯爵,总是和他意见不一致。但是现在,由于一种官场中的人容易理解的感情——一个官场失意的人对于一个加官晋级的人所感到的那种憎恶心情,他对他简直不能够忍受了。

"哦,您看到他了吗?"阿列克谢·亚历山德罗维奇带着一丝恶毒的微笑说。

"自然;他昨天来办公了。他好像很熟悉他的工作,而且精力旺盛。"

"是的,但是他的精力是用在哪方面呢?"阿列克谢·亚历山德罗维奇说,"用在完成什么事情上面呢,还是只用在改变已经做成的事情上面呢?这是我们国家的大不幸——这种官僚主义的行政,而他就是一个当之无愧的代表。"

"实在说,我看不出他有什么可以非难的地方呢。我不知道他的倾向,但是有一件事我是知道的——他是一个非常好的人,"斯捷潘·阿尔卡季奇回答说,"我刚去看过他,他真是一个很好的人。我们一道吃了午餐,我教了他做橘汁酒的酿造法,你知道那种饮料的。那是一种非常清凉的饮料。真奇怪他竟会不知道哩。他喜欢极了,不,他实在是一个很好的人。"

斯捷潘·阿尔卡季奇看了看表。

"啊哟,已经四点多了,我还得到多尔戈武申那里去一下!那么请一定来吃饭吧。你想象不出你若是不来的话,会使我的妻子和我多么难过呢。"

阿列克谢·亚历山德罗维奇送他的内兄出去时的态度和他迎接他的时候就完全两样了。

"我既然答应了,就一定会来。"他懒洋洋地回答。

"相信我,我非常感谢,并且我希望你也不会懊悔。"斯捷潘·阿尔卡季奇微笑着回答。

他一面走一面穿上外套,轻轻拍了拍仆人的头,笑了一笑,就走出去了。

"五点钟,请穿礼服。"他返回到门边,又大声说了一次。

9

主人自己回到家来的时候,已经过了五点,已有好几个客人到来。他和同时抵达门口的谢尔盖·伊万诺维奇·科兹内舍夫和佩斯措夫一道走进来。这两位像奥布隆斯基所称呼的,是莫斯科知识分子的主要代表。两人都是以他们的性格和博识而受人尊敬的人物。他们也互相尊敬,但是在几乎所有的问题上他们都是完全意见不一致的,简直毫无调和的余地,这并不是因为他们属于相反的思想流派,显然倒是因为他们属于同一个阵营(他们的敌人就把他们混同了);但是在那个阵营里面,他们的意见都有一些细微差异。因为再也没有比在半抽象的问题上意见不同更难调和的了,所以他们不但从来没有意见一致,而且实在早已习惯于互相嘲笑对方难以改正的谬误而毫不生气了。

当斯捷潘·阿尔卡季奇追上他们的时候,他们正走进门来,一面谈论着天气。客厅里已经坐着亚历山大·德米特里奇·谢尔巴茨基公爵——奥布隆斯基的岳父、年轻的谢尔巴茨基、图罗夫岑、基蒂和卡列宁。

斯捷潘·阿尔卡季奇立刻就看出,因为他不在,客厅里的情形不好。达里娅·亚历山德罗夫娜,穿着华丽的灰绸衣,显然为了必须另外在儿童室吃饭的孩子们和她丈夫没有回来而焦虑着,他不在的时候没有能够很好地使座上的宾客变得融洽起来。大家坐在那里就像拜客的牧师太太一样（像老公爵所形容的），显然都很诧异他们为什么到这里来，为了避免沉默，勉强找出一些话来说。温厚的图罗夫岑显然感到很不自在，他迎接斯捷潘·阿尔卡季奇的时候，他那厚厚的嘴唇上露出的微笑好像言语一样明白地说："哦，朋友，你把我放在一群学者里面了！到花之城去喝一杯酒倒更合我的口味！"老公爵默默地坐着，他的明亮的小眼睛斜视着卡列宁，斯捷潘·阿尔卡季奇知道他已经想好了一句妙语来形容这位政治家，这位政治家就像是席上的鲟鱼一样，在座的客人就是被邀请来共飨他的。基蒂朝门口望着，鼓起勇气使自己在康斯坦丁·列文进来的时候不红脸。年轻的谢尔巴茨基，还没有被介绍给卡列宁，极力装出毫不在意的神情。卡列宁本人，遵照和贵妇们共宴时的彼得堡的习惯，穿起夜礼服，系着白领带，斯捷潘·阿尔卡季奇由他的脸色看出他只是为了践约而来，并且莅临集会好像是在履行一桩不愉快的义务似的。他实际上就是在斯捷潘·阿尔卡季奇进来之前制造了使所有的客人都冻僵了的那股冷气的祸首。

一进客厅，斯捷潘·阿尔卡季奇就道歉，解释说，他被一位什么公爵留住了，那位公爵总是做他不到和迟到的替罪羊，于是不到一会儿工夫，他就使全体客人都互相认识了，并且把阿列克谢·亚历山德罗维奇和谢尔盖·科兹内舍夫拉在一起，发动他们讨论波兰的俄国化问题，他们立刻和佩斯措夫一道卷入讨论中了。他在图罗夫岑的肩上拍了一下，在他耳边低声说了句什么好笑的话，就让他在自己的妻子和老公爵旁边坐下来。随即他对基蒂说她今晚上非常漂亮，并且把谢尔巴茨基介绍给卡列宁。不一会儿工夫，他就这么巧妙地把这社交界的面团揉拢了，客厅里变得非常有生气，洋溢着欢声笑语。只有康斯坦丁·列文一个人还没有来。但是这样却正好，因为走进餐厅，斯捷潘·阿尔卡季奇大吃一惊，发觉波特酒和雪利酒不是在雷维而是在德勃列①买来的,他吩咐赶快叫马车夫到雷维去,就回到客厅来。

在餐厅门口,他遇见了列文。

"我没有迟到吧?"

"难道你还会不迟到嘛!"斯捷潘·阿尔卡季奇说,挽着他的胳臂。

"客人不少吗?有些什么人?"列文问,不禁红了脸,一面用手套拂落帽子上的雪。

"都是自己人。基蒂也来了。跟我来吧,我把你介绍给卡列宁。"

斯捷潘·阿尔卡季奇,虽然抱着自由主义的见解,却十分明白和卡列宁会晤是一件荣幸的事,因此他就把这种荣幸款待他的好友们。但是这时候康斯坦丁·列文却没有心情高攀。自从他会见弗龙斯基那个终生难忘的晚上以后,不算他在大路上瞧见她那一瞬间,他就一次都没有看见过基蒂。他心坎里知道他今天会在这儿看到她,但是为了要保持思想自由,他竭力使自己相信他并不知道。现在,当他听到她来了,他突然感到这样欢喜,同时又这样恐惧,使他透不过气来,他说不出他要说的话了。

"她是什么样子呢?她是什么样子呢?像她从前一样呢,还是像她在马车里的那副神情?假使达里娅·亚历山德罗夫娜说的是真话,可怎么办呢?为什么不是真话呢?"他想。

"啊,请给我和卡列宁介绍一下吧。"他好容易说了出来,然后他迈着坚决的步子走进客厅,看见了她。

她和以前不一样了,与她在马车里的神情也不同了;她完全两样了。

---

① 雷维和德勃列都是莫斯科著名的酒商,经营法国葡萄酒的交易。

她惊惶,羞怯,腼腆,因而显得更迷人。她在他走进房间的那一瞬间就看见他。她在等待着他。她很欢喜,而且欢喜得这样惶惑,有一刹那,当他走到她姐姐面前去又瞟了她一眼的时候,她,和他,和看到这一切的多莉,都感觉到好像她会失声哭出来。她脸上一阵红,一阵白,又是一阵红,她失了神,嘴唇发抖,等待他走到她面前来。他向她走去,鞠着躬,伸出手,一句话也没有说。要不是她嘴唇轻微的颤动和那使她的眼睛越发放光的潮润,当她说下面的话的时候,她的微笑几乎就是平静的了:

"我们好久没有见面了啊!"说着,带着毅然决然的态度用她冰冷的手紧握住他的手。

"您没有看见我,我倒看见您了呢,"列文说,闪耀着幸福的微笑,"您从火车站坐车到叶尔古绍沃去的时候我看见了您。"

"什么时候?"她惊异地问。

"您坐车到叶尔古绍沃去的时候。"列文说,感觉到他快要因为他心中洋溢的欢喜而哭起来。"我怎么敢把不纯洁的念头和这个惹人怜爱的人儿联系在一起呢!是的,看来达里娅·亚历山德罗夫娜对我说的是真话。"他想。

斯捷潘·阿尔卡季奇挽住他的胳臂,拉他到卡列宁面前去。

"我来替你们介绍。"他说出了两人的名字。

"又看见您,真是高兴得很。"阿列克谢·亚历山德罗维奇冷冷地说,和列文握了握手。

"你们原来认识吗?"斯捷潘·阿尔卡季奇吃惊地问。

"我们在一个车厢里一道过了三个钟头,"列文微笑着说,"但是下了车,就像由假面舞会上出来一样,完全神秘化了,至少我是这样的。"

"啊呀!大家请吧。"斯捷潘·阿尔卡季奇说,指着餐厅。

男客们走进餐厅，走近桌子，桌上摆着六种伏特加和六种干酪，有的有小银匙，有的没有，还有鱼子酱、青鱼、各种罐头食品和盛着法国面包片的碟子。

男客们围着浓烈的伏特加和冷盘站着，在谢尔盖·伊万内奇·科兹内舍夫、卡列宁和佩斯措夫之间关于波兰俄国化的谈话，在等待酒宴的时候渐渐沉静下来了。

谢尔盖·科兹内舍夫善于用意想不到的精辟话语来改变对谈者的心情，这样来把最激烈、最认真的辩论结束，他的这种本领是没有谁及得上的，现在他就这样做。

阿列克谢·亚历山德罗维奇主张波兰的俄国化只有通过俄国政府所应采取的重大措施才能够完成。

佩斯措夫坚持说一个国家只有人口较多的时候才能同化别的国家。

科兹内舍夫承认双方的论点，但却加以限制。当他们正走出客厅的时候，为了结束谈话，科兹内舍夫微笑着说：

"那么，要使我们的异族俄国化，就只有一个方法了——尽量多生孩子。这样，我的兄弟和我是最不行的了。你们结了婚的人，特别是你，斯捷潘·阿尔卡季奇才是真正的爱国者哩；你已经有了几个了？"他说，殷勤地对他们的主人微笑着，把一只小酒杯举向他。

大家都笑了，而斯捷潘·阿尔卡季奇笑得最快活。

"啊，对啦，这是最好的方法！"他说，咀嚼着干酪，把一种特制的伏特加斟在酒杯里。谈话就以这戏言结束了。

"这干酪还不坏。您要吃一点吗？"主人说，"啊呀，难道你又做起体操来了吗？"他对列文说，用左手捏了捏他的筋肉。列文微微一笑，弯起他的胳臂，在斯捷潘·阿尔卡季奇的手指之下，筋肉从薄呢礼服下面隆起来，像坚实的干酪一样，硬得如同钢铁一般。

"好硬的二头肌呀!简直是一个参孙①!"

"我想猎熊是需要很大气力的。"阿列克谢·亚历山德罗维奇说,他对于打猎的概念是非常模糊的。他撕开一片薄得像蛛网一样的薄面包片,把干酪涂在上面。

列文微笑了。

"一点都不。恰恰相反;小孩都能打死熊呢!"他说,向和主妇一道走近桌旁的妇人们微微点头,让在一旁。

"我听说,您打死了一只熊?"基蒂说,竭力想用叉子叉住一只叉不住、要滑落下去的蘑菇而终于徒劳,倒使那露出她的雪白手臂的衣袖花边颤动起来。"你们那里有熊吗?"她补充说,侧转她那迷人的小小的头向着他,微笑了。

在她所说的话里分明没有什么特异的地方,但是对于他,她说这话的时候,她的每个声音,她的嘴唇、眼色和手的每个动作都有着何等不可言喻的意义呀!这里有求饶,有对他的信任,也有怜爱——温柔的、羞怯的怜爱,许诺、希望和对于他的爱情,那种他不能不相信,而且使他幸福得窒息的爱情。

"不,我们到特维尔省去打的。从那里回来的路上,我在火车上遇见您的妹夫②,或者不如说您姐夫的妹夫,"他微笑着说,"这真是一次有趣的会见。"

于是他开始津津有味地述说着他怎样整整一晚没有睡觉之后,穿着旧羊皮外套闯进了阿列克谢·亚历山德罗维奇的车厢。

"那乘务员,忘记了那句俗语③,看到我的外套就想要赶我出去;但是我马上文绉绉地讲起来,而……您也,"他转脸向着卡列

---

① 参孙,以色列之大力士,曾徒手撕裂狮子,见《圣经·旧约·士师记》第十四章。
② 原文为法语。
③ 那句俗语是,相见看衣裳。

宁说，忘记了他的名字，"开始的时候您看到我那件农民穿的外套也想要赶我走，但是后来您却帮我说话了，这件事我真是感激不尽。"

"一般地说，乘客选择座位的权利太没有规定了。"阿列克谢·亚历山德罗维奇说，用手帕擦着指尖。

"我看到您对我还有点疑惑，"列文说，温和地微笑着，"但是我连忙开始用聪明的言谈来弥补我的皮袄的缺点。"

谢尔盖·伊万诺维奇继续和女主人谈话，同时听到一点他弟弟的话，斜着眼睛瞟了他一眼。"他今天是怎么回事？为什么有那种胜利者的样子？"他想。他不知道列文感觉到好像长了翅膀一样。列文知道她在听他说话，而且她高兴听。这就是他唯一感兴趣的事。在他看来，不单是在这房间里，就是在全世界，也只有他（在自己眼中获得了重大意义和价值的他）和她存在。他感到好像自己是站在使他晕眩的高峰上，而在遥远的下方是，所有那些善良优秀的卡列宁们，奥布隆斯基们和整个的世界。

一点也没有惹人注意，也没有望他们一眼，好像再也没有剩下什么空位子似的，斯捷潘·阿尔卡季奇使列文和基蒂并肩坐在一起。

"啊，你可以坐在这里。"他对列文说。

筵席和斯捷潘·阿尔卡季奇爱好的瓷器餐具一样精致。玛丽－路易式羹汤鲜美无比；和汤一道吃的小馅饼一到口里就酥了，真是无懈可击。两个听差和马特维，系着白领带，毫不碍眼地、悄悄地、敏捷地伺候着筵席。这宴会在物质方面是一个大成功；在非物质方面也毫无逊色。谈话，有时是全体的，有时是个别的，从来没有停顿过，到末后，变得这样生气勃勃，以致男客们从桌旁站起身来的时候还在谈论着，就连阿列克谢·亚历山德罗维奇都变得活跃了。

10

佩斯措夫喜欢辩论到底，因此并不满意谢尔盖·伊万诺维奇的话，特别是他觉得他的意见不正确。

"我说的，"他一边吃汤，一边向阿列克谢·亚历山德罗维奇说，"并不单单是人口的密度，而是联系到根本思想，并不是靠几条原则。"

"那在我看来，"阿列克谢·亚历山德罗维奇懒洋洋、从容不迫地说，"是一样的。照我的意见，只有那种高度发展的民族才能影响别的民族，只有那种民族……"

"但是问题就在这里，"佩斯措夫用低沉的声调插嘴说——他说话总是快得很，而且总是好像要把他整个的心都放进他所说的话似的，"所谓'高度发展'包含什么内容呢？英国人、法国人、德国人，谁算发展最高呢？谁可以同化别的民族呢？我们看到莱茵区法国化了，但是德国人的发展程度也并不见得就低些！"他叫道，"这里一定有别的规律。"

"我想感化力总是在真正受过教育的民族一方面。"阿列克谢·亚历山德罗维奇说，微微扬起眉毛。

"但是我们认为什么是真正教育的表征呢？"佩斯措夫说。

"我想这些表征大家都知道的。"阿列克谢·亚历山德罗维奇说。

"但是人们完全知道吗？"谢尔盖·伊万诺维奇带着含蓄的微笑插嘴说，"现在大家承认真正的教育必须是纯古典的；[①]但是我

[①] 一八七一年根据教育部长制定的方案成立了实科中学（主要教授自然科学、现代语言及绘画）与古典中学。以这样的划分来限制教授自然科学，因为他把自然科学看做不信神和唯物主义等"危险"思想的来源。在古典中学的课程中得到古典语文（希腊文和拉丁文）的训练，希望它们能成为在青年中盛行的革命情绪的解毒剂。作者对这种教育改革抱着讽刺的态度，并且看穿了它的政治意义："用拉丁语诱使学生脱离无政府主义。"

们看到了双方的激烈争论,而且不可否认,反对派方面也自有他有力的论据。"

"您是古典派,谢尔盖·伊万诺维奇。喝一点红葡萄酒吗?"斯捷潘·阿尔卡季奇说。

"我并不是在对任何一种教育表示意见,"谢尔盖·伊万诺维奇说,带着一种好像对待小孩一样的迁就微笑,把他的酒杯端过来,"我只是说双方都有强有力的论据,"他转向阿列克谢·亚历山德罗维奇继续说,"以我所受的教育而言,我是属于古典派的,但是在这场辩论中,我个人还没有找到自己的位置。我看不出古典教育优于科学教育的明显根据。"

"自然科学就有同样巨大的教化启迪的功效,"佩斯措夫插嘴说,"比方天文学吧,比方植物学吧,或者是比方具有一般原理体系的动物学吧。"

"我不能完全同意这一点,"阿列克谢·亚历山德罗维奇回答,"我觉得我们不能不承认研究语言形式,这一个过程本身对于智力的发展,就有特别良好的功效。而且,无可否认,古典派学者的影响是道德最高的,反之,不幸得很,成为现代祸患的那些虚伪有害的学说,倒都是和自然科学的研究有关系的。"

谢尔盖·伊万诺维奇原来想说句什么,但是佩斯措夫用他深沉的低音打断了他。他开始热烈地争辩说这个意见不正确。谢尔盖·伊万诺维奇沉静地等待着发言的机会,显然是准备好了一个稳操胜券的反驳。

"但是,"谢尔盖·伊万诺维奇转向卡列宁,带着一种含蓄的微笑说,"我们不能不承认,确切地估量古典教育和科学教育的一切利弊是一件难事,哪一种教育较为可取,这个问题是不会这么迅速彻底地解决的,假如不是古典教育有一种像你刚才所说的那样的优越性:一种道德的——我们坦率地说①——反虚无主义的影响的话。"

"当然。"

"假如不是古典教育有反虚无主义这种优越性的影响,我们就会把这问题考虑得更久,而且会要衡量双方的论据的,"谢尔盖·伊万诺维奇浮着含蓄的微笑说,"我们就会给两者的倾向以自由发展的余地。但是现在我们知道,古典教育这种丸药有反虚无主义的特效,所以我们大胆地把这个药方开给病人……但是万一没有这种特效,可怎么办呢?"他又用警句结束道。

听到谢尔盖·伊万诺维奇说到丸药,大家都笑了;图罗夫岑笑得特别响亮和愉快,高兴他终于听到了一句好笑的话,那是他在倾听这场谈话时一心一意期待着的。

斯捷潘·阿尔卡季奇没有错请佩斯措夫。有佩斯措夫在场,聪明的谈话一刻也没有停止。谢尔盖·伊万诺维奇刚用戏言结束了这场谈话,佩斯措夫立刻又提出了新的话题。

"我甚至不同意,"他说,"说政府抱着那种目的。政府显然是受一般的意见所左右的,对它的措施可能产生的影响,却漠不关心。比方说吧,妇女教育应当认为是有害的,但是政府却为妇女设立学校和大学。"

于是谈话立刻转到妇女教育这个新的题目上去了。

阿列克谢·亚历山德罗维奇发表意见说:妇女教育往往和妇女解放问题混淆起来,把妇女教育认为是有害的,其缘由就在此。

"相反,我认为这两个问题是紧密相连的,"佩斯措夫说,"这是一种恶性循环。妇女由于教育不足而被夺去权利,而教育不足又是由于缺少权利造成的。我们不要忘记妇女所受的奴役是这样普遍,

---

① 原文为法语。

这样年代悠久，以致我们常常不肯承认把她们和我们分开的那道鸿沟。"他说。

"您说权利，"谢尔盖·伊万诺维奇等佩斯措夫停住之后说，"是指做陪审官，做市议员，做议长，做官吏，做国会议员等等的权利吗？"

"当然。"

"但是即使当作罕有的例外，妇女能够占有这种地位，我觉得您用'权利'这个字眼也是不妥当的。倒不如说义务来得好，谁都要承认，执行陪审官、市议员和电报局员的职务，我们总感到好像是在尽一种义务似的。所以不如说妇女是在寻求义务，而且是完全合法地在寻求，这样说来得妥当。对于这种想要协助男子来从事共同劳动的愿望，我们是不能不同情的。"

"正是，"阿列克谢·亚历山德罗维奇表示同意说，"我想，问题只是她们适不适宜担负这种义务。"

"她们一定是非常适宜的，"斯捷潘·阿尔卡季奇说，"如果教育在她们中间普及。我们看……"

"那俗语是怎么说的？"早就在留心听这场谈话的公爵说，他的一双小小的、滑稽的眼睛闪闪发光，"我可以当着我的女儿们的面说：女人的头发长，可是……"①

"正像人们对解放前的黑奴所抱的想法一样！"佩斯措夫愤怒地说。

"我觉得奇怪的是妇女竟然要寻求新的义务，"谢尔盖·伊万诺维奇说，"而像我们所看到的，不幸得很，男子却总是竭力逃避义务。"

---

① 俄国谚语，妇人头发长，见识短。

"义务是和权利相连的——权力、金钱、名誉,这些就是妇女所追求的东西。"佩斯措夫说。

"正像我要寻求做奶妈的权利,看见人家出钱雇用妇女,却没有人要我,就愤愤不平一样。"老公爵说。

图罗夫岑捧腹大笑,谢尔盖·伊万诺维奇很惋惜这句话不是他说的。连阿列克谢·亚历山德罗维奇也微笑了。

"是的,但是男子不能够喂奶呀,"佩斯措夫说,"而妇女……"

"不,曾经有一个英国人在船上喂自己小孩奶哩。"老公爵说,感到在自己女儿面前是可以这样随便说的。

"既然有这么多这种英国人,那么也就有那么多妇女官吏。"谢尔盖·伊万诺维奇说。

"是的,但是一个没有家庭的女子应当怎么办呢?"斯捷潘·阿尔卡季奇想到他朝思暮想的玛莎·奇比索娃,这样插嘴说,他同情佩斯措夫,而且支持他的意见。

"如果把这个女子的身世细加考察的话,您就会知道她抛弃了家庭——她自己的,或者她姐妹的家庭,她原可以在家庭里尽女人的职责的。"达里娅·亚历山德罗夫娜出其不意地用激怒的声调插嘴说,她大概揣测到斯捷潘·阿尔卡季奇想着的是什么样一种女子。

"但是我们是在维护一种原则,一种理想!"佩斯措夫用爽朗的低音说,"妇女渴望拥有独立和受教育的权利。她们由于意识到这是办不到的而感到压抑。"

"我也由于认识到育婴堂不会雇我去做奶妈而感到压抑哩。"老公爵又说了,使得图罗夫岑开心得不得了,笑得把一块很粗的芦笋掉在酱油里。

11

　　大家都参与这谈话，只有基蒂和列文除外。开头，他们谈论一个民族对另一个民族的感化力，列文不禁想到他对于这个问题所抱的见解；但是，以前在他眼中看来那么重要的这些思想，现在却好像在梦里一般在他的脑子里闪过，引不起他丝毫的兴趣。他甚至奇怪他们怎么会这样起劲地谈论这种对于谁都没有益处的事情。基蒂也是一样，对于他们谈论的妇女权利和教育问题，她本来应该感兴趣的。她想起她在国外的朋友瓦莲卡，想起她那痛苦的寄人篱下的生活时，她是怎样频繁地想这个问题啊，她是怎样常常纳闷假使她不结婚会落到什么样的结局，而且为了这事，她是怎么常常和她的姐姐争辩啊！但是现在这一点也引不起她的兴趣了。她和列文在私下谈话，简直不是谈话，而是一种神秘的心心相印，使他们越来越接近，使他们两人心中产生了一种对他们正在踏入的未知世界又欢喜又恐惧的心情。

　　开头，基蒂问列文去年怎样看到她在马车里，列文为了回答这个问题，就把他怎样从割草场沿着大路走回家去，偶然遇见了她的始末告诉她。

　　"那是很早，很早的早晨。您一定是刚刚醒来。您的妈妈还睡在角落里。那是一个美好的早晨。我一面向前走，一面思索四驾马车里坐的是什么人。那是系着铃铛的四匹骏马，一刹那间，您闪过去，我看见您在窗口——您这样坐着，两手拉住帽子上的带子，而且在想什么想得出了神，"他微笑着说，"我多么想要知道那时候您在想什么，是想什么重要的事吗？"

　　"我不是披头散发吗？"她想着，但是看到他回忆起这些详细情景时流露出的欢喜微笑，她感到她给予他的印象是非常好的。她红了脸，高兴地笑了。

"我当真不记得了哩。"

"图罗夫岑笑得真有趣！"列文说，叹赏着他濡润的眼睛和摇晃的身体。

"您很早就认识他吗？"基蒂问。

"啊，有谁不认得他呢！"

"我想您一定觉得他是个坏人吧？"

"不是坏，只是一无足取罢了。"

"啊，您错了！您可不要这样想！"基蒂说，"我以前也非常瞧不起他，但是他，他真是一个非常可爱、心肠好极了的人呢。他有一颗黄金一般的心。"

"您怎么觉察出他的心来的？"

"我们是好朋友哩。我很了解他。去年冬天，在……您来看过我们以后不久，"她说，流露出一种负疚、同时又是信赖的微笑，"多莉的孩子全害了猩红热，那时候碰巧他来看她。您想想吧，"她低声说，"他那么替她难过，他留下来，帮助她照顾小孩。是的，他在他们家住了三个礼拜，像保姆一样照看孩子们。"

"我把那次害猩红热时图罗夫岑的事告诉康斯坦丁·德米特里奇呢。"她探过身去对她姐姐说。

"是呀，那真是了不起，真是难得哩！"多莉说，向觉察出她们在谈他的图罗夫岑的方向瞥了一眼，对他温和地微笑着。列文又一次朝图罗夫岑望了一望，诧异他以前怎么没有觉察出这个人的优点。

"我真是抱歉，抱歉得很，我以后再也不往坏里想人了！"他快活地说，真实地表白出了他现在的心情。

12

在已经谈开的关于妇女权利的谈话里,涉及某些在妇女面前不便讨论的关于结婚权利不平等的问题。佩斯措夫在吃饭时好几次接触到这些问题,但是谢尔盖·伊万诺维奇和斯捷潘·阿尔卡季奇留心地引他转移话题。

当他们从桌旁站起身来,女士们已经走出去时,佩斯措夫没有跟她们去,却转向阿列克谢·亚历山德罗维奇,开始述说这种不平等的主要原因。据他的意见看来,夫妻间的不平等在于:妻子不贞和丈夫不贞在法律上和在舆论上,所受的处罚不平等。

斯捷潘·阿尔卡季奇急急地走到阿列克谢·亚历山德罗维奇面前,敬了他一支雪茄。

"不,我不抽烟。"阿列克谢·亚历山德罗维奇沉着地回答,于是好像故意要显出他并不怕这个话题似的,他带着冷冷的微笑转向佩斯措夫。

"我想这种意见是根据事件的性质本身来的。"他说着,想要走到客厅里去;但是正在这时候,图罗夫岑突然出其不意地向阿列克谢·亚历山德罗维奇说话了。

"您该听到普利亚奇尼科夫的事吧?"图罗夫岑,香槟酒喝得兴奋起来了,正在等机会来打破那苦恼了他很久的沉默。"瓦夏·普利亚奇尼科夫,"他说,他那濡润、红红的嘴唇上挂着温和的微笑,他特别是对那位最主要的客人阿列克谢·亚历山德罗维奇说话,"他们告诉我,他今天在特维尔和克维茨基决斗,把他打死了。"

正好像人总要故意刺伤痛处一样,斯捷潘·阿尔卡季奇现在感觉到这场谈话不幸尽在碰触阿列克谢·亚历山德罗维奇的痛处。他又想把他妹夫引开去,但是阿列克谢·亚历山德罗维奇自己怀着好奇心问了：

"普利亚奇尼科夫为了什么决斗呢？"

"为了他妻子。他的行为真不愧为一个堂堂的男子汉！要求他决斗，把他打死了！"

"噢！"阿列克谢·亚历山德罗维奇漠不关心地说，于是扬起眉毛，走进客厅。

"您来了，我多么高兴呵，"多莉在客厅的穿堂迎着他，含着惊惶的微笑说，"我有话要和您谈。我们在这里坐一会儿吧。"

阿列克谢·亚历山德罗维奇，还是带着他扬起眉毛使他显出的那种冷漠的表情，在达里娅·亚历山德罗夫娜身旁坐下，假装出笑容。

"是的，"他说，"特别是我正要请您原谅，向您告辞。我明天就要动身了。"

达里娅·亚历山德罗夫娜坚信安娜是清白的，眼前这个冷酷无情的男子竟那么满不在乎地想要毁掉她无辜的朋友，这可使她感到自己脸都气白了，嘴唇颤抖起来。

"阿列克谢·亚历山德罗维奇，"她说，以毅然决然的态度望着他的眼睛，"我问您安娜的近况，您没有回答我。她好吗？"

"我看她很好，达里娅·亚历山德罗夫娜。"阿列克谢·亚历山德罗维奇回答，没有望着她。

"阿列克谢·亚历山德罗维奇，原谅我，我本来没有权利……但是我爱安娜，就像爱自己的妹妹，而且也尊敬她；我求您，我恳求您告诉我你们中间发生了什么？您看到她什么地方不对？"

阿列克谢·亚历山德罗维奇皱着眉，差不多闭上了眼睛，垂下头来。

"我所以感到不能不改变我对安娜·阿尔卡季耶夫娜的态度，那理由，我想您的丈夫已经告诉了您吧？"他说，没有望着她的眼睛，却不高兴地望了一眼正走过客厅的谢尔巴茨基。

"我不相信，我不相信，我不能够相信！"多莉说，用一种有力的姿势把她那瘦骨嶙峋的双手紧握在自己胸前。她迅速地立起身来，把手放在阿列克谢·亚历山德罗维奇的袖口上。"这里有人打扰。请到这边来吧。"

多莉的激动影响了阿列克谢·亚历山德罗维奇，他站起身来，顺从地跟着她走进儿童的课室。他们在一张铺着被削笔刀划满刀痕的漆布的桌旁坐下。

"我不，我不相信！"多莉说，极力想捉住他那回避着她的目光。

"人可不能不相信事实，达里娅·亚历山德罗夫娜。"他说，特别强调事实这个字眼。

"但是她做了什么呢？"达里娅·亚历山德罗夫娜说，"她究竟做了什么呢？"

"她无视自己的责任，欺骗了自己的丈夫。那就是她做的事。"他说。

"不，不，不会有这种事的！看在上帝面上，您一定是弄错了。"多莉说，用手按住两鬓，闭上眼睛。

阿列克谢·亚历山德罗维奇只用他的嘴唇冷冷地笑了一笑，想要向她和自己表示他的确信不疑的信心；但是这种热诚的辩解，虽然不能动摇他，却刺痛了他的创伤。他带着更激昂的态度说话了。

"当妻子亲口告诉她丈夫这个事实，告诉他，她八年来的生活和儿子，——这一切都是错误，而她要重新开始生活的时候，那就很难弄错了。"他愤怒地说，哼了一声。

"安娜和罪恶——我不能把这两者联系起来，我不能相信！"

"达里娅·亚历山德罗夫娜，"他说，现在正视着多莉善良而激动的脸,觉得他的话不由得流畅起来了,"我倒宁愿还有怀疑的余地。我怀疑的时候,固然很苦,但却比现在好。我怀疑的时候,我还有希望;但是现在什么希望都没有了,可还是怀疑一切。我是这样怀疑一切,我甚至憎恨我的儿子,有时候简直不相信他是我的儿子了。我真不幸。"

他没有必要说这些话。达里娅·亚历山德罗夫娜在他望着她的面孔时,立刻看出了这个;她替他难过起来,而认为她朋友是清白的信念也开始动摇了。

"啊,这真可怕,可怕呀!但是您难道当真决定要离婚吗?"

"我决定采取最后的手段。我再也没有别的办法了。"

"再也没有别的办法了,再也没有别的办法了……"她含着眼泪说。"啊,不,不要说再也没有别的办法了吧。"她说。

"这就是这种苦难所以可怕的地方,它不像遭到旁的苦难——比方失败或是死亡——那样,人可以平静地来忍受,而这样他却不能不有所行动,"他说,好像在揣度她的思想似的,"人不能不摆脱这种屈辱的境地:人不能过三角关系的生活。"

"我明白,这个我完全明白。"多莉说,垂下了头。她静默了一会,想着她自己的事,想着她自己家庭的愁苦,于是突然,她兴奋地抬起头,带着恳求的姿势紧握着两手。"但是等一等!您是一个基督徒。替她想一想吧!要是您抛弃了她,她会变成什么样子呢?"

"我已经想过了,达里娅·亚历山德罗夫娜,我已经再三想过了,"阿列克谢·亚历山德罗维奇说,他脸上的斑点涨红了,他浑浊的眼睛直望着她,这时候达里娅·亚历山德罗夫娜才从心底里怜悯他了,"当她亲口对我说了我的屈辱时,我就这样做了,我让一切维持现状,我给她悔过自新的机会,我竭力想要挽救她。而结果怎样呢?她连最微不足道的要求——就是要她顾全体面,都不肯遵守,"

他说,又激昂起来了,"人可以挽救那些自己不愿毁灭的人,但是要是她整个的天性是这样堕落,这样淫荡,毁灭本身在她看来就是拯救,那有什么办法呢?"

"随便什么都好,但是不要离婚!"达里娅·亚历山德罗夫娜回答。

"可是随便什么指的是什么呢?"

"不,这真可怕呀!她会谁的妻子都做不成了;她会毁了!"

"我能有什么办法呢?"阿列克谢·亚历山德罗维奇说,耸了耸肩膀和眉毛。回忆起他妻子最近的过失使他这样激怒,他又变得像刚开始谈话时那样冷酷了。"我很感谢您的同情,但是我要走了。"他说,站了起来。

"不,再等一会儿!您千万别毁了她。等一等;我把我自己的事告诉你。我结了婚,我丈夫欺骗了我;我一时气愤和嫉妒,本来想抛弃了一切,本来想自己……但是我清醒了;而这是谁使我这样的呢?安娜救了我。而现在我在生活下去。孩子们在长大,我丈夫也回到家里,而且悔悟了,渐渐变纯洁变好了,而我呢,也在生活下去……我饶恕了,您也得饶恕啊!"

阿列克谢·亚历山德罗维奇听她说着,但她的话现在在他身上已经不起作用了。他在他决定离婚那一天所感到的一切憎恶,又在他的心中抬头了。他摇了摇身子,用刺耳响亮的声音说:

"我不能够饶恕,也不愿意,而且我认为这是不对的。我为这个女人已经尽了一切力量,而她却把一切践踏在她天性接近的污泥里。我不是一个狠毒的人,我从来没有憎恨过谁,但是我却从心底里憎恨她,我甚至不能饶恕她,为了她给予我的伤害,我太恨她了!"他说,给愤恨的眼泪哽住了。

"爱那些憎恨您的人……"达里娅·亚历山德罗夫娜畏怯地低

声说。

阿列克谢·亚历山德罗维奇轻蔑地冷笑了一声。这他早就知道，但却不适用于他这种场合。

"爱那些憎恨您的人，但却不能爱那些您所憎恨的人。打扰您了，请您原谅吧。各人自己的愁苦就够受的了！"于是恢复了镇静，阿列克谢·亚历山德罗维奇默默地告别了，就走了。

13

当大家离开餐桌的时候，列文原来想跟着基蒂走进客厅去的；但是他怕他对她的追求太露骨，也许会使得她不快。他留在男客的圈子里，参与大家的谈话，他虽然没有望着基蒂，却觉察出她的动作、她的神情和她在客厅里坐的座位。

他立刻毫不费力地实践了他对她所立下的诺言——永远往好处看人，永远喜欢一切的人。谈话转移到农村公社的问题，佩斯措夫认为农村公社制度是一种特殊的开端，他称之为"合唱的开端"。列文既不同意佩斯措夫，也不同意他哥哥，他哥哥照例是又承认又不承认俄国农村公社制的意义。但是他和他们谈论着，只是极力想给他们调解，缓和他们的争论。他对自己所说的话一点都不感兴趣，而对于他们所说的话更是兴味索然，他只希望一件事——就是他和大家都快乐和满足。他现在只知道一件东西是重要的。而那一件东西，开头在那里，在客厅里，然后移动过来，在门口停住。没有回过头来，他就感到了双眸和微笑倾注在他身上，他忍不住回过头来。她正和谢尔巴茨基站在门口，望着他。

"我以为您到钢琴那里去哩，"他走到她面前说，"音乐——这正是我在乡下所缺少的东西。"

"不，我们只是来找您，感谢您来看望我们，"她说，报之以微笑，那好像一件赠物一样，"他们为什么要辩论呢？您知道从来没有人能够说服谁。"

"是的，这是真的，"列文说，"人们争论得那么热烈，往往只因为不能领会对方所要证明的事情。"

在最聪明的人们之间的辩论，列文常常注意到这样的事实：辩论者在费了很大气力，费尽唇舌，运用了大量奥妙的逻辑之后，终于觉察到他们那么不惮其烦地力图互相证明的东西，原来在很久以前，从他们开始争论起，双方就都已明白，但是他们喜欢各执一词，却又不愿明说出来，唯恐遭到对方的攻击。他常常体验到，在辩论中人们突然抓住了对方所喜欢的东西，自己也立刻喜欢起来，立刻同意他的意见，于是一切论据结果就都成为多余的和不必要的了。有时候，他也体验到相反的情形，人们最后表达出了他自己喜欢的东西——他正为它争辩，而恰巧又表达得又恰当又恳切，于是他的对手就立刻同意，不再争了。这就是他所要说的话。

她皱起眉头，极力去了解。但是他刚开口解释，她已经了解了。

"我知道：人应当弄明白对方争论的是什么，他喜欢的是什么，这样方才能够……"

她完全理会而且表达出他表达得很拙劣的思想。列文快活地微笑了；从同佩斯措夫和他哥哥混乱冗长的争论转换到这种简洁、明了、几乎是无言的最复杂的思想交流，这种转换使他大为惊异。

谢尔巴茨基从他们身边走开了，基蒂走到牌桌旁边，坐下来，然后拿起一支粉笔，开始在崭新的绿毡上画着同心圆。

他们又谈到吃饭时所谈起的话题——妇女的自由和职业的问题。列文赞成达里娅·亚历山德罗夫娜的意见：未婚女子应当在家庭里找到妇人的本分工作。他用下面的事实来支持这个意见：任何家庭没有妇女的帮助是不成的,每个家庭,不论贫富,总有而且不能没有保姆,不管是自己的亲属,还是雇佣的人。

"不,"基蒂涨红了脸说,但却用她诚实的眼睛比以前更加大胆地望着他,"一个女子也许会处于这样的境地,她生活在家庭里不能不感到屈辱,而她自己……"

由这暗示,他了解她了。

"啊,是的!"他说,"是的,是的,是的——您说的对,您说的对!"

正是由于窥见了基蒂心中怕做老处女的恐怖和屈辱,他这才完全明白在吃饭时佩斯措夫主张妇女自由的全部论据;而因为爱她,他也感到了那种恐怖和屈辱,立刻不再争论了。

接着是沉默。她还用粉笔在桌上画着。她的眼睛闪烁着柔和的光辉。在她心情的影响之下,他感到全身心都充溢着不断增强的幸福。

"噢!我乱涂了一桌子哩!"她说,放下粉笔,她动了动,想要站起来的样子。

"什么!她走了,只剩下我一个人吗?"他恐惧地想着,拿起粉笔来。"等等,"他说,在桌旁坐下,"我早就想问您一件事。"

他直视着她亲切、但又恐慌的眼睛。

"请您问吧。"

"这里,"他说,写下每个字的头一个字母:к,в,м,о:э,н,м,б,з,л,э,н,и,т? 这些字母所代表的意思是:"当您对我说:那不能够的时候,那意思是永远不呢,还只是当时?"看来是很难希望她领悟这个复杂的句子的;但是他用那样一种眼光望着她,好像他一生的命运全系在她能否理解这些字上面。

她严肃地瞥了瞥他,就把她那皱蹙的前额支在手上,开始念着。她时而看他一两眼,好像在问:"是我想的那样吗?"

"我明白了。"她说，微微涨红了脸。

"这是什么字？"他指着代表永远不这个字眼的 h 说。

"这是永远不的意思，"她说，"但这不是真的呢！"

他急急地揩去他所写的字母，把粉笔给她，站了起来。她写了 т，я，н，м，и，о。

多莉瞧见这一对人儿的时候，她和阿列克谢·亚历山德罗维奇谈话所引起的悲愁就完全消失了：基蒂手里拿着粉笔，带着羞怯的幸福的微笑仰脸望着列文，而他优美的身躯俯向桌子，热情的眼睛一会紧盯在桌上，一会又紧盯着她。他突然喜笑颜开，他明白了。那意思是："那时候我不能够不那样回答。"

他询问般地、畏怯地望着她。

"仅仅那时候吗？"

"是的。"她的微笑回答了。

"那么现……现在呢？"他问。

"哦，你读吧。我把我所愿望——从心底愿望的事告诉您！"说着，她写下了下面开头的字母，ч，в，м，з，и，п，ч，б，意思是："只要您能忘记，能饶恕过去的事。"

他用神经质的、战栗的手指攫取了粉笔，把它折断了，写下下面字句开头的字母："我没有什么要忘记和饶恕的；我一直爱着您。"

她含着缠绵的微笑望着他。

"我明白。"她低低地说。

他坐下来，写了长长的一句。她全明白了，并且没有问他是不是这样，就拿起粉笔，立刻回答了。

好久，他没有探索出她所写的字母的意义，频频地望着她的眼睛。他幸福得头昏眼花，怎样也填不出她所写的字；但是在她那洋溢着幸福的魅人的眼睛里，他看出了他所要知道的一切。于是他写了三个字母,但是他还没有写完,她就从他手的动作上读了这些字母,亲手写完了那句子,并且写下了回答:"是。"

"你们在玩猜字谜①吗?"老公爵走到他们面前说,"但是我们真的非走不行了,如果你要赶上看戏的话。"

列文立起身来,把基蒂送到门口。

在他们的谈话中,一切都说了;她说了她爱他,说了她要告诉她父母,他说了他明天早晨会来。

14

当基蒂走了,只剩下列文一个人的时候,他感到她不在他是那样心神不安,那样焦急地盼望明早尽快尽快到来,——到明早他会再看见她,而且和她永订终身——他竟至害怕没有她他所不能不度过的这十四个小时,就像害怕死亡一样。为了不让自己一个人孤零零的,为了要消磨时间,他需要找一个人谈谈。斯捷潘·阿尔卡季奇原是和他最意气相投的同伴,但是他要出去,据他自己说是去参加晚会,实际上是去看歌舞。列文刚好赶上告诉他,说他非常幸福,他喜欢他,而且永远,永远不会忘记他为他做的事。斯捷潘·阿尔卡季奇的目光和微笑向列文表示了他是很能理解这种心情的。

"哦,那么还不是死的时候吧?"斯捷潘·阿尔卡季奇说,感动地紧握着列文的手。

"不——不——不!"列文说。

达里娅·亚历山德罗夫娜在和他道别的时候也好像祝贺似的说:"您又会见了基蒂,我多高兴啊!人应当尊重旧日的友情呢。"

---

① 原文为法语。

列文不喜欢达里娅·亚历山德罗夫娜的这些话。她无法理解这一切是多么崇高，是她多么望尘莫及，她是连提都不该提的。列文向他们告别，但是，为了不要一个人孤零零的，他缠住了他哥哥。

"你到什么地方去？"

"我去出席会议。"

"哦，我跟你一道去。可以吗？"

"为什么不可以？一同去吧，"谢尔盖·伊万诺维奇微笑着说，"你今天是怎么回事？"

"我吗？我感到很幸福，"列文说，拉开他们乘的马车车窗，"你不要紧吧？闷极了哩。我感到非常幸福。你为什么至今不结婚呢？"

谢尔盖·伊万诺维奇微笑了。

"我很高兴，她好像是一个很好的姑……"谢尔盖·伊万诺维奇开口说。

"不要说，不要说，不要说！"列文叫喊起来，两手抓住他的皮外套的领子，把他的脸蒙上。"她是一个很好的姑娘"是一句这么寻常，这么微不足道的话，和他的感情这么不协调。

谢尔盖·伊万诺维奇发出了他难得发出的愉快笑声。

"哦，无论怎样，我可以说我非常高兴。"

"你可以明天，明天再说，现在可不要再讲什么了！没有什么，没有什么，静下吧。"列文说，于是又用皮外套把他蒙上，他补充说："我是这样爱你啊！我真的可以去参加会议吗？"

"当然可以。"

"你们今天讨论什么呢？"列文说，不停地微笑着。

他们到了会场。列文就听到秘书在含糊地宣读着显然他自己也不了解的记录；但是列文从这个秘书的脸上看出来他是一个多么可爱、善良而出色的人。这从他宣读记录时那副困惑的狼狈神情就可看出来。接着,讨论开始了。他们在为扣除某宗款项和敷设某些水管而争论不休,谢尔盖·伊万诺维奇带着得意洋洋的口吻说了一大篇话,把两位议员刻薄了一番;另一个议员在一张纸上匆促地写了一些什么,开头有点胆怯,随后却非常毒辣而又愉快地答复了他。接着斯维亚日斯基(他也在那里)也说了几句什么,说得冠冕堂皇。列文听着他们的话,明白地看出扣除的这些款项和水管都不是什么实在的事情,他们也并没有生气,大家都是十分可爱可敬的人,在他们中间一切都非常圆满和愉快。他们没有伤害谁,大家都自得其乐。最妙不可言的是列文感到他今天能够看透他们所有的人,从细微的、以前觉察不出的表征知道每个人的心,明白地看出来他们都是好人。那天他们大家都特别对列文表示好感。这从他们对他说话的态度,从他们大家,连那些他素不相识的人也在内,望着他的时候那种友好亲切的神情就可以看出来。

"哦,你满意吗?"谢尔盖·伊万诺维奇问他。

"非常满意。我从来没有想到会这样有趣呢!好极了!真了不得哩!"

斯维亚日斯基走到列文面前,邀他到他家里去喝茶。列文完全不能理解而且也回想不起他不满意斯维亚日斯基什么,他感到他身上不足的是什么了。他是一个非常聪明善良的人。

"非常高兴。"他说,问候他的妻子和姨妹。在想象里,他想到斯维亚日斯基的姨妹总是和结婚的念头联系在一起,就由于这样一种奇妙的联想,他感觉到再也没有比向斯维亚日斯基的妻子和姨妹诉说他的幸福更适宜的了,因此他很高兴去看她们。

斯维亚日斯基问他农场上的改革,照例预先断定要发现欧洲不曾发现的事是不可能的,但是现在这话一点也没有使列文不快。相反,他觉得斯维亚日斯基说的对,他的整个事业毫无价值,而且他看出了斯维亚日斯基避免明白表示他的正确意见那种可惊的温柔体贴。斯维亚日斯基家的女人们也是格外可爱，在列文看来仿佛她们知道了一切，而且同情他，只是由于客气没有说出口来。他和他们一道待了一个钟头，两个钟头，三个钟头，谈着各种各样的话题，却只想着充溢在他心头的那件事情，他没有注意到他使他们困倦得要命，而且早已过了他们就寝的时间。斯维亚日斯基送他到前厅，打着哈欠，惊奇他朋友的异样的心情。一点钟已经过了。列文回到旅馆，想到现在他要一个人熬过剩下的十个钟头，他惊惶了。值班的侍者给他点上蜡烛，正待走开去，但是列文叫住了他。这侍者，名叫叶戈尔，列文以前从来没有注意过他，现在竟觉得他是一个非常聪明、非常好、主要的是，一个好心肠的人。

"哦，叶戈尔，不睡觉是一件苦事吧，可不是吗？"

"有什么办法呢！这是我们的职务。在绅士人家做活要轻松得多；可是在这里可以多赚几个。"

原来叶戈尔有一个家，三个儿子和一个做裁缝的女儿，他希望把女儿嫁给马具店的伙计。

列文趁这机会就对叶戈尔说，照他的意见看来，结婚中的重要因素就是爱情，有了爱情，人总是幸福的，因为幸福全在自己身上。

叶戈尔留心地听着，显然完全理解列文的意见，但是为了表示赞同，他大出列文意料之外地说，他在好人家做事的时候，对于他的主人总是很满意的，对于现在这个主人就十分满意，虽然他是一个法国人。

"一个好心肠的人哩！"列文想。

"哦，但是你自己，叶戈尔，当你结婚的时候，你爱你的妻子吗？"

"哦！怎么不爱呢？"叶戈尔回答道。

列文看到叶戈尔也处在愉快的心境中，而且想要把他所有最真挚的情感告诉他。

"我的生活也是很奇怪的呢。从小时候起……"他开口说，眼睛发亮了，显然是感染上列文的欢喜心情，好像打哈欠会感染人一样。

但是这时铃响了，叶戈尔走开了，剩下列文一个人。他在宴会上几乎什么也没有吃，在斯维亚日斯基家又拒绝喝茶吃晚餐，但是他想不到晚餐这些了。他昨夜一夜没有睡，但也想不到睡眠这些。房间里很冷，但是他却感到闷热不堪。他开开气窗，在正对窗口的桌旁坐下。在盖满了雪的屋顶上可以看见那装饰着链子的十字架，而在上空是高高升起的三角形的御夫星座，伴着灿烂的黄色卡培拉星。他一会眺望着十字架，一会又眺望着星星，吸进那均匀流入房间的新鲜而严寒的空气，好像在梦里一般地追忆着涌现在他的想象里的形象和记忆。在三点多钟的时候，他听到走廊上有脚步声，就从门口向外一望。原来是他认识的那个赌徒米亚斯金从俱乐部回来。他带着阴郁的样子皱着眉头，咳嗽着走过。"可怜的，不幸的人啊！"列文想，由于对这个人的爱惜和怜悯，泪水浮上了他的眼里。他本来想要和他谈谈，安慰安慰他的，但是记起他身上只穿了一件衬衣，他改变了主意，又在气窗前面坐下，沐浴在寒冷的空气里，眼望着那静静的、但在他看来却充满了意义的十字架的美丽轮廓，和冉冉上升的灿烂的黄色星座。到六点多钟，可以听到人们擦洗地板的声音，早祷的钟声也响起来了。列文感到他快要冻坏了。他关上气窗，洗了脸，穿起衣服，就走到街上去了。

15

街上还是空的。列文向谢尔巴茨基家走去。大门还关着，一切

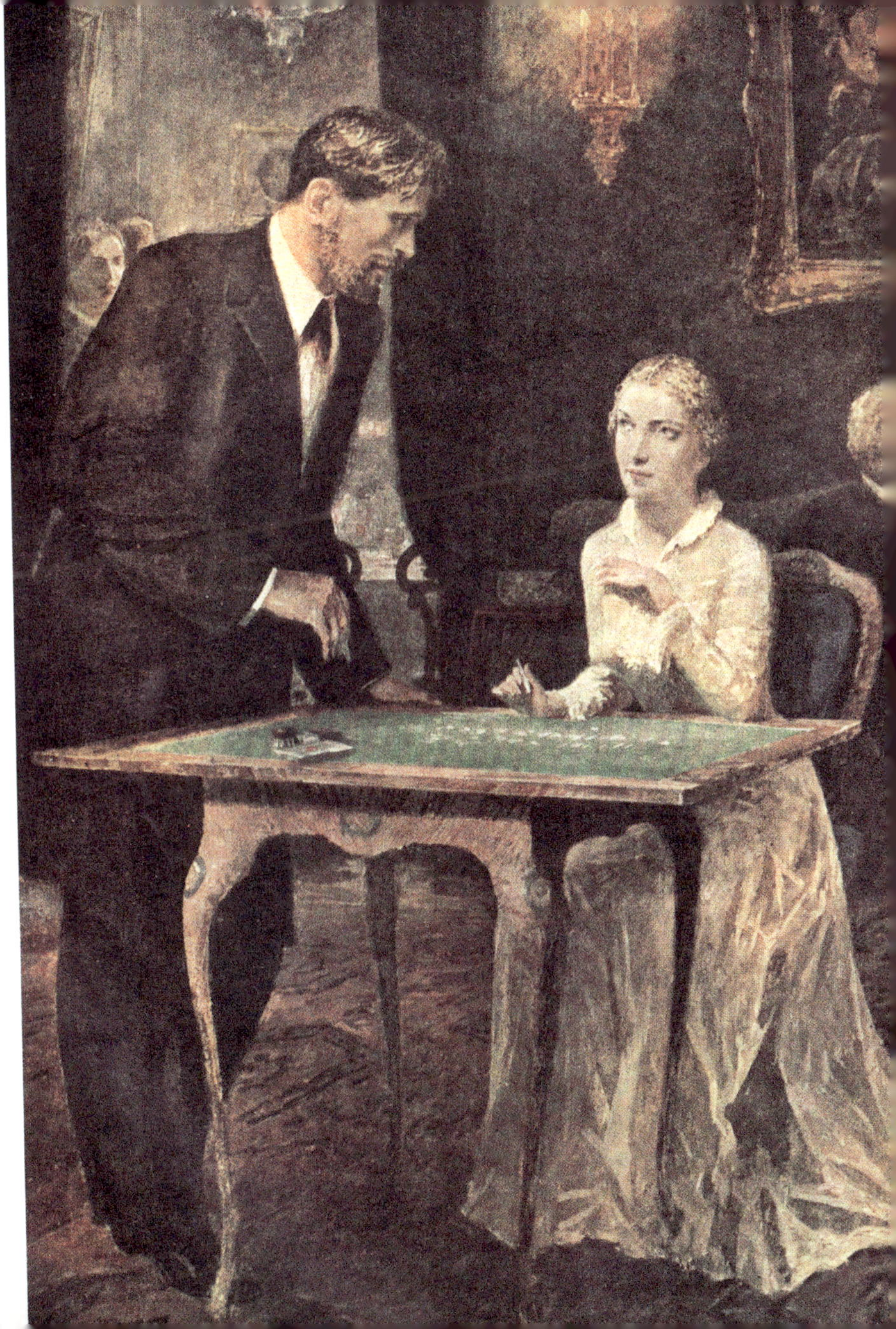

都沉睡着。他走回来，又走进自己的房间，吩咐拿咖啡来。白天的侍者，不是叶戈尔了，给他端来了咖啡。列文原想和他攀谈的，但是铃响了，他走出去了。列文试着去喝咖啡，把一片白面包放进嘴里，但是他的嘴简直不知道怎样对付面包了。列文吐出了面包，穿上外套，又走出去。他第二次来到谢尔巴茨基家门口台阶的时候，已经九点多了。房里的人还刚刚起来，厨师正出去买菜。他至少还得消磨两个钟头。

整整一夜和一个早晨，列文完全无意识地度过去，感到好像完全超脱在物质生活的条件之外。他一整天没有吃东西，两夜没有睡觉，没有穿外套在严寒的空气里过了好几个钟头，不但感觉得比什么时候都更清醒健康，而且简直感到超脱于形骸之外了；他一举一动都不用费力，而且感到仿佛他是无所不能的。他深信不疑，必要的时候他可以飞上天去，或是举起房子的一角来。他在街上走来走去，不断地看表，向周围眺望，把剩下的时间就这样度过。

他当时所看到的东西，他以后再也不会看见了。上学去的小孩们，从房顶飞到人行道上的蓝灰色鸽子，被一只见不到的手陈列出来的盖满了面粉的面包，特别打动了他。这些面包、这些鸽子、这两个小孩都不是尘世的东西。这一切都是同时发生的：一个小孩向鸽子跑去，笑着望了列文一眼；鸽子拍击着羽翼在太阳光下，在空中战栗的雪粉中间闪烁着飞了过去；而从一个窗子里发出烤面包的香味，面包被陈列出来。这一切合在一起是这样的美好，列文笑了，竟至欢喜得要哭出来。沿着迦杰特内大街到基斯洛夫克大街兜了一个圈子，他又回到旅馆，把表放在前面，他坐下，静待着十二点钟到来。在隔壁房间里，人们在谈论着什么机器和欺诈事情，发出早晨的咳嗽声。他们不知道时针正逼近十二点了。时针到了十二点。列文走出来到台阶上。车夫们显然明白了这一切。他们喜笑颜开地围住列文，互相争执着，兜揽着生意。列文极力不得罪旁的车夫，应允下次雇他们的车，就叫了其中的一部，吩咐驶到谢尔巴茨基家去。这车夫，看上去非常漂亮，他雪白的衬衫领子贴住他那强壮的、血色很好的红润脖颈，露在他的外套外面。这个车夫的雪橇又高大又舒适，列文以后再也没有坐过这样好的车子，马也很出色，竭力奔跑着，但却好像不在动一样。车夫知道谢尔巴茨基家，于是带着一种对他的乘客表示特别恭敬的态度，把他的手臂弯成圆形，叫了声"喔！"就在门口停下来。谢尔巴茨基家的看门人一定也知道这一切。这由他的眼睛里的笑意和他说下面这句话的神情就可清楚地看出来。

"哦，好久没有来了，康斯坦丁·德米特里奇！"

他不单知道这一切，而且显然很高兴，并且极力掩饰住他的欢喜。望着他温厚的老眼，列文甚至在自己的幸福里面觉出了一种新的东西。

"他们起来了吗？"

"请进！放在这里吧。"他在列文转回来拿帽子的时候，微笑着这样说。这也是有意思的。

"向哪个通报呢？"仆人问。

这仆人，虽然很年轻，而且是一个新仆人，像花花公子，却是一个非常亲切善良的人，而且他也知道这一切了。

"公爵夫人……公爵……公爵小姐……"列文说。

他遇见的第一个人是琳诺小姐。她走过大厅，鬓发闪光，容光焕发。他刚和她说话，就突然听到门外有裙子的綷縩声，琳诺小姐立刻从列文眼中消逝，一种感到幸福临近的欢乐的恐怖感染了他，琳诺小姐急匆匆离开他，向另一扇门走去。她刚走，一阵很快，很快的，轻盈的脚步声就在镶花地板上响起来，于是他的幸福，他的生命，他自身——比他自身更美好的、他追求渴望了那么久的东西，很快，很快地临近他了。她不是走来的，而是好像由什么无形的力量把她送到他面前来的。

他除了她那双明亮、诚实的眼睛，那双由于洋溢着像他心中怀着的同样爱情的惊喜交集的眼睛以外，再也没有看见别的什么了。那双眼睛越来越近地闪烁着，以爱情的光辉使他目眩。她站得离他那么近，以致接触到他了。她的手举了起来，放在他的肩膀上。

她做了她所能做的一切——她跑到他面前，带着羞怯和欢喜神情把整个身心交给了他。他抱住她，把他的嘴唇紧贴在她那要和他接吻的嘴上。

她也整整一夜没有睡，一早起就在等候他。她的父母毫无异议地同意了，为她的幸福而感到幸福。她等待着他。她要第一个告诉他她和他的幸福。她准备单独一个人去迎接他，对于这个主意很高兴，可又有点儿畏怯和羞涩，自己也不知道做什么才好。她听到他的脚步声和说话声，就在门外等待琳诺小姐走开。琳诺小姐走了。她不假思索，也不问自己怎样做以及做什么，就走到他面前，做了她刚才所做的事。

"我们到妈妈那里去！"她说，拉着他的手。很久他说不出一句话，这与其说是因为他害怕用言语亵渎了他的崇高感情，倒不如说是因为他每次想说句什么话，他就感到话没有，幸福的眼泪倒要涌出来了。他拉住她的手吻着。

"这是真的吗？"他终于带着哽咽的声音说，"我不相信你会爱我呢！"

她因为你这称呼和他望着她时那种畏怯的样子而微笑了。

"是的！"她意味深长地、从容地说，"我多么幸福啊！"

她没有放下他的手，拉着他一道走进客厅。公爵夫人一见他们就呼吸急促，立刻哭起来，随后又笑了，迈着列文预料不到的矫健的步子跑到他面前，紧抱住他的头，吻了吻他，她的眼泪沾湿了他的两颊。

"那么一切都定妥了！我真高兴。爱她吧。我真高兴……基蒂！"

"你们解决得好快啊！"老公爵说，竭力装得毫不动情的样子；但是列文转向他的时候，看到他的眼睛湿润了。

"我早就，而且一直希望这样呢！"公爵说，拉住列文的手，把他拉到面前来，"当这轻浮的孩子还在痴想……"

"爸爸！"基蒂叫着，用双手捂住他的嘴。

"哦，我不说了！"他说，"我真，真高……哦，我真是一个傻瓜呀……"

他抱着基蒂，吻了她的脸，她的手，又吻了她的脸，在她身上画了十字。

当列文看到基蒂多么长久而温柔地吻着她父亲肌肉丰满的手的时候，列文突然对于这位以前他不很深知的老人产生了一种新的情意。

16

公爵夫人坐在安乐椅里，默默地微笑着；公爵坐在她旁边。基蒂站在父亲的椅子旁，仍旧拉着他的手。大家都沉默着。

最先开口说出一切事情，把一切思想感情转化为实际问题的是公爵夫人。最初一瞬间大家不约而同地都感到有点异样和苦痛。

"什么时候呢？我们还得举行订婚礼，发请帖啦。婚礼什么时候举行呢？你想怎样，亚历山大？"

"你问他呀，"老公爵说，指着列文，"他才是这事情的主要人物哩。"

"什么时候?"列文涨红了脸说,"明天。要是您问我的话,我就要说,今天订婚,明天举行婚礼。"

"哦,得啦,亲爱的,瞎说!"

"那么,就再过一个礼拜吧。"

"他简直疯了呢。"

"不,为什么呢?"

"唉呀,真是!"母亲看到他这么急,快活地微笑着说,"嫁妆怎么办呢?"

"难道还要嫁妆这些吗?"列文恐怖地想,"但是,难道嫁妆、订婚礼和所有这些能损坏我的幸福吗?没有任何东西能够损坏它!"他瞥了基蒂一眼,注意到她一点也没有因为考虑到嫁妆弄得心烦意乱。"那么这是必要的。"他想。

"啊,您看,我什么都不知道呢;我只是说出了我的愿望罢了。"他道歉说。

"那么我们慢慢地商量吧。至于举行订婚礼,发请帖,现在就可以着手办了。就这样吧。"

公爵夫人起身走到她丈夫面前,吻了吻他,就要走开,但是他留住了她,拥抱她,而且,像一个年轻的情人一样,温柔地,含着微笑,吻了她好几次。两位老人显然一时间糊涂了,简直弄不明白是他们又恋爱了呢,还是他们的女儿在恋爱。等公爵和公爵夫人走了,列文走到他的未婚妻面前,拉住她的手。他现在已经控制住自己了,可以说话了,他有许多话要告诉她。但是他说的完全不是他想说的话。

"我多么清楚会这样啊!我从来不敢这样希望;可是在我心里我却总是深信不疑的,"他说,"我相信这是命定了的。"

"我也是呢!"她说,"就是在……"她停了停,又继续说下去;用她那诚实的眼睛毅然决然地望着他,"就是在我赶走我的幸福的时候。我始终只爱你,但是我被迷惑住了。我应当说一声……你能够忘怀这事吗?"

"说不定这样倒更好呢。我有好多地方也应该要你饶恕。我应当告诉你……"

这是他决心要告诉她的事情之一。他一开头就决定了要告诉她两件事情——他没有她那样纯洁,他不是信教的人。这是很苦恼的,但是他觉得他应当告诉她这两件事情。

"不,现在不要说,以后吧!"他说。

"好的,以后吧,但是你一定得告诉我。我什么事都不怕。我要知道所有的事。现在一切都定了。"

他补充说:

"定了,无论我是怎样一个人,你都要我吗——你都不会抛弃我吗?是不是?"

"是,是。"

他们的谈话被琳诺小姐打断了,她带着一种虚假的、但是温柔的微笑走来祝贺她心爱的学生。她还没有走,仆人们就来道贺。接着,亲戚们到来了,于是那种幸福的骚乱状态开始了,列文直到结婚后第二天才摆脱这种状态。列文一直感觉得困窘和无聊,但是他的幸福的强度却不住地增长。他不断地感觉到人家期望他的事情很多——是些什么,他不知道;他做了人家叫他做的一切,而这一切都给了他快乐。他曾经想过他的订婚会与众不同,普通的订婚条件会损害他的特殊幸福;但是结果他所做的与别人完全一样,而他的幸福却只因此增长着,越来越特殊,越来越与众不同了。

"今天我们要吃糖果呢。"琳诺小姐说,于是列文就坐车去买糖果了。

"哦,我真高兴得很,"斯维亚日斯基说,"我劝你到福明花店去买些花束来。"

"啊,需要这个吗?"于是他就坐车到福明花店去了。

他哥哥对他说,他该借点钱,因为他会有许多开销,还得买礼品送人……

"啊,需要礼品吗?"说着他飞驰到佛尔德珠宝店去了。

在糖果店,在福明花店,在佛尔德珠宝店,他都看出来,大家都在期待他,都高兴见到他,而且都庆贺他的幸福,正如这几天来同他有过接触的所有的人一样。奇怪的是不但大家都喜欢他,就连以前惹人反感的、冷淡的、漠不关心的人也都称赞起他来了,什么事情都让着他,细致而慎重地对待他的感情,而且同意他的这个信念:由于他的未婚妻是十全十美的缘故,他是世界上最幸福的人。基蒂也有同样的感觉。当诺得斯顿伯爵夫人冒昧地暗示她期望更好的配偶时,基蒂是这样生气,这样断然地说,世界上再也没有比列文更好的人了,以致诺得斯顿伯爵夫人也只好承认,而且在基蒂面前遇见列文的时候,就总是带着欢喜叹赏的微笑了。

他所应允的自白在当时是一个痛苦的插曲。他和老公爵商量过,得到了他的允许,就把记载了苦恼着他的事情的日记交给了基蒂。他当初记这个日记原来是打算给他未来的未婚妻看的。两件事情使他苦恼:他失去了纯贞,他没有信仰。他的无信仰的自白不置可否地通过去了。她是有宗教信仰的,从来不曾怀疑过宗教的真理,但是他的外表上的无信仰一点也没有触犯她。通过爱情,她了解他整个的心,在他的心底她看出了她所渴望的东西,这样一种精神状态要叫做无信仰,这在她是并不介意的。另一个自白却使她伤心地哭了。

列文，并非没有经过内心的斗争，才把他的日记交给了她。他知道在他和她之间不能够有，而且也不应该有秘密，所以他决定了应该这样做；但是他没有考虑过这会在她身上产生什么影响，他没有替她设身处地想一想。直到那天晚上他在去戏院之前来到他们家里，走进她的房里，看到她那给泪水浸湿、惹人怜爱的面孔因为他所造成的，再也无法挽救的痛苦而苦恼着的时候，他这才感到了把他可羞的过去和她鸽子般的纯洁隔开的那个深渊，他为自己所做的事而感到惶恐了。

"拿开，拿开这些可怕的本子吧！"她说，推开摆在她面前桌上的日记本，"您为什么把它们给我呢？……不，这样到底好些，"她可怜他的绝望的脸色，这样补充说，"但是这真可怕，可怕啊！"

他垂下头，沉默着。他什么也说不出来。

"您不能饶恕我吗？"他低低地说。

"是的，我饶恕了您；但是这真可怕啊！"

但是，他的幸福是这样巨大，这种自白并没有破坏它，只是给它添加了一种新的色调。她饶恕了他；但是从此以后，他就越发觉得自己配不上她了，在道德上越加屈服于她，而且越加珍视他那不配享有的幸福了。

17

阿列克谢·亚历山德罗维奇回到他寂寞的房间，不禁回忆起宴间和宴后的谈话在他心中留下的印象。达里娅·亚历山德罗夫娜谈到饶恕的那番话，只是唤起了他恼怒的心情。基督教的训诫是否适用于他的情况是一个太难的问题，不是可以轻易谈论的，而且这个问题早就被阿列克谢·亚历山德罗维奇否定了。在所有的话里，深深地印在他的心上的是愚笨的、温厚的图罗夫岑的这句话：他的行为真不愧为一个堂堂的男子汉！要求他决斗，把他打死了。大家显然都有同感，虽然出于礼貌，没有说出口来。

"但是事情已成定局，想也无益了。"阿列克谢·亚历山德罗维奇自言自语。于是除了眼前的旅行和他的调查工作以外，再也不想别的事情，他走进他的房间，问那送他进来的守门人他的仆人到哪里去了；守门人回答说仆人刚刚出去。阿列克谢·亚历山德罗维奇吩咐拿茶来，在桌旁坐下，拿起旅行指南，开始考虑他的旅行路程。

"两封电报，"返回来的仆人说，"请原谅，大人，我刚才出去了。"

阿列克谢·亚历山德罗维奇接过电报，拆开来。第一个电报是通知已任命斯特列莫夫担任卡列宁所渴望的位置。阿列克谢·亚历山德罗维奇扔下电报，微微涨红了脸，立起身来，开始在房间里来回踱着。"上帝要使其灭亡，必先使其疯狂。[①]"他说，那些人[②]就是指对于这个任命应负责任的人。他倒不是因为自己没有得到这个位置、自己显然被人忽略了而懊恼，而是因为那个油嘴滑舌的吹牛大家斯特列莫夫是比谁都不胜任这个职务，这点他们竟没有看出，在他看来是不可理解而奇怪的。他们怎么会看不到由于这个任命他们毁了他们自己，损害了他们的威望[③]啊！

"又是这一类事情吧。"他痛心地自言自语，一面拆第二封电报。这电报是他妻子打来的。用蓝铅笔写的她的名字"安娜"首先映入他的眼帘。"我快死了；我求你，我恳求你回来。得到你的饶恕，我死也瞑目。"他阅读着。他轻蔑地笑了笑，扔下了电报。他开头想，这无疑是诡计和欺骗。

[①][②]　原文为拉丁语。
[③]　原文为法语。

"她什么欺骗的事都做得出来呢。她快要生产了。也许是难产吧。可是他们到底是什么目的呢？要使生下的孩子成为合法的，损害我的名誉，阻碍离婚吗？"他想，"但是电报里面有这样的字句：我快要死了……"他又读了电报，突然电报里的字句的明明白白的意义打动他了。"假如是真的呢？"他自言自语，"假如真的，她在痛苦和临死的时候诚心地忏悔了，而我，却把这当作诡计，拒绝回去？这不但是残酷，每个人都会责备我，而且在我这方面讲也是愚蠢的。"

"彼得，叫一辆马车。我要回彼得堡去。"他对仆人说。

阿列克谢·亚历山德罗维奇决定回彼得堡去看妻子。要是她的病是假的，他就不说一句话，又走开。要是她真是病危，希望临死之前见他一面，那么如果他能够在她还活着的时候赶到，他就饶恕她；如果他到得太迟了，他就参加她的葬仪。

一路上他没有再去想他应该做的事。

带着在火车上的一夜所引起的疲劳和不清洁的感觉，在彼得堡的朝雾中阿列克谢·亚历山德罗维奇坐车驰过空寂的涅瓦大街，他直瞪着前方，不去想那等待着他的事情。他不能够想这个，因为一想象到将要发生的事，他就不能够从脑中驱除掉这个念头：她的死会立刻解决他的困难处境。面包店、还关着门的商店、夜里的马车、打扫人行道的人，——在他眼前闪过，他注视着这一切，竭力使自己不去想等待着他的事情，不去想那他不敢希望，却又在希望的事情。他乘车驰近台阶。一部雪橇和一辆马车停在门口。马车夫在座位上睡着了。走进门口的时候，阿列克谢·亚历山德罗维奇好像从脑子的深远角落里掏出了决心，核对了一下。那决心就是："假如是假的，那么就一言不发地予以蔑视，一走了之。假如是真的，就做到恰如其分。"

看门人不待阿列克谢·亚历山德罗维奇按铃就把门打开。看门人彼得罗夫,另一个名字叫卡皮托内奇,穿着旧外套,没有系领带,穿着拖鞋,看上去很奇怪的样子。

"太太怎样了?"

"昨天平安地生产了。"

阿列克谢·亚历山德罗维奇突然站住了,变了颜色。他这才清楚地领会到他曾多么强烈地渴望她死掉。

"她好吗?"

柯尔尼系着早晨用的围裙跑下楼来。

"很坏呢,"他回答,"昨天举行过一次医生会诊,这时医生也在。"

"把行李拿进来。"阿列克谢·亚历山德罗维奇说,听说还有死的希望,就感到稍稍安心了,他走进门厅。

在衣架上,挂着一件军人的外套。阿列克谢·亚历山德罗维奇看到了,问:

"什么人在这儿?"

"医生、接生妇和弗龙斯基伯爵。"

阿列克谢·亚历山德罗维奇走进里面的房间。

客厅里没有一个人;听到他的脚步声,接生妇戴着有淡紫色丝带的帽子从她的书房里走出来。

她走到阿列克谢·亚历山德罗维奇面前,由于死的迫近而不拘礼节了,一把抓住他的手,拉着他向寝室走去。

"谢谢上帝,您回来了!她不住地说着您,除了您再也不说别的话了。"她说。

"快拿冰来。"医生命令的声音从寝室里传出来。

阿列克谢·亚历山德罗维奇走进她的卧房。

弗龙斯基侧身坐在桌旁一把矮椅上,两手掩着脸,在哭泣。他听到医生的声音就跳起来,把手从脸上放下,看见了阿列克谢·亚历山德罗维奇。见到她的丈夫他很窘,又坐下去,把头缩进肩膀中间去,好像要隐没的样子;但是他努力抑制住自己,立起身来,说:

"她快要死了。医生说没有希望了。我听凭您的处置,只是请让我在这里……不过,我听凭您处置。我……"

阿列克谢·亚历山德罗维奇看到弗龙斯基的眼泪,感到了每当他看见别人痛苦的时候心头就涌现的慌乱情绪袭上心来,于是把脸避开,他急急地向门口走去,没有听完他的话。从寝室里传来安娜在说什么话的声音。她的声音听上去好似很快活,很有精神,带着异常清晰的声调。阿列克谢·亚历山德罗维奇走进寝室,走到床边。她躺在那里,脸朝着他。她的两颊泛着红晕,眼睛闪耀着,她那从睡衣袖口里伸出来的白皙小手在抚弄着绒被的边角,扭绞着它。看上去她好像不但健康,容光焕发,而且处在最快乐的心境中。她迅速地、响亮地以异常准确的发音和充满感情的语气说着。

"因为阿列克谢——我是说阿列克谢·亚历山德罗维奇(两人都叫阿列克谢,多么奇怪而又可怕的命运,不是吗?)——阿列克谢不会拒绝我的。我会忘记,他也会饶恕我……可是他为什么不来呢?他真是个好人啊,他自己还不知道他是个多么好的人呢。噢,我的上帝,多苦恼呀!给我点水喝吧,快点!啊,这对于她,对于我的小女孩可有害呢!啊,那么也好,就把她交给奶妈吧。是的,我同意,这样倒也好。他要来了,看见她会不舒服哩。把她抱走吧。"

"安娜·阿尔卡季耶夫娜,他来了。他在这里!"接生妇说,竭力引她注意阿列克谢·亚历山德罗维奇。

"啊,真是瞎说!"安娜继续说,没有看到她丈夫,"不,把她给我吧,把我的小女孩给我吧!他还没有来呢。您说他不会饶恕我,那是因为您不了解他。谁也不了解他,只有我一个人,就是我也很困难呢。他的眼睛，我应该知道——谢廖沙的眼睛就和他的一模一样——我就是为了这缘故不敢看它们呢。谢廖沙吃饭了吗？我知道大家都会忘掉他。他不会忘掉。谢廖沙得搬到拐角的房间里去，要玛利埃特和他一道睡。"

突然她畏缩了，静默了，她恐怖地把手举到脸上，就像在等待什么打击而在自卫似的。她看到了她丈夫。

"不，不！"她开口了，"我不怕他，我怕死。阿列克谢，到这里来吧。我要赶快，因为我没有时间了，我活不了多久了；马上就要发烧，我又会糊涂了。现在我明白，什么都明白，什么都看得见！"

阿列克谢·亚历山德罗维奇皱着眉头的脸现出了痛苦的表情；他拉住她的手，竭力想说什么，但是他说不出来；他的下唇颤动着，但是他还是拼命克制他的激动情绪，只是不时地瞥她一眼。而每当他瞥视她的时候，他就看到了她的眼神带着他从来不曾见过的那样温柔而热烈的情感望着他。

"等一等，你不知道哩……等一等，等一等！……"她停住了，好像要集中思想似的。"是的，"她开口说，"是的，是的，是的。这就是我所要说的话。不要认为我很奇怪吧。我还是跟原先一样……但是在我心中有另一个女人，我害怕她。她爱上了那个男子，我想要憎恶你，却又忘不掉原来的她。那个女人不是我。现在的我是真正的我，是整个的我。我现在快要死了，我知道我会死掉，你问他吧。就是现在我也感觉着——看这里，我的脚上、手上、指头上的重压。我的指头——看它们多么大啊！但是一切都快过去了……我只希望一件事：饶恕我，完全饶恕我！我坏透了，但是我的乳母曾经告诉过我：那个殉难的圣者——她叫什么名字？她还要坏呢。我要到罗马去，在那里有荒野，这样我就不会打扰任何人了，只是我要带了谢廖沙和小女孩去……不，你不会饶恕了！我知道这是不可饶恕的!不,不,走开吧,你太好了!"她把他的手握在一只滚烫的手里,同时又用另一只手推开他。

阿列克谢·亚历山德罗维奇的情绪的混乱越来越增长,现在竟达到了这样的地步,他已不再和它斗争了。他突然感到他所认为的情绪混乱反而是一种幸福的精神状态,那忽然给予他一种从来未曾体验过的新的幸福。他没有想他一生想要恪守的、教他爱和饶恕敌人的基督教教义;但是一种爱和饶恕敌人的欢喜心情充溢了他的心。他跪下把头伏在她的臂弯里(隔着上衣,她的胳臂像火一样烫人),像小孩一样呜咽起来。她搂住他的光秃的头,更挨近他,带着夸耀的神情抬起她的眼睛。

"那是他,我知道!那么饶恕了我吧,饶恕我的一切吧!……他们又来了,他们为什么不走开?……啊,把我身上的这些皮外套拿开吧!"

医生移开了她的手,小心地让她躺在枕头上,用被单盖住她的肩膀。她顺从地仰卧着,用闪光的眼睛望着前面。

"记住一件事,我要的只是饶恕,除此以外,我不再要求什么了……他为什么不来?"她转脸向着门口,朝着弗龙斯基说,"来呀,来呀!把你的手给他吧。"

弗龙斯基走到床边,看到安娜,又用手掩住脸。

"露出脸来,望望他!他是一个圣人。"她说,"啊,露出脸来,露出脸来呀!"她生气地说,"阿列克谢·亚历山德罗维奇,让他的脸露出来!我要看看他。"

阿列克谢·亚历山德罗维奇拉住弗龙斯基的手,把他的双手从他的脸上拉开,那脸因为痛苦和羞耻的表情显得十分可怕。

"把你的手给他吧。饶恕他吧。"

阿列克谢·亚历山德罗维奇把手伸给他,忍不住流出眼泪。

"谢谢上帝，谢谢上帝！"她说，"现在一切都准备好了。只要把我的腿拉拉直吧。哦，好极了。这些花画得多难看呀，一点也不像紫罗兰，"她指着壁纸说，"我的上帝！我的上帝！什么时候完结呢？给我点吗啡吧。医生，给我点吗啡吧！啊，我的上帝。我的上帝！"

她在床上辗转反侧起来。

主任医生和他的同事都说这是产褥热，这种病百分之九十九是没有救的。整天发烧、说胡话，昏迷。半夜里病人躺在床上失了知觉，几乎连脉搏也停止了。

随时都会死亡。

弗龙斯基回家去了，但是早晨又来探问，阿列克谢·亚历山德罗维奇在前厅迎接他，说：

"请留在这里吧，她也许会问到您的。"于是亲自领他走进妻子的卧室。

到早上，她又兴奋和激动起来，思想和言语滔滔如流，末后又神志昏迷了。到第三天又是一样，医生说还有希望。那天阿列克谢·亚历山德罗维奇走进弗龙斯基坐着的卧室，关上门，面对着他坐下。

"阿列克谢·亚历山德罗维奇，"弗龙斯基感到快要表明态度了，这样说，"我什么也说不出来，我什么都不明白。饶恕我吧！不论您多么痛苦，但是相信我，在我是更痛苦。"

他本来想站起来，但是阿列克谢·亚历山德罗维奇拉住他的手，说：

"我求您听我说；这是必要的。我应当表明我的感情，那种指导过我，而且还要指导我的感情，这样您就不至于误解我了。您知道我决定离婚，甚至已开始办手续。我不瞒您说，在开始的时候，我踌躇，我痛苦；我自己承认我起过报复您和她的愿望。当我接到电报的时候，我抱着同样的心情回到这里来，我还要说一句，我渴望她死去。但是……"他停了停，考虑要不要向他表白他的感情，"但是我看见她，就饶恕她了。饶恕的幸福向我启示了我的义务。我完全饶恕了。我要把另一边脸也给人打，要是人家把我的上衣拿去，我就连衬衣也给他。我只祈求上帝不要夺去我的这种饶恕的幸福！"眼泪含在他的眼睛里，那明朗的、平静的神色感动了弗龙斯基，"这就是我的态度。您可以把我践踏在污泥里，使我遭到世人的耻笑，但是我不抛弃她，而且我不说一句责备您的话，"阿列克谢·亚历山德罗维奇继续说，"我的义务是清楚规定了的：我应当和她在一起，我一定要这样。假如她要见您，我就通知您，但是现在我想您还是走开的好。"

他站起身来，呜咽打断了他的话。弗龙斯基也立起身来，弯着身子、没有把腰挺直，皱着眉头仰望着他。他不了解阿列克谢·亚历山德罗维奇的感情，但是他感觉到这是一种更崇高的、像具有他这种人生观的人所望尘莫及的情感。

18

和阿列克谢·亚历山德罗维奇谈话以后，弗龙斯基就走上卡列宁家门口的台阶，站住了，好容易才想起了他是在什么地方，他应当步行还是坐车到什么地方去。他感到羞耻、屈辱、有罪，而且被剥夺了涤净他屈辱的可能。他感到好像从他一直那么自负和轻快地走过来的轨道上被抛出来了。他一切的生活习惯和规则，以前看来是那么确定，突然显得虚妄和不适用了。受了骗的丈夫，以前一直显得很可怜的人，是他幸福的一个偶然而且有几分可笑的障碍物，突然被她亲自召来,抬到令人膜拜的高峰,在那高峰上,那丈夫显得并不阴险,并不虚伪,并不可笑,倒是善良、正直和伟大的。弗龙斯基不由得不这样感觉。他们扮演的角色突然间互相调换了。弗龙斯基感到了他的崇高和自己的卑劣,他的正直和自己的不正直。他感到那丈夫在悲哀中也是宽大的,而他在自己搞的欺骗中却显得卑劣和渺小。但是他在这个受到他无理蔑视的人面前所感到自己的卑屈只不过形成了他悲愁的一小部分而已。他现在感到悲痛难言的是,近来他觉得渐渐冷下去的他对安娜的热情,在他知道他永远失去了她的现在,竟变得比以前任何时候都强烈了,他在她病中完全认清了她,了解她的心,而且感觉得好像他以前从来不曾爱过她似的。现在,当他开始了解她,而且恰如其分地爱她的时候,他却在她面前受了屈辱,永远失去她,只是在她心中留下了可耻的记忆。最可怕的是阿列克谢·亚历山德罗维奇把他的手从他惭愧的脸上拉开的时候他那可笑可耻的态度。他站在卡列宁家的门口台阶上茫然若失,不知所措。

"要叫一辆马车吗,老爷?"看门人问。

"好的,马车。"

过了三个不眠之夜以后回到家里,弗龙斯基没有脱衣服就伏到沙发上,合拢两手,把头枕在手上。他的头昏昏沉沉。想象、记忆和奇奇怪怪的念头异常迅速和明晰地一个接一个浮上心头:时而是他给病人倒的、溢出汤匙的药水,时而是接生妇白皙的手,时而是跪在床边地上的阿列克谢·亚历山德罗维奇的古怪姿势。

"睡吧!忘却吧!"他那么平静而自信地对自己说,就像一个健康的人疲倦了要睡马上就可以睡着似的。的确,在一瞬间,他的头感到昏昏沉沉,而他就开始沉入忘却的深渊了。无意识境界的波浪开始淹没他的脑海,而突然间,好像一阵强烈的电击通过了他的全身。他颤抖得这样厉害,以致他整个身子从沙发的弹簧上弹跳起来,撑住两手,惊惶地跪起来。他的眼睛大睁着,好像他完全没有睡似的。他刚才感到的头脑沉重和四肢无力的感觉突然消失了。

"您可以把我践踏在污泥里",他仿佛听到阿列克谢·亚历山德罗维奇的话,看见他站在面前,而且看见安娜涨红的脸和那含着爱怜和柔情不望着他却望着阿列克谢·亚历山德罗维奇的闪烁的眼睛;他又仿佛看见阿列克谢·亚历山德罗维奇把他的手从他的脸上拉开时,他自己那愚蠢而可笑的姿态。他又伸直两腿,照原来的姿势猛然扑到沙发上,闭上眼睛。

"睡吧!睡吧!"他对自己重复说。但是他的眼睛虽然闭上了,他却更鲜明地看见了如他在赛马之前那个难忘的晚上看到的安娜的面孔。

"这一切都完了,再也不会有了,她要把这从她的记忆里抹去了。但是我没有它就活不下去。我们怎样才能够和好呢?我们怎样才能够和好呢?"他大声地说,无意识地继续重复着这些话。这种重复阻止了拥塞在他脑中新的形象和记忆出现。但是这些重复的话却并没有长久地制止住他的想象力的活动。他的最幸福的时刻,接着是他现在的屈辱,又一幕接着一幕地,飞快地在他心头闪过去。"拿开他的手。"安娜的声音说。他移开了手,感到自己脸上的羞愧和愚蠢的表情。

他依旧躺着,极力想要入睡,虽然他感到毫无睡着的希望,而且尽在低低地重复说着由于思绪纷乱偶然说出的言语,竭力想以此来制止新的形象的涌现。他静听着,听到异样的疯狂的低声重复着说:"我没有珍视它,没有享受它,我没有珍视它,没有享受它。"

"怎么回事呢?我发疯了吗?"他自言自语,"也许是。人们到底是为什么发疯?人们是为什么自杀的呢?"他自问自答了,于是张开眼睛，他惊异地看到摆在他头旁边的他的嫂嫂瓦里娅手制的绣花靠垫。他触了触靠垫的缨络，极力去想瓦里娅，去想最后一次看见她的情景。但是去想任何不相干的事都是痛苦的。"不，我非睡不行！"他把靠垫移上来，把头紧偎着它，但是要使眼睛闭上是得费点气力的。他跳起来，又坐下去。"我一切都完了，"他自言自语，"我该想想怎样办好。我还有什么呢？"他的思想迅速地回顾了一遍与他对安娜的爱情无关的生活。

"功名心？谢尔普霍夫斯科伊？社交界？宫廷？"他得不到着落。这一切在以前是有意义的，可是现在没有什么了，他从沙发上站立起来，脱下上衣，解开皮带，为的是呼吸得舒畅些，露出了他的长满汗毛的胸脯，在房间里来回踱着。"人们就是这样发疯的，"他重复说，"人们就是这样自杀的……为了不受屈辱。"他慢慢地补充说。

他走到门口，关上门，然后眼光凝然不动，咬紧牙关，他走到桌旁拿起手枪，检查了一下，上了子弹，就沉入深思了。有两分钟光景，他垂着头，脸上带着苦苦思索的表情，手里拿了手枪，一动也不动地站着，他在沉思。"当然。"他对自己说，好像一种合乎逻辑、连续而明确的推理使他得出了确切无疑的结论，实际上这个他所确信的"当然"，只不过是反复兜他在最后一个钟头内已兜了几十回的想象和回忆的圈子的结果。无非是在回忆永远失去了的幸福，无非是想到生活前途毫无意义，无非是感到自己遭受的屈辱。就连这些想象和感情的顺序也都是同样的。

"当然。"他第三次又回到那使人迷惑的回忆和思想的轨道时，这样重复说，于是把手枪对着他的胸膛的左侧，用整个手使劲握住它，好像把手攥紧似的，他扳了枪机。他没有听到枪声，但是他胸部受的猛烈打击把他打倒了。他想要抓住桌子边，丢掉手枪，他摇晃了一下，坐在地板上，吃惊地向周围打量。他从地板上仰望着桌子的弯腿、字纸篓和虎皮毯子，认不出自己的房间来了。他的仆人走过客厅的迅速的咯咯响的脚步声使他清醒过来。他努力思索，这才觉察出他是在地板上；看到虎皮毯子和他的手臂上的血，他才知道他开枪自杀了。

"真笨！没有打中！"他一面说，一面摸索手枪。手枪就在他身旁，但是他却往远处搜索。还在摸索着，他的身体向相反的方向探过去，没有足够的气力保持平衡，他倒下了，血流了出来。

那个常向相识的人们抱怨自己神经很脆弱的、优雅的、留着颊髭的仆人，看到主人躺在地板上是这样地惊慌失措，他抛下还在流血的主人，就跑去求救去了。一点钟以后，他的嫂嫂瓦里娅来了，靠着她从各方面请来的，而且同时到达的三个医生的帮助，她把受伤的人抬上了床，自己留在那里看护他。

19

阿列克谢·亚历山德罗维奇在这事上所犯的错误——当他准备会见妻子的时候，他忽视了她的悔悟也许是真诚的，他也许会饶恕她而她也许不会死的那种可能性——这个错误在他从莫斯科回来过了两个月，就完完全全地向他显示出来了。但是他所造成的这个错误，不只是由于他忽视了可能发生的情况，同时也是由于直到他和濒死的妻子会见那一天，他都不了解自己的心。在他生病的妻子的床边，他有生以来第一次屈从于一种怜悯之情，这种怜悯之情经常是由于别人的痛苦在他心中引起的，以前他一直羞于有这种感情，把它看成有害的缺点。对于她的怜悯，后悔他曾渴望她死去的心情，而最要紧的是饶恕的快乐，不但立刻使他感到他自己的痛苦减轻，而且感到他以前从来不曾体验过的一种精神上的平静。他突然感到成为他苦恼的泉源的东西，同时也变成他的精神上快乐的泉源了；而在他非难、责备和憎恨的时候看来是难于解决的事情，在他饶恕和爱的时候，就变成简单明了了。

他饶恕了他的妻子，为了她的痛苦和悔悟而怜悯她。他饶恕了弗龙斯基，而且很可怜他，特别是在他听到他的绝望行动的传闻以后。他也比以前更加爱惜他的儿子，他现在责备自己太不关心他。但是对于新生的小女孩，他感到的不只是怜爱，而且还怀着一种十分特别的慈爱感情。开始只是由于同情心，他对于这个柔弱的婴儿，这个不是他的孩子的婴儿发生了兴趣，这婴儿在她母亲生病的时候被丢弃不顾，要不是他关心她的话一定会死掉；他自己也没有觉察出他是多么疼爱她。他每天到育儿室去好几次，而且在那里坐很久，使得那些最初害怕他的奶妈和保姆在他面前都十分习惯了。有时他会在那里连续坐半个钟头，默默地凝视着这睡着的婴孩的橙红色、长着绒毛、带有皱纹的小脸，望着她那皱起的额头的动作，那捏着拳头，揉擦着小眼和鼻梁的胖胖小手。在这种时候，阿列克谢·亚历山德罗维奇特别怀着一种内心十分平静和谐的感觉，看不出自己的处境有什么异常，有什么需要改变的地方。

但是随着时光的流逝，他逐渐清楚地看出来不管这种处境在他看来是多么自然，都不允许他长此下去。他感到除了控制住他的心灵善良的精神力量以外，还有左右着他生活的另外一种同样强有力的甚或更强有力的野蛮力量，而这种力量不给予他所渴望的那种谦卑的平静。他感到大家都带着疑问惊异的神情望着他，不理解他，而且人们对他还期待着什么。特别是他感到他和他妻子的关系是不稳固和不自然的。

当由于死亡临近在她心中引起的柔和心情消失以后，阿列克谢·亚历山德罗维奇开始注意到安娜害怕他，和他在一道感到不安，而且不能够正视他。她好像很想对他说什么话，但又打不定主意；而且好像预感到他们现在的关系不能继续下去，她对他期待着什么。

二月末尾，安娜新生的女儿，也名叫安娜的小女孩忽然病了。阿列克谢·亚历山德罗维奇早晨到了育儿室，吩咐去请医生以后，就到部里去了。办完了公事，他三点多钟回到家。走到门厅，他看到一个穿着镶金边的制服，戴着熊皮小帽的漂亮男仆，手里拿着一件雪白的毛皮大衣。

"什么人来了？"阿列克谢·亚历山德罗维奇问。

"伊丽莎白·费奥多罗夫娜·特维尔斯基公爵夫人来了。"男仆回答，而在阿列克谢·亚历山德罗维奇觉得他好像笑了。

在这整个困难的期间，阿列克谢·亚历山德罗维奇注意到在社交界他所相识的人，特别是女人们，对他和他妻子表现得特别关心。他看到所有这些相识的人都煞费苦心地掩饰着他们所感到的幸灾乐祸的喜悦，这就是他在律师的眼里和刚才在这个男仆的眼里所觉察出的那种喜悦。大家都好像喜气洋洋，就像他们刚刚举行过婚礼一样。当他们碰到他的时候，他们带着隐藏不住的快乐询问他妻子的健康。

特维尔斯基公爵夫人的到来，由于和她有联系的一些回忆，同时也因为不喜欢她，对阿列克谢·亚历山德罗维奇说来是不愉快的，于是他就一直走到育儿室去了。在第一间育儿室，谢廖沙趴在桌上，两腿搁在椅子上，正在愉快地闲扯着，绘声绘色地讲着什么。在安娜病中代替了法国女教师的英国女教师坐在这孩子旁边，正在织一条披肩。她慌忙站起来，行了礼，拉了拉谢廖沙。

阿列克谢·亚历山德罗维奇抚了抚他儿子的头发，回答了女教师问候他妻子的话，并且问医生关于婴儿[①]说了些什么。

[①] 原文为英语。

"医生说不要紧,他吩咐给她洗洗澡,大人。"

"可是她还难受哩。"阿列克谢·亚历山德罗维奇听到隔壁房里婴儿的哭声,这样说。

"我想这是奶妈不行,大人。"英国女人断然地说。

"您为什么这样想?"他问,突然站住了。

"这正像保罗公爵夫人家一样,大人。他们给婴儿吃药,后来才知道婴儿不过是饿了:奶妈没有奶,大人。"

阿列克谢·亚历山德罗维奇沉思了一下,站了一会儿,走进隔壁房间。婴儿仰着头躺着,在奶妈的怀里扭动,不肯吮吸伸给她的丰满的乳房;而且虽然奶妈和俯向她的另外一个保姆同时在哄她,她还是不停地哭。

"还没有好一点吗?"阿列克谢·亚历山德罗维奇说。

"她很不安静哩。"保姆低声地回答。

"爱德华小姐说,恐怕奶妈没有奶。"他说。

"我也这样想,阿列克谢·亚历山德罗维奇。"

"那么您为什么不说呢?"

"对谁说呢?安娜·阿尔卡季耶夫娜还病着……"保姆不满地说。

保姆是家里的老用人。在她简单的话语里,阿列克谢·亚历山德罗维奇觉得好像含着对他处境的暗示。

婴儿哭得比以前更大声了,她挣扎着,呜咽着。保姆做了一个失望的手势,走到她那里,从奶妈的怀里把她接过来,开始来回走着,摇着她。

"该请医生来给奶妈检查一下。"阿列克谢·亚历山德罗维奇说。

穿得很漂亮、样子很健康的奶妈,想到要解雇她很吃惊,暗自嘟哝了句什么,掩上她丰满的胸脯,因为人家对她的乳量表示怀疑,她轻蔑地微微一笑。在这微笑里，阿列克谢·亚历山德罗维奇也看到了对他处境的嘲笑。

"可怜的孩子！"保姆哄着婴儿说，仍旧抱着她来回地踱着。

阿列克谢·亚历山德罗维奇在一把椅子上坐下来，带着沮丧和苦恼的脸色，望着踱来踱去的保姆。

孩子终于停止哭泣，给放在一张深陷进去的小床里，保姆摩平了小枕头，就离开了她，这时阿列克谢·亚历山德罗维奇立起身来，吃力地踮着脚尖走近婴儿身旁。他在那里静静地站了一会，依然带着沮丧的脸色凝视着婴儿；但是突然一丝牵动了他头发和额上皮肤的微笑浮现在他脸上，于是他又轻轻地走出房间。

他在餐室里按了按铃，吩咐进来的仆人再去请医生。他恼怒妻子不关心这个可爱的婴儿，怀着这种恼怒的心情，他不愿意到她那里去，他也不愿意去见贝特西公爵夫人；但是他的妻子也许会奇怪他为什么没有像平常一样到她那里去；因此，他勉强自己向卧室走去。当他踏着柔软的地毯走到门边时，他无意中听到了他不愿意听见的谈话。

"如果不是他要走的话，我可以理解您的拒绝和他的拒绝，但是您的丈夫应当不过问这些事。"贝特西说。

"这倒不是为了我的丈夫；是我自己不愿意这样。不要说了吧！"安娜兴奋的声音回答。

"是的，但是您不能不愿意向一个为了您曾经自杀的男子告别……"

"这就正是我不愿意的理由。"

带着一种惊惶和负疚的表情，阿列克谢·亚历山德罗维奇站住了，本想悄悄地退回去；但是一想到这会有损尊严，他又转回来，咳嗽了一声，向卧室走去。声音静下来，他走了进去。

安娜穿着一件灰色睡衣，坐在一张躺椅上，她圆圆的头上留着剪短了又长起来、像浓密的毛刷一般的乌黑的头发。照例，一看见她丈夫，她脸上的生气就立刻消失了；她低着头，不安地望了贝特西一眼。贝特西穿戴得非常时髦，帽子好像灯罩一样高耸在她的头顶，身穿一件斜条的一端伸向领口，一端伸向裙子的显眼的淡灰色衣服，坐在安娜旁边，她高高的扁平躯体挺得笔直，头垂着。她带着讥讽的微笑迎接阿列克谢·亚历山德罗维奇。

"噢！"她好像吃惊似的说，"您在家里我真高兴。您什么地方也不露面，自从安娜病了以后，我就没有见过您。我通通听说了——您是怎样焦急的。是的，您真是一个了不得的丈夫哩！"她说，带着含意深长而又亲切的态度，好像她是为了他对待妻子的行为在授予他一枚宽宏大量的勋章一样。

阿列克谢·亚历山德罗维奇冷淡地鞠了鞠躬，就吻了吻他妻子的手，问她身体如何。

"好一点，我想。"她避开他的目光说。

"但是您的脸色好像还有点发烧的样子。"他说，着重在"发烧"这个字眼上。

"我们话说得太多了，"贝特西说，"我觉得这是我这一方面的自私，我要走了。"

她站起来，但是安娜突然涨红了脸，急忙抓住她的手。

"不，请等一等。我要告诉您……不，您。"她转向阿列克谢·亚历山德罗维奇，她的脖颈和前额涨得通红，"我不愿意而且也不能够有任何事情隐瞒您。"她说。

阿列克谢·亚历山德罗维奇扳得指头哔剥作响，垂下了头。

"贝特西刚才告诉我，弗龙斯基伯爵在动身去塔什干以前要到这里来告别。"她没有看她的丈夫，显然不管这在她是多么难堪，她都要急急地把一切说出来,"我说我不能够接待他。"

"您说,我亲爱的,这要看阿列克谢·亚历山德罗维奇的意思。"贝特西纠正她的话。

"啊,不,我不能够接待他;那有什么……"她突然停住了,询问似的瞥了瞥她的丈夫(他没有望着她),"总之,我不愿意……"

阿列克谢·亚历山德罗维奇走上去,想要握住她的手。

她的第一个冲动就是急忙缩回自己的手,不让那只青筋凸起潮湿的手来握它,但是显然拼命抑制住自己。她紧紧握住他的手。

"我十分感谢您的信赖,但是……"他说,怀着惶惑和烦恼的心情感到,他自己原来可以很容易而明快地解决的事情,他却不能够在特维尔斯基公爵夫人面前讨论,在他看来,她是左右他在世人眼中的生活的,而且妨碍他献身于他的爱和饶恕的情感的那种野蛮力量的化身。他突然住了口,望着特维尔斯基公爵夫人。

"哦,再见,我的亲爱的!"贝特西站起身来说。她吻了吻安娜,就走出去了。阿列克谢·亚历山德罗维奇送她出去。

"阿列克谢·亚历山德罗维奇!我知道您是一个真正宽宏大量的人,"贝特西说,在小客厅里站住了,特别热烈地又一次握了握他的手,"我是局外人,但我是这样爱她,这样尊敬您,我冒昧地向您进一忠告。接待他吧。阿列克谢·弗龙斯基是个很体面的人,而且他快要到塔什干去了。"

"谢谢您的同情和忠告,公爵夫人。但是我的妻子能不能够接见任何人要由她自己决定。"

他照例带着威严的神情扬起眉毛这样说,立刻他又想到不论他说什么话,在他现在这种处境是不能够有什么威严的。他说了这句话以后,他从贝特西望着他时所含的那种压制的、恶意讽刺的微笑看到了这点。

20

阿列克谢·亚历山德罗维奇在客厅里送走了贝特西,又回到妻子那里。她躺下了,但是听到他的脚步声,她急忙照她原来的姿势坐起来,惊惶地望着他。他看到她刚哭过。

"我十分感谢你对我的信赖。"他温和地用俄语重复说了他在贝特西面前用法语说过的话,就在她身边坐下。当他用俄语对她说话的时候,他用了俄语中"你"这个字眼,而这个"你"就使安娜怒不可遏。"对于你的决心,我非常感谢。我也认为弗龙斯基伯爵既然要走了,也就没有什么必要到这里来。不过,如果……"

"但是我已经这样说了,为什么还要重复呢?"安娜怀着抑制不住的激怒突然打断他的话。"没有什么必要,"她想,"一个人要来向他爱的女人,为了她他情愿毁掉自己,而且事实上已经毁掉了他自己,而她没有他也活不下去!一个人要来向这个女人告别,没有什么必要!"她紧闭着嘴唇,垂下她闪光的眼睛,看着他那青筋凸起的双手,那双手正在慢慢地互相揉搓着。

"我们不要再谈这个了吧。"她稍微冷静了一点补充说。

"这个问题我让你来决定,我很高兴看到……"阿列克谢·亚历山德罗维奇开口说。

"看到我的愿望和您的一致。"她急急地替他把话说完,看到他说得这样慢,而她又预先知道他要说的一切,她激怒了。

"是的,"他承认道,"而特维尔斯基公爵夫人干预最难办的家务事真是岂有此理。特别是她……"

"说到人们议论她的话,我一句都不相信,"安娜连忙说,"我知道她实在很关心我。"

阿列克谢·亚历山德罗维奇叹了口气,没有说什么。她焦灼地摩弄着她睡衣的缨络，带着那种难堪的生理上的憎恶感望着他，为了这种感觉，她责备自己，可是她又抑制不住它。她现在唯一的希望是不看见他，免得看了讨厌。

"我刚才吩咐了去请医生。"阿列克谢·亚历山德罗维奇说。

"我非常好，何必给我请医生？"

"不，小的总哭，他们说奶妈的奶不够。"

"为什么当我请求让我喂她奶的时候，你不准我喂？不管怎么说（阿列克谢·亚历山德罗维奇知道'不管怎么说'是什么意思），她是一个婴儿呀，他们会折磨死她呢。"她按铃吩咐把孩子抱给她，"我要求喂她奶，可是不允许我，现在又来责备我了。"

"我没有责备……"

"是的，您在责备我！我的上帝！我为什么不死掉！"她呜咽起来了，"原谅我，我又激动了，我不对，"她说，抑制着自己，"但是请走开……"

"不，像这样下去是不行的。"阿列克谢·亚历山德罗维奇离开妻子的房间时，这样断然地自言自语。

在世人眼中他的这种难以忍受的处境，他妻子对他的憎恨，以及一种神秘的粗暴力量的威力——那力量违反他的精神倾向去左右他的生活，要求他遵照它的命令行事，改变他对妻子的态度，这种处境从来没有像现在这样明显地摆在他眼前。他清楚地看到，整个上流社会和他妻子都对他期望着什么，但期望的究竟是什么他却不明白。他感觉到这正在他的心中引起一种破坏了他内心平静和他全部德行的愤怒心情。他认为，为了安娜本人，最好是和弗龙斯基断绝关系；但要是大家都觉得这不可能，他甚至愿意容许这种关系重新恢复，只要他的孩子们不受到羞辱，他不失掉他们，也不改变他的处境。这纵然很坏，但总比完全破裂好一些，完全破裂就会置她于绝望和羞辱的境地，使他失去他喜爱的一切。但是他感到无能为力，他预先就知道大家都会反对他，他们不许他做他现在看来是那么自然而又正确的事情，却要强迫他去做那错误的、但在他们看来却是正当的事情。

21

贝特西还没有走出大厅，就在门口碰到斯捷潘·阿尔卡季奇，他是刚从到了一批新鲜牡蛎的叶利谢耶夫饭店来的。

"噢！公爵夫人！多么愉快的会见啊，"他开口说，"我去拜访过您呢。"

"片刻的会见，因为我就要走了。"贝特西说，微笑着，戴上手套。

"等一下再戴手套，公爵夫人，让我吻吻您的手。在恢复旧习惯中，我再没有比对吻手礼更感激的了。"他吻了吻贝特西的手，"我们什么时候再见？"

"您不配再见我呢。"贝特西微笑着回答。

"啊，是的，我才配哩，因为我变成一个十分严肃的人了。我不仅管我自己的事，还管人家的事呢。"他带着意味深长的脸色说。

"啊，我真高兴！"贝特西回答，立刻明白他说的是安娜。于是回到大厅，他们在一个角落里站住。"他会折磨死她，"贝特西用含意深长的低声说，"这样可不成，不成啊……"

"您这样想，我很高兴，"斯捷潘·阿尔卡季奇带着严肃、痛苦而又同情的脸色，摇了摇头说，"这就是我来彼得堡的原因。"

"全城的人都在议论纷纷，"她说，"这是一种难以忍受的处境。她一天天消瘦了。他不理解，她这种女人是不能玩弄自己的感情的。

两者之中必择其一：或是索性让他把她带走，或者就和她离婚。这样会活活闷死她。"

"是的，是的……正是这样……"奥布隆斯基叹了口气说，"我就是为了这事来的。就是说不是专为了那事……任命我做了侍从，自然我应该来道谢。但是主要的事是要解决这个问题。"

"哦，上帝保佑您！"贝特西说。

把贝特西送到门廊，又一次在她的手套上面，在那脉跳的地方吻了吻她的手，向她喃喃地说了一些使她笑也不是，恼也不是的不成体统的话以后，斯捷潘·阿尔卡季奇就走到他妹妹那里。他看见她在流泪。

斯捷潘·阿尔卡季奇虽然刚才还很兴高采烈，但是立刻而且十分自然地陷入了一种和她心境一致的、同情而伤感的心境。他问她身体怎样，今天早晨她过得怎样。

"非常，非常难受。今天和今早和所有过去和未来的日子。"她说。

"我想你是陷入悲观了。你应该振作起来，你应该正视人生。我知道这是很难的，但是……"

"我曾听到人说，女人爱男人连他们的缺点也爱，"安娜突然开口说，"但是我却为了他的德行憎恨他。我不能和他一道生活。你要明白，看见他我就产生一种生理的反感，这使得我精神错乱。我不能够，我不能够和他一起生活。我怎么办呢？我一向是不幸的，我常常想一个人不能够更不幸了；但是我现在所处的这种可怕的境地，我简直不能想象。你相信吗？明知道他是一个善良的人，一个了不得的人，我抵不上他的一个小指头，但我还是恨他。为了他的宽大，我恨他。我没有别的办法，只有……"

她本来想要说死的，但是斯捷潘·阿尔卡季奇不让她说完。

"你有病而且很激动。"他说,"相信我,你未免太夸大了。并不见得有这样可怕。"

斯捷潘·阿尔卡季奇微微一笑。无论谁处在斯捷潘·阿尔卡季奇的地位,对于这种绝望的事情,是绝不敢微笑的(那微笑会显得无情),但是在他的微笑里含着这么多亲切和几乎女性一般的温柔,使得他的微笑不但不伤害人的感情,而且令人感到安慰镇定。他柔和安慰的言语和微笑像杏仁油一样有缓和镇定的作用。而安娜立刻感到了这个。

"不,斯季瓦,"她说,"我完了,完了!比完了还坏!我还不能够说一切都已经过去;相反的,我感到还没有过去。我像一根拉得太紧的弦,一定会断的。但是却还没有了结……而这结局会是很可怕的呢。"

"不要紧,可以把弦慢慢地放松。天无绝人之路。"

"我想了又想。唯一的……"

他又从她恐惧的眼色明白了她所想的唯一的出路就是死,他不让她说完。

"一点也不是,"他说,"听我的话。你不能够像我一样看清你自己的处境。让我很坦白地把我的意见告诉你吧。"他又加意小心地露出他那杏仁油一样的微笑,"我从头说起:你和一个比你大二十岁的男子结了婚。你没有爱情,也不懂爱情就和他结了婚,让我们承认,这是一个错误。"

"一个可怕的错误!"安娜说。

"但是我重复说一遍,这是木已成舟的事。后来,我们不妨说,你不幸又爱上了一个不是你丈夫的男子。这是不幸;但这也是一件木已成舟的事。你丈夫知道这事,而且饶恕了你。"他每说一句就停一停,等待她反驳;但是她没有回答,"就是这样。现在的问题是：你能不能够和你的丈夫一道生活下去？你愿不愿意？他愿不愿意？"

"我什么都不知道，什么都不知道。"

"但是你自己说过你忍受不了他。"

"不，我没有这样说。我否认这话。我什么也不知道，什么也不明白。"

"是的，但是让……"

"你不能理解。我觉得我是倒栽在一个深渊里，但是我不应该救我自己。而且我也不能够……"

"不要紧。我们会铺上一块什么东西，把你托住。我了解你，我知道你自己不能说明你的希望、你的感情。"

"我什么，什么也不希望……除了希望一切都完结。"

"但是他看到了这个，知道这个。难道你以为他为此苦恼得没有你那么厉害吗？你痛苦，他也痛苦，这样有什么好处？而离婚可以解决一切困难。"斯捷潘·阿尔卡季奇好容易说出了他的主要意思，意味深长地望着她。

她没有说什么，不同意地摇了摇她那留着短发的头。但是从她那突然闪耀着昔日的美丽的脸上的表情看来，他看出她所以不抱这种希望，只是因为这在她看来是不能得到的幸福罢了。

"我非常替你们难过！要是我能办妥这件事，我将会多么快乐！"斯捷潘·阿尔卡季奇更加大胆地微笑着说，"不要说，什么都不要说！但愿上帝准许我说出我心中的感受。我要到他那里去了。"

安娜用梦幻般的、闪耀的眼睛看着他，没有说一句话。

22

斯捷潘·阿尔卡季奇,带着像他在会议室里坐到主席座位上时那种颇为严肃的表情走进阿列克谢·亚历山德罗维奇的书房。阿列克谢·亚历山德罗维奇背着手在房间里踱来踱去,正在想着斯捷潘·阿尔卡季奇跟他妻子所谈的同样的事情。

"我不打扰你吗?"斯捷潘·阿尔卡季奇说,一见他妹夫,突然感觉到一种在他是很罕有的困惑的感觉。为了掩饰这种困惑,他掏出他刚刚买来的新式开法的纸烟盒,嗅了嗅那柔皮,就从里面取出一根纸烟来。

"不。你有什么事?"阿列克谢·亚历山德罗维奇不乐意地问。

"是的,我要……我要……是的,我要和你谈谈。"斯捷潘·阿尔卡季奇说。因为感到他所不习惯的畏怯而诧异了。

那种畏怯感觉来得这样意外,这样不可思议,以致他简直不相信这是良心的声音在告诉他,说他打算做的事是不对的。斯捷潘·阿尔卡季奇鼓起勇气,战胜了他畏怯的心情。

"我希望你相信我对我妹妹的爱和我对你的深情厚谊。"他说,涨红了脸。

阿列克谢·亚历山德罗维奇站住了,没有说一句话,但是他脸上那种逆来顺受的表情把斯捷潘·阿尔卡季奇打动了。

"我想要……我要和你稍微谈一谈,我妹妹和你相互之间的处境。"他说,还在和不习惯的畏怯斗争。

阿列克谢·亚历山德罗维奇忧愁地苦笑了一下,望着他的内兄,没有答话,他径自走到桌旁,从桌上拿了一封未写完的信递给他的内兄。

"我不断地考虑这件事。这就是我开始写的,因为我想写信可以说得更清楚,而且我在她面前使她恼怒。"他一面说,一面把信交给他。

斯捷潘·阿尔卡季奇接了信,带着疑惑的惊讶望着那双死死盯住他的暗淡无光的眼睛,于是开始读着。

> 我知道您看到我在面前就感到厌恶。相信这一点,在我固然很痛苦,但是我知道事实是这样,无可奈何。我不责备您,当您在病中我看到您的时候我真心诚意下了决心忘记我们之间发生的一切,而开始一种新的生活,这一点,上帝可以做我的证人。对于我做了的事我并不懊悔,而且永远不会懊悔,我只有一个希望——您的幸福,您的灵魂的幸福——而现在我知道我没有完成这个愿望。请您自己告诉我什么可以给您真正的幸福和内心的平静。我完全听从您的意志,信赖您的正义的感情。

斯捷潘·阿尔卡季奇交还了信,带着同样惊讶的表情继续望着他妹夫,不知道说什么好。这种沉默对于他们两人都是如此难堪,以致斯捷潘·阿尔卡季奇的嘴唇开始神经质地抽搐起来,同时他还是默默地盯着卡列宁的面孔。

"这就是我要对她说的话。"阿列克谢·亚历山德罗维奇说,掉转身去。

"是的,是的……"斯捷潘·阿尔卡季奇说,给眼泪哽塞住,答不出话来。"是的,是的,我了解你。"他终于说出来。

"我要知道她希望的是什么。"阿列克谢·亚历山德罗维奇说。

"我恐怕她自己也不明白她自己的处境。她判断不了,"斯捷潘·阿尔卡季奇镇静下来了,说,"她被压倒了,完全被你的宽宏大量压倒了,要是她读了这封信,她会说不出一句话来。她只会把她的头垂得更低。"

"是的，但是在这种情况下怎么办才好呢？怎样说明，怎样了解她的愿望呢？"

"要是你允许我表达我的意见的话，我觉得为了要直截了当地指出你认为可以结束这种处境所需要的办法，关键全在你。"

"那么，您认为非结束不可吗？"阿列克谢·亚历山德罗维奇打断他，"但是怎样做法呢？"他补充说，用两手在他的眼睛面前做了一个他所罕有的手势，"我看不出任何出路。"

"任何处境都可以找到出路的，"斯捷潘·阿尔卡季奇说，站起身来，渐渐活跃起来，"有一个时候你曾经想到和她断绝……要是你现在确信你们不能使彼此幸福的话……"

"对于幸福可以有各种不同的理解。但是假使我同意一切，毫无需求。我们这种处境又有什么出路呢？"

"要是你愿意知道我的意见的话，"斯捷潘·阿尔卡季奇说，带着他和安娜谈话时那种同样的慰藉的、杏仁油一样柔和的微笑，他这种善良的微笑是这样叫人心服，使得阿列克谢·亚历山德罗维奇不由自主地感到自己的弱点，被这种微笑所左右，愿意相信斯捷潘·阿尔卡季奇所说的话了，"她决不会说出这话来，但是有一件事是可能的，有一件事也许是她所愿望的，"斯捷潘·阿尔卡季奇继续说，"那就是，断绝关系，和一切与此有联系的回忆。依我想，在你们的处境中要紧的是确立相互间的新关系。而那种关系只有双方都自由的时候才能建立。"

"离婚。"阿列克谢·亚历山德罗维奇用厌恶的声调插嘴说。

"是的，我想是离婚。是的，离婚，"斯捷潘·阿尔卡季奇重复说，涨红了脸，"对于处在你们这种境地的夫妇，无论从哪方面说这都是最合理的办法。假使夫妇双方都感到不可能在一起生活了，那又有什么办法呢？这种事情是常有的。"阿列克谢·亚历山德罗维奇沉思地叹了口气,闭上眼睛,"只有一点需要考虑:夫妇的一方是否希望和别人结婚?如果不,那就很简单。"斯捷潘·阿尔卡季奇说,渐渐感到没有拘束了。

阿列克谢·亚历山德罗维奇激动得眉头紧皱起来,暗自喃喃地说了句什么,没有答话。在斯捷潘·阿尔卡季奇看来是那么简单的一切,阿列克谢·亚历山德罗维奇不知考虑了几千遍,而这一切,在他看来不但不简单,而且完全办不到。离婚——那详细的办法他现在已经知道了——他觉得根本不可能,因为他的自尊心和尊重宗教的信念不允许他以虚构的通奸罪控告人,尤其不允许他使他饶恕了的、他所爱的妻子被告发,受羞辱,遭受痛苦。离婚在他看来之所以不可能,还有其他更重大的理由。

假使离婚的话,他的儿子会变得怎样呢?把他交给他母亲吧,这是不行的。离了婚的母亲会有自己的不合法的家庭,而在那种家庭里面,作为继子的地位和教育无论怎样是不会好的。把他留在自己身边呢?他知道那会是他这方面的一种报复,而他并不愿意这样。但是除此以外,最使阿列克谢·亚历山德罗维奇觉得不可能离婚的是,如果同意离婚,他就会把安娜毁了。在莫斯科,达里娅·亚历山德罗夫娜所说的话:在决定离婚的时候他只想到自己,而没有考虑到这样做他会无法挽救地毁了她,这句话牢记在他的心里。他现在把这句话和他对她的饶恕,和他对孩子们的热爱连在一起,他按照自己的意思了解了这句话。同意离婚,给她自由,在他想来,就等于夺去把他和他疼爱的孩子们的生活联结起来的最后的联系——夺去她走正道的最后的支柱,使她陷入毁灭的深渊。如果她离了婚,他知道她会和弗龙斯基结合,而他们的结合会是一种非法的犯罪行为,因为按照教会的规则,这样的妻子在丈夫还活着的时候是不能结婚的。"她会和他结合,不到一两年他就会抛弃她或是她又会和别的男子结合,"阿列克谢·亚历山德罗维奇想,"而我,由于同意了非法的离婚,会成为使她毁灭的罪魁祸首。"这些事他想了千百遍,他确信离婚不仅不像他的内兄所说的那么简单,而是完全不可能的。斯捷潘·阿尔卡季奇的话他一句也不相信,对于每句话,他都有无数反驳的理由;但是他听他说着,感觉着他的话正是左右着他的生活的,他不能不服从的那种强大的野蛮力量的表现。

"问题就在于你在什么条件下同意和她离婚。她什么也不需要,也不敢向你要求什么,她一切都听凭你的宽大。"

"上帝,上帝呀!何苦来呢?"阿列克谢·亚历山德罗维奇想,记起由丈夫一方承担全部责任的离婚诉讼的一切细节,于是用和弗龙斯基做过的同样的姿势,羞愧得用两手掩着脸。

"你很苦恼,这我完全明白。不过要是你考虑一下……"

"有人打你的右脸,连左脸也由他打;有人夺你的上衣,连衬衣也给他。"①阿列克谢·亚历山德罗维奇想着。

"好,好!"他尖声叫道,"我愿意蒙受耻辱,我连我的儿子也愿意放弃,但是……但是不弄到这个地步不是更好吗?可是由你办去吧……"

说着,转过身去,使他的内兄看不见他的脸,他在窗旁的椅子上坐下。他感到悲痛,羞耻;但同悲痛和羞耻混在一道,他又为自己谦卑的崇高精神而感到喜悦和感动。

斯捷潘·阿尔卡季奇被感动了。他沉默了一会儿。

"阿列克谢·亚历山德罗维奇,相信我,她尊重你的宽大,"他说,"但是,显然这是上帝的意旨。"他补充说,当他这样说了的时

---

① 见《圣经·新约·路加福音》第六章。

候感到这是一句蠢话,好容易才抑制住嘲笑自己的愚蠢的微笑。

阿列克谢·亚历山德罗维奇原来想回答句什么,但是眼泪哽得他说不出话来。

"这是命中注定的不幸,只好逆来顺受。我把这不幸看做木已成舟的事实,愿尽我所有的力量来帮助她和你两人。"斯捷潘·阿尔卡季奇说。

当斯捷潘·阿尔卡季奇走出他妹夫的房间时,他被感动了,但是这并没有破坏他由于成功地办妥了这件事情所感到的满意,因为他深信阿列克谢·亚历山德罗维奇说的话是不会反悔的。除了这种满足的心情又加上他刚想到的一个想法。当事情办妥之后,他可以问他妻子和最亲密的朋友们一个问题:"我和皇上有什么不同呢?皇上调遣军队,那对于谁都没有好处,但是我拆散婚姻,却对于三个人都有好处。①或者我和皇上之间有什么相同呢……反正,到那时我会想出更妙的来呢。"他带着微笑自言自语。

23

弗龙斯基的伤势虽然没有触到心脏,却很危险,有好多天他徘徊在生死之间。他第一次能够说话的时候只有他的嫂嫂瓦里娅一个人在他的房间里。

"瓦里娅!"他说,严肃地望着她,"我是偶然失手打伤了自己。请不要再提起这件事,对大家就这么说好了。要不然这太可笑了。"

瓦里娅没有回答他的话,弯身俯向他,带着快活的微笑望着他的脸。他的眼睛是明亮的,没有发烧的模样,但是眼神是

---

① 这是文字游戏,"调遣"和"拆散"在俄语里是同一个字。

严肃的。

"哦,谢谢上帝!"她说,"你不痛了吗?"

"这里还有一点点。"他指指胸口。

"那么让我给你换绷带吧。"

她替他换绷带的时候,他默默地,咬紧他的宽阔的颧骨,望着她。当她做完的时候,他说:

"我没有说胡话;请设法不要让人说我是故意打伤自己的。"

"没有人这样说。只是我希望你再也不要偶然失手打伤自己了。"她带着询问的微笑说。

"当然,我不会了,可是那样倒也好……"

于是他忧郁地微笑了。

虽然这些话和这种微笑使瓦里娅那么惊骇,但是当热度退了,他开始痊愈的时候,他感到完全摆脱了他的一部分悲愁。由于他这次的行为,他好像冲洗掉他以前所感到的羞耻和屈辱。他现在能够冷静地想阿列克谢·亚历山德罗维奇了。他完全承认他很宽大,但是他现在并不因此而感到自己卑微。而且他又走上生活的常规了。他感到他又能够毫不羞愧地正眼看人,并且能够照他自己的习惯生活了。只是他由于永远失去了她而感到的那种濒于绝望的悔恨心情,他还是无法从心中排遣,虽然他从未停止和这种心情斗争。现在,他下定了决心,既然已经在她丈夫面前赎了罪,他就必须抛弃她,将来永远不再置身于悔悟了的她和她丈夫中间,但是他不能够从他的心里连根拔除因为失去她的爱情而感到的悔恨,他不能从记忆里抹去那些他与她享受过的幸福时刻,那些他当时并不怎样珍惜,现在却以其全部魅力萦绕在他心头的幸福时刻。

谢尔普霍夫斯科伊计划派他到塔什干去,弗龙斯基毫不踌躇地同意了这个提议。但是出发的时间越迫近,他对于他认为义不容辞而做出的牺牲，就越感到痛苦了。

他的伤口痊愈了，他四处奔走为塔什干之行做准备。

"再见她一次，然后隐藏起来，去死。"他想，当他去辞行的时候，他把这意思对贝特西说了。肩负着这个使命，贝特西到安娜那里，给他带回来否定的回答。

"这样倒更好，"弗龙斯基听到这消息时这样想，"那本来是个弱点，它会毁掉我最后的力量。"

第二天，贝特西一早就亲自到他那里来，说她从奥布隆斯基那里听到阿列克谢·亚历山德罗维奇已经同意离婚的确切消息，因此弗龙斯基可以去会安娜。

连贝特西离开他都没有出去送，忘记了他的一切决心，也没有问什么时候可以去见她，她的丈夫在哪里，弗龙斯基立刻就坐车到卡列宁家去了。他什么人什么东西都没有看见就跑上楼，迈着快步，几乎是跑步一样走进她的房间。没有考虑，也没有注意房间里是否还有别人，他就抱住她，在她的脸、她的手和她的脖颈上印满了无数的吻。

安娜对这次会见原也做好思想准备，想好了要对他说什么话的，但是她一句话也没有说出来，他的热情完全支配了她，她想要使他镇静，使自己镇静，但是太迟了。他的感情感染了她。她的嘴唇颤抖了，以致她好久说不出一句话来。

"是的，你占有了我，我是你的了。"她把他的手紧按在她的胸上，终于说出来了。

"当然会这样！"他说，"只要我们活着，一定会这样。我现在明白了。"

"这是真的，"她说，脸色越来越苍白了，抱住了他的头，"可是在发生了这一切之后，这真有些可怕呢。"

"一切都会过去,一切都会过去,我们将会那样幸福。我们的爱情,如果它能够更强烈的话,正因为其中有这些可怕的成分,才会更强烈呢。"他说,抬起头来,在微笑中露出他结实的牙齿。

于是她不由得报以微笑——不是回答他的话,而是回答他眼神里爱恋的情意。她拉住他的手,用它去抚摸她冰冷的面颊和剪短了的头发。

"你的头发剪得这样短,我简直认不出你来了呢。变得多漂亮啊。像一个男孩,可是你的脸色多苍白!"

"是的,我衰弱极了。"她微笑着说。于是她的嘴唇又颤抖起来。

"我们到意大利去吧,你会恢复健康的。"他说。

"难道我们真能够像夫妻一样,你我两人组成自己的家庭吗?"她说,紧盯着他的眼睛。

"将来要不是这样,我才觉得奇怪哩!"

"斯季瓦说,他一切都同意了,但是我不能够接受他的宽大,"她说,沉思地越过弗龙斯基的脸凝视着,"我不想离婚;现在在我都一样。只是我不知道关于谢廖沙他怎样决定。"

他怎么也理解不了在他们会见的这个时刻,她怎么还能记起并且想着她的儿子和离婚的事。这一切有什么关系呢?

"不说这个了吧,不想这个了吧。"他说,用自己的手摆弄着她的手,极力引起她注意自己;但是她还是没有望他。

"啊,我为什么不死呢!那样倒好了!"她说,默默的眼泪流下了她的两颊;但是为了不使他伤心,她勉强地微笑了。

拒绝去塔什干那项富有魅力而带危险性的任命,照弗龙斯基以前的见解看来,会是可耻的,不可能的。但是现在,片刻也不考虑,他拒绝了这项任命,而且觉察出上级对于他这种行为很不满,他立刻辞了职。

一个月以后,只剩下阿列克谢·亚历山德罗维奇一个人和他的儿子留在彼得堡自己家里,而安娜没有离婚,并且坚决拒绝了这么办,就和弗龙斯基出国去了。

第五部

1

谢尔巴茨基公爵夫人以为,在距今不过五个星期的斋戒节之前举行婚礼,是无论如何办不到的,因为到那时,恐怕连一半嫁奁都来不及备办妥当;但是她又不能不同意列文的意见,就是说:推延到斋戒节以后恐怕太迟了,因为谢尔巴茨基公爵的一位年老的亲伯母病危,说不定就要死了,那样居丧就会把婚事更耽搁下去。因此,决定把嫁奁分成大小两部分,公爵夫人同意了在斋戒节之前举行婚礼。她决定现在把小的一部分嫁奁预备齐全,大的一部分等以后送来;列文怎样也不能认真地回答,他是否同意这种安排,为此,她很生他的气。新郎新娘只等婚事一完就要到乡下去,到了乡下,大的一部分嫁奁就不需要了,这样,这个办法就更方便了。

列文依旧处在和以前一样的恍惚迷离的状态中,他觉得他和他的幸福构成了世间万物主要和唯一的目的,他现在对任何事都用不着思考,也无须乎操心,一切都有人替他料理。他连将来的生活计划和目的都没有,他听凭别人去安排,相信一切都会圆满的。他哥哥谢尔盖·伊万诺维奇、斯捷潘·阿尔卡季奇和公爵夫人指点他去做他应该做的事。他所做的无非是完全同意他们向他建议的一切。他哥哥替他筹钱,公爵夫人劝他结婚后就离开莫斯科,斯捷潘·阿尔卡季奇劝他到国外去。他一切都同意。"如果你们高兴,你们喜欢怎么办就怎么办吧。我很幸福,随便你们做什么,我的幸福决不会因此有所增减！"他想。当他把斯捷潘·阿尔卡季奇劝他们到国外去的话转告基蒂时,她不赞成,而且关于他们未来的生活她有她自己一定的打算,这可使他大为吃惊。她知道列文在乡下有他爱好的工作。他看得出来,她不但不理解这种工作,而且也不想去理解。可是这并不妨碍她把这工作看得非常重要。而且她知道他们的家要在乡下,所以她不想到他们将来不会去居住的外国,而要去他们的家所在的地方。这种明确表示出来的意愿使列文吃惊了。但是在他反正都是一样,因此他立刻要求斯捷潘·阿尔卡季奇到乡下去,好像这是他的义务似的,请他凭着他丰富的鉴赏力把那里的一切布置好。

"可是我问你,"斯捷潘·阿尔卡季奇在乡下为新夫妇的来临把一切都布置停当了,从乡下回来以后有一天这样问他,"你领到做过忏悔的证书吗?"

"没有。怎么啦?"

"没有你就不能够结婚呀。"

"哎呀!"列文叫道,"哦,我恐怕有九年没有受圣礼了哩!这点我连想也没有想到。"

"你真是个妙人!"斯捷潘·阿尔卡季奇笑起来了,"你还说我是虚无主义者呢!可是这样不成,你知道。你一定得受圣礼。"

"什么时候?只剩四天了。"

斯捷潘·阿尔卡季奇把这件事也替他办妥了。于是列文就开始忏悔了。对于列文,也像对于任何不信教、却尊重别人的信仰的人一样,出席和参加教会的仪式是很不愉快的。在这种时候,处在他现在这种温柔的心境中,这种不可避免的虚伪行为对于列文不但是痛苦,而且好像是完全不堪设想的。现在,正当他心花怒放,欢天喜地的日子,他竟不得不说谎或是亵渎神明。他感觉到两者他都不能做。但是虽然他三番四次地问斯捷潘·阿尔卡季奇不受圣礼能不能够得到证书，而斯捷潘·阿尔卡季奇却一口咬定那是不可能的。

"而且，这在你算得了什么呢——两天工夫？并且他是一个非常可爱的聪明老头呢。他会替你把那颗病牙拔掉，你会一点也不觉得的。"

站着参加第一次礼拜仪式的时候，列文极力回想他青年时代和他在十六七岁时所体验的那种强烈的宗教感情。但是他立刻确信这在他是完全不可能的。他极力想把这一切看成一种毫无意义的无聊习俗，好像拜客的习俗一样；但是他觉得这样也不行。列文对于宗教，像他大多数同时代的人一样，抱着非常不明确的看法。他既不能够相信，同时也不能够确信这全是错误的。因此，既不相信他所做的事的意义，也不能将它看作无聊的形式而淡然置之，在他预备领受圣礼的整个期间，他因为做着自己所不了解的事，做着如他内心的声音告诉他的虚伪和错误的事，而感到羞愧不安。

在举行仪式的时间内，他时而倾听着祈祷，极力想把一些和自己的见解不相违背的意义加在上面；时而感觉到他不能理解，并且不得不加以非难，于是他极力不去听它，而全神贯注在自己的思想、观察上，在他百无聊赖地站在教堂里时栩栩如生地萦回于他脑海中的种种回忆上。

他做完了日祷、晚祷和夜祷，第二天他起得比平常早，没有喝茶，在早上八点钟的时候，就到教堂去做早祷和忏悔了。

在教堂里，除了一个祈祷的兵士、两个老太婆和教会执事以外再也没有人了。

一个年轻的执事，他的长脊背的两个肩胛骨在薄薄的法衣下面清楚地突出来，走来迎接他，立刻走到墙边小桌旁，读起训诫来。当他读的时候，特别是听见他再三迅速地重复说："上帝怜悯我们！"——听上去好像是说"赦免我们"——的时候，列文感觉思想已经关闭起来，加上了封条，现在不许碰，也不许动，否则结果就会陷于混乱；所以，当他站在执事背后的时候，他只顾继续想自己的心事，不去听，也不去推究对方念诵的话。"她的手有多么丰富的表情啊。"他想，回忆起昨天他们坐在角落里桌旁的情景。他们没有什么话好谈，就像那种时候常有的情形一样，她把一只手放在桌上，尽在张开又合拢，注意到她的这种动作，连她自己也笑起来了。他回忆起他怎样吻了吻那只手，然后细看了那玫瑰色手心里的脉纹。"又是赦免我们！"列文想，画着十字，行着礼，望着正在行礼的执事的背部的柔韧动作。"后来她拉住我的手，细看了那脉纹。'你的手多美啊。'她说。"于是他望了望自己的手和执事的短短的手。"是的，现在快完了，"他想，"不，好像又开始了，"他听着祈祷，这样想，"不，正在收场了。瞧，他已经在躬身行礼了。收场总是这样子的。"

执事的丝绒袖口里的手悄悄地接过去一张三卢布的钞票，说他要登记上列文的名字，他的新长靴就轻快地在空寂的教堂石板地上咯噔咯噔走过去，他走上祭坛。一会儿以后，他在那里往外张望，向列文招手。一直封锁着的思想开始在列文的心中活动起来，但是他连忙驱走它。"总会完结的。"他一面想，一面向讲经台走去。他走上台阶，往右转，看见神父。这神父是一个长着稀疏花白胡须和疲倦和善眼睛的小老头，正站在讲经台旁，翻着祈祷书。他向列文微微鞠了躬，立刻开始用惯常的腔调读起祈祷文。他读完时，深深地弯腰行礼，转脸向着列文。

"基督不露形影地降临了，来听取您的忏悔。"他指着十字架上的耶稣像说。"您相信圣使徒教会的全部教义吗？"神父继续说，眼睛避而不望着列文的脸，在他的圣带下面合拢双手。

"我怀疑过一切，如今还在怀疑。"列文用一种自己听起来也觉得不愉快的声调说,说过就不再开口了。

神父等待了几秒钟,看他还有没有话说,然后就闭上眼睛,迅速地带着很重的弗拉基米尔地方的口音说:

"怀疑原是人类天生的弱点,但是我们应当祈求慈悲的上帝坚定我们的信心。您有什么特别的罪过吗?"他补充说,毫不间断地补充说,好像极力要不浪费时间。

"我主要的罪过就是怀疑。我怀疑一切,我大部分的时间都在怀疑。"

"怀疑原是人类天生的弱点,"神父又重复了一遍那句话,"您主要怀疑什么呢?"

"我怀疑一切,我有时连上帝的存在也怀疑。"列文不由自主地脱口说出来,他为了他一时失言而感到惶恐。但是列文的话似乎对于神父并没有影响。

"对于上帝的存在还会有什么怀疑呢?"他浮上一丝隐约可辨的微笑,连忙说。

列文默不作声。

"您既然看见了他的创造物,您对于造物主还能有什么怀疑呢?"神父用那迅速的惯常腔调继续说,"是谁用各种发光体装饰天空的?是谁把大地打扮得如此美丽?没有造物主,这一切怎么解释呢?"他说,询问般地望了列文一眼。

列文感觉到和神父谈论哲学是不适宜的,因此他只回答了和问题直接有关的话。

"我不知道。"他说。

"您不知道?那么您怎么可以怀疑上帝创造了天地万物呢?"神父带着愉快的困惑神情说。

"我一点也不明白。"列文说,涨红了脸,并且觉得他的话是愚蠢的，在这种情况下不可能不显得愚蠢的。

"祈祷上帝，恳求上帝吧。就是神父也有怀疑，要祈求上帝坚定他们的信念。魔鬼的力量很大，我们得抵抗他。祈祷上帝，恳求上帝吧。祈祷上帝。"他急忙地重复说。

神父稍稍停顿了一下，好像在沉思似的。

"我听说您要和我的教区居民，上帝的儿子谢尔巴茨基公爵的女儿结婚了？"他带着微笑补充说，"一位很好的小姐啊。"

"是的。"列文回答，为神父羞红了脸。"在忏悔的时候他问我这个做什么？"他想。

于是，好像回答他思想似的，神父对他说：

"您快要结婚了，上帝会赐给您子孙。不是这样吗？哦，如果您不能克服那种把您引诱到不信教的歧途上去的恶魔的诱惑，您会使您的孩子们受到什么样的教育呢？"他用温和的责备口吻说，"如果您爱您的儿女，那么，您，作为一个善良的父亲，就不但要希望您的孩子享有富贵荣华，您还要希望他获得拯救，由于真理之光而获得精神的启发。不是这样吗？当天真未凿的小孩问您：'爸爸！世界上迷惑我的一切东西——大地、江河、太阳、花、草，是谁创造出来的呢？'您如何回答他呢？难道您能够对他说'我不知道'吗？您不能不知道，因为慈悲的上帝显示给您看了。或者您的孩子会问您：'死后什么在等着我呢？'假如您一点都不知道，您对他说什么呢？您怎样回答他呢？您让他去受世间和恶魔的诱惑吗？那是不对的！"他说，于是他停住了，把头歪到一边，用仁慈温厚的眼睛望着列文。

这一回列文没有回答，倒不是因为他不愿意和神父争论，而是因为还从来没有人问过他这样的问题；到他的孩子们能够问他这些问题的时候，还有足够的时间来考虑怎样回答他们呢。

"您进入了人生这样一个时期，"神父继续说，"您该选定您的道路，坚持下去。祈求上帝，求他发慈悲帮助您，怜悯您！"他结束道。"愿我主上帝，耶稣基督，以其广大无边的仁慈，饶恕这个儿子……"于是念完了赦罪的祈祷文，神父祝福了他，就让他走了。

那天回到家的时候，列文因为他不必说谎就结束了这种尴尬的处境而感到一种愉快的心情。除此以外，在他心上还留下了一种模糊的记忆，仿佛那善良可爱的老人所说的话，也并不像他起先想象的那么愚蠢，在那些话里有一些东西应当弄清楚。

"自然，不是现在，"列文想，"而是以后哪一天。"列文现在比以前任何时候都更痛切地感觉得到，在他的灵魂里有些不清楚、不干净的地方，而对于宗教，他抱着如他在别人身上那么明显看出而且厌恶的同样的态度，他的朋友斯维亚日斯基就因此受过他的责备。

那天晚上列文和他的未婚妻一道在多莉家度过，而且高兴到极点。把自己的兴奋心情描摹给斯捷潘·阿尔卡季奇听的时候，他说他快活得好像一条受训练去钻圈的狗，它终于领悟了，做了人家命令它做的事，吠着，摇着尾巴，兴高采烈地跳上桌子和窗槛。

2

在举行婚礼的那天，依照习俗（公爵夫人和达里娅·亚历山德罗夫娜坚持要严格遵守一切习俗），列文没有见他的新娘，在他的旅馆和偶然聚在他房间里的三个独身朋友一道吃饭。一个是谢尔盖·伊万诺维奇，一个是卡塔瓦索夫，大学时代的朋友，现在是自然科学教授，偶然在街上遇到被列文拉来的，还有一个是奇里科夫，他的伴郎，莫斯科的保安官，列文猎熊的伙伴。这次聚餐是很愉快的。谢尔盖·伊万诺维奇高兴极了，很赞赏卡塔瓦索夫的创见。卡塔瓦索夫感到他的创见得到重视和理解，就发挥得更加淋漓尽致了。

奇里科夫对于各种各样的谈话总是活泼愉快地加以支持的。

"您看，"卡塔瓦索夫由于在讲坛上养成的习惯拉长声音说，"我们的康斯坦丁·德米特里奇一向是一个多么有为的人物。我是说过去，因为现在已经看不见他昔日的面影了。在他离开大学的时候，他爱好科学，对于人性的研究感到兴味；现在他的一半能力却用来自己欺骗自己，而另外一半就用来为这种欺骗辩护。"

"我从来没有见过比您更坚决反对结婚的人。"谢尔盖·伊万诺维奇说。

"不，我并不反对结婚。我赞成分工。没有别的事好做的人应当生儿育女，而另外的人就为他们的教育和幸福尽力。这就是我的看法。愿意把两件事混合起来的人不计其数；可是我不是其中的一个！①"

"当我听到您恋爱的时候，我会多么快活呀！"列文说，"一定请我喝喜酒啊。"

"我已经在恋爱了。"

"是的，和墨鱼！你知道，"列文转向他哥哥说，"米哈伊尔·谢苗诺维奇正在写一本关于营养的著作……"

"啊，不要胡扯！无论写什么都没有关系。事实是，我的确爱墨鱼。"

"可是那并不妨碍您爱妻子！"

"墨鱼不妨碍，可是妻子却妨碍哩。"

"为什么？"

"啊，您会发现的！您现在爱好农事，游猎，——可是您等着瞧吧！"

---

① 引自格利鲍耶陀夫的喜剧《智慧的痛苦》中恰茨基的话。

"阿尔希普今天来过;他说普鲁特诺村有许多驼鹿,还有两头熊呢。"奇里科夫说。

"哦,我不去,你们去打来吧。"

"噢,那倒是真话,"谢尔盖·伊万诺维奇说,"你从此可以向猎熊事业告别了——你的妻子不会允许你去的!"

列文微微一笑。他妻子不让他去的那种想法是这样令人愉快,他情愿永远放弃猎熊的乐趣。

"可是,他们会去捉住那两只熊,而您却没有去,毕竟很可惜。您记得上次在哈皮洛沃吗?那是一场多妙的打猎啊!"奇里科夫说。

列文不愿打破这种幻想,仿佛离开她还能够有什么乐趣,因此他没有说一句话。

"向独身生活告别的习俗是有道理的,"谢尔盖·伊万诺维奇说,"不管你多么快乐,你总不能不惋惜失去的自由。"

"您承认您有这样一种感觉,像果戈理的新郎①一样,想从窗口跳下去吧?"

"自然有,不过不承认罢了。"卡塔瓦索夫说,放声大笑起来。

"啊,窗子开着……我们马上就动身到特维尔省去吧!有一头大母熊,我们可以直捣巢穴。当真地,就坐五点钟的车走吧!这里的事随他们的意思去办好了。"奇里科夫微笑着说。

"哦,说实在的,"列文也微笑着说,"我心里丝毫找不出惋惜失去自由的心情。"

"是的,现在您心里这样乱,您什么也不觉得的,"卡塔瓦索夫说,"等一等,到您稍微平静一点的时候,您就觉得了。"

"不!假如是那样,那么,虽然有了感情(他不便在他们面前说

---

① 果戈理的新郎,果戈理的剧本《婚事》中的人物。

爱情这个词)和幸福,但失去自由,我多少总会感到有点惋惜吧……可是恰恰相反,我高兴的正是失去自由。"

"糟糕得很!真是一个不可救药的人!"卡塔瓦索夫说,"哦,让我们干一杯祝他恢复健康,或是祝他的梦想有百分之一得以实现吧——就是那样,也是世界上空前未有的幸福!"

一吃过饭,客人们就走了,为的是赶紧换好衣服去参加婚礼。

当剩下他一个人,回忆着这班独身朋友的谈话时,列文又问自己:他心里真有他们所说的那种惋惜失去自由的心情吗?想到这问题他微笑了。"自由?自由有什么用?幸福就在于爱和希望:希望她所希望的,想她所想的,那就是说,毫无自由可言——这就是幸福!"

"但是我了解她的思想、她的希望、她的感情吗?"一个声音突然向他低语。微笑从他脸上消逝,他沉思起来。他突然产生了一种奇怪的感觉。他感到恐怖和怀疑——对一切事情都怀疑。

"要是她不爱我怎么办呢?要是她只是为了结婚而和我结婚怎么办呢?要是她自己也不明白她所做的事,怎么办呢?"他问自己,"她也许会清醒过来,等到已经结了婚才发现她并不爱我,而且不能爱我。"于是涉及她的、奇怪的、最邪恶的念头开始浮上他的脑海。他嫉妒起弗龙斯基来,好像一年前一样,仿佛他看见她和弗龙斯基在一起的那个晚上就是昨天。他怀疑她没有把全部真情都告诉他。

他迅速地跳起来。"不,这样下去不成!"他绝望地自言自语,"我要到她那里去,我要问问她;最后再对她说一次:我们还是自由的,我们不如维持现状的好!随便什么都比永久的不幸、耻辱、不忠实好!"他心里怀着绝望,怀着对一切人,对他自己,对她的愤恨,他走出了旅馆,坐车上她家里去了。

他在后房里找到了她。她正坐在一口箱子上,和一个使女在安排什么,挑拣着散放在椅背上和地板上的各种颜色的衣服。

"噢!"她一见他就喊了一声,高兴得容光焕发,"你怎么,您又怎么!(最近几天来她差不多交替地用这两个字称呼他。)我没有想到你会来呢!我正在理我从前的衣服,看哪一件给什么人合适……"

"啊!好极了!"他阴郁地说,望着使女。

"你去吧,杜尼亚莎,我回头叫你。"基蒂说。"科斯佳,怎么回事?"使女一走,她就明确地用了这个亲密的称呼。她觉察出他的兴奋而又阴郁的异样脸色,她感到恐怖。

"基蒂!我痛苦得很。我一个人忍受不住。"他声音里带着绝望的调子说,站在她面前,恳求地凝视着她的眼睛。他从她深情的、忠实的脸上已经看出他所要说的话不会产生任何结果,但是他要她亲口来消除他的疑惑。"我是来说,现在还来得及。这一切还可以废除和挽回。"

"什么?我一点也不明白?你是怎么回事?"

"我说了不止一千遍,而且不由得要想的……就是我配不上你。你不可能同意和我结婚。想一想吧。你错了。再三想一想吧。你不会爱我的……要是……就不如说出来的好,"他说,没有望着她,"我会很痛苦。让人家高兴怎么说就怎么说吧,随便什么都比不幸好……趁现在还来得及的时候总好一些……"

"我不明白,"她惶恐地说,"你想要翻悔……你不愿意了吗?"

"是的,要是你不爱我的话。"

"你发疯了!"她叫了一声,恼怒得满脸绯红。

但是他的脸是这样可怜,她抑制住恼怒,把衣服扔在扶手椅上,在他旁边坐下。

"你在想些什么呢?把一切都告诉我吧。"

"我想你不会爱我的。你怎么会爱我这样的人呢。"

"我的上帝！我怎么办才好呢？……"她说着，哭出来了。

"啊！我做了什么呀？"他叫了一声，于是跪在她面前，他开始吻她的手。

当五分钟后公爵夫人走进房里来的时候，她看见他们完全和好了。基蒂不但使他确信了她爱他，而且甚至为了回答她为什么爱他这个问题，向他说明了她所以爱他的理由。她告诉他，她爱他是因为她完全理解他，因为她知道他喜欢什么，因为他所喜欢的东西都是好的。这在他似乎是十分明白了。当公爵夫人走到他们这里来的时候，他们正并肩坐在箱子上，清理衣服，而且正在争辩着，因为基蒂要把列文向她求婚时她穿的那件褐色衣服给杜尼亚莎，而他坚决主张那件衣服永远不要给别人，可以把另外一件蓝色衣服给杜尼亚莎。

"你怎么不明白呢？她的皮肤是褐色的，蓝色衣服和她不相称……我全都考虑过了呢。"

听到他来访的原因，公爵夫人半真半假地生起气来，叫他赶快回去换衣服，不要妨碍基蒂梳头，因为梳发匠沙尔里就要来了。

"实在说，这几天来她什么也没有吃，变得憔悴起来，而你又来说些傻话叫她心烦，"她对他说，"走吧，走吧，亲爱的！"

列文感到歉疚而又羞惭，但却得到了安慰，回到了旅馆。他哥哥、达里娅·亚历山德罗夫娜和斯捷潘·阿尔卡季奇都穿上了礼服，正在等着用圣像给他祝福。时间一刻都不能耽搁了。达里娅·亚历山德罗夫娜还得坐车回家去接她的儿子，他卷了头发，又涂上发油，要拿着圣像陪伴新娘。并且，还得派一部马车去接伴郎。另一部马车把谢尔盖·伊万诺维奇送走后，还得转回来……总之，有许多复杂的事情需要考虑和料理。有一件事是确定无疑的：就是不能再耽搁，因为已经六点半了。

用圣像祝福的仪式并没有产生什么良好效果。斯捷潘·阿尔卡季奇带着滑稽的庄重姿势和他妻子并排站着,手里拿着圣像,叫列文鞠躬到地,他含着善意的、讽刺的微笑祝福他,吻了他三次;达里娅·亚历山德罗夫娜也这样做了,然后急忙忙地走开,又忙着去调遣马车去了。

"哦,我看只有这样办吧:你坐自己家里的马车去接他,谢尔盖·伊万诺维奇如果愿意的话,就请他到了那里之后就把马车打发回来。"

"自然,我很愿意!"

"我们和他随后就来。你的行李送去了吗?"斯捷潘·阿尔卡季奇说。

"送去了。"列文回答,于是他吩咐库兹马把他要穿的衣服拿出来。

3

一大群人,大部分是女人,围着因为举行婚礼而灯火辉煌的教堂。那些来不及走进人群中间的人就蜂拥在窗子周围,推挤着,争吵着,从窗框里窥望。

二十多辆马车已在警察指挥之下沿街排列起来。一个警官,穿着崭新的制服,不顾严寒站在门口。马车川流不息地驰来,时而,头上戴着花,两手提着裙子的女士们,时而,脱下军帽或是黑帽的男士们,走进教堂来。在教堂里面,一对枝形吊灯架和圣像前的所有蜡烛都点燃了。圣像壁的红底上的镀金、圣像的金黄色浮雕、枝形灯架和烛台的银光、地上的石板、绒毯、唱诗班上面的旗帜、圣坛的台阶、旧得发黑的书籍、神父的袈裟、助祭的法衣——全都浸浴在灯光里。在温暖的教堂右边，在燕尾服和白领带、制服和锦缎、天鹅绒、丝绸、头发、花、裸露的肩膀和胳臂，以及戴长手套的人群里面，在进行着克制而又热烈的谈话，谈话声在高高的圆屋顶里异样地回响着。一听到开门的响声，人群里的谈话声就沉寂下来，大家都四下张望，期望看到新郎新娘进来。但是门开了有十次以上，而每一次进来的不是走入右边来宾席的迟到客人，就是骗过或是打通了警官、混进左边旁观席的观众。不论是亲友或是旁观者都已经等待得忍无可忍了。

开头，他们想新郎新娘马上就要到了，对于他们的姗姗来迟并不觉得有什么关系。接着，他们就开始愈加频繁地朝门口张望，而且谈论着莫非出了什么事情。接着，这种拖延简直叫人不舒服了，亲戚和宾客们竭力装出不再去想新郎新娘，却在一心一意谈话的模样。

总执事，好像是要使人们注意到他的时间有多宝贵似的，不耐烦地咳嗽着，使得窗子的玻璃也颤动起来了。由唱诗班的席位上传来了等得厌倦了的歌手们在练嗓子和擤鼻涕的声音。神父不断地有时差读经员有时又差执事去看新郎来了没有，他自己穿着紫色长袍，系着绣花腰带，也一次又一次地到小门去等候新郎。终于有一个妇人看了看表，说："可真奇怪呢！"于是所有的宾客都不安起来，开始大声地表示出他们的诧异和不满。一个伴郎去探听究竟去了。这时基蒂早已准备停当，穿起雪白的衣裳，披上长纱，戴着香橙花的花冠，正和女主婚人、她姐姐利沃夫夫人一道站在谢尔巴茨基家的客厅里。她向窗外望着，等伴郎来报告新郎已经到了教堂，白等了半个多钟头。

这时列文穿好了裤子，却没有穿燕尾服和背心，正在旅馆的房间里踱来踱去，不时地把头伸到门外，朝走廊望着。但是在走廊里看不见他所等候的人的踪影,他绝望地转回来,挥着两手,向正在悠然地抽着烟的斯捷潘·阿尔卡季奇说话了。

"可曾有人处在像这样可怕的尴尬境地吗?"他说。

"是的,这是有点尴尬的,"斯捷潘·阿尔卡季奇含着慰藉的微笑同意说,"可是别焦心,马上就会拿来的。"

"不,怎么办啊!"列文压抑住愤怒说。"而且这种尴尬的敞胸背心!不成呀!"他说,望着他揉皱了的衬衣前襟。"要是行李都送到火车站去了,可怎么办呢!"他绝望地叫着。

"那你就只好穿我的了。"

"那我早就该这样办的。"

"看上去好笑可不好……等一等!事情自会好起来的。"

事情是这样:当列文要换礼服的时候,他的老仆库兹马就把上衣、背心和一切必要的东西都拿来了。

"衬衫呢!"列文叫。

"你身上不是穿着衬衫吗?"库兹马带着平静的微笑回答。

库兹马没有想到要留下一件干净衬衫,当他接到把一切东西都捆起来、送到谢尔巴茨基家去——新夫妇今晚就从谢尔巴茨基家动身到乡下去——的吩咐的时候,他照办了,除了一套礼服以外,把其他的一切东西都捆起来了。从早上穿起的衬衫已经揉皱了,和时髦的敞胸背心穿在一起是无论如何不成的。打发人到谢尔巴茨基家去,路太远。他们派了人去买一件衬衫。仆人回来了,到处都关了门——今天是星期日。他们就派人到斯捷潘·阿尔卡季奇家去,拿了一件衬衫来——又肥又短,简直不能穿。最后还是派人到谢尔巴茨基家去解开行李。教堂里大家都在等候新郎,而他却好像关在笼里的野兽一样,在房间里踱来踱去,窥看着走廊,怀着恐怖和绝望的心情,回忆起他对基蒂说过的话,以及她现在会怎样想。

终于，负疚的库兹马拿着衬衫气喘吁吁地跑进房里来了。

"刚刚赶上。他们正把行李往货车上搬呢。"库兹马说。

三分钟以后，列文飞步跑过走廊，没有看一眼他的表，怕的是更增加他的痛苦。

"这样无济于事，"斯捷潘·阿尔卡季奇微笑着说，从容地跟在他后面，"事情自会好起来的，事情自会好起来的……我对你说。"

4

"他们来了！""那就是他！""哪一个？""是比较年轻的那一个吗？""啊，看看她，可怜的，愁得不死不活的！"这就是当列文在门口迎接他的新娘，和她一道走进教堂时人群中发出来的议论。

斯捷潘·阿尔卡季奇把迟延的原因告诉了他妻子，宾客们含着微笑互相私语着。列文什么人什么东西都没有看见；他目不转睛地凝视着他的新娘。

大家都说最近几天来她的容颜消损了，她戴上花冠还不及平时美丽；但是列文却不这样想。他望着她那披着白色长纱、戴着白色花朵、梳得高高的头发，和那用一种特殊的处女方式把她的长颈两边掩住，只露出前面来的、高耸的、扇形的领子，和她的纤细得惊人的腰身，在他看来她比以前任何时候都好看——并不是因为这些花，这纱，这巴黎买来的衣裳给她增添了无限美；而是因为，尽管她穿着这身精心制作的华丽服装，但她的可爱的脸、她的眼睛、她的嘴唇上的表情仍然是她所特有的那种纯真的表情。

"我还以为你想逃哩。"她说，对他微微一笑。

"我碰到的事是这样尴尬，我真不好意思说出来呢！"他脸一红说，而且他不得不扭过脸去对着正走上他面前来的谢尔盖·伊万内奇。

"你的衬衫的事真是佳话!"谢尔盖·伊万内奇摇摇头,微笑着说。

"是,是!"列文回答,并不明白他们在说些什么。

"喂,科斯佳,"斯捷潘·阿尔卡季奇故作惊惶的样子说,"现在你得决定一个重大问题。你处在现在这种心境中正可以理解这问题的严重性。他们问我要点已经点过的蜡烛呢,还是点没有点过的蜡烛?这是相差十个卢布的事,"他补充说,抿嘴一笑,"我已经决定了,但是我怕你不同意。"

列文知道这是戏言,但是他却笑不出来。

"哦,那么怎么样呢?没有点过的蜡烛呢,还是点过的蜡烛?问题就在这里。"

"好,好,没有点过的蜡烛。"

"啊,我高兴得很。问题解决了!"斯捷潘·阿尔卡季奇微笑着说。"可是人处在这种境地有多么呆头呆脑啊!"他对奇里科夫说,当列文茫然地望了他一眼,又走到他的新娘那里去的时候。

"基蒂,记住你要先踏上毡子。"①诺得斯顿伯爵夫人走过来说。"您真是一个好人!"她对列文说。

"你不害怕吗,呃?"老伯母玛丽亚·德米特里耶夫娜说。

"你冷吗?你脸色很苍白。停一停,低下头来。"基蒂的姐姐利沃夫夫人说,抬起她那丰满美丽的手臂,带着微笑理了理她头上的花。

多莉走上来,想说句什么,但却说不出来,哭了,随后又不自然地笑了。

基蒂和列文一样,用茫然的眼光望着大家。对于向她说的一切

---

① 俄俗,在举行结婚仪式时,新郎新娘同站在一块小小的毡子上,照迷信的说法,谁先踏上毡子,谁将来就会占上风。

言语她只能报以幸福的微笑,现在这种微笑在她是再自然不过的了。

同时助祭们穿上了法衣,神父和执事走到设在教堂入口的讲经坛去。神父转脸向列文说了句什么。列文没有听清神父所说的话。

"拉着新娘的手,领她走上前去。"伴郎对列文说。

列文好久领会不了人们要他做的事。他们花了很大工夫纠正他,而且几乎要不管他了——因为他不是拉错了基蒂的手,就是自己的手伸错了,——最后他才理解了:他应当不变换位置用右手去拉她的右手。最后他正确地拉住新娘的手,神父走在他们前面几步,在讲经坛旁停了下来。一群亲友跟在他们后面,发出嗡嗡的谈话声和衣裳的窣窣声。什么人弯下腰去,拉直新娘的裙裾。教堂里变得这样寂静,蜡烛油的滴落声都可以听到。

老神父,戴着法冠,他的闪闪发光的银白卷发在耳后两边分开,正从他那后面系着金十字架的笨重的银色法衣下面伸出干瘦的小手,在讲经坛旁翻阅着什么东西。

斯捷潘·阿尔卡季奇小心地走近他,耳语了句什么,于是向列文做了个手势,又走回来。

神父点着了两支雕着花的蜡烛,用左手斜拿着,使得蜡烛油慢慢地滴落下来,他转过脸去对着新郎新娘。神父就是听列文忏悔的那个老人。他用疲惫和忧郁的眼光望着新郎新娘,叹了口气,从法衣下面伸出右手来,给新郎祝福,又同样地,但是带着几分温柔,把交叉的手指放在基蒂的低垂着的头上。然后他把蜡烛交给他们,就拿着香炉,慢慢地从他们身边走开。

"这难道是真的吗?"列文转过脸去望他的新娘。稍稍俯视着,他瞥见了她的侧面,从她的嘴唇和睫毛几乎觉察不出的颤动,他知道她感觉到他的目光。她没有转过脸来,但是那齐到她的淡红色小耳朵的、高高的镶着褶边的领子,微微地颤动着。他看出来她的胸

560

膛里压抑着叹息,那只拿着蜡烛的戴了长手套的小手颤抖着。

因为衬衣、迟到而发生的一切纷扰,亲友们的议论,他们的不快,他的可笑处境——全都突然消失了,他的心里觉得又欢喜又害怕。

漂亮高大的大辅祭,穿着银色法衣,鬈曲的头发向两边分开,敏捷地走上前来,以熟练的姿势,用两指提起肩衣,在神父对面站住。

"主啊,赐—福—我—们。"庄严的音节缓慢地接连响起来,声波使空气都震动起来。

"感谢上帝,万世无穷。"老神父用谦卑的、唱歌般的声调回答,还在讲经坛旁翻阅着什么东西。看不见的合唱队的合唱声发出来,以洪亮和谐的声音,从窗子到圆屋顶,响彻了整个教堂。声音渐渐大起来,萦绕了一会,就慢慢地消逝了。

照例为天赐的平安和拯救,为东正教最高会议,为皇帝而祈祷;同时也为今天缔结良缘的,上帝的仆人康斯坦丁和叶卡捷琳娜祈祷。

"我们祈求主赐他们以完美的爱、平安和帮助。"整个教堂似乎都散播着大辅祭的声音。

列文听到这句话,它打动了他的心。"他们怎么觉察出来我需要的是帮助,正是帮助呢?"他想起他最近的一切恐惧和怀疑,这样想。"我知道什么呢?如果没有帮助的话,在这种可怕的境况中我能够做什么呢?"他想,"是的,现在我需要的正是帮助。"

当执事念完了祈祷,神父手里拿着一本书转向新郎新娘:

"永恒的上帝,汝将分离之二人结合为一,"他用柔和的唱歌般的声调念着,"并命定彼等百年偕老;汝曾赐福于以撒与利百加,并依照圣约赐福于彼等之后裔;今望赐福于汝之仆人康斯坦丁与叶卡捷琳娜,引彼等走上幸福之路。汝为吾辈之主,仁爱慈善,光荣归于圣父、圣子与圣灵，万世无穷。""阿门！"看不见的合唱队声音又在空中回荡起来。

"'将分离之二人结合为一'，在这句话里含着多么深刻的意义，和我此时此刻所感到的心情多么调和啊，"列文想，"她也和我的心情一样吗？"

转过脸去望着，他遇到了她的目光。

从那神色，他断定她所理解的也和他一样。但是这是一个误会；她差不多完全没有理解祈祷文中的语句；她实际上连听都没有听。她既听不进去，也不能够理解，有一种感情是这样深厚，充满了她的胸膛，而且越来越强烈。这是因为那件一个半月来一直萦绕在她心中的事情，那件在这六个星期曾经使她又欢喜又苦恼的事情终于实现而感到的欢喜。当她在阿尔巴特街那幢房子的客厅里穿着褐色衣服走到他面前，默默无言地许身于他的那一天——在那一天，那个时刻，她心里似乎已经和过去的整个生活告别，而开始了一种完全不同、新的、不可思议的生活，虽然实际上旧的生活还是和以前一样继续着。这六个星期是她一生中最幸福又最痛苦的时期。她的整个生活，她的一切欲望和希望都集中在这个她还不理解的男子身上，把她和这个男子结合起来的，是一种比这个男子本身更加不可理解的感情，那种感情时而吸引她，时而又使她厌恶。而同时她却依然继续在原来的生活条件下生活着。过着旧的生活，她对她自己感到恐惧，她对自己的全部过去，对于各种东西，对于习惯，对于曾经爱过她、仍旧爱着她的人们——对于因为她的冷淡而感到难过的母亲，对于她以前看得比全世界都宝贵、亲切而慈爱的父亲，她对于这一切抱着那种不可克服的完全冷淡，她自己也感到恐惧。有时她因为这种冷淡而感到恐惧，有时她又高兴使得她产生冷淡心情的原因。除了和这个人在一起生活以外，她什么也不想，什么也不希望；但是这种新的生活还没有开始，她连明确地想一想也不可能。只有期待——对于新的未知事物怀着的恐惧和欢喜。而现在，期待、踌躇和抛弃旧生活的那种惋惜心情——都要终结，新的将要开始。由于她自己毫无经验，这种新生活不能不是可怕的；但是，不论可怕也好，不可怕也好，这已经是六个星期以前在她心中实现了的事情，现在不过是对于早已在她心中实现了的事实最后加以认可罢了。

又转向讲经坛，神父费力地拿起基蒂的小小的戒指，要列文伸出手来，把戒指套在他的手指的第一个关节上。"上帝之仆人康斯坦丁与上帝之仆人叶卡捷琳娜缔结良缘。"又把一枚大戒指套在基蒂的柔弱得可怜的、淡红的纤细手指上，神父又说了同样的话。

新郎新娘好几次竭力想领会他们该做的事，而每一次都出了错，神父就小声纠正他们。最后，完成了一切应有的仪式，用戒指画了十字之后，神父又把大的戒指给了基蒂，小的给了列文；他们又困惑了，把戒指传来传去地传递了两次，还是没有做他们该做的事。

多莉、奇里科夫和斯捷潘·阿尔卡季奇走上来纠正他们。结果引起一阵混乱、低语和微笑；但是新郎新娘脸上庄严的感动神情并没有变；相反，在他们不知所措的时候，他们看上去却显得比以前更严肃庄重，而斯捷潘·阿尔卡季奇向他们低声说，他们应当各自戴上自己的戒指，他嘴唇上的微笑却不由地消逝了。他觉得任何微笑都会伤害他们的感情。

"汝从太初以来创造男女，"他们交换了戒指之后神父诵读着，"汝将女人配与男子作为彼之内助，生儿育女。主乎，吾辈之上帝，汝曾依照圣约，以真实之天福，赐予汝所选拔之仆人，即吾辈之祖先，世世代代，未尝中绝，今望汝赐福于汝之仆人康斯坦丁与叶卡捷琳娜，以信仰，以同心同德，以真理，以爱而使彼等永缔百年好合……"

列文越来越觉得他抱着的一切关于结婚的观念,关于如何安排他的生活的梦想都只是孩子气的,而且感觉得这是一件他以前从来不了解的事,现在他更不了解了,虽则他正在亲身经历;在他的胸腔中,战栗越来越高涨了,抑制不住的泪水涌上了他的眼睛。

5

整个莫斯科,所有的亲戚朋友,都聚集在教堂里了。在举行婚礼期间,在灯火辉煌的教堂里,在服饰华丽的妇人和少女,和打着白领带、穿着燕尾服或是制服的男子圈子中,一种合乎礼仪的低声的谈话一直不断。谈话多半都是男子发起的,那时妇人们都全神贯注地观察结婚仪式的全部细节,那些仪式总是那么令她们心醉的。

在最靠近新娘的小圈子里,是她的两个姐姐:多莉和从国外回来的二姐,娴静的美人利沃夫夫人。

"玛丽为什么穿紫色衣裳?那就和在婚礼席上穿黑色一样不合适哩!"科尔孙斯基夫人说。

"以她的脸色那是她唯一的补救办法了,"德鲁别茨基夫人回答,"我奇怪他们为什么要在傍晚举行婚礼,像商人一样……"

"这样更好哩。我也是在傍晚结婚的。"科尔孙斯基夫人回答说,于是她叹了口气,想起了那一天她有多么妩媚,她丈夫又是怎样可笑地爱着她,而现在一切都变得两样了。

"据说做过十次以上伴郎的人,永远不会结婚。我倒希望做一个当了十次伴郎的人,来确保自己的安全,可是这位置已经有人占据了。"西尼亚温伯爵向对他有意的美貌的恰尔斯基公爵小姐说。

恰尔斯基公爵小姐只报以微笑。她正望着基蒂,想着什么时候她将和西尼亚温伯爵站在基蒂现在的位置上,到那时她将如何使他回忆起他今天的戏言。

谢尔巴茨基对老女官尼古拉耶夫夫人说,他想要把花冠戴在基蒂的假髻上使她幸福。①

"不应该戴假髻呢,"尼古拉耶夫夫人回答,她早已下了决心,如果她追求的那个老鳏夫娶她的话,婚礼将是最简单不过的,"我不喜欢这种铺张的排场。"

谢尔盖·伊万诺维奇正和达里娅·德米特里耶夫娜谈着话,诙谐地向她断言婚后旅行的风俗之所以流行是因为新婚夫妇总感到有些害羞的缘故。

"您弟弟可以夸耀了。她真是可爱极了哩。我想您有点羡慕吧。"

"啊,这样的时代对我来说早已过去了,达里娅·德米特里耶夫娜。"他回答说,他的脸上突然显出一种忧郁而严肃的表情。

斯捷潘·阿尔卡季奇正和他姨妹谈论着他想出的一句关于离婚的俏皮话。

"花冠得理一理。"她回答说,没有听他的话。

"她的容颜憔悴成这样,多可惜啊!"诺得斯顿伯爵夫人对利沃夫夫人说,"可是他还是配不上她的一个小指头呢,是不是?"

"不,我倒非常喜欢他——并不是因为他是我未来的妹夫,"利沃夫夫人回答说,"他的举止多么大方!在这种场合,要举止大方,要不显得可笑,真不容易呢。他没有一点可笑的地方,也没有紧张不自然的地方;看得出来他很感动。"

"我想您希望这样吧?"

"可以这样说。她始终是很爱他的。"

---

① 俄俗,举行结婚仪式时,伴郎把沉重的金属花冠捧在新郎新娘的头上,照迷信的说法,把花冠真的戴上去,会使他们幸福。

"哦，我们看看他们哪一个先踏上毡子。我给基蒂出了主意呢。"

"这没有关系，"利沃夫夫人说，"我们都是顺从的妻子；这是我们的本性。"

"啊，我故意抢在瓦西里前头踏上毡子。你呢，多莉？"

多莉站在她们旁边，她听着她们说，却没有回答。她深深感动了。泪水盈溢在她的眼眶里，她一开口就不能不哭出来。她为基蒂和列文欢喜；她一面回忆自己结婚那一天，一面瞥着容光焕发的斯捷潘·阿尔卡季奇，她忘记了现在的一切，只回想起自己纯洁无瑕的初恋。她不但回忆起她自己，而且回忆起她所有的女友和知交，她想起她们一生中也曾有过这样最严肃的一天，她们也曾像基蒂一样戴着花冠站着，心里怀着爱情、希望和恐惧，舍弃过去，踏入神秘的未来。在她想起的这些新娘中，她也想起了她亲爱的安娜，最近她听到她要离婚了。她也曾是这样纯洁，也曾戴着香橙花冠，披着白纱，站立着。而今呢？

"这真是奇怪啊。"她自言自语。

注视着结婚仪式的一切细节的不只是新娘的姊妹、朋友和亲属；那些完全陌生的单单走来看热闹的女人也都在兴奋地观看着，屏着气息，唯恐看漏了新娘新郎的一个举动或是一丝表情，对那些冷淡的男子的唠叨，忿忿地不回答，常常是不听，他们尽在说些戏谑或是不相干的话。

"她为什么满面泪痕？她是迫不得已才出嫁的吗？"

"她嫁给这么好的男子还有什么迫不得已的？是一位公爵吧，是不是？"

"那穿白缎子服装的是她姐姐吗？你听那执事在哇啦哇啦地说'妻子应当畏惧丈夫'哩。"

"是丘多夫斯基寺院的合唱队吗？"

"不,是西诺达尔内的。①"

"我问过听差。他说他马上就要带她到乡下去。据说很有钱啊。所以才把她嫁给他了。"

"不,他们这一对配得才好哩。"

"哦,玛丽亚·弗拉西耶夫娜,你还争论说披肩随便披哩。你看那个穿着深褐色衣服的 —— 听说她是一位公使夫人 —— 她的裙子箍得多么紧……褶子往这边一搭往那边一搭的!"

"这新娘真是一个可爱的人儿啊 —— 就像一只打扮得漂漂亮亮的小绵羊!不管你们怎样说,我们女人家终归是同情我们的姊妹的。"

这些就是挤进了教堂门里的一群看热闹的女人的谈话。

6

当结婚仪式第一部分举行完毕的时候,一个执事把一块淡红色绸子铺在教堂当中的讲经坛前,合唱队开始熟练地唱着复杂的赞美歌,男低音和男高音交相应和;神父回过头来,做手势要新郎新娘踏上那块淡红色毡子。虽然他们两人常常听到谁先踏上毡子谁就会成为一家之主的话,但是无论列文也好,基蒂也好,当他们向前跨上两三步的时候,都不可能想到这些。他们也没有听到那些大声的批评和争论,有人说是他先踏上的,又有人说是两人一同踏上去的。

问过他们是否愿意成婚,他们是否和别人定有婚约那套例行问话,而且他们作了自己也觉得奇怪的回答之后,第二部分仪式就开始了。基蒂听着祈祷文,竭力想领会其中的意义,但是领会不了。

---

① 西诺达尔内合唱队,俄国最古老的职业合唱队之一。

夸耀和欢乐的心情随着仪式的进行越来越洋溢在她的心头，使她失去了注意力。

他们祈祷着"赐予彼等以节操与多子，使彼等儿女满膝"，他们说到上帝用亚当的肋骨造出妻子，"因此之故，男子离开父母，依恋妻子，二人合为一体"，并且说道，"此乃一大神秘"，他们祈求上帝使他们多子，赐福他们，就像赐福给以撒和利百加、约瑟、摩西和西玻拉一样，并且使他们看到他们儿子的儿子。"这都是非常美好的，"基蒂听到这些话，这样想，"一切正该如此。"于是幸福的微笑闪烁在她开朗的脸上，不知不觉地感染了所有望着她的人。

"完全戴上去！"当神父给他们戴上花冠，谢尔巴茨基戴有三颗纽扣的手套的手颤抖着，把花冠高举在她头上的时候，可以听到这样忠告的声音。

"戴上吧！"她微笑着低声说。

列文回过头望着她，被她脸上那种喜悦的光辉打动了，不觉也感染上了她的那种心情。他也像她一样感到愉快和欢喜。

他们听见读了《使徒行传》，听见大辅祭高声朗读那篇局外人迫不及待地等待着的最后诗篇，觉得非常愉快。他们从浅浅的杯子里喝掺了水的温和红酒，也觉得非常愉快，当神父把法衣撩开，拉住他们的手，领着他们绕过讲经坛，而男低音正歌唱着《光荣归于上帝》的时候，他们就觉得更快乐了。谢尔巴茨基和里奇科夫捧着花冠，时时被新娘的裙裾绊住，不知为什么也含着微笑，而且很高兴，神父一停下脚步，他们不是落在后面，就是撞到新郎新娘身上。基蒂在心内炽燃着的欢喜的火花好像传染给了教堂里所有的人。在列文看来好像神父和执事也像他一样地想笑。

从他们头上取下花冠，神父诵读了最后的祈祷文，祝贺了新郎新娘。列文凝视着基蒂，他以前从来没见过她现在这种样子。她脸上闪耀着新的幸福的光辉，显得更加妩媚了。列文很想对她说句什么话，但是不知道仪式已经完了没有。神父把他从这种困惑中解救了出来。他嘴角上挂着仁慈的微笑低低地说：

"吻您的妻子，您吻您的丈夫。"便由他们手里接过蜡烛。

列文小心翼翼地吻吻她微笑的嘴唇，让她挽着他的胳臂，带着新奇的亲近的感觉，走出了教堂。他不相信，他不能够相信这是真的。直到他们的惊异而羞怯的眼光相遇之时，他才相信了，因为他感到他们已经成为一体了。

晚餐过后，当天晚上，新婚夫妇就到乡下去了。

7

弗龙斯基和安娜一道在欧洲旅行已经有三个月了。他们游历了威尼斯、罗马和那不勒斯，刚到达意大利一个小市镇，他们打算在这里停留一些时候。

一个漂亮的侍者领班，他那涂着发油的浓发从脖颈向两边分开，穿着燕尾服，露出肥大的白麻纱衬衣的胸口、和一串悬挂在他那圆鼓鼓的肚皮上的表链等小饰物，两手插在口袋里，轻蔑地眯缝着眼睛望着，正在用严厉的腔调回答一个拦住他的绅士的问题。听到门口那边上楼的脚步声，领班就回过头去，一看见住在旅馆中上等房间的俄国伯爵，他就恭恭敬敬地把手从口袋里抽出来，鞠了一躬，告诉他有一个信差来过，租借"帕拉佐"①的事已经办妥。管理人准备签订合同了。

"噢！高兴极了，"弗龙斯基说，"太太在不在家？"

---

① 帕拉佐，意大利宫殿式住宅。

"太太出去散过步,现在已经回来了。"领班回答。

弗龙斯基脱下宽边软帽,拿手帕揩拭了一下他出汗的前额和头发,那头发长得盖住他的半个耳朵,朝后梳着,为的好遮住他的秃顶。向还站在那里凝视着他的那个绅士漫不经心地瞥了一眼,他就要走过去。

"这位老爷是俄国人,来访问您的。"领班说。

怀着一种混合着懊恼和期望的心情——懊恼的是无论走到哪里都摆脱不掉熟人,期望的是想找到一点什么消遣来调剂一下他单调的生活——弗龙斯基又回头望了望那个走开去又站住了的绅士,于是两人的眼睛同时闪闪发光了。

"戈列尼谢夫!"

"弗龙斯基!"

这真是戈列尼谢夫,弗龙斯基在贵胄军官学校的同学。在学校时代,戈列尼谢夫是属于自由派的;他以文官的资格离开学校,从来没有在任何地方服务过。两个朋友离开学校就各走各的路,以后只见过一次面。

在那次会面的时候,弗龙斯基发现戈列尼谢夫选择了一种自命不凡的自由主义的活动,因此他要蔑视弗龙斯基的事业和地位。所以弗龙斯基采取了他善于使用的冷淡的高傲态度对待他,那意思就是说:"您喜不喜欢我的生活方式,都随您的便,那与我丝毫无关;但是假如您想要认识我,您就得尊重我。"而戈列尼谢夫对弗龙斯基还是抱着那种蔑视的冷淡态度。因此,这第二次会见似乎一定会使他们的隔阂加深吧。但是现在当他们彼此认出来的时候,他们两人都喜笑颜开,欢喜地叫着。弗龙斯基绝没有想到他看见戈列尼谢夫会如此高兴,但是大概他自己也不了解他觉得多么无聊。他忘记了他们上次会面所留下的不愉快印象,带着坦率的喜悦脸色,把手伸给他的老友。同样欢喜的表情代替了戈列尼谢夫脸上不安的神色。

"看见你，我多么高兴呀！"弗龙斯基说，在亲切的微笑中露出他结实的雪白牙齿。

"我听到了弗龙斯基的名字，但我不知道是哪一个。我真是非常高兴！"

"我们进去吧。哦，把你的近况告诉我。"

"我在这里住了两年了。我在工作。"

"噢！"弗龙斯基很感兴趣地说，"我们进去吧。"

于是照着俄国人通常的习惯，不愿意仆人听见的话，不用俄语说，他开始说法语。

"你认识卡列宁夫人吗？我们在一道旅行。我现在就是去看她。"他用法语说，注意地打量着戈列尼谢夫脸上的表情。

"噢！我不知道（虽然实际上他是知道的）。"戈列尼谢夫毫不介意地回答。"你来这里很久了吗？"他补充说。

"我？今天是第四天了。"弗龙斯基回答，又一次注意地打量着他朋友的面孔。

"是的，他是一个正派人，他会用合情合理的眼光来看这事情的，"弗龙斯基理解了戈列尼谢夫脸上的表情和转变话题的意义，这样暗自说，"我可以把他介绍给安娜，他会合情合理地看待这件事的。"

在弗龙斯基和安娜一道在国外度过的这三个月中间，他一遇见生人，总是暗暗问自己这个生人会怎样看待他和安娜的关系，他发现他遇到的男子们大都有合情合理的看法。可是假如问他，问那些"合情合理地"看待这事的人，他们究竟是怎样个看法，无论是他，无论是他们，都一定会茫然不知所答的。

实际上，那些在弗龙斯基看来有"合情合理的"看法的人也说不上有什么看法，而只是像有教养的人们应付那些从四面八方包围人生的各种复杂而不能解决的问题一样来应付这个；他们应付得彬彬有礼，避免暗示和不愉快的问题。他们装出一副神气，好像他们完全理解这种处境的意义和重要性，承认它，甚至还赞成它，但却认为把这一切表白出来是多余的和不适当的。

弗龙斯基立刻猜到戈列尼谢夫是这一类人，因此遇见他，他是加倍地高兴。而且实际上在戈列尼谢夫引见给卡列宁夫人的时候，他对她所采取的态度正合弗龙斯基的心愿。显然，他毫不费力地避开了一切可以引起不快的话题。

他以前不认识安娜，被她的美丽，特别是被她那种安于现状的坦率态度所感动了。当弗龙斯基引戈列尼谢夫进来的时候，她脸红了，而弥漫在她那坦白而美丽的脸上的这种孩子气的红晕使他非常喜欢。但是他特别高兴的是，她立刻坦率地把弗龙斯基叫做阿列克谢，好像是有心这样，以免别人误会似的，并且说他们就要搬进他们刚刚租下、这里称为"帕拉佐"的房子去。对自己处境怀着的这种安之若素的直率单纯的态度，使戈列尼谢夫很喜欢。望着安娜温和快活而又精力旺盛的举止，而且又认识阿列克谢·亚历山德罗维奇和弗龙斯基，戈列尼谢夫感到他十分了解她。他觉得他了解了她自己怎样也不能了解的东西：就是她使她丈夫陷于不幸，抛弃了他和她的儿子，丧失了自己的名誉，她怎么还能那样精力饱满、愉快和幸福。

"旅行指南里也记载着的，"戈列尼谢夫提及弗龙斯基租下的"帕拉佐"，这样说，"那里有丁托列托①晚期的杰作。"

"我说，今天天气很好，我们再到那里去看一看吧。"弗龙斯基

---

① 丁托列托(1518—1594)，文艺复兴时期意大利著名画家。

对安娜说。

"我很高兴;我就去戴帽子。您说热吗?"她在门边站住,询问地望着弗龙斯基说,鲜艳的红晕又弥漫在她的脸上。

弗龙斯基由她的眼光看出她不知道他要用什么态度对待戈列尼谢夫,因此害怕她的举止不符合他的愿望。

他长久地、温柔地望了她一眼。

"不,不很热。"他说。

她觉得好像她全都了解了,尤其觉得好像他对她很满意;于是向他微微一笑,她迈着迅速的步子走出了房门。

两个朋友互相望着,两人的脸上都现出了踌躇神色,好像戈列尼谢夫——他显然很叹赏她——想要说句什么同她有关的话,可是又找不出适当的话来;而弗龙斯基又希望又害怕他这样做。

"那么,"弗龙斯基说,为的是要开口谈点什么,"你在这里定居下来了吗?你还在做那种工作吗?"他继续说,想起来他听说戈列尼谢夫在写一本书。

"是的,我在写《两个原理》的第二部。"戈列尼谢夫说,听到这个问题,快活得红了脸,"那就是,说得确切一些,我还没有写;我在作准备,在搜集材料。这本书涉及的范围要广泛得多,而且几乎触及所有的问题。在俄国我们不愿意承认我们是拜占庭的后代。"于是他就开始长篇大论地、热烈地述说起他的观点。

弗龙斯基因为连《两个原理》的第一部都不知道——作者是把那当作名著来述说的,——所以开头弄得很窘。但是后来,当戈列尼谢夫开始阐述他的见解,而弗龙斯基虽然对于《两个原理》一无所知,却能够听懂他的意思时,他就颇感兴趣地倾听着,因为戈列尼谢夫很有口才。但是弗龙斯基看见戈列尼谢夫谈他深感兴趣的题目时,那种易怒的兴奋神情反而感到惊骇和激怒了。他越往下说,他的眼睛越发光,他就越急于反驳假想的论敌,他的脸也就越显得激动和愤慨。回忆起在学校里总是名列前茅、消瘦、活泼、善良而又高贵的少年戈列尼谢夫,弗龙斯基简直不理解他发怒的理由,而且他也不赞成如此。他最不高兴的是戈列尼谢夫,一个属于上流社会的人,竟会把自己放在和一些使他愤慨的拙劣作家同等的地位。这值得吗?弗龙斯基不喜欢这点。但是,虽然如此,他感到戈列尼谢夫是不幸的,他替他难过。在他容易激动、相当漂亮的脸上,可以看出不幸的、几乎是精神错乱的神色,他连安娜走进来也没有注意到,还在急忙地、热烈地继续述说他的意见。

当安娜戴着帽子,披上斗篷走进来;用她秀丽的手迅速玩弄着她的洋伞,在他身旁站住的时候,弗龙斯基松了口气,逃脱了紧盯住他的戈列尼谢夫的悲哀的眼光,怀着新的爱意,望着他迷人的、充满了生命和满心欢喜的伴侣。戈列尼谢夫好容易才定下神来,开头是很沮丧忧郁的,但是安娜,她这时对什么人都是亲切的,立刻以她单纯快活的态度使他振作起精神来。试谈了几个话题之后,她把他引到绘画的题目上去,他滔滔不绝地谈着,而她就留心地倾听着。他们走到他们租下的房子那里,仔细察看了一遍。

"有一件事我很高兴,"安娜在回去的路上对戈列尼谢夫说,"阿列克谢可以有一间绝妙的画室①。你一定得使用那房间。"她用俄语对弗龙斯基说,因为她看出来戈列尼谢夫在他们隐遁生活中会成为他们的密友,在他面前是用不着顾忌的。

"你画画吗?"戈列尼谢夫急忙转向弗龙斯基说。

"是的,我早先学过,现在又开始动笔了。"弗龙斯基说,涨红了脸。

---

① 原文为法语。

"他很有才能哩，"安娜带着欢喜的微笑说，"自然，我不是鉴赏家。可是有眼光的鉴赏家这样说过。"

8

安娜在她获得自由和迅速恢复健康的初期，感觉自己是不可饶恕地幸福，并且充满了生的喜悦。关于她丈夫不幸的回忆并没有损坏她的幸福。一方面，那回忆太可怕，她不愿去想；另一方面，她丈夫的不幸给了她这么大的幸福，使她不能懊悔。关于她病后发生的一切事情的回忆：和丈夫的和解、决裂、弗龙斯基受伤的消息、他的再出现、离婚的准备、离开丈夫的家、和儿子离别，——这一切在她仿佛是一场梦，她和弗龙斯基两人一道来到国外之后，这才从梦中醒来。想起她使她丈夫遭受的不幸，就在她心里唤起了一种近似嫌恶的心情，好像一个要淹死的人甩脱了另一个抓住他的人时所感到的那样。另外那个人淹死了。自然，这是一种罪恶，但这是唯一的生路，还是不想这些可怕的事情好。

在她和丈夫决裂以后的最初时刻，在她心里对于自己的行为有过一种聊以自慰的想法，现在当她回想过去的一切她也记起了那一种想法。"我使那人不幸是出于不得已的，"她想，"但是我并不想利用他的不幸。我也很痛苦，而且今后还会很痛苦；我失去了我最珍爱的东西——我失去了我的名誉和儿子。我做错了事，所以我并不希求幸福，也不想离婚，我将为我的耻辱和离开我的儿子而受苦。"但是不管安娜多么真诚地打算受苦，她却没有受一点苦。耻辱也没有。以他们两人所富有的机智，由于在国外躲避着俄国妇人，他们从来不曾把自己置于会遭受道德上指责的境地，而且无论到哪里，他们遇见的人们总是装得好像完全理解他们互相之间的关系，简直比他们自己理解得还要清楚的样子。就是和她的爱子离开，在最初的日子里，也并没有使她痛苦。小女孩——他的孩子——是这么可爱，而且因为这是留给她唯一的孩子，所以安娜是那样疼爱她，以致她很少想她的儿子。

由于健康恢复而逐渐增进的生的欲望是这样强烈，而且她的生活环境是这样新鲜愉快，安娜感到不可饶恕地幸福。她越了解弗龙斯基，就越爱他。她爱他，是因为他本身和他对她的爱。完全占有他，对于她是一种不断的快乐。和他接近，在她总是很愉快的。他性格上的一切特点，她越来越熟悉了，对于她是无可言喻地珍贵。他那因为换上便服而改变的外貌，在她看来是这样富有魅力，就好像她是一个初恋的少女一样。在他说的、想的、做的每件事情上，她都看出一些特别高贵优雅的地方。她对他的崇拜实在使她自己都吃惊了；她怎样也找不出他有什么不优美的地方。她不敢把她的自卑感在他面前表露出来。她觉得，如果他知道了，他也许会更快地不爱她，而她现在再也没有比失去他的爱情更害怕的了，虽然她没有理由害怕。但是她不能不感谢他对她的态度，而且不能不表示她多么珍视这点。他，照她的意见看来，在政治活动方面是具有显著的才能的，在政治方面应该扮演一个重要角色——而他竟为了她而牺牲了功名心，并且从来没有流露出丝毫的懊悔。他对她比以前更加敬爱，他处处留意使她不感到她处境的尴尬。他，堂堂的一个男子汉，不但从来没有反对过她，实际上，凡涉及到她的地方，他就没有了自己的意志，只注意揣测她的愿望。这使她不能不感激，纵然他对她这样用心周到，他对她的那种关怀备至的气氛，有时却反而叫她痛苦。

同时，弗龙斯基，虽然他渴望了那么久的事情已经如愿以偿，却并不十分幸福。他不久就感到他愿望的实现所给予他的，不过是他所期望的幸福之山上的一颗小砂粒罢了。这种实现使他看到了人们把幸福想象成欲望实现的那种永恒的错误。在他和她结合在一起，换上便服的初期，他感到了他以前从来没有体验过的自由的滋味，以及恋爱自由的滋味，——他很满足，但是并不长久。他很快就觉察出有一种追求愿望的愿望——一种苦闷的心情正在他心里滋长。不由自主地，他开始抓住每个瞬息即逝的幻想，把它误认做愿望和目的。一天十六个钟头总得设法度过，因为他们正在国外过着完全自由的生活，离开了在彼得堡时占据了他的时间的那种社交生活的环境。至于以前游历外国时弗龙斯基曾享受过的独身生活的乐趣，现在是想都不能想了，因为仅仅一次那样的尝试就曾在安娜心里惹起了意想不到的忧郁，那也只是为了同几个独身朋友一道晚餐回来迟了。与当地的人或是俄国人交际吧，也由于他们两人的关系不明确而同样不可能。游览名胜吧，姑且不说一切名胜都已游览遍了，这对于弗龙斯基这样一个聪明的俄国人也没有像英国人所认为的那样不可言喻的意义。

正如饿慌了的动物遇到什么就抓什么，希望从中觅得食物一样，弗龙斯基也完全无意识地时而抓住政治，时而抓住新书，时而抓住绘画。

他从小就赋有绘画的才能，而且不知道钱如何花才好，他就开始搜集版画，所以他现在潜心绘画，专心从事这件事，把要求满足的过剩的愿望通通集中在它上面。

他赋有鉴赏艺术品、并且惟妙惟肖地、很有风格地模仿艺术品的才能，他觉得自己具有艺术家所必须具备的素质，为了不知道选择哪一类绘画好：宗教画呢，历史画呢，写实画呢，还是风俗画，踌躇了一些时日之后，他就开始画起来。他理解各个不同的种类，而且能够从任何一类里获得灵感，但是他想象不到，也有可能对于绘画的种类一无所知，而直接从自己的内心得到灵感，不管画出来的东西是属于哪一流派。因为他不知道这个，因为他不是直接从生活本身，而是间接地从体现在艺术品中的生活中得到灵感，所以他的灵感来得非常快，非常容易，而他画出来的东西也同样快，同样容易地达到了和他所要模仿的流派极其相似的境地。

在一切流派中，他最爱优美动人的法国派，模仿这一派，他开始画穿着意大利服装的安娜的肖像，这幅肖像，他和所有看到它的人都认为非常成功。

9

这古老荒芜的"帕拉佐"，它有塑造装饰的、高高的天花板和壁画，它那镶花地板，它那挂在大窗户上厚重的黄色窗帷，摆在托架和壁炉架上的花瓶，雕花的门和挂着图画的阴暗的客厅——这个"帕拉佐"，当他们搬进来以后，就以它那外观在弗龙斯基心中保持着一种愉快的幻想，仿佛他与其说是一个俄国的地主，一个退伍的武官，毋宁说是一个开明的艺术爱好者和保护者，而且本人就是一个谦虚的艺术家，为了自己所爱的女人，而把世界、亲戚、功名心一齐抛弃。

弗龙斯基搬进这幢"帕拉佐"所选的角色是完全成功的，而且，通过戈列尼谢夫的介绍，交结了几个有趣的人，他一时间静下心来。他在一个意大利绘画教授指导之下习作写生画，并且研究中世纪意大利的生活。当时中世纪意大利的生活是这样迷住了弗龙斯基，他甚至照中世纪的风格戴起帽子，把斗篷搭在肩膊上，那风格倒也和他十分相称。

"我们住在这里,什么也不知道。"有一天早晨弗龙斯基对来看他的戈列尼谢夫说。"你看过米哈伊洛夫的画吗?"他说,把他早晨收到的一份俄国报纸递给他,指着上面一篇有关一个俄国画家的文章,那位画家恰巧也住在这个市镇里,刚绘完一幅早就交口称誉,而且有人预先定购了的绘画。那篇文章指责政府和美术学院,不该把这样一个卓越的画家丢在那里而不予奖励和补助。

"我看到了,"戈列尼谢夫回答,"当然,他不能说没有才能,但是方向完全不对头。他对于基督,对于宗教画完全抱着伊万诺夫 — 斯特劳斯 — 芮农①那样的态度。"

"那幅画是什么主题呢?"安娜问。

"在彼拉多②面前的基督。用彻头彻尾新派的写实主义把基督描画成一个犹太人。"

由于询问画的主题把他引到一个他所爱好的论题上,戈列尼谢夫就大发议论。

"我真不明白他们怎么会犯这样大的错误,基督在大师们的作品中已经有了一定的表现方法。所以,假若他们所描画的不是上帝,而是革命家或圣人,那么他们尽可以从历史中去选取苏格拉底、佛兰克林、夏洛特·郭尔黛③,可不能选取基督。他们所选取的正是不能用来作为美术题材的人物,这样……"

"这个米哈伊洛夫真是这样画吗?"弗龙斯基问,觉得自己作为一个俄国的艺术保护者,应该帮助这个画家,不管他的画是好是坏。

---

① 斯特劳斯(1808—1874),德国神学家,唯心主义的哲学家,德国资产阶级激进主义的思想家,著有《耶稣传》。一八七二年抛弃了基督教的信仰。芮衣(1823—1892),法国宗教史家,著有《基督教起源史》。戈列尼谢夫把俄国著名画家阿·伊万诺夫(1806—1858)也列入这一流派。

② 彼拉多,《圣经·新约全书》中审判耶稣的罗马总督。

③ 夏洛特·郭尔黛(1768—1793),暗杀法国资产阶级革命的著名活动家马拉的法国女子。

"我看也不见得。他是一个卓越的肖像画家。你看过他画的瓦西里奇科夫夫人的肖像吗?但是他好像不乐意再画肖像画了,因此大概生活很困难。我敢说……"

"难道我们不能请他给安娜·阿尔卡季耶夫娜画像吗?"弗龙斯基说。

"为什么画我?"安娜说,"有了你画的那幅以后,我不再要别的画像了。倒不如给安妮(她这样叫她的小女孩)画一幅吧。她来了。"她补充说,眺望窗外正抱着小孩走进花园来的漂亮的意大利奶妈,随即又回头望了弗龙斯基一眼。这漂亮的奶妈,她的头部被弗龙斯基描进了他的画里,是安娜生活中唯一的隐忧。他一边画她,一边叹赏她的美丽和中世纪式的风姿,安娜简直不敢向自己承认她害怕自己会嫉妒起这个奶妈来,因为这缘故,她对这女人和她的小男孩就格外地亲切和宠爱。

弗龙斯基也望望窗外,又望望安娜的眼睛,立刻又转向戈列尼谢夫说:

"你认识这个米哈伊洛夫吗?"

"我见过他。可是他是一个怪物,一点教养都没有。你知道,他就是如今常常遇见的那些野蛮的现代人中的一个;你知道,就是那些一下子[①]就在无信仰、否定一切、唯物主义的见解中培养出来的自由思想家中的一个。从前,"戈列尼谢夫说,他没有注意到,或是不愿意注意,安娜和弗龙斯基都想要说话,"从前,自由思想家是用宗教、法律和道德观念培养起来,经过斗争和努力,才达到自由思想的领域;可是现在出现了一种新型的天生的自由思想家,对于世界上存在着道德和宗教法则,还存在着权威,甚至连听都没有听到过,

---

① 原文为法语。

而是完全在否定一切的那种观念中长成的，就是说，像野蛮人一样长成的。他就是那种人。他仿佛是莫斯科一个宫廷仆役长的儿子，没有受过什么教育。当他进入美术学院，有了名声，他，原来也不是蠢人，就竭力想多受一点教育。于是他趋向于在他看来是教育的源泉的东西——杂志。从前，你知道，一个想受教育的人，比方说，法国人吧，就得着手研究一切古典的东西：神学家的、悲剧作家的、历史家的、哲学家的东西，摆在他面前的一切智慧的产品。但是现在，他径直地就钻到否定主义的书籍里，很快就精通了否定主义那门学问的精华，这样他就行了。而且不仅如此——在二十年前他在这种书籍中还会找出和权威相冲突，和多少世纪来观念相冲突的痕迹；他还会由这种冲突推论出来另外还有什么东西存在；但是现在他立刻钻到这种书籍里，在那里，对于旧观念甚至不屑于讨论，却爽爽快快地说：除了进化[①]、自然淘汰、生存竞争以外再也没有什么了，如此而已。我在我的论文里……"

"我告诉你，"早就在偷偷地和弗龙斯基交换着眼色的安娜说，她知道他对于画家的教养丝毫不感兴趣，只不过是有心帮助他，请他画一幅画像罢了，"我告诉您，"她说，坚决地打断了正谈得滔滔不绝的戈列尼谢夫，"我们去看看他吧！"

戈列尼谢夫定了定神，欣然同意了。但是因为这个画家住在郊外，他们就决定雇马车。

一个钟头后，安娜，她的旁边坐着戈列尼谢夫，弗龙斯基坐在他们对面的座位上，驶到郊外一所漂亮的新房子面前。由走出来迎接他们的门房的妻子口中知道米哈伊洛夫是让人参观他的画室的，但是此刻他正在距离几步远的寓所里，他们就叫她把名片递给他，

[①] 原文为法语。

请求允许他们参观他的绘画。

10

当弗龙斯基伯爵和戈列尼谢夫的名片递上来的时候,画家米哈伊洛夫正在照常工作。早上他在画室里画一幅巨画。回到家里,他对妻子发脾气,因为她没有设法把来讨账的房东太太应付过去。

"我对你说了二十次,叫你不要同人家多噜苏。你本来就蠢,你用意大利话噜苏的时候,你就显得三倍地蠢了!"争论了一大场之后他说。

"那你就不要拖欠这么久,这不怪我。假使我有钱……"

"让我安静点吧,看在上帝面上!"米哈伊洛夫尖叫着,声音里含着眼泪,于是,捂住耳朵,他走进板壁那边他的工作室去了,随手把门锁上。"蠢女人!"他自言自语,在桌旁坐下,于是,打开纸夹,立刻特别热心地画起他已经动笔的一幅画。

他从来没有像在景况不佳之时,尤其是和妻子吵了架时那么热心而且顺利地工作过。"唉,要是能逃到什么地方去就好了!"他一边想,一边工作。他在画一个盛怒的人的面容。以前画过一幅,但是他不满意。"不,那幅还好些……放到什么地方去了呢?"他回到妻子那里去,皱着眉头,不望着她,却问他的大女儿,他给她们的那张纸放到哪里去了。他抛弃了的那张绘着画的纸找着了,但是弄得很脏,沾上了蜡烛油渍。可是,他还是拿了那张画,放在自己的桌上,于是,退后两三步,眯着眼睛,他开始打量着它。突然他微笑了,快活地挥了挥胳臂。

"对啦!对啦!"他说,立刻拿起铅笔,开始迅速地描绘起来。油脂的污点给予了画中人新的风姿。

他摹绘了这种新的风姿,突然回忆起一个他曾向他买过雪茄烟的店主的面孔,一副下颚突出、精力旺盛的面孔,他就把这面孔,这下颚绘在画中人身上。他欢喜得大笑起来。那人像突然从没有生命的虚构的东西变成了活生生的,这样就不能再改动了。那人像具有了生命,轮廓分明,显然已定形了。那画像可以按照需要略加修改,两腿可以而且必须叉开一些,左臂的位置也该改变一下;头发也不妨掠到后面去。但是在做这些修改的时候,他并没有改变整个姿势,只是除去了遮掩住它性格的东西。他好像是剥去了使它不能清楚显现出来的遮布。每一新的笔触只是使得整个人像显得更矫健有力,就像油脂的污点突然向他显示出来的那样。当名片递来的时候他正在细心地绘完那幅画。

"就来!就来!"

他走到他妻子那里。

"啊,萨莎,别生气了吧!"他说,畏怯而温柔地对她微笑着,"你有错,我也有错。我会把一切都安排好的。"这样和他妻子和解以后,他就穿上缀着天鹅绒领子的橄榄绿色外套,戴上帽子,向画室走去。那幅成功的画像他已经忘记了。现在他正为这些高贵的俄国人坐着马车来访问而感到欢喜和兴奋。

关于他那幅现在正放在画架上的画,他内心里抱着一个信念——就是,像这样的画从来没有人画过。他并不认为他的画比拉斐尔所有的画都好,但是他知道他在那幅画里所要表现的意境从来还没有人表现过。这点,他确切地知道,而且很早以前,从他开始画的时候就知道了;但是别人的批评,不论怎样的批评,在他眼里都有着巨大的意义,使他从心底里激动。任何评语,即使是最微不足道的,哪怕表示出来那些批评家只看到他在这幅画中所看到的一小部分也好,都使他深深感动。他总把比他自己更高深的理解力归之于他的批评家，而且总期待从他们口里听到一些他自己没有在画中看出的东西，而且常常想象在他们的批评中真的发现这些。

他迈着迅速的脚步向画室门口走去，不管他如何兴奋，安娜身上柔和的光辉却使他惊异了，她正站在门口的阴处，听着戈列尼谢夫起劲地对她说话，同时，她显然想转过脸来望望走拢来的画家。他自己都没有意识到，当他走近他们的时候，他是怎样捕捉住这个印象，吞咽下去，就像他保留那个雪茄商人的下颚一样，把它藏到什么地方，必要的时候再拿出来。客人们事先听了戈列尼谢夫议论这画家的那番话已有些失望，现在看见他的外貌就愈加感到失望了。中等身材，体格结实，步态轻捷，戴着褐色帽子，穿着橄榄绿色外套和窄小的裤子——虽然那时早已流行肥大的裤子——特别是，他那相貌平常的大脸，以及那种既畏怯又想保持尊严的混合表情，由于这种种，米哈伊洛夫给人一种不快的印象。

"请进！"他说，竭力装得不在乎的样子，于是走进门廊，他从口袋里掏出钥匙开了门。

11

走进画室，米哈伊洛夫又打量了客人们一眼，在他的想象里记下了弗龙斯基面部的表情，特别是他的颧骨。虽然他艺术家的感觉不停地在从事于素材的搜集工作，虽然他的作品要受到评论的时间越迫近，他就越感到兴奋，他还是很迅速、很机敏地凭着觉察不出的标志构成了对这三个人的印象。那一位（戈列尼谢夫）是住在这里的俄国人。米哈伊洛夫不记得他的姓名，也不记得他在什么地方见过他，和他谈过什么话；他只记得他的面孔，就像他记得所有他见过的面孔一样；但是他也记得那在他的记忆里是放在妄自尊大、表情贫乏那一类面孔里的。浓密的头发和开阔的前额给了那面孔一种俨然很神气的模样，那面孔只有一种表情——一种集中在狭窄的鼻梁上的、孩子般的、不安静的表情。弗龙斯基和安娜，照米哈伊洛夫的想法，一定是高贵富有的俄国人，像所有那些富有的俄国人一样，对于艺术完全不懂，但是装出艺术爱好者和鉴赏家的样子。"大概他们已经看过了一切古物，现在又要来巡视巡视新人、德国的江湖客、英国拉斐尔前派的傻子们的画室了，到我这里来也不过是为了看个齐全罢了。"他想。他非常清楚艺术涉猎者们（他们越聪明越坏）的习气，他们参观现代美术家的画室，目的无非是为了以后有资格说美术已经衰微了，并且说越看新人的作品，越觉得古代大师的作品依然是多么无与伦比。他期待着这一切；他在他们的脸上看出来这一点，他在他们互相交谈、凝视人体模型和半身像、悠闲地踱着、等着他揭去画的罩布的时候，他们那种满不在乎的神情中也看出这一点。但是，虽然如此，当他一幅一幅地翻开他的习作，拉起窗帷，揭去罩布的时候，他依然感到非常兴奋，特别是因为虽然他确信高贵有钱的俄国人多半都是畜生和傻子，但是他却很喜欢弗龙斯基，尤其是安娜。

"请看这里，"他说，迈着敏捷的步子退到一旁，指着他的绘画，"这是彼拉多的告诫。《马太福音》第二十七章。"他说，感觉着他的嘴唇都兴奋得战栗起来了。他退开去，站到他们背后。

在访问者默默地凝视那幅画的几秒钟内，米哈伊洛夫也以旁观者漠不关心的眼光凝视着它。在那几秒钟里，他预料一定会有一种最高明最公正的批评从他们的口里，就是一会儿以前他那么轻视过的那些访问者的口里，说出来。他忘却了在他绘那幅画的三年内他对它所抱着的一切想法；他忘却了他曾经确信不疑它的全部价值——他用他们那种漠不关心的、新的、冷眼旁观者的眼光去看它,在它里面看不出一点好处。他看见了前景中彼拉多愤怒的脸孔和基督宁静的面容,背景中彼拉多扈从的姿影和观看动静的约翰的脸。每副面孔都是经过那么多的探求,那么多的失败和修改,根据各自的特殊性格在他心中成长起来的,每副面孔都给了他那么多的苦恼和喜悦,这些面孔为了求得协调的缘故不知修改了多少回,所有浓淡明暗的色彩都是花了那么大的苦心琢磨出来的——这一切,他现在用他们的眼光总起来看,只不过是重复了千万遍的庸俗的东西。他最重视的面孔,成为画的中心的基督的面孔,在他发现它的时候曾经给了他那么大的喜悦,现在用他们的眼光看,就觉得毫无价值了。他看出自己的画不过是无数基督画像中的一幅绘得很出色的副本(不,连出色也谈不上——他清楚地看出来无数缺点);提香①、拉斐尔、鲁本兹②都画过基督,也画过同样的兵士和彼拉多。一切都是平凡、贫弱、陈腐、简直描绘得很拙劣——笔触无力,色彩又不调和。他们如果当着画家的面说些虚伪的客气话,而背后却怜悯他,嘲笑他,他们也是有理由的。

这沉默(虽然持续了不到一分钟)对于他可太难堪了。为了打破沉默,而且表示他并不激动,他克制着自己,对戈列尼谢夫说话了。

"我仿佛有荣幸见过您。"他说,不安地先望望安娜,又望望弗龙斯基,为的是不看漏他们的一丝表情。

"自然啦!我们在罗西家见过面,您记得吗?是在听意大利小姐——新拉薛儿③——朗诵的晚会上。"戈列尼谢夫流利地回答,毫不惋惜地从那幅画上转移视线,转向画家。

---

① 提香(1477—1576),文艺复兴时期意大利著名画家,绘有宗教画和肖像画。
② 鲁本兹(1577—1640),佛兰德斯画家,画有以宗教为题材的画。
③ 拉薛儿(1820—1858),法国有名的悲剧女演员。

但是注意到米哈伊洛夫在等待他评论这幅画，他就说：

"您的画从我上次看见以后是突飞猛进了；现在特别使我惊叹的，也像上次一样，是彼拉多的姿态。人可以那么了解这个人物：一个善良、很不错的人，但却是一个不知自己在做什么的彻头彻尾的官僚。不过我觉得……"

米哈伊洛夫富于表情的脸突然开朗了，他的眼睛闪着光。他想说句什么话，但是兴奋得说不出来，只好假装咳嗽。尽管他瞧不起戈列尼谢夫对于美术的理解力，尽管他对那位官僚彼拉多惟妙惟肖的表情所下的那句正确的评语无足轻重，那评语光说了无关轻重的地方而没有说出要点，使他很不痛快，但是米哈伊洛夫听了这种评语还是高兴极了。他自己对于彼拉多这个人物的想法，正和戈列尼谢夫所说的一样。这意见不过是米哈伊洛夫所确信的无数的正确意见之一罢了，这点并没有在他心目中贬低戈列尼谢夫评语的意义。他因为这评语而喜欢起戈列尼谢夫来，忧郁的心情突然变成狂喜了。立刻他的整个绘画就带着一切有生命的东西的那种难以形容的复杂性在他面前变得栩栩如生。米哈伊洛夫又想说他就是那样了解彼拉多的，但是他的嘴唇颤抖得不听使唤了，他说不出话来。弗龙斯基和安娜也低声说了些什么，他们压低声音，一方面是为了不伤害画家的感情，另一方面也是为了不大声说出愚蠢的话，那是人们在绘画展览会上谈论艺术时通常容易脱口而出的。米哈伊洛夫感觉到他的画也给了他们深刻的印象。他就走上他们面前。

"基督的表情真叫人惊叹啊！"安娜说。在她看见的一切东西中，她最喜欢那个表情，并且她感觉得那是画的中心，因此称赞它一定会使画家高兴。"看得出他很怜悯彼拉多。"

这又是在他的画中，在基督的画像中可以找出的无数的正确见解之一。她说基督很怜悯彼拉多。在基督的表情中，应当有一种怜悯的表情，因为其中有爱，有天国般的平静，有从容赴死的决心，有感到空言于事无补的那种表情。既然一个是肉体生活的化身，另一个是精神生活的化身，那么在彼拉多脸上有一种官僚神气，在基督脸上有怜悯的表情，是当然的了。这一切和许多别的想头在米哈伊洛夫心中闪过去；他的脸又欢喜得容光焕发了。

"是的，那个人物画得多出色啊——多么飘逸啊！简直可以从各个不同的角度来看。"戈列尼谢夫说，由这句评语，就明白地表露出他不赞成那幅肖像画的内容和构思。

"是的，真是惊人的手笔！"弗龙斯基说，"背景上那些人物多么突出呀！这里就有技巧。"他向戈列尼谢夫说，提到他们曾经谈过的一次谈话，在那次谈话中弗龙斯基表示他没有希望获得这种技巧。

"是的，是的，真是惊人！"戈列尼谢夫和安娜附和着。米哈伊洛夫虽然很兴奋，但是谈到技巧的话却刺痛了他的心，于是，愤怒地望着弗龙斯基，他突然皱起眉头。他常常听到"技巧"这个词，却完全不理解它是什么意思。他知道这个名词，照普通的解释，是指一种和内容完全无关的、单单是描绘的机械的能力。他常常注意到——就像在现在的称赞中一样——技巧和内在的价值是完全相反的，仿佛一件坏东西也可以描绘得很出色。他知道在除去表象的时候，为了不伤害作品本身，为了把所有的表象都除去，得多加小心，尽量注意；至于说描绘的技术——就是技巧——是并不存在的。假如他所看到的东西向一个小孩或是厨娘展示的话，他或是她，也一定能够把自己看到的东西的表层剥去的。同时就是最富有经验和熟练的画家也不能单靠机械的才能去描绘什么，如果主题的轮廓没有预先向他显示的话。而且，他知道，说到技巧，那他是没有资格受到称赞的。在他画了又画的一切东西里，他都看出了刺目的缺点，那就是由于在他除去思想的外壳的时候不小心而来的，现在要修改一定会损坏整个作品。几乎在所有的形体和面容上，他都看出损坏了绘画的没有完全除去表象的痕迹。

"有一点可以说，假如您容许我饶舌的话……"戈列尼谢夫说。

"啊，极愿领教。"米哈伊洛夫勉强微笑着说。

"那就是，您把基督画成一个人神，而不是神人。但是我知道您是有心这样做的。"

"我画不出一个不是我心目中的基督。"米哈伊洛夫忧郁地说。

"是的；假如是这种情形的话，您要是容许我直说……您的画是那么完美，我的评语决不会损伤它丝毫，况且，这也不过是我个人的见解。在您看来就不同了。您的出发点根本不同。可是让我们拿伊万诺夫来说吧。我想如果要把基督降到一个历史人物的地位，那倒不如另选新颖的、没有人画过的历史题材。"

"可是假如这是摆在艺术前面最伟大的题材呢？"

"如果去寻找，一定会找到别的主题。但是问题在于艺术不容许争辩和议论。在伊万诺夫的画①面前，不论是信徒，还是异教徒，心里都会发生这样的疑问：'这是神呢，还是不是神呢？'这样，印象的统一就被破坏了。"

"为什么那样？我想对于有教养的人们，"米哈伊洛夫说，"这样的问题根本不可能存在的。"

这一点戈列尼谢夫不同意，并且始终坚持己见，认为印象的统一在艺术上是必要的，以此来驳倒米哈伊洛夫。

米哈伊洛夫大为激动，但是他说不出一句话来为自己的思想辩护。

---

① 指伊万诺夫的画《基督显容》。

12

安娜和弗龙斯基早就交换着眼色，为他们的朋友这种能言善辩而感到遗憾，终于弗龙斯基没有等待主人，就径自向另一幅小画走去。

"啊，多美妙！多美妙啊！真是奇迹！多么美妙呀！"他们异口同声叫起来。

"什么东西使他们那么中意呢？"米哈伊洛夫想。他完全忘记了他三年前绘的那幅画。他忘记了他有好几个月日日夜夜全神贯注在这幅画上时，他为它所经受的一切苦闷和欢喜。他忘记了它，就像他一向总把画好的画忘记了一样。他连看都不想看它一眼，只不过因为等一个想买它的英国人，这才把它摆到外面来的。

"啊，那只是一幅旧的习作罢了。"他说。

"多么美好啊！"戈列尼谢夫说，他显然也从心底里被那幅画的魅力迷住了。

两个小孩在柳荫下钓鱼。大的一个刚垂下钓丝，正小心地从灌木后面往回收浮标，全神贯注在他的工作上；另一个，小的一个，正支着臂肘躺在草地上，用手托着长着乱蓬蓬金发的头，沉思的碧蓝眼睛凝视着水面。他在想什么呢？

对这幅画的叹赏在米哈伊洛夫心中唤起了往日的兴奋，但是他惧怕而且厌恶对于过去事物怀着无谓的留恋，因此，虽然这种赞赏使他感到快慰，他却竭力把访问者们引到第三幅画那里去。

但是弗龙斯基问这幅画是否出售。这时米哈伊洛夫已经被访问者们弄得很兴奋，谈到金钱他听了极不愉快。

"它是摆出来卖的。"他回答，忧郁地皱着眉。

访问者们走了之后，米哈伊洛夫在彼拉多和基督的画像前坐下来，在心里重温着访问者们说过的话，以及他们虽然没有明说却暗示出来的话。说也奇怪，当他们在这里，他用他们的观点来看事物，在他看来是那么重要的东西，现在突然失去了一切意义。他开始用纯粹艺术家的眼光来看他的画，立刻产生一种心情，他确信他的画很完美，因此他的画具有重大意义；要集中全部精力，排除一切其他的兴趣，是需要这种确信的；只有这样，他才能够工作。

基督的一只按照远近法缩小了的脚，可有点不妥。他拿起调色板，着手工作起来。他一面修改那只脚，一面不断地望着背景上约翰的形象，访问者们连注意都没有注意到那点，可是他却相信那已达到完美的境界。修改完了脚，他很想把那形象也润色一下，但是他感到太兴奋了。在他太冷静和太激动，把什么都看得太清楚的时候，他同样不能工作。只有在由冷静过渡到灵感的那个阶段，才能工作。今天他太兴奋了。他原想把画盖好的，但是他停住了，把罩布拿在手里；流露出幸福的微笑，对着约翰的形象凝视了好一会儿。最后，带着依依难舍的神情，他放下了罩布，疲倦而又愉快地走回寓所去。

弗龙斯基、安娜和戈列尼谢夫，在归途中格外地活跃和愉快。他们谈论着米哈伊洛夫和他的画。才能这个词——他们把它理解成一种脱离理智和感情而独立存在的、天生的、几乎是生理的能力，他们想把画家所体验到的一切通通用它来表示——这个字眼在他们谈话中特别频繁地反复出现，因为他们需要用它来形容某些他们毫不理解、却又要谈论的东西。他们说他的才能是无可否认的，不过他的才能因为教养不够——我们俄国美术家的通病——而不可能发挥。但是那幅小孩的画却深深印在他们的记忆里，他们尽在回想它。

"多么美妙啊！这幅画画得多么出色，而且它又是多么单纯啊！

甚至他自己都不明白它是多么好。是的，我一定不放过它；一定要把它买下来。"弗龙斯基说。

13

米哈伊洛夫把他的画卖给了弗龙斯基，并且答应给安娜画像。在指定的日子，他来了，开始工作起来。

从坐下来让他画了五次以后，这画像就使得大家，特别是弗龙斯基惊异了，不只是以它的逼真，而且也是以它那特殊的美。米哈伊洛夫怎么会发现了她特殊的美，这可真有点奇怪。"人要发现她最可爱的心灵的表情，就得了解她而且爱她，像我爱她一样。"弗龙斯基想，虽然他自己也是由于这幅画像才发觉她的最可爱的心灵的表情的。但是那表情是这样真切，使得他和旁人都感觉到好像他们早就知道了似的。

"我努力画了那么多时候，却一事无成，"他说的是他自己给她绘的那幅画像，"而他只看了一眼，就描绘出来了。这里就有技巧。"

"慢慢来嘛。"戈列尼谢夫安慰他说。照他看来，弗龙斯基才能和教养两者兼备，特别是教养，那使得他对于艺术有高超的见解。戈列尼谢夫确信弗龙斯基具有才能，还由于他自己需要弗龙斯基对于他的言论思想给予同情和赞赏，这就支持了他的这种确信，他感觉得赞赏和支持应当是相互的。

在别人家里，特别是在弗龙斯基的"帕拉佐"里，米哈伊洛夫和在自己的画室里完全不同。他保持着敬而远之的态度，好像害怕接近这些他并不尊敬的人似的。他称呼弗龙斯基为"阁下"，而且，尽管安娜和弗龙斯基邀请，他从来没有留下吃过饭，除了来画像从来没有来过。安娜对于他甚至比对谁都亲切，为了她的画像非常感谢他。弗龙斯基对他十分殷勤,而且显然很想听听这位美术家对于他的画的意见。戈列尼谢夫从不放过一次给米哈伊洛夫灌输真正的艺术见解的机会。但是米哈伊洛夫对于大家还是一样冷淡。安娜从他的眼色里感觉出他喜欢看她,但是他却避免和她谈话。当弗龙斯基谈到他的绘画时,他顽固地保持沉默,而当他们把弗龙斯基的画拿给他看,他还是那样顽固地沉默着;他显然很讨厌戈列尼谢夫的谈话,但是他也没有反驳过他。

总之,当他们更进一步认识米哈伊洛夫,他那种拘谨、令人不快,而且分明怀着敌意的态度,就使他们更不喜欢了。当绘画完毕,美丽的画像已归他们所有,而他也不再来了,他们都很高兴。

戈列尼谢夫第一个说出了大家心中共同的思想,认为米哈伊洛夫只不过是嫉妒弗龙斯基罢了。

"他既然有才能,我们就不要说他嫉妒;但是一个宫廷里的人,一个富家子弟,而且又是一个伯爵(你知道他们大家对于爵位是深恶痛绝的),居然没有怎样费力,就比把整个生命都献给美术的他,即使没有超过,却也不相上下,这可使他恼怒了。尤其是教养,那是他所缺乏的。"

弗龙斯基替米哈伊洛夫辩护,但是在他内心深处他也相信这一点,因为照他看来,一个属于不同的、下层社会的人一定是嫉妒的。

安娜的画像——他和米哈伊洛夫两人画的同一个人的肖像——本来应该向弗龙斯基显示出来他和米哈伊洛夫之间的差异的,但是他却没有看出这点。直到米哈伊洛夫画的肖像画成以后,他这才停笔不画安娜的肖像,他断定现在再画也是多余的了。他继续绘着以中世纪生活为题材的画。而他自己和戈列尼谢夫,尤其是安娜,都觉得他那幅画很不错,因为它比米哈伊洛夫的画更像名画。

在米哈伊洛夫那方面,虽然安娜的画像使他入迷,但是当绘画完毕，他不必再听戈列尼谢夫那套关于艺术的议论，而且可以忘却弗龙斯基的绘画时，他甚至比他们更高兴。他知道不可能禁止弗龙斯基拿绘画作消遣，他知道他和所有的艺术爱好者都有充分的权利，高兴画什么就画什么，但这在他是不愉快的。人不能禁止别人去造一个大型的蜡制玩偶，而且去亲吻它。可是假如那个人带着这个玩偶走来坐在他所爱的人面前，而且开始爱抚他的玩偶，一如那位情人爱抚着他所爱的女人一样，那位情人一定会很不愉快的。米哈伊洛夫看见弗龙斯基的绘画所感到的就是这样一种不愉快的感觉：他觉得又好笑，又好气，又可怜，又可恼。

弗龙斯基对于绘画和中世纪生活的兴致并没有持续很久。正因为他对于绘画有充分的鉴赏力，所以不能够绘完他那幅画。停笔不画了。他模糊地感到它的那些缺点，起初虽然还不大明显，如果继续画下去，就会显露出来。他体验到戈列尼谢夫同样体验到的心情：戈列尼谢夫感到自己没有什么可说的，于是就用这种话来不断地自欺欺人，说他的思想还没有成熟，他还在构思，搜集素材。但是这使戈列尼谢夫感到激怒和苦恼，弗龙斯基却不能够欺骗和折磨自己，尤其不能够使自己感到怨恨。凭他所特有的果断性格，他没有说明，也没有辩解，就搁笔不画了。

但是没有这项工作，在意大利的城市里，弗龙斯基的生活，和因为他突然失去兴趣而感到诧异的安娜的生活，就显得枯燥无味了。"帕拉佐"突然显得这样刺目地破旧肮脏，窗帷上的污点、地板上的裂缝、檐板上剥落了的灰泥，看来是那么不愉快，老是那个样子的戈列尼谢夫、意大利教授和德国旅行家都变得这样叫人讨厌，使他们不得不改变生活。因此他们决定返回俄国，住到乡下去。在彼得堡，弗龙斯基打算和他哥哥把家产分开，而安娜打算去看她的儿子。他们预备在弗龙斯基的大田庄度夏。

14

列文结婚有三个月了。他很幸福,但是完全不像他所期望的那样。他处处发现他以前的幻想破灭和新的意外的魅力。他是幸福的,但是进入家庭生活以后,他处处看到这和他所想象的完全不同。他处处感到一种心情,如同一个人叹赏湖上一叶小舟平稳而幸福地漂浮,等到自己坐上小舟的时候心情就有些两样。他发现:这并不只是平稳地坐着,毫不摇晃,人还得要思想,片刻不能忘记他要到什么地方去;而且下面还有水,人还得划桨;他不习惯划桨的手还会疼痛;只是看着容易,做起来时,虽说是非常愉快,却也是很不容易啊。

独身的时候,他看见别人的婚后生活,看到他们琐碎的忧虑、争吵、嫉妒,他往往只是在心里轻蔑地讥笑。在他未来的夫妻生活中,他相信绝不会有这种事情;就连他结婚生活的表面形式,在他想来,也准会和别人的生活完全不同。可是出乎意外,他和他妻子的生活不但没有独树一格,而且,恰好相反,完全是由他以前那么轻视的极其琐碎的小事构成的,而现在,那些小事,违反他的意愿,却具有了异乎寻常、无可争辩的重要性。列文看到要把所有这些琐事安顿好,完全不像他以前想象的那么容易。虽然列文自信对于家庭生活抱着最正确的见解,但是他,也同所有的男子一样,不知不觉地把家庭生活想象成完全是爱情的享受,既没有什么东西来妨碍它,也没有什么琐碎的忧虑来分心。在他设想起来,他应当从事他的工作,而在爱的幸福中求得休息。她应当被热爱着,再也没有别的了。可是又同所有的男子一样,他忘记了她也需要工作;因此他很诧异:她,他那富有诗意的、美丽的基蒂,怎么在结婚生活的头几个星期,甚至在头几天,就能够想起这件事,记起那件事,为桌布、家具、来客用的卧具、餐具、厨师和餐膳之类的事情忙个不停。还在他们订婚的期间,她就坚决拒绝到国外去,决心回到乡下,好像她知道什么是必要的事,而且除了恋爱还能够想到别的事情,她那种坚决的态度,就已经使他惊异了。这事当时很使他不快,而现在她的琐碎的操心和忧虑更使他加倍地不痛快了。但是他看出这在她是必要的。因为他爱她,所以虽然他不明白这是什么道理,而且还嘲笑这种家务事上的操劳,但是对于这些,他又不禁从心里赞美。他嘲笑她怎样布置从莫斯科搬运来的家具,怎样重新整顿他的和她自己的房间,怎样悬挂窗帷,预备客人和多莉用的房间,怎样给她的新使女安排一个房间,怎样吩咐老厨师做饭,怎样和阿加菲娅·米哈伊洛夫娜争吵,把贮藏室从她手里接管过来。他看见老厨师是怎样叹赏地微笑着,听她的没有经验的行不通的命令,阿加菲娅·米哈伊洛夫娜看到这位年轻主妇的新布置是怎样沉思而慈祥地摇着头。他看到,当基蒂边哭边笑地跑来向他诉说她的使女玛莎还把她当小姐看待,因此谁也不会服从她的时候,她是特别地可爱。这在他看来是可爱的,但也是奇怪的,他想假如没有这些就更好了。

他不知道她婚后心情上所起的变化。在娘家她有时想要吃什么好菜或是糖果,可是不能够如愿,而现在她要吃什么就可以随意吩咐,可以随意买多少磅糖果,花掉多少钱,而且高兴定制任何一种点心就可以定制。

她现在正愉快地盼望着多莉带着小孩们来,特别是因为她要给孩子们定制他们各人爱吃的点心,而多莉一定会赞赏她的一切新措施。她自己也不知道是什么缘故,但是管理家务对于她有一种不可抗拒的魅力。她本能地感觉到春天临近了,同时也知道会有阴天下雨的日子,因此她尽力筑巢,一面忙着筑巢,一面学习怎样筑法。

基蒂这种对于家务琐事的操心,和列文最初的崇高幸福的理想完全相反,是他的失望之一;同时这种可爱的操心,他虽不明白它的意义,却也不能不喜欢它,这又是它的新的魅力之一。

另一种失望和魅力是由他们的口角引起的。列文绝没有想象到他和妻子之间除了温存、尊敬和爱的关系以外还能有别的关系,可是结婚后没有几天他们就突然吵了嘴,她竟至说他并不爱她,只爱他自己,说着就哭起来,摆着两手。

第一次口角是因为列文骑马到新的农庄去,因为想抄近路回家,迷了路,以致迟回来半个钟头。他驰回家,一路上只顾想她,想她的爱,想他自己的幸福,他离家越近,他对她的爱情也就越热烈。他抱着如同他到谢尔巴茨基家去求婚时那样的感情,甚至比那更强烈的感情跑进房里来。出乎意外,迎着他的是一种他从来不曾在她脸上见过的忧愁的表情。他想要吻她,但是她推开了他。

"怎么回事?"

"你倒很快活哩……"她开口说,竭力要显得镇静和凶狠。

但是她刚一开口,责备、无意义的嫉妒、在她一动不动地坐在窗前度过的那半个钟头内她所忍受的一切痛苦,所有这些话就一齐冲口而出。到这个时候,他才第一次清楚地理解到他在举行婚礼后领着她走出教堂时所没有理解的事情。他理解到她不但和他非常亲近,而且他现在简直不知道她在什么地方终结,而他在什么地方开始。他根据他在这一瞬间所体验到的那种分裂的痛苦感觉理解了这一点。他起初很生气,但是就在同一瞬间,他感觉到他不能够生她的气,她和他是一体。他一刹那间感觉得如同一个人突然在背后挨了重重的一击,怒气冲冲,想要报复,回过头来寻找他的敌手,却发现原来是自己偶然失手打了自己,不好生任何人的气,只得忍受着,竭力减轻痛苦。

以后他再没有这么强烈地感到过这种心情,但是在这第一次,他却久久未能恢复平静。他的自然而然的感情是要他为自己辩护，向她证明是她错了；但是证明她错就等于更激怒她，使裂痕更加扩大，而那裂痕是他一切痛苦的根源，一种习惯的冲动驱使他把过错推卸掉，推到她身上；另一种，甚至更强烈的冲动却促使他尽快消泯裂痕，不让它再扩大下去。忍受这种不公平的责难是痛苦的，但是洗清自己，使她痛苦，那就更糟。好像一个在半睡不醒中感到一阵剧痛的人想把那痛处从身体中挖出，扔掉，可是一醒过来就明白了那痛处就是他自身。他除了忍痛以外，再没有别的办法，于是他就努力这样做。

他们和解了。她认识到自己的过错，虽然她没有说出来，但对他更温柔了，他们在爱情中体验到一种新的加倍的幸福。但是这并不妨碍这种口角不再因为最意外的细微理由而发生，并且十分频繁地发生。这些口角往往是起因于：彼此都不了解对于对方什么是重要的，以及在结婚初期两人都常常心情不佳。当一个心情佳，另一个心情不佳的时候，和睦的感情还不致破裂；可是碰巧两人都心情不佳的时候，就会由于细小到不可思议的原因而发生口角，以致他们过后怎样也记不起来为了什么争吵。不错，在他们两人都心情愉快的时候，他们生活上的乐趣就倍增了，但是虽然这样，他们结婚生活的初期，对于他们来说仍是一段难过的日子。

在最初的时间，他们感到特别紧张，好像把他们系在一起的那条链子在两端拉紧。总之，他们的蜜月——那就是说，他们结婚后头一个月，由于习惯，列文对于这一个月是抱着很大的期望的——不但不是甜蜜的，而且是作为他们生活中最痛苦最屈辱的时期留在两人的记忆里。在以后的生活中他们两人都极力把这段不健全时期的一切丑恶可耻的事情，从他们记忆中抹去，在那段时期内，他们两人都很少有正常的心情，两人都不大能控制自己。

直到他们婚后第三个月，他们在莫斯科住了一个月回家以后，他们的生活才开始进行得比较顺利。

15

他们刚从莫斯科回来，很高兴又只剩他们两个人在一起。他坐在书房里的写字台旁写东西。她，穿着他们结婚头几天她穿过的那件深紫色的衣服，一件他觉得特别值得纪念和珍惜的衣服，坐在那张从列文的父亲和祖父的时代以来就一直摆在书房里的旧式皮沙发上，正在做英国刺绣①。他思考着、写着、时时刻刻高兴地意识到她在面前。他没有放弃农事上的工作，也没有放弃著述工作，他将在那本著作里阐明新农业制度的基础；但是正像以前这些事业和思想与笼罩着整个生活的阴影比较起来，在他看来是微不足道的一样，现在它们与浸浴在光辉灿烂的幸福中的未来生活比较，同样也显得微不足道。他继续从事他的工作，但是现在他觉得：他注意的重心转移到另外的东西上，因而他就用完全不同而且更加明确的眼光来看他的工作。以前，这工作在他是一种逃避生活的手段。以前，他觉得假如没有这种工作，生活就太阴郁了。而现在这些事业对于他之所以是必要的，却是为了使生活不至于明朗得太单调了。拿起原稿，又读了一遍自己所写的东西，他高兴地发现这个工作是值得去做的。这种工作是新颖而有用的。他以前的许多思想，现在看来都是多余的，而且过于偏激，但是当他重新回想整个事情，许多疏漏在他看来都变得明显了。他现在正在写新的一章，论述俄国农业不振的原因。他论证俄国的贫穷，不但是由于土地所有权分配不公和

---

① 原文为法语。

错误的政策引起，而且近来促成这种结果的是，反常地往俄国引进外国文明，特别是交通工具，像铁道，它促使人口集中于城市，助长奢侈风习，因而招致工业、信用贷款和伴随而来的投机业发展起来——这一切都损害农业。在他看来，当一个国家的财富发展很正常的时候，以上这一切现象只有在相当多的劳动力已经用在农业上面，农业已经处于正常，至少是很稳定的状态的时候，才会发生。在他看来，一个国家的财富应当按一定的比例增长，特别应当做到不至于使农业以外的富源超过农业；在他看来，交通工具应当和农业上的一定状况相适应，在现在土地使用不当的状况下，不是由于经济的需要，而是由于政治上的需要而建筑起来的铁道，来得过早，不但没有像人们期待的那样促进农业，反而和农业竞争，促进工业和信贷的发展，结果倒阻碍了农业的发展；所以，正如动物身体内一个器官片面的早熟发育，会妨碍动物的全面发育一样，在俄国财富的全盘发展上而言，信贷、交通工具、工业活动——这些在时机成熟的欧洲无疑是必要的——在俄国却只会造成危害，因为它们把当前最重要的农业整顿问题抛到一旁了。

当他撰写著作时，她却在想着她丈夫多么不自然地注意着那位在他们离开莫斯科的前夜，十分拙劣地向她献殷勤的年轻公爵恰尔斯基。"他嫉妒哩，"她想，"啊呀！他是多么可爱又傻气呀！他嫉妒我！要是他知道他们在我眼中并不比厨子彼得高明就好了！"她一面想，一面抱着一种她自己也觉得奇怪的占有心情，望着他的后脑和红脖颈。"虽然妨碍他工作是可惜的（但是他时间还多着呢），我也得看他的脸一眼；他感到我在看他吗？我真希望他回过头来……我真希望他这样！"于是她睁大眼睛，好像要用这种办法来加强目力似的。

"是的，他们吸去一切精髓，造成一种虚假的繁荣。"他喃喃着说，停下笔来，感到她在望他，于是微笑着回过头来。

"什么?"他微笑着站起身来问。

"他回过头来了呢!"她想。

"没有什么;我希望你回过头来哩。"她说,凝视着他,竭力想猜测出他是不是因为她打扰了他而不高兴。

"只有我们两人在一道的时候多么快乐啊!在我是这样的。"他说,闪烁着幸福的微笑,走到她面前。

"我也一样快乐呢。我什么地方也不去了,特别是莫斯科。"

"你在想什么呢?"

"我?我在想……不,不,去写吧;不要分了你的心。"她说,噘着嘴,"我现在要挖这些小洞了,你看!"

她拿起剪刀,开始挖着。

"不;告诉我是什么事吧。"他说,在她身旁坐下,注视着小剪刀循环的动作。

"啊,我在想什么呢?我在想莫斯科,想着你的后脑。"

"为什么恰恰我得到这样的幸福呢!这太不自然,太美满了。"他说,吻她的手。

"我觉得正相反;我觉得越是美满,就越是自然。"

"你的小发卷松了呢,"他说,小心地把她的头扭过来,"小发卷,啊,是的。不,不,我们正忙着工作呢!"

但是工作并没有再进展下去,当库兹马进来通报茶已经摆好时,他们才愧疚地跳开了。

"他们从城里回来了吗?"列文问库兹马。

"他们刚回来,正在解开东西。"

"快来,"她走出书房的时候对他说,"要不然,我不等你来就把所有的信都看了。让我们去两人合奏吧。"

只剩下一个人,把原稿放进她买来的新纸夹以后,他在那随着她一同出现的安着精美配件的新洗脸架旁洗了手。列文对自己的想法微笑着,不以为然地摇摇头;一种近似懊悔的感情苦恼着他。在他现在的生活中有一些可耻的、脆弱的、他所谓加菩亚①式的地方。"这样子生活下去可不对,"他想,"快三个月了,我差不多什么也没有做。今天,差不多是第一次,我开始认真地工作,而结果怎样呢?我刚开了个头,就抛开了。就连我日常的事务,我也差不多都丢开了。我差不多没有步行或是乘车到田庄上视察过。我有时舍不得离开她,有时看她一个人太闷。我曾经想,结婚前的生活没有多大意思;结婚后真正的生活就会开始。可现在呢,差不多三个月过去了,我从来没有这样懒散地虚度过时光。不,这是不成的,我一定得开始。自然,这不是她的过错。一点也不能怪她。我自己应当坚强一点,保持我男子的独立性。要不然,我就会养成这样的习惯,并且使得她也习惯于这样……当然不能怪她。"他自言自语。

但是任何一个感到不满的人,要他不归咎于别人,特别是和他最亲近的人,是很难的。而列文模糊地感觉到,虽然不怪她本人(什么事都不能怪她),但是要怪她所受的那种太浅薄无聊的教育。("那傻瓜恰尔斯基!我知道她想阻止他,却不知道怎样阻止。")"是的,除了对家务事有兴趣(那种兴趣她是有的),除了对装饰和英国刺绣有兴趣以外,她没有别的真正的兴趣了。无论对我的工作,对田庄,对农民也好,无论对她相当擅长的音乐也好,读书也好,她都不感兴趣。她什么也不做,就十分满足了。"列文在心里责备她,却不了解她正在准备进入那快要到来的活动时期,到那时,她又要做丈夫的妻子,做一家的主妇,还要生产、抚养和教育小孩。他不知道,

---

① 加菩亚,意大利古都名。加菩亚式即懒惰的、享乐的意思。

她本能地感到了这点,正在准备迎接这种沉重的劳动,并不为她现在尽情享受无忧无虑和爱情幸福的时刻而责备自己,同时她正在快乐地筑着她未来的巢。

16

当列文走上楼去,他的妻子正坐在新茶具后面的新银茶炊旁,她让老阿加菲娅·米哈伊洛夫娜坐在一张小桌旁,给她倒了一满杯茶,正在读多莉的来信。她经常不断地和他们通信。

"您看,您的好太太让我陪她坐一会儿哩。"阿加菲娅·米哈伊洛夫娜说,向基蒂亲切地微笑着。

在阿加菲娅·米哈伊洛夫娜的这句话中,列文觉察出来最近阿加菲娅·米哈伊洛夫娜和基蒂之间的不快已经结束了。他看到虽然阿加菲娅·米哈伊洛夫娜因为新主妇夺去了她的权柄而觉得伤心,但是基蒂还是征服了她,使她爱上她了。

"你瞧,我看了你的信。"基蒂说,把一封文理不通的信交给他。"这大概是那个女人写来的。你哥哥的……"她说,"我没有看完。这两封是我家里和多莉写来的。真想不到啊!多莉带着塔尼娅和格里沙去参加萨尔马茨基家的儿童舞会哩!塔尼娅扮了侯爵夫人。"

但是列文没有听她的话。他红着脸接过他哥哥从前的情妇玛丽亚·尼古拉耶夫娜的信,开始读起来。这是玛丽亚·尼古拉耶夫娜写来的第二封信。在第一封信里,玛丽亚·尼古拉耶夫娜说他哥哥无缘无故地把她赶走,并且,以动人的、单纯的口吻补充说,虽然她又陷于贫穷,但她却什么也不要求,也不希望,只是想到尼古拉·德米特里耶维奇身体这样坏,没有她在身边,也许会死去,就觉得十分难受,因此请他弟弟照顾他。这一回她写的完全不同了。

她找着了尼古拉·德米特里耶维奇,又在莫斯科和他同居了,并且同他一道搬到一个省城里,他在那里谋得了一个职位。但是他和长官吵了架,又回到莫斯科来,不料在路上病了,病得这么重,恐怕要一病不起了,她这样写着。"他老惦念着您,而且,他一个钱都没有了。"

"看这封信吧;多莉在信上提到你哩。"基蒂带着微笑开口说;但是注意到她丈夫变了脸色,她就突然住了口。

"什么事?怎么回事呀?"

"她来信说我哥哥尼古拉快要死了。我要去看他。"

基蒂的脸色立刻变了。关于扮侯爵夫人的塔尼娅,关于多莉的念头,全都消失了。

"你什么时候去?"

"明天。"

"我和你一道去,好吗?"她说。

"基蒂!你这是什么意思?"他责备地说。

"你这是什么意思?"她反问,因为他听了她的提议很恼火,不愿意接受而生气了,"为什么我不能去?我不会妨碍你的。我……"

"我去是因为我哥哥快要死了,"列文说,"可是你为什么要……"

"为什么?为了和你一样的原因。"

"对于我来说是这样重要的时刻,她却只想着她一人在家无聊。"列文想。在这么重要的事情上还用这种借口,这就使他生气了。

"这是不行的。"他严厉地说。

阿加菲娅·米哈伊洛夫娜,眼看着一场争吵快要发生,轻轻地放下茶杯,出去了。基蒂连注意都没有注意到她。她丈夫说最后一句话的口吻刺伤了她,特别是因为他显然不相信她所说的话。

"我对你说，假如你要去，我也要跟你去；我一定要去！"她急促而愤怒地说，"为什么不行？你为什么说不行？"

"因为天知道这是到什么地方去，要走什么样的路，要住什么样的旅店。你会妨碍我的。"列文说，极力想冷静下来。

"决不会的。我什么也不需要。你能够去的地方，我也能够……"

"哦，那么，不说别的，单说那个女人在那里，你怎好跟她接近。"

"我不知道，也不要知道，什么人什么东西在那里。我只知道我丈夫的哥哥快要死了，我丈夫要去看他，我也要跟我丈夫一同去，为的是……"

"基蒂！别生气吧。可是你稍微想一想：这是一件这么重要的事，想到你会夹杂一种软弱的感情，一种不愿意一个人留在家里的感情，我很难受。哦，你如果一个人闷的话，那么就到莫斯科去吧。"

"你看，你总是把卑鄙龌龊的动机加在我身上，"她含着屈辱和愤怒的眼泪说，"我没有什么，既不是软弱，也不是……我只觉得我丈夫受苦的时候，跟他在一起是我的义务，但是你安心要伤害我，你安心不了解我……"

"不，这是可怕的！做这样的奴隶！"列文叫着，立起身来，再也抑制不住他的愤怒了。但是就在这一瞬间，他感觉得好像是在自己打自己一样。

"那么你为什么要结婚？你本来可以很自由的。你为什么要结婚，假如你后悔的话？"她说，跳起来，跑到客厅去了。

他追上她的时候，她正在呜咽。

他开始说话，竭力找话与其说是说服她，不如说是安慰她。但是她不听，随便他说什么也不理睬。他弯下腰，拉住她那只抗拒他的手。他吻她的手，吻她的头发，又吻她的手——她却始终沉默着。

但是当他用两手捧着她的脸,叫了声"基蒂!"的时候,她突然恢复了镇静,哭了一会,于是他们就和好了。

决定了明天一同去。列文对妻子说,他相信她要去只是为了帮忙,同意有玛丽亚·尼古拉耶夫娜在他哥哥身边也没有什么不方便;但是他在动身的时候心里对她和对自己都很不满意。他不满意她,因为在必要的时候她不能够下决心让他一个人去;(不久前他还不敢相信他有被她爱上的幸福,现在却因为她太爱他了反而感到不幸,这在他想来是多么不可思议啊!)他不满意自己,因为自己没有坚持下去。在他内心深处,他更不同意的,是她认为和他哥哥在一起的那个女人不算一回事,他怀着恐怖想到她们之间可能发生的一切冲突。想到他的妻子,他的基蒂,会和一个娼妇待在一个房间里,单只这个念头,就使他恐怖和嫌恶得战栗起来。

17

尼古拉·列文卧病的那个省城的旅馆,是那些依照新式改良模型建造起来的省城旅馆之一,那些旅馆在建筑的当时原是力求清洁、舒适、甚至雅致的,但是由于住客们的缘故,迅速得惊人地变成了妄想具有现代化改良门面的肮脏旅店,这种妄想使它们比旧式、干脆很肮脏的旅馆更差了。这个旅馆已到了那种地步:穿着脏制服、在门口抽着烟、担任看门职务的兵士,生铁制的、光滑的、阴暗而又讨厌的梯子,穿着肮脏燕尾服的放肆服务员,桌上摆着布满灰尘的蜡制花束的公共餐室,到处都是污浊、尘埃、零乱,同时还带着那种现代化、自满的、由铁路带来的忙乱气氛,这一切在刚度过新婚生活的列文夫妇心中唤起了一种十分难受的感觉,特别是因为这旅馆所给予人的那种徒有其表的浮华印象,和等待着他们的事是那么不调和。

照例，在问了他们要住什么价钱的房间以后，才知道上等房间空的一间也没有了：一间上等房间由铁路视察员住着，另一间是莫斯科来的律师，第三间是从乡下来的阿斯塔菲耶夫公爵夫人。只剩下一间肮脏的房间，但是答应他们傍晚隔壁有一间房间会空出来。果然不出他所料，在他到达的时候，在他因为想到他哥哥病情心里十分激动的时候，他却不能立刻跑到他哥哥那里，而不得不照顾她，他为此而生妻子的气，列文领着她走进派给他们的房间。

"去吧，去吧。"她说，用畏怯愧疚的眼光望着他。

他一句话也不说就走出房间，就在门口碰见了玛丽亚·尼古拉耶夫娜，她听见他到了，却不敢进来看他。她还是和他在莫斯科看见她的时候一样；还是那件毛料衣服，露着手臂和脖颈，还是那善良呆板的麻脸，只是略微胖了一些。

"哦，他怎样了？他怎样了？"

"病很重哩。他不能起床了。他老在盼望着您。他……您……同您太太一道来的吗？"

列文在最初一瞬间不明白什么事情使她惶惑，但是她立刻就对他说明了。

"我要走了。我要到厨房去，"她说出来了，"他会很高兴哩。他听到了，他认识她，记得在国外看见过她。"

列文明白她指的是他妻子，却不知道回答什么才好。

"去吧，去吧。"他说。

但是他刚一移动，他的房门就开了，基蒂探头向外一望。列文因为妻子把她自己和他置于这种尴尬的境地，又是羞愧，又是气恼，而满脸通红了；但是玛丽亚·尼古拉耶夫娜却脸红得更厉害。她缩成一团，脸红得快要哭出来了，两手抓住披肩的尾梢，用红红的手指搓弄着,不知道怎样说、怎样做才好。

在最初一瞬间,列文看出基蒂望着这个不可理解的可怕女人的时候,她的眼睛里有一种急切的好奇神色;但是这只持续了一刹那。

"哦!他怎样了?他怎样了?"她先向她丈夫,随后又向她说。

"可是不能在走廊里尽谈下去呀!"列文说,愤怒地望着一个这时正好像有事轻快地走过走廊的绅士。

"哦,那么,就进来吧。"基蒂说,对恢复了常态的玛丽亚·尼古拉耶夫娜说;但是看到她丈夫惊惶的脸色她就补充说:"要么你们就去吧,回头来叫我好了。"于是回到自己的房间去。列文就到他哥哥的房间去了。

他在哥哥的房间里所看到和感到的,完全出乎他的意料。他预料会发现他还处在那种自己欺骗自己的状态里,他听说肺病患者常是那样的,在秋天他哥哥来看他的时候那种状态曾经那样使他吃惊。他预料会在肉体上看到更明显的死亡临近的征候——更衰弱,更憔悴,但大体上却还是和以前一样的状态。他预料自己会感到同样的失去亲爱兄长的悲痛和同样怕死的心情,那种心情他以前曾经体验过,现在不过是程度加深罢了。对于这一切他心里都有了准备;但是他发现事情完全不是那样。

在一间污秽的小房间里,四壁的嵌板满是痰渍,透过薄薄的板壁,可以听到隔壁房间的谈话声,空气因为充满污浊气味而使人窒闷,在稍稍和墙壁隔开的一张卧榻上,躺着一个盖着被窝的躯体。这个躯体的一只手臂放在被窝外面,那像耙子一样粗大的手,令人不可思议地连在手臂从骨端到中部一样粗细的细长骨骼上。头侧卧在枕头上。列文可以看见鬓角上汗淋淋的稀疏的头发和皮肤紧绷的透明似的前额。

"这个可怕的躯体绝不可能是我的哥哥尼古拉!"列文想。但是走近一些，看见那张脸，就不可能怀疑了。不管脸上发生了多么可怕的变化，列文只消瞧一眼那双看见他走进来就抬起来的灵活眼睛，只消望一望那粘在一起的髭须下面的嘴巴的微微抽动，就明白了这个死尸般的躯体就是他那还活着的哥哥这个可怕的现实。

闪光的眼睛严厉地、责备般地望了一眼他走进来的弟弟。这种眼光立刻在活人之间建立了活的关系。列文立刻感到这双注视着他的眼睛里面含有的谴责神色，同时因为自己的幸福而感到悔恨的心情。

当康斯坦丁拉住他的手时，尼古拉微笑了。这微笑是轻微的，差不多觉察不出，虽然带着微笑，但是眼睛里的严厉神情并没有改变。

"你没有料到我会是这个样子吧！"他好容易才说出来。

"是，是……不，"列文语无伦次地说，"你为什么不早一点让我知道呢，我是说，在我结婚的时候？我四处打听你。"

为了避免沉默，他不能不说话，但是他却不知道说什么才好，特别是因为他哥哥没有答话，只顾死死地盯着他，显然是在推究每句话的含意。列文告诉他哥哥，他妻子也跟着他来了。尼古拉表示很高兴，但是说恐怕他现在这个样子会吓坏她。接着是一阵沉默。突然，尼古拉动了动，开始说起话来。列文从他面部的表情期待他说些什么特别重要的话，但是尼古拉却只谈他的健康。他埋怨医生，后悔没有请莫斯科的名医；因此列文看出他还抱着希望。

为了摆脱他痛苦的感觉，哪怕一分钟也好，列文抓住刚一沉默的片刻就立起身来，借口说要去叫他妻子。

"好极了，我叫她把这里弄弄干净。我想，这里脏得很，气味怪难闻的。玛莎！把屋子收拾收拾好。"病人吃力地说。"等收拾好了，你自己就走开。"他补充说，询问般地望着他弟弟。

列文没有回答。走到走廊里,他停下来。他说了要去叫他妻子,但是现在,体会到自己这时的心情,他决定相反地要竭力说服她不到病人那里去。"她为什么要像我这样,也受这份罪呢?"他想。

"哦,他怎样了?"基蒂带着吃惊的神色问。

"啊,真可怕,真可怕呀!你为什么要来呢?"列文说。

基蒂沉默了一会,畏怯而怜惜地望着丈夫;随后她走上前去,用两手抓住他的手。

"科斯佳!带我到他那里去吧,两人在一道要好受一些。你只要带我去,把我带到他那里,然后你就走开好了,"她说,"你要明白,看着你,不去看他,在我更痛苦。在那里我也许可以帮帮你和他的忙。请让我去吧!"她哀求她丈夫,就好像她一生的幸福全系在这上面似的。

列文只得答应了,于是恢复了镇静,全然忘记了玛丽亚·尼古拉耶夫娜,他带着基蒂又到他哥哥的房间里去。

轻轻地走着,不断地望着她丈夫,向他表露出勇敢同情的脸色,基蒂走进了病人的房间,于是不慌不忙地回过身来,悄悄地把门关上。迈着毫无声息的步子,她迅速地走到病人床边,而且绕过去使他不必回过头来,她立刻把他粗大瘦骨嶙峋的手握在她那娇嫩稚弱的手里,紧紧握住它,开始用女人所特有的、富于同情而又不使人不快的那种温柔的热情说话。

"我们在苏登见过,不过那时候我们不认识,"她说,"您没有想到我会成了您的弟媳吧?"

"您恐怕不认得我了吧?"他说,一见她到来,脸上就闪露出微笑。

"不,我认得。您让我们知道了您的消息,多好啊!科斯佳没有一天不想您,不挂念您呢。"

但是病人的兴致并没有持续很久。

她还没有说完,他的脸上就又呈现出濒死的人对于活人所怀的那种嫉妒、严峻的责难神情。

"恐怕您住在这里不大舒服吧。"她说,避开他凝视的目光,向房间里四周打量着。"我们得向老板再要一个房间,"她对她丈夫说,"使我们可以更靠近一点。"

18

列文不能够镇静地望着他哥哥;他在他面前不能够显得自然和镇静。当他走进病房的时候,他的眼睛和注意力不知不觉地就模糊了,他看不见,也辨别不出他哥哥状态的详细情形。他嗅到可怕的臭气,看到污秽、杂乱和痛苦的状态,听到呻吟,但是感觉到毫无办法。他根本没有想到要探究病人详细的病情,考虑一下那身体在被子下面是怎样躺着的,那消瘦的小腿,腰和背脊是怎样缩成一团,是否可以稍微躺得舒服一点,有没有办法使他即使不能好一些,至少不要太难受。他一想到这一切细节,他的背上就掠过一阵寒战。他深信不疑再也无法延长他哥哥的生命,或是减轻他的痛苦了。但是病人觉察出他弟弟认为他完全无救,这就使他很生气。因此就使列文更加痛苦。在病人房间里对于他来说是痛苦的,可是不在那里更难受。他不断地假借各种口实走出病房,但是因为不能够一个人待着,随后又走进来。

但是基蒂所想的、所感觉的和所做的却完全不同。一见病人,她就怜悯起他来。怜悯在她那女人的心中所唤起的,并不像在她丈夫心中所唤起的那种恐怖和嫌恶的心情,而是一种愿望,想要行动,想要摸清楚他状态的一切详情,想要帮助他。因为她毫不怀疑帮助他是她的职责，所以她也不怀疑这是可能的，于是就立刻动起手来。正是那些一想到就使她丈夫恐惧的琐事，立刻引起了她的注意。她派人去请医生，差人到药房去，叫她带来的使女和玛丽亚·尼古拉耶夫娜去扫除、拂拭和擦洗；她亲手洗濯了一件东西，又洗净了某个物件，把一件东西铺到被褥下面。按她的吩咐，什么东西搬进了病人的房间，什么东西搬了出去。她好几次亲自走到自己房间去把被单、枕套、手巾和衬衫拿来，毫不注意她在走廊里遇到的那些男人。

正在餐室里给一群工程师开饭的服务员好几次带着满面怒容回答她的呼唤，但是又不能不执行她的命令，因为她以这样温和而执拗的态度发出命令，使他不能避不执行。列文不赞成这一切；他不相信这对于病人会有什么好处。特别是，他恐怕病人会因此生气。但是病人，虽然好像对此并不关心，却也没有生气，只是有点害羞，一般而言，对于她为他做的事，似乎还感到兴趣。列文被基蒂派去请医生，从医生那里回来的时候，一开门就撞见他们正在替病人换衬衣，这也是基蒂吩咐的。那又长又白的脊骨、巨大隆起的肩胛骨、突出的肋骨和椎骨裸露出来，玛丽亚·尼古拉耶夫娜和服务员把衬衣袖子搞乱了，怎样也不能使那长长软弱的手臂伸进衣袖。基蒂在列文进来以后连忙把门关上，没有向那个方向观望；但是病人呻吟起来，她急急地向他走去。

"快点呀。"她说。

"啊，你不要来，"病人生气地说，"我自己会……"

"你说什么？"玛丽亚·尼古拉耶夫娜问。

但是基蒂听到了，而且明白他是因为在她面前裸露身体而感到害羞和不愉快。

"我没有看，我没有看呀！"她说，换着手。"玛丽亚·尼古拉耶夫娜，您到那边去，把它弄好。"她补充说。

"请你去一趟,我的小提包里面有一只小瓶,"她转脸向她丈夫说,"你知道的,在旁边的口袋里;请你去拿来,你回来的时候,这里就通通收拾好了。"

拿了瓶子回来,列文看到病人已经被安顿好了,他周围的一切全都改变了。浓烈的臭气换成了香醋的气味,那是基蒂噘着嘴,鼓起她那玫瑰色的面颊从一支小管里喷出来的。到处看不见一点灰尘,一条毛毯铺在床边。桌上整齐地摆着药瓶和水瓶,还有折好放在那里备用的衬衫和基蒂的英国刺绣。在病人床边另一张桌上摆着蜡烛、饮料和药粉。病人自己洗了脸,梳好头发,穿着洁净的衬衫,雪白的领子包着他那消瘦得怕人的脖颈,枕着高高的枕头躺在干净的垫被上,怀着带有希望的新的神色,紧盯着基蒂。

列文请来的医生——他是被列文在俱乐部找到的——不是以前给尼古拉·列文治病的那一位,因为那个医生使病人很不满意。新来的医生拿起听诊器,给病人诊察了一下,摇摇头,开了药方,特别详细地先说明了药的服法,然后说明饮食的规定。他劝告吃一些生的或半熟的鸡蛋,和掺着鲜牛乳的温度适中的苏打水。医生走后,病人对他弟弟说了句什么,列文只听清楚了末尾几个字:"你的卡佳";从他望着她的眼色,列文看出来他在赞赏她。他叫卡佳走近来,就像列文叫她一样。

"我觉得好多了。"他说,"哦,要是和您在一起的话,我早就复原了。这多愉快啊!"他拉住她的手,把它拉到他的嘴唇边,但是好像怕她不喜欢,又改变了主意,放下她的手,只抚摸了一下。基蒂把他的手握在她的两手里,紧紧地握着。

"现在给我往左边翻个身,你们就去睡吧。"他说。

除了基蒂,谁也没有听明白他所说的话;只有她明白,因为她一直留神观察他需要什么。

"往那边，"她向丈夫说，"他老是朝那边睡的。给他翻个身，呼唤用人实在不愉快。我又不行。你能够吗？"她对玛丽亚·尼古拉耶夫娜说。

"我恐怕也不行。"玛丽亚·尼古拉耶夫娜回答说。

抱住那可怕的躯体，抱住被子下面他不愿触摸的部位，在列文虽然是可怕的，但是受了他妻子的影响，他显出了她所熟悉的坚定的脸色，把两手伸进去抱住那躯体，但是虽然他气力很大，他还是因为那衰弱的躯体不可思议的沉重而感到惊骇了。当他给他翻身，感到那巨大消瘦的手臂搂住他的脖颈的时候，基蒂迅速地、毫无声息地翻转枕头，拍松了，让病人的头枕在上面，把他那粘在鬓角上的稀疏头发掠到后面。

病人把他弟弟的手握在自己的手里。列文感到他想要拉住他的手做什么，正在把它拉到什么地方去。列文怀着沉重的心情服从着。是的，他把它拉到嘴边，吻了吻。列文呜咽得全身颤抖，一句话也说不出来，就走出了房间。

19

"汝隐瞒智者，却向儿童及愚人显示。"列文那晚和他妻子谈话的时候对她抱着这样的感想。

列文想到《福音书》上这句话，倒不是因为他把自己看成智者。他没有把自己看成那样，但是他不会不知道他比他妻子和阿加菲娅·米哈伊洛夫娜要聪明些，他不会不知道当他想到死的时候，他是倾注全部心神去思考的。他也知道，过去许多大智大慧的人物（他曾在书本里读过他们关于死的思想）都思索过死的问题，而对于这个问题，他们所知道的却不及他妻子和阿加菲娅·米哈伊洛夫娜所知道的百分之一。不管这两个女人多么不同,但是阿加菲娅·米哈伊洛夫娜和卡佳(像他哥哥尼古拉称呼她的,他现在也特别喜欢这样叫她)她们在这点却十分相似。两人无疑地都知道生是怎么一回事,死是怎么一回事,虽然她们不能回答,甚至不能理解列文心中的问题,但是两人都不怀疑这种现象的意义,而且对它的看法也一样,不仅是她们两人看法一样,而且她们和千百万人的看法也一样。她们确切地知道死是什么,这从下面的事实就可证明:她们毫不迟疑地懂得怎样护理临死的人们,而且并不害怕他们。但是列文和旁的人,虽然他们可以发表许多关于死的议论,却显然是一无所知,因为他们害怕死,遇到人快要死的时候,他们就束手无策了。假使现在列文一个人和他的哥哥尼古拉在一起,他一定会怀着恐怖望着他,而且怀着更大的恐怖等待着,此外再也不知道做些什么了。

不仅这样,他简直不知道说什么、怎样看、怎样走动才好。谈不相干的事他觉得不像话,不行;谈死和丧气的话——也不行;沉默吧,还是不行。"假如我望着他,恐怕他会认为我在观察他;我不望着他,他就会以为我想旁的事情。假如我踮着脚走,他会不高兴;放开脚步,我又觉得惭愧。"可是基蒂显然没有想到自己,而且也没有余暇想到自己;她只在替他着想,因为她心中有数,而一切都进行得很顺利。她对他说她自己的事,说她的婚礼,微笑着,同情他,安慰他,谈着病人痊愈的例子,一切都进行得很顺利;可见她是胸有成竹的。她和阿加菲娅·米哈伊洛夫娜的举动不是本能的、动物的、不合理的,证据就在于:除了肉体上的护理,使病人减轻痛苦外,阿加菲娅·米哈伊洛夫娜和基蒂都为临死的人要求比肉体上的治疗更重要的东西,和肉体全然无关的东西。阿加菲娅·米哈伊洛夫娜谈到那个死去的老人,曾经说过:"哦,谢谢上帝!他领了圣餐,也受了涂油礼;但愿我们大家都死得像他一样。"卡佳也是一样,除了操心衬衣、褥疮、饮料以外,第一天就说服了病人必须领圣餐和受涂油礼。

晚上从病人房间回到自己的两个房间里,列文低着头坐着,不知道怎么办才好。他不但想不到吃晚餐,想不到准备就寝,想不到考虑他们要做什么,甚至对妻子说话都办不到了:他不好意思那样。基蒂相反地比平常更活跃,甚至比平常更有生气。她吩咐开晚饭,亲自打开行李,而且亲自帮着铺好床,甚至也没有忘记在上面撒杀虫粉。她表现得那样机警,思想那样灵活,如同一个男子在交战或格斗之前,在人生的危险和决定性关头所表现的,在那种关头一个男子一生中只有一次表现自己的价值,表现出自己过去并没有虚度光阴,而都是为这种关头做的准备。

一切她都做得很顺利,还不到十二点钟,一切东西就都清洁齐整地布置好了,布置得这旅馆的房间就像是自己的家一样:床铺好了,刷子、梳子、镜子都拿出来,桌布也铺起来了。

列文觉得现在吃饭、睡觉、甚至谈话都是不可饶恕的,在他看来,他的一举一动都是不适宜的。她却理好刷子,可是她做这一切,丝毫没有令人讨厌的地方。

但是他们两人都吃不下东西,而且很久不能够入睡,甚至很久都没有上床睡觉。

"我说服了他明天接受涂油礼,我真高兴,"她说,穿着睡衣坐在她的折镜前,用一把精致的梳子梳着她柔软芳香的头发,"我没有看见过,可是我知道,妈妈告诉过我,有祈求恢复健康的祈祷呢。"

"你真以为他还能够复原吗?"列文说,望着她那圆圆的小头后面,每当她把梳子往下梳的时候就隐没了的细长发卷。

"我问过医生;他说他活不了三天以上。但是他们怎么会知道呢?

无论怎样,我说服了他,我还是高兴的。"她说,从她的头发缝里斜眼望着丈夫。"一切事情都难料呢。"她带着每当她谈到宗教问题时总是流露在她脸上的那种特别、有几分狡猾的表情,这样补充说。

自从他们订婚那次谈到宗教以后,他和她一直都没有谈过这个题目,但是她仍然参加宗教仪式、上教堂、做祷告,始终抱着应该如此的信心。尽管他抱着相反的信念,但是她却坚信:他和她是一样的,甚至是比她还要好得多的基督徒;他对于宗教所发表的一切议论只不过是他荒诞的男性的狂想之一,正如他谈到她的英国刺绣时说,好人补窟窿,而她却故意挖窟窿,等等的话一样。

"是的,你看这个女人,玛丽亚·尼古拉耶夫娜,她简直不会料理这一切呢,"列文说,"而且……我该承认,你这回来了,我非常,非常高兴哩。你是这么纯洁……"他拉住她的手,却没有吻它(在死亡临近的时候去吻她的手是不相宜的);他只带着悔罪的神情紧紧握住它,望着她发亮的眼睛。

"要是你一个人来就要痛苦死了。"她说,把两臂高高举起,遮住她那高兴得涨红了的脸颊,挽起脑后的发辫,用发针别上。"不,"她继续说,"她不知道怎么办……幸亏我在苏登学了不少。"

"难道那里也有病得这么重的人吗?"

"还要重哩。"

"可怕的是我不由得想起他年轻时候的样子。你不会相信他从前是一个多么可爱的少年,可是那时候我竟不了解他。"

"我十分,十分相信。我深深觉得我们本该同他和好的!"她说,为了自己所说的话而感到诧异起来,她望了一眼她丈夫,泪水涌进她的眼睛里。

"是的,本该的,"他悲伤地说,"他真是那种人,就是人们所说的,不是这个世界上的人。"

"可是我们还得挨些日子；我们该去睡了。"基蒂说，瞧了瞧她的小表。

20

死

第二天病人领了圣餐受了涂油礼。在举行仪式的时候，尼古拉·列文热烈地祈祷。他的大眼睛紧盯着摆在铺了彩色桌布的小桌上的圣像，在他的眼神里表露出这样热烈的祈求和希望，列文看着都觉得害怕。列文知道这种热烈的祈求和希望，只会使他在和他所那么热爱的生命分离时觉得更痛苦。列文知道他哥哥和他的思路；他知道他没有信仰，并不是因为没有信仰他的生活好过些，而是因为现代科学对自然现象的解释，一步步排挤掉这种信仰；因此他知道他现在恢复信仰，并非依照一定的规律、同样通过思想得来的结果，而只是妄想痊愈的一种暂时的、自私的表现。他也知道基蒂曾经用她听到过的奇异的起死回生的故事加强了他的希望。列文知道这一切，望着那祈求的满怀希望的眼睛，望着那吃力地举起来在皱紧眉头的前额上画着十字的瘦削的手腕，望着那耸起的肩膊和那已不再具有病人所祈求的生命的、喘息的、瘪陷的胸膛，他感到太痛苦了。在领圣餐的时候，列文虽然是一个没有信仰的人，但是他还是做了以前他曾经做过千百次的事。他对上帝说："要是你真存在，就治好这个人吧（自然这一套话已经重复过许多遍了），你救救他和我吧！"

行过涂油礼以后，病人突然变得好多了。他整整一个钟头没有咳嗽一声，微笑着，吻着基蒂的手，含着泪感谢她，而且说他很舒服，一点也不痛苦了，倒感觉得很健旺，胃口也好了。当他的汤端来的时候，他甚至坐起来，而且还要吃煎肉饼。虽然他的病是无望的，虽然一眼就可以看清楚他是不会好的，但是列文和基蒂在那个钟头都感到既兴奋快活，又畏怯，害怕他们弄错了。

"他好些了吗？""是，好多了。""真奇怪啊！""一点也不奇怪。""总之他好些了。"他们低声耳语着，相视而笑了。

这种幻想没有持续很久。病人安静地睡着了，但是半点钟以后他就被一阵咳嗽弄醒了，于是突然，他周围的人和他本人心中怀着的一切希望都消逝了。痛苦的现实粉碎了列文、基蒂和病人自己心中的一切希望，毫无疑问，甚至连过去的希望也回想不起了。

不再提半点钟以前他相信过的事，好像想起来都觉得害羞似的，他要他们递给他那瓶盖着网眼纸的嗅用碘酒。列文把瓶子交给他，他在领圣餐时所显出的那种热烈希望的眼光现在又盯住了他弟弟，要求他来证实医生说嗅吸碘酒能收奇效的话。

"卡佳不在吗？"当列文勉强证实了医生的话时，他沙哑地说，向周围望了一眼。"不，可以说……我是为了她的缘故，才演了那幕滑稽戏的。她是这么可爱！但是你我可不能够欺骗自己。这才是我相信的。"他说，于是，把瓶子紧握在他那骨瘦如柴的手里，他开始吸它。

晚上八点钟的光景，列文同他妻子正在自己的房间里喝茶，玛丽亚·尼古拉耶夫娜气喘吁吁地跑进来。她脸色苍白，嘴唇颤抖着。

"他快死了！"她低声说，"我恐怕他马上就要死了。"

两人都跑到病人房里去。他用一只手肘撑着坐在床上，他的长长的背弯着，他的头低垂着。

"你觉得怎样了？"沉默了一会之后，列文低声地问。

"我恐怕要去了。"尼古拉困难地，但非常清楚地说，好像把话从自己胸中挤出来一样。他没有抬起头来，只是把眼睛朝上望，眼光没有落到他弟弟的脸上。"卡佳，你走开！"他又说了一句。

列文跳了起来，用命令的口气低声要她走开。

"我要去了。"他又说。

"你为什么要这样想呢？"列文说，只是为了找点话说罢了。

"因为我要去了，"他重复说，好像他很喜欢这句话似的，"完了。"

玛丽亚·尼古拉耶夫娜走到他面前。

"你还是躺下好；那样你会舒服些。"她说。

"我马上就会安安静静地躺下的，"他低低地说，"死了！"他嘲笑地，愤怒地说，"哦，你们要高兴的话，扶我躺下去也好。"

列文使他哥哥仰卧着，坐在他旁边，屏息静气望着他的脸。垂死的人闭上眼睛躺着，但是他前额上的筋肉不时地抽搐着，好像一个在凝神深思的人一样。列文不由自主地想着这时他哥哥心中在想些什么，但是尽管他竭尽心力追踪他的思想，但是从他那平静而严肃的脸上的表情和眉毛上面的筋肉的搐动，他看出来对于他还是和以前一样漆黑一团的事情，对于垂死的人是越来越分明了。

"是，是，是这样。"垂死的人慢吞吞地说。"等一等。"他又沉默了。"对啦！"他突然安心地拉长声音说，好像在他一切都解决了似的。"啊，主啊！"他喃喃地说，深深地叹了口气。

玛丽亚·尼古拉耶夫娜摸了摸他的脚。

"渐渐冷了。"她低声说。

一段长长的时间，在列文感觉得是很长很长的时间，病人动也不动地躺着。但是他还活着，不时地叹着气。列文精神紧张得都已经疲倦了。他感觉到，尽管他竭尽心力，他还是不能了解病人说"对啦"是什么意思，而且觉得他早就已落在他垂死的哥哥后面了。他对死的问题本身再也不能思索了，但是他不由自主想到他马上应该做的事：闭上死人的眼睛，给他穿上衣服，吩咐买棺材。说起来也奇怪，他感觉得十分冷淡，既没有感到悲哀，也没有感到损失，更没有一点怜悯他哥哥的心情。如果他对他哥哥有什么感触的话，那就是羡慕垂死的人拥有而他却不能有的那种知识。

很久很久，他就这样靠近他坐着，等待着终结。但是终结没有到来。门开了，基蒂出现了。列文起身去拦阻她。但是就在他起身的那一瞬间，他听到临死的人微微一动。

"别走开。"尼古拉说，伸出手来。列文把手伸给他，同时用另一只手生气地向他妻子挥动，叫她走开。

把垂死的人的手握在自己手里，他坐了半点钟，一点钟，又一点钟。他现在完全没有想到死上面去。他想的是基蒂在做什么事，隔壁房间里住着什么人，医生的房子是不是他自己的。他又饿又困。他小心地把手抽开，去摸了摸脚。脚冷了，但是病人却还在呼吸。列文又试着踮起脚尖走开，但是病人又动了，说：

"别走。"

…………

黎明了；病人的状况仍然没有改变。列文悄悄地抽开手，没有朝垂死的人望一望就回自己的房间去睡了。当他醒来的时候，没有像他所预料的听见他哥哥死了的消息，他反倒听到病人又恢复了以前的状态。病人又坐起来，咳嗽着，又吃东西，又谈话，又不提死了，又表露出痊愈的希望，而且变得甚至比以前更暴躁更忧郁了。没有人能够安慰他，不论他弟弟也好，基蒂也好。他对什么人都发脾气，对什么人都恶言相向，为他的痛苦而责备所有的人，而且要他们替他到莫斯科去请一位名医来。但凡有人问他身体觉得怎样的时候，他总是带着愤怒责难的神情回答道：

"我痛苦得受不了呀!"

病人越来越痛苦了,特别是因为生了已经无法医治好的褥疮,他对周围的人们渐渐地更加容易生气了,动不动就责骂他们,特别是为了他们没有替他从莫斯科请医生来。基蒂千方百计去护理他,安慰他;但是一切都是徒劳,列文看出她自己在身体上精神上都已疲惫不堪,只是她不承认罢了。那天晚上他唤弟弟前来向生命告别时,在大家心中引起的死的感觉被破坏了。大家都知道他一定马上就要死了,都知道他已经半死不活了。大家只盼望他早一点死,可是大家都隐瞒着这种念头,尽给他吃药,竭力去找医生和药方,欺骗着他和他们自己,并且互相欺骗着。这一切都是虚伪:讨厌的、侮辱人的、亵渎神明的虚伪。由于他的性格,又因为他比别人更爱这个垂死的人,列文特别痛苦地感到了这种虚伪。

列文早有意思要使他的两位哥哥和解,就是在临死之前使他们和解也好,他写了封信给他哥哥谢尔盖·伊万诺维奇,接到他的回信的时候,他把这信念给病人听。谢尔盖·伊万诺维奇信上说他不能够亲自来,并且用动人的语句请求他弟弟原谅。

病人没有说一句话。

"我怎么回他的信呢?"列文说,"我希望你不生他的气吧?"

"不,一点也不!"尼古拉回答,因为这句问话而恼怒了,"写信给他,叫他替我请一个医生来。"

接着又在苦痛中挨过了三天;病人还是处在同样的状态中。现在谁看见他都希望他死,不论是服务员也好,旅馆主人也好,旅客也好,医生也好,玛丽亚·尼古拉耶夫娜也好,列文也好,基蒂也好。唯有病人自己没有表露出这种愿望,相反的,因为没有替他请医生而非常生气,尽谈着服药,尽谈着生的问题。仅仅偶尔在鸦片使他暂时忘却了那种无止境的痛苦的时候,他时常半睡不醒地吐露出在他心中比在任何人心中都更强烈的真情:"啊,但愿完结了就好了!"或是:"到什么时候才完结啊!"

他逐渐增加的痛苦起了作用,使他准备死。他怎么样也是痛苦,没有一刻不痛苦;他的四肢、他的身体,没有一处不疼痛,不使他痛苦。就连身体内部的回忆、印象、思想现在都在他心中引起了如同那身体本身一样的憎恶。看到别人,听到他们的言语,他自己的回忆,一切对于他都是痛苦的。他周围的人们感觉到这一点,不知不觉地就不让自己在他面前自由行动、谈话或者表示他们的愿望。他整个的生命都沉没在痛苦的感觉和要摆脱这种痛苦的愿望里面了。

在他心中很明显地起了这样的变化,使他把死看做他的愿望的满足,看做一种幸福。以前,由痛苦或匮乏,如同饥饿、疲劳、口渴等等所引起的每个欲望,都被某种给予快感的肉体上的机能所满足了;可是现在,这些匮乏和痛苦却没有得到解脱,而想要解脱的企图反而引起了新的痛苦。因此,一切愿望都沉没在一个愿望里面:就是解脱一切痛苦和痛苦的根源——肉体。但是他找不出适当的言语来表达这种要求解脱的愿望,因此他没有说,而只是出于习惯想要满足现在已无法满足的愿望。"给我翻个身。"他说,随即他又要求再翻过来,像原来一样。"给我点肉汤喝喝。把汤拿去。说点什么话吧:你们为什么一声不响?"但是他们刚开口说话,他就闭上眼睛,显出疲惫、冷淡和憎恶的神情。

在他们到城里来的第十天,基蒂病了。她头痛,恶心,一早晨都不能起床。

医生说她身体不适是由于疲劳和激动引起的,劝她静养。

但是午饭后,基蒂起来了,照常带了针线到病人房间去。她进来的时候他严厉地望着她,听说她病了的时候,他就轻蔑地冷笑了一声。那天他不断地擤鼻涕,悲痛地呻吟着。

"您觉得怎样？"她问他。

"更坏了，"他好容易才说出来，"痛呀！"

"什么地方痛？"

"到处。"

"今天就会完结了，你看吧。"玛丽亚·尼古拉耶夫娜说。这话虽是低声说的，但是病人，像列文所看出的，他的听觉是非常敏锐，一定听到她的话了。列文叫她不要作声，朝病人那面望了一望。尼古拉果真听到了；但是这话并没有在他身上产生影响。他的眼睛仍然带着紧张的、责备的神色。

"你为什么这样想？"列文问她，当她跟着他走到走廊的时候。

"他开始在抓自己了。"玛丽亚·尼古拉耶夫娜说。

"抓自己？怎么抓法？"

"像这样子。"她说，撕扯她毛料衣服的褶襞。列文确实注意到那一整天病人尽在抓自己，好像要扯掉什么东西似的。

玛丽亚·尼古拉耶夫娜的预言实现了。傍晚病人再也不能把手举起来了，仅仅是他的眼睛没有改变那注意集中的神情，凝视着前方。甚至在他弟弟或是基蒂弯下腰，使他能够看到他们的时候，他也还是那样望着。基蒂差人去请牧师来做临终祈祷。

当牧师在读祈祷文的时候，临死的人没有露出一点生的迹象；他的眼睛闭着。列文、基蒂和玛丽亚·尼古拉耶夫娜站在床边。牧师还没有念完祈祷文，临死的人就伸了伸肢体，叹了口气，张开了眼睛。牧师读完了祈祷文，把十字架在冰冷的前额上放了一下，随后又慢慢地把它包在圣带里，静默地又站了两分钟之后，他触了触那变冷了的、巨大的、没有血色的手。

"他完了。"牧师说着，想要走开去；但是突然死人那仿佛黏在一起的髭须微微颤动了一下，在寂静中可以清晰地听到从他的胸膛深处发出的尖锐而清楚的声音：

"还没有……快啦。"

一分钟以后，脸色开朗了，在髭须下面露出一丝微笑，聚集在周围的妇人们开始小心地装殓尸体。

他哥哥的样子和死的接近，使那种在他哥哥来看望他的那个秋天傍晚曾经袭击过他的，由于死的不可思议、死的接近和不可避免而引起的恐怖心情，又在列文心中复活了。这种心情现在甚至比以前更强烈了；他感到比以前更不能理解死的意义，而死的不可避免在他眼前也显得比以前更可怕；但是现在幸亏他妻子在，这种心情没有使他陷于绝望；尽管有死这个事实，他还是感到不能不活着，不能不爱。他感到是爱把他从绝望中拯救出来，而这爱，在绝望的威胁之下，变得更强烈更纯洁了。

没有解开的死的奥秘，差不多还没有在他眼前过去，另一个同样不可解、促使他去爱和去生活的奥秘又出现了。

医生证实了他自己对基蒂身体状况的推测。她身体不适是怀孕了。

21

阿列克谢·亚历山德罗维奇从他同贝特西和斯捷潘·阿尔卡季奇的谈话中，明白了所期望于他的就是让他的妻子安宁，不要去搅扰她，而他的妻子本人也希望这样，从那时起，他感到这样心烦意乱，自己简直没有主意了，他自己也不知道他现在需要什么，于是就完全听从那些十分高兴过问他的事情的人的话，他什么事都无条件地同意。直到安娜离开了他的家，英国家庭女教师差人来问他，她和他一道吃饭呢，还是分开，直到这时候，他才第一次明确地看到自己的处境,他感到十分惊恐了。

这种处境最痛苦的地方就是他怎样也不能够把他的过去和现在联系而且协调起来。扰乱他的心的,并不是他和他妻子一道幸福地度过的过去岁月。从那个过去过渡到发觉他妻子不贞的那段时间,他已经痛苦地度过了;那种处境是痛苦的,但是他还可以理解。假如那时他妻子向他说明了不贞之后就离开他,他也许会感到伤心和不幸,但是不会陷入像他现在所处的这样一种莫名其妙的绝境。他怎样也不能够把最近他对他的生病的妻子和另一个男人的孩子的饶恕、感情和爱同现在的处境协调起来;好像是作为那一切的报酬一样,他现在落得孤单单一个人,受尽屈辱,遭人嘲笑,谁也不需要他,人人都蔑视他。

他妻子走后的头两天,阿列克谢·亚历山德罗维奇照常接见请愿人和他的秘书长,出席委员会的会议,去餐厅吃饭。他自己也不了解为什么要这样做,他这两天当中拼命保持着镇静、甚至是淡漠的态度。在回答如何处理安娜·阿尔卡季耶夫娜的房间和东西的问题时,他拼命抑制自己,装得好像在他看来,已经发生的事情并非没有预见到,而且也并非什么怪事。他的目的达到了:在他身上谁都觉察不出失望的样子。但是在她走后的第二天,当科尔涅伊把安娜忘记付清的一家时装店的账单交给他,并且报告说店员在外面等候着的时候,阿列克谢·亚历山德罗维奇吩咐把那个店员叫进来。

"大人,冒昧来打扰您,请您原谅!但是假如您要我们直接去问夫人的话,能否请您把她的住址告诉我们?"

阿列克谢·亚历山德罗维奇在店员看来好像在沉思,他突然转过身去,在桌旁坐下。让他的头埋在两手里,他就这样坐了很久,他好几次想要说话,都突然中止了。

科尔涅伊明白了主人的心情,叫那店员下次再来。只剩下一个人的时候，阿列克谢·亚历山德罗维奇感到他再也不能保持坚定沉着的态度了。他吩咐卸下等候着他的马车，说他不接见任何人，他不吃饭了。

他感到他不能忍受众人的轻蔑和冷酷的压力，那种轻蔑和冷酷，在那店员的脸上，在科尔涅伊的脸上，在这两天中他遇到所有人的脸上都毫无例外地清楚地看出来。他感到他逃脱不掉人们对他的憎恶，因为那憎恶并不是由于他坏（如果那样，他可以努力变好一点），而是由于他那可耻、讨厌的不幸引起的。他知道，就因为这个，因为他悲痛得心都要碎了，他们才对他这样残酷。他感到人们会毁灭他，如同一群狗咬死一只痛得直吠叫、受尽折磨的狗一样。他知道摆脱人们唯一的办法就是把自己的伤痕隐藏起不让他们看见，因此他无意识地在这两天中竭力这样做，但是现在他感到自己再也无力继续进行这种寡不敌众的斗争了。

他的绝望因为意识到他在悲痛中是完全孤独的而更加深了。不但在彼得堡，他找不出一个可以谈心的人，一个会同情他，不把他当高官显宦，不把他当社会上的人物，而只把他当作一个痛苦的人那样来同情的人；实际上，他在任何地方都找不出这么一个人。

阿列克谢·亚历山德罗维奇从小就是孤儿。他们两兄弟。他们记不得他们的父亲，阿列克谢·亚历山德罗维奇十岁的时候他们的母亲就过世了。财产很少。他们的叔父卡列宁，一员政府大官，曾经是先帝的宠臣，把他们抚养大了。

以优异成绩在中学和大学毕业之后，阿列克谢·亚历山德罗维奇靠他叔父的提挈，立刻在官场中崭露头角，从那时起他就完全委身于政治野心中了。无论在中学或大学，无论以后在官场中，阿列克谢·亚历山德罗维奇从来没有和什么人深交过。他哥哥是他最亲近的人，但是他在外交部服务，而且终年在国外，他在阿列克谢·亚历山德罗维奇结婚后不久就死于国外。

在他做省长的时代,安娜的姑母,一个当地的富裕贵妇,把她的侄女介绍给他——他虽已中年,但是作为省长却还年轻——而且使他处于这样一种境地,要么向她求婚,要么离开这个城市。阿列克谢·亚历山德罗维奇踌躇了很久。那时赞成这事的理由和反对的理由一样多,而又没有断然的理由可以使他放弃他那遇到疑难慎重行事的原则。但是安娜的姑母通过一个熟人示意他,他既已影响了那姑娘的名誉,他要是有名誉心就应当向她求婚才对。他求了婚,把他全部的感情通通倾注在他当时的未婚妻和以后的妻子身上。

他对安娜的迷恋在他心中排除了和别人相好的任何需要;现在在他所有的相识中,他没有一个知心朋友。他的交游很广,但却没有友谊关系。有许多人,阿列克谢·亚历山德罗维奇可以邀请来吃饭,可以请求他们参与他所关心的事务,声援他所要帮助的人,他可以和他们坦率地讨论别人的事情和国家大事;但是他和这些人的关系,仅仅局限于给风俗习惯严格限定了的一定的范围,不能越出一步。他有一个大学时代的同学,毕业后两人交情很好,他可以对他诉说个人的苦恼;但是这个朋友现在却在辽远地方的教育界当督学。在彼得堡的人们中,最亲密最谈得来的就是他的秘书长和医生。

秘书长米哈伊尔·瓦西里耶维奇·斯柳金是一个诚实、聪明、善良、而又有道德的人,阿列克谢·亚历山德罗维奇感到他对他本人很有好感;但是他们五年来的公务生活仿佛在他们之间筑起了一道妨碍他们推诚相见谈心的障碍。

在公文上签字以后,阿列克谢·亚历山德罗维奇沉默了好久,瞥了瞥米哈伊尔·瓦西里耶维奇,几次想要说话,却又说不出来。他已准备了一句话:"您听到了我的不幸吗?"但是结果他只照常说了一句:"那么替我把这办好吧?"就打发他走了。

另一个是医生,他也对卡列宁很有好感;不过他们之间老早就有一种默契,就是:两人都忙得不可开交,没有一点空闲。

关于他的女友,其中首先是利季娅·伊万诺夫伯爵夫人,阿列克谢·亚历山德罗维奇完全没有想到。一切女人,单单是作为女人,对于他都是可怕和讨厌的。

22

阿列克谢·亚历山德罗维奇忘了利季娅·伊万诺夫伯爵夫人,但是她却没有忘记他。在他孤独绝望最痛苦的时刻,她来看他了,未经通报,就一直走进他的书房。她发现他两手捧着头,就像原来那副姿势,坐在那里。

"*我破坏了禁令。*"[①]她说,迈着迅速的步子走进来,由于兴奋和急遽的动作而沉重地喘息着。"我一切都听到了!阿列克谢·亚历山德罗维奇!亲爱的朋友!"她继续说,紧紧地把他的手握在她的两手里,用她那优美而沉思的眼睛凝视着他的眼睛。

阿列克谢·亚历山德罗维奇皱着眉立起身来,抽出他的手,给她搬过来一把椅子。

"您不坐吗,伯爵夫人?我是因为身体不好不见客呢,伯爵夫人。"他说,他的嘴唇抖动了。

"亲爱的朋友!"利季娅·伊万诺夫伯爵夫人重复说,目不转睛地望着他,突然她的眉尖扬起,在她的额上形成了一个三角形,她又丑又黄的脸变得更丑了;但是阿列克谢·亚历山德罗维奇感觉到她在替他难过,快要哭出来的样子。这一来他也感动了;他抓住她

[①] 原文为法语。

那胖胖的手,开始去吻它。

"亲爱的朋友!"她用激动得断断续续的声调说,"您不应该陷入苦恼中。您的苦恼是巨大的,但是您会得到安慰。"

"我垮了,我毁了,我已经不是一个人了!"阿列克谢·亚历山德罗维奇说,放了她的手,却还是凝视着她泪水盈盈的眼睛,"我的处境实在可怕,因为我无论在什么地方,就是在我本身,都找不到支持。"

"您会找到支持的;不要在我身上寻找,虽然我求您相信我的友情。"她说,叹了口气。"我们的支持就是爱,上帝所赐予我们的爱。上帝的负担是轻的。"她带着阿列克谢·亚历山德罗维奇熟悉的那种狂喜的目光说,"上帝会支持您,援助您!"

虽然在这几句话里她分明被自己崇高的情感感动了,虽然她的话里含有最近在彼得堡传播开的、在阿列克谢·亚历山德罗维奇看来是多余的、那种新的神秘的热忱,但是现在听起来,他还是愉快的。

"我是软弱的。我毁了。我什么都没有预料到,现在我还是什么都不明白。"

"亲爱的朋友。"利季娅·伊万诺夫娜重复着。

"这并不是惋惜现在已失掉的东西,不是的!"阿列克谢·亚历山德罗维奇继续说,"我并不为那难过。但是我现在所处的境地使我不由得在别人面前感到羞愧。这是不对的,但是我没有办法,没有办法。"

"完成那崇高的饶恕行为的——那使我和大家都非常感动的——并不是您,而是活在您心中的上帝,"利季娅·伊万诺夫伯爵夫人说,狂喜地抬起眼睛,"所以您不要以为您的行为是可耻的。"

阿列克谢·亚历山德罗维奇皱起眉头,于是弯起两手,他把手指扳得噼啪地响。

"得管一切琐琐碎碎的事,"他用尖细的声音说,"人的力量是有限度的,伯爵夫人,我已经达到最高限度了。整天我得处理,处理由于我的这种新的孤独境遇而来的(他加重说而来的这几个字)家务事。仆人,家庭女教师,账目……这些小小的磨难使我心力交瘁,我不能忍受了。在吃饭的时候……昨天,我几乎要离开饭桌。我受不了我儿子望着我的那种眼光。他并没有问我这一切的意义,可是他想要问,我真受不了他的那种眼光。他怕看我。但是还不只这样……"

阿列克谢·亚历山德罗维奇本来想说拿到他这里来的那张账单,但是他的声音颤抖起来,于是他住嘴了。那开列在蓝纸上的帽子和丝带的账单,他一想起就不由得怜悯起自己来。

"我明白的,亲爱的朋友,"利季娅·伊万诺夫伯爵夫人说,"我一切都明白。援助和安慰,您在我身上是找不到的,虽然我来就是为了要帮助您,如果我能够的话。要是我能够把这一切琐碎的、屈辱的操劳从您肩上卸下来的话……我明白,女人的话和女人的照管是需要的。您肯把这事托付给我吗?"

默默地、感激地,阿列克谢·亚历山德罗维奇紧紧握住她的手。

"我们一道来照顾谢廖沙。实际事务不是我所擅长的。但是我要承担下来,我要做您的管家妇。不要感谢我。我这样做并不是自己……"

"我不得不感激您呢!"

"可是,亲爱的朋友,千万不要向您刚才所说的那种感情屈服——不要以为基督徒最崇高的品质是可耻的!心里谦逊的,必得尊荣。您不要感谢我。您应当感谢上帝,祈求上帝的援助。只有在上帝心中,我们才能得到平静、安慰、拯救和爱!"她说,于是抬起眼睛仰望天上,她开始祈祷,阿列克谢·亚历山德罗维奇根据她的静默看出这点。

阿列克谢·亚历山德罗维奇现在听着她的话,这些表白,以前他即使不觉得讨厌，也觉得是多余的，但是如今却似乎是自然而令人安慰的了。阿列克谢·亚历山德罗维奇是不喜欢这种新的热忱的。他是一个仅仅在政治方面对于宗教感兴趣的信徒，那种容许各种新的解释的教义，正因为它替争论和分析大开方便之门，所以在原则上是使他感到不愉快的。他以前对于这个新教义采取了一种冷淡甚至敌视的态度，和醉心新教义的利季娅·伊万诺夫伯爵夫人从来没有争论过，只是沉默而小心地避开她的挑衅。现在，第一次，他高兴地听着她的话，内心里没有反对。

"我非常，非常感谢您呢，感谢您的言语和您的行为。"他在她祈祷完了的时候这样说。

利季娅·伊万诺夫伯爵夫人又一次紧紧握住她朋友的两手。

"现在我要动手工作了，"她沉默了一会之后，揩干脸上的泪痕，微笑着说，"我要到谢廖沙那里。只有万不得已的时候我才来向您请示。"说着，她站起身来，走出去了。

利季娅·伊万诺夫伯爵夫人走进谢廖沙的房间，在那里用眼泪润湿了吓慌的小孩的脸颊，她告诉他，他父亲是一个圣人，他母亲已经死了。

利季娅·伊万诺夫伯爵夫人履行了她的诺言。她当真担负起安排和管理阿列克谢·亚历山德罗维奇家务的职责。可是当她说实际事务非她所擅长的时候她并没有夸张。她吩咐的事，没有一件行得通，所以都得改变，而这些就都由阿列克谢·亚历山德罗维奇的仆人科尔涅伊变通办理了；他现在无形中管理着卡列宁的全部家务，在替主人换衣服的时候，就悄悄地、谨慎地报告了需要他知道的一切事情。但是利季娅·伊万诺夫娜的帮助仍然具有很大的效果；因为她给了阿列克谢·亚历山德罗维奇精神上的支持，使他意识到她对他的爱和尊敬，特别是因为，她想起来都觉得快慰的是，她差不多使他完全皈依了基督教；那就是说，她使他从冷淡、疏懒的信徒变成了最近在彼得堡逐渐风行的，那种基督教义的新诠释的热心而坚决的拥护者。对于阿列克谢·亚历山德罗维奇来说，相信这种新诠释是容易的。阿列克谢·亚历山德罗维奇，也像利季娅·伊万诺夫娜和抱着同样见解的其他人们一样，完全缺乏那种心灵上深刻的想象力，借着那种能力，由想象所引起的概念才变得这样生动，势必和旁的概念，和现实协调一致。死，在不信教的人是存在的，对于他却并不存在，而且，因为他具有完整无缺的信仰，而自己又是那信仰的裁判者，所以在他灵魂里没有罪恶，他在这尘世上就已经得到完全的拯救——他并不觉得这些概念里面有什么不可能、不可想象的地方。

固然，对他的信仰这种看法的肤浅和谬误，阿列克谢·亚历山德罗维奇也模模糊糊感觉到了，而且他也知道，当他完全不想他的饶恕是由神力所主使，而只是按照自己的直感行事的时候，比现在他时时刻刻想着基督在自己心中，想着在公文上签字也是执行基督的意志的时候，他感到更幸福。但是阿列克谢·亚历山德罗维奇绝对需要这样想；需要在他的屈辱中有一个崇高的立足点，哪怕是假想的也不要紧，从那方面，被大家蔑视的他，也可以蔑视别人，因此他死死抱住这种幻想的解救，就像是抱住真的解救一样。

23

利季娅·伊万诺夫伯爵夫人，在她还是一个非常年轻的多情少女时，嫁给了一个富裕、身份很高的人，一个很和善、很愉快、耽于酒色的放荡子。结婚后两个月，她丈夫就抛弃了她，对于她的热烈爱情的保证，他只用嘲笑甚至敌意来回答，那种敌意，凡是了解伯爵的善良心肠,看不出多情的利季娅身上有什么缺点的人都无法解释。从那时起,虽然他们没有离婚,却分居了;但是每当丈夫遇见妻子,他总是用那种无从解释的恶毒嘲笑对付她。

利季娅·伊万诺夫伯爵夫人早已不爱她丈夫了,但是从那时起她就不断地爱上某人。她同时爱上了好几个人,男的和女的;凡是在哪一方面特别著名的人,她差不多全都爱上了。她爱上了所有列入皇族的新亲王和亲王妃;她爱上一个大僧正、一个主教、一个牧师;她爱上一个新闻记者、三个斯拉夫主义者、爱上过科米萨罗夫[①],爱过一个大臣、一个医生、一个英国传教士,现在又爱上了卡列宁。这一切互相消长的爱情并没有妨碍她和宫廷与社交界保持着最广泛而又复杂的关系。自从卡列宁遭到不幸,她把他放在她的特殊保护之下,自从她关心他的幸福,在卡列宁家服务以后,她觉得她所有的其他的爱都不是真实的,而现在她真正爱的仅仅是卡列宁一个人。她现在对他所抱着的感情在她看来比她以前的任何感情都强烈。分析她的这种感情,拿它和她以前的感情比较,她清楚地看出她是不会爱科米萨罗夫的,如果不是他救了皇帝的性命;她也不会爱里斯季奇·库吉茨基[②],如果没有斯拉夫问题;但是她爱卡列宁却是爱他本人,爱他那崇高、未被了解的灵魂,他那在她听来很可爱、带着拖长声调的尖细的声音,他的疲倦的眼睛,他的性格,他那青筋隆起的柔软白皙的手。她不仅高兴看见他,而且还在他脸上寻找她给予他的印象的痕迹。她希望不只她的话,而且她整个的人,都使他喜欢。为了他的缘故,她现在比以前更注意修饰了。她发现自己常常

[①] 科米萨罗夫(1838—1892),农民,科斯特罗马的制帽商人。据说是他打落凶手的手枪,救了俄皇亚历山大二世的性命,后被封为贵族。

[②] 里斯季奇·库吉茨基(1831—1899),塞尔维亚政治家,反抗土耳其及奥地利对塞尔维亚的影响。

这样幻想：假使她没有结过婚，而他也是自由的，那会怎样呢。他走进房间来的时候，她总是兴奋得满脸通红，而当他对她说了句什么好听的话，她简直掩饰不住欢喜的微笑。

利季娅·伊万诺夫伯爵夫人处在剧烈的激动中已有好几天了。她听到安娜和弗龙斯基在彼得堡。一定要使阿列克谢·亚历山德罗维奇看不到她，甚至一定要使他不知道那个可怕的女人和他在一个城市里、他随时可以遇见她这个痛苦的事实。

利季娅·伊万诺夫娜通过她的熟人探听到这些可恶的人——她这样叫安娜和弗龙斯基——要做什么，于是在这几天当中她就竭力指导她朋友的行动，使他不至于碰见他们。一个年轻副官，弗龙斯基的朋友——她通过他得到了消息，他希望通过利季娅·伊万诺夫伯爵夫人得到一种特权——报告她说他们已经办完了事务，明天就要走了。利季娅·伊万诺夫娜已开始平静下来，可是第二天早晨就接到了一封信，她怀着恐怖的心情认出了信上的笔迹。这是安娜·卡列宁娜的笔迹。信封是用树皮一样厚的纸做的；在长方形的黄纸上有大写的姓名的花字，那信发出令人怡悦的香气。

"谁送来的！"

"旅馆里的听差。"

利季娅·伊万诺夫娜过了好一会才能坐下来阅读那封信。她的兴奋引起了她常犯的喘病。当她恢复镇静的时候，她读了下面用法文写的信：

> **伯爵夫人**[①]——您心中充满的基督徒的感情，给了我自知不可原谅的胆量来写信给您。我不幸和我儿子分开了。请求您允许我在动身之前见他一面。使您想起我，请您原谅。我写

[①] 原文为法语。

信给您而不写给阿列克谢·亚历山德罗维奇，完全是因为我不愿意使那宽大的人想起我而痛苦。了解您对他的友情，我想您一定会了解我。您可否把谢廖沙送到我这里，或是约定什么时候我自己回家里来，再不然，您可否告知我什么时候，在外面什么地方，我可以看到他？我知道决定事情的那个人的宽大，我想一定不会拒绝我的请求。您想不到我是多么渴望看到他，因此也想象不到您的帮助会怎样使我衷心感激。

安娜

这信里的一切：信的内容和宽大这个字眼的含意，特别是那种随便——她是这样觉得——的语气，都激怒了利季娅·伊万诺夫伯爵夫人。

"对来人说没有回信。"利季娅·伊万诺夫伯爵夫人说，于是立刻打开她的吸墨纸文件簿，她写信给阿列克谢·亚历山德罗维奇，说她希望一点钟的时候在宫廷庆祝会上看见他。

"我要和您谈一件重大的苦恼的事。在那里我们再决定谈话的地点。最好是在我家里，我预备好您所喜欢的茶。必须如此。上帝给予了十字架，但是也给予了忍受的力量。"她补充这么一句，使他多少有一点心理准备。

利季娅·伊万诺夫伯爵夫人通常每天总要写两三封信给阿列克谢·亚历山德罗维奇。她喜欢这种联络方式，这具有亲自会面所没有的风雅和神秘的味道。

24

庆祝会结束了。人们出来的时候碰了面，闲谈着最近的新闻，新授予的奖赏和大官们的升迁。

"要是玛丽亚·鲍里索夫伯爵夫人做了陆军大官,沃特科夫斯基公爵夫人做了参谋总长。"一个穿金边制服的白发老人向一个问他对于新任命有何意见的高大而漂亮的女官说。

"而我也做了副官的话。"女官微笑着说。

"您已经有了官职呀。您掌管教会部。您的助手是卡列宁。"

"您好,公爵!"矮小的老人说,和一个走上来的人握手。

"您说卡列宁什么?"公爵说。

"他和普佳托夫得了亚历山大·涅夫斯基勋章。"

"我还以为他早就得了哩。"

"不。您看他。"矮小的老人说,用他的金边帽子指着穿着朝服、肩上挂着新的红绶带、正和帝国议会的一个有势力的议员站在大厅门口的卡列宁。"他还洋洋得意哩。"他补充说,站住和一个体格魁梧的漂亮的宫中高级侍从握手。

"不,他显得老多了。"侍从说。

"因为操劳过度的缘故呀。他现在老是起草计划。不到他把一切都逐条说明了,他是不会放走那个可怜的家伙的。"

"您说,他显得老多了?他正在恋爱呢![1]我想利季娅·伊万诺夫伯爵夫人现在嫉妒起他的妻子来了。"

"啊,请不要说利季娅·伊万诺夫伯爵夫人的坏话吧。"

"哦,她爱上了卡列宁,这难道有什么不好吗?"

"可是听说卡列宁夫人在这里,是真的吗?"

"哦,不是在这宫廷里,而是在彼得堡。我昨天还碰见她和弗龙斯基,手挽着手[2]在莫尔斯基街上走呢。"

"那种人没有[3]⋯⋯"侍从开口说,但是突然停止了,让开路,

---

[1][2][3] 原文为法语。

对一个走过去的皇族中的人鞠躬。

就这样，人们不断地谈论着阿列克谢·亚历山德罗维奇，责难他，嘲笑他，这时，他拦着他所抓住的帝国议会的议员的路，一点一点地向他说明他的财政计划，片刻也不停顿地谈着，怕他乘机逃掉。

差不多就在阿列克谢·亚历山德罗维奇的妻子离开他的同时，他遭到了官场中最为痛心的事——他的升迁的路已经断了。这已成为既成事实，大家都清楚地看出来了，但是阿列克谢·亚历山德罗维奇本人却还未意识到他的前程已经完结。不论是由于他和斯特列莫夫的冲突，还是由于他和妻子之间的不幸，或者只是因为阿列克谢·亚历山德罗维奇已经达到了他命定的极限，总之，在今年一年当中，他的前程已经完结，大家都看得明明白白的了。他还是身居要职，他还兼着许多委员会和会议的委员，但他却是一个一切都完了、无可期望的人了。不论他说什么，提什么，人听起来好像都是早已知道的、而且是不必要的话似的。

但是这一点阿列克谢·亚历山德罗维奇并没有感觉出来，而且相反，在他不再直接参与政府活动以后，他比以前任何时候都更明显地看出别人工作中的错误和缺点，并且认为指出改正的方法是他的职责。和妻子分离以后不久，他就开始起草关于新的裁判手续的小册子，这是他注定要写的关于行政各部门的无数不必要的小册子中的第一本。

阿列克谢·亚历山德罗维奇不但没有注意到他在官场中的绝望处境，不但不为此发愁，甚至比以前任何时候都更满意自己的活动。

"娶了妻的，是为世上的事挂虑，想怎样叫妻子喜悦；没有娶妻的，是为主的事挂虑，想怎样叫主喜悦。"使徒保罗这样说，现在一举一动都受《圣经》指导的阿列克谢·亚历山德罗维奇常常记起《圣经》上的这句话。他好像觉得自从他没有妻子以后,他就用这些改革计划比以前更热心地侍奉起上帝来。

那位竭力想要摆脱他的议员,他明显的不耐烦态度并没有使阿列克谢·亚历山德罗维奇感到不安;直到那议员利用一个皇族走过的机会溜掉的时候,他这才中止了说明。

只剩下一个人了,阿列克谢·亚历山德罗维奇低下头,定了定神;然后漫不经心地向周围望了一望,就向门口走去,他希望在那里遇见利季娅·伊万诺夫伯爵夫人。

"他们的身体都多么强壮,多么结实啊。"阿列克谢·亚历山德罗维奇望着那蓄着梳得很光的、发出香气的颊髭,身体强壮的高级侍从,和那穿着一身窄小制服的公爵的红脖颈,这样想,他得走过他们身边。"世界上的一切都是邪恶的,这倒是真话呢。"他想,又斜视了一眼高级侍从的小腿。

阿列克谢·亚历山德罗维奇从容地向前走去,带着他平常那种疲惫和威严的神情向刚才议论他的那些绅士鞠躬,于是朝门望着,他的眼睛搜索着利季娅·伊万诺夫伯爵夫人。

"噢!阿列克谢·亚历山德罗维奇!"那矮小的老人,在卡列宁走到和他并排并且带着冷淡的态度向他点头的时候,恶意地闪动眼睛说。"我还没有向您道贺哩。"老人指着他新得的绶章说。

"谢谢你。"阿列克谢·亚历山德罗维奇回答。"今天是多么美好的日子啊。"他补充说,按照他的习惯特别强调美好的这个字眼。

他们嘲笑他,他是知道的,但是他从他们身上除了敌意之外,并不期望别的什么;他现在已经习惯了。

看到走进来的利季娅·伊万诺夫伯爵夫人露在胸衣上的黄色肩膊和她那招引他的美丽、沉思的眼睛,阿列克谢·亚历山德罗维奇微笑了,露出光泽的雪白牙齿,向她走去。

利季娅·伊万诺夫娜为自己的服装煞费苦心,如同她为最近每一次的装饰一样。她现在装饰的目的和三十年前她所追求的完全相反。那时候,她的愿望是用什么东西来打扮自己,打扮得越美丽越好;现在,相反,她打扮得太厉害就一定会同她的年龄和风姿完全不相称,所以她唯一关心的是设法使这些打扮和她自己外貌的对照不太怕人。在阿列克谢·亚历山德罗维奇那方面说,她是成功了,在他的眼中看来,她是迷人的。对于他,她是那包围着他的敌意和嘲笑的海洋中的一个不单是善意、而且是爱的孤岛。

穿过嘲笑的目光的行列,他好像植物向着太阳一样自然地被吸引到她那充满爱意的眼光那里去。

"我祝贺您。"她对他说,用目光示意那绶章。

抑制住欢喜的微笑,他耸了耸肩,闭上眼睛,好像在说这并不能使他快乐似的。利季娅·伊万诺夫伯爵夫人十分清楚这是他最大的喜悦之一,虽然他自己绝对不承认。

"我们的天使怎样?"利季娅·伊万诺夫伯爵夫人说,意思是说谢廖沙。

"我不能说我很满意他,"阿列克谢·亚历山德罗维奇说,扬起眉毛,张开眼睛,"西特尼科夫也对他不满哩(西特尼科夫是请来担任谢廖沙世俗教育的家庭教师)。我跟您说过,他对于应当使每个大人、每个小孩都感动的最重要的问题有点冷淡……"阿列克谢·亚历山德罗维奇开始说明公务以外他唯一感兴趣的问题——他儿子的教育。

当阿列克谢·亚历山德罗维奇靠着利季娅·伊万诺夫娜的帮助又回到生活和活动中,他感觉过问留在他手中的儿子的教育是他的义务。以前从来没有过问过教育问题的阿列克谢·亚历山德罗维奇,竟花了时间来研究这个问题的理论。读了几册关于人类学、教育学、教学法的书籍之后，阿列克谢·亚历山德罗维奇就拟了一个教育计划，而且请了彼得堡最优秀的教师来指导，他就着手工作起来。而这工作就不断地吸引住他的注意了。

"是的，不过他的心啊！我看出来他有着他父亲的心，有这样心的孩子是决不会坏的啊。"利季娅·伊万诺夫娜热情地说。

"是的，也许这样……在我呢，不过在尽我的义务。我也只能如此而已。"

"您到我家里来吧，"利季娅·伊万诺夫伯爵夫人沉默了一会之后说，"我们得谈一件您很痛心的事。我真愿意牺牲一切使您不再记起那件事，可是别人却不这样想法。我接到她一封信。她在彼得堡。"

阿列克谢·亚历山德罗维奇一听到提起他妻子就浑身发抖，但是立刻他的脸显出一种死一般的僵硬呆板的表情，这表情显示出他完全束手无策了。

"我料到了。"他说。

利季娅·伊万诺夫伯爵夫人陶醉似的望着他，因为叹赏他的崇高心灵而眼泪盈眶了。

25

当阿列克谢·亚历山德罗维奇走进利季娅·伊万诺夫伯爵夫人那间摆设着古董瓷器、挂着画像的舒适小房间时，女主人自己还没有露面。她在换衣服。

圆桌上铺了桌布，摆着中国茶具和搁在酒精灯上的银茶壶。阿列克谢·亚历山德罗维奇心不在焉地望了望装饰着房间的无数看熟的画像，在桌旁坐下，他翻开摆在桌上的一本《新约》。伯爵夫人绸服的声分散了他的注意力。

"哦，现在我们可以安静地坐下了，"利季娅·伊万诺夫伯爵夫人说，带着兴奋的微笑，一下挤到桌子和沙发中间，"一边喝茶，一边谈吧。"

说了两三句开场白之后，利季娅·伊万诺夫伯爵夫人困难地呼吸着，满脸涨红，把她接到的信递到阿列克谢·亚历山德罗维奇手里。

看过了信，他沉默了好久。

"我想我没有权利拒绝。"他畏怯地说，抬起眼睛。

"亲爱的朋友，您在什么人身上都看不出邪恶来呢！"

"相反地，我看出来世上的一切都是邪恶的。但是这样是不是正当？……"

他的脸上显出犹豫不决，寻求在他所不了解的事情上得到别人的忠告、援助和指点的神情。

"不，"利季娅·伊万诺夫伯爵夫人打断他，"凡事都有个限度。我了解不道德，"她言不由衷地说，因为她绝不可能了解是什么把女人引到堕落上去；"但是我可不了解残酷；而且是对谁呢？是对您！她怎么可以留在您所在的城市里？不，活到老，学到老。我可学会理解您的崇高和她的卑下了。"

"谁能够投石头打人呢？"①阿列克谢·亚历山德罗维奇说，显然很满意他所扮演的角色，"我完全饶恕了她，所以我不能够拒绝她心中的爱——对儿子的爱——所要求的事情……"

"可是那是爱吗，我的朋友？那是真实的吗？就算您已经饶恕了她，您现在还在饶恕她……但是我们有扰乱那个小天使的心的权利吗？他以为她死了。他为她祷告，祈求上帝赦免她的罪恶。倒不如

---

① 《圣经·新约·约翰福音》第八章：众人捉到一个犯奸淫的妇人带到耶稣面前，要用石头投她。耶稣说，没有罪的人可以用石头投她。结果人们都散去。

这样好。但是现在他会怎样想呢?"

"我没有想到这点。"阿列克谢·亚历山德罗维奇说,显然同意了。

利季娅·伊万诺夫伯爵夫人以两手掩面,默默不发一言。她在祈祷。

"您要是征求我的意见,"她祈祷完了,把手从脸上放下来,说,"我劝您不要这样做。难道我看不出您有多么痛苦,这事又多么沉痛地撕开您的伤疤吗?但是假定又像往常一样,您不顾及您自己,结果会怎样呢?那就会重新使您痛苦,使小孩痛苦!假如她心中还有一点人性的话,她自己就不应当这样希望。不,我毫不踌躇地劝您不要这样,而且如果您准许我的话,我就写封回信给她。"

阿列克谢·亚历山德罗维奇同意了,于是利季娅·伊万诺夫伯爵夫人用法文写了下面的信:

亲爱的夫人:

使您的儿子想起您,也许会引起他提出种种的问题,要回答那些问题,就不能不在小孩的心中灌输一种批评他视为神圣的东西的精神,所以我请求您以基督的爱的精神来谅解您丈夫的拒绝。我祈求全能的上帝宽恕您。

利季娅伯爵夫人

这封信达到了利季娅·伊万诺夫娜连对自己都隐瞒着的隐秘的目的。这封信伤透了安娜的心。

在阿列克谢·亚历山德罗维奇那方面,当他从利季娅·伊万诺夫娜家回来以后,整整一天他都不能把心思集中在他的日常工作上,也找不到他最近所感到的像一个得救的信徒所有的那种心灵的平静。

想起他的妻子——她对他犯了那样大的罪,而且,像利季娅·伊万诺夫伯爵夫人刚才很公正地说的那样,他对她又是那么像圣人一样——本来不应当搅乱他的心的,但是他却不能平静:他不能理解他所读的书；他不能驱走那些苦恼的回忆；他想起他和她的关系，想起他现在所感觉到的，在关于她的问题上他所犯的错误。想起从赛马场回来的路上他是怎样接受了她的不贞的自白（特别是他只要求顾全体面，却没有要求决斗），就好像莫大的憾事一样使他痛苦起来。想起他写给她的那封信也叫他痛苦；特别是，他那谁也不需要的饶恕和他对另一个男子的孩子的关心，直使他的心羞愧悔恨得像火烧一样。

现在，当他回想起他和她过去全部的生活，回想起他在踌躇了很久之后向她求婚时所说的那些笨拙的话，他感到了同样的羞愧和悔恨心情。

"但是哪点能怪我呢？"他自言自语。这个问题照常在他心中引起了别的问题——他们，这些弗龙斯基和奥布隆斯基，这些有着胖腿肚的高级侍从，是不是感觉不一样，他们的恋爱和结婚都不同呢？于是他历历在目地回想起这些血气方刚、强壮自信的人们，他们随时随地都不由得不引起他好奇的注意。他驱除这些思想，竭力使自己相信，他不是为这种一时的生活，而是为了永恒的生活而生活，而且他心中充满了平静和爱。但是他好像感到他在这种暂时的、不足道的生活中犯了一些小小的错误，这使他痛苦得就像他所相信的永远的拯救并不存在似的。但是这种诱惑并没有持续很久，不久阿列克谢·亚历山德罗维奇的灵魂中就又恢复了那种平静和崇高的心境，多亏这种心境，他才能够忘掉他不愿意记起的事情。

26

"喂，卡皮托内奇，怎么样？"谢廖沙在他生日的前一天脸上泛着玫瑰色，兴高采烈地散步回来，把外套交给那高大、俯身向这小人微笑的老门房,这样说,"喂,那个扎着绷带的官员今天来了吗?爸爸见了他没有?"

"他见了他。秘书长一走,我就给他通报了。"门房快活地眨了一下眼睛说,"让我给您脱吧。"

"谢廖沙!"家庭教师站在通到里面房间去的门口,说,"自己脱呀。"

但是谢廖沙,虽然听到教师微弱的声音,却没有注意。他站在那里抓住门房的腰带,凝视着他的脸。

"那么,爸爸答应了他的要求吗?"

门房肯定地点了点头。

来向阿列克谢·亚历山德罗维奇请过七次愿、脸上扎着绷带的官员使谢廖沙和门房都感到了兴趣。谢廖沙在门厅遇见他,听见他哀求门房给他通报,说他和他的孩子们都快死了。

从那时以后,谢廖沙,又在门厅遇见了这官员一次,他对他感到了兴趣。

"哦,他很高兴吗?"他问。

"他怎能不高兴呢?他走的时候差不多手舞足蹈了。"

"送来了什么东西吗?"谢廖沙沉默了一会儿之后说。

"哦,少爷,"门房摇摇头,低声说,"是伯爵夫人那里送来的东西。"

谢廖沙立刻明白了门房说的是利季娅·伊万诺夫伯爵夫人给他送来的生日礼物。

"真的吗?在哪里?"

"科尔涅伊交给你爸爸了。一定是一件好东西呢!"

"多大?像这样子的?"

"小一点,可是一件好东西。"

"一本书？"

"不，一件好玩的东西。去吧，去吧，瓦西里·卢基奇在叫您哩。"门房听到教师走近的脚步声说，他小心地把那已脱下一半手套的小手从腰带上拉开，向教师的方向点头示意。

"瓦西里·卢基奇，马上就来！"谢廖沙带着那总是制服了那个耿直的瓦西里·卢基奇的快活而亲切的微笑说。

谢廖沙太快活了，他觉得一切都太如意了，他不能不和他的朋友门房分享他家里的喜事，那是他在夏园散步的时候，从利季娅·伊万诺夫伯爵夫人的侄女那里听来的。这个喜讯，因为是和扎着绷带的官员的欢喜和他自己得了玩具的欢喜同时来的，所以他觉得特别重要。在谢廖沙看来，这是一个大家都应当欢喜和愉快的日子。

"你知道爸爸今天得了亚历山大·涅夫斯基勋章吗？"

"当然知道！大家都来道过贺了哩。"

"那么，他高兴吗？"

"皇帝的恩典，他怎么会不高兴呢！那显见得他有功劳啊。"门房严肃而认真地说。

谢廖沙沉思起来，仰望着他曾经细细地研究过的门房的脸，特别是除了总是仰着脸看他的谢廖沙以外谁都看不到的、垂在灰色颊髯中间的下颚。

"哦，你女儿最近来看过你吗？"

门房的女儿是一个芭蕾舞女。

"不是星期天她怎么能来呢？她们也要学习哩。您也要上课了，少爷，去吧。"

走进房间，谢廖沙没有坐下来上课，却对教师说他猜想送来的礼物一定是一辆火车。"您想怎样？"他问。

但是瓦西里·卢基奇却只想着谢廖沙必须为两点钟要来的教师

预备语法功课。

"不,您告诉我,瓦西里·卢基奇,"他在书桌旁坐下,书拿在手里之后,突然说,"亚历山大·涅夫斯基以上的勋章是什么呢?您知道爸爸得了亚历山大·涅夫斯基勋章吗?"

瓦西里·卢基奇回答说亚历山大·涅夫斯基以上的勋章是弗拉基米尔勋章。

"再以上呢?"

"最高的是安德列·佩尔沃兹瓦尼勋章。"

"安德列以上呢?"

"我不知道。"

"怎么,连您也不知道?"于是谢廖沙支在臂肘上,沉入深思了。

他的沉思是极其复杂而多种多样的。他想象他的父亲突然同时获得了弗拉基米尔和安德列勋章,因为这缘故他今天教课的时候要温和许多,他又想象自己长大时会怎样获得所有的勋章,以及人们发明的比安德列更高的勋章。任何更高的勋章刚一发明,他就会获得。还会发明更高的勋章,他也会立刻获得。

时间就在这样的沉思中过去了,因此当教师来的时候,关于时间、地点和状态的副词功课一点也没有预备,教师不但不满意,而且很难过。他的难过可把谢廖沙感动了。他感到功课没有读熟并不能怪他;不管他怎样努力,他总读不熟。在教师向他解释的时候,他相信他,而且像领会了似的,但是一到只剩下他一个人的时候,他简直就不记得,也不理解"突然地"这个简短而熟悉的字是状态副词了。但是他使教师难过了,他还是感到很懊悔,而且想安慰他。

他选择了教师默默地望着书本的那个时间。

"米哈伊尔·伊万内奇,您的命名日是什么时候?"他出其不意地问。

"您最好还是想您的功课吧。命名日对于一个通达事理的人是无关紧要的。跟平常的日子一样，得做他的工作。"

谢廖沙凝神望着教师，望着他那稀疏的颊髭，望着他那滑到鼻梁下面的眼镜，他那么深深地沉入幻想里，以致教师向他说明的话，他一句也没有听进去。他知道教师说的话是言不由衷的，他从他说话的语调里听出来了。"但是为什么他们大家都用一个口气说这种最没趣味最没益处的话呢？为什么他要疏远我呢，为什么他不爱我呢？"他忧愁地问自己，可是想不出答案来。

27

在语法教师教的功课以后是他父亲教的功课。他父亲没有来的时候，谢廖沙坐在桌旁玩着一把削笔刀，又沉入深思了。谢廖沙最爱好的事情就是在散步的时候寻找他的母亲。一般说来他不相信死，特别是她的死，尽管利季娅·伊万诺夫娜告诉过他，而且他父亲也证实了，因此，就在告诉他她已经死了以后，他每次出外散步的时候还是寻找她。每一个体态丰满而优雅的、长着黑头发的妇人都是他母亲。一见到这种样子的妇人，在他心里就引起一种亲热的感觉，以致他的呼吸都窒息了，泪水涌进他的眼里。于是他满心期望她会走上他面前来，除去她的面纱。她整个的脸都会露出来，她会微笑着，她会紧紧抱住他，他会闻到她的芳香，感觉到她的手臂的柔软，快活得哭出来，正像有一天晚上他躺在她脚下，而她呵痒，他大笑起来，咬了她那白皙的戴着戒指的手指。后来，当他偶然从他的老保姆口里听到他母亲并没有死，他父亲和利季娅·伊万诺夫娜就向他解释说，因为她坏（这话他简直不能相信，因为他爱她），所以对于他她等于死了一样的时候，他依旧继续寻找她，期待着她。今天在夏园里有一个戴着淡紫色面纱的妇人,他怀着跳跃的心注视着,期望那就是她,当她沿着小径走向他们的时候。那妇人并没有走到他们面前来,却消失在什么地方了。谢廖沙今天比任何时候都更强烈地对她怀着洋溢的爱,而现在,在等待着他父亲的时候,他想得出了神,用削笔刀在桌子边缘刻满了刀痕,闪闪发光的眼睛直视着前方,想念着她。

"你爸爸来了!"瓦西里·卢基奇说,惊醒了他。

谢廖沙跳起来,跑到他父亲跟前,吻他的手,留意观察他,竭力想发现他得了亚历山大·涅夫斯基勋章以后快活的痕迹。

"你散步很愉快吗?"阿列克谢·亚历山德罗维奇说,在安乐椅里坐下,拿出《旧约》翻开来。虽然阿列克谢·亚历山德罗维奇不止一次对谢廖沙说,每个基督徒都应当熟悉圣史,但他自己教《旧约》的时候却常常要翻《圣经》,谢廖沙注意到了这一点。

"是的,真快活极了,爸爸,"谢廖沙说,斜坐在椅子上摇着,这种动作原是被禁止的,"我看见了娜坚卡(娜坚卡是利季娅·伊万诺夫娜的侄女,她是在她姑母家里抚养大的)。她告诉我你得了新勋章。您高兴吗,爸爸?"

"第一,请你不要摇椅子,"阿列克谢·亚历山德罗维奇说,"第二,宝贵的并不是奖励,而是工作本身。我希望你能了解这点。要是你为了要得到奖励而去工作、学习,那么你就会觉得工作困难了;但是当你工作的时候,"阿列克谢·亚历山德罗维奇说的时候,想起了他早晨在签署一百八十份公文那项沉闷的工作中,他是怎样完全用责任感来支撑自己的,"热爱你的工作,你在工作中自然会受到奖励。"

谢廖沙的闪耀着温情和快活的眼睛,失去了光辉,在他父亲的目光之前低垂下来。这是他父亲对他说话惯用的腔调,谢廖沙早就学会适应了。他父亲对他讲话，老是好像——谢廖沙这样觉得——在对他自己想象中的、只有书本里才存在的、完全不像谢廖沙的什么孩子说话。而谢廖沙对他父亲也老是竭力装得如同那书里的孩子一样。

"我想，你了解了吧？"他父亲说。

"是的，爸爸。"谢廖沙回答，扮演着想象中的孩子。

功课是背诵《福音书》里的几首诗和复习《旧约》的开端。《圣经》里的诗谢廖沙原来是记得很熟的，但是一到背诵的时候，他就这样全神贯注地凝视着他父亲瘦削突出的、多骨不平的前额，以致他的思想混乱了，他把一首诗的末尾跟另一首的开头调换了位置。因此在阿列克谢·亚历山德罗维奇看来，他显然没有了解他所说的话，这可把他激怒了。

他皱起眉头，开始解释谢廖沙已经听过好多次、却从来也记不住的话，因为他知道得太熟悉了，所以反记不牢，就像他记不牢"突然地"这个字眼是状况副词一样。谢廖沙用吃惊的眼光望着他父亲，只顾想着他父亲会不会要他重复他所说的话，就像他有几次做过的那样。这个念头使谢廖沙这样惊恐，竟至弄得他现在什么都不明白了。但是他父亲并没有要他重复那些话，就转移到《旧约》的功课上去了。谢廖沙述说故事的本身是够熟的，但是要他回答某些故事预示什么问题的时候，他竟一无所知了，虽然他为了这门课已经受过处罚。使他完全说不出来，使他局促不安，刻着桌子，摇着椅子的那一段，就是要他背述大洪水以前那些族长的事情的地方。除了活着升上天国的以诺以外，他一个都不知道了。以前他还记得他们的名字，但是现在他完全忘记了，主要是因为以诺是《旧约》中他最喜欢的人物，而且以诺升天的故事在他心中是和一连串思想联系起来的，现在当他凝神注视着他父亲的表链和他背心上的半解开的纽扣时，他就完全沉溺在那一连串的思想中。

对于人们常常跟他说起的死，谢廖沙一点也不相信。他不相信他所爱的人会死，尤其不相信他自己会死。死对于他完全是不可能、难以想象的事。但是他听说所有的人都要死；他甚至还问过他所信任的人，而他们也证实了这点；他的老保姆也这样说，虽然是不大愿意的样子。但是以诺没有死，可见不是所有的人都要死的。"为什么别人在上帝眼里就不配这样，活着升上天去呢？"谢廖沙想。坏人，就是谢廖沙所不喜欢的那些人，他们可以死；但是好人却应当都像以诺一样。

"哦，那些族长的名字叫什么？"

"以诺，以诺斯。"

"但是这个你已经说过了。这不好，谢廖沙，太不好了。要是你不努力去学习对于一个基督徒比什么都重要的事情的话，"他父亲说，站起身来，"还有什么能够使得你发生兴趣呢？我不满意你，彼得·伊格纳季奇（这是那位首席教师）也对你不满意……我得处罚你。"

他父亲和教师都不满意谢廖沙，而他的功课也的确学习得太坏。但是也决不能说他是一个低能的孩子。正相反，他比教师举给谢廖沙做榜样的那些小孩要聪明得多。照他父亲看来，他是不想学习那些教师教给他的功课。事实上，他是学习不来。他学习不来，是因为在他的灵魂里有着比他父亲和教师所提出的更迫切的要求。这两种要求是互相矛盾的，于是他同他的教育者直接冲突了。

他现在九岁，他还是一个小孩；但是他知道他自己的心灵，那对于他是宝贵的，他保护它就像眼皮保护眼珠一样，没有爱的钥匙，他不让任何人进入他的心灵。他的教师抱怨说他不肯学习，而他的心灵却洋溢着求知欲。他向卡皮托内奇，向他的保姆，向娜坚卡，向瓦西里·卢基奇学习，却不向他的教师们学习。他父亲和教师们指望着会转动他们的水车的水，早就漏出去，到别处活动去了。

他父亲以不准谢廖沙去看利季娅·伊万诺夫娜的侄女娜坚卡来处罚他，但是结果这处罚对于谢廖沙才好呢。瓦西里·卢基奇兴致很好，教给他怎么做风车。整个晚上都消磨在这工作和梦想着怎样造一架他可以亲自坐在上面旋转的风车——或是紧紧抓住风车的翼子，或是把自己的身体绑在上面，于是转动起来。谢廖沙一晚上都没有想他母亲，但是当他上了床的时候，他突然想起她，而且用他自己的话语祈祷他母亲在明天他过生日的时候不再隐藏了，会到他这里来。

"瓦西里·卢基奇，您知道我今晚特别祈祷了些什么吗？"

"是不是祈祷功课学得好些？"

"不是。"

"玩具吗？"

"不是。您再也猜不着！是一件了不得的事，但是这是一个秘密！实现了的时候我再告诉您。您没有猜着吗？"

"不，我猜不着。您告诉我吧，"瓦西里·卢基奇微笑着说，他是很少笑的，"哦，睡下吧，我要吹熄蜡烛了。"

"灭了蜡烛，我对于我所祈祷的会看得更清楚呢。啊哟！我差一点把秘密讲出来了！"谢廖沙说，快活地大笑起来。

当蜡烛拿走了的时候，谢廖沙听到和感到了他的母亲。她俯向他，带着充满了爱的眼光爱抚着他。但是随即又是风车，小刀，一切都开始混淆起来，他就这样睡着了。

28

到了彼得堡，弗龙斯基和安娜住在一家上等旅馆。弗龙斯基单独住在楼下，安娜和她的小孩、奶妈和使女住在楼上有四间房的大套间里。

他们到的那天，弗龙斯基就去看他哥哥。在那里他看到了他因事从莫斯科来的母亲。他母亲和嫂嫂照常迎接他；他们问他在国外旅行的事，谈着他们共同的熟人，但是对他和安娜的关系却一句也没有提。他哥哥第二天来看弗龙斯基，他本人倒向他问到她，而阿列克谢·弗龙斯基率直地告诉他，他把他和卡列宁夫人的关系看做婚姻一样；他希望办理离婚，然后和她举行婚礼，在那以前他也把她看做妻子，如同任何人的妻子一样，他要求他把这意思转达给他母亲和嫂嫂。

"社交界赞不赞成，我也不管，"弗龙斯基说，"但是假如我的亲属要同我保持亲属关系，他们就得和我的妻子保持同样的关系。"

这位哥哥一向是尊重他弟弟的见解的，在社交界还没有解决这问题之前，他自己也断不定他弟弟是对呢还是不对；但是在他自己这方面，他丝毫也不反对，于是他就同阿列克谢一道上楼去看安娜。

在他哥哥面前，像在任何人面前一样，弗龙斯基对安娜称呼您。对待她如同对待一个极其亲密的朋友一样；但是大家都明白，他哥哥知道他们真正的关系，于是他们谈到安娜要到弗龙斯基的田庄上去的事。

弗龙斯基尽管社会经验丰富，但由于他现在新的处境，他还是犯了一个可怕的错误。按说他应该明白社交界对于他和安娜是关闭了的；但是现在他脑子里产生了一些模糊的观念，以为那只是旧日的情形，至于现在，由于迅速的进步（他不知不觉地成了各种进步的拥护者了），舆论已经改变了，他们会不会被社交界接待，这个问题还难逆料。"当然，"他想，"她是不会再被宫廷社会接待的了，但是亲密的朋友们能够而且应当用正当的眼光来看这件事情。"

人可以用同一个姿势盘腿一连坐好几个钟头，要是他知道没有什么会阻止他改变姿势的话；但是假使人知道他必需盘腿这么继续坐下去，那么就会痉挛，腿就会开始抽搐，竭力想伸到他愿意伸去的地方。这就是弗龙斯基对于社交界所体验到的。虽然他心里明白社交界的门对他们是关闭了，他却要测验现在的社交界改变了没有，会不会接待他们。但是他不久就觉察出来，虽然社交界对他个人是开放的，但是对安娜却关闭了。正像猫捉老鼠的游戏，那举起来让他进去的胳臂，却立刻放下来拦住了安娜的路。

　　弗龙斯基最先遇到的彼得堡社交界的妇人是他的堂姐贝特西。

　　"到底回来了！"她快活地招呼他，"安娜呢？我多么高兴啊！你们住在什么地方？我可以想象得到，在你们愉快的旅行之后，你们会觉得我们的彼得堡有多么令人讨厌啊；我可以想象你们在罗马的蜜月。离婚的事怎样了？全办妥了吗？"

　　弗龙斯基注意到贝特西听到安娜还没有离婚的时候，她的热忱就冷下去了。

　　"我知道，人家会攻击我的，"她说，"但是我还是要来看安娜。是的，我一定要来。我想你们在这里不会久住吧？"

　　她真的当天就来看安娜；但是她的语调和以前完全不同了。她显然在炫耀她自己的勇敢，而且希望安娜珍视她的友情的忠实。她待了不过十分钟，谈了些社交界新闻，临走的时候说：

　　"你们还没有告诉我什么时候办理离婚呢？纵令我不管这些规矩，旁的古板的人却会冷淡你们，直到你们结婚为止。现在这简单极了。这是一件普通的事。[①]你们星期五走吗？很抱歉，我们不能再见面了。"

[①] 原文为法语。

从贝特西的语调，弗龙斯基就该明白他在社交界不得不遭到的冷遇；但是他对他自己的家庭又作了一番努力。对他的母亲他不存什么希望。他知道，他母亲，在她们最初认识的时候是那样喜欢安娜的，现在因为她破坏了她儿子的前程对她是冷酷无情的了。但是他对他嫂嫂瓦里娅寄予很大的希望。他想象她总不会攻击人，会爽快果断地去看安娜，而且在她自己家里接待她。

弗龙斯基在他到达的第二天去看她，发现她独自一个人在那里，就率直地表明了他的愿望。

"你知道，阿列克谢，"她听了他的话之后说，"我是多么欢喜你，我是多么愿意为你尽力，但是我却保持沉默，因为我明白我对你和安娜·阿尔卡季耶夫娜都无能为力，"她说，特别慎重地说出"安娜·阿尔卡季耶夫娜"这个名字，"请不要以为我在批评她。绝不是的！也许我处在她的地位也会这样做。我不要而且也不能详细说明，"她说，胆怯地瞥着他忧郁的面孔，"人只能就事论事。你要我去看她，请她到这里来，好恢复她在社交界的地位；但是要明白，我不能够这样做。我的女儿们也快长大了，而且为了我丈夫的缘故，我不得不在社交界生活。哦，就假定我去看安娜·阿尔卡季耶夫娜；她会了解我不能请她来这里的，就是请她来也要布置得使她不致遇到对这件事抱有不同看法的人；这样反而会使她生气。我不能够提高她的……"

"哦，我以为她并不比你们所接待的千百个妇人堕落！"弗龙斯基变得更加忧郁地打断了她的话，于是默默地站了起来，知道他嫂嫂的决心是不可动摇的了。

"阿列克谢！不要生我的气。你要了解这不能怪我。"瓦里娅开始说，带着胆怯的微笑望着他。

"我并不生你的气，"他仍然忧郁地说，"但是我感到加倍难过。

这样一来,我们的友谊会破裂。即使不是破裂,至少也会淡薄下去,这也是使我感到难过的。你明白,这对于我,也是没有别的办法。"

说了这话,他就离开了她。

弗龙斯基知道再努力也是徒劳的了,他们必须在彼得堡挨过这几天,就像在一个陌生的城市里一样,避免和他们以前出入的社交界发生任何关系,为的是不受到对于他是那么难堪的不快和屈辱。他在彼得堡的处境最不愉快的地方,就是阿列克谢·亚历山德罗维奇和他的名字似乎到处都会碰到。随便谈什么话,都不能不转到阿列克谢·亚历山德罗维奇身上去,随便到什么地方,都不能不冒着碰见他的危险。至少弗龙斯基是这样感觉的,正如一个指头痛的人,感觉得好像故意似的那痛指头老是碰在一切东西上面一样。

他们住在彼得堡对于弗龙斯基更痛苦的是,他看到安娜心中总是有一种他所不能理解的新的情绪。有时她似乎很爱他,而一会她又变得冷淡、易怒和不可捉摸了。她在为什么事苦恼着,有什么事隐瞒了他,而且似乎并没有注意到那毒害了他的生活的屈辱,那种屈辱,以她敏锐的感觉,在她一定是更痛苦的。

29

安娜回俄国的目的之一是看她儿子。从她离开意大利那天起,这个会面的念头就无时无刻不使她激动。她离彼得堡越近,这次会见的快乐和重要性在她的想象里就更增大了。她连想也没有想过怎样安排这次会见的问题。在她看来,和她儿子在一个城市里,她去看他是非常自然而简单的。但是一到彼得堡,她就突然清楚地看到她现在的社会地位,她了解到安排这次会见并不是容易的事。

她在彼得堡已经有两天了。要看她儿子的念头片刻都没有离开过她，但是她到现在还没有看到他。一直到家里去吧，在那里也许会遇见阿列克谢·亚历山德罗维奇，她觉得她没有权利这样做。她也许会遭到拒绝和侮辱。写信去和她丈夫联系吧——她一想起来都觉得痛苦：只有不想起她丈夫的时候她才能平静。打听她儿子什么时候出来，在什么地方散步，趁他散步的机会见他一面，在她是不满足的；她为这次会面作了那样久的准备，她有那么多的话要和他说，她是那么渴望着要拥抱他，吻他。谢廖沙的老保姆一定可以帮助她，教她怎样做。但是老保姆已经不在阿列克谢·亚历山德罗维奇家里了。一面犹疑不决，一面努力寻找保姆，两天的时间就这样过去了。

听到了阿列克谢·亚历山德罗维奇和利季娅·伊万诺夫伯爵夫人两人之间的亲密关系，安娜在第三天决定给她写一封信，那是煞费苦心的，在信里她故意说允不允许她见她的儿子，那就全仗她丈夫的宽大。她知道要是这封信给她丈夫见到，他会继续扮演他那宽宏大量的角色，不至于拒绝她的请求。

送信去的信差给她带回来最残酷、意想不到的回答，那就是没有回信。她唤了信差来，听到他详细叙述他怎样等待了一阵，后来又怎样有人告诉他没有回信，当她听到这个的时候，她从来没有感到像这样的屈辱。安娜感觉自己受了侮辱和伤害，但是她知道利季娅·伊万诺夫伯爵夫人从她自己的观点看来是对的。她的痛苦，因为得单独一个人忍受的缘故，就更加强烈了。她不能而且也不愿意使弗龙斯基分担这种痛苦。她知道，虽然他是她的不幸的主要原因，但她去看她儿子这个问题在他看来会是一件很不重要的事情，她知道他绝不可能了解她的痛苦之深，要是一提到这件事他露出冷淡的口气，那她就会恨起他来。而她惧怕这个，甚于世界上任何事情，所以凡是牵涉到她儿子的事情她都隐瞒住他。

她一整天在家里考虑着去看她儿子的方法,终于决定了写封信给她丈夫。她把信写好的时候,就接到利季娅·伊万诺夫娜的来信。伯爵夫人的沉默使她感到压抑,但是这封信,她在字里行间所读到的一切,却是这样激怒她,这种恶意和她对她儿子的热烈的、正当的爱比较起来是这样地令她反感,使得她愤恨起别人来,不再谴责自己了。

"这种冷酷——这种虚伪的感情!"她自言自语,"他们不过是要侮辱我,折磨我的小孩,而我一定得顺从吗?决不!她比我还要坏呢。我至少不说谎话。"于是她立刻决定在第二天,谢廖沙生日那天,她要直接上她丈夫家去,买通或是骗过仆人,但是无论如何要看到她儿子,要打破他们用来包围这不幸的小孩的可恶的欺骗。

她坐车到一家玩具店里买了玩具,想好了行动计划。她要在早上八点钟去,那时阿列克谢·亚历山德罗维奇一定还没有起身。她得在手头预备下给门房和仆人的钱,这样他们会让她进去。不揭开面纱,她就说她是从谢廖沙的教父那里来给他道贺的,并且说嘱咐了她把玩具放在他的床头。她只没有想好她要对她儿子说的话。她尽管想了又想,但是还是想不出什么来。

第二天早晨八点钟,安娜从一辆出租马车里走下来,在她从前的家的大门前按了铃。

"去看看什么事。是一位太太,"卡皮托内奇说,他还没有穿好衣服,就披着外套,拖着套鞋,向窗外一望,看见了一位戴着面纱的夫人站在门边。他的手下,安娜不认识的一个小伙子,刚替她打开门,她就进来了,在她的暖手筒里掏出一张三卢布的钞票,连忙放进他的手里。

"谢廖沙——谢尔盖·阿列克谢伊奇[①]。"她说,于是向前走去。

[①] 谢尔盖·阿列克谢伊奇,谢廖沙的本名和父名。

看了一下钞票，门房的手下在第二道玻璃门那里拦住了她。

"您找谁？"他问。

她没有听见他的话，没有回答。

注意到这位不认识的太太的狼狈神情，卡皮托内奇亲自向她走过来，让她进了门，问她有什么事。

"从斯科罗杜莫夫公爵那里来看谢尔盖·阿列克谢伊奇的。"她说。

"少爷还没有起来呢。"门房说，留神地打量着她。

安娜怎么也没有预料到这幢她住了九年的房子，丝毫没有改变的门厅的模样，会这样深深地打动了她。欢乐和痛苦的回忆接连涌上她的心头，她一刹那间竟忘了她是来做什么的了。

"请您等一等好吗？"卡皮托内奇说，帮着她脱下皮大衣。

脱下大衣之后，卡皮托内奇望了望她的脸，认出她来，于是默默地向她低低地鞠躬。

"请进，夫人。"他对她说。

她想说什么，但是她的嗓子发不出声音来；用羞愧恳求的眼光望了这老人一眼，她迈着轻快迅速的步子走上楼去。身子向前弯着，套鞋绊着梯级，卡皮托内奇在她后面跑，想要追过她去。

"教师在那里，说不定他还没有穿好衣服。我去通报一声。"

安娜继续踏上那熟悉的楼梯，没有听明白老人的话。

"请走这边，左边。弄得不干净，请原谅，少爷现在住到以前的客厅里去了。"门房说，喘着气。"请原谅，等一等，夫人，我去看看。"他说，于是追过她，他开了那扇高高的门，消失在里面了。安娜站住等着。"他刚醒呢。"门房走出来说。

就在门房说这话的时候，安娜听到一个小孩打呵欠的声音；单从这呵欠声，她就知道这是她儿子，而且仿佛已经看到他在眼前了。

"让我进去；你走吧！"她说，从那扇高高的门走进去。在门的右边摆着一张床，小孩坐在床上，他的睡衣没有扣上，把他的小身体向后弯着，他伸着懒腰，还在打呵欠。在他的嘴唇闭上的那一瞬间，嘴角上露出一种幸福的、睡意蒙眬的微笑，带着那微笑，他又慢慢地舒畅地躺下去了。

"谢廖沙！"她轻轻呼唤着，没有声息地走到他身边去。

在她和他分别的期间，在最近她对他感到汹涌的爱的时候，她总把他想象成四岁时的小孩，那是她最爱他的年龄。现在他甚至和她离开他的时候都不同了；他和四岁的小孩更不相同了，他长得更大，也更消瘦了。这是怎么回事？他的脸多么瘦！他的头发多么短啊！多长的胳臂啊！自从她离开他以后，他变得多么厉害啊！但是这仍然是他，他的头的姿势，他的嘴唇，他的柔软的脖颈和宽阔的肩膀。

"谢廖沙！"她凑在小孩耳边又唤着。

他又用臂肘支起身子，把他那乱发蓬松的头从这边转到那边，好像在寻找什么一样，他张开了眼睛。默默地询问般地，他对动也不动地站在他面前的母亲望了几秒钟，随即突然浮上幸福的微笑，又闭上他的睡意惺忪的眼睛，躺下去，没有往后仰，却倒在她的怀抱里。

"谢廖沙！我的乖孩子！"她说，艰难地呼吸着，用手臂抱住他那丰满的小身体。

"妈妈！"他说，在她的怀抱里扭动着，这样使他身体的各个部分都接触到她的手。

还是闭着眼睛，半睡半醒地微笑着，他把他胖胖的小手从床头伸向她的肩膊，依偎着她，用只有儿童才有的那种可爱的睡意的温暖和香气围绕着她，开始把他的脸在她的脖颈和肩膀上摩擦。

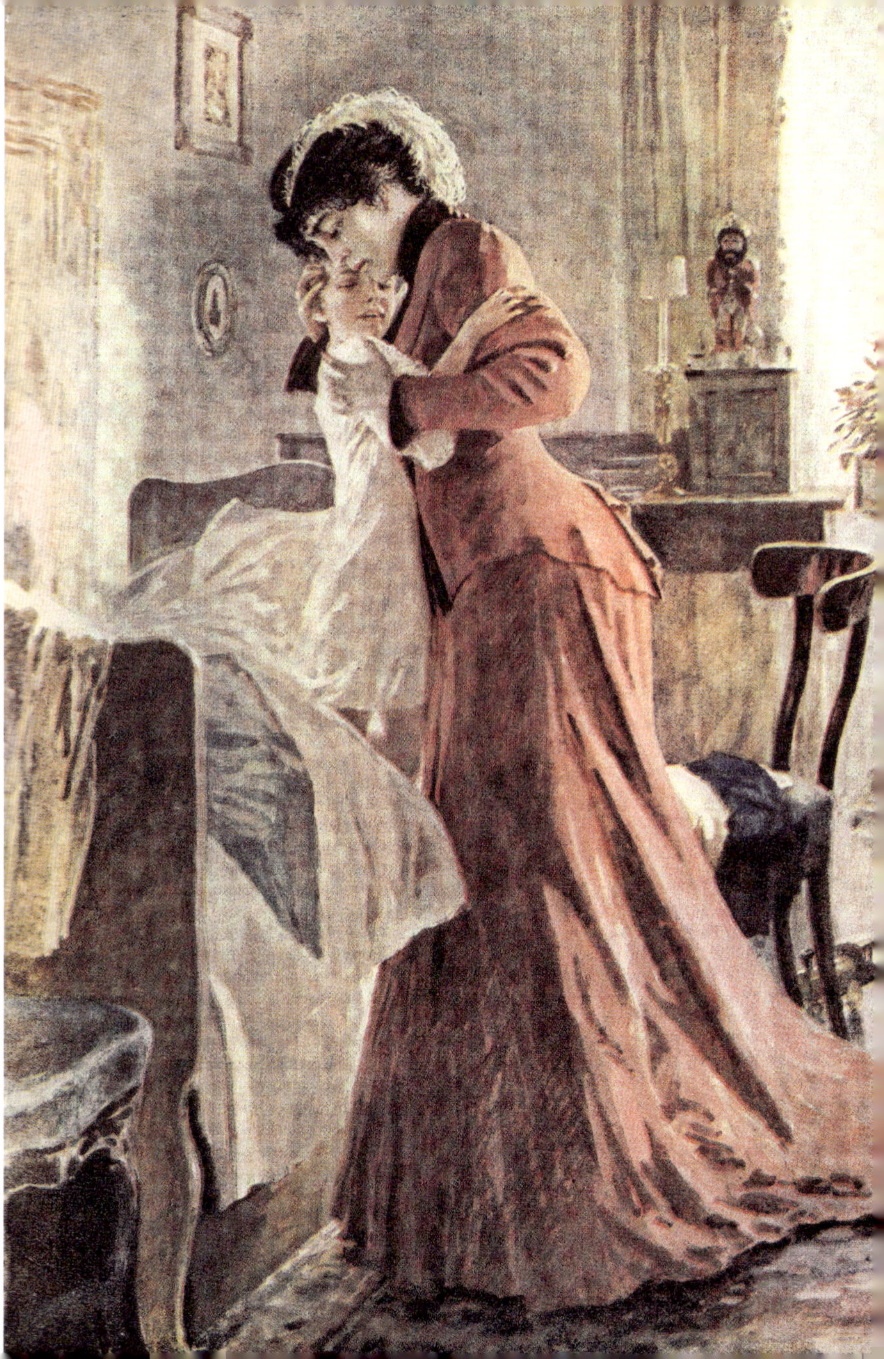

"我知道！"他说，张开眼睛了，"今天是我的生日。我知道你会来。我马上就起来。"

这么说着，他又睡着了。

安娜贪婪地望着他；她看到她不在的时候，他是怎样地长大，变化了。他那从毛毯下面伸出的、现在这么长的、裸露的两腿，他的消瘦的脸颊，他后脑上剪短了的鬈发——她常在那上面吻他的——这一切，她好像认得，又好像不认得。她抚摸着这一切，说不出一句话来；眼泪使她窒息了。

"你为什么哭，妈妈？"他说，完全醒来了。"妈妈，你为什么哭？"他用含泪的声音叫着。

"我不哭；我是欢喜得哭呢。我这么久没有看见你。我不，我不。"她说，咽下眼泪，把脸转过去。"哦，现在你该起来穿衣服了。"她沉默了一会恢复过来之后补充说；于是，没有放开他的手，她在他床边放着他衣服的椅子上坐下。

"我不在你怎么穿衣服的？怎么……"她极力想开始简单而又愉快地谈着，但是她做不到，于是她又扭过脸去。

"我不用冷水洗澡了，爸爸吩咐不准这样。你没有看见瓦西里·卢基奇吗？他马上会进来的。啊，你坐在我的衣服上啦！"说着，谢廖沙大笑起来。

她望着他，微笑了。

"妈妈，最最亲爱的！"他叫着，又扑到她身上，紧紧抱住她。好像直到现在，看见了她的微笑，他这才完全明白是怎么回事了。"我不要你戴这个。"他说，取下她的帽子。看见脱下了帽子的她，好像是新看见她一样，他又吻起她来。

"可是你怎样想我的呢？你没有想我死了吧？"

"我从来不相信。"

"你没有相信过,我的亲爱的?"

"我知道,我知道!"他重复他喜爱的一句话,于是抓住她正在抚摸他的头发的手,他把她的手心贴到嘴唇上,吻它。

30

同时,瓦西里·卢基奇开头不知道这位贵妇人是谁,听了他们的谈话方才明白这就是那位抛弃丈夫的母亲,她,他从来没有见过,因为他到这家来是在她出走以后,他迟疑着不知道进去好呢,还是不进去,要不要去报告阿列克谢·亚历山德罗维奇。最后考虑到,他的职务只是在一定的时间叫谢廖沙起来,所以在那里是谁,是母亲呢,还是旁的什么人,都不用他管,但是他得尽他的职责,这样一想,他就穿好衣服,向门那里走去,打开门。

但是母子的拥抱、他们的声音,以及他们所说的话,使他改变了主意。他摇摇头,叹了口气,把门关上。"我再等十分钟吧。"他自言自语,一边咳嗽着,一边揩着眼泪。

同时在仆人们中间起了剧烈的骚动。大家都听到他们的女主人来了,卡皮托内奇让她进来,她现在正在育儿室。但是主人照例九点钟要亲自到育儿室去的,大家都十分明白夫妻两人不能会面,他们应当防止这点才行。侍仆科尔涅伊走到门房去,问是谁以及怎样让她进来的,查问清楚了是卡皮托内奇让她进来,引她上去的,他就把那老头训斥了一顿。门房顽强地沉默着,但是当科尔涅伊对他说他应当被革职的时候,卡皮托内奇就跳到他面前去,对着科尔涅伊的脸挥动两手,开始大声说:

"是的,你自然不会让她进来啰!我在这里侍候了十年,除了仁慈什么都没有受过,你倒要跑上去说:'走吧,你滚吧!'啊,是的,你是一个狡猾的家伙,我敢说!你自己知道怎样去抢劫主人,怎样去偷窃皮大衣!"

"老兵!"科尔涅伊轻蔑地说,他随即转向走进来的保姆,"哦,你来评判一下吧,玛丽亚·叶菲莫夫娜:他不对任何人说一声就让她进来了,"科尔涅伊对她说,"阿列克谢·亚历山德罗维奇马上就要下来——到育儿室去!"

"糟糕!糟糕!"保姆说,"你,科尔涅伊·瓦西里耶维奇,你最好想办法把他拦一下,我说的是主人,我就跑去设法叫她走,真糟糕!"

当保姆走进育儿室的时候,谢廖沙正在告诉他母亲他和娜坚卡怎样坐着雪橇滑下山坡的时候摔了一跤,翻了三个筋斗。她听着他的声音,注视着他的脸和脸上表情的变化,抚摸着他的手,但是她却没有听明白他所说的话。她非走不可,她非离开他不可,——这就是她唯一想到和感到的事。她听到走到门边咳嗽着的瓦西里·卢基奇的脚步声,她也听到保姆走近的脚步声;但是她好像成了石头人一样地坐着,没有力量开口说话,也没有力量站起身来。

"太太,亲爱的!"保姆说,走上安娜跟前,吻她的手和肩膀。"上帝可真给我们孩子的生日带来了欢喜呢!您一点也没有变啊。"

"啊,亲爱的保姆,我不知道你在这房子里。"安娜说,暂时恢复了镇静。

"我不住在这里,我跟我的女儿住在一起,我是来祝贺他的生日的,安娜·阿尔卡季耶夫娜,亲爱的!"

保姆突然哭出来,又开始吻她的手。

谢廖沙两眼闪光,满脸带笑,一只手抓着他母亲,另一只手抓着保姆,用他那胖胖的赤着的小脚在绒毯上践踏着。他喜爱的保姆对他母亲所表示的亲热使他欢喜透了。

"妈妈！她常来看我，她来的时候……"他开始说，但是他停住了，注意到保姆正在低声对他母亲说什么，他母亲脸上显出惊惶和一种同她那么不相称的近似羞愧的神色。

她走到他面前去。

"我的亲爱的！"她说。

她不能够说再会，但是她面孔上的表情说了这话，而他也明白了。"亲爱的，亲爱的库迪克！"她唤着在他小时候她叫他的名字，"你不会忘记我吧？你……"但是她说不下去了。

以后她想起了多少要对他说的话啊！但是现在她却不知道怎样说好，而且什么话都说不出来。但是谢廖沙明白了她要对他说的一切。他明白她不幸，而且爱他。他甚至明白了保姆低声说的话。他听见了"照例在九点钟"这句话，他明白这是说他父亲，他父亲和母亲是不能够见面的。这个他了解，但是有一件事他却不能了解——为什么她脸上会有一种惊惶和羞愧的神色呢？……她没有过错，但是她害怕他，为了什么事羞愧。他真想问一个可以解除他疑惑的问题，但是他又不敢；他看出来她很痛苦，他为她难过。他默默地紧偎着她，低声说：

"不要走。他还不会来呢。"

母亲推开他，看他想过他所说的话没有；在他惊惶的脸上，她看出来他不但是说他父亲，而且好像在问她他对父亲该怎样看法。

"谢廖沙，我的亲爱的！"她说，"爱他；他比我好，比我仁慈，我对不起他。你大了的时候就会明白的。"

"再也没有比你好的人了！……"他含着泪绝望地叫着，于是，抓住她肩膀，他用全力把她紧紧抱住，他的手臂紧张得发抖了。

"我的亲爱的，我的小宝贝！"安娜说，她像他一样无力地孩子般地哭泣起来。

正在这时，门开了，瓦西里·卢基奇走进来。

在另一扇门那里也传来脚步声，保姆用惊慌的小声说："他来了。"于是把帽子递给安娜。

谢廖沙倒在床上，呜咽起来，双手掩着脸。安娜拉开他的手，又吻了吻他那濡湿的脸，就迈着迅速的步子向门口走去。阿列克谢·亚历山德罗维奇迎着她走过来。一看见她，他突然停住脚步，垂下头来。

虽然她刚才还说过他比她好，比她仁慈，但是在她匆匆地看了他一眼之后——那一眼把他整个的身姿连所有细微之点都看清楚了——对他的嫌恶和憎恨和为她儿子而起的嫉妒心情就占据了她的心。她迅速地放下面纱，加快步子，差不多跑一般地走出了房间。

她昨天怀着那样的爱和忧愁在玩具店选购来的一包玩具，她都没有来得及解开，就原封不动地带回来了。

31

虽然安娜热烈希望看见儿子，虽然她早就想到和准备这次会面，但是她却丝毫没有料到看见他会这样强烈地打动了她。回到旅馆寂寞的房间，她好久都不能够明白她为什么在那里。"是的，一切都完了，我又孤单单一个人了。"她自言自语，没有脱下帽子，在壁炉旁的安乐椅上坐下。眼睛紧盯着摆在窗前桌上的青铜时钟，她开始思想着。

从国外带来的法国使女走进来问她要不要换衣服。她惊讶地望着她，说：

"等一等。"

一个仆人给她端来了咖啡。

"等一等。"她说。

意大利乳母给小女孩打扮得漂漂亮亮的，抱了她走进来，把她交给安娜。这胖胖的、健康的小孩，一见她母亲，照例伸出她的小手——那手是这么胖，看上去好像手腕给线紧紧缠住了一样——手心向下，她那没有牙齿的嘴角上浮着微笑，她像鱼牵动浮子一样，开始把她的手在那绣花裙子的浆硬褶襞上动来动去，使那褶襞发出沙沙的声响。不笑，不去吻这婴儿，是不可能的；不伸出一只手指去让她抓住，让她欢叫和全身跳跃是不可能的；不把嘴唇凑过去让她用接吻的样子吮进她的小嘴里去是不可能的。这一切安娜都做了，抱住她，逗她跳跃，吻她那娇嫩的小脸颊和裸露的小手肘；但是一看到这个小孩，她就更加清楚地看到，她对她的感情和她对谢廖沙的感情比较起来，是说不上爱的。这小孩身上的一切都是可爱的，但是不知为什么，这一切都没有擒住她的心。在第一个虽然是她不爱的男子的孩子身上，却倾注了她从未得到满足的全部的爱；小女孩是在一个最痛苦的境况中诞生的，她对她的关心却还不及倾注在她第一个小孩身上的关心的百分之一。加以，在小女孩身上，一切还有待将来，而谢廖沙现在已经俨然是一个人，一个可以被疼爱的人了；在他心里有着思想和情感的冲突；他了解她，他爱她，他判断她，她回忆起他的话语和眼色这样想。现在她要永远——不仅是在肉体上而且是在精神上——和他分离，再也不能挽回了。

她把婴儿交给乳母，让她走了出去，于是打开里面藏着谢廖沙和这小女孩差不多年龄时的相片的项链上的小金盒。她站起身来，脱下帽子，从一张小桌上拿起一本照相簿，那里面夹着她儿子在不同年龄时拍摄的照片。她要比较一下，于是开始把它们从照相簿上抽下来。她把它们通通抽了出来，只有一张除外，那是最近的，也是最好的一张。在那张照片里，他穿了一件雪白的衬衫，骑在一把椅子上，皱着眉头，嘴角浮着微笑。这是他最好的、最有特色的表情。她用灵巧的小手，用今天特别紧张地动着的、又白又细的手指，抽照片的一角，抽了好几次，但是照片挂住了，她抽不出来。桌子上没有裁纸刀，于是她抽出和她儿子照片并排的一张照片（那是弗龙斯基在罗马拍摄的照片，戴着圆帽，蓄着长发），用它推出她儿子的照片。"啊，是他呢！"她说，瞥着弗龙斯基的照片，于是她突然记起了他就是她现在不幸的原因。整个早晨她竟连一次也没有想到他。但是现在，当她看到这在她是那么熟悉和亲爱的、堂堂仪表的脸，她对他感到了一阵突如其来的汹涌的爱情。

"但是他在哪里呢？他怎么能把我一个人抛在痛苦中呢？"她想，突然带着一种谴责心情这样想着，竟忘了凡是牵涉到她儿子的事情是她自己要隐瞒住他的。她差人请他立刻来她这里；怀着一颗颤动的心，她等待着他，想着她要把一切都告诉他的那些话、和他安慰她的那种爱的表情。仆人带来的回音是他正和一位客人在一起，但是他马上会来的，而且他还问她允不允许他带了刚到彼得堡的亚什温公爵一同来。"他不一个人来，而且自从昨天午饭后他就没有见到我，"她想，"他不是一个人，使我可以把一切都告诉他，却是同亚什温一道来。"于是突然她的心起了一个奇怪的念头：要是他不再爱她了怎么办呢？

回想着最近几天来所发生的事情，她感到好像在一切事情上她都看到了证实这可怕念头的凭据：他昨天没有在家吃饭，他坚持在彼得堡要分房居住，甚至现在他不单独一个人来她这里，好像他是避免和她单独见面似的。

"但是他应该告诉我。我应该知道。要是我知道了，那我就知道我该怎样办了。"她自言自语，简直不能想象要是他的冷淡得到证实，她将会陷入怎样的处境。她想象着他已不再爱她，她觉得濒于绝望，因而她感到格外激动。她按铃叫了她的使女，然后走进化妆室去。当她梳妆的时候,她比过去所有的日子更注意她的装饰,好像要是他不再爱她,也许会因为她的服装和她的发式都恰到好处又爱上她。

她还没有准备停当就听到了铃声。

当她走进客厅的时候,同她的目光相遇的不是他却是亚什温。弗龙斯基在看她遗忘在桌上的她儿子的照片,而且他并不急急地回过头来看她。

"我们认识的,"她说,把她的小手放在不好意思的亚什温的巨大的手里,他的羞涩和他那魁梧的身躯以及粗鲁的面孔是那么不相称,"我们在去年赛马的时候认识的。给我吧。"她说,用敏捷的动作把弗龙斯基正在看的她儿子的照片从他手里抢了过来,用她那闪烁的眼睛意味深长地瞥了他一眼。"今年赛马好吗?我倒在罗马的科尔苏看过赛马。但是您是不喜欢国外生活的,"她带着亲切的微笑说,"我知道您和您的一切趣味,虽然我和您很少见面。"

"这叫我惭愧极了,因为我的趣味多半是不好的。"亚什温说,咬着他左边的髭须。

谈了一会之后,注意到弗龙斯基看了看表,亚什温问她是不是在彼得堡还要住些时候,就伸直他那魁伟的身体去取他的帽子。

"不会很久吧,我想。"她踌躇地说,瞥了瞥弗龙斯基。

"那么我们也许不能再见了?"亚什温立起身来说;随即转向弗龙斯基,他问:"你在什么地方吃饭?"

"常来和我们一同吃饭吧,"安娜决断地说,好像为了自己的狼狈而生自己的气似的,但是正像她每次在生人面前表明自己地位的时候所常有的情形一样,她涨红了脸,"这里的饭并不好,不过至少你们可以见面。在他联队的所有老朋友中,阿列克谢顶欢喜您了。"

"荣幸得很。"亚什温带着微笑说,从这微笑,弗龙斯基看出来他是很喜欢安娜的。

亚什温告别走了;弗龙斯基留在他后面。

"你也走吗?"她对他说。

"我已经迟了呢,"他回答,"快走吧!我一会就追上你了!"他向亚什温叫着。

她拉住他的手,紧盯着他,一面搜索着可以留住他的口实。

"等一等,我有句话要对你说,"于是拉住他那宽大的手,把它紧紧压在她的脖颈上,"啊,我邀他来吃饭是对的吗?"

"你做得很对。"他说,带着镇静的微笑,露出他那平整的牙齿,他吻了吻她的手。

"阿列克谢,你对我没有变吗?"她说,把他的手紧紧握在她的两手里,"阿列克谢,我在这里很难受!我们什么时候走呢?"

"快了,快了。你不会相信,我们在这里过的生活对我也是多么痛苦啊。"他说着,抽开了他的手。

"啊,走吧,走吧!"她带着被触怒的声调说,迅速地从他身边走开。

32

当弗龙斯基回到家的时候,安娜还没有回来。他走后不久,据他们告诉他说,有一位太太来看她,她就同她一道出去了。她出去没有留下话说她到什么地方去,到现在还没有回来,而且整个早晨她到什么地方去也没有对他提起——这一切,再加上看到她早晨那奇怪的兴奋的脸色,想起她在亚什温面前几乎抢似的从他手里夺去她儿子的照片时那种含着敌意的神情,使他沉思起来。他下决心一定要对她说明白。于是他就在客厅里等她。但是安娜并不是单独一个人回来的,却带来了她没有出嫁的老姑母奥布隆斯基公爵小姐。这就是早晨来过的那位太太,安娜是同她一道出去买东西的。安娜似乎并没有注意到弗龙斯基忧虑和惊讶的表情,开始快活地对他说她早晨买了什么东西。他看出她心里发生了什么不寻常的变化:当她的目光落在他身上的时候,在她闪烁的眼睛里有一种紧张注意的神色;在她的言语和动作里有那种神经质的敏捷和优美,那在他们接近的初期曾经那么迷惑过他,而现在却使他激怒和惊恐了。

开了四个人的饭。大家已经聚拢,正要走进小餐室去的时候,图什克维奇带了贝特西公爵夫人给安娜的口信到来了。贝特西公爵夫人说她不能来送行,请她原谅;她身体略感不适,可是请安娜在六点半至九点钟之间到她那里去。弗龙斯基听到这种时间的限制——那分明是为了使她不至于遇见什么人而定下的——就瞥了安娜一眼;但是安娜却似乎没有注意到的样子。

"很抱歉,我在六点半到九点钟之内恰恰有事不能来。"她带着微微的笑意说。

"公爵夫人一定会很难过呢。"

"我也是。"

"你大概要去听帕蒂①的戏吧?"图什克维奇说。

"帕蒂?你给我出了一个好主意。假使还定得到包厢的话我一定去。"

"我可以定到一个。"图什克维奇自告奋勇。

"这样我真要非常非常感谢你呢,"安娜说,"可是您不和我们一道吃饭吗?"

弗龙斯基几乎觉察不出地耸了耸肩。他简直不明白安娜的用意

---

① 帕蒂(1840—1889),意大利歌星,于一八七二至一八七五年在俄国演出。

了。她为什么把这位老公爵小姐带到家里来,她为什么留图什克维奇吃饭,而最叫人惊讶的,她为什么要差他去定包厢呢?以她现在的处境,居然要去看帕蒂的歌剧,她明明知道在那里她会遇见社交界所有的熟人,这能够想象吗?他用严肃的眼光望着她,但是她却以那挑战的、又似快乐、又似绝望的、使他莫名其妙的眼光来回答。吃饭的时候,安娜挑衅似的快活,看上去简直好像是在和图什克维奇和亚什温卖弄风情。当他们吃完饭站起身来,图什克维奇去定包厢,亚什温走出去抽烟,弗龙斯基就同着他走到楼下他自己的房里去。在那里坐了一会之后,他又跑上楼来。安娜已经穿上了她在巴黎定制的低领口天鹅绒镶边的淡色绸衣服,头上饰着贵重的雪白的饰带,围住她的脸,特别相称地显示出她那令人目眩的美丽。

"您真的要上剧场去吗?"他说,竭力不望着她。

"您为什么那么吃惊地问?"她说,因为他没有望着她而又伤心起来,"为什么我不能去?"

她好像没有听明白他的话的意思。

"自然并没有什么理由。"他皱着眉头说。

"这也就是我要说的。"她说,故意不睬他那种讥讽的调子,平静地卷起她那长长的发出香气的手套。

"安娜,看在上帝的面上!您是怎么回事?"他说,竭力提醒她,正如她丈夫曾经做过的一样。

"我不明白您问的是什么。"

"您要知道您是决不能去的!"

"为什么?我并不是一个人去。瓦尔瓦拉公爵小姐穿衣服去了,她和我一同去。"

他带着困惑和绝望的神情耸了耸肩。

"可是您难道不知道吗?……"他开口说。

"但是我不想知道！"她差不多叫起来，"我不想。我后悔我所做的事吗？不，不，不！假使一切再从头来，也还是会一样的。对我们，对我和您，只有一件事要紧，那就是我们彼此相爱还是不相爱。我们没有别的顾虑。为什么我们在这里要分开住，彼此不见面呢？为什么我不能去？我爱你，其他的一切我都不管，"她用俄语说，望着他的时候，她的眼睛里闪烁着一种他所不能理解的特别的光辉，"只要你对我没有变心的话！为什么你不望着我？"

他望着她。他看见了她的容颜和那对她总是那么合身的服装的全部美丽。但是现在她的美丽和优雅正是使他激怒的东西。

"我的感情不可能变，您知道的；但是我求您不要去！我恳求您！"他又用法语说，在他的声音里有一种柔和的恳求的调子，但是他的眼睛里却带着冷淡的神情。

她没有听见他的话，但是她看出来他冷淡的眼色，于是愤怒地回答：

"我请您说明我不能去的理由。"

"因为那会使你……"他踌躇着。

"我什么也不明白。亚什温并不是不可为伍的人[①]，瓦尔瓦拉公爵小姐也并不比别人坏。啊，她来了！"

33

弗龙斯基因为安娜故意不肯理解她自己的处境，第一次对她感到一种近乎怨恨的恼怒心情。这种心情由于他不能向她说明他恼怒的原因而加剧了。假如他直率地把他所想的告诉她，他准会这样说：

[①] 原文为法语。

"穿着这种衣服,同着大家都熟识的公爵小姐在剧场露面,这不但等于承认自己的堕落女人的地位,而且等于向社交界挑战,那就是说,永远和它决裂。"

他不能够对她说这话。"可是她怎么会不了解这点,她心里在发生什么变化呢?"他心中暗暗地说。他感到他对她的尊敬减少了,而同时意识到她的美的感觉却加强了。

他皱着眉头回到他的房间,在那把长腿伸在椅子上、正在喝白兰地和矿泉水的亚什温身旁坐下,他吩咐仆人给他也拿一份来。

"你刚才谈起兰科夫斯基的'力士',那真是一匹好马,我劝你买了它,"亚什温说,瞥了一眼他的同僚忧郁的脸色,"它的臀部下垂,可是腿和头——简直是不能再好了。"

"我也想买它。"弗龙斯基回答。

谈论马的话引起了他的兴趣,但是他一刻也没有忘记安娜,不由自主地倾听着走廊里的脚步声,望着壁炉上的时钟。

"安娜·阿尔卡季耶夫娜叫我来说她上戏院去了。"仆人报告。

亚什温又把一杯白兰地倒进起泡的水里,喝了,随后站起来,扣上他的上衣纽扣。

"哦,我们去吧。"他说,他的髭须下面隐约露出微笑,由这微笑就表示出他了解弗龙斯基忧愁的原因,却并不重视它。

"我不去。"弗龙斯基忧郁地回答。

"哦,我一定得去,我和人约好了。那么,再见!要不然你就到花厅来;你可以坐克拉辛斯基的座位。"亚什温临出门的时候补充说。

"不,我有事情。"

"妻子是累赘,假如她不是妻子的话,那就更麻烦了。"亚什温走出旅馆的时候想。

弗龙斯基只剩下一个人的时候站起来,开始在房间里来回踱着。

"今天演什么？是第四天的演出了……叶戈尔夫妇一定在那里，我母亲多半也在。这就是说，全彼得堡都在那里了。现在她进去了，脱下斗篷，走到灯光下。图什克维奇、亚什温、瓦尔瓦拉公爵小姐……"他想象着，"我怎么啦？害怕了，还是把保护她的权利交给了图什克维奇？无论从哪方面看，这都是愚蠢，愚蠢呀！……她为什么要把我放在这样的一种境地呢？"他挥着手说。

由于这动作，他碰了摆着矿泉水和白兰地酒瓶的小桌子，差一点把它打翻了。他想要扶住它，却把它弄倒了，于是愤怒地踢翻桌子，按了按铃。

"要是你愿意服侍我的话，"他对走进来的近侍说，"那你就记住你的职务。这样子不行。你应该收拾干净。"

近侍感到自己并没有过错，本想替自己辩解的，但是望了主人一眼，从他的脸色看出唯一的办法只有沉默，于是连忙弯下腰，跪在地毯上，开始把完整的和破碎的杯子和瓶子收拾起来。

"这不是你的职务；叫服务员来收拾吧，你去把我的燕尾服拿出来。"

弗龙斯基在八点半走进剧场。表演正演到精彩的地方。伺候包厢的老头替弗龙斯基脱下皮大衣，认出了他，叫他"大人"，并且建议说他不必领取衣证，要的时候叫费奥多尔就行。在灯火辉煌的走廊里面，除了伺候包厢的人和两个手臂上搭着皮大衣、站在门外听的听差以外再没有一个人了。从关得不紧的门里传来了乐队的小心的断奏的伴奏声，和一个发音清晰的女子的声音。门打开来，让包厢那个服务员溜进去，那句快近结尾的歌词就清楚地传进了弗龙斯基的耳朵。但是门立刻又关上了，弗龙斯基没有听到那句歌词的结尾和伴奏的尾声，但是从门里面雷动的掌声知道这支曲子已经完了。

当他走进那给枝形吊灯和青铜煤气灯照得通明的大厅的时候，闹声还继续着。舞台上的女歌星，裸露的肩膀和钻石闪烁着，鞠着躬，微笑着，由拉住她的手的男高音帮助，拾起被人散乱地抛掷在脚灯之间的花束；随后，她走近一个头发光滑油亮从当中分开的绅士，他正把长胳臂伸到脚灯那边去，把一件什么东西递给她，花厅和包厢里面的观众一齐骚动起来，身体向前探着，拍手喝彩。坐在高椅上的乐队长帮着把花束递过去，整理了他雪白的领带。弗龙斯基走进正厅中央，站住了，开始向周围观望。那天他比任何时候都更不注意那司空见惯的周围环境：舞台，喧闹和在挤得水泄不通的剧场里所有熟悉、无味的五光十色的观众。

在包厢里，照例是那些夫人，她们后面是那些士官；照例是那些奇装艳服的女人，天知道她们是谁，还有那穿军服和大礼服的人们；在顶高层的楼厅里面，是那些龌龊的群众；在所有的观众里面，在包厢和前排里面，只有约莫四十个体面的男女，于是弗龙斯基立刻把注意力转向这块沙漠中的绿洲，他立刻和他们打起招呼来。

他走进来的时候，一幕刚演完，因此他没有走到他哥哥的包厢去，却先走上正厅的前排，停在脚灯旁边和谢尔普霍夫斯科伊并排站住，谢尔普霍夫斯科伊正弯起膝盖，用靴跟轻叩着脚灯，远远地看见他，就微笑着把他招呼过来。

弗龙斯基还没有看见安娜，他有心避免朝她那方向望。但是他从人们目光注视的方向知道了她所在的地方。他不露形迹地向周围望望，可是并不在寻找她；他预期着最坏的情形，他的眼光搜寻着阿列克谢·亚历山德罗维奇。幸好阿列克谢·亚历山德罗维奇那晚上没有到剧场来。

"你多么不像军人了啊！"谢尔普霍夫斯科伊对他说，"倒像一个外交官，或是一个艺术家什么的了。"

"是的，我一回了家，就穿上黑礼服了。"弗龙斯基回答，微笑着，慢慢拿出望远镜来。

"哦，在这点上，实在说，我很羡慕你。当我从国外回来，穿上这身衣服的时候，"他摸摸他的肩章，"我真惋惜失去了自由。"

谢尔普霍夫斯科伊对弗龙斯基的前程早已不存希望，但是他还是和从前一样喜欢他，现在对他特别亲切。

"你没有赶上看第一幕，真可惜了！"

弗龙斯基用一只耳朵听着，先把望远镜瞄准一层厢座，然后又仔细打量着包厢。在一个戴着头巾的夫人和一个在瞄准他的望远镜中愤怒地眨着眼睛的秃头老人旁边，弗龙斯基突然看到了高傲的、美貌惊人的、在饰带的映衬中微笑着的安娜的头。她坐在第五号包厢，离他有二十步远。她坐在前面，略略回过身来，在对亚什温说什么话。安放在她那美丽的宽肩上的头的姿势，她那含着竭力压抑着的兴奋光辉的眼睛和她的整个面孔，使他回忆起他在莫斯科舞会上看见她时的风姿。但是现在她的美丽却引起了他完全不同的感觉。在他对她的感情中，现在再也没有什么神秘的成分，因此她的美丽虽然比以前更强烈地吸引他，同时却也使他感到不快。她没有朝他那方向望，但是弗龙斯基感觉到她已经看见他了。

当弗龙斯基又把望远镜转向那个方向的时候，他看到瓦尔瓦拉公爵小姐满脸通红，不自然地笑着，尽回过头来望着隔壁的包厢；安娜折拢她的扇子，拿它在红色天鹅绒的包厢边上轻轻叩着，凝视着什么地方，没有看，而且也显然不愿看隔壁包厢里发生的事。亚什温的脸上带着他打牌输了钱的时候那样的表情。他皱着眉头，把左边的髭须越来越深地塞进嘴里去，斜着眼望着隔壁的包厢。

在左边那间包厢里是卡尔塔索夫夫妇。弗龙斯基认识他们，而且知道安娜和他们也认识。卡尔塔索夫夫人，一个瘦小的女人，站在她的包厢里,背对着安娜,正在披上她丈夫递给她的斗篷。她脸色苍白,满脸怒容,正在激动地说什么。卡尔塔索夫,一个胖胖秃头的人,不断地回过头来看安娜,一面竭力劝慰他妻子。当妻子走出去的时候,丈夫迟疑了好久,竭力寻找着安娜的目光,显然想向她鞠躬。但是安娜分明是故意不理睬他,扭过头去,只顾和亚什温谈话,他的剪短了头发的头俯向她。卡尔塔索夫没有鞠躬就走了出去,包厢空下来了。

弗龙斯基不明白卡尔塔索夫夫妇和安娜之间到底发生了什么事,但是他看出一定发生了一件令安娜感到屈辱的事。他从他所看见的情形,特别是从安娜的脸色看出这点来,他可以看出,她正竭尽一切力量来支撑她所担任的角色。在保持外表的平静态度这一点上,她是完全成功的。凡是不认识她和她那一圈人的人,凡是没有听到那些妇女因为她要在社交界露面,并且以她的头饰和美貌来招摇而发出怜悯、愤慨和惊讶的人,一定会叹赏这个女人的娴静和美丽,决不会猜想到她感觉得好像带枷示众的人一样。

知道发生了什么事,却不知道到底是什么事,弗龙斯基感到一种痛苦的不安,希望探听一点消息,他向他哥哥的包厢走去。故意躲着安娜对面的包厢,他走出去,碰见正在和两个熟人说话的他从前的联队长。弗龙斯基听见他们提到卡列宁夫人的名字,而且注意到联队长怎么向说话的人们意味深长地望了一眼,连忙大声叫着弗龙斯基的名字。

"噢,弗龙斯基!你什么时候到联队来呢?我们不能连饭都不请你吃一顿就让你走了。你是我们的老伙伴呀!"联队长说。

"我恐怕没有时间了,真是抱歉得很!下次吧。"弗龙斯基说,随即跑到楼上他哥哥的包厢去。

弗龙斯基的母亲,满头灰白鬈发的老伯爵夫人,坐在他哥哥的包厢里。瓦里娅和索罗金公爵小姐在走廊上遇见了他。

把索罗金公爵小姐送回到母亲那里,瓦里娅把手伸给她的小叔子,立刻开始说起他所关心的事情。他很少看见她这么激动过。

"我觉得这是很卑鄙,很可恶的,卡尔塔索夫夫人没有权利这样做!卡列宁夫人……"她开口说。

"但是怎么回事?我简直不知道。"

"什么,你没有听到吗?"

"你知道我应该是最后听到的人。"

"再也没有比卡尔塔索夫夫人更狠毒的人了!"

"但是她做了什么事?"

"我丈夫告诉我……她侮辱了卡列宁夫人。她丈夫开始隔着包厢和她说话,卡尔塔索夫夫人就闹起来。据说,她大声说了句什么侮辱的话,就走了。"

"伯爵,你妈妈叫你呢。"索罗金公爵小姐从包厢的门里望着外面说。

"我一直在等你,"他的母亲讥讽地微笑着说,"却始终看不到你。"

她儿子看到,她忍不住高兴地笑起来。

"晚安,妈妈。我到你这里来了。"他冷淡地说。

"你为什么不去向卡列宁夫人讨好[1]?"当索罗金公爵小姐走开的时候,她继续说,"她闹得满城风雨。人们为了她的缘故把帕蒂都忘了。[2]"

"妈妈,我要求过你不要对我提这件事。"他回答,皱着眉。

"我只是说大家都在说的话罢了。"

[1][2] 原文为法语。

弗龙斯基没有回答，对索罗金公爵小姐说了一两句话以后，他就走了。在门口，他遇见了他哥哥。

"噢，阿列克谢！"他哥哥说，"多讨厌啊！一个蠢女人，再没有别的了……我正要到她那里去。我们一道去吧。"

弗龙斯基没有听他的话。他迈着迅速的步子走下楼去：他觉得他应该有所举动，但是他不知道什么举动。由于她把她自己和他置于这样难堪的境地而起的愤怒，加上由于她的痛苦而起的怜悯，扰乱了他的心。他走下正厅，笔直向安娜的包厢走去。斯特列莫夫正站在她的包厢旁边和她谈话。

"再没有更好的男高音了。后继无人了！[①]"

弗龙斯基向她鞠躬，并且站住和斯特列莫夫招呼。

"您来迟了，我想，错过了最优美的歌曲。"安娜对弗龙斯基说，他感到她好像在讥讽地瞟了他一眼。

"我对于音乐是外行。"他说，严厉地望着她。

"像亚什温公爵一样。"她微笑着说，"他以为帕蒂唱得声音太高了。"

"谢谢您！"她说，她那带着长手套的小手接了弗龙斯基拾起来的节目单，突然在那一瞬间她的美丽的脸战栗了。她立起身来，走到包厢后面去。

注意到第二幕开始的时候她的包厢空了，弗龙斯基在独唱进行的当中引起了正在静听的观众"嘘！嘘！"声，走出了剧场，坐车回家了。

安娜已经到了家。弗龙斯基上她那里去的时候，她还穿着她到剧场去的那身衣服独自待着。她坐在墙边第一把安乐椅上，直视着

[①] 原文为法语。

前方。她望了望他,立刻恢复了她原来的姿势。

"安娜!"他说。

"一切都是你的过错,你的过错!"她叫着,声音里含着绝望和怨恨的眼泪,于是站起身来。

"我请求过,恳求过你不要去;我知道你去了一定会不愉快的……"

"不愉快!"她叫,"简直可怕呀!我只要活着,我永远也不会忘记的。她说坐在我旁边是耻辱。"

"一个蠢女人的话罢了。"他说,"但是为什么要冒这个险,为什么要去惹事呢?……"

"我恨你的镇静。你不应当使我弄到这个地步的。假如你爱我……"

"安娜!为什么要扯到我的爱情问题上面去……"

"啊,假如你爱我,像我爱你一样,假如你和我一样痛苦……"她说,带着惊恐的表情望着他。

他为她难过,但仍然生气了。他向她保证他爱她,因为他看到现在这是安慰她唯一的方法,于是他没有用言语责备她,但是却在心里责备她。

在他看来是这样庸俗,以致他羞于说出口的爱的保证,她吸了进去,逐渐安静下来了。第二天,完全和解了,他们就动身到乡下去。

第六部

1

达里娅·亚历山德罗夫娜带着孩子们在波克罗夫斯科耶她妹妹基蒂·列文家避暑。她自己田庄上的房子完全坍塌了,列文和他妻子说服了她来和他们一道过夏。斯捷潘·阿尔卡季奇非常赞成这种安排。他说可惜他因事务缠身,不能和他的家庭一道来乡下避暑,如果能那样,那对于他真是莫大的快乐了;因此他留在莫斯科,只是偶尔到乡下来一两天。除了奥布隆斯基一家连他们所有的小孩和家庭女教师以外,今年到列文家作客的还有:老公爵夫人,她认为来照顾处于这种状态[①]中无经验的女儿是自己的责任;此外,基蒂在国外交的朋友瓦莲卡,她实践了在基蒂结婚之后来看她的诺言,也到她朋友这里来作客了。所有这些人都是列文妻子的亲戚朋友。虽然他喜欢他们所有的人,但是他自己的列文世界和秩序被他所谓的这种"谢尔巴茨基分子"的流入所淹没了,他总不免有些惋惜。在他自己的亲属中,那年夏天住到他这里来的只有谢尔盖·伊万诺维奇,但是他也是科兹内舍夫型的人,而不是列文型的人,这样一来,列文精神就完全湮没了。

在久不住人的列文的房子里,现在竟有了这么多人,差不多所有的房间都住满了,而且差不多每天老公爵夫人在坐下吃饭的时候都要数一数人数,如果恰巧是十三个人[②],她就要叫一个外孙或外

---

① 指怀孕。
② 西俗认为十三是不吉利的数字。

孙女到另外的桌上去吃。细心料理家务的基蒂为了采办鸡、火鸡和鸭子煞费了苦心,因为客人和小孩在夏天胃口好,需要吃得很多。

全家人都坐上了餐桌。多莉的孩子们,同家庭女教师们和瓦莲卡在计划着到什么地方去采鲜蘑。谢尔盖·伊万诺维奇,以他的聪明和学识博得了全体客人几乎近于崇拜的尊敬,也和大家一起谈论起蘑菇,使大家都惊讶了。

"也带我一同去吧。我非常喜欢采蘑菇哩,"他说,望着瓦莲卡,"我认为这是一桩很好的事哩。"

"啊,我们高兴得很!"瓦莲卡说,微微涨红着脸。基蒂和多莉交换着意味深长的眼色。博学聪明的谢尔盖·伊万诺维奇要和瓦莲卡一道去采蘑菇的提议,证实了最近萦绕在基蒂心头的某种猜想。她连忙向她母亲说了句什么话,这样使她的眼色不致被人注意到。饭后,谢尔盖·伊万诺维奇手里端着一杯咖啡,在客厅里的窗旁坐下,他一面和他弟弟继续已经谈起的话题,一面望着孩子们出发采蘑菇必然经过的门户。列文坐在窗槛上他哥哥的旁边。

基蒂站在她丈夫身旁,显然在等待这场她丝毫不感觉兴趣的谈话终结,为的是要对他说句什么话。

"你结婚以后好多方面都变了,而且是变好了,"谢尔盖·伊万诺维奇说,向基蒂微笑着,对于这场谈话似乎也不怎么感兴趣,"但是你那种好发怪论的脾气却仍然没有改变。"

"卡佳,你站着不好呢。"她丈夫说,给她搬过来一把椅子,意味深长地向她望着。

"啊,现在也没有时间了。"谢尔盖·伊万诺维奇看见孩子们跑出来了,补充说。

在大家前头,塔尼娅穿着绷紧的长统袜,斜着身子奔跑着,挥舞着篮子和谢尔盖·伊万诺维奇的帽子,她一直向他跑来。

大胆地跑到谢尔盖·伊万诺维奇面前,她那酷似她父亲的美丽的眼睛闪烁着,她把他的帽子递给他,做出要替他戴上的姿势,用她那羞涩的优美微笑来冲淡她的放纵行为。

"瓦莲卡在等着哩。"她说,小心地替他戴上帽子,从谢尔盖·伊万诺维奇的微笑看出来她可以这样做。

瓦莲卡穿上黄色印花布连衣裙,头上包着雪白的头巾,正站在门口。

"我就来,我就来了,瓦尔瓦拉·安德列耶夫娜①。"谢尔盖·伊万诺维奇说,喝完了咖啡,把手帕和烟盒分放在口袋里。

"我的瓦莲卡多迷人啊!呃?"谢尔盖·伊万诺维奇刚站起身来,基蒂就对她丈夫说。她说得使谢尔盖·伊万诺维奇听得见,她显然是有心要使他听见的。"她多美呵,那么一种高尚的美!瓦莲卡!"基蒂叫着,"你们会去水车场的小林子里吗?我们会来找你哩。"

"你完全忘了你的身体,基蒂!"老公爵夫人急忙走到门边说,"你不能像这样子叫啊。"

瓦莲卡,听到基蒂的声音和她母亲的责备,就迈着轻快迅速的步子跑到基蒂面前来。她的动作的灵活,弥漫在她那生气勃勃的脸上的红晕,一切都泄露出在她心里正起着不平常的变化。基蒂知道那不平常的事是什么,尽在留神地注视着她。她现在叫瓦莲卡,不过是为了那在基蒂想来今天饭后一定会在森林里发生的重大事情而在心中给她祝福罢了。

"瓦莲卡,假使有某种事情要发生的话,我一定会快活得很哩。"她一面吻她,一面低声说。

"您和我们一同去吗?"瓦莲卡慌乱地对列文说,装着没有听见

---

① 瓦尔瓦拉·安德列耶夫娜,瓦莲卡的本名和父名。

基蒂说的话。

"我要去的,可是只到打谷场就停下来。"

"哦,你到那里去有什么事?"基蒂说。

"我去察看一下新买来的货车,查一查货单,"列文说,"那么你去什么地方呢?"

"凉台上。"

2

所有的女人都聚集在凉台上。她们总喜欢在午饭后坐在那里,但是那天她们在那里还有别的事。除了大家在忙着缝婴儿贴身衣和编织束襁褓的带子,那天下午在凉台上还用在阿加菲娅·米哈伊洛夫娜看来是新的方法,不加水煮制果酱。基蒂把她娘家用过的新方法采取过来。一向受委托来担任煮制果酱工作的阿加菲娅·米哈伊洛夫娜认为列文家所用的方法是不会错的,仍旧把水渗进了草莓里,坚持说非这样做不行。她做这事给人察觉了,现在当着大家的面在煮果酱,就是要确凿地证明给她看,不加水也可以制好果酱。

阿加菲娅·米哈伊洛夫娜,满脸通红,怒容满面,头发蓬乱,瘦削的手臂露到肘节,正在炭炉上转动煮果酱的锅子,阴沉地望着草莓,满心希望着它们会凝结,煮不好。公爵夫人觉察出阿加菲娅·米哈伊洛夫娜的愤怒是对她而发的,因为她是煮草莓果酱的主要顾问,就竭力装出她在想别的事情,对于果酱毫不感兴趣的样子,她谈着别的事,却斜着眼朝火炉偷偷地望着。

"我老是亲自去替我的使女买便宜料子的衣服。"公爵夫人说,继续着刚才的谈话。"现在是不是该撇去浮沫了,亲爱的?"她向阿加菲娅·米哈伊洛夫娜补充说。"完全用不着你亲自去做呀,而且热得很呢。"她说,阻止着基蒂。

"我去做吧。"多莉说,于是立起身来,她小心地把勺子在起泡的糖液上面撇过,不时地把勺子在一只布满了黄红色浮沫和血红色糖浆的碟子上面敲着,把粘在勺上的东西敲落下来。"他们喝茶的时候会多么甜滋滋地把这个舔光啊!"她想到她的小孩们,回忆起自己小时候如何看到大人们不吃这最好的东西——果酱的浮沫而感到奇怪。

"斯季瓦说还是给钱的好,"多莉说,又接着谈起赏给仆人什么好这个有趣的话题,"但是……"

"怎么能给钱呢!"公爵夫人和基蒂异口同声地叫着,"他们顶看重礼物。"

"哦,比方去年,我给我们的马特廖娜·谢苗诺夫娜买了一件不是罗缎,但是像那一类的衣料。"公爵夫人说。

"我记得在您的命名日那天她还穿着哩。"

"花样很好看,那么朴素而又雅致,要不是她没有的话,我真想给自己做一件呢。有点像瓦莲卡身上穿的。真是价廉物美。"

"哦,我想现在已经好了。"多莉说,让糖浆从勺子里滴下来。

"有丝的时候就可以了。再稍微煮煮吧,阿加菲娅·米哈伊洛夫娜。"

"这些苍蝇!"阿加菲娅·米哈伊洛夫娜愤怒地说。"反正是一样。"她补充说。

"噢!它多可爱!别惊动了它!"基蒂看见一只麻雀停在栏杆上,翻转草莓梗在啄着,突然这样说。

"是的,可是你离火炉远一点吧。"她母亲说。

"顺便谈谈瓦莲卡的事吧,"[①]基蒂用法语说,她们不让阿加菲

[①] 原文为法语。

娅·米哈伊洛夫娜听懂她们的话的时候总是用法语,"您知道,妈,我真希望事情在今天决定呢!您明白我的意思。那会多么美好啊!"

"她可真是一个高明的媒人啊!"多莉说,"她多么费尽心机地把他们拉在一起!"

"不,告诉我,妈妈,您怎样想?"

"我怎样想吗?他(他是指谢尔盖·伊万诺维奇)什么时候都可以在俄国找到最好的配偶;现在,自然,他已经不怎样年轻了,可是我知道就是现在许许多多的女子仍然会高兴嫁给他……她是一个很好的姑娘,但是他也许……"

"不,妈妈,您要明白,为什么不论对于他或是对于她都想象不出更美满的姻缘来呢。第一,她简直迷人!"基蒂说,屈起一个手指。

"他十分中意她,那是一定的。"多莉附和着。

"其次,他有这样的社会地位,他完全不需要妻子的财产或地位。他只需要一个善良、可爱而又文静的妻子。"

"哦,和她在一起,他一定可以得到安静。"多莉又附和说。

"第三,她一定会爱他,那也是……总之,会是非常美满的!……我期望他们从树林回来的时候一切都决定了。我从他们的眼色立刻可以看出来。我会多么高兴啊!你认为怎样,多莉?"

"可是别太兴奋了;你完全用不着兴奋啊。"她母亲说。

"啊,我并没有兴奋,妈妈。我想他今天会求婚哩。"

"噢,一个男子怎么样、在什么时候求婚,那真是多么不可思议呀……好像有一道障碍似的,一下子就给摧毁了。"多莉回忆着自己和斯捷潘·阿尔卡季奇过去的事,带着沉思的微笑说。

"妈妈,爸爸是怎样向您求婚的?"基蒂突如其来地问。

"没有什么特别的,简单得很哩。"公爵夫人回答,可是她的脸还是因为回忆往事而容光焕发了。

"不,怎样的呢?在您还不便说以前您心里就已经爱上了他吗?"

基蒂现在能够以平等的资格和她母亲谈论女人一生中最重要的问题,这使她感到一种特别的愉快。

"自然是爱上了;他常到我们乡下的家里来。"

"但是怎样决定的呢,妈妈?"

"我猜想你一定以为自己发明了新的花样吧?都是这样的:由眼神,由微笑来决定的……"

"您说得多恰当,妈妈!正是由眼神,由微笑来决定的哩!"多莉附和着。

"可是他说了些什么话呢?"

"科斯佳对你说了些什么呢?"

"他用粉笔写下来的。真奇怪啊……仿佛是好久以前的事一样!"她说。

于是三个妇人都开始默默地想着同样的事。基蒂是第一个打破沉默的。她回忆起她结婚前的那整个冬天和她对弗龙斯基的迷恋。

"有一件事……瓦莲卡从前的恋爱史,"她说,由于一种自然的联想使她想到了这一点,"我总想对谢尔盖·伊万诺维奇说一说,使他心里有所准备。他们——所有的男子,"她补充说,"对于我们的过去都嫉妒得很。"

"并不都是,"多莉说,"你是根据你丈夫来判断的。就是现在,他想起弗龙斯基都痛苦。是真的吧?是不是?"

"是的。"基蒂回答,眼睛里带着沉思的笑意。

"可是我真不明白,"母亲插嘴道,由于她对女儿的母性的关怀而起来辩护,"你的过去有什么可以使他烦恼的?因为弗龙斯基追求过你吗?那种事每个少女都有过的。"

"啊,但是我们不是说那个。"基蒂说,微微涨红了脸。

"不，听我说吧，"她母亲继续说，"那时你自己不让我去和弗龙斯基谈。你记得吗？"

"啊，妈妈！"基蒂带着痛苦的表情说。

"如今不能管束你们年轻人……你们的关系并没有越轨的地方，要不然，我一定会亲自去和他说个明白的。可是，亲爱的，你兴奋可不行的呀。请记着这个，镇静点吧。"

"我非常镇静哩，妈妈。"

"那时候安娜到来，结果对于基蒂反而是多么幸运，"多莉说，"而对于她是多么不幸啊。适得其反，"她说，由于她自己的思想感到震惊，"那时安娜是那么幸福，基蒂感觉到自己不幸。现在适得其反。我常想着她呢！"

"你倒想着一个好人哩！一个可怕的、讨厌的、没有心肠的女人。"她母亲说，对于基蒂没有嫁给弗龙斯基，却嫁给了列文始终耿耿于怀。

"你何苦要谈这个呢？"基蒂恼怒地说。"我不想这个，我也不要去想……我不要去想。"她听到她丈夫踏上凉台台阶的熟悉脚步声，说。

"你不要想什么呢？"列文走上凉台说。

但是谁也不回答他，他也就不再问了。

"我很抱歉，我闯进了你们女人的王国。"他说，不满地朝大家望着，觉察出她们在谈论不愿在他面前谈的话。

一刹那，他感到他和阿加菲娅·米哈伊洛夫娜抱着同感，对于不加水去煮制果酱这件事，以及一般对于外来的谢尔巴茨基家的影响很不满意。但是他微笑着，走到基蒂面前。

"哦，你好吗？"他问她，用现在大家都是那样看她的那种表情望着她。

"啊，很好哩，"基蒂微笑着说，"你的事情办得怎么样？"

"货车可以装旧大车三倍的东西。哦，我们要去接孩子们吗？我已经吩咐把车套好了。"

"什么！你要叫基蒂坐马车吗？"她母亲责备说。

"是的，慢步走，公爵夫人。"

列文从来没有管公爵夫人叫过妈妈，像一般人叫他们的岳母那样，因此使公爵夫人很不高兴。但是虽然列文喜欢而且尊敬公爵夫人，他却不能够那样叫她，他如果要那样叫她，就一定会感觉亵渎了对自己死去的母亲的情感。

"和我们一道去吧，妈妈。"基蒂说。

"我不愿意看到这样的轻举妄动。"

"哦，那么我步行吧。走走对我是好的。"基蒂站起来，走到她丈夫面前去，挽住他的胳臂。

"也许对你是好的，但是一切都要有节制。"公爵夫人说。

"哦，阿加菲娅·米哈伊洛夫娜，果酱做好了吗？"列文说，对阿加菲娅·米哈伊洛夫娜微笑着，想使她快活起来，"新法子好吗？"

"我想很好。照我们的办法，这煮得太久了。"

"这样更好，阿加菲娅·米哈伊洛夫娜，即使我们的冰已经融化，我们没有地方贮藏它，它也不会发酸，"基蒂说，立刻觉察出来她丈夫的用意，怀着同样的心情对这老管家说，"可是你的腌菜真好极了，妈妈说她从来没有尝过这么好吃的呢。"她补充说，微笑着，理了理她的头巾。

阿加菲娅·米哈伊洛夫娜愤怒地望着基蒂。

"您用不着安慰我哩，夫人。我只消看着你和他在一起，我就觉得高兴了。"她说，在"和他在一起"这句粗鲁而亲切的话里有什么地方打动了基蒂。

"和我们一道去采蘑菇吧,你可以告诉我们最好的地点。"阿加菲娅·米哈伊洛夫娜微笑着,摇摇头,好像是在说:"我真想又要生您的气了,可是我不能够。"

"请照我的话做吧,"公爵夫人说,"拿纸盖上果酱,用甜酒浸湿,这样,就是没有冰,也决不会发霉。"

3

基蒂特别高兴有机会和她丈夫单独在一起,因为她注意到在他走进凉台,问她们在说什么,却没有得到回答的时候,他的脸上闪过一丝痛苦的神色,他的脸总是那么迅速地反映出他的一切情感。

当他们在别人之先步行出发,走到看不见房子,走上了那踏平了的、多尘的、布满黑麦穗和谷粒的大路的时候,她更紧紧地挽住他的臂膀,使它紧贴着她的身体。他已经忘记了那一时的不快印象,和她单独在一起,现在一心想着她快做母亲,他感到了和自己所爱的女人相接近的一种完全超脱于形骸之外的、新的美好的幸福。本来没有什么可说的,可是他渴望听到她的声音,自从她怀孕以来,她的声音也同她的眼睛一样地变了。在她的声音里,像在她的眼神里一样,有一种类似专心致力于某种心爱的事业的人所常有的温柔而严肃的神情。

"你真的不会疲倦吗?再靠近我一点吧。"他说。

"不,我很高兴有机会和你单独在一起,我应该承认,虽然我和他们在一起很快乐,可是我老是怀念着只有我们两人在一起的去年冬天的晚上。"

"那样好,这样却更好。两样都好呢。"他说,紧握着她的手。

"你知道你进来的时候我们在谈什么吗?"

"谈果酱吧?"

"是的,也谈了果酱;可是以后,就谈到男子怎样求婚的事情上面来了。"

"噢!"列文说,与其说是在听她所说的话,毋宁说是在听她的声音,尽在注意着现在正穿过树林的道路,避开她也许会摔跤的地方。

"而且谈了谢尔盖·伊万内奇和瓦莲卡。你注意到吗?……我非常希望这成为事实,"她继续说,"你对这个怎样想呢?"说着,她注视着他的面孔。

"我不知道怎样想好,"列文微笑着回答,"这点上谢尔盖·伊万内奇在我看来是很奇怪的。要知道,我告诉过你……"

"是的,他和那个死了的女子恋爱过……"

"那是在我还小的时候;我是从别人口中听来的。我记得那时候的他。他非常可爱。但是从那时起我就观察过他对女人的态度:他很亲切,有的他也很喜欢,但是我觉得好像对于他,她们只是人,并不是女人。"

"是的,但是现在和瓦莲卡……我总觉得有点什么……"

"也许有……不过我们得知道他的为人……他是一个特殊的、奇怪的人。他只过着精神生活。他为人太纯洁太高尚了。"

"怎么?这难道会贬低他吗?"

"不,但是他是这样过惯了精神生活,因而他是脱离实际的,而瓦莲卡却是实事求是的。"

列文现在已经习惯于大胆说出自己的思想,不费心思去推敲词句;他知道,他妻子,在像现在这样情意缠绵的时候,只消他稍加暗示就会明白他所要说的意思,而她也真的明白了。

"是的,可是她恐怕还不如我实际哩;我知道他是绝不会爱我的。

但她却是彻头彻尾超凡脱俗的。"

"啊。不,他倒非常喜欢你呢,当我的亲人喜欢你的时候我总是非常高兴的……"

"是的,他对我很亲切,但是……"

"这不像和可怜的尼古连卡那样……你们彼此才真是喜欢哩。"列文代她说完了。"为什么不说起他呢?"他补充说。"我有时责备自己没有说起他,结果就会把他忘了。噢,他是一个多么可怕又多么可爱的人呀!……是的,我们在谈什么呢?"列文沉吟了片刻,说。

"你想他不可能恋爱吗?"基蒂换成自己的语言说。

"也并不是一定不可能恋爱,"列文微笑着说,"但是他没有那种必要的弱点……我总是羡慕他,就是现在,我这么幸福的时候,我也还是羡慕他。"

"你羡慕他不能恋爱这一点吗?"

"我羡慕他比我强,"列文微笑着说,"他不是为自己生活。他的全部生活都服从于他的义务。这就是他能够平静和满足的理由。"

"你呢?"基蒂问,带着一种讽刺的、充满爱意的微笑。

她不能够表达使她微笑的那一连串的思想;但是最后的结论是,她丈夫在赞扬他哥哥,贬低自己这一点上是不十分真实的。基蒂知道这种不真实是由于他对他哥哥的爱,是由于自己过分幸福而感到的羞愧心情,特别是由于他那种不断要求改善的心而来的;她爱他这点,所以她微笑了。

"你呢?你有什么不满意的呢?"她问,还是带着那同样的微笑。

她不相信他对自己有什么不满意,这使他很高兴,他不自觉地竭力逗引她说出她不相信的理由来。

"我很幸福,但是不满意自己……"他说。

"你既是幸福,你怎么会不满意自己呢?"

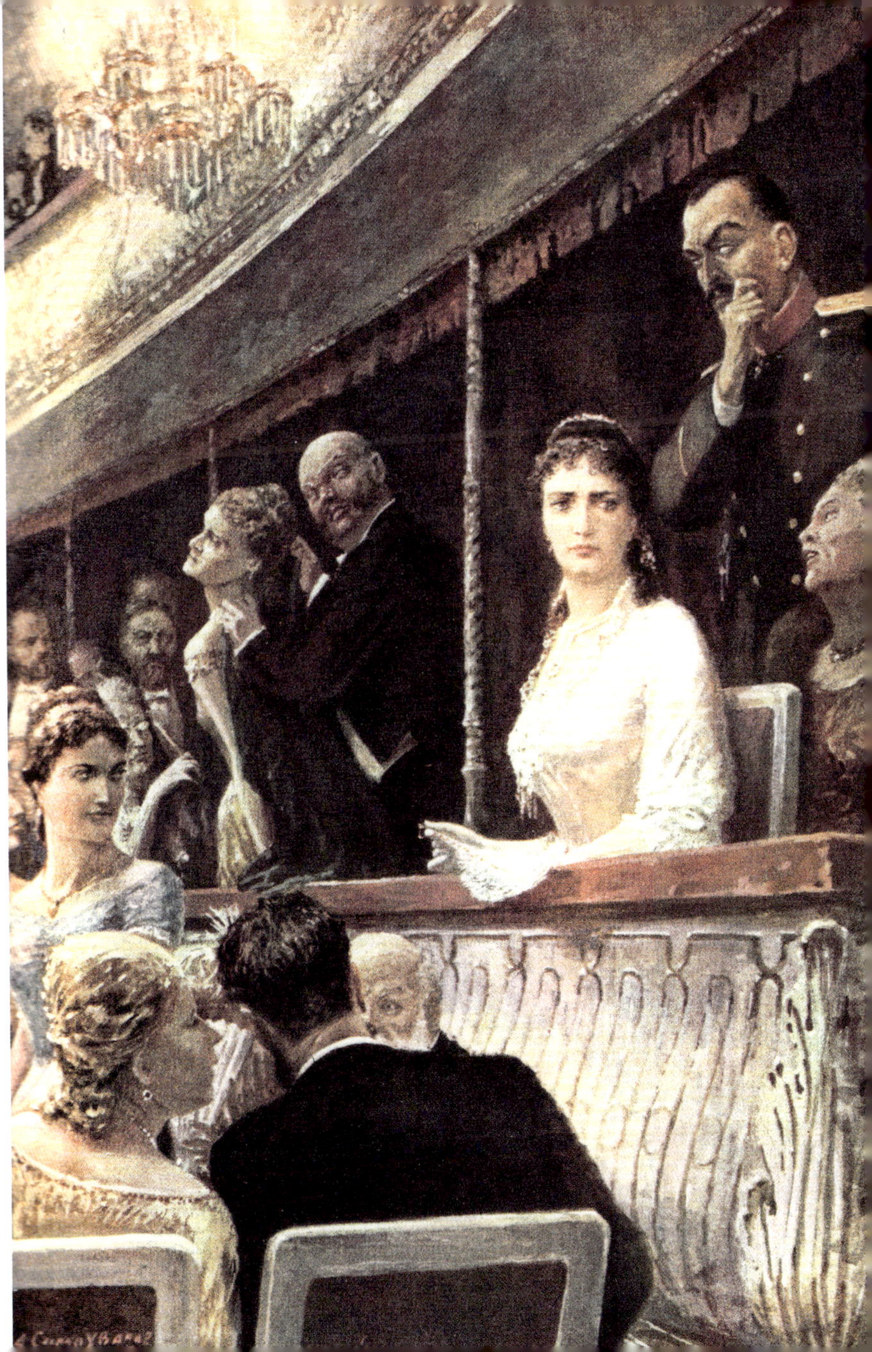

"哦,我怎么说好呢?……在我的心里,除了要使你不跌跤以外,我什么也不希望了。啊呀,可是你决不能像那样跳啊!"他叫着,中断了谈话去责备她,因为她跨过横在路上的一根树枝时的动作过分迅速,"但是当我反躬自问,拿我自己和别人,特别是和我哥哥比较的时候,我简直觉得自己不好。"

"可是在哪一点上?"基蒂还是带着同样的微笑追问,"你不是也在为别人工作吗?你的田庄,你的农事,你的著作都不算数吗?……"

"不,但是我觉得,特别是现在——这都是你的过错,"他说,紧握着她的手,"觉得那一切都算不了什么。我做那些事是并不热心的。要是我能够爱那一切工作像爱你一样就好了!……可是最近我做那些事简直好像是应付差事一样。"

"哦,关于我爸爸,你怎样说呢?"基蒂问,"难道因为他没有做公益事业,他也不好吗?"

"他?不!但是人应该具有你父亲那种单纯、坦白和善良的心地:这些我有吗?我什么也没有做,我为这发愁。这都是你搞的。在没有你——以及这个以前,"他望了一眼她的身子说,她明白了他的意思,"我把全部精力都放在工作上;现在我不能够了,我感到羞愧;我做那些事好像应付差事一样,我假装着……"

"那么,你现在愿意和谢尔盖·伊万内奇对调吗?"基蒂说,"你愿意像他那样从事公益事业,热爱分派到自己头上的差事,除此以外再也不需要别的什么吗?"

"自然不!"列文说。"但是我是这么幸福,我什么都不明白了。那么你想他今天会向她求婚?"他静了一会之后补充说。

"我是这样想,又不这样想。只是,我真非常希望他这样呢。等一等。"她弯下腰,摘下路旁的一朵野甘菊。"来,数吧:他会求婚,他不会求婚。"她说,把花交给了他。

"他会求婚,他不会求婚。"列文说,把狭长的白花瓣一片片扯下来。

"不对,不对!"基蒂抓住他的手止住他,她一直在兴奋地注视着他的手指,"你一次扯了两片哩。"

"那么,我们就不要数这片小的了,"列文说,扯下一片还没有长完全的小花瓣,"马车追上我们了。"

"你不累吗,基蒂?"公爵夫人叫着。

"一点也不。"

"你要是累,就坐上车来,马很驯顺,而且走得很慢哩。"

但是用不着坐车了,他们快到地点了,于是大家一道步行走去。

4

瓦莲卡的黑发上包着一条白头纱,身边环绕着一群孩子,正和蔼而快活地为他们忙着,而且显然因为她所喜欢的男子可能向她求婚而非常兴奋,她的样子十分动人。谢尔盖·伊万诺维奇和她并肩走着,不住地欣赏她。望着她,他回忆起他听见她说过的一切动人的话,他所知道的她的一切优点,他越来越感觉到,他对她所抱着的感情是一种很罕有的感情,这种感情他在好久好久以前,只在他的青年时代感到过一次。接近她所产生的快感不断加强,一直达到这样的地步,当他把他采到的一只细茎、菌边往上翻的大桦树菌放到她的提篮里的时候,他望着她的眼睛,看到她满脸的那种激动又惊又喜的红晕,他自己也张皇失措了,默默地、含情脉脉地向她微微一笑。

"要是这样,"他心中暗暗地说,"我就得仔细想想,作出决定,不要像个男孩子一样,由于一时的冲动,就神魂颠倒了。"

"现在我要一个人去采蘑菇,不然我的成绩就显不出来了。"说着,他就独自一人离开了树林的边缘——他们正在那里疏疏落落的老桦树林中如丝的小草上走着——走进树林深处,那儿在白桦树中间长着银灰树干的白杨和暗色的榛丛。谢尔盖·伊万诺维奇走了大约四十步的光景,走到长着浅红和深红的、耳垂状的繁花的卫矛树丛后面,他知道没有人看得见他,就站住不动了。周围一片寂静。仅仅在他正在那下面站着的桦树上面,一群苍蝇一会也不安静地嗡嗡叫着,像一窝蜜蜂一样,有时也传来孩子们的声音。突然间,从距离树林边缘不远的地方发出瓦莲卡呼唤格里沙的女低音,他欢喜得笑逐颜开。谢尔盖·伊万诺维奇意识到这微笑,对自己这种情况很不以为然地摇摇头,取出一支雪茄烟,开始点燃它。他很久在桦树干上擦不着一根火柴。柔润的白树皮粘住了黄磷,火就熄灭了。最后有一根火柴燃着了,雪茄的芬芳香烟像一条齐整的、宽宽的飘荡的布带一样,飘向前,荡上去,缭绕在桦树垂枝下的灌木丛上面。注视着这一片烟雾,谢尔盖·伊万诺维奇慢慢地走着,一边考虑着自己的处境。

"为什么不呢?"他想,"万一这只是一时的感情冲动,万一我感到的只是一种吸引,一种相互的吸引(我可以说是相互的),但是又觉得这是违反我平生的习性,要是我觉得屈服于这种吸引之下,我就背叛了我的事业和义务呢……但是事情并非如此。我说得出的唯一反对理由,就是当我失掉玛丽的时候,我对自己说过,我要对她永不变心。这是我唯一说得出反对自己感情的理由……这是很重要的,"谢尔盖·伊万诺维奇自言自语,同时却又觉得这种顾虑在他个人说来是无关紧要的,只不过在别人眼里会破坏了他所扮演的富有诗意的角色罢了,"可是,除此以外,无论如何我也找不出可以反对我的感情的理由。如果单凭理智来挑选,我也不可能找出比这更美满的了。"

他无论怎样回忆他所认识的妇女和姑娘们，他也想不起有一个姑娘具备如此多的美德，那是像他经过冷静考虑之后希望他的妻子全部具有的。她有少女的魅力和鲜艳，但是她已经不是小孩了，如果她爱他，她是有意识地、以一个女人应该具有的爱情来爱他的；这是一。其次：她不但毫不俗气，而且显然很厌恶庸俗的上流社会，但同时却很懂世故，具备上流社会妇女处事为人的一切举止，一个终身伴侣不具备这些对谢尔盖·伊万诺维奇来说是不能设想的。第三：她是虔诚的，但是并不像小孩一样，譬如像基蒂那样，无意识地虔诚和善良；她的生活是建立在宗教信仰上。甚至最细微的地方，谢尔盖·伊万诺维奇都发现她身上具备着他渴望他妻子应该具有的一切：她出身贫苦、孤单，所以她不会把自己的一群亲戚和他们的影响带到丈夫家里，像他现在所看见的基蒂的情形。她一切都要仰赖她丈夫，他一向就希望他未来的家庭生活会是这样的。而这位身上具备着这一切美德的姑娘，爱上了他。他是一个谦虚的人，但是也不能不看出这一点。而他也爱她。还有一种顾虑——就是他的年纪。但是他的家族是长寿的，他的头上没有一丝白发，谁也不会以为他是四十岁的人，而且他想起瓦莲卡曾经说过，只有俄国人才一到五十就自命老了，在法国，五十岁的人还认为自己正*年轻力壮*[①]，而四十岁的人还是*年轻人*[②]哩。当他觉得自己的心情像二十年前那样年轻，年龄多大又算得了什么呢？当他又走到树林边，在夕阳斜照里，看见瓦莲卡雍容优雅的风姿，她穿着黄衣服，提着篮子，姗姗走过老桦树旁，当瓦莲卡动人的姿态和使他叹赏不已的美景——浸在夕阳中变黄了的麦田和点缀着黄斑的古树正消失在遥远的蔚蓝

---

①② 原文为法语。

色天边——融合成一片的时候,他不是觉得年轻了吗?他的心快乐地跳动着。一股柔情迷住了他。他觉得他已经打定主意了。刚刚弯下腰去采一只蘑菇的瓦莲卡,灵活地站起身来,回头一望。谢尔盖·伊万诺维奇扔掉雪茄烟,迈着坚决的步伐向她走去。

5

"瓦尔瓦拉·安德列耶夫娜,我还很年轻的时候,心里就定下了我会热爱和乐意称她为我妻子的女人的理想。过了漫长的岁月,我现在才破天荒第一次在您身上发现了我所追求的。我爱您,我向您求婚。"

谢尔盖·伊万诺维奇自言自语,那时他离瓦莲卡只有十步远了。她跪着,用胳臂护着几只蘑菇不让格里沙抢去,一边呼唤着小玛莎。

"来呀,来呀!孩子们!这儿很多哩!"她用圆润悦耳的声音说。

看见谢尔盖·伊万诺维奇走过来,她没有起身,也没有改变姿势;但是一切迹象都使他觉出,她感到他走近了,而且心里很高兴。

"怎样,您找到一些吗?"她从白头巾里面问,扭过她那带着温柔的微笑的美丽面孔向着他。

"一个也没有,"谢尔盖·伊万诺维奇说,"您呢?"

她没有回答,因为她正忙着照顾她周围的孩子们。

"那儿还有一个,就在树枝旁边。"她说,指着一个小蘑菇,富有弹性的玫瑰色菌顶上横压着一根干草,它是从草底下长出来的。她立起身来,那时玛莎把蘑菇拾起来,掰成两片雪白的菌块。"这使我想起我的童年。"她补充说,离开孩子们和谢尔盖·伊万诺维奇并肩走去。

他们默默地走了几步。瓦莲卡看出他想说什么;她猜着那是什么，又惊又喜的心情几乎使她昏过去了。他们走到远得谁也不会听见他们的谈话，但是他还不开口。瓦莲卡最好还是沉默。沉默以后，总比谈了菌子以后，再谈他们想说的话容易得多；但是事与愿违，仿佛是出于偶然一样，瓦莲卡说：

"那么您什么也没有找到？不过，树林里面蘑菇总是少的。"

谢尔盖·伊万诺维奇叹了口气，没有回答。他因为她谈起蘑菇而感到苦恼。他想把她引到她最初所谈的关于她童年的话题上去；但是违反自己的本意，沉默了一会儿，他却回答了她最后的话：

"听说只有白菌才多半生在树林边上，但是我连白菌是什么模样都辨别不出。"

又过了一会儿，他们走得离孩子们更远了，只剩下他们两个。瓦莲卡的心跳动得那样厉害，以致她都听见它嗵嗵的跳声，她感到脸上一阵红一阵白。

在施塔尔夫人家过了那种寄人篱下的生活以后，做科兹内舍夫这样男人的妻子，在她看来似乎是莫大的幸福。除此以外，她差不多深信她已经爱上了他。而现在就要有所决定了，她很害怕：有时候害怕他说，有时候又害怕他不说。

他必须趁现在这个机会说，要么就永远也不说了；这一点谢尔盖·伊万诺维奇也感觉到了。在瓦莲卡的眼色里、在她的红晕里、在她俯视的眼睛里、在这一切表情里，都流露出痛苦的期待的神情。谢尔盖·伊万诺维奇看出来，替她很难过。他甚至感到现在什么都不说就等于侮辱了她。他在心里迅速地重温了一遍支持他决心的理由。他心里也暗暗温习了一遍他打算用来求婚的言语；但是他没有说这些话，不知什么突如其来的想法却使他问道：

"桦树菌和白菌究竟有什么区别？"

瓦莲卡的嘴唇激动得颤抖起来，当她回答说：

"菌帽上差不多没有分别，只是菌茎不同而已。"

一说完这些话，他和她就都明白事情已经过去了，应该说出口的不会说了，他们达到顶点的激动情绪平静下来了。

"看见桦树菌的根，就使人想起黑人两天没有刮过的胡子。"谢尔盖·伊万诺维奇平静地说。

"是的，这是真的。"瓦莲卡微笑着回答，他们散步的路线不知不觉地就改变了。他们开始回到孩子们那里去。瓦莲卡觉得又痛苦又羞愧，同时她又体验到一种轻松的感觉。

回到家里，谢尔盖·伊万诺维奇又回忆起他所有的理由，结果发现自己最初判断错了。他不能对玛丽①负心。

"安静点，孩子们，安静点！"列文甚至恼怒得叫起来，一边站在妻子面前护着她，当那一群孩子欢天喜地地叫喊着迎面冲来的时候。

谢尔盖·伊万诺维奇和瓦莲卡跟在孩子们后面，走出了树林。基蒂用不着问瓦莲卡；她从他们两个人脸上平静而有点羞愧的神情上，就明白她的计划并没有实现。

"喂，怎么样？"回家的路上，她丈夫问她。

"没有上钩。"基蒂说，她的笑容和说话的态度使人想起她父亲，列文常常很满意地注意到她身上这一点。

"怎么不上钩？"

"就是这样，"她说，拉住她丈夫的手，举到嘴唇边，抿紧嘴唇轻轻地碰了一下，"就像吻教士的手一样。"

"谁不上钩呢？"他笑着说。

① 原文为法语。

"两方面。本来应当像这样的……"

"有农民来了……"

"不,他们看不见的。"

6

小孩们喝茶的时候,大人们就坐在凉台上,仿佛没有发生过什么事一样地聊着天,虽然所有的人,特别是谢尔盖·伊万诺维奇和瓦莲卡,心里都明白曾经发生过一桩不愉快、但却非常重要的事。他们两人体验到同样的心情,就像一个考试不及格、要留级或者永远从学校里开除出去的学生感觉到的一样。所有在场的人,也感觉到发生过什么事,活跃地谈着毫不相干的题目。那天晚上,列文和基蒂觉得格外地幸福,分外地相亲相爱。他们情意缠绵的幸福,本身就含着一种使那些渴望幸福却得不到的人感到不痛快的作用,使他们觉得很难为情。

"记住我的话吧,亚历山大不会来。"老公爵夫人说。

今天晚上他们在等待斯捷潘·阿尔卡季奇坐火车来,老公爵来信说他也许会来。

"而且我知道为什么,"公爵夫人继续说,"他说应该让新婚夫妇清清静静地过一阵。"

"爸爸真的扔下我们不管了。我们没见过他的面,"基蒂说,"我们怎么能算新婚夫妇呢?我们已经是老夫老妻了!"

"他要不来,我就要向你们告别了,孩子们。"老公爵夫人伤心地叹了口气说。

"噢,你怎么啦,妈妈!"两个女儿异口同声地责难说。

"想想他是怎样的心情?哦,现在……"

突然间,老公爵夫人的声音完全出人意外地颤抖起来。她的女儿们默不作声了,交换了一下眼色。"妈妈总是自寻烦恼。"她们的眼光好像这样说。但是她们不知道,不论她同女儿们在一起有多么好,不论她觉得她多么需要在这里,但是自从他们把最后一个爱女嫁出去,家里的巢变得荒凉了的时候,她就为自己和她丈夫痛苦极了。

"什么事,阿加菲娅·米哈伊洛夫娜?"基蒂突然向带着神秘而郑重其事的表情站在她面前的阿加菲娅·米哈伊洛夫娜说。

"晚饭的事。"

"噢,对了,"多莉说,"你去安排吧,我要去照料格里沙温习功课。他今天什么都没有做。"

"是该我去上课!不,多莉!我去。"列文说,跳起来。

格里沙已经进了中学,暑假应当复习功课。在莫斯科的时候,达里娅·亚历山德罗夫娜就同她儿子一道学习拉丁文,来到列文家就规定每天至少跟他一起复习一次最难的功课——拉丁文和数学。列文自告奋勇来代替她;但是这位做母亲的有一次听列文教课,发现他没有按照莫斯科老师的辅导方法教这孩子,虽然很难为情而且极力要不得罪列文,却果断地对他表示,一定要像老师那样照着课本进行,不然还是由她自己来教的好。列文因为斯捷潘·阿尔卡季奇不尽父亲的职责,不亲自教育儿子,却把教育儿子的责任推给不懂教育的母亲,心里很不痛快;又因为教师把孩子教得那么糟,心里也很不痛快;但是他答应他的姨姐按照她的意思教课。因此他不按照自己的方式,却照着书本来教格里沙,因此就勉勉强强,常常忘记上课的时间。今天的情形也是这样。

"不,我去,多莉,你坐着吧,"他说,"我们会好好地按照课本进行的。不过斯季瓦来了的时候,我们就要去打猎,那时我们就要旷课了。"

于是列文找格里沙去了。

瓦莲卡对基蒂也说了同样的话。甚至在列文井井有条的幸福家庭里，瓦莲卡也能想法帮帮忙。

"我去照料晚饭，你坐着别动。"她说，起身朝阿加菲娅·米哈伊洛夫娜走去。

"好吧，好吧，他们大概找不到小鸡，那么就用我们自己的……"基蒂回答。

"我跟阿加菲娅·米哈伊洛夫娜商量着办吧。"于是瓦莲卡就和那老管家一道走了。

"多么可爱的姑娘啊！"老公爵夫人说。

"不是可爱，妈妈，而是多么迷人，再也没有像她这样的人了。"

"这么说，你们以为斯捷潘·阿尔卡季奇今晚会来吗？"谢尔盖·伊万诺维奇问，显然不愿意继续谈瓦莲卡的事。"再也难以找到比这两位连襟更不相像的人了，"他带着精明的微笑说，"一个总在活动，好像水里的鱼一样总在交际场中过活；而另一个，我们的科斯佳，活跃、伶俐、非常敏感，但是一到交际场中就好像鱼儿离了水一样，要么就呆愣愣的，要么就乱跳乱动！"

"是的，他很粗心大意哩，"公爵夫人向谢尔盖·伊万诺维奇说，"我正想请您同他讲讲，她（她指的是基蒂）万万不能留在这里，一定要到莫斯科去。他说要请个医生来……"

"妈妈，他一切都会办好，一切都会同意。"基蒂说，因为她母亲居然要求谢尔盖·伊万诺维奇过问这种事心里很懊恼。

在谈话中间，他们听到林荫道上传来马的喷鼻声和车轮在沙砾路上行驶的辚辚声。

多莉还没有来得及站起来迎接她的丈夫，列文就已经从下面他正在教格里沙功课的房间的窗子里跳出去,把格里沙也扶下去了。

"斯季瓦来了!"列文从凉台下面呼喊。"我们已经读完了,多莉,不要担心!"他补充说,一边像个小男孩一样奔跑着去迎接马车了。

"他,她,它;他的,她的,它的。"[①]格里沙一边沿着林荫道跳跃而去,一边叫喊。

"还有个什么人和他在一起哩。一定是爸爸!"列文喊道,停在林荫道的入口,"基蒂,不要从那么陡的台阶上下来,绕点路吧。"

列文把坐在马车里的那个人当成老公爵,但是他弄错了。当他走近马车的时候,他看见同斯捷潘·阿尔卡季奇并肩坐着的不是老公爵,而是一个戴苏格兰小帽、帽子后面飘舞着长长的缎带的漂亮而结实的年轻人。这是瓦先卡·韦斯洛夫斯基,谢尔巴茨基家的姑表兄弟,彼得堡——莫斯科一个鼎鼎大名的年轻人。"一个极其出色的家伙,一个热爱打猎的人。"像斯捷潘·阿尔卡季奇介绍的时候说的。

韦斯洛夫斯基,丝毫也没有因为自己代替老公爵来临所引起的失望而感到不安,他同列文兴致勃勃地寒暄,提醒说他们以前见过,越过斯捷潘·阿尔卡季奇带来的猎狗身上把格里沙抱进马车里去。

列文没有坐上马车,跟在后面走。列文因为那位他越是了解就越加敬爱的老公爵没有来,又因为这个瓦先卡·韦斯洛夫斯基,一个完全多余的陌生人竟然来了,心里有些不痛快。当列文走到门口——所有的成年人和孩子都已经闹哄哄地聚在那儿,——看见瓦先卡·韦斯洛夫斯基用特别温柔和献媚的姿态吻基蒂的手的时候,他越发不痛快了。

"我和您的妻子是表兄妹[②],而且也是老朋友。"瓦先卡·韦斯洛

[①] 原文为拉丁文。
[②] 原文为法语。

夫斯基说，又紧紧地握了握列文的手。

"哦，这儿有野味吗？"斯捷潘·阿尔卡季奇几乎还没有来得及向每个人招呼，就对列文说。"我同他的野心可大得很哩。怎么，妈妈，从那时起他们就没有到过莫斯科。喂，塔尼娅，这是给你的！请到车后面去取吧。"他面面俱到地说。"你的样子多么精神，多莉，亲爱的！"他对他妻子说，又吻她的手，一只手拉着她的手，用另一只手抚摸着它。

一会儿以前还处在最愉快心境中的列文，现在愁闷不乐地观望着一切，一切他都不中意了。

"他这张嘴昨天吻过谁呢？"他望着斯捷潘·阿尔卡季奇同他妻子那种情意缠绵的神情，沉思起来。他望望多莉，她也使他不高兴起来。

"她并不相信他的爱情。那么她为什么这么高兴呢？真叫人讨厌！"列文沉思。

他望着一会儿以前他觉得那么和蔼可亲的公爵夫人，他不喜欢她欢迎那个戴着帽带的瓦先卡就像欢迎他到自己家里来的那副神气。

甚至那个也走到台阶上，带着一脸装模作样的友好神情来迎接斯捷潘·阿尔卡季奇的谢尔盖·伊万诺维奇，也使他很不痛快，其实列文是知道他哥哥既不欢喜又不尊敬奥布隆斯基的。

而那个带着假正经的女人[①]的神情同这位绅士结识、其实满脑子只想着怎样嫁人的瓦莲卡的那副模样，也引起了他很大的反感。

但是最使人反感的是基蒂，因为她居然跟这位认为他到乡下来对人对己都是一桩大喜事的绅士谈笑风生，尤其是她报以微笑时的笑容使他很不愉快。

① 原文为法语。

所有的人一边喧哗地谈着,一边都走到房里去;他们大家刚坐下,列文就扭身出去了。

基蒂看出她丈夫发生了什么事。她想抓住一个机会同他单独谈一谈;但是他匆匆地从她身边走开,说他得去账房一趟。他老早就不像今天晚上那样把经管农业当作一桩了不起的事了。"对于他们,每天都是良辰佳节,"他想,"但是这儿可没有良辰佳节那种事,事情不能等待,不工作就无法生活。"

7

直到打发了人去请列文吃晚饭,他才回家来。基蒂和阿加菲娅·米哈伊洛夫娜站在楼梯上,在商量开饭时摆什么酒。

"什么事这样小题大做①?预备照例的那种酒就行了。"

"不,斯季瓦不喝哩……科斯佳,等一等,你怎么啦?"基蒂急急忙忙地跟在他后面说,但是他并不等待她,却无情地迈着大步走进餐室去,立刻参加以瓦先卡·韦斯洛夫斯基和斯捷潘·阿尔卡季奇为支柱的全体的热烈谈话中去了。

"我们明天就去打猎,怎么样?"斯捷潘·阿尔卡季奇问。

"我们去吧。"韦斯洛夫斯基说,移过去坐在另外一把椅子上,侧着身子坐着,一条胖腿架在另外一条上面。

"我十分高兴,我们去吧。你今年打过猎吗?"列文对韦斯洛夫斯基说,聚精会神凝视着他的腿,可是却带着基蒂所熟悉的那种最不适合他的强颜欢笑神情,"不知道我们找不找得到松鸡,不过有很多山鹬。但是得早点去才行。你们不疲倦吗?你不是疲倦了吗,斯

---

① 原文为英语。

季瓦?"

"我疲倦了?我还从来没有疲倦过哩。我们通宵不睡吧!我们去散散步。"

"真的,我们别睡觉吧!妙极了!"韦斯洛夫斯基表示同意说。

"你可以不睡,而且也能不让别人休息,这一点我们倒是都相信的,"多莉对她丈夫说,她现在一对她丈夫说话就流露出微微讥讽的口吻,"但是按我看,现在已经到时候了……我走啦,我不吃晚饭了。"

"不,你留一会儿,多林卡,"斯捷潘·阿尔卡季奇说,从他们正在吃饭的大饭桌后面移到她身边,"我还有很多话要对你说呢。"

"大概,没有什么可说的吧。"

"你知道,韦斯洛夫斯基到安娜那里去过。他又要到他们那里去了。你知道,离这里只有七十里的路程。我也一定要去的。韦斯洛夫斯基,到这边来!"

瓦先卡转移到妇女们那里去,同基蒂并肩坐下。

"啊,请说给我听听,你到过她那里吗?她怎么样?"达里娅·亚历山德罗夫娜对他说。

列文留在桌子那一头不动,虽然不停地和公爵夫人同瓦莲卡闲谈,还是看见斯捷潘·阿尔卡季奇、多莉、基蒂和韦斯洛夫斯基中间在进行着生动而神秘的谈话。不仅如此,他还在他妻子的脸上看到一种严肃认真的神色,当她目不转睛地凝视着正在有声有色地讲什么的瓦先卡的漂亮面孔的时候。

"他们那里好得很哩,"瓦先卡讲的是弗龙斯基和安娜,"自然,我不敢贸然加以判断,不过在他们家里,你感觉得像在自己家里一样。"

"他们打算做些什么呢?"

"好像，他们冬天要去莫斯科。"

"我们都到他们那里聚会一下有多好哩！你什么时候去？"斯捷潘·阿尔卡季奇问瓦先卡。

"我要到他们那里过七月。"

"你去吗？"斯捷潘·阿尔卡季奇对他妻子说。

"我早就想去，我一定要去的，"多莉说，"我替她难过，我了解她。她是一个了不起的女人。等你走后，我一个人去，那就不会给任何人添麻烦了。没有你反而更好。"

"好极了，"斯捷潘·阿尔卡季奇说，"你呢，基蒂？"

"我？为什么我要去呢？"基蒂说，整个脸都涨红了，她回头看了看她的丈夫。

"你认识安娜·阿尔卡季耶夫娜吗？"韦斯洛夫斯基问她，"她是一个非常迷人的女人呢。"

"是的。"她回答韦斯洛夫斯基，脸越发红了，她立起身来，走到她丈夫身边。

"那么你明天要去打猎？"她问。

在这几分钟，特别是看见她同韦斯洛夫斯基交谈的时候弥漫在她面颊上的红晕，列文的嫉妒心更加厉害了。现在，他听着她的话，他把这些话按照自己的想法作了解释。虽然后来他想起来很奇怪，可是现在他觉得这是清清楚楚的：她所以问他去不去打猎，只是为了想知道他给不给予瓦先卡·韦斯洛夫斯基这种乐趣，照他想来，她差不多已经爱上韦斯洛夫斯基了。

"是的，我要去。"他用一种自己听起来都不愉快的、不自然的腔调对她说。

"不，最好再待一天吧，要不然多莉完全见不着她的丈夫了。后天再去吧。"基蒂说。

基蒂的话里的含意现在又被列文这样曲解:"不要把我和他拆散了。你去我并不在乎,但是让我享受享受同这位可爱的年轻人交际的快乐吧!"

"噢,要是你愿意的话,我们明天就再待一天。"列文带着格外和蔼可亲的神情回答。

而同时,瓦先卡一点也没有猜疑到他的到来会引起这么大的苦恼,他跟着基蒂从桌边立起身来,一边用柔情的眼光望着她微笑,跟着她走过来。

列文觉察到了这种眼光。他脸色发白,一时之间几乎喘不出气来。"他怎敢像这样望着我的妻子!"他怒气冲冲了。

"那么明天?让我们去吧!"瓦先卡说,在一把椅子上坐下,又像他素常的模样架起腿来。

列文的嫉妒心越发变本加厉了。他已经把自己看成一个受了骗的丈夫,一种仅仅被他的妻子和她的情人看成供给他们舒服生活和快乐的万不可少的必需品而已……但是,尽管如此,他还是客客气气、殷勤周到地问了问瓦先卡有关打猎、他的猎枪、他的靴子的事情——而且同意明天就去。

幸而老公爵夫人使列文的痛苦告了一个段落,她自己立起身来,劝基蒂也去睡觉。但是列文没有逃脱掉一种新的苦恼。同女主人告别的时候,瓦先卡又想吻基蒂的手,但是她涨红了脸,缩回手去,用一种后来她母亲曾责备过她的戆直的粗鲁口吻说:

"我们家里不兴这一套。"

在列文的心目中看来,都是基蒂的过错,竟然让自己蒙受这种行为的侮辱;这样笨拙地表露出她不喜欢这一套,越发是她的过错了。

"哦,何必去睡觉呢!"斯捷潘·阿尔卡季奇说,晚饭时候喝了几杯以后，正处在最愉快和最富有诗意的心境中。"你看，基蒂！"他继续说下去，指着在菩提树后升起来的一轮明月，"多么可爱呀！韦斯洛夫斯基，现在正是唱小夜曲的时候！你知道他有一副好嗓子，我们唱了一路。他有几支优美动听的情歌，两首新歌。他应该和瓦莲卡小姐合唱一曲。"

所有的人都分散开的时候，斯捷潘·阿尔卡季奇和韦斯洛夫斯基又在林荫路上徘徊了很久，可以听见他们正在唱一首新的情歌。

倾听着这歌声，列文皱着眉坐在他妻子寝室里的一把安乐椅上，她问他怎么啦，他却固执地默不作声；但是最后，当她露出羞怯的笑容问他："是不是韦斯洛夫斯基有什么地方使你不高兴了呢？"他的感情就尽情发泄出来，把满腹心事和盘托出；而他说出的话使他自己羞惭得无地自容，于是他就越发生气了。

他站在她面前，紧皱着的眉头下面的眼睛里闪耀着可怕的光芒，两只强有力的臂膀紧抱在胸膛上，好像在竭尽全力抑制着自己。要不是他脸上同时还流露出一种打动了她的痛苦神情，他脸上的表情一定会是严峻，甚至是冷酷的。他的下颚抽搐着，声音直打颤。

"你要明白，我并不是嫉妒：这是卑鄙的字眼。我决不会妒忌，而且我也不相信……我说不出来我的感觉，不过这是可怕的……我不嫉妒，但是我感到羞愧和耻辱，居然有人敢这样痴心妄想，居然敢用那样的眼光看你……"

"用什么样的眼光呢？"基蒂说，尽可能诚心诚意地回忆着当天晚上的一言一语和一举一动，和这一切中间含有的意义。

在她内心深处她认为在韦斯洛夫斯基随着她走到桌子那一头的时候是有些蹊跷的，但是这一点她连对自己都不敢承认，就更不敢对他讲，因而更增加他的痛苦了。

"像我这种模样,还有什么可以吸引人的地方呢?……"

"啊!"他喊叫,两只手抱住头,"你还是不说的好!…… 那么说,要是你能吸引人的话 ……"

"哦,不是的,科斯佳,等一下,听我说,"基蒂说,怀着痛切的深刻同情望着他,"你还能转什么念头?既然对于我别的男人都不存在,不存在,不存在!…… 嗯,你愿意我谁也不见吗?"

在最初的一瞬间,他的嫉妒就伤了她的感情;这么一点点最纯洁的娱乐,都不许她享受,因而她很烦恼;但是现在为了使他心平气和,为了解除他所遭受到的苦恼,她不仅情愿舍弃这样微不足道的小事,就是牺牲一切也在所不惜。

"你要了解我的处境有多么可怕和可笑,"他用一种绝望的低声说下去,"他是在我家里做客,严格地说,除了他那种放荡不羁和架着腿的姿态以外,他没有做出任何不成体统的事。他认为这是最优美的姿态,因此我就得对他客客气气的。"

"不过,科斯佳,你说得太过火了!"基蒂说,因为现在他的嫉妒所表现出来的是对她的强烈爱情而不胜欢喜。

"最糟糕的是,你,你和往常一样,而现在对我说来你是那样神圣,我们是这样幸福,幸福得不得了,可是突然间这个坏家伙 …… 不,他不是坏家伙,我为什么要责骂他呢?我跟他没有丝毫的关系。但是我们的幸福,我的和你的 …… 为什么要 ……"

"你知道,我明白这是怎么发生的了。"基蒂开口说。

"怎么发生的?怎么发生的?"

"我看出来我们晚饭聊天的时候你怎么看我们来的。"

"是的,是的!"列文吃惊地说。

她对他叙述他们谈论了些什么。说这话的时候,她激动得透不过气来。列文沉默了一会儿,随后仔细地看了一下她苍白的、受了惊吓的面孔，突然抱住脑袋。

"卡佳，我是在折磨你！亲爱的，原谅我！这是疯狂啊！卡佳，全是我的过错。怎么可以为了这种蠢事而这样苦恼呢？"

"不，我是为你难过呢。"

"为我？为我？我可算得了什么？一个疯子罢了！但是我为什么要使你伤心呢？以为随便什么陌生人都能够破坏我们的幸福，想起来真是可怕。"

"自然啦，这就是使人感到侮辱的地方……"

"嗯，那么我要故意把他留在我们家住一夏天，同他说许许多多的客气话，"列文说，吻她的手，"你看着吧。明天……是的。不错，明天我们就走了。"

8

第二天，女人们还没有起身，猎人们的马车——一辆四轮游览马车和一辆二轮马车——就停在大门口了；而拉斯卡，从一清早就明白了他们要去打猎，心满意足地吠叫和窜跳了一阵以后，就在马车上车夫的旁边坐下来，带着激动和不满意这种拖延的神情，凝视着猎人们还没有从那里走出来的大门。最先出来的是瓦先卡·韦斯洛夫斯基，他穿着一双齐到他肥胖大腿一半的高统皮靴，绿色的短衫上系着一条发散着皮革气息的簇新子弹带，头戴一顶缀着缎带的苏格兰帽，拿着一支没有背带的新式英国猎枪。拉斯卡跳到他身边，欢迎他，跳起来，用它自己的方式问他其余的人是不是很快就出来了，但是没有得到回答，就回到自己瞭望的岗位上，又沉默不响了，歪着头，竖着一只耳朵听着。终于大门嘎吱一声打开了，飞出来斯捷潘·阿尔卡季奇的在空中乱跳乱蹦的黄斑猎狗克拉克，紧跟着斯捷潘·阿尔卡季奇本人手里拿着枪，嘴里衔着雪茄烟，也走出来了。"别动，别动，克拉克！"他温柔地对那条把爪子搭在他胸膛和腹部、钩住了他猎袋的狗叫喊。斯捷潘·阿尔卡季奇穿着一双生皮便鞋，打着绑腿，穿着一条破烂裤子和一件短上衣，头上戴着一顶破得不像样的帽子；但是他的新式猎枪却像玩具一样的精巧，他的猎袋和子弹带，虽然破旧了，质地却非常好。

瓦先卡·韦斯洛夫斯基事先不懂得，真正的猎人风度——就在于穿着破旧的衣衫，但是猎具的质量却要最讲究的。他现在看见斯捷潘·阿尔卡季奇穿着破衣烂衫，而他的文雅、丰满、愉快的绅士风度却使他容光焕发，他才明白了这一点，决定下一次打猎自己也这样安排。

"喂，我们的主人怎样了？"他问。

"他有年轻的妻子。"斯捷潘·阿尔卡季奇微笑着回答。

"是的，那样一个令人神魂颠倒的人。"

"他已经装束好了。大概，又跑到她那里去了哩。"

斯捷潘·阿尔卡季奇猜着了。列文又跑到他妻子那里，再一次问她是不是已经原谅了他昨天的愚蠢行为，还恳求她千万多加珍重。最主要的是离孩子们远一些，他们随时都会碰撞上她的。然后又一定要她再说一遍，他离开两天她并不生气，而且还请求她明天早晨一定派人骑马给他送一张字条，就是一两个字也好，使他知道她平安无事。

基蒂像往常一样，同丈夫分开两天是痛苦的；但是看着他那穿着高统猎靴和白色短衫，显得魁伟强壮的富有生气的身姿，和一种她所不理解的猎人的容光焕发的兴奋神情，因为他的快乐而忘记了自己的不快，快活地同他告别了。

"对不住，先生们！"他说，跑到台阶上，"早餐放进去了吗？为什么把枣骝马套在右边？哦，没有关系！拉斯卡，安静点！卧下！"

"放到牲口群里去吧，"他说，转身向着在台阶上等待他解决阉割了的小绵羊问题的牧人说，"对不起，又来了一个坏家伙。"

列文从他已经坐定了的马车上跳下来，朝着手中拿着量尺向台阶走过来的木匠走去。

"昨天你不到账房来，现在你又来耽误我了。哦，有什么事？"

"您让我再做一个转角好吗？再加三磴楼梯就行了。这一次我们会做得很合适。这样就稳当多了。"

"你早就该听我的话，"列文恼怒地说，"我对你讲过要先安装侧板，然后再嵌上楼梯。现在没法改动了。照着我的话去做，再做个新的。"

事情是这样的，在修建厢房中木匠没有计算高度，把楼梯做坏了，因此装置停当的时候踏板全倾斜了。现在木匠想要利用旧的楼梯，再添上三级。

"这样就好得多了。"

"可是添上三级楼梯会通到哪里去呢？"

"原谅我，老爷！"木匠说，轻蔑地微笑着，"不高不矮，刚好是地方。就是说，从下面开始，"他带着令人信服的姿势说下去，"上去，再上去，一直到了那儿。"

"三级楼梯也会增加高度……但是到底会通到哪里去呢？"

"它会从底下上去，我的意思是说，会到顶上的。"木匠固执而有说服力地说。

"会到天花板底下，会到墙上去的！"

"请原谅。你看从下面开始。上去，再上去，就到地方了。"

列文取出猎枪的通条，在尘土里画了一幅楼梯的图样。

"哦，你看出来了吧？"

"随您吩咐,"木匠说,他的两眼突然炯炯放光,显然他终于恍然大悟了,"看起来,我们不得不再做一个新的了。"

"好啦,照着我的话去做吧!"列文一边坐到马车里去,一边大声说,"走吧!拉住那几只狗,菲利普!"

列文把家务和农事上一切操心的事都撇下不管,他体验到一种非常强烈的生命和期待的快乐,强烈得使他不想说话。而且,他体验到了所有猎人在接近猎场的时候都体验到的一种专心致志的激动情绪。要是他现在有什么心事的话,那只是他们在柯尔彭沼地里找不找得到什么野味,拉斯卡和克拉克比较起来会不会显得更强,他今天射猎得好不好等等问题而已。但愿他不要在这个生人面前丢脸就好了!但愿奥布隆斯基不会胜过他就好了!这些念头也在他的脑海里闪过。

奥布隆斯基也体验到同样的心情,也沉默寡言。只有瓦先卡·韦斯洛夫斯基不住嘴地兴高采烈地唠叨着。现在,听着他说话,列文回忆起昨天待他多么不公平,感觉得不好意思起来。瓦先卡真是个好人,又单纯,心地又善良,而且非常有趣。如果列文在没有结婚的时候和他相遇,他们就会成为知心朋友了。列文本来有点不大欢喜他那种及时行乐的人生观和放荡不羁的神气。因为他留着长长的指甲,戴着苏格兰小帽,其余的一切都配合得很好,看起来好像他自以为高不可攀,神气得了不得;但是因为他的善良和好教养,这些都可以原谅。他以自己的优良教育、漂亮的英语和法语,以及和列文相同的阶级出身而获得了列文的欢心。

瓦先卡对于套在左边那匹顿河草原的骏马大为叹赏。他欢喜得着了迷。

"骑着一匹草原的骏马在草原上奔驰,该有多么美妙啊。喂!对不对对呀?"他说。

他似乎把骑着草原的骏马驰骋在原野上描画成一种浪漫而富有诗意的事情，结果事情完全不是这样；但是他的天真神情，特别是和他漂亮的脸、甜蜜的微笑、优雅的举止结合起来，是非常动人的。是韦斯洛夫斯基的天性引起了列文的好感呢，还是因为列文想补偿昨天的过错，列文只看见他身上的长处，很高兴同他在一道。

他们走了三里的光景，韦斯洛夫斯基突然寻找起雪茄烟和皮夹来，不知道是遗失了，还是丢在桌上。皮夹里有三百七十个卢布，因此决不能置之不顾。

"你知道，列文，我要骑着这匹顿河马跑回家去。那可再好也没有了。哦？"他说，已经准备爬上去。

"不，何必呢？"列文回答，估计韦斯洛夫斯基的体重一定不下于六普特，"我派车夫去吧。"

车夫骑着副马走了，列文亲自驾驭其余的一对。

9

"喂，我们的路线到底怎么样？好好对我们讲讲吧。"斯捷潘·阿尔卡季奇说。

"计划这样：我们现在到格沃兹杰沃去，格沃兹杰沃这边是山鹬出没的沼地，格沃兹杰沃那边有极好的松鸡沼地，而且还有山鹬。现在天气太热了，但是我们傍晚就到了（大约还有二十里），我们晚上在那里打猎；在那里过一夜，明天我们就去大沼地。"

"难道一路上什么都没有吗？"

"有的，但是会耽搁我们的行程；况且，天气又很热！有两处很不错的小地方，但是什么都不见得会有的。"

列文自己很想顺路到那些小地方去，但是那些小地方距离他的家很近，随时可以来打猎，而且那些地方太小，容不下三个人打猎。因此他昧着心硬说那里什么都不见得有。到了一个小沼地的时候，他想把车子一直赶过去，但是斯捷潘·阿尔卡季奇凭着他那双猎人的精明老练的眼睛，从大路上就看出来这块沼地。

"我们不到那里去吗？"他说，一边指着沼地。

"列文，我们去吧！多么好啊！"瓦先卡·韦斯洛夫斯基恳求说，列文不能不同意了。

他们还没来得及停下，两条狗就互相追逐着，飞一样向沼地奔驰而去。

"克拉克！拉斯卡！"

这些狗又跑回来。

"那儿容不下三个人。我在这儿等着吧。"列文说，希望他们除了被狗惊起的、在沼地上空盘旋着的、凄婉地哀鸣着的田凫以外，什么都找不到。

"不！列文，来吧，我们一起去！"韦斯洛夫斯基呼唤说。

"真的，太挤了。拉斯卡，回来！拉斯卡！你们不需要两条狗吧？"

列文留在马车那儿，怀着嫉妒的心情望着猎人们。他们走遍了整个沼地，但是除了小野鸡和田凫，其中有一只被韦斯洛夫斯基打死了，沼地里什么也没有。

"哦，你们看，并不是我舍不得让你们去这个沼地！"列文说。

"这不过是浪费时间罢了。"

"不，无论如何，到底还是很有意思的。您看见了吗？"瓦先卡·韦斯洛夫斯基说，手里提着猎枪和田凫笨手笨脚地爬到车里去，"我这只打得多么好啊！对不对？喂，我们不久就可以到真正的猎场了吧？"

马突然猛地一冲，列文的脑袋撞着谁的枪筒，发出了一声枪响。其实，枪声是先响的，但是列文却觉得是颠倒过来的。事情是这样的，瓦先卡·韦斯洛夫斯基在扳双筒枪的扳机时，只扳上了一个扳机，却没有扳好另一个，因此走火了。子弹射进地里，谁也没有受伤。斯捷潘·阿尔卡季奇摇摇头，谴责地对韦斯洛夫斯基笑笑。但是列文没有心思责备他。第一，他一斥责就好像是由于他脱离了危险和他头上肿起来的疙瘩而引起的；其次，韦斯洛夫斯基最初是那样天真地愁闷不乐，随后却那样温和而富于感染地嘲笑大家的惊慌，列文也就不由得笑起来了。

他们到了面积相当大而且会占去很多时间的第二个沼地时，列文劝他们不要下车。但是韦斯洛夫斯基又说服了他。这一次沼地又很窄小，列文作为殷勤好客的主人，留在马车那里。

克拉克一到立刻向丘陵地带冲过去。瓦先卡·韦斯洛夫斯基首先跟着狗跑去。斯捷潘·阿尔卡季奇还没来得及走过去，一只山鹬就飞起来了。韦斯洛夫斯基开枪但没有打中，山鹬就飞到没有收割的草地那边去了。这只鸟还要留待韦斯洛夫斯基来解决。克拉克又发现了它，站住指出猎物的所在地，于是韦斯洛夫斯基打死了它，回到马车跟前。

"现在你去吧，我留下来照管马。"他说。

一种猎人的嫉妒心开始折磨着列文。他把缰绳交给韦斯洛夫斯基，就到沼地去了。

拉斯卡早就在哀怨地尖叫着，好像在抱怨这种不公平的待遇，朝着列文很熟悉、而克拉克还没有到过的、可能有飞禽的一带丘陵起伏的地方直冲过去。

"你为什么不拦住它？"斯捷潘·阿尔卡季奇大声喊。

"它不会把它们惊走的。"列文回答。他很满意他的狗，匆匆忙忙跟着它走去。

在搜索中，越接近那个熟悉的小草墩，拉斯卡就变得越发郑重其事。一只沼地的小鸟只有一瞬间分散了它的注意力。它在那个草墩前绕了一圈,又绕了一圈,突然浑身颤抖一下,站住不动了。

"来呀,来呀,斯季瓦!"列文喊着,感到他的心脏跳动得更厉害了;突然间,仿佛什么阻碍着他紧张的听觉的东西揭开了,他失去衡量距离的能力,一切声音他听起来都很清晰,但都是杂乱无章的。他听见斯捷潘·阿尔卡季奇的脚步声,却把它当成了远处的马蹄声;他听见脚下踩着的小草墩连着草根裂开的清脆的折裂声,却把它当成了山鹬展翅飞翔的声音。他也听见背后不远的地方流水的泼溅声,但是他却不知道究竟是什么声音。

他选择着落脚的地方,移到了狗的跟前。

"抓住它!"

在狗面前飞起来的不是松鸡,而是一只山鹬。列文举起猎枪,但是正在瞄准的那一瞬间,他听见水的泼溅声更大更近了,夹杂着韦斯洛夫斯基古怪而响亮的喊叫声。列文明明知道他瞄在山鹬后面,但是他还是开了枪。

列文看清楚了他确实没有射中,回过头来一望,看见马和马车已经不在大路上,却在沼地里了。

韦斯洛夫斯基想看打猎,就把马车赶到沼地里,于是两匹马陷在泥淖里动弹不得了。

"该死的东西!"列文暗自嘀咕,返身回到陷在泥里的马车旁边。"您为什么把车赶到这里来?"他冷淡地对他说,于是喊来马车夫,就动手卸马。

列文因为他的射击受到妨碍,又因为他的马陷在泥塘里,尤其是因为无论斯捷潘·阿尔卡季奇或韦斯洛夫斯基,都不能帮助他和马车夫卸下马具,把几匹马从泥塘里牵出来(因为他们两个一点都不懂得套马的事),心里很气恼。听见瓦先卡一口咬定这里十分干燥,列文却一声也不回答，默默地和马车夫一道操作着，为的是好把马卸下来。可是后来，到他工作得紧张热烈的时候，看见韦斯洛夫斯基那么努力而热心地抓住挡泥板拖马车，而且真的硬把它拽断了，列文就责备自己受了昨天情绪的影响，不应该对待韦斯洛夫斯基太冷淡，因此竭力用分外的殷勤来补偿他的冷淡。当一切都安排停当，马车又回到大路的时候，列文就吩咐摆早饭。

"谁的良心好！谁就有好胃口！这只小鸡会被我消化得干干净净的。"①已经又喜笑颜开的瓦先卡吃完第二只小鸡的时候，说了一句法国谚语。"哦，现在我们的灾难结束了；万事都会如意了。不过为了我犯的过错我应当坐在赶车的位子上。对不对？不，不，我是奥托米顿②。看看我怎样给你们赶车吧！"当列文请求他让马车夫去赶车的时候，他抓住缰绳不放。"不，我应当将功折罪，况且，坐在赶车的位子上我觉得很舒服哩。"他就赶开车了。

列文有点害怕他把他的马折磨坏了，特别是左边那匹他不会驾驭的枣骝马；但是他不知不觉地受了韦斯洛夫斯基兴致勃勃的影响，他听韦斯洛夫斯基坐在车夫座位上唱了一路的情歌，或者他讲的故事，看见他表演按照英国方式应该如何驾驶四驾马车③那副样子，列文不忍心拒绝了；早饭以后，他们都兴高采烈地到达了格沃兹杰沃沼地。

10

韦斯洛夫斯基把马赶得那么快，天气还很炎热，他们老早就到

---

① 原文为法语。
② 奥托米顿，《伊里亚特》中的英雄阿基里斯的驭者。这个名字成为普通名词，在口语中成为"御者"的谑称。
③ 原文为英语。

达了沼地。

他们到了真正的沼地,他们的目的地的时候,列文不由地盘算起怎样甩掉瓦先卡,好逍遥自在地行动。斯捷潘·阿尔卡季奇显然也有同样的愿望,在他的脸色上列文觉察出每个真正的猎人在打猎以前都具有的那种心神专注的神情,而且还有一点他所特有的温良的狡猾味道。

"我们怎么走法?这沼地好得很,我看见还有鹞鹰哩,"斯捷潘·阿尔卡季奇指着两只在苇塘上空盘旋着的大鹞鹰说,"哪里有鹞鹰,哪里就一定有野味。"

"哦,先生们,"列文带着一点忧郁的神情说,一面把长统皮靴往上提一提,一面检查着猎枪上的弹筒帽,"你们看见那片苇塘吗?"他指着伸展在河右岸一大片割了一半的湿漉漉的草地上的小小绿洲,"沼地从这里开始,就在我们面前:你们看,就是那比较绿的地方。沼地从那里往右去,到那马群走动的地方;那里是草丛,有山鹬;沼地绕过那片苇塘经过赤杨树林,一直到磨坊那里。就在那里,看见吗?在水湾那儿。那地方再好也没有了。我有一次在那里打死了十七只松鸡。我们要分开,带着两条狗分道扬镳,然后在磨坊那里集合。"

"好的,不过谁往右,谁往左边去呢?"斯捷潘·阿尔卡季奇追问,"右边的地方宽绰一些,你们俩去吧,我往左边去。"他装出一副毫不在乎的神气说。

"好极了!我们会比他打得多的。来吧,来吧!"瓦先卡响应说。

列文不得不同意,于是他们就分手了。

他们刚一走进沼地,两条狗就一齐搜索起来,朝着一片浮着褐色粘沫的泥塘走去了。列文知道拉斯卡寻找的方法——谨慎而且犹豫不决;他也知道这地方,他期望看见一群山鹬。

"韦斯洛夫斯基,和我并排,和我并排走!"他沉住气悄悄地对在他后面哗啦哗啦蹚着水的同伴说,在格沃兹杰沃沼地发生了那场走火事故以后,列文不由自主地就很关心他的枪口朝着什么方向了。

"不,我不会妨碍您,不要为我操心。"

但是列文不由得沉思起来,他回忆起临别时基蒂所说的话:"当心:千万不要彼此打着了啊!"两条狗走得越来越近,互相回避着,按照各自的兽迹追逐着。列文希望发现山鹬的心情强烈得连从腐臭的泥淖里往外拔皮靴后跟的吧唧声在他听起来都仿佛是鸟鸣声,他抓住并握紧了枪托。

"砰!砰!"他听见枪声就在耳边。这是瓦先卡射击在沼地上空盘旋着的一群野鸭,它们在射程以外老远的地方,这时正迎着这两个猎人飞来。列文还没来得及回头看,就听见了一只山鹬的鸣声,接着第二只、第三只,此外还有八只,一只跟着一只地飞起来。

就在一只山鹬开始盘旋的那一瞬间,斯捷潘·阿尔卡季奇把它打落了,这只山鹬缩成一团落到泥泞地里了。奥布隆斯基不慌不忙地瞄准了另外一只低低地向苇塘飞来的山鹬,枪声一响,这一只也应声落下来;可以看见它从刈割了的苇塘里跳出来,鼓动着一只没有受伤的白色翅膀。

列文就没有这样的好运气:第一只山鹬他瞄得太近,没有打中;它已经飞起来的时候他的枪跟着它转来转去,但是正这工夫另外一只从他脚下飞起来,分散了他的注意力,于是他又没有射中。

当他们在装子弹的时候,又有一只山鹬飞起来,装好枪弹的韦斯洛夫斯基,照着水上放了两枪。斯捷潘·阿尔卡季奇拾起自己的两只山鹬,目光炯炯地凝视着列文。

"好,我们现在分开吧。"斯捷潘·阿尔卡季奇说,左脚一瘸一瘸地,拿好猎枪,向他的狗吹了几声口哨,就朝一边走去了。列文和韦斯洛夫斯基朝着另一个方向走去。

列文总是这样，如果头几枪落了空，他就变得又急躁又烦恼，整天都射击不好。这一次也是这样。山鹬是很多的。山鹬不住地在狗面前和猎人的脚下飞起来，列文本来可以定下心来的；但是他射击的次数越多，他在韦斯洛夫斯基面前就越觉得丢脸，而那个韦斯洛夫斯基却不管在不在射程以内都欢欢喜喜地瞎打一阵，什么都没有打中，但却丝毫不难为情。列文着了慌，沉不住气，越来越恼怒，结果弄到只顾开枪，几乎不敢存着打中什么的希望。好像连拉斯卡也感觉到这一点。它越来越懒得去寻找了，它带着似乎莫名其妙的和责难的眼光扭过头来望着这两位猎人。枪声一响跟着一响。火药的烟雾笼罩着两位猎人，但是在宽绰的大猎袋里却只有三只轻巧的小山鹬。就连这些，其中的一只还是韦斯洛夫斯基打死的，还有一只是他们两人公有的。同时，从沼地对面传来斯捷潘·阿尔卡季奇不很频繁，但列文却觉得关系很重大的射击声，并且几乎每一次都听见他说："克拉克，克拉克，叼来！"

这使列文更加激动了。山鹬不断地在苇塘上盘旋。靠近地面和空中的啼叫声不绝地从四面八方传来；以前飞起来在空中飞翔的山鹬降落在两位猎人面前。现在尖叫着翱翔在沼泽上空的鹞鹰不止是两只，而是十来只。

列文和韦斯洛夫斯基跋涉了一大半沼地，来到了分成一条一条的农民的草场，草场紧连着苇塘，这两者之间的分界有的地方是一条踩坏了的，有的地方是割过了的狭长青草路。一半的地里已经收割了。

虽然在未刈割过的地里，找到野物的希望并不比在刈割过的地里多一些，但是列文既然答应了和斯捷潘·阿尔卡季奇会合，他就同自己的同伴沿着割过的和未割过的地段往前走去。

"喂，猎人们！"坐在卸了马的马车旁的农民中有一人向他们呼喊，"来跟我们一道吃点东西！喝一杯酒吧！"

列文回过头来一望。

"来吧，没有关系！"一个快活的、留着胡子的、面孔通红的农民叫着，一张口就露出两排雪白的牙齿，手里高举着一瓶在阳光下闪着光、略带绿色的伏特加酒。

"他们在说什么？"[①]韦斯洛夫斯基打听。

"他们请我们喝伏特加酒。我想他们大概分了草地。我想去喝一杯。"列文并非没有私心地说，他希望韦斯洛夫斯基会被伏特加酒吸引去。

"他们为什么要请我们呢？"

"无非是高兴高兴罢了。真的，您到他们那里去吧。您一定会觉得很有意思。"

"来吧，很有趣呢。"[②]

"您去吧，您去吧，您找得到去磨坊的那条路的！"列文喊着说，他回过头来，很高兴地看到韦斯洛夫斯基弯着腰，两条疲倦的腿摇摇晃晃，伸着胳臂提着枪，从沼地里向着农民们走去。

"你也来吧！"一个农民朝列文叫着，"来吧！吃点包子！"

列文非常想喝一杯伏特加，吃一片面包。他觉得浑身无力，好容易才把两条摇摇晃晃的腿由泥塘里拖出来，他犹疑了一会儿。但是猎狗指出了猎物，他的倦意马上消失了，他轻快地穿过沼地向猎狗走去。就在他的脚跟前飞起了一只山鹬；他开枪打死了它。猎狗继续指着猎物。"叼来！"在猎狗面前又飞起一只鸟。列文射击。但是那天他很不走运；他没有打中，当他去找寻他打死的鸟的时候，

①② 原文为法语。

他找不着。他踏遍了整个苇塘,但是拉斯卡不相信他打死了什么东西,当他打发它去寻找的时候,它只是装出寻找的样子,并没有真的找寻。

列文以为自己的失败全怪韦斯洛夫斯基,但是现在他不在,情形也没有好转。这里的山鹬也很多,但是列文一只跟着一只地打不中。

斜阳的余晖还很热;他的衣服被汗湿透了,紧紧黏在身上;左脚的靴子里面灌满了水,沉甸甸的,一走一噗哧;一滴滴汗珠顺着被火药粉弄脏的脸淌下来;嘴里发苦,鼻子里闻着一股火药和铁锈味,耳朵里萦绕着毫不停息的山鹬的鸣声;枪筒连摸都摸不得,太烫了;他的心脏急促而迅速地跳动着;他的双手兴奋得直颤抖,疲倦不堪的双腿跌跌绊绊,勉勉强强走过草墩和泥塘;但是他还是一边走,一边射击。最后,在一次可耻的失误以后,他把猎枪和帽子掼到地上。

"不,我必须冷静一下。"他沉思着,拾起猎枪和帽子,喊拉斯卡跟着他,走出了沼地。当他到达干燥的地方,他坐在一个小草墩上,脱下皮靴,把皮靴里的水倒出去,随后又回到沼地,喝了一点腐臭的水,把滚烫的枪筒浸湿了,洗了洗手和脸。当他觉得神清气爽,他又返回一只山鹬歇落的地方去,打定主意再也不要操之过急了。

他想要沉着,但是事情还是跟从前一样。他还没有瞄准,手指就扳了枪机。事情越来越糟了。

当他走出沼地往他约好和斯捷潘·阿尔卡季奇碰头的赤杨树林走去的时候,他的猎袋里只有五只鸟。

他还没有看见斯捷潘·阿尔卡季奇,就看到他的猎狗。克拉克从一株赤杨树翻起的树根下跳出来,它被沼地的臭泥弄得浑身漆黑,带着一副胜利者的神气同拉斯卡碰鼻子。在克拉克后面,一株赤杨的树荫下,出现了斯捷潘·阿尔卡季奇的魁伟雄壮的身姿。他满面红光,流着汗,衬衫的领子敞着,还像从前那样一跛一瘸地,迎着列文走来。

"哦,怎么样?你打了很多哩!"他带着愉快的微笑说。

"你呢?"列文问。但是用不着问,因为他已经看到那只装得满满的猎袋。

"还不错!"

他有十四只鸟。

"真是好极了的沼地!一定是韦斯洛夫斯基妨碍了你。两个人合用一条狗是不方便的。"斯捷潘·阿尔卡季奇说这话来冲淡自己的胜利。

11

当列文和斯捷潘·阿尔卡季奇到达列文经常投宿的那家农民的木屋时,韦斯洛夫斯基已经在那里了。他坐在草房中间,两手扶住一条长凳,有一位兵士——女主人的兄弟——在替他脱粘满泥土的靴子,而他正发出他那富有感染力的笑声。

"我刚刚才到哩。他们*真有意思*![1]您想想看,他们给我吃的,给我喝的。多么好的面包,真妙!*可口极了*![2]还有伏特加……我从来也没尝过比这更可口的酒!他们怎么也不肯收我的钱。而且还不住地说'请你多多包涵',诸如此类的话。"

"他们为什么要收钱?您要知道,他们是在款待您哩!难道他们

[1][2] 原文为法语。

是卖伏特加的吗?"那个兵士说,他终于把一只湿漉漉的皮靴连着变得漆黑的袜子一齐脱下来了。

虽然木屋里很肮脏,被猎人们的皮靴弄得到处都是泥泞,而两条肮脏的狗正在舐自己的身体;虽然屋里充满了沼地和火药的气息;而且没有刀叉,但是猎人们那么津津有味地喝茶、吃晚饭,只有打猎的人才领略得到这种滋味。他们梳洗干净就到为他们打扫好了的干草棚去了,那里马车夫已经替老爷们铺好了床。

虽然已经暮色苍茫,但是猎人们谁也不想睡。

有一搭没一搭地回忆和谈论了一阵打猎、猎狗和别的打猎团体的轶事以后,谈话就落到三个人都感兴趣的话题上。由于瓦先卡再三地称赞这种极有风趣的过夜方法,赞美那干草香味,那一辆破马车(他觉得这辆车是破的,因为前轮拆掉了),那招待他喝伏特加酒的农民的好心,以及那两条卧在各自主人脚下的猎狗,于是奥布隆斯基也就讲起他去年夏天在马尔图斯的庄园里狩猎的乐趣。马尔图斯是著名的铁路大王。斯捷潘·阿尔卡季奇讲起马尔图斯在特维尔省租赁的沼地多么好,保护得多么周到,又讲起猎人们驾驶到那里的马车和狗车有多么讲究,搭在沼地旁的饮宴帐幕有多么豪华。

"我不明白你,"列文说,从草堆上抬起身子,"这些人你怎么会不厌恶?我知道摆着红葡萄酒的宴席是很惬意的,但是难道这种奢华的排场你就不厌恶吗?所有这些人,像以前的酒类专卖商一样,凭着一套人人都瞧不起的手腕发财致富,别人的轻蔑他们一点也不在乎,可是后来,又用他们这笔不义之财来收买人心。"

"完全正确!"瓦先卡·韦斯洛夫斯基附和说,"完全正确!奥布隆斯基自然是出于好心①才这么说的,可是别人会说:'哦,奥布隆

---

① 原文为法语。

斯基也去了……'"

"一点也不对!"列文听见奥布隆斯基含着微笑说,"我简直不认为他比任何富商或者贵族坏。他们都是靠着劳动和智慧发财致富的。"

"是的,但是什么样的劳动呢?难道投机倒把还叫劳动吗?"

"当然是劳动!如果没有他或者类似他的人,就没有铁路了,这样说来,那就是劳动。"

"但是这种劳动并不像农民和学者的劳动。"

"就算你说得不错,但是他的活动得到了结果——铁路,这样说来,那就是劳动。但是你却认为铁路毫无用场。"

"不,那是另外一回事;我愿意承认它是有用的。不过凡是和付出的劳力不相称的赢利都是不义之财。"

"但是这种比例由谁来定呢?"

"凡是用不正当的手段,用投机取巧而获得的利润都是不正当的。"列文说,意识到他不能明确地划出正当与不正当之间的分界线,"就像银行的赢利一样,"他继续说下去,"大笔财产不劳而获,这是罪恶,就像在酒类专卖那时候一样,只是方式改变了。国王死了,国王万岁!①专利权刚刚废除,铁路和银行就出现了:这也是一种不劳而获的手段。"

"是的,你说的这一切也许是正确而聪明的……卧下,克拉克!"斯捷潘·阿尔卡季奇对正在搔痒而且在草堆上转来转去的猎狗喝道,显然他很相信自己立论的正确,因此显得镇静和从容,"但是你还没有划出正当的和不正当的劳动之间的界线。我拿的薪金比我的科长多,虽然他办事比我高明得多,这是不正当的吗?"

① 原文为法语。

"我不知道!"

"哦,那么我告诉你吧:你在经营农业上获得了,假定说,五千多卢布的利润,而我们这位农民主人,不管他多么卖劲劳动,他顶多只能得到五十卢布,这事正和我比我的科长收入得多,或者马尔图斯比铁路员工收入多一样的不正当。反过来,我看出社会上对这些人抱着一种毫无道理的敌视态度,我觉得其中含着嫉妒的成分……"

"不,这话不公平,"韦斯洛夫斯基说,"怎么能扯到嫉妒上去,这种事的确有些不干不净。"

"不,听我说!"列文插嘴说,"你说我获得五千卢布,而农民才得到五十卢布,是不公平的:不错。这是不公平的,我也感觉到,不过……"

"果然不错。为什么我们又吃、又喝、又来打猎,无所事事,而他却永远不停地劳动呢?"瓦先卡·韦斯洛夫斯基说,显然他这一生破天荒头一次想到这个问题,因此说得十分诚恳。

"是的,你感觉到了,但是你却不肯把自己的产业让给他。"奥布隆斯基说,仿佛故意向列文挑衅一样。

最近这两位连襟中间似乎发生了一种隐秘的敌对关系,好像自从他们和那两姊妹结了婚,他们中间就发生了较量谁更善于处理生活的敌对意识,现在这种意识就在他们辩论中所采取的攻击个人的口吻上表现了出来。

"我没有给人,因为谁也没有跟我要过,就是我愿意的话,我也不能给,"列文回答,"况且,也没有人可给。"

"给这个农民吧,他不会拒绝的。"

"是的,但是我怎么给他呢?跟他去订让与契约吗?"

"我不知道,不过要是你相信你没有权利……"

"我一点也不相信。恰恰相反,我觉得我没有权利让出去,我觉得我对我的土地和家庭负着责任。"

"不,听我说;如果你认为这种不平等的现象是不公平的,那么你为什么不照着你所说的去做呢?"

"我就是这样做的,不过是消极地,就是说,我不设法扩大我和他们之间的差别。"

"不,请原谅我!这是自相矛盾的话。"

"是的,这是强词夺理的解释。"韦斯洛夫斯基插嘴说。"哦!我们的主人,"他对那位打开吱吱作响的仓库的门走进来的农民说,"怎么,你还没有睡觉?"

"不,我怎么能睡呢?我以为老爷们已经睡了哩,但是听见你们还在谈话。我要拿一把钩镰。它不咬人吗?"他补充说,一面光着脚小心翼翼地走着。

"你到哪里去睡觉呢?"

"我们今天夜里要去放马。"

"啊,多美的夜色呀!"韦斯洛夫斯基说,一边凝视着从打开的仓房门框里射进来的朦胧晚霞中隐约可辨的小屋角落和卸了马的马车,"听听,这是女人们唱歌的声音,唱得还真不坏哩。谁在唱,我们的主人?"

"附近的丫头们。"

"我们去散散步吧!要知道,我们反正也睡不着。奥布隆斯基,走吧!"

"要是能够又躺着又出去就好了!"奥布隆斯基欠伸着回答,"躺着不动真舒服啊。"

"哦,那我就一个人去,"韦斯洛夫斯基说,敏捷地爬起来,穿上皮靴,"再见,先生们!如果有趣的话,我就来叫你们。你们请我来打猎，我忘不了你们。"

"是个可爱的小伙子，对不对？"当韦斯洛夫斯基走出去，农民跟着掩上身后的房门时，奥布隆斯基说。

"是的，很可爱。"列文回答，一边还在思索他们刚才讨论的问题。他觉得他已经尽可能清楚地表明了自己的思想感情，但是这两位相当聪明而且诚恳的人，居然异口同声地说他用强词夺理的话聊以自慰。这使他心里很难受。

"事情就是这样，我的朋友！二者必居其一：要么你承认现在的社会制度是合理的，维护自己的权利；要么就承认你在享受不公正的特权，像我一样，尽情享受吧。"

"不，如果这是不公道的，那么就不能尽情地享受这种利益；至少我不能够。对于我，最主要的，是要觉得问心无愧。"

"怎么样，我们真的不去吗？"斯捷潘·阿尔卡季奇说，显然厌倦了这种心理上的紧张，"你要知道，我们睡不着的。真的，我们去吧！"

列文一声不答。他在刚才的谈话中说他的所做所为在消极意义上是公正的，这句话盘踞在他的心头。"难道消极地就可以算公正吗？"他问自己。

"新鲜干草味多么大啊！"斯捷潘·阿尔卡季奇说，坐起来，"我无论如何也睡不着。瓦先卡在那里搞什么花样呢。你听见笑声和他的声音吗？不去吗？我们去吧！"

"不，我不去。"列文回答。

"难道你这也是按照原则办事吗？"斯捷潘·阿尔卡季奇脸上带着微笑说，一边在黑暗里摸索自己的帽子。

"并不是按照原则办事，不过我为什么要去？"

"可是你知道，你在自找苦吃。"斯捷潘·阿尔卡季奇说，找着了他的帽子,于是站起身来。

"何以见得?"

"难道我看不出你和你妻子相处得怎么样吗?我听见你们讨论你去不去打两天猎的事,好像讨论什么了不得的问题一样。作为一个富有诗意的插曲倒也不坏,但是不能这样一辈子。男子汉应当独立不羁——男人有男人的兴趣。男人应当刚强果断。"奥布隆斯基说,打开门。

"这是什么意思?去跟使女调情吗?"列文盘问说。

"如果有趣,为什么不去?这不会引起严重后果。①对我的妻子没有害处,对于我却是一场快活。主要的是要维护家庭的神圣!在家里决不搞这种事情。但是也用不着束手束脚啊。"

"也许如此!"列文冷冷地说,翻过身侧卧着,"明天一早就得动身,我谁也不惊动,天一亮就走。"

"先生们,快来!"②传来转回来的瓦先卡的声音,"真美!③这是我的大发现!真美!一个十全十美甘泪卿④型的人物,我已经和她结识了,真的,美极了!"他说话时那副赞不绝口的神气,好像是为了他才特地把她创造得这样优美动人,他很满意为他准备好这种绝世佳人的造物主。

列文假装睡着了,可是奥布隆斯基穿上鞋子,点上一支雪茄,就由仓库里走出去,他们的声音不久就消失了。

列文好久不能入睡。他听见马群咀嚼干草的声音;以后房东和他的长子如此收拾停当,骑着马夜里去放青;随后又听见那个兵士怎样同他外甥——房东的小儿子——在仓库另外一头安顿下来睡觉;听见那男孩怎样用战栗的声音对他舅舅讲他对狗的印象,男孩

---

①②③ 原文为法语。
④ 甘泪卿,歌德所著的《浮士德》里的女主人公。

觉得它又庞大又可怕;随后男孩怎样盘问这些狗要去捉什么,兵士怎样用沙哑、睡意蒙眬的声音对他讲,明天猎人们要去沼地打猎,随后为了不让小男孩再往下问又补充说:"睡吧,瓦夏,睡吧,不然你可小心点!"不久兵士自己就发出了鼾声,于是万籁俱寂,只听见马群嘶鸣和山鹬的啼声。"难道仅仅消极就行了?"列文在心里暗暗重复这句话。"喂,到底怎么回事?这不是我的过错。"于是他开始想着明天。

"明天我一清早就走,一定不要太急躁。有无数的山鹬。还有松鸡哩。我回来的时候,基蒂的信就来了。嗯,斯季瓦也许是对的:我对她缺乏丈夫气概,我变得优柔寡断了……哦,怎样办呢!又是消极地!"

睡意蒙眬中他听见欢笑声和韦斯洛夫斯基同斯捷潘·阿尔卡季奇兴高采烈的谈话声。他睁开了一下眼睛:一轮明月已经升上来,在被升起的月亮照耀得光明灿烂的敞着的门口,他们正站着聊天。斯捷潘·阿尔卡季奇在讲少女的鲜艳娇嫩,把她譬喻作新剥出壳的鲜核桃;而韦斯洛夫斯基又发出他富有感染力的笑声,想必是在重复一个农民对他说的话:"你最好还是想法讨个老婆吧!"列文半睡半醒地咕噜说:

"先生们,明天天一亮就出发!"说完就睡着了。

12

黎明醒来,列文试着唤醒他的同伴们。瓦先卡俯卧着,一只穿着袜子的脚伸出去,睡得那么香甜,要想使他回答一声是绝对不可能的。半睡半醒的奥布隆斯基这么早一动也不肯动。连蜷缩着睡在干草堆角落里的拉斯卡也不大愿意起来,它懒懒地先伸直并且站稳了一条后腿再伸另外一条。列文穿上皮靴,拿了猎枪,小心翼翼地打开吱吱作响的仓库大门,走到大街上。马车夫睡在车旁,马群也在打瞌睡。只有一匹马在无精打采地嚼燕麦,喷着鼻息,把燕麦弄得满马槽边上都是。外面的天色还是阴暗的。

"你为什么起得这么早,亲爱的?"上了年纪的女主人由木屋里出来,像对交情很深的老朋友那样友好地说。

"我去打猎,老大娘。我可以打这条路到沼地去吗?"

"顺着房子后面一直走;经过我们的打谷场,亲爱的,再穿过大麻地,那里有一条小路。"

老妇人小心地迈动她那晒得黑黝黝的赤脚,给列文带路,并且给他打开打谷场的栅栏门。

"一直走,你就会走到沼地。昨天夜里我们家的孩子们赶着牲口到那里去了。"

拉斯卡快活地顺着小路奔跑,列文迈着迅速而轻快的步子紧跟在后,不住地观望天色。他希望在他没到达沼地之前,太阳不要出来。但是太阳却不迟延。月亮,在他刚出门的时候还放射着光辉,现在却只像一块水银似的闪着光;原先令人非常注目的远处黎明的粉红色闪光,现在要细细找寻才能发现;原先遥远田野上模糊不清的斑点现在已经一目了然了。那是一捆捆的黑麦。太阳出来以前还看不见、已经授了花粉的高大而芳香的苎麻上的露珠,沾湿了列文的腿和大半截外套。在清晨明显的静寂中连最轻微的声音也听得见。一只蜜蜂从列文的耳边飞过,呼啸着像一颗子弹。他仔细观看,看见还有第二只、第三只。它们由养蜂场的篱笆后面飞出来,飞过苎麻田,在沼地那边消失了踪影。羊肠小径一直通到沼地。沼地可以从上面升起的雾气辨认出来,有的地方雾浓些,有的地方雾淡些,因此芦苇和柳树林看起来仿佛是在云雾中摇曳的岛屿。在沼地边上和大路上，躺着夜里放牧马群的小伙子们和农民们，身上盖着衣服，黎明时全都睡着了。离他们不远，有三匹脚拴在一起的马在走来走去。有一匹把脚链弄得啷作响。拉斯卡在它主人旁边走着，恳求让它跑到前面去，四下张望着。列文走过睡着的农民们身边，到了头一处苇塘的时候，检查了一下枪上的信管筒，放了猎狗。有一匹饲养得肥壮光滑的三岁口的栗色马，一看见猎狗就惊了，撅着尾巴喷着鼻子。其余的马也惊了，拴在一起的脚蹚过塘水，蹄子从浓泥浆里拔出来，哗啦哗啦地响着，挣扎着跳出泥塘。拉斯卡站住不动了，带着讥笑的神情盯着马群，询问似的望望列文。列文拍拍拉斯卡，吹了一声口哨，作为它现在可以开始行动的信号。

拉斯卡又快活又焦虑地跑过它脚下动荡不定的泥泞地。

拉斯卡一跑进沼泽，马上就在它所熟悉的根茎、水草、烂泥和它所不熟悉的马粪味中，嗅出了弥漫在整个地区的飞禽气息，这种强烈的飞禽气息比什么都刺激得它厉害。在藓苔和酸模草中间，这种气息非常强烈；但是不能断定哪里浓些哪里淡些。要弄清楚这一点，它必须顺着风走远点。拉斯卡简直觉不出自己的腿在移动，脚不点地地狂奔着，用这种跑法，在必要时可以一跃而停，它向右方跑去，远远避开日出以前东方吹来的微风，然后转身朝上风前进。它张大鼻孔吸了一口空气，立时发觉不但有气息，而且它们本身就在那里，就在它面前，不止一只，而且有好多只。它放慢了脚步。它们在那里，但是究竟在什么地方，它还不能断定。为了断定地点，它开始兜圈子，突然间它主人的声音转移了它的注意力。"拉斯卡！这里！"他说，向它指着另一边。它站住不动了，仿佛在询问是否还是照它开始那样做的好。但是他声色俱厉地把这命令重复了一遍，一面指着什么也不可能有的一堆被水淹没的小草墩。它听从了，为了讨他喜欢起见，它装出寻找的模样，绕着草墩走了一圈，又回到原来的地方,立刻又闻到它们的气味。现在,当他不再打扰它的时候,它知道该怎么办,也没有看看自己脚下,使它烦恼的是给大草墩绊了一跤,跌到水里,但是用它柔韧有力的脚爪克服了这种困难,它开始兜圈子,好把一切都弄明白。它们的气息越来越强烈、越来越清晰地飘送过来,突然间它完全明白了这里有一只,就在草墩后面,在它前面五步远的地方,它站住不动,浑身都僵硬了。因为腿太短,前面什么它都望不见,但是它由气味闻出了它离开不到五步远。它站住不动,越来越意识到它的存在,而且以这种期待为莫大的乐事。它僵硬的尾巴撅得笔直,只有尾巴尖在战栗。它的嘴巴微微张开,两耳竖直。它奔跑的时候一只耳朵倒向一边,它沉重地、但是谨慎地呼吸着,与其说扭过头去,不如说斜着眼睛,更谨慎地回顾它的主人。他带着它看惯的脸色和老是那样可怕的眼神,跌跌绊绊地越过草墩,但它觉得他走得慢得出奇。它觉得他走得慢,其实他是在跑着。

他注意到拉斯卡奇特的寻觅姿态,身子几乎整个贴着地面,好像在拖着后腿大步前进,而且它的嘴巴微微张开,他明白它给山鹬吸引住了,在向它跑去的时候,他心里默祷着成功,特别是在这头一只鸟上。走到它身边,他以居高临下的地位朝前面望过去,他的眼睛看到了它的鼻子嗅到的东西。在草墩中间的空地上,他看见一只山鹬。它扭着脑袋,留神细听。它刚刚展了展翅膀就又收拢了,它笨拙地摆了摆尾巴,就在角落里消失了。

"抓住它,抓住它!"列文喊叫,从后面推了推拉斯卡。

"不过我不能去,"它暗自寻思,"我往哪里去呢?从这里我嗅得到它们,但是如果我往前动一动,我就完全不知道它们在哪里,它们是什么东西了。"但是他又用膝盖推撞了它一下,用兴奋的低声说:"抓住它,拉斯卡,抓住它!"

"好吧,若是他要这样,我就这么办,不过现在我不能负什么责任了。"拉斯卡想,猛地用全速力向前面的草丛中间冲过去。现在它什么也闻不到了,只是莫名其妙地看一看听一听而已。

距离原来的地方十步远,带着一阵山鹬所特有的咯咯的啼声和拍击翅膀的响声,一只山鹬飞起来了。紧跟着一声枪响,它扑通一声白胸脯朝下跌落在湿漉漉的泥淖里。另外一只,没等猎狗去惊动就在列文后面飞起来。

等列文扭过身子,它已经飞远了。但是他的子弹射中了它。第二只山鹬飞了二十步的光景,斜着飞上去,又倒栽下来,像抛出去的球一样连连翻了几个斤斗,就扑通一声落到干地上。

"这就一帆风顺了!"列文想,把还有暖气的肥山鹬放到猎袋里,"哦,亲爱的拉斯卡,会一帆风顺了吧?"

列文又上好子弹,动身往远处去,太阳虽然还被乌云遮着,但是已经升起来了。月亮失去了光辉,宛如一片云朵,在天空中闪着微光;一颗星星也看不见了。以前在露珠里发出银白色光辉的水草,现在闪着金黄色。烂泥塘像一片琥珀。青翠的草现在变成黄绿色。沼泽的鸟在那露珠闪烁、长长的影子投在溪边的树丛里骚动起来。一只鹞鹰醒了,停在干草堆上,它的头一会扭到这边一会扭到那边,不满地望着沼泽。乌鸦在飞向原野,一个赤脚的男孩把马群赶到老头身边,这个老头撩开了大衣坐起来搔痒。火药的烟雾像牛奶一样,散布在葱绿的青草上。

有个小孩跑到列文跟前。

"叔叔,昨天这里还有野鸭哩!"他冲着他喊叫,远远地跟在他后面走。

列文在那个赞不绝口的小男孩面前一连打死了三只山鹬,因此觉得加倍地高兴。

13

如果第一只飞禽或者走兽没有被放过，那么一天都会万事如意，猎人这种说法果然不错。

又疲倦，又饥饿，又快活，列文在早晨十点钟，跋涉了约莫三十里的光景，带着十九只血淋淋的野味，腰带上还系着一只野鸭（因为猎袋里已经没有容纳的余地），就返回寄宿处去了。他的同伴们早就醒了，并且早就觉得饥饿，已经吃过早餐了。

"等一下，等一下，我记得是十九只。"列文说，第二次又数起那些山鹬和松鸡，它们已经没有飞翔时的神气活现的姿态，缩作一团，干瘪了，身上凝着血块，脑袋歪到一边。

数目是对的，斯捷潘·阿尔卡季奇的嫉妒使列文非常高兴。他一回到寄宿处，就发现基蒂派来的信差已经送信来了，因此更加高兴。

> 我十分健康，很快活。若是你为我担心，现在你可以比以前更放心了。我有个新护卫，就是玛丽亚·弗拉西耶夫娜（这是一个接生婆，在列文家的家庭生活中是一个新的重要人物）。她来探望我，发现我十分健康。我们留她住到你回来的时候再走。大家都很高兴，都很健康，你千万不要太着急，如果打猎很顺利，那么再逗留一天也行。

这两桩喜事，他成功的游猎和妻子的来信，使他非常痛快，以致后来发生的两桩煞风景的小事列文也就马马虎虎地放过了。一桩事情是那只栗毛副马，昨天显然是劳累过度，不吃草料，显得无精打采。车夫说它累坏了。

"昨天把马累得精疲力尽，康斯坦丁·德米特里奇，"他说，"啊哟，毫无道理地赶了十里路！"

另外一桩扫兴的事——最初曾破坏了他的愉快心境,可是随后又使他笑了很久的——是这样:基蒂准备得那么丰富的、似乎一个星期也吃不完的食物,居然一点不剩了。列文打完猎又累又饿地回来,历历在目地想着肉馅饼,以致他走近寄宿舍的时候仿佛已经闻到香味,尝到了那种滋味——就像拉斯卡嗅到了野味一样——立刻就吩咐菲利普去拿来。哪知道不但没有肉馅饼,连烧鸡都没有了。

"他的胃口真大!"斯捷潘·阿尔卡季奇含笑指着瓦先卡·韦斯洛夫斯基说,"我并没有食欲不振的毛病,但是他的胃口可真惊人哩……"

"嗯,没有办法!"列文说,一面不高兴地望着韦斯洛夫斯基,"菲利普,那么给我拿些牛肉来吧!"

"牛肉吃光了,骨头喂了狗。"菲利普回答。

列文气得发火说:

"哪怕给我留下一点也好啊!"他像要哭出来了。

"那么收拾点野味,放上点荨麻,"他用发颤的声音对菲利普说,极力不望着韦斯洛夫斯基,"至少得给我要点牛奶。"

后来,他喝足了牛奶的时候,觉得对生人露出厌烦很不好意思,开始嘲笑自己饿得那副凶相。

傍晚他们又出去打猎,韦斯洛夫斯基也打了好几只飞禽,夜里就动身回家了。

归途上他们也像来的时候那样兴高采烈。韦斯洛夫斯基一会唱歌,一会津津有味地回忆他在农民家里的猎奇事件,他们请他喝伏特加,而且对他说"请多多包涵";一会又回想起那一夜的猎奇事件、游戏、使女和一位农民,那农民问他结过婚没有,听说没有,就对他说:"不要羡慕别人的老婆,还是自己想办法娶一个好。"这些话使韦斯洛夫斯基觉得特别有意思。

"总而言之,这趟旅行我非常满意。您呢,列文?"

"我也非常满意哩。"列文诚心诚意地说,他尤其高兴的是他不像在家里那样,不仅对瓦先卡·韦斯洛夫斯基不怀着敌意,而且反倒对他抱着很大的好感。

14

第二天早晨十点钟的光景,列文巡视过农庄,就敲敲瓦先卡寝室的房门。

"请进!"[①]韦斯洛夫斯基大声说,"对不起,我刚刚结束淋浴[②]哩。"他微笑着说,只穿着一件衬衣站在列文面前。

"请不要客气,"列文坐到窗口,"您睡得好吗?"

"睡得就像死人一样。今天是多么好的打猎日啊!"

"您要喝什么呢,茶,还是咖啡?"

"两样都不要。我要吃早点。我实在很难为情,我想夫人们已经起来了吧?现在去散散步就好极了。让我看看您的马吧。"

他们绕着花园走了一圈,参观了马厩,甚至还一齐在双杠上做了一会体操以后,列文陪着客人回到家里,同他一齐走进客厅。

"打猎打得好极了,有那么多新的感受!"韦斯洛夫斯基说,向坐在茶炊旁边的基蒂走过去,"可惜妇女享受不到这种乐趣!"

"嗯,这又有什么呢,他总得跟女主人寒暄几句。"列文自言自语。他又觉得这位客人同基蒂说话时流露出的微笑和得意扬扬的表情里有点蹊跷……

同玛丽亚·弗拉西耶夫娜和斯捷潘·阿尔卡季奇坐在桌子那一

---

①② 原文为法语。

头的公爵夫人，把列文招呼到自己跟前，同他谈着为了基蒂生产迁移到莫斯科去住和准备房子的问题。对于列文，正像结婚时各种各样琐琐碎碎的准备，破坏了正在进行的事情的庄严性，反而使他很不痛快那样，现在为了那屈指就要来临的生产而做的准备使他越发不痛快了。他总是极力不听她们谈论用襁褓包裹未来的婴儿的最好方法，总是极力扭过头去不看多莉所特别看重的那种神秘、没完没了的、编织绷带和麻布三角巾的工作，以及诸如此类的事。已经有了希望的、而他却还是不能相信的儿子（他确信是个儿子）的降生，这件事是那么离奇，以致他一方面觉得是莫大的、因而是不可能获得的幸福；而另一方面又觉得非常不可思议，因此这种对于将要发生的事情的强不知以为知，因而把它当作人间的什么平凡的、人为的事情来作种种准备，他觉得是一种岂有此理和侮辱人的事。

但是公爵夫人不了解他这种心情，认为他的不闻不问是粗心大意和漠不关怀，因此不容他安静一下。她委托斯捷潘·阿尔卡季奇去看一幢房子，现在就把列文招呼过来。

"我什么也不知道哩，公爵夫人。您想怎么办就怎么办吧。"他说。

"你得决定一下什么时候搬家。"

"我真不知道。我知道千千万万的婴儿没去莫斯科，也没请医生，但是也生下来了……那么为什么……"

"哦，假如这样……"

"噢，不！照基蒂的意思办吧。"

"但是这事不能跟基蒂谈呀！你到底想怎么样，要我吓坏她吗？今年春天，纳塔利·戈利岑娜就是因为请了个庸医死掉的。"

"您说怎么着，我就怎么办。"他愁眉不展地说。

公爵夫人开始对他讲，但是他并不去听她的话。虽然同公爵夫人的这场谈话使他心乱如麻,不过他闷闷不乐倒不是因为这场谈话,而是由于看到茶炊旁边那种情景的缘故。

"不,不可能的。"他沉思着,有时望望瓦先卡,后者正带着动人的微笑探着身子凑近基蒂说些什么,有时望望满面绯红、神情激动的基蒂。在瓦先卡的姿态上,在他的眼色和微笑里有些不纯洁的地方,甚至在基蒂的姿态和眼色里列文也看出一些不纯洁的地方。他的眼睛又黯淡无光了。他又像以前一样,突如其来地,丝毫没有变化,他觉得自己从幸福、宁静和尊严的绝顶被扔到绝望、怨恨和屈辱的深渊里。他又觉得一切人和一切事情都是讨厌的了。

"那么,公爵夫人,您以为怎么好就怎么办吧。"他说,又扭过头去观察。

"莫诺玛赫冠是沉重的!"[1]斯捷潘·阿尔卡季奇跟他开玩笑说,显然不仅暗指公爵夫人的话,而且也针对他观察到的列文激动的原因,"你今天多么晚呀,多莉!"

大家都起来迎接达里娅·亚历山德罗夫娜。瓦先卡站了一站,带着现代青年人所具有的那种对待妇女缺少礼貌的特色,只欠了欠身,就又说笑起来。

"玛莎可把我折磨坏了。她睡不好,今天早晨淘气极了。"多莉说。

瓦先卡和基蒂所谈的话题像昨晚一样,又涉及安娜以及爱情是不是超然物外的问题上去了。这种话题基蒂很不喜欢,使她心烦意乱,一方面由于话题的本身,一方面由于谈话的腔调,特别是因为她已经了解这对于她丈夫会有多大影响。但是她太单纯太天真了,不知道怎样来打断这种议论,甚至也不知道怎样来掩饰由于这位年

---

[1] 引自普希金所著的《鲍利斯·戈东诺夫》。莫诺玛赫冠即王冠。

轻人露骨的殷勤而引得她流露出来的欣慰神情。她想结束这场谈话，但是不知道怎么办才好。无论她做什么，她知道，她丈夫都会注意到的，都会往坏处想。果然，当她问多莉玛莎出了什么问题，而瓦先卡等待着这场他觉得索然无味的谈话快快结束，漠不关心地望着多莉的时候，列文觉得她的问题是不自然的，狡猾得使人作呕。

"怎么样，我们今天去采蘑菇吗？"多莉说。

"去吧，我也要去哩。"基蒂说，脸涨得通红。为了礼貌的关系，她想问瓦先卡去不去，但是忍住了没有问。"哪里去，科斯佳？"当她丈夫迈着坚决的步子从她身边走过去的时候，她带着羞愧的神情问。这种愧疚的神色证实了他所有的猜疑。

"我不在的时候机械师来了，我还没有见着他。"他说，望都不望她一眼。

他走下楼去，但是他还没有来得及走出书房，就听见妻子熟悉的脚步声迈着不小心的疾速步伐紧跟着他出来了。

"什么事情？"他冷冷地问她，"我们忙得很。"

"对不起，"她对那位德国机械师说，"我有几句话要跟我丈夫谈谈。"

德国人刚要走开，但是列文对他说：

"请放心好了！"

"火车是三点钟吗？"德国人问，"我决不能误了车。"

列文不搭腔，就同他妻子走出去了。

"嗯，你有什么话要对我说？"他用法语问。

他不望着她的脸，也不愿意注意她处在怀孕的状况下，整个脸都在抽搐，流露出逗人怜爱、不知所措的神情。

"我……我要说，再也不能这样过下去了……这简直是受罪！"她低声说。

"饭厅里有仆人,"他怒冲冲地说,"别大吵大闹。"

"那么,这边来吧!"

他们站在过道里。基蒂想要走进隔壁的房里去,但是英国女家庭教师正在那里教塔尼娅功课。

"哦,到花园里去吧。"

在花园里他们碰见一个打扫小径的农民。也顾不得那位农民会看见她脸上的泪痕和他激动的神色,也顾不得他们那副样子像逃难人一样,他们飞似的往前走,觉得一定要痛痛快快地说个清楚,把一切误会都解释开,一定要单独待一会,借此摆脱掉两个人都遭受到的痛苦。

"决不能这样过下去!这是受罪!我痛苦,你也痛苦。为了什么呀?"在他们终于到了菩提林荫路的角落上的清静长凳旁的时候,她说。

"不过你倒跟我说说:他的声调里是不是有一些不成体统、不正经、下流得可怕的地方?"他说,又带着那天晚上的姿势,两只拳头紧按在胸膛上,站在她面前。

"有的,"她用战栗的声音说,"不过,科斯佳,难道你真看不出不是我的过错吗?我从早晨就想采取一种……但是这些人……他为什么要来呢?过去我们多么幸福!"她说,因为那种使她膨胀身体战栗不已的呜咽而哽咽得说不出话来了。

园丁惊异地看到,虽然没有什么东西追赶他们,也没有什么东西要逃避,而且在那条长凳上也不可能发现什么了不起的可高兴的事,但是,他们走过他身旁回家去的时候脸上却是又平静又开朗的。

15

列文把妻子送上楼以后,就到多莉的房里去了。达里娅·亚历山德罗夫娜那天也苦恼得不得了。她在屋里踱来踱去，对站在角落里号啕大哭的小女孩怒冲冲地说：

"罚你在角落里站一天，罚你一个人吃午饭，一个娃娃也不让你看到，一件新衣服也不给你做。"她数落着，不知道怎样处罚她才好。

"唉哟，她真是讨人厌的孩子哩！"她对着列文说，"她这种坏习惯是从哪里来的呢？"

"她究竟做了些什么呀？"列文相当冷漠地问。他本来想和她商量自己的事，因此很懊悔自己来得不是时候。

"她跟格里沙到覆盆子树那里，在那里……她做的事我都不好说出口。艾略特小姐①没来真叫人遗憾万分。这一个什么都不照管，像一架机器……真想不到，这孩子②……"

于是达里娅·亚历山德罗夫娜讲起玛莎的罪状来。

"那又算得了什么，这根本不是什么坏习惯，只不过是淘气罢了。"列文安慰她说。

"但是你有什么不如意的事？你来做什么？"多莉问，"那边出了什么事情？"

从这问题的声调列文听出来，他可以畅所欲言地说出他心里想要说的话。

"我没有在那里，我同基蒂到花园里去了。这是我们第二次口角了，自从……斯季瓦来了以后。"

多莉用聪明而通达事理的眼光盯着列文。

"哦，你说说，凭着你的良心，有没有……不是基蒂那方面，而是在这位先生的举动上，有没有使做丈夫感到不痛快，不是不痛快，而是可怕和侮辱的地方呢？"

① 原文为英语。
② 原文为法语。

"你是说,我怎么说才好呢……站住,站在角落里!"她对玛莎说,她看见她母亲的脸上流露出一丝隐约可辨的微笑就转过身来,"社交界的人会说,他的行径和所有的青年人的行径一样。他在向年轻貌美的妇女献殷勤,[①]而一个社交界的丈夫只会因此觉得受宠若惊哩。"

"是的,是的,"列文郁闷地说,"但是你觉察出来了?"

"不单我,斯季瓦也看出来了。喝过茶以后他坦白地对我讲:我想,韦斯洛夫斯基在向基蒂献小殷勤哩![②]"

"噢,对了,现在我放心了。我要把他赶走。"列文说。

"你这是什么意思?你发疯了?"多莉大吃一惊,喊起来。"你这是什么意思,科斯佳,想想吧!"她笑着说。"你现在可以到芬妮那里去了。"她对玛莎说。"不,要是你愿意的话,我就告诉斯季瓦。他会把他带走的。就说你们家要来客人就行了。总而言之,他在我们家很不合适。"

"不,不,我自己来办。"

"但是你会吵起来吧?……"

"决不会的。这对我会是一桩乐事。"列文的眼睛里果真闪耀着愉快的光芒说。"哦,饶了她吧,多莉!她不会再犯了。"他替那个没有到芬妮那里去,迟疑不决地站在她母亲面前,皱着眉头等待着,极力想迎住她目光的小犯人求情说。

母亲望了她一眼。小女孩哇的一声大哭起来,把脸埋藏在她母亲的裙子里,多莉把自己瘦削而柔弱的手放在她头上。

"他和我们之间有什么共同之处呢?"列文一边沉思,一边去找韦斯洛夫斯基。

---

①② 原文为法语。

他穿过前厅的时候，吩咐套上轿车，赶到车站去。

"昨天轿车的弹簧断了。"仆人回答说。

"那么就套上二轮马车，不过要赶快。客人在哪里呢？"

"他到自己的房间去了。"

列文找到瓦先卡的时候，他已经打开了皮箱里的东西，摊开了新的情歌，正在打绑腿，准备骑马去。

是列文的脸色有些异样呢，还是瓦先卡自己意识到他所发动的那种小小的献殷勤①在这家庭里很不得当，列文一进来，他就有点（像社交界的人所容许有的程度）不好意思了。

"您打绑腿去骑马吗？"

"是的，这样利落多了。"瓦先卡说，把一只胖腿放在椅子上，扣上下面的钩子，愉快而和蔼可亲地微笑着。

他无疑是个好脾气的人，列文一看见流露在瓦先卡脸上那种羞怯的表情，因为自己是做主人的，就替他难过起来，而且不胜惭愧。

桌上摆着半截手杖，这是他们早晨做体操的时候，试着扶正弯曲了的双杠而搞断了的。列文拾起这截断了的木棍，动手扯下棍头上四分五裂的碎片，不知道怎样开口才好。

"我想要……"他停下不作声了，但是突然间想起基蒂以及发生过的一切纠葛，于是坚定不移地正视着他说："我吩咐给您套好了马车。"

"怎么回事？"瓦先卡大惊失色地开口说，"要到哪里去？"

"送您到火车站去。"列文郁闷不乐地说，把手杖上的碎片拧掉了。

"您要走呢，还是出了什么事？"

---

① 原文为法语。

"碰巧我家要来客人，"列文说，用他强有力的手指越来越快地扯掉手杖上的碎片，"不，不是要来客人，也没有出什么事，不过我还是要请您走。随便您怎样解释我这种无礼的行为吧。"

瓦先卡挺直身子。

"我请求您解释明白……"他庄严地说，终于恍然大悟了。

"我不能对您解释，"列文轻轻地、慢吞吞地说，极力控制着自己下颚的战栗，"您还是不要问的好。"

手杖上的碎片都已经扯掉了，列文就抓起粗的一头，把手杖折成两半，小心地接住落下来的那一半。

大概是那极度紧张的手臂、那在早操时他摸过的筋肉、那炯炯的眼光、低沉的声音和战栗的下颚的景象，胜过千言万语，使瓦先卡信服了。他耸耸肩膀，轻蔑地冷笑一声，行了一个礼。

"我可不可以见见奥布隆斯基？"

这种耸肩和冷笑并没有惹恼列文。"他还要干什么勾当？"他沉思。

"我马上就请他到您这里来。"

"这是多么荒唐的举动！"斯捷潘·阿尔卡季奇听见他的朋友说他接到逐客令，在花园里找到正在踱来踱去等着客人离去的列文时，这么说，"真可笑！①你被什么蝇子咬了？②简直可笑到极点了！③你以为，如果一个年轻人……"

但是列文被蝇子咬的地方显然还很疼痛，因为斯捷潘·阿尔卡季奇想要跟他讲道理的时候他的脸色又发青了，连忙打断他的话：

"请你千万不要跟我讲道理！我没有别的办法！我在你和他的面前觉得羞愧。不过依我看他走了也不会太难过，而他在这里我和我

①③ 原文为法语。
② 这句话是成语，意为"谁惹你啦？"

妻子心里都不痛快。"

"但是他觉得受了侮辱！而且真荒唐！①"

"我也觉得侮辱和痛苦哩！我任何过错都没有，不应该受罪。"

"好吧，简直出乎我意料！嫉妒也可以，但是居然达到这种地步，简直可笑到极点了！②"

列文迅速地转过身去，离开他走向林荫路的深处，又一个人在那里踱来踱去。不久他就听到二轮马车的轰隆声，从树丛里看见瓦先卡坐在一抱干草上（不幸二轮马车上没有座位），戴着他那顶苏格兰帽，沿着林荫路颠颠簸簸地驶过去。

"又是什么事？"当仆人从房里跑出来，拦住车子的时候，列文惊奇地想。原来是为了列文完全忘记了的那个机械师。机械师行了个礼，对瓦先卡寒暄了几句，就爬到马车里，于是他们一齐坐着车走了。

斯捷潘·阿尔卡季奇和公爵夫人对列文的行为大为愤慨。他自己也觉得他不仅荒唐③到了极点，而且觉得有罪和丢人；但是回想起他和他妻子受过的罪，他自问下一次他将如何处理，结果回答他还会采取同样的行动。

虽然如此，但是将近薄暮的时候，除了公爵夫人不能饶恕列文这种行为以外，所有人都变得非常兴高采烈了，就像孩子受过处罚或者成年人在一场难受的官场应酬以后一样，因此晚上当公爵夫人不在的时候，他们把瓦先卡被撵走的事当成陈年旧事一样高谈阔论起来。承继了她父亲那种谈笑风生的才能的多莉，使瓦莲卡笑得前仰后合，她几次三番地，而每一次都添上一些新的幽默，叙述她怎样为了对客人表示敬意特地系上簇新的蝴蝶结，正要走进客厅的时

①②③ 原文为法语。

候,突然间听见马车的轰隆声。究竟是谁坐在车里?除了瓦先卡还有谁呢,他戴着一顶苏格兰帽,唱着情歌,打着绑腿,坐在干草上。

"哪怕替他套上一辆轿车也好啊!可是没有,随后我听见:'站住!'哦,我以为他们发了慈悲哩。一看,原来是让一个又肥又胖的德国人坐到他身边,车子就走了……我的蝴蝶结也白系了!……"

16

达里娅·亚历山德罗夫娜实现了去拜望安娜的心愿。她要去做一件使她妹妹伤心和惹得列文不高兴的事情,觉得很过意不去;她觉得列文家不愿意和弗龙斯基有任何来往是理所当然的;不过她认为拜访安娜,表明尽管她的处境改变了,但是自己对她的感情依然不变是她的责任。

为了使这趟旅行不依靠列文家的帮助,达里娅·亚历山德罗夫娜打发人到乡村里去租马;但是列文一听说这件事,就来责备她。

"你为什么认为你去我会不高兴呢?即使我不高兴,如果你不用我的马,我就会更不高兴了,"他说,"你从来没有跟我说过你一定要去。再说,要在乡村里租马,一来会使我不高兴,而主要的是,他们会承揽下这桩差使,但是永远也不会把你送到地方的。我有马。如果你不想让我难过的话,你就拿我的去用吧。"

达里娅·亚历山德罗夫娜只好答应,在指定的日期列文给他的姨姐准备好了四匹马,作为轮班驾驶的驿马,是由耕马和乘骑拼凑起来的,一点也不壮观,但是却能够当天把她送到目的地。目前,要动身离开的公爵夫人和接生妇都需要马,这对列文说来是一件麻烦事,但是由于他殷勤好客,他不能让住在他家里的达里娅·亚历山德罗夫娜到外边去租马,况且,他知道她为了这趟旅行而要花费的二十个卢布，对她来说是一笔了不得的数目；而列文对达里娅·亚历山德罗夫娜拮据的经济状况，就像对自己的事情那样关心。

达里娅·亚历山德罗夫娜听了列文的劝告，在黎明以前就动身了。道路很好走，马车很舒适，马匹跑得很起劲，在驾驶台上车夫旁边坐着的不是仆人，而是列文为了安全起见派遣来的事务员。达里娅·亚历山德罗夫娜打瞌睡了，直到抵达了换马的小旅店才醒过来。

在列文那次去斯维亚日斯基家中途逗留过的那家蒸蒸日上的农家喝过茶，同女人们聊了一阵孩子，同老人谈了谈他非常钦佩的弗龙斯基伯爵，达里娅·亚历山德罗夫娜在十点钟就继续赶路了。在家里，由于要照顾孩子们，她没有思索的余暇。但是现在，在这四个钟头的旅途中，她以前压抑住的千头万绪突然都涌上了她的心头，她开始从各种不同的角度来回顾她自己这一生，这是从来没有过的事情。她的思想使她自己都觉得奇怪。最初她想到了孩子们，虽然公爵夫人，主要是基蒂（她比较更信赖她一些）答应了照顾他们，她还是放心不下。"但愿玛莎不要又淘气，格里沙不要被马踢了，莉莉不要再闹肚子就好了。"但是一下子眼前的问题又被不久将来的问题代替了。她开始沉思，今年冬天在莫斯科她得搬到一幢新房子去，把客厅的家具更换一新，给最大的女孩做一件冬大衣。随后更远的未来的问题——她怎样把孩子们培养成人——也出现了。"女孩子们还好办，"她凝思，"可是男孩子们呢？"

"好在现在我在教格里沙，但是这只是因为我现在没有牵累，没有怀孕。自然什么都不能指望斯季瓦。靠着好心人的帮助，我会把他们培养成人；但是万一又生儿育女呢……"她突然想起那句话——说加在妇女身上的诅咒是生育的痛苦——有多么不正确。"分娩倒没什么；但是怀孕却是一件苦事哩。"她沉思，回忆她最近的一次怀孕和最小的婴儿的夭折。她回想起刚才在歇脚地方她和一位年轻女人谈过的话。为了回答她有没有孩子这个问题，那个年轻美貌的农妇快活地答复说：

"我有过一个女孩，但是老天爷解放了我。我去年四旬斋把她埋了。"

"那么，你很难过吗？"达里娅·亚历山德罗夫娜问她。

"有什么可难过的哩？老头的孙子孙女本来就很多了。儿女只不过是个麻烦罢了。害得你这也不能干，那也不能干，不过是个累赘罢了。"

尽管这个年轻女人脸上流露着温柔和蔼的神情，这回答却使达里娅·亚历山德罗夫娜起了反感；可是现在她不由得回忆起这句话。在这句豁达的话里倒也有一部分道理。

"总而言之，"她沉思，回顾她这十五年的婚姻生活，"怀孕、呕吐、头脑迟钝、对一切都不起劲、而主要的是丑得不像样子。基蒂，就连那样年轻美丽的基蒂，也变得那么难看。我怀孕的时候，我知道我变丑了。生产、痛苦，痛苦得不得了，最后的关头……随后就是哺乳、整宿不睡，那些可怕的痛苦……"

达里娅·亚历山德罗夫娜几乎哺乳每个孩子都害过一场奶疮，她一想起那份罪就浑身战栗。"接着就是孩子们的疾病，那种接连不断的忧虑；随后是他们的教育，坏习惯（她回想起小玛莎在覆盆子树丛里犯的过错），学习，拉丁语……这一切是那样困难和难以理解。最要命的是，孩子的夭折。"那种永远使慈母伤心的悲痛回忆又涌上了她的心头：她最小的婴儿，一个害喉炎死去的小男孩；他的葬礼，大家对那淡红色小棺材所表示的淡漠，当盖上装饰着金边十字架的淡红色棺材盖的那一瞬间，她看见他那满鬈鬈发的苍白小额头和微微张着的露出惊异神情的小嘴的时候，她所感到的那种肝肠寸断的凄惨悲痛。

"这一切究竟是为了什么？这一切究竟会有什么结果呢？结果是，我没有片刻安宁，一会儿怀孕，一会儿又要哺乳，总是闹脾气和爱发牢骚，折磨我自己，也折磨别人，使我丈夫觉得讨厌，我过着这样日子，生出一群不幸的、缺乏教养的、和乞儿一样的孩子。就是现在，如果我们没有到列文家来避暑，我可真不知道我们要怎样对付过去了。自然科斯佳和基蒂是那样体谅人，使我们一点也不觉得；但是不能老这样下去。他们会有儿女，就不能帮助我们了；事实上，他们现在手头也很困难。爸爸，他几乎没有给自己留下一点财产，怎么能管我们呢？这样我自己连抚养大孩子们都办不到，除非低三下四地靠别人帮忙。嗯，就往好里想吧：以后一个孩子也不夭折，我终于勉勉强强把他们教养成人。充其量也不过是不要成为坏蛋罢了。我所希望的也不过如此。就是这样，也得吃多少苦头，费多少心血啊……我的一生都毁了！"她又回忆起那个年轻女人所说的话。这个回忆又引起她的反感，但是她不能不承认这些话里是有几分粗浅的真理。

"还很远吗，米哈伊尔？"达里娅·亚历山德罗夫娜问那个事务员，为的是驱散那种吓得她胆战心寒的思想。

"听说离村庄还有七里。"

马车沿着村里的大街驶上一座小桥。一群开心的农妇，肩上搭着缠绕好的捆庄稼的绳索，有说有笑，正在过桥。农妇们停在桥上不动，好奇地打量着这辆马车。所有朝着她看的面孔，在达里娅·亚历山德罗夫娜看来都是健康而快活的，以她们生活的乐趣刺激她。"人人都活着，人人都享受着人生的乐趣，"多莉继续沉湎在凝思中，那时马车已经驶过农妇们身边，驶到斜坡顶上，马飞快地放开步子，人坐在旧马车柔软的弹簧上舒适地颠簸着，"而我，就像从监狱里，从一个苦恼得要把我置于死地的世界里释放出来，现在才定下心想了一会儿。人人都生活着：这些女人，我的妹妹纳塔利娅，瓦莲卡，和我要去探望的安娜——所有的人，独独没有我！"

"他们都攻击安娜。为什么？难道我比她强吗？我至少还有一个心爱的丈夫。并不是很称心如意，不过我还是爱他的；但是安娜并不爱她丈夫。她有什么可指责的地方呢？她要生活。上帝赋予我们心灵这种需要。我很可能也做出这样的事。在那可怕的关头她到莫斯科来看我，我听了她的话，这一点我现在都不知道我做得对不对。当时我应当抛弃我丈夫，重新开始生活。我可能真的爱上一个人，也真的被人爱上了。现在难道好些吗？我并不尊敬他。我需要他，"她想起她的丈夫，"我容忍了他。那样做难道有什么好处？当时还可能有人欢喜我，我还有姿色。"达里娅·亚历山德罗夫娜继续想下去，她很想在镜子里照一照自己的容貌。她的口袋里有一面旅行用的小镜子，她很想取出来；但是瞥了一眼车夫和坐在她旁边晃来晃去的事务员的背影，她知道万一他们当中有个人掉过头来，她可就不好意思了，因此她没有把镜子掏出来。

但是即使没有照镜子，她想现在也还不晚，于是她回忆起那个对她特别殷勤的谢尔盖·伊万诺维奇；那个在她的孩子们害猩红热期间曾同她一道看护过他们，而且钟情于她的，斯季瓦的朋友，心地善良的图罗夫岑。还有一个非常年轻的人——她丈夫开玩笑似的对她讲的——认为她在姊妹中是最美丽的。于是最热情的和想入非非的风流韵事涌现在达里娅·亚历山德罗夫娜的想象里。"安娜做得好极了，我无论如何也不会责备她。她是幸福的，使另外一个人也幸福，而且不像我这样精疲力尽，她大概还像以往一样娇艳、聪明和坦率。"达里娅·亚历山德罗夫娜这么想着，一丝狡猾的微笑扭曲了她的嘴唇，特别是因为想到安娜的风流韵事，她同时给自己和一个爱上了她的想象中的德才兼备的男子虚构了一段类似的风流韵事。她，像安娜一样，把全部真相都向她丈夫招认了。斯捷潘·阿尔卡季奇听了这场自白流露出的惊讶而狼狈的神情使她微笑起来。

沉溺在这样的梦想中，她到达了大路上通到沃兹德维任斯科耶村转弯的地方。

17

车夫勒住了四匹马，往右边黑麦田里回头望了一眼，那里有几个农民坐在大车旁。事务员本来想跳下车去，但是随后又改变了主意，命令式地向一个农民吆喝，做手势要他走过来。在马车行驶时感到的微风，车一停就停息了；马蝇落在汗流浃背的马身上，马愤怒地想把蝇子驱走。从大车旁传来的敲击镰刀的铿锵声停息了。有个农民立起身来，朝着马车走来。

"唉呀，你的动作太缓慢了！"事务员向着那个赤着脚慢腾腾地跨过踩硬了的干路的车辙走来的农民怒喝道，"快点！"

那个鬈发的老头，头上缠着树皮绳索，伛偻的脊背被汗水淋得黑黝黝的，他加快速度，走到马车跟前，用他晒黑了的胳臂扶住挡泥板。

"沃兹德维任斯科耶村，老爷的庄园吗？到伯爵家去吗？"他翻来覆去地说，"你瞧，走到路的尽头，就往左拐。顺着大路一直走，就到了。不过你们要找谁呀？伯爵本人吗？"

"他们在家吗，朋友？"达里娅·亚历山德罗夫娜含糊其词地，甚至对农民也不知道怎样打听安娜才好。

"一定在家的。"农民说，把体重由一只赤脚上倒换到另外一只上，在尘土里留下清清楚楚的五个脚趾印。"一定在家的。"他又重复了一句，显然很想聊一阵。"昨天还来了一群客人哩。客人，多得不得了……你要干什么？"他扭过去望着在大车旁喊叫的小伙子说。"啊，不错！不久以前他们骑着马路过这里，去看收割机。现在一定到家了。你们是什么人？"

"我们是远路来的，"车夫说，又爬到驭台上，"那么不远了？"

"我告诉你就在那里。你们走到路口就……"他说，一直用手摸索着马车的挡泥板。

一个身强力壮的、个子矮小的年轻小伙子也走上前来。

"什么，是不是要雇工人去割麦子？"他问。

"不知道，小伙子。"

"喂，你瞧，转到左边的时候，就到了。"农民说，显然舍不得让他们走掉，想聊聊。

车夫赶着车走掉了，但是他们刚一转过弯去，就听见农民们喊叫起来：

"停下，嗨，朋友们！停下来！"两个声音呼喊。

车夫勒住马。

"他们来了！那就是他们哩！"农民喊着说，指着沿着大路过来的四个骑马的和两个坐着游览马车的人。

骑在马上的是弗龙斯基和赛马骑师，韦斯洛夫斯基和安娜，游览马车里坐的是瓦尔瓦拉公爵小姐和斯维亚日斯基。他们骑马出游回来，并且看了一架新运来的收割机开动的情况。

马车停住不动的时候，骑手们以散步的步伐走过来。安娜同韦斯洛夫斯基并肩走在前头。她平稳地骑着一匹马鬃修剪得整整齐齐的短尾英国种矮脚马。看到她那由高帽里散落下来的一绺绺乌黑鬈发的美貌动人的头，她丰满的肩膀，她穿着黑骑装的窈窕身姿，和她整个雍容优雅的风度，多莉不由得为之惊倒了。

最初的一瞬间，她觉得安娜骑马是不成体统的。在达里娅·亚历山德罗夫娜的心目中，女人骑马是和幼稚而轻浮的卖弄风情的观感有关联的，按她的见解，这对于处在安娜这种境地的女人是很不合式的；但是当她在近处端详了她一下，她马上觉得安娜骑马也没有什么不好。虽然她具有优美动人的风度，但是安娜的一切——她的姿态、服装和举止——是那样单纯、沉静和高贵，再也没有比这更自然的了。

瓦先卡·韦斯洛夫斯基戴着丝带飘舞的苏格兰帽，骑着一匹骑兵的灰色烈性战马，两条粗腿往前伸，和安娜并着肩，显然正在自我欣赏，达里娅·亚历山德罗夫娜一认出他，就忍不住笑起来。骑着马走在他们后面的是弗龙斯基。他骑着一匹纯种的赤骝马，它显然奔驰得烈性大发，他揪着缰绳勒住它。

在他后面的是一个穿着赛马骑师服装、身材矮小的人。斯维亚日斯基和瓦尔瓦拉公爵小姐坐着一辆簇新的游览马车，车上套着一匹乌骓骏马，追赶着骑马的人们。

安娜认出那娇小的、蜷缩在旧马车角落里的人就是多莉的时候，她的面孔立刻就欢笑得容光焕发了。她喊了一声，在马上耸动了一下身子，让马奔驰起来。驰到了马车跟前，她不用人扶就跳下马，提着骑马服，迎着多莉跑过去。

"我想是你，可是又不敢这么妄想！多么高兴啊！你简直想不到我有多么高兴！"她说，一会儿把脸紧贴着多莉吻她，一会又闪开，带着微笑打量她。

"多么高兴的事啊，阿列克谢！"她说，转向下了马正朝她们走来的弗龙斯基。

弗龙斯基，脱下灰色大礼帽，朝着多莉走过去。

"您想象不出，您来了我们多么高兴哩！"他特别加重了语气，同时微微一笑，露出两排结实的白牙齿。

瓦先卡·韦斯洛夫斯基没有下马，摘下帽子欢迎客人，兴高采烈地在头顶上挥舞着他的缎带。

"这位是瓦尔瓦拉公爵小姐。"当游览马车驰拢来的时候，安娜回答多莉询问的眼光。

"啊呀！"达里娅·亚历山德罗夫娜说，她的脸上不由得流露出不满的神色。

瓦尔瓦拉公爵小姐是她丈夫的姑妈，她早就认识她，却不尊重她。她知道瓦尔瓦拉公爵小姐一生都在有钱的亲戚家过寄人篱下的生活；但是她现在竟然到弗龙斯基家——一个完全陌生的人家里——作食客，因为她是她丈夫的亲戚使多莉感到莫大的侮辱。安娜觉察出多莉脸上的表情，于是不好意思起来，脸上泛出红晕，使得骑装由她的手里滑落下去，把她绊了一下。

达里娅·亚历山德罗夫娜走到停下来的游览车跟前，冷淡地同瓦尔瓦拉公爵小姐打了个招呼。她同斯维亚日斯基也认识。他打听他那行径古怪的朋友和他年轻妻子的近况如何，眼光扫了一下那一群拼凑起来的马和马车上那千疮百孔的挡泥板，于是请夫人们都来坐游览马车。

"我去坐那辆马车，"他说，"马很驯良，而且公爵小姐的驾驶技术高明得很哩。"

"不，请您坐在原处别动，"也走上前来的安娜说，"我们去坐那辆马车。"于是挽着多莉的胳膊，引着她走了。

达里娅·亚历山德罗夫娜看见那辆她从未见识过的雅致的马车，那一匹匹出色的骏马和环绕着她的那一群优雅而华丽的人，弄得眼花缭乱了。然而最使她感到惊讶不止的还是在她所熟悉而钟爱的安娜身上所发生的变化。换上另外一个女人，一个眼光不那么敏锐、以前不认识安娜、特别是一个没有起过达里娅·亚历山德罗夫娜在路上起过的那种念头的女人，在安娜身上是看不出有什么异样的地方的。但是现在多莉被那种仅仅在恋爱期间女人身上才有的、现在她在安娜脸上所看出的那种瞬息即逝的美貌所打动了。她脸上的一切：她脸颊和下颚上鲜明的酒靥，她嘴唇的曲线，她面孔上依稀荡漾的笑意，她眼里的光辉，她动作的优雅与灵活，她声音的圆润，甚至她用来回答韦斯洛夫斯基那种半恼半笑的姿态，——他请求许他骑她的马，好教它跑时用右脚起步——这一切特别使人神魂颠倒；好像她自己也知道这一点，而且为此感到高兴。

当两个女人在马车里坐定了的时候，两个人突然不自在起来。安娜因为多莉那样聚精会神好奇地打量她而难为情；而多莉，在斯维亚日斯基批评过"这辆车子"以后，因为安娜陪她一齐坐上这辆又肮脏又破旧的马车不由得羞惭起来。车夫菲利普和事务员也有同感。事务员为了掩饰自己的窘相，手忙脚乱地张罗着，搀扶夫人们上车，但是菲利普变得愁眉不展了，打定主意将来决不再受这种外表上优越气派的影响。他讽刺地冷笑了一声，瞥了一眼游览马车的那匹乌骓骏马，心里已经断定这匹马只适于散步之用，热天一口气决走不了四十里路。

大车旁的农民们都立起身来，一边好奇而快活地观望着客人们的会晤，一边说东道西。

"他们很高兴哩，好久没有见面了！"头上缠着草绳的鬓发老头说。

"喂，格拉西姆叔叔，要是套上黑骟马拉麦捆，干起活来就快了！"

"你瞧！那个穿马裤的是女人吗？"他们中间有一个人喊道，指着正跨上女用马鞍的瓦先卡·韦斯洛夫斯基。

"不,是男人。看,他跨得多么灵活啊!"

"唉呀,小伙子们,看起来我们今天不歇晌了?"

"今天还有什么时间歇晌哩!"老头说,斜着眼望了望太阳,"看看,过了晌午了!拿起镰刀,来吧!"

18

安娜望着多莉消瘦、憔悴、皱纹里满是灰尘的面孔,本来想要把心里想的话告诉她,就是:多莉消瘦了;但是想起自己却变得美貌动人,而多莉的眼色也仿佛这么说,于是她叹了口气,谈起自己的事情来。

"你望着我,"她说,"心里在纳闷,处在我这种境地,我能不能幸福呢?哎唷,你怎么想法呢?说起来真不好意思;但是我……我却幸福得令人难以宽恕呢!在我身上发生了不可思议的奇事,就像一场大梦,正吓得心惊胆战的时候,突然间醒悟过来,感觉得一切恐怖都不存在。我醒过来了。我历尽了恐惧和痛苦,但那早已是过去的事了,特别是自从我们到了这里以后,我幸福得不得了!……"她说,带着羞怯的微笑探究地凝视着多莉。

"我多么高兴呀!"多莉微笑着说,语气却不由得比本来的意思冷淡了些,"我替你高兴哩。你为什么不给我写信呢?"

"为什么?因为我不敢……你忘记了我的处境……"

"给我?你不敢?若是你知道我多么……我以为……"

达里娅·亚历山德罗夫娜想要说说她今天早晨的想法,但是不知为什么她现在又觉得很不适当了。

"不过,这个我们以后再谈吧。这是什么?这些建筑都是什么?"她询问,想要改变话题,指着映入眼帘的一道相思树和紫丁香树构成的绿色天然篱笆后面的红绿相映的房顶,"简直是一座小城市呀!"

但是安娜没有回答。

"不,不!你对于我的境遇到底怎么看法,你怎样想?怎样想法?"她追问。

"我认为……"达里娅·亚历山德罗夫娜本想开口说下去,但是恰恰在这时已经把马调教得会先迈右腿奔驰的瓦先卡·韦斯洛夫斯基穿着短皮外套疾驰过去,笨重地在女用皮马鞍上一起一伏。

"行了,安娜·阿尔卡季耶夫娜!"他叫喊。

安娜望都没有望他一眼;但是达里娅·亚历山德罗夫娜又觉得在马车里不便讨论这么大的问题,因此她简单地回答说:

"我没有什么意见,"她说,"我一向爱你,如果爱一个人,那就爱整个的他,实事求是地照他本来的面目去爱他,而不是脱离实际希望他这样那样的……"

安娜扭过头去不看她朋友的面孔,眯缝着眼睛(这是她的新习惯,多莉以前没有见过),凝思起来,极力想要完全领会这些话的含意。而且她显然按照自己的想法领悟了,她瞥了多莉一眼。

"如果你有什么罪过,"她说,"为了你来而且说了这一番话通通会得到宽恕的。"

多莉看见她的眼睛里泪水盈盈。她默默地紧紧握住安娜的手。

"这些到底是什么房子?怎么这样多啊!"沉默了一会以后,她又旧话重提了。

"那是仆人的下房、养马场和马厩,"安娜回答,"从这里起是花园。本来全都荒芜了,但是阿列克谢又通通修葺一新。他非常爱这庄园,简直出乎我意料,而且他对经管农业醉心得很。当然这是由于他天分高!不论他干哪一样,他都干得很出色。他不但不觉得枯燥无味,反而干得起劲极了。他——就我所知道的——成了第一流的精打细算的庄园主；在农事上他甚至都斤斤计较了。不过只是在农业上才这样。但是遇到要用几万的场合，他又不打算盘了，"她说，脸上流露出那种愉快而调皮的微笑，那是妇女们谈到只有她们才发现得了的她们的爱人的隐蔽特性时常表露出的，"你看见那一幢大建筑吗？那是一所新医院。我想要值十万多卢布哩。这是他目前的特别爱好的话题①。你知道这是怎么开办起来的？农民们请求他廉价出租一些牧场，我想是这样的，而他一口回绝了，于是我就责备他太吝啬。当然不只是因为这件事，而是好多事合在一起，使得他动手修建了这个医院，好证明，你知道，他并不吝啬。可以说，这是一件小事，②可是我却因此更爱他了。现在你马上就会看到房子了。那还是他祖父的房子，外表上什么也没有变动。"

"多么漂亮啊！"多莉说，用一种不期然而然的惊异眼光观看着在花园里的古树的深浅不一的绿荫掩映中耸立着的、有着一排排圆柱的富丽堂皇的宅邸。

"很美，不是吗？由房子里，由楼上眺望，风景美得惊人哩。"

她们的马车驶进了铺满沙砾、百花环绕的院落，那里有两个人正在用粗糙多孔的石头围着耙松了的花床砌花坛，她们驶进去停在有顶的门廊下。

"啊，他们已经到了！"安娜说，望着正由台阶旁牵走的乘骑。"这匹马好极了，对不对？这是矮脚牝马，是我最喜爱的。牵到这里来，给我些糖。伯爵在哪里？"她向冲出来的两个穿着讲究的号衣的仆人说。"哦，他来了！"她说，看见弗龙斯基和韦斯洛夫斯基出来迎接她。

"你把公爵夫人安置在哪个房间里？"弗龙斯基用法语对安娜说，不等她回答就又一次招呼达里娅·亚历山德罗夫娜，这一次他吻了

---

①② 原文为法语。

吻她的手,"我想,有凉台的大房间吗?"

"噢,不!太远了!最好住在犄角上的房间里,那我们就可以多见面了。哦,我们去吧。"安娜说,把仆人拿来的糖喂了她的爱马。

"您忘了您的职责。[①]"她对也出来站在台阶上的韦斯洛夫斯基说。

"对不起,我有满满几口袋哩。[②]"他微笑着回答,把手指伸到背心口袋里。

"但是您来得太迟了。[③]"她说,用手帕揩揩喂糖时被马舐湿了的手。安娜转向多莉说:"你可以久住吗?只待一天?这可不行!"

"我答应了的,还有孩子们……"多莉回答,因为她得从马车里取出行李,又因为她知道自己满面风尘,而觉得狼狈起来。

"不,多莉,亲爱的……好,再说吧!来,来吧!"于是安娜引着多莉到她的房间里去了。

这不是弗龙斯基所提到的那个富丽堂皇的房间,而是一间安娜请她将就着住的房间。这间需要道歉的房间也非常豪华讲究,这样的房子多莉还从来没有住过,这使她回忆起国外最好的旅馆。

"哦,亲爱的,我多么高兴呀!"安娜说,她穿着骑装在多莉身边坐了一会儿,"跟我谈谈你自己的事。我只匆促地见过斯季瓦一面。可是他不可能告诉我孩子们的事情。我的小宝贝塔尼娅怎么样?我想,长成大姑娘了吧?"

"是的,很大了哩。"达里娅·亚历山德罗夫娜简短地说,关于她孩子们的事情她竟能够这样冷淡地回答,连她自己都觉得惊异。"我们在列文家过得愉快极了。"她补充说。

"哎哟,要是我知道,"安娜说,"你并不轻视我……我早就邀

①②③ 原文为法语。

请你们都到我们家来了。你知道,斯季瓦和阿列克谢是交情很好的老朋友。"她补充说,突然间涨红了脸。

"是的,不过我们过得很好哩……"多莉心慌意乱地回答。

"不过,我高兴得说傻话了!只有一点,亲爱的,见了你我多么高兴呀!"安娜说,又吻吻她,"你还没有说你对我怎么看法呢,我一切都想知道。我很高兴你照我本来的面目看待我。主要的是,我不愿意你认为我想表白什么。我什么都不想表白,我不过要生活,除了我自己谁也不伤害。我有权利这样做,是吗?不过,这不是三言两语就谈得完的,我们以后再好好谈吧。现在我去换衣服,打发使女来侍候你。"

19

剩下一个人,达里娅·亚历山德罗夫娜用主妇的眼光打量这个房间。在她到达这幢宅邸和穿过庭院的时候,以及她现在置身于这间屋子里所目睹的一切,都给予了她一种富丽堂皇和在现代欧洲流行一时的那种豪华的印象,这种气派她仅仅在英国小说中读到过,她在俄国和乡村里还从来没有见过。从新式的法国糊墙纸到整个房间铺满的地毯,一切都是焕然一新。床上有着弹簧床垫,摆着式样别致的靠垫和套着绸缎枕套的小巧玲珑的枕头。大理石的脸盆架、梳妆台、卧榻、写字台、壁炉上的青铜钟、罗纱窗帷和门帘,一切都是贵重而崭新的。

那个梳着时髦发式、穿着一件比多莉穿的还要时髦的衣服来供她使唤的漂亮使女,也像房里的一切那样豪华而新颖。达里娅·亚历山德罗夫娜很欢喜她那种文雅、整洁和殷勤的风度,但是跟她在一起却觉得很不自在;她不好意思让她看见她不幸错打在行李里的打补丁的短上衣。她在家里以那些补丁和织补过的地方感到自豪，而现在却不胜羞愧。在家里事情很明白，缝制六件短上衣需要六十五戈比一俄尺的棉布二十四俄尺，共计要花十五个卢布以上，花边和手工还不在内，于是她把这十五个卢布都节省下来。但是她在使女面前感到的倒不一定是羞愧，而是不舒服。

当她早就认识的安努什卡走进屋里的时候，达里娅·亚历山德罗夫娜觉得轻松多了。那个漂亮使女要到女主人那里去，安努什卡就留在达里娅·亚历山德罗夫娜的房里。

安努什卡显然很高兴这位夫人的来临，她滔滔不绝地叨唠着。多莉觉察出她很想对她女主人的处境，特别是伯爵对安娜的爱情和忠诚，发表一下意见，但是她一开口提到这个，多莉就小心地拦住她。

"我同安娜·阿尔卡季耶夫娜是一起长大的，对我来说，我的女主人比一切都珍贵。哦，这不是我们所能判断的。而且看起来他的爱情那么……"

"方便的话，请把这件拿去洗洗吧。"达里娅·亚历山德罗夫娜打断她的话。

"是的，夫人！我们有两个专门洗小东西的女工，不过衣服都是机器洗的。伯爵一切都亲自过问。多么好的丈夫……"

当安娜走进来，因而使安努什卡的饶舌告一段落，多莉觉得很高兴。

安娜换了一件非常朴素的麻纱连衣裙。多莉仔细地看了看那件朴素的衣服。她知道这种朴素要花多少钱。

"一个老朋友。"安娜指着安努什卡说。

安娜现在已经不张皇失措了。她完全悠闲自在了。多莉看出她现在完全摆脱了因为她来临而在她身上产生的影响，采取了一种表面上很冷静的口吻，这种口吻似乎封锁了通到藏着她感情和内心思想的密室的门户。

"哦,安娜,你的小女儿怎么样?"多莉问。

"安妮吗?(她这样称呼自己的女儿安娜。)很好。好多了。你愿意看看她吗?来,我引你去看看。保姆给我添了那么多麻烦。"她开口说,"我们请了一个意大利奶妈。人很好,但是那么笨!我们想把她辞掉,但是小孩和她处惯了,因此我们仍旧用着她。"

"你们是怎样安排的?……"多莉本想开口问小女孩姓什么,但是看出安娜突然愁眉紧锁,于是改变了话题,"你们怎样安排的?已经给她断奶了吗?"

但是安娜明白了。

"你想问的不是这个吧?你想问她的姓?对吗?这使阿列克谢很苦恼。她没有姓。那就是说,她姓卡列宁娜。"安娜说,眯缝起眼睛,眯得只看见闭拢到一起的睫毛。"不过,这个我们以后再谈。"她说,突然又容光焕发了,"来,我带你去看看她。她可爱得很哩。① 她已经会爬了。"

整个宅邸里那种使达里娅·亚历山德罗夫娜惊奇的豪华气派,在育儿室里越发使她大为惊奇了。那里有在英国定做的儿童车,教婴儿学步的器具,特意做来让婴儿爬行的像弹子台的沙发,摇篮和式样别致的簇新澡盆。一切都是英国货,结实、质地好,而且显然非常贵重。房间宽敞、高大,而且很明亮。

她们进去的时候,小女孩只穿一件罩衫,坐在桌旁一把小扶手椅上,正在喝肉汤,洒得满胸都是。一个俄国使女一边喂小女孩,一边显然也在分吃她的饭食。无论奶妈、保姆,都不在那里;她们在隔壁房间里,从那里传来她们用怪腔怪调的法语谈话的声音,那是

---

① 原文为法语。

她们唯一能够用来交谈的语言。

一听见安娜的声音，一个漂亮的身材高大的英国女人带着不高兴的脸色和放荡的神情走进屋里，匆匆地摇摆着她的金色鬈发，立刻找话辩解，虽然安娜并没有责备她。安娜说一句话，那个英国女人就连忙说好几次："是的，夫人。①"

黑眉毛、黑头发、粉红色的身上起着鸡皮疙瘩的面色红润的小姑娘，引逗得达里娅·亚历山德罗夫娜欢喜得不得了，虽然她露出别扭的神情注视着生人；她甚至有点嫉妒这小孩的健康模样。小女孩爬的姿势也使她高兴得很。她的孩子们没有一个像这样爬的。当那个婴儿穿着一件背后打褶的小衣服，被人放到地毯上的时候，她简直可爱极了。她像一只小动物，睁着漆黑明亮的大眼睛凝视着大人们，显然很高兴受到人家的叹赏，她微笑了，她的腿往外弯着，胳臂有力地支撑住自己的身体，整个后身迅速地往前一纵，然后又用小手往前爬一步。

但是育儿室的整个气氛，特别是那个英国保姆，达里娅·亚历山德罗夫娜丝毫也不喜欢。只是根据正派女人不会到像安娜这种不正常的家庭里来的理由，达里娅·亚历山德罗夫娜才能解释为什么这样有知人之明的安娜会雇用这样一个讨人厌、不令人尊敬的英国女人做她女儿的保姆。除此以外，从她无意中听到的两三句话里，达里娅·亚历山德罗夫娜马上明白了安娜、奶妈、保姆和婴儿，是互不接触的，母亲的来是很少有的事。安娜想要给她的小女孩找玩具，但是找不到。

但是最让人惊奇的是，问到婴儿长了多少牙齿的时候，安娜都回答错了，她根本不知道最近长了两颗牙齿。

① 原文为英语。

"我有时候很难过,我在这里像一个多余的人,"安娜说,走出育儿室,撩起她的裙裾免得绊住放在门口的玩具,"同第一个孩子完全两样了。"

"我想,正相反吧。"达里娅·亚历山德罗夫娜怯生生地说。

"噢,不!你要知道,我见过他,谢廖沙,"安娜说,眯着眼睛,好像在望远处的什么东西,"不过,这个我们以后再谈吧。你不会相信的,我就像一个饥饿的人,突然面前摆了一席丰富的午餐,不知道先从哪里下手才好。那丰盛的午餐就是你和我要同你谈的那场我不能跟任何人说的话;我真不知道先从哪里说起才好!我可不会轻轻放过你的!①我要把一切都吐露出来。是的,我应当把你会在这里遇到的人概括地介绍一番,"她开口说,"我先从夫人们谈起。瓦尔瓦拉公爵小姐。你认识她的,我知道你和斯季瓦对她的看法。斯季瓦说她这一生的目的就是为了证明她比卡捷琳娜·帕夫洛夫娜姑妈高明;这全是实话;但是她心地善良,我对她真是感激不尽。在彼得堡有一个时候,我需要一个女伴②。正好那时候她出现了。她真是好心的人哩。她使我的处境轻松多了。我看你并不了解,在彼得堡,我的处境是多么痛苦……"她补充说。"在这里我是十分宁静和幸福的。哦,不过这个以后再谈吧。我得再报报人名。然后就是斯维亚日斯基,他是我们的贵族长,是一个相当不错的人,但是他有求于阿列克谢。你知道,靠着他的财产,现在我们在乡村里定居下来了,阿列克谢可以起很大的影响哩。再就是图什克维奇,你见过他,他跟贝特西总是形影不离的。现在他被甩了,因此他来看望我们。正如阿列克谢说的,他这种人,如果他们想装成什么,你就把他们当成什么,那他们就是非常讨人喜欢的人了,而且,他是正派的,③如瓦尔瓦拉公爵小姐所说的。

①②③ 原文为法语。

还有韦斯洛夫斯基……你认识他的。他是一个很可爱的小伙子。"她说,淘气的微笑使她的嘴唇噘起来,"他和列文家闹了什么荒唐事?韦斯洛夫斯基对阿列克谢讲过,但是我们简直不能相信。他非常天真可爱。①"她又带着同样的微笑说,"男人们需要娱乐,阿列克谢需要一帮子人,因此我非常看重这帮人。我们得把这里搞得又热闹又有意思,使阿列克谢不要见异思迁。你还会看见我们的管理人。他是一个德国人,人很好,是个熟悉业务的人。阿列克谢对他的评价很高。还有医生,一个年轻人,他倒未必是虚无主义者,但是,你要知道他用刀子吃饭哩……不过他是一个很好的医生。还有建筑家……简直是一座小宫廷哩。②"

20

"哦,多莉来看你,公爵小姐,你那么想见她,"安娜说,她同达里娅·亚历山德罗夫娜一齐走到石砌的大凉台上,那里,瓦尔瓦拉公爵小姐正坐在阴影里,在绣花架前面替弗龙斯基伯爵绣沙发椅套,"她说她午饭以前什么都不要,但是请您吩咐人给她开早饭吧,我去找阿列克谢,把他们通通引到这里来。"

瓦尔瓦拉公爵小姐亲切地,但是以一种保护人的姿态接见了多莉,并且马上就开口说明她住在安娜这里,是因为她一向比她妹妹,那个把安娜抚养大的卡捷琳娜·帕夫洛夫娜更喜爱她,现在,当所有人都抛弃了安娜,她认为帮助她度过这段过渡的和最难受的时期是她义不容辞的责任。

"她丈夫会让她离婚的,那时我就回去隐居起来;不过现在我

①② 原文为法语。

还有用处,我就尽我的责任,不管是多么苦的差事,决不像别人那样……你多么可爱呀,你来得多么好啊!他们过得就像最美满的夫妇一样;裁判他们的是上帝,而不是我们。难道比留佐夫斯基和阿文尼耶娃……甚至尼孔德罗夫,还有瓦西里耶夫和马莫诺娃,还有丽莎·涅普图诺娃……就没有人说过他们坏话吗?结果还不是又都接待他们了……而且,这是那样快乐的、体面的家庭。完全按照英国的生活方式。早晨聚到一起吃早饭,以后就各干各的去了。①午饭以前每个人爱做什么就做什么。七点钟吃晚饭。斯季瓦叫你来做得很对。他需要他们的支持。你知道,通过他母亲和哥哥,他什么都办得到。而且他们做了许多好事。他没有告诉你关于医院的事吗?真让人惊叹哩,②一切都是从巴黎来的。"

她们的谈话被安娜打断了,她在弹子房找到了那些男人,带着他们回到凉台上来。因为还要很久才吃午餐,而且天晴气朗,因此提出了好几种不同的方法来消磨剩下的这两个钟头。在沃兹德维任斯科耶有许多消遣的方法,那些方法和波克罗夫斯科耶的迥然不同。

"来一场网球比赛吧,"③韦斯洛夫斯基带着漂亮的微笑建议,"我们再来合伙吧,安娜·阿尔卡季耶夫娜!"

"不,天气太热了;还不如到花园里散散步,划划船,让达里娅·亚历山德罗夫娜看看河堤的好。"弗龙斯基提议说。

"随便怎样都可以。"斯维亚日斯基说。

"我想多莉最喜欢的还是散步,对不对?以后再去划船。"安娜说。

于是就这样决定了。韦斯洛夫斯基和图什克维奇到浴场去,答应准备好船,在那里等待着他们。

①②③ 原文为法语。

两对人——安娜和斯维亚日斯基、多莉和弗龙斯基——沿着花园的小径走去。多莉因为置身于完全新奇的环境中而感到有些心慌和不自在。在抽象的理论上,她不仅谅解,而且甚至赞成安娜的所作所为。就像常有的情形一样,一个厌倦了那种单调的道德生活、具有无可指摘的美德的女人,从远处不仅宽恕这种犯法的爱情,甚至还羡慕得不得了。况且,她从心里爱安娜。但是临到实际上,看见她置身于这些与她格格不入的人中间,看见他们那种对她来说是非常新奇的时髦风度,她又觉得难过得很。她特别感到不痛快的是看见瓦尔瓦拉公爵小姐,这人竟然为了她在这里享受到的舒适生活而宽恕了他们的一切行径。

总之,在理论上多莉赞成安娜的行动,但是看见那个男人——为了他她才采取这个行动——她觉得很不愉快。再加上,她一向就不喜欢弗龙斯基。她认为他很自高自大,而且看不出他有丝毫值得骄傲的地方,除了他的财富。但是,他不知不觉地,在这里,在他自己的家里,使她比以前越发望而生畏了,她和他在一起不能从容自如。她在他面前就像使女看到她的短上衣一样,体验到一种羞涩不安的心情。就像她在使女面前为那件补丁衣服,感到的倒不一定是羞愧,而是不舒服一样,跟他在一起,她感到的也不一定是羞愧,而是局促不安。

多莉感到不自在,于是极力找些话说。虽然她认为,以他那种高傲,他一定不喜欢听人家赞赏他的宅邸和花园,但是又找不到别的话题,她还是说了她非常喜爱他的宅邸。

"是的,这是一幢非常美观的房子,仿照优美的古色古香的样式。"他说。

"我非常喜爱门廊前面的庭院。以前就是那样吗?"

"噢,不是的!"他说,他高兴得喜笑颜开,"要是你今年春天看见这个院落就好了！"

于是他开始，最初有些拘束，但是越来越津津有味，指引她注意宅邸和花园的各种各样装饰的细节。显而易见，弗龙斯基在美化和装饰自己的庄园上花费了很大的苦心，感到非得对新来的人炫耀一番不可，而且达里娅·亚历山德罗夫娜的赞美使他从心坎里感到高兴。

"要是您想看看医院，而且不太疲倦的话，那么并不太远。我们去吗？"他说，看了看她的脸色，以便确定她真的并不厌烦。

"你来吗，安娜？"他对她说。

"我们就来。我们去吗？"她转向斯维亚日斯基说，"但是我们不应该让可怜的韦斯洛夫斯基和图什克维奇在船上望眼欲穿。①要派人去通知他们。是的，这是他在这里立的纪念碑哩。"安娜对多莉说，带着她以前谈到医院时所流露出的那同样的聪明调皮的微笑。

"噢。这可是一桩了不起的大事情！"斯维亚日斯基说。但是为了表白他不是在奉承弗龙斯基，他立刻又补充了一句微微指责的评语。"不过我很奇怪，伯爵，你在卫生方面为农民做了不少事情，却会对学校这样漠不关心。"

"学校成了太平常的事情了，"②弗龙斯基说，"自然，并不是因为这个缘故，而是碰巧，我对医院太热心了。这就是通往医院的路。"他对达里娅·亚历山德罗夫娜说，指着由林荫路上分出去的小径。

夫人们打开遮阳伞，转上了旁边的小路。转了几个弯，穿过一扇门，达里娅·亚历山德罗夫娜就看见前面高地上耸立着一幢快要完工高大红色的式样新颖的建筑。还未油漆的铁板屋顶在阳光下耀眼地闪着光。在完了工的建筑旁边，另外一幢还围绕着脚

①② 原文为法语。

手架的建筑已经动工了。系着围裙的工人们站在脚手架上砌砖，从木桶里倒灰泥，用瓦刀抹墙。

"你们的工程进行得多么快呀！"斯维亚日斯基说，"我上一次在这里的时候屋顶还没有盖好哩。"

"到秋天就全部完工了。里面差不多都装修停当了。"安娜说。

"这一幢新建筑是什么？"

"那是医生的诊疗室和药房。"弗龙斯基回答，看见穿着一件短外套的建筑师向他走过来，于是向夫人们道了一声歉，就迎着他走过去。

绕过工人们正在搅拌泥浆的土坑，他停住脚步，兴奋地同建筑师谈着什么。

"正面的山墙还太低。"安娜问他怎么一回事，他就这样回答。

"依我说，地基还应该垫高。"安娜说。

"是的，当然那样会好一些，安娜·阿尔卡季耶夫娜。"建筑师说，"是当时疏忽了。"

"是的，我很感兴趣哩，"安娜对斯维亚日斯基说，他对她的建筑知识表示惊异，"新建筑应该和医院协调，但这都是事后聪明，毫无计划地就施工了。"

同建筑师谈完以后，弗龙斯基就又加入女士群里，引着她们到医院去了。

虽然外面还在从事着建筑飞檐的工作，底层里面正在油漆地板，但是楼上却差不多全完工了。顺着宽阔的铁楼梯走上去，他们走进头一间宽绰的房子。墙壁仿大理石涂上了灰泥，镶着玻璃的大百叶窗已经安装停当，只有镶花地板还没有完工，正在刨镶花木块的木匠们放下工作，解下绑头发的发带，对这群上流人物鞠躬致敬。

"这是候诊室，"弗龙斯基说，"那里摆一张写字台、一张桌子和一个柜子,此外就没有什么摆设了。"

"请这边来,我们从这里走过去。不要挨近窗户。"安娜说,摸摸油漆干了没有。"阿列克谢,油漆已经干了。"她补充说。

他们由候诊室走进回廊。在这里弗龙斯基指给他们看安装好的新式通风设备,然后引他们看大理石澡盆,和安着特殊弹簧的床。随后又引着他们一个接着一个地看了储藏室、洗衣房、新式锅炉房、沿着走廊运送必需物品的无声手推车,以及许许多多其他的东西。斯维亚日斯基,作为一个精通最新式改良设备的人,对这一切赞不绝口。多莉看见她从来没有见过的东西只感到惊奇,渴望把一切都弄明白,一切都详细地打听,这显然使弗龙斯基得意得不得了。

"是的,我认为这在俄国是独一无二的、设备是十全十美的医院。"斯维亚日斯基说。

"你们不设产科吗?"多莉询问,"乡村里非常需要哩。我时常……"

虽然弗龙斯基礼貌周到,但是他还是打断了她的话。

"这不是产科医院,而是一所病院,专为治疗一切疾病而设的,除了传染病人以外。"他说。"不过看看这个……"他把刚从国外运来的、为恢复期间的病人而设的轮椅推到达里娅·亚历山德罗夫娜面前,"您看看。"他坐在椅子里,动手开动它,"一个不能走路的病人——他还太虚弱,或者腿有什么毛病——但是他需要新鲜空气,于是他坐着这个,出去……"

一切都使达里娅·亚历山德罗夫娜感兴趣,一切都使她高兴,特别是那个流露着自然而天真的热情的弗龙斯基本人。"是的,他是个和蔼可亲的好人。"她三番五次地沉思,没有倾听他的话,而是在凝视他,注视着他的表情,心里在设身处地为安娜着想。现在那样生气蓬勃的他竟使她欢喜到这种地步，以致她明白安娜怎么会爱上他了。

21

"不，我想公爵夫人疲倦了，不会对马感兴趣。"弗龙斯基对安娜说，她提议去养马场，斯维亚日斯基想到那里参观一匹新的种马。"你们去吧，我陪着公爵夫人回家去，我们谈一谈，"他说，"如果您愿意的话。"他对多莉说。

"我很高兴，对于马我一窍不通哩。"达里娅·亚历山德罗夫娜说，感到有些惊奇。

她从弗龙斯基的脸色看出来他有事要求她。她并没有想错。他们刚一穿过大门又走回花园里，他就朝着安娜走的方向张望了一眼，弄确实了她听不见也看不见他们，他才开了口。

"您猜到了我想和您谈谈吧！"他说，眼里含着笑意望着她，"我没有弄错，您是安娜的朋友。"他摘下帽子，用手帕揩一揩渐渐秃了顶的头。

达里娅·亚历山德罗夫娜默不作答，仅仅吃惊地望着他。独自和他在一起，她突如其来地觉得惊恐：他含着笑意的眼睛和严厉的表情把她吓住了。

揣测他要说什么的各式各样的想象掠过她的脑海："他也许要请我带着孩子们到他们家来作客，而我不得不加以拒绝；也许是要我在莫斯科为安娜搞一个社交集团……要不就是关于韦斯洛夫斯基和他同安娜的关系？也可能是关于基蒂的事，他觉得问心有愧？"她预料到的一切都是令人不快的，但是她却没有猜中他实际上想要谈的。

"您对安娜有那么大的影响，她那样欢喜您，"他说，"帮帮我的忙吧。"

达里娅·亚历山德罗夫娜带着胆怯的探询神情凝视着他精神饱满的面孔,那面孔有时被透过菩提树林的阳光整个照着,有时部分地照着,有时又被阴影遮暗了。她等着听他还有什么话说;但是他不声不响地在她身边走着,一边走一边用手杖戳着沙砾。

"既然您来看我们,您,在安娜从前的朋友中只有您(我不把瓦尔瓦拉公爵小姐算在内),那么我就明白,您这么做并不是因为您认为我们的处境是正常的,而是因为,明白这种处境的所有难处,您还像从前一样爱她,而且希望帮助她。我了解得对不对?"他问,回头望了她一眼。

"噢,是的!"多莉回答,收拢她的遮阳伞,"不过……"

"不,"他打断她的话,无意识地忘记了他把对方放到尴尬的处境,他突然停住脚步,因此她也不得不停下来,"没有人像我这样深切地感到安娜处境的困难;如果承您的情认为我还是有良心的人,这一点您自然是很明白的。这种处境都怪我,因此我有这种感觉。"

"我明白,"达里娅·亚历山德罗夫娜说,不由地叹赏起他说这话时那种坦率而坚定的态度,"不过正因为您觉得是您造成的,恐怕,您是言过其实了哩。"她说,"她在社交界的地位是难堪的,这我很明白。"

"在社交界简直是地狱!"他愁眉紧锁,冲口说出来,"再也想象不出,还有什么比她在彼得堡那两个星期所遭受的更大的精神上的痛苦了……请您相信吧。"

"是的,但是在这里,只要不论您……不论安娜,都不感到需要社交界的话……"

"社交界!"他轻蔑地说,"我要社交界做什么?"

"到目前为止——或许永久如此——你们是幸福而宁静的。我从安娜身上看出来,她幸福,十分幸福,她已经对我说过了。"达里娅·亚历山德罗夫娜笑着说;不由自主地,一边说着这话,一边又怀疑安娜是不是真正幸福。

但是弗龙斯基，看上去，对此却丝毫也不怀疑。

"是的，是的，"他说，"我知道她历尽千辛万苦，她已经恢复过来；她是幸福的。她目前是幸福的。可是我呢？……我怕，我考虑我们的将来……请您原谅，您想再往前走吗？"

"不，怎么都可以。"

"那么，好吧，我们坐在这里吧。"

达里娅·亚历山德罗夫娜坐在花园林荫路转角的椅子上。他站在她面前。

"我看出她是幸福的，"他重复说，而达里娅·亚历山德罗夫娜怀疑安娜是否真正幸福的念头越发强烈了，"但是能够永远这样吗？我们做得对不对，那是另外一个问题；事已如此，没有翻悔的余地。"他说，由俄语改成了法语，"我们是终身的伴侣。我们是由我们认为最神圣的爱情结合起来的。我们有个孩子，我们可能还会有孩子。但是法律和我们的处境是这么一种情况，以致它们之间发生了无数的纠葛，而这在目前，当她经历过种种苦难恢复过来的时候，她不注意，而且也不愿意注意。这是可以理解的。但是我却不能不注意。按照法律，我的女儿不是我的，却是卡列宁的。我憎恨这种虚伪！"他说，做了一个有力的否定手势，带着一副忧郁的询问神情凝视着达里娅·亚历山德罗夫娜。

她没有回答，只注视着他。他继续说下去：

"有一天也许会生儿子，我的儿子，而在法律上他是卡列宁家的人；他既不能承继我的姓氏，也不能继承我的家产，无论我们的家庭生活多么美满，无论我们有多少孩子，我和他们之间都没有法律上的关系。他们都是卡列宁的。您想想这种处境有多么痛苦和可怕！我试着跟安娜谈过，但是这惹得她生气。她不了解我这一切不能跟她往明里说。反过来再看看。我有了她的爱情感到幸福,但是我需要事业。我找到了这种事业,我为它感到自豪,而且认为它比我以前的那些宫廷和军队里的同僚所从事的事业高尚得多。我的确不愿意用我的事业来换他们的事业哩。我在这里工作,在这地方安顿下来,我又幸福又满足,除了我们的幸福再也不需要旁的什么了。我喜欢我的活动。这也并非权宜之计,①相反地……"

达里娅·亚历山德罗夫娜注意到,在这一点上他的解释就含糊其词了,她还不十分明白为什么他离了题,但是她感觉到他一经开口说出了他不能对安娜讲的心事,于是他现在就把什么都完全吐露了,他在乡村里的工作问题,就像他同安娜的关系一样,都是属于那一类的心事范畴的。

"哦,我往下说吧,"他说,定了定神,"主要的是我工作的时候要有一种信心,就是我的事业不会随我死去,我会有继承人——但是我却没有。你就想想这个人的处境吧:他事先就知道他和他所热爱的女人生的孩子们不是他的,而是别人的,属于一个憎恨他们、毫不关心他们的人的!这真可怕啊!"

他停顿下来,显然激动得很厉害。

"是的,当然,这个我明白。但是安娜有什么办法呢?"多莉问。

"是的,这就使我说到正题上了,"他继续说下去,极力使自己镇定下来,"安娜有办法,这全靠她……甚至为了要呈请沙皇批准把我的孩子立为嫡子,离婚也是万分需要的。而这全靠安娜。她丈夫本来同意离婚的——那时您丈夫就已经完全安排妥当了。就是现在,我认为,他也不会拒绝的。只要给他写封信就行了。当时他回答得很干脆,说如果她表示了这种愿望,他就照办。当然啰,"他忧

① 原文为法语。

郁地说，"这种法利赛人的残酷行为，只有无情的人才干得出来。他知道，一想起他就会勾引起她多么大的痛苦，他知道这一点，因此非要她写一封信不可。我了解这对于她是痛苦的，但是有这么重要的理由，因此非得要克服这种微妙的感情。问题关系到安娜和她儿女们的幸福和命运。①我不提我自己，虽然我也很苦，苦得很哩，"他脸上带着这样一副神情，好像说他正在威胁一个使他痛苦的人，"因此，公爵夫人，我不顾羞耻地把您当做救命的铁锚抓住不放。帮助我说服她给他写一封信，要求离婚吧！"

"是的，自然可以，"达里娅·亚历山德罗夫娜沉思地说，历历在目地回忆起她同阿列克谢·亚历山德罗维奇最后一次的会见，"是的，自然可以。"她记起了安娜，坚决地重复说。

"利用您对她的影响，让她写一封信。我不愿意，我差不多不能跟她提这事。"

"好的，我跟她谈谈。不过她自己怎么没有想到呢？"达里娅·亚历山德罗夫娜说，不知为什么突然回忆起安娜眯起眼睛奇怪的新习惯。而且她想起了，恰恰是一接触到生活中深埋在心底的问题的时候，安娜就眯缝起眼睛。"好像她眯着眼睛不肯正视生活，好不看见一切事实哩。"多莉凝思。"一定的，为了我自己和她的缘故，我要和她谈谈。"达里娅·亚历山德罗夫娜为了回答他所表示的感激这么说。

他们站起身来，向着宅邸走去。

22

发现多莉回来了，安娜留心凝视着她的眼睛，似乎在询问她跟

---

① 原文为法语。

弗龙斯基谈过些什么，但是她却没有用言语来问。

"好像快开午饭了，"她说，"我们彼此还没有好好地谈谈呢。我就指望今天晚上了。现在我去换衣服。我想你也要换吧。我们在那些建筑物里浑身都弄脏了。"

多莉到自己的房里去，觉得很好笑。她没有衣服可换，因为她已经穿上最好的服装了；但是为了设法对午餐作些准备的表示起见，她让使女替她刷刷衣服，她换上了清洁的袖口和蝴蝶结，头上系上一根发带。

"我只能如此而已。"她微笑着，对换了第三套又是非常朴素的衣服走进来的安娜说。

"是的，我们这里太讲究形式了。"她说，好像因为她自己那一身盛装抱歉似的。"你来了阿列克谢很高兴，他难得这么高兴。他的确喜爱上你了哩。"她补充说，"但是你不疲倦吗？"

午餐以前她们没有谈论什么的余暇。当她们走进客厅的时候，瓦尔瓦拉公爵小姐和男人们已经在那里了。男人们都穿着大礼服，除了建筑师穿了一件燕尾服以外。弗龙斯基把医生和管理人介绍给他的客人。建筑师在医院里已经介绍过了。

身圆体胖的管家，圆圆的刮净胡髭的脸孔和浆得笔挺的白领带光彩夺目，通报午餐摆好了，于是夫人们立起身来。弗龙斯基请斯维亚日斯基陪着安娜·阿尔卡季耶夫娜进去，他自己走到多莉面前，韦斯洛夫斯基比图什克维奇抢先了一步，把胳臂献给瓦尔瓦拉公爵小姐，因此图什克维奇同医生和管理人只好孤零零走进去。

午餐、饭厅、餐具、听差、酒和佳肴不仅和宅邸里整个的现代豪华气派调和一致，甚至更豪华和更现代化。达里娅·亚历山德罗夫娜观察着这种在她说来是非常新奇的奢华排场，作为一个操持家务的主妇，她不由得仔细观察一切细节，——虽然她并不希望把她的所见所闻都应用到自己家里，因为这种豪华富丽的气派是她的生活所望尘莫及的——心里纳闷这一切都是出自谁的手,怎样安排的。瓦先卡·韦斯洛夫斯基、她丈夫,甚至斯维亚日斯基以及她所认识的许多人,从来没有考虑过这些事,他们很轻易地就相信了所有礼貌周到的主人都愿意让客人们感到的事——就是他安排得尽美尽善的家庭并没有费他吹灰之力,都是自然而然来的。但是达里娅·亚历山德罗夫娜却明白,即使给孩子们做早点的牛奶粥也不是轻易来的;因此这样复杂而壮观的机构一定需要什么人细心照料;由弗龙斯基打量餐桌的姿态,对管家点头示意,和请达里娅·亚历山德罗夫娜挑选冷汤或者热汤这些地方看起来,她归结出这一切全靠主人经管,全是他一手做成的。显然,这一切并不靠安娜,正如不靠韦斯洛夫斯基一样。安娜、斯维亚日斯基、公爵小姐和韦斯洛夫斯基都是客人,快活地享受着为他们准备好的一切。

仅仅在照顾谈话上安娜才是女主人。而这在一个小小的宴席上,要照顾谈话,对于女主人说来可不是一桩容易事,因为参加的人竟然包括像管理人和建筑师这一类人,——他们完全是另外一个阶层里的人,极力不要被这种不熟悉的豪华气派弄得手足无措,大家的谈话他们根本插不上嘴。如达里娅·亚历山德罗夫娜观察到的,安娜运用她一向随机应变的机智,从容自如地、甚至还乐趣融融地,照顾着这场困难的谈话。

话题转到图什克维奇和韦斯洛夫斯基独自去划船的问题上,图什克维奇开始叙述彼得堡快艇俱乐部最近举行的划船比赛。但是安娜,趁着他刚一停顿的空隙,立刻转向建筑师,把他由沉默中引出来。

"尼古拉·伊万内奇非常惊奇,"她说的是斯维亚日斯基,"自从他上次来这里以后,新建筑工程进展得那么快;就是我,每天都到那里去,而每一天我都惊异怎么进行得那么快。"

"同阁下一起工作很顺利,"建筑师微微一笑说,他是一个自尊心很强、谦恭而沉静的人,"这可不像跟地方当局打交道。那些地方得缮写一令纸的公文才行;在这里我只消向伯爵报告一声,我们商量一下,三言两语事情就解决了。"

"美国式的工作方法!"斯维亚日斯基微笑着说。

"是的。他们那里建筑房子都是合理化的……"

谈话转移到合众国的政府滥用权力的问题上,但是安娜赶紧又转移到另外的话题上去,好使那位管理人也打破沉默。

"你见过收割机吗?"她问达里娅·亚历山德罗夫娜,"我们遇见你的时候,已经看过了。我还是第一次看见哩。"

"怎样收割?"多莉问。

"完全像剪刀哩。有一块板和许多小剪刀。就像这样……"

安娜用她那戴着戒指的纤美白皙的手拿起一把刀和一把叉,开始表演。她显然知道人家从她的解说中什么也听不明白;但是她知道她说得很动听,而且她的手很美,因此她继续往下解释。

"还不如说像铅笔刀哩!"韦斯洛夫斯基开玩笑说,目不转睛地紧瞅着她。

安娜轻微得几乎觉察不出地笑了一笑,但是却不回答。

"不对吗,卡尔·费奥多雷奇,是不是像剪刀一样?"她对管理人说。

"哦,是的,"那个德国人回答,"这是非常简单的东西。"[1]于是他开始解释机器的构造。

"可惜不会打捆。我在维也纳展览会上见过一架会用铁丝捆麦的机器。"斯维亚日斯基评论说,"那种用起来就合算多了。"

"那要看情形……铁丝的价钱要计算在内。"[2]被人引得说起话

---

[1][2] 原文为德语。

来的德国人向弗龙斯基说,"可以计算出来的,阁下。"①德国人已经把手伸到口袋里,那里放着他老用来计算的笔记本和铅笔,但是想起正在吃午饭,而且注意到弗龙斯基冷淡的眼色,他就打消了这个念头。"太复杂了,太麻烦了。"②他结论说。

"想要有进账就要不怕麻烦。"③瓦先卡·韦斯洛夫斯基说,开那个德国人的玩笑。"我崇拜德语。"④他又带着以前那样的笑容对安娜说。

"住口吧。"⑤她半开玩笑半认真地说。

"我们还以为会在田野里遇见您哩,瓦西里·谢苗内奇,"她对医生说,他是一个面带病容的人,"您到哪里去了?"

"我本来在那里,但是又溜走了。"医生用忧郁的诙谐口吻说。

"那么您又好好地运动了一番?"

"好得很!"

"那位老妇人怎么样?希望不是伤寒吧?"

"不,倒不一定是伤寒,不过病情恶化了。"

"真可怜!"安娜说,她对家里的门客们尽了应有的礼节以后,就转向她的朋友们。

"反正按着您的描写是难以制造收割机的,安娜·阿尔卡季耶夫娜。"斯维亚日斯基打趣她说。

"噢,为什么不行?"安娜说,脸上带着微笑,这说明,她知道她在描绘收割机上一定有什么动人的地方被斯维亚日斯基觉察出来。这种少女般的卖弄风情的新特征使多莉很不痛快。

"不过安娜·阿尔卡季耶夫娜在建筑方面的知识却渊博得惊人哩。"图什克维奇说。

①②③ 原文为德语。
④⑤ 原文为法语。

"噢,是的!我昨天听见安娜·阿尔卡季耶夫娜谈过柱脚和墙内防湿层,"韦斯洛夫斯基说,"我说得对吗?"

"就我耳濡目染而论,这一点也不奇怪的,"安娜说,"而您,大概,连房子是什么造的都不知道吧?"

达里娅·亚历山德罗夫娜看出,安娜并不喜欢她和韦斯洛夫斯基之间的那种调笑口吻,但是她自己不由得又落到这种腔调中。

在这件事上,弗龙斯基同列文的做法截然不同。他显然并不把韦斯洛夫斯基的闲扯当真,甚至还鼓励这种玩笑。

"喂,韦斯洛夫斯基,请您讲讲,怎么把砖砌到一起?"

"当然是用水泥啰!"

"好啊!水泥是什么?"

"哦……有点类似糨糊……不,像灰泥!"韦斯洛夫斯基说,引起哄堂大笑。

用餐的人们——除了又陷入郁郁寡欢的沉默中的医生、建筑师和管理人以外——都滔滔不绝地谈着,时而很流畅,时而缠住什么问题,说不定伤害了哪个人的感情。有一次达里娅·亚历山德罗夫娜的感情也受到伤害,她激动得满脸通红了,事后记不起她有没有说过什么多余的和煞风景的话了。斯维亚日斯基提起列文来,叙述他的古怪见解:他认为机器对于俄国农业是有害无益的。

"我没有认识这位列文先生的荣幸,"弗龙斯基微笑着说,"不过大概他没有见过他所指责的机器;要是他见过,而且试用过,那也一定不是舶来品,而是俄国造的什么玩意儿。这还谈得上什么见解?"

"总而言之,是土耳其人的见解。"韦斯洛夫斯基含着微笑对安娜说。

"我不能为他的见解辩护,"达里娅·亚历山德罗夫娜说,勃然大怒了,"不过我可以说他是个博学的人,若是他在这里他就知道怎样答辩了,然而我却无能为力。"

"我非常喜爱他,我们是好朋友哩!"斯维亚日斯基和蔼地微笑着说,"不过请原谅,他有点奇怪的想法:①譬如,他坚持说地方议会和治安推事是完全不必要的,他根本不愿意参与其事。"

"这就是我们俄国人漠不关心的态度,"弗龙斯基说,一边把玻璃瓶里的冰水倒到一只精致的高脚杯里,"不理解我们的权利所加于我们的义务,因此拒绝这种义务。"

"我知道,再也没有比他更尽责的人了。"达里娅·亚历山德罗夫娜说,被弗龙斯基的那种自以为了不起的声调惹恼了。

"而我,正相反,"弗龙斯基接着说下去,显然不知为什么被这场话刺痛了,"我,正相反,像我这样的人,感谢他们给予我的这种光荣,由于尼古拉·伊万诺维奇的推举(他指着斯维亚日斯基),选了我做治安推事,我认为出席大会和审判农民之间的马匹纠纷案件和我能做的一切其他的事情一样重要。假如把我选进地方自治会做议员,我会认为是一种光荣。只有这样我才能偿还我作为地主所享受到的利益。不幸的是人们不明白大地主在国家里应该起的作用。"

达里娅·亚历山德罗夫娜听他在自己的餐桌上有多么自以为是,觉得很奇怪。她回想起抱着相反见解的列文,在自己的餐桌上也是这样的过分自信。但是她喜欢列文,因此她站在他那方面。

"那么下一次代表大会我们就盼望您来啰,伯爵?"斯维亚日斯基问,"但是您要早点来,好八点钟到那里。您要肯赏光到我家里歇宿就好了。"

"我倒有些同意你的妹夫的意见,"安娜说,"不过不像他那样

---

① 原文为法语。

偏激罢了,"她带着微笑补充说,"恐怕我们现在的公共义务太多了。就像从前有那么多的官,样样事都要设个官一样,现在一切事情都有社会活动家。阿列克谢来了还不到半年光景,我想,他已经当上五六个不同社会团体的委员:慈善救济委员、治安推事、地方自治会议员、陪审员,还有什么马匹委员会委员。照这样的生活方式。①他全部时间就都花在这上面了。恐怕事情这么繁多,也就不免流于形式了。您是多少机关的委员,尼古拉·伊万内奇?"她对斯维亚日斯基说,"我看有二十多个吧?"

虽然安娜是开着玩笑说的,但是在她的声调里却辨别得出恼怒的意味。留心观察着她和弗龙斯基的达里娅·亚历山德罗夫娜,立刻就觉出了这一点。她也注意到,谈这些话的时候弗龙斯基的面孔立刻就流露出严肃而固执的表情。看到这些,还有瓦尔瓦拉公爵小姐为了改变话题连忙谈起彼得堡的熟人来,而且回想起弗龙斯基在花园里突然不合时宜地谈起自己的活动,于是多莉明白了,这种社会活动同安娜和弗龙斯基私下的争执有连带关系。

宴席、酒、餐具都是上好的,但是这些和达里娅·亚历山德罗夫娜——虽然她已经不习惯了——以前在宴会上和舞会上见过的完全一样,而且也像那些宴会一样,带着一种不亲切的紧张性质;因此在平日的场合中和朋友的小圈子里,这一切都给予了她不愉快的印象。

午餐后他们在凉台上坐了片刻。以后他们就去打草地网球②。球员们分成两组,站在仔细碾平的槌球场上,分别站在系在两根镀金杆子的球网两边。达里娅·亚历山德罗夫娜试着打了一阵,但是好久也弄不懂怎么打法,等她刚摸着一点门路,却已经疲倦不堪了,

---

① 原文为法语。
② 原文为英语。

于是她坐在瓦尔瓦拉公爵小姐身边看着别人打。她的对手图什克维奇也不打了，但是其余的人却打了很久。斯维亚日斯基和弗龙斯基两个人打得又好又认真。他们机警地盯着对方打过来的球，不慌不忙，毫不迟延，灵活地跑上去，等着球一跳起来，就用球拍准确地、恰到好处地由球网上打回去。韦斯洛夫斯基打得比别人都差。他操之过急，但是他却用欢乐的情绪鼓舞着同伴们的情绪。他的笑声和闹声一会也没有间断过。他像其余的男人一样，得到妇人们的许可，脱掉了上衣，他穿着白衬衫的魁伟而漂亮的身材，红润的浮着汗珠的脸和急遽冲动的举动，深深地印在人们的记忆里。

那天夜里达里娅·亚历山德罗夫娜躺下睡觉的时候，她刚一闭拢眼睛，就看见瓦先卡·韦斯洛夫斯基在槌球草地上东窜西奔的姿影。

打球的时候，达里娅·亚历山德罗夫娜闷闷不乐。她不喜欢打球时安娜和韦斯洛夫斯基之间不断的调笑态度，也不喜欢孩子不在场大人居然玩起小孩游戏这种不自然的事。但是为了不破坏别人的情绪，而且消磨一下时间起见，她休息以后，又参加了游戏，而且装出很高兴的样子。一整天她一直觉得，好像她在跟一些比她高明的演员在剧院里演戏，她拙劣的演技把整个好戏都给破坏了。

她本来打算如果住得惯就多逗留两三天。但是傍晚打球的时候她决定第二天就走。折磨人的母性的挂念，她在路上曾那样怨恨过的，现在刚清静了一天就使她的看法大不相同了，使得她又牵挂起来。

用过晚间茶点，夜里划过船以后，达里娅·亚历山德罗夫娜独自走进寝室，脱了衣服，坐下来梳理她稀少的头发准备睡觉，她感到如释重负一样。

甚至想到安娜马上就要来都使她不痛快。她愿意单独地好好想想。

23

安娜穿着睡衣走进来的时候，多莉已经想躺下睡了。

那一天安娜好几次谈到她的心事，但是每一次说了三言两语就停顿下来，说："以后，只剩我们两个人的时候再谈吧。我有那么多的话要对你说哩。"

现在只有她们两个人了，但是安娜却不知道从何说起才好。她坐在百叶窗前，凝视着多莉，心里回想着所有那些原先好像是无穷无尽的心里话，却什么也找不着了。这时她觉得好像一切都谈过了。

"哦，基蒂怎么样？"她长叹了一口气说，用有罪的眼光望着多莉，"说老实话，多莉，她不生我的气吗？"

"生气？不！"达里娅·亚历山德罗夫娜微笑着说。

"但是她恨我，看不起我？"

"噢，不！不过你要知道，这种事人家是不会宽恕的！"

"是的，是的，"安娜说，扭过身去望着敞开的窗户，"但是不是我的过错。这怪谁呢？怨来怨去又有什么意思？难道能够是另外一种样子？喂，你怎么看法？能使你不是斯季瓦的妻子吗？"

"我真不知道哩。不过这就是我愿你告诉我的……"

"是的，是的，但是我们还没谈完基蒂的事哩。她幸福吗？听说他是很不错的人。"

"说他很不错未免太不够了；我认识的人里没有比他更好的了。"

"噢，我多么高兴啊！我非常高兴哩！说他很不错未免太不够了。"她重复说。

多莉微微一笑。

"跟我讲讲你自己的事吧。我有好多话要跟你说，而且我已经和……"多莉不知道怎么称呼他才好。她既不便管他叫伯爵，也不便称他为阿列克谢·基里雷奇。

"和阿列克谢?"安娜说,"我知道你们谈过话。但是我要坦白地问问你,你对于我和我的生活怎么看法?"

"我一下子怎么说得出来呢?我真的不知道哩。"

"不,反正你总得跟我说说……你看见我的生活。但是千万别忘记,你是夏天来看望我们的,你来的时候我们并不孤独……但是我们开春就到这里了,只有我们两个独自过活,我们又要两个人独自生活了,除此以外我别无所求。但是你想象一下,没有他,我一个人过日子,孤孤单单,这种情形将来会发生的……我从一切迹象看出这会时常发生的,而他会有一半时间不在家里。"她说,立起身来挨着多莉坐下。

"自然喽,"她接着说下去,打断了想表示异议的多莉,"自然我不会硬拦住他的。我不会拖住他。快要赛马了,他的马要参加赛跑,他会去的。我很高兴,但是替我想一想,想想我的处境吧……不过谈这些做什么!"她微笑了一笑,"好啦,他到底跟你说过些什么?"

"他谈的正是我想问你的话,因此我很容易成为他的辩护人;谈的是能不能够……能不能……"达里娅·亚历山德罗夫娜吞吞吐吐地说,"补救,改善你们的处境……你知道我怎么看法……还是那一句话,可能的话你们应该结婚。"

"那就是说要离婚吧?"安娜说,"你知道吗,在彼得堡唯一来看我的女人是贝特西·特维斯卡娅?你自然认识她了?实际上,这是天下最堕落的女人。①她和图什克维奇有暧昧关系,用最卑鄙的手段欺骗她丈夫,而她却对我说只要我的地位不合法,她就不想认我这个人。千万别认为我在跟别人比较……我了解你的,亲爱的。但

---

① 原文为法语。

是我不由得就想起来了……好了,他到底对你说了些什么?"她重复说。

"他说,他为了你和他自己的缘故很痛苦。也许你会说这是利己主义,但这是多么正当和高尚的利己主义啊!首先,他要使他的女儿合法化,做你的丈夫,而且对你有合法的权利。"

"什么妻子,是奴隶,有谁能像我,像处在这种地位的我,做这样一个无条件的奴隶呢?"安娜愁眉不展地打断她的话。

"主要的是他希望……希望你不痛苦。"

"这是不可能的!还有呢?"

"哦,他最合理的愿望是——希望你们的孩子们要有名有姓。"

"什么孩子们?"安娜说,眯缝着眼睛,却不望着多莉。

"安妮和将来的孩子们……"

"这一点他可以放心,我再也不会生孩子了。"

"你怎么能说你不会生了哩?……"

"我不会了,因为我不愿意要了。"

虽然安娜非常激动,但是看见多莉脸上流露出的那种好奇、惊异和恐怖的天真神情,她还是微微笑了一笑。

"我害了那场病以后,医生告诉我的……"

....

"不可能的!"多莉睁大了眼睛说。对于她,这是一个发现,它会得出那样重大的后果和推论,以致使人在最初一瞬间觉得简直不能完全理解,必得再三地思索才行。

这种发现突然说明了那些她以前一直不能理解的只有一两个孩子的家庭,在她心中唤起了千头万绪、无限感触和矛盾情绪,以致她什么也说不出来,只睁大了眼睛惊奇地凝视着安娜。这正是她方才一路上还在梦想的,但是现在一听说这是可能的,她又害怕了。

她觉得问题太复杂，而解决的方法却又太简单了。

"这不是不道德的吗？"①她停了半天才说出了这样一句话。

"为什么？你想想，我二者必择其一：要么怀孕，就是害病，要么就做我丈夫 —— 他同我的丈夫毫无区别 —— 的朋友和伴侣。"安娜故意用一种轻浮的腔调说。

"是的，是的。"达里娅·亚历山德罗夫娜说，倾听着她自己正好引用过的论证，但是发现它已经不像从前那样具有说服力了。

"对于你，对于别人，"安娜说，仿佛在猜测她的心思，"或许还有怀疑的余地；但是对于我……你要明白，我不是他的妻子；爱的时候他还会爱我。可是我怎样维系他的爱情？就用这种方式吗？"

她把白皙的胳臂弯成弧形搁在肚皮前面。

迅速得出奇，就像激动时候的情形一样，达里娅·亚历山德罗夫娜心里一时间千头万绪，百感交集。"我，"她沉思，"吸引不住斯季瓦；他丢下我去追求别人，但是头一个女人，为了她他才背叛了我，却也没有迷住他，虽然她始终是妩媚动人的。他抛弃了她，又勾搭上另外一个。难道安娜能用这种方式吸引和抓牢弗龙斯基伯爵吗？如果他所追求的就是这种事，那么他会找到一些服装和举止更优美动人的女人哩。无论她赤裸的臂膀多么纤美白皙，无论她整个身姿和她环着黑发的红晕盈溢的面孔多么优美端丽，他照样会找到更美貌的人，就像我那个可恶、可怜而又可爱的丈夫一找就找到了一样！"

多莉什么也没有回答，只叹了一口气。安娜注意到这种表示话不投机的叹息，于是接着说下去。她还有其他的论证，而且有力得使人毫无反驳的余地。

① 原文为法语。

"你说这不好吗？但是你得想想，"她继续说，"你忘记我的处境。我怎么能要孩子们呢？我不是说那种痛苦：那我并不害怕。但是你且想一想，我的孩子们会成为什么人？会是一群只好顶着外人的姓氏的不幸的孩子罢了！由于他们的出身，他们就不能不因为他们的父母，和自己的出身而感到羞愧。"

"就是为了这个才需要离婚啊！"

但是安娜并没有听她的话。她希望把她曾经用来说服了自己那么多次的那些论证说完。

"赋予我理智干什么，如果我不利用它来避免把不幸的人带到人间？"

她瞥了多莉一眼，但是不等回答就又说下去：

"在这些不幸的孩子面前，我永远会觉得于心有愧的。"她说，"如果他们不存在，他们至少是不会不幸的；但是如果他们是不幸的，那我就责无旁贷了。"

这恰好也是达里娅·亚历山德罗夫娜自己援引过的论证；但是现在她听了却丝毫也不明白了。"人怎么能在并不存在的生物面前感觉有罪呢？"她暗自思索。突然间她心头浮上了这样的问题：如果她的爱儿格里沙根本不存在，对于他是否无论如何会好一些？在她看来这问题是那样古怪离奇，以致她摇了摇头要驱散萦绕在她脑海里的茫无头绪的胡思乱想。

"不，我不知道；不过这不对头。"她带着厌恶的神色只说了这么一句。

"是的，但是千万不要忘了你是什么人，我是什么人……况且，"安娜补充说，虽然她的论证非常丰富，而多莉的却很贫乏，但是她似乎还是承认这是不对的，"不要忘了主要的问题：我现在的处境和你不一样。对于你问题是：你愿不愿意不再要孩子，对于我却是，我愿不愿意要孩子。这有很大的区别哩。你要明白,处在我这种境遇中,我不能存着这种想头哩。"

达里娅·亚历山德罗夫娜一言不答。她突然觉得她和安娜距离得那么遥远,有些问题她们永远也谈不拢,因此还是不谈的好。

24

"那么,如果可能的话,那就更需要使你的处境合法化了。"多莉说。

"是的,如果可能的话。"安娜突然用一种迥然不同的、沉静而悲伤的语气说。

"难道离婚不可能吗? 我听说你丈夫同意了……"

"多莉,我不愿意谈这件事。"

"好,我们不谈,"达里娅·亚历山德罗夫娜赶紧说,注意到安娜脸上痛苦的表情,"不过我看你把事情看得未免太悲观了。"

"我? 一点也不! 我非常心满意足哩。你看,我还能引起人们的激情。[①]韦斯洛夫斯基……"

"是的,说老实话,我可不喜欢韦斯洛夫斯基的态度。"达里娅·亚历山德罗夫娜说,想要改变话题。

"噢,我也一点都不喜欢。这只不过使阿列克谢觉得有意思罢了;他不过是个小孩,完全操在我的手心里;你知道,我要怎么摆布他就怎么摆布。对我说他就像你的格里沙一样……多莉!"她突然离了题谈到别的上面去,"你说我把事情看得未免太悲观了。你不明白的。这太可怕了! 我倒想完全不看哩。"

---

① 原文为法语。

"但是我认为你应该过问。你应该尽力而为呀。"

"但是我能做什么呢？什么都不能。你说我应该和阿列克谢结婚，说我不考虑这问题。莫非我会不考虑！！"她重复说，满脸绯红了。她站起身来，挺起胸脯，深深地叹了口气，迈着她那轻盈的步子开始在屋里踱来踱去，偶尔停一下。"我不考虑吗？没有一天，没有一小时我不想，不埋怨自己在想这些事呢……因为这种思想会把我逼疯了。会把我逼疯了的！"她反复地说，"一想起来，没有吗啡我就睡不着觉。不过，好吧。我们平心静气地谈一谈吧。人们都对我说要离婚。第一，他不会答应的。他现在是在利季娅·伊万诺夫伯爵夫人的影响之下哩。"

达里娅·亚历山德罗夫娜挺直身子坐在椅子上，脸上带着同情的痛苦神情，扭动着头，注视着安娜的一举一动。

"应该试试。"她轻轻地说。

"就算我试试。这又有什么意思呢？"安娜说，显然她在说明她翻来覆去想过千百次而且记得倒背如流的心思，"那就是说，我恨他，可是仍然承认我对不起他——我认为他宽宏大量——非得低三下四地写信求他……好吧，就算我尽力办了：我要么接到一封侮辱的回信，要么得到他的同意。假定我取得了他的同意……"这时候安娜已经走到屋子尽头，停在那里，正在摆弄罗纱窗帷上的什么，"我取得了他的同意，但是我的儿……儿子呢？他们不会给我的。他会在他那被我遗弃了的父亲的家里长大，会看不起我。你要明白，我对他们两个——谢廖沙和阿列克谢——的爱是不相上下的，但是我爱他们远远胜过爱我自己哩。"

她走到屋子中间，双手紧按着胸口，停在多莉面前。穿着雪白的睡衣，她显得分外的庄严高大。她低下头，激动得浑身战栗，她用珠泪盈盈、晶莹的眼睛愁眉紧锁地凝视着穿着丁钉睡衣、戴着睡帽、消瘦而可怜的娇小的多莉。

"我只爱这两个人，但是难以两全！我不能兼而有之，但那却是我唯一的希望。如果我不能称心如愿，我就什么都不在乎了。随便什么，随便什么我都不在乎了。无论如何总会完结的，所以我不能——我不愿意谈这事。因此千万不要责备我，千万不要非难我！你的心地那么纯洁，不可能了解我所遭受的一切痛苦。"

她走过去，坐在多莉旁边，带着负疚的神色紧瞅着她的面孔，拉着她的手。

"你在想什么？你对我怎么看法？不要看不起我！我不该受人轻视。我真是不幸。如果有人不幸，那就是我！"她低声说，扭过头去，哭起来了。

剩下一个人，多莉做过祈祷，就躺在床上。她们谈话的时候，她从心坎里怜悯安娜；但是现在她怎么也不能想她了。想家和思念孩子们的心情以一种新奇而特殊的魅力涌进了她的想象里。她的这个世界现在显得那么珍贵和可爱，以致她无论如何也不愿意再在外面多逗留一天，打定主意明天一定要走。

同时，安娜回到自己的闺房，端起一只酒杯，倒进去几滴以吗啡为主要成分的药水，喝光了，静静地坐了一会以后，她就怀着平静而愉快的心情走进了寝室。

她走进寝室的时候，弗龙斯基仔细地看了看她。他想找寻谈话的一些痕迹，由于她在多莉的房里逗留了那么久，他知道一定谈过了。但是在她那种有所隐讳的矜持而兴奋的表情中，他只看得出那种虽然见惯了、但是仍然使他心荡神移的美貌，她知道自己很美的那种自觉和她希望自己的美色会打动他的心的愿望。他不愿意问她们谈了些什么，但是却希望她会自动地告诉他。但是，她只说：

"我很高兴你喜欢多莉。你喜欢她，是吗？"

"你知道,我老早就认识她。她非常善良,不过太实际了。[①]不过她来了我还是很高兴的。"

他拉住安娜的手,探究地凝视着她的眼睛。

她把这种眼色解释成别的意思了,于是对他微微一笑。

第二天早晨,尽管主人们极力挽留,达里娅·亚历山德罗夫娜还是准备动身了。列文的马车夫穿着一点也不新的外衣,戴着一顶有点像邮差戴的帽子,驾驶着一群拼凑起来的马和一辆千疮百绽的马车,忧郁而果断地驶进了铺满沙砾的庭院里。

同瓦尔瓦拉公爵小姐和男人们告辞对于达里娅·亚历山德罗夫娜是一桩不痛快的事。相处了一天以后,她和主人们都清楚地感觉到彼此之间并不投机,还不如不相逢的好。只有安娜很难过。她知道多莉一走,就再也没有人会在她的心灵里唤起那种由于这次会晤而引起的感情了。唤醒这种感情是痛苦的;不过她知道这是她心灵里最美好的成分,而这种成分在她所过的那种生活中,很快就要湮灭了。

驶到田野里的时候,达里娅·亚历山德罗夫娜体会到一种轻松愉快的心情,刚要开口问他们喜不喜欢弗龙斯基家,突然间车夫菲利普自己就讲起来:

"他们倒是很有钱的,不过他们只给我们三蒲式耳燕麦。天还没有亮马就吃得干干净净了! 三蒲式耳顶得了什么事? 不过一点点罢了。如今住旅馆一蒲式耳燕麦也不过才花四十五个戈比。到我们那里,用不着害怕,要喂多少就给多少。"

"很小气的老爷哩。"办事员从旁帮腔说。

[①] 原文为法语。

"哦,你喜欢他们的那些马吗?"多莉说。

"那些马?二话没有,真好啊!吃的也好。但是我觉得无聊得很,达里娅·亚历山德罗夫娜,不知道您觉得怎么样。"他补充说,把他那漂亮善良的面孔转过来对着她。

25

弗龙斯基和安娜的情况依然如故,还没有想办法离婚,就这样在乡下过了一夏天和一部分秋天。他们商量好什么地方都不去;但是他们两个越是孤独地过下去——特别是秋天没有客人的时候——他们就越觉得受不了这种生活,非得有所改变不行。

他们的生活好像美满得不得了:十分富裕,有健康的身体,有小孩,两个人都有事做。没有客人的时候,安娜还是一心一意地修饰打扮,浏览了许多书籍,都是一些流行的小说和很严肃的书籍。凡是他们收到的外国报纸杂志上推荐过的书籍她都订购了,而且以只有在孤寂中阅读的时候才会有的那种聚精会神来阅读。她也研究同弗龙斯基所从事的事业有关的书籍和专业性书籍,因此他时常来向她请教关于农业、建筑,有时甚至是关于养马或者运动的问题。她的知识和记忆力使他大为惊异,最初他对她还抱怀疑,希望得到证实。于是她就在书里翻出他所需要的那个段落,拿给他看。

医院的建筑工程也使她感到莫大兴趣。她不但帮忙,而且好多事情都是她亲自安排和设计的。但是她关心的主要还是她自己——关心能够博得弗龙斯基的爱情和补偿他为她而牺牲的一切。弗龙斯基很赏识她这一点,这变成了她唯一的生活目的,——这就是不仅要博得他的欢心,而且要曲意侍奉他的那种愿望;但是同时他又很厌烦她想用来擒住他的情网。日子越过下去,他越是经常地看到自己为情网所束缚,他也就越常渴望,倒不一定想摆脱,而是想试试这情网是否妨碍他的自由。若不是这种越来越增长的渴望自由的愿望——不愿意每次为了到城里去开会或者去赛马都要吵闹一场,——弗龙斯基一定会非常满意他的生活。他所选择的角色,一个富裕地主的角色——俄罗斯贵族的核心应该由这个阶级构成——不但完全合乎他的口味,而且现在他这样过了半年的光景,给了他越来越大的乐趣。他的事业,越来越占据他全副心神的事业,发展得极好。尽管由瑞士输入的医院装备、机械、乳牛,还有其他许多项目,花费了他一大笔款项,但是他却相信他并没有浪费,反而增加了财富。只要一涉及收入问题——木材、五谷和羊毛的销售,或者土地的出租问题——弗龙斯基就硬得像燧石一样,分文不让。在动用大量资金方面,无论在那一田庄上,他一直采用最简单最保险的方法,在琐碎小事上的用度一直是极其精打细算的。虽然那个德国管理人用尽一切诡计多端的手段,企图引诱他破费金钱,一开始总把预算订得高于实际的需要,然后又说经过一番考虑可以很便宜地搞到手,而且马上就有利可图,但是弗龙斯基却从不听从。他听着管理人说,仔细问他,仅仅在订购或者建筑的东西是最新式的,在俄国还是闻所未闻的,可以一鸣惊人的时候,他才同意。此外,他手头有多余款项的时候,他才决定大宗开支,开支的时候,他仔仔细细加以研究,钱非得花得最合算才行。因此从他经管事务的方法上就可以清清楚楚地看出来,他并没有浪费,反而增加了财富。

十月里,卡申省举行了贵族选举大会,弗龙斯基、斯维亚日斯基、科兹内舍夫、奥布隆斯基和列文的一小部分田产都在这个省份里。

由于种种关系,也由于参与这件事的人们,使这次选举引起了社会上的注意。人们议论纷纷,为它作着准备。住在莫斯科,彼得堡,还有国外来的,好些从来没有参加过选举的人,都集中到这里了。

弗龙斯基老早就答应过斯维亚日斯基他要出席。

选举以前,时常到沃兹德维任斯科耶来拜访的斯维亚日斯基来邀请弗龙斯基了。

前一天,弗龙斯基和安娜为了这趟计划中的旅行几乎吵起来。这是秋天,是乡下一年里最沉闷无聊的时候,因此弗龙斯基做好了斗争的心理准备,用他从来没有对安娜用过的严厉而冷酷的口吻告诉她说他要走了。但是,使他惊异的是,安娜非常平静地接受了这消息,只问了一声他什么时候回来。他仔细打量她,不明白她这种泰然自若的态度。她看见他的眼色只付之一笑。他了解她那套缩到内心深处不动声色的本事,而且也了解只有在她暗中打定了什么主意却不告诉他的时候才会这样。他害怕起来,但他是那么愿意避免吵嘴,因此装出一副深信不疑的模样,而且真有几分信以为真,有点相信了他愿意相信的事,就是说,相信她明白道理。

"我想你不会觉得无聊吧?"

"我想不会的,"安娜回答,"我昨天收到戈蒂叶书店①寄来的一箱子书。不,我不会无聊的。"

"她打算采取这种口气,那更好!"他沉思,"要不然,搞来搞去老是那一套。"

因此,他没有要求她作一番坦白的说明就动身去参加选举了。这是自从他们结合以来破天荒头一次,没有解释清楚就和她分别了。这件事一方面扰乱了他的心境,但是另一方面他又觉得再好也没有了。"最初,像现在这样,是会有一些含含糊糊、遮遮掩掩的地方;

---

① 戈蒂叶书店,莫斯科一家著名的法国书店。

但是久而久之她就习惯了。总之，我可以为她牺牲一切，但决不放弃我作为男子汉的独立自主。"他沉思。

26

九月里，为了基蒂的生产列文搬到莫斯科去住。当谢尔盖·伊万诺维奇——他在卡申省拥有田产，而且对于就要召开的选举大会怀着很大的兴趣——准备参加大会的时候，列文已经无所事事地在那里闲住了整整一个月了。他邀请他弟弟——他在谢列兹涅夫斯克县有选举权——和他一道去。除此以外，列文还要在卡申省代他侨居国外的姐姐处理一桩重大事务，那是关于土地托管和收土地押金的事情。

列文还在犹豫不决，但是基蒂看出他在莫斯科很无聊，因此劝他去，而且一声不响就替他定购了一套在那种场合必须穿的贵族大礼服，共值八十卢布。为买这套礼服而花去的八十个卢布，就是促使列文终于决定前去的主要原因。于是他到卡申去了。

列文到卡申已经六天了，他天天参加会议，而且为了他姐姐的事四处奔走，但是事情仍旧没有眉目。贵族长们都忙着选举去了，就连和托管权有关的最简单的事也办不成。另外一桩，就是收押金的事，也遇到同样的困难。为了取消扣押令而奔走了好久以后，钱终于准备偿付了；但是那位书记——一个非常乐于为人效劳的人——却不能发下许可证，因为上面需要会长签名盖章，而会长正忙着开会，没有指定代理人。所有这些麻烦，这种往返奔波，同那些十分明白这位申请人处境的不愉快但却爱莫能助的心地善良的人的攀谈，这种白费力气毫无结果的努力，使得列文产生了一种近似人在梦中想使劲的时候，所体会到的那种令人干着急却无能为力的痛苦感觉。当他同那位善良的律师磋商的时候,他常常感到这一点。这位律师似乎竭尽全力,绞尽脑汁好使列文摆脱这种困难的处境。"试试看,"他说了不止一次,"到某某那里去试试,再到某某那里去试试。"于是律师就订出一个详尽的计划来避开妨碍一切的致命的根源。但是他马上又补充一句说:"也许还会推三阻四的;不过试试看吧!"于是列文真的试了,去了一趟又一趟。人人都是和蔼可亲,但是结果他要克服的困难又在别处冒出来了,又挡住路。列文觉得特别烦恼的是,他简直不明白他在和谁对垒交锋,这样拖下去会对谁有好处。谁也不知道;就连他的律师也不知道。如果他能像了解为什么在火车票房前要站队买票那样了解这件事,他也就不会觉得委屈和懊恼了;但是他遭遇到的困难,谁也解释不出为什么会存在这种现象。

不过列文自从结婚以后改变了很多;他变得有耐性了,如果他不明白事情为什么会是这样,他就暗自说,不了解情况就不要乱下判断,大概事情非这样不可,于是拼命不动气。

现在,出席了会议而且参加了选举,他也极力不指责,不争论,尽可能地去理解他所敬重的那些善良正直的人都在那样严肃而热情地从事着的事情。自从他结婚以后,那么多新颖而严肃的生活面目展现在他面前,这些,以前由于他采取了敷衍了事的态度,因而看上去似乎是无关紧要的,在这次选举中他也期待并找寻着重大的意义。

谢尔盖·伊万诺维奇向他解释预料通过这次选举所会产生的变革的意义和重要性。省贵族长 —— 法律把那么多重要的公共事业交付在他手里:如托管机关(就是现在正跟列文为难的部门)、贵族们巨大款项的管理、男女公立中学、军事学校、按照新章程设立的国民教育、最后一项是地方自治会 —— 省贵族长斯涅特科夫,是个守旧派的贵族，他挥霍光了巨大的家业，又是一个心地善良的人，从某种观点上看，他自有他忠实的地方，但是对于现代的需要却一窍不通。不论什么事他总是偏袒贵族，公开反对普及国民教育，使本来应该起广泛作用的地方自治会带上了阶级的性质。因此必须在他的位置上安插一位新的、现代化的、有本事的、完全新式的、具有新思想的人物，而且善于处理事务，好从授予贵族（不把他们当成贵族，要把他们看成地方自治会的成员）的特权中取出可以从中获得的对自治有利的一切精华。在这富饶的卡申省里，总是事事走在别人前头，现在这样的优胜力量已经聚集一堂了，如果这里的事情处理妥当了，就可以作为其他省份和全俄国的典范。因此这事是具有重大意义的。为了要改选一个贵族长来代替斯涅特科夫，已经提出了斯维亚日斯基，或者最好是选涅韦多夫斯基，他是一个退休的教授，是个聪明绝顶的人，也是谢尔盖·伊万诺维奇的好朋友。

大会由省长致开幕词，在演讲中他对贵族们说：选举官员不应该讲情面，要以功劳和造福祖国为出发点，他希望卡申省尊贵的贵族，像在历届选举会一样，能够严格地完成这种任务，不辜负沙皇对他们崇高的信任。

讲完了话，省长就离开大厅走了，于是贵族们，喧哗而热情地——甚至有些人欣喜欲狂地——尾随着他走出去，当他穿上皮大衣和省贵族长友好地交谈的时候都蜂拥在他周围。列文想要探究一切底细，什么都不想放过，因此也站在人群里，听见省长说："请转告玛丽亚·伊万诺夫娜一声，我妻子很抱歉，她得到孤儿院去。"随后贵族们兴致勃勃、争先恐后拿了外衣，都坐车到大教堂去了。

在大教堂里，列文同别人一道，举起手来重复大司祭的言语，用庄严得怕人的誓词宣誓，一定要完成省长所期望的一切。宗教仪式永远打动着列文的心，当他说"我吻十字架"这句话，而且朝着也在说这句话的那老老少少的一群人环顾了一眼的时候,他非常感动了。

第二天和第三天讨论的是关于贵族基金和女子中学的问题,如谢尔盖·伊万诺维奇所说,是无关紧要的;因此列文为了自己的事四处奔走,没有为这事操心。第四天,在省贵族长的桌旁进行了审核省内公款的工作。那时新旧两派之间第一次发生冲突。受命清查公款的委员会向大会报告账目分厘不差。贵族长立起身来,连连感谢贵族们对他的信任,落下泪来。贵族们向他大声欢呼,同他紧紧握手。但是正在这个时候,谢尔盖·伊万诺维奇那一派的一个贵族说,他听说委员会并没有审核过公款,认为检查会伤害贵族长的尊严。委员会里有个人不小心证实了这一点。随后一个矮小的、样子很年轻、但是非常狠毒的绅士开口说,大概省贵族长很愿意说明公款的用途,但是由于委员会的委员们过分客气因而剥夺了他这种道义上的满足。于是委员会的委员们撤销了报告,而谢尔盖·伊万诺维奇开始条理分明地证明说,他们要么必须承认审核了账目,要么就得承认没有审核,而且把这两段论法发挥得淋漓尽致。反对派的一个发言人反驳了谢尔盖·伊万诺维奇。随后斯维亚日斯基讲话,以后又是那个狠毒的绅士发言。一直争论了好久,而且没有得出任何结果。列文很惊异他们竟然会在这问题上辩论那么久,特别是,当他向谢尔盖·伊万诺维奇打听他是不是认为公款被私吞了的时候,谢尔盖·伊万诺维奇回答说:

"噢,不!他是一个诚实的人。但是这种旧式家长制的经管贵族事务的方法非得打破不可。"

第五天县贵族长的选举开幕了。在好几个县里,这都是一个争论相当激烈的日子。但是在谢列兹涅夫斯克县,斯维亚日斯基却是全体一致推选出来的,当天晚上他就摆了酒席宴客。

27

第六天,省选举会议开会了。大大小小的厅堂里都挤满了穿着各种各样制服的贵族们。许多人是专门为了这个日子赶来的。多年未见的人们——有的来自克里木,有的来自彼得堡,有的来自国外——都聚集一堂了。围绕着贵族长的桌子,在沙皇的画像下,讨论得正热烈。

在大小厅堂里贵族们三五成群地聚在一起,从他们眼光中的敌意和猜疑,从生人走过来时就停止谈话,从有的人甚至退避到远处走廊上交头接耳的事实看起来,显然每一派都有不可告人的秘密。从外表上看,贵族们鲜明地分成两派:老派和新派,老派,绝大多数,不是穿着旧式的扣得紧紧的贵族礼服,佩着宝剑,戴着帽子,就是各人穿着自己有资格穿的海军、骑兵、步兵军服或官服。老派贵族们的服装是按照旧式缝制的,戴着肩章,腰身显而易见是又短小又狭窄的,好像穿的人渐渐胖得穿不下去了。新派穿着长腰身宽肩膀的宽大潇洒的礼服衬着白背心,不然就穿着黑领和绣着桂叶——司法部的标识——的制服。穿宫廷制服的也属于新派,到处给人群增添了无限光彩。

但是老少之分和党派的区别并不一致。有些年轻人,如列文所观察到的,属于老派;反过来,有些年迈的贵族正在和斯维亚日斯基说悄悄话,分明是新派里热心的党羽。

列文挨着自己的朋友们,站在吸烟和吃点心的小厅里,倾听他们在说什么,费尽心血想了解一切,但是徒劳无益。谢尔盖·伊万诺维奇是其余的人簇拥的中心人物。这时他正在谛听斯维亚日斯基和赫柳斯托夫——那是另外一县的贵族长,也属于他们这一派——讲话。赫柳斯托夫不愿意他自己那一县的人去邀请斯涅特科夫作候选人,而斯维亚日斯基正在劝他这样做,并且谢尔盖·伊万诺维奇很赞成这个计划。列文不明白为什么反对党要邀请一个他们打算废除的人来作候选人。

斯捷潘·阿尔卡季奇刚刚吃喝过东西,穿着他那套御前侍从的制服走过来,一边用洒了香水的镶边麻纱手帕揩着嘴。

"我们正摆布阵势,"他说,捋平了他的络腮胡子,"谢尔盖·伊万内奇!"

听了谈话以后,他就支持斯维亚日斯基的意见。

"一县就够了,斯维亚日斯基显然属于反对的一派。"他说,除了列文显然大家都明白他的话。

"喂,科斯佳,你也来啦,好像你也很感兴趣哩?"他说,转向列文,挽住他的臂膀。列文本来倒高兴对它感兴趣的,但是他根本不明白问题何在,于是由人群里退到一边去,告诉斯捷潘·阿尔卡季奇他百思不得其解,为什么又邀请省贵族长作候选人。

"噢,简单得很哩!"[①]斯捷潘·阿尔卡季奇说,于是简单明了地向列文解释了一番。

如果像以前历届的选举一样,所有的县都提名省贵族长作候选人,不用投票他就当选了。这是绝对不行的。现在有八个县同意提名他为候选人,如果有两县反对,那么斯涅特科夫可能会拒绝应选了,而老派也许会另外推选出一个人来,那么整个如意算盘就都落了空。但是如果只有斯维亚日斯基那一县不提他作候选人,斯涅特科夫还会作候选人的。甚至还要选他,故意使他获得相当多的票数,那么就会使反对党乱了阵脚,当我们的候选人提出来的时候,他们也会投他一些票的。

① 原文为拉丁语。

列文明白了，但是还不完全明白，还要再问些问题的时候，突然间所有的人都不约而同地连说带嚷地叫起来，朝着大厅里走去。

"怎么回事？什么？谁？委托书？给谁的？什么？否决了！没有委托书！不让弗列罗夫进来！受过控告又算得了什么？照这样，什么人都可以拒之门外了！这简直是卑鄙！要守法啊！"列文听见四面八方喊叫起来，他跟着那一批唯恐错过什么事的人一齐向大厅里走去。挤在一群贵族中间，他走近省贵族长的桌子，在那里，省贵族长、斯维亚日斯基和其他的领导们正激昂慷慨地争辩着。

28

列文站在远一点的地方。因为他近旁的一位贵族的粗重而沙哑的喘息声和另一位的大皮靴的响声，使他听不清楚。他只能远远听见贵族长柔和的声音，随后是那个狠毒的贵族的尖锐声调，接着就是斯维亚日斯基的声音。他们在争执，就他看得出的，关于一段法律的条文和在待审中这句话的意义。

人群散开，给谢尔盖·伊万诺维奇让路，好让他走近主席台。谢尔盖·伊万诺维奇等那位狠毒的贵族讲完了话，就开口说他认为最好的解决办法莫过于翻阅一下法令条文，于是就请秘书找出这段原文。法令上规定说，万一意见分歧，必须投票表决。

谢尔盖·伊万诺维奇朗诵那一段法令，并且开始阐明它的含义，但是一个高大肥胖、有点驼背、留着染色的髭须、穿着一件高领子紧夹住他的后脖颈的紧身礼服的地主打断了他的话。他走近主席台，用他手指上戴的戒指敲了敲桌子，就大声疾呼说：

"投票表决！表决！不必多费口舌了！投票表决！"

那时突然好多声音异口同声地嚷起来，而那位戴戒指的高大地主越来越怒不可遏,嚷声越来越大了。但是简直听不出他在说些什么。

他要求的正是谢尔盖·伊万诺维奇所提议的;但是显而易见他是憎恨谢尔盖·伊万诺维奇和他那个党派,而这种怨恨情绪感染了他那一派的人,反过来也引起了反对党派一种类似的、但却表现得很得体的愤恨情绪。四面八方都发出叫嚣声,一时之间混乱到不可收拾的地步,使贵族长不得不高呼请大家肃静。

"投票表决!投票表决!凡是贵族都会明白的!我们流血牺牲……沙皇的信任……不要清查贵族长;他不是店员!……但是问题不在这里!……请投票表决吧!……真可恶!"到处都听得见这种狂暴而愤怒的声音。眼光和脸色比话语来得更狠毒更激烈。他们流露出不共戴天的仇恨。列文一点也不明白这是怎么回事,看见他们那么热心地讨论弗列罗夫的问题该不该付诸表决不禁大为惊异。他忘了像谢尔盖·伊万诺维奇以后解释给他听的那种三段论法:为了公共的福利非得撤换省贵族长不可;但是要推翻贵族长就必须获得多数选票;而要获得多数选票就必须保证弗列罗夫有选举权;而要使弗列罗夫取得选举资格就非得阐明法律条文不可。

"一票就可以决定胜负,因此如果想要为社会服务,就要郑重其事和贯彻到底。"谢尔盖·伊万诺维奇结尾上说。

但是列文忘了这个,看见他所尊敬的这些善良的人处在这种不愉快的穷凶极恶的激动情绪中,心里很痛苦。为了摆脱这种沉重的情绪,他走出去,也不等着听听辩论的结果,就走进大厅,在那里除了餐厅里的服务员们没有一个人影。当他看见服务员们忙着揩拭瓷器,摆设盆碟和玻璃酒杯,而且看见他们恬静而生气勃勃的面孔,他体会到一种意外的轻松感,好像由一间闷气的房子里走到露天里一样。他开始在房间里踱来踱去,愉快地望着服务员们。特别博得他欢心的是一个须髯斑白的老人,他正一边对取笑他的年轻人们流露出看不起的神色,一边在指教他们怎么折叠餐巾。列文刚要和那位老服务员攀谈,贵族监护会的秘书长,一个具有熟悉全省所有贵族姓氏和父名的特长的人,分散了他的注意力。

"请来吧,康斯坦丁·德米特里奇!"他说,"令兄正在找您。投票了。"

列文走进大厅,接到一个白球,跟着他哥哥谢尔盖·伊万诺维奇走近主席台,斯维亚日斯基正带着意味深长和讥讽的脸色站在那里,他把胡子集拢在手里嗅着。谢尔盖·伊万诺维奇把手塞进票箱里,把球投到什么地方去了,于是闪开让出地方给列文,站在那里不动。列文走过去,但是完全忘记是怎么回事,因而手足无措了,他转过身去问谢尔盖·伊万诺维奇:"我投到哪里?"趁着附近人们谈话的时候他放低声音说,希望人家不会听见。但是谈话停顿下来,他的不成体统的问题大家都听见了。谢尔盖·伊万诺维奇皱了皱眉头。

"那全看个人的信念而定。"他疾言厉色地说。

好几个人微笑起来。列文脸涨得通红,连忙把手伸到盖着票箱的罩布下面,因为球握在右手里,于是随手就投到右边去了。投的时候他才猛然想起左手也应该伸进去的,连忙伸进去,但是已经晚了;于是越发心慌意乱,赶紧走到房间尽后面去。

"赞成的一百二十六票!反对的九十八票!"传来秘书长咬字不清的声音,紧接着是一阵哄笑:票箱里发现了两个核桃和一个纽扣。弗列罗夫获得了选举资格,新派取得了胜利。

但是老派不服。列文听见有人请斯涅特科夫作候选人,看见一群贵族环绕着正在讲话的贵族长。列文凑过去。在致答辞中,斯涅特科夫谈到承蒙贵族们信任和爱戴,实在受之有愧,唯一值得告慰的是他对贵族无限忠心，为他们效忠了十二年之久。他重复了好几次这句话："我鞠躬尽瘁，不遗余力，你们的盛情我感谢不尽……"突然他被眼泪哽咽住，说不下去了，于是走出去。这些眼泪是由于他意识到他所遭受的不公平待遇流下的，还是由于对贵族满腔热爱，或是由于他所处的紧张境况，感觉到四面受敌而洒的呢，总之，他的激动情绪影响了大会的气氛，绝大多数贵族都感动了，列文对斯涅特科夫感到亲近了。

在门口贵族长和列文撞了个满怀。

"对不起！请原谅！"他说，好像是对一个陌生人说一样；但是认出列文的时候，他羞怯地微微一笑。列文觉得斯涅特科夫好像想说什么，但是激动得说不出来。他面部的表情和他穿的挂着十字勋章的制服及镶金边的雪白裤子的全副姿态，在他匆匆走过的时候，使列文想起一头意识到大势不妙的被追捕的野兽。贵族长脸上的表情特别打动了列文的心，因为，昨天他刚好还为了托管的事到他家去过，看见他还是一个神气十足的、慈祥的、有家室的人。那一幢摆设着古香古色家具的宽敞房屋；那个根本谈不上衣着漂亮、不整洁、但是毕恭毕敬的老仆人——显而易见是留在主人家里的以前的农奴；他那戴着缀着飘带的帽子和披着土耳其披肩、正爱抚着她美丽小外孙女的肥胖而和蔼的妻子；还有那刚刚放学回来、正吻他父亲的大手、向他致敬的在中学六年级读书的小儿子；主人娓娓动听的恳切言语和手势——这一切昨天曾在列文身上唤起了一种自然的尊敬和同情。现在列文仿佛觉得这个老人又使人感动，又让人可怜，因此很想对他说一些安慰话。

"可见您又要做我们的贵族长了。"他说。

"不见得吧！"贵族长回答，带着吃惊的表情四处张望了一下，"我疲倦了，老了。有许多人比我年轻有本事，让他们来干这差使吧。"

于是贵族长穿过一扇小门消失了踪影。

最严肃的时刻来临了。选举就要开始。两派的首脑人物们都在掐着指头计算可能得到的黑球和白球。关于弗列罗夫那件事进行的争论不仅使新派获得了弗列罗夫那一张选票,而且也赢得了时间,因此他们又有机会带来三个由于老派的阴谋而不能参加选举的贵族。两个贵族,都有嗜酒如命的毛病,被斯涅特科夫的党羽灌得烂醉如泥,而第三个的制服不翼而飞了。

新派一听说这消息,趁着争论弗列罗夫事件的空隙,赶紧派人乘马车给那个贵族送去一套制服,而且把一个醉得跟跟跄跄的人也带来开会。

"我带来了一个。给他浇了一盆冷水,"去带他的那位地主走到斯维亚日斯基跟前说,"没有什么,他还行。"

"醉得不太厉害,他不会摔倒吗?"斯维亚日斯基说,摇着头。

"不,他好得很哩。只要这里不再给他什么喝就行了……我告诉餐厅里的人了,无论如何也不要让他喝什么!"

29

他们饮酒吸烟的那间狭窄的小房里挤满了贵族。激动的情绪不断增强,所有人的脸上都流露出焦虑不安的神色。特别激动的是那些首脑人物,他们是知道全盘底细和选票数目的。他们是即将来临的战斗指挥员。其他的人,就像交战前的士兵一样,虽然做好了战斗准备,同时却在寻欢作乐。有些人在用餐,有的站着,有的坐在桌旁;还有些人在抽香烟,在长长的房间里踱来踱去,同久别重逢的亲友们交谈着。

列文不想吃喝，也不想抽烟；他不愿意加入他自己那一群人——谢尔盖·伊万诺维奇、斯捷潘·阿尔卡季奇、斯维亚日斯基和其他人——因为弗龙斯基身穿侍从武官的制服正和他们站在一道生动地谈论着。列文昨天在选举大会上就看见他了，但是竭力躲着他，不愿意和他碰面。他走到百叶窗跟前坐下来，察看着一群群的人，倾听他的周围在谈论些什么。他觉得很伤心，特别是因为他看见人人都是生气蓬勃，满腹心事，奔忙着；唯独他和一个嘴里嘀嘀咕咕、没有牙齿的、穿着一身海军服坐在他旁边的小老头是漠不关心和无所事事的。

"他是那样一个流氓！我告诉过他不要这么干。可不是吗！他三年都不能收齐！"一个矮小、驼背、油亮的头发耷拉在礼服的绣花衣领上的地主，正有力说着，边说边用那分明是为了这个场合才穿上的新皮靴的后跟猛烈地踢踏着。那地主用不满的眼光瞟了列文一眼，就猛地扭过身去。

"是的，不论怎么说，这也是卑鄙的！"一个小矮个儿用尖细的声调说。

紧跟着这两个人，一大群地主，像众星捧月一样，拥着一个肥胖的将军，匆匆地走近了列文。这些地主显然在寻找一个人家偷听不到、可以放心谈话的场所。

"他居然敢说是我唆使人偷了他的裤子！我想他是当了裤子买酒喝了。他，还有他的公爵爵位，我可瞧不上眼！他敢这么说，真下流！"

"不过请原谅！他们是以条文为根据的，"另外一圈里的一个人说，"妻子应该登记为贵族的家属。"

"我管他妈的什么条文不条文？我说的是良心话。我们都是高尚的贵族。要有信心。"

"来吧,阁下,喝一杯好香槟①。"

另外一群人紧紧尾随着一个高声大叫的贵族。他就是被人家灌醉了的一个。

"我老劝玛丽亚·谢苗诺夫娜把地租出去,因为她从上面都得不到利益。"一个留着花白胡子、穿着从前参谋部陆军上校军服的地主用悦耳的声音说。这就是列文在斯维亚日斯基家里见过的那个地主。他立刻就认出他来。那地主也认出了列文,于是他们就握手寒暄。

"真高兴看到您!可不是吗!我记得您很清楚。去年在贵族长斯维亚日斯基家里。"

"喂,您的农业怎么样?"列文打听说。

"噢,还是老样子,总是亏本。"那个地主逗留在列文旁边回答,带着一种听天由命的笑容和确信一定会这样的神情。"您怎么到我们省里来了?"他问。"您来参加我们的政变②?"他说下去,这个法文字他说得很坚决,但发音却不准确。"全俄国都聚集在这里了:御前侍从,几乎大臣们都来了。"他指着走在一位将军身边、穿着白裤子和侍从制服的斯捷潘·阿尔卡季奇仪表堂堂的身姿。

"我应该承认,我不大了解贵族选举的意义。"列文说。

那个地主打量他。

"不过有什么可了解的呢?一点意义都没有。一种没落的机关,只是由于惯性而继续运动着罢了。您就看看这些制服吧——那只说明了:这是保安官、常设法庭推事,以及诸如此类的人的会议而已,但却不是贵族的。"

"那么您为什么要来呢?"列文问。

"一来是习惯成自然。再则必须保持联系。这是一种道义上的责

---

①② 原文为法语。

任。还有,跟您说老实话吧,有我个人的利害关系。我的女婿想要做常务委员候选人。但是他们的景况不大宽裕,得提拔他一下才成。但是这些先生为什么要来呢?"他继续说下去,指着那个曾在主席台上讲过话的狠毒绅士说。

"这是新贵族里的一员。"

"新倒是新的,不过却不是贵族。他们是土地所有人,而我们才是地主。他们,作为贵族,正在自取灭亡哩。"

"不过您说这是一种没落的机关。"

"没落的倒的确是没落;不过还得待它礼貌一些。就拿斯涅特科夫说吧……我们好也罢,歹也罢,总也发展了一千多年了。您要知道,如果我们要在房前修花园,我们就得设计一下;但是万一那地方长着一棵一百来年的古树……虽然又苍老又长满木瘤,但是你也舍不得为了花坛把这棵古树砍倒,却要重新设计一下花坛,好将就着利用一下这株古树哩!树一年可长不起来。"他小心谨慎地说,立刻就改变了话题,"喂。您的农业怎么样?"

"不大好。百分之五的收益。"

"是的,但是您还没有把自己的劳动算进去。要知道您不是也有价值吗?就拿我说吧。我没有经营农业的时候,一年可以拿三千卢布年俸。现在我可比当官差卖劲,可是像您一样,我取得了百分之五的利益,这还算走运哩。而我的劳力全白费了。"

"如果纯粹是亏本的事,那么您为什么还要做呢?"

"哦,就是做吧!您说还有什么呢?这是久而久之习惯成自然了,而且人人都知道非这样不可。况且,我对您说吧,"他把臂肘倚在百叶窗上,一打开话匣子,就滔滔不绝地谈下去,"我儿子对农业丝毫也没有兴趣。显然他会成为学者。因此就没有人继承我的事业了。但是我还是做下去。目前我还培植了一个果园哩。"

"是的,是的,"列文说,"这是千真万确的。我老觉得我在农业上得不到真正的收益,可是我还是做下去……总觉得对土地有一种义不容辞的义务。"

"我跟您讲件事吧,"那地主接着说下去,"我的邻居,一个商人,来拜望我。我们一起到农场和花园里绕了一圈。他说:'不,斯捷潘·瓦西里奇,您的一切都好,只是您的花园荒芜了。'其实,我的花园好得很哩。'如果我是您,我就砍掉这些菩提树,不过要到树液升上去的时候才砍。您这里有上千棵菩提树,每一棵树可以锯成两块好木板。如今木板可以卖大价钱,最好还是大量地采伐菩提树。'"

"是的,用这笔款项他就可以买牲口,跟白白捞来一样,再去买地租给农民种。"列文微笑着补充说,显然类似这样的如意算盘他碰见过不止一次,"他会发财致富。而您和我,只要保得住我们所有的,有东西留给子孙,那就谢天谢地了。"

"听说您结婚了?"那个地主说。

"是的,"列文怀着得意满足的心情回答,"是的,真有点古怪,"他接着说下去,"我们一无所得地过下去,好像注定了要守护火的灶神一样。"

那地主在花白胡子的遮掩下偷偷地笑了。

"我们中间也有这样的人,譬如说我们的朋友尼古拉·伊万诺维奇,或者最近在这里定居下来的弗龙斯基伯爵,他们都想要把农业当成工业那样来经营;但是到目前为止,除了蚀本毫无结果。"

"但是为什么我们不像商人那样办呢?我们为什么不砍伐菩提树做木材?"列文说,又回到那个打动了他的心的问题上去。

"为什么,就像您说过的,我们守卫着火啊!那不是贵族干的事。我们贵族的工作不在这里,不在这个选举大会,而是在那边,在各自的角落里。该做什么,不该做什么,我们都有阶级本能。在农民身上我有时也看到这一点：一个好农民总千方百计地想多搞点土地。不管地多么不好，他还是耕种。结果也没有收益。净亏本罢了。"

"就像我们一样，"列文说，"见着您真是十分高兴哩。"他补充说，看见斯维亚日斯基走过来。

"自从在您家里见过面以后，我们还是初次见面哩，"那个地主说，"而且尽情地谈了一阵。"

"哦，你们骂过新制度吧？"斯维亚日斯基微笑着说。

"我们不否认。"

"痛痛快快地谈了一番。"

30

斯维亚日斯基挽着列文的胳臂，引着他走到自己那一群里。

现在没有回避弗龙斯基的可能了。他跟斯捷潘·阿尔卡季奇和谢尔盖·伊万诺维奇站在一起，列文走过去时他直视着他。

"非常高兴！我以前好像有荣幸见过您……在谢尔巴茨基公爵夫人家。"他说，把手伸给列文。

"是的，那次会面我记得很清楚。"列文说，脸涨得通红，马上扭过身去同他哥哥谈起来。

弗龙斯基微微地笑了一笑，继续和斯维亚日斯基谈着，显然并没有和列文攀谈的意愿；但是列文一边和他哥哥谈话，一边不住地回头看弗龙斯基，拼命想找点话跟他谈谈，好冲淡一下自己的唐突无礼。

"现在为什么还在拖延呀？"列文说，望着斯维亚日斯基和弗龙斯基。

"因为斯涅特科夫。他要么竞选，要么不竞选。"斯维亚日斯基回答。

"他怎么样,选还是不选?"

"问题就在于他不置可否。"弗龙斯基说。

"如果他不做候选人,那么谁做候选人呢?"列文追问,望着弗龙斯基。

"愿意做候选人的人都可以。"斯维亚日斯基回答。

"您愿意做候选人吗?"列文问。

"当然不。"斯维亚日斯基说,局促不安了,用吃惊的眼光朝站在谢尔盖·伊万诺维奇身边的一个凶狠的绅士瞟了一眼。

"那么是谁呢?涅韦多夫斯基吗?"列文说,觉着自己糊涂了。

但是这样一来更糟了。涅韦多夫斯基和斯维亚日斯基是两个大有希望的候选人。

"无论如何我也不干的!"那个凶狠的绅士说。

原来这就是涅韦多夫斯基!斯维亚日斯基替他和列文介绍了一下。

"喂,你也动了心吗?"斯捷潘·阿尔卡季奇说,对弗龙斯基眨眨眼睛,"就像赛马一样。很想赌个输赢。"

"是的,真让人动心哩,"弗龙斯基说,"一旦动了手,就非斗到底不可。这是斗争!"他说,皱着眉头,咬紧他那强有力的牙关。

"斯维亚日斯基真是有本事的人啊!什么他都说得清清楚楚。"

"噢,是的。"弗龙斯基心不在焉地随口答道。

紧接着是一阵沉默,在这期间,弗龙斯基因为总得望着什么,于是就望着列文:望望他的脚、他的礼服、随后又望望他的脸,注意到他忧郁的眼光盯在自己身上,于是就没话找话说:

"你怎么成年累月都住在乡下,却不当治安推事呢?您没有穿治安推事的制服?"

"因为我认为治安裁判是一种愚蠢的制度。"列文愁闷地说,他一直在找机会跟弗龙斯基谈话,好弥补刚见面时的无礼。

"我并不那么想,恰恰相反哩。"弗龙斯基带着平静的惊异神情说。

"那简直是儿戏,"列文打断他的话说,"我们并不需要治安推事。八年里我没有出过一件纠纷,有事的时候,结果却判错了。治安法庭距离我家大约四十里。为了解决两个卢布的事我就得花费十五个卢布请一位律师。"

于是就他谈起来:一个农民怎么偷了磨坊主人的面粉,磨坊主人跟他理论,那个农民就怎么递呈子大肆诬告。这些话说得既不合时宜又愚蠢,就连列文说的时候自己也意识到了。

"噢,他是这么一个怪家伙!"斯捷潘·阿尔卡季奇带着他那种最抚慰人的像杏仁油一样的微笑说,"不过走吧,我想选举大概开始了……"

于是他们就分手了。

"我真不明白,"谢尔盖·伊万诺维奇说,他注意到他弟弟拙劣的举动,"我不明白一个人怎么会这么缺乏政治手腕!这就是我们俄国人不足的地方。省贵族长是我们的反对派,而你倒和他十分亲呢①,还请他做候选人。而弗龙斯基伯爵呢……我并没有和他交朋友;他要请我吃饭,我是不会去的;但是他是我们这边的人,那么为什么要化友为敌呢?后来你又追问涅韦多夫斯基愿不愿意做候选人。这种事做得简直不妥当!"

"噢,我什么也不明白!这不过是一桩小事罢了。"列文愁眉不展地说。

① 原文为法语。

"你说这不过是一桩小事,但是什么事你一着手,就搞得一团糟。"

列文默不作声,他们一道走进大厅。

省贵族长,虽然隐隐约约地感觉到已经布置好陷害他的天罗地网,虽然不是全体都请他做候选人,却还要孤注一掷,决定竞选。大厅里一片静寂,秘书长声音洪亮地宣布近卫队上尉米哈伊尔·斯捷潘诺维奇·斯涅特科夫被提名为省贵族长候选人,现在就投票表决。

县贵族长们端着盛着选举球的小盘子,由自己的席位上走到主席台,于是选举开始了。

"投在右边。"当列文陪着他哥哥随着县贵族长走到主席台的时候,斯捷潘·阿尔卡季奇小声地对他说。但是列文忘了人家向他解释过的计划,唯恐斯捷潘·阿尔卡季奇说"右边"是说错了。斯涅特科夫无疑是他们的反对派!他走近票箱的时候,球本来在右手里的,但是认为错了,因此刚一走到票箱跟前就倒换到左手里,而且毫无疑问是投到左边去了。一个内行人,站在票箱跟前,只要每个人臂肘一动他就知道球投到哪里,不痛快地皱了皱眉。这一次没有东西可以让他锻炼他那明察秋毫的眼力了。

一切又归于静寂,只听见数球的声音。接着有个声音宣布了赞成和反对的票数。

贵族长获得了相当多票。到处都是嘈杂的人声,人人都想冲到门口去。斯涅特科夫走进来,贵族们蜂拥到他周围向他道贺。

"好了,现在完了吧?"列文问谢尔盖·伊万诺维奇。

"不过刚刚开始哩!"斯维亚日斯基笑着代谢尔盖·伊万诺维奇回答,"别的候选人可能获得更多的票数。"

这一点列文又忘得干干净净了。他现在只记得其中有什么微妙的手法，但是他厌烦得想不起究竟是什么了。他觉得郁闷得不得了，很想离开这一群人。

因为谁也不注意他，而且显然没有一个人需要他，于是他就悄悄地到了小茶点室里，看见那些服务员，他又觉得轻松极了。那个矮小的老服务员请他吃些东西，列文同意了。吃了一盘青豆炸牛排，同那老服务员谈了他以前的主人们，列文不愿意回到和他意趣很不投合的大厅里，到旁听席上去了。

旁听席里挤满了装束华丽的妇女们，她们伏在栏杆上，极力不放过下面所说的一言一语。妇女们身边是一群风度优雅的律师、戴着眼镜的中学教师和军官，有的坐着，有的站着。到处都议论着选举，都在谈论贵族长多么心灰意懒，争论多么有趣；列文听到有一群人在赞美他哥哥。一位贵妇人在对一个律师说：

"我听到科兹内舍夫演说有多么高兴啊！挨饿都值得。妙不可言！多么明了清晰！你们法庭里谁也讲不了这样。除了迈德尔，就是他讲话也远远没有这样的口才哩！"

在栏杆旁找到一个空地方，列文俯在上面，开始观察和谛听。

所有贵族都坐在按着县份划分的栏杆里面。厅堂中间站着一个穿礼服的人，他正用高亢而响亮的声音宣布说：

"现在表决陆军上尉叶夫根尼·伊万诺维奇·阿普赫京做省贵族长！"

接着是死一般的沉寂，然后听到一个老年人有气无力的声音说："谢绝了！"

"现在投票表决枢密顾问官彼得·彼得罗维奇·博利。"有个穿礼服的人呼喊。

"谢绝了！"有个青年人的尖声说。

于是又从头开始，又是"谢绝了"。这样继续了一个钟头的光景。

列文斜倚在栏杆上，冷眼旁观谛听着。最初他觉得不胜惊异，很想弄明白这是什么意思；后来，断定了他怎么也不会明白的，因此就觉得枯燥无味了。随后，回想起他在所有人的脸上看到的那种激昂慷慨和怒容满面的神情，他觉得悲哀起来，因此决定离开这里到楼下去。当他穿过旁听席的走廊，他碰到一个踱来踱去的垂头丧气两眼通红的中学生。在楼梯上他遇到一对男女：一个穿着高跟鞋匆匆跑上来的女士和一个得意扬扬的副检察官。

"我告诉过您晚不了的。"当列文闪在一边给那位妇人让路的时候，副检察官说。

列文已经下楼走到出口的地方。正在掏取衣服的号牌，一个秘书就把他抓住了。"请来吧，康斯坦丁·德米特里奇，正在选举哩！"

正在投票表决的就是那位一口拒绝应选的涅韦多夫斯基。

列文走进大厅的门口：门已经反锁上了。秘书敲敲门，大门打开了，两个面色通红的地主由列文身边冲出去。

"我忍受不了啦！"脸涨得通红的地主里的一个大喊大叫。

紧跟在地主们的后面，省贵族长的头伸出来。他的面孔由于疲惫和恐惧露出可怕的神情。

"我告诉过你不要放任何人出去！"他对门房申斥道。

"我是放人进来，大人！"

"天啊！"省贵族长长叹了一声，拖着他那穿白裤子的无力的腿，耷拉着脑袋，朝着屋子中央的大桌子走过去。

涅韦多夫斯基，果然不出所料，获得了绝大多数的选票，他现在当上了省贵族长。许多人兴高采烈，许多人满意而快活，许多人欣喜若狂，可是也有许多人不满意，很伤心。前任贵族长处在绝望的心境中，掩饰不住失意之色。当涅韦多夫斯基离开大厅的时候，人群簇拥着他，热情地尾随着他，就像第一天省长致开幕词人们尾随过他那样,而且也像从前斯涅特科夫当选时人们尾随过他一样。

31

新选出来的省贵族长和获得胜利的新派里的许多人当天晚上都在弗龙斯基家聚餐。

弗龙斯基来参加选举,一方面是因为在乡下觉得无聊,而且为了向安娜宣布一下他自由的权利,也因为要帮助斯维亚日斯基竞选,好报答他在地方自治会选举会上为弗龙斯基所费的那番苦心,主要是为了严格履行他所承担的作为贵族和地主的全部义务。但是他丝毫也没有想到选举这件事会引起他那么大的兴趣,会使他这样动心,或者他竟然能做得这样好。在地主贵族圈子里,他完全是个新人,但是他分明很成功;而且他认为他在他们中间已经获得一定的势力,这倒是的确的。而这种势力是由于他的财富、爵位,由于他的老朋友希尔科夫——一个在财政部供职而且在卡申省创办了一家生意兴隆的银行的金融家——借给他的城里那幢富丽堂皇的宅邸;由于弗龙斯基从乡间带来手艺高明的厨师;由于他和省长的交情——他们从前是同窗好友,而且弗龙斯基甚至还庇护过他;而主要是由于他待人接物不分厚薄的那种单纯的风度,很快就使得大多数贵族改变了认为他傲慢无礼的成见。他自己觉得,除了娶了基蒂·谢尔巴茨卡娅的那个狂妄的家伙,怀着偏激的恶意**无缘无故地**[①]对他讲过一大堆不得要领的蠢话以外,他所结识的每个贵族都变成了他的拥护者。他看得清清楚楚,而其他的人们也都公认,涅韦多夫斯基的成

---
① 原文为法语。

功他曾出了很大的力。如今在自己的宴席上庆祝涅韦多夫斯基当选，弗龙斯基由于他的候选人荣获成功而感到一种得意的快感。选举这件事使他感到那么大的兴趣，以致他开始想在三年后再选举的时候，如果他结了婚，他自己就要参加竞选，就好像赛马师为他赚了一笔赌注，他渴望亲自去赛马一样。

现在他在庆祝他的赛马师的胜利。弗龙斯基坐在首席上，他的右首坐着年轻的省长——侍从将军。对其他的人来说，将军是一省之主，庄严地致过开幕词，讲过话，而且像弗龙斯基看出来的，在好多出席会议的人身上唤起了肃然起敬和卑躬屈节的心理；但是对弗龙斯基说来，他是小"马斯洛夫·卡特卡"，——这是他在贵胄军官学校里的绰号——在他面前觉得很不自在，而弗龙斯基竭力设法使他自在①的人。在弗龙斯基的左首坐着的是少年气盛、性子执拗、相貌阴险的涅韦多夫斯基。弗龙斯基对他是坦率而有礼的。

斯维亚日斯基轻快地忍受了他的失败。对于他而言，甚至都不算什么失败，像他举着香槟酒杯亲口对涅韦多夫斯基说：再也找不出更好的担当得起贵族应该遵循的新方针的代表人物了。因此所有正直的人，如他所说的，都站在今天胜利的这方面，为了这种胜利而感到庆幸。

斯捷潘·阿尔卡季奇也很高兴，因为他快活地消遣了一番。而且人人都心满意足。在佳肴美馔的宴席上，又纷纷提到了选举大会上的插曲。斯维亚日斯基令人发笑地模仿前任贵族长声泪俱下的讲话，而且转身对涅韦多夫斯基评论说：阁下应该采取一种截然不同、比眼泪复杂的审核基金的方法！另外一个善于说俏皮话的贵族描摹前任贵族长如何为了打算举行的舞会，特地招聘了一批穿长筒袜子

---

① 原文为法语。

的仆役,如果新贵族长不举行由穿长袜的仆人侍候的跳舞会的话,现在只好把他们都打发回去了。

在宴会中间,他们不断对涅韦多夫斯基说:"我们的省贵族长",而且称他为"阁下"。

这话说得很使人高兴,就像新娘被人称为"夫人"①和冠上她丈夫的姓一样。涅韦多夫斯基故意装出不仅毫不在乎而且很看不起这种官衔的神情,但是他显然高兴得飘飘然了,而且在克制着自己,以免流露出和他们所处的这种新的自由主义环境很不适合的喜悦神情。

用餐的时候发了好几封电报给那些关心这次选举结局的人。兴高采烈的斯捷潘·阿尔卡季奇拍了一个电报给达里娅·亚历山德罗夫娜,内容如下:"涅韦多夫斯基以二十票之差当选。祝贺。请转告别人。"他高声口授了一遍,说:"得让他们高兴一下!"但是达里娅·亚历山德罗夫娜接到这封急电,只叹息一声又浪费了一个卢布,而且明白这又是酒席快结束时所干的事。她知道斯季瓦有个毛病,每逢酒席快结束的时候就"乱打电报"②。

一切,包括上等的筵席和美酒——都不是从俄国商人那里买的,而是直接由国外输入的舶来品——都是名贵、纯粹而可口的东西。那一小圈人,大约有二十来人,是斯维亚日斯基从思想一致的、自由主义的新活动分子里挑选出来的,也都是聪明而体面的人物。他们半开玩笑半认真地,为了新贵族长,为了省长,为了银行家,而且也为了"我们和蔼可亲的主人"而干杯。

弗龙斯基心满意足。他从来没有想到在省里会这样有趣。

宴会快结束的时候,大家越发欢畅了。省长邀请弗龙斯基去赴

---

① ② 原文为法语。

为了弟兄们而举行的义演音乐会，那是由他那位想和弗龙斯基结识的夫人一手安排的。

"那里要开舞会，你可以见识见识我们省里的美人！说真的，真是妙极了！"

"不是我所擅长的。①"弗龙斯基回答，他很喜欢这个说法，但是微微一笑，答应要去。

当大家都已经离开餐桌，在抽香烟的时候，弗龙斯基的听差端着摆着信函的托盘走到他跟前。

"是由沃兹德维任斯科耶专差送来的。"他带着意味深长的眼色说。

"真奇怪，他多么像副检察官斯文季茨基啊。"有个客人用法语品评那个听差说，同时弗龙斯基皱着眉头，在看信。

信是安娜寄来的。还没有看信，他就知道内容了。原来指望选举大会五天之内会结束，因此他答应了星期五回去。现在是星期六了，他知道信里一定是责怪他没有准时回去。他昨天晚上寄去的信大概还没有到。

信的内容果然不出他所料，但是形式却是出人意料的，使他格外不痛快。"安妮病得很重。医生说可能是肺炎。我一个人心乱如麻。瓦尔瓦拉公爵小姐帮不了忙，却是个障碍。前天和昨天我一直盼望着你回来，现在我派人去看看你在哪里，你怎么啦。我本来想亲自来的，但是知道你会不高兴，因此又改变主意。给我个回信，我好知道怎么办。"

孩子病了，她反倒想亲自来！女儿病了，还有这种敌对的语气！选举的单纯欢乐和他必须回去那种沉闷的、使人觉得成为累赘

---

① 原文为英语。

的爱情，以其鲜明的对照使弗龙斯基感到惊异。但是他非回去不可，于是乘上头一班火车，当天晚上就回家了。

32

弗龙斯基动身去参加选举以前，安娜考虑到每次他离家他们都要大闹一场，这只会使他疏远她，维系不住他，因此下定决心尽可能克制住自己，以便镇静地忍受这次离别。但是他来向她告别时凝视着她的那种冷酷而严峻的眼光，伤了她的心，他还没有动身，她宁静的心境就被破坏了。

后来，独自一人又沉思了一阵那表示他有自由行动的权利的眼光，她，像往常一样，结果总是意识到自己的屈辱。"他有权利想什么时候走就什么时候走，想到哪里就到哪里。不但可以离开，而且可以遗弃我。他有一切权利，而我却什么都没有。但是，他既然知道这点，他就不应该这么做！不过他究竟做了什么呢？……他带着一副冷酷严峻的神气望着我。当然这是不明确、不可捉摸的，不过跟以往大不相同了，而那种眼光却意味深长得很，"她沉思，"这种眼光表示他开始冷淡了。"

虽然她确信他已开始对她冷淡了，但是她仍然是毫无办法，怎么也不能改变她和他的关系。就像以往一样，她只能用爱情和魅力笼络他；而且也像以往一样，她只有白天用事务、夜里用吗啡才能压制住万一他不爱她了、她会落到什么下场的那种恐怖的念头。不错，还有一个办法：不抓牢他，——除了他的爱情她什么都不需要了，——却更接近他，把自己放到他不能遗弃她的境地中。那种方法就是离婚，再和他结婚。她开始渴望办这件事，而且打定主意，只要他和斯季瓦一提，她就同意。

抱着这种想法,她孤独地过了五天,就是他去参加选举大会的那五天。

散步,同瓦尔瓦拉公爵小姐聊天,参观医院,主要的是阅读,看了一本又一本,就这样消磨了时光。但是第六天,马车夫没接到他空车回来的时候,她感觉到她再也压抑不住想念他和要知道他在做什么的念头了。刚巧那时她的小女儿病了。安娜照顾她,但是就是这事也分散不了她的心,特别是因为病情并不严重。无论她怎么努力,她也不爱这小女孩,而且不能装出爱她的样子。将近黄昏的时候,孤零零一个人,安娜为了想他而胆战心惊,因此打定主意要到城里去,但是又好好想了一想,就写了弗龙斯基已经收到的那封自相矛盾的信,没有再看一遍就派专差送走了。第二天她接到他的信,因为自己写了那封信而后悔莫及。她深恐又看到临别时他投给她的那种冷酷眼光,特别是当他知道了小女孩的病情并不怎么严重的时候。但是她还是高兴给他写了那封信。安娜现在已经承认他厌倦她了,而且怀着惋惜的心情抛弃自由回家来;但是尽管如此,她还是高兴他要回来了。随他厌倦好了,但是一定要让他跟她在一起,好让她看见他,知道他的一举一动。

她坐在客厅里,在灯光下阅读泰纳①的一部新著,倾听着外面的风声,随时随刻盼望着马车的来临。好几次她都以为听到了车轮声,但是每次都错了;终于她不但听到车轮声,而且还有车夫的吆喝声和门廊里沉闷的轰隆声。就连独自玩牌的瓦尔瓦拉公爵小姐也证实了这一点,于是安娜,脸泛红晕,立起身来,但是并没有下楼去,像她前两次那样,却站住不动了。她突然因为欺骗了他而感到羞愧,但是更害怕的是他要如何对待她。受了伤害的心情已经消逝

---

① 泰纳(1828—1893),法国历史学家、批评家及作家。一八七〇年泰纳发表了《论理性》一书。

了，她现在只害怕他不悦的神色。她想起小女孩昨天就完全康复了。为了她刚一发出信她就痊愈了，她很生孩子的气。随后她又想到他来了。想到整个的他、他的手、他的眼睛都来了。她听到他的声音。忘了一切，她快活地跑去迎接他。

"哦，安妮怎么样？"当安娜跑下来的时候，他仰望着她，怯生生地问。

他坐在一把椅子上，一个听差正替他脱暖和的长统靴。

"噢，没有什么！她好些了。"

"你呢？"他说，身子抖动了一下。

她用两只手握住他的手，拉到自己的腰间，目不转睛地望着他。

"嗯，我非常高兴哩。"他说，冷冷地打量着她，打量她的发式、她的服装，他知道这都是为了他而装扮起来的。

这一切都使他神魂颠倒，但是已经使他神魂颠倒了那么多次了！她怕得要命的那种冷酷无情的神色又留在他的脸上。

"哦，我很高兴哩！你身体好吗？"他说，用手帕揩揩他潮湿的髭须，吻吻她的手。

"没有关系，"她想，"只要他在这里就好了，他在这里，他就不能，也不敢不爱我哩。"

当着瓦尔瓦拉公爵小姐的面，傍晚欢畅而愉快地度过了，公爵小姐抱怨说他不在的时候安娜吃过吗啡。

"我有什么办法呢？我睡不着……千思万虑害得我睡不着。他在的时候我从来没有吃过，几乎没有吃过哩。"

他对她讲述选举的事，而安娜善于运用种种问题引他谈到最使他心花怒放的问题——就是他的成功——上面去。她对他说他感兴趣的一切家务事；而她所说的消息都是令人愉快的。

但是深夜里，只剩两个人的时候，安娜看见她又完全掌握住他了，于是想要消除他为了那封信而投给她的眼色中那种令人难过的印象，便开口说：

"老实说，你接到我的信是不是很生气，而且不相信我呢？"

她一说了这话，她就明白，不论他心里多么热爱她，这件事他可没有饶恕她。

"是的，"他回答，"那封信真怪。一会儿说安妮病了，一会儿又说你想亲自来。"

"这都是实情。"

"我并没有怀疑。"

"不，你的确怀疑过！我看出你很不满意。"

"一会儿也没有。我不满意的只是，这是实话，你好像不愿意承认人总有一些不得不尽的义务……"

"去赴音乐会的义务……"

"我们不谈这个。"他说。

"为什么不谈这个？"她说。

"我不过想说，人可能遇到一些义不容辞的义务。现在，譬如说，我为了房产的事得去莫斯科一趟……噢，安娜，你为什么这样容易动气呢？难道你不知道没有你我就活不下去吗？"

"如果这样，"安娜的声音突然变了，说，"那就是说你厌倦了这种生活……是的，你回来住一天就又走了，就像男人们那样……"

"安娜，这太残酷了。我愿意献出整个生命……"

但是她不听他的话了。

"如果你去莫斯科，我也去！我不留在这里。我们要么各自东西，要么在一块生活。"

"你要知道，这也就是我唯一的愿望啊！要不是……"

"要离婚吗？我给他写信！我看，我不能像这样过下去了……

但是我要和你一同去莫斯科。"

"你好像是在威胁我一样。我再也没有比希望永不分离更大的愿望了。"弗龙斯基微笑着说。

但是他说这些柔情蜜语的时候,在他的眼里不仅闪耀着冷淡的神色,而且有一种被逼得无路可走和不顾一切的恶狠的光芒。

她看出了这种眼色,而且猜对了它的含义。

这种眼色表示:"如果是这样,那就是不幸了!"这是瞬息之间的印象,但是她永远也忘不掉了。

安娜给她丈夫写信要求离婚;十一月末,他们和必须去彼得堡的瓦尔瓦拉公爵小姐分别了,她和弗龙斯基一齐迁居到莫斯科。天天盼望着阿列克谢·亚历山德罗维奇的回信,和随之而来的离婚,他们现在像已婚夫妇一样定居下来。

第七部

1

列文家在莫斯科已经住了三个月的光景了。基蒂的预产期,按照经验丰富的人最准确的估计,早已过了;但是她还没有生产,也没有比两个月前更接近产期的任何迹象。医生、接生婆、多莉、她母亲,特别是一想到将要来临的事就不能不恐慌的列文,都开始焦灼不安了;只有基蒂一个人觉得十分平静和幸福。

她现在清晰地意识到自己心里对于即将诞生的(对于她,在某种程度上说是已经存在的)婴儿产生了一种爱,她怀着喜悦体验到这种新的情感。他现在已经不完全是她身体的一部分,而是有时过着独立的生活了。有时这使她痛苦,但是同时她又因为这种新奇的欢快心情想开怀大笑。

所有她热爱的人都同她在一起,都对她体贴得无微不至,照拂得那样周到,给予她的一切又是那样如意,要不是她知道和感觉到这一切不久就要告一段落,那她就不会再希望更美好更快乐的生活了。唯一使这种生活的魅力减色的是,她丈夫不像她过去爱他的那种样子,不像他在乡下那种样子了。

她爱他在乡下的那种沉着、亲切和殷勤好客的态度。在城里他总像是坐立不安和有所戒备一样,仿佛唯恐什么人会欺侮他,尤其是她。在那里,在他的庄园上,清楚地知道自己处在最合适的位置上,他从来没有急着到什么地方去,而且从来也没有空闲过。在这里，在城里，他总是急急忙忙，好像害怕错过什么似的，但却无所事事。她很替他难过。在别人看来，她知道，他并不像一个可怜的人物；恰恰相反，当基蒂留意他在交际场中——就像有时一个人极力用局外人的眼光去看自己所爱的人，以便察看他给别人的印象——的时候，她甚至带着嫉妒的恐惧心理看出来，他非但不是个可怜的人物，而且由于他的良好教养，他对妇女的那种有点古板而羞涩的文雅态度，他的魁伟有力的身姿，还有，像她认为的，他那特别富于表情的面孔，他反倒是一个非常动人的男人。但她不是从表面，而是从内心里去观察他，因此她看出来，在城里他不是本来的模样；他的心情她也说不清。有时她心里暗暗责备他不会过城里的生活；有时她又承认要他在这里把生活安排得称心如意的确是困难的。

真的，他有什么办法呢？他不爱打牌。他又不去俱乐部。她现在明白了跟奥布隆斯基那一类花天酒地的人来往是怎么回事——那就是纵酒和酒后到什么地方去寻欢作乐。她一想到在这种场合男人们会去的场所就不能不感到恐怖。去交际场吗？但是她知道这么做的话，他非得觉得同女人们接近有乐趣才行，这她又不愿意。跟她，她母亲，和姐姐们一道待在家里吗？但是不论那套翻来覆去讲个不休的话题——"东家长西家短"，这是老公爵给她们姊妹间的谈话取的名字——她觉得多么愉快和有趣，但是她知道他一定感到索然无味的。那么还有什么事情可做呢？继续写那部著作吗？他确实试过，最初到公共图书馆去作笔记和查他所需要的参考书；可是，如他对她说的，他越没有事做，他就越没有时间做事。除此以外，他还抱怨说，他的著作在这里谈得太多了，结果他的一切观念都混淆不清，因此他对它已经失去了兴趣。

在城里生活的一个好处就是在这里他们从来没有发生过口角。

不知道是城里的情况大不相同呢，还是他们两个在这方面变得更谨慎更明白道理了——无论如何，他们从来没有为了嫉妒发生过口角，那是他们迁居到城里的时候曾经害怕过的。

在这方面甚至还发生了一桩对他们两个人都非同小可的事情，就是基蒂同弗龙斯基的会见。

基蒂的教母，玛丽亚·鲍里索夫老公爵夫人，一向非常疼爱她，一定要见她一面。虽然基蒂因为怀孕哪里都不去，但她还是跟着她父亲一同去探望那德高望重的老夫人，于是在那里遇见了弗龙斯基。

在这次拜访中基蒂唯一可以谴责自己的是，当她认出那个穿着便装、她一度非常熟悉的弗龙斯基的身姿时，她透不过气来，血液直往心脏涌，而且她觉得红晕弥漫了她的面孔。但是这只是一瞬间的事。她父亲故意大声和弗龙斯基寒暄，他还没有说完话她就有了充分的心理准备，能够面对着弗龙斯基，必要的话，可以像她同玛丽亚·鲍里索夫公爵夫人谈话一样同他谈话，而主要的是，要做到连最轻微的语调和微笑都能获得她丈夫赞许的地步才行，她仿佛觉得那一刹那她丈夫的无形的形影就在她近旁。

她同弗龙斯基交谈了三言两语，甚至还因为他取笑选举会议，称之为"我们的国会"而沉静地微微一笑。（她非得笑一笑，为了表示她懂得那句玩笑。）但是她马上转过去对着玛丽亚·鲍里索夫娜，直到他起身告辞的时候她才看了他一眼；那时她望着他，显然只是因为在对方对你行礼告别时不望着对方未免失礼的缘故。

她很感激她父亲，因为他一句话也没有提到同弗龙斯基的这次相逢；但是由于拜访以后，他们照常散步时他对她特别慈爱，她看出来他很满意她。她也很满意自己。她完全没有想到她竟会有力量把她对弗龙斯基的旧情全部封锁在内心深处，不仅表面上，而且真的在他面前显得十分泰然自若。

当她告诉列文她在玛丽亚·鲍里索夫公爵夫人家遇见弗龙斯基的时候,他的脸比她红得还要厉害。要她对他讲述这事可不容易,更不容易的是再往下叙述这次相会的委细,因为他并没有盘问,只是皱着眉头凝视着她。

"可惜你没有在那里,"她说,"不是说你没有在那个房间里……要是你在场我的举止就不会那么自然了……我现在比那时脸红得更厉害,更加,更加厉害哩,"她补充说,脸红得流出眼泪了,"可惜的是你不能从门缝里偷看。"

她的真诚的眼睛使列文看出她很满意自己,因此虽然她羞容满面,他立刻就放了心,开始像她所愿望的那样询问她。当他听到了一切,甚至一直听完了最初一瞬间她不由得脸红起来,但是以后就像和一个初次会面的人那样悠然自得的细节为止,列文十分快活了,说这事使他很高兴,现在他再也不会像在选举大会上那样无礼了,下一次遇见弗龙斯基就要尽可能地对他友好。

"一想起来有个人快要成了我的仇敌,我讨厌遇见他,真痛心得很哩。"列文说,"我非常,非常高兴。"

2

"那么,请你去拜望博利夫妇一下吧,"十一点钟的光景,列文出门以前进来看她时,基蒂对她丈夫说,"我知道你要在俱乐部吃午饭。爸爸给你登记了。但是早晨你去哪里呢?"

"不过去看看卡塔瓦索夫罢了。"列文回答。

"为什么这么早呢?"

"他答应给我介绍梅特罗夫。我想和他谈谈我的著作。他是彼得堡一位很有名望的学者。"列文回答。

"是的，你上次赞不绝口的就是他的文章吧？哦，以后呢？"基蒂问。

"以后也许为了我姐姐的事去法院一趟。"

"去听音乐会吗？"

"哦，一个人去有什么意思！"

"不，去吧；要演奏这些新作品哩……你一向觉得那么有趣的。要是我，我一定去的。"

"哦，无论如何我午饭前会回来的。"他说，看了看表。

"可要穿上常礼服，这样你就可以一直去拜望博利伯爵夫人了。"

"难道非去不可吗？"

"啊，一定得去。他拜访过我们。唉，有什么为难的地方呢？你顺路去一趟，坐一坐，花五分钟谈谈天气，就站起来走了。"

"喂，说起来你不会相信，我是那样不习惯应酬，我真难为情哩。这有多么讨厌啊！一个陌生人进来，坐了一阵，没事待上半天，既打扰了人家，自己又心烦意乱，末了才走了。"

基蒂大笑起来。

"但是你做单身汉的时候不是常去拜望人家吗？"她说。

"不错，拜望过，不过我老觉得不好意思，而且现在我对这一套非常不习惯，说正经的，我宁愿两天不吃饭，也不愿意去拜望人家。简直窘得不得了！我一直觉得人家会生气，说：'你没有事来做什么？'"

"不，他们不会生气的。我担保！"基蒂说，笑盈盈地凝视着他的脸。她拉住他的手。"好吧，再见！……请你千万去一下！"

他吻了妻子的手刚要走开，她就拦住了他。

"科斯佳，你知道我只剩下五十卢布了。"

"啊，这又有什么，我到银行去取。要多少？"他带着她所熟悉的那种不满意的表情说。

"不,等一下,"她拉住他的手,"我们谈一谈,我心里很发愁。我好像并没有多花一个钱,但是钱却像流水一样出去!我们不知道怎么总处理不好。"

"一点关系也没有。"他说,咳嗽着,皱着眉头瞅着她。

她很懂得这种咳嗽声,这是他非常不满意的表示,不是对她,而是对他自己。他确实很不满意,倒不是因为他们花了那么多钱,而是因为这件事使他想起一桩他明知道有问题的、很想遗忘的事情。

"我告诉过索科洛夫出售麦子,先提取磨坊那笔款子。无论如何我们会有钱的。"

"是的,不过总括来看,恐怕还是太多……"

"一点也不,一点也不!"他重复说,"好了,再见,亲爱的!"

"不,真的,有时候我很懊悔听了妈妈的话!在乡间有多么好啊!照现在这样子,我把你们都折磨坏了,而且我们又在浪费金钱……"

"没有关系,一点也没有关系!自从结了婚,我一次也没有说过,要是事情比现在这样好一些就好了……"

"真的吗?"她说,望着他的眼睛。

这话他是未加思索信口说出来的,不过安慰她罢了。但是一望见她那可爱而诚实的眼光疑问般紧盯在他身上,他就从心坎里又重复了一遍这话。"我完全把她忘了。"他沉思,想起不久他们就要面临的事情。

"快了吗?你觉得怎么样?"他小声说,握住她的两只手。

"我想得太多,以致现在我什么也不想,什么也都不知道了。"

"你不害怕吗?"

她轻蔑地微微一笑。

"一点也不!"她回答。

"喂，万一有事，我在卡塔瓦索夫家里。"

"不，不会有什么事的：别胡思乱想。我要和爸爸在林荫路上散散步。我们要去多莉家里看看。希望你午饭前回来。噢，是的！你知道多莉的情况简直没法过了吗？她浑身是债，一文莫名。妈妈和我跟阿尔谢尼（她这样称呼她的姐夫利沃夫）商量了一下，我们决定派你和他去责备斯季瓦。这样下去绝对不行。这事不能跟爸爸谈……不过如果你和他……"

"唉，我们可办得了什么？"列文说。

"你反正要到阿尔谢尼家去，和他谈谈，他会告诉你我们怎样决定的。"

"我事先就完全同意阿尔谢尼的意见。好吧，我要去拜望他……顺便说一声，如果我去听音乐会，我就和纳塔利娅一齐去。好了，再见！"

在台阶上，他独身时侍候过他、现在经管着城里家产的老仆人库兹马拦住了他。

"美人（这是由乡间带来的那匹左辕马）换了马掌，但是仍旧一瘸一跛的，"他说，"您吩咐怎么办呢？"

列文初到莫斯科的时候，对于乡下带来的几匹马很感兴趣。他想要尽量地把这事情安排得又好又便宜；结果哪知道自己的马的花费比租来的马还要贵，而且他们照样还得租马用。

"派人去请兽医，也许有暗伤。"

"是的，是为卡捷琳娜·亚历山德罗夫娜吗？"

现在，列文听说由沃兹德维任卡大街到西夫采夫·弗拉热克大街需要套上一辆二马驾辕的大马车，驶过四分之一里的融雪的烂泥地面，然后让马车停上四个多钟头，每次得付五个卢布，再也不像他初到莫斯科时那样，觉得大吃一惊了。现在他已经觉得这是很自然的了。

"租两匹马，套上我们的马车。"

"是的，老爷！"

多亏城市的条件，这么轻而易举地就解决了在乡下要费很大心血和气力的麻烦事，列文走出去，叫了一部雪橇，坐上去向尼基特大街驶去了。路上他再也不想钱的事了，却在思虑怎样和一位研究社会学的彼得堡的学者结识，怎样同他谈论他的著作。

只有刚到莫斯科那几天，那种到处都需要的、乡下人很看不惯、毫无收益却又避免不了的浪费，曾使列文大为吃惊。现在他已经司空见惯了。在这方面，他的情形和一般人所说的醉汉的情形一样：第一杯像芒刺在喉，第二杯像苍鹰一样飞掠而过，喝过第三杯就像小鸟一样畅行无阻。当他换开第一张一百卢布的钞票为听差和门房购买号衣的时候，他不由自主地盘算着这些没有用的号衣，这笔钱抵得上夏季——就是，从复活节到降临节，大约三百个工作日的时间——雇两个每天从早到晚干重活的工人的花销，但是他暗示了一下没有号衣也行，老公爵夫人和基蒂就流露出惊异的神色，由此看来，这笔钱无论如何也是需要用的了。他同那一张百元卢布的钞票分了手，心里不是没有斗争的。但是下一张钞票，那是他换开为亲友准备宴席的，一共花去二十八卢布；虽然他想起这二十八卢布就是工人们流血流汗地刈割好了、捆起来、脱了粒、扇去皮、筛过、包装起来的九俄石燕麦的代价，然而比第一次就花得容易多了。现在换开一张钞票他再也不左思右想，像小鸟一样就飞了。不知是不是用钱换来的乐趣抵上了挣钱所费的劳力，反正他早就置之度外了。他那套低于一定价钱就不出售的生意经也忘怀了。他咬定价钱好久没有出卖的燕麦，却比一个月以前每石少卖了五十戈比。甚至照这样开销下去，过不了一年就得负债的盘算，也失掉了意义。只要银行里有钱就行，别管钱是怎么来的，那样就有把握明天有钱买牛肉了。

直到现在他都遵守着这条规则：银行里总存着钱。但是现在银行里已经一文不剩了，他也不大知道上哪里去搞一笔钱来。基蒂提到钱的时候，这事就使他心烦意乱了一下；然而，他没有工夫考虑了。一边坐着车，他一边想着卡塔瓦索夫和他同梅特罗夫即将来临的会见。

3

列文这次在莫斯科停留期间，又和他大学时代的同窗好友，自从他结婚以后就未见过面的卡塔瓦索夫教授重温旧好了。卡塔瓦索夫以他开朗而单纯的人生观博得了列文的欢心。列文认为卡塔瓦索夫明朗的人生观是由于他天资贫乏而来的，而卡塔瓦索夫认为列文的思想前后矛盾是由于他缺乏思想锻炼而起的；但是卡塔瓦索夫的开朗很中列文的意，而列文的丰富的、没有条理的思想卡塔瓦索夫也觉得很有意思，因此他们愿意常常见面，争辩一番。

列文朗读过他的著作中的几章给卡塔瓦索夫听，很投合他的心意。前一天在公开演讲会上卡塔瓦索夫偶然碰到列文，对他说那个以文章博得列文赞赏的大名鼎鼎的梅特罗夫现在在莫斯科，他对于卡塔瓦索夫对他讲的列文的著作很感兴趣，他明天上午十一点要到他家来，很愿意得到和列文结识的荣幸。

"你的确大有进步，老弟，看到这一点我很高兴哩，"卡塔瓦索夫一边说，一边在小客厅里迎接列文，"我听见门铃声，心里想：他决不会准时来的……喂，你觉得黑山人①怎么样？他们生来就是武士。"

---

① 黑山人，即门的内哥罗人。黑山国于一八六二年与土耳其作战失败后，一直受苏丹王的统治，但黑山人反对异国统治的斗争并未停止。一八七六年黑山国奋起抵抗。起义者联合组成部队，在山上进行游击战。

"发生了什么事?"列文打听说。

卡塔瓦索夫用三言两语对他讲了最近的消息,将他引进书房,把列文介绍给一个矮小健壮、面貌可亲的人。这就是梅特罗夫。谈话暂时涉及政治和彼得堡的要人们对最近事件的看法。梅特罗夫引用了来自可靠方面的官方消息,据说是沙皇和某位部长讲的话。但是卡塔瓦索夫却由官方听到沙皇说了一些完全不同的话。列文极力揣摸会说出这两种话的情况,这个话题就丢开了。

"他差不多写好了一部论劳动者和土地关系的自然条件的著作,"卡塔瓦索夫说,"我不是专家,但是我,作为自然科学家,很高兴他没有把人类看作动物学法则以外的东西;而且,恰恰相反,把人类看作要依周围环境而转移的东西,而且在这种从属关系中去探求它的发展规律。"

"非常有趣哩。"梅特罗夫说。

"我确实着手写了一部论农业的著作,但是研究了农业的主要因素——劳动者,"列文脸红了说,"我不由自主地得出了一个完全出乎意外的结论。"

于是列文小心谨慎地,好像摸索道路一样,开始阐明他的见解。他知道梅特罗夫写过一篇反对众所公认的政治经济学的学说的文章,但是他不知道以他这种标新立异的见解能使他同情到什么程度,而且从那位学者的沉着而聪明的脸上的表情也推测不出来。

"但是您在哪方面看出俄罗斯劳动者的特殊性呢?" 梅特罗夫说,"譬如说,是从他的生物学的性质呢,还是从他所处的环境?"

列文觉察出这问题里已经包含着一种他不同意的观点;但是他继续阐述他的见解,说俄罗斯的劳动者对土地的看法和其他民族迥然不同。为了说明这种理论,他连忙补充说,按他的见解,俄罗斯人民的这种观点是由于他们意识到移民到东方的广阔无人地区是他们的职责。

"根据一个民族的一般职责来下结论，是容易误入歧途的，"梅特罗夫说，打断列文的话，"劳动者的情况永远是以他同土地和资本的关系为转移的。"

于是不容列文解释他的观点，梅特罗夫就开口阐明他自己的学说与众不同的特色。

列文不明白他的学说的特色究竟何在，因为他根本不花费脑筋去了解。他看出梅特罗夫也像别人一样，尽管他曾在文章里大肆反驳经济学家们的理论，但他照样还是仅仅从资本、工资和地租的观点来考察俄罗斯劳动者的状况的。虽然他不得不承认在俄国东部——在俄国最大的一部分土地上——地租仍然等于零，而工资——对于俄国八千万人口中十分之九的人说来——也不过刚刚够维持生活罢了，除了最原始的工具，资本还不存在，但他却只从这种观点来看所有的劳动者，虽然在好多论点上他和经济学家们并不一致，自己有一套工资理论，就是他向列文阐述的。

列文勉勉强强地听着，最初还表示异议。他想要截断梅特罗夫的话，陈述自己的观点，他认为这样会进一步说明梅特罗夫的见解是画蛇添足。但是后来确信他们的看法是那样不同，彼此之间永远也不会了解，因此他就不再反驳，只是听听而已。虽然对梅特罗夫说的话他现在丝毫也不感兴趣了，但是听着他说仍然觉得有点得意。由于这么一位博学多识的人居然会这样甘心情愿、这样用心地对他说明他的见解，而且那么相信列文在这个论题方面的学识，以致有时只用一点暗示来说明事情的全貌，因此使列文得意得不得了。他认为这都是因为人家看得起他，殊不知梅特罗夫跟他接近的人们谈来谈去都谈腻了，因此特别愿意跟每个生人谈谈他所研究的、但是自己还不大明了的题目。

"恐怕我们要迟到了。"卡塔瓦索夫说,梅特罗夫一结束长篇大论,他立刻就瞧了瞧表。

"是的,今天业余协会举行庆祝斯温季奇的五十周年纪念大会,"卡塔瓦索夫说,回答列文的询问,"彼得·伊万内奇和我商量好了一路去。我答应朗诵一篇论他在生物学方面的成就的文章。跟我们去吧,很有趣呢。"

"是的,的确到时候了,"梅特罗夫说,"跟我们去吧,由那里,如果你喜欢的话,请到舍下坐坐。我非常高兴听听你的大作。"

"噢,不!还不行,还没有写完哩!不过我倒很高兴去参加纪念会。"

"您听说了吗,朋友?我单独呈上去一份报告。"卡塔瓦索夫由另外一间房里喊道,他正在那里穿大衣。

他们议论起大学里的论战。

大学的问题是那年冬天莫斯科最重要的事件。委员会的三个老教授不接受年轻教授们的意见;而年轻人们就单独交出来一份意见书。这份意见书,按某些人的见解,是荒谬绝伦的,但是按照另外一些人的看法,却是最简单和最正确的。于是教授们分裂成两派。

卡塔瓦索夫那一派,认为对方玩弄卑鄙的出卖和欺诈的手腕;而另外一派则认为对方年少无知和不尊重权威。列文,虽然不是大学里的人员,但是自从到了莫斯科一再听见和谈论这件事,因此对这个问题自己也有了一定的看法;他也参加了谈话,这场谈话在路上一直继续着,直到他们三个人到达古老的大学校舍才罢休。

大会已经开幕了。在卡塔瓦索夫和梅特罗夫就座的那张铺着桌布的桌子旁坐着六个人,其中有一个人低着头凑近手稿,正宣读什么。列文在桌子附近的一把空椅子上坐下,小声向坐在旁边的一个学生问了问宣读的是什么。那个学生不高兴地看了列文一眼,说:

"传记。"

虽然列文对那位科学家的传记不感兴趣，但是他不由自主地倾听着，而且听到这位大名鼎鼎的人物一生中闻所未闻的一些趣事。

那位朗诵的人读完的时候，主席向他道谢了一声，就高声诵读了诗人孟特为了庆祝这个纪念日而专程寄来的一篇诗作，附带还说了一两句感谢那位诗人的话。随后卡塔瓦索夫，以他那响亮而刺耳的声音，朗诵了一篇论人们正在庆祝他的五十周年纪念日的这位人士的科学成就的文章。

卡塔瓦索夫读完的时候，列文看看表，看到快两点钟了，想到去赴音乐会以前怎么也来不及向梅特罗夫宣读他的手稿了，况且，他现在也不想读了。在听朗诵的时候，他还思索了他们以前的那场谈话。现在他恍然大悟，虽然梅特罗夫的见解也许有意义，但他自己的见解也有意义；而且这两种见解只有按照各自选定的方向分头进行，才能弄得明确和得出结果，如果交流意见是什么结果也得不出来的。列文打定主意，拒绝梅特罗夫的邀请，因此，一散会立刻走到他跟前。梅特罗夫把列文介绍给主席，他正和他谈论政治消息。梅特罗夫顺便又对主席讲了一遍他跟列文讲过的话，而列文也发表了今天早晨他发表过的意见，但是为了变换花样起见，也表示了一点新的见解——那是刚刚浮上他的脑海的。以后他们就又谈起大学的问题。因为这一套列文都听过了，他连忙对梅特罗夫说，他不能接受他的邀请深为抱歉，于是握手告别了，就坐着车到利沃夫家去了。

4

同基蒂的姐姐纳塔利娅结婚的利沃夫，一生都在各国的首都和国外度过，他在那里受教育，在那里做外交官。

去年他辞去了外交官，倒不是由于什么不愉快（他从来没有和任何人闹过不愉快的事情），而是调到莫斯科的御前侍从院，为的是能够使他的两个男孩受到最好的教育。

尽管在习惯和见解上他们大不相同，而且事实上利沃夫比列文年纪大，但是那年冬天他们非常情投意合，而且彼此非常要好。

利沃夫在家里，列文未经通报就走进去了。

利沃夫穿着一件束着腰带的家常便服、一双麂皮靴，戴着一副蓝色镜片的**夹鼻眼镜**①，坐在安乐椅上，正在阅读摊在书桌上的一本书，他的纤美的手里夹着一支一半已化为灰烬的雪茄，小心地伸得离身子远远的。

他那漂亮、优雅、还很年轻的容貌，再加上他光滑鬈曲的银丝发，使他更显得仪表堂堂，他一看见列文就微笑得容光焕发了。

"好极了！我正要打发人去请您哩。哦，基蒂怎么样？坐在这里吧，这里舒服些。"他站起身来，移了移摇椅。"您看过最近一期《圣彼得堡日报》②吗？我认为好极了。"他带着轻微的法国口音说。

列文说了他由卡塔瓦索夫那里听来的彼得堡的言论，稍稍谈了谈政治以后，列文就又叙述他和梅特罗夫的结识，以及他去赴会的情形。这引起了利沃夫很大的兴趣。

"这就是我羡慕您的地方，您有资格进入这种有趣的科学界。"他说。而且，一开口，像往常一样，就换上了法语，这样他说起来更流利。"我真抽不出时间。我的公务和孩子们使我无暇及此了；况且，说出来不怕难为情，我受的教育太不够了。"

① 原文为法语。
② 原文为法语。该报是俄国半官方的报纸，创办于一八四二年，用法文出版。它从国库领取津贴，实际上是俄国外交部的机关报。

"我可不这样认为。"列文带着微笑说,像往常一样,由于利沃夫把自己估计过低而感动了,他一点也不是故意为了要显得谦虚,甚至也不是谦虚,而的的确确是由衷之言。

"唉,真的!我现在觉得我受的教育太少了!甚至为了教育孩子我都得重新温习,简直得学习好多东西。因为单单有了教师还不够,还得有人监督才行,就像您的农业上既需要劳动者又需要管家一样。这就是我正在阅读的,"他指着摊在书桌上的布斯拉耶夫文法①给列文看,"他们指望米沙会懂得这个,难得很哩……您给我讲讲好不好?这里他说……"

列文极力说明这是不可能明白的,只能死记;但是利沃夫却不以为然。

"噢,您在取笑我哩!"

"恰恰相反,您想象不出,当我看着您的时候,我总是在学习我将要面临的工作——我的孩子们的教育问题。"

"哦,算了吧!您跟我没有什么可学习的哩!"利沃夫说。

"我只知道,"列文说,"我从来没有见过比你们的孩子们更有教养的,而且也不希望比你们的孩子更好的孩子了。"

利沃夫显然极力要克制住他的愉快神情,但脸上还是笑容可掬。

"但愿他们比我有出息就好了!我只希望如此。您还不知道,对付像我的男孩们那份麻烦哩,他们由于国外那段生活变野了。"他说。

"这全会弥补过来的。他们是那样聪明伶俐的孩子!主要的是道德教育。这就是我观察你们的孩子们时,所学到的一些心得。"

"您还提道德教育哩!您想象不出有多么困难!这个毛病还没有

---

① 这里提到的是布斯拉耶夫院士(1818—1897)著的《俄文文法与教会斯拉夫语比较教本》(1869)。

克服，另外的毛病就又冒出来了，于是又得重新斗争。非得借助宗教的支持不行——您记得我们谈过的话吧——任何做父亲的，没有这种助力，单凭自己的力量，是不可能把孩子教育成人的。"

这种永远使列文觉得很有趣味的话题，因为打扮好了准备出门的美人纳塔利娅·亚历山德罗夫娜进来而打断了。

"噢，我还不知道您在这里，"她说，显然不但不觉得过意不去，而且还高兴打断了她早就听过，而且听厌了的话题，"基蒂怎么样？我今天要到你们家里去吃饭。喂，阿尔谢尼，"她对她丈夫说，"你坐车去吧……"

于是夫妇二人开始讨论那一天要做些什么。因为丈夫有公事要去会一个人，而妻子要去赴音乐会，随后要去参加东南委员会的大会，因此有许多事情要做出决定和安排。列文，作为家庭的一员，也参与了筹划工作。结果决定列文和纳塔利娅一道乘车去赴音乐会，以后再去参加大会，他们由那里再打发马车到衙门里去接阿尔谢尼，随后他再去接他的妻子，和她一路到基蒂家，如果他公务脱不开身，他就把马车打发回来，列文就陪她去。

"你知道，他可把我奉承坏了，"利沃夫指着列文对他妻子说，"他硬说我们的孩子们好极了，但我在他们身上却看到那么多缺点。"

"阿尔谢尼总爱趋于极端，我老这么说的，"他妻子说，"如果你事事都要尽美尽善，那就永远也不会称心如意了。爸爸说得非常对，教育我们的时候，他们走了一个极端，让我们住在顶楼，父母住在二楼，但是现在又颠倒过来，父母住在贮藏室，而孩子们却住在二楼！如今做父母的简直没法活了，什么都为了孩子们。"

"如果这样好些，为什么不呢？"利沃夫带着他那动人的微笑说，拍拍她的手，"不认识你的人，一定会认为你不是亲娘，而是后母哩！"

"不，反正走极端是不好的。"纳塔利娅沉静地说，把他的裁纸刀放在桌上一定的位置。

"啊唷！到这里来，你们这些完美无瑕的孩子！"利沃夫对走进来的两个漂亮男孩说，他们对列文行了个礼后，就走到他们父亲跟前，显然想问他些什么。

列文想和他们谈谈，听听他们和父亲讲些什么，但是纳塔利娅跟他聊起来，随后那个穿着御前侍从礼服来接利沃夫去会晤某人的、利沃夫的僚属马霍京走了进来；接着他们就滔滔不绝地议论起黑塞哥维那①、科尔孙斯基公爵夫人，杜马②以及阿普拉克辛伯爵夫人的暴死。

列文连他所负的使命都忘了。他往前厅走去的时候才想起来。

"啊唷，基蒂嘱咐我和您谈谈奥布隆斯基的事。"当利沃夫送他妻子和列文下楼去，停在楼梯口上的时候，他说。

"是的，是的，妈妈要我们，这些连襟③去向他兴师问罪，"利沃夫说，脸涨红了，"不过为什么要我去呢？"

"好了，那么我去责问他吧！"他的妻子微笑着说，她披着雪白的轻裘斗篷等着他们谈完。"喂，我们走吧！"

5

在午前音乐会里，演奏了两项非常有趣的节目。

头一支是《荒野里的李尔王》幻想曲④，第二支是为了纪念巴赫⑤而谱写的四重奏。两支乐曲都是新的，风格也是新奇的，列

---

① 黑塞哥维那，位于巴尔干半岛。
② 杜马，帝俄时代的国会。
③ 原文为法语。
④ 在瓦拉基列夫的音乐组曲《李尔王》(1860年以新的方式写的)里，其中有一支表现荒野里的李尔王和傻子的插曲，也有表现科苔莉娅的主题。
⑤ 巴赫(1685—1750)，德国名作曲家。

文很想对它们形成一种意见。他把他的姨姐护送到她的座位，就在一根圆柱旁边站定了，打定主意尽可能聚精会神和诚心诚意地倾听。他竭力不让自己分心，不破坏自己的印象，不去望那总是煞风景地分散人家欣赏音乐的注意力的、系着白领带的乐队指挥的胳臂的飞舞，不去望那些戴着女帽、为了听音乐那么小心地把帽带结在耳朵上的妇女，不去望那些或是对什么都兴味索然，或是对什么都有兴味、只是对音乐不感兴趣的人。他用心避免遇见音乐专家和健谈的人，只站在那里，低垂着眼凝视着前方，留心谛听着。

但是他越往下听李尔王幻想曲，他就越觉得不可能形成明确的意见。音调永远逗留在最初的乐句上，好像在积蓄表现某种感情的音乐表情一样，可是一下子又粉碎了，分裂成支离破碎的新乐题，甚至有时只不过是作曲家一时兴之所至，非常错综复杂，但却是一些互不关联的声音。就是这些若断若续的旋律，虽然有时很动听，但是听起来也很不悦耳，因为都是突如其来和冷不防的。喜怒哀乐，悲欢离合，都像疯子的千思万绪一样。无缘无故地出现，而且也像疯子的情绪一样，这些情绪又变幻莫测地消逝了。

在整个演奏期间，列文感觉得就像聋子看舞蹈一样。音乐演奏完毕的时候，他完全莫名其妙，由于注意力徒劳无益地过于集中而感到非常厌倦。掌声雷动。所有人都立起身来，走来走去，高谈阔论着。想要听听别人的印象来澄清一下自己的迷惑，列文去找专家，一看见一个著名的音乐家正和他的熟人佩斯措夫聊天，他心里很高兴。

"妙极了！"佩斯措夫用深沉的男低音说，"您好，康斯坦丁·德米特里奇？刻画得特别生动，而且很柔和，很动听，就是说，音色很丰富的地方，是您感到科苔莉娅[①]，那个永恒的女性[②]来临了，她开始和命运搏斗的那一节。不是吗？"

"什么，跟科苔莉娅有什么关系？"列文怯生生地问，完全忘记了这支幻想曲是描写荒野里的李尔王的。

"科苔莉娅出现……看这里！"佩斯措夫说，用手指轻轻弹一弹他手里的光泽的节目单，递给列文。

这时列文才猛然回想起这幻想曲的题目，于是匆匆浏览了一遍印在背面、引自莎士比亚的、已经译成俄文的诗句。

"没有这个你就听不懂了。"佩斯措夫对列文说，因为听他讲话的人已经走掉，他没有别的人可谈了。

在休息时间，列文和佩斯措夫争论起华格纳[③]那一派音乐的优缺点来。列文坚持说华格纳和他的所有追随者所犯的错误就在于企图把音乐引入其他的艺术领域，正如诗企图描写本来应该由美术描绘的容貌时也犯了同样错误，而且，为了举例说明这种错误，他引证了一个雕刻家，想用大理石雕出飘浮在诗人雕像台周围的诗的幻影。"雕刻家所雕的幻影一点也不像幻影，以致非得安在梯子上才行。"[④]列文说。他很欣赏这句话，但是记不起他以前说过没有，而且也记不起跟佩斯措夫说过没有，说完了以后，他难为情了。

佩斯措夫争辩说艺术是浑然一体的，只有融合了各种各样艺术

[①] 科苔莉娅，莎士比亚剧本《李尔王》中的女主人公。
[②] 原文为德语。
[③] 华格纳（1813—1883），德国名作曲家。
[④] 托尔斯泰指的是雕刻家安托考里斯基于一八七五年交给艺术学院的普希金纪念碑的设计。他表现普希金坐在一块岩壁上，普希金作品中的人物：鲍利斯·戈东诺夫、吝啬的骑士、塔季扬娜、普加乔夫等等，顺着梯子攀登到他身边。根据雕刻家的设想，这个纪念碑可作为普希金下面这两句诗的插图，这两句诗是："向我走来一群看不见的客人，久已相识的人，我的幻想的果实。"

才能臻于最完美的境界。

音乐会的第二支乐曲列文不能够听了。佩斯措夫站在他身边,一直跟他说东道西,吹毛求疵说这支乐曲采取了过分矫揉造作的朴实形式,并且拿来和拉斐尔前派画家的绘画的朴实风格比较。出去的路上,列文遇到好几个熟人,他和他们谈了政治、音乐和共同的朋友;同时他遇到的人里有博利伯爵。他完全忘了要去拜访他那回事。

"哦,那么您现在就去吧,"利沃夫公爵夫人说,他对她讲了这件事,"也许他们不接见您,那么您就到会场去找我。您还会在那里找到我的。"

6

"也许他们今天不见客?"列文一边走进博利伯爵夫人宅邸的门厅一边说。

"他们见客的,请进。"门房说,果断地帮助他脱掉大衣。

"真讨厌!"列文叹了一口气暗自想道,脱掉一只手套,把帽子弄平整,"唉,我进来做什么?我跟他们讲些什么呀?"

他走进头一间客厅,在门口遇见博利伯爵夫人,她心事重重,板着脸正对一个仆人下什么命令。看见列文,她微微笑了一笑,请他到隔壁的小客厅里,那里传来了嘈杂的人声。在那间房里,安乐椅上坐着伯爵夫人的两个女儿和列文认识的一位莫斯科的上校。列文走过去,寒暄了几句,就在沙发边的一把椅子上坐下,帽子搁在膝头上。

"您的夫人好吗?您赴音乐会了吗?我们不能去。妈妈得料理丧事。"

"是的,我听说了……真想不到啊!"列文说。

伯爵夫人进来,坐在沙发上,也问候了一声他的妻子,打听了一下音乐会的情况。

列文回答了,又重复地问了问阿普拉克辛伯爵夫人的猝逝。

"不过她体质一向就很弱。"

"您昨晚听了歌剧吗?"

"听了。"

"露卡①很不错哩。"

"是的,很不错。"他回答,因为他反正不在乎他们对他怎么看法,因此他就重复了一遍他们听过千百遍的关于那位歌手的天才的特色。博利伯爵夫人装出在倾听的模样。等他说够了,停顿下来的时候,一直沉默着的上校开口谈起来。他讲的也是关于歌剧和歌剧院的灯光的问题。末了,提了打算在秋林家举行的疯狂的一天②以后,上校发出笑声,稀里哗啦地站起身来,就走了。列文也立起身来,但是从伯爵夫人的脸色看起来还不到他走的时候。他得再熬一两分钟,因此他又坐下了。

但是,因为他尽在沉思这有多么无聊,因此找不到话说,于是就默不作声。

"您不去参加公开集会吗?据说非常有意思。"伯爵夫人开口说。

"不,我答应了去接我的姨姐③。"列文说。

接着一阵沉默,母亲和她女儿又一次交换了眼色。

"哦,我想现在到时候了。"列文想,立起身来。妇女们和他握手告别,请他向他妻子致意。

门房一边伺候他穿大衣,一边问:

---

① 保玲·露卡(1841—1908),生在维也纳的意大利家庭里,是一个著名的女高音歌手和具有高度天才的演员,在柏林被聘为宫廷歌手,她辞了职,在伦敦、美国、全欧,特别是七十年代俄国的意大利歌剧里演唱得很成功。

②③ 原文为法语。

"请问阁下住在哪里?"一边立刻就把他的住址登记到一个装帧精致的大簿子里。

"自然啰,反正怎样都一样,不过到底使人很难为情,无聊透了!"列文暗自思索,只好用人人都免不了如此来聊以自慰;于是就到委员会去,他得在那里找到他姨姐,然后陪她到他自己家里去。

在委员会的公开集会上有许多人,几乎整个社交界都荟萃一堂。列文恰好赶上听到人人都说非常有趣的评论。评论结束时,社交界的人士就聚在一起,列文遇见斯维亚日斯基,他请他晚上一定去参加农业协会的会议,那儿要宣读一篇出色的报告。他也遇见了刚从赛马场回来的斯捷潘·阿尔卡季奇,还有许多别的熟人。列文又说了而且听了那一套关于会议、新的幻想曲和公审的各种意见。但是大概由于他开始感到精神太疲劳了之故,谈到公审的时候他无意中说错了话,后来好几次他一想起这次失言就十分懊悔。谈到一个在俄国受了审判的外国人所受的处罚,和把他驱逐出境的做法有多么失策的时候,列文重复了一遍他昨天听见一个熟人所说的话。

"我认为,把他驱逐出境就像用放鱼入水的方式来处罚鱼一样。"列文说;说出口以后他才想起来他当做自己的话说出来的那句话是由一个熟人那里听来的,而实际上这句话是出自克雷洛夫的一篇寓言,他的熟人不过重复了报纸小品文栏上的话罢了。

列文把姨姐送到他的家里,看见基蒂又高兴又健康,他就到俱乐部去了。

7

列文到俱乐部正是时候。他到的时候,会员们和贵客们都陆陆续续乘着车到达。他好久不到那里去了——自从他迈出大学的门,住在莫斯科，进入社交界的时候起就没有去过了。他记得俱乐部和俱乐部结构上的外部详细情节，但是完全忘记了他从前感受到的印象。但是他坐车驶进那宽敞的半圆形院子，下了雪橇，走上台阶，劈面碰见一个静悄悄地开门向他行礼的、佩着肩带的门房的时候；当他看见会员们认为脱在楼下比穿着上去更省事因而脱在门厅里的大衣和胶皮套鞋的时候；当他听到通报他上了楼的神秘铃声，在他踏上铺着地毯的不陡的楼梯发现楼梯口的雕像，而且在楼上看见一个他熟识的、但是变得老态龙钟穿着俱乐部的制服的第三个门房，不慌不忙替他开门，凝视着来客的时候；旧日的俱乐部的印象，那种恬静、舒适而体面的印象又浮上了列文的心头。

"请把帽子交给我，老爷，"门房对列文说，他完全忘了俱乐部那套规矩，帽子要放在门厅里，"您好久没有来了。公爵昨天替您登记了。斯捷潘·阿尔卡季奇公爵还没有来哩。"

这个门房不但认识列文，而且也熟悉他所有的亲友，立刻就提起了他几个亲密的朋友。

穿过第一个隔着许多屏风的厅堂，又走过一间在右边隔开的地方坐着一个卖水果的商人的房间，列文赶过了一个慢条斯理地踱着方步的老人，就走进了一间人声喧哗的餐厅。

他走过一张张差不多全有人占据了的桌子，观察着宾客们。到处他都遇见各种熟人，老的少的，有的是泛泛之交，有的是他的知己。没有一个脸上带着气愤和烦恼的神色。好像全把愁思苦虑和帽子一起丢在门厅里了，准备逍遥自在地享受一下人生的物质快乐。斯维亚日斯基、谢尔巴茨基、涅韦多夫斯基、老公爵、弗龙斯基和谢尔盖·伊万内奇全在这里。

"你为什么来得这么晚？"老公爵带着微笑说，把手由肩膀上伸给他。"基蒂怎么样？"他补充说，抚平了塞到背心纽扣里去的餐巾。

"没有什么,她很好;她们三个人一齐在家里用饭。"

"啊呀!又要'东家长西家短'了!哦,我们桌上没有地方了。到那张桌上去吧,赶快占个座位。"老公爵说,转过身去小心翼翼地接过一盘鱼羹。

"列文,到这里来!"有个离得远一点的人用亲切的声音呼喊。这是图罗夫岑。他和一个年轻军官坐在一起,他们旁边有两把翻倒了的椅子。列文高兴地走到他们跟前。他一直很喜爱那个善良、挥金如土的图罗夫岑——一见他就联想到他向基蒂求婚的事——但是今天,经过了那些紧张的需要动脑筋的谈话以后,图罗夫岑和颜悦色的面孔特别使人喜爱。

"这是给你和奥布隆斯基留的。他马上就要来了。"

那位眼睛里永远含着愉快和笑意、腰板挺得笔直的军官是彼得堡来的哈金。图罗夫岑给他介绍了一下。

"奥布隆斯基总是姗姗来迟。"

"啊,他来啦!"

"你刚来吗?"奥布隆斯基说,加快脚步走到他面前,"你好吗?喝过伏特加吗?好,来吧!"

列文立起身来,跟着他走到一张摆着伏特加和各式各样冷盘的大桌子跟前。也许有人认为由这二三十种佳肴美馔里总挑得出一样合乎口味的,但是斯捷潘·阿尔卡季奇却指名要了一份特别珍贵的,一个站在旁边穿制服的服务员立即把点的东西端了出来。他们每人喝了一杯伏特加酒,就回到座位上。

他们还在喝汤的时候,哈金就叫了一瓶香槟酒,吩咐服务员斟满了四只玻璃杯。列文没有拒绝人家敬的酒,而且又叫了一瓶。他很饿,兴高采烈地又吃又喝,更加兴高采烈地参与了同伴们那种随便而又妙趣横生的谈话。哈金压低声音,讲了彼得堡一件新的轶事,轶事本身虽然很不像话而且很无聊，但是那么可笑，引得列文纵声大笑，以致左近的人都回过头来看他。

"这正和'这我可真的忍受不了啦'那故事一模一样！你知道吗？"斯捷潘·阿尔卡季奇问。"啊唷，简直妙不可言！再来一瓶！……"他对服务员喊道，立刻就讲起那故事来。

"彼得·伊里奇·维诺夫斯基敬的酒。"一个老服务员打断斯捷潘·阿尔卡季奇的话，用托盘端来两只盛着泡沫翻飞的香槟酒的精致玻璃杯，对斯捷潘·阿尔卡季奇和列文说。斯捷潘·阿尔卡季奇端了一杯，和坐在桌子那头的一个秃头红胡髭的人交换了一下眼色，微笑着对他点点头。

"那是谁？"列文打听。

"你在我家里见过他一次，记得吗？是一个老好人。"

列文仿效斯捷潘·阿尔卡季奇的样子，也端起酒杯。

斯捷潘·阿尔卡季奇讲的轶事也很有趣。然后列文讲了一个，也博得了赞赏。接着他们就谈起马，当天的赛马，以及弗龙斯基的阿特拉斯内多么潇洒地获得了冠军。列文几乎都没有觉得午餐的时间是怎样消逝的。

"啊，他们来了！"饮宴快结束时斯捷潘·阿尔卡季奇说，越过椅背把手伸给伴着一个身材魁伟的禁卫军上校走过来的弗龙斯基。弗龙斯基也因为俱乐部那种普遍的欢腾而愉快的气氛而容光焕发。他快活地把臂肘倚在斯捷潘·阿尔卡季奇的肩膀上，对他私语了几句什么，而且带着同样快活的微笑把手伸给列文。

"真高兴看见您，"他说，"那天我在选举大会上找过您，但是听说您已经离开了。"

"是的，我当天就走了。我们正在谈您的马哩。我祝贺您！"列文说，"真是一场飞快的奔驰。"

"是的,您也养着比赛用的马?"

"不,我父亲养过;但是我还记得,懂得一点。"

"你在哪里用餐?"斯捷潘·阿尔卡季奇问。

"在圆柱后面,第二张桌子上。"

"大家都在向他祝贺哩!"那个魁伟的上校说,"这是他第二次获得了皇帝的奖赏。要是我玩牌像他赛马那么走运就好了!"

"哦,为什么浪费宝贵的光阴?我要到'地狱'①里去了。"那个上校说着就走掉了。

"这是亚什温。"弗龙斯基回答图罗夫岑的询问,坐在他们旁边的一把空椅子上。他把敬给他的酒一饮而尽,又叫了一瓶。不知是受了俱乐部气氛的影响,还是酒性发作的缘故,列文和弗龙斯基畅谈起良种牲口,发现他对这个人并没有怀着丝毫敌意觉得很高兴。他甚至还顺便提了他听他妻子说她在玛丽亚·鲍里索夫公爵夫人那里见过他。

"噢,玛丽亚·鲍里索夫公爵夫人,她真是个妙人儿!"斯捷潘·阿尔卡季奇大叫说,于是讲了她的一桩轶事,使大家都哄然大笑。特别是弗龙斯基那么温厚地大笑着,以致列文觉得和他完全和解了。

"喂,完了吗?"斯捷潘·阿尔卡季奇说,立起身来,微笑着,"我们走吧!"

8

一离开饭桌,列文觉着他走起来两只胳臂摆动得特别和谐和轻

---

① 地狱,英吉利俱乐部里的赌厅。

快,同哈金穿过一间间高大的房间到弹子房去。他们穿过大厅的时候,遇见了他岳父。

"喂,你欢喜我们这座自由宫吗?"公爵说,把胳臂伸出来让他挽住,"来,我们散散步。"

"是的,我就是想要散散步,到处观光一番。真有趣!"

"是的,你觉得有趣,但是我的兴趣可跟你的大不相同!你瞧瞧这些老头子,"公爵说,指着一个好容易才拖着两只穿着软皮靴的脚蹒跚地迎面走过来的、瘪嘴驼背的俱乐部会员,"你以为他们生来就是废蛋吗?"

"废蛋!这是什么?"

"你看,你连这个字眼都不懂得!这是俱乐部的行话。你知道滚蛋的游戏吧,一个蛋滚得次数多了,就变成废蛋了。我们也是这样:我们一趟又一趟地不断到俱乐部来,最后就变成废蛋了。你瞧,你笑了,不过我们已经想到临到自己变成废蛋的时候了。你认识切琴斯基公爵吗?"公爵问,列文从他的脸色看出来他想讲什么好笑的事。

"不,我不认识。"

"哦,你怎么不认识,哦,切琴斯基公爵是一个名人哩。喂,没关系!你要知道,他总是打弹子的。三年前他还不是废蛋里的一员,而且表现得神气十足。他自己还管别人叫废蛋。但是有一天他来了,我们的门房……你认识瓦西里吧?哦,就是那个胖子。他很会说俏皮话。哦,切琴斯基公爵问他说:'喂,瓦西里,都来了些什么人?有废蛋吗?'于是瓦西里回答说:'你是第三名哩!'是的,老弟,就是这么回事哩!"

一边谈一边和遇见的熟人寒暄着,列文和公爵走遍了所有的房间:大厅里,那里已经摆好牌桌,一些老赌客在玩输赢不大的牌;客厅里，人们在下棋，谢尔盖·伊万诺维奇也坐在那里同什么人聊天；弹子房里，在房间角落里的一张沙发旁一群有说有笑的人，哈金也在内，正饮香槟酒。他们也参观了一下"地狱"，桌子旁拥挤着一群赌徒，亚什温已经在那里就了座。他们极力不要弄出声响来，走进那间光线朦胧的阅览室，那里，在罩着灯罩的灯下，坐着一个怒容满面的青年一本又一本地翻阅着杂志，还有一个秃头的将军在专心致志地阅读什么。他们又进入了公爵称之为"智慧室"的房间。那里有三位绅士正在热烈地谈论最近的政治新闻。

"请来吧，公爵，一切都准备就绪了。"他的一个伙伴来找他说，于是公爵就走掉了。列文坐下听了一会，但是回忆起他早晨听到的一切谈话，他突然觉得无聊透顶。他连忙站起身来去找奥布隆斯基和图罗夫岑，跟他们一起他觉得很愉快。

图罗夫岑端着一大杯酒，坐在弹子房的高沙发上，而斯捷潘·阿尔卡季奇正和弗龙斯基在遥远的角落里的门边谈天。

"她倒不一定是苦闷，不过这种不明确、悬而未决的处境……"列文无意中听到了，想要赶紧走开，但是斯捷潘·阿尔卡季奇喊住了他。

"列文！"斯捷潘·阿尔卡季奇说；列文发现他的眼睛里并非是眼泪盈眶，而是水汪汪的，就像他往常喝了酒，或者很感动的时候那副样子。而今天这两种情形他都有。"列文，别走开。"他说，紧紧挽住他的胳臂，显然无论如何也不愿意放他走。

"这是我真诚的、简直是最知心的朋友哩，"他对弗龙斯基说，"而你也是我越来越亲密知己的人；因此我希望你们，而且知道你们彼此一定会很亲睦，和好相处，因为你们都是好人。"

"哦，那么我们除了接吻以外没有别的办法啰！"弗龙斯基和蔼地开玩笑说，一边伸出手来。

他连忙拉住他伸出来的手,紧紧握住。

"我非常,非常高兴哩。"列文说,紧紧握了握他的手。

"侍者,来一瓶香槟酒。"斯捷潘·阿尔卡季奇说。

"我也很高兴哩。"弗龙斯基说。

但是尽管斯捷潘·阿尔卡季奇和他们彼此都怀着希望,但是他们彼此却无话可说,两个人都觉察出这一点。

"你知道吗,他并不认识安娜,"斯捷潘·阿尔卡季奇对弗龙斯基说,"我很想带他去看她。我们去吧,列文!"

"真的吗?"弗龙斯基说,"她会高兴得很哩。我很想立刻就回家去,"他补充说,"不过我不放心亚什温,想留在这里等他赌完了再走。"

"噢,他的情况不妙吗?"

"他老是输,只有我才管得住他。"

"喂,打打台球怎么样?列文,你玩吗?噢,妙极了!"斯捷潘·阿尔卡季奇说。"摆好台球。"他对台球记分员说。

"早就准备好了。"记分员说,他已经把弹子摆成三角形,正滚着红球来消遣。

"好,来吧!"

打完一局以后,弗龙斯基和列文坐到哈金的桌旁,依照斯捷潘·阿尔卡季奇的建议,列文打起纸牌来。弗龙斯基有时坐在桌子边,被川流不息地到他跟前来的朋友们簇拥着,有时就去"地狱"里看看亚什温。列文摆脱了早晨那种精神上的厌倦,领略到一种心旷神怡的心情。他很高兴他和弗龙斯基之间敌对的情绪已经告终,而那种心平气静、温文尔雅和欢畅的印象一直萦绕在他心头。

打完牌的时候,斯捷潘·阿尔卡季奇就挽住列文的胳臂。

"哦,那么我们去看安娜吧。马上去吗?啊?她会在家的。我早就答应过她带你去哩。你今晚本来打算到哪里去？"

"噢，没有特别的目的地。我答应斯维亚日斯基去开农业协会的会议。也好，我们去吧。"列文回答。

"好极了！我们去吧！去看看我的马车来了没有？"斯捷潘·阿尔卡季奇对一个仆人说。

列文走到桌前，付清了他打纸牌输掉的四十个卢布，而且把俱乐部的花销付给一个站在门口、好像凭借着不可思议的方式知道了款项总数的矮小老服务员，于是以一种奇特的姿势摆动着胳臂，穿过所有的房间到出口去了。

9

"奥布隆斯基公爵的马车！"门房用恼怒的男低音吆喝。马车驶过来，他们两个坐上去。仅仅最初的一瞬间，在他们离开俱乐部庭院时，列文还保留着俱乐部的恬静、欢欣和周围那种毋庸置疑的彬彬有礼的印象；但是马车一驶到大街上，他感觉到马车在坎坷不平的道路上颠簸，听见迎面驶来的马车夫的怒喝声，望见光线朦胧的大街上一家酒馆和一间小店的红色招牌，这种印象就烟消云散了，他开始考虑他的行动，自问他去看安娜究竟是否妥当。"基蒂会怎么看法？"但是斯捷潘·阿尔卡季奇不容他深思熟虑，好像猜中了他的疑惑一样极力想消除它。

"你会认识她，我有多么高兴啊。"他说，"你知道，多莉老早就这么希望了。利沃夫也拜望过她，有时去她家里。虽然她是我的妹妹，"斯捷潘·阿尔卡季奇继续说下去，"我也可以不避嫌地说她是个了不起的女人。你会看到的。她的处境非常痛苦，特别是目前。"

"为什么特别是目前呢？"

"我们正跟她丈夫交涉离婚的事。他也同意了,但是关于他们儿子的问题却困难重重,这件事本来早该了结,可是却拖延了三个多月。她一离了婚就和弗龙斯基结婚。那种陈旧的仪式多么无聊,绕来绕去歌颂着:'欢呼吧,以赛亚!'那一套谁都不相信、却妨碍着人家幸福的仪式!"斯捷潘·阿尔卡季奇插上一句说,"哦,那时他们的处境就和你我的一样正常了。"

"有什么困难呢?"

"啊,说来话长,真让人厌倦哩!在我们这个国家里一切都是那样不明确。问题是她已经在人人都认识她和他的莫斯科住了三个月,等着离婚,哪里也不去;除了多莉任何女人也不见,因为,你明白的,她不愿意人家像发慈悲似的去看望她。连那个愚蠢的瓦尔瓦拉公爵小姐也认为这是有失体面,丢下她走了。哦,你看,随便什么女人处在她这种境况下都要一筹莫展。但是她……你且看看她怎么安排她自己的生活,她有多么沉静和高贵!向左转,就在教堂对面那条巷子里!"斯捷潘·阿尔卡季奇喊了一声,弯着腰由马车窗口里探出身来。"呸,好热啊!"他说,虽然是零下十二摄氏度,但是他把已经解开纽扣的大衣敞得更大了。

"不过她有个女儿,她大概忙着照管她吧?"列文说。

"我看你把任何女人都只看成母的,一个抱窝的母鸡![①]"斯捷潘·阿尔卡季奇说,"假如做什么,一定是为孩子操劳。不,我想安娜把她抚养得好极了,但是我们听不见她谈到她。她所从事的工作,首先,是写作。我看你在讽刺地冷笑哩,但是你错了。她在写作一部儿童作品,她同任何人都没有提过,但是她念给我听了,我把原稿拿给沃尔库耶夫看过……你认识那个出版商的……他自己似乎

[①] 原文为法语。

也是作家。他很内行,据他说,是一部非常精彩的作品。不过,你认为她是女作家吗?一点也不是!她首先是一个富于感情的女人,你会看到的!现在她收养了一个英国小姑娘,她得照料一大家子人哩。"

"什么,这倒有点像行善?"

"你看你,马上就往坏处想了。不是行善,而是富于同情心。他们——我是说弗龙斯基——有一个英国调马师,那一行的能手,不过是个嗜酒如命的酒徒。他完全沉溺在酒里,得了酒精中毒症[①],抛下家庭无人照管。她看见他们,就帮他们的忙,越来越关心他们,现在他们全家都由她负担;可是她并不以恩人自居,只破费点钱就算了;她亲自为那些男孩投考中学补习俄语,并且把那个小姑娘收养到家里。不过你会亲眼看到的。"

马车驶进庭院里,斯捷潘·阿尔卡季奇在门口使劲按铃,门前停着一辆雪橇。

也不向开门的仆人问一声安娜在不在家,斯捷潘·阿尔卡季奇就走进了大厅。列文跟着他,但是越来越怀疑他做得是否得当。

朝镜子里瞥了一眼,列文觉察出自己的脸通红;但是他确信他并没有喝醉,他跟着斯捷潘·阿尔卡季奇走上铺着地毯的楼梯。在楼梯口上有一个仆人像对什么熟朋友一样向斯捷潘·阿尔卡季奇鞠躬致敬,于是斯捷潘·阿尔卡季奇向他问了问安娜那里有什么客人,他回答说沃尔库耶夫先生在。

"他们在哪里?"

"在书房里。"

穿过一间嵌着深色镶花板壁的小餐厅,斯捷潘·阿尔卡季奇和列文踏着柔软的地毯走进半明半暗的书房里,房间里点着一盏罩着

[①] 原文为拉丁语。

暗色大灯罩的灯。安装在墙壁上的另外一盏反光灯照亮了一幅女人的全身大画像，引得列文不由自主地注目起来。这是安娜的画像，是在意大利时米哈伊罗夫画的。当斯捷潘·阿尔卡季奇走到方格细工的屏风后面，正在谈话的男人的声音静下来的时候，列文定睛凝视着那幅画像，它在灿烂的光辉下好像要从画框中跃跃欲出，他怎样也舍不得离开。他甚至忘记他在哪里，也没有听见在谈论些什么，只是目不转睛地凝视着这幅美妙得惊人的画像。这不是画像，而是一个活生生的妩媚动人的女人，她长着乌黑鬈发，袒肩露臂，长着柔软汗毛的嘴角上含着沉思得出了神的似笑非笑的笑意，用一双使他心荡神移的眼睛得意而温柔地凝视着他。她不是活的，仅仅是由于她比活的女人更美。

"我非常高兴哩。"他冷不防听到身边有个声音说，显然是对他说的，这就是他所叹赏的那幅画像上的女人本人的声音。安娜从屏风后走出来迎接他，列文在书房的朦胧光线中看见画里的女人本身，她穿着闪光的深蓝服装，同画中人姿态不同，表情也两样，但还是像画家表现在画里的那样个绝色美人。实际上，她并不那样光彩夺目，但是在这个活人身上带着一种新鲜的迷人的风度，这却是画里所没有的。

10

她立起身来迎接他，并不掩饰看见他而感到的快乐心情。她伸出有力的纤巧的手，给他介绍沃尔库耶夫，指着坐在屋子里作针线的一个红发的漂亮小姑娘，说她是她的养女，她那种雍容娴雅的风度，表现出列文很熟悉而且很欢喜的上流社会的妇女的举止，永远是那样安详和自然。

"我非常，非常高兴哩，"她重复一遍说，从她嘴里说出的这句简单的话在列文听来似乎含着特殊的意义,"我早就认识您,而且很欢喜您,由于您跟斯季瓦的友谊以及您妻子的缘故……我只跟她认识了很短的时间,但是她留给我像可爱的鲜花一般的印象,简直是一枝鲜花哩。而她不久就要做母亲了!"

她流利地、从容不迫地谈着,有时眼光由列文身上转移到她哥哥身上。列文感觉到他给人的印象是良好的,立刻就变得似乎从小就认识她那样随便、自然和愉快了。

"我和伊万·彼得罗维奇到阿列克谢的书房里来,"为了回答斯捷潘·阿尔卡季奇可不可以吸烟的问题时她这样说,"就是为了吸吸烟哩。"瞥了列文一眼,没有问他抽不抽烟,就把一只玳瑁烟盒拉过来,从里面取出一支烟卷。

"你今天身体好吗?"她哥哥问。

"还好。神经还跟平常一样。"

"好得出奇,不是吗?"斯捷潘·阿尔卡季奇说,发觉列文正不住地凝视那幅画像。

"我从来没有见过这么好的画像。"

"而且惟妙惟肖得惊人哩,是不是?"沃尔库耶夫问。

列文的眼光由画像移到本人身上。当安娜感觉到他的眼光逗留在她身上的时候,她的脸上闪烁着一种特别的光辉。列文的脸涨得绯红,为了掩饰自己的慌乱刚要张口问她是不是好久没有见过达里娅·亚历山德罗夫娜了;但是正在这时安娜自己开口说了。

"我跟伊万·彼得罗维奇刚刚在谈论瓦先科夫最近的一些绘画。您见过吗?"

"是的,我看过。"列文回答。

"不过请原谅,我打断了您的话吧?您刚刚要说……"

于是列文问她最近见过多莉没有。

"她昨天来过。为了格里沙的缘故,她很气那个中学校哩。拉丁文教师似乎待他很不公平。"

"是的,我看见过他的那些绘画。不过我不大喜欢。"列文说,又回到她最初讲起的话题上去。

列文现在讲话的口吻一点也不像今天早晨他谈话时那样呆板乏味了。他和她谈的一言一语都具有特别的意义。同她谈话是一桩乐事,而倾听她说话更是一桩乐事。

安娜不但说得自然又聪明,而且说得又聪明又随便,她并不认为自己的见解有什么了不起,却非常尊重对方的见解。

谈话转移到艺术的新流派和一个法国画家为《圣经》所绘的新插图上①。沃尔库耶夫责备那位画家把现实主义发展到粗俗不堪的地步。列文说法国人比任何人都墨守成规,因而认为返回到现实主义是特别有价值的事。他们认为不撒谎就是诗哩。

列文还从来没有说过一句使他这样心满意足的机智言语。当安娜突然赏识这种想法的时候,她容光焕发了。她笑了。

"我笑,"她说,"就像人看见一幅非常逼真的画像笑起来一样!您所说的话完全描绘出现代法国艺术、绘画、甚至文学——左拉,都德——的特色。但是也许总是这样的,他们先根据想象的假定的人物来构思②,等到把一切布局③都安排好了的时候,又厌弃了这些虚构的人物,开始想出一些更自然、更真实的人物。"④

---

① 《圣经》的新插图是法国画家古斯塔夫·多勒(1832—1883)所作,他画的《圣经》插图于一八六五年发表。托尔斯泰认为,多勒取材于《圣经》和《福音书》,把它们看做"熟悉的主题","只关心美",就是只追求对人物形象的美学的、而不是宗教的处理。

②③ 原文为法语。

④ 据穆德英译本注,无论左拉,无论都德,那时都没有获得他们以后取得的名誉和声望,但是即使在他们初期的作品里,其中显然也有力求用严格的现实主义手法来表现现实的意图,托尔斯泰从中看出一种对于长期统治法国文学艺术的传统的自然的反抗。

"是的,的的确确是这样。"沃尔库耶夫说。

"这么说,你去过俱乐部了?"她对她哥哥说。

"是的,是的,这是怎样一个女人!"列文想着,完全出了神,他目不转睛地凝视着她陡然间完全变了色的、美丽的、善于变化的面孔。列文没有听见她探过身去对她哥哥说了些什么,但是她表情的变化使他惊讶了。她的脸,一瞬间以前悠闲恬静中还显得那么优美端丽,突然显出一种异样的好奇、气愤和傲慢的神情。但是这都是转瞬之间的事。她眯缝起眼睛,好像在回忆什么。

"唉,不过,谁都不感觉兴趣的。"她说,于是转身对那英国女孩说:

"*请去关照在客厅里摆茶。*"①

那女孩立起身来,走出去了。

"喂,她考试及格了吗?"斯捷潘·阿尔卡季奇追问。

"好极了!她是个很有才能的姑娘,性格温柔可爱。"

"结果你爱她会胜过爱你自己的孩子哩。"

"这是男人的说法。爱是没有多少之分的。我爱我的孩子是一个样,我爱她是另外一个样。"

"我刚刚还跟安娜·阿尔卡季耶夫娜说哩,"沃尔库耶夫说,"假如她把用在这个英国女孩身上百分之一的精力贡献给俄国儿童的普及教育事业,那她就是做了一桩伟大而有益的事业了。"

"是的,不过,随便您怎么说也好,我不可能那样做。阿列克谢·基里雷奇伯爵很鼓励我。(她一边说阿列克谢·基里雷奇伯爵这个词,一边用祈求的胆怯的眼光瞥了列文一眼,而他也不由地报之以尊敬和认可的眼色。)他鼓励我致力于乡村学校的事业。我去过几

---

① 原文为英语。

次。他们都是些可爱的小孩,但是我怎么也不喜欢这个事业。您提到精力。而精力是以爱为依据的。爱是无从强求,勉强不来的。我爱这个小女孩,我自己都说不出所以然来。"

她又瞥了列文一眼。她的笑容和眼色 —— 这一切都向他表示她的话仅仅是对他讲的,她尊重他的意见,而且事先知道他们是互相了解的。

"这一点我完全明白,"列文说,"人绝不可能把心投入这一类学校或机关里去,我想这就是慈善机关所以总收效不大的原因。"

她沉默了片刻,然后微微一笑。

"是的,是的,"她证实说,"我永远也办不到。我的心胸不够开阔,①没有办法爱整个孤儿院里的讨厌的小姑娘。这我永远办不到。②有那么多妇女曾经用这种手段取得社会地位③。特别是目前,"她带着忧愁和信赖的神情说下去,表面上似乎是对她哥哥说,但显然只是说给列文听的,"在目前我非常需要做点什么的时候,我却不能做!"她猛然间愁眉紧锁(列文明白她是因为谈到自己的事而皱起眉头),改变了话题。"我听见人家议论过您,"她对列文说,"说您是一个不好的公民,我还尽力为您辩护过哩。"

"您怎样为我辩护?"

"那要看攻击的情形了。不过,请来喝点茶吧?"她立起身来,拿起一本用鞣皮做封面的书。

"交给我吧,安娜·阿尔卡季耶夫娜,"沃尔库耶夫说,指着那本书,"很有价值哩。"

"噢,不,不过是一部草稿罢了!"

"我跟他讲过。"斯捷潘·阿尔卡季奇指着列文对妹妹说。

① ② ③ 原文为法语。

"你做得毫无道理。我的著作有点像丽莎·梅尔察洛娃往常向我兜售的那些在监狱里做的雕刻的小花篮。她在这个协会负责管监狱的事。"她对列文说,"这些可怜的人真是做出了耐心的奇迹呢。"

列文在他已经非常喜爱的这个女人身上看出另外一种特点。除了智慧、温雅、端丽以外,她还具有一种诚实的品性。她并不想对他掩饰她处境的辛酸苦辣。她说完长叹了一声,立刻她的脸上呈现出严肃的神情,好像石化了。带着这副表情她的面孔变得比以前更加妩媚动人;但是这是一种新奇的神色;完全不在画家描绘在那幅画像里的那种闪烁着幸福的光辉和散发着幸福的神情范畴以内。在她和她哥哥挽着手臂穿过高高的门口的时候,列文又望望那幅画像和她的姿影,他感到对她产生了一种连他自己都觉得惊讶的一往情深的怜惜心情。

她请列文和沃尔库耶夫到客厅里去,她自己和她哥哥留下说几句话。"是谈离婚,谈弗龙斯基,谈他在俱乐部做什么,还是谈我?"列文暗自纳闷。安娜和斯捷潘·阿尔卡季奇在议论什么问题使他这样激动不安,以致他几乎都没有听见沃尔库耶夫正在叙述安娜·阿尔卡季耶夫娜为儿童写的那部小说的优点。

饮茶的时候,那种妙趣横生的愉快谈话一直不断。没有一个时候需要寻找话题;恰恰相反,他觉得时间太不充裕,说不完心里想说的话,因而情愿抑制住自己,好听听别人说些什么。列文觉得所有说过的言语,不仅她说的,还是沃尔库耶夫和斯捷潘·阿尔卡季奇说的,由于她的注意和评论都获得了特别的意义。

谛听着这场有趣的谈话,列文一直在欣赏她:她的美貌、聪明、良好的教养,再加上她的单纯和真挚。他一边倾听一边谈论,而始终不断想着她,她的内心生活,极力猜测她的心情。而他,以前曾经那样苛刻地批评过她,现在却以一种奇妙的推理为她辩护,替她难过，而且生怕弗龙斯基不十分了解她。将近十一点钟，当斯捷潘·阿尔卡季奇站起身来要走的时候（沃尔库耶夫早已走了），列文觉得仿佛他刚刚才来似的。依依不舍地，列文也站起身来。

"再见！"她说，握住他的手，用一种迷人心魄的眼光凝视着他，"我很高兴，坚冰打破了[①]。"

她放了他的手，眯缝着眼睛。

"请转告您的妻子，我还像以往一样爱她，如果她不能饶恕我的境遇，我就希望她永远也不饶恕我。要饶恕，就得经历我所经历的一切才行，但愿上帝保佑她不受这种苦难！"

"一定的，是的，我一定转告她……"列文说，脸涨得绯红。

11

"一个多么出色、可爱、逗人怜惜的女人！"他和斯捷潘·阿尔卡季奇走到严寒的空气里的时候，这样想着。

"喂，怎么样？我不是跟你说过吗？"斯捷潘·阿尔卡季奇说，他看出列文已经完全被征服了。

"是的，"列文沉思地说，"一个非同寻常的女人！不但聪明，而且那么真挚……我真替她难过哩。"

"上帝保佑，不久一切就都解决了！哦，下一次再说吧，凡事不要过早下判断。"斯捷潘·阿尔卡季奇说，打开马车的车门。"再见！我们要分手了。"

列文心里不住地想着安娜和他们交谈过的一切，甚至最简单的话语，回想她脸上的一切细微的表情，越来越体谅她的处境，越来

[①] 原文为法语。

越替她难过,就这样回到家里。

到家里,库兹马告诉列文说卡捷琳娜·亚历山德罗夫娜安然无恙,她的两位姐姐刚走不久,而且交给他两封信。列文当时就在前厅里读了,免得以后使他分心。有一封是他的管家索科洛夫寄来的,上面写着说小麦脱不了手,因为人家每蒲式耳小麦只肯出五个半卢布,又附上一笔说再也没有地方筹钱了。另一封信是他姐姐来的,责备他还没有把她的事情料理出一个眉目来。

"好吧,如果不肯多出价钱,我们就按五个半卢布卖出去。"列文当机立断,轻而易举地就把头一桩事情解决了,虽然他以前觉得那么难以处置。"真奇怪,在这里怎么会忙到这种地步。"他想到的是第二封信。他觉得事情全怪自己,因为他还没有办好他姐姐托付他的事。"今天我又没有到法庭去,不过今天我实在没有时间。"于是下定决心明天一定去法庭,他就到他妻子那里去了。他一边走一边迅速地回想着他所过的这一整天的情景。所有的事情都是谈话:他留神倾听的或者他参与了的谈话。这些谈话都是关于这一类的话题,这类话题,如果他单独在乡下是决不会谈起的,但在这里却谈得非常有趣。这一切谈话都很不错;只有两件事不大妥当。一个是他谈到鱼的话,另外一桩是他对安娜抱着的亲切的同情心有点不大对头。

列文发现他妻子闷闷不乐。三姊妹的会餐本来是进行得很欢畅的,但是她们左等右等他一直不来,结果都厌烦起来了,后来她的两个姐姐都离开了,丢下她孤零零一个人。

"喂,你都做了些什么?"她问,正视着他那含着一种可疑的神色的眼睛。但是为了不妨碍他吐露出全部真情,她掩藏起她察言观色的眼光,故意带着一副赞赏的笑容倾听他叙述他晚上是怎样消磨的。

"哦,我很高兴碰到了弗龙斯基。跟他在一起我觉得非常随便和自然。你要明白,我现在一定设法不再和他见面,不过那种别扭劲已经不存在了。"他一边说,一边回想到,他虽然说要设法永远不再跟他见面,可是马上又去看了安娜,于是他的脸涨得通红,"你瞧,我们总说人爱喝酒,但是我不知道究竟谁喝得更多——农民呢,还是我们这一阶层的人!农民过年过节才饮酒,但是……"

但是基蒂对于人们纵酒的问题丝毫不感兴趣。她看见他脸上的红晕,因此很想弄明白其中的缘故。

"嗯,以后你又到哪里去了?"

"斯季瓦死命求我去拜望一下安娜·阿尔卡季耶夫娜。"

说了这话列文的脸涨得越发红了,他去探望安娜究竟是否得当的疑团终于解决了。他现在才明白他本来不应该去的。

一提到安娜的名字,基蒂就神情异常地把眼睛睁得圆圆的,而且闪闪发光,但是她极力控制住自己,隐藏着自己的激动,而且瞒过了他。

"啊!"她只说了这么一声。

"我想,我去了你大概不会生气吧!斯季瓦要我去的,而多莉也希望这样哩。"列文接着说下去。

"嗯,不!"她说,但是他从她的眼神里看出来她在极力压制着自己,兆头很不好。

"她非常可爱,非常,非常惹人怜惜,而且是个心地善良的女人。"他说,于是就讲起安娜、她的工作和她托他转达的问候。

"是的,她自然很惹人怜惜啰。"等他说完,基蒂这么说,"你接到谁的信?"

他就告诉了她,而且被她的平静声调骗得信以为真了,于是他就去换衣服。

他返回来的时候,发现基蒂依旧纹丝不动地坐在原来的安乐椅上。他走近的时候,她望了他一眼,突然抽抽噎噎地呜咽起来。

"怎么回事?怎么回事?"他问,心里已经明白是怎么回事了。

"你爱上那个可恶的女人了!她把你迷住了!我从你的眼神里就看出来了。是的,是的!这还会得出什么结果?你在俱乐部喝了又喝,还赌博,以后又到……又到什么人那里去了?不,我们还是走吧!……我明天就动身!"

列文很久都劝慰不好他妻子。最后他认错说他喝了那些酒以后,一种怜悯心使他忘其所以,因而受了安娜的狡猾的诱惑,并且说他今后一定要避开她,总算才把她安慰得平静下来。他真心诚意地承认的一件事是:在莫斯科逗留了这么久,除了吃喝玩乐,东拉西扯以外无所事事,他简直变得糊涂了。他们一直谈到早上三点钟。那时他们才完全言归于好,可以入睡了。

12

送走了客人们以后,安娜并没有坐下来,却开始在房间里踱来踱去。虽然整整一晚上她都在无意识地(就像她近来对待所有的年轻人的做法一样)施展出全部魅力来唤醒列文对自己的爱,虽然她知道她在一个晚上就做到了能使一个体面的有妇之夫倾心的地步,虽然她非常喜欢他(尽管由男人的观点看来,弗龙斯基和列文有着显著的不同,而她,作为一个女人,却在他们身上看出使得基蒂爱上了他们两个的那种共同的特点),但是他一走出那间屋子,她就不再想他了。

一个思想,只有一个思想,以各种各样的形式苦苦地纠缠着她。

"如果我对别的人们，对这个热爱他妻子的已婚男子具有这么大的魅力，为什么他对我这样冷淡呢？……倒不一定是冷淡，他是爱我的，这一点我知道。但是现在有一种新的东西使我们发生裂痕。他为什么一晚上都不在家？他托斯季瓦带口信来，说他不能离开亚什温，得监视着他赌钱。难道亚什温是小孩吗？就算这是真情实话，他是从来不撒谎的，不过在这实情后面还有些别的蹊跷。他很高兴有机会向我表示一下他还有别的义务。这我知道，而且我也承认。不过为什么要向我证明呢？他想向我证明他对我的爱情不应该妨害他的自由。但是我并不需要证明；我需要爱情！他应该明白我在莫斯科生活有多么苦。这还叫生活吗？我不是活着，而是在等待一种拖了又拖的结局。还没有回信！斯季瓦说他不能去见阿列克谢·亚历山德罗维奇。而我也不能再写信了。我什么都不能做，什么都不能动手，什么都不能改变！我抑制着自己，等待着，给自己找娱乐——英国人的家庭、写作、阅读，这一切不过都是自欺欺人罢了，不过是一种吗啡而已。他应该可怜我的。"她说，感觉着自怜自爱的眼泪涌上她的眼睛里。

她听见弗龙斯基用力按门铃的声音，于是赶紧抹干了眼泪，不但抹干眼泪，还坐在一盏灯旁，打开一本书，装出泰然自若的神情。她一定要让他看出，他没有在约好的时候回家她很不痛快，仅仅是不痛快而已，她决不让他看出她很伤心，更不让他看出她很可怜自己。她可以可怜自己，但是可不要他来可怜。她不愿意吵架，而且还责备过他想吵嘴，但是她不知不觉地就采取了一种斗争的姿态。

"哦，你不寂寞吧？"他说，愉快而活泼地向她走来，"赌博真是一种可怕的嗜好！"

"不，我不寂寞，我早就学会不觉得寂寞了。斯季瓦和列文来过。"

"是的,我知道他们要来看望你。你觉得列文怎样?"他说,在她身边坐下。

"我很喜欢他。他们刚刚走了不久。亚什温搞得怎样了?"

"他赢了,赢了一万七千。我招呼他走。他真的已经要离开了。但是他又回去,现在他已经输了。"

"那么你留在那里有什么用处?"她说,突然抬起头仰望着他。她脸上的表情是冷淡而又怀着敌意的,"你对斯季瓦说,你留着为的是把亚什温叫走,但是结果你又撇下他不管了。"

同样的冷冷的准备争吵的表情也表现在他的脸上。

"第一,我并没有托他给你带什么口信;其次,我从来也没有撒过谎。主要的是,我愿意留在那里,所以就留下了。"他皱皱眉头说,"安娜,为什么,为什么?……"他停顿了一下追问说,向着她探过身去,张开他的手,希望她会把手放到他的手里。

她很高兴他这种要求柔情蜜意的表示。但是一种奇怪的邪劲不让她屈服于她的冲动之下,好像斗争的情况不允许她投降似的。

"自然你想留下就留下了。反正你总是想怎样就怎样。但是为什么要对我说这个?为什么?"她说,越来越激动了,"难道有人否认了你的权利?但是你总愿意你有理,因此你就有理好了!"

他的手捏紧了,他扭过身去,脸上流露出一种比以前更为倔强的神情。

"在你说这是固执,"她说,聚精会神地凝视了他一番以后,突然给那种使她那么恼怒的神情找到了一个名目,"不过是固执罢了!对于你是征服我的问题,而对于我 ……"她又为自己难过起来,几乎要流泪了,"但愿你知道这对于我会怎样就好了!像我现在这样,感觉到你对我抱着敌意 —— 的确是抱着敌意 —— 的时候,但愿你知道这对我是什么意思就好了!如果你知道我在这种时刻是如何地濒于绝望,我是多么害怕,多么害怕我自己就好了!"于是她扭过身去,隐藏住她的啜泣。

"但是怎么回事啊?"他说,一见她的绝望神情不由得害怕起来,又探过身去,拉住她的手,吻了吻,"怎么啦?难道我在外面寻欢作乐了吗?我不是在避免和女士交际吗?"

"但愿如此!"她说。

"喂,你说吧,我怎样才能使你安心呢?只要使你快乐,随便要我做什么都行,"他接着说下去,被她的绝望神情打动了,"为了不使你像现在这样,我什么事不愿意做啊!安娜!"

"没有什么,没有什么!"她回答,"我自己也不知道,是这种孤寂的生活呢,还是我的神经……哦,我们不谈这个了吧!赛马怎么样?你还没有跟我说哩。"她尽力掩饰住由于获得胜利而得意洋洋的样子,因为胜利终于属于她了。

他吩咐开晚饭,就开始对她讲赛马的事;但是由他越来越冷淡的语气和神色来看,她看出他并没有宽恕她获得胜利;而她所反对的那股固执的神情,又在他身上露出了锋芒。他对她比以前更冷淡了,仿佛他后悔屈服了一样。而她,回想起使她获得了胜利的言语:"我濒于绝望,害怕我自己。"她感到这是一种危险的武器,不能再使用第二次的。她感到除了把他们结合在一起的爱情之外,在他们当中还逐渐形成了一种敌对的恶意,这种恶意她不能从他心里,更不能从她自己心里驱除出去。

13

一个人没有过不惯的环境,特别是如果他看到周围的人都过着同样的生活。三个月以前,列文决不会相信他处在现在的情况下能够高枕无忧地沉入睡乡：过着漫无目标、没有意义的生活，而且又是一种入不敷出的生活；在狂饮（除此以外他对俱乐部里发生的事不可能有别的称呼）以后，在对他妻子一度恋爱过的那个男子表示了不适当的友谊以后，在对一个他只能称之为堕落的女人做过更不适当的拜访以后，而且受了这个女人的魅惑和惹得他妻子很伤心以后，在这种情况下居然能够安然地入睡。但是在疲倦、通宵不眠和酒力的影响下，他酣畅而宁静地入睡了。

早晨五点钟，开门的响声惊醒了他。他跳起来四下张望。基蒂已经不在床上他旁边了。但是在屏风后边有一线灯光在移动，他听见她的脚步声。

"怎么回事？怎么回事？……"他问，仍然睡眼惺忪，"基蒂，怎么回事？"

"没有什么，"她说，手里拿着蜡烛从隔扇后面走出来，"我只觉得有点不舒服。"她带着一种特别甜蜜而意味深长的微笑补充说。

"什么？开始了吗？开始了吗？"他吃惊地说，"得打发人去……"他慌慌张张地动手穿衣服。

"不，不，"她微笑着说，用手把他拦住了，"我想没有什么。我只觉得有点不舒服。不过现在已经过去了。"

她又回到床上，熄灭了蜡烛，躺下来，就没有动静了。虽然她那种似乎在屏息静气的沉静，特别是当她由隔扇后边出来，脸上带着一副特别温柔和兴奋的神情说："没有什么！"引起了他的猜疑，但是他是那样昏昏欲睡，以致他马上又沉入梦乡了。以后他才想起了那种屏息静气，明白了在她动也不动地躺在他身边，等待着女人一生中的最大事件时，她的温柔可爱的心灵里所经历的一切变化。七点钟的时候，他被她的手在他肩膀上的触摸和她轻悄的耳语声唤醒了。她似乎处在又后悔唤醒他又想要同他讲话的矛盾心情中。

"科斯佳,不要害怕。没有什么,不过我想……我们应该派人去请丽莎韦塔·彼得罗夫娜。"

蜡烛又点亮了。她坐在床上,手里拿着什么编织的活计,那是她近几天来经常做的工作。

"请你千万不要惊慌!没有什么。我一点也不害怕。"看见他惊慌失色的面孔,她说,把他的手紧按在自己的胸前,随后又紧贴在她自己的嘴唇上。

他连忙跳起来,简直不知如何是好了,一边目不转睛地望着她,一边穿上晨衣;随后站住不动了,眼睛仍然凝视着她。他该走了,但是他舍不得走出她的视线以外。他爱那副面孔,而且熟悉那张脸上的一切表情和眼色,但是他从来没有见过她现在这副模样。他一回忆起昨天引起她的悲痛,他就觉得在她面前,在现在这样的她的面前,自己有多么卑鄙可耻!她那被睡帽下面垂下来的柔软的鬈发环绕着的红晕面孔,闪耀着愉快和坚定的光辉。

虽然基蒂的性格一般地很少有矫揉造作和虚情假意的地方,但是现在,当一切掩盖都抛掉了,她的心灵在她的眼睛中闪耀着的时候,列文一见其中所显露的神情不由得惊异不止。而处在这种单纯而坦白的心灵中的她,他所挚爱的人,比从前更加出众了。她微笑着凝视着他;突然间她的双眉紧蹙,她抬起头来,迅速走到他跟前,拉住他的手,紧紧依偎在他身上,把他包围在她温热的气息里。她在受苦,而且似乎在向他诉苦一样。最初一瞬间,由于习惯成自然,他觉得都是他的过错。但是她的眼色里含着温柔的神情,说明了她不但不怪罪他,反倒为了这种痛苦而爱他。"如果不是我的过错,那么是谁的呢?"他无意识地沉思着,寻找着该受处分的罪人,但是没有一个罪人。她痛苦,抱怨,在痛苦中得意扬扬,为她受的痛苦而高兴,而且爱着这种痛苦。他看出她的心灵起了一种崇高的变化,但是究竟是什么，他却不明白。那是超乎他的理解力的。

"我派人接妈妈去了。你赶快去请丽莎韦塔·彼得罗夫娜……科斯佳！……没有什么，已经过去了。"

她从他身边走开，按按铃。

"好了，现在就去吧。帕莎要来了。我很好哩。"

列文看见她又拿起她夜间取来的编织活计，动手织起来，不禁大吃一惊。

列文从一扇门里走出去的时候，他听见使女从另一扇门进来。他站在门口，听见基蒂详细地指挥着使女，借着她的帮助亲自在移动床铺。

他穿好衣服，趁着还在套马的时候——因为时候太早，还没有出租雪橇的影子——他又跑回寝室去，不是蹑手蹑脚，却像生了翅膀。两个使女正忙着挪动寝室里的什么东西。基蒂一边踱来踱去，一边编织着，飞快地抽动着针线，一边作着安排。

"我现在就去请医生。已经去接丽莎韦塔·彼得罗夫娜了，不过我还要去一趟的。还需要什么别的吗？噢，是的，到多莉家去吗？"

她望望他，显然并没有听他在讲什么。

"是的，是的！去吧。"她急急地说，皱着眉头，挥手要他走开。

他已经走进客厅了，突然听到一阵凄惨的呻吟声从寝室里发出来，转瞬之间又平静了。他站住，很久不明白是怎么回事。

"是的，是她。"他自言自语，双手抱着头，跑下楼去。

"啊呀，主啊！饶恕我们，救救我们吧！"他翻来覆去地说着这些突然意想不到地涌到他嘴边的言语。而他，一个不信教的人，重复这些话还不仅仅是口是心非的。在那一瞬间，他知道不论他的疑惑，不论凭着理性他怎么没有信教的可能性——这一点他自己意识到的——丝毫都不妨碍他向上帝呼吁。现在这一切像灰尘一样由他内心里飞出去。如果不向掌握着他自己、他的灵魂、他的爱情的上帝呼吁，他还能向谁呼吁呢？

马还没有套好，但是他感觉着体力和精神都特别紧张，足以应付摆在面前的一切，为了不浪费片刻时间，他不等马车，就步行出发了，告诉库兹马来追他。

在转角上，他遇着一辆夜间出租的雪橇匆匆驶过去。在那辆小雪橇里坐着丽莎韦塔·彼得罗夫娜，她披着天鹅绒斗篷，头上包着围巾。"感谢上帝！"他喃喃地说，欢喜若狂地认出来她那披着淡黄色头发的小脸，那张脸上现在带着一副特别认真的、甚至是严肃的表情。他并没有吩咐雪橇停下来，就跑回到她旁边。

"那么已经有两个钟头了？就是这么长吗？"她问，"你应该去找彼得·德米特里奇，但是不要催促他。再到药房买点鸦片。"

"这么说你认为会很顺利吗？上帝怜悯我们，救救我们吧！"列文说，看见自己的马由大门里驶出来。跳上雪橇，坐到库兹马旁边，他吩咐把车驶到医生那里去。

14

医生还没有起床，仆人说他睡得很迟，吩咐过不要叫醒他，不过他不久就会起来的。那个仆人正在擦灯罩，似乎全神贯注在这项工作上。那仆人对灯罩的聚精会神和对列文家发生的事的漠不关心，最初曾使列文大吃一惊，但是反过来一想，他立刻明白没有人知道，而且也没有人应当知道他的心情，因此越发需要从容、沉着和坚定地行动，好打破这堵冷淡的墙壁和达到目的。"不要慌忙，不放过任何机会。"他暗自说，感觉到为对付当前的一切事情，他的体力和注意力越来越旺盛。

听到医生还没有起床，列文想起了各式各样的办法，最后决定这么办：库兹马拿着字条去请另外一个医生，他亲自到药房去买鸦片；如果他回来的时候医生还没有起床，那么他就贿赂仆人，如果行不通的话，他就使用武力，无论如何也要把医生唤醒。

在药房里有一个瘦骨嶙峋的药剂师，带着同那位仆人擦灯罩时一模一样漠不关心的神情，正给一个站在那里等待的马车夫包药粉，不肯卖给列文鸦片。极力不要性急，也不要发脾气，列文说出医生和接生婆的名字，说明为什么需要鸦片，极力说服药剂师卖给他一些。药剂师用德语问了问可不可以出卖，获得了屏风后面什么人的许可，就拿出一只玻璃瓶和一只漏斗，慢条斯理地由大玻璃瓶里往小玻璃瓶里倒，贴上商标，尽管列文恳求他不要如此，还是封上了瓶口，而且几乎还要包扎起来。列文忍不住了；他果断地从那人手里一把将瓶子夺过来，就从玻璃大门中冲出去了。医生还没有起来，而那位仆人，现在正忙着铺地毯，不肯去唤醒他。列文从从容容地取出一张十卢布的钞票，慢吞吞地，但是却不浪费时间，一边把钞票递过去，一边解释说彼得·德米特里奇医生（以前在列文眼中看来那么微不足道，现在在他看来有多么伟大和了不起啊！）答应过随时出诊，他一定不会生气的，因此一定要立刻把他唤醒。

那仆人满口答应了，走上楼去，请列文到候诊室去。

列文可以听到门那边医生的咳嗽声、走动声、漱洗声和谈话声。三分钟过去了；而在列文看来好像过了一个多钟头。他再也等不下去了。

"彼得·德米特里奇！彼得·德米特里奇！"他在敞开的门口用哀求的声调呼喊，"看在上帝的面上，原谅我吧！……您就这样接见我吧！已经过了两个钟头了……"

"马上就来！马上就来！"一个声音回答说，列文听出医生在一边说一边微笑，大为诧异了。

"再待一会！"

"马上就来！"

又过了两分钟，医生还在穿皮靴；又过了两分钟，医生还在穿衣服和梳头发。

"彼得·德米特里奇！"列文又用哀求的声调说，但是正在这时医生出来了，已经穿好衣服和梳好头发。"这些人真没有良心，"列文暗自想道，"我们都快死了，而他还在梳头发。"

"早安！"医生说，伸出手来，好像在用他泰然自若的神情取笑他一样，"不要慌！怎么样？"

极力尽可能地说得分毫不差，列文开始叙述他妻子的情况的一切不必要的细节，说着说着就停不住嘴了，恳求医生立刻跟他去。

"不要这么慌。要知道，您没有经验。我确信用不着我的，不过我答应过您，如果您愿意的话，我就去。但是不要着急。请坐；您不喝杯咖啡吗？"

列文看他一眼，似乎在询问他是否在嘲笑他一样。但是医生并没有取笑他的意思。

"我知道，我知道，"医生微笑着说，"我自己也是成了家的人。我们这些做丈夫的在这种关头是最可怜的人了。我有个病人，她丈夫一到这种场合总跑到马棚里去。"

"不过您认为怎么样，彼得·德米特里奇？您认为一切都会很顺利吗？"

"从一切症状看来情况很好哩。"

"那么您马上就来吗？"列文说，怒冲冲地望着端咖啡进来的仆人。

"再过一个钟头吧。"

"不，请您发发慈悲吧！"

"哦，那么让我喝完咖啡吧。"

医生开始喝咖啡。两个人都默不作声。

"土耳其人被打得落花流水！您读过昨天的电讯吗？"医生说，咀嚼着面包。

"不，我受不了啦！"列文说，跳起来，"那么您再过一刻钟就来？"

"再过半点钟。"

"实话吗？"

列文回到家里，恰恰和公爵夫人同时到达，他们一齐走到寝室门口。公爵夫人眼泪盈眶，两手直颤抖。她一见列文，就拥抱住他，哭出声来。

"怎么样，我亲爱的丽莎韦塔·彼得罗夫娜？"她追问，一把抓住带着喜气洋洋而又焦虑不安的神情走过来的接生婆的手。

"情况很好，"她说，"您去劝她躺下来。那样她就会舒服一些了。"

从他醒来和明白是怎么回事的那一瞬间起，列文就准备好忍受将要来临的一切，决不胡思乱想，决不妄加猜测，坚决压抑着心上的千头万绪，下定决心不扰乱他妻子的心情，相反的却要安慰和鼓起她的勇气。甚至不允许自己想一想将要发生什么事，将要落到什么结局，从他打听这种事情一般会持续多久来判断，列文作好了心理准备，决心忍耐和控制自己的情绪五个钟头的光景，这一点他觉得自己还办得到。但是他从医生那里回来，又看到她痛苦的模样，他就越来越频繁地念叨这些话："上帝饶恕我们，救救我们吧！"一边叹息着，昂着头，唯恐他忍受不住，以至于不是泪流满面就是跑掉。他觉得痛苦得不得了。可是才过了一个钟头。

但是过了一个钟头，又过了一个钟头，两个钟头，三个钟头，连他给自己定下的容忍的最大限度——五个钟头——也过去了，但是情况依然如故；他继续忍耐着，因为除了忍耐没有别的办法；随时随刻都感觉着他已经达到了忍耐的极限，他的心马上就要痛苦得爆裂了。

但是一分钟一分钟地过去，过了好几个钟头，又过了好几个钟头，而他的痛苦和惊惧也越发增长，越发紧张了。

那种少了它就什么都不能想象的生活常轨，对列文来说已经不存在了。他失去了时间观念。有时候几分钟——当她把他叫到身边，他握住她那忽而特别用力紧握住他的手，忽而又把他的手推开的潮润的手的那几分钟——他觉得好像是好几个钟头；有时候好几个钟头又好像是几分钟。当丽莎韦塔·彼得罗夫娜请他在屏风后点上一支蜡烛的时候，他吃了一惊，那时他才知道已经是黄昏五点了。如果告诉他现在仅仅是上午十点他也不会奇怪的。他不大知道那时他在什么地方，就像他不大知道情况如何，那一切发生在什么时间一样。他看见她发烧的面孔，有时精神恍惚，痛苦不堪，有时微笑着，极力安慰他。他也看见公爵夫人满脸通红，紧张不堪，灰白的鬈发披散着，拼命忍住眼泪，咬着嘴唇；他也看见多莉，也看见吸着粗雪茄烟的医生，和脸上带着坚定、果断和镇静神情的丽莎韦塔·彼得罗夫娜，还有在大厅里踱来踱去、皱紧眉头的老公爵。但是他们是怎么来的，又是怎么去的，他们在什么地方，他却一点也不知道。公爵夫人一会儿跟医生在寝室里，一会儿又在书房里，那里突然出现了一张摆好了的饭桌；随后又不是她在那里，却是多莉了。后来列文记起他们派他到什么地方去过。有一次叫他去搬一张桌子和一张沙发。他很热心地做着，相信为了她这是必不可少的，但是后来才发现原来是为他自己准备睡觉的地方。随后又打发他到书房去问医生什么事情。医生回答了,接着就谈起市议会的混乱状态。后来又派他到公爵夫人的寝室里去取一个镀金的白银衣饰的圣像,他和公爵夫人的老女仆爬到一个食橱上去取圣像,他把一盏小灯打碎了,那位老仆人极力安慰他不要为了他妻子和那盏灯着急,他把圣像拿来,放在基蒂的头前,小心地从枕头后面塞进去。但是这一切在什么时候,什么地点,为什么做的,他却不知道了。他也不明白为什么公爵夫人拉住他的手,怜悯地望着他,恳求他镇静;也不明白为什么多莉劝他吃点东西,把他从房里引出去;也不明白为什么连医生都严肃而同情地望着他,给他喝了点药水。

他只知道和感觉到现在发生的,和一年前在省城的旅馆里在他哥哥尼古拉临死的病床前所发生的情况很相似。不同的只是那是丧事而这是喜事。但是那件丧事和这件喜事一样,都越出了生活常轨;这些正像日常生活里的孔隙,透过这些孔隙隐隐约约露出了一种崇高的境界。而且,像那种情形一样,现在发生的一切都来得那么难过,痛苦,不可思议;在观看它的时候,也像那时一样,心灵翱翔而上,升到了从来也想不到的绝顶,那是理智所无法达到的。

"上帝,饶恕我们,救救我们吧!"他接连不断地暗自念诵,尽管他长期完全疏远了宗教,然而他正像童年和少年时代那样单纯而虔诚地向上帝祈求。

整个时间里,他轮流地处在两种截然不同的心境中。一种心境是不在她眼前的时候:当他同那位一根接着一根地抽着粗雪茄烟、又把烟头在盛满烟灰的烟缸边上弄灭的医生,多莉,还有公爵在一起,聊着午餐,政治,或者玛丽亚·彼得罗夫娜的疾病的时候,列文突然间暂时完全遗忘了发生的事情,如梦方醒一样;另外一种心境是在她跟前,在她的枕头边,他的心痛苦得要破裂而又没有破裂,他不断祷告上帝的时候。每一次寝室里传来叫声,就把他从暂时的精

882

神恍惚中唤醒过来，于是他又陷入最初缠住他的奇怪的迷惘心情中：每一次，他一听到尖叫声，就跳起来，跑去为自己辩护，但是半路上就记起并不是他的过错，他渴望保护她和帮助她。但是，一看见她，又感到自己爱莫能助的时候，他就害怕起来，于是祈祷说："上帝，饶恕我们，救救我们吧！"时间拖得越久，这两种心情就越强烈；不在她跟前他变得更镇静了，完全忘了她，而在她面前的时候她的痛苦和他的爱莫能助的心情就越发沉重了。他跳起来，想跑到什么地方去，但是却跑到她那里去了。

有时候，当她几次三番呼唤他的时候，他就责备她。但是一看见她温柔的笑容，听见她说："我把你折磨坏了。"于是他就怪罪上帝；但是，一想到上帝，他立刻就又祈求上帝饶恕和发发慈悲。

15

他不知道早晚。蜡烛全燃尽了。多莉刚刚走进书房，请医生躺下歇歇。列文正坐着倾听医生讲一个骗人的催眠术师的故事，凝视着医生烟头上的灰烬。这是一段休息时间，他沉入淡忘之中。他完全忘记了现在发生的事情。他听医生讲故事，而且听明白了。突然间传来了一声不像人间任何声音的尖叫。这尖叫声那么令人毛骨悚然，以致列文都没有跳起来，却屏息静气，带着惊骇和询问的眼光紧盯着医生。医生歪着脑袋，留神倾听，赞许地微笑着。一切都那样离奇，以致再也没有什么能使列文大惊小怪的了。"事情大概应该这样的，"他暗自沉思，仍旧坐着不动，"但是谁在尖叫呢？"他一纵身跳起来，踮着脚尖冲进寝室里，经过丽莎韦塔·彼得罗夫娜和公爵夫人身旁，停在床头边他的老位置上。尖叫声已经寂静了，但是现在发生了变化。究竟是什么，他却没有看见，也不明白，而且他既不想看见,也不想明白。但是他从丽莎韦塔·彼得罗夫娜的脸色上却看出来了:丽莎韦塔·彼得罗夫娜的脸色苍白而严肃,还像以前一样坚定,虽然她的下颚有点战栗,眼睛紧紧盯着基蒂。基蒂的潮湿的额头上黏着一缕头发,她那发烧的、痛苦的脸扭过来对着他,搜索着他的眼光。她那举起来的手寻找着他的手。把他冰冷的双手握在自己汗湿的手里,她把它们贴在她自己的脸上。

"不要走!不要走!我并不害怕,我并不害怕!"她很快地说,"妈妈,摘下我的耳环。很碍事哩。你不害怕吧?快了,快了,丽莎韦塔·彼得罗夫娜……"

她说得非常快,而且想笑一笑。但是突然间她的脸变了模样,她把他一把推开。

"不,这是可怕的!我要死了,我要死了!走开,走开!"她尖声喊叫,于是他又听到了那种不像人间任何声音的哀叫。

列文两手抱着头,跑出屋去。

"没有什么,没有什么,一切都很好!"多莉在他后面呼喊。

但是无论他们怎么说,他反正知道现在一切都完了。把头靠在门柱上,他站在隔壁的房间里,听着什么人用一种他从来没有听见过的声调尖叫和呻吟着,他知道这些声音就是从前的基蒂发出来的。他早就不想要孩子了,而且现在他恨那个孩子。他现在甚至都不抱着她会活着的希望,只渴望这种可怕的苦难能够结束。

"医生,怎么回事?怎么回事?啊呀,上帝呀!"他大声喊叫,一把抓住刚走进来的医生的手。

"就要完了。"医生说,他带着那么严肃的神色,以致列文以为他说完了是指她快死了。

神智完全错乱了,他又冲进她的寝室。他看见的头一样东西就是丽莎韦塔·彼得罗夫娜的脸。那张脸越发愁眉不展和严肃了。那里没有基蒂的面孔。在她的面孔原来的地方有一个可怕的东西，这一方面是由于它的紧张表情，一方面也是由于从那里发出的声音。他把头伏到床栏杆上，觉着他的心要碎裂了。这种可怕的尖叫声并不停息，却变得越发可怕了，直到好像达到了恐怖的极限，才陡然平静下来。列文简直不相信他的耳朵，但是没有怀疑的余地。尖叫声平息了，他听见轻悄的走动声，衣服的窣窣声，急促的喘息声，还有她若断若续的声音，生气勃勃的，既温柔，又幸福的声音，轻轻地说："完事了！"

他抬起头来。她两只胳臂软弱无力地放在被窝上，看上去非常美丽和恬静，默默无言地凝视着他，想笑又笑不出来。

突然间，从他过了二十二小时的那个神秘的、可怕的、玄妙的世界里，列文觉得自己即刻就被送到以前的日常世界里，但是这个世界现在闪耀着那样新奇的幸福光辉，以致他都受不了。那些绷紧的弦猛然都断了，一点也没有想到的呜咽和快乐的眼泪涌上他的心头，强烈得使他浑身战栗，以致他好久都说不出话来。

跪在她的床边，他把妻子的手放在嘴唇上吻着，而那只手，也以手指的无力的动作，回答了他的亲吻。同时，在床脚，像一盏灯的火花一样，在丽莎韦塔·彼得罗夫娜的灵活的手里闪烁着一个以前并不存在的人的生命：一个具有同样权利和同样自觉重要、一个会像他一样生活下去和生儿育女的人。

"活着！活着！还是个男孩哩！请放心吧。"列文听见丽莎韦塔·彼得罗夫娜说，她一边用颤抖的手拍拍婴儿的背脊。

"妈妈，真的吗？"基蒂问。

公爵夫人只能用呜咽来回答了。

在寂静中，像是对他母亲作出肯定的回答一样，发出了一种和屋里所有的压抑着的谈话声完全不同的声音。这是那个不可思议地由未知的国土里出现的新人的大胆、放肆、毫无顾忌的啼哭声。

以前，如果有人告诉列文说基蒂死了，说他和她一同都死了，说他们的孩子是天使，说上帝在他们面前，他都不会惊异的。但是现在，又回到现实世界上，他费了很大的劲才明白她安然无恙，而这个拼命叫喊的东西就是他的儿子。基蒂活着，她的痛苦已经过去。而他是幸福得难以形容。这一点他是明白的，因此使他快乐无比。但是那个婴儿，他从哪里来的，他为什么来的，他是谁呢？……他怎么也不习惯于这个思想。他觉得这似乎是一种不必要的、多余的东西，他好久也不习惯。

16

十点钟光景，老公爵、谢尔盖·伊万诺维奇和斯捷潘·阿尔卡季奇都坐在列文家里，谈了谈产妇的情况，就谈到旁的话题上去了。列文一边留心倾听，一边却不由自主地回想着往事，和那天早晨以前的事情，追忆着昨天未发生这件事以前他自己的情况。从那时起好像过了一百年了。他觉得自己好像置身于一座高不可攀的高峰上，他费尽苦心想从上面降下来，免得伤害和他聊天的人们的感情。他谈着，但是心里却不住地想他的妻子，她目前的详细情况，和他的儿子——他极力使自己习惯于有个儿子存在的想法。整个的妇女世界，自从他结婚以后，在他心里就获得了一种新的意想不到的意义，现在在他的心目中达到了那样的高度，以致他都无法理解了。他听他们谈论昨天俱乐部的宴会，心里却在想："她现在怎样了？她睡着了吗？她好吗？她在想什么？我们的儿子，德米特里，在哭吗？"正谈到中间，一句话正说到半截，他突然跳起来，从房里走出去。

"如果可以看她的话，就打发人告诉我一声。"老公爵说。

"好，马上就来！"列文回答，一停也不停地走到她的房里去了。

她没有睡着，正和他母亲轻轻地谈论着，计划受洗礼的事。

她收拾得干干净净，梳好头发，戴着一顶镶着蓝边的漂亮小帽，两手放在被窝外面，仰卧在床上，用一种把他吸引过去的眼光迎住他的视线。那种眼光，本来就很明亮，在他走过来的时候就越发明亮了。她的脸上起了一种像死人脸上那样的、由尘世到超然境界的变化；不过那是永诀，而在这里却是欢迎。一种激动的心情，就像婴儿降生那一瞬间他所感受到的，又涌上了他的心头。她拉住他的手，问他睡过觉没有。他回答不出，意识到自己的软弱，就扭过身去。

"我却打过瞌睡哩，科斯佳！"她说，"我现在觉得那么舒服。"

她定睛凝视着他，但是突然间她的脸色变了。

"把他抱给我，"她说，听见婴儿的啼哭声，"把他抱给我，丽莎韦塔·彼得罗夫娜，他也要看看哩。"

"好，让爸爸瞧瞧。"丽莎韦塔·彼得罗夫娜说，抱起一个红色的、奇怪的、蠕动着的东西，把他抱过来。"不过请等一下，让我们先穿上衣服。"丽莎韦塔·彼得罗夫娜把那个蠕动着的红东西放在床上，开始解开襁褓，用一根手指把他托起来，翻过去，给他身上撒了一些粉，接着又包扎起来。

列文望着这个可怜的小东西，想在心里找出一点父爱的痕迹，但是徒然。他对他只感到厌恶。但是当他脱光了衣服，他瞥见了那番红花色的小胳臂小腿，却也长着手指和脚趾，甚至大拇指还跟其余的大不相同；当他看见丽莎韦塔·彼得罗夫娜如何把那双张开的小胳臂拉拢在一起，好像它们是柔软的弹簧一样，而且把它们包在亚麻布衣服里的时候，他那样可怜这个小东西，而且那样害怕她会伤害了他，以致他拉住了她的臂膀。

丽莎韦塔·彼得罗夫娜笑起来。

"不要害怕，不要害怕！"

当那婴儿穿好衣服，变成一个结实的玩偶的时候，丽莎韦塔·彼得罗夫娜好像夸耀她的手艺似的把他摇晃了一下，就闪到一边，好让列文看见他儿子的整个丰采。

基蒂斜着眼，也目不转睛地望着同一个方向。

"抱给我，抱给我！"她说，甚至还要抬起身子。

"你怎么啦，卡捷琳娜·亚历山德罗夫娜？你决不能这样乱动！等一下，我就抱给你。让爸爸看看我们是多么漂亮的小东西！"

于是丽莎韦塔·彼得罗夫娜用一只手（另外一只手托住那个摇摇晃晃的头的脖颈）将这个把头藏在襁褓里的、奇怪的、柔软的、红色的东西托给列文。但是他居然也长着鼻子、眨动着的眼睛和咂着的小嘴。

"真是个漂亮的婴儿！"丽莎韦塔·彼得罗夫娜说。

列文悲伤地叹了一口气。这个漂亮婴儿在他心中只引起了厌恶和怜悯的心情。这完全不是他所期望的感情。

当丽莎韦塔·彼得罗夫娜把婴儿放到没有喂惯奶的胸脯上的时候，他扭过身去。

突然一阵笑声使他抬起头来。是基蒂在笑。婴儿吃着奶了。

"哦，够了，够了！"丽莎韦塔·彼得罗夫娜说；但是基蒂舍不得那个婴儿。他在她的怀里睡熟了。

"现在看看他吧。"基蒂说，把婴儿转过来好让他看见。那张老气横秋的小脸突然间皱得更厉害了，婴儿打了个喷嚏。

微笑着，好容易才忍住感动的眼泪，列文吻吻他妻子，就离开了这间遮暗了的屋子。

他对这小东西怀着的感情完全出乎他的预料。其中没有一点愉快或者高兴的成分；恰恰相反，却有一种新的痛苦的恐惧心情。这是一种新的脆弱的感觉。而这种感觉最初是那样痛苦，唯恐这个无能为力的小东西会遭到伤害的心情是那样强烈，使得他完全没有注意到婴儿打喷嚏的时候他所体会到的那种毫无意义的喜悦甚至得意的奇怪心情。

17

斯捷潘·阿尔卡季奇的境况非常困难。

卖树林的三分之二的钱已经挥霍光了，而且他按照百分之十的折扣率由商人那里差不多把剩余的三分之一的款项也都预支完了。商人再也不肯付一文钱了，特别是因为达里娅·亚历山德罗夫娜那年冬天第一次公开声明了坚持处置自己财产的权利，拒绝在领取卖树林的最后三分之一的款项的合同上签字。他的全部薪俸都用在家庭开销和偿还刻不容缓的小笔债务上。他简直是一文莫名了。

这是一种不愉快的为难境况，按照斯捷潘·阿尔卡季奇的意思，这种境况是不应该继续下去的。境况所以如此，依照他的看法，是因为他的年俸太少。他所充任的官职，五年以前显然很不错，但是时过境迁，早就不行了。彼得罗夫，那个银行董事，年俸是一万二千卢布；斯文季茨基，一家公司的董事，年俸是一万七千卢布；而创办了一家银行的米丁，年俸是五万卢布。"我显然是睡着了，人家把我遗忘了！"斯捷潘·阿尔卡季奇想到他自己。于是他就留神打听，仔细观望，结果那年冬末他发现了一个非常好的空缺，于是就开始进攻，先通过莫斯科的叔伯姑舅和朋友们，到那年春天，当事情成熟了的时候，他就亲自到彼得堡去。这种官职，现在比从前多得多，是一种年俸由一千到五万卢布，又舒服又赚钱的好差事。这是南方铁路银行信贷联合办事处委员会的委员职位。这差使，像所有这样的差使一样，需要渊博的学识和很大的活动能力，以致很难找到一个二者兼备的人。既然找不到兼备这些条件的人，那么找一个正直的人来担任这职位总比让一个不正直的人担任强得多。而斯捷潘·阿尔卡季奇不仅是正直的人（如一般人随便称呼的），而且是一个心口如一的正直人（按照莫斯科给予这个字眼的特殊意义强调称呼的），要是人家说"正直的工作者，正直的作家，正直的杂志，正直的机关，正直的趋势"的时候，不仅表示那个人或者那个机关不是不正直的，而且也表示他们一有机会就能够挖苦政府。斯捷潘·阿尔卡季奇就在应用这种字眼的莫斯科社交界里出入，而且那儿公认他是正直的人，因此他比别人更有资格充任这个职位。

这个差使每年可以得到七千到一万卢布的薪俸，奥布隆斯基不用辞去原来的官职可以兼差。这全靠两位部长、一位贵妇人和两位犹太人来决定；这些人虽然都疏通好了，但是斯捷潘·阿尔卡季奇还得去彼得堡谒见一下他们。况且，他答应他妹妹安娜从卡列宁那里要一个明确的离婚回信。因此他向多莉要了五个卢布，就到彼得堡去了。

坐在卡列宁的书房里，倾听他讲他的"俄国财政不景气的原因"的报告，斯捷潘·阿尔卡季奇只等他结束，就谈他自己和安娜的事。

"是的，很正确，"当阿列克谢·亚历山德罗维奇摘下那副他现在离了就无法阅读的夹鼻眼镜，询问地凝视着他从前的内兄，他说，"就细节上说是很正确的，不过如今的原则还是自由哩。"

"是的，但是我提出了另外一种原则，自由也包括在内。"卡列宁说，强调"包括"这个字眼，又戴上夹鼻眼镜，为的是再引读一遍提到这一点的那一段落。

翻开字迹娟秀、空白宽阔的手稿，阿列克谢·亚历山德罗维奇又朗诵了使人心悦诚服的那一段落。

"我并不是为了个人利益而不提倡保护关税政策，而是为了公共福利，对上层社会和下层社会一视同仁，"他说，从夹鼻眼镜上望着奥布隆斯基，"但是这一点他们却不能了解，他们只关心个人利益，爱说漂亮话。"

斯捷潘·阿尔卡季奇知道卡列宁一谈到他们——他所谓的他们是指那些不愿意接受他的计划的、造成俄国一切不幸的人——怎么想和怎么做的时候，话就快结束了；因此他现在乐意地放弃了自由贸易原则，完全同意他的意见。阿列克谢·亚历山德罗维奇沉默不语，深思熟虑地翻阅着手稿。

"哦，顺便提一声，"斯捷潘·阿尔卡季奇说，"我想恳求你有机会见着波莫尔斯基的时候，替我美言几句，说我非常想获得南方铁路银行信贷联合办事处委员会委员的空缺。"

斯捷潘·阿尔卡季奇对他所垂涎的职位的官衔已经那么熟悉，因而毫无错误地冲口就说出来。

阿列克谢·亚历山德罗维奇向他打听了一下这新委员会的职务，就沉思起来。他在考虑这委员会的业务和他自己的计划有无抵触的地方。但是因为这新机构的任务非常繁杂，而他的计划所涉及的范围也很广泛，因此一时间难以判断，于是摘下夹鼻眼镜说：

"自然，我可以跟他提一下；不过，你为什么偏偏想要这个位置呢？"

"薪俸优厚，将近九千卢布，而我的收入……"

"九千！"阿列克谢·亚历山德罗维奇重复说，皱起眉头。这笔数目很大的薪俸使他想起了斯捷潘·阿尔卡季奇所渴慕的官职在这方面是和他那一向倾向于精简节约的宗旨是背道而驰的。

"我认为，关于这点我曾写过一篇论文，如今付出的大量薪俸就是我们政府财政政策①不健全的症状。"

"是的,但是你想怎么办呢?"斯捷潘·阿尔卡季奇说,"哦,假定银行董事年俸一万,你要知道,他是当之无愧的。或者工程师年俸两万。无论如何,这是有发展前途的事业。"

"我认为薪俸是商品的报酬,应该受供求法则的支配。如果定薪水的时候忽略了这个法则,譬如说,当我看到两个由同一个学院里毕业的工程师,学识和能力不相上下,但是一个年俸四万,而另一个薪俸两千就心满意足;或者看见没有专长的律师和骠骑兵被任命为银行董事,获得了巨额薪俸,我就断定这种薪俸不是根据供求法则而订,是凭着私人交情而来的。这事情本身就是非常严重的徇私舞弊行为,会给政府事业招致不良的影响。我认为……"

斯捷潘·阿尔卡季奇连忙打断他妹夫的话。

"是的,但是你一定得承认,创办的是一种毫无问题很有用的新式机构。无论如何,这是有发展前途的事业!要紧的是这项工作要正直地加以经营。"斯捷潘·阿尔卡季奇强调说。

但是正直这个字眼在莫斯科流行的意义阿列克谢·亚历山德罗维奇是不了解的。

"正直不过是一个消极的条件罢了。"他说。

"不过你还是帮我一个大忙吧,"斯捷潘·阿尔卡季奇说,"你在谈话之中,在波莫尔斯基面前为我美言几句……"

"不过我想,事情主要取决于博尔加里诺夫哩。"阿列克谢·亚历山德罗维奇说。

"在博尔加里诺夫个人方面而言,他完全同意。"斯捷潘·阿尔卡季奇脸红了说。

---

① 原文为法语。

一提博尔加里诺夫，斯捷潘·阿尔卡季奇就脸红了，因为他那天早晨曾拜见过那个犹太人博尔加里诺夫，而这次拜访在他心里留下了不愉快的印象。斯捷潘·阿尔卡季奇深信他所垂涎的职位是新的、有发展前途的，而且是正直的；但是那天早晨博尔加里诺夫，分明是故意让他和别的申请人们在接待室里等了两个钟头，他突然觉得非常难堪。

他觉得难堪，是因为他，奥布隆斯基公爵，一个留里克王朝的后裔，居然会在一个犹太人的接待室里等了两个钟头，是不是因为他这一生破天荒头一次违反了他祖先所树立的只为政府效劳的先例，去另谋生路呢，总而言之，他觉得非常难堪。在博尔加里诺夫家的接待室里的两个钟头内，斯捷潘·阿尔卡季奇满不在乎地踱来踱去，抚摸着胡髭，同别的申请人们攀谈，想出了一个笑话，说他如何在犹太人家里引颈等待，小心地隐藏自己体会到的心情，甚至都不让自己知道。

但是他一直觉得难堪和烦恼，自己也不知是什么缘故。是由于他这句双关语"我和犹太人打交道，翘首等待好烦恼"怎么也押不好韵呢，还是由于别的事？当博尔加里诺夫终于非常客气地接见了他，因为他的屈辱显然很得意，而且几乎拒绝了他的请求的时候，斯捷潘·阿尔卡季奇急于想尽快地忘记这事。可是现在，一回想起来，他又脸红了。

18

"喂，还有一件事，你知道是什么。是关于安娜的事。"停了一下，抖掉了那种不愉快的印象后，斯捷潘·阿尔卡季奇说。

斯捷潘·阿尔卡季奇刚一提安娜的名字，阿列克谢·亚历山德罗维奇的脸色就完全变了：脸上以前的那种生气消失了，露出来厌倦和死气沉沉的表情。

"你到底要我做什么？"他说，在安乐椅里扭过身来，咔嚓一声折叠起他的夹鼻眼镜。

"一个决定，不论什么决定，阿列克谢·亚历山德罗维奇！我现在对你谈话，并不是……"斯捷潘·阿尔卡季奇刚要说"并不是把你当作受了伤害的丈夫"，但是唯恐因此破坏了这件事，于是就改变了说法，"并不是把你当做政治家（这话也不妥当），只是把你当做一个人，一个心地善良的人，一个基督徒！你应该可怜她。"

"你到底是什么意思呢？"卡列宁低声问。

"是的，可怜她！若是你像我一样见过她——我和她整整过了一冬天——你就会可怜她了。她的处境真可怕！简直可怕极了！"

"据我看，"阿列克谢·亚历山德罗维奇用一种更尖细的、几乎是尖叫声反驳说，"安娜·阿尔卡季耶夫娜万事都如愿以偿了哩。"

"噢，阿列克谢·亚历山德罗维奇！看在老天面上，我们既往不咎吧！过去的就算过去了！你知道她要求什么，她等待着什么：离婚。"

"但是我以为，如果我以留下我的儿子作条件，安娜·阿尔卡季耶夫娜就会拒绝离婚的。我是本着这种看法答复的，而且以为事情已经了结。我认为已经了结了。"阿列克谢·亚历山德罗维奇尖声叫着说。

"看在上帝面上，请你千万不要激动，"斯捷潘·阿尔卡季奇说，拍拍他妹夫的膝盖，"事情还没有了结。如果你容许我再扼要地说一遍，事情是这样的：你们分离的时候，你是伟大的，真是要多宽宏大量就有多宽宏大量；你同意了给予她一切：给她自由，甚至离婚。这个她非常感激！你可不要有另外想法！她真是感激！她感激到这种程度，以致最初的时候，她觉得对不起你，她什么都不考虑，她什么都不能考虑。她放弃了一切。但是事实和时间证明了她的处境是痛苦的，不能忍受的。"

"我对安娜·阿尔卡季耶夫娜的生活丝毫不感兴趣。"阿列克谢·亚历山德罗维奇插嘴说，扬起双眉。

"我可不相信这一点，"斯捷潘·阿尔卡季奇温和地回答，"她的处境对于她是痛苦的，而且对于任何人都没有好处。'她自作自受，罪有应得！'你也许会这么说。她知道这一点，因而什么都不向你要求；她坦白地说过她什么都不敢向你要求哩。但是我，我们所有的亲戚，那些爱她的人，恳求你，哀告你！她为什么要受这样的折磨呢？谁会从中得到好处呢？"

"对不起！你好像把我放到被告的地位了。"阿列克谢·亚历山德罗维奇抗议说。

"噢，不，不！一点也不是的！请你了解我！"斯捷潘·阿尔卡季奇说，又触了一下卡列宁的手，似乎他很相信这种接触会使他的妹夫软化下来，"我要说的只是：她的处境很痛苦，而你可以减轻她的痛苦，这对你毫无损失。我来为你安排一切，那么就不会麻烦你了。你看，你本来答应过的。"

"以前答应过，我以为，关于我儿子的问题，已经了结了……况且，我希望安娜·阿尔卡季耶夫娜会豁达得足以……"阿列克谢·亚历山德罗维奇费了很大的劲才说出来，他的嘴唇战栗，脸色发青。

"她完全听凭你的宽宏大量！她恳求，她只求你一件事：帮助她摆脱她所处的难以忍受的境遇。她不再要她的儿子了。阿列克谢·亚历山德罗维奇，你是一个好人。替她设身处地想一想吧。以她的处境，离婚对于她是生死攸关的问题。如果你以前没有答应过，她也就听天由命,继续住在乡间。但是因为你答应过,所以她给你写信,搬到莫斯科去。在莫斯科她一遇见什么人心里就痛得像刀割一样,她住了有半年的光景,天天盼望着你的决定。唉呀,这就像把一个判了死刑的人脖颈上套着绞索扣押好几个月,好像要处死刑,又好像要释放!可怜可怜她吧,我来负责安排……你的顾虑①……"

"我不是谈这个,这个……"阿列克谢·亚历山德罗维奇用厌恶的声调打断他的话,"但是,也许我答应过我没有权利答应的事。"

"那么你答应了又翻悔了?"

"凡是能办到的事我从来也不翻悔,但是我需要时间来考虑我答应过的事究竟可能到什么程度。"

"不,阿列克谢·亚历山德罗维奇!"奥布隆斯基跳起来说,"我不相信这个!她的不幸在女人当中是无以复加的了,你不能拒绝这样一个……"

"只要我所答应的是可能的话。你是以自由思想者著称的。②但是我,作为一个教徒,在这样重大的事情上不能违反基督教的教规行事。"

"但是在基督教教会里,在我们中间,就我所知道的,都准许离婚。"斯捷潘·阿尔卡季奇说,"连我们的教堂也准许离婚。我们来看……"

"是准离婚,不过不是在这种意义上。"

"阿列克谢·亚历山德罗维奇,我简直不认识你了!"奥布隆斯基停顿了一下说,"难道不是你(我们不是佩服得很吗?)饶恕了一切,完全按照基督教的精神行事,准备牺牲一切吗?你亲口说过:'有人拿了你的内衣,那么把外衣也给他',可是现在……"

①② 原文为法语。

"我求你,"阿列克谢·亚历山德罗维奇用一种尖锐刺耳的声音说,猛然站起身来,面色如土,下巴战栗,"我求你别说了,别说这话了!"

"噢,不!好吧,请你原谅!如果我伤了你的心,请你原谅吧,"斯捷潘·阿尔卡季奇说,流露出不好意思的微笑,伸出手来,"我不过作为传话人传一个口信罢了。"

阿列克谢·亚历山德罗维奇伸出手来,沉思了一下,然后说:

"我得好好想想,向人请教一番。后天我给你最后的答复。"他考虑了片刻以后说。

19

斯捷潘·阿尔卡季奇刚要走的时候,科尔涅伊就进来通报说:

"谢尔盖·阿列克谢伊奇到!"

"谢尔盖·阿列克谢伊奇是谁?"斯捷潘·阿尔卡季奇刚要开口问,但是立刻就想起来了。

"噢,谢廖沙!"他说,"谢尔盖·阿列克谢伊奇!唉呀,我还以为是一位部长哩!安娜也要我看看他的。"他想起来。

他想起临别的时候安娜脸上带着一副羞怯而凄恻的神情对他说:"无论如何,你也要看看他。仔细探听清楚:他在哪里,谁在照顾他。还有,斯季瓦……如果可能的话!难道不可能吗?"斯捷潘·阿尔卡季奇明白她说"如果可能的话"是什么意思,那就是说,如果可能办理离婚,使她得到她儿子的话……但是现在斯捷潘·阿尔卡季奇看出来这事连想也休想,不过,他还是高兴看见他的外甥。

阿列克谢·亚历山德罗维奇提醒他的内兄说,他们从来不跟这孩子提他母亲,而且请求他一个字也不要提到她。

"他在同他母亲那场意外的会面以后，大病了一场，"阿列克谢·亚历山德罗维奇说，"我们甚至怕他会送了命。但是合理的治疗和夏季的海水浴使他恢复了健康，现在，按照医生的意见，我把他送到学校去了。同学们的影响实在对他起了很好的作用，他十分健康，而且学习得很好。"

"唉唷，多么好的小伙子啊！他的确不是谢廖沙，而是羽毛齐全的谢尔盖·阿列克谢伊奇了！"斯捷潘·阿尔卡季奇说，一边微笑，一边注视着穿着蓝外衣和长裤，灵活而潇洒地走进来的肩宽体阔的漂亮小伙子。这个少年看上去又健康又快活。他像对陌生人一样对他舅舅鞠躬，但是一认出他来，脸就涨得绯红，连忙转身走到一边去，好像有什么触犯了他，把他惹恼了一样。这少年走到他父亲跟前，把学校的成绩单交给他。

"哦，相当不错哩，"他父亲说，"你可以走了。"

"他长得又高又瘦了，再也不是小孩，却变成一个真正的小伙子了；我真喜欢。"斯捷潘·阿尔卡季奇说，"你还记得我吗？"

那男孩飞快的回头望了他父亲一眼。

"记得，*舅舅*①。"他回答，望望舅舅，又垂下眼皮。

他舅舅把他叫过去，拉住他的手。

"喂，你怎么样？"他说，想要和他谈谈话，但是又不知道说什么才好。

这男孩满脸通红，默不作声，小心的由他舅舅的手里抽出手来。斯捷潘·阿尔卡季奇一放开他的手，他询问似的瞥了他父亲一眼，就像一只逃出牢笼的小鸟一样，迈着迅速的步子走出屋去了。

自从谢廖沙上次看见他母亲以后，已经过了一年的光景了。从

---

① 原文为法语。

此以后他再也没有听见过她的消息。在这一年里，他被送进学校，渐渐熟识了同学们，而且喜爱上他们。对他母亲的梦想和记忆，在他们会见以后，曾使他病了一场，现在已不再萦绕在他的心头了。当这些事情又涌上他的记忆里的时候，他就尽力驱散，认为这是可耻的，只有女孩子才会多愁善感，对于男孩子或者学生可就有失体统了。他知道他父母因为口角已经分居了，而且知道他注定要留在他父亲这方，于是他竭力使自己习惯于这种思想。

他遇见和他母亲非常相像的舅舅觉得很不愉快，因为这场会见唤起他认为是可耻的回忆。更使他不愉快的是，由于他在书房门外等待的时候无意中听到的谈话，特别是由他父亲和舅舅的脸色上，他猜出他们一定谈论过他母亲。为了不责备跟他一起生活、他所依赖的父亲，尤其是不屈服于他认为有伤体面的感情之下，谢廖沙竭力不望着那位来扰乱他宁静心情的舅舅，而且竭力不去想因为看见他而回想起的事情。

但是当跟着他走出来的斯捷潘·阿尔卡季奇看见他在楼梯上，于是就招呼他，问他在学校里课余时间怎么消磨的时候，谢廖沙不在父亲面前，倒和他畅谈起来。

"我们现在玩铁路的游戏，"他回答他的问题说，"你看，像这样：两个人坐在一条长凳上，他们是乘客。还有一个人站在这条凳子上。别的人都来拉，可以用手，也可以用皮带，然后就满屋子乱穿。房门事先都打开了。不过做乘务员可非常不容易哩！"

"就是站着的那个人吗？"斯捷潘·阿尔卡季奇微笑着问。

"是的。这得有胆量，而且得灵活，特别是在他们猛然停下来，或是有人摔倒的时候。"

"是的，这可不是闹着玩的。"斯捷潘·阿尔卡季奇说，忧郁地凝视着那双和他母亲的眼睛那么相像的灵活的眼睛——已经不是婴儿的眼睛，完全不是天真的了。虽然他答应过阿列克谢·亚历山德罗维奇不提安娜，但是他忍不住又提起她来。

"你记得你母亲吗？"他突如其来地问。

"不，我不记得！"谢廖沙赶紧回答，他的脸涨得通红，垂下头来。他的舅舅从他口中再也得不出别的话来了。

过了半点钟，那个斯拉夫家庭教师发现他的学生站在楼梯上，他好久也弄不清楚他是在发脾气呢，还是在哭泣。

"怎么了，你大概是摔跤的时候受了伤吧？"家庭教师说，"我跟你说过那是危险的游戏。我一定要跟你们校长去说。"

"如果我受了伤，谁也不会发现的，这是千真万确的。"

"那么，到底是怎么回事？"

"别管我！我记不记得……跟他有什么相干呢？我为什么要记得？别管我！"他说，这一次已经不是对他的家庭教师，而是对全世界说的了。

20

斯捷潘·阿尔卡季奇，像以往一样，在彼得堡也没有虚度光阴。在彼得堡，除了正事——他妹妹的离婚问题和他的职位——如他所说的，过了一阵莫斯科那种发霉的生活以后，像往常一样，他需要振作一下精神。

莫斯科，虽然有音乐杂耍咖啡馆[①]和公共马车，仍然是一池死水。斯捷潘·阿尔卡季奇总这么觉得。在莫斯科住了一些时候，特别是和他的家庭团聚了一阵以后，他就觉得萎靡不振。在莫斯科一

[①] 原文为法语。

连住了好久以后，他就会落到这样的地步，以致他妻子的坏脾气和责难，孩子们的健康和教育，以及他工作上的琐事，都开始使他心烦意乱；连他负债的事都使他烦恼。但是他只要一到他经常出入的彼得堡社交界里，到人人都生活着，都过着真正的生活，而不是过着莫斯科那种死板生活的地方住一阵，他所有的忧愁就都烟消云散，像火前的蜡烛一样熔化了。

他的妻子？……那一天他还跟切琴斯基公爵谈过。切琴斯基公爵已经有了妻子、家庭，成年的儿子们有的已经做了御前侍卫；还有一个不合法的外室，也养了一群孩子。虽然第一个家庭很不错，可是切琴斯基却觉得第二个家庭更使他愉快。他把长子带到外室那里，并且对斯捷潘·阿尔卡季奇说，他认为这样会使他的儿子增长见识，对他有益处。要是在莫斯科人家会怎样看法呢？

孩子们呢？在彼得堡，孩子们并不妨碍父亲们的生活。孩子们在学校里受教育，丝毫也没有在莫斯科那么流行的怪异观点——利沃夫家就是一个适当的实例——认为孩子们应该过着穷奢极侈的生活，而做父母的除了操劳和忧虑一无所有。而在这里，大家却懂得人应该像一个有教养的人一样为自己过活。

公务呢？公务在这里也不像莫斯科那样，并不是一桩费劲而没有前途的苦差事；在这里人们对公务很感兴趣。碰对了人，为人效效劳，几句适当的言语，有一套玩手腕的本事，转瞬之间就会使人飞黄腾达，就像布良采夫一样，他就是斯捷潘·阿尔卡季奇昨天遇见的人，现在他已经是达官显贵了。像这样的差事是有意思的。

特别是彼得堡对金钱的看法对于斯捷潘·阿尔卡季奇具有一种宽慰的作用。巴尔特尼扬斯基，按照他的*生活方式*[①]，每年至少要

[①] 原文为法语。

挥霍五万卢布,昨天曾就这点对他发了一番妙论。

午饭前闲谈的时候,斯捷潘·阿尔卡季奇对巴尔特尼扬斯基说:

"我想,你和莫尔德温斯基很有交情吧?如果你为我美言一句,你就帮了我的大忙了。有一个官职我很想弄到手……就是南方铁路银行……"

"别提官衔,我反正也记不住!……不过你何苦要跟这些铁路公司,跟那些犹太人打交道呢?……不论怎么看,都是龌龊的!"

斯捷潘·阿尔卡季奇没有对他说这是"有发展前途"的事业,巴尔特尼扬斯基不会了解这个的。

"我需要钱,无法生活。"

"但是你不是活着吗?"

"是的,但是负债累累。"

"真的?很多吗?"巴尔特尼扬斯基同情地说。

"很多,大约有两万卢布的光景。"

巴尔特尼扬斯基愉快地大笑起来。

"噢,你真是个幸运的人儿!"他说,"我的债务有一百五十万,而我一无所有,可是你看,我照样还可以活下去。"

斯捷潘·阿尔卡季奇知道这是实在的,不仅由于风闻,而且是由于事实。日瓦霍夫的债务有三十万卢布,一文莫名,可是他还活着,而且过着多么排场的生活啊!克里夫措夫伯爵,大家早就认为他已经到了穷途末路,但是还养着两个情妇。彼得罗夫斯基挥霍了五百万的家业,依旧过着挥金如土的生活,他甚至还是财政部的负责人,每年有两万卢布的薪俸。但是,除此以外,彼得堡使得斯捷潘·阿尔卡季奇生理上发生一种快感。它使他年轻多了。在莫斯科他有时在鬓上发现白发,午饭后就想睡,伸懒腰,上楼走慢步,上气不接下气,和年轻的妇女们在一起觉得枯燥乏味,舞会上不跳舞。但是在彼得堡他总觉得年轻了十岁。

他在彼得堡所体会到的正和刚从国外归来的、六十岁的彼得·奥布隆斯基公爵昨天描绘的一样。

"我们这里不懂得怎样生活,"彼得·奥布隆斯基说,"你相信吗?我在巴登避暑,我真觉得自己完全像年轻人。我一看见美貌的少女,就想入非非……吃点喝点,觉得身强力壮,精神勃勃。我回到俄国——就得跟我妻子在一起,况且又得住在乡下——喂,说起来你不相信,不出两个星期,我吃饭的时候就穿起睡衣,根本不换礼服了。哪里还有心思想年轻女人呀!我完全变成老头子了。只想怎样拯救灵魂了。我到巴黎去一趟,又复原了。"

斯捷潘·阿尔卡季奇所体会到的差异和彼得·奥布隆斯基感到的完全一样。在莫斯科他颓废到那种地步,长此下去,他也就临到考虑拯救灵魂的阶段了;可是在彼得堡他就觉得自己又是非常潇洒的人物了。

在贝特西·特维尔斯基公爵夫人和斯捷潘·阿尔卡季奇之间老早就存在着一种很奇怪的关系。斯捷潘·阿尔卡季奇总是开玩笑地调戏她,总开玩笑地跟她说一些极不成体统的话,知道她最喜欢听这些话。和卡列宁谈过话的第二天,斯捷潘·阿尔卡季奇就去探望她,他觉得自己是那么年轻,以致在这种调笑和胡闹中他放纵到不可收拾的地步,结果竟不知怎样脱身才好,因为不幸的是她不但不中他的心意,实际上反倒使他厌恶。他们相互间谈话的这种语调不容易改变过来,是因为他非常逗她喜爱。因此当米亚赫基公爵夫人突然出现,打断了他们的促膝谈心,他非常高兴。

"噢,原来您在这里!"她一看见他就说,"哦,您可怜的妹妹怎么样?别用这种眼光看我,"她补充说,"自从所有的人,那些比她坏千百倍的人都攻击她的时候,我就认为她做得漂亮极了。我不能原谅弗龙斯基,因为她在彼得堡的时候他没有通知我一声。不然我会去看看她,陪着她到处走走。请代我问候她。喂,讲讲她的情况吧。"

"是的,她的处境很苦,她……"斯捷潘·阿尔卡季奇说,当她说"讲讲您妹妹的情况吧"的时候,他心地单纯得居然把米亚赫基公爵夫人的话当成真心话了。但是米亚赫基公爵夫人立刻打断了他的话,像她一向的习惯一样,自己开始滔滔不绝地讲起来。

"她所做的是所有的人,除了我之外,都偷偷摸摸做的,而她却不愿意欺骗,她做得漂亮极了。她做得最好的,就是遗弃了您那位愚蠢的妹夫。请您原谅。大家都说:他这么聪明,那么聪明。只有我说他是糊涂的。现在他跟利季娅·伊万诺夫娜和朗德打得火热,以致人人都说他是傻瓜了;我倒情愿和大家意见不一致,但是这一次也不得不同意了。"

"请您解释一下这是什么意思,"斯捷潘·阿尔卡季奇说,"昨天我为了我妹妹的事去拜望他,跟他要一个明确的答复。但是他没有答复,却说得考虑考虑,而今天早晨我没有接到回信,反倒收到一份邀我去利季娅·伊万诺夫伯爵夫人家的请柬。"

"噢,对了,对了!"米亚赫基公爵夫人眉开眼笑地开口说,"他们要向朗德请教一番,看看他以为如何。"

"向朗德请教?为什么?朗德是谁?"

"怎么?您不知道儒勒·朗德,那个大名鼎鼎的儒勒·朗德,未卜先知的人。[①]他也是个蠢货,但是您妹妹的命运完全依他而定。这就是住在外省的结果,您什么都不知道哩。朗德,您看,是巴黎的一个店员[②],有一次去找医生治病。他在医生的候诊室里睡着了,

---

[①②] 原文为法语。

在梦中他就给所有的病人诊断病情。而那些诊断都是奇怪得不得了的。后来，尤里·梅列金斯基——您认识这个病人吗——他的妻子耳闻这位朗德的大名，就请他为她的丈夫治病。于是他就替她丈夫治疗。按我看，丝毫没有效果，因为他还像从前那么虚弱，但是他们相信他，把他带在身边。而且还把他带到俄国来了。在这里大家都蜂拥到他那里去，他开始为所有的人治病了。他治好了别祖博夫伯爵夫人，她对他宠爱到那种地步，居然把他收为义子了哩。"

"收为义子了？"

"是啊，收为义子了。他现在再也不是什么朗德，而是别祖博夫伯爵了。不过，问题不在这里；但是利季娅——我倒很喜欢她，但是她的头脑有些毛病——不用说，扑到这个朗德那里去了，现在少了他，无论她，无论阿列克谢·亚历山德罗维奇，就什么都解决不了啦，因此您妹妹的命运现在完全掌握在这个朗德，现在的别祖博夫伯爵的手心里。"

21

在巴尔特尼扬斯基家酒醉饭饱以后，斯捷潘·阿尔卡季奇，只比约好的时间迟了一点，走进了利季娅·伊万诺夫伯爵夫人家里。

"还有谁在伯爵夫人那里？一个法国人吗？"斯捷潘·阿尔卡季奇问门房，看到大厅衣架上挂着阿列克谢·亚历山德罗维奇很眼熟的大衣和一件样式奇怪、日常穿的缀着纽扣的大衣。

"阿列克谢·亚历山德罗维奇·卡列宁和别祖博夫伯爵。"门房威严地回答。

"米亚赫基公爵夫人猜对了，"斯捷潘·阿尔卡季奇一边上楼一边想，"怪事！不过，和她攀攀交情也好。她有很大的势力。如果她在波莫尔斯基面前美言几句,这差事就十拿九稳了。"

外面还是大白天,但是利季娅·伊万诺夫伯爵夫人的小客厅里已经放下窗幔,点上灯了。

在一盏挂灯下面的圆桌旁坐着伯爵夫人和阿列克谢·亚历山德罗维奇,正在低声交谈。一个矮小瘦削的男人,臀部像女人一样,罗圈腿,面色苍白,很漂亮,长着优美而明亮的眼睛和一直垂到大礼服领边的长发,站在屋子那一头,望着墙壁上的画像。同女主人和阿列克谢·亚历山德罗维奇寒暄过以后,斯捷潘·阿尔卡季奇不由得又瞥了这位陌生人一眼。

"朗德先生。"[①]伯爵夫人带着使奥布隆斯基惊异的温柔而谨慎的口吻对他说。她给他们介绍了一下。

朗德匆匆回头一望,微笑着走过来,把湿润的、动也不动的手放在斯捷潘·阿尔卡季奇伸出来的手里,立刻又走回去,继续看那些画像去了。伯爵夫人和阿列克谢·亚历山德罗维奇意味深长地交换了一下眼色。

"看见您非常高兴,特别是今天。"利季娅·伊万诺夫伯爵夫人说,指着卡列宁旁边的椅子请斯捷潘·阿尔卡季奇就座。

"我把他介绍给您,称呼他朗德,"她低声说,望望那个法国人,立刻又望望阿列克谢·亚历山德罗维奇,"不过实际上他是别祖博夫伯爵,您大概知道。不过他不喜欢那个头衔。"

"是的,我听说了,"斯捷潘·阿尔卡季奇说,"据说他把别祖博夫伯爵夫人完全治好了。"

"她今天拜访过我,她是那样伤感,"伯爵夫人转身向阿列克谢·亚历山德罗维奇说,"这场分离对于她可怕极了。对于她是那么

[①] 原文为法语。

大的打击!"

"他一定要走吗?"阿列克谢·亚历山德罗维奇追问。

"是的,他要到巴黎去。他昨天听到一种呼唤。"利季娅·伊万诺夫伯爵夫人说,望着斯捷潘·阿尔卡季奇。

"啊,一种呼唤!"奥布隆斯基重复说,觉得他在这一帮人中间一定得尽可能地小心谨慎,这里面发生了什么,或者要发生什么离奇的事,他还摸不着头绪。

沉默了片刻以后,利季娅·伊万诺夫伯爵夫人,仿佛谈到正题似的,带着精明的微笑对奥布隆斯基说:

"我老早就认识您,而且非常高兴更进一步认识您。我们朋友的朋友也是我们的朋友。①但是作为一个朋友,就应该体谅朋友的心情,而对阿列克谢·亚历山德罗维奇的态度来说,恐怕您没有这么办吧。您明白我说的是什么吧?"她说,抬起她的沉思梦想的美丽的眼睛。

"明白一点,伯爵夫人,我了解阿列克谢·亚历山德罗维奇的处境……"奥布隆斯基说,不大明白到底是怎么回事,因此只好说些笼统的话。

"这变化不在他的外表上,"利季娅·伊万诺夫伯爵夫人严厉地说,一边用脉脉含情的眼光跟踪着正起身走到朗德跟前去的阿列克谢·亚历山德罗维奇,"他的心变了,他获得了一颗新的心,恐怕您还不十分理解他内心所起的变化。"

"哦,大体上说,我想象得出这种变化。我们一向非常要好,就是现在……"斯捷潘·阿尔卡季奇说,用亲切的目光来回答伯爵夫人的眼色,一边考虑着两个部长中她和哪一位更亲近,好判断一下

---

① 原文为法语。

请她去跟哪一位为他运动差事。

"他心里所起的变化并不能削弱他对左邻右舍的爱；恰恰相反，他内心所起的变化更加强了他的爱。不过恐怕您不了解我。您不喝点茶吗？"她说，以目示意端着托盘递茶的仆人。

"不大了解，伯爵夫人。当然他的不幸……"

"是的，不幸变成了无上的幸福，一旦他的心变成了新的，心中充满了他。"她说，用多情的眼光望着斯捷潘·阿尔卡季奇。

"我想，可以请她跟两个人都疏通一下。"他想着。

"噢，当然啰，伯爵夫人！"他说，"不过我认为这种变化是那样隐秘，以致没有一个人，甚至最知己的朋友，都不愿意说哩。"

"恰恰相反！我们应该说出来，好互相帮助。"

"是的，当然啰，不过人的信仰大不相同，况且……"斯捷潘·阿尔卡季奇带着温柔的微笑说。

"凡是同神圣的真理有关的是不能有所不同的！"

"哦，不，当然不啰！不过……"斯捷潘·阿尔卡季奇变得窘惑不安，突然默不作声了。他终于明白了他们谈的是宗教问题。

"我觉得他马上就要睡着了。"阿列克谢·亚历山德罗维奇走到利季娅·伊万诺夫娜跟前用一种含意深长的耳语说。

斯捷潘·阿尔卡季奇回头一望。朗德坐在百叶窗前，靠着安乐椅的椅背，扶着椅子的扶手，垂着头。注意到所有人的眼光都集中到他身上，他抬起头来，流露出孩子般的天真的微笑。

"不要注意他。"利季娅·伊万诺夫娜说，动作轻盈地为阿列克谢·亚历山德罗维奇推过一把椅子来。"我注意到了……"她开口说，正在这时一个仆人拿着一封信走进来。利季娅·伊万诺夫娜匆匆看了那封信，道了一声歉，就用极其敏捷的手法写了封回信，递给那仆人，又回到桌子旁边。"我注意到，"她又拾起被打断了的话题，"莫斯科人，特别是男人们，对于宗教最漠不关心了。"

"噢，不是的，伯爵夫人！我认为莫斯科人是以最坚定的信徒闻名哩。"斯捷潘·阿尔卡季奇反驳。

"但是，就我所知，可惜您就是一个漠不关心的人哩。"阿列克谢·亚历山德罗维奇带着疲倦的微笑对他说。

"一个人怎么能够漠不关心呢？"利季娅·伊万诺夫娜说。

"在这一点我倒不一定是不关心，而是有点观望，"斯捷潘·阿尔卡季奇带着他最抚慰人心的微笑说，"我认为还没有临到我考虑这些问题的时候。"

阿列克谢·亚历山德罗维奇和利季娅·伊万诺夫娜交换了一下眼色。

"我们永远也不知道临到我们了没有，"阿列克谢·亚历山德罗维奇严峻地说，"我们不应该考虑我们有没有准备；恩惠并不受人类的如意算盘的支配；有时候它并不降临在寻求者的身上，却降临在毫无准备的人身上，像降临在扫罗身上一样①。"

"不，我想，还没有到时候哩。"注视着法国人的一举一动的利季娅·伊万诺夫娜说。

朗德站起身来，走到他们跟前。

"我可以听听吗？"

"噢，是的，我不愿意打扰您哩，"利季娅·伊万诺夫娜说，亲切地凝视着他，"在我们这里坐坐吧。"

"可是决不能闭上眼睛，以致看不见灵光。"阿列克谢·亚历山德罗维奇接着说下去。

"噢，但愿您能体会到我们所体验到的幸福，感觉到万世永存的

---

① 见《圣经·旧约·撒母耳记上》第九至十章。

他存在于我们的心灵中就好了!"利季娅·伊万诺夫娜伯爵夫人满脸带着幸福的微笑说。

"但是有时候人会觉得不可能升到那样崇高的境地。"斯捷潘·阿尔卡季奇说,意识到承认宗教的崇高境界是违心之论,但是又不敢当着那位只要对波莫尔斯基说一句话就能使他获得他所垂涎的职位的人之面发表自己的自由思想。

"您是要说,罪恶妨碍了他吗?"利季娅·伊万诺夫娜说,"但这是错误的观点。对于信徒说罪恶并不存在,罪恶已经赎免了。对不起![①]"她补充说,望着那个又拿进来一封信的仆役。她阅读了,口头上答复了一下:"你就说明天在大公夫人那里……对于信徒说来罪恶并不存在的。"她接着说下去。

"是的,但是脱离实际行动的信仰是死的。"斯捷潘·阿尔卡季奇说,回忆起教义问答上的条文,仅仅用微笑来维持他的独立不羁。

"你看,这是《雅各书》里的话,"阿列克谢·亚历山德罗维奇用有点谴责的口吻对利季娅·伊万诺夫娜说,这个问题显然他们已经讨论过不止一次了,"曲解这一节真是为害不浅!再也没有比这种误解更阻挠人的信仰的了。'我没有实际行动,因此我不能信教。'可是哪里也没有这么说过。说的恰好相反。"

"用实际行动为上帝工作,用斋戒拯救灵魂,"利季娅·伊万诺夫娜带着厌恶的藐视神情说,"这是我们修道士们野蛮的见解……可是哪里都没有这么说过。那可容易简单多了。"她补充说,带着她在宫廷里用来鼓舞被新环境弄得张皇失措的年轻宫女时的鼓励的微笑凝视着奥布隆斯基。

"我们靠着为我们受苦受难的基督得到拯救。我们靠着信仰获得

[①] 原文为法语。

拯救。"阿列克谢·亚历山德罗维奇表示同意说,眼光中流露出赞赏她的言论的神情。

"您懂英语吗?[①]"利季娅·伊万诺夫娜问,得到肯定的答复以后她就立起身来,开始在书架上的书中间搜索着。

"我要朗读一下《得救与幸福》[②],或者《在护翼下》[③]。"她说,探问地瞟了卡列宁一眼。找到那本书以后,她又坐下,打开那本书。"很短。是描写获得信仰的途径,和那种超脱尘世一切、充满了人的心灵的幸福。信徒不可能是不幸的,因为他不是孤独的,但是你看……"她刚要读,那个仆役又进来了。"博罗金夫人吗?你说,明天两点钟……是的,"她接着说下去,用手指在书上指点着地方,于是叹了口气,用她那双沉思的美丽的眼睛紧盯着前方,"这就是虔诚信仰所发生的作用。您认识玛丽亚·萨宁吗?您听说过她的不幸吗?她失掉了独生子。她处在绝望的境地中。哦,可是结果怎样呢?她找到了这位朋友,而现在她为了孩子的夭折而感谢上帝了。这就是信仰所赐予的幸福!"

"哦,是的,这是很……"斯捷潘·阿尔卡季奇说,高兴她要朗诵了,使他可以有时间定一定神。"不,显然今晚还是不开口要求的好,"他想,"但愿我不要把事情弄糟,能逃出这里就好了!"

"您会觉得枯燥乏味的,"利季娅·伊万诺夫伯爵夫人对朗德说,"因为您不懂英文,好在很短。"

"哦,我会懂的。"朗德带着同样的微笑回答,闭上眼睛。

阿列克谢·亚历山德罗维奇和利季娅·伊万诺夫娜意味深长地相视一望,于是阅读开始了。

[①] 原文为法语。
[②][③] 原文为英语。上述二书是根据"新神秘派"的精神写的英语小册子。

22

斯捷潘·阿尔卡季奇觉得自己完全被他听到的新奇古怪的言论弄得莫名其妙了。一般而言，彼得堡生活的千变万化对于他具有一种刺激作用，把他从莫斯科的死气沉沉中拯救出来。但是他只喜欢和了解那些在他所亲近和熟悉的圈子内发生的复杂情况；而在这个生疏的环境中他就觉得眼花缭乱，茫然若失了。听着利季娅·伊万诺夫伯爵夫人的朗读，感到朗德那双不知是天真还是狡猾的美丽的眼睛紧盯在他身上，斯捷潘·阿尔卡季奇开始觉得脑子里特别沉重。

形形色色的思想在他的脑海里混作一团。"玛丽亚·萨宁高兴她的孩子死了……现在抽支烟有多妙啊……只要有信仰就可以获得拯救，修道士们不知道怎么办，利季娅·伊万诺夫伯爵夫人反倒知道哩……我的头为什么这么昏昏沉沉？是酒性发作，还是因为这一切是那么离奇？反正，我觉得直到目前为止我并没有做出任何有失体统的事。不过，现在请她帮忙还是不行。听说他们强迫人祈祷。但愿他们不强迫我就好了！那可太无聊了。她在读些什么胡言乱语啊，不过她的声调倒很好听……朗德·别祖博夫……他为什么是别祖博夫呢？"突然间斯捷潘·阿尔卡季奇感觉着他的下巴抑制不住地想打呵欠。他摸摸胡髭，好把这个呵欠遮掩过去，而且摇了摇身子。但是后来他觉得自己就要睡着了，而且几乎要发出鼾声。正好在利季娅·伊万诺夫伯爵夫人说："他睡着了。"这句话的时候，他猛然惊醒了。

斯捷潘·阿尔卡季奇吓得惊醒过来，感觉自己做错了事，被发觉了一样。但是他看出来"他睡着了"这句话是指朗德，而不是指他说的，立刻又放心了。那个法国人也像斯捷潘·阿尔卡季奇一样沉入睡乡了。但是斯捷潘·阿尔卡季奇的瞌睡，按他的想法，会得罪他们（其实他连这一点也不敢说一定，因为一切都是那样的古怪离奇），而朗德的睡眠却使他们欢喜得不得了，特别是利季娅·伊万诺夫伯爵夫人。

"我的朋友，①"她说，小心翼翼地提着她满是褶襞的绸衫，免得发出声，在兴奋中得意忘形地没有称呼卡列宁为"阿列克谢·亚历山德罗维奇"，却称他为"我的朋友"了，"把手伸给他。您看见吗？②……嘘！"她对又走进来的仆役说，"我不接见客人。"

那个法国人睡着了，要不然就是假装睡着了，他的头靠在椅背上，他那放在膝头上的潮湿的手微微地动着，仿佛在抓什么东西一样。阿列克谢·亚历山德罗维奇立起身来，虽然竭力想小心，还是撞在桌子上。他走到法国人跟前，把手放到他的手里。斯捷潘·阿尔卡季奇也立起身来，睁圆了眼睛，以便万一睡着了的话好惊醒过来，先望望这个，又望望那个。这完全不是在梦中。斯捷潘·阿尔卡季奇觉得他的脑袋越来越不舒服了。

"让那个最后来的人，那个有所要求的人，出去！让他出去！③"那个法国人说，没有睁开眼睛。

"请原谅，不过您看……请十点钟再来吧，最好是明天。"④

"让他出去！"⑤那个法国人不耐烦地重复说。

"这是说我，是不是？"⑥

得到肯定的答复以后，斯捷潘·阿尔卡季奇忘记他想求利季娅·伊万诺夫娜的事，也忘记他妹妹的事，一心一意只想尽可能快快逃脱这个地方，于是踮着脚尖，像从一幢染上瘟疫的房子里逃出来一样飞奔到大街上。以后他和马车夫谈笑了好久，想要快快地清醒过来。

①②③④⑤⑥ 原文为法语。

斯捷潘·阿尔卡季奇在法国剧院正赶上最后一场戏，后来在鞑靼饭店喝了点香槟酒，在这种和他志趣相投的气氛中他多少又喘过气来了。但是那天晚上他还是非常不自在。

回到他在彼得堡下榻的彼得·奥布隆斯基的家里，他发现贝特西送来一封信。信上说她极愿望把他们已经开始的那场话讲完，请他明天去。他差不多还没有看完这封信，正愁眉苦脸地瞧着它的时候，就听见楼下发出一阵人们抬着什么重物的沉重的脚步声。

斯捷潘·阿尔卡季奇出去看看是怎么一回事。原来是返老还童的彼得·奥布隆斯基。他喝得酩酊大醉，以致怎么也上不去楼；但是一看见斯捷潘·阿尔卡季奇，就盼咐扶他站起来，于是紧紧地搂住他，和他一同进到房里去，开始叙述他今晚是如何消遣的，说着说着就睡着了。

斯捷潘·阿尔卡季奇情绪低落，这在他是少有的情形，他久久不能入睡。他回想起的一切都是令人作呕的，但是最使人厌恶的，就像什么丢人的事一样，是那天傍晚在利季娅·伊万诺夫伯爵夫人家里的回忆。

第二天他接到阿列克谢·亚历山德罗维奇拒绝和安娜离婚的明确答复，他明白这个决定是以那个法国人昨晚在真睡或者装睡中所说的话作为依据的。

23

一个家庭要采取任何行动之前，夫妻之间要不就是完全破裂，要不就是情投意合才行。当夫妇之间的关系不确定，既不这样，又不那样的时候，他们就不可能采取任何行动了。

许多家庭好多年一直维持着那副老样子，夫妻二人都感到厌倦，只是因为双方既没有完全反目也不十分融洽的缘故。

对弗龙斯基和安娜两人说来，生活在炎热和尘土飞扬的莫斯科，阳光早已不像春天那样，却像夏天那样，林荫路上的树林早已绿叶成荫，树叶上已经盖满灰尘的时候，简直是难以忍受的；但是他们并没有像他们早先决定的那样搬到沃兹德维任斯科耶村去，却仍旧留在两个人都厌倦了的莫斯科，因为最近他们之间已经不情投意合了。

使他们不和的恼怒并没有外在的原因，想要取得谅解的一切企图不但没有消除隔膜，反倒使它更加恶化了。这是一种内在的恼怒，在她那方面是由于他对她的爱情逐渐减退，而在他那方面是懊悔为了她的缘故使自己置身于苦恼的境地，而这种苦恼的境地，她不但不想法减轻，却使它更加难以忍受了。两个人都不提他们恼怒的原因，但是每个人都觉得错在对方，一有借口就向对方证明一下。

对她说来，整个的他，以及他的习惯、思想、愿望、心理和生理上的特质只是一种东西：就是爱女人，而她觉得这种爱情应该完全集中在她一个人身上。这种爱情日渐减退，因此，按照她的判断，他的一部分爱情一定是转移到别的女人，或者某一个女人身上了，因此她就嫉妒起来。她并非嫉妒某一个女人，而是嫉妒他爱情的减退。她还没有嫉妒的对象，她正在寻找。有一点迹象，她的嫉妒就由一个对象转移到另外一个对象上。有时她很嫉妒那些下流女人，由于他独身的时候和她们的交情，他很容易和她们重修旧好；有时又嫉妒他会遇到的社交界的妇女；有时又嫉妒他和她断绝关系以后他会娶什么想象中的女人。最后的这种嫉妒比什么都使她痛苦，特别是因为在开诚布公的时候他不小心地对她说过，他母亲那么不了解他，竟然劝他娶索罗金公爵小姐。

既然猜忌他，于是安娜很生他的气，找寻各种借口来发脾气。

她把她处境的一切难堪都归罪于他。她在莫斯科没有着落的境况中所忍受的期待的痛苦,阿列克谢·亚历山德罗维奇的拖延不决,她的寂寞——这一切她都硬加到他头上。如果他爱她,他就会体谅她的处境的痛苦,使她脱离这种处境。他们住在莫斯科,却不住在乡下,这也是他的过错。他不能像她所愿望的那样过那种田园隐居的生活。他需要交际,因此把她置于这样可怕的境地中,而这种痛苦的境遇他却不愿意了解。她和她儿子永远离别了,这也是他的不是。

甚至他们之间那种少有的片刻温存也安慰不了她;在他的温存里她看到一种前所未有的心安理得的意味,这使她恼怒。

已经暮色朦胧了。安娜,孤单单的,等待着他从单身汉宴会归来,在他的书房(这是最难听到街上嘈杂声的房间)里踱来踱去,详细地回想着他们昨天吵嘴的语言。从那场口角的难以忘怀的使人不痛快的语言,又想到吵架的起因上,她终于想起了谈话的开端。好久她都无法相信这场纠纷是由一种毫无恶意的、对双方都没有什么触犯的谈话所引起的。然而事实却是这样。全因为他嘲笑女子中学,他认为那是不必要的,而她为之辩护而开始的。他轻蔑地谈到一般的妇女教育,说她所保护的那个英国女孩汉娜根本不需要懂得物理学。

这惹恼了安娜。她在这话中看出轻视她的工作的暗示。于是她就想出一句话来报复他加在她身上的痛苦。

"我并不指望你会像一个多情的人一样,能够了解我和我的心情;不过希望你说话检点一点。"她说。

于是他真的气得面红耳赤,说了一些难听的话。她不记得她是怎么反驳的,只记得他也说了一些显然有意伤害她的话:

"你对那女孩的偏爱我丝毫不感兴趣,这是实情,因为我看出来这是不自然的。"

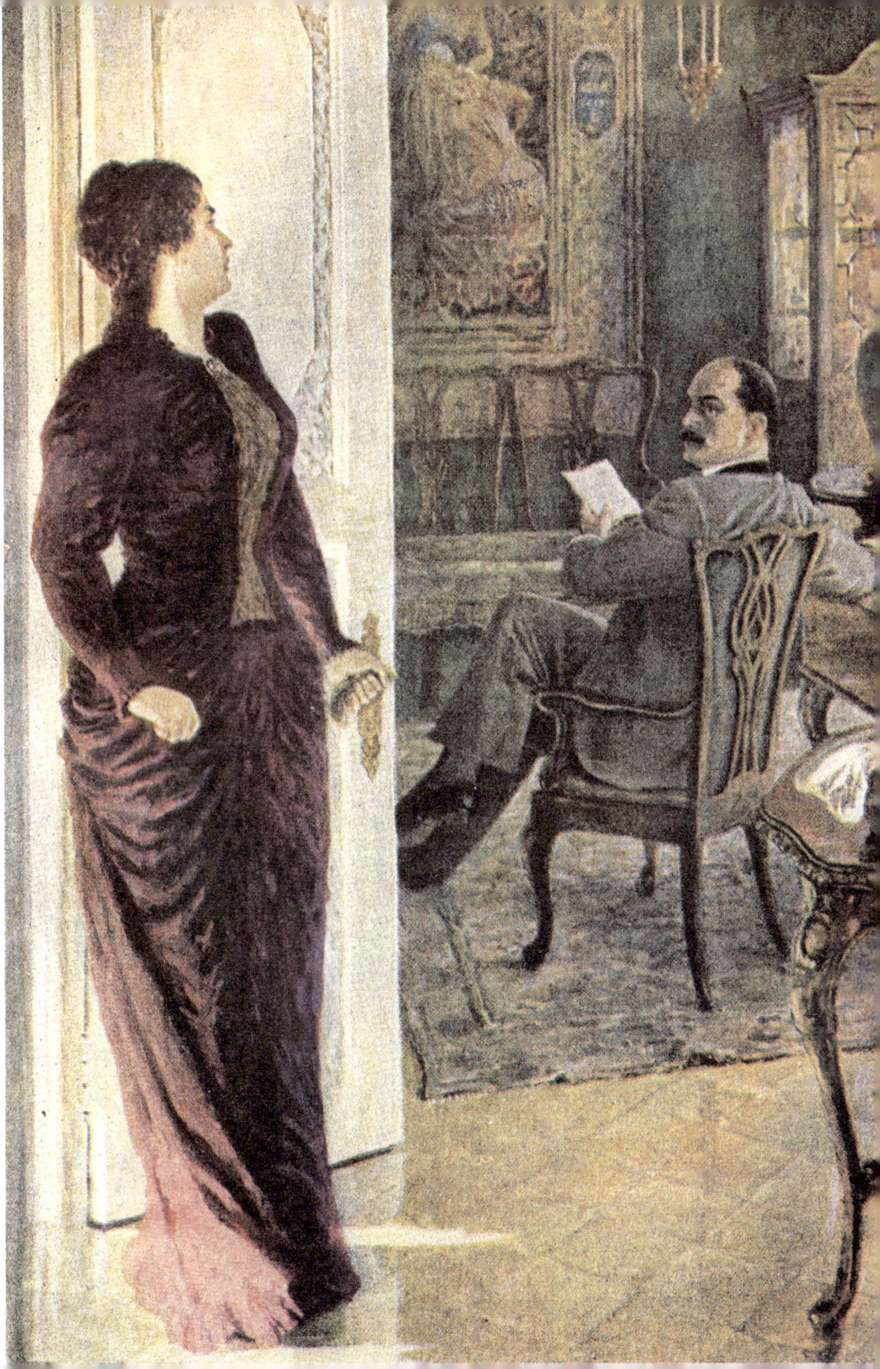

他残酷地毁灭了她为了能够忍受她的痛苦生活而辛苦地替自己营造出来的世界，他不公正地责备她矫揉造作和不自然，那种残酷和不公正，激起了她的愤怒。

"可惜的是，只有粗俗的和物质的东西你才能了解和觉得是自然的。"她说完了就走出房去了。

晚上他到她房里去的时候，他们并没有提起这场口角，但是双方都觉得问题只是遮掩过去，并没有解决。

今天一天他都不在家，她觉得那么寂寞凄凉，想到自己和他的不睦是那么地痛心，以致她愿意忘记一切，愿意宽恕他，和他言归于好。甚至愿意怪罪自己，承认他没有过错。

"怪我自己。我太爱动气，嫉妒得毫无道理。我要和他和解，然后我们就到乡下去，在那里我就会平静一些了。"她自言自语。

"不自然！"她突然记起最使她伤心的那句话，与其说是那句话不如说是那句话中的含意伤害了她。

"我知道他要说什么，他要说：不爱自己亲生的女儿，倒爱别人的孩子，这是不自然的。他懂得什么对孩子的爱，懂得我对于为了他而牺牲了谢廖沙的爱呢？那样存心伤害我！不，他一定爱上什么女人了，一定是这样。"

后来发觉她本来想安慰自己的，结果却又绕上了她已绕了那么多次的圈子，又回到她以前的愤怒心境中，为了自己她吓得浑身发抖。"难道我不能够吗？难道我不能够控制自己吗？"她暗自寻思，又从头开始了，"他是诚实的，他是可靠的。他爱我。我爱他。两三天内我就可以离婚了。除此以外我还要求什么呢？我需要平静和信任，过错我担负起来。是的，他一回来我就对他说都是我的不是，虽然事实上不是这样，我们就要走了！"

为了不再胡思乱想，不再让愤怒支配自己，她按铃吩咐把箱子搬进来,好收拾下乡的行李。

十点钟弗龙斯基回来了。

24

"哦,你很愉快吗?"她说,脸上带着懊悔和温柔的神情出来迎接他。

"还是平常那副老样子。"他回答,一眼就看出她心境很愉快。这种喜怒无常他已经见惯了,今天使他特别高兴,因为他自己也兴致勃勃。

"这是什么!这倒不错!"他说,指着前厅的皮箱。

"是的,我们应该走了。我乘车去兜风,天气那样美好,以致我渴望到乡下去哩。没有什么事阻碍着你吧,是吗?"

"这是我唯一的愿望。我立刻就回来,我们再谈一谈,我只是去换换衣服。吩咐摆茶吧。"

于是他到他的房里去了。

他说"这倒不错"那句话里似乎含着几分侮辱人的意味,就像一个小孩不淘气的时候人们对他的说法一样,特别使人感到侮辱的是她的悔罪声调和他那种自以为是的口吻两者之间的对比。一刹那间她的心头涌起了一种斗争的欲望;但是她尽力压制着,像刚才一样对弗龙斯基笑脸相迎。

他进来的时候,她就对他讲,她今天如何消磨的,说她准备搬到乡间去的计划,这些话一半是她早在心里预备好了的。

"你要知道,我几乎是灵机一动忽然想起来的。"她说,"我们为什么要在这里等着离婚呢?在乡下不是也一样吗?我再也等不下去了。我不愿意再左盼右盼,我不愿意听到任何有关离婚的消息。我打定了主意,再也不让它来影响我的生活了。你同意吗?"

"噢,是的!"他说,不安地凝视着她激动的脸。

"你在那里做了些什么?有些什么人?"停顿了一下以后,她问。

于是弗龙斯基就讲客人的名字。"酒席真好极了,划船比赛和一切项目都相当不错,但是在莫斯科做什么都不能不闹笑话①。出现了一个女人,据说是瑞典女王的游泳教师,她表演了一番技艺。"

"什么?她游泳了?"安娜问,皱着眉头。

"是的,穿一件红色的游泳衣②,是一个又老又丑的家伙哩!喂,我们什么时候动身?"

"多么荒唐的雅兴!怎样,她游的姿势很特别吗?"安娜答非所问地说。

"没有什么特别的地方。就像我说过的,无聊透了。喂,你到底想什么时候走呢?"

安娜摇摇头,好像要驱散什么不愉快的思想一样。

"我们什么时候走?当然越快越好。明天我们来不及了。后天怎么样?"

"是的……不,等一下!后天是星期日,我得到妈妈那里去一趟。"弗龙斯基说,变得慌张了,因为他一提到他母亲,他就感到她凝然不动的猜疑眼光紧盯在他身上。他的狼狈神情证实了她的猜疑。她脸涨得绯红,躲开了他。现在涌现在安娜的想象中的,已经不是瑞典女王的教师,而是和弗龙斯基伯爵夫人一道住在莫斯科近郊的索罗金公爵小姐了。

"你明天可以去呀?"她说。

"哦,不行!我要去取的那件代理委托状和那笔钱,明天收不到

①② 原文为法语。

哩。"他回答。

"要是这样,我们索性不走了!"

"为什么呢?"

"我不愿意晚走。要走就星期一走,否则就永远不走了。"

"到底为什么?"弗龙斯基好像很惊异地问,"这简直没有道理。"

"你觉得没有道理,因为你一点也不关心我。你不愿意了解我的生活。在这里我只关心汉娜一个人,而你却说这是矫揉造作!你昨天说我不爱自己的亲生女儿,却故意装出爱这个英国女孩的样子,这是不自然的;我倒想知道,在这里,对于我什么样的生活才是自然的!"

转瞬之间她醒悟过来,因为又违背了她自己的心意而害怕了。但是虽然她明明知道她在毁灭自己,她还是约束不住自己,忍不住指出他是多么不对,怎么也不向他让步。

"我从来没有说过这种话;我只不过说我不同情这种突如其来的感情。"

"你是以你的坦率自夸的,那么你为什么不说实话?"

"我从来没有以此自夸过,也从来没有说过谎话,"他低声说,压制着心头增长的怒火,"那将是莫大的遗憾,如果你不尊重……"

"尊重不过是捏造出来,填补应该由爱情占据的空虚地位罢了!假如你再也不爱我了,你最好还是老老实实地说出来吧!"

"不行,这简直无法忍受了!"弗龙斯基大叫一声说,从椅子上起来。立在她面前,他慢吞吞地说:"你为什么一定要考验我的忍耐力?"看上去他好像还有很多的话要说,但是克制住自己,"凡事都有一个限度!"

"你说这个是什么意思?"她喊叫,恐怖地瞥视着他整个的脸,特别是他冷酷吓人的眼睛中那种明显的憎恨。

"我的意思是说……"他开口说，但是又停顿住了，"我倒想问问你要我怎么样！"

"我能要你怎么样呢？我只求你千万不要遗弃我，像你所想的那样，"她说，明白了他没有说出口的一切话语，"但是我并不要这个，这是次要的。我要的是爱情，但是却没有。因此一切都完结了！"

她向门口走去。

"停一下，停——一下！"弗龙斯基说，仍然愁眉紧锁，但是用手把她拉回来，"怎么回事？我说我们得延后三天再动身，而你却说我在撒谎，说我是个不诚实的人。"

"是的。我再说一遍，一个因为他为我牺牲了一切而责备我的人，"她说，回想起更早的一场口角里的话，"比一个不诚实的人还要坏！他是一个冷酷无情的人！"

"不！人的忍耐是有一定限度的。"他大声说，很快地放开了她的手。

"他恨我，这是很明显的。"她想，于是默默地、头也不回地、迈着不稳定的步子从房里走出去。

"他爱上别的女人，这是更明显的事了。"她一边自言自语，一边走进她自己的房间。"我要爱情，可是却没有。那么一切都完结了！"她重复了一遍自己的话，"一定要完结！"

"但是怎样才好呢？"她问自己，坐在梳妆镜前的安乐椅上。

想着她现在到哪里去才好：到把她抚养成人的姑母家去呢，到多莉家去呢，还是只身出国；想着他现在一个人在书房里干什么；又想着这是最后一场争吵呢，还是依旧可能言归于好；想着现在彼得堡所有旧日的熟人会认为她怎么样；阿列克谢·亚历山德罗维奇会对这件事怎么看法；破裂以后会落到什么下场，千头万绪掠过她的心头，但是她并没有完全陷进这种种思虑中。她的心灵中有另外一种唯一使她感兴趣的模糊念头，但是究竟是什么她却捉摸不定。又回想起阿列克谢·亚历山德罗维奇，也回想起她的产褥病和当时萦绕在她心头的思想。她回忆起她的话："我为什么不死呢？"和她当时的心情。于是她恍然大悟盘踞在她心头的是什么了。是的，这就是唯一可以解决一切的想法。"是的，死！……"

"阿列克谢·亚历山德罗维奇和谢廖沙的羞惭和耻辱，以及我自己的奇耻大辱——都会因为我的死而解脱。如果我死了，他也会懊悔莫及，会可怜我，会爱我，会为了我痛苦的！"嘴角上挂着一丝自怜自爱的、滞留着的微笑，她坐在椅子上，把左手上的指环取下来又戴上去，历历在目地从各种不同的角度描摹着她死后他的心情。

走近的脚步声，他的脚步声，分散了她的心思。装出收起戒指的模样，她连头都没有回。

他走上她跟前，拉住她的手，低声说：

"安娜，如果你愿意，我们就后天走。我什么都同意。"

她默不作声。

"怎么回事？"他问。

"你自己心里明白的！"她说，同时，再也抑制不住自己了，她蓦地哭出来。

"遗弃我吧！遗弃我吧！"她一边呜咽一边说，"我明天就走……我要做出更多的事来。我算得了什么人呢？一个堕落的女人罢了。是你的累赘！我不愿意折磨你，我不愿意！我会使你自由的。你不爱我，你爱上别的女人了！"

弗龙斯基恳求她镇静，向她保证说她的嫉妒一点根据都没有，而且说他对她的爱情从来没有中断过，永远也不会中断，他比以往更爱她了。

"安娜，为什么这样折磨你自己和我呢？"他问，吻她的双手。他的面孔上现在显出无限柔情,她仿佛觉得在他的声音里听出了饮泣的声音,而且在她的手上感觉到泪水的潮湿。转瞬之间安娜绝望的嫉妒心变成了一种不顾一切的热烈的柔情。她拥抱他,在他的头上、脖颈上、双手上印满了无数的亲吻。

25

觉得他们完全言归于好了,第二天早晨安娜开始积极地准备着动身的事情。虽然究竟是星期一或是星期二出发还没有确定下来,因为昨天晚上他们两人你推我让,但是安娜依然忙碌地准备动身的事情,现在她觉得早一天走晚一天走完全无关紧要。她正站在寝室里一只敞开的皮箱前,挑拣着衣物,这时候他走进来,比往常早些,而且已经穿戴得整整齐齐。

"我立刻就到妈妈那里去,她可以把钱托叶戈罗夫转给我。明天我就准备动身了。"他说。

尽管她的心情是这样愉快,但是一提到去他母亲的别墅她心里还是感到刺痛。

"不,我自己也来不及哩。"她说;立时想道:"那么说,我想怎么办就可以怎么办!""不,随你的便好了。去饭厅吧,我立刻就来。我不过把用不着的挑出去。"她说,在堆在安努什卡的臂膀上的一大堆旧衣服上又放了几件。

当她走进餐厅的时候,弗龙斯基正在吃牛排。

"你简直不会相信这些房间使我多么厌恶!"她说,在他旁边坐下喝咖啡,"再也没有比这种有摆设的房间①更可怕的了!毫无表情,

---

① 原文为法语。

没有灵魂。这挂钟，罗纱窗帷，特别是糊墙纸，简直像梦魇一样！我想念沃兹德维任斯科耶，就像想念天国一样。那群马你还没有打发走吧？"

"不，我们走后它们再动身。你要坐车到什么地方去吗？"

"我要去威尔逊那里。给她送些衣服去。那么我们明天一定走了？"她用一种愉快的声调问；但是突然间她的脸色变了。

弗龙斯基的仆人进来取从彼得堡打来的电报的回执。他接到电报本来是不足为奇的，但是好像要瞒着她什么似的，他说了一声回执在书房里，就匆匆转身对她说：

"明天我一定可以把一切都准备妥帖的。"

"谁打来的电报？"她追问，不听他的话。

"斯季瓦打来的。"他不大情愿地回答。

"你为什么不给我看？斯季瓦会有什么背着我的秘密呢？"

弗龙斯基唤回那个仆人，吩咐他把电报拿来。

"我不愿意拿给你看，因为斯季瓦太爱打电报了；事情还没搞出个眉目，打电报做什么呢？"

"离婚的事？"

"是的，不过他在电报上说：'还不能得到回音。答应日内作出肯定的答复。'不过你自己看吧。"

安娜用战栗的手接过电报，看见果然和弗龙斯基所说的一样，但是末尾还附着一笔："希望渺茫，不过我要想尽一切办法，尽力为之。"

"我昨天就说过，什么时候离婚，或者离不离得了，我一点也不在乎。"她说，脸红了，"一点也没有瞒着我的必要。"接着她就寻思："照这样，他和女人们通信，也可能隐瞒着我和正在瞒着我哩。"

"噢，今天上午亚什温要和沃伊托夫来，"弗龙斯基说，"好像他赌赢了，使佩夫措夫倾家荡产，甚至佩夫措夫都无力偿付了，大约有六万卢布的光景哩。"

"不,"她说,恼怒他这样明显地、用改变话题的方式,来暗示他看出她动怒了,"你为什么认为我那么关心这种消息,以至于非得隐瞒我不可?我说过我并不愿意想这事,而且我希望你也和我一样不关心哩。"

"我关心,因为我喜欢把关系弄明确。"他回答。

"把关系弄明确并不在乎形式,而是在于爱情,"她说,越来越激动了,倒不是因为他的话,而是因为他说话的时候所用的那种冷淡而镇静的口吻,"你要这个做什么呢?"

"天啊!又是爱情!"他皱着眉头想。

"你知道为什么:为了你,也为了将来的孩子们。"他说。

"我们将来不会有孩子了。"

"那就太可惜了。"他说。

"你为了孩子们,但是你可没有为我想。"她接着说下去,完全忘记了,或者是没有听见他所说的:"为了你,也为了孩子们。"

能不能生孩子的问题早就成为他们争执的题目,而且使她很生气。她把他要孩子的愿望曲解成他不看重她的美貌的表示。

"唉呀,我说了是为了你。主要是为了你,"他好像痛得皱起眉头,重复一遍说,"因为我相信你的愤怒大部分是由于处境不明确而起的。"

"是的,现在他不再伪装了,他对我怀着冷淡的憎恨是很明显的了。"她暗自寻思,不倾听他的言语,却恐怖地凝视着从他眼里挑衅地望着她的那个冷酷无情的法官。

"那不能成为理由,"她说,"我甚至不明白,你怎么能说我的愤怒是因为那个缘故而起的;我完全在你的支配之下。这里还有什么处境不明确呢?完全相反!"

"你不想了解我，我很难过，"他打断她的话，执拗地一心想表白他的心思，"处境不明确是由于你认为我是自由的。"

"这一点你可以完全放心！"她回嘴说，扭过身去，她开始喝咖啡。

她端起杯子，小手指跷着，举到嘴唇边。饮啜了几口以后，她瞟了他一眼，从他脸上的表情，她清清楚楚地看出来，她的手、她的姿势和她的嘴唇发出的声音，都是他所厌恶的。

"你母亲怎么想法，她希望你和谁结婚，我丝毫也不在乎。"她说，用颤抖的手把杯子放下。

"但是我们并不是在谈这个。"

"是的，谈的就是这个！相信我的话吧，一个残忍无情的人，不论她是老的少的，不论她是你的母亲还是一个陌生人，都与我无关，我不愿意和她有任何来往。"

"安娜，求你不要无礼地诽谤我的母亲。"

"一个女人，倘使她的心猜测不出她儿子的幸福和名誉何在，那种女人就是无情的人！"

"我再求你一次，请你不要无礼地诽谤我所尊敬的母亲！"他说，提高嗓音，疾言厉色地望着她。

她不回答。聚精会神地凝视着他的脸和手，她细细地回忆起他们昨天的和好同他的热情的爱抚。"这样的爱抚他在别的女人身上也曾经滥施过，而且还会，还想滥施。"她想。

"你并不爱你母亲！这都是空话，空话，空话！"她说，憎恨地望着他。

"如果这样的话，我们就得……"

"就得决定一下，我已经决定了。"她说，正要走开，恰巧这时亚什温走进来。安娜和他寒暄了一下，就停下了。

为什么当一阵暴风雨正在她心中狂啸，而且她感觉到她已经处在可怕的生死存亡的转折点的时候——在这种关头,她何必还要在一个迟早会知道全部真相的外人面前装模作样,这她可不知道;但是她立刻压制住内心的风暴,又坐下来开始和客人闲谈。

"哦,您近来怎么样?人家输给您的钱都付给您了吗?"她问亚什温。

"哦,还好;我想不会全部都到手的,星期三我就要走了。你们呢?"亚什温问,眯缝着眼睛望着弗龙斯基,显然猜到曾经发生过一场口角。

"我想,大概是后天。"弗龙斯基说。

"不过你们老早就打算走了?"

"可是现在已经决定了。"安娜说,带着一副向弗龙斯基表明不要梦想还会和解的神情正视着他的眼睛。

"难道您不可怜那个不幸的佩夫措夫吗?"她说,继续和亚什温谈着。

"我从来没有问过我自己,安娜·阿尔卡季耶夫娜,我是不是可怜他。您看,我全部的财产都在这里,"他指指身边的衣袋,"现在我是个富翁;但是今天晚上我还到俱乐部去,也许出来的时候又是叫花子了。您看,谁要坐下和我赌钱,他就想把我赢得连一件衬衫都不剩,我对他也是这样哩。于是我们就决个胜负,乐趣就在这里。"

"哦,不过假如您结了婚,"安娜说,"您的夫人会觉得怎么样呢?"

亚什温放声大笑。

"这大概就是我没有结婚,而且永远也不打算结婚的原因。"

"葛尔辛格福尔斯[①]怎么样?"弗龙斯基说,参加到谈话中,瞥

---

① 葛尔辛格福尔斯,芬兰的首都,正确的说法是赫尔辛基。

了笑容满面的安娜一眼。

迎住他的目光,她的脸立刻呈现出冷淡而严峻的神情,好像在说:"还没有忘却。事情还是那样。"

"难道你真恋爱过吗?"她问亚什温。

"天啊!那么多次了!不过您看,有的人可以坐下赌钱,但是一到约会①的时候就得站起来走掉。而我也可以谈情说爱,不过总得晚上赌钱不迟到才行。我就是这么安排的。"

"不,我问的不是这个,而是真正的恋爱。"她刚要说葛尔辛格福尔斯,但是不愿意重复弗龙斯基用过的字眼。

买了弗龙斯基一匹马的沃伊托夫来了,于是安娜立起身来走出房去。

出门以前,弗龙斯基来到她的房里。她想装出在桌上找寻东西的模样,但是觉得装假是可耻的,于是带着冷冷的表情正视着他的脸。

"你要什么?"她用法语问。

"甘比达的证件;我把它卖了,"他用一种比言语表达得更清楚的口吻回答,"我没有工夫解释,就是解释也得不出什么结果的。"

"我没有一点对不起她的地方,"他想,"如果她要折磨自己,*那她就更倒霉!*②"但是,临走出去,他好像觉得她说了句什么,他忽然因为动了怜悯她的心而颤抖了。

"什么,安娜?"

"没有什么。"她回答,还是那种冷淡而镇静的口吻。

"*如果没有什么,那就倒霉去吧*③!"他想,又寒了心。扭过身去,走出去了。临走出去的时候,他在穿衣镜里瞥见了她苍白的面孔和

①②③ 原文为法语。

战栗的嘴唇。他甚至想停住脚步，对她说句安慰的话，但是他还没有想好说什么，他的两条腿就迈出房间去了。他一整天都在外面消磨过去，深夜回来的时候，使女对他说安娜·阿尔卡季耶夫娜头疼，请他不要到她的房间去。

26

他们从来还没有闹过一整天的别扭。这是破天荒第一次。而这也不是口角。这是公开承认感情完全冷淡了。他到她房里去取证件的时候，怎么能像那样望着她呢？望着她，看见她绝望得心都要碎了，居然能带着那种冷淡而镇静的神情不声不响径自走掉呢？他对她不仅冷淡，而且憎恨她，因为他迷恋上别的女人，这是显而易见的了。

追忆着他说过的一切冷酷言语，安娜还凭空设想着他明明想说，但却难以启齿的话，于是她越来越愤怒了。

"我并不挽留您，"他也许要说，"您爱到哪里就到哪里。您大概不愿意和您丈夫离婚，那么您可以再回到他那里去。回去吧！如果您需要钱，我可以奉送一笔。您要多少卢布？"

凡是粗野的男人说得出口的最残酷无情的话，他，在她的想象中，都对她说了，她决不能饶恕他，好像他真说过这样的话似的。

"他，一个诚实而正直的人，昨天不是还起誓说爱我的吗？难道我以前不是毫无道理地绝望过好多次吗？"紧接着她又自言自语。

一整天，除了到威尔逊那里去以外——这大约花费了她两个钟头的光景，——安娜都在想着一切都完了呢，还是依旧有重归于好的希望，她应该立刻出走呢，还是再见他一面那种游移不定的心思中度过了。她等了他一天，傍晚走进自己的房间，留下话说她头疼的时候,她心里想:"如果他不睬使女的话依然来了,那就是说他还爱我。如果不是的,那就是说一切全完了,那么我就要决定怎么办才好!……"

夜间她听到他的马车停下来的响声、他按铃的声音、他的脚步声和他同使女讲话的声音。听了以后他就信以为真,不再往下问,到他自己的房间里去了。可见一切全完了!

死,作为使他对她的爱情死灰复燃,作为惩罚他,作为使她心中的恶魔在同他战斗中出奇制胜的唯一手段,鲜明而生动地呈现在她的心头。

现在去不去沃兹德维任斯科耶,离不离婚,都无关紧要了——全都用不着了。她一心只要惩罚他。

当她倒出平常服用的一剂鸦片,想到要寻死只要把一瓶药水一饮而尽就行了,这在她看起来是那么轻而易举,以致她又愉快地揣摩着他会如何痛苦,懊悔,热爱她的遗容,可是那时就来不及了。她睁着眼睛躺在床上,借着一支烛泪将尽的蜡烛光辉凝视着天花板下的雕花檐板,凝视着投在上面的帏幔的阴影,她历历在目地想象着当她不复存在,当她对他不过是一场梦的时候他会有些什么感触。"我怎么能够对她说这些残酷的话呢?"他会这么说,"我怎么能不辞而别呢?但是现在她死了!她永远离开我们了。她在哪里……"突然间帏幔的阴影开始摇曳,遮住了整个的檐板,笼罩住整个天花板;阴影从四处涌来,一会聚拢在一起,转瞬之间又飞快地飘然四散,摇荡起来,融成一片,接着四下一片黑暗。"死神!"她想。她心上感到那样的恐怖,以至于她好久都不明白她在什么地方,她的战栗的手好久才摸索到火柴,在点完了和熄灭了的蜡烛那里又点上一支蜡烛。"不,怎么都行,只要活着!要知道,我爱他!他也爱我!这都是过去的事,会过去的。"她说,感到庆幸复活的快乐的眼泪正顺着两腮流下。为了摆脱这种恐怖,她急急忙忙跑到他的书房去。

他在书房里睡得很酣畅。她走过去,举起灯照着他的脸,凝视了他好久。现在,在他沉入梦乡的时候,她爱他,一见他就忍不住流下柔情的眼泪;但是她知道,万一他醒过来他就会用那种冷酷的、自以为是的眼光望着她,她也知道在还没有向他诉说爱情就非得先证明全是他的过错不可。没有惊动他,她回到自己的寝室,服了第二剂鸦片以后,天快黎明的时候她沉入一种难过的、梦魇纷扰的睡梦中,始终没有失掉自我的意识。

早晨,那场在她和弗龙斯基结合以前就曾出现过好多次的噩梦又来临了,惊醒了她。一个胡须蓬乱的老头,正弯着腰俯在一种铁器上,在做什么,一边用法语毫无意义地嘟囔着;就像梦里常有的情形一样(这就是它恐怖的地方),她感觉得那个农民并不注意她,但是却用这种铁器在她身上干什么可怕的事。她吓出了一身冷汗,醒过来了。

当她起床的时候,她回想起昨天就像坠入五里雾中一样。

"发生过一场口角。以前也发生过好多次的。我说我头疼,而他没有来看我。明天我们就要离开。我得去看看他,好作动身的准备。"她暗自寻思。听见他在书房里,她就去找他。在她穿过客厅的时候,听到一辆马车在前门停下的声音,从窗口望出去,她看见一个戴着淡紫色帽子的少女从马车窗口探出头来,正对按门铃的仆人吩咐什么。在前厅里谈了几句以后,有人上楼来了,接着她听见弗龙斯基的脚步声在客厅外面走过去。他很快地走下楼去。安娜又走到百叶窗前。他正走到台阶上,没有戴帽子,走到马车跟前。戴着淡紫色帽子的少女递给他一包东西。弗龙斯基笑着对她说了句什么。马车驶走了;他又迅速地跑上楼来。

遮住她心灵里的一切云雾突然消散了。昨日的千思万绪又以新的剧痛刺伤了她痛楚的心。她现在怎么也不明白她怎么能够这样低三下四,居然在他的房子里跟他一起过了一整天。她到他的书房去说明她的决心。

"是索罗金公爵夫人和她的女儿路过这里,她们从妈妈那里给我带来了钱和证件。昨天我没有收到。你的头痛怎么样,好些了吗?"他镇静地说,不愿意看,也不愿意理解她脸上那种阴沉忧郁的神色。

她站在屋子中间,不声不响地、聚精会神地凝视着他。他瞥了她一眼,皱了一下眉头,就又读起信来。她扭过身去,慢腾腾地从房里走出去。他还可以把她唤回来的,但是她走到门口他还默不作声,只听见他翻动信页时发出的沙沙声。

"喂,顺便提提,"她已经走到门口的时候他说,"我们明天一定走,是吗?"

"您走,我可不走。"她说,转过身对着他。

"安娜,这样过下去是不行的……"

"您走,我可不走。"她重复说。

"这简直受不了啦!"

"您……您会后悔的!"她说着就走出去了。

被她说这句话的那种绝望神情吓坏了,他跳起来,打算去追她,但是想了一想,又坐下了,他咬紧牙关,愁眉紧锁。这种在他看来是不像话、用意不明的威胁,使他大为激怒了。"什么我都试过了,"他想,"只剩下置之不理这个法子了。"于是又开始准备乘车进城去,再到他母亲那里请她在委托书上签字。

她听见他在书房和饭厅里走动的脚步声。他在客厅门口停了一停。但是他没有转到她这里来,他只吩咐了一声他不在的时候可以让沃伊托夫把马牵走。随后她听见马车驰过来,大门打开了,他又走出去了。但是他又回到大厅里,有什么人跑上楼去。这是他的仆人,来取主人遗忘了的手套。她返身走到百叶窗前,看见他看也不看地接过手套,用手拍拍马车夫的后背,对他说了句什么。随后,并不抬头望望窗口,就以他那种惯常的姿态,一条腿架在另外一条腿上,坐在马车里,一边戴手套,一边就在角落里消失了踪影。

27

"走了!全完了!"安娜站在窗前自言自语;作为这种疑问的答案,她的蜡烛熄灭了的时候那种黑暗和那场噩梦所遗留下的印象,混合成一片,使她的心里充满了寒彻骨髓的恐怖。

"不,不可能的!"她喊叫说,于是跨过房间,她用力按铃。她现在这么害怕形单影只,以至于等不及仆人上来,就下去迎他。

"打听一下伯爵到哪里去了。"她说。

那个人回答说,伯爵到马厩去了。

"伯爵让我转告一声,万一夫人想坐车出去,马车不久就回来。"

"好的。等一下。我现在写一张条子。叫米哈伊尔拿着立刻送到马厩去。赶快!"

她坐下写道:

> 是我的过错。回家来吧,让我解释。看在上帝的面上回来吧,我害怕得很!

她封好了,递给那仆人。

她现在害怕剩下一个人,她跟在那个人后面走出屋子,到育儿室去了。

"怎么回事,这不是,这不是他!他的蓝眼睛和羞怯而甜蜜的微笑在哪里呢?"当她看到她那满头乌黑鬈发的丰满红润的小女儿,却没有看见谢廖沙的时候(她在神智错乱之中本来期望在育儿室找到他的),这是头一个涌上她心头的想法。小女孩,坐在桌旁,顽强而猛烈地用一只软木塞敲打着,瞪着漆黑的眼睛茫然地凝视着她母亲。安娜答复了英国保姆说她很好,明天就要下乡去,就挨着小女孩坐下,动手在她面前旋转软木塞。但是小孩的响亮的银铃般的笑声和眉眼的动作使她历历在目地回忆起弗龙斯基,于是压抑着呜咽,她匆匆立起身来,走出房去。"难道真的全完了吗?不,不可能的,"她想,"他会回来的。但是他和她谈过话以后,他露出的笑容和激动,他如何解释呢?但是即使他不辩白,我还是会相信。如果我不信任他,我就只剩下一条路了 —— 但是我不愿意那样。"

她望望表。过了十二分钟了。"现在他接到我的字条了,正在回家来的路上。不会很久的,再过十分钟……但是万一他不回来呢?不,不可能的!一定不要让他看见我淌过眼泪的眼睛。我去洗洗脸。唉呀,我梳过头发没有?"她问自己。她怎么也记不起来了。她用手摸摸头。"是的,我的头发梳过了,但是我一点也不记得什么时候梳的了。"她甚至都不相信她的手,于是走到穿衣镜前照照她的头发是否真的梳过。的确梳过,但是她记不起什么时候梳的了。"这是谁?"她想,凝视着镜子里那个用明亮得惊人的眼睛吃惊地望着她的发烧的面孔。"是的,这是我!"她恍然大悟,望着她的整个姿影,她猛地感觉到他的亲吻,她浑身颤抖,肩头抽搐了一下。随后她把手举到嘴边,吻了吻。

"怎么回事?我疯了吗?"她走进寝室,安努什卡正在那里收拾房间。

"安努什卡!"她说,站在使女面前望着她,不知道说什么才好。

"你本来要去看达里娅·亚历山德罗夫娜的。"使女说,好像很明白她的心思一样。

"看达里娅·亚历山德罗夫娜?是的,我要去的。"

"去一刻钟,回来一刻钟;他已经在路上了,他马上就到了。"她取出表来,看看。"但是他怎么能把我抛在这种境地中就扬长而去呢？不跟我和解他怎么过得下去呢？"她走到窗前，从窗口望着大街上。这时候他可能回来了。但是也许她计算得不准确，于是她又回想他什么时候动身走的，计算着时间。

她刚要去根据大钟对表的时候，就有人坐着车来了。从窗口望出去，她看见他的马车。但是没有人上楼来，她听见下面有人声。她派出去送信的人坐着车回来了。她下去迎他。

"我没有找到伯爵。他到下城火车站去了。"他说。

"你说什么？这是什么？"她问那个红光满面的快活的米哈伊尔说，当他把字条还给她的时候。

"哦，那么他没有收到。"她想起来。

"带着这封信到弗龙斯基伯爵夫人的别墅去，你认识吧？立刻带个回信来。"她对那个送信的人说。

"但是我自己做什么才好呢？"她心里盘算着，"是的，我到多莉家里去，对的，不然我就要发狂了。我还可以拍个电报！"于是她拟出一封电报底稿：

> 我一定要和你谈谈，务必马上回来。

发出电报，她就去穿外衣。穿好外衣，戴上帽子，她又望望发胖的、沉静的安努什卡的眼睛。这双善良的灰色小眼睛里流露出明显的同情。

"安努什卡，亲爱的，我怎么办呢？"安娜抽噎着说，一边束手无策地往安乐椅上一坐。

"为什么要这样难过，安娜·阿尔卡季耶夫娜？这种事是常有的。去散散心吧。"使女劝她说。

"是的，我就去，"安娜说，提起精神，站起身来，"如果我不在的时候来了电报，就送到达里娅·亚历山德罗夫娜家里去……不，我自己会回来的。"

"不过我一定不要胡思乱想,一定得找点事做,坐车出去,主要的是走出这幢房子。"她自言自语,恐怖地谛听着她的心脏的剧烈跳动,她匆匆忙忙走出去,坐上马车。

"到哪里去,夫人?"彼得还未坐到驾驶台上就问。

"到兹纳缅卡街,奥布隆斯基家去。"

28

天色晴朗。下了一早上蒙蒙细雨,现在刚刚放晴。铁板屋顶、人行道上的石板、路上的鹅卵石、马车上的车轮、皮带、铜器和白铁皮——都光彩夺目地在五月的阳光中闪耀着。这是三点钟,街上最热闹的时候。

坐在舒适的马车的角落里——那马车由一对灰色马拉着飞跑,在那伸缩自如的弹簧上轻轻摆荡着,安娜在车轮的不断的辚辚声和露天里瞬息万变的印象中,又回想起最近几天来的事情,对她境遇的看法跟在家里完全不相同了。现在死的念头不再那么可怕和那么鲜明了,死似乎也并非不可避免的了。她现在责备自己竟然落到这么低声下气的地步。"我恳求他饶恕我。我向他屈服了。我认了错。为什么?难道没有他我就过不下去了吗?"撇开没有他她怎么活下去的问题,她开始看招牌。"公司和百货商店……牙科医生……是的,我要全跟多莉讲了。她是不喜欢弗龙斯基的。这是又丢人又痛苦的,但是我要全告诉她。她爱我,我会听她的话的。我不向他让步;我不能让他教训我……菲利波夫,面包店。据说他们把面团送到彼得堡。莫斯科的水那么好。噢,米辛基的泉水,还有薄烤饼!"她回想起,好久好久以前,她只有十七岁的时候,她和她姑母一路朝拜过三一修道院。"我们坐马车去。那时候还没有铁路。难道那个长着两只红红的手的姑娘，真是我吗？那时有多少东西在我看来是高不可攀的，以后却变得微不足道了，而那时有过的东西现在却永远得不到手了！那时我能想得到我会落到这样屈辱的地步吗？接到我的信他会多么得意和高兴啊！但是我会给他点颜色看看的……油漆味多么难闻啊！他们为什么老是油漆和建筑？时装店和帽庄。"她读着。有个人对她行了个礼。这是安努什卡的丈夫。"我们的寄生虫，"她记起弗龙斯基以前说过这话，"我们的？为什么是我们的？可怕的是不能把往事连根拔掉。我们不能拔掉，但是可以掩藏起这种记忆。我也要把它掩藏起来！"这时她回想起她和阿列克谢·亚历山德罗维奇的过去，回想起她如何把他从记忆中抹去。"多莉会认为我要抛弃第二个丈夫了，因此一定是我不对。难道我还想有理吗！我毫无办法！"她说，想要哭出来。但是她立刻奇怪这两位姑娘为什么微笑。"大概是爱情！她们还不知道这是多么难受、多么卑下的事哩……林荫路和儿童们。三个男孩子奔跑着，玩赛马的游戏。谢廖沙！我失去了一切，我找不回他来了。是的，如果他不回来，我就会失去一切了。他也许误了火车，已经回来了。又要让你自己低三下四了！"她对自己说。"不！我到多莉家去，坦白地对她说：我不幸，我罪有应得，全是我的过错，不过我仍然是不幸的，帮帮我的忙吧……这几匹马，这辆马车，我坐在这辆马车里多么不舒服啊，都是他的；不过我再也不会看见这些了。"

　　重温着她要对多莉讲的所有的话，故意刺激着自己的心，安娜走上楼去。

　　"有客人吗？"她在前厅里问。

　　"卡捷琳娜·亚历山德罗夫娜·列文。"仆人回答说。

　　"基蒂！就是同弗龙斯基恋爱过的那个基蒂，"安娜想，"她就是他念念不忘的人。他很后悔没有和她结婚。而他一想到我就厌恶，懊悔和我结合！"

安娜来访的时候，姐妹俩正在商议哺育婴儿的事。多莉独自出来迎接恰恰在这时候打断了她们的谈话的不速之客。

"哦，你还没有走吗？我正要亲自去看你，"她说，"我今天接到斯季瓦一封信。"

"我们也接到他一个电报。"安娜回答，四面张望，找寻基蒂。

"他信上说，他不明白阿列克谢·亚历山德罗维奇真正想要怎样，不过他非得接到答复才离开。"

"我以为你有客人哩。我可以看看那封信吗？"

"是的，是基蒂，"多莉为难地说，"她在育儿室里。她害过一场大病。"

"我听说了。我可以看看那封信吗？"

"我立刻就去取。不过他并没有拒绝；刚刚相反，斯季瓦觉得满有希望哩。"多莉停在门口说。

"而我却灰心失望，甚至并不抱什么希望哩。"安娜说。

"这是什么意思？基蒂认为会见我就降低了身份吗？"只撇下安娜一个人的时候她暗自寻思，"也许她是对的。但是她不该，她这个同弗龙斯基恋爱过的人，她不该对我这样表示的，即使事情是真！我知道处在我这种境况中，任何正派的女人都不会接见我的。这一点从我为他牺牲了一切的那一瞬间起我就知道了。而这就是我得到的报酬！噢，我多么恨他！我为什么到这里来呢？我更不愉快，更难过了！"她听见姊妹俩在隔壁商议的声音。"我现在跟多莉说什么呢！让基蒂看到我的不幸，让她庇护我，好使她聊以自慰吗？不，就连多莉也不会明白的。跟她谈没有用处。不过看看基蒂，让她看看我多么看不起所有的人和所有的事物，我是多么不在乎，那倒是很有意思的。"

多莉拿着信走回来。安娜读了，默默无言地递回去。

"我全知道了,"她说,"这丝毫也引不起我的兴趣。"

"为什么?我,恰恰相反,却满怀希望。"多莉说,好奇地注视着安娜。她从来没有见过她处在这样一种奇怪的焦躁的心情中。"你什么时候动身?"她问。

安娜眯缝着眼睛,凝视着前面,并不作答。

"基蒂为什么躲着我呢?"她问,望着门口,脸涨得绯红。

"噢,胡说!她在给婴儿喂奶,她总也搞不好,我正在教她……她很高兴。她立刻就会来的,"多莉不善于撒谎,笨嘴笨舌地说,"哦,她来了!"

基蒂听到安娜来访,本来不愿意露面;但是多莉说服了她。基蒂鼓着勇气走进来,脸泛红晕,走到安娜跟前,伸出手来。

"我很高兴见到您哩。"她用战栗的声音开口说。

基蒂心上对这个堕落的女人抱有敌意,但又想要宽容她,她就被这种矛盾心情弄得茫然不知所措了;但是她一见安娜妩媚动人的容貌,所有的敌意就都化为乌有了。

"如果您不愿意见我,我也不会大惊小怪的。我全都习惯了。您害过病吧?是的,您变了哩!"安娜说。

基蒂觉得安娜在用敌视的眼光打量着她。她把这种敌视归之于安娜的难堪的处境,这人以前曾庇护过她,现在自己反而要人同情,因而心里很替她难过。

她们谈论基蒂的病、婴儿和斯季瓦;但是分明安娜对什么都不感兴趣。

"我是来向你们辞行的。"她说,立起身来。

"您什么时候动身呢?"

但是安娜又不回答,她转向基蒂。

"是的,我很高兴见到您,"她带着微笑说,"我从大家的嘴里,甚至从您丈夫嘴里，听到很多关于您的事。他来看过我，我非常欢喜他哩，"她补充说，显然怀着恶意，"他在哪里？"

"他到乡下去了。"基蒂说，脸涨红了。

"请代我向他致意；一定啊！"

"一定！"基蒂天真地重复说，同情地望着她的眼睛。

"那么再见了，多莉！"安娜吻吻多莉，握了握基蒂的手，就急忙忙地走出去。

"她还和从前一样，还像以往那样妩媚动人。真迷人哩！"又剩下基蒂和她姐姐的时候，她说，"不过她有点让人可怜的地方。可怜极了！"

"是的，她今天有点异样，"多莉说，"我送她走的时候，到前厅里，我觉得她似乎要哭了。"

<h2 style="text-align:center">29</h2>

安娜又坐上马车，心情比出门的时候更恶劣。除了她以前的痛苦现在又添了一种受到侮辱和遭到唾弃的感觉，那是她和基蒂会面的时候清楚地感觉到的。

"到哪里去，夫人？回家吗？"彼得问。

"是的，回家去。"她说，现在根本不考虑到哪里去了。

"他们怎么像看什么可怕的、不可思议的、奇怪的东西一样看着我呀！他这么起劲地对那个人讲些什么呢？"她望着两个过路的人，这样想。"一个人能够把自己的感受告诉别人吗？我本来想告诉多莉的，不过幸好没有告诉她。她会多么幸灾乐祸啊！她会掩饰起来的；但是她主要的心情会是高兴我为了她所羡慕的种种快乐而受了惩罚。基蒂会更高兴了。我可把她看透了！她知道，我在她丈夫眼里显得异常可爱。她嫉妒我，憎恨我，而且还看不起我。在她的眼里我是一个不道德的女人。如果我是不道德的女人，我就可以使她丈夫堕入我的情网了……如果我愿意的话。而我的确很情愿。这个人很自以为了不起哩！"看见一个肥胖红润的绅士乘着车迎面驶来，她想，他把她当成了熟人，摘下他那闪光的秃头上的闪光礼帽，但是随后发觉他认错了人。"他以为他认识我。但是他和世界上其他的人一样，同我毫不相识。连我自己都不认识我！我就知道我的胃口，正像那句法国谚语说的。他们想要吃肮脏的冰淇淋；这一点他们一定知道的。"她心里想，看见两个男孩拦住一个冰淇淋小贩，他把桶由头顶上放下来，用毛巾揩拭着汗淋淋的面孔。"我们都愿意要甘美可口的东西。如果没有糖果，就要不干净的冰淇淋！基蒂也一样，得不到弗龙斯基，就要列文。而她嫉妒我，仇视我。我们都是互相仇视的。基蒂恨我，我恨基蒂！这是事实。秋季金，理发师。*我请秋季金给我梳头。*①……他回来的时候我要告诉他。"她想着忽然笑起来。但是马上又回想起她现在没有可以谈笑的人。"况且，又没有什么有趣的赏心乐事。一切都是可恨的。晚祷钟声响了，那个商人多么虔诚地画着十字，好像唯恐失掉什么似的！这些教堂、这些钟声、这些欺诈，都是用来做什么的呢？无非是用来掩饰我们彼此之间的仇视，就像那些破口对骂的车夫一样。亚什温说：'他要把我赢得连件衬衣都不剩，我也是如此。'是的，这倒是事实！"

她完全沉溺在这些思想中，甚至忘记了她的处境，就这样到达了家门口。看见门房出来迎接她的时候，她这才回忆起她发出去的信和电报。

"有回信吗？"她问。

---

① 原文为法语。

"我找找看。"他回答,望了望办公桌,他拿起一封方形的电报小封套递给她。"十点以前我不能回来。弗龙斯基。"她读着。

"送信的人还没有回来吗?"

"没有,夫人。"门房回答。

"啊,既然如此,我知道该怎么办了。"她自言自语,感到心上起了一股无名的怒火和渴望报复的欲望,她跑上楼去。"我亲自去找他。在和他永别以前,我要把一切都和他讲明。我从来没有像恨他这样恨过任何人!"她想。看见挂在帽架上的他的帽子,她厌恶得战栗起来。她没有想到他的电报是答复她的电报的,他还没有接到她的信。她想象他现在正平静地同他母亲和索罗金公爵小姐谈着天,因为她的痛苦而感到高兴呢。"是的,我得快点去!"她自言自语,她还不知道要到哪里去。她想尽可能地摆脱她在这幢可怕的房子里所体验到的心情。仆人们、四壁、房中的摆设,都在她心中引起一种厌恶和怨恨的情绪,像千钧重担一样压迫着她。

"是的,我必须到火车站去,如果找不到他,我就到那里去揭穿他。"安娜看了看报纸上的火车时间表。夜车在八点零两分开车。"是的,我赶得上。"她吩咐套上另外两匹马,自己忙着往旅行袋里收拾一两天内需用的东西。她知道她再也不会回到这里来了。在掠过心头的种种计划中她模糊地决定采用一种:在火车站或者伯爵夫人家闹过一场以后,她就乘下城铁路的火车到下面第一个城市住下来。

午餐摆好了。她走到桌旁,一闻到面包和干酪的气味,就使她觉得一切食物都是令人恶心的,她吩咐套上车,就走出去。房子已经在马路上投下阴影;傍晚很晴朗,在夕阳中还很温暖。搬着安娜的东西走出来的安努什卡、把行李放到车上去的彼得和分明很不高兴的马车夫,都使她觉得讨厌,他们说的话和举动都惹得她生气。

"我不需要你,彼得!"

"但是车票怎么办呢?"

"哦,随你的便吧,我不在乎。"她厌烦地回答。

彼得跳上驭台,两手叉着腰告诉车夫驶到车站去。

30

"瞧,又是她!我又全都明白了!"安娜说,那时马车刚走动,轻轻摇晃着,轰隆隆地驶过沙砾铺的马路;不同的印象又一个接着一个交替地涌上她的心头。

"我最后想到的那一桩那么美妙的事情是什么?"她极力回想着,"秋季金,理发师?不,不是的。是的,是亚什温所说的:生存竞争和仇恨是把人们联系起来的唯一的因素。不,你们去也是徒劳往返,"她在心里对一群乘四驾马车,显然是到郊外去寻欢作乐的人说,"带着狗也无济于事!你们摆脱不了自己。"她朝着彼得眺望的方向看去,看见一个喝得烂醉如泥的工人,他的头左右摇晃着,正被一个警察带到什么地方去。"这个人倒找到一条捷径,"她想,"弗龙斯基伯爵和我也没有找到这种乐趣,虽然我们那么期望,"现在安娜第一次一目了然地看清了她和他的一切关系,这在以前她总是避免去想的,"他在我身上找寻什么呢?与其说是爱情,还不如说是要满足他的虚荣心。"她回忆起在他们结合的初期他的言语,他脸上流露出的那种使人联想到一只驯顺的猎狗的神情。现在一切都证实了她的看法。"是的,他心上有一种虚荣心得到满足的胜利感。当然其中也有爱情;但是大部分是胜利的自豪感。他以我而自豪。但是那已经是过去的事了。再也没有任何可以骄傲的了。没有可以骄傲的,反倒有使人羞愧的地方!他从我身上取去了可以取去的一切,现在他不需要我了。他厌倦了我,又极力不要对我显得无情无义。昨天他说漏了嘴——他要我离婚,然后再结婚,他这是破釜沉舟罢了。他爱我,但是怎么爱法呢!热情已经消失了!①这个人想要一鸣惊人,非常自负哩!"她想,望着一个乘着一匹出租马的红脸膛的店员,"不,对他来说,我早已没有风韵了。如果我离开他,他会打心眼里高兴呢!"

这并不是凭空揣测,而是她借着现在突然把人生的意义和人与人的关系显示给她的那种看穿一切的眼光清清楚楚地看出来的。

"我的爱情越来越热烈,越来越自私,而他的却越来越减退,这就是使我们分离的原因。"她继续想下去,"而这是无法补救的。在我,一切都以他为中心,我要求他越来越完完全全地献身于我。但是他却越来越想疏远我。我们没有结合以前,倒真是很接近的,但是现在我们却不可挽回地疏远起来;这是无法改变的。他说我嫉妒得太没有道理。我自己也说我嫉妒得太没有道理;不过事实并非如此。我不是嫉妒,而是不满足。但是……"由于一个突然涌上心头的思想,她激动得张开嘴,在马车里挪动了一下身子,"不论是什么,只要不单单是个热爱他的爱抚的情妇就好了;但是我不能够,而且也不愿意是另外的什么人。而这种愿望却引起了他的厌恶,又引起了我的愤怒,事情不能不如此。难道我不知道他不会欺骗我,他对索罗金小姐并没有什么情意,他也不爱基蒂,而且他也不会对我不忠实吗?这一切我全知道,但是这并不能使我释然于心。如果,他不爱我,却由于责任感而对我曲意温存,但却没有我所渴望的情感,这比怨恨还要坏千百倍!这简直是地狱!事实就是如此。他早就不爱我了。爱情一旦结束,仇恨就开始了。我一点也不认识这些街道。这里像一座座的山,全是房子,房子……房子里全是人,人……多少人啊,数不清,而且他们彼此都是仇视的。哦,让我想想,为

---

① 原文为英语。

了幸福我希望些什么呢？哦，假定我离了婚，阿列克谢·亚历山德罗维奇把谢廖沙给了我，我和弗龙斯基结了婚！"回忆起阿列克谢·亚历山德罗维奇，好像他就在她面前一样，她立刻异常生动地摹想着他和他的温和的、毫无生气的、迟钝的眼睛，他的白净的手上的青筋，他的声调，他扳手指的声音，也回想起一度存在于他们之间的那种也称为爱情的感情，她厌恶得战栗起来。"哦，假定我离了婚，成了弗龙斯基的妻子。结果又怎么样呢？难道基蒂就不再像今天那样看我了吗？不。难道谢廖沙就不再追问和奇怪我怎么会有两个丈夫了吗？在我和弗龙斯基之间又会出现什么新的感情呢？不要说幸福，就是摆脱痛苦，难道有可能吗？不！不！"她现在毫不犹豫地回答了自己，"这是不可能的！生活使我们破裂了，我使他不幸，他也使我不幸，他和我都不能有所改变。一切办法都尝试过了，但是螺丝钉拧坏了。啊，一个抱着婴儿的乞妇。她以为人家会可怜她。我们投身到世界上来，不就是要互相仇恨，因此折磨自己和别人吗？那里来了一群学生，他们在笑。谢廖沙？"她想起来了，"我也以为我很爱他，而且因为自己对他的爱而感动。但是没有他我还是活着，抛掉了他来换别人的爱，而且只要另外那个人的爱情能满足我的时候，我并不后悔发生这种变化。"她厌恶地回想起她所谓的那种爱情。她现在用来观察自己的和所有别人的生活的那种清晰眼光，使她感到高兴。"对于我、彼得、车夫费多尔、那个商人和住在那些广告号召人们去的伏尔加河畔的所有的人，都是一样的，随时随地都是一样的。"她想着，那时她已驶近了下城车站的矮小的房屋，脚夫们从那里跑出来迎接她。

"去买一张到奥比拉罗夫卡的车票吗？"彼得问。

她完全忘了她要到哪里去，和为什么要去，费了好大的劲她才明白了这个问题。

"是的。"她说，把钱包交给他；把她的红色小手提包拿在手里，她下了马车。

当她穿过人群往头等候车室走去的时候，她逐渐回想起她处境的全部详情和她的犹疑不决的计划。于是希望和绝望，又轮流在她的旧创伤上刺痛了她那痛苦万状、可怕地跳动着的心灵的伤处。坐在星形沙发上等候火车的时候，她厌恶地凝视着那些进进出出的人（对她说来，他们全都是讨厌的）。一会儿想着怎样到达车站，给他写一封信，信上写些什么，一会儿又想他不了解她的痛苦，现在正在向他母亲诉说他的处境，以及她怎么走进屋去，她对他说些什么。随后她又想生活仍然会多么幸福，她多么痛苦地爱他，恨他，而她的心跳动得多么厉害。

31

铃响了，几个青年匆匆走过去，他们既丑陋，又无礼，但却非常注意他们给人的印象；彼得穿着号衣和长统靴，面孔呆板，一副蠢相，也穿过候车室，来送她上火车。两个大声喧哗着的男人沉默下来，当她在月台上走过他们身边的时候，其中的一个人对另外那个人低声议论了她几句，自然是些下流的话。她登上火车的高踏板，独自坐在一节空车厢的套着原先是洁白、现在却很肮脏的椅套的弹簧椅上。她的手提包放在身边，被座位的弹簧颠得一上一下。彼得带着一脸傻笑，举起他那镶着金边的帽子，在车窗跟前向她告别；一个冒失的乘务员砰的一声把门关上，并且闩上锁。一个裙子里撑着裙箍的畸形女人（安娜在想象中给那女人剥掉了衣服，看见她的残疾的形体不禁毛骨悚然起来）和一个堆着假笑的女孩子，跑下去。

"卡捷琳娜·安德列耶夫娜什么都有了，姑姑！①"那小女孩喊着说。

"还是个小孩子，就已经变得怪模怪样，会装腔作势了。"安娜想。为了不看见任何人，她连忙立起身来，在空车厢对面的窗口坐下。一个肮脏的、丑陋的农民，戴着帽子，帽子下面露出一缕缕乱蓬蓬的头发，走过窗口，弯腰俯在车轮上。"这个丑陋的农民似乎很眼熟。"她想。回忆起她的梦境，她吓得浑身发抖，走到对面的门口去。乘务员打开门，放进一对夫妇来。

"夫人想出去吗？"

安娜一声不答。乘务员和进来的人们都没有注意到她那面纱下的脸上的惊惶神色。她走回她的角落里，坐下来。那对夫妇在她对面坐下，留心地，偷偷地打量着她的服装。安娜觉得他们两夫妇都是令人憎恶的。那位丈夫请求她允许他吸支烟，他分明不是想吸烟，而是想和她攀谈。得到她的许可以后，他就用法语对他妻子谈起来，谈一些他宁可抽烟，也不大情愿谈论的无聊事情。他们装腔作势地谈着一些蠢话，只不过是为了让她听听罢了。安娜清清楚楚地看出来，他们彼此是多么厌倦，他们彼此又有多么仇视。像这样可怜的丑人儿是不能不叫人仇恨的。

听到第二遍铃响了，紧接着是一阵搬动行李、喧哗、喊叫和笑声。安娜非常明白，任何人也没有值得高兴的事情，因此这种笑声使她很痛苦，她很想堵住耳朵不听。终于第三遍铃响了，火车头拉了汽笛，发出哐啷响声，挂钩的链子猛然一牵动，那个做丈夫的在身上画了个十字。"问问他这么做是什么意思，倒是蛮有趣的。"安娜想，轻蔑地盯着他。她越过那妇人，凭窗远眺，望着月台上那些

---

① 原文为法语。

来送行,仿佛朝后面滑过去的人。安娜坐的那节车厢,在铁轨接合处有规律地震动着,轰隆轰隆地开过月台,开过一堵砖墙、一座信号房、还开过一些别的车辆;在铁轨上发出轻微的叮当声的车轮变得又流畅又平稳了;窗户被灿烂的夕阳照着,微风轻拂着窗帘。安娜忘记了她的旅伴们;随着车厢的轻微颤动摇晃着,呼吸着新鲜空气,安娜又开始沉思起来:

"我刚才想到哪里了呢?我想到简直想象不出一种不痛苦的生活环境;我们生来就是受苦受难的,这一点我们都知道,但是却都千方百计地欺骗自己。但是就是你看清真相的时候,你又有什么办法呢?"

"赐予人理智就是使他能够摆脱苦难。"那个太太用法语挤眉弄眼地咬着舌头说,显然很得意她这句话。

这句话仿佛回答了安娜的思想。

"摆脱苦难。"安娜心里暗暗地重复说。瞥了一眼那位面颊红润的丈夫和他瘦骨嶙峋的妻子,她看出来那个多病的妻子觉得自己受到误解,她丈夫欺骗了她,因此使她自己起了这种念头。安娜把目光转移到他们身上,仿佛看穿了他们的来历和他们心灵的隐秘。但是这一点意思也没有,于是她又继续思索起来。

"是的,我苦恼万分,赋予我理智就是为了使我能够摆脱;因此我一定要摆脱。如果再也没有可看的,而且一切看起来都让人生厌的话,那么为什么不把蜡烛熄了呢?但是怎么办呢?为什么这个乘务员顺着栏杆跑过去?为什么下面那辆车厢里的那些年轻人在大声喊叫?为什么他们又说又笑?这全是虚伪的,全是谎话,全是欺骗,全是罪恶!……"

在火车进站的时候,安娜夹在一群乘客中间下了车,好像躲避麻风病患者一样避开他们,她站在月台上,极力回忆着她是为什么到这里来的,她打算做些什么。以前看起来可能办到的一切,现在却那样难以理解,特别是在这群闹嚷嚷的不让她安静一下的讨厌的

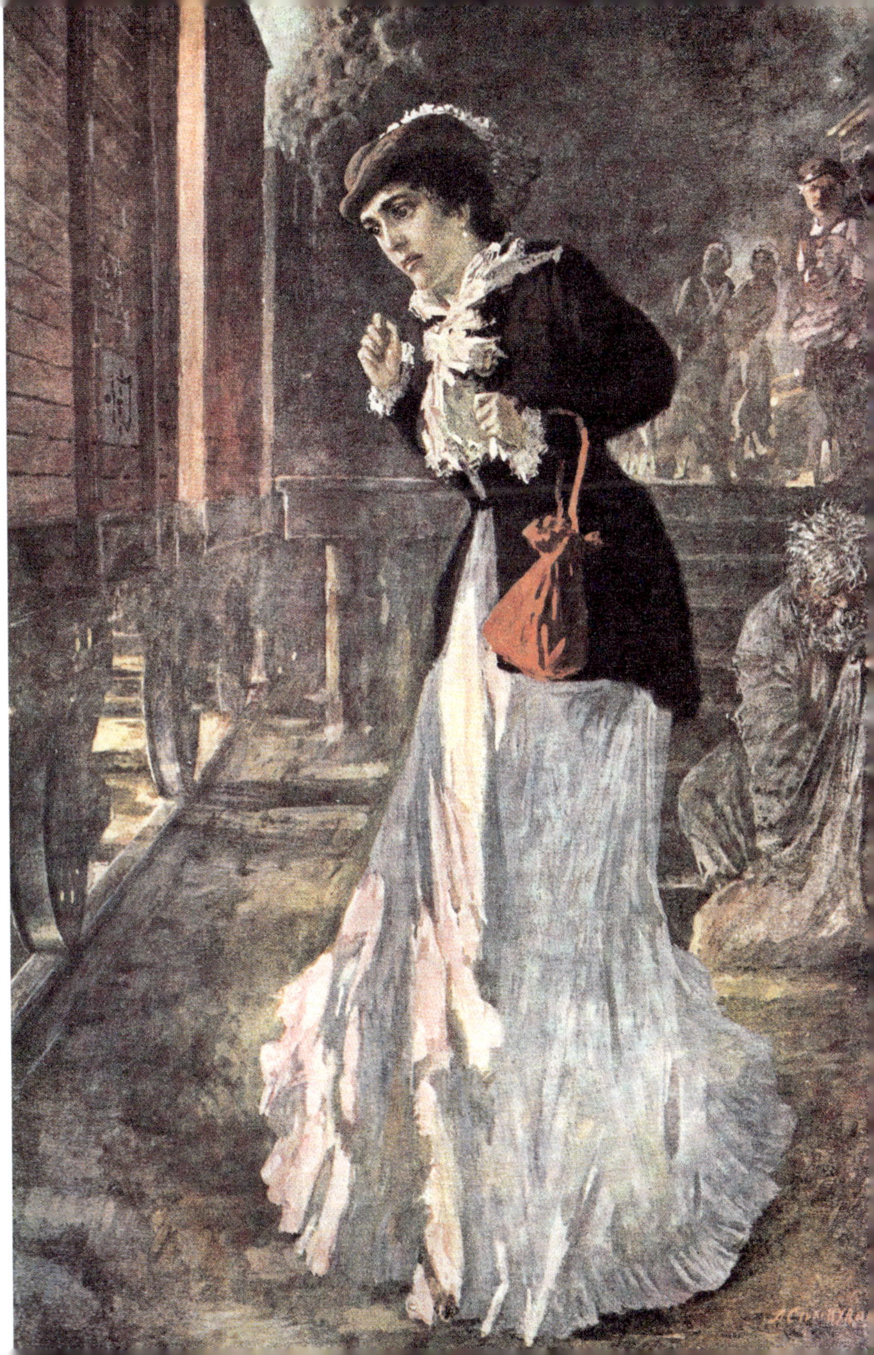

人中间。有时脚夫们冲上来,表示愿意为她效劳;有时年轻人们从月台上走过去,鞋后跟在地上格格地响着,一边高谈阔论,一边凝视着她;有时又遇见一些给她让错了路的人。回想着如果没有回信她就打算再往下走,她拦住一个脚夫,打听有没有一个从弗龙斯基伯爵那里带了信来的车夫。

"弗龙斯基伯爵?刚刚这里还有一个从那里来的人呢。他是来接索罗金公爵夫人和她女儿的。那个车夫长得什么模样?"

她正在对那个脚夫讲话的时候,那个面色红润、神情愉快、穿着一件挂着表链的时髦蓝外套、显然很得意那么顺利就完成了使命的车夫米哈伊尔,走上来交给她一封信。她撕开信,还没有看,她的心就绞痛起来。

"很抱歉,那封信没有交到我手里。十点钟我就回来。"弗龙斯基字迹潦草地写道。

"是的,果然不出我所料!"她含着恶意的微笑自言自语。

"好,你回家去吧。"她轻轻地对米哈伊尔说。她说得很轻,因为她的心脏急促的跳动使她透不过气来。"不,我不让你折磨我了。"她想,既不是威胁他,也不是威胁她自己,而是威胁什么迫使她受苦的人,她顺着月台走过去,走过了车站。

两个在月台上踱来踱去的使女,扭过头来凝视她,大声地评论了几句她的服装。"质地是真的。"她们在议论她身上的花边。年轻人们不让她安静。他们又凝视着她的面孔,不自然地又笑又叫地走过她身边。站长走上来,问她是否要到什么地方去。一个卖克瓦斯的孩子目不转睛地盯着她。"天啊,我到哪里去呢?"她想,沿着月台越走越远了。她在月台尽头停下来。几个太太和孩子来迎接一个戴眼镜的绅士,高声谈笑着,在她走过来的时候沉默下来,紧盯着她。她加快脚步,从他们身边走到月台边上。一辆货车驶近了,月台震撼起来，她觉得自己好像又坐在火车里了。

突然间回忆起她和弗龙斯基初次相逢那一天被火车轧死的那个人，她醒悟到她该怎么办了。她迈着迅速而轻盈的步伐走下从水塔通到铁轨的台阶，直到匆匆开过来的火车那儿才停下来。她凝视着车厢下面，凝视着螺旋推进器、锁链和缓缓开来的第一节车的大铁轮，试着衡量前轮和后轮的中心点，和那个中心点正对着她的时间。

"到那里去！"她自言自语，望着投到布满砂土和煤灰的枕木上的车辆的阴影，"到那里去，投到正中间，我要惩罚他，摆脱所有的人和我自己！"

她想倒在和她拉平了的第一辆车厢的车轮中间。但是她因为从胳臂上往下取小红皮包而耽搁了，已经太晚了；中心点已经开过去。她不得不等待下一节车厢。一种仿佛她准备入浴时所体会到的心情袭上了她的心头，于是她画了个十字。这种熟悉的画十字的姿势在她心中唤起了一系列少女时代和童年时代的回忆，笼罩着一切的黑暗突然破裂了，转瞬间生命以它过去的全部辉煌的欢乐呈现在她面前。但是她目不转睛地盯着开过来的第二节车厢的车轮，车轮与车轮之间的中心点刚一和她对正了，她就抛掉红皮包，缩着脖子，两手扶着地投到车厢下面，她微微地动了一动，好像准备马上又站起来一样，扑通跪下去了。同一瞬间，一想到她在做什么，她吓得毛骨悚然。"我在哪里？我在做什么？为什么呀？"她想站起身来，把身子仰到后面去，但是什么巨大无情的东西撞在她头上，从她的背上碾过去了。"上帝，饶恕我的一切！"她说，感觉到无法挣扎……一个正在铁轨上干活的矮小农民，咕噜了句什么。那支蜡烛，她曾借着它的烛光浏览过充满了苦难、虚伪、悲哀和罪恶的书籍，比以往更加明亮地闪烁起来，为她照亮了以前笼罩在黑暗中的一切，哔剥响起来，开始昏暗下去，永远熄灭了。

第八部

1

差不多已经过了两个月的光景。已经是炎夏,谢尔盖·伊万诺维奇才准备离开莫斯科。

这期间,在谢尔盖·伊万诺维奇的生活中发生了一些重要事件。他那部花费了六年心血写成的成果,题名为:《略论欧洲与俄国的国家基础和形式》的著作一年前已经写好了。其中某些章节和序言都曾在杂志上发表过,其他的一些章节谢尔盖·伊万诺维奇也曾对他的同好们诵读过,因此这部著作的主导思想对于读者说来已经不是完全新奇的了;但是谢尔盖·伊万诺维奇仍然指望这部著作的出版会在社会上产生很大的影响,即使不是科学上的革命,至少也要引起学术界的大骚动。

经过仔细修订以后,这部著作去年出版了,而且分发到书商们手里。

虽然谢尔盖·伊万诺维奇没有向任何人询问一声,而且回答向他打听这部书情况的朋友们的询问,也是勉强和故作冷淡的样子,甚至也不向书商探问销路如何,但是他却机警地、全神贯注地注意着他的著作在社会上和文学界引起的最初印象。

但是过了一个星期,又一个星期,第三个星期也过去了,在社会上看不出有丝毫的反应;他的朋友们,那些专家和学者,有时候,显然是出于客气,才向他提了一提;其他的熟人们,那些对学术著作完全不感兴趣的人,根本没有向他提起过。社会上,特别是目前全神贯注在别的事情上,完全是冷淡的。在文学刊物上,整整一个月,一个字也没有提到这本书。

谢尔盖·伊万诺维奇曾经精确地计算过写书评所需要的时间;但是过了一个月,又一个月,仍然沉默着。

仅仅在《北方甲虫》上,在一篇论倒嗓的歌手德拉班吉的滑稽小品文里,插入了几句对科兹内舍夫的著作颇为不敬的批评指出这部作品早就受到人人的指责,受到一致的嘲笑。

终于,在第三个月上,在一种严肃的杂志上出现了一篇批评文章。谢尔盖·伊万诺维奇认识这篇文章的作者。他有一次在戈卢布佐夫家遇见过。

作者是一个非常年轻的、患病的作家;作为一个作家来说是很大胆的,但是他十分没有教养,而且在私人关系上是很怯懦的。

尽管谢尔盖·伊万诺维奇根本瞧不起这个作者,但他还是怀着十分的敬意着手阅读这篇评论文章。这篇文章太可怕了。

批评家显然完全曲解了这部著作。但是他把引文选择得那么巧妙,使得没有读过这部作品的人(显然几乎没有人看过这部书)都可以清楚地看出整个著作只不过是华丽辞藻的堆砌而已,甚至连文字也用词不当(像问号所指出的),因此这部书的作者完全是一个不学无术的人。这一切说得那么巧妙,连谢尔盖·伊万诺维奇本人都不否认说得很巧妙;而这就是它之所以可怕的地方。

尽管谢尔盖·伊万诺维奇用来检验那位批评家的论据是否正确的态度是十分诚恳的,但是他根本不考虑受到人家讥讽的缺点和错误——显然这都是吹毛求疵——却立刻不由自主地开始回忆他和这篇评论的作者会面和谈话的最细微的细节。

"我是不是有什么地方得罪了他?"谢尔盖·伊万诺维奇问自己。

回忆起会面的时候他曾纠正过这个年轻人所说的那些流露出他愚昧无知的话语，于是谢尔盖·伊万诺维奇找到了这篇文章的用意所在。

在这篇文章发表以后，在书刊和谈话中对于这部著作是死一般的沉寂，于是谢尔盖·伊万诺维奇看出来，他花费了那么大的热诚和心血、六年才完成的作品，完全付之流水了。

谢尔盖·伊万诺维奇的处境更加痛苦了，因为完成了那部著作，他再也没有像以前曾占据了他的大部分时间的著述工作了。

谢尔盖·伊万诺维奇聪明、有学问、健康，而且精力旺盛，但是他却不知道把精力用到哪里。在客厅里、大会上、会议中、委员会里和凡是可以讲话的场合发表议论，占去了他一部分时间；但是作为一个住惯城市的人，他不允许自己像他的没有经验的弟弟在莫斯科所做的那样，把全副精力完全花费在谈话上；因此他还剩下许多闲暇时间和智力。

幸亏，在他的著作失败以后这段难挨的时间里，异教徒、美国朋友们①、萨马拉的饥荒②、展览会和唯心论等问题都被以前社会上

---

① 美国朋友们，一八六六年，亚历山大二世逃脱了卡拉科佐夫行刺的阴谋后，美国有一个外交使团到俄国来表示庆贺，对俄国给予联邦政府的道义上的支持表示谢意（俄国在1863年美国内战期间曾派了一营骑兵去美国，作为友好的表示）。使团在庆祝的人群中受到亚历山大接见，并受到政府和群众团体极其热烈的欢迎。

② 萨马拉的饥荒，一八七三年六月托尔斯泰及其家庭去看他在萨马拉省布鲁克区新购置的一块领地。像以往一样，农民的生活情况使他感兴趣，但他所看到的行将来临的灾难的情景使他十分惊骇。那里接连两年歉收，耗尽了农民们在以往岁月里的存粮。那一年干旱，颗粒无收，人民面临着饥荒。地方当局并没有采取措施，而全国和中央政府对这次灾难一无所知，因为遥远的萨马拉省是那么隔绝。托尔斯泰在他的领地附近亲自每隔十家就研究一下，并且骑马到邻近方圆五十英里的地区去收集详细的情报。那时他写了一封长信，生动而具有说服力地描绘了这种悲惨的情况。这发表在《莫斯科的报告》上，非常骇人听闻，迫使政府采取行动，除了私人捐献，总共捐助了二百万卢布的光景。这样人民勉强度过那一年，以后两年丰收，使他们又完全站起来了。这事件，甚至在危机过去以后，自然成了人们谈论的话题。

不大注意的斯拉夫问题①代替了。而谢尔盖·伊万诺维奇原是这个问题的一个创始人，就完全投身到这里面去了。

在谢尔盖·伊万诺维奇所属的圈子里，那时除了斯拉夫问题和塞尔维亚战争什么也不写也不谈。所有无所事事的群众一向用来消磨时间的东西，现在都用来为斯拉夫人效劳。舞会、音乐会、宴会、演讲、妇女的服装、啤酒和饭店——一切都证实了人们对斯拉夫人抱着同情。

许多有关这问题的言论和著述，谢尔盖·伊万诺维奇就细节上说并不同意。他看出来斯拉夫问题变成那种一个接着一个地构成社会人士谈话资料的时髦的消遣品之一；他也看出好多人参与这种事是怀着自私自利和自吹自擂的目的。他认为报刊发表了许多不必要、夸大其词的东西，只不过是要引人注意和压倒对方。他看出在社会上这种普遍的热潮中跳到前面和叫嚣得比任何人都响亮的是那些失意的、受了委屈的人，像没有队伍的总司令，不管部的部长，没有刊物的记者和没有党羽的党魁。他看出来有很多是轻浮而可笑的；但是他也看出来，而且承认那种联合了社会上所有阶层的、令人不能不同情的、那种毋庸置疑和不断增长着的热情。屠杀我们同一教派的人和斯拉夫弟兄的事件引起了人们对受难者的同情和对压迫者的愤恨。为了一个伟大的目的而斗争的塞尔维亚人和斯拉夫人的英雄主义，在全民族中唤起了一种不是用言语而是要用行动来支援他

---

① 斯拉夫问题：斯拉夫各民族从土耳其统治下解放出来的问题，是十九世纪七十年代最现实的政治问题之一。一八七四年在波斯尼亚和黑塞哥维那开始了起义，一八七六年黑山人发动起义。同年，塞尔维亚对土耳其宣战。保加利亚也发动起义。次年四月俄国参战，并于一八七八年击败土军。极端反动分子为了镇压巴尔干的革命情绪，拥护进攻巴尔干，因为起义者的斗争不但反对土耳其人，也反对当地的封建主。许多民粹派的革命者参加了塞尔维亚人和黑山人的起义运动。作者很了解斯拉夫各民族反抗异国统治的历史性斗争的意义。

们的弟兄们的愿望。

此外还有一个使谢尔盖·伊万诺维奇非常高兴的现象：这就是舆论的表示。社会上明确地表示了它的愿望。"民族的精神表现出来了。"正如谢尔盖·伊万诺维奇所说的。他越研究这个问题，就越清楚地觉得这是一种规模必然很宏大的划时代的事件。

他专心致志地为这种伟大的运动服务，忘了去想他的著作。

他全部的时间占得满满的，连回复所有的信件和要求都来不及。

工作了一春天和一部分夏天以后，直到七月他才准备到乡下他弟弟那里去。

他去，一方面是休息两个星期，一方面是在人民最神圣的地方，在乡村的中心，饱览一下民族精神高涨的景象，这种精神他和所有首都和大城市的居民是深信不疑的。老早就打算实践去列文家拜访的诺言的卡塔瓦索夫，陪着他一同去。

2

谢尔盖·伊万诺维奇和卡塔瓦索夫刚刚到达那天特别热闹拥挤的库尔斯克铁路线的火车站，下了马车，正回头张望押着行李跟在他们后面的仆人，就有一些志愿兵[①]乘着四驾马车驰来了。妇女们拿着花束欢迎他们，而且有一群蜂拥而来的人跟随着他们进入车站。

有一个欢迎过志愿兵的太太，走出候车室对谢尔盖·伊万诺维奇说：

"您也来欢送吗？"她用法语问。

---

① 这一段时期指的是一八七六年七月，那时，在保加利亚人起义以后，塞尔维亚人、黑山人和黑塞哥维那人起义反抗土耳其人。许多俄国志愿兵参加了起义。一八七七年四月，俄国为了土耳其的基督教地区获得独立和自主权终于宣战。

"不,公爵夫人,我自己要走。到我弟弟家去休息。您总是来欢送吗?"谢尔盖·伊万诺维奇带着隐约可辨的微笑说。

"怎么能不送呢!"公爵夫人回答,"我们这里真的已经开走了八百人吗?马利温斯基不相信我的话。"

"八百多了。如果把那些没有直接由莫斯科开走的也计算在内,那就有一千多了。"谢尔盖·伊万诺维奇说。

"您瞧!我就是这么说嘛!"那位夫人愉快地响应说,"是不是真的捐助了一百万卢布了?"

"还要多呢,公爵夫人。"

"您看今天的电讯怎么样?又把土耳其人打败了!"

"是的,我看到了。"谢尔盖·伊万诺维奇回答。他们在谈论最近的电讯,上面证实了连续三天之内土耳其人在各个据点都被击溃,四下逃窜,预料明天将有一场决定性的战役。

"啊,顺便提一提,有一个很好的年轻人申请批准前去,我不知道为什么他们要刁难。我想请求您一下,我认识他,请您代他写一封信。他是利季娅·伊万诺夫伯爵夫人派遣来的。"

向这位公爵夫人打听了她所了解的有关这位年轻人的详细情形以后,谢尔盖·伊万诺维奇走进头等候车室,给那位有权决定这件事的人写了封信,就交给那位公爵夫人了。

"您知道,那位著名的弗龙斯基伯爵,也坐这趟车走。"公爵夫人带着得意扬扬和意味深长的微笑说,在他又找到她,把信交给她的时候。

"我听说他要走,但是不知道什么时候。坐这趟车走吗?"

"我看见他了。他在这里。只有他母亲来给他送行。这总算是他最好的办法了。"

"噢,是的,自然啦!"

他们正在交谈的时候，人群由他们身边拥到餐室去。他们也往前移动，听见一个手里端着酒杯的绅士的嘹亮的声音在对志愿兵们讲话："为信仰，为人类和我们的弟兄们服务！"那位绅士，声音越提越高了。"你们的母亲莫斯科祝福你们去建立丰功伟绩！万岁！"他用一种响亮而含泪的声音说。

所有人都欢呼"万岁！"又有一大群人拥到大厅里来，险些儿把公爵夫人撞倒。

"啊，公爵夫人！您看怎么样！"斯捷潘·阿尔卡季奇突然在人群中出现了，笑逐颜开地说，"说得又好又热情，对不对？好极了！谢尔盖·伊万内奇，您应该讲点什么，好使……您知道，只要几句鼓励的话；您讲得那么好。"他带着亲切的、尊敬的、谨慎的微笑补充说，轻轻地拉住胳臂把谢尔盖·伊万诺维奇往前推了推。

"不，我就要走了。"

"到哪里去？"

"到乡下我弟弟那里去。"谢尔盖·伊万诺维奇回答。

"那么您会看到我的妻子。我给她写过信，但是您会早些见到她。请您告诉她您见到我，*一切都好！*①她会明白的。不过，请您费心告诉她，我已被任命为联合委员会的委员……哦，她会明白的！您知道，*人生的小小不幸*。②"他对公爵夫人说，仿佛在道歉一样，"米亚赫基公爵夫人，不是丽莎，而是比比施，真的送去了一千支枪和十二个护士哩！我跟您说过吗？"

"是的，我听说了。"科兹内舍夫勉强地回答说。

"您走掉了真可惜！"斯捷潘·阿尔卡季奇说，"明天我们要为两个人：彼得堡的季米尔－巴尔特尼扬斯基，和我们的韦斯洛夫斯基，

---

①② 原文为英语。

格里沙钱行。他们两人都要去的,韦斯洛夫斯基最近结了婚。真是个好汉!对不对,公爵夫人?"他对那位夫人说。

公爵夫人不搭腔地望了望科兹内舍夫。但是谢尔盖·伊万内奇和公爵夫人似乎想要摆脱他,这一点也没有使斯捷潘·阿尔卡季奇感到难堪。他时而微笑着凝视公爵夫人帽子上的羽毛,时而左顾右盼,好像在回想什么一样。看见一个拿着募捐箱走过来的妇人,他就招手叫她过来,放进去一张五卢布的纸币。

"我口袋里有钱的时候,我看见这些募捐箱就不能无动于衷,"他说,"今天的电讯怎么样?这些黑山人,真是好汉!"

"真的吗!"当公爵夫人告诉他弗龙斯基也坐这班车走的时候,他叫出声来。一时间斯捷潘·阿尔卡季奇露出愁容,但是一会以后,当他微微摇摆着,抚摸着络腮胡子,走进弗龙斯基待的候车室时,斯捷潘·阿尔卡季奇已经完全忘记了自己曾伏在妹妹的尸首上绝望地痛哭,他只把弗龙斯基看成一个英雄和老朋友。

"他虽然有那么多缺点,但是不能不为他说句公道话,"奥布隆斯基一离开他们,公爵夫人就对谢尔盖·伊万诺维奇说,"他完完全全是俄罗斯型的,斯拉夫型的性格!不过恐怕弗龙斯基看见他会很难过。不论怎么说,这个人的命运使我很感动。在路上跟他谈一谈吧。"公爵夫人说。

"是的,也许会的,如果有机会的话。"

"我从来也不喜欢他。但是这事把许许多多都弥补了。他不仅自己去,而且他还自己出钱带去了一连骑兵。"

"是的,我听说了。"

铃响了,所有的人都朝着门口蜂拥而去。

"他就在那里!"公爵夫人指着弗龙斯基说,他穿着长外套,戴着宽边黑帽,挽着他母亲的胳臂走过去。奥布隆斯基在他旁边走着,正兴奋地谈论什么。

弗龙斯基皱着眉头，直视着前方，好像并没有听斯捷潘·阿尔卡季奇在谈什么。

大概是由于奥布隆斯基的指点，他朝公爵夫人和谢尔盖·伊万诺维奇站的地方回头一望，默默地举了举帽子。他的变得苍老的、充满痛苦的面孔像石化了一样。

走到月台上，弗龙斯基让他母亲先走过去，就默默地消失在一节单间车厢里了。

月台上奏起《上帝保佑沙皇》，紧接着是"万岁"和欢呼声。有一个志愿兵，高高的身材，塌陷的胸脯，很年轻，正特别惹人注目地行礼，在他的头上挥舞着毡帽和花束。两个军官和一个长着大胡子、戴着油污的帽子的上了年纪的人从他身后探出头来，也在行礼。

3

向公爵夫人告辞以后，谢尔盖·伊万内奇和走拢来的卡塔瓦索夫一齐走进挤得水泄不通的车厢，火车开动了。

在察里津车站，火车受到一队唱着悦耳的《斯拉夫西亚》①的青年合唱队的欢迎。志愿兵们又行礼，探出头来，但是谢尔盖·伊万诺维奇不再注意他们；他和志愿兵们打过那么多交道，对于他们这一类型已经看惯了，引不起他的兴趣了。但是卡塔瓦索夫，由于忙着从事科学工作一直没有机会观察志愿兵，却对他们非常感兴趣，直向谢尔盖·伊万诺维奇探听他们的事。

谢尔盖·伊万诺维奇劝他到二等车里去，亲自同他们谈一谈。

---

① 《斯拉夫西亚》，这是一支爱国的歌曲。

到了下一站卡塔瓦索夫就照着这话去做了。

车一停他就走到二等车厢里,同志愿兵们结识了。他们正坐在车厢的角落里高谈阔论,而且显然知道旅客们和走进来的卡塔瓦索夫的注意力都集中在他们身上。那个高个子、塌胸脯的年轻人讲话的声音比任何人都响亮。他分明喝醉了,正在讲他在学校里发生过的一件事。他对面坐着一位已经不算年轻的军官,穿着奥地利近卫军的军用外套。他带着微笑听着那个年轻人讲,而且想要拦住他。第三个,穿着炮兵军服,坐在他们旁边的一只箱子上面。第四个沉入睡乡。

同那个年轻人攀谈起来,卡塔瓦索夫探听出来他本来是莫斯科的一个富商,不满二十二岁就将巨大的家产挥霍净尽。卡塔瓦索夫很不喜欢他,因为他毫无丈夫气概,娇养坏了,而且身体虚弱;他显然确信,特别是现在他喝得醉意醺醺的时候,他是在完成一种英雄事业,而且他以一种令人最不愉快的姿态自吹自擂起来。

第二个,那个退伍军官,也给了卡塔瓦索夫一种不愉快的印象。他显然是一个样样事都干过的人。他曾经在铁路上供过职,做过管家,自己开办过工厂,完全没有必要地谈论着这一切,不恰当地使用着一些术语。

第三个,那个炮兵,反而获得了卡塔瓦索夫很大的欢心。他是一个谦逊而沉静的人,显而易见很崇拜那位退伍近卫军官的知识和那位商人的英勇的自我牺牲精神,一点也没有谈到他自己。当卡塔瓦索夫问他是什么促使他去塞尔维亚的时候,他谦虚地回答说:

"哦,人人都去呢。而且塞尔维亚人也需要帮助。我替他们难过。"

"是的,那里特别缺少炮兵。"卡塔瓦索夫说。

"但是我在炮兵队里服役没有多久,也许他们会把我派到步兵或者骑兵队里去。"

"在最需要炮兵的时候,为什么要派到步兵队里去?"卡塔瓦索夫说,按照炮兵的年龄推断,他一定已经升到相当高的官阶了。

"我在炮兵队里服役没有多久。我是一个退伍的军校学生。"他说,于是就开始解释为什么他军官考试没有及格。

这一切凑拢起来给予了卡塔瓦索夫一种不愉快的印象,当志愿兵们到一个车站上去饮酒的时候,他想同旁的人谈谈来证实一下自己的不良印象。有一个穿军用大衣的老年旅客,一直倾听着卡塔瓦索夫和志愿兵们谈话。只剩下他们两个人的时候,卡塔瓦索夫就跟他攀谈起来。

"去那边的所有这些人的情况有多么不同啊!"卡塔瓦索夫含混其词地说,想要发表自己的见解,同时也要探听一下那位老人的见解。

这老人是一位军官,参加过两次战役。他知道一个军人应当是怎样的,从这些人的外表和谈吐,从他们一路上酒瓶不离口那股劲头看来,他认为他们是不好的兵士。除此以外,他住在一个县城里,他很想讲讲那个县城里有一个参军的退伍军人,那是一个谁也不肯雇用的醉汉和窃贼。但是根据经验他知道在目前社会上这种情绪之下,发表任何违反公论的意见都是危险的,特别危险的是指责志愿兵们,因此他也只望了望卡塔瓦索夫。

"哦,那边需要人。"他说,眼里含着笑意。于是他们开始谈论最近的战事消息,互相掩饰着不知明天会和谁交战的疑惑心情,因为根据最近的情报,土耳其人在各个据点都被打败了。因此他们两人谁都没有发表自己的看法就分手了。

卡塔瓦索夫回到自己的车厢里,告诉谢尔盖·伊万诺维奇他对志愿兵的看法的时候,不由地说出违心之论,好像他们都是最杰出的人一样。

在一个大城市的车站上,志愿兵们又受到歌声和欢呼声的欢迎;拿着募捐箱的男男女女又出现了,省城的妇女们向志愿兵们献花,陪着他们进入餐室;但是这一切已经比莫斯科差得多了。

4

当火车停在省城的时候,谢尔盖·伊万诺维奇没有到餐室去,却在月台上踱来踱去。

他第一次经过弗龙斯基的车厢的时候,他注意到窗幔是拉下来的。但是他第二次经过,他看见老伯爵夫人正坐在窗口。她招手把科兹内舍夫叫到跟前。

"您看,我把他一直送到库尔斯克。"她说。

"是的,我听说了。"谢尔盖·伊万诺维奇说,停留在她的窗前,往里望了一眼,"就他这方面说,这是多么高尚的举动啊!"他补充说,注意到弗龙斯基没有在车厢里。

"是的,遭到那场不幸以后,他还有什么办法呢?"

"多么可怕的事件啊!"谢尔盖·伊万诺维奇说。

"唉,我受了多大罪啊!请进来吧……唉,我受了多大罪啊!"当谢尔盖·伊万诺维奇走来,在她旁边的软席上坐下的时候,她重复了一遍说。"您简直想象不出啊!六个星期他对谁也不讲话,只有我恳求他的时候,他才吃一点。简直一会儿也不能离开他。我们把一切可以用来自杀的东西都拿开了;我们住在楼下,但是万事都难预料。您要知道,他为了她的缘故自杀过一次,"她说,回想起这事,老妇人的眉头又皱起来,"是的,她的下场,正是那种女人应有的下场。连她挑选的死法都是卑鄙下贱的。"

"判断这事的不是我们，伯爵夫人，"谢尔盖·伊万诺维奇叹了口气说，"但是我了解，这对于您有多么痛苦。"

"唉，别提了！那时我正住在自己的田庄上，他同我在一道。有人送来一封信。他写了封回信，就送去了。我们一点也没有想到她就在车站上。傍晚，我刚到我的寝室去，我的使女玛丽就对我说车站上有位夫人卧轨自杀了。我好像受了意外的打击一样！我知道这就是她。我头一句话就说：不要告诉他。但是他们已经对他讲了。他的车夫在场，一切都看到了。当我跑到他房里去的时候，他已经精神失常了，看见他真怕人啊！他一句话也不说，骑着马一直奔到那里去了。我不知道在那里发生了什么，但是他们把他像死尸一样抬回来。我真要认不出他来了。医生说，完全虚脱了，①紧接着就差不多疯狂了一样。"

"唉！提这个做什么呢！"伯爵夫人挥了挥手说，"可怕的时候啊！不，不论怎么说，她都是个坏女人。这种不顾一切的热情有什么意思！只不过证明她有些特别罢了。嗯，她真的就这样证明了。她毁了她自己和两个好人——她丈夫和我不幸的儿子。"

"她丈夫怎么样？"谢尔盖·伊万诺维奇问。

"他带走了她的女儿，阿列克谢最初什么都满口答应。但是他现在非常痛惜把自己的女儿给了外人。但是话已出口，不能反悔了。卡列宁来参加了葬礼。但是我们设法安排使他和阿列克谢见不着面。这样，对他，对做丈夫的，都要好一些。她使他自由了。但是我可怜的儿子却完全献身于她了。他抛弃了一切——他的前程和我，就是这样她都没有可怜他一下，却存心把他完全毁了。不，不论怎么说，连她的死都是一个没有宗教信仰的可恶女人的死法。上帝饶恕

---

① 原文为法语。

我,但是我一看见我儿子毁了,一想起她来我就不由得不痛恨!"

"不过他现在怎么样了?"

"这场塞尔维亚战争,真是天赐我们的拯救啊!我是个老太婆,我不懂其中的好歹,但是对他说这是天赐的福分。自然,我,作为他的母亲,替他担心害怕;尤其是,据说在彼得堡人们不赞成这件事①。但是实在没别的办法!这是唯一能够使他振作起来的事情。他的朋友亚什温,把一切都输光了,也到塞尔维亚去。他来看望他,劝他去。现在这件事引起了他的兴趣。请您去同他谈一谈吧。我愿意使他散散心。他是那么悲伤。不幸的是他的牙齿又痛起来。但是他看见您一定会很高兴。请您去跟他谈谈吧;他就在那边走来走去呢。"

谢尔盖·伊万诺维奇说他很乐意,就走到月台那边去了。

5

在堆积在月台上的大麻袋投下的夕照的斜影里,弗龙斯基穿着长外套,帽子戴得低低的,双手插在口袋里,像笼中的野兽似的踱来踱去,走二十步就猛地转个身。谢尔盖·伊万诺维奇走上去的时候,觉得弗龙斯基看见了他,却故意装出没有看见他的样子。但是谢尔盖·伊万诺维奇毫不在意。他已经把他和弗龙斯基之间的个人恩怨置之度外了。

在谢尔盖·伊万诺维奇的眼里,弗龙斯基这时是一个从事于一种伟大事业的重要人物,而科兹内舍夫认为鼓舞他和向他表示赞许是他的责任。他走到他面前。

---

① 原文为法语。

弗龙斯基站住了，望着谢尔盖·伊万诺维奇，认出他来，就迎着他往前走了几步，和他紧紧地握了握手。

"也许您不愿意见我，"谢尔盖·伊万内奇说，"但是我能不能为您效点劳？"

"对我来说，无论同谁也比不上与您见面那样愉快的了，"弗龙斯基说，"对不起，对于我，人生已没有什么乐趣了。"

"我明白，而且愿意为您效劳，"谢尔盖·伊万诺维奇说，凝视着弗龙斯基那张流露着明显的痛苦神情的面孔，"要不要为您向李斯提奇①和米兰②写封信？"

"噢，不！"弗龙斯基说，好像费了很大劲才明白，"如果您不介意的话，我们就散散步吧。车厢里那么气闷。一封信吗？不，谢谢您；去赴死是用不着介绍信的！除非是写给土耳其人……"他说，仅仅嘴角上挂着一丝笑意。他的眼睛里仍然保留着那种气愤的痛苦神情。

"是的，不过同有了准备的人建立关系（这总归还是需要的），对您总要好一些。不过，随您的便。我高兴听听您的决定呢。志愿兵们受到那么多的攻击，像您这样一个人，会在舆论里提高他们的声望的。"

"我，作为一个人，"弗龙斯基说，"好处就在于，我丝毫也不看重我的生命。而且我有足够的体力去冲锋陷阵，或是击溃敌人，或是战死——这一点我倒是知道的。我很高兴居然有适于我献出生命的事业，这生命我不但不需要，而且还觉得很憎恶！它对别的人也许是有用的。"由于牙齿不断的剧痛，他的下颚忍受不了地抽搐着，

---

① 李斯提奇（1831—1899），塞尔维亚的政治家和历史学家。在一八七六年塞尔维亚与土耳其战争时他任外交部长，采取亲俄政策。

② 米兰·奥布廉诺维奇（1854—1901），于一八七二年统治塞尔维亚。一八七六年，社会舆论迫使他对土耳其宣战，以支持波斯尼亚人民的起义。经过长期战争，塞尔维亚获得独立，米兰于一八八二年自己宣布为国王。

痛得他连心里想说的话也说不出来。

"我敢预言,您会复原的,"谢尔盖·伊万诺维奇说,觉得很受感动,"把自己的弟兄们从压迫下解放出来,是一种值得人去出生入死的目的。愿上帝赐给您外在的成功和内心的宁静。"他补充说,伸出手来。

弗龙斯基紧紧地握住谢尔盖·伊万诺维奇伸出的手。

"是的,作为一种工具我还有些用处。但是作为一个人——我是一个废物了!"他停顿了一下才说完。

他的坚固的牙齿的剧痛,使他的嘴里充满了唾液,使他说不出话来。他沉默了,凝视着开过来的煤水车的车轮,它沿着铁轨慢慢地平稳地滚来。

突然间一种完全不同的感觉,不是痛楚,而是使他异常痛苦的内心的难受,使他一时间忘记了牙痛。他看到煤水车和铁轨,而且受到和一个自从发生了那不幸事件以后就没有见过面的朋友谈话的影响,他突然想起了她;那就是,回想起她遗留下的一切,当他像一个精神错乱的人一样跑到火车站站房,在一张桌子上,毫不羞愧地展露在陌生人眼前,停放着她那不久以前还充满着生命的、血迹斑斑的遗体;那个完整无恙的、长着浓厚头发、鬓角上有着发卷的头,朝后仰着;在那红唇半张的妩媚动人的脸上凝结着一种异样的表情——嘴唇上含着凄惨的神情,而在那还睁着的凝然不动的眼睛里带着吓人的光芒,好像在说他们吵架时她对他说过的那句可怕的话——说他会后悔的。

他努力追忆他初次遇见她的时候她的模样,那也是在火车站上,她神秘、妩媚、多情、追求和赐予幸福,不像他所记得的她最后那样残酷无情的报复神情。他极力回想他同她一起度过的良辰美景,但是这些时刻永远被毒害了。他只想得起她是一个获得胜利、实行了谁也不需要的、但使他抱恨终身的威胁的人。他不再感到牙痛了，一阵呜咽扭曲了他的脸。

默默无言地在行李堆旁边来回踱了两趟，而且控制住自己以后，他镇静地转向谢尔盖·伊万诺维奇说：

"自从昨天您就没有得到电讯了吧？是的，他们第三次又吃了败仗，但是预料明天将有一场决战。"

又议论了一阵国王米兰的宣言和它可能发生的巨大影响以后，听见第二次铃声，他们就分了手，回到各自的车厢里去了。

6

由于不知道什么时候可以离开莫斯科，谢尔盖·伊万诺维奇没有打电报叫他弟弟去接他。当卡塔瓦索夫和谢尔盖·伊万诺维奇坐着在车站雇的一辆出租马车，风尘仆仆，像阿拉伯人一样，正午驶到波克罗夫斯科耶的宅邸台阶前时，列文不在家。正陪着父亲和姐姐坐在凉台上的基蒂，认出来她的夫兄，于是跑下去迎接他。

"您不通知我们一声，亏得您不害羞！"她说，把手伸给谢尔盖·伊万诺维奇，而且让他吻了吻她的额头。

"我们没有麻烦你们，就顺顺当当地到这里来了，"谢尔盖·伊万诺维奇回答，"我浑身这么多的尘土，都不敢挨您一下了。我忙得都不知道什么时候才脱得开身哩。你们一切都照旧吧，"他微笑着说，"在这风平浪静的港湾里，不受浪潮的冲击，享受着恬静的乐趣。这就是我们的朋友费奥多尔·瓦西里耶维奇，他终于打定主意来了。"

"不过我可不是一个黑人，等我梳洗一下，我就会像个人样了！"卡塔瓦索夫用他平素的戏谑口吻说，伸出手来，而且微笑着，他的污黑的面孔衬托着他的牙齿显得格外地光亮。

"科斯佳一定会很高兴。他到农场上去了。他该回来了。"

"总是忙碌地经营着农业。确实是在风平浪静的港湾里,"卡塔瓦索夫说,"而我们住在城里的,除了塞尔维亚战争,别的就孤陋寡闻了。哦,我们的朋友怎么看法呢?他同别人的想法一定不一样?"

"噢,他没有什么特别的,就同大家一样哩,"基蒂回答,有点慌乱地回顾着谢尔盖·伊万诺维奇,"我派人去找他。爸爸和我们在一起。他刚从国外回来不久。"

吩咐打发人去叫列文和带领满面风尘的客人们去梳洗——一个在列文的书房,另一个在多莉住过的房间——而且吩咐过为客人们摆饭,基蒂充分运用她在怀孕期间被剥夺了的动作敏捷的权利,跑上凉台。

"是谢尔盖·伊万诺维奇和卡塔瓦索夫教授。"她说。

"噢,这样的大热天真难受啊!"公爵说。

"不,爸爸,他很可爱哩,科斯佳很欢喜他。"基蒂似乎带着恳求的微笑说,发觉了她父亲脸上嘲讽的神情。

"我倒没有什么。"

"你去招待他们吧,亲爱的,"基蒂对她姐姐说,"他们在车站遇见了斯季瓦,他很好哩。我要跑去看米佳。真倒霉,我从用过茶点以后就没有喂过他。他现在一定醒了,大概在啼哭呢。"感觉着乳汁在流,她迈着迅速的步伐走到育儿室去了。

果然不出所料,她不仅猜到(她同婴儿之间的联系还没有断绝),而且由于她体内乳汁的汹涌她确切地知道他要吃奶了。

她还没有到育儿室以前,就知道他在哭闹。而事实上他真是在哭闹。她听见他的声音就加快了脚步。但是她走得越快,他哭得也就越响亮。这是一种美妙的健康的声音,只是带着饥饿和急躁的意味。

"他哭了很久吗,保姆?很久了吗?"基蒂慌慌张张地问,坐在椅子上准备哺育婴儿,"赶快抱给我!喂,保姆,你多烦人啊;哦,帽子以后再系好了!"

婴儿由于饥饿哭得直抽搐。

"但是不能不这样哩,夫人,"阿加菲娅·米哈伊洛夫娜说,她差不多总在育儿室里,"一定要把他收拾得好好的!喂,喂!"她哄逗着婴儿,不理睬他母亲。

保姆把婴儿抱给他母亲。阿加菲娅·米哈伊洛夫娜跟着走过去,带着满脸疼爱的神情。

"他认得我,他认得我!的的确确的,卡捷琳娜·亚历山德罗夫娜,亲爱的,他认得我!"阿加菲娅·米哈伊洛夫娜压倒了婴儿的哭叫声喊着说。

但是基蒂没有听她的话。她的焦躁和婴儿的焦躁一样地增长着。

由于他们的急躁情绪,事情好久都搞不好。婴儿吮得不是地方,发起脾气来。

终于,经过一阵拼命的、透不过气的哭喊以后,事情才顺利起来,母子同时都安了心,两个人都沉默下来。

"可是他,这个可怜的宝贝,浑身都汗淋淋的了。"基蒂小声说,抚摸着婴儿。"您为什么认为他会认得您呢?"她补充说,斜眼望着婴儿的眼睛,婴儿的那对眼睛,如她所想象的,由滑落到前面去的帽子下面淘气地望着她,她还凝视着他的有规律地一起一伏的面颊,和那画着圆弧形挥动着的、手心通红的小手。

"不可能的!要是他认识人的话,那也是我啊。"基蒂反驳阿加菲娅·米哈伊洛夫娜的说法,而且微笑了。

她微笑,因为虽然她说他不可能认识人,但是她心里却确信他不但认识阿加菲娅·米哈伊洛夫娜,而且还知道和了解一切,甚至许许多多没有人知道的事情,而她,这个做母亲的,由于他的缘故才知道和了解了。对于阿加菲娅·米哈伊洛夫娜,对于保姆,对于他的外祖父,甚至对于他的父亲,米佳仅仅是一个需要物质上照顾的活物而已;但是对他母亲来说,他早已是一个具有精神活动的人物,她和他之间已经有了一系列精神上的联系。

"那您就等他醒来,上帝保佑,您亲自看看吧。我这么一来,他就容光焕发了,亲爱的。像晴朗的早晨一样哩。"阿加菲娅·米哈伊洛夫娜说。

"哦,好的,好的,那时我们再瞧吧,"基蒂低声说,"不过现在您走开吧,他睡着了。"

7

阿加菲娅·米哈伊洛夫娜踮着脚尖走出去;保姆放下窗幔。从摇篮的纱帐下面赶走了苍蝇和一只在窗玻璃上嗡嗡乱叫的大黄蜂,于是坐下来,在她们母子身上挥动着一根干枯的桦树枝。

"真热,真热啊!老天爷下一点雨也好啊!"她说。

"是的,是的,嘘……"基蒂只回答了这么一句,她微微地摇晃着身体,温柔地握住那手腕间仿佛缠着一根线似的肥胖小胳臂,这只胳臂,当米佳的眼睛时而睁开,时而闭拢的时候,一直轻轻地挥动着。这只手使基蒂心神不定;她很想吻吻这只手,但是又怕这么做会惊醒了婴儿。终于那只胳臂不再挥舞,眼睛也闭拢了。婴儿一边吃奶,一边扬起他那鬈曲的长睫毛,仅仅间或用那双在幽暗的光线中显得乌黑的水汪汪的眼睛望着他母亲。保姆停止扇动了,打起瞌睡来。可以听到楼上老公爵深沉的声音和卡塔瓦索夫的大笑声。

"我不在他们大概畅谈起来了,"基蒂想,"不过科斯佳不在,终归还是叫人烦恼的。他大约又到养蜂场去了。虽然他常常到那里去我很难过,但是我也很高兴。这会使他开心。他现在比春天快活多了,好多了。那时他是那么闷闷不乐,那么苦恼,我都替他害怕哩。他有多么可笑啊!"她微笑着低声说。

她知道是什么折磨着她丈夫。那就是他不信教。虽然,如果有人问她,她是否认为他不信教他在来世就会毁灭,她会不得不承认他会毁灭的,但是他不信教并没有使她不幸;她一面承认一个不信教的人是不可能获得拯救,同时又爱她丈夫的灵魂胜过世上的一切,她带着微笑想到他不信教,一面暗自说他很可笑。

"他一年到头总读些哲学做什么?"她想,"如果这一切都记载在这些书上,那他就会明白。如果那上面的话是不正确的,那么他为什么要读呢?他自己说他很想有信仰。那么他为什么不信教呢?一定是因为他想得太多了。他所以想得太多,就是因为他太孤寂了。他总是孤独,孤独的。他跟我们什么都谈不来。我想这些客人会使他高兴,特别是卡塔瓦索夫。他爱同他们辩论。"她想,一转念就想到把卡塔瓦索夫安顿到什么地方睡才好的问题上去。"和谢尔盖·伊万内奇分开住呢,还是住在一起?"这时一个念头突然涌上她的脑海,使她激动得战栗起来,甚至把米佳都惊扰得严厉地望了她一眼。"我想洗衣妇还没有把洗的东西送回来,而待客用的床单全都用上了。如果我不照料,阿加菲娅·米哈伊洛夫娜就会把用过的床单拿给谢尔盖·伊万内奇!"一想到这点血就涌上了基蒂的面颊。

"是的,我要照料一下。"她下了决心,又回到她以前的思路上去,回忆起有件很重要、精神方面的事情她还没有想透彻,于是开始回想那是什么问题。"是的,科斯佳是一个不信教的人。"她想起来又微笑了。

"哦,他是一个不信教的人!与其要他像施塔尔夫人,或者像我在国外的时候所希望成为的那种样子,倒不如让他永远像这样好。不,他决不会弄虚作假的。"

于是最近一件证明他的善良的事历历在目地涌现在她的心头。两星期前,多莉接到斯捷潘·阿尔卡季奇一封悔罪的信。他恳求她挽救他的名誉,卖掉她的地产来偿还他的债务。多莉陷入绝望中,她恨她的丈夫,对他又是轻视,又是可怜,打定主意和他离婚,并且加以拒绝;但是结果又同意卖掉她自己的一部分地产。然后,基蒂带着不由自主的感动的微笑,回想起她丈夫的羞涩,他一再想要解决他所关心的这件事情的笨拙的努力,终于想出了一个唯一可以帮助多莉而又不伤害她情感的办法,他提议基蒂把她自己那份地送给她,而这是她以前从来没有想到过的。

"他怎么会是一个不信教的人呢?他具有这样的心肠,唯恐伤害了任何人的感情,即使是个小孩子的!全都为别人着想,什么都不顾及自己!谢尔盖·伊万诺维奇完全认为科斯佳做他的管家是他的义务,他的姐姐也是如此。现在多莉和她的孩子们也处在他的保护之下。还有那些天天来找他的农民,好像帮助他们是他分内的事一样。"

"是的,但愿你像你父亲,但愿你像他就好了!"她说出来,把米佳交给保姆,吻了吻他的面颊。

8

自从列文看见他亲爱的垂死的哥哥那一瞬间,他第一次用他称为新的信念来看生死问题,这种信念在他二十岁到三十四岁之间不知不觉地代替了他童年和青年时代的信仰,——从那时起,死使他惊心动魄的程度还不如生那么厉害,他丝毫也不知道生从哪里来,它为了什么目的,它如何来的,以及它究竟是什么。有机体及其灭亡、物质不灭、能量不灭的定律、进化——是代替了他往日信念的术语。这些术语和与此有关的概念对于思考问题倒很不错;但是对于生命却毫无作用,列文突然感觉自己像一个脱下暖和的皮大衣换上薄纱衣服的人一样,他一走进严寒里,毫无疑问立刻就确信了,不是凭着推论,而是凭着亲身的感受,他简直就像赤身裸体一样,而且不可避免地一定会痛苦地死去。

从这时起,虽然他对这事还没有多加思索,而且照旧像以往一样生活着,但是列文却不断为了自己的无知而感到恐惧。

除此以外,他还模糊地意识到他所谓的那种信念不但是无知,而且还是那么一种思想方法,靠这种思想方法要取得他所需要的知识是不可能的。

在他结婚后的初期,他所体验到的新的快乐和新的责任完全扑灭了这些思想;但是后来,从他妻子怀孕以后,他无所事事地住在莫斯科的时候起,这个需要解决的疑问就越来越经常地、越来越执拗地呈现在列文的心头。

对于他,问题是这样的:"如果我不接受基督教对于生命问题所做的解答,那么我接受什么解答呢?"在他信念的整个库房里,他不但找不到任何回答,他简直找不出一个像样的答案。

他的处境正像一个在玩具店或者兵器店里寻找食物的人一样。

不由自主地,无意识地,他现在在每一本书籍,在每一次谈话里,在他遇到的每个人身上,探求人们对这些问题的态度,寻求它们的解答。

最使他惊异和迷惑的是那些大多数同他年龄相仿、气味相投的人,也像他一样用他那样的新信念代替了他们从前的信仰,却都看不出其中有什么可苦恼的地方,而且还十分满足和平静。因此,除了主要的问题，列文还被另外一些问题苦恼着：这些人是诚实的吗？他们不是在做假吧？否则就是他们对于科学所给予他所关心的问题的答案了解得和他不同，而且比他更清楚？于是他就费尽心血去研究这些人的意见和那些登载着他们答案的书籍。

自从这些问题开始盘踞在他的心头以来，他发现了一件事，就是，他根据他青年时代大学圈子的回忆而设想宗教已经过时、再也不存在的想法是错误的。所有那些过着善良生活的、他所亲近的人都信教：老公爵、他那么喜爱的利沃夫、谢尔盖·伊万内奇，还有所有的妇女都信教。而他的妻子信教就像他幼年时候一样，而且百分之九十九的俄国人民，所有那些博得他无限尊敬的人，也都信教。

另外一件事是，浏览过许多书籍以后，他确信了那些同他观点一致的人并没有任何远见卓识，什么也不说明，只是干脆把他觉得没有答案就活不下去的那些问题置之不顾，却企图解决一些完全不相干、不能使他发生兴趣的问题，例如，有机体的发展，灵魂的机械式解释，等等。

除此以外，在他妻子分娩的时候，他发生了一件异乎寻常的事。他，一个不信教的人，开始祈祷起来，而在祈祷的时候就有了信仰。但是那种时刻已经过去了，他不能够在生活中给予他当时体验到的心情任何地位。

他不能承认他那时认识了真理，而现在是错了；因为只要他平心静气地回想一下，这一切就全粉碎了。但是他又不能承认他那时犯了错误，因为他很珍视当时的心情，要是承认那是意志薄弱的结果，就会玷辱了那种时刻。他处在一种痛苦的自相矛盾的状况中，竭尽心力要摆脱这种状况。

9

这些思想折磨着他，苦恼着他，有时松懈些，有时强烈些，但是从来没有离开过他。他读书，思索，他读得和想得越多，他就觉得自己距离他所追求的目的越远了。

最近在莫斯科和在乡间，既经信服了他在唯物主义者那里得不到解答，于是他就反复阅读柏拉图、斯宾诺沙、康德、谢林、黑格尔和叔本华的著作，这些哲学家并不用唯物主义观点来解释人生。

当他阅读，或者自己想法驳倒别的学说，特别是唯物主义的时候，他觉得他们的思想很有效用；但是当他一读到，或者自己想到人生问题的解答时，就又百思不得其解了。当他遵循着类似精神、意志、自由、本质这些意义含糊的字眼的定义，而且故意陷入哲学家为他布置的或者他自己布置的文字罗网的时候，他似乎开始有所领悟。但是只要他一忘记那种人为的思路，从现实生活中又回到他认为满意的思路上去，而且按照这种思路思索，这种人为的建筑物就突然间像座纸房子一样倒塌下来，显而易见这种建筑物是由那一套颠来倒去的字眼构成的，与生命中比理智更重要的东西没有关系。

有一个时期，在读叔本华的时候，他用爱这个字代替了意志这个字，而在他还未摆脱开这种新奇的哲学的时候，它曾经慰藉了他一两天；可是当他用现实生活的观点来观察它的时候，它也立刻瓦解了，变成了毫不保暖的薄纱衣裳。

他哥哥谢尔盖·伊万诺维奇劝告他阅览霍米亚科夫①的神学著作。列文读了霍米亚科夫著作的第二卷，尽管他那种能言善辩的、华丽的、妙趣横生的笔调最初曾使他感到厌恶，但是里面有关教会

---

① 霍米亚科夫（1804—1860），诗人，政论家，斯拉夫主义最大的代表人物。他的神学著作于一八六七年在布拉格发表。

的学说却打动了他的心。最初打动他的思想是,领悟那份天赋神圣真理并非赐予孤立的个人,而是赐予由于爱而结合起的团体——教会——的。使他高兴的是,他想到相信一个包罗了所有人的信仰,以上帝为首的,因而是神圣和绝对正确的,现在的教会,从而信仰上帝、创造世界、堕落、赎罪等等宗教信念,比从上帝,从一个神秘莫测的、遥远莫及的上帝和从创造世界等等开始要容易一些。但是后来,在阅读罗马天主教作家所写的教会史和希腊正教作家所写的教会史,却发现这两个实质上都绝对正确的教会却是互相排斥的,于是他对霍米亚科夫的论教会学说感到失望了;而这幢建筑物也像那幢哲学建筑物一样倒塌下来。

一春天他都茫然若失,经历了一段可怕的时刻。

"不知道我是什么,我为什么在这里,是无法活下去的。但是这个我又不能知道,因此我活不下去。"列文自言自语。

"在无限的时间里,在无限的物质里,在无限的空间里,分化出一个水泡般的有机体,这水泡持续了一会就破裂了,这个水泡就是——我。"

这是一种使人苦恼的曲解,但是这却是人们在这方面若干世纪来苦心思索所获得的唯一的最终的结果。

这是最终的信仰,差不多一切流派的人类思想体系都是以此为依据的。这是一种占主宰地位的信仰,而在一切其他的解释中,列文不由自主地,他自己也不知道什么时候和怎么地,偏巧挑选了这个,好像这无论如何也是最明晰的。

但是这不仅是曲解而已,这是对于一种邪恶势力——一种人不可能向它屈服的、凶恶的,而且使人厌弃的力量——的残酷的嘲弄。

必须摆脱这种力量。而逃避的方法就掌握在每个人的手中。必须停止对这种邪恶力量的依赖。而这只有一个方法——就是死！

列文，虽然是一个幸福、有了家庭、身强力壮的人，却好几次濒于自杀的境地，以至于他把绳索藏起来，唯恐他会上吊，而且不敢携带枪支，唯恐他会自杀。

但是列文并没有用枪自杀，也没有上吊，他继续活着。

10

当列文想到他是什么和为什么活着的时候，他找不到答案，于是陷入悲观失望；但是当他不再问自己这些问题的时候，他反倒好像知道他是什么和为什么活着了，因为他坚决而明确地生活着和行动着；最近他甚至比以前更坚定明确得多了。

六月初他回到乡间，他又回到他日常的工作。农务，同农民和邻居们交往，经管家务和他姐姐和哥哥托付给他的家产，同妻子和亲属的关系，照顾婴儿和从今年春天起他就迷恋上的新的养蜂爱好，占据了他的全部时间。

这些事情引起了他的兴趣，倒不是因为像他以前那样，根据什么公认的原理才认为它是正确的；恰恰相反，现在，他一方面由于他以前在公共福利事业方面的失败而觉得灰心丧气，另一方面，也是由于他忙于思考和应付从四面八方压到他身上的大宗事务，因而他完全不再想到公共福利，他对这件事情发生兴趣，只是因为他觉得必须做他所做的事情，他非得这么做不可。

以前（这差不多从童年就开始了，到他完全成人）当他尽力做一些对所有的人、对人类、对俄国、对全村有益处的事情时，他觉察出这种想法是令人愉快的，而这种活动本身却总是令人不满意的，而且他总也不十分相信这种事情确实是需要的，而这种活动本身最初看上去似乎是那么重大,却越来越微不足道,直到化为乌有为止;可是现在,自从他结婚以后,当他越来越局限于为自己而生活的时候,虽然想起自己的活动再也体会不到什么快乐,但是他却坚信自己的事业是万不可少的,而且看出它比以往进展得顺遂多了,而且规模变得越来越大。

现在,好像不由自主地,他像一把犁头,在地里越掘越深,不耕出一条条犁沟是拔不出来的。

像祖辈那样过着家庭生活,那就是说达到一样的教育水平,而且使子女们受到同样的教育,无疑是非常必要的。这就像饿了需要吃饭一样;因此就像需要准备饭食一样,同样也需要把波克罗夫斯科耶的农事经管得能够产生收益才行。就像一定要偿还债务一样,同样一定也需要把祖传的田产保管到这种程度,使得他的儿子继承的时候,会为了他所兴建和培植的一切,感激他的父亲,像列文感激他的祖父一样。为了做到这种地步,他必须不出租土地,一定要亲自耕作,饲养家畜,往田里施肥,而且种植树木。

不照料谢尔盖·伊万诺维奇、他姐姐和那些习惯于向他请教的农民的事务是不可能的,就像把抱在怀中的婴儿抛掉是不可能的一样。必须照顾请来作客的姨姐和她的孩子们以及他妻子和婴儿的安适,每天不花费一点时间来陪他们也是不可能的。

这一切,再加上他打猎的爱好和养蜂的新爱好,就占满了列文那种他一想起来就觉得没有一点意思的全部生活。

但是除了明确地知道他必须做什么以外,列文同样也知道这一切他必须怎么做,事情当中哪一样是更重要的。

他知道他一定要尽量廉价雇佣工人;但是用奴役办法来雇人,以预付的方式压低他们应得的工资,却是不应该的,虽然那样有利可图。在缺货的时候卖给农民稻草是可以的,虽然他替他们很难过;

但是旅馆或者酒店,虽然很赚钱,也一定要取消。砍伐树木一定要尽量从严处分,但是农民们把牲口放到他的地里却不能处以罚款;虽然这使看地的人很发愁,而且使农民们无所畏惧,他却不能扣留人家走失的牲畜。

彼得每个月要付给债主百分之十利息,他必须借给他一笔钱,好把他解救出来;但是拖欠了地租的农民们却不能不交地租或者延期交租。不割草场上的草,使草都糟蹋了,是不能饶恕管家的;但是种着小树的八十亩地上的青草却不能割。一个雇工在农忙季节,因为父亲死去回了家,无论他是多么可怜,也是不能饶恕的,而且为了那些宝贵的月份他旷了工,一定要扣除他的工钱;但是却不能不按月发口粮给对他毫无用处的老仆人们。

列文也知道,一回到家首先就得去看他那身体不舒服的妻子,而等待了三个钟头要见他的农民们却是可以再稍候一会的;而且他知道,尽管往蜂房里收蜂群是一种乐趣,但是他却得放弃这种乐趣,让管蜂的老头一个人去收蜂群,而去和到养蜂场来找他的农民们谈话。

他做得对不对,这他可不知道,现在他不但不打算加以证实,而且避免谈论和想这件事。

但推究把他引入了疑惑之中,妨碍他看清他该做什么,不该做什么。但是当他不动脑筋,只是这么活着的时候,他就不住地感觉到他的心灵里有一个绝对正确的审判官,在评判那可能发生的两种行动,哪样好,哪样坏;而他刚一做了不该做的事,他立刻就感觉到了。

他就这样活着,他不知道,而且也看不出他有可能知道他是什么和他为什么活在世界上,而且他因为这种愚昧无知痛苦到这种地步,以致他简直害怕自己会自杀,但同时他却在坚定地开辟着自己特殊的确定的人生道路。

11

谢尔盖·伊万诺维奇来到波克罗夫斯科耶的那一天，是列文最苦恼的一天。

这是一年中最紧张的农忙季节，那时候，所有的农民在劳动中都表现出一种异乎寻常的自我牺牲的紧张精神，那是在任何其他的生活条件下都没有表现过的，要是露出这种品质的人们自己很看重它，要是它不是年年如此，要是这种紧张劳动的成果不是那么平常的话，那它就会得到很高的评价的。

收割或者收获黑麦和燕麦，装运，割草，翻耕休耕地，打谷子和播种冬小麦——这一切看起来好像都很简单平凡；但是要干完这一切，就需要全村的人，老老少少，毫不间歇地劳动三四个星期，而且比往常要艰苦三倍，靠着克瓦斯、葱头和黑面包过日子，夜里打谷和搬运谷捆，而且一天二十四小时内睡不到两三个钟头。全俄国每年都是这样的。

一生中大部分时间都在乡下度过，而且同农民有着密切的联系，在这种大忙的时刻，列文总感觉农民们这种普遍的兴奋心情感染了他。

一大早，他就骑马到第一批播种黑麦的地方，然后又到运去燕麦堆成垛的地方，当他妻子和姨姐起床的时候就回家去和她们一道喝咖啡，接着又步行到农场，那里安装好的一架新打谷机就要打谷了。

一整天，当他同管家和农民们谈话的时候，当他在家中跟他妻子、多莉、她的孩子们和他的岳父谈话的时候，除了农务以外，列文翻来覆去老想着他当时很关心的那个问题,在一切里寻找着同这个问题有关系的东西:"我到底是什么?我在哪里呢?我为什么在这里?"

列文站在一所新盖好房顶的谷仓——尚未落尽树叶、还散发着香气的榛树枝作板条,茅屋顶用新剥去皮的白杨木做房梁——透过敞开的大门凝视着打谷时回旋飞扬的干燥而刺鼻的灰尘,时而凝视着被炎热的阳光照耀着的打谷场上的青草和刚刚从谷仓里搬运出来的新鲜麦秆;时而凝视着长着花斑头顶和白胸脯的燕子,它们唧啾着,鼓动着翅膀飞进房檐下,歇落在门口的亮处;时而凝视着在阴暗的、尘土飞扬的谷仓里奔忙着的人们,于是他心上产生了无数的怪念头:

"做这一切是为了什么呢?"他想,"我为什么站在这里,强迫他们劳动呢?他们为什么全都这样卖力,而且极力在我面前表现得非常勤奋呢?我认识的这位马特列娜老婆婆这么拼命为什么(失火的时候一根大梁打中了她,我曾为她医治过)?"他想,望着一个瘦削的农妇,她正用耙子把谷子耙拢来,她的晒得黑黝黝的赤脚在高低不平的坚硬打谷场上吃力地走着,"当时她身体复原了,但是今天或者明天,或者十年之内,人们就会埋葬她,于是她什么都不会遗留下来,而那个以那样灵活而细腻的动作扬掉麦穗上的谷壳、穿红衣服的漂亮姑娘也什么都不会留下来。人们也会埋葬她,还有那匹斑马,那是不久的事了呢,"他深思着,望着一匹肚皮一起一伏、鼻孔胀大、呼吸急促的马,它正踩着在它身下转动着的斜轮子,"他们会埋葬了它,而那个正在把谷子放进机器里、鬈曲的胡须上落满糠皮、白肩膀上的衬衫破了一大块的费奥多尔,也会被人们埋葬掉。而他却还在解谷捆,吩咐事情、对妇女们吆喝、手脚利落地把转动着的轮子上的皮带整理好了。况且,不仅仅是他们,我也会被人们埋葬掉,什么也不留下来呢。这都是为了什么呢?"

他想着这个,同时看了看表,计算他们一个钟头之内可以打多少。他必须知道这个,好据此来定每天的工作定额。

"快一个钟头了,他们才开始打第三垛。"列文想,走到正在把谷物放进机器里的那个人跟前,用压倒机器的轰隆声的声音叫他每次少往里面放一点。

"你一次放进去太多了,费奥多尔!你看,都堵塞住了,所以就不顺畅了。要放得均匀!"

费奥多尔,被粘在汗淋淋脸上的灰尘弄得漆黑,喊了句什么作为回答,但是仍旧不照列文希望的去做。

列文走到机器跟前,把费奥多尔推到一边,亲自动手把谷物放进机器里去。

一直干到农民们快吃午饭的时候,他和费奥多尔才一起离开谷仓,站在打谷场上一堆新收割下来的、留做种子的、整齐的黄色黑麦旁边,交谈起来。

费奥多尔来自一个遥远的村落,就是列文以前按照合作经营方式出租土地的那个地方。目前他把那块土地租给一个打扫院子的人了。

列文和费奥多尔谈起这块地来,打听那个村落里的一个富有的、人品很好的农民普拉东,明年会不会租那块土地。

"地租太高,普拉东缴不起,康斯坦丁·德米特里奇。"那个农民回答,从被汗水湿透的衬衫怀里摘下黑麦穗。

"但是基里洛夫怎么缴得起呢?"

"米秋赫(那个农民这样轻视地称呼那个打扫院子的),康斯坦丁·德米特里奇,他怎么会缴不起呢!这家伙很会压榨别人,他还会从中捞一笔哩。他连个基督徒都不可怜的!可是福卡内奇大叔(他这样称呼普拉东老头），难道他会剥削别人吗？他借钱给别人，有时就算了，有时不要全部归还。这全看是什么人呀！"

"但是他为什么不要人家还钱呢？"

"哦，可见人跟人不同啊！有一种人只为了自己的需要而活着，就拿米秋赫说吧，他只想填饱肚皮，但是福卡内奇可是个老实人。他为了灵魂而活着。他记着上帝。"

"他怎么记着上帝呢？他怎么为灵魂活着呢？"列文几乎喊叫起来。

"您知道怎么样的，正直地，按照上帝的意旨。您要知道，人跟人不同啊！譬如拿您说吧，您也不会伤害什么人的……"

"是的，是的，再见！"列文说，激动得透不过气来，于是扭过身去，拿起手杖迅速地走回家去了。一听到那个农民说普拉东为他的灵魂正直地按照上帝的意旨活着，一些模糊的、但是意义重大的思想就涌上他的心头，好像从封锁着它们的地方挣脱出来一样，全都朝着一个目标冲去，在他的脑海里回旋着，以它们的光彩弄得他头昏目眩。

12

列文沿着大路迈开大步走着，他所留意的与其说是他的思想（他还不能清理出个头绪），毋宁说是那种他以前从来没有体验过的心情。

那个农民所说的话在他的心里起了像电花一样的作用，把那些不住地萦绕在他心头的散漫无力的个别的思想突然改变了和融合成一个整体。这些思想，甚至在他谈论出租土地的时候，就不知不觉地盘踞在他的心头了。

他感觉得自己的心灵中有某种新的东西，他愉快地探索着这种新的东西，但是却还不知道它是什么。

"活着不是为了自己的需要，而是为了上帝！为了什么上帝呢？还有比他所说的话更无意义的吗？他说一个人不应该为了自己的需要活着，那就是说，一个人不应该为了我们所理解的、我们所迷恋的、我们所渴望的东西活着，而是为了某种不可思议的东西，为了谁也不了解，谁也无法下定义的上帝活着。这又是什么呢？我不明白费奥多尔这些荒谬无稽的话吗？明白了的话，我怀疑它们的真实性吗？我认为它们是愚蠢、含糊、而不确切的吗？

"不，我了解的完全跟他了解的一样，比我了解人生中的任何事情都透彻，都清楚；这一点我一生都没有怀疑过，而且也不可能怀疑。非但我一个人，所有的人，全世界都充分理解这个。人难免对别的东西发生怀疑，但却没有人怀疑过这个，而且大家总是同意这点。

"费奥多尔说基里洛夫，那个打扫院子的，是为了他的肚皮活着。这是可以理解的、合情合理的。我们所有的人，作为有理性的生物，都不得不为自己的肚皮活着，而突如其来的，这位费奥多尔却说为了肚皮活着是错误的，应该为了真理，为了上帝活着，而他略一暗示我就领悟了。我和千百万人，千百年前的人和那些现在还活着的人：心灵贫乏的农民们和深思熟虑过，而且论述过这事的学者们，全都用含糊的言语谈论着这件事情——而那件事我们全都同意的：我们应该为什么活着，什么是好的。我和所有的人只有一种确切的、不容怀疑的、清楚的知识，而这种知识是不能用理智来说明的——它是超乎理智的，不可能有任何原因，也不可能有任何结果。

"如果善有原因，那就不是善了；如果善有结果——有报酬，那也就不是善了。因此善是超出因果关系的。

"而这就是我所知道的，我们所有的人都知道的。

"而我却在寻找奇迹,因为看不见能使我信服的奇迹而感到遗憾!物质的奇迹会诱惑我。但这里,就在我周围,却有一种奇迹,一种唯一可能存在、永远存在的奇迹,而我却没有注意到。

"还有什么比这更大的奇迹呢?

"难道我找到了这一切的解答吗?难道我的痛苦真的结束了吗?"列文一边想,一边沿着灰尘弥漫的道路大步走着,忘却了炎热,也忘却了疲倦,感到一种解除了长期苦痛的轻快之感。这种感觉是那么令人愉快,简直令人都难以置信。他激动得透不过气,再也不能往前走了,于是他离开大路,走进树林里,坐在白杨树荫里未割的草地上。他把帽子从冒汗的额头上取下来,支着臂肘,躺在多汁的、宽叶的树林里的草地上。

"是的,我一定要冷静地想想,弄明白。"他想,聚精会神地凝视着他前面未践踏过的青草,注视着一只绿色甲虫的一举一动,它正沿着一株速生草的草茎爬上去,在爬的时候被茅草的叶子阻挡住了。"一切从头做起。"他自言自语,把茅草的叶片扳到一边,使它不致挡住甲虫的路,又弄弯了一个叶片,使那只虫子可以从上面过去。"是什么使我这样高兴呢?我发现了什么呢?"

"以往我总说,在我的身上,在这棵青草上和那只甲虫(你看,它并不想到那棵草上去,却展开翅膀飞走了)身上,按照物理、化学和生物学的定律,正在发生物质变化。在我们所有的人身上,包括白杨、云彩和星云在内,都在进化的过程中。从什么进化来的?进化成什么呢?永无休止的进化和斗争……好像在无穷之中可能有什么趋向和斗争似的!而使我惊奇的是,尽管我尽力沿着这条思路深思熟虑,但是人生的意义,我的冲动和欲望的意义却仍然没有向我显示。我的冲动的念头是那么明显,使得我总是按照它生活,而当那位农民对我说他'为了上帝,为了灵魂活着'的时候,我不由得又惊奇又高兴了。

"我什么都没有发现。我不过发现了我所知道的东西。我了解了那种不但过去曾赋予我生命,而且现在也在赐给我生命的力量。我从迷惑中解脱出来,认识了我主。"

于是他简略地在心里回顾了一遍他最近两年来整个的思路,那是随着看见他没有希望痊愈的亲爱的哥哥而产生的清晰而明显的死的念头开始的。

那时他第一次清楚地看到,在所有人面前,在他自己面前,除了痛苦、死亡和永远被世间忘却以外一无所有,于是他断定这样活下去是不可能的,他要么得把生命解释清楚,使它不要像是什么恶魔的恶意嘲笑,要么就得自杀。

但是他既没有做这件事,也没有做那件事,反而继续活下去,继续思考和探索着,甚至同时还结了婚,体验到许许多多的乐趣,而且当他不考虑他的生命的意义时他还是很幸福的。

这是什么意思呢?这就是说他生活得很好,可是思想不对头。

他靠着随着他母亲的乳汁一同吸进去的精神上的真理而生活着(他没有意识到这一点),但是在思想上他不但不承认这些真理,而且还费尽心机来回避它。

现在他明白了,多亏把他教养成人的信仰,他才能够活下去。

"如果我没有这些信仰,而且如果不知道一个人应该为上帝活着,而不是为了自己的需要活着,我会成为什么样的人,而且我会怎么度过我的一生呢?我一定会抢劫、说谎和杀人!构成我生活中主要的快乐的东西也就根本不会存在了。"虽然他拼命想象,但是他怎么也想象不出,如果他不知道他为了什么活着,他会成为一个怎样兽性的人。

"我找寻我问题的答案。但是思想却不给予我的问题一个答复——它和我的问题是不相称的。生活本身给予了我这个答案，从而我认识了什么是善，什么是恶。而这种知识我是用什么方法也得不到，但却是赐给了我，就像赐给了所有的人一样，所以赐给我，就是因为我从任何地方也不能够取得它。

"我从哪里得到的呢？凭着理智我能够做到一定要爱自己的邻居，而不要迫害他们的地步吗？我小的时候人们就对我这么说，而我就高兴地相信了，因为他们对我说的是已经在我的心灵中存在的东西。但是谁发现的呢？不是理智！理智发现了生存竞争和要求我们迫害所有妨碍我们满足欲望的东西的法则。这就是理智所作的推论。但是爱人如己的法则是理智不可能发现的，因为这是不合理的。"

"是的，骄傲！"他自言自语，翻过身去趴在地上，动手把叶片打成一个结子，极力不要把它折断。

"不但是心灵上的骄傲，而且是心灵上的愚蠢。而主要是欺诈，简直是心灵上的欺诈。就是心灵上的欺骗。"他重复说。

13

列文还回想起多莉和她的孩子们中最近发生的一件事。孩子们，无人照管，在蜡烛上煮起覆盆子来，像喷泉似的往嘴里倒牛奶。他们的母亲发觉了他们在玩这种把戏，就当着列文的面教导他们说，这种捣乱给大人们添了多少麻烦，都是为了他们费力伤神，如果他们打碎了茶杯，他们就没有东西用来喝茶，如果他们泼了牛奶，他们就没有东西吃，会饿死的。

孩子们听他们母亲说这些话的时候所流露的平静、无精打采的不相信的神情使列文大吃一惊。他们伤心的只是他们有趣的游戏被打断了，母亲所说的话他们一个字也不相信。他们不能相信，因为他们想象不出他们所能享用的分量，而且也想象不出他们所糟蹋的就是他们用来维持生活的东西。

"这全是自然而然得来的，"他们心里想，"这一点也没有意思，一点也不关紧要，因为过去是这样，将来也会这样，永远都会这样。这事用不着我们操心，都给我们准备好了；但是我们却要发明一些独特的、新奇的花招。所以我们就想起来把覆盆子放在杯子里，搁在蜡烛上煮，而且想把牛奶像喷泉一样互相倒在嘴里。这很有趣，而且很新奇，一点也不比用杯子喝差哩。"

"在理智上探求自然力的意义和人生的目的时，难道我们，难道我，不都是这样做的吗？"他继续想下去。

"当人通过一种对于人来说是新奇而不自然的思路，给导向一种他早已知道，而且他确切知道少了就活不下去的知识时，所有的哲学理论不都是这样的吗？事先就知道人生的主要意义，像那个农民费奥多尔那样确切无疑，而且一点也不比他清楚，只想凭着靠不住的推理方法回到尽人皆知的题目上去，这在每个哲学家的理论发展上不都是显而易见的吗？

"哦，假定丢下孩子们不管，让他们自己去取或者去做碗碟，去挤牛奶，以及诸如此类的事。他们还会淘气吗？不，他们会饿死的！哦，假定丢下我们，让我们怀着满腔热情和思想，却没有上帝和造物主那种概念，或者完全不明白什么是善，不了解道德上恶的意义，那将会如何！

"没有这些概念，就不用想建立起任何东西来！

"我们只想破坏，因为我们精神上是满足的。我们的确像小孩子一样。

"我和农民共有的那种可喜的知识，只有它才给了我宁静的心情的那种知识，是从哪里来的呢？我是从哪里得来的？

"我，是受信奉上帝的观念教养大的，是一个基督徒，我的一生中充满了基督教所赐予我的精神上的幸福，我的身心盈溢着这种幸福，而且依靠它生活，可是我，却像个孩子一样，不了解它，想破坏它，那就是说，我想要毁坏我用来维持生活的东西。但是只要一到生命的紧要关头，我就像孩子们饥寒交迫的时候一样，我就转向了'他'，而且我还不如那些因为淘气而挨母亲责骂的孩子，我不觉得我的那种幼稚的胡闹想法是对我不利的。

"是的，我所知道的东西，我不是凭着理智知道的，而是因为赐给了我，显示给我了，而且我是从记在心里的、由于信奉教会所宣布的主要的东西而知道的。"

"教会？教会？"列文重复说。他翻过身去，用手肘撑着身子，开始眺望远方，望着正朝那边的小溪走来的一群牲口。

"可是我能够相信教会传播的全部道理吗？"他想着，想用各种各样能够破坏他现在平静心情的事情来考验自己。他故意回想着一向最使他觉得奇妙和迷惑不解的教会的教义。"创造世界？不过我怎么解释生存呢？用生存吗？什么都不用吗？还有魔鬼和罪恶呢？我怎么说明罪恶呢？……救世主呢？

"但是我什么都不知道，什么都不知道，而且除了对我和对所有的人都讲过的，什么都不可能知道。"

于是他现在觉得没有一条教会的教理能够破坏主要的东西——就是作为人类唯一天职的、对于上帝和对于善的信仰。

教会的每条教义与其说是表示为个人需要而服务的信念，不如说表示为真理而服务的信念。每一条教义不但不会破坏这种信念，而且在完成那种在世界上不断地出现的伟大奇迹上是万不可少的，这种奇迹使得每一个人，千百万各色各样的人：圣贤和愚人、儿童和老人、农民们、利沃夫、基蒂、国王和乞丐都可能确切地了解同样的事情,而且构成一种精神生活,只有这种生活才值得过,只有这种生活才是我们所看重的。

仰卧着,他现在凝视着那高高的、无云的天空。"难道我不知道这是无限的空间,而不是圆形的苍穹吗?但是不论我怎样眯着眼睛和怎样使劲观看,我也不能不把它看成圆的和有限的;尽管我知道无限的空间,但是当我看到坚固的蔚蓝色的穹隆的时候,我毫无疑问是对的,比我极目远眺的时候更正确。"

列文不再往下想了,只是好像在倾听正在他心里愉快而热切地谈论着什么的、神秘的声音。

"这真的是信仰吗?"他想,幸福得不敢相信了。"我的上帝,我感谢你!"他说,咽下涌上来的呜咽,用双手擦掉满含在眼睛里的眼泪。

14

列文直视着前方,看见一群牲口,随后又看见套着他那匹乌骓马的马车,还有那个走到牲口跟前,正同牧人说什么话的车夫;随后他听见附近发出车轮的轰隆声和毛色光滑的马的鼻息声;但是他是那么沉浸在自己的思想里,因此他并不奇怪为什么车夫会到他这里来。

当车夫离得十分近了,招呼他的时候,他这才想起来。

"太太派我来接您。您的哥哥和另外一位先生来了。"

列文坐上马车,接过缰绳。

好像大梦初醒一样,列文好久都清醒不过来。他凝视着那匹肥壮的马,它跑得连被缰绳磨伤的臀部和脖颈都冒出汗来,而且凝视着坐在他身边的车夫伊万,于是回忆起他正盼望着他哥哥,想起来他妻子大概为了他久久不回去而不放心了,他试着猜想同他哥哥一道来的那位客人是谁。他哥哥、他妻子和那位不知名的客人现在在他的心目中似乎都和以前大不相同了。他觉得他和所有的人的关系现在都会改变了。

"我和我哥哥之间现在决不会再有那种老横在我们之间的疏远态度,不会争论,和基蒂永远也不会口角了;对那位客人,不论他是谁,我都会是亲切而和善的;和仆人们,和伊万,一切都会两样了。"

拉紧粗硬的缰绳,勒住那匹焦急得喷着鼻息、似乎只想要奔跑的骏马,列文不住地扭过头来望着坐在他身边的伊万,伊万空着两手不知做什么才好,不断地把他那被风吹起来的衬衣按下去,列文极力想找个借口和他谈话。他本来想说伊万把马鞍的肚带勒得太紧了,但是这听起来好像是责备的话,而他是希望说些亲切的话。但是他又想不起别的话可说。

"请靠右边走,那里有一截树桩。"车夫说,揪了揪列文拉着的缰绳。

"请你别碰我,不要教我!"列文说,因为车夫的干涉而恼怒了。就像往常别人的干预总使他恼怒一样,他立刻就忧愁地感到,他认为他的心情接触到现实时,他的态度马上就会改变的那种推论,是多么错误。

离家还有四分之一里的时候,列文看见格里沙和塔尼娅朝着他跑来。

"科斯佳姨父!妈妈来了,还有外祖父、谢尔盖·伊万诺维奇和一个什么人哩!"他们叫嚷着,爬上马车。

"那是谁呀?"

"一个非常可怕的人哩!他的两只胳臂总这样。"塔尼娅说,在马车里立起身来，模仿着卡塔瓦索夫。

"年纪大的呢，还是年轻的？"列文笑着问，塔尼娅的手势使他想起某人。

"啊，但愿不是一个讨人厌的家伙就好了！"列文想。

他们刚由路的转弯处转出去，就看见一群人走过来，列文认出来卡塔瓦索夫，他戴着草帽，两只胳臂就像塔尼娅所表演的那样挥动着。

卡塔瓦索夫爱好谈论哲学，他从那些从来不研究哲学的自然科学家那里学到一些概念，在莫斯科列文最近曾和他争论过好多次。

列文认出他以后想起来的第一件事就是，曾经有过一次争论，在那次争论中，卡塔瓦索夫显然认为自己获得了胜利。

"不，无论如何我现在也不争辩和轻易发表意见了。"他思索。

下了马车，同他哥哥和卡塔瓦索夫招呼过之后，列文就问基蒂在哪里。

"她抱着米佳到科洛克（这是房子附近的树林）去了，她想把他安顿在那里，因为家里太热了。"多莉说。

列文一向总劝妻子不要把婴儿抱到树林去，认为那样很危险，听到这个消息他很不高兴。

"她抱着他到处乱走，"老公爵微笑着说，"我劝她把他抱到冰窖里去试一试呢。"

"她想去养蜂场。她以为你在那里呢。我们也是到那里去。"多莉说。

"哦，你在做什么呢？"谢尔盖·伊万诺维奇说，落在后面和他弟弟并肩走着。

"噢，没有什么特别的事。照常忙着经管农事，"列文回答，"你可以住得久一些吗？我们早就盼望着你了。"

"住两个星期的光景。在莫斯科我还有一大堆事要做。"

说了这些话,两弟兄的目光相遇了,而列文,尽管他总是希望,现在更热烈地希望和他哥哥亲近,特别是和他开诚布公,但是望着他的时候却觉得局促不安。他垂下眼睛,不知道说什么才好。

心里寻思着有什么话题可以使谢尔盖·伊万诺维奇感兴趣,可以使他不谈塞尔维亚战争和斯拉夫的问题,那些问题在提到他在莫斯科的工作时就暗示到了,列文问起谢尔盖·伊万诺维奇的著作来。

"喂,有评论你的著作的书评吗?"他问。

谢尔盖·伊万诺维奇听出这问题的用意,微笑了笑。

"谁对这问题也没有兴趣,而最不感兴趣的是我。"他说,"您看,达里娅·亚历山德罗夫娜,要下雨了。"他补充说,用遮阳伞指着飘浮在白杨树梢上的白云。

这些话就足以在两兄弟之间建立起那种倒不一定是敌对的、但却是冷淡的关系,这种关系本来是列文那样渴望避免的。

列文走到卡塔瓦索夫跟前。

"您居然想起到这里来,这有多好啊!"他对他说。

"我老早就想来。现在我们可以谈谈了,我们等着看吧。您看过斯宾塞的著作吗?"

"不,没有看完,"列文说,"不过,我现在也不需要了。"

"怎么回事?这可真有意思!为什么不需要了?"

"哦,我终于相信,我所关心的问题在他和他那一派人那里是得不到解答的。现在……"

但是卡塔瓦索夫脸上的宁静愉快的表情突然使他感到惊异,他十分惋惜的是,他的心情显然被这场谈话扰乱了,想起他的决心,就不再谈了。

"不过,我们以后再谈吧。"他补充说。"如果我们要去养蜂场,就到这边来,沿着这条小路。"他对全体的人说。

沿着狭窄的小径,他们走到一块小小的没有刈割的草场上,草场的一边满是颜色鲜艳茂密的三色紫罗兰,其中夹杂着一丛丛高高的暗绿色的黑藜芦,列文请客人们坐在小白杨树林的浓荫里,让他们坐在特地为那些到养蜂场来、但是害怕蜜蜂的客人们准备下的条凳和树桩上,他自己就到小屋里去为大人和孩子们取面包、黄瓜和新鲜蜂蜜。

尽量动作从容一些,倾听着越来越频繁地从他身边嗡嗡飞过去的蜜蜂,他沿着小路走到小屋那里。就在入口,一只蜜蜂被他的胡子缠住了,发出嗡嗡的叫声,但是他小心地把它放出去。走进阴凉的门廊,从墙壁的木钉上摘下面罩戴上,两只手插在口袋里,他走进围着篱笆的养蜂场,那里,在割去草的空地中间竖立着行列整齐的、用树皮绳索绑在柱子上的老蜂房,每一个他都很熟悉,它们各有各的记录;而沿着篱笆是今年才入了蜂箱的新蜂群。在蜂房入口,使人眼花缭乱地老在一个地方飞着和盘旋着,有一群蜜蜂和雄蜂在游戏,其中的工蜂总是朝着一个方向,飞到繁花盛开的菩提树林中或是飞回蜂房,去采花蜜或者带回花蜜。

他耳朵里不断地听到各种各样的嗡嗡声,时而是一只忙着工作迅速飞过去的工蜂的声音,时而是一只嗡嗡叫着的懒散的雄蜂的声音,时而又是一只担任守卫的、保护财产不让敌人侵犯、准备蜇人的蜜蜂的声音。篱笆那边有个老人正在做桶箍,没有注意到列文。列文停在养蜂场中间,没有招呼他。

他高兴有一个孤独的机会,使他能摆脱现实,平静下来,现实已经使他的情绪低落了。

他想起他又对伊万发了脾气,对他哥哥表现了冷淡的态度,而且又轻率地和卡塔瓦索夫讲话。

"难道这只是刹那间的心情,一点痕迹都不留就过去了吗?"他想。

但是同时,当他又恢复了那种心情的时候,他高兴地感觉到他心中起了一种新奇的重要变化。现实只不过暂时遮蔽了他所得到的精神上的平静;但是那种平静仍旧完整地留在他的心里。

正如同那些蜜蜂一样,绕着他盘旋,威胁着他,分散他的注意力,使他不能享受充分生理上的宁静,强迫他退缩着躲避它们,同样地,自从他上了马车就缠扰着他的操心事也剥夺了他精神上的自由;但是那也只是在操心的时候才有那种情形。就像尽管有蜜蜂,他的体力仍然毫无损伤一样,他新近领悟到的精神力量也同样是毫无损伤的。

15

"科斯佳,你知道谢尔盖·伊万诺维奇和谁同车来的?"多莉说,她给孩子们分了黄瓜和蜂蜜,"和弗龙斯基!他到塞尔维亚去呢。"

"是的,而且还不是一个人,他自己出钱带去一个骑兵连!"卡塔瓦索夫说。

"这倒像他的作风。"列文说。"难道真的还有志愿兵们去吗?"他望了谢尔盖·伊万诺维奇一眼,补充说。

谢尔盖·伊万诺维奇没有回答,他用刀背小心翼翼地从盛着楔形白蜂巢的碗里把一只落在流动的蜂蜜中的活蜜蜂挑出来。

"我也这么想!要是您看见昨天车站上的那种情景就好了!"卡塔瓦索夫说,大声地嚼着一根黄瓜。

"哦,这该如何看法呢?看在基督分上,谢尔盖·伊万诺维奇,您解释给我听听,这些志愿兵都到哪里去,他们在和谁打仗呢?"老公爵说，显然是在继续谈列文不在的时候谈开的话题。

"和土耳其人。"谢尔盖·伊万诺维奇回答，镇静地微笑着，他把那只被蜂蜜弄得身上发黑、爪子无力地乱动着的蜜蜂挑出来，把它从刀子上移到一片坚实的白杨树叶上。

"但是谁向土耳其人宣战了？是伊万·伊万诺维奇·拉戈佐夫和利季娅·伊万诺夫伯爵夫人以及施塔尔夫人吗？"

"没有人宣战过，但是人民同情他们受苦受难的邻邦，想要支援他们。"谢尔盖·伊万诺维奇说。

"但是公爵不是在谈支援，"列文袒护他岳父说，"而是谈战争！他是说，个人不经政府许可是不能参战的。"

"科斯佳，当心，这里有一只蜜蜂！真的，我们要挨蜇了！"多莉说，挥走了一只黄蜂。

"不过那不是蜜蜂，是黄蜂。"列文说。

"哦，好了，依着您的理论呢？"卡塔瓦索夫微笑着对列文说，分明想挑他争论起来。

"为什么个人就没有权力呢？"

"我的看法是这样的：一方面，战争是那样没有人性、残酷而可怕，没有一个人，更不用说基督徒了，能够以个人的资格担负起开战的责任；只有负着这种责任，而且不可避免地卷入战争的政府才能够如此。另一方面，根据科学和常识，在国家大事上，特别是战争的事情上，公民得放弃个人的意志。"

谢尔盖·伊万诺维奇和卡塔瓦索夫准备好反驳的话，异口同声地讲起来。

"问题就在这里，老弟，当政府不能实现公民的意志，那时社会就来宣告自己的意志，于是就发生了这种情形。"卡塔瓦索夫说。

但是谢尔盖·伊万诺维奇显然并不赞成这种回答。听了卡塔瓦索夫的话他皱了皱眉，说了一些不同的话。

"你这样说法毫无道理。这里根本没有宣战的问题，只不过是人道的、基督徒的感情的表现罢了。我们的同种和信奉同一宗教的弟兄们遭到屠杀。哦，假定他们不是我们的弟兄和同一教派的人，只是一些儿童、妇女和老人，也不能见死不救呀；大家的情绪激昂起来，俄罗斯人赶去支援，好制止这种恐怖行为。你想一想，如果你走在大街上，看见一个醉汉殴打妇女或者小孩，我想你不会停下来考虑有没有对这个人宣战，就会扑到他身上，去保护受欺负的人！"

"但是我不会打死那个人。"列文说。

"不，你会打死他的。"

"我不知道。要是我看见这种事情，我可能凭着一时的感情冲动行事；事先可很难说。但是在斯拉夫人受压迫的事情上却没有，而且也不能有这样的感情冲动。"

"对于你可能没有；但是对于别人却是有的，"谢尔盖·伊万诺维奇说，不满意地皱着眉头，"在人们中间还流传着希腊正教徒在'不圣洁的回教徒'的桎梏下受罪的传说。人们听到自己弟兄们的苦难，就发言了。"

"也许是这样，"列文搪塞说，"但是我看不出来。我自己也是人民，可是我却没有感觉到这一点。"

"我也没有，"公爵说，"我住在国外，并且看到报纸，可是我得承认，直到保加利亚惨案以前，我怎么也不明白为什么所有的俄国人突然之间这样爱起他们的斯拉夫弟兄来，而我对他们却没有丝毫的感情。我非常伤心，认为我是一个怪物，再不然就是卡尔斯巴德的泉水在我身上发生了影响！但是回来以后我就放下心来，我看到只关心俄国，却不关心他们斯拉夫弟兄的，除了我还有别人。康斯坦丁就是一个！"

"在这种事情上，个人的意见算不了什么，"谢尔盖·伊万内奇说，"当全俄国——全体人民——表示了愿望的时候，那就不是个人意见的问题了。"

"不过请原谅，我没有看出这一点。人民也一点都不知道这件事。"公爵说。

"不，爸爸！……怎么不知道？上星期日在教堂里不是还讲过吗？"多莉说，她一直听着这场谈话。"请递给我一条毛巾，"她对带着微笑望着孩子们的老人说，"不可能所有的人都……"

"但是星期日教堂里讲过又有什么呢？牧师是奉命宣读的。他宣读了。他们却什么都不明白，像往常传道的时候那样叹着气，"公爵接着说下去，"后来有人对他们说，为了拯救灵魂，教堂要募捐，于是他们就每人掏出一个戈比献上去。但是为了什么，他们就不知道了！"

"人民不能不知道的；人民总是意识到自己的命运的，像目前这种时候，这种意识就会表现出来了。"谢尔盖·伊万诺维奇肯定地说，瞥了那个养蜂的老人一眼。

这个好看的老人，长着花白胡子和浓密的银发，手里端着一碗蜂蜜动也不动地站着，挺着魁伟的身躯，和善而宁静地俯瞰着这些绅士，显然他什么也不明白，而且也不想弄明白。

"事情就是这样。"他说，听了谢尔盖·伊万诺维奇的话他意味深长地摇了一下头。

"是的，你最好问问他。他什么都不知道，而且什么也不想。"列文说。"你听说战争的事了吗，米哈伊雷奇？"他对那个老人说，"他们在教堂里讲了些什么？你觉得怎么样？我们应该为基督徒打仗吗？"

"何必要我们来想？亚历山大·尼古拉耶维奇皇上都替我们考虑到了，一切事情他都会替我们想的。他比我们看得清楚。我再拿点面包来吗？再给这小男孩一点吗？"他对达里娅·亚历山德罗夫娜说，指着吃完了面包皮的格里沙。

"我用不着问的，"谢尔盖·伊万诺维奇说，"我们看见过，现在还看见成千成百的人牺牲一切来为正义效劳，这些从俄国各个角落来的人坦率而清楚地表明了他们的思想和目的。他们捐献了自己的一点钱，或者是亲自前往，而且爽快地讲明了他们为什么这样做。这到底是什么意思呢？"

"这就是说，照我看来，"列文说，开始激动起来，"在拥有八千万人口的国家里永远可以找到不是千百个，像现在这样，而是千千万万失去社会地位和不顾一切的人，他们哪里都愿意去 —— 加入普加乔夫[①]一伙，或者到基辅，或者到塞尔维亚去……"

"我告诉你，不是千百个，也不是不顾一切的人，而是人民中最优秀的代表！"谢尔盖·伊万诺维奇说，恼怒得好像在保护最后一点财产似的，"还有捐款呢？在这上面无论如何全体人民已经直接表示了自己的意志。"

"'人民'这个字眼太不明确了，"列文说，"地方上的文书、教师和千分之一的农民，也许都还知道这是怎么回事。八千万人中其余的，像米哈伊雷奇一样，不但没有表示自己的意志，而且丝毫也不了解什么事情要他们表示意志呢！那么我们有什么权利说这是人民的意志？"

16

谢尔盖·伊万诺维奇对辩论是有经验的，他没有反驳，却立刻把话题转移到问题的另一面去了。

---

① 普加乔夫（约1742—1775），叶卡捷琳娜二世时农民起义的领袖。

"噢，如果你想通过数学的方法来测验国民精神，这当然是难以办到的！我们的国家里还没有采用投票方式，所以不能采用，就是因为它不代表民意；但是还有其他的方法。这在气氛里可以感觉到的，人的心可以感觉到这点。且撇开不提那种在静止的人海中流动的、对于每个不抱成见的人都是明显的潜流；我们且狭义地看看社会吧！知识界各式各样的团体，以前互相仇视得那么厉害，现在全都融成一片了。一切分歧都结束了，所有的社会机构异口同声说的都是这事情，所有的人都感觉到有一种自发的力量擒住了他们，带着他们走向一个方向。"

"是的，所有的报刊说的都是一件事情，"公爵说，"这倒是真的。不过这就越像暴风雨前的青蛙！它们鼓噪得什么都听不见。"

"青蛙也好，不是青蛙也好，我并不办报纸，也不想替他们辩护；可是我谈的是知识界的意见一致。"谢尔盖·伊万诺维奇向他的弟弟说。

列文想回答，但是老公爵打断了他。

"提到意见一致，还有些事可以说说，"公爵接过去说，"我的女婿斯捷潘·阿尔卡季奇，你们都认识他。他现在当了一个什么委员会的委员，名字我不记得了。总之，那里无事可做——喂，多莉，这不是秘密！——而薪俸却有八千卢布。你们且问问他，他的职务有没有用处，他就会证明给你听这是万分需要的！他是一个诚实的人，可是人不能不相信这八千卢布的用处。"

"是的，他托我转告达里娅·亚历山德罗夫娜，他已经获得了这个差使。"谢尔盖·伊万诺维奇不满意地说，他认为公爵说的话是文不对题。

"报刊上一致的意见也是这样的。它曾经向我解释说：只要一开战，他们的收入就要加倍。他们怎么能不考虑人民和斯拉夫人的命运……和这一切呢?"

"有好多报刊是我不喜欢的,但是这话说得未免太不公平了。"谢尔盖·伊万诺维奇说。

"我只提出一个条件,"公爵继续说下去,"在同普鲁士开战以前,阿里芬斯·卡尔①有几句话写得妙极了。'您认为战争是不可避免的吗?那么好!谁要鼓吹战争,那就让他到特种先锋队里,走在大家前头,带头去冲锋陷阵!'"

"这样一来那些编辑可就好看了!"卡塔瓦索夫说,放声大笑起来,心里想象着他所熟识的编辑们在这支精选部队中的情景。

"噢,不过他们会临阵脱逃的,"多莉说,"结果只会碍事!"

"要是他们逃跑的话,那么就用霰弹和拿着马鞭的哥萨克放在他们后面压阵!"公爵说。

"这是开玩笑,请原谅,公爵,而且是个不高明的玩笑。"谢尔盖·伊万诺维奇说。

"我可不觉得这是开玩笑,这……"列文开口说,但是谢尔盖·伊万诺维奇打断了他的话。

"社会上每个成员都接到做分内工作的号召,"他说,"而脑力劳动者是以表达舆论来尽自己的职责。舆论一致而充分的表示是新闻界的职责,同时这也是一种可喜的现象。二十年前我们会是沉默的,但是我们现在听见了俄国人民的声音,他们准备团结一致地站起来,为了他们受压迫的弟兄准备流血牺牲,这是一种伟大的举动,是力量的象征!"

"但这不单是牺牲生命的问题,而是杀死土耳其人。"列文畏怯地说,"人民流血牺牲,或者准备流血牺牲,是为了他们的灵魂,而

---

① 原文为法语。

不是为了杀人。"他补充说,不知不觉地就把这场谈话和他专心考虑的思想联系起来。

"什么,为了他们的灵魂?您要知道,这种说法对于一个自然科学家是很难理解的。灵魂到底是什么?"卡塔瓦索夫含着微笑追问。

"噢,您知道的!"

"不,我敢对天起誓,我一点也不知道!"卡塔瓦索夫说,大笑起来。

"'我来并不是叫地上太平,乃是叫地上动刀兵。'基督说。"谢尔盖·伊万内奇从他那方面反驳说,他从《福音书》里很随便地引用了好像是最容易理解的那段话,而列文总觉得那是最费解的。

"一点也不错,正是这样!"老人重复了一句,他就站在附近,回答偶尔投向他的目光。

"不,老弟,您被打败了,被打败了,完全被打败了!"卡塔瓦索夫兴高采烈地喊着说。

列文气恼得涨红了脸,倒不是因为他被打败,而是因为他忍不住又争论起来。

"不,我不能和他们争执,"他想,"他们穿着刀枪不入的盔甲,而我却是赤膊的。"

他看出要说服他哥哥和卡塔瓦索夫是不可能的,而且还看出要使自己和他们意见一致是更不可能的。他们所宣传的正是险些把他毁灭了的智力上的自豪。他不能承认,根据几百个开到京城来的、会说大话的志愿兵的话,于是几十个人,他哥哥也在内,就有权利说他们和报刊表达了人民的意志和思想,何况这种思想是表现在复仇和屠杀上。他不能够承认这一点,因为在同他生活在一起的人民中间他看不出这种思想的表现,而在他自己身上(他不能不认为自己是组成俄国人民的一分子)也找不出这种想法。而他之所以不能同意，最主要的是因为他，还有人民，都不知道，而且也不可能知道什么是公共福利，但却确切地知道，只有严格地遵守展现在每个人面前的善的法则，这种公共福利才能取得，因此无论为了什么目的他都不愿意发生战争，也不鼓吹战争。他和米哈伊雷奇以及传说中邀请北欧民族来为王的人民一样，都表示："来做我们的王公，统治我们吧！我们情愿唯命是从。一切劳役、一切屈辱、一切牺牲我们都承担下来；但是我们既不评判，也不决定！"可是现在，按照谢尔盖·伊万内奇的说法，人民已经放弃了他们用那么高的代价取得的特权。

他本来还想问一声，如果舆论是绝对正确的评判人，那么为什么革命和公社不像支援斯拉夫人的运动那么合法呢？但是这只是解决不了任何问题的想法而已。但是有一件事是毋庸置疑的，就是这场争论这时已惹恼了谢尔盖·伊万诺维奇，因此再争论下去是不好的，所以列文就默不作声了，他让客人们注意乌云聚拢了，最好趁着还没下雨赶快回家。

17

公爵和谢尔盖·伊万内奇坐上马车走了；其余的人们加快脚步，走回家去。

但是阴云，时而白茫茫，时而黑魆魆，来得那么急骤，他们必须加快脚步才能在落雨以前赶到家。前面的乌云，低沉而且像浓烟那么黑，以迅速得出奇的速度横过天空冲过来，他们离家还有两百步的光景，一阵风就刮起来了，随时都会降下倾盆大雨。

孩子们发出又惊又喜的叫喊声跑在前头。达里娅·亚历山德罗夫娜吃力地和缠着她双腿的裙子斗争着，已经不是走路，而是跑起来了，一面目不转睛地注意着孩子们。男人们按着帽子，迈着大步走。他们刚走到台阶上，大滴的雨点已打在铁皮水槽的边缘上了。孩子们和跟在他们后面的大人们，快活地谈笑着跑到房檐的荫庇下。

"卡捷琳娜·亚历山德罗夫娜呢？"列文问阿加菲娅·米哈伊洛夫娜，她拿着头巾和披肩到大厅里来迎接他们。

"我们以为她和你们在一起哩。"她说。

"米佳呢？"

"一定是在科洛克树林里，保姆和他们在一起。"

列文一把夺过来一块披肩，就朝着科洛克树林冲去了。

在这短短的一会工夫，乌云聚拢来了，完全遮住了太阳，使天色变得黯然无光，好像日食一样。风好像坚持着要随心所欲似的，顽强地把列文朝后面刮去，吹走了菩提树的树枝和花朵，把白桦树枝剥成奇形怪状、不像样子的裸体，使刺槐、花朵、牛蒡、青草和树梢全都朝一个方向弯下去。在花园里做活的农家少女们尖叫着跑到下房里去。白茫茫水帘似的倾盆大雨已经在遥远的树林上和附近一半的大地上倾注下来，而且迅速地朝着科洛克树林涌来。雨珠的水分，破碎成小小的水点，充满在空气里。

列文头向前低着，想要和抢走他手里的披肩的狂风斗争着，已经快跑到科洛克树林，而且已经看见一棵橡树后面有什么白东西在闪烁着，突然间火光一闪，整个大地似乎都燃烧起来，他头顶上的穹苍似乎裂开了。睁开眼花缭乱的眼睛，列文透过把他和科洛克树林隔开的浓密的雨帘，心惊胆战地首先看到的就是树林中间那棵熟悉的橡树的葱绿树顶已经不可思议地改变了姿势。"难道是被雷劈了？"列文还没有来得及想，那棵橡树就越来越快地消失在其他的树木后面去了，他听见一棵大树倒在别的树木上的轰隆声。

闪电、雷鸣和因为挨了雨淋而感到的寒冷，在列文心头合成了一种恐怖的感觉。

"我的上帝！我的上帝，千万不要砸着她们！"他说。

虽然他立刻就想到，他祷告那棵已经倒下去的树不要砸着她们是多么没有意义，但是他又重复了一遍，知道他除了念这些毫无意义的祈祷文以外，再也没有别的好办法了。

跑到她们常去的那个地方，他没有找到她们。

她们在树林那一头的一棵老菩提树下，正在呼喊他。两个穿深色衣服（她们出门的时候本来穿的是浅色衣服）的人站在那里，弯腰俯在什么上面，这就是基蒂和那个保姆。雨已经停了。列文跑到她们那里的时候天色亮些了。保姆的衣服下半截是干的，但是基蒂的衣服却湿透了，整个贴在她身上。虽然雨已经住了，但是她们站着的姿势仍然像雷雨大作的时候那样：她们两个都弯腰俯在一辆遮着绿阳伞的婴儿车上。

"平安无事吧？感谢上帝！"他说，穿着一只快要掉下去的灌满了水的靴子蹚着水跑到她们跟前。

基蒂潮湿而红润的面孔转过来望着他，戴着她那顶走了样子的帽子羞怯地微笑着。

"哦，你不觉得难为情吗？我不明白你怎么能够这样胡来！"他恼怒地责备他的妻子。

"说实在的，这不是我的过错。我们刚要走，他就闹起来了。我们得给他换尿布。我们刚要……"基蒂开始辩解。

米佳安然无恙，身上是干的，安稳地熟睡着。

"哦，感谢上帝！我简直不知道我在说什么！"

他们收拾起婴儿的湿尿布；保姆抱起婴儿，抱着他走。列文在他妻子旁边走着，懊悔他发了脾气，于是背着保姆，悄悄地握住基蒂的手。

18

整整一天，在他只是心不在焉地参加的各式各样的谈话中，列文虽然对于自己心中应该发生的变化感到失望，但是他不断地高兴地感到他内心的充实。

雨后地上太潮湿，不能出去散步；况且天边的雷云还没有散去，在天边，时而这里，时而那里，发出雷鸣声，阴云遮暗了天边。因此大伙在家里消磨了那一天剩下的光阴。

再也没有发生什么争论；相反地，用过午饭以后，每个人的心情都非常愉快。

一开始卡塔瓦索夫就用他那别出心裁的笑话来为太太们逗乐，那些笑话总是使初次和他结识的人感到高兴，可是后来，受到谢尔盖·伊万诺维奇的怂恿，他就讲起雌雄家蝇之间性格上的、甚至是外貌上的差异和有关它们生活的有趣的观察了。谢尔盖·伊万诺维奇兴致也很高，喝茶的时候，由于他弟弟的逗引，阐述起他对东欧问题的前途的看法，他讲得又简单又生动，使得人人都留神倾听起他的话来。

只有基蒂不能听他讲完，她被唤去给米佳洗澡。

基蒂走了一会儿以后，列文也被唤到育儿室她那里去了。

放下茶点，惋惜这场有趣的谈话被打断了，同时又担心为什么叫他去，因为只有发生重要的事情才会这样，列文到育儿室去了。

虽然列文没有听完谢尔盖·伊万诺维奇的理论——就是说一个拥有四千万人口、解放了的斯拉夫社会应该如何和俄国同心协力来开辟历史上的新纪元，作为一种完全新的看法，使他感到很大的兴趣；虽然因为不知道基蒂为什么要叫他去而感到诧异和不安——但是他一离开客厅，剩下一个人的时候，他立刻又回想起早上的思想。

所有关于斯拉夫人在世界史上的重要性那套理论同他心里所起的变化比起来，他觉得是那么微不足道，以致他转瞬之间就完全遗忘了，又回到早晨那种心情中去了。

他现在并不像以前那样回想他的整个思路（他现在不需要那样）。他立刻就回到那种曾经指引过他，而且同这些思想有关的情绪中去，他看到这种情绪在他心中比以往更强烈更明确了。现在他已经无须像往常那样，为了获得这种情绪而想出一些安慰自己的论据和反复回想整个的思路。现在，恰恰相反，喜悦而平静的情绪比以前更活跃了，而他的思想却跟不上他的情绪了。

他穿过凉台，仰望在暮色渐浓的天空出现的两颗星星，突然间他回忆起来："是的，仰望天空的时候，我认为我看见的穹隆并不是幻影，但是还有一些我没有想透彻的东西，我避而不敢正视的东西，"他沉思着，"但是无论那是什么，绝没有反对的余地。我只要好好想一想，一切都会变得清楚的。"

正在他走进育儿室的时候，他想起来他避而不敢正视的是什么。那就是，如果上帝存在的主要证据就在于他对于什么是善做了启示，那么这种启示为什么只局限于基督教教会之内呢？这种启示和同样也谆谆劝人行善的佛教徒和伊斯兰教徒的信仰有什么关系？

他觉得这个问题他已得出答案；但是他还没有来得及向自己说明，就走进育儿室了。

基蒂卷着袖子，站在婴儿正在里面玩水的澡盆旁边，听见丈夫的脚步声，她就扭过脸来，用微笑招呼他到她身边去。她用一只手托着仰面浮在水上、乱踢乱蹬的肥胖婴儿的头，另一只手用海绵往婴儿身上挤水，她的胳臂上的筋肉有规律地动着。

"哦，你来看！你看！"她丈夫走过来的时候她说，"阿加菲娅·米哈伊洛夫娜说得不错。他会认人了！"

原来，米佳这一天显而易见地，而且毫无疑问地已经认得出他所有的亲人了。

列文一走到澡盆旁，她们立刻就试验给他看，而结果非常圆满。为了这个目的而特地叫来的厨娘弯腰俯在他身上。他皱着眉头，不以为然地把头左右摇晃着。基蒂弯腰俯在他身上，他就笑逐颜开，用小手攥着海绵，吮着嘴唇，发出那样满意而古怪的声音，不但基蒂和保姆，连列文也意想不到地欢喜起来。

保姆用一只手把婴儿从澡盆里抱起来，又用水给他冲了一下，然后就把他用大毛巾包起来擦干了，让他刺耳地哭叫了一阵以后，就把他抱给母亲了。

"哦，我很高兴你开始爱他了，"基蒂对她丈夫说，那时她舒适地坐在她坐惯了的位置上奶着孩子，"我非常高兴！不然我可就要为这事发愁了。你说过你对他毫无感情。"

"不，难道我说过我对他毫无感情吗？我只是说我感到失望罢了。"

"什么，你对他感到失望？"

"倒不见得是对他感到失望，而是对我自己的感情；我期望的还要多哩。我本来期望，好像遇到喜出望外的事情一样，一股新的愉快感情会在我心中激荡。可是，当时不但没有这种感情，反倒觉得憎恶和怜悯……"

她聚精会神地听着他说，一边越过婴儿的身上，把在替米佳洗澡时摘下的戒指又戴到她纤细的指头上。

"最重要的是，焦虑和怜悯远远超过快乐的心情。但是今天，经过暴风雨期间那一场恐怖以后，我理解到我是多么爱他了。"

基蒂笑得容光焕发。

"你非常害怕吗？"她问，"我也很害怕，但是事情过去了，现在想起来反倒更害怕了。我要去看看那棵橡树。卡塔瓦索夫多么有趣啊！总而言之，今天一整天都是非常愉快的。你愿意的时候，你和谢尔盖·伊万内奇也可以那么要好……哦，到他们那里去吧。洗过澡以后这里总是又闷热又雾气腾腾的。"

19

走出育儿室，列文又是独自一人了，他立刻又回想起那个还没有十分弄清楚的思想。

没有回到传来人声的客厅里，他逗留在凉台上，倚着栏杆凝视着天空。

天色完全黑暗了，在他眺望着的南方是晴朗无云的。阴云笼罩着对面那个方向。那里电光闪闪，传来遥远的雷鸣声。列文倾听着水珠从花园里的菩提树上有节奏地滴落下来的声音，望着他熟悉的三角形星群和从中穿过的支脉纵横的银河。每逢闪电一闪，不但银河，连最明亮的星辰也消失了踪影，但是闪电刚一熄灭，它们就又在原来的位置上出现，仿佛是被一只万无一失的手抛上去的。

"哦，使我感到困惑的是什么呢？"列文暗暗地问自己，预先感到这个疑问的解答早已在他的心中了，虽然他还不知道。

"是的，神力的明确无疑的表现，就是借着启示而向人们显示善的法则，而我感觉到它就存在我的心中，在承认这个的时候，不论我愿不愿意，我就和其他的人们给联合到一个信徒的团体中，这个团体就叫做教会。哦，可是犹太人、伊斯兰教徒、儒教徒、佛教徒——他们都是些什么人呢？"他把他认为最危险的这个疑问提到自己面前。"难道这几亿人口就被剥夺了那种最高的幸福吗？没有那种幸福，人生就毫无意义了。"他暗自沉思，可是立刻又纠正了自己。

"但是我到底在探求什么呢？"他自言自语。"我在探求人类的各式各样的信仰和神力的关系。我在探求上帝向这星云密布的整个宇宙所显示的普遍的启示。我究竟是在做什么？对于我个人，对于我的心，已经无疑地显示了一种远非理智所能达到的认识，而我却顽固地一味想要用理智和言语来表达这种认识。"

"难道我不知道移动的不是星辰吗？"他暗自追问，凝视着已经移到一棵白桦树树梢的一颗明亮的行星，"但是我，望着星球的运转，我就想象不到地球的运转，因此我说星球在移动是对的。

"如果考虑到地球的全部复杂而变化多端的运行，难道天文学家还能了解和计算什么吗？他们推论出的一切有关天体的距离、重量、运行和干扰的不可思议的结论，都是以天体环绕着固定不移的地球的看得出的运转为根据的。这种运转就展露在我眼前，多少世纪以来对于千百万人来说它总是这样的，过去是这样，将来也是这样，而且永远是可以加以证实的。就像天文学家的结论如果不是以子午线和地平线作为观察看得见的天体的依据，就会是空洞而不可靠的一样，我的结论如果不是以那种无论过去或现在对于所有人永远不变的、基督教显示给我们的，而且在我心中永远可以证实的分清善恶的理解力作根据，那也会是空洞而不可靠的。至于其他宗教信仰以及它们和神的关系问题，我没有权力，也没有可能来解决。"

"噢，你还没有走吗？"他突然听见基蒂的声音说，她正路过这里到客厅去。"怎么回事，你没有什么不痛快的事吧？"她说，借着星光注意地凝视着他的面孔。

要不是一道使繁星失去光辉的闪电照亮了他的面孔的话，她就不会看清他的面部。借着闪电的光芒她看见了他整个的脸，看出他是平静而愉快的，她对他微微一笑。

"她懂得，"他想，"她知道我在想些什么。我要不要告诉她？是的，我要告诉她……"但是他刚要开口的时候，她就说：

"噢，科斯佳！请你帮帮忙，"她说，"到角落上那个房间去看看，他们替谢尔盖·伊万诺维奇安排得怎样了！我去不大方便。看看他们是不是放上新脸盆了？"

"好的，我立刻就去。"列文说，站直身体吻了吻她。

"不，我还是不告诉她的好，"当她从他身边走到前面去的时候，他想，"这对于我个人说，是一个不可缺少的、十分重要的、非言语所能表达的秘密。

"这种新的情感并没有使我有所改变，没有使我感到幸福，也没有像我梦想的那样突然间使我大彻大悟，只是像我对我儿子的感情一样。这也没有什么出人意料的地方。但就是信仰也罢，不是信仰也罢——我不知道这到底是什么呢——这种情感不知不觉地历尽痛苦产生了，在我心中牢固地扎下根来。

"我照样还会跟车夫伊万发脾气，照样还会和人争论，照样还会不合时宜地发表自己的意见；在我心灵最神圣的地方和其他的人们，甚至和我的妻子之间仍然会有隔阂；为了我自己的恐惧我还会责备她，并且还会因此感到后悔；我的理智仍然不可能理解我为什么祈祷，但是我照样还会祈祷；但是现在我的生活，我的整个生活，不管什么事情临到我的身上，随时随刻，不但再也不会像从前那样没有意义，而且具有一种不可争辩的善的意义，而我是有权力把这种意义贯注到我的生活中去的！"

1873—1877